U0124236

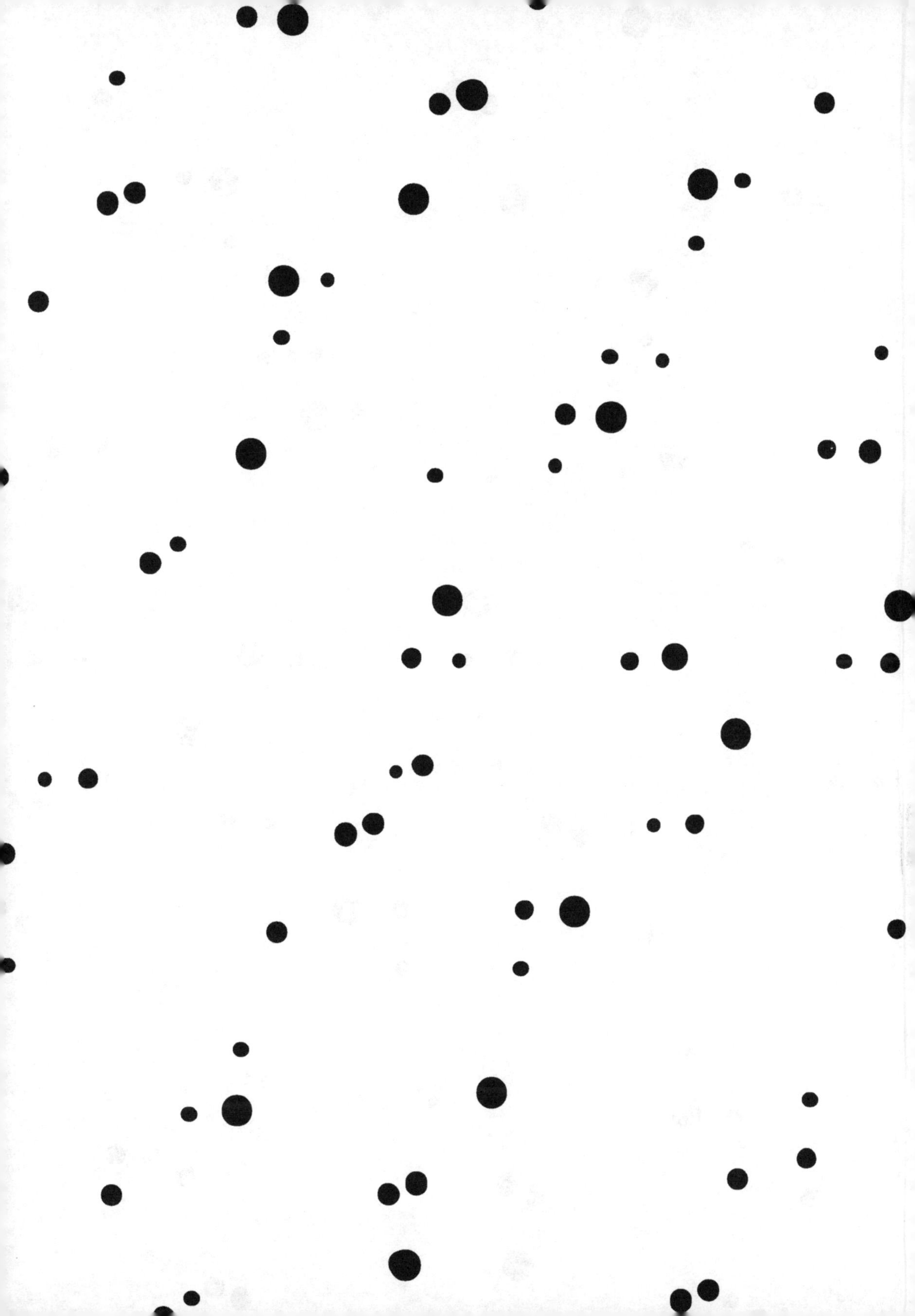

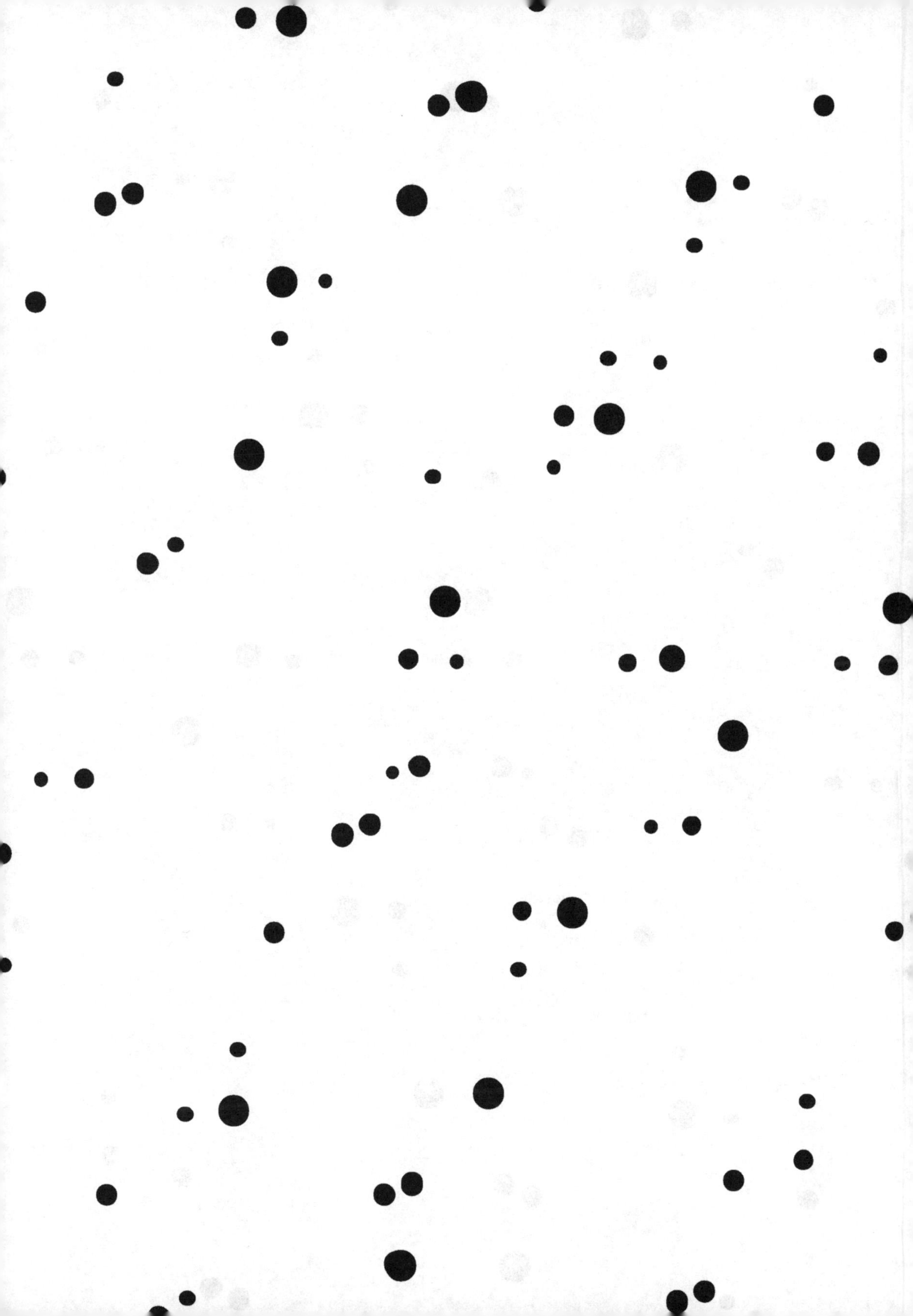

每日讀詩詞

唐宋詞鑑賞辭典

第四卷

那人卻在，燈火闌珊處

南宋

宛敏灝、夏承燾、唐圭璋、繆鉞、施蟄存、周汝昌、葉嘉瑩等

楊冠卿、**辛棄疾**、章良能、張鎡、**劉過**、**姜夔**、汪莘、鄭域、崔與之、吳琚

杜旟、劉仙倫、趙昂、韓淲、俞國寶、**史達祖**、程珌、**戴復古**、戴復古妻

黃簡、**高觀國**、曹豳、周文璞、韓嘐、盧祖皋、洪咨夔、王埜、魏了翁

李從周、孫惟信、岳珂、黃機、嚴羽、嚴仁、張輯、**劉克莊**、趙以夫

鄭覺齋、張榘、華岳、趙希蓬、吳淵、李好古、哀長吉、馮去非、**葛長庚**

吳潛、淮上女、黃孝邁、周晉、陳東甫、李曾伯、方岳、許棐、蕭泰來

李昴英、李彭老、李萊老、潘牥、章謙亨、李演、**黃昇**、陳郁、洪瑹

張樞、羅椅、家鉉翁、張紹文、吳大有、陳允平

目錄

史達祖

程珌

戴復古

趙以夫

鄭覺齋

張榘

華岳

撰稿人（以姓氏筆畫為序）

丁稚鴻、于　飛、王元明、王少華、王中華、王水照、王玉麟、王延梯、王汝瀾、王步高

王季思、王思宇、王達津、王運熙、王筱芸、王學太、王錫九、王雙啟、王鎮遠、毛　慶

方智范、艾治平、史雙元、朱世英、朱易安、朱金城、朱德才、羊春秋、江辛眉、李廷先

李向菲、李家欣、李國章、李達武、李維新、李濟阻、呂智敏、吳丈蜀、吳小如、吳小林

吳世昌、吳企明、吳汝煜、吳奔星、吳庚舜、吳曼青、吳惠娟、吳無聞、吳翠芬、吳熊和

吳調公、吳戰壘、吳　錦、邱俊鵬、丘鳴皋、何均地、何林天、何林輝、何念龍、何國治

何滿子、余恕誠、汪耀明、沈文凡、沈祖棻、宋　廓、范之麟、林東海、林昭德、林家英

林從龍、周汝昌、周振甫、周家群、周義敢、周溶泉、周滿江、周嘯天、周篤文、周錫䪖

宛敏灝、宛新彬、胡中行、胡國瑞、秋如春、侯　健、俞平伯、施紹文、施蟄存、施議對

姜書閣、姜逸波、洪柏昭、祝振玉、韋　樂、秦惠民、馬以珍、馬承五、馬祖熙、馬　群

馬興榮、袁行霈、連弘輝、夏承燾、倪木興、徐少舟、徐永年、徐永瑞、徐培均、徐　樺

徐翰逢、徐應佩、高建中、高　原、高章采、唐圭璋、唐玲玲、唐葆祥、陸永品、陸　堅

陳仁鳳、陳允吉、陳永正、陳邦炎、陳志明、陳　忻、陳長明、陳來生、陳祖美、陳振寰

陳華昌、陳祥耀、陳書錄、陳順智、陳慶元、陳耀東、孫映逵、孫綠江、孫藝秋、陶爾夫

黃拔荊、黃進德、黃清士、黃墨谷、黃寶華、曹光甫、曹慕樊、曹濟平、崔海正、許永璋

許理珣、許　雁、梁守中、梁鑒江、張仲謀、張　旭、張宏生、張明非、張忠綱、張秉戍

張清華、張撝之、張燕瑾、葉嘉瑩、萬雲駿、董乃斌、董扶其、程千帆、程中原、程郁綴

曾紹皇、湯易水、湯華泉、湯貴仁、蓋國梁、楊鍾賢、楊牧之、楊海明、雷履平、趙其鈞

趙昌平、趙義山、趙興勤、蔡厚示、蔡義江、蔡　毅、蔣　凡、蔣哲倫、臧克家、臧維熙

鄭臨川、鄧小軍、鄧喬彬、鄧廣銘、劉乃昌、劉　刈、劉文忠、劉立人、劉衍文、劉逸生

劉揚忠、劉德重、劉慶雲、劉燕歌、劉學鍇、劉競飛、潘君昭、薛祥生、蕭　鵬、賴漢屏

霍松林、錢仲聯、錢鴻瑛、魏同賢、謝桃坊、謝楚發、繆　鉞、鍾振振、鍾　陵、聶在富

羅忠族、蘇者聰、顧易生、顧偉列、顧復生

凡　例

一、《唐宋詞鑑賞辭典》於一九八八年首次出版，本套書以其為基礎，全新增修校勘，收錄唐、五代十國、南北宋，及遼、金三百三十餘位詞人的詞作共一千五百餘篇。

二、本套書正文中作家、作品的先後排列次序，以及選收作品一般參照張璋、黃畬編《全唐五代詞》和唐圭璋編《全宋詞》、《全金元詞》。對於其他版本出現的字詞句異文，一般不作校勘說明，必要時在註釋和賞析文章中略作交代。

三、每位作家的首篇作品前，均載其小傳，無名氏從略。

四、本套書由二百二十餘位學者、專家及詩人，就其專長分別撰寫賞析文章。原則上採用一首詞配一篇鑑賞文章的形式，也有少數作品幾首合在一起賞析，並於文末括註撰稿人姓名。

五、詞中的疑難詞句和掌故史實，一般在賞析文章中串釋，個別在原作末酌加簡釋。

六、涉及古代史部分的歷史紀年，一般用舊紀年，夾註公元紀年，但省略「年」字。涉及的古代地名，夾註今地名。

七、本套書附錄有詞人年表、詞學名詞解釋、名句索引以及詞牌簡介等。

每日讀詩詞

唐宋詞鑑賞辭典

啟 動 文 化

楊冠卿

【作者小傳】（一一三八～？）字夢錫，江陵（今屬湖北）人。曾舉進士。知廣州。有《客亭類稿》，內附詞三十六首。

卜算子　楊冠卿

秋晚集杜句弔賈傅

蒼生喘未蘇，賈筆論孤憤①。文采風流今尚存，毫髮無遺恨。

悽惻近長沙，地僻秋將盡。長使英雄淚滿襟，天意高難問。

〔註〕①孤憤：因耿直孤行、不容於世而憤懣。戰國時韓非子曾撰〈孤憤〉篇。

集句，是古詩詞中的一個特殊品種，其作法為截取前人詩文單句，拼集成篇。若按取資範圍的大小來分析，或雜糅經、史、子、集，或單用其中一部；或廣收上下古今，或只取某一斷代；或兼蓄百家群籍，或專採一人一書，並無固定不變的章程，作者可以各取所需。總的要求只有一條：須使文意聯屬，如自己出。

倘把作詩填詞比作蓋房子，一字一字地寫就好像是一磚一瓦地砌，而成句成句地搬用，則儼然是現代化建築施工，成套單元，整塊吊裝。如此說來，竟是「自撰」難而「集句」易了？其實正相反。因為現代化建築中的成套單元，乃是按設計要求訂做的，尺寸絲毫不差，而「集句」不啻是從各種規格的一幢幢樓房裡去拆「單元」，當然費事得多。勉強拼裝成形，已屬不易，更求其渾然一體，如之何不戛戛乎其難哉！因此，清代賀裳曾說：「生平不喜集句詩，以佳則僅一斑爛衣，不佳且百補破衲也。」（清鄒祗謨《遠志齋詞衷》引）。但是，氣盛才高，筆飽學富，從而以寫集句詩詞擅名的作家，歷代仍不乏其人。南宋的楊冠卿就是一個。他這首〈卜算子〉大氣包舉，天衣無縫，不愧為集句詞中的上乘之作。

杜甫詩博大精深，千匯萬狀，向為集句者所樂於取資。本篇即全用杜詩。按順序說，八句分別擷取於〈行次昭陵〉、〈寄岳州賈司馬六丈巴州嚴八使君兩閣老五十韻〉、〈丹青引贈曹將軍霸〉、〈敬贈鄭諫議十韻〉、〈入喬口〉、〈秦州雜詩〉二十首其十八、〈蜀相〉、〈暮春江陵送馬大卿公，恩命追赴闕下〉等八篇，八音和諧，一氣呵成。

題曰「秋晚……弔賈傅」。賈傅，即西漢負一代盛名之政論家、文學家賈誼，洛陽人。他年少時便精通諸子百家之書，為漢文帝所賞識，二十餘歲就被召為博士，一年中越級升遷，官至太中大夫。文帝曾一度有意任用他為公卿，但由於周勃、灌嬰等元老大臣進讒排斥，文帝和他的關係漸次疏遠，終於將他遣往遠離政治中心的洞庭湖南，任長沙王太傅。後改任梁懷王太傅。懷王騎馬摔死，他自傷失職，哭泣歲餘，也與世長辭，年僅三十三歲。事見《史記．屈原賈生列傳》和《漢書》本傳。因其兩次擔任諸王的太傅，故後人尊稱「賈傅」。賈誼在赴任長沙途經湘水時，曾作賦弔屈原，並自抒政治失意之感，辭情悽怨，很能引起後世有著類似遭際的文士的共鳴。楊冠卿本人也一生坎坷，懷才不遇，始則沉淪下僚，為九江（今安徽壽縣一帶）都統制司掾官，後來知廣州，又因事被罷免，僑寓臨安。因此，他之所以「弔賈傳」，自有個人對於南宋朝政的一肚皮不滿者在，是屬借題發揮，不可以閒筆目之。

「蒼生喘未蘇，賈筆論孤憤。」發端即見出詞人的鮮明的政治傾向。按《漢書》本傳載賈誼屢上疏陳政事，日當時事勢「可為痛哭者一，可為流涕者二，可為長太息者六」，且尖銳地指出：「夫百人作之不能衣一人，欲天下亡寒，胡可得也？一人耕之，十人聚而食之，欲天下亡飢，不可得也。」當天下百姓在沉重的剝削和壓迫下喘息而未能復蘇之際，賈誼能夠不為阿諛逢迎之辭以粉飾太平，而奮筆直陳民生疾苦，這種敢於正視社會現實的勇氣和精神是很可貴的。詞人能夠把賈誼的這種勇氣和精神放在第一位來加以推崇，其態度也是值得稱許的。

「文采風流今尚存，毫髮無遺恨。」言之無文，行之不遠。賈誼的言論、文章之所以能夠留傳千古，除了精警的政治見識和充沛的思想激情，還得力於辭采的美贍與風韻的高卓。故三、四兩句，詞人即轉而盛讚其作品的藝術成就。按賈誼的名作有〈弔屈原賦〉、〈鵩鳥賦〉（以上見《史記．屈賈列傳》）、〈過秦論〉（見《史記．秦始皇本紀》）、〈陳政事疏〉（又名〈治安策〉，見《漢書》本傳）。「今尚存」云云謂此。連司馬遷、班固這樣的文豪對賈誼都十分崇拜，不惜以大量篇幅將他的作品全文迻錄入史傳，無怪詞人要嘆為觀止，稱賈文中沒有一絲一毫的遺憾了。

上闋四句二層，分從道德、文章兩方面將「賈傳」寫足，無限仰慕，已溢於言表；下闋乃騰出筆來，圍繞「弔」字組織辭句，進而申述悼念斯人時不能自已的滿腔悲憤之情。

「悽惻近長沙，地僻秋將盡。」「秋將盡」云云，繳出題面「秋晚」二字。這是作詞時的真實節令。當此蕭瑟淒涼的暮秋之時，又步步挨近長沙——賈誼當年貶謫所去的僻遠之地，怎不使人悲從中來？因是集句，我們無法坐實詞人作此詞時正在湖南道上（雖然，如果竟連這一點也絲絲入扣的話，那本篇亦堪稱「毫髮無遺恨」了），但借助於「想像」這一副詩的翅膀，人們原不妨進入角色，神鶩八極。

「長使英雄淚滿襟，天意高難問。」上文已點出「悽惻」矣，此處復以「淚滿襟」三字為之作具體的渲染；且借「英雄」二字，明示「悽惻」之人亦即自己為何身分，見出惺惺惜惺惺，非失路之英雄不能如此傷悼英雄之失路。又借「長使」二字，更言為賈傅一灑同情之熱淚者不獨我也，歷代豪傑無不潸然。「丈夫有淚不輕彈，只因未到傷心處」（明李開先《寶劍記・夜奔》）。今則不僅彈矣，甚至揮淚如雨，啼襟袖之浪浪，其「傷心處」果何在？這就逼出了憤懣蒼涼的最後一句。「天」高，故「意」難問。辭是怨天，意實尤人。蓋「天」亦可用作人間帝王的代名詞，如帝王之容顏稱「天容」、「天顏」；帝王之儀表稱「天儀」、「天表」；帝王之視聽稱「天視」、「天聽」；帝王之口諭稱「天語」、「天憲」。當然，帝王之心思也就是「天意」了。賈誼的悲劇，乃至包括詞人自己在內的政治失意者的悲劇，悲就悲在最高統治者們好惡無常，不能真正信用憂國憂民、多才多藝的仁人志士呵！全篇得此句作結，可謂「圖窮而匕首見」（《史記・刺客列傳》）了。在「臣罪當誅兮，天王聖明」（韓愈〈琴操十首・拘幽操〉）之聲不絕於耳的時代，詞人能夠將怨懟的匕首擲向「天意」，算得上「鶴立雞群」了吧？

老杜之詩，達到了「沉鬱頓挫」（杜甫〈進雕賦表〉）的極致。本篇集杜，雖章法平直，不足以當「頓挫」，但「沉鬱」二字還是做到了。

全詞八句中，僅「悽惻近長沙」一句原作即與弔賈誼事有關，其上句為「賈生骨已朽」。集句弔古，文中須見古人姓字，方為落實，但這等成句最難尋覓。一般作手，得此明標「賈生」字樣之句，當如獲至寶，決無輕易放過的道理。然而詞人創作態度極其嚴格，他不屑於撿這個「便宜」，捨之弗取，卻另從老杜寄贈友人岳州司馬賈某的詩中拈出「賈筆論孤憤」句，居然「楚人之弓楚人得之」，妙合無垠，套用一句大俗話來讚揚它，這可真是：芝蔴掉進針眼裡——巧了！

總之，這首集句詞辭情俱佳，筆意兩至。在戴著鐐銬打拳，抬腿舉足，動輒受掣的情況下，竟如此招招中式，若非詞人胸有一股浩氣，腹有萬卷詩書，手有千鈞筆力，是斷斷辦不到的。（鍾振振）

辛棄疾

【作者小傳】（一一四〇～一二〇七）字幼安，號稼軒，歷城（今山東濟南）人。二十一歲參加抗金義軍，曾任耿京軍的掌書記，不久投歸南宋。歷任江陰簽判，建康通判，江西提點刑獄，湖南、湖北轉運使，湖南、江西安撫使等職。四十二歲遭讒落職，退居江西信州，長達二十年之久，其間曾一度起為福建提點刑獄、福建安撫使。六十四歲再起為浙東安撫使、鎮江知府，不久罷歸。六十八歲病逝。一生力主抗金北伐，並提出有關方略，均未被採納。其詞熱情洋溢、慷慨激昂，富有愛國感情。有《稼軒長短句》以及今人輯本《辛稼軒詩文鈔存》。詞存六百二十九首。

摸魚兒

辛棄疾

淳熙己亥，自湖北漕移湖南，同官王正之置酒小山亭，為賦。

更能消、幾番風雨？匆匆春又歸去。惜春長怕花開早，何況落紅無數。春且
住。見說道、天涯芳草無歸路。怨春不語。算只有殷勤，畫簷蛛網，盡日惹飛絮。
長門事，準擬佳期又誤。蛾眉曾有人妒。千金縱買相如賦，脈脈此情誰訴？

君莫舞，君不見、玉環飛燕皆塵土！閒愁最苦。休去倚危欄，斜陽正在、煙柳斷腸處。

這是辛棄疾四十歲時，也就是宋孝宗淳熙六年（一一七九）暮春寫的詞。辛棄疾自宋高宗紹興三十二年（一一六二）渡淮水來歸南宋，十七年中，他的抗擊金軍、恢復中原的主張，始終沒有被南宋朝廷所採納。朝廷不把他放在抗戰前線的重要位置上，只是任命他作閒職官員和地方官吏。這一次，又把他從荊湖北路轉運副使任上調到荊湖南路繼續當轉運副使。轉運使亦稱「漕」，主要掌管一路財賦，對辛棄疾來說，當然不能盡情施展他的才能和抱負。何況如今又把他從湖北調往距離前線更遠的湖南去，更加使他失望。他意識到：這是朝廷不讓抗戰派抬頭的一種表現。當同僚置酒為他餞行的時候，他寫了這首詞，抒發胸中的鬱悶和感慨。

上片起句「更能消、幾番風雨？匆匆春又歸去」，說如今已是暮春天氣，禁不起再有幾番風雨的襲擊，春便要真的去了。這顯然不是單純地談春光的流逝，而是另有所指。「惜春長怕花開早」二句，揭示自己惜春的心理活動：由於怕春去花落，他甚至於害怕春天的花開得太早，因為開得早也就謝得早，這是對惜春心理的深入一層的描寫。「春且住」三句，由於怕去，他對它招手，對它呼喊：春啊，你且止步吧，聽說芳草已經長滿到天涯海角，遮斷了你的歸去之路！但是春不答話，依舊悄悄地溜走了。「怨春不語」，表達了無可奈何的悵惘之情。人既無計留春，倒是那簷下的蜘蛛，一天到晚不停地抽絲結網，去粘惹住那象徵殘春景象的柳絮。以此留春，其情亦太可憫了。

下片開始用漢武帝陳皇后失寵的典故，來比擬自己的失意。自「長門事」至「脈脈此情誰訴」一段文字，說明「蛾眉見妒」，自古就有先例。陳皇后之被打入冷宮——長門宮，是因為有人在妒忌她。她後來拿出黃金，買得司馬相如的一篇〈長門賦〉，希望用它來打動漢武帝的心。但是她所期待的「佳期」，仍屬渺茫。這種複雜痛苦的心情，對什麼人去訴說呢？「君莫舞」二句的「舞」字，包含著高興的意思。「君」，指那些妒忌、排擠別人且時下正得寵於皇上的人。意思是說：你們不要太得意忘形了，你們沒見楊玉環和趙飛燕後來都死於非命嗎？「皆塵土」，用舊題漢伶玄《飛燕外傳》附〈伶玄自敘〉中的語意。伶玄妾樊通德能講趙飛燕姊妹故事，伶玄對她說：「斯人俱灰滅矣，當時疲精力馳騖嗜欲蠱惑之事，寧知終歸荒田野草乎！」「閒愁最苦」三句是結句。閒愁，作者指自己精神上的鬱悶。危欄，是高處的欄杆。詞人說：不要用憑高望遠的方法來排除鬱悶，因為那快要落山的斜陽，正照著那被暮靄籠罩著的楊柳，遠遠望去，一片迷濛。這樣的景象只會使人傷情，以至於銷魂斷腸的。

這首詞上片主要寫春意闌珊，下片主要寫美人遲暮。有些選本以為這首詞是作者借春意闌珊來襯托自己的哀怨。這恐怕理解得還不完全對。這首詞中當然有作者個人遭遇的感慨，但更重要的，是他以含蓄的筆墨，寫出了他對南宋朝廷暗淡前途的擔憂。作者把個人感慨納入國事之中。春意闌珊，實兼指國家大事，並非像一般詞人作品中常常出現的綺怨和閒愁。

上片第二句「匆匆春又歸去」的「春」字，可以說是這首詞中的「詞眼」。接下去作者以春去作為這首詞的主題和總線，精密地安排上、下片的內容，把他那滿懷感慨曲折地表達出來。他寫「風雨」，寫「落紅」，寫「草迷歸路」……對照當時的政治現實，金軍多次進犯，南宋朝廷在外交、軍事各方面都遭到了失敗，國勢處於風雨飄搖之中。而朝政昏暗，奸佞當權，蔽塞賢路，志士無路請纓，上述春事闌珊的諸種描寫不是很富有象徵意味嗎？作者以蜘蛛自比。蜘蛛是微小的動物，它為了要挽留春光，施展出全部力量。在「畫簷蛛網」句上，加「算只有殷勤」一句，意義更加凸出。這正如晉朝的著名畫家顧愷之為裴楷畫像，像畫好後，畫家又在頰上添幾根毛，觀者頓覺畫像神情顯得格外生動。尤其是「殷勤」二字，凸出地表達作者對國家的耿耿忠心。這兩句還說明，辛棄疾雖有殷勤的報國之心，無奈位低權小，不能起重大的作用。

上片以寫眼前的景物為主。下片則都是寫古代的歷史事實。兩者看起來好像不相連續，其實不然，作者用古代宮中幾個女子的事跡，來比自己的遭遇，進一步抒發其「蛾眉見妒」的感慨。這不只是辛棄疾個人仕途得失的問題，更重要的是關係到宋室興衰的前途，它和春去的主題不是脫節，而是相輔相成的。作者在過片處推開來寫，在藝術技巧上說，正起峰斷雲連的作用。

下片的結句甩開詠史，又回到寫景上來。「休去倚危欄，斜陽正在、煙柳斷腸處」二句，以景語作結，含有不盡的韻味。除此之外，這兩句結語還有以下的作用：

第一，刻畫出暮春景色的特點。李清照曾用「綠肥紅瘦」（〈如夢令〉）四字刻畫它的特色，「紅瘦」，是說花謝；「綠肥」，是說樹陰濃密。辛棄疾在這首詞裡，他不說斜陽正照在花枝上，卻說正照在煙柳上，這是用另一種筆法來寫「綠肥紅瘦」的暮春景色。而且「煙柳斷腸」，還和上片的「落紅無數」、春意闌珊相呼應。如果說，上片的「更能消、幾番風雨？匆匆春又歸去」是開，是縱；那麼下片結句的「斜陽正在、煙柳斷腸處」是合，是收。一開一合，一縱一收之間，顯得結構嚴密，章法井然。

第二，「斜陽正在、煙柳斷腸處」，是暮色蒼茫中的景象。這是作者在詞的結尾處著意運用的重筆，旨在點出南宋朝廷日薄西山、前途暗淡的趨勢。它和這首詞春去的主題也是緊密相聯的。宋人羅大經在《鶴林玉露》中說：「辛幼安晚春詞云：『更能消、幾番風雨』云云，詞意殊怨。『斜陽』『煙柳』之句，其與『未須愁日暮，天際乍輕陰』者異矣……聞壽皇（指宋孝宗）見此詞頗不悅。」可見這首詞流露出來的對國事、對朝廷的擔憂怨望之情是很強烈的。

辛棄疾另一首代表作〈破陣子〉（醉裡挑燈看劍）是抒寫作者對抗戰的理想與願望的。和這首〈摸魚兒〉比較，兩者內容相似，而在表現手法上，又有區別。〈破陣子〉比較顯，〈摸魚兒〉比較隱；〈破陣子〉比較直，〈摸魚兒〉比較曲。〈摸魚兒〉的表現手法，比較接近婉約派。它完全運用比、興的手法來表達詞的內容。在讀這首〈摸魚兒〉時，感覺到在那一層婉約含蓄的外衣之內，有一顆火熱的心在跳動，這就是辛棄疾學蜘蛛那樣，為國家殷勤織網的一顆耿耿忠心。似乎可以用「肝腸似火，色貌如花」八個字，來作為這首詞的評語。（夏承燾、吳無聞）

沁園春

辛棄疾

帶湖新居將成

三徑初成，鶴怨猿驚，稼軒未來。甚雲山自許，平生意氣；衣冠人笑，抵死塵埃。意倦須還，身閒貴早，豈為蓴羹鱸膾哉？秋江上，看驚弦雁避，駭浪船回。東岡更葺茅齋。好都把軒窗臨水開。要小舟行釣，先應種柳；疏籬護竹，莫礙觀梅。秋菊堪餐，春蘭可佩，留待先生手自栽。沉吟久，怕君恩未許，此意徘徊。

辛棄疾力主抗金，收復中原，但壯志難酬，一生屢遭貶斥。由於不能見容於苟且偷安的南宋朝廷，他感到前途險惡，早晚必被逐出官場。為後事計，他任江西安撫使時，預先在上饒城北帶湖之畔，修建了一所新居，作為將來引退之處，並用稼軒名之，自稱稼軒居士，以示去官務農之志。此詞即為退隱前一年，即淳熙八年（一一八一）新居將落成時之作，抒發了他當時感慨萬端的複雜感情。

上片主要寫何以萌發棄政歸田之念。首句開門見山。自從西漢蔣詡隱居時在門前開了三條小路之後，「三徑」即成了隱士居處的代稱，陶淵明〈歸去來兮辭〉中就有「三徑就荒，松菊猶存」的句子。「三徑初成」，日後棲身有所，詞人於失意之中亦露幾分欣喜之情。不過這層意思，作者並沒有用直白的方式一下子道出。他先說「鶴怨猿驚，稼軒未來」，以帶湖的仙鶴老猿埋怨驚怪其主人的遲遲不至，曲曲吐露。「鶴怨猿驚」出於南朝齊孔稚珪〈北山移文〉：「蕙帳空兮夜鶴怨，山人去兮曉猿驚。」不同的是，孔稚珪是以昔日朝夕相處的鶴猿怨周顒隱而復仕，辛棄疾是用典，假設曾相約共隱的鶴猿怨自己仕而不歸。這兩句是從新居方面落墨，說那裡盼望自己回去；「甚雲山」四句，是從自己方面講，既然我的平生志趣是以「雲山自許」，為什麼還老是待在塵世裡當官，惹人嘲笑呢！顯然，這只不過是辛棄疾在遭到投降派一連串打擊之後，且這種打擊目前又可能隨時再次降臨之情況下的一種自嘲而已。誰不知道，辛棄疾的「平生意氣」是抗金復國，豈能以「雲山自許」！然而現在乾坤難轉，事不由己，有什麼辦法呢？所以千思萬想，考慮的結果是：「意倦須還，身閒貴早，豈為蓴羹鱸膾哉？」詞人不願作違心之事，他認為既然厭惡這醜惡的官場，就該急流勇退，愈早愈好，不要等被人家趕下了臺才離開；再說自己也不是像西晉張翰那樣因想起了家鄉味美的鱸魚膾、蓴菜羹而棄官還鄉，於心無愧，又何苦「抵死塵埃」呢？這裡，暗示了作者同南宋朝廷之間的矛盾難以調和，並表明了自己的磊落胸懷。「意倦」句說明他不願為朝廷的苟安政策效勞；「豈為」句說明他之退隱並不是為貪圖個人安逸；最值得體味的是「身閒貴早」裡的「貴早」二字。固然，這是呼應前文曲露的對新居的嚮往之意、欲歸之情，不過主要還是說明，詞人不堪統治集團內部對他的毀謗和打擊，而且可能預感到了一場新的迫害正等待著他（就在寫這首詞的年底，作者果被彈劾落職）。因而自然逗出了後面「秋江上」三句，表明了自己欲離政歸田的真正原因是避禍，就像鴻雁聽到了弦響而逃，航船見到了惡浪而避一樣，別無他途，不得不然的。

下片主要寫對未來生活的設想。詞意仍緣「新居將成」生發。「將成」者，初具規模之謂也，說明還有待於進一步完善。「東岡」二句，先就建築方面說，再修一幢茅屋作為書齋，齋設東岡，並把窗戶全部面水而開，既隨手點逗了題中「帶湖」二字，又照應了「平生意氣」，即「雲山自許」的情懷。「要小舟行釣」，正說明詞人對紛亂的官場感到「意倦」，欲過一種忘情世事的生活。而「行釣」同「種柳」聯繫起來，表明詞人嚮往的是「小舟撐出柳陰來」（徐俯〈春日遊湖上〉）的畫境。下面寫竹、梅、菊、蘭，不僅表現了詞人的生活情趣，更反映出詞人的為人節操。竹、梅，是「歲寒三友」之二物，竹經冬而不凋，梅凌寒而花放。從既要「疏籬護竹」，又要「莫礙觀梅」中，可以看出他對竹、梅堅貞品質的熱忱讚頌和嚮往。至於菊、蘭，都是屈原喜愛的高潔的花草。他在〈離騷〉中有「餐秋菊之落英」、「紉秋蘭以為佩」等句，表示自己所食之素潔和所服之芬芳。辛棄疾說，既然古人認為菊花可餐，蘭花可佩，那我一定要親手栽種。顯然，「秋菊」兩句，明講種花，實言心志，說明詞人決心要像屈原那樣對自己的理想堅貞不移。然而屈原餐菊佩蘭是在被楚王放逐以後，而辛棄疾當時還是在職之臣。堅持理想節操固然可以由己決定，但未來道路命運豈能擅自安排。所以他接著說：「沉吟久，怕君恩未許，此意徘徊。」這三句初看與前文完全不屬，但細想，恰是當時作者心理矛盾含蓄而真實的流露。他本不願意離政，但形諸文字卻說「怕君恩未許」。因此，這一方面固然是辛棄疾仍對皇帝存有不切實際的幻想；另一方面，更可以說這是他始終不忘復國、積極從政、赤誠用世之心的流露。全詞就在這種不得不隱、然又欲隱不能的「徘徊」心境中結束。

這首詞，自始至終描寫心理活動。但上下兩片，各具面目。前片寫欲隱緣由，感情漸進，由微喜而悵然，而氣惱，而憤慨。讀之，如觀大河漲潮，流速由慢而疾，潮聲也由小而大。後片寫未來打算，讀之似在潮已漲足的河中泛舟，水流徐緩而平穩，再不聞澎湃呼嘯之聲，所見只是波光粼粼。及設想完畢，若遊程已終，突然轉出「沉吟久」幾句，又給人以「林斷山更續，洲盡江復開」（南朝齊王融〈江皋曲〉）之感。不過，儘管兩片情趣迥別，風貌各異，由於通篇皆以「新居將成」一線相貫，因此並無割裂之嫌，卻有渾成之致。（劉刈）

水龍吟

辛棄疾

甲辰歲壽韓南澗尚書

渡江天馬南來①，幾人真是經綸手？長安父老②，新亭風景③，可憐依舊。夷甫諸人，神州沉陸④，幾曾回首！算平戎萬里，功名本是，真儒事，公知否？況有文章山斗⑤，對桐陰⑥、滿庭清晝。當年墮地，而今試看，風雲奔走。綠野風煙⑦，平泉草木⑧，東山歌酒⑨。待他年，整頓乾坤事了，為先生壽。

〔註〕①「渡江」句：《晉書．元帝紀》：「太安之際，童謠云：『五馬浮渡江，一馬化為龍。』」又：「王室淪覆，帝與西陽、汝南、南頓、彭城五王獲濟，而帝竟登大位焉。」②長安父老：《晉書．桓溫傳》：「溫進至灞上，（苻）健以五千人深溝自固，居人皆安堵復業，持牛酒迎溫於路者十八九，耆老感泣曰：『不圖今日復見官軍！』」③新亭風景：南朝宋劉義慶《世說新語．言語》：「過江諸人，每至美日，輒相邀新亭，借卉飲宴。周侯（顗）中坐而嘆曰：『風景不殊，正自有山河之異！』皆相視流淚。唯王丞相（導）愀然變色曰：『當共戮力王室，克復神州，何至作楚囚相對邪！』」④夷甫諸人：夷甫，西晉宰相王衍之字，他好清談，不理政事。《晉書．桓溫傳》：「（溫）過淮、泗，踐北境，與諸寮（僚）屬登平乘樓眺矚中原，慨然曰：『遂使神州陸沉，百年丘墟，王夷甫諸人不得不任其責！』」⑤文章山斗：《新唐書．韓愈傳》：「自愈沒，其言大行，學者仰之如泰山北斗云。」⑥桐陰：北宋時汴京有二韓氏，皆故家。一為韓億家，「居京師，庭有桐木，都人以桐樹目之，以別『相韓』焉」（宋王明清《揮麈前錄》卷二）。一為韓琦家，琦，相州安陽人。韓元吉為韓億五世孫，著有《桐陰舊話》十卷，「記其家世舊事，以京師第門有桐木，故云」（宋陳振孫《直齋書錄解題》卷七）。⑦綠野風煙：《新唐

書·裴度傳》：「時閹豎擅威，天子擁虛器，搢紳道喪，度不復有經濟意，乃治第東都集賢里，沼石林叢，岑繚幽勝，午橋作別墅，具燠館涼臺，號『綠野堂』。」⑧平泉草木：《舊唐書·李德裕傳》：「東都於伊闕南置平泉別墅，清流翠篠，樹石幽奇。」⑨東山歌酒：《晉書·謝安傳》：「安雖放情丘壑，然每遊賞，必以妓女從。」又：「安雖受朝寄，然東山之志，始末不渝。」

宋孝宗淳熙八年（一一八一），辛棄疾被劾，落職退居上饒之帶湖。曾任吏部尚書的韓元吉（字無咎，號南澗），致仕後亦僑寓此地。他們都有抗金雪恥的強烈願望，所以過從甚密。這時距宋金「隆興和議」的簽訂已十七年，南宋朝廷文恬武嬉，不以國事為念。又三年，歲次甲辰（一一八四），正逢韓元吉六十七歲生日，辛棄疾填了上錄一詞申祝。

一起兩句，劈空而下，筆力萬鈞。作者蔑視南渡以來的當政者，「幾人」云云，真有杜詩「一洗萬古凡馬空」（《丹青引贈曹將軍霸》）之氣概。既謂朝士無才，則隱然以有才者推崇韓元吉，並以之自許，亦即「今天下英雄，唯使君與操耳」（《三國志·先主傳》）之意。按辛棄疾曾作《美芹十論》、《九議》向皇帝、宰相獻策；韓元吉亦有《論淮甸劄子》、《十月末乞備禦白劄子》向朝廷進言。故謀國長才，韓、辛兩人都當之無愧。承接六句，分為二層：一則借往昔舊京父老顒望王師之情，和東晉士大夫痛灑新亭之淚，慨嘆今日偏安之局仍未改觀；二則引用桓溫登平乘樓眺望之言，指責中原淪胥，為朝臣誤國的結果。由於這六句都針對當時世事而發，故情緒轉為低沉，筆調也隨之挫落。歇拍四句，謂禦敵靖邊，才是吾輩儒者應盡的職責。這是抒發自己的豪情壯志，並勗勉韓氏，故筆鋒重新振起。下片都是向著韓元吉說的。

過片三句，稱頌韓氏有卓越的文才和清貴的家世。他把韓元吉比作韓愈，是當代文壇上的泰山北斗。詩文詞中慣用同姓的古人比今人。按韓元吉有《南澗甲乙稿》傳世，黃昇稱他「政事文學為一代冠冕」（見《花菴詞選》）。如此比擬，不為太過。他讚美北宋年間「桐木韓家」人才輩出，足見韓元吉有優良的家風可以承繼。接三句，謂韓氏呱呱墜地，已自不凡，風雲際會，更露頭角。上述五句都屬頌揚之詞，故意氣仍然風發，筆調仍然軒朗。再下三句，把韓氏比作裴度、李德裕和謝安。這三位都是前代的賢相。韓氏先世曾任顯職，韓元吉的勛業和位望雖不能與他們相提並論，可是在政治舞臺上失意而退歸林下的境遇，彼此是相彷彿的。「悵望千秋一灑淚，蕭條異代不同時」（杜甫〈詠懷古跡五首〉其二），為此，筆調再次挫落。最後三句，用瑰辭壯語激勵韓氏投袂而起，共同完成規復中原的夙願。上下片之結尾，筆力氣勢，銖兩悉稱，立意遣辭，前後照應甚密。

這是一闋別開生面的壽詞。一般壽詞多祝賀語，所謂善頌善禱。此詞一反故常，除下片有些頌禱意味外，其他都是借題發揮，因憂傷國事而抒發憤慨。最使作者憤慨不平的，乃是在朝者無才無志，而有膽識、有志節之士，卻賦閒在野，無權無位。在朝者無才無志，釀成赤縣神州陸沉之禍，辜負中原父老喁喁之望，難禁渡江士人新亭之淚，國勢頹衰至此，秉政者難辭其咎。以上是上片的要領，也是全闋的主旨。

下片從抒發對國事的憤慨，轉而稱頌韓元吉，看似另立機杼，其實乃上片的有機組合。因為對韓氏的稱頌，就是證實上片所說的「經綸手」世有其人，其人非他，即馳騁文壇而又曾騰踔政海的韓元吉。設或韓氏在朝秉政，得行其志，國事尚有可為，匡復仍然有望。可是現今呢？韓氏和自己都像歷史上三位賢相一般投閒置散，嘯傲煙霞，寄情林莽，對國家大事竟無置喙的餘地，於此，作者憤慨之情可以想見。最難得的是，作者於憤慨之餘，對國事仍未失去信念，於是發出「待他年，整頓乾坤事了，為先生壽」的豪言，換言之，即國恥未雪，無以稱壽，這與霍去病「匈奴未滅，無以家為」（《史記．衛將軍驃騎列傳》），堪稱異代同調，又與上片「算平戎萬里，功名本是，真儒事，公知否」緊密契合。

本詞除運筆布局，峰巒起伏，頗具匠心外，引用史乘，比擬今人今事，也很成功。如上片連用「五馬渡江」、「長安父老」、「新亭風景」、「神州陸沉」四則東晉典故比擬南宋之事，貼切無倫，移用不得。下片以韓元吉比東晉謝安，唐代裴度、李德裕，不但因為韓氏當時的處境，與謝、裴、李三人的某一時期相似，而且還涵蘊著更深一層意思：謝安淝水大破苻堅軍，裴度平淮西吳元濟之亂，李德裕平澤潞劉稹之亂，這三人都建立了不世之功勳。而韓元吉呢？則長才未及施展即致仕家居，故作者為之惋惜。以此下接激勵韓氏的「待整頓」三句，便很自然而不突兀。（黃清士）

水龍吟 辛棄疾

登建康賞心亭

楚天千里清秋，水隨天去秋無際。遙岑遠目，獻愁供恨，玉簪螺髻。落日樓頭，斷鴻聲裡，江南遊子。把吳鉤看了，欄杆拍遍，無人會、登臨意。

休說鱸魚堪膾，盡西風、季鷹歸未？求田問舍，怕應羞見，劉郎才氣。可惜流年，憂愁風雨，樹猶如此！倩何人喚取，紅巾翠袖，揾英雄淚！

這首詞作於宋孝宗乾道四年至六年（一一六八～一一七〇）間建康通判任上。這時作者南歸已八、九年了，卻投閒置散，不得一遂報國之願。值此登臨周覽之際，一抒鬱結心頭的悲憤之情。

建康（今江蘇南京）是東吳、東晉、宋、齊、梁、陳六個朝代的都城。賞心亭是南宋建康城上的亭子。據宋周應合《景定建康志》記載：「賞心亭在（城西）下水門之城上，下臨秦淮，盡觀覽之勝。」

這首詞，上片大段寫景：由水寫到山，由無情之景寫到有情之景，很有層次。開頭兩句，「楚天千里清秋，水隨天去秋無際」，是作者在賞心亭上所見的江景。楚天千里，遼遠空闊，秋色無邊無際。大江流向天邊，也不知何處是它的盡頭。寫得氣象闊大，筆力遒勁。「楚天」的「楚」，泛指長江中下游一帶，這裡戰國時曾屬楚國。「水隨天去」的「水」指浩浩蕩蕩奔流不息的長江。「千里清秋」和「秋無際」，寫出江南秋季的特點。南方常年多雨多霧，只有秋季，天高氣爽，才可能極目遠望，看見大江向無窮無盡的天邊流去。

下面「遙岑遠目，獻愁供恨，玉簪螺髻」三句，是寫山。「遙岑」即遠山。放眼望去，那一層層、一疊疊的遠山，有的很像美人頭上插戴的玉簪，有的很像美人頭上螺旋形的髮髻，可是這些都只能引起詞人的憂愁和憤恨。皮日休〈太湖詩二十章：縹緲峰〉詩「似將青螺髻，撒在明月中」，韓愈〈送桂州嚴大夫同用南字〉詩有「山如碧玉篸（即簪）」之句，是此句用語所本。人心中有愁有恨，所見之遠山也似乎在「獻愁供恨」。這是移情及物的手法。至於愁恨為何，又何因而至，詞中沒有正面交代，但結合登臨時情景，可以意會得到。北望是江淮前線，效力無由；再遠即中原舊疆，收復無日；南望則山河雖好，無奈僅存半壁；朝廷主和，志士不得其位，即思進取，也限於國力。以上種種，是恨之深者，愁之大者。借言遠山之獻供，一寫內心的擔負，而總束在此片結句「登臨意」三字內。開頭兩句，是純粹寫景，至「獻愁供恨」三句，已進了一步，點出「愁」、「恨」兩字，由純粹寫景而開始抒情，由客觀而及主觀，感情也由平淡而漸趨強烈。「落日樓頭」六句意思說，夕陽快要西沉，孤雁的聲聲哀鳴不時傳到賞心亭上，更加引起了作者對遠在北方的故鄉的思念。他看著腰間空自佩戴的寶刀，悲憤地拍打著亭子上的欄杆，可是又有誰能領會他這時的心情呢？

這裡「落日樓頭，斷鴻聲裡，江南遊子」三句，雖然仍是寫景，但同時也是喻情。落日，本是自然景物，辛棄疾用「落日」二字，含有比喻南宋國勢衰頹的意思。「斷鴻」，是失群的孤雁，比喻自己飄零的身世和孤寂的心境。「遊子」，指自己。辛棄疾渡江淮歸南宋，原是以宋朝為自己的故國，以江南為自己的家鄉的。可是南宋統治集團不把辛棄疾看作自己人，對他一直採取猜忌排擠的態度，致使辛棄疾覺得他在江南真的成了遊子了。

「把吳鉤看了，欄杆拍遍，無人會、登臨意」三句，是直抒胸臆，但作者不是直接用語言來渲染，而是選用具有典型意義的動作，淋漓盡致地抒發自己報國無路、壯志難酬的悲憤之情。第一個動作是「把吳鉤看了」（「吳鉤」是吳地所造的鉤形刀）。杜甫〈後出塞五首〉其一中就有「少年別有贈，含笑看吳鉤」的句子。「吳鉤」，本是戰場上殺敵的銳利武器，但現在卻閒置身旁，無處用武，這就把作者雖有沙場立功的雄心壯志、卻是英雄無用武之地的苦悶也烘托出來了。以物比人，這怎能不引起辛棄疾的無限感慨呢！第二個動作「欄杆拍遍」。據宋王闢之《澠水燕談錄》記載，一個「與世相齟齬」的劉孟節，他常常「憑欄靜立，懷想世事，吁唏獨語，或以手拍欄杆。嘗有詩曰：『讀書誤我四十年，幾回醉把欄杆拍。』」欄杆拍遍是表示胸中那說不出來抑鬱苦悶之氣，借拍打欄杆來發洩的意思，用在這裡，就把作者雄心壯志無處施展的急切悲憤的情態宛然顯現在讀者面前。另外，「把吳鉤看了，欄杆拍遍」，除了典型的動作描寫外，還由於採用了運密入疏的手法，把強烈的思想感情寓於平淡的筆墨之中，內涵非常豐厚，十分耐人尋味。「無人會、登臨意」，慨嘆自己空有恢復中原的抱負，而沒有人是他的知音。

上片寫景抒情，下片則是直接言志。下片十一句，分四層意思：

「休說鱸魚堪膾，盡西風、季鷹歸未？」儘管西風起來了，季鷹歸來沒有呢？這裡引用了一個典故：晉朝人張翰（字季鷹），在洛陽作官，見秋風起，想到家鄉蘇州味美的鱸魚，便棄官回鄉（見《晉書．張翰傳》）。現在深秋時令又到了，連大雁都知道尋蹤飛回舊地，何況我這個漂泊江南的遊子呢？然而自己的家鄉如今還在金人統治之下，想回去也回去不了！「盡西風、季鷹歸未？」既寫了有家難歸的鄉思，又抒發了對金人、對南宋朝廷的激憤，確實收到了一石三鳥的效果。鄉思，與前面的「遊子」呼應，是「落日」、「斷鴻」背景裡「遊子」的真情流露。

「求田問舍，怕應羞見，劉郎才氣」，是第二層意思。求田問舍就是買地置屋。劉郎，指三國時劉備，這裡泛指有大志之人。這也是用了一個典故。三國時許汜去看望陳登，陳登對他很冷淡，獨自睡在大床上，叫他睡下床。後來許汜把這事告訴劉備，劉備說：天下大亂，你忘懷國事，求田問舍，陳登當然瞧不起你。如果碰上我，我將睡在百尺高樓，叫你睡在地下，豈止相差上下床呢？（見《三國志．陳登傳》）這二層的大意是說，既不學為吃鱸魚膾而還鄉的張季鷹，也不學求田問舍的許汜。「怕應羞見」的「怕應」二字，是辛棄疾為許汜設想，表示懷疑：像你（指許汜）那樣的瑣屑小人，自己有何面目去見像劉備那樣的英雄人物？

「可惜流年，憂愁風雨，樹猶如此」，是第三層意思。流年，即年光如流；風雨，指國家在風雨飄搖之中，「樹猶如此」也有一個典故，據南朝宋劉義慶《世說新語．言語》，桓溫北征，經過金城，見自己過去種的柳樹已長到幾圍粗，便感嘆地說：「木猶如此，人何以堪？」樹已長得這麼高大了，人怎麼能不老呢！這三句詞包含的意思是：我所憂懼的，只是國事飄搖，時光流逝，北伐無期，恢復中原的宿願不能實現，辜負了平生的雄心壯志，如此而已。這三句，是全首詞的核心。到這裡，作者的感情經過層層推進已經發展到最高點。下面就自然地過渡到詞的結尾了，也就是第四層意思：「倩何人喚取，紅巾翠袖，搵（同「抆」）英雄淚。」倩，是請求，「紅巾翠袖」，是少女的裝束，這裡就是少女的代名詞。在宋代，一般遊宴娛樂的場合，都有歌妓在旁唱歌侑酒。這三句是寫辛棄疾自傷抱負不能實現，時無知己，得不到同情與慰藉的悲嘆。亦與上片「無人會、登臨意」相呼應。

這首詞，是辛詞名作之一，它不僅反映了辛棄疾生活的那個時代的矛盾，有深厚的現實內容，而且藝術手法圓熟精到。（夏承燾、吳無聞）

滿江紅　辛棄疾

江行和楊濟翁韻

過眼溪山，怪都似、舊時曾識。還記得、夢中行遍，江南江北。佳處徑須攜杖去，能消幾兩平生屐？笑塵勞、三十九年非，長為客。

吳楚地，東南坼。英雄事，曹劉敵。被西風吹盡，了無塵跡。樓觀才成人已去，旌旗未捲頭先白。嘆人間、哀樂轉相尋，今猶昔。

此詞與〈水調歌頭〉（落日塞塵起）為同時先後所作。題一作「江行，簡楊濟翁、周顯先」，乃作者離開揚州溯江上行，途中抒懷的作品。今存楊炎正（濟翁）〈滿江紅〉數首，其中「典盡春衣」一首有「功名事，雲霄隔；英雄伴，東南坼」，「問漁樵、學作老生涯，從今日」等語，與這首詞雖用韻不同，而情調相同，意氣相通。

此詞可分三層。上片為第一層，由江行沿途所見山川引起感懷昔遊，痛惜年華之意。長江中下游地區山川秀美。辛棄疾南歸之初，自孝宗乾道元年（一一六五）至三年，曾漫遊吳楚，行蹤及於大江南北，對這一帶山水是熟悉的。乾道四年通判建康府，此後出任地方官，調動頻繁，告別山水長達十年。無怪眼中山川「都似舊時相識」了。「溪山」日「過眼」，看山卻似走來迎，確是江行的感覺。「怪」是不能認定的驚疑感，是久違重逢的最初的感觸。往事雖「還記得」，卻漫漶模糊、記不真切，真像一場舊夢。「還記得、夢中行遍，江南江北」，「夢中」云者不僅有烘虛托實之妙，也是心理感受的實際寫照，這種恍惚的神思，乃是多年來希望落空、業已倦於宦遊的結果。反覆玩味以上數句，實已暗伏「塵勞」、覺非之意。這個忽來的記憶，同時也就成了一種強有力的召喚，來自大自然的召喚。所以，緊接二句寫道：「佳處徑須攜杖去，能消幾兩平生屐？」要探山川之勝，就得登攀，「攜杖」、著「屐」（一種木底鞋）是少不了的。南朝宋劉義慶《世說新語．雅量》載阮孚好屐，嘗曰：「未知一生當著幾量（兩）屐？」意謂人生短暫無常，話卻說得豁達幽默。此處用來稍變其意，謂山川佳處常在險遠，不免多穿幾雙鞋，可這又算得了什麼呢！所以結尾幾句就對照說來，「笑塵勞、三十九年非」乃套用「蘧伯玉（春秋時衛國大夫）年五十而有四十九年非」（《淮南子．原道訓》）的話，作者當時四十歲，故這樣說。表面看，這是因虛度年華而自嘲，其實，命運又豈是自己主宰得了的呢？「長為客」三字深懷憂憤，語意曠達中包含沉鬱。

過片六句另起一意為第二層，由山川形勝而引起對古代英雄事跡的追懷。揚州上游的豫章之地，向稱吳頭楚尾。「吳楚地，東南坼」化用杜詩（〈登岳陽樓〉「吳楚東南坼」），表現江行所見東南一帶景象之壯闊。山川形勝，使作者想到三國鼎立時代的英雄，尤其是立足東南、北拒強敵的孫權，最令他欽佩景仰。曹操曾對劉備說：「今天下英雄，唯使君與操耳。」（《三國志．先主傳》）而堪與曹劉匹敵的唯有孫權。此處四句寫地靈人傑，聲情激昂，其中隱含作者滿腔豪情。因而「被西風吹盡，了無塵跡」二句有慨嘆，亦有追慕。恨不能起古人於九泉而從之的意味，亦隱然句中。

結尾數句為第三層，是將以上兩層意思匯合起來，發為更憤激的感慨。「樓觀才成人已去」承上懷古，用蘇軾詩「樓成君已去，人事固多乖」（〈送鄭戶曹〉）意，譬言吳國基業始成而孫權就匆匆離開人間。「旌旗未捲頭先白」承前感舊，由人及己，「旌旗」指戰旗，意言北伐事業未成，自己的頭髮卻先花白了。綜此二者，於是詞人得出一個無可奈何的結論：人間哀樂從來循環不已（「轉相尋」），「今猶昔」。這結論頗帶宿命色彩，乃是作者對命運無法解釋的解釋。

詞中一方面表示倦於宦遊——「笑塵勞、三十九年非」，另一方面又追懷古代英雄業績，深以「旌旗未捲頭先白」為憾，反映出作者失意矛盾的心情。雖是因江行興感，詞中卻沒有寫景，始終直抒胸臆；雖然寄慨很深，卻不用比興手法，純屬直賦。這種手法與詞重婉約、比興的傳統是完全不同的。但由於作者能將現實政治感慨與懷古之情結合起來，指點江山，縱橫議論，驅使古人詩文於筆端，頗覺筆力健峭，感情彌滿。所謂「滿心而發，肆口而成」（宋張耒〈賀方回樂府序〉），自具興發感人力量。（周嘯天）

水調歌頭

辛棄疾

盟鷗

帶湖吾甚愛，千丈翠奩開。先生杖屨無事，一日走千回。凡我同盟鷗鷺，今日既盟之後，來往莫相猜。白鶴在何處？嘗試與偕來。破青萍，排翠藻，立蒼苔。窺魚笑汝痴計，不解舉吾杯。廢沼荒丘疇昔，明月清風此夜，人世幾歡哀？東岸綠陰少，楊柳更須栽。

此詞寫於宋孝宗淳熙九年（一一八二），作者被劾落職閒居帶湖之初。詞題「盟鷗」，是活用《列子．黃帝》狎鷗鳥不驚的典故，指與鷗鳥約盟為友，永在水國雲鄉一起棲隱之意，但實際所寫並非閒適情趣。

上闋以首句中「甚愛」二字統攝。次句用「千丈翠奩開」之比喻，盛讚帶湖景色之勝，說明「甚愛」原因。原來這裡太美了：放眼千丈寬闊的湖水，宛如打開翠綠色的鏡匣一樣，一片晶瑩清澈。面對如此美景，難怪「先生杖屨（音同具，鞋子）無事，一日走千回」了。這是用誇張寫法來說明「甚愛」程度，句格同杜甫〈百憂集行〉「一日上樹能千回」：閒居無事，拄杖著屨，徜徉湖畔，竟一日而千回。下面寫因愛湖之「甚」，而及湖中之鳥，自然產生與其結盟之想——這是用擬人法。「凡我」三句，是寫對眼前鷗鳥之願：希望既結盟好之後，就應常來常往，不要再相猜疑了。《左傳．僖公九年》：「齊侯盟諸侯於葵丘曰：『凡我同盟之人，既盟之後，言歸於好。』」詞裡這幾句顯然是從《左傳》化來，純是散文句法。「白鶴」二句，是寫對眼前鷗鳥之囑：託其試將白鶴也一起邀來。由愛所見之鷗鷺，而兼及未見之白鶴，其「愛」更進一層。

以上極寫帶湖之美及對帶湖之愛，固然表露了詞人擺脫了對黑暗官場爾虞我詐的煩惱和明槍暗箭的驚恐以後心情之寧靜，但在這寧靜之中又透露出幾分孤寂之情。一個「壯歲旌旗擁萬夫」（辛棄疾〈鷓鴣天〉）的沙場將帥，竟然落到了這步田地——只能終日與鷗鳥為伍，其心境之淒涼，可想而知。妙在詞中表面上卻與「愁」字無涉，全用輕鬆之筆出之，這大概就是詞人後來所說的「而今識盡愁滋味，欲說還休；欲說還休，卻道天涼好個秋」（〈醜奴兒．書博山道中壁〉）的手法吧。

過片緊承上闋遐想。作者一片赤誠，與鷗鳥結盟為友，然而鷗鳥如何呢？這就是「破青萍」三句所寫：牠們立於水邊蒼苔之上，時而撥動浮萍，時而排開綠藻，對詞人的美意不理不睬。其意何在？從下句「窺魚笑汝痴計」中可以看出。原來牠們「立蒼苔」，「為有求魚心，不是戀湖水」①，與詞人「同居而異夢」。專心「窺魚」，伺機而啄，在詞人看來，只是一種「痴計」，一份傻心思而已。對此，他當然只能付之一「笑」了。這「笑」，既是對鷗鳥「何時忘卻營營」（蘇軾〈臨江仙〉）的諷笑，也是因自己目不識人、「多情卻被無情惱」（蘇軾〈蝶戀花〉）的苦笑。看來，鷗鳥亦非知己，並不懂得詞人此時的情懷，所以他悵然發出了「不解舉吾杯」之嘆。盟友縱在身旁，孤寂之心依舊，無人能釋分毫。可見，詞人所舉之杯，哪裡能為永結盟好作賀，只能澆胸中塊壘罷了。雖然人們常說「舉杯銷愁愁更愁」（李白〈宣州謝朓樓餞別校書叔雲〉），但詞人並沒有被愁所壓倒。「廢沼荒丘疇昔，明月清風此夜」，他從自己新居的今昔變化中，似乎悟出了社會滄桑和個人沉浮的哲理——「人世幾歡哀」。今天朝廷命官，明日山鄉野老，除此之外，豈有他哉！詞人似乎已經將紅塵看破，變得益發曠達開朗，因而對隱居之所帶湖也更加喜愛了。「東岸綠陰少，楊柳更須栽。」看來，其愛還並非出於一時，而要作久居長棲之計了。詞到此處完篇，對開首恰成回應。

上闋旨意全在不寫之中寫出，下闋其語愈緩，其意愈切，感情十分強烈，較上闋又進一層。天地之大，知己何在？孑然一身，情何以堪！

可見，這首詞並不是寫什麼優游之趣，閒適之情；分明是抒被迫隱居、不能用世的落寞之嘆，孤憤之慨。清代劉熙載《藝概．詞概》云：「詞之妙莫妙於以不言言之，非不言也，寄言也。」細玩稼軒此作，確有「不言言之」之妙。（劉刈）

〔註〕①唐人崔道融〈江鷗〉詩：「白鳥波上棲，見人懶飛起，為有求魚心，不是戀江水。」

水調歌頭

辛棄疾

湯朝美司諫見和，用韻為謝。

白日射金闕，虎豹九關開。見君諫疏頻上，談笑挽天回。千古忠肝義膽，萬里蠻煙瘴雨，往事莫驚猜。政恐不免耳，消息日邊來。笑吾廬，門掩草，徑封苔。未應兩手無用，要把蟹螯杯。說劍論詩餘事，醉舞狂歌欲倒，老子頗堪哀。白髮寧有種？一一醒時栽！

辛棄疾四十二歲那年，為監察御史王藺所劾，削職回上饒帶湖閒居。有曾任司諫的湯朝美自廣東新州貶所量移江西信州（今上饒），得以相識。二人志同道合，且同樣受著打擊，有相濡以沫之情。先是，辛賦〈水調歌頭〉（盟鷗），湯以韻相和；辛又用原韻，賦此闋謝答。

「白日射金闕，虎豹九關開。」「金闕」、「九關」均喻指宮廷，十字寫的是皇宮富麗堂皇、禁衛森嚴的氣象。在那裡，朝美「諫疏頻上，談笑挽天回」。四句兩層，一張一弛，中間作一暗轉。據《稼軒詞編年箋注》引《京口耆舊傳．湯邦彥傳》：「時孝宗銳意遠略，邦彥自負功名，議論英發，上心傾向之，除祕書丞，起居舍人，兼中書舍人，擢左司諫兼侍讀。論事風生，權幸側目。上手書以賜，稱其『以身許國，志若金石，協濟大計，始終不移』。及其他聖意所疑，輒以諏問。」那時候的宋孝宗還有些進取之意。淳熙二年八月派湯朝美使金，向金討還河南北宋諸帝陵寢所在之地。不料湯朝美有辱使命，回來後觸皇帝之怒，流貶新州，嘗盡「蠻煙瘴雨」滋味。這中間先前對他「側目」的「權幸」們起了什麼作用，可以想見。「千古」、「萬里」兩句中間再作一暗轉。前車堪鑑，辛棄疾該勸他改弦易轍，求自全之道吧？——不！他卻安慰朝美「往事莫驚猜」（驚疑）。因為，新的機運一定會到來。眼前你不是已經量移了嗎？恐怕還會有消息從皇帝身邊下來，對你重新起用①。「日邊」這裡用以比喻帝王左右，「恐」字是擬想之辭，卻又像深有把握似的，這是稼軒用典的妙處。從「蠻煙瘴雨」的黯淡恓惶到日邊消息之希望復起，中間再作一暗轉。上片凡三暗轉，大起大落，忽而榮寵有加，忽而憂患畢至；忽而蠻煙瘴雨，忽而日邊春來，乍喜乍悲，亦遠亦近，變化錯綜，極激昂排宕之勢。

下片轉敘一己鄉居生活情懷。「門掩草，徑封苔」，本是冷落景象，詞人但以一笑置之。不難看出，這笑，是強作曠達的苦笑，是傲岸不平的蔑笑。下片無限幽憤，都被這領起換頭的一個「笑」字染上了不協調的色彩，於拗折中加深了感情的層次。接下去仍是正言反出：未必我這雙手就沒有用處，不是可以「一手持蟹螯，一手持酒杯」②嗎？試想，當國步蜩螗之際，他那雙屠鯨剸虎的巨手，不能用來旋乾轉坤，卻去執杯持蟹，這是人間何等不平事！而此等不平事，稼軒但以「未應兩手無用」的反語輕輕挑出，愈見沉哀茹痛。循此一念，又找足「說劍」一層。說劍論詩，概言武備文事。辛棄疾「壯歲旌旗擁萬夫」（辛棄疾〈鷓鴣天〉），後來又曾上〈十論〉、〈九議〉，慷慨國事。現在看來，這文韜武略都是多餘的閒事了。剩下的，只有終日痛飲長醉。這「醉舞狂歌欲倒」六字，寫盡詞人悲憤心懷，潦倒情態，然後束以「老子頗堪哀」。「堪哀」是堪憐念之意，此句語出《後漢書．馬援傳》③，意思是說自己如此狂歌醉舞，放浪形骸，這心情應該是故人所理解、憐恤的。歇拍「白髮寧有種？一一醒時栽」，將一腔幽憤推向一個高潮。「白髮」寫愁，本近俗濫，但稼軒用一「栽」字化腐朽為神奇，翻出了新意。這兩句有幾層意思。我春秋正富，本不是衰老的時候；無非憂能傷人，添我滿頭霜雪，可見白髮何嘗有種？這是一層。國事不堪寓目，醉中尚可暫忘，醒來則不勝煩憂，此白髮乃「一一醒時栽」也，又翻進一層。再說，白髮並不是自然生出來的，而是「栽」上去的，可見此星星者乃外力強加於我身。這樣，就從根根白髮上顯示出詞人人生道路上的風風雨雨，隱然現出廣闊的社會背景，這又是一層。且「栽」字齒音平韻，於聲則無限延長，於情則芊綿不盡。這下片一路蓄意蓄勢，急管繁弦，最終結在這個警句上，激昂排宕，感慨深沉。千載下讀之，猶覺滿腔不平之氣，夾風雨霜雪以俱來。

這首詞，上片節節暗轉，於無字處為曲折，極掩抑動蕩之美；下片卻一氣奔注，牢騷苦悶，傾瀉而來，卻又累出反語，在一氣奔注中故作幽塞，掀起波瀾，豪放中仍不失頓挫曲折，詞的構局可謂錯綜多變。

全詞核心在下片，但上下兩片，對比映襯，增強了表現力。上片一起，白日金闕，虎豹九關，何等高華氣象；下片一轉，門為草掩，徑被苔封，又何等荒涼寂寞！這是一層對比。上片讚美湯朝美，譽其巨手可以「談笑挽天回」；下片寫自己，則兩手只堪把蟹持杯，又是一層對比。上片寫對方，彷彿日邊消息，咄嗟可待；下片說自己，則滿頭白髮，勢將潦倒以終，再加一層對比。透過客主強烈對比，益見「斯人獨憔悴」（杜甫〈夢李白二首〉其二）的不平之情，這是此詞的另一個特色。

上片激勸對方，意氣飛揚；下片抒一己之憤，形象潦倒。乍讀之下，上下片的思想感情，似涉矛盾。其實，此等矛盾之處，正是顯示稼軒的偉大之處。稼軒是雖身處閒散而時時不忘憂樂天下的血性男兒。他既不能不為一己之遭際而憤然不平，又不忍以一己之遭際挫盡天下志士仁人之壯志。因此，他總是本著「知其不可而為之」的頑強精神，鼓舞同道，力挽既倒的狂瀾。故上片激勸再三，下片卻沉憂抑鬱。此矛盾糾結之處，正見出詞人一片孤臣孽子之苦心，這正是此詞的思想光輝之所在。善乎清謝章鋌《賭棋山莊詞話》之評曰：「讀蘇辛詞，知詞中有人，詞中有品。」（賴漢屏）

〔註〕①南朝宋劉義慶《世說新語．排調篇》：「初，謝安在東山居布衣時，兄弟已有富貴者，翕集家門，傾動人物。劉夫人戲謂安曰：『大丈夫不當如此乎？』謝乃捉鼻曰：『但恐不免耳。』」②《世說新語．任誕篇》：「畢茂世云：『一手持蟹螯，一手持酒杯，拍浮酒池中，便足了一生。』」③《後漢書．馬援傳》：「拜援隴西太守。……援務開恩信，寬以待下。任吏以職，但總大體而已。賓客故人，日滿其門。諸曹時白外事，援輒曰：『此丞掾之任，何足相煩。頗哀老子，使得遨遊。』」

水調歌頭 辛棄疾

舟次揚州，和楊濟翁、周顯先韻。

落日塞塵起，胡騎獵清秋。漢家組練十萬，列艦聳層樓。誰道投鞭飛渡，憶昔鳴髇血汙，風雨佛貍愁。季子正年少，匹馬黑貂裘。

今老矣，搔白首，過揚州。倦遊欲去江上，手種橘千頭。二客東南名勝，萬卷詩書事業，嘗試與君謀。莫射南山虎，直覓富民侯。

此詞約作於宋孝宗淳熙五年（一一七八），時作者由大理少卿出領湖北轉運副使，溯江西行。舟次揚州時，與友人楊濟翁（炎正）、周顯先有詞作唱和，此詞即其一。周生平未詳。楊為有名詞人，其原唱〈水調歌頭〉（登多景樓）存於《西樵語業》中，為憂憤時局，感慨「報國無路」之作。作者在南歸之前，曾在山東、河北地區從事抗金活動，重過揚州，又讀到友人傷時的詞章，他心潮澎湃，遂寫下這一首撫今追昔的和韻詞作。

詞的上片是「追昔」。作者的抗金生涯開始於金主完顏亮發動南侵時期，詞亦從此寫起。古代北方民族常在秋高馬肥的時節犯擾中原，「胡騎獵清秋」即指完顏亮於高宗紹興三十一年（一一六一）率軍南進事（「獵」，借指戰爭）。前一句「落日塞塵起」則先造氣氛。從意象看：戰塵遮天，本來無光的落日，便顯得更其慘淡。這就渲染出敵寇甚囂塵上的氣焰。緊接二句則寫宋方抗金部隊堅守大江。以「漢家」與前二句「胡騎」對舉，自然造成兩軍即將接仗，一觸即發的戰爭氣氛。寫對方行動以「起」、「獵」等字，屬於動態的；寫宋方部署以「列」、「聳」等字，是偏於靜態的。相形之下，益見前者囂張，後者鎮定。「組練（組甲練袍，指軍隊）十萬」、「列艦」「層樓」，均極形宋軍陣容盛大，有一種決勝的信心感。前四句對比有力，同時釀足感情，使人感覺戰爭前途光明，以下三句進一步回憶當年完顏亮南進潰敗被殺事。

完顏亮南進期間，金統治集團內部分裂，軍事上復受挫折，士氣動搖。當完顏亮迫令金軍三日內渡江南下時，卻被部下所殺，結束了這次戰爭。「誰道投鞭飛渡」三句即書其事。句中隱含三個故實：《晉書．苻堅載記》載前秦苻堅南侵東晉，曾不可一世地說「以吾之眾旅，投鞭於江，足斷其流」，結果卻一敗塗地，喪師北還。《史記．匈奴傳》載匈奴頭曼單于之太子冒頓作鳴鏑（鏑，音同笛，即「鳴髇」，響箭。髇，音同簫），命令部下說：「鳴鏑所射而不悉射者斬之。」後在一次出獵時，冒頓以鳴鏑射頭曼，他的部下也跟著發箭，頭曼遂被射殺。「佛狸」即北魏太武帝拓跋燾。他南侵中原受挫，被太監殺死。作者融此三事以寫完顏亮發動南侵，喪於內亂，事與願違的史實，不僅切貼，又出以問答，更覺有化用自然之妙。

宋朝軍民敵愾同仇，而金國外強中乾且有「離合之釁」可乘，在作者看來這是恢復河山的大好時機。當年，這位二十出頭的義軍掌書記就策馬南來，使義軍與南宋政府取得聯繫，以期協同作戰，大舉反擊。「季子正年少，匹馬黑貂裘」，正是作者當年颯爽英姿的寫照。蘇秦字「季子」，乃戰國時著名策士，以合縱政策游說諸侯佩六國相印。他年輕時曾著「黑貂裘」西入秦。作者以「季子」自擬，乃是凸出自己以天下為己任的少年銳進之氣。於是，在戰爭風雲的時代背景上，這樣一個「錦襜突騎渡江初」（〈鷓鴣天〉）的少年英雄亮相，顯得虎虎有生氣，與下片搔白首而長嘆的今「我」判若兩人。

過片即轉為「撫今」。上片結句才說到「年少」，這裡卻繼以「今老矣」一聲長嘆，其間掠過了近二十年的時間跨度。這裡的嘆老又不同一般文人喜歡嘆老嗟卑的心理，而是類乎「時易失，心徒壯，歲將零」（張孝祥〈六州歌頭〉），屬於深憂時不我待、老大無成的志士之苦。南渡以來，作者長期被投閒置散，志不得申，此時翹首西北，「望中猶記，烽火揚州路」（〈永遇樂〉），真有不勝今昔之感。

過片三短句，情緒夠悲愴的，似乎就要言及政局國事，但卻沒有，是「欲說還休」。此下只講對來日的安排，分兩層。一層說自己，因為倦於宦遊，想要歸隱田園，種樹置產。三國時吳丹陽太守李衡在龍陽縣氾洲種柑橘，臨死時對兒子說：「吾州里有千頭木奴，不責汝衣食，歲上一匹絹，亦可足用耳。」（見《三國志．吳書．孫休傳》注引《襄陽記》）此處化用李衡語，既饒風趣，又故意表現出一種善治產業、謀衣食的精明人口吻。只要聯想作者「求田問舍，怕應羞見，劉郎才氣」（〈水龍吟〉）的詞句，不難體味這裡隱含的無奈、自嘲及悲憤的複雜情緒。說「欲去」而未去，正表現出作者內心的矛盾。

二層是勸友人。楊濟翁原唱云：「忽醒然，成感慨，望神州。可憐報國無路，空白一分頭。都把平生意氣，只做如今憔悴，歲晚若為謀？」其彷徨苦悶，可謂與棄疾相通。作者故爾勸道：您們二位（「二客」）乃東南名流，腹藏萬卷，胸懷大志，自不應打算歸隱如我。但有一言還想與君等商議一下：且莫效李廣那樣南山習射，只可直取「富民侯」而已。《史記．李將軍列傳》載，李廣曾「屏野居藍田南山中射獵」，「廣所居郡聞有虎，嘗自射之」。《漢書．食貨志》：「武帝末年悔征伐之事，乃封丞相為富民侯。」李廣生不逢高祖之世，未盡其才，未得封侯；而「富民侯」卻能不以戰功而取。二句謂朝廷「偃武修文」，放棄北伐，致使英雄無用武之地，其意不言自明。要之，無論說自己「倦遊欲去江上，手種橘千頭」也好，勸友人「莫射南山虎，直覓富民侯」

也好，都屬激憤語。如果說前一層講得較為平淡隱約，後一層「莫射」、「直覓」云云，語意則相當激烈明顯。分兩步走，便把一腔憤懣盡情發洩出來。

詞前半頗類英雄史詩的開端，然而其壯詞到後半卻全無著落，反添落寞之感，透過這種跳躍性很強的分片，有力表現出作者失意和對時政不滿的心情。下片寫壯志銷磨，全推在「今老矣」三字上，行文騰挪，用意含蓄，箇中酸楚憤激，耐人尋味，詞情尤覺沉著。憤語、反語的運用，也有強化感情色彩的作用。此詞與作者〈鷓鴣天〉（壯歲旌旗擁萬夫）從內容到分片結構上都很相近，可以參讀。（周嘯天）

念奴嬌

辛棄疾

登建康賞心亭①，呈史留守致道②。

我來弔古，上危樓，贏得閒愁千斛③。虎踞龍蟠何處是？只有興亡滿目。柳外斜陽，水邊歸鳥，隴上吹喬木。片帆西去，一聲誰噴霜竹④？卻憶安石風流，東山歲晚⑤，淚落哀箏曲⑥。兒輩功名都付與，長日唯消棋局。寶鏡難尋，碧雲將暮，誰勸杯中綠⑦？江頭風怒，朝來波浪翻屋。

〔註〕①賞心亭：宋周應合《景定建康志》：「賞心亭在下水門之城上，下臨秦淮，盡觀覽之勝。丁晉公謂建。」②史致道：名正志，揚州人，當時正任建康行宮留守、建康知府兼沿江水軍制置使，與辛棄疾志同道合。③斛：量器名，亦容量單位。古代以十斗為一斛，南宋末改五斗為一斛。④噴：噴發，指吹奏。黃庭堅〈念奴嬌〉詞：「孫郎微笑，坐來聲噴霜竹。」霜竹：竹笛，由霜後竹子做成，故云。⑤東山：謝安曾高臥東山（即會稽山），放情丘壑。⑥桓伊彈奏的〈怨詩〉：「為君既不易，為臣良獨難。忠信事不顯，乃有見疑患……」⑦綠：代指酒。

宋孝宗乾道四年（一一六八），辛棄疾任建康（今江蘇南京）通判，當時他南歸已經七個年頭，而他嚮往的抗金救國事業，卻毫無進展，而且還遭到朝中議和派的打擊。詞人在一次登建康賞心亭時，觸景生情，感慨萬千，便寫了此作，呈送建康行宮留守史致道，以表達對國家前途的憂慮，對議和派排斥愛國志士的憤懣。全詞寫景時，寓情於景，感情色彩極其濃郁；抒情時，弔古傷今，筆調極為深沉悲涼。

這首詞從以下幾方面著筆：建康古來的地理形勢、如今的敗落景象，並用東晉名相謝安的遭遇自況，表達自己缺乏知音的苦悶，最後用長江風浪險惡，暗喻南宋的危局。

開頭三句，開門見山，直接點明主題，然後再圍繞主題，一層一曲地舒展開來。「上危樓，贏得閒愁千斛」，是說自己登上高樓，觸景生情，引起無限感慨。「閒愁千斛」，是形容愁苦極多。所謂「閒愁」，是作者故作輕鬆之筆，其實是他關心國事的深深憂愁。

四、五兩句，採用自問自答的方式，把「弔古傷今」落到實處。「虎踞龍蟠何處是」，這一發問，極為悲涼。據《金陵圖經》說：「石頭城在建康府上元縣西五里。諸葛亮謂吳大帝曰：『秣陵地形，鍾山龍蟠，石城虎踞，真帝王之都也。』」正因為如此，建康曾經成為六朝的國都。但在辛棄疾看來，而今卻徒有空名，留下來的只是一片敗亡的歷史陳跡。言外之意，是譴責南宋朝廷不利用建康的有利地形抗擊金兵、收復中原。這裡異常生動地凸現出詞人大聲疾呼、痛苦欲絕、氣憤填膺的形象。「興亡滿目」，「興亡」二字是偏義詞，側重於「亡」字。

「柳外斜陽」五句，描寫建康如今的景象，把「興亡滿目」落到實處，渲染一種悲涼淒楚的氣氛：夕陽斜照在迷茫的柳樹上；水邊覓食的鳥兒，在急促地飛回窩巢；壠上的喬木，被狂風吹打，飄落下片片黃葉；一隻孤零零的小船，漂泊在秦淮河中，匆匆地向西邊駛去；不知何人，吹奏起悲涼的笛聲。映入詞人眼簾的，都是這種迷茫淒楚、愴惶急促、孤寂悲涼的景象，這與作者當時的心境有關。從構思而言，上片三個層次，層層遞進、環環緊扣主題。

下片十句側重於表現詞人志不得伸、無法實現抗金救國理想的愁苦，及其對國家前途的憂慮。下片亦分三個層次，前五句為一個層次，是曲筆。次三句為一個層次，是直抒胸臆。最後兩句為一個層次，是比喻。各層次相輔相成，各得其妙。

「卻憶安石風流」五句，用謝安（安石）受讒被疏的典故。前三句寫謝安早年寓居會稽，與王羲之等知名文人「漁弋山水」，「言詠屬文」，無處世之意。晉孝武帝司馬曜執政，他出任宰相，後來受讒被疏。「淚落哀箏曲」，寫謝安被疏後，孝武帝有次設宴招待大將桓伊，謝安在座。桓伊擅長彈箏，他為孝武帝彈一曲〈怨詩〉，藉以表白謝安對皇帝的忠心，和忠而見疑的委屈，聲節慷慨，謝安深受感動，淚下沾襟。孝武帝亦頗有愧色。詞人在此借古人之酒杯，澆自己之塊壘，曲折隱晦地表達志不得伸的情懷。「兒輩」兩句，寫謝安出任宰相未被疏前，派弟弟謝石和侄兒謝玄領兵八萬，在淝水大敗前秦苻堅九十萬大軍的事。當捷報傳來時，謝安正在和別人下棋。他了無喜色，仍下棋如故。別人問他戰況時，他才漫不經心地答道：「小兒輩遂已破賊。」這段歷史，本來說明謝安處理國事沉著矜持。可是，辛棄疾改變了它的原意，把詞意變成：建立功名的事，讓給小兒輩幹吧，我只有整天下棋消磨歲月！不難看出，這裡包含著詞人壯志未酬、虛度年華的愁苦，同時也給予議和派以極大的諷刺。

「寶鏡」三句，筆鋒又從歷史鏡頭轉到現實，詞人用尋覓不到「寶鏡」、夜幕降臨、無人勸酒，暗喻壯志忠心不為人知、美人遲暮、缺乏知音的苦悶。「寶鏡」，唐李浚《松窗雜錄》載秦淮河有漁人網得寶鏡，能照見五臟六腑，漁人大驚，失手落水，後遂不能再得。這裡借用此典，意在說明自己的忠心無人鑑察。清劉熙載說：「稼軒詞龍騰虎擲，任古書中理語、廋語，一經運用，便得風流，天姿是何敻異！」（《藝概．詞概》）的確，「寶鏡」三句，格調雖然悲憤沉鬱，但詞句卻含蓄蘊藉，優美動人。

最後兩句，境界幽遠，寓意頗深。它寫自己眺望江面，看到狂風怒號，便預感到風勢將會愈來愈大，可能明朝長江捲起的巨浪，會把岸上的房屋推翻。這兩句不僅寫出江上波濤的險惡，也暗示對時局的憂慮。

「弔古」之作，大都藉以抒發感慨或鳴不平。辛棄疾這首寫得尤其成功，感人至深。《宋史》本傳稱其「雅善長短句，悲壯激烈」，即說明辛詞此類作品的風格。（陸永品）

念奴嬌 辛棄疾

書東流村壁

野棠花落，又匆匆過了，清明時節。剗地東風欺客夢，一枕雲屏寒怯。曲岸持觴，垂楊繫馬，此地曾輕別。樓空人去，舊遊飛燕能說。

聞道綺陌東頭，行人長見，簾底纖纖月。舊恨春江流不斷，新恨雲山千疊。料得明朝，尊前重見，鏡裡花難折。也應驚問：近來多少華髮？

辛棄疾絕少寫自己的愛情經歷，偶一為之，迥異諸家，帶著一種擊節高歌的悲涼氣息。此詞即是其例。據鄧廣銘《稼軒詞編年箋注》，此詞或是宋孝宗淳熙五年（一一七八）自江西帥召為大理少卿時作。覽其詞意，當是作者青年時路過池州東流縣，結識一位女子，這回經過此地，重訪不遇，而有此作。

開頭五句：「野棠花落，又匆匆過了，清明時節，剗地東風欺客夢，一枕雲屏寒怯。」清明時節，春冷似秋，東風驚夢，觸感悲涼。「又」字點出前次來此，也是這個季節。暗合於唐人崔護春日郊遊，邂逅村女的情事。「客夢」暗關舊遊之夢，「一枕」之孤單又暗示前回在此地的歡會。果然，下邊逼出了對往事的追憶：「曲岸持觴，垂楊繫馬，此地曾輕別。樓空人去，舊遊飛燕能說。」曲岸、垂楊，宛然如舊，而人去樓空了；只有似曾相識之飛燕，在呢喃地向人訴說，為人惋惜而已。末句化用東坡〈永遇樂〉「燕子樓空，佳人何在，空鎖樓中燕」詞意，卻能翻出新意，而又毫不費力。

歇拍處意脈不斷，一氣流注而入下片：「聞道綺陌東頭，行人長見，簾底纖纖月。」「綺陌」，猶言煙花巷。纖纖月出於簾底，指美人足，典出窅娘（按：元陶宗儀《南村輟耕錄》：「李後主宮嬪窅娘，纖麗善舞……令窅娘以帛繞腳，令纖小，屈上作新月狀。」）。據龍榆生《東坡樂府箋》，此又是從東坡〈江城子〉詞「門外行人，立馬看弓彎」句脫化而出。極豔處，落筆卻清雅脫俗，此亦稼軒之難及處。（或云「纖纖月」是美人眉，卻何能於簾底見之？而且隔簾也難窺見纖眉。）至此，知此女是風塵女子。這裡說不僅「飛燕」知之；向行人打聽，也知確有此美人，但如今不知去向了。更增惆悵，故嘆曰：「舊恨春江流不斷，新恨雲山千疊。」去年惜別的舊恨，已如流水之難盡；那堪更添重訪不見的新恨，其恨真如亂山重疊。皖南江邊山多，將眼前景信手拈來，作為妙喻。當然，這兩句裡已經有意無意地滲透進了家國恨，身世恨，報國無門之恨。因為稼軒遭遇的人間事無不可痛可恨，故融合而難分了。清陳廷焯《雲韶集》評「舊恨」二句為「矯首高歌，淋漓悲壯」，領會了其中的深意。意思本來到此已完，不料詞人借助想像，又轉出一層意思來：「料得明朝，尊前重見，鏡裡花難折。」即使還有重逢的機會，只恐已屬他人，終如鏡花水月，不復可得，永抱杜牧〈悵詩〉「綠葉成陰子滿枝」之憾了。用意一唱三嘆，造語一波三折，到此意思已盡，已成鏡花水月，還有何言？不料他又推進一層，造成了餘意不盡的結尾：「也應驚問：近來多少華髮？」那時，想來她也該會吃驚地、關切地問我：「你怎麼添了這麼多的白髮啊！」只能如此罷了！以想像中的普通應酬話，寫出雙方的深摯之情與身世之感。這白頭，既意味著「為伊消得人憔悴」（柳永〈蝶戀花〉）的深情，又飽含著「老卻英雄似等閒」（陸游〈鷓鴣天〉）的悲憤，真可謂感慨無限。寫到此，戀舊之情、身世之感已渾然一氣，大有「倩何人喚取，紅巾翠袖，搵英雄淚」（辛詞〈水龍吟〉）的意味，實為借戀情之酒杯，澆胸中感時傷事之塊壘。因為有此一結，再返觀全詞，只覺得無處不悲涼。這結尾，也照應了開頭的歲月如流，於是歸結到蕭蕭華髮上，就此頓住。

如上縷析，這篇作品並非沒有其他言情佳作曲折宛轉的內含，然而辛稼軒不以「猶抱琵琶半遮面」（白居易〈琵琶行〉）的委婉的風致來抒寫，不用「香衾」、「銀燭」、「玉箸」、「紅淚」那些字眼。而以「大踏步出來」的面貌來表現，他筆下揮灑的是東風欺夢、驚見華髮，其間僅以「纖纖月」略作點染，一現即隱。格調悲涼慷慨，陳廷焯《雲韶集》評為「悲而壯，是陳其年（明末清初之陳維崧）之祖」。

此詞更重要的不在其外表，而在其氣質不同，骨子裡有悲涼味。它雖寫情事，卻不專為寄情而作，作者的思想感情裡本來就浸透了英雄投閒、報國無門的悲憤，不免觸處皆發，使得這首愛情詞從頭到尾也染上了悲涼色彩。到後來，就亦此亦彼，難解難分了。同時，對於情，稼軒所表現的也不是纏綿得無法擺脫，而是把其一往情深歸之於感慨無限的喟嘆之中。其音調也不是低迴的，悠揚的；而是急促的，擊案赴節、一噴而出的。看來，這樣的言情詞，就是配合著「銅琵琶、鐵綽板」來唱，也使得的。這樣的新境界，只能於稼軒詞中見之。

周邦彥〈瑞龍吟〉，寫的也是「桃花人面」的「舊曲翻新」（清周濟《宋四家詞選》評）。同一題材，在稼軒手裡是敲唾壺盡缺的悲歌，在清真筆下卻是傳統情詞的「淺斟低唱」。周詞是迴環吞吐，唯恐不盡；辛詞卻是鬱積如山，欲說還休。清真所為是筆觸纖細、筆筆勾勒的工筆仕女圖；稼軒作成的卻是灑脫爽健、一揮而就的潑墨寫意畫。這藝術風格上的差異，是詞人個性與氣質的差異而造成的。（孫映逵）

鷓鴣天 辛棄疾

代人賦

晚日寒鴉一片愁，柳塘新綠卻溫柔。若教眼底無離恨，不信人間有白頭。腸已斷，淚難收，相思重上小紅樓。情知已被山遮斷，頻倚欄杆不自由。

稼軒詞六百餘闋，用調一百以上。在這些詞調中，利用頻率最高的為〈鷓鴣天〉，凡六十三闋，占總數百分之十強。述懷、抒憤、言愁、嘆老、酬答、贈別、祝壽、即事、詠物、寫景、議論……無不用之。恐怕正是由於運用此調多而得心應手的緣故吧，所以「代人賦」便自然地也選擇了此調。詞題「代人賦」，今天已無法弄清所代者為誰了。詞中主人公是一位內心充滿「離恨」與「相思」的女性。

上片先從寫景下筆：「晚日寒鴉一片愁，柳塘新綠卻溫柔。」「柳塘新綠」，點明季節為早春；「晚日寒鴉」，點明時間是傍晚。這景，是為情而設的。太陽即將落山，寒鴉正在歸巢，極易引起懷人之思、孤寂之感，而光線暗淡的「晚日」，又極易引起遲暮之想、不快之情，叫聲聒噪的「寒鴉」，又極易令人精神不安、心情煩躁，所以在「晚日寒鴉」之後，緊賡上了「一片愁」三字以抒其情。「柳塘新綠」，是美好的景色，當是勾起了女主人公心底的一縷「溫柔」之情，從而在她眼裡看出了景色的「溫柔」。但是，「細柳新蒲為誰綠」（杜甫〈哀江頭〉）呢？無限「溫柔」為誰存在呢？清王夫之在《薑齋詩話》中說：「以樂景寫哀，以哀景寫樂，一倍增其哀樂。」這「溫柔」的「柳塘新綠」之景，也只能起反襯作用，只能使「一片愁」增濃。「溫柔」之前著一「卻」字，旨在挑明樂景與哀情的不一致。接下來的「若教眼底無離恨，不信人間有白頭」，緊承「一片愁」，是假設，是願望，是深沉的感嘆。假設能使「眼底無離恨」，正說明實際上是「眼底」充滿了「離恨」，而無可奈何，這又是「一片愁」之原因。現在既是「眼底」充滿了「離恨」，那麼「人間」就只能「有白頭」了。這是以婉曲的方式來強調「離恨」之傷人，指出「離恨」是「人間有白頭」的禍根。「人間有白頭」，「干卿底事」？實質上是在嘆她自己「白了少年頭」，這又是「一片愁」之惡果。這兩句，若直言之，就是〈古詩十九首〉中的「思君令人老」。

過片以下，由概括地說「一片愁」，變為透過具體行為來寫「相思」之情，深化「一片愁」。「腸已斷，淚難收，相思重上小紅樓」，極寫女主人公離別之恨、相思之深。她內裡已是柔腸寸斷，外表則是盈盈粉淚難收，而且並非出於理智地「重上小紅樓」。「重上」，是說曾經上過，並非第一次。「小紅樓」，當是她與自己心上人曾經共同生活在一起的地方。今天「重上」這「小紅樓」，恐怕是為了要重溫昔日攜手並肩、恩恩愛愛的歡樂，幻想著心上人可能仍在樓上。真是「離別腸應斷，相思骨合銷」（陳後主〈寄碧玉〉）。這女主人公的感情，是多麼纏綿悱惻，多麼淒楚動人啊！結尾的「情知已被山遮斷，頻倚欄杆不自由」，進一步表現女主人公的痴情。她理智上清清楚楚地知道，視線已被青山遮斷，是看不到心上人的，正如歐陽脩在〈踏莎行〉中所說：「平蕪盡處是春山，行人更在春山外。」然而她明知倚靠欄杆遠望而不會有所獲，仍要一次又一次地倚靠欄杆而遠望，其情多麼痴絕啊！以「頻倚欄杆不自由」這句作結，實有「神餘言外」（清陳廷焯《白雨齋詞話》語）之妙。

這闋詞雖然是「代人賦」，但稼軒對所代的這位女性之苦悶能感同身受，寫來其情不虛，其意不隔，「情真景真，與空中語自別」（清許昂霄《詞綜偶評》評李煜〈菩薩蠻〉「剗襪步香階」語）。再深入一步推想，也極有可能是以「代人賦」為障眼法，借閨情之什以自寫情懷，如李義山之〈代贈〉、蘇東坡之〈少年遊·潤州作，代人寄遠〉之類。

（何均地）

鷓鴣天　辛棄疾

送人

唱徹陽關淚未乾，功名餘事且加餐。浮天水送無窮樹，帶雨雲埋一半山。

今古恨，幾千般，只應離合是悲歡？江頭未是風波惡，別有人間行路難。

這首詞見於四卷本《稼軒詞》甲集，是辛棄疾中年的作品。這時候，他在仕途上已是經過不少挫折，所以詞雖為送人而作，而所寫的多是世路艱難之感。

起二句：「唱徹陽關淚未乾，功名餘事且加餐。」上句言送別。〈陽關三疊〉是唐人送別歌曲，加上「唱徹」、「淚未乾」五字，便覺傷感無限。從作者性格看，送別絕不會帶給他這樣的傷感。他平日對仕途、世事的感慨，鬱積胸中，遇上送別之事的觸動，一湧而發，故有此情狀。下句忽然宕開說到「功名」之事，便覺來路分明。辛棄疾和陸游一樣，本來都是重視為國家的恢復事業建立功名的。他的〈水龍吟〉詞說：「算平戎萬里，功名本是，真儒事，公知否?」認為建立功名是分內的事；〈水調歌頭〉詞說：「功名事，身未老，幾時休?詩書萬卷，致身須到古伊周。」認為對功名應該執著追求，並且目標很大。這裡卻把功名看成身外「餘事」，乃是不滿朝廷對金屈膝求和，自己報國壯志難酬，被迫退隱，被迫消極的憤激之辭；「且加餐」，運用〈古詩十九首·行行重行行〉「棄捐勿復道，努力加餐飯」之句，也是憤激反語。「浮天水送無窮樹，帶雨雲埋一半山。」寫送別時翹首遙望之景，景顯得生動，用筆卻很渾厚。而且天邊流水遠送無窮的樹色，和設想行人別後的行程有關；雨中陰雲埋掉一半青山，和聯想正人君子被奸邪小人遮蔽、壓制有關。景句關聯詞中的兩種不同的思想感情，都很緊密，而且含蓄不露，富有餘韻。

換頭：「今古恨，幾千般，只應離合是悲歡？」這裡的「離合」和「悲歡」是偏義複詞。由於題目「送人」與下片首句「今古恨」的情景規定，「離合」就只取「離」字義，「悲歡」就只取「悲」字義。上片寫送別，下片抒情也應該是「別恨」為主調了，但是作者筆鋒拗轉，說今古恨事有幾千般，豈只離別一事才是堪悲的？用反問語氣，比之作正面的判斷語氣更含激情。作詞送人而居然說離別並不是唯一可悲可恨的事，顯示詞的思想感情將有進一步的開拓。下文便又似呼喊又似吞咽地道出他的心聲：「江頭未是風波惡，別有人間行路難。」行人走上旅途，「江湖多風波，舟楫恐失墜」（杜甫〈夢李白二首〉其二），但作者認為此去的遭遇還有比它更險惡的，是存在於人們心中、存在於人事鬥爭上的無形的「風波」：它使人畏，使人恨，有甚於一般的離別之恨和行旅之悲。「瞿塘嘈嘈十二灘，人言道路古來難；長恨人心不如水，等閒平地起波瀾。」（劉禹錫〈竹枝詞九首〉其七）箇中滋味，古人已先言之。辛棄疾在此並非簡單地運用前人詩意，而自有他切身的體會。他一生志在恢復事業，做官時喜歡籌款練兵，又執法嚴厲，多得罪投降派，得罪豪強富家，幾次被劾去官。如在湖南安撫使任內，籌建「飛虎軍」，後來在兩浙西路提點刑獄公事任內，即以此事被劾為「姦貪兇暴」、「虐害田里」而罷官。這真是人事上的「風波惡」的明顯例證。作者寫出詞的最後兩句，包含了更多的傷心經歷，展示了更廣闊、更令人驚心動魄的藝術境界，情已淋漓，語仍含蓄。李白〈行路難〉的「欲渡黃河冰塞川，將登太行雪滿山」，同此悲憤；白居易〈太行路〉的「行路難，不在水，不在山，只在人情反覆間」，正可說明。

這首小令，篇幅短小，而思想感情包含廣闊深厚，筆調渾成含蓄，舉重若輕，不見用力之跡而力透紙背，顯示辛詞的大家氣度。（陳祥耀）

鷓鴣天

辛棄疾

東陽道中

撲面征塵去路遙，香篝漸覺水沉銷。山無重數周遭碧，花不知名分外嬌。
人歷歷，馬蕭蕭，旌旗又過小紅橋。愁邊剩有相思句，搖斷吟鞭碧玉梢。

此作，南宋黃昇《花菴詞選》題為「東陽道中」作。「東陽」，即今浙江省東陽市。據詞題來看，詞作大約寫於宋孝宗淳熙五年（一一七八），作者在京都臨安大理少卿時期，因事赴東陽途中。詞人因何事奔赴東陽，史無可考。從作品的內容和情調而言，洋溢著喜悅歡暢的情緒，在辛詞中是不多見的。看來，此詞是即景抒情之作，寫得詩情畫意，五彩繽紛：有碧綠的青山、嬌豔的花朵、行人歷歷、征馬蕭蕭、旌旗小橋，呈現一派生氣勃勃的景象。讀完此作，好像隨同詞人進行一次春天旅遊，令人耳目一新。

開頭兩句，是點明地點，交代行蹤。它寫詞人一行，遠離京城臨安，乘馬向東陽進發。「香篝」，是薰籠。「水沉」，是一種香料，即沉香。「香篝漸覺水沉銷」，是借熏籠裡的香料逐漸燃燒殆盡，寫行路時間之長，從而暗示行程遙遠。前後兩句，相輔相成，對應有致。三、四兩句，以歡悅抒情的筆調，描寫碧綠的山峰，盛開的花朵，特別令人喜愛。這是詞人舉目所見，並非有意捕捉，即把途中初春的自然風光，逼真地描寫出來。筆法自然，不假裝點，頗有「清水出芙蓉，天然去雕飾」（李白〈經亂離後天恩流夜郎憶舊遊書懷贈江夏韋太守良宰〉）之妙。

「山無重數周遭碧」，當從劉禹錫「山圍故國周遭在」（〈金陵五題．石頭城〉）的詩句脫化而來。「山無重數」，是重重疊疊的山峰。四周群山鬱鬱蔥蔥，綠得可愛。「花不知名分外嬌」，謂野外不知名的野花格外嬌嬈。詞人在另一首詞裡說：「城中桃李愁風雨，春在溪頭薺菜花。」（〈鷓鴣天．代人賦〉）可見，詞人喜愛自然美，不喜愛矯揉造作之態。這裡透露出詞人的審美情趣。

上片是寫自然景色，下片是描寫生活畫面，筆調越發悠揚，畫面更加生動形象。「人歷歷，馬蕭蕭，旌旗又過小紅橋」三句，表現詞人一行，催馬加鞭，向前行進的鏡頭。「人歷歷，馬蕭蕭」兩句，由於使用兩對疊字，就大大加強了詞作的生動和韻味。「人歷歷」，行進在道路上的一行人，歷歷在目。「馬蕭蕭」，寫駿馬嘶叫之聲。「旌旗又過小紅橋」一句，是描寫動景。詞人一行打著旗號，一路浩浩蕩蕩，頗為引人注目。最後兩句抒情，表現詞人由於喜悅，便一邊吟詩，一邊催馬加鞭地向前進發。青山綠水之間，一路吟聲鞭聲，那情韻真是令人神往。可想而知，詞人此行，是值得高興的事，否則，他怎麼能如此神采奕奕呢？這裡用「愁邊」二字，與詞人另一首〈醜奴兒〉裡「都將今古無窮事，放在愁邊，放在愁邊」中的「愁邊」二字不同。「愁邊剩有相思句」，是說詞人心中除了「愁」外還有「相思」，並要把這種情感形諸吟詠。「搖斷吟鞭碧玉梢」，寫得更是有聲有色，把詞人揚鞭吟哦、疾速前進的神情，逼真地再現出來了。「碧玉梢」，指馬鞭用碧玉寶石飾成，喻馬鞭的華貴，以增添字面的美感。

總之，這首詞畫面優美，意境開朗，自然景色與生活畫面密切結合，靜景與動景渾然一體，猶如一幅筆觸明快的彩繪，令人賞心悅目，玩味不已。（陸永品）

鷓鴣天 辛棄疾

鵝湖①歸，病起作。

枕簟溪堂②冷欲秋，斷雲依水晚來收。紅蓮相倚渾如醉，白鳥無言定自愁。書咄咄，且休休，一丘一壑也風流。不知筋力衰多少，但覺新來懶上樓。

〔註〕①鵝湖：山名，在江西鉛山縣東北。原名荷湖，因山中有湖，多生荷。晉人龔氏居山，養鵝湖中，乃更名鵝湖。②溪堂：築在溪流邊上的樓閣。溪指玉溪，即信江，在信州（今江西上饒）境內。此詞是辛棄疾罷官閒居上饒期間（四十三歲至五十三歲）的作品。從題語和詞意可知：作者遊罷鵝湖歸來，曾患過一場疾病，病後登樓觀賞江村晚景，忽驚流光暗逝而筋力潛衰，轉念平生，萬感橫集，因歌此闋以抒悲憤。

詞的結構是上片寫景，下片抒情。但景語亦皆有情，只是含蓄甚深，須細察始能體會。「枕簟」句寫氣候變化：枕簟初涼，溪堂乍冷，雖未入秋時，已襲來秋意。這種清冷的感覺，既是自然環境的反映，也是詞人心緒的外射。「斷雲」句寫江上風光：飄浮水面的片斷煙雲在落日餘暉中漸漸消散，眼前出現了水遠天長、蒼茫無際的畫面。這景象給詞人帶來一種開闊的美感，也引起了他的空虛落寞的惆悵。「紅蓮」、「白鳥」二句轉寫近前景物：池塘裡紅蓮盛開，互相偎倚，宛若喝醉了酒的美人。堤岸上的白鷺卻靜靜地兀立著，牠一定正在發愁罷！「醉」字由蓮臉之紅引出，「愁」字由鳥頭之白生發，造意遣辭，俱盡其妙。紅蓮白鳥互相映襯，境界雖美，但「醉」、「愁」二字則透出了詞人內心的苦悶。以上景物描寫，不但隱含著詞人憂傷抑鬱的意緒，而且為下片抒情創造了一種清冷、空虛而又沉悶的氛圍。

換頭三句即承上述氛圍和意緒而來，但在情感的表現上卻有顯著變化：變含蓄為明朗，變抑鬱為曠達。這三句連用三個典故。「書咄咄」句用殷浩事，《晉書·殷浩傳》載殷浩熱中富貴，罷官後終日以手書空作「咄咄怪事」四字（意為「哎哎，這真是怪事！」）。「且休休」用司空圖事，《舊唐書·司空圖傳》載司空圖淡於名利，隱居中條山，作〈休休亭記〉云：「休，休也，美也，既休而具美存焉。」（按司空圖的解釋，「休」字有二義，一指閒退，一為安適。「休休」即閒適之意。）「一丘一壑也風流」用班嗣語。《漢書·敘傳》載班嗣書簡云：「漁釣於一壑，則萬物不奸其志；棲遲於一丘，則天下不易其樂。」三句連起來的意思是：罷官就罷官吧，隱居亦自有樂趣。看起來詞人好像真的樂意當隱士了，實際上這是悲憤而故作曠達之辭，比直抒悲憤更覺悲憤之深。三個典故用在一起，不但氣勢連貫，而且意思曲折。結末二句在情感表現上又有顯著變化：變坦率為委婉，變曠達為悲涼。「不知筋力衰多少，但覺新來懶上樓」，化用劉禹錫〈秋日書懷寄白賓客〉詩「筋力上樓知」句意。看似寫病後衰弱的尋常感覺，實則含有「英雄江左老」（辛詞〈滿江紅〉）的悲憤。辛棄疾一生志在恢復中原，雖遭讒毀擯斥而堅持如故，因此表現在這裡的便不是一般驚衰嘆老的感傷，而是深恐功業難成的憂慮。宋末劉辰翁說他「英雄感愴，有在常情之外」（〈辛稼軒詞序〉），乃是深知作者人格與詞心之言。

依上所述，此詞含蘊的情感是異常深沉的。但詞人使用的語言卻又異常平淡。上片描述氣候的清冷，雲水的舒捲和花鳥的靜默，都無奇險之處，但寂寞沉悶的氣氛已足使人愁苦；換頭後，出語十分曠達，但政治失意的情緒愈覺令人淒斷；結末二語尤其淡樸淺近，直如野叟閒談，略不經意，而「烈士暮年，壯心不已」（曹操〈龜雖壽〉）的感慨卻表現得極其厚重。這種以淡語寫深情的藝術，正如清劉熙載說的「極鍊如不鍊，出色而本色，人籟悉歸天籟」（《藝概．詞概》），是一種更為精湛的藝術。（羅忠族）

醜奴兒近　辛棄疾

博山道中效李易安體

千峰雲起，驟雨一霎兒價。更遠樹斜陽，風景怎生圖畫？青旗賣酒，山那畔別有人家。只消山水光中，無事過這一夏。

午醉醒時，松窗竹戶，萬千瀟灑。野鳥飛來，又是一般閒暇。卻怪白鷗，覷著人欲下未下。舊盟都在，新來莫是，別有說話？

宋孝宗淳熙八年（一一八一），辛棄疾被劾去官，次年於江西上饒地區的帶湖卜築閒居，直至光宗紹熙三年（一一九二）再度起用，其間長達十年。這首詞正是作於此時。

詞的上下片都是見景抒情，情景相生，寫得明白如話而清新幽默。上片寫的是博山道中的外景。博山在江西廣豐縣西南，南臨溪流，遠望如廬山之香爐峰，足見風景之秀美。開首三句，寫得頗有季節特點，特別是「驟雨一霎兒價」，非常形象地寫出了夏日陣雨的特點。陣雨過後，斜陽復出，山水林木經過一番滋潤，愈加顯得清新秀美。「風景怎生圖畫」一句，以虛代實，留下充分的想像餘地，同時又達到了情景交融的效果。「青旗」

二句，點出酒店，交代了作者的去處，與下片「午醉醒時」相呼應，同時也點出作者閒居生活的百無聊賴。從詞的意境上說，這二句又把畫面推向更深一層，別具一番風致。七、八二句是抒情，說只須在山色水光中度過這個清閒的夏天。句中流露著一點無可奈何的心緒。

下片開首也是寫景，寫的是酒家周圍的環境。「午醉」一句，同上片「青旗」相應，「松窗竹戶」當為酒家景致。作者酒醉之後，在這裡美美地睡了一覺，醒來但見窗外松竹環繞，氣度瀟灑脫俗，十分幽雅。這首詞的上下片在時間上有個跳躍，由「午醉」過渡，從而增強了上下兩片的聯繫。「野鳥」二句，語出賈誼〈鵩鳥賦〉：鵩鳥「止於坐隅」、「貌甚閒暇」。同時，又是運用傳統的動中取靜寫法，唯其動而愈見靜。如王維的〈輞川集·欒家瀨〉：「颯颯秋雨中，淺淺石溜瀉。跳波自相濺，白鷺驚復下。」全篇皆動，卻是靜境。辛棄疾正是運用了這種手法，把酒家的環境寫得十分幽靜。但正是「靜」，卻又反襯出他心中的不平靜來。

緊接著由「野鳥」帶出白鷗，由景入情，寫得十分自然。在這裡，作者用了「鷗盟」的典故，即是言隱居者與鷗為伴侶。如黃庭堅〈登快閣〉：「萬里歸船弄長笛，此心吾與白鷗盟。」辛棄疾在落職之後，初到帶湖卜築，就曾寫過一首〈水調歌頭〉，題為「盟鷗」，其中寫道：「凡我同盟鷗鷺，今日既盟之後，來往莫相猜。」意在表白自己決心歸隱，寄跡江湖，永與鷗鷺為伍。「卻怪」二句語極詼諧，舊友白鷗怎麼啦？覷著我欲下不下，若即若離。所以結三句接著問，莫非是新來變了舊約？《列子·黃帝》說海上有人與鷗鳥相狎熟，一日其父命他取來玩，明日至海上，「鷗鳥舞而不下」。結三句向白鷗提問，十分幽默，同時也表現出自己的襟懷，透露出自己孤獨寂寞的況味。而筆勢奇矯，語極新異，令人玩味無已。

辛棄疾隱居帶湖，主要是由於投降派的排擠打擊，多少帶著一點無可奈何。這種浪跡江湖的生活，並非他所追求的。因此，他在表現一種超脫的閒適之情時，仍然不時地流露出內心的不平靜來。從這首詞來看，有些句子看來悠閒自得，實質上是百無聊賴而自作寬解。一種希冀用世的心緒，還是時隱時現的。

在這首詞的小序中，作者標明「效李易安體」，李易安即李清照，是宋代婉約詞的大宗，這說明，辛棄疾雖為豪放派的代表人物，但在「龍騰虎擲」（清劉熙載《藝概．詞概》評稼軒詞）之外，又不乏深婉悱惻的情調。他的這首「效李易安體」之作，著重是學易安「用淺俗之語，發清新之思」（清彭孫遹《金粟詞話》評易安詞）的特色。其中詼諧幽默的成分，則純為稼軒自己的個性。這正為我們提供了一個偉大作家「博取」的例證。（陳允吉、胡中行）

蝶戀花

辛棄疾

月下醉書雨巖石浪①

九畹芳菲蘭佩好。空谷無人，自怨蛾眉巧。寶瑟泠泠千古調，朱絲絃斷知音少。

冉冉年華吾自老。水滿汀洲，何處尋芳草？喚起湘纍②歌未了，石龍舞罷松風曉。

〔註〕①雨巖：地名，在江西永豐縣西博山中。石浪：雨巖的一塊巨石，長三十餘丈，狀甚怪；篇末「石龍」指此。②湘纍：指屈原。無罪冤屈而死叫「纍」，屈原是投湖南汨羅江而死的，所以前人稱他為湘纍。

稼軒詞，廣泛地吸取了前人的文學成果，所得於屈原作品者尤多。他那堅韌執著往而不返的愛國精神，與屈原所謂「亦余心之所善兮，雖九死其猶未悔」（〈離騷〉）極為相似；在詞的表達藝術上，他也成功地學習了屈原借香草美人發抒政治感憤的手法，寫出了一首首〈離騷〉似的優美詞章。本闋雖非稼軒詞中的名篇，卻也是深得屈賦神髓的佳作。

詞的主題，是抒寫自己不得志與少知音的牢騷情懷。作者並不直說心中之事，而以比興寄託之法，用香草美人自喻，曲折有致地表達出滿腹的幽憤。詞作於稼軒隱居信州（上饒）帶湖別墅的前期。這正是稼軒遭受誣陷、被彈劾落職之後的一段精神極度苦悶的時期。政治上的孤獨感和失意感促使他經常離開帶湖去上饒的群山之中尋幽探勝，以開釋愁懷，轉移精力，然而獨遊山水時的幽寂空虛的環境又使他時時跌回到更加孤獨和失意的深淵之中。

上片，寫自己多年來受打擊、受壓抑和缺少政治知音的處境。作者連用蘭佩芳菲、蛾眉空好、寶瑟絃斷這三個極富象徵意義的意象描寫，來表明自己雖有高尚的品質和過人的才幹，卻備受南宋朝廷當權的主和派嫉妒和排擠，長期投閒置散，無用武之地，而且知音寥寥，無人理解自己。不如意的處境使他首先想到的是「蕭條異代不同時」（杜甫〈詠懷古跡五首〉其二）的千古知音屈原，所以一上來三句就化用屈原〈離騷〉與杜甫〈佳人〉詩意來表達自己與之相類的幽怨之懷。〈離騷〉云：「余既滋蘭之九畹兮，又樹蕙之百畝。」又云：「紉秋蘭以為佩。」作者也滿懷深情地採擷蘭花為佩，以顯示自己出汙泥而不染的高潔操守；〈離騷〉又云：「眾女嫉余之蛾眉兮，謠諑謂余以善淫。」〈佳人〉云：「絕代有佳人，幽居在空谷。」作者也在無人的空谷自怨「蛾眉巧」而招嫉。屈原、杜甫、辛棄疾同樣生活在一種國家不幸、小人橫行的黑暗時代裡。在那樣的環境中，木秀於林，風必摧之，所以他們都遭到中傷毀謗，難以在人世存身。而要保持高潔，不向惡勢力低頭屈服，就必然會遭到更大的打擊和非難。因正直而遭打擊，因遭打擊而生「怨」，這只是上片的第一層意思。因為，遭到群小打擊，還不是最可悲的事。最可悲的是尋遍天下，知音稀少，似乎沒有人能夠理解和贊助自己的政治理想與抗戰主張。年輩早於辛棄疾的民族英雄岳飛在他的〈小重山〉詞的結尾感嘆說：「欲將心事付瑤琴，知音少，絃斷有誰聽？」本闋上片末二句即用岳飛之意，以寶瑟清音，彈得絃斷也無人會意為喻，表達了與岳飛同樣的怨抑之情。這是上片的第二層意思，而且是更要緊的一層意思。透過這樣兩個層次的抒寫，作者不得志和無知音的悲劇性遭遇便充分地展現出來了。

詞的下片，承上片牢騷之意而又把抒情的意蘊進一步深化，感嘆自己虛度此生，不能再在政治上有所作為。換頭之處，化用〈離騷〉「老冉冉其將至兮，恐修名之不立」兩句，意極沉痛。接下來「水滿汀洲，何處尋芳草」二句，用芳洲水漲，芳草難覓喻示理想難以實現的可悲處境。結拍二句「喚起湘纍歌未了，石龍舞罷松風曉」，可算全篇的最後一個層次。其用意在於呼應開篇「空谷無人」之境界，再次訴說在人世難尋知音的苦惱。你看，詞人大醉之中喚起屈原來一起唱歌，人世無同調，只得求之於冥冥之中的千載冤魂，作者的精神痛苦有多深不是可想而知嗎？他與想像中的屈原之魂合唱的是什麼歌呢？這顯然是催人淚下的失意哀歌，是千載同悲的淒厲之歌！這個深夜悲歌的境界是太幽峭淒冷了，使我們讀到這裡不能不為這位愛國志士扼腕痛恨，並一灑同情之淚！然而就連這幻想之中的求得異代知音共歌舞的場面也終於不能長久，在陣陣松風中，東方破曉，詞人酒醒夢消，一下子又跌回現實世界中。詞的最末一句以景結情，更加濃了全篇的幽婉沉鬱的氣氛。此詞不尚鋪陳，專用比興，託意高遠，意象深婉，是一篇韻味悠長的抒情短章。（劉揚忠）

菩薩蠻　辛棄疾

書江西造口壁

鬱孤臺下清江水，中間多少行人淚。西北望長安，可憐無數山。
青山遮不住，畢竟東流去。江晚正愁余，山深聞鷓鴣。

辛棄疾此首〈菩薩蠻〉，用極高明之比興藝術，寫極深沉之愛國情思，無愧為詞中瑰寶。

詞題「書江西造口壁」，起寫鬱孤臺與清江。造口一名皂口，在萬安縣西南六十里（《萬安縣誌》）。鬱孤臺在贛州城西北角（《嘉靖贛州府志圖》），因「隆阜鬱然，孤起平地數丈」得名。「唐李勉為虔州（即贛州）刺史，登臨北望，慨然曰：『余雖不及子牟，而心在魏闕一也。』」乃改鬱孤為望闕（宋祝穆《方輿勝覽》）。清江即贛江。章、貢二水抱贛州城而流，至鬱孤臺下匯為贛江北流，經造口、萬安、太和、吉州（治廬陵，今吉安）、隆興府（即洪州，今南昌市），入鄱陽湖注入長江。宋孝宗淳熙二、三年間（一一七五～一一七六），詞人提點江西刑獄，駐節贛州，書此詞於造口壁，當在此時。

南宋羅大經《鶴林玉露》云：「（辛）其題江西造口詞云云。蓋南渡之初，虜人追隆祐太后（哲宗孟后，高宗伯母）御舟至造口，不及而還，幼安因此起興。『聞鷓鴣』之句，謂恢復之事，行不得也。」此一記載對體認本詞意蘊，實有重要意義。《宋史》高宗紀及后妃傳載：建炎三年（一一二九）八月，「會防秋迫，命劉寧止制置江浙，衛太后往洪州……滕康、劉玨權知三省樞密院事從行」。閏八月，高宗亦離建康（今江蘇南京）赴浙西。時金兵分兩路大舉南侵，十月，西路金兵自黃州（今湖北黃岡）渡江，直奔洪州追隆祐太后。「康、玨奉太后行次吉州，金人追急，太后乘舟夜行」。南宋徐夢莘《三朝北盟會編》十一月二十三日載：「質明至太和縣（去吉州八十里［《太和縣志》］），又進至萬安縣（去太和一百里［《萬安縣志》］），兵衛不滿百人，滕康、劉玨、楊維忠皆竄山谷中……金人追至太和縣，太后乃自萬安縣至皂口，捨舟而陸，遂幸虔州（去萬安凡二百四十里［《贛州府志》］）。」《宋史．后妃傳》：「太后及潘妃以農夫肩輿而行。」《宋史．胡銓傳》：「會隆祐太后避兵贛州，金人躡之，銓以漕檄攝本州幕，募鄉丁助官軍捍禦。」史書所記金兵追至太和，與羅氏所記追至造口稍有不合。但羅氏為南宋廬陵人，又曾任江西撫州軍事推官，其所記此一細節信實與否，尚不妨存疑。且金兵既至太和，其前鋒追至南一百六十里之造口，亦未始無此可能。無論金兵是否追至造口，隆祐太后被追至造口時情勢危急，致捨舟以農夫肩輿而行，此是鐵案，史無異辭。

尤要者，應知隆祐其人並建炎年間形勢。《宋史．后妃傳》載隆祐受冊日，宣仁太后嘆曰：「斯人賢淑，惜福薄耳！異日國有事變，必此人當之。」當靖康二年（一一二七）金兵入汴擄徽欽二宗北去，北宋滅亡之際，隆祐以廢后幸免，垂簾聽政，迎立康王，是為高宗。有人請立皇太子，隆祐拒之。《宋史》記其言曰：「今強敵在外，我以婦人抱三歲小兒聽政，將何以令天下？」宋汪藻《浮溪文粹》載隆祐告天下手詔曰：「雖舉族有北轅之釁，而敷天同左袒之心。」又曰：「漢家之厄十世，宜光武之中興；獻公之子九人，唯重耳之尚在。」《鶴林玉露》云：「事詞的切，讀之感動，蓋中興之一助也。」陳寅恪《論再生緣》亦謂當日須藉此詔「維繫人心，抵禦外侮」，「以語意較顯，所以特為當時及後世所傳誦」。

建炎三年，西路金兵窮追隆祐，東路則渡江陷建康、陷臨安，高宗被迫浮舟海上。此誠南宋政權存亡危急之秋也。故當稼軒身臨造口，懷想隆祐被追至此，「因此感興」，題詞於壁，實情理之所必然。羅氏所記大體可信。詞題六字即為本證。

「鬱孤臺下清江水」，起筆橫絕。由於漢字形、聲、義具體可感之特質，尤其「鬱」有鬱勃、沉鬱之意，「孤」有巍巍獨立之感，「鬱孤臺」三字劈面便突起一座鬱然孤峙之高臺。詞人調動此三字打頭陣，顯然有滿腔磅礴之激憤，勢不能不用此突兀之筆也。進而更寫出臺下之清江水。《萬安縣誌》云：「贛水入萬安境，初落平廣，奔激響溜。」寫出此一江激流，詞境遂從百餘里外之鬱孤臺，順勢收至眼前之造口。造口，詞境之核心也。故又縱筆寫出：「中間多少行人淚。」「行人淚」三字，直點造口當年事。詞人身臨隆祐太后被追之地，痛感建炎國脈如縷之危，憤金兵之猖狂，羞國恥之未雪，乃將滿懷之悲憤，化為此悲涼之句。在詞人之心魂中，此一江流水，竟為行人流不盡之傷心淚。行人淚意蘊自廣，不必專言隆祐。當建炎年間四海南奔之際，自中原而江淮而江南，不知有多少行人流下多少傷心淚呵。由此想來，便覺隆祐被追至造口，又正是那一存亡危急之秋之象徵。無疑此一江行人淚中，也有詞人之悲淚呵。「西北望長安，可憐無數山。」長安指汴京，西北望猶言東北望。詞人因懷想隆祐被追而念及神州陸沉，獨立造口仰望汴京，亦猶杜老之獨立夔州仰望長安。抬望眼，遙望長安，境界頓時無限高遠。然而，可惜無數青山重重遮攔，望不見也，境界遂一變而為具有封閉式之意味，頓挫極有力。歇拍雖暗用李勉登鬱孤臺望闕之故實，卻寫出自己之滿懷忠憤。明卓人月《古今詞統》云：「忠憤之氣，拂拂指端。」極是。

「青山遮不住，畢竟東流去。」贛江北流，此言東流，詞人寫胸懷，正不必拘泥。無數青山雖可遮住長安，終究遮不住一江之水向東流。換頭是寫眼前景。若言有寄託，則難以指實。若言無寄託，則「遮不住」與「畢竟」二語，又明明帶有感情色彩。清周濟《宋四家詞選》云：「借水怨山。」可謂具眼。此詞句句不離山水。試體味「遮不住」三字，將青山周匝圍堵之感一筆推去，「畢竟」二字更見深沉有力。返觀上片，清江水既為行人淚之象喻，則東流去之江水如有所喻，當喻祖國一方。無數青山，詞人既嘆其遮住長安，更道出其遮不住東流，則其所喻當指敵人。在詞人潛意識中，當並指投降派。「東流去」三字尤可體味。《尚書．禹貢》云：「江漢朝宗於海。」江河行地與日月經天同為「天行健」之體現，故「君子以自強不息」（《易．繫辭》）。杜甫〈長江二首〉其一云：「朝宗人共挹，盜賊爾誰尊？」「浩浩終不息，乃知東極臨。眾流歸海意，萬國奉君心。」故必言寄託，則換頭託意，當以江水東流喻正義所向也。然而時局究未可樂觀，詞人心情並不輕鬆。「江晚正愁余，山深聞鷓鴣。」詞情詞境又作一大頓挫。江晚山深，此一暮色蒼茫又具封閉式意味之境界，無異為詞人沉鬱苦悶之孤懷寫照，而暗應合起筆之鬱孤臺意象。正愁余，語本《楚辭．九歌．湘夫人》：「目眇眇兮愁予。」然實自詞人肺腑中流出。楚騷哀怨要眇之色調，愈添意境沉鬱淒迷之氛圍。更那堪又聞亂山深處鷓鴣聲聲：「行不得也哥哥。」《禽經》張華註：「鷓鴣也，飛必南翥……其志懷南，不北徂也。」白居易〈山鷓鴣〉則云：「啼到曉，唯能愁北人，南人慣聞如不聞。」鷓鴣聲聲，其呼喚詞人莫忘南歸之懷抱耶？抑鉤起其志業未就之忠憤耶？或如山那畔中原父老同胞之哀告耶？實難作一指實。但結筆寫出一懷愁苦則可斷言，而此一懷愁苦，實朝廷一味妥協，中原久未光復有以致之，亦可斷言。一結悲涼無已。

梁啟超云：「〈菩薩蠻〉如此大聲鏜鞳，未曾有也。」（梁令嫻《藝蘅館詞選》引）此詞發抒對建炎年間國事艱危之沉痛追懷，對靖康以來失去國土之深情縈念，故此一習用已久陶寫兒女柔情之小令，竟為稼軒愛國精神深沉凝聚之絕唱。詞中運用比興，以眼前景道心上事，達到比興傳統意內言外之極高境界。其眼前景不過清江水無數山，心上事則包舉家國之悲今昔之感種種意念，而一併托諸眼前景寫出。顯有寄託，又難以一一指實。但其主要寓託則可體認，其一懷襟抱亦可領會。此種以全幅意境寓寫整個襟抱、運用比興寄託又未必一一指實之藝術造詣，實為中國美學理想之一體現。全詞一片神行又潛氣內轉，兼有神理高絕與沉鬱頓挫之美，在詞史上完全可與李太白同調詞相媲美。（鄧小軍）

菩薩蠻 辛棄疾

金陵賞心亭為葉丞相賦

青山欲共高人語，聯翩萬馬來無數。煙雨卻低迴，望來終不來。

人言頭上髮，總向愁中白。拍手笑沙鷗，一身都是愁。

這首詞作於宋孝宗淳熙元年（一一七四）初春。當時葉衡在建康任江東安撫使，辛棄疾任江東安撫司參議官。據宋周應合《景定建康志》，葉衡於淳熙元年正月帥建康，二月即召赴行在，後拜右丞相兼樞密使。詞題裡稱「丞相」，是後來加上去的。這年辛棄疾三十五歲，歸國已經十二年了。歲月淹留，壯志難酬，登高望遠，自然感慨萬端。

上片寫賞心亭所見所感。賞心亭，據《景定建康志》，「在（城西）下水門之城上，下臨秦淮，盡觀覽之勝」。起頭兩句寫山即所以寫人，一開始就扣住了題目。高人即葉衡。青山有情，高人難遇。如今斯人一登上賞心亭，那逶迤的青山有多少心裡話要向他傾訴呵。其勢如萬馬奔騰，接連不斷而來。不說人之眺山，而說山之就人，這就把靜景寫活了。不僅如此，而且對凸出人物起了很好的映襯作用。詞裡為什麼對葉衡有如此高大形象的描繪呢？原來葉衡是一位主戰派，很有才幹。《宋史·葉衡傳》說他「得治兵之要」。葉衡對於辛棄疾極為賞識，辛棄疾之任江東安撫司參議官，即葉衡所推薦，以後還向朝廷極力推薦他「慷慨有大略」（《宋史·辛棄疾傳》）。

對於這樣一位「經綸手」，又有知己之恩，詞人怎能不謳歌感激，情見乎詞呢？三、四兩句借煙雨之景，轉突兀奇崛之筆而為低迴宛轉之波，充分表現了無邊的悵惘，無窮的感慨，寄託遙深。葉衡主戰，不能不受到主和派的反對，收復失地的大計遇到了極大的阻力，詞人也就由希望變成了失望。那逶迤的青山既然像萬馬奔騰而來，那麼它們又何嘗不像衝鋒陷陣的鐵騎呢？詞人是多麼渴望揮戈躍馬馳騁疆場呵！可惜，轉眼之間又煙雨迷濛，把青山遮斷了，而無數青山也只好像萬馬在煙雨中低迴不前。「望來終不來」寫盼望之切而失望之深。不說愁，而愁極深；雖極感慨，仍以蘊藉出之。

下片宕開，由眺望青山之悵惘陡轉而為揶揄沙鷗之詼諧，但曲斷意不斷，其脈絡仍歷歷可見。雖著筆輕快，實則發自積鬱。人們都說頭髮總是在愁中變白，如果是這樣的話，那水上的沙鷗通體皆白，豈不是一身都是愁嗎？詞人故意發此痴想，而且拍手笑之，似乎把上片歇拍低迴沉鬱的氣氛一掃而空了；然而仔細玩味，就會察覺到那貫穿全詞的「愁」字並未因之消失，或者說詞人在極力排遣這如煙雨一般的無際的愁思，是感情上的掙扎，而非心靈上的解脫。

人之髮白並不完全由於人心之愁；而沙鷗通體皆白，是其自然特徵，與愁何干？詞人故意造成邏輯上的錯誤，越是說得幽默灑脫，反而越使人感到強自解愁而又不能自解的痛苦。因為說鳥與愁之無涉，即說愁之與人甚切。人愁是實，鳥愁是虛，「一身都是愁」的是鳥還是人，固不必拘泥於字句的解釋而自曉。故「拍手笑沙鷗」，一縱即逝；而「一身都是愁」，卻如電影上的「慢鏡頭」在觀眾視野裡由快放慢了。實際上「一身都是愁」是與「煙雨卻低迴，望來終不來」暗中息息相關的。儘管詞筆迴蕩曲折，然而透過層瀾，仍可以看清它的底來。白居易〈白鷺詩〉云：「人生四十未全衰，我為愁多白髮垂。何故水邊雙白鷺，無愁頭上也垂絲。」辛詞蓋本於此。白詩言己之愁顯，辛詞言己之愁晦，其言己之愁一也。但辛詞多了「拍手笑」一層意思。不過就其形象來看，辛詞較之白詩更加繪聲繪影；就其感情來說，則更加摯濃深切。參閱辛棄疾同年在建康所作的〈水龍吟．登建康賞心亭〉，何其激憤，何其憂愁，以至於說「倩何人喚取，紅巾翠袖，搵英雄淚」！胸中積鬱如此，則登賞心亭之所見所感都無非「獻愁供恨」而已。由此可見，在〈菩薩蠻〉之中亦飽含著詞人之愁，英雄之淚。某些喜劇會使有心的觀眾在笑聲中情不自禁地掉下熱淚。笑和眼淚，豈不是彷彿矛盾卻又融合無間嗎？（宋廓）

木蘭花慢　辛棄疾

席上送張仲固帥興元

漢中開漢業，問此地，是耶非？想劍指三秦，君王得意，一戰東歸。追亡事，今不見；但山川滿目淚沾衣。落日胡塵未斷，西風塞馬空肥。

一編書是帝王師，小試去征西。更草草離筵，匆匆去路，愁滿旌旗。君思我，回首處，正江涵秋影雁初飛。安得車輪四角，不堪帶減腰圍。

張仲固名堅，是鎮江人，於宋孝宗淳熙七年（一一八〇）秋受命知興元府（治所在今陝西漢中）兼利州東路安撫使，當時辛稼軒任知潭州（今湖南長沙）兼荊湖南路安撫使，雖已接受改任知隆興府（今江西南昌）兼江南西路安撫使之命，而尚未赴任。故此詞題中之「席上」，當是在張仲固卸江西轉運判官任後，取道湖南赴漢中時，稼軒設宴相送的。

辛稼軒畢生志存湔洗民族恥辱，光復故物。因他餞送的人要去漢中，而由漢中到關中，正是宋高宗即位之初，李綱等人主張在那裡建立行都，出擊金軍之地，他很自然地聯想到漢朝基業的建立，正是從這裡開始的，就以「漢中開漢業，問此地，是耶非？」為此詞的起筆。接著追憶了劉邦當年從漢中率軍出發，直指關中，把踞守關中的秦的三將章邯、司馬欣和董翳相繼擊潰，那是多麼高明的戰略決策，多麼令人欣羨的戰果，而那又全都是多謀善戰的漢初三傑作出的貢獻。無奈「追亡事，今不見」，即令有韓信那樣的戰將，也不可能為時所用，以致出現了文恬武嬉、萎靡不振之局。綠水青山，枉自如故；壯志難酬，宏才莫展。南宋政府徒然養著那麼許多兵馬，敵騎卻經常恣意馳騁，如入無人之境，怎能不長使英雄淚滿襟呢！

下闋因被餞送者為張姓，故用張良受書為帝王師的故事，以相讚頌，說他這次之出師興元，只是小試其才。此下全部轉入離情的抒發。其中需要稍加解釋的是：當作者餞別張仲固時，他本人也已奉調江西並即將赴任。一俟張仲固抵達任所，回首思念餞送者時，他當已到了「襟三江而帶五湖」（唐王勃〈滕王閣序〉）的南昌故郡了，所以有「君思我，回首處，正江涵秋影雁初飛」之句。「車輪四角」是化用了晚唐陸龜蒙〈古意〉詩「君心莫淡薄，妾意正栖託。願得雙車輪，一夜生四角」的句意，表明他也幻想一夜之間車輪生出四角，使張仲固無法即刻乘車遠行，而再住幾時，但這又怎麼可能呢！滿懷離愁，無法消解，別後當因憶念之苦而致身體消瘦，「帶減腰圍」了。

這首詞中的「山川滿目淚沾衣」（李嶠〈汾陰行〉），「江涵秋影雁初飛」（杜牧〈九日齊山登高〉），均運用了古人原詩句而渾融自然，毫無斧鑿痕跡。這是稼軒藝術手法的擅場，而在這首詞中表現得更為典型。（鄧廣銘、王汝瀾）

木蘭花慢

辛棄疾

滁州送范倅①

老來情味減，對別酒，怯流年。況屈指中秋，十分好月，不照人圓。無情水都不管，共西風、只管送歸船。秋晚蓴鱸②江上，夜深兒女燈前③。征衫，便好去朝天，玉殿正思賢。想夜半承明，留教視草，卻遣籌邊。長安故人問我，道愁腸殢酒只依然。目斷秋霄落雁，醉來時響空弦。

〔註〕①范倅：即范昂，滁州通判。倅，通判的習稱。宋孝宗乾道八年（一一七二）稼軒為滁州守。是年中秋范氏去任。②蓴鱸：《晉書．張翰傳》：「翰因見秋風起，乃思吳中菰菜、蓴羹、鱸魚膾，曰：『人生貴得適志，何能羈宦數千里，以要名爵乎？』遂命駕而歸。」③黃庭堅〈寄上叔父夷仲三首〉其三：「弓刀陌上望行色，兒女燈前語夜深。」

這首詞作於宋孝宗乾道八年（一一七二）。辛稼軒詞率多感時撫事之作，詞情豪放。即或是送別詞，亦多尚慷慨悲吟，不效昵昵兒女語。本詞即其一。作者以送別為發端，傾吐自己滿腹憂國深情。在激勵友人奮進之中，又抒洩了自己壯志難酬的苦悶。慷慨悲涼之情，磊落不平之氣，層見疊出。

「老來情味減，對別酒，怯流年。」發端數語陡然而起，直抒胸臆，以建瓴之勢籠罩全篇。蘇軾有「對尊前，惜流年」（〈江城子・冬景〉），此處化用其句，卻更深沉悲慨。詞人意有所鬱結，面對別酒隨事觸發。本意雖含而未露，探其幽眇，「老來」兩字神貌可鑑。詞人未老，作此詞時正在壯年，何以自居老邁，心情蕭索如此呢？詞人二十三歲「突騎渡江」，率眾南歸後，正擬做一番旋轉乾坤的事業，不意竟沉淪下僚，輾轉宦海。乾道八年他出任滁州知州，仍是大材小用，且朝廷苟安，北伐無期，旌旗未展頭先白，怎能不「對別酒、怯流年」？

「況屈指中秋，十分好月，不照人圓。」在政治逆境中，對於寒暑易節，素魄盈虧，特別敏感，又眼看友人高蹈而去，惜別而外，另有衷曲，於是浮想聯翩，情思奔湧。「無情水都不管，共西風、只管送歸船。」「都不管」和「只管」道盡「水」與「西風」之無情，一語雙關。既設想了友人別後歸途情景，又暗喻范氏離任乃朝中局勢所致。以西風喻惡勢力，辛詞中不乏其例。如：「吳楚地，東南坼。英雄事，曹劉敵。被西風吹盡，了無塵跡。」（〈滿江紅〉）歸船何處去？聯想又追入一層。「秋晚蓴鱸江上，夜深兒女燈前。」筆鋒陡轉，摧剛為柔，一種渾厚超脫的意境悠然展現。前句用張翰故事，後句用黃庭堅詩意，使人讀之翕然而有「歸歟」之念。此二句當是懸想范倅離任後入朝前返家的天倫之樂。

下片，轉到送別主旨。「征衫，便好去朝天，玉殿正思賢。」過片由上片結句襯跌而出，格調轉亢，與上面「歸歟」之境構成迥然異趣的畫面。詞人有意用積極精神，昂揚語調，為友人入朝壯色。上二句言友人入朝之勤勞忠奮，下句言朝廷之求賢若渴。「想夜半承明，留教視草，卻遣籌邊」，好一派君臣相得，振邦興國的氣象！夜裡正在承明廬修改詔書，又奉命去籌劃邊事，極言恩遇之深。承明，廬名，是漢代朝官直宿（猶後代的值班）之地，詞裡借指宮廷。這三句是恭維范氏，想像他有可能得到重用。下面再一轉折，將滔滔思潮訇然閘住。「長安故人問我，道愁腸殢酒只依然」，一變奮激昂揚為紆徐低沉。倘友人去到京城，遇到老朋友，可以告訴他們，自己仍然是借酒銷愁，為酒所困。長安，這裡代指南宋都城臨安。「愁腸殢酒」乃化用唐末韓偓〈有憶〉詩「愁腸殢酒人千里」句，「殢」（音同替）是困擾之意。言外已透出自己報國無門的無限悲慨。

前面幾經翻跌，蓄意蓄勢，至結句，突然振拔：「目斷秋霄落雁，醉來時響空弦。」詞人醉中弓開滿月，空弦虛射，驚落了秋雁。真乃奇思妙想，「目斷」兩字極有神韻，其實是翻用《戰國策・楚策》「虛弓落病雁」的典故，不著痕跡。一個壯懷激烈、無用武之地的英雄形象透過這兩句顯現出來，他的情懷只能借醉後來發洩。正如清陳廷焯說：「稼軒有吞吐八荒之慨而機會不來……故詞極豪雄而意極悲鬱。」（《白雨齋詞話》）

此詞在藝術手法上的高妙之處全在聯想與造境功夫。豐富的聯想與跌宕起伏的筆法相結合，使跳躍性的結構顯得整齊嚴密。全詞的別情從聯想展開。「老來情味減」一句實寫，以下筆筆含虛，以虛襯實。從「別酒」想到「西風」、「歸船」；由「西風」、「歸船」想到「江上」、「燈前」，下邊轉到朝廷思賢，再轉到託愁腸殢酒，最後落到醉中壯舉。由此及彼，由近及遠，由反而正，感情亦如江上波濤大起大落，通篇形成開闔頓挫、騰挪跌宕的氣勢，與沉鬱雄放的風格相一致。（許理絢）

祝英臺近 辛棄疾

晚春

寶釵分①，桃葉渡②，煙柳暗南浦③。怕上層樓，十日九風雨。斷腸片片飛紅，都無人管，更誰勸啼鶯聲住？

鬢邊覷。試把花卜歸期，才簪又重數。羅帳燈昏，哽咽夢中語：是他春帶愁來，春歸何處？卻不解帶將愁去。

〔註〕①寶釵分：南朝梁陸罩〈閨怨〉：「偏恨分釵時。」唐白居易〈長恨歌〉：「釵留一股合一扇，釵擘黃金合分鈿。」②桃葉渡：在南京秦淮河與青溪合流處。《隋書．五行志》：陳時盛歌王獻之桃葉之詞曰：「桃葉復桃葉，渡江不用楫。但渡無所苦，我自迎接汝。」按桃葉，獻之妾名。③南浦：泛指送別之處。《楚辭．九歌．河伯》：「送美人兮南浦。」

清陳廷焯說：「稼軒最不工綺語。」（《白雨齋詞話》卷一）此說不確。這首〈祝英臺近．晚春〉抒發閨中少婦惜春懷人的纏綿悱惻之情，寫得詞麗情柔，嫵媚風流，與他縱橫鬱勃的豪放詞迥然異趣。

發端三句巧妙地化用前人詩意，追憶與戀人送別時的眷眷深情。「寶釵分」，前人每以分釵作為別時留贈之物；「桃葉渡」，指送別之地；「煙柳暗南浦」，渲染暮春時節送別，埠頭煙柳迷濛之景。三句中連用了三個有關送別的典故，融會成一幅情致纏綿的離別圖景，烘托出悽苦悵惘的心境。自與親人分袂之後，恰值雨橫風狂，亂紅離披，為此怕上層樓，不忍觀睹。傷心春去，片片落紅亂飛，都無人管束得住，用一個「都」字對「無人」作了強調。江南三月，群鶯亂飛，人們敏感到鶯啼則春將歸去。所以寇準說「春色將闌，鶯聲漸老」（〈踏莎行〉）。顯示春歸的鶯聲更有誰勸止得來？這裡的「更」字也下得好。「都無人管」與「更誰勸」，進一步渲染了怨春懷人之情。

過片筆觸一轉，由渲染氣氛烘托心情，轉為描摹情態。其意雖轉，其情卻與上片聯綿不斷。

「鬢邊覷」三句，刻畫少婦的心理狀態細膩密緻，維妙維肖。一個「覷」字，閨中女子嬌懶慵倦的細微動態和百無聊賴的神情，分明可見。「試把」兩句是覷的結果。飛紅垂盡，鶯聲不止，春歸之勢不可阻攔，懷人之情如何表達。鬢邊的花使她萌發出一絲僥倖的念頭：數花瓣卜歸期。明知占卜並不足信，而「才簪又重數」。一瓣一瓣數過了，戴上去，又拔下來，再一瓣一瓣地重頭數。這種單調的反覆動作可笑又令人心酸。作者在此用白描手法，細膩地描寫人物的動作，充分表現出思婦的痴情。但她的心情仍不能寧貼，接著深入一筆，以夢囈作結。「哽咽夢中語：是他春帶愁來，春歸何處，卻不解帶將愁去。」這三句融化宋李邴〈洞仙歌〉詞：「歸來了，裝點離愁無數……驀地和春帶將歸去。」和宋趙彥端〈鵲橋仙〉詞：「春愁原自逐春來，卻不肯隨春歸去。」可是辛詞較李、趙兩作更流轉，更深婉。出之以責問，託之於夢囈，更顯得波譎雲詭，綿邈飄忽。雖然這種責問是極其無理的，但越無理卻越有情。痴者的思慮總是出自無端，而無端之思又往往發自情深而不能自已者。因此這恰恰是滿腹怨語痴情的少婦內心世界的反映，「綿邈飄忽之音最為感人深至」（清郭麐《靈芬館詞話》卷二）。

清沈祥龍《論詞隨筆》云「詞貴愈轉愈深」，本篇巧得此勝。從南浦贈別，怕上層樓，花卜歸期到哽咽夢中語，紆曲遞轉，逐層迭出新意。上片斷腸三句，一波三折。從「飛紅」到「啼鶯」，從惜春到懷人層層推進。下片由「占卜」到「夢囈」，動作跳躍，由實轉虛。表現出痴情人為春愁所苦、無可奈何的心理。全詞轉折特多，愈轉愈纏綿，愈轉愈悽惻。一片怨語痴情全在轉折之中，充分顯示了婉約詞綢繆宛轉的風格。

描寫人物的典型動作，從而表現人物的心理活動，是這首詞又一成功的藝術手法。寥寥幾筆，「占卜」的全過程歷歷呈現；只一句夢話，痴情人的內心和盤托出。透過這些，可以清晰地感到人物跳動著的脈搏，人物形象呼之欲出。此詞章法綿密，以春歸人未還綰合上下片，詞面上不著一「怨」字，卻筆筆含「怨」，欲圖弭怨而怨仍縈繞不休。清沈謙《填詞雜說》曰：「稼軒詞以激揚奮厲為工，至『寶釵分，桃葉渡』一曲，昵狎溫柔，魂銷意盡，才人伎倆，真不可測。」

宋張炎《詞源》：「辛稼軒〈祝英臺近〉……皆景中帶情而存騷雅。」清黃蘇《蓼園詞評》也認為此詞必有所託，說：「史稱稼軒人材大類溫嶠、陶侃，周益公等抑之，為之惜。此必有所託，而借閨怨以抒其志乎！」這話是有道理的。辛棄疾從到南宋之後，受到壓抑，不被重用。他的恢復壯志難以伸展，故假託閨怨之詞以抒發胸中的鬱悶，和他的另一首名作〈摸魚兒〉（更能消、幾番風雨）是同一情調，同一抒情手法。不能確指為因某一事而發。宋人張端義《貴耳集》說這首詞是辛棄疾為去妾呂氏而作，不足憑信。（許理絢）

青玉案 辛棄疾

東風夜放花千樹。更吹落，星如雨。寶馬雕車香滿路。鳳簫聲動，玉壺光轉，一夜魚龍舞。

蛾兒雪柳黃金縷，笑語盈盈暗香去。眾裡尋他千百度，驀然回首，那人卻在，燈火闌珊處。

寫上元燈節的詞，不計其數，稼軒的這一首，卻誰也不能視為可有可無，即此亦可謂豪傑了。然究其實際，上片也不過渲染那一片熱鬧景況，並無特異獨出之處。看他寫火樹，固定的燈彩也。寫「星雨」，流動的煙火也。若說好，就好在想像：是東風還未催開百花，卻先吹放了元宵的火樹銀花。它不但吹開地上的燈花，而且還又從天上吹落了如雨的彩星——燃放煙火，先衝上雲霄，復自空而落，真似隕星雨。然後寫車馬，寫鼓樂，寫燈月交輝的人間仙境——「玉壺」，寫那民間藝人們的載歌載舞、魚龍曼衍的「社火」百戲，好不繁華熱鬧，令人目不暇接。其間「寶」也，「雕」也，「鳳」也，「玉」也，種種麗字，總是為了給那燈宵的氣氛來傳神來寫境，蓋那境界本非筆墨所能傳寫，幸虧還有這些美好的字眼，聊為助意而已。總之，我說稼軒此詞，前半實無獨到之勝可以大書特書。其精彩之筆，全在後半始見。

後片之筆，置景於後，不復贅述了，專門寫人。看他先從頭上寫起：這些遊女們，一個個霧鬢雲鬟，戴滿了元宵特有的鬧蛾兒、雪柳，這些盛妝的遊女們，行走之間說笑個不停，紛紛走過去了，只有衣香猶在暗中飄散。這麼些麗者，都非我意中關切之人，在百千群中只尋找一個——卻總是蹤影皆無。已經是沒有什麼希望了……忽然，眼光一亮，在那一角殘燈旁側，分明看見了，是她！是她！沒有錯，她原來在這冷落的地方，還未歸去，似有所待！

這發現那人的一瞬間，是人生的精神的凝結和昇華，是悲喜莫名的感激銘篆，詞人都如此本領，竟把它變成了筆痕墨影，永誌弗滅！讀到末幅煞拍，才恍然徹悟：那上片的燈、月、煙火、笙笛、社舞交織成的元夕歡騰，那下片惹人眼花繚亂的一隊隊的麗人群女，原來都只是為了那一個意中之人而設而寫，倘無此人在，那一切又有何意義與趣味呢！多情的讀者，至此不禁涔涔淚落。

此詞原不可講，一講便成畫蛇，破壞了那萬金無價的人生幸福而又辛酸的一瞬的美好境界。然而畫蛇既成，還思添足：學文者莫忘留意，上片臨末，已出「一夜」二字，這是何故？蓋早已為尋他千百度說明了多少時光的苦心痴意，所以到得下片而出「燈火闌珊」，方才前早呼而後遙應，筆墨之細，文心之苦，至矣盡矣。可嘆世之評者動輒謂稼軒「豪放」，「豪放」，好像將他看作一個粗人壯士之流，豈不是貽誤學人乎？

王靜安《人間詞話》曾舉此詞，以為人之成大事業者，必皆經歷三個境界，而稼軒此詞之境界為第三即最終最高境。此特藉詞喻事，與文學賞析已無交涉，王先生早已先自表明，吾人可以無勞糾葛。

從詞調來講，〈青玉案〉十分別致，它原是雙調，上下片相同，只上片第二句變成三字一斷的疊句，跌宕生姿。下片則無此斷疊，一連三個七字排句，可排比，可變幻，總隨詞人之意，但排句之勢是一氣呵成的，單單等到排比完了，才逼出煞拍的警策句。北宋另有賀鑄一首，此義正可參看。（周汝昌）

阮郎歸　辛棄疾

耒陽道中為張處父推官賦

山前燈火欲黃昏，山頭來去雲。鷓鴣聲裡數家村，瀟湘逢故人①。

揮羽扇，整綸巾，少年鞍馬塵。如今憔悴賦招魂，儒冠多誤身。

〔註〕①瀟湘：瀟水和湘水，在湖南省零陵縣匯合之後稱瀟湘，這裡指耒陽地區。

詞題為「耒陽道中為張處父推官賦」。耒陽，即今湖南省耒陽縣。張處父，生平不詳，為詞人好友。推官，是州郡的屬官。據考，孝宗淳熙六年（一一七九）或七年，辛棄疾任湖南轉運副使和安撫使，詞作大約寫於此時。此作的特點是寫景與心理狀態密切關合，用典自然巧妙，表現詞人屢遭排斥，頻繁調任，無法施展抱負的牢愁。

開頭兩句，用昏暗浮動的景象，襯托作者飄然不定的心理狀態。淳熙三年，作者由江西提點刑獄調任京西轉運判官，次年又調任江陵知府兼湖北安撫使，輾轉又調任江西、湖北、湖南。南宋議和派當權，詞人抗金救國理想，難以實現。因此他在另一首詞中寫道：「聚散匆匆不偶然，二年歷遍楚山川。」（〈鷓鴣天．離豫章別司馬漢章大監〉）而這兩句，用昏暗的夜色，與山頭飄來飄去的浮雲，構成一種暗淡浮動的意境，巧妙地與詞人的心理狀態密切關合。首句「欲」字，用得絕妙，寫出了夕陽似落非落、夜幕似降非降的景象。這兩句筆法純熟，自然天成，把山村景象，和盤托出。

第三句，是陳述句，在心理描寫上，比前兩句又深化一步。古人認為，鷓鴣的叫聲，好似「行不得也哥哥」，令人寒心。作者寫他在黃昏的山村，聽見「鷓鴣聲」，是在表現對前途的憂慮，襯托他的淒涼心境。第四句筆鋒陡然一轉，寫遇見老友，立即轉憂為喜，氣氛也隨著由沉悶轉為輕鬆愉快。「瀟湘逢故人」，化用南朝梁柳惲詩句「洞庭有歸客，瀟湘逢故人」（〈江南曲〉），承上啟下，緊扣「為張處父推官賦」的詞題。「故人」，指張處父。

下片全用典故，上承「瀟湘逢故人」句一路寫來。見到友人，不免要傾訴衷腸，回首往事。下片前三句，是回憶鏡頭，作者借三國時諸葛亮手持羽扇、頭戴綸巾、指揮三軍的瀟灑形象，巧妙地比喻他當年抗擊金兵時的瀟灑風度。「鞍馬塵」，謂躍馬揚戈，馳騁在煙塵滾滾的沙場。詞人撫今思昔，心潮澎湃，不勝感慨。他當年渡淮南歸，正是為了幹一番轟轟烈烈的恢復事業。不料如今屢遭排斥，頻繁調任，抗金的奏策，如同廢紙，無人問津。所以，他發出「英雄千古，荒草沒殘碑」（〈滿庭芳·和洪丞相景伯韻〉）的悲鳴。

「如今憔悴賦招魂，儒冠多誤身」兩句，是詞人蘸著血和淚的筆觸，向南宋議和派的強烈控訴，表現出痛苦和複雜的心情。詞人認為，他之所以會弄到如今喪魂落魄、疲憊不堪的境地，大概由於是個儒生的原因吧？似乎，他百思不解，找不出答案來。「招魂」，是《楚辭》的篇名，詞人使用此典，表明自己滿腹哀怨牢騷。「儒冠多誤身」，是借用杜甫的詩句「紈袴不餓死，儒冠多誤身」（〈奉贈韋左丞丈二十二韻〉），表現自己一身落魄蹉跎的遭遇。最後兩句，語調低沉，感情淒愴，讀之令人垂淚。（陸永品）

清平樂　辛棄疾

博山道中即事

柳邊飛鞚①，露濕征衣重。宿鷺窺沙孤影動，應有魚蝦入夢。一川明月疏星，浣紗人影娉婷②。笑背行人歸去，門前稚子啼聲。

〔註〕①飛鞚：鞚是馬勒，飛鞚即縱馬疾馳。②娉婷：形容女子姿態輕盈美好。

江西永豐縣西二十里有座博山，山中泉石清奇，林谷蒼翠，還有雨巖、博山寺等名勝古跡，是個風景絕佳的地方。辛棄疾閒居上饒時，曾多次去此山遊覽，並寫了多首膾炙人口的記遊詞。這首〈清平樂〉即其中之一。題作〈博山道中即事〉，所寫皆沿途夜景。詞的意境清新，語言淡樸，別見幽情奇趣。

開篇二句描寫夜行山道的情景：驅馬從柳樹旁邊疾馳而過，柳枝上的露水拂落在行人身上，衣衫都沾濕變重了。這裡既表現出途中柳密露濃，景色很美；也表現出行人心情暢快，雖覺衣衫濕重，遊興仍然很高。

接下二句描寫行經河灘時看到的一個饒有幽趣的畫面：一隻白鷺棲宿在沙灘上，不時瞇著眼睛向沙面窺視，映在沙上的身影也輕輕搖晃。牠準是在夢中見到魚蝦了吧！看到宿鷺目瞇影動，便斷定牠正在做夢，又因鷺鳥以魚蝦為食，進而斷定牠夢見了魚蝦，雖是想像之辭，卻近情近理。詞人觀物既極細緻，體物又極深微，所以寫來如此生動而多趣。

換頭二句描寫行經溪流附近的村莊時看到的一個更富有詩意的畫面：夜深人靜，一片溪山都沐浴在疏星明月的清光中；年輕的婦女在溪邊浣紗，月光又在水中和沙上映出她那美麗輕盈的身影。詞人使用的語句極其簡淡，卻把環境和人物寫得清雅秀潔，風韻悠然。

結末二句又在前邊的畫面上繪出新的情采：寧靜的村舍門前忽然響起孩子的哭聲，正在溪邊浣紗的母親立即起身往家走，路上遇見陌生的行人，則羞怯地低頭一笑，隨即背轉身來匆匆歸去。這一筆真實而自然的描繪，不但給畫面增添了濃厚的生活情味，而且生動地表現了山村婦女淳樸溫良的心性和略帶幾分羞澀的天真。

總觀此詞，全篇都是寫景，沒有一句抒情，但又處處融情景中，寄意言外。從他描寫月光柳露的文字中，可以感知他對清新淡雅的自然風光的喜愛；從他描寫浣紗婦女的文字中，可以感知他對淳厚樸實的民情風俗的讚賞。清況周頤說：「詞有淡遠取神，只描取景物，而神致自在言外，此為高手。」（《蕙風詞話續編》卷一）詞人正是這樣的高手。

在風景和人物的具體描寫上，此詞亦深得動靜相生、形神俱到之妙。柳密露濃原是靜景，但詞人卻借露濕征衣的動象來表現，遂比直寫其靜態之美更覺真實而多采。沙灘宿鷺亦在靜中，但詞人卻寫其睡中之動態，並寫其夢中之幻影，使讀者不僅可見其形之動，而且可感其神之動，因而別生奇趣。篇末寫浣紗婦女亦能遺貌取神，用「笑背行人歸去」的動態美，表現其溫良淳樸的情性美，因而栩栩如生，呼之可出。

此詞在結構上的特點是外以詞人的行程為次序，內以詞人的情感為核心。一切景觀都從詞人眼中看出，一切景觀都從詞人心上映出。詞人從沿途所見的眾多景觀中選取自己感受最深的幾個片斷，略加點染，繪成一幅情采俱勝的溪山夜景長卷，表現出一種清幽淡遠而又生機蓬勃的意境，使人讀之宛若身隨詞人夜行，目擊諸種景觀，而獲得「俯拾即是，不取諸鄰。俱道適往，著手成春。如逢花開，如瞻歲新」（唐司空圖《二十四詩品·自然》）的特殊美感。因此，前後景觀雖異，結構還是完整的。（羅忠族）

清平樂　辛棄疾

村居

茅簷低小，溪上青青草。醉裡吳音相媚好，白髮誰家翁媼。
大兒鋤豆溪東，中兒正織雞籠。最喜小兒無賴，溪頭臥剝①蓮蓬。

〔註〕①一作「看剝」。

辛棄疾寫了不少描寫農村生活的有名詞作，這首詞是其中的優秀作品之一。清劉熙載說，「詞要清新」，「淡語要有味」（《藝概．詞概》）。辛棄疾此作正具有「淡語清新」、充滿詩情畫意的特點。

在描寫手法上，這首小令，並沒有一句使用濃筆豔墨，只是用純粹白描手法，描繪農村某處的環境和一個老小五口之家的生活畫面。作者能夠把這家老小五人的不同面貌和表現情態，描寫得維妙維肖，活靈活現，具有濃厚的生活氣息，如若不是大手筆，是難能達到此等意境的。

上片開頭兩句，寫這個五口之家，有一所低小的茅草房屋，緊靠著一條流水淙淙、清澈照人的小溪。溪邊長滿了碧綠的青草。在這裡，作者只用淡淡的兩筆，就把由茅屋、小溪、青草組成的清新秀麗的環境勾畫出來了。這兩句詞在全首詞中，還兼有點明環境和地點的重要使命。

三、四兩句，描寫一對滿頭白髮的翁媼，親熱地坐在一起，一邊喝酒，一邊聊天的悠閒自得的情態。這幾句儘管寫得平平淡淡，但是卻把一對白髮翁媼，乘著酒意，彼此「媚好」，親密無間，那種和協、溫暖、愜意的老年夫妻的幸福生活，真切地再現出來了。這就是無奇之中的奇妙之筆。「吳音」，指吳地的方音。作者寫這首詞時，在江西上饒，春秋時代此地屬於吳國。「媼」是對老年婦女的稱呼。

下片四句，純是大白話，採用白描手法，和盤托出三個兒子的不同形象。大兒子是主要勞力，擔負著溪東豆地裡鋤草的重擔。二兒子年紀尚小，只能做點輔助勞動，所以在家裡編織雞籠。三兒子不懂世事，只是任意地調皮玩耍，看他躺臥在溪邊剝蓮蓬吃的神態，即可想而知。這幾句雖然極為通俗易懂，卻刻畫出鮮明的人物形象，描繪出耐人尋味的意境。尤其小兒無賴剝蓮蓬吃的那種天真活潑的神情狀貌，饒有情趣，栩栩如生。可謂是神來之筆，古今一絕！「無賴」，謂頑皮，是愛稱，並無貶義。「臥」字的使用最妙，它使小兒天真、活潑、頑皮的勁兒，活躍紙上。

全詞緊緊圍繞著小溪，布置畫面，展開人物活動。從詞的意境來看，茅簷是靠近小溪的。另外，「溪上青草」、「大兒鋤豆溪東」，「最喜小兒無賴，溪頭臥剝蓮蓬」四句，連用三個「溪」字，使得詞作畫面的布局十分緊湊。所以，「溪」字在全詞結構上起著棟梁的作用。

它的構思巧妙，頗為新穎。茅簷、小溪、青草，這本來是農村司空見慣的，然而作者把它們組合在一個畫面裡，就顯得格外清新優美。這是寫景。在寫人方面，透過簡單的情節安排，就把充滿著一片生機、和平寧靜、樸素安適的農村生活景象，真實地反映出來了。詩情畫意，清新悅目。

這首小令題為「村居」，是作者晚年遭受議和派排斥和打擊，志不得伸，歸隱上饒地區閒居農村時所寫，並非作者主觀想像的產物，而是現實生活的反映。（陸永品）

清平樂 辛棄疾

獨宿博山王氏庵

繞床饑鼠，蝙蝠翻燈舞。屋上松風吹急雨，破紙窗間自語。

平生塞北江南，歸來華髮蒼顏。布被秋宵夢覺，眼前萬里江山。

不少專家都曾指出過辛詞的多樣性特點，肯定各種風格的作品往往又都達到了很高的文學成就。就拿這闋〈清平樂〉來說，可以講是代表了辛詞的別一種藝術風格。全詞析為上下片，也僅僅用了八句話四十六個字，然而已為我們描繪了一幅蕭瑟破敗的風情畫。你看，夜出覓食的饑鼠繞床爬行，蝙蝠居然也到室內圍燈翻飛，而屋外卻正逢風雨交加，破裂的糊窗紙也在鳴響。「自語」二字，很自然而帶著苦澀的風趣，將風吹紙響擬人化、性格化了。辛棄疾所獨宿的這個「王氏庵」，是久已無人居住的破屋。正是在這樣的圖畫背景上，作者出現了——一個平生為了國事奔馳於塞北江南，失意歸來後則已頭髮花白、容顏蒼老的老人。心境如此，環境如此，「秋宵夢覺」分明指出了時令，同時也暗示了主人公的難以安睡。中夜醒來，眼前不復見饑鼠蝙蝠，殘燈破窗，而是祖國的「萬里江山」。很顯然，他「夢中行遍，江南江北」（〈滿江紅〉），醒後猶自留連夢境，故云「眼前萬里江山」。這一句與「平生塞北江南」相呼應，而把上片「繞床饑鼠」四句推到背後。平生經歷使他心懷祖國河山，形諸夢寐；眼前現實使他逆境益思奮勉，不墜壯志。全詞有這一句，思想境界頓然提高。

這闋詞用文字所構築的畫面和表達的感情，改用線條和色彩是完全能夠表達出來的，可見作者用抽象的文字符號所捕捉、表現的景物的具象化程度了。而且，每一句話都是一件事物、一個景點，把它們拼接起來，居然連連接詞都可以省略掉，便自然形成了這幅難得的風情畫！

在這幅畫面上，我們幾乎可以觸摸到作者那顆仍然激烈跳動著的悽苦的心，那顆熱愛祖國大好河山的執著的心！儘管作者有意地把它掩藏了起來。

從詞的格調看，近似田園派，或者歸隱詩，同他的那些豪放之作相去太遠了。從創作來說，作品總反映著作家的所歷、所見、所聞、所感，即反映作家的全人。辛棄疾能夠在繼承、發展蘇軾詞風的基礎上，形成豪放派大家的同時，還能在閒淡、細膩、婉約等格調方面取得凸出成就，在文學史上倒是不多見的。正如劉克莊在序《辛稼軒集》時所說：「公所作，大聲鏜鞳，小聲鏗鍧，橫絕六合，掃空萬古……其穠纖綿密者，亦不在小晏、秦郎之下。」

詞序所指的博山，在江西永豐境內，古名通元峰，由於其形狀像廬山香爐峰，所以改稱博山。（博山香爐是外表雕刻成重疊山形的香爐，見《西京雜記》。）辛棄疾在博山的題詠頗多，當他閒居上饒帶湖期間，曾經多次往遊。（魏同賢）

清平樂 辛棄疾

檢校山園，書所見。

連雲松竹，萬事從今足。拄杖東家分社肉，白酒床頭初熟。西風梨棗山園，兒童偷把長竿。莫遣旁人驚去，老夫靜處閒看。

宋孝宗淳熙八年（一一八一）冬十一月，稼軒四十二歲，由江西安撫使改任兩浙西路提點刑獄公事，但隨即便因臺臣王藺的彈劾，被免掉了職務，不得不回到在上饒靈山之隈建成不久的帶湖新居過退隱的生活。這次被迫閒居，他沒有因為個人的得失而苦惱，反倒獲得了擺脫官場紛擾的愉悅。因此，在閒居期間，他創作了大量讚美帶湖風光、歌唱村居生活的詞篇。這首〈清平樂〉，便是其中之一。題目中的「山園」，就是他的帶湖居所。洪邁的〈稼軒記〉說，這裡「其縱千有二百三十尺，其衡八百有三十尺」，「既築室百楹，才占地什四。乃荒左偏以立圃，稻田泱泱，居然衍十弓」。「意他日釋位得歸，必躬耕於是，故憑高作屋下臨之，是為『稼軒』」。整個莊園，廊廡曲折，花木扶疏。亭臺有植杖亭、集山樓、婆娑堂、信步亭、滌硯渚等。陳亮的〈與辛幼安殿撰〉則說，「作室甚宏麗」，朱熹曾「潛人去看，以為耳目所未曾睹」。「檢校」，查覈的意思。

上片寫閒居帶湖的滿足。「連雲松竹，萬事從今足。」上句寫景，說山園的松竹綿延遠上山頂，彷彿和天上的白雲相連，飽和著讚賞之情，使人想見其林木蔥蘢，環境清幽，準確地把握住了隱居的特色。如果捨此而去描繪樓臺亭閣的如何宏麗，那就不足以顯示是山林的隱居，而會變為庸俗的富家翁的自誇。下句言情，表現與世無爭的知足思想。這一思想，無疑是來自老子的。《老子》一書中，既從正面教誨人說「知足者富」，「知足不辱」，又從反面告誡人說「禍莫大於不知足」。稼軒這一思想，雖然是消極的，但比那些鉤心鬥角、貪得無厭之徒的骯髒意識卻高尚得多。這兩句領起全篇，確定了全篇的基調。

「拄杖東家分社肉，白酒床頭初熟」，承接上文，從一個側面來寫生活之「足」。上句說同鄰里的關係融洽，分享歡樂。「拄杖」，表明年老。「分社肉」，是當時仍存的古風：每當春社日和秋社日，四鄰相聚，屠宰牲口以祭社神，然後分享祭社神的肉。據下文，這裡所說的應是秋社分肉。陸游〈齋中夜賦〉詩說：「秋衣漸製聞砧杵，社肉初分謝蕨薇。」也是寫秋社分肉之事。下句說山園富有。「白酒」此指田園家釀。「床」，指釀酒的糟床。「初熟」，謂白酒剛剛釀成。李白〈南陵別兒童入京〉有句云：「白酒新熟山中歸，黃雞啄黍秋正肥。」如此說富有，意近誇而不俗。因為飲酒是高人雅士的嗜好，不同於說金銀多、珠寶多的帶有銅臭氣味。新分到了社肉，又恰值白酒剛釀成，豈不正好愜意地一醉嗎？讀了這兩句，不禁使人想起晚唐王駕的〈社日〉：「鵝湖山下稻粱肥，豚柵雞棲半掩扉。桑柘影斜春社散，家家扶得醉人歸。」

下片「書所見」，表現閒適心情。「西風梨棗山園，兒童偷把長竿。」借「西風」點明時間是在秋天。「梨棗山園」，展現出莊園內梨樹和棗樹果實纍纍的景象，透露出詞人面對豐收的喜悅。「兒童偷把長竿」，是詞人所見的一個場面，甚似特寫鏡頭：一群兒童，正手握長長的竹竿在偷著撲打梨、棗。「偷」字極有趣味，使人彷彿看到了這群饞嘴的兒童，一邊撲打著梨、棗，一邊東張西望地提防著被人發現，隨時準備著拔腿逃跑的調皮相。

「莫遣旁人驚去，老夫靜處閒看。」反映詞人對待偷梨、棗的兒童們的保護的、欣賞的態度。這兩句使人聯想到杜甫〈又呈吳郎〉的「堂前撲棗任西鄰，無食無兒一婦人。不為困窮寧有此，只緣恐懼轉須親」，兩首作品都是對撲打者採取保護的、關心的態度，不讓他人干擾。然而卻又並不盡同：杜甫是推己及人，出於對這「無食無兒一婦人」的同情，稼軒是在「萬事從今足」的心態下，覺得這群頑皮的兒童有趣，要留著「老夫靜處閒看」；杜甫表現出的是一顆善良的「仁」心，語言深沉，稼軒表現出的是一片萬事足後的「閒」情，筆調輕快。

陸游鄉居時曾說「身閒詩簡淡」（〈幽興〉）。稼軒這首詞，也是因「身閒」而「簡淡」的。它通篇無奇字，無麗句，不用典，不雕琢，明白如家常語，而抒情主人公的神情活現，耐人尋味，正是其「簡淡」之妙。（何均地）

山鬼謠

辛棄疾

雨巖有石，狀甚怪，取〈離騷〉〈九歌〉，名曰「山鬼」，因賦〈摸魚兒〉，改〈山鬼謠〉。

問何年、此山來此？西風落日無語。看君似是羲皇上，直作太初名汝。溪上路，算只有、紅塵不到今猶古。一杯誰舉？笑我醉呼君，崔嵬①未起，山烏覆杯去。

須記取：昨夜龍湫風雨，門前石浪②掀舞。四更山鬼吹燈嘯③，驚倒世間兒女。依約④處，還問我：清遊杖屨公良苦。神交心許。待萬里攜君，鞭笞鸞鳳，誦我〈遠遊〉賦。

〔註〕①崔嵬：山石高而不平。此處指巨石。②作者自註：「石浪，庵外巨石也，長三十餘丈。」③山鬼吹燈：杜甫〈移居公安山館〉詩：「山鬼吹燈滅，廚人語夜闌。」④依約：依稀隱約。

辛棄疾閒居帶湖時，常到博山遊覽。雨巖在博山之隈，風景絕佳。據題註，「雨巖有石，狀甚怪」，詞人即以屈原〈九歌〉中的「山鬼」名之。以至於這首詞的詞牌名〈摸魚兒〉，也因此改為〈山鬼謠〉了。

這首詞寫得詭異奇特，與石之「甚怪」十分相稱。起句突兀，劈頭便云「問何年，此山來此」，著一「來」字，便把偌大一座博山擬人化了。從歷史長河中來看，這座山當有形成之期，但在科學知識不足的古代，誰能解答這個問題呢？提問的對象，並不確指，妙在以「西風落日無語」作答，使渺茫太古融入瑟瑟西風、奄奄落日之中，竟不可得一究詰之所。既渲染了冷峻陰森的氣氛，又從而引起了日落後神祕可怖的懸想。究詰既無所得，所以緊接著便以猜度之詞說：「看君似是羲皇上，直作太初名汝。」「羲皇」即「伏羲」。漢班固《白虎通．號》：「三皇者，何謂也？謂伏羲、神農、燧人也。」傳說伏羲始畫八卦，造書契，也就是說揭開了人類文明史的第一頁。《列子．天瑞》：「太初者，氣之始也。」《易》「易有太極」疏云：「天地未分之前，元氣混而為一，即是太初。」說這怪石早於伏羲，天地未分之前即已存在，便把近在眼前的怪石寫得超越千古，無與倫比。這是從縱的時間方面來寫。「溪上路，算只有、紅塵不到今猶古」，則是從眼前的景物照應遠古寫。空山無人，溪水清澈，緣溪而行，一塵不染。人間雖然歷經了滄桑，但這兒依然「紅塵不到」，只此才與太古相似。既凸出了雨巖環境的無比幽靜，又透露了詞人對紛擾、齷齪現實的厭惡。詞人獨遊雨巖諸作，大多抒發知音難遇的感慨。空山獨酌，孤寂可知，「一杯誰舉」，與之相對者唯有此一塊巨石。然而「我醉呼君，崔嵬未起，山鳥覆杯去」，巨石不能與我共飲，酒杯卻被山鳥打翻了。巨石不起，仍是無情之物體；而山鳥覆杯，是無意呢？還是有意呢？或許是精靈之所使吧？或真或幻，這就把「山鬼」之靈於無中寫出有來。由此可見，山鳥的插曲，正是人、物交感的契機。妙在寫得空靈，猶如山鳥之去，無跡可尋。

如果說上片寫極靜的意境，那麼下片就寫了極動的景象：龍潭風雨，已足驚人；長達三十餘丈的巨石，竟至於被掀而舞，就更加駭人了。繼之「四更山鬼吹燈嘯」，能不「驚倒世間兒女」嗎？如此層層渲染，步步進逼，直到「山鬼」出場，真令人驚心動魄。詞人對於雨巖之夜的描繪如此筆酣墨飽，顯然有快意於這種景象的思想感情在。龍潭的風雨，石浪的掀舞，山鬼的呼嘯，其勢足以衝破如磐夜氣，其力足以震撼渾渾噩噩的心靈。從這個意義來說，「驚倒世間兒女」有什麼不好！在這裡，詞人長期被壓抑被鉗制的心聲，突然爆發出最激越的聲響！可知以怪石為知己，不僅在於它遠古荒忽，閱盡滄桑，而且更在於它驚世絕俗，能使人在精神上受到震動。詞人與之相通者，大概就在這裡吧？我以石為知己，石亦以我為知己，所以接著說「依約處，還問我：清遊杖履公良苦。神交心許」。這個「苦」字，既是說登山涉水之勞，也是說內心之苦，可以說語意雙關。知己難得，人間難求，既「神交心許」，便深合密契，難分難解，所以最後說「待萬里攜君，鞭笞鸞鳳，誦我〈遠遊〉賦」，從橫的空間又展示了廣闊的天地。韓愈詩云：「上界真人足官府，豈如散仙鞭笞鸞鳳終日相追陪。」（〈奉酬盧給事雲夫四兄曲江荷花行見寄并呈上錢七兄閣老張十八助教〉）詞人要攜帶「山鬼」，駕馭鸞鳳，雲遊萬里了。〈遠遊〉是《楚辭》篇名。詞人在這裡說「誦我〈遠遊〉賦」，主要是表明他追求屈原偉大的愛國主義精神。「路曼曼其修遠兮，吾將上下而求索。」（〈離騷〉）屈原精神的苦悶是與追求理想的渴望交織在一起的，辛詞的用意亦不外乎此。

這首詞寫景、詠物是糅合在一起的，而總歸於抒情言志。由於寓意深刻，感情熾熱，形象生動，滲透著國家興亡、個人身世的感慨，所以扣人心弦。元人劉敏中曾寫過一首〈蒼然吟〉⑤（按：詞序曰：「余復援稼軒例作樂府〈沁園春〉一首，改名曰〈蒼然吟〉」），顯然模仿稼軒。這說明〈山鬼謠〉對於後世也是有一定影響的。（宋廓）

〔註〕⑤劉敏中〈蒼然吟〉：「石汝來前！號汝蒼然，名之太初。問太初而上，還能記否？蒼然於此，為復何如？偃蹇難親，昂藏不語，

無乃於予太簡乎？須臾便、喚一庭風雨，萬竅號呼。　依稀似道狂夫！在一氣何分我與渠？但君纔見我，奇形異狀；我先知子，冷澹清虛。撐住黃壚，莊嚴繡水，攘斥紅塵力有餘。今何夕，倚長風三叫，對此魁梧。」按：此詞中之「依稀」，即辛詞之「依約」，問答口吻亦很相似。

滿江紅

辛棄疾

題冷泉亭

直節堂堂，看夾道冠纓拱立。漸翠谷、群仙東下，珮環聲急。誰信天峰飛墮地，傍湖千丈開青壁。是當年、玉斧削方壺，無人識。

山木潤，琅玕濕。秋露下，瓊珠滴。向危亭橫跨，玉淵澄碧。醉舞且搖鸞鳳影，浩歌莫遣魚龍泣。恨此中、風物本吾家，今為客。

辛棄疾在南歸之後、隱居帶湖之前，曾三度在臨安做官，時間都很短。宋孝宗乾道六年（一一七〇）他三十一歲時，夏五月受任司農寺主簿，至七年春出知滁州。這是三次中時間較長的一次，這一首詞可能是這一次在杭州作的。

冷泉亭在杭州靈隱寺前飛來峰下，唐刺史元藇所建。白居易〈冷泉亭記〉說：「東南山水，餘杭郡為最；就郡言，靈隱寺為尤；由寺觀言，冷泉亭為甲。亭在山下水中央，寺西南隅，高不倍尋，廣不累丈，而撮奇得要，地搜勝概，物無遁形。」因為它不但靠近靈隱寺和飛來峰，而且就近登山，還有三天竺、韜光寺、北高峰諸名勝。

詞的上片寫冷泉亭附近山林和飛來峰之勝；下片寫遊亭的活動及所感。

上片自上而下，從附近山林和流泉曲澗寫起。「直節堂堂，看夾道冠纓拱立。」說山路兩旁，長著高大的樹木，排列整齊，像戴冠垂纓的官吏，氣概堂堂地夾道拱立。這在修辭上是擬人手法；在句法上是形容句置在主句之前。「直節堂堂」，形容「拱立」樹木的高大挺拔，倒戟而出，形成突兀雄偉的起勢，並寄託作者的志趣；第二句綰合上句，並形容樹木枝葉的茂盛垂拂。「漸翠谷、群仙東下，珮環聲急。」說兩旁翠綠溪谷的流泉，漸次流下，聲音琮琮，像神仙衣上的珮環叮噹作響一樣。其意本於柳宗元〈至小丘西小石潭記〉：「隔篁竹，聞水聲，如鳴珮環。」這也是擬人寫法。上一層以列隊官吏擬路旁樹木，有氣勢，但讀者不易領會，稍嫌晦澀；這一層比擬，由粗入細，形象自然、優美，又比較容易理解。辛詞才氣橫溢，常信手拈來，不擇粗細，都能靈活驅使，這裡即其一例。以下四句，集中寫飛來峰，由「誰信」二字直領到底。飛來峰山峰不高，而形勢奇矯如靈鷲。宋施諤《淳祐臨安志》引晏殊《輿地記》說：「晉咸和元年，西天僧慧理登茲山，嘆曰：『此是中天竺國靈鷲山之小嶺，不知何年飛來。佛在世日，多為仙靈所隱，今此亦復爾邪？』因掛錫造靈隱寺，號為飛來峰。」巖有矯龍、奔象、伏虎、驚猿等名稱，故遠看有高峻之感。「天峰飛墮地」，狀飛來；「傍湖」，指在西湖之濱；「千丈」，狀高；「青壁」，指山峰，承「天峰墮地」；「開」承「飛」字。「誰信」二句描寫飛來峰，氣勢亦雄偉，但和起兩句比較，則辭意細密，峭而不粗。「是當年、玉斧削方壺，無人識。」玉斧，泛指仙人的神斧；方壺，《列子．湯問》所寫的海上五個神山之一。句中意思是：飛來峰像是仙人用「玉斧」削成的神山一樣，可惜時間一久，滄桑變幻，現在已無人能認識它「當年」的來歷和面貌，以補充解釋、描寫飛來峰作結，調子轉為舒和。

下片，「山木潤，琅玕濕。秋露下，瓊珠滴」，寫亭邊木石。琅玕，美石；瓊珠，即秋露。因秋露結成瓊珠般的水點而下滴，所以木石都呈濕潤。這四句形式平列，而前後有因果關係。「向危亭橫跨，玉淵澄碧。」上句寫遊亭，下句寫冷泉秋天流水澄清如碧玉。以上幾句，調子承上片的歇拍，仍然舒和。「醉舞且搖鸞鳳影，浩歌莫遣魚龍泣。」轉寫自己遊亭活動，觸動豪興和身世之感，調子又轉為豪邁激昂。「醉舞」句寫豪情，「鸞鳳」自喻；「浩歌」句寫感慨，「魚龍」因泉水而聯想。「恨此中、風物本吾家，今為客。」為什麼醉舞還會發出悲痛的「浩歌」，怕歌聲會使「魚龍」感泣呢？這二句正可說明其內在的、複雜的原因。辛棄疾的家鄉在歷城（今濟南），是山東的「家家泉水，戶戶垂楊」（清劉鶚《老殘遊記》）的勝地，原有著名的七十二泉，其中也有叫冷泉的；那裡大明湖、趵突泉附近有許多著名的亭子，如歷下亭、水香亭、水西亭、觀瀾亭等，也很有美景可觀。「風物本吾家」，即謂冷泉亭周圍景物，有和作者家鄉相似的地方。為什麼又會因此而產生「恨」呢？原因是作者南歸之後，北方失地未能收復，不但夙願難酬，而且故鄉永遠回歸不得，只能長期在南方作客，鬱鬱不得志，觸景懷舊，自然有無限傷感。排遣這種傷感，只能憑藉醉中的歌舞，事實上是排遣不了的。話說得平淡、含蓄，「恨」卻是很深沉的。這個「恨」，不只是關係個人思鄉之「恨」，而且是關係整個國家、民族命運之「恨」。

這首詞從西湖景物觸動作者的家鄉之思，從家鄉之思聯繫著國家、民族之痛，悲憤深廣，而出之以含蓄；寫景形容逼肖，而開闔自然。它不是作者的刻意經營之作，卻能見出作者詞作的風格特點和功力。（陳祥耀）

滿江紅　辛棄疾

餞鄭衡州厚卿席上再賦

莫折荼蘼，且留取一分春色。還記得，青梅如豆，共伊同摘。少日對花渾醉夢，而今醒眼看風月。恨牡丹笑我倚東風，頭如雪。

榆莢陣，菖蒲葉。時節換，繁華歇。算怎禁風雨，怎禁鶗鴂！老冉冉兮花共柳，是棲棲者蜂和蝶。也不因春去有閒愁，因離別。

這是一首別開生面的餞行詞。鄭厚卿要到衡州去做知州，辛棄疾設宴餞別，先作了一首〈水調歌頭〉，而意猶未盡，又作了這首〈滿江紅〉，所以題目中用「再賦」二字。

在餞別的酒席上連作兩首詞送行，要各有特點而毫無雷同，這是十分困難的。辛棄疾卻似乎毫不費力地克服了這個困難，因而兩首詞都經得起時間考驗，流傳至今。為了從比較中探尋藝術奧祕，不妨先看看〈水調歌頭．送鄭厚卿赴衡州〉：

寒食不小住，千騎擁春衫。衡陽石鼓城下，記我舊停驂。襟以瀟湘桂嶺，帶以洞庭青草，紫蓋屹西南。文字起騷雅，刀劍化耕蠶。

看使君，於此事，定不凡。奮髯抵几堂上，尊俎自高譚。莫信君門萬里，但使民歌五袴，歸詔鳳凰銜。君去我誰飲，明月影成三。

上半闋從描述衡州自然形勝和人文傳統入手，期望鄭厚卿到任之後振興文化，發展經濟，富國益民，大展經綸，從而贏得百姓的歌頌和朝廷的重視；直到結尾，才微露惜別之意。雄詞健句，絡繹筆端，一氣舒捲，波瀾壯闊，不失辛詞豪放風格的本色。

有這樣好的詞送行，已經夠朋友了。還要「再賦」一首〈滿江紅〉，又有什麼必要呢？

讀這首〈滿江紅〉，不難看出作者與鄭厚卿交情頗深，餞別的場面拖得很久。先作〈水調歌頭〉，從「仁人者送人以言」（《史記．孔子世家》）的角度加以勉勵，這自然是必要的；但傷心人別有懷抱，於依依惜別之際雖欲不吐而終於不得不吐，因而又作了這首〈滿江紅〉。

從《詩經》開始，送別的作品不斷出現，舉不勝舉；而辛稼軒這首〈滿江紅〉，卻自出手眼，一空依傍，角度新穎，構想奇特。全篇除結拍而外，壓根兒不提餞行，自然也未寫離緒，而是著重寫暮春之景，並因景抒情，吐露惜春、送春、傷春的深沉慨嘆。及至與結句拍合，則以前所寫的一切都與離別相關；而寓意深廣，又遠遠超出送別的範圍。

開頭以勸阻的口氣寫道：「莫折荼蘼！」好像有誰要折，而且一折就立刻引起嚴重後果。這真是驚人之筆！「荼蘼」，也寫作「酴醾」，春末夏初開花，故蘇軾〈杜沂遊武昌以酴醾花菩薩泉見餉二首〉其一開頭便說：「酴釄不爭春，寂寞開最晚。」而珍惜春天的人，也往往發出「開到荼蘼花事了」（宋王琪〈春暮遊小園〉）的慨嘆。辛棄疾一開口便勸人「莫折荼蘼」，其目的正是要「留住」最後「一分春色」。企圖以「莫折荼蘼」留住「春色」，這當然是痴心妄想。然而心愈痴而情愈真，也愈感人肺腑。而這，也正是文學藝術區別於自然科學乃至其他社會科學的重要特點之一。

開端未明寫送人，實則點出送人的季節已是暮春，因而接著以「還記得」領起，追溯「青梅如豆、共伊同摘」的往事。歐陽脩（按：一作馮延巳）〈阮郎歸〉云：「南園春半踏青時……青梅如豆柳如眉。」可知「青梅如豆」乃是「春半」之時的景物。而同摘青梅之後又見牡丹盛開、榆錢紛落、菖蒲吐葉，時節不斷變換，如今已繁華都歇，只剩下幾朵荼蘼了！即使「莫折」，但風雨陣陣，鶗鴂聲聲，那「一分春色」，看來也是留不住的。「鶗鴂」以初夏鳴。〈離騷〉云：「恐鶗鴂之先鳴兮，使夫百草為之不芳。」張先〈千秋歲〉云：「數聲鶗鴂，又報芳菲歇。」姜夔〈琵琶仙〉云：「春漸遠，汀洲自綠，更添了、幾聲啼鴂。」辛棄疾在這裡於「時節換，繁華歇」之後繼之以：「算怎禁風雨，怎禁鶗鴂！」表現了對那僅存的「一分春色」的無限擔憂。在章法上，與開端遙相呼應。

上片寫「看花」，以「少日」的「醉夢」對比「而今」的「醒眼」。「而今」以「醒眼」看花，花卻「笑我頭如雪」，這是可「恨」的。下片寫物換星移，「花」與「柳」也都「老」了，自然不再「笑我」，但「我」不用說也更加老了，又該「恨」誰呢？「老冉冉兮花共柳，是棲棲者蜂和蝶」兩句，屬對精工，命意新警。「花」敗「柳」老，「蜂」與「蝶」還忙忙碌碌，不肯安閒，有什麼用處呢？春秋末期，孔丘為興復周室奔走忙碌，有個叫微生畝的很不理解，問道：「丘何為是栖栖者與？」（《論語．憲問》）辛棄疾在這裡把描述孔子的詞兒用到「蜂」、「蝶」上，是寓有深意的。

以上所寫，全未涉及餞別。直到結尾，卻突然調轉筆鋒，寫了這樣兩句：「也不因春去有閒愁，因離別。」即戛然而止，給讀者留下懸念。

全詞從著意留春寫到風吹雨打、留春不住，句句驚心動魄，句句意兼比興。例如「莫折荼蘼，且留取一分春色」，寫得如此鄭重，如此情深意切，就令人想到除本身意義之外，必另有所指。其他如「醒眼看風月」、「怎禁風雨，怎禁鵜鴂」以及「是棲棲者蜂和蝶」等等，也都是這樣的。難道他勸人「莫折」的「荼蘼」僅僅是春末夏初開花的「荼蘼」嗎？難道他要著意留住、卻在風吹雨打和鵜鴂鳴叫中消逝了的「一分春色」，僅僅是表現於自然景物方面的「春色」嗎？那風、那雨、那鵜鴂，難道不會使你聯想起許許多多人事方面、政治方面的問題嗎？這是第一層。

隨著「時節換，繁華歇」，人亦頭白似雪。洋溢於字裡行間的似海深愁，分明是「春去」引起的，卻偏偏說與「春去」無關，而只是「因離別」；又偏偏在「愁」前著一「閒」字，顯得無關緊要。這就不能不引人深思。這是第二層。

辛棄疾力主抗金，提出過一整套抗金的方針和具體措施，但由於投降派把持朝政，他遭到百般打擊。孝宗淳熙八年（一一八一）末，自江南西路安撫使任被罷官，閒居帶湖（在今江西上饒）達十年之久，雖蒿目時艱，卻一籌莫展。據考證，送鄭厚卿赴衡州的兩首詞作於淳熙十五年，屬於「帶湖之什」。他先作〈水調歌頭〉，鼓勵鄭厚卿有所作為；繼而又深感朝政敗壞，權奸誤國，金兵侵略日益猖獗，而自己又報國無門，蹉跎白首，收復中原、統一祖國的宏願如何能夠實現！於是在百感叢生之時又寫了這首〈滿江紅〉，把「春去」與「離別」綰合起來，觸物起情，寓意高遠，寄慨遙深。國家的現狀與前途，個人的希望與失望，俱見於言外。「閒愁」云云，實際是說此「愁」無人理解，雖「愁」亦是徒然。憤激之情，出以平淡，而內涵愈益深廣。他那首膾炙人口的〈摸魚兒〉以「更能消、幾番風雨，匆匆春又歸去」開頭，以「閒愁最苦。休去倚危欄，斜陽正在、煙柳斷腸處」結尾，正可與此詞參看。（霍松林）

滿江紅

辛棄疾

敲碎離愁，紗窗外、風搖翠竹。人去後、吹簫聲斷，倚樓人獨。滿眼不堪三月暮，舉頭已覺千山綠。但試把一紙寄來書，從頭讀。

相思字，空盈幅；相思意，何時足？滴羅襟點點，淚珠盈掬。芳草不迷行客路，垂楊只礙離人目。最苦是、立盡月黃昏，欄杆曲。

這是一首懷念情人的詞，語氣像出於女性，看來是作者設想情人在懷念自己的。

上片，「敲碎離愁，紗窗外、風搖翠竹」，寫晝長天暖之時，閨房內外，一片寂靜，沒有其他聲息，只有窗前輕風吹過，搖動翠竹的聲音，才會驚動閨中人，中斷她的凝神之思，像把她的離愁敲碎一樣。寫出環境的幽美，也襯托出抒情主人公的孤寂、愁悶。「敲碎」體現靜中之動，又以動襯靜；「離」字點出詞中之情的性質。這兩句是景中情，以景為主，雖是開頭，卻是全詞寫得最細膩的句子。「人去後、吹簫聲斷，倚樓人獨」，寫出主人公的生活狀況：所愛之人去了，自己孤獨無伴，只好常常倚樓遙望；無人欣賞，所以也就無心去吹簫了。「人去」、「人獨」，是「倚樓」、「吹簫」的原因。第一個「人」字是對方，是主人公想念的人；第二個「人」字是主人公本人。「滿眼不堪三月暮，舉頭已覺千山綠。」承上「倚樓」，寫登樓所見風景，又點出時令。「千山綠」雖然可愛，但「三月暮」卻又意味著春光消逝、好花凋謝，對於愛惜青春的女性，便有「滿眼不堪」之感。這表現了主人公的身分和性格特徵。「但試把一紙寄來書，從頭讀。」上面寫的，是日常的一般生活；這兩句寫的是一件特殊的細節。主人公不斷地把情人寄來的信，從頭細讀，這進一步表現她的孤獨無聊，也開始深入揭示她思念情人的感情的深切。這是透過行動來寫情的，是事中情。

上片寫景寫事，未直接抒情。下片，「相思字，空盈幅；相思意，何時足？」分寫兩方，直接抒情。情人寄來的信，滿紙寫著「相思」之字，說明他沒有忘記自己，這是對方；信中的字，不能安慰、滿足自己的「相思」之意，也包含自己沒有機會向情人充分傾吐相思、取得補償之意，這是自己方面。思念情人，空讀來信，還沒法安慰自己，以致不免「滴羅襟點點，淚珠盈掬」。小珠般的點點眼淚，輕輕地、不斷地滴在羅衣上，不但染衣，而且幾乎「盈掬」。這兩句再以事寫情，也具有身分、性格特徵，最可看出主人公是個女性。「芳草不迷行客路，垂楊只礙離人目」，又接著以景補充抒情。「芳草」句，意本於《楚辭．招隱士》「王孫遊兮不歸，芳草生兮萋萋」而又有發展。對比辛詞〈摸魚兒〉「春且住。見說道、天涯芳草迷歸路」（或本作「無歸路」，意同），則此說「不迷」者，便有盼望他能夠回來和歸程並不困難的意思，也分寫對方；「垂楊」句，指暮春楊柳長得濃密，卻礙人眼界，使人不能遠望，也分寫自己。二句分寫兩邊，而意自關聯。因上句有盼望遊人能歸意，故倚樓望其或即翩然來歸；但「垂楊只礙離人目」，「只」字有怪怨的感情色彩，言無垂楊礙目則可能望得見，怪垂楊別的作用不起，「只」起礙人望遠的作用。兩句將樓頭思婦的細微感情，曲曲傳出。「最苦是、立盡月黃昏，欄杆曲。」最後歸結，仍從事中寫情。第一句從早到晚，第二句呼應上片的「倚樓」。垂楊遮眼，望不到天涯行人去處，還是要在樓上欄杆旁邊，站到黃昏月上，自然得以「最苦」二字盡之；這二字不止盡此兩句，也直是遠盡全詞之情。

南宋范開〈稼軒詞序〉說辛詞也有「清而麗，婉而嫵媚」一類作品，這首寫閨情的詞，正是其中之一。劉克莊〈辛稼軒集序〉說辛詞「其穠纖綿密者，亦不在小晏、秦郎之下」。這卻又不盡然。辛氏性格豪放，筆力超邁，所寫豔情詞，仍多哀而不傷，不像秦觀、晏幾道同類詞那樣纖細、淒婉，各有短長，也難以輕論高下。（陳祥耀）

滿江紅

辛棄疾

暮春

家住江南，又過了、清明寒食。花徑裡、一番風雨，一番狼籍。紅粉暗隨流水去，園林漸覺清陰密。算年年、落盡刺桐花，寒無力。

庭院靜，空相憶。無說處，閒愁極。怕流鶯乳燕，得知消息。尺素如今何處也，綠雲依舊無蹤跡。謾教人、羞去上層樓，平蕪碧。

辛稼軒詞，固以豪放名家，然亦不乏含蓄蘊藉、近於婉約的篇章。蓋大作家，非只一副筆墨，倚聲填詞之際，可據內容的不同、表達的需要，更迭變換，猶若繪事「六法」的所謂「隨類傅彩」。按詞譜，〈滿江紅〉用仄韻，且多穿插三字短句，故其音調繁促起伏，宜於表達慷慨激越的感情，為豪放詞人所樂於採用，岳武穆「怒髮衝冠」一闋可作楷模標本。然而此前，賀方回已用此調填寫以「傷春曲」為題的詞，抒發深婉紆曲之情，而承其傳統者，則是辛稼軒。

此詞題作「暮春」，抒寫傷春恨別的「閒愁」，屬於宋詞中最常見的內容：上片重在寫景，下片重在抒情，又是長調最習用的章法。既屬常見、習用，則易陷於一般窠臼，然細味此詞，仍可窺見其特點：委婉，但不綿軟；細膩，但不平板。做到這一步，全賴骨力。具體言之，每句之中，皆有其「骨」，骨者，是含義深厚、分量沉重，足以引人注目的字面；由骨而生「力」，就足以撐住各句，振起全篇。且看「家住江南，又過了、清明寒食」，此一整句之中，「江南」二字為骨。此二字與「暮春」題目聯繫起來，則可引發讀者的豐富聯想：江南春早，風光綺麗，千里鶯啼，紅綠相映，水村山郭，風展酒旗，及至暮春三月，則雜花生樹，草長鶯飛。如此諸般景象，紛至沓來，而其引發之本源，則在「江南」二字，譬若豐腴的肌膚，其所依附，則在骨骼。引發繁衍之外，「骨」的另一作用，乃顯示其「力」，由「花徑裡、一番風雨，一番狼籍」可見。此一整句之中，「狼籍」二字為其骨。由此二字，讀者彷彿感受到一股猛烈狂暴的力量。與之相比，孟浩然〈春曉〉所謂「夜來風雨聲，花落知多少」，顯得平易，李清照〈如夢令〉所謂「知否，知否，應是綠肥紅瘦」，只覺婉轉，而「狼籍」二字之富有骨力，則清晰可見了。「紅粉暗隨流水去，園林漸覺清陰密」，其骨在「暗隨」與「漸覺」二處。此二處，「骨」又顯示其勁韌之性，實作「筋」用。稼軒將「綠肥紅瘦」景象，鋪衍為十四字聯語，去陳言，立新意，故特於其轉折連接之處，用心著力，角勝前賢。「暗隨」，未察知也；「漸覺」，已了然也。由人的感覺認識過程表示時序節令之推移，可謂匠心獨運。「算年年」以下數語，拈出刺桐一花，以作補充，變泛論為實說。「寒無力」三字，頗為生新惹目，自是「骨」之所在。寒，謂花朵瘦弱，以故無力附枝，只得隨風飄落，不若清陰綠葉之盛壯，得以耀威於枝頭。寒花與密葉之比較，亦可引人聯想，倘能結合稼軒的處境、心緒而謂其隱含君子失意與小人得勢之喻，似非無稽。就章法而論，此處隱含的比喻，則是由上片寫景轉入下片抒情的過渡，唯其含而能隱，故尤耐人翫索。

下片，假託所思美人之不得相見而抒寫內心的愁苦。「庭院靜，空相憶。無說處，閒愁極」四個短句，只為點出「閒愁」二字而設。閒愁，是宋詞中最常見的字眼，而其含義亦最為不確定，乃是一個「模糊性概念」。詞人往往將感受極其深重，且又不易名狀、難以言傳的愁緒，籠統謂之閒愁。讀者欲探究其具體含義，使其「模糊性」變得明晰，則須結合歷史背景、作者生平以及其他有關資料進行考察，庶幾可作出合乎情理的推斷。稼軒此詞中所謂的閒愁，約略言之，當是由於自己不為南宋朝廷重用，復國壯志無從施展，且受投降派的忌恨排擠，而產生的政治失意的愁苦。以此推衍而下，「怕流鶯乳燕，得知消息」，則痛恨奸佞之蜚語流言、落井下石之意。「尺素」、「綠雲」一聯，以美人為象徵，表示對理想的渴望與追求。然而，信息不來，蹤跡全無，希冀僅存一線，愁腸依然百結，而「謾教人、羞去上層樓，平蕪碧」的結尾，亦自是順理成章之語。「謾」字是語氣副詞，表義甚是靈活，此處與「渾」字近，猶言「簡直」、「真個」。「平蕪碧」，可與歐陽脩〈踏莎行〉的詞句「平蕪盡處是春山，行人更在春山外」參看，意謂即便上得高樓，舉目遙望，所見亦恐是滿川青草而已。稼軒〈摸魚兒〉有「天涯芳草無歸路」之句，亦可參，意謂歸路已為平蕪所阻斷，意中人終於不得相見也。

比興寄託，乃風騷之傳統，宋人填詞，亦多承此端緒，稼軒此篇即是。然而詞人命筆之際，每託其意於若即若離之間，致使作品帶有「模糊性」的特點。此種模糊性，非但無損於詩歌之藝術，有時且成為構成詩歌魅力之因素，唯其模糊，唯其不確定，越是引人求索，越是耐人尋味。此種貌似奇怪的現象，正是詩歌的一大特點。然就讀者之求索而言，倘能得其大略，即當適可而止，思之過深，求之過實，認定處處皆有埋藏，則又不免捕風捉影，牽強附會了。（王雙啟）

賀新郎　辛棄疾

陳同父自東陽來過余，留十日。與之同遊鵝湖，且會朱晦庵於紫溪，不至，飄然東歸。既別之明日，余意中殊戀戀，復欲追路。至鷺鷥林，則雪深泥滑，不得前矣。獨飲方村，悵然久之，頗恨挽留之不遂也。夜半投宿吳氏泉湖四望樓，聞鄰笛悲甚，為賦〈乳燕飛〉（按：即〈賀新郎〉）以見意。又五日，同父書來索詞，心所同然者如此，可發千里一笑。

把酒長亭說。看淵明、風流酷似，臥龍諸葛。何處飛來林間鵲，蹙踏松梢微雪。要破帽多添華髮。剩水殘山無態度，被疏梅料理成風月。兩三雁，也蕭瑟。

佳人重約還輕別。悵清江、天寒不渡，水深冰合。路斷車輪生四角，此地行人銷骨。問誰使、君來愁絕？鑄就而今相思錯，料當初、費盡人間鐵。長夜笛，莫吹裂。

辛棄疾與陳亮（字同父）是志同道合的好友。他們始終主張抗金，恢復中原，並為此努力不懈。他們和朱熹（字元晦，又號晦庵）雖哲學觀點不同，但彼此間的友誼都很深厚。孝宗淳熙十五年（一一八八）冬，陳亮自浙江東陽來江西上饒訪辛棄疾，共商恢復大計；並寄信約朱熹到紫溪（江西鉛山南）會晤。朱熹因事未能與會。辛棄疾與陳亮同遊鵝湖寺（在鉛山東北）；到紫溪等候朱熹不至，陳亮遂東歸。辛棄疾於別後次日欲追趕陳亮回來，挽留他多住幾天。到鷺鷥林（在上饒東），因雪深泥滑不能再進，只好悵然返回。那天夜裡，辛棄疾在投宿處寫了這首詞。

「把酒長亭說。看淵明、風流酷似，臥龍諸葛。」詞開頭回敘在驛亭飲酒話別時的情況。顯然，當時雙方都說了許多相互推許的話。辛棄疾在這裡只舉出自己對陳亮的稱讚，說陳亮的才能和文采既像陶潛，又像諸葛亮。因為陳亮長期住在家鄉，沒有做官，故以陶淵明、諸葛亮為比。這個評價自然很高，但倒也部分符合陳亮一生的言談、行事和學問，並非溢美。辛棄疾不僅理解自己的好友陳亮，而且把歷史上兩位著名的人物陶潛和諸葛亮（表面看，他們是多麼不同！）牽在一起，相提並論，這是極有見地的。這跟朱熹對陶潛的看法也是一致的。朱熹〈清邃閣論詩〉說：「陶淵明詩，人皆說是平淡；據某看，他自豪放，但豪放得來不覺耳。」後來，清代詩人龔自珍在〈己亥雜詩〉中寫「陶潛酷似臥龍豪，萬古潯陽松菊高。莫信詩人竟平淡，二分梁甫一分騷」，就是將辛棄疾和朱熹兩人的見解融合成詩的。

「何處飛來林間鵲，蹙踏松梢微雪。要破帽多添華髮。」驟看這幾句像橫空飛來，與上文毫不相干；細思就能理解：此乃詞人挪開話題，把主題轉到寫個人和國家的遭遇方面。鵲踏松梢，雪落破帽（自東晉孟嘉龍山落帽傳為美談後，文人往往喜以破帽自詡），引起對滿頭白髮的聯想。這時，辛棄疾與陳亮都近五十歲了。歲月蹉跎，報國無門，怎能不觸起他們的無窮感喟呢？

「剩水殘山無態度，被疏梅料理成風月。兩三雁，也蕭瑟。」這幾句表面寫冬天景色：水瘠山枯，四野凄涼；僅憑稀疏的幾枝梅花妝點風光，暗裡比喻南宋朝廷苟且偷安，不肯銳意恢復中原，因此只落得個水剩山殘。

「疏梅」，暗指力主抗金的志士。但他們的力量畢竟太單薄，猶如掠過長空的兩三隻雁兒，不成陣隊，徒給人以「蕭瑟」之感。詞人就這樣語語雙關，用景句藏情，以比興見意，抒發出無窮的感慨，蘊涵著不盡的憂國情意。

下片又回敘別情。「佳人重約還輕別」：佳人，指陳亮；既推許他「重約」來晤，又微怨他急於告歸（「輕別」）。這是全詞主題，但點到即止。接下去便竭力鋪陳和渲染。「悵清江、天寒不渡，水深冰合。路斷車輪生四角，此地行人銷骨。問誰使、君來愁絕？」清江，泛指今江西信江上游；時因天寒，水深冰合，行人已無法渡過。雪深泥滑，道路艱阻，車輪像長了角似的轉動不了，語本於晚唐陸龜蒙〈古意〉「願得雙車輪，一夜生四角」的詩句。唐圭璋等《唐宋詞選注》指出：「這是寫別後景況，又是對眼前局勢的影射。」這種解釋是正確的。「此地行人」，即詞人自謂。「銷骨」，用孟郊〈答韓愈李觀因獻張徐州〉「富別愁在顏，貧別愁銷骨」詩意，極言離愁的銷魂蝕骨。接著又以「問誰使」的設問句式，含而不露道出友人陳亮（兼指自己）的極度愁怨。他們的愁怨，當然不僅因朋友的離別引起；而更主要的是國家的危亡形勢和他們在南宋朝廷裡的不幸遭遇所促成。這樣，最後幾句「鑄就而今相思錯，料當初、費盡人間鐵。長夜笛，莫吹裂」，就不致使讀者覺得詞人在小題大做了。

這最後幾句，暗用了好幾個典故。前兩句用《資治通鑑》卷二六五載唐末羅紹威的故事。羅紹威聯合朱溫擊敗田承嗣後，為供應朱溫的需索，把蓄積都花光了。他後悔說：「合六州四十三縣鐵，不能為此錯也。」後兩句用《太平廣記》卷二〇四所記獨孤生的故事。唐代獨孤生善吹笛，「聲發入雲……及入破，笛遂敗裂」。又承接小序「聞鄰笛悲甚」，用晉向秀〈思舊賦〉的典故。錯，本指錯（銼）刀，轉而借指錯誤。料，作豈料解。詩人感嘆說：哪裡料得到當初費盡九牛二虎的力量，竟鑄成而今的「相思錯」呢？這「相思錯」，當然不限於指朋友間的思念；實際上也暗寓著為國作前驅之想。「長夜」一詞顯然是針對時局而發，非泛指冬夜之長而言。

在那樣一個「長夜難明」的年代裡，如龍似虎的英雄人物若辛棄疾、陳亮等，哪能不「聲噴霜竹」（黃庭堅〈念奴嬌〉）似的發出撕裂天地的叫喊呢？

全詞感情濃郁，憂憤深廣。雖略嫌典故過多且僻，此辛詞之病；但大都能就景敘情，或即事寫景，因此形象仍很鮮明。王國維在談到辛棄疾詞的妙處時說：「有性情，有境界。即以氣象論，亦有『橫素波，干青雲』之概。」（《人間詞話》卷上）這首詞就是這樣。詞前小序，記述辛、陳二人相會、同遊和別後的情思，也非常動人。

由此詞倡始，辛棄疾和陳亮一連唱和了五首。這在文學史上，稱得上是一樁勝事。（蔡厚示）

賀新郎　辛棄疾

同父見和再用韻答之

老大那堪說。似而今、元龍①臭味，孟公②瓜葛。我病君來高歌飲，驚散樓頭飛雪。笑富貴千鈞如髮。硬語盤空誰來聽？記當時、只有西窗月。重進酒，換鳴瑟。

事無兩樣人心別。問渠儂：神州畢竟，幾番離合？汗血鹽車③無人顧，千里空收駿骨④。正目斷關河路絕。我最憐君中宵舞⑤，道「男兒到死心如鐵」。看試手，補天裂。

〔註〕①元龍：三國時陳登的字。《三國志．魏志．陳登傳》：「許汜與劉備並在荊州牧劉表坐。表與備共論天下人。汜曰：『陳元龍湖海之士，豪氣不除。』……備問汜：『君言豪，寧有事耶？』汜曰：『昔遭亂，過下邳，見元龍。元龍無客主之意，久不相與語，自上大床臥，使客臥下床。』備曰：『君有國士之名，今天下大亂，帝主失所，望君憂國忘家，有救世之意，而君求田問舍，言無可采。是元龍所諱也，何緣當與君語？如小人，欲臥百尺樓上，臥君於地，何但上下床之間耶！』」②孟公：陳遵字孟公。《漢書．遊俠傳》：「遵嗜酒。每大飲，賓客滿堂。……大率常醉，然事亦不廢。」③汗血：古代一種駿馬。《漢書．武帝紀》太初四年：「貳師將軍（李）廣利斬大宛王首，

獲汗血馬來，作西極天馬之歌。」鹽車：《戰國策．楚策》：「驥之齒至矣，服鹽車而上太行，蹄申膝折，尾湛胕潰，漉汁灑地，白汗交流，外阪遷延，負轅而不能上。伯樂遭之，下車攀而哭之，解紵衣以冪之。驥於是俛而噴，仰而鳴，聲達於天，若出金石聲者，何也？彼見伯樂之知己也。」④千里空收駿骨：《戰國策．燕策》載郭隗對燕王言：「臣聞古之君人，有以千金求千里馬者，三年不能得。涓人言於君曰：『請求之。』君遣之。三月得千里馬，馬已死，買其首五百金，反以報君。君大怒曰：『所求者生馬，安事死馬而捐五百金！』涓人對曰：『死馬且買之五百金，況生馬乎？天下必以王為能市馬，馬今至矣。』於是不期年，千里馬之至者三。」⑤中宵舞：《晉書．祖逖傳》：「逖與司空劉琨俱為司州主簿，情好綢繆，共被同寢。中夜，聞荒雞鳴，蹴琨覺曰：『此非惡聲也。』因起舞。」

把即事敘景與直抒胸臆巧妙結合起來，用凌雲健筆抒寫慷慨激越、奔放鬱勃的感情，格調悲壯沉雄，發揚奮厲，是這首詞的主要特點。

文學作品的藝術力量在於以情感人，辛棄疾的這首詞也是如此。辛棄疾與陳亮，都是南宋時期著名的愛國詞人，懷有恢復中原的大志。但南宋朝廷不思北圖，因而他們的宏願久久不得實現。當時，辛棄疾正罷官閒居上饒，陳亮特地趕來與他共商抗戰恢復大計。二人同遊鵝湖，狂歌豪飲，賦詞見志，成為文學史上的一則佳話。辛棄疾的這首詞，就是當時相互唱和中的一篇佳作。詞中，作者堅持抗戰恢復大業的熱情和對民族壓迫者、苟安投降者的深切憎恨飽和筆端，浸透紙背，正如清周濟所云：「稼軒不平之鳴，隨處輒發，有英雄語，無學問語。」（《介存齋論詞雜著》）詞人的這種慷慨悲涼的感情，又是運用健筆硬語傾瀉出來的，因而英氣勃鬱，雋壯可喜。周濟還指出：「北宋詞多就景敘情……至稼軒、白石一變而為即事敘景。」與以情為中心的就景敘情不同，即事敘景是以敘事為主幹，以抒情為血脈，以寫景作為敘事的烘染或鋪墊。

這首詞的上片，便頗採用了即事敘景的手法。在追憶「鵝湖之會」高歌豪飲時，以清冷孤寂的自然景物烘染環境氛圍，從而深刻地抒發了詞人奔放鬱怒的感情。「老大那堪說。」開頭一句便脫口而出，直寫心懷，感情極為沉鬱。「那堪」二字，力重千鈞。當此之時，英雄坐老，壯志難酬，光陰虛度，還有什麼可以言說！

然而「老驥伏櫪，志在千里；烈士暮年，壯心不已」（曹操〈步出夏門行．龜雖壽〉）。以收復中原為己任的志士，胸中的烈焰是永遠也不會熄滅的。因此，下面「似而今、元龍臭味，孟公瓜葛」兩句，拍合與陳亮的「同志」之情，以抒壯懷。「元龍」、「孟公」，皆姓陳，又都是豪士，以比陳亮；「臭味」謂氣味相投，「瓜葛」謂關係密切。二人友誼既深，愛國之志又復相同，詞人是引為快事的。不久前兩人「憩鵝湖之清陰，酌瓢泉而共飲，長歌相答，極論世事」（辛〈祭陳同父文〉），是大慰平生的一次相會，故在此詞中津津樂道：「我病君來高歌飲，驚散樓頭飛雪。笑富貴千鈞如髮。硬語盤空誰來聽？記當時、只有西窗月。」詞人時在病中，一見好友到來，立即相與高歌痛飲，徹夜縱談。他們視富貴輕如毛髮，正笑世人之重它如千鈞。討論世事時硬語盤空（韓愈〈薦士〉詩：「橫空盤硬語，妥帖力排奡。」），足見議論有力。這幾句是他們會談時情景的實錄。因為寫在詞裡，故順筆插入自然景物的描寫。積雪驚墮，狀述二人談吐的豪爽；孤月窺窗，襯映夜色的清寂。英雄志士一同飲酒高唱，雄壯嘹亮的歌聲直衝雲霄，竟驚散了樓頭積雪。這種誇張的描寫，把兩人的英風壯概與狂放精神充分表現出來。著一「驚」字，真可謂力透紙背，入木三分。然而，當時只有清冷的明月與兩人相伴，論說國家大事的「盤空硬語」又有誰來傾聽！在這裡，抗金志士火一樣的熱情和剛直狂放的性格同積雪驚墮、孤月窺窗的清寂冷漠的環境氛圍，形成了尖銳的對照，形象地寫出了在苟安妥協空氣籠罩南宋朝堂的情勢下，抗金志士孤雁難飛的艱危處境。這樣把寫景與敘事膠著一體，更能充分抒寫出翻捲於詞人胸中的憤懣之情。正因為二人志同道合，所以夜雖已深，他們仍「重進酒，換鳴瑟」，興致絲毫未減。

如果說，詞的上片主要是即事敘景，情與事俱，寄情於事，那麼，下片則主要是直接抒懷，用直瀉胸臆的賦體，抒寫對朝廷的強烈批判和「看試手，補天裂」的壯懷。「事無兩樣人心別。」展望時世，山河破碎，愛國志士方痛心疾首，而當政者卻偏安一隅，把家恥國難全都拋在腦後。詞人用「事無兩樣」與「人心別」兩種不同意象加以對照，抒發了鬱勃胸中的萬千感慨。詞人禁不住義憤填膺，向當政者發出了嚴厲的質問：「問渠儂：神州畢竟，幾番離合？」今當政者不思恢復，以和議確定了「離」的局面，是何居心！詞語中凜然正氣咄咄逼人，足以使統治者無地自容。詞人想到：神州大地要想得到統一，就必須重用抗金人才，可是當今社會卻是「汗血鹽車無人顧，千里空收駿骨」。當道諸公空說徵求人才，但志士卻長期受到壓抑，正像拉鹽車的千里馬困頓不堪而無人過問，徒然去購置駿馬的屍骨又有何用！詞人連用三個典故，非常曲折而又貼切地表達了不平。一個「空」字，集中表達了詞人對朝中當政者排斥主戰派種種行為的無比怨忿。筆力勁健，感情沉鬱，意境極其雄渾博大。「正目斷關河路絕。」詞人觸景生情，由大雪塞途聯想到通向中原的道路久已斷絕，悲愴之情油然而生。山河分裂的慘痛局面，激起了詞人收復中原的熱情。他想起了晉代祖逖與劉琨「聞雞起舞」的動人故事，想起了古代神話中女媧氏鍊石補天的美麗傳說，更加堅定了統一祖國的必勝信念，唱出了「我最憐君中宵舞，道『男兒到死心如鐵』。看試手，補天裂」這時代的最強音。筆健境闊，格調高昂。用典如水中著鹽，渾化無跡，從而豐富了詞的意蘊，加強了形象的深廣度，全詞的意境也在最後推向了高潮。（薛祥生、王少華）

賀新郎 辛棄疾

用前韻贈金華杜叔高

細把君詩說：恍餘音、鈞天浩蕩①，洞庭膠葛②。千丈陰崖塵不到，唯有層冰積雪。乍一見、寒生毛髮。自昔佳人多薄命，對古來、一片傷心月。金屋③冷，夜調瑟。

去天尺五君家別。看乘空、魚龍慘淡，風雲開合。起望衣冠神州路，白日消殘戰骨。嘆夷甫④諸人清絕！夜半狂歌悲風起，聽錚錚、陣馬簷間鐵⑤。南共北，正分裂！

〔註〕①鈞天浩蕩：《史記・趙世家》記趙簡子言：「我之帝所甚樂，與百神遊於鈞天，廣樂九奏萬舞，不類三代之樂，其聲動人心。」②洞庭膠葛：《莊子・天運》記黃帝「張《咸池》之樂於洞庭之野」。《文選》司馬相如〈上林賦〉：「張樂乎膠葛之宇。」李善註引郭璞曰：「（膠葛）言曠遠深貌也。」③金屋：語出《漢武故事》。漢武帝幼時曾說「若得阿嬌作婦，當作金屋貯之」。阿嬌即陳皇后，失寵後廢居長門宮。④夷甫：《晉書・王衍傳》載王衍（字夷甫）唯尚清談，不問世事，後被石勒殺死。⑤簷間鐵：元陳芬《芸窗私志》載晉元帝用薄玉片作龍形，以線縷懸於簷間，取其因風相擊之聲為娛。民間仿傚，以鐵片作馬形代之。

宋孝宗淳熙十六年（一一八九）春間，杜叔高（斿）從浙江金華到江西上饒探訪辛棄疾，辛作此詞送別。題云「用前韻」，乃用作者前不久寄陳亮同調詞韻。杜叔高是一位很有才氣的詩人，陳亮曾在〈復杜仲高〉中稱其詩「如干戈森立，有吞虎食牛之氣，而左右發春妍以輝映於其間」。但因鼓吹抗金，遭到主和派的猜忌，雖有報國之心，竟無請纓之路。作者既愛其才華，更愛其人品，因此詞中含蘊著深厚的情意。

開篇至「毛髮」數句盛讚叔高詩作之奇美。首云「細把君詩說」，已見非常愛重。因為愛之深，所以說之細。「恍餘音、鈞天浩蕩，洞庭膠葛」，言其詩氣象恢宏，讀之恍如聽到傳說中天帝和黃帝的樂工們在廣大曠遠的宇宙間演奏的樂章的餘韻，動人心魂。「千丈陰崖塵不到，唯有層冰積雪。乍一見、寒生毛髮」與唐人李咸用〈覽友生古風〉詩「一卷冰雪言，清泠冷心骨」語意略同，言其詩風骨清峻，讀之宛若突然望見塵飛不到的高崖之上的冰雪，不禁毛髮生寒。如此說詩，不但說得很細，而且說得極美，比喻新穎，想像奇特，既富詩情，亦饒畫意。接下至「調瑟」數句轉嘆叔高境況之蕭索。「自昔佳人多薄命，對古來、一片傷心月」，化用蘇軾〈薄命佳人〉詩「自古佳人多命薄，閉門春盡楊花落」，以古來美婦之多遭遺棄隱喻才士之常有沉淪；「金屋冷，夜調瑟」則借漢武帝陳皇后失寵事，進一步渲染被棄的悽苦。樂府詩〈妾薄命〉亦多賦陳皇后事。這裡純用比興，雖為造境，卻甚真切，藝術效果遠勝於直言。

換頭即因叔高之懷才不遇而轉及其家門之昔盛今衰。「去天尺五君家別」乃檃括《三秦記》「城南韋杜，去天尺五」一語，謂長安杜氏本強宗大族，門望極其尊崇，但叔高一家則有異於此，雖然兄弟五人皆有才學，卻因不事鑽營而俱無發跡。「看乘空、魚龍慘淡，風雲開合」則變化《易·乾·九五》「雲從龍，風從虎」之語，假託魚龍紛擾、騰飛搏鬥於風雲開合之中的昏慘景象，隱喻朝中群小趨炎附勢、為謀求權位而激烈競爭的熱鬧情形。一「看」字有冷眼旁觀、不勝鄙薄之意。群小之瘋狂奔競，反映了朝政的黑暗腐敗。叔高兄弟之不得進用，原因即在於此；北方失地之不得收復，原因亦在於此。故接下乃興起神州陸沉的悲慨：「起望衣冠神州路，白日消殘戰骨。嘆夷甫諸人清絕！」昔日衣冠相望的中原路上，只今唯見一片荒涼，縱橫滿地的戰骨正在白日寒光中逐漸消損。然而當國者卻只顧偏安偷樂，對中原遺民早已「一切不復關念」（陳亮〈上孝宗皇帝第一書〉），許多官僚都「微有西晉風，作王衍『阿堵』⑥等語」而「諱言恢復」（宋李心傳《建炎以來朝野雜記》乙集卷三引宋孝宗語），藉以掩飾其內心的怯懦和卑劣。「嘆夷甫諸人清絕」即對此輩的憤怒斥責。

朝政如此昏亂，士大夫如此腐朽，詞人的愛國之心卻仍在激烈搏動：「夜半狂歌悲風起，聽錚錚、陣馬簷間鐵。」中原未復，愁思難眠，夜半狂歌，悲風驚起，聽簷間鐵片錚錚作響，宛如千萬匹衝鋒陷陣的戰馬疾馳而過。此時詞人亦彷彿在揮戈躍馬，率領錦襜突騎奔赴疆場，心情異常暢快。但這只是暫時的幻覺，這幻覺一消失，那虛生的暢快也就隨之消失了，代之而來的必然是加倍的痛苦。歇拍「南共北，正分裂」便是在此種幻覺消失後發出的慘痛呼號。

細讀此詞，乃於慰勉朋侶之中，融入憂傷時世之感，故雖送別之作，亦有悲壯之情。而其運筆之妙，則「如春雲浮空，卷舒起滅，隨所變態，無非可觀」（宋范開〈稼軒詞序〉）。說詩思之深廣，則鈞天洞庭，渾涵悠遠；言詩格之清峻，則陰崖冰雪，奇峭高寒；狀境況之蕭寥，則冷月哀絃，淒涼幽怨；刺群小之奔競，則風雲魚龍，紛紛擾擾；悲神州之陸沉，則寒日殘骸，傷心慘目；抒報國之激情，則神馳戰陣，鐵騎錚錚；痛山河之破碎，則聲發穿雲，肺肝欲裂。凡此皆「有性情，有境界」（《人間詞話》），故獨標高格而不同凡響。（羅忠族）

〔註〕⑥「阿堵」，意即「這個」。《晉書．王衍傳》載：「王衍妻郭氏……衍疾郭之貪鄙，故口未嘗言錢。郭欲試之，令婢以錢繞床，使不得行。衍晨起見錢，謂婢曰：『舉阿堵物卻！』」

賀新郎 辛棄疾

賦琵琶

鳳尾龍香撥，自開元〈霓裳〉曲罷，幾番風月？最苦潯陽江頭客，畫舸亭亭待發。記出塞、黃雲堆雪。馬上離愁三萬里，望昭陽宮殿孤鴻沒，絃解語，恨難說。

遼陽驛使音塵絕，瑣窗寒，輕攏慢撚，淚珠盈睫。推手含情還卻手，一抹〈梁州〉哀徹。千古事，雲飛煙滅。賀老定場無消息，想沉香亭北繁華歇。彈到此，為嗚咽。

同一題材，在不同作家筆底，表現各異；試聽「琵琶」，一到辛棄疾手裡，即翻作新聲，不同凡響。此琵琶，乃檀木所製，尾刻雙鳳，龍香板為撥，何其精美名貴！「鳳尾龍香撥」，這楊貴妃懷抱過的琵琶，它標誌著一個「黃金時代」。作者在此，暗指北宋歌舞繁華盛世。而「〈霓裳〉曲罷」則標誌國運衰微與動亂之始。借唐說宋，發端即點到主題而不露形跡，可謂引人入勝之筆。

「潯陽江頭」二句，一轉，用白居易〈琵琶行〉所敘事。白氏送客江邊，「忽聞水上琵琶聲，主人忘歸客不發」。詩序云「是夕始有遷謫意」，是聽了琵琶曲與彈奏女子自述身世之後所感。詞以「最苦」二字概括之，表明作者也有同感。「畫舸」句用五代鄭文寶（按：一作北宋張耒詩）〈柳枝詞〉「亭亭畫舸繫春潭」句意。作者以白居易的情事自比，並切琵琶，其「天涯淪落」之感亦可知。

「記出塞」接連數句又一轉，作大頓挫，從個人遭遇寫到國家恨事。「望昭陽宮殿」云云分明是一種特殊感情，與當日昭君出塞時去國懷鄉之痛不完全是一回事。這裡恐怕是在暗喻「二帝蒙塵」的靖康之變。這種寫法在南宋詞家中不乏其人。姜夔〈疏影〉詞中亦有「昭君不慣胡沙遠，但暗憶、江南江北」之句，清鄭文焯云姜詞是「傷二帝蒙塵，諸后妃相從北轅，淪落胡地，故以昭君託喻」。

「遼陽驛使」數句轉到眼前現實。詞人心念北方故土，聯想瑣窗深處，當寒氣襲人時，閨中少婦正在懷念遠戍遼陽而杳無音信的征人。她想借琵琶解悶，結果愈彈愈是傷心。「推手」云云，指彈琵琶，漢劉熙《釋名·釋樂器》：「枇杷，本出於胡中，馬上所鼓也。推手前曰枇，引手卻曰杷，象其鼓時，因以為名也。」歐陽脩〈明妃曲和王介甫作〉本此而有「推手為琵卻手琶」之句；所彈之曲為〈梁州〉。〈梁州〉即〈涼州〉，唐西涼府所進邊地樂曲，梁、涼二字唐人已混用。唐段安節《樂府雜錄》謂貞元初康崑崙翻入琵琶。白居易詩：「〈霓裳〉奏罷唱〈梁州〉，紅袖斜翻翠黛愁。」（〈宅西有流水，牆下構小樓，臨玩之時，頗有幽趣，因命歌酒，聊以自娛，獨醉獨吟，偶題五絕句〉其四）可見其聲哀怨。「哀澈」兩字加深了感慨悲涼意緒。「雲飛煙滅」已將上文一齊結束，「賀老」句便是尾聲。這尾聲與發端遙相呼應，再次強調盛時已成過去，盛事已成為歷史。賀老即賀懷智，開元、天寶間琵琶高手。他一彈則全場為之安定無聲。唐元稹〈連昌宮詞〉云：「夜半月高絃索鳴，賀老琵琶定場屋。」

「賀老定場」既無消息，則「沉香亭北倚欄杆」（李白〈清平調詞〉）的貴妃面影當然也不可見，這「鳳尾龍香撥」的琵琶亦無主矣。故作者云「彈到此」即「嗚咽」不止。寫國難家仇悲慨無窮。

此篇手法新穎，從章法上看與〈賀新郎‧別茂嘉十二弟〉，可並為姊妹篇。都列舉許多有關的典故，其中皆有一線相連。即所用典中情事都與詞人內心情感和生活經歷有關，與當時時代特點有關，故用典雖多，不為事所累，仍覺圓轉流麗，正因為它抒情氣氛濃郁。

由此我們聯想唐時李商隱的〈淚〉（永巷長年怨綺羅）一詩，也是列舉古來各種揮淚之事，最後歸結為一事。辛詞章法可能從李詩學來而有出藍之妙。再上溯可找到南朝梁江淹的〈恨賦〉、〈別賦〉，李白也有〈擬恨賦〉等類篇章，辛棄疾用之以為詞，可謂創格。

此詞除用典多而能流轉自如外，還顯示辛詞另一特色，即豪放而兼俊美，所謂「肝腸似火，面目如花」（夏承燾評〈摸魚兒〉語）者。詞中如「望昭陽宮殿孤鴻沒」句，不獨用昭君出塞之典，且含魏晉嵇康「目送歸鴻，手揮五絃」（〈四言十八首贈兄秀才入軍〉）的詩意，形象很美，韻味亦深長。又「輕攏慢撚」四字，不獨是用白居易詩點出彈琵琶而已，好就好在將閨人愁悶無意緒、心情懶慢的神態也描畫出來了。「淚珠盈睫」，令人想見那長睫毛上閃動的晶瑩珠淚，悲而見美，更渲染了哀怨氣氛，烘托了主題。

梁啟超《飲冰室評詞》評此詞曰「大氣足以包舉」，所謂「大氣」，就是指貫穿在他詞中那種濃烈的愛國之情，沉鬱而激越。而他的詞風卻並不粗獷，倒是思理細膩綿密，語言典麗高華，雖「用事多」，不嫌板滯。「情」在其中，密處見疏，實中有虛，令人讀後有蕩氣迴腸之感。（徐永端）

念奴嬌

辛棄疾

瓢泉酒酣，和東坡韻。

倘來軒冕，問還是、今古人間何物？舊日重城愁萬里，風月而今堅壁。藥籠功名，酒壚身世，可惜蒙頭雪。浩歌一曲，坐中人物三傑。

休嘆黃菊凋零，孤標應也有，梅花爭發。醉裡重揩西望眼，唯有孤鴻明滅。萬事從教，浮雲來去，枉了衝冠髮。故人何在？長庚應伴殘月。

辛棄疾的詞，歷來與蘇軾的詞並稱，不少詞論家還將蘇、辛目為同派。辛詞的確有得之於東坡者，這首〈念奴嬌〉即其一例。詞前小序云：「瓢泉酒酣，和東坡韻。」由此可知，此詞是稼軒閒居鉛山瓢泉時的感興之作。「和東坡韻」，指步東坡的〈念奴嬌．赤壁懷古〉之韻以追和。東坡的原詞，是貶官閒居黃州時的作品，在抒發政治失意的感慨這一點上，與辛詞有相似之處。辛詞也以健筆寫豪情，風格上極力追步東坡。但兩詞相較，不難發現他們心貌各別。同為「豪放」的風格，蘇詞之放，表現為超逸放曠；辛詞之放，則表現為悲壯激越。

同樣是抒發政治失意的情懷，蘇詞的結末，以「人間如夢，一尊還酹江月」的老莊消極思想自解，顯出頹放自適的傾向；辛詞則金剛怒目，感憤終篇，直至結尾，仍大呼「枉了衝冠髮」，毫無出世之意。下面就讓我們具體來看看，稼軒是怎樣借助〈念奴嬌〉這個聲情激壯的調子來自寫胸懷的。

全詞著意表現的，是這樣一種悲劇性的英雄人物：他鄙棄世俗追求軒冕排場、榮華富貴的風尚，一心以抗金恢復的事業為懷；他日夜思念失去的北部河山，渴望以親身的戰鬥來統一祖國，可卻被賣國群小排斥在政府之外，不能一展宏圖；他剛直不阿，疾惡如仇，嚮往正義，嚮往自由，可社會惡勢力對他百般折騰，使他大半生坎坷不遇，只得屈身於田間山林！詞中一唱三嘆地展現了這樣一個失意英雄的尷尬處境與悲憤心情。上片先寫作者失意閒居的牢騷。首二句，以疑問的句式，表達了自己對宦途和功名的困惑與思考。軒，高車；冕，古代地位在大夫以上的官僚戴的禮帽。軒冕代指官位爵祿。首句典出《莊子．繕性》：「軒冕在身，非性命也，物之倘來，寄者也」（官職不是一個人自身的根本之物，只是一種偶然而來寄附於人的外物）。這裡借用莊子的話，表明自己在政治失意之後對功名事業感到難以捉摸。「舊日重城愁萬里，風月而今堅壁」，二句承上而來，說自己丟官之後，重重愁恨無計消除；百無聊賴之餘，連美好風光也像是豎起堅牆，存心不讓人欣賞解悶。接下來三句，連用二典，自述身世，慨嘆事業無成，人空老大，怨恨之情溢於言表。「藥籠功名」，用《舊唐書．元行沖傳》：元行沖勸當權的狄仁傑留意儲備人才，喻之為備藥攻病，並自請「願以小人備一藥物」，仁傑笑而謂之曰：「此吾藥籠中物，何可一日無也！」「酒壚身世」，用《史記．司馬相如列傳》：司馬相如未遇時，曾與妻卓文君在臨邛市場上當壚賣酒。這三句連起來，其意為：我本來當之無愧地是國家急需的人才，求取功名應是分內之事；不料遭遇坎坷，如今竟埋沒於民間；最可惜的是，滿頭白髮，來日無多，今生要實現理想大約不可能了！「浩歌」二句寫歌曲抒發愁懷，並以張良、韓信、蕭何「三傑」（《史記．高祖本紀》）比自己與座中友人。詞情於是振起。

下片緊承上片歇拍以倔強堅毅之態出之，表明自己雖遭萬千磨難，但壯志不泯。過片三句：「休嘆黃菊凋零，孤標應也有，梅花爭發。」以自然氣候喻社會環境，以花喻人，透過黃菊凋零與紅梅爭發，表現愛國志士前仆後繼之意，是緊承「坐中三傑」而來，而領以「休嘆」二字，尤覺振奮。這是與友人共勉。「醉裡重揩西望眼，唯有孤鴻明滅」。這兩句以空間的意象正面凸出了自己不忘中原的思想。「西望」特有所指。稼軒詞中屢屢以「西北」代指淪陷的北方。這裡的「西望」，應是「西北望」之省寫，即遙望中原地區；〈水龍吟〉之「舉頭西北浮雲」，〈菩薩蠻〉之「西北望長安」等等，含意與此略近。醉中尚揩眼西北而望，這就表明自比寒梅的稼軒之所以壯志不衰，自我磨礪，其原因在於他意識到危難中的祖國還需要他這樣的人才去解救，故爾時時提醒自己，不能忘懷北伐。但「孤鴻明滅」的象徵性描寫則又表明作者深知國勢衰微，而志士因備受壓抑打擊，力量比較孤單，一時難以振興。正是有此清醒的估計，才有了下面三句的悲憤嘆息：「萬事從教，浮雲來去，枉了衝冠髮！」岳飛〈滿江紅〉詞高唱「怒髮衝冠」，慨嘆「三十功名塵與土，八千里路雲和月」，並擔心「白了少年頭，空悲切」；稼軒在這裡也嘆息萬事如浮雲，空自髮衝冠，可見當時的愛國志士們，面對危難的時局都有相同的感受與痛苦。詞的結拍「故人何在，長庚應伴殘月」，以景結情，以殘月孤星的夜色來映襯自己和友人們淒涼悲愴的心境。末句蓋本於韓愈〈東方半明〉詩：「東方半明大星沒，獨有太白配殘月。」（太白，即金星。《史記．天官書》索隱引《韓詩》：「太白晨出東方為啟明，昏見西方為長庚。」）這裡雖然境界蕭瑟，情調悲痛，但這個結尾與前面孤標紅梅，怒髮衝冠的形象結合在一起，仍然能夠看到作者政治抱負與人生理想之執著。此詞與作者許多借助比興而委曲言情的「潛氣內轉」之作不同，其主要表現方法是激情迸發，直抒胸臆。由於感情濃烈，氣勢凌厲，雖然較多直說，仍然感人。（劉揚忠）

水龍吟

辛棄疾

用些語再題瓢泉，歌以飲客，聲韻甚諧，客皆為之釂①。

聽兮清珮瓊瑤些。明兮鏡秋毫些。君無去此，流昏漲膩，生蓬蒿些。虎豹甘人，渴而飲汝，寧猿猱些。大而流江海，覆舟如芥，君無助、狂濤些。路險兮山高些。塊予獨處無聊些。冬槽春盎，歸來為我，製松醪些。其外芳芬，團龍片鳳，煮雲膏些。古人兮既往，嗟予之樂，樂簞瓢些。

〔註〕①釂：音同叫，將酒飲盡、乾杯。

瓢泉在江西鉛山縣東二十五里，泉水清洌，風景幽美。辛棄疾有舊居在此。光宗紹熙五年（一一九四）七月，被解除知福州兼福建路安撫使的職務後，便又來這裡「新葺茅簷」（辛詞〈浣溪沙·瓢泉偶作〉語）。寧宗慶元二年（一一九六）移居退隱。這首詞大致是這個時期寫的。

杜甫〈佳人〉詩云：「在山泉水清，出山泉水濁。」清仇兆鰲《杜詩詳註》概括其意為：「此謂守貞清而改節濁也。」辛棄疾這首詞在意境上同杜甫〈佳人〉詩有相近之處。杜甫以「佳人」作為寓體，辛棄疾則以寄言泉水的形式，寓寫自己對現實環境的感受。

上片起筆二句，從視、聽覺引發，對泉水表達欣賞、讚美之情。「清珮瓊瑤」是以玉珮聲形容泉水的優美聲響；柳宗元〈至小丘西小石潭記〉也曾寫道：「隔篁竹，聞水聲，如鳴珮環。」「鏡秋毫」是以可照見秋生羽毛之末來形容泉水的明淨。這兩句給瓢泉以定性的評價，以明在山泉水能保持其本色之可愛。以下根據泉水所處的三種不同境遇，來反映作者對泉水命運的設想、擔憂及警告。這些刻畫，正用以反襯起筆二句，凸出「出山泉水濁」之意。首先勸阻泉水不要出山（去此）去流昏漲膩，生長蓬蒿。「流昏漲膩」是取杜牧〈阿房宮賦〉「渭流漲膩，棄脂水也」的字面。「虎豹」句，用《楚辭．招魂》「虎豹九關，啄害下人些」和「此皆甘人」。虎豹以人為美食，渴了要飲泉水，牠豈同於猿猱（之與人無害），不要為其所用。「大而流江海」三句，反用《莊子．逍遙游》「水之積也不厚，則其負大舟也無力，覆杯水於坳堂之上，則芥為之舟」的語意，謂水積而成江海之大，可以視大舟如草葉而傾覆之，泉水不要去推波助瀾，參預其事。這些都是設想泉水不能自守而主動混入惡濁之中，遭到損害而又害人的危險。以上幾種描述，想像合理，恰符辛棄疾當時所處的那種社會現實。

下片作者自敘，抒寫貞潔自守，憤世嫉俗之意。路險山高，塊然獨處，說明作者對當前所處汙濁險惡環境的認識。故小隱於此，長與瓢泉為友，以期求得下文所描寫的「三樂」，即「飲酒之樂」、「品茶之樂」、「安貧之樂」。詞的上下片恰好形成對比。前者由清泉指出有「三險」，後者則由「無聊」想到有「三樂」。其實「三樂」仍是憤世嫉俗的變相發洩。瓢泉甘洌，可釀松醪（松膏所釀之酒），寫飲酒之樂，實寓借杯酒澆塊壘之意；瓢泉澄澈，可煮龍鳳茶，品茗閒居，明顯不被世用；最後寫安貧之樂，古人既往，聊尋同調，則顏回的「一簞食、一瓢飲」便是同志。簞瓢之瓢與瓢泉之瓢又恰好是同字，以此相關，契合無間。

總觀全詞，可以用宋劉辰翁對辛詞的評語「讒擯銷沮，白髮橫生，亦如劉越石（按：晉劉琨）。陷絕失望，花時中酒，託之陶寫，淋漓慷慨」（《須溪集》卷六〈辛稼軒詞序〉），來領略這首詞的思想情調。瓢泉的閒居並未能使辛棄疾的心情平定下來，而是鬱積了滿腔的憤怒。對官場混濁、世運衰頹的憎惡，流露出來的並不是哀婉之調，而是一種激越之聲。不可以「流連光景，志業不終」（同前〈辛稼軒詞序〉）視之。儘管詞的上下片似乎構成了不和諧的畫面（上片多激憤，下片多歡樂），但貫注一氣的還是憤懣，不同流合汙、貞潔自守的浩然之氣。這就是劉辰翁所說的「英雄感愴，有在常情之外，其難言者未必區區婦人孺子間也」（〈辛稼軒詞序〉）。寓悲憤於歡樂之中，益感其悲憤的沉重。「含淚的微笑」大概是最悲憤不過的。

這首詞在詞體中是一種特殊形式，它不同於一般以句子的最後一個字作韻腳的慣例，而是用《楚辭》語尾字「些」作為後綴的尾字，又另用平聲「蕭、肴、豪」韻部的字「瑤、毫、蒿」等作實際的韻腳，這就是所謂「長尾韻」。這種格律聲韻具有和諧回應的美，像是有兩個韻腳在起作用。（宛敏灝、沈文凡）

最高樓　辛棄疾

吾擬乞歸，犬子以田產未置止我，賦此罵之。

吾衰矣，須富貴何時？富貴是危機。暫忘設醴抽身去，未曾得米棄官歸。穆先生，陶縣令，是吾師。

待葺箇園兒名「佚老」，更作箇亭兒名「亦好」，閒飲酒，醉吟詩。千年田換八百主，一人口插幾張匙？便休休，更說甚，是和非！

詞之初起，本是一種純粹的音樂文學藝術品，但在發展過程中，實用功能不斷擴大，許多作品已經兼備了應用文的性質。特別是到南宋，幾乎打進了人們社會交往的各個場合，可以用來談戀愛，可以用來交朋友，可以用來孝順父母，可以用來聯絡親戚，乃至替人作壽，給人送終，祝人新婚，賀人生子，打闊佬的秋風，拍上司的馬屁……真是五花八門，無施不可。然而，寫詞來訓兒子，我們還是頭一回見。如若編一本「宋詞之最」，這也該算一項「紀錄」罷？

此詞約作於光宗紹熙五年（一一九四），當時詞人五十五歲，在知福州兼福建安撫使任（從梁啟超、鄧廣銘二先生說）。據詞及小序可知，詞人因官場失意，打算申請退休，但那不曉事的「犬子」極力反對。（家中田地、房產還未購置齊全，老頭子倒想洗手不幹了，一旦他老人家嗚呼哀哉，叫咱哥兒們喝西北風去？）於是詞人便作了這詞去數落他。

由於「犬子」勸阻自己退休的充足理由是官做得還不夠大，薪俸級別還不夠高，一句話，還不夠「富貴」，因此，詞人首先抓住「富貴」這兩個字來作文章，打開窗戶說亮話，張口便道：我老啦，幹不動了，等「富貴」要等到哪一天呢？接下去改用讓步性語氣，以退為進：就算能捱到「富貴」的那一天又怎樣？「富貴」是好耍子的麼？爬得高，跌得重，危險得很吶！起三句看似肆口而成，其實字字都有來歷。「吾衰矣」出自《論語．述而》：「子（孔子）曰：『甚矣，吾衰也。』」「須富貴何時」出自《漢書．楊惲傳》楊惲報孫會宗書：「人生行樂耳，須富貴何時？」「富貴是危機」則見於《晉書．諸葛長民傳》。東晉末年，長民官至都督豫州揚州之六郡諸軍事、豫州刺史，領淮南太守，深得實力派、太尉劉裕的信任，權傾一時。又貪婪奢侈，多聚珍寶美女，大建府第院宅。然而顯赫的富貴並沒有給他帶來多少安樂，相反，由於時時擔心遭到殺身之禍，連覺也睡不安穩，竟至一月中有十幾夜做噩夢，驚起跳踉，如與人廝打。他曾嘆息說：「貧賤常思富貴，富貴必履危機。」後來果然為劉裕所殺。詞人襲用其語，可見對這樣的歷史教訓感觸很深。那麼，怎樣才是遠禍全身的上上之策呢？只有急流勇退，及時辭官歸隱。於是，下文便拈出一個正面典型來和諸葛長民作對比。

《漢書．楚元王傳》記載，漢高祖劉邦之弟劉交封楚王，以穆生、白生、申公等三人為中大夫，禮遇十分恭敬。穆生不喜歡喝酒，劉交開宴時，特地為他「設醴」（擺上濃度不高的米汁甜酒）。後來劉交的孫子劉戊為王，有一次忘了為穆生設醴，穆生退而言曰：我該走了。醴酒不設，說明王爺已開始怠慢，再不走，就將獲罪遭殃。穆生稱病去職後，劉戊日漸淫暴，白生、申公勸諫無效，反被罰作苦役，真個應驗了穆生的預言。「暫忘」句即詠此事。因說穆生，連類而及，又帶出另一位先哲來，那就是在彭澤縣令任上不肯為五斗米折腰、棄官而歸隱田園的陶淵明。揣測詞人的作意，請陶淵明到場本是為了應付格律——此處例須對仗，故不能讓「穆先生」落單，一定得給他找位「儐相」；但「陶縣令」棄官的動因與「穆先生」又不盡相同，他的拂衣而去，還包含著「安能摧眉折腰事權貴，使我不得開心顏」（李白〈夢遊天姥吟留別〉）的成分，於是，他的出場就給詞意增添了一項新的內容，其作用又不僅僅是給「穆先生」當陪襯了。總而言之，詞人將這兩位高士懸為自己的師範，用意十分顯豁：「富而可求也，雖執鞭之士，吾亦為之。如不可求，從吾所好。」（《論語．述而》）朝廷對我既不怎麼信任，再幹下去只怕禍不旋踵而至，還有什麼「富貴」可言？更何況，犧牲自己的人格和人的尊嚴去博取「富貴」，代價也未免太大。這「富貴」求不得，老夫拿定主意要歸隱了。

過片後四句，承接上文，談自己退休後的打算：闢一處花園，建一座亭閣，閒下來作甚？喝老酒。喝醉了作甚？寫詩詞。優哉游哉，豈不快哉！陶然欣然，何其超然！「閒飲酒，醉吟詩」為短句流水對，只寥寥六字，兩組連續性的動態畫面，便寫盡了理想中的隱居生活情趣，無限神往，都在言外了。然而還不可忽過「佚老」、「亦好」二辭。「老」、「好」相叶，是輔韻，與「時」、「機」、「歸」、「師」、「詩」、「匙」、「非」等主韻共同構成本調的平仄韻錯叶格，有聲情搖曳之美，此其一。其二，四字俱有出典。「佚老」見《莊子．大宗師》：「夫大塊載我以形，勞我以生，佚我以老，息我以死。」蓋謂人生碌碌，只有老來才得安逸（「佚」，同「逸」）。「亦好」語出唐戎昱〈長安秋夕〉詩：「遠客歸去來，在家貧亦好。」即今俗話所謂「金窩銀窩，不如自己家的草窩」。詞人要以「佚老」、「亦好」命名園、亭，雖不直說頤養天年、安貧樂道，而自珍桑榆、不慕金紫之意，已自曲曲傳出，更有韻味深長之妙。

詞人自己固然是安貧了，其奈「犬子」不「安」何？不可不給以當頭棒喝。於是又折回詞筆來訓子：「千年田換八百主！」多置田產，又有何用？適足害你們弟兄幾個成為「敗家子」而已！一個人長有幾張嘴巴？插得下許多調羹？家有薄田幾畝，還不夠你們粗茶淡飯麼？呸！給我住嘴罷你，別再說三道四了！如果說上文還帶有若干書卷氣、不夠家常的話，那麼最後這一段真可謂口角生風，活脫脫是老子罵兒子的現場錄音，寫神了，寫絕了！值得一提的是，「千年」二句雖用俚語，卻仍有宋人載籍可以參證。「千年田換八百主」，見北宋釋道原《景德傳燈錄》卷十一載五代時韶州靈樹院如敏禪師語。僧問：「如何是和尚家風？」師云：「千年田八百主。」僧云：「如何是千年田八百主？」師云：「郎當屋舍勿（沒）人修。」這些話頭，再早些還可尋溯到唐王梵志詩：「年老造新舍，鬼來拍手笑。身得暫時坐，死後他人賣。千年換百主，各自循環改。前死後人坐，本主何相（廂）在。」「一人口插幾張匙」，范成大《石湖居士詩集》卷二十六〈丙午新正書懷〉十首其四（窮巷閒門本闃然）：「口不兩匙休足穀。」自註：「吳諺曰：『一口不能著兩匙。』」用俗話檃括入律，且對仗工穩，尤為難得，詞人伎倆，真不可測！

這首詞，既具備歷史的思辨，又富有人生的哲理；既充滿著書齋裡的睿智，又洋溢著生活中的氣息；亦莊亦諧，亦雅亦俚；莊而不病於迂腐，諧而不闌入油滑；雅是通俗的雅，俚是規範的俚：在在顯示出詞人的胸襟之大、見識之高、性格之爽、學養之深，在在顯示出詞人具有駕馭各種不同類型語言藝術的非凡能力。

辛詞尤善用典和化用前人成句，本篇又是一個凸出的範例。「吾衰」句用《論語》，是經；「須富」句、「暫忘」句用《漢書》，「富貴」句用《晉書》，是史；「佚老」用《莊子》，是子；「亦好」用唐詩，是集。一首之中，四部都用遍了。就時代言，從春秋、戰國、漢、晉、唐、五代一直用到宋。就文體言，自詩、文一直用到和尚語錄、民間謠諺。就用法言，或整用成句，或提煉文意，或增減字面，或翻換言語。詞人於此道，真達到了爐火純青、出神入化的地步！

有宋一代，帝王用較優厚的經濟待遇來籠絡武將和士大夫們，以換取他們的忠勤服務，因此，官僚地主置田莊、營第宅、蓄家妓之風盛極一時。而當時城市商業經濟的發達，色情業的畸形繁榮，又大大刺激了紈袴子弟的欲望，把他們的胃口吊得很高。紅燭呼盧，千緡買笑，在「銷金鍋」裡蕩盡祖產的不肖子孫滔滔皆是。「君子之澤」往往二世、三世而斬，不待五世了。北宋沈括《夢溪筆談》卷九〈人事〉記載過一個發人深省的故事：將軍郭進新建府第落成，大開筵席，不但請木工瓦匠與宴，而且讓他們坐在自家子弟們的上首。有人問道：公子們怎麼好同匠人為伍呢？郭進指著工匠們說：這是造房子的。又指著子弟們說：這是賣房子的，當然應該坐在下風。進死後不久，府第果然落入他人之手。郭進看問題不可謂不透澈，做事情不可謂不通達，然而有先見之明如此，又奚用建府第為？既建之矣，又為何不能對子弟們嚴加管教，使之成器？相比之下，詞人能夠不措意於營置田產，且「犬子」嘟嘟囔囔時乃能賦詞罵之，真算得上是一位高明的家庭教育專家了。這在古代固然難能可貴，即便對於今天的人們，恐怕也還有一定的教育意義吧？（鍾振振）

水龍吟　辛棄疾

過南劍雙溪樓

舉頭西北浮雲，倚天萬里須長劍。人言此地，夜深長見，斗牛光焰①。我覺山高，潭空水冷，月明星淡。待燃犀下看，憑欄卻怕，風雷怒，魚龍慘。峽束蒼江對起，過危樓，欲飛還斂。元龍老矣！不妨高臥，冰壺涼簟。千古興亡，百年悲笑，一時登覽。問何人又卸，片帆沙岸，繫斜陽纜？

〔註〕①據《晉書．張華傳》：晉尚書張華見斗、牛二星間有紫氣，問雷煥，曰：是寶劍之精，上徹於天。後煥為豐城令，掘地，得雙劍，一曰龍泉，一曰太阿，其夕，斗牛間氣不復見焉。煥遣使送一劍與華，一自佩。華誅，失劍所在，煥卒，其子華帶劍行經延平津，劍忽於腰間躍出墮水，化為二龍。

祖國的壯麗河山，到處呈現著不同的面貌。吳越的柔青軟黛，自然是西子的化身；閩粵的萬峰刺天，又彷彿像森羅的武庫。古來多少詩人詞客，分別為它們作了生動的寫照。辛棄疾這首〈過南劍雙溪樓〉，就屬於後一類的傑作。

宋代的南劍州，即是延平，屬福建。這裡有劍溪和樵川二水，環帶左右。雙溪樓正當二水交流的險絕處。要給這樣一個奇峭的名勝傳神，頗非容易。作者緊緊抓住了它具有特徵性的一點，作了全力的刻畫，那就是「劍」，也就是「千峰似劍鋩」的山。而劍和山，正好融和著作者的人在內。上片一開頭，就像將軍從天外飛來一樣，凌雲健筆，把上入青冥的高樓，千丈崢嶸的奇峰，掌握在手，寫得寒芒四射，凜凜逼人。而作者生當宋室南渡，以一身支拄東南半壁進而恢復神州的懷抱，又隱然蘊藏於詞句裡，這是何等的筆力。「人言此地」以下三句，從延平津雙劍故事翻騰出劍氣上衝斗牛的詞境。又把山高、潭空、水冷、月明、星淡等清寒景色，匯集在一起，以「我覺」二字領起，給人以寒意搜毛髮的感覺。然後轉到要「燃犀下看」（見《晉書．溫嶠傳》），一探究竟。「風雷怒，魚龍慘」，一個怒字，一個慘字，緊接著上句的怕字，從靜止中進入到驚心動魄的境界，字裡行間，卻跳躍著虎虎的生氣。

換片後三句，盤空硬語，實寫峽、江、樓。詞筆剛勁中帶韌性，極烹煉之工。這是以柳宗元遊記散文文筆寫詞的神技。從高峽的「欲飛還斂」，雙關到詞人從熾烈的民族鬥爭場合上被迫退下來的悲涼心情。「不妨高臥，冰壺涼簟」，以淡靜之詞，勉強抑遏自己飛騰的壯志。這時作者年已在五十二歲以後，任福建提點刑獄之職，是無從施展收復中原的抱負的。以下千古興亡的感慨，低迴往復，表面看來，情緒似乎低沉，但隱藏在詞句背後的，又正是不能忘懷國事的憂憤。它跟江湖山林的詞人們所抒寫的悠閒自在心情，顯然是大異其趣的。（錢仲聯）

鷓鴣天 辛棄疾

代人賦

陌上柔桑破嫩芽，東鄰蠶種已生些。平崗細草鳴黃犢，斜日寒林點暮鴉。

山遠近，路橫斜，青旗沽酒有人家。城中桃李愁風雨，春在溪頭薺菜花。

辛棄疾這首寫農村風光的詞，看上去好像是隨意下筆，但細細體會，便覺情味盎然，意蘊深厚。詞的首二句在描寫桑樹抽芽、蠶卵開始孵化時，用了一個「破」字就非常傳神，寫出桑葉在春天的催動下，逐漸萌發、膨脹，終於撐破了原來包在桑芽上的透明薄膜。「破」字不僅有動態，而且似乎能讓人感到桑芽萌發的力量和速度。第三句「平崗細草鳴黃犢」，「平崗細草」和「黃犢」是相互關聯的，黃犢在牛欄裡關了一冬，放牧平坡，乍見春草，歡快無比。「鳴」雖寫聲音，但可以令人想見黃犢吃草時的得意神態。第四句中的「斜日」、「寒林」、「暮鴉」按說會構成一片衰颯景象，但由於用了一個動詞「點」字，卻使情調起了變化。「點」狀烏鴉或飛或棲，有如一團墨點。這是精確的寫實，早春的寒林沒有樹葉，烏鴉黑色，在林中歷歷可見，故曰「點」。這使人想到元馬致遠〈天淨沙〉的警句「枯藤老樹昏鴉」。兩相比較，給人的感受就很不相同，馬致遠是在低沉地哀吟，而辛棄疾卻是在欣賞一幅天然的圖畫。

詞的上片主要是寫近處的自然風光，下片則將鏡頭拉遠，並進而涉及人事。「山遠近，路橫斜」，一筆就將視線拉開了，這種路在山區構成村落與村落之間的聯繫，並構成與外間世界的聯繫，生活在山間的人們，常時覺得那由村落伸展出去的路，會給他們帶來新的東西。所以詞人對眼前蜿蜒於山間的路有一種特殊的興味。「青旗沽酒有人家」，橫斜之路，去向不止一處，但詞人的注意力卻集中在有青旗標誌的酒家上。山村酒店，這是很有特色的一種地方風物。詞人在〈醜奴兒近．博山道中效李易安體〉中就寫過：「青旗賣酒，山那畔別有人家。只消山水光中，無事過這一夏。」只寫出酒家青旗，意思便在言外。一個「有」字透露出詞人的欣喜心情。眼前的農村美景使他悟出了一種道理，在末兩句中翻出了新意：「城中桃李愁風雨，春在溪頭薺菜花。」那散見在田野溪邊的薺菜花，繁密而又顯眼，像天上的群星，一朵接一朵地迎著風雨開放，生命力是那樣頑強，好像春天是屬於它們的，而城中的桃李則憂風愁雨，春意闌珊。這兩句，上句宕開，借「城中桃李」憔悴傷殘的景象為下句作襯，雖只點桃李而可以使人自然聯想到城中的人事；末句則收歸眼前現境，「在」字穩重而有力，顯然帶有強調的意味。

這首詞透過寫景和抒情，表現了辛棄疾罷官鄉居期間對農村的欣賞留連和對城市上層社會的鄙棄，並由此把詞的思想意義向著更深廣處擴展。薺菜花的花瓣碎小，沒有鮮豔的顏色，濃郁的香味，在城市人眼裡，一般是算不得什麼花的，作者卻偏偏熱情地讚美，他所注意並加以捕捉的，還有桑芽、幼蠶、細草、黃犢等等，多半是新鮮的、富有生命力的事物。這些，連同那出現在畫面上山村茆店的酒旗，都體現了一種健康的審美觀。詞中關於「城中桃李」和「溪頭薺菜花」的對比，還含有對生活的帶哲理性的思考，薺菜花不怕風雨，占有春光，在它身上彷彿體現了一種人格精神。聯繫作者篇首自註「代人賦」，當時很可能是朋輩中有人為辛棄疾罷官後的生活擔憂，因而詞人便風趣地以代友人填詞的方式回答對方，一方面借薺菜花的形象自我寫照，一方面又隱隱流露這樣的意思——不要做愁風雨的城中桃李，要做堅強的薺菜花，以此與友人共勉。

詞與詩在語言的運用上是有差別的。這首詞大部分用對句，又很注意動詞的運用和某些副詞、介詞的搭配，詞的上片「破」、「鳴」、「點」以及下片「有」、「在」等都是很吃緊的字，這作為詩可能有欠渾厚，但放在詞裡卻很本色。而且由於宋詞多數都寫得很豔美，這首寫農村的詞便相對地顯得渾厚樸實，從語言到意境都迥別於剪紅刻翠的一路，可說是詞苑裡一朵鮮明素淨、精神勃發的「薺菜花」了。（余恕誠）

鷓鴣天　辛棄疾

遊鵝湖，醉書酒家壁①。

春入平原薺菜花②，新耕雨後落群鴉。多情白髮春無奈，晚日青簾酒易賒。

閒意態，細生涯，牛欄西畔有桑麻。青裙縞袂誰家女，去趁蠶生看外家。

〔註〕①一作「春日即事題毛村酒壚」。②一作「春日平原薺菜花」。

這是一首借景抒情的小詞。借什麼樣的景？詞人描寫得很具體，很生動。抒什麼樣的情？卻並非字面所表示的那樣簡單。

「春入平原薺菜花，新耕雨後落群鴉」，兩句詞，把農村寫得恬靜而又生機勃勃。白色的薺菜花開滿田野，土地耕好了，又適逢春雨，群鴉在新翻的土地上覓食。很簡單的幾筆，卻像畫一樣，把鄉野春色擺在了讀者面前。薺菜開花，而說「春入」，對平凡微賤的薺菜花所注予的感情，似比另一首〈鷓鴣天〉中「春在溪頭薺菜花」的「在」字更濃烈。寫「群鴉」也充滿生意，不是聒噪得使人討厭的那種形象。詞人注意和刻畫這些細物細事，可見其意態閒適。

然而，接下來兩句情緒卻急轉直下。「多情白髮春無奈，晚日青簾酒易賒」，萬種愁緒染白了的頭髮，這樣生機勃勃的春天也拿它沒有辦法。表面上說的是「白髮」，實際上講的是「愁緒」。「多情白髮春無奈」，只好到小酒店去飲酒解愁了。「多情」二字寫得詼諧，但卻是一種帶有苦味的詼諧。在這詼諧中，讓讀者深切地感受到了作者無可奈何的情緒。

詞人的愁緒何在呢？這首詞有一小序：「遊鵝湖，醉書酒家壁。」這兩句話透露了端倪。這時期，詞人被罷官落職，不得不退隱田園。當時他僅僅四十二歲。以一個中年人的精力，以「季子正年少，匹馬黑貂裘」（〈水調歌頭〉）的氣概，他怎能耐得了清閒無為的生活？詞人遊鵝湖，面對生機勃勃的春天，聯想到自己的遭遇，事業無成而年齒徒增的惆悵勃然而生。春天沒有自己的份，而白髮卻偏偏多情紛至！詞人寫得很巧妙，「以樂景寫哀，以哀景寫樂，一倍增其哀樂」（清王夫之《薑齋詩話》）。詞人的心境、遭遇頗令人同情。

酒能銷愁嗎？作者沒有明寫，卻緊接著在下闋又寫了一番農村景致：村民悠閒自在，生活過得井井有條，牛欄左右的邊角空地種滿了桑麻。春耕剛完，春播未始，新蠶即將出生……大忙季節就要到來了，不知誰家的年輕媳婦，穿著白衣青裙，趁著大忙前的閒暇趕著去走娘家。看，寫得多麼好。如果說開篇兩句詞寫景是大處著眼，那麼，這裡的幾句寫景則是近處落筆了。「閒」、「細」、「有」、「趁」字，盡寫出了農村的閒適與古樸。然而詞人越是寫得閒適、古樸，越會讓讀者聯想到「多情白髮春無奈，晚日青簾酒易賒」所流露出來的煩悶和無可奈何的情緒。看起來作者並沒有寫自己，而是著力描繪了一個「無我之境」，實際上「我」盡在其中，詞人煩亂複雜的失意之情被這閒適之景襯托得更加凸出了。

詞人既然喜歡農村，喜歡農村風光，為什麼還要借酒澆愁呢？應該說，詞人的這種喜愛也是真情實感，但更重要的原因恐怕還是同城裡相對比而言的。詞人在另外一首〈鷓鴣天〉詞中，說出了他喜愛農村的原因。他說：「城中桃李愁風雨，春在溪頭薺菜花。」城裡的官場中有的是爾虞我詐、爭權奪利，有的是誇誇其談，食言而肥，詞人看透了，厭煩了，所以，他認為美好的春天在田野，在溪頭，在那滿山遍野雪白的薺菜花中。他認為農村純潔、清新。如今，他已經置身於純潔、清新的農村中，卻還要愁苦，那是另有其原因。在寫本詞的前後，辛棄疾「獨宿博山王氏庵」，曾寫了一首〈清平樂〉，有句云：「布被秋宵夢覺，眼前萬里江山。」這夢寐不忘的祖國萬里江山，才是詞人真正關心的大事業，而如今，他卻被排擠到農村，過起「閒意態」的生活來，他怎能不愁苦呢？所以，他不是不喜愛農村，但農村太恬靜、安閒，遠離開抗金第一線；他不是不喜愛春天，但春天卻不能給他的政治生活也帶來勃勃生機、帶來新的希望。這首詞寫了作者的苦悶，透過這苦悶，表現了作者的追求，這就是景中所抒之情。（楊牧之）

西江月　辛棄疾

夜行黃沙道中

明月別枝驚鵲，清風半夜鳴蟬。稻花香裡說豐年，聽取蛙聲一片。

七八箇星天外，兩三點雨山前。舊時茅店社林邊，路轉溪橋忽見。

辛棄疾是南宋傑出的豪放派詞人。他的風格以沉雄激越著稱，但又不拘一格，在慷慨縱橫之外，還有淡泊瀟灑的一面。

這首詞是辛棄疾中年時代經過黃沙嶺道上寫的幾篇作品之一。黃沙嶺在江西上饒縣西四十里，嶺高約十五丈，深而敞豁，可容百人。下有兩泉，水自石中流出，可溉田十餘畝（見《上饒縣誌》）。宋孝宗淳熙八年（一一八一）冬，詞人被奸佞中傷、彈劾以致罷官後，就開始在上饒家居，一直住了十五年左右。這中間雖然曾短期出仕，但基本上是在上饒，有機會充分領略黃沙道上的風物之勝。描寫這一帶風景的詞，現存約五首，即：〈生查子〉（獨遊西巖）二首、〈浣溪沙〉（黃沙嶺）一首、〈鷓鴣天〉（黃沙道上即事）一首，以及本闋。它們從不同角度體現了辛棄疾部分寫景詞中清新俊逸和綽約自然的風格。

在這五首詞中，最耐人尋味的是這首〈西江月〉。

這首詞平易中見真切，渾淪處見準確，連綿中呈陡轉。眼前常景，而能別開蹊徑；脫手鍊詞，得刻物入神之妙。

「明月別枝驚鵲，清風半夜鳴蟬。」這裡的風、月、蟬、鵲都是極其平常的景物，然而經過作者巧妙的組合，就顯得不平常了。鵲兒的驚飛不定，不是盤旋在一般樹頭，而是飛繞在橫斜突兀的枝幹之上。因為月光明亮，所以鵲兒被驚醒了；而鵲兒驚飛，自然也就會引起「別枝」搖曳。夜間的蟬聲不同於烈日炎炎下的嘶鳴，而當涼風徐徐吹拂時，往往特別感到清幽。總的說來，「驚鵲」和「鳴蟬」兩句都有動中寓靜之妙。它們沐浴在「半夜」「明月」的清輝中，恰如法國小說家莫泊桑說過的：被「這明空的夜色的柔和情趣所浸潤」（〈月色〉）。

「稻花香裡說豐年，聽取蛙聲一片。」顯然，這裡詞人所攝取的空間是由高而低了。詞的開首從長空寫起，這裡卻一轉而為對田野的刻畫。詞人不僅為夜間黃沙道上的「柔和情趣」所「浸潤」，更從撲面而來的漫村遍野的稻花香氣中聯想到即將到來的豐年景象。此時此地，詞人與人民同呼吸的歡樂，真是噴薄而出不可遏止了。稻花飄香的「香」，固然點明稻花盛開，也說明詞人心頭的甜蜜之感。但報說豐年的主體，寫出來卻是那一片蛙聲，構想奇妙。在詞人的感覺裡，儼然聽到群蛙在稻田中齊聲喧嚷，爭說豐年。先出「說」的內容於前，再補「聲」的來源於後。鵲聲報喜、蛩吟訴哀之類，詩詞中常寫到，但以蛙聲說豐年，不能不說是稼軒詞的創造。

這短短四句構成的上片，純然是抒寫當時當地夏夜山道的景物和詞人的感受，然而感受的核心分明是洋溢著豐收年景的夏夜。與其說是夏景，還不如說是眼前夏景帶給人的幸福。

由於上片結尾，構思和音律出現了顯著的停頓，因此下片開頭，就需要樹立一座峭拔挺峻的奇峰，有待運用對仗手法，以加強穩定的音勢。你看吧，「七八箇星天外，兩三點雨山前」，不都是隨手拈來的嗎？然而卻多麼灑脫，多麼深穩！「星」是寥落的疏星，「雨」是輕微的陣雨，這些都更策應著上片的清幽夜色、恬靜氣氛和樸野成趣的鄉土氣息。特別是一個「天外」，一個「山前」，本來是遙遠而不可捉摸的，可是筆鋒一轉，小橋一過，鄉村林邊茅店的影子，卻意想不到地出現在眼前了。這分明是遠而忽近，隱而驟明，說明前此詞人對黃沙道上的路徑儘管很熟，可總因為醉心於傾訴豐年在望之樂的一片蛙聲中，竟忘卻了越過「天外」，邁過「山前」，連早已臨近的那個熟而能詳的社廟旁樹林邊的茅店，也都不知不覺了。前文「路轉」，後文「忽見」，這是多麼美麗的春雲乍展！既襯出了詞人驟然間看出了分明臨近舊屋的歡欣，更表現了他由於沉浸在稻花香中以至忘記了道途遠近的怡然自得的入迷程度。

一首短短的小詞，它的題材內容不過是一些看來極其平凡的景物，語言沒有任何雕飾，沒有用上一個典故，層次安排也完全是聽其自然，悠然而起，悠然而住。這樣的構思和描繪，可以說是辛詞平淡風格中最典型的了，但淡泊中的淳厚卻更見功夫。

這淵源於詞人的雄渾豪邁的氣質和情真意摯的心靈兩相結合的創作個性。他的一腔傷時憂國之情，在不少場合固然表現為瀑布式的奔瀉，但有時卻又運用旁敲側擊或烘雲托月的方法，特別是選取有典型特徵的景物，比興並用，賦予景物以情感色彩和見微知著的寄託，雄渾中見其輕快。從作者的翛然心境和靈活筆調看來，卻分明和他的主要風格——胸襟浩瀚與氣勢縱橫相通，灑脫而不失其凝渾，平易而不失其精切。元好問評陶潛詩有云：「一語天然萬古新，豪華落盡見真淳。」（〈論詩絕句三十首〉）對這首〈西江月〉也非常適用。（吳調公）

鵲橋仙 辛棄疾

己酉山行書所見

松岡避暑，茅簷避雨，閒去閒來幾度？醉扶怪石看飛泉，又卻是、前回醒處。

東家娶婦，西家歸女，燈火門前笑語。釀成千頃稻花香，夜夜費、一天風露。

這首詞作於孝宗淳熙十六年己酉（一一八九），作者五十歲，罷官後家居江西上饒。作者生平所寫的詞，以「壯詞」為主，但他在上饒、鉛山家居的時候，也寫了不少意境清新的農村詞，這首〈鵲橋仙〉就是其中之一。

辛棄疾上饒新居，築於城西北一里許的帶湖之濱，登樓可以遠眺靈山一帶的山岡，所以他把自己的樓屋起名為集山樓（後改名雪樓）。詞的開頭三句：「松岡避暑，茅簷避雨，閒去閒來幾度？」總寫他日常在帶湖附近的山岡上遊覽、棲息的情況。松岡、茅簷，山上、原野各舉一地作代表；避暑、避雨，晴天、雨天各舉一事作代表；總之，是包括山上、山下，晴雨、晝夜、四季等各種地點和日子的。自己記不得往來多少次，要問問是「幾度」，便見是經常不斷了。這句總束前兩句，著一「閒」字，對作者來說，是很可傷的。他不是貪「閒」而是怕「閒」的人，「閒」是被迫的，正如陸游〈病起〉詩所說的「志士淒涼閒處老」，他自己的〈臨江仙〉詞說的「老去渾身無著處，天教只住山林」。詞的接下去兩句「醉扶怪石看飛泉，又卻是、前回醒處」，具體特寫當天的一件事。酒醉未醒，走路時身體搖晃不支，只好扶著一塊怪石，停在那裡看飛泉，朦朧中以為這是新停留的地方，稍一定神，便記起它依然是前回酒醒之處，也還是經常止息的地方。這兩句特寫，從怪石、飛泉表現作者的熱愛自然，更主要的是表現他的醉酒。作者的「醉」和他的「閒」一樣，都是被迫而致的，鄭重寫它，是為了表現英雄失路之痛，對朝政失望之悲。閒逸中真有無窮血淚。

作者家居心情，有悲痛的一面，也有豁達的一面，兩者都是真誠的，都來自他的高尚性格。由於後者，使得他在農村中，不但有熱愛自然的感情，而且也有熱愛農村生活、熱愛勞動農民的感情。詞的下片，正是表現了這種感情。「東家娶婦，西家歸女，燈火門前笑語。」寫農民婚娶的歡樂、熱鬧情況。這和作者孤獨地停留在山石旁的寂寞情況，是強烈對照，足以刺激他格外感到寂寞的。但作者的心情並非如此，他分享了農民的歡樂，沖淡了自己的感慨，使詞出現了和農民感情打成一片的熱鬧氣氛。「釀成千頃稻花香，夜夜費、一天風露。」結尾兩句，更寫出了為農民的稻穀豐收在望而喜慰，代農民感謝夜裡風露對於稻穀的滋潤。這時他已暫時忘記自己的處境，把整個心情投入對於農民的愛和關心。

這首詞在描寫自己的閒散生活中透露身世之痛，在描寫農民的純樸生活中，反映了作者的超曠、美好的感情；而最終，把身世之痛溶解在這種美好的感情中，使詞的意境顯得十分的清新、曠逸。（陳祥耀）

蝶戀花 辛棄疾

戊申元日立春席間作

誰向椒盤簪彩勝？整整韶華，爭上春風鬢。往日不堪重記省，為花長把新春恨。

春未來時先借問，晚恨開遲，早又飄零近。今歲花期消息定，只愁風雨無憑準。

宋孝宗淳熙十五年戊申（一一八八）正月初一這一天，剛好是立春的日子。人們進椒盤，簪彩勝，喜氣盈盈，忙著慶賀這個雙喜的節日。韶華正盛的年輕人更是天真爛漫，興高采烈，歡呼新春的及時到來。削職閒居於帶湖之濱的辛棄疾，眼看著這一派歌舞昇平的氣象，卻怎麼也樂不起來。自然界的節候推移，觸發了他滿懷的憂國之情。這一年他已四十九歲，屈指一算，他渡江歸宋已經整整二十七個年頭了。二十七年來，他年年盼，日日盼，盼望恢復大業成功，可是無情的現實卻使他一次又一次地失望了。於是，他在春節的宴席上揮毫寫下這首小詞，借春天花期沒定準的自然現象，含蓄地表達了自己對國事與人生的憂慮。辛詞善於以比興之體寄託政治感慨，寄託的形式多種多樣，像本闋這樣的借節序以寓情的寫法，就是其中很重要的一種。宋末張炎《詞源》論「節序」時，舉周邦彥〈解語花．上元〉、史達祖〈東風第一枝．詠春雪〉、〈喜遷鶯．元夕〉為標本，要求這一題材的詞做到「不獨措辭精粹，又且見時序風物之盛，人家宴樂之同」。這種看法，作為對題面與修辭所懸的標準，是合情合理的；但若執此一端作為衡量節序詞高低的尺度，則未必全面。稼軒此詞，不受正宗詞派的羈勒，於「時序風物」與「人家宴樂」之中生發出題面之外的高遠情懷，應該說，它的思想意義與抒情價值是遠在一般節序詞之上的。

詞的上片，透過節日裡眾人熱鬧而自己索然無味的對比描寫，展示出自己與眾不同的感傷情懷。首三句「誰向椒盤簪彩勝？整整韶華，爭上春風鬢」，所詠皆當時民間春節風俗。舊俗，正月初一日各家以盤盛椒進獻家長，號為椒盤。彩勝，即幡勝。宋代士大夫家多於立春之日剪彩綢為春幡，或懸於家人之頭，或綴於花枝之下，或剪為春蝶、春錢、春勝等以為戲。整整，稼軒所寵愛的吹笛婢，這裡舉以代表他家中的少男少女們。正當美好年華的整整等人，爭著從椒盤中取出春幡，插上兩鬢，春風吹拂著她們頭上的幡勝，十分好看。這個細節渲染，與稼軒〈漢宮春·立春〉一闋開頭的「春已歸來，看美人頭上，裊裊春幡」辭異而事同，都是以節日裡不知憂愁為何物的年輕人的歡樂，來反襯自己「憂愁風雨」的老年懷抱。

四、五兩句：「往日不堪重記省，為花長把新春恨。」承上意而勾轉一筆，說明自己並非不喜歡春天，不熱愛生活，而是痛感無憂無慮的生活對於自己早已成為「往日」的遙遠回憶。不唯如此，不堪回首往事的原因還在於：在過去的年代裡，作者歲歲苦盼春來花開，可年復一年，春雖來了，「花」的開落卻無憑準，這就使人常把新春怨恨，再沒有春天一來就高興的舊態了。這裡一個「恨」字，暗含多少感慨，是恨自然界的春天，還是恨春天所象徵的什麼？作者設置懸念，自己不作答，讓讀者根據全篇的意象描寫和感情傾向去琢磨、去領會。

詞的下片，承上片末之「恨」字而來，專寫作者對「花期」的擔憂和不信任。字裡行間，充滿了怨恨之情。這種恨，是愛極盼極所生之恨。綜合起來，這五句是表達如下一個連貫的思想過程：作者急切盼望春來，盼望「花」開，還在隆冬就探詢「花期」；但花期總是短暫的，開晚了讓人等得不耐煩，開早了又讓人擔心它會很快凋謝；今年是元日立春，花期似乎可定，可以不像往年那樣「為花常把新春恨」了，可是開春之後風風雨雨尚難預料，誰知今年的花開能否如人意？作者在這裡婉轉曲折地表達了對理想中的事物又盼望、又懷疑、又擔憂，最終還是熱切盼望的矛盾複雜心情。作者對什麼樣的事情才具有如此纏綿反覆、堅凝執著的心理呢？當然只有抗金復國這一項大事業了！所謂「花期」者，即是作者時時盼望的南宋朝廷改變偏安政策，決定北伐中原的日期。作者寫此詞前兩個月，太上皇趙構死了！這對於恢復大業也許是一個轉機。如果宋孝宗此後善作決斷，改變偏安路線，則抗金的「春天」必將到來。可是銳氣已衰的孝宗此時已無心於事業，高宗剛死，他就下令皇太子趙惇「參決國事」，準備效法高宗傳位於太子，自己當太上皇享清福了。由此看來，「花期」仍無定準，「風雨」也難預料。上饒離臨安不遠，稼軒在春節前肯定聽到了這些消息。他心中的憂愁是可想而知的。當然，稼軒下筆之先，也許只是節日即興，吟詠春事，但由於平時感情鬱積很深，所以情不自禁地把自己對時局的憂慮灌注到節序描寫中去，從而使得此詞具備了政治象徵意義。通篇比興深婉，含而不露，將政治上的感受和個人遭遇的愁苦表達得十分深沉動人。（劉揚忠）

生查子 辛棄疾

獨遊雨巖

溪邊照影行，天在清溪底。天上有行雲，人在行雲裡。
高歌誰和余？空谷清音起。非鬼亦非仙，一曲桃花水。

南宋范開在〈稼軒詞序〉中說：「其間固有清而麗、婉而嫵媚，此又坡詞之所無，而公詞之所獨也。」這一闋〈生查子〉，正屬於此類，有別於他撫時感事諸作之「淋漓慷慨」。

此詞作年雖然難以確考，但毫無疑問是在投閒置散，退居帶湖期間，「倦途卻被行人笑，只為林泉有底忙」（〈鷓鴣天〉）的情況下寫作的。題目中的「雨巖」，位於江西永豐縣西二十里的博山腳下。南宋韓淲《澗泉集》卷十二有題為〈朱卿入雨巖，本約同遊，一詩呈之〉的詩說：「雨巖只在博山隈，往往能令俗駕回。挈杖失從賢者去，住庵應喜謫仙來。中林臥壑先藏野，盤石鳴泉上有梅……」可以幫助我們想見其風光的清幽。稼軒留連雨巖，除為它填了這一闋〈生查子〉外，還填了〈念奴嬌〉（近來何處有吾愁）、〈水龍吟〉（補陀大士虛空）、〈山鬼謠〉（問何年）和〈蝶戀花〉（九畹芳菲蘭佩好）等四闋，足見其對此處景觀的喜愛。

一般雙疊的詞，往往上片寫景，過片後抒情，這一首卻並非如此，而是上、下片皆即事敘景，寓情於事與景中。

上片前二句「溪邊照影行，天在清溪底」，寫詞人在溪邊行，從溪水倒影中照出，以見溪水的清澈。溪中倒影不但有人，而且有天，天且在溪底，把清溪之「清」寫盡。溪水平明如鏡，人影只是水鏡中一點，其背景有廣闊的天空，一齊照入溪水，這正以反映溪面之大，不是小小的鏡子只能照得一個人影出來。但天空本是青冥無物，照入水底如何見出？於是借「行雲」來點逗。行雲本附於天，如今水底的天反借行雲而見，這是詞人體物精到處。「天上有行雲」句，如果理解為天上之天，便呆，這說的是水底之天，它承上補足「天在清溪底」句，啟下引出「人在行雲裡」句。這個「人」是遙應首句溪水中的「照影」，這才有「在（水底天的）行雲裡」的視覺感受。上片四句全從清溪倒影落墨，表現的是詞人當時那種自覺行走於藍天之上、白雲之中的飄飄似仙的獨特感受和恬靜愉悅的心情。唐賈島〈送無可上人〉詩有「獨行潭底影，數息樹邊身」兩句，與稼軒這上片有近似處。他曾在這兩句後註云：「二句三年得，一吟雙淚流。知音如不賞，歸臥故山秋。」其實他那兩句並不怎麼出色，遠不如稼軒這上片清新自然，而更富於韻味。原因安在呢？恐怕是在於賈島是有意於作詩而用力太過，稼軒是「未嘗有作之之意」而「得之於行樂」（范開〈稼軒詞序〉）吧。

下片前二句「高歌誰和余？空谷清音起」，更闢新境。寫自己「高歌」而問「誰和余」，意在殷切希望有相和者。不聞有人和，所聞者只有「空谷」中響起的「清音」，意在感嘆孤獨。這種孤獨感，恐怕不能只理解為沒有旅遊的伴侶，必須同詞人力主抗金、和者甚寡、當時正被打擊、被棄置的特定生活聯繫起來，看到這是詞人壯志難酬的憤懣之情的有意無意的流露。後二句「非鬼亦非仙，一曲桃花水」，寫得極細膩。蘇軾〈夜泛西湖五絕〉其五中云：「湖光非鬼亦非仙，風恬浪靜光滿川。」詞人在這裡借用了「非鬼亦非仙」五字，表現的是他聽到「空谷清音起」後的心理活動。他「高歌」之後，在這四望無人的地方，乍一聽到「空谷」的「清音」，初起懷疑是鬼怪發出的，繼又懷疑是神仙發出的，末了才又加以否定，得出「非鬼亦非仙」的結論。究竟是什麼發出的「清音」呢?最後點明,是「一曲桃花水」。《禮記·月令》上說:「仲春之月,始雨水,桃始華。」《漢書·溝洫志》「來春桃華水盛」註引《月令》後解說:「蓋桃方華時,既有雨水,川谷冰泮,眾流猥集,波瀾盛長,故謂之桃華水耳。」「一曲桃花水」,潺潺長流,清音流轉(晉左思〈招隱詩二首〉其一:「非必絲與竹,山水有清音。」),以此作結,詞人之情好像也恰似「一曲桃花水」,沒有窮盡。

清劉大櫆在《論文偶記》中說:「文者,變之謂也。」雖然是就文而言的,但亦完全適用於詩詞。這一闋〈生查子〉,上片著重寫「遊」及其所見,以寫形為主,客觀色彩較強,筆法自然平實,而下片著重寫「獨」及其所聞,以寫聲為主,主觀色彩較濃,筆法婉轉曲折,不就是很富於變化的嗎?(何均地)

憶王孫　辛棄疾

秋江送別，集古句。

登山臨水送將歸。悲莫悲兮生別離。不用登臨怨落暉。昔人非。唯有年年秋雁飛。

詩有集古人句子而成者，稱集句詩，始於晉代傅咸的〈七經詩．毛詩〉，集《詩經》句子而成。後繼起者不乏其人。宋代王安石，晚年做了許多集句詩，有達百韻者。文天祥以集杜詩著稱，達二百首。這種集句詩，偶一為之，無傷大雅，連篇累牘，近乎文字遊戲，實不足法。詞有集句詞，始於王安石。而後蘇軾有〈南鄉子．集句〉三首，且標出所集詩句的原作者。由於詞是長短句，詩多五言七言的整齊句式，因此，集句詞就不可能像集句詩那樣泛濫開去，它的數量是有限的。這種集句詞可以稱為詞之雜體。辛棄疾的這首〈憶王孫〉在辛詞中也是僅有的。

「登山臨水送將歸」，出於戰國宋玉〈九辯〉：「悲哉，秋之為氣也，蕭瑟兮草木搖落而變衰。憭慄兮若在遠行，登山臨水兮送將歸。」辛棄疾用它點出送別之意。自從宋玉寫了〈九辯〉之後，悲傷的感情與蕭瑟的秋景結下了不解之緣，抒寫悲秋的感情，也成為騷人墨客的傳統。辛詞既用〈九辯〉成句，「多情自古傷離別，更那堪冷落清秋節」（柳永〈雨霖鈴〉）的悲傷，也就不言而喻了。「登山臨水」，也有山一程、水一程依依惜別的深情。

凡是集古句而成的詩詞，所用句子應兼與原詩中前後句意相關連，起豐富內容的作用。「悲莫悲兮生別離」見於屈原《九歌．少司命》，它的下句是「樂莫樂兮新相知」。由此可見，辛棄疾所送別的是剛剛結識的知心朋友，因此「悲莫悲兮」，格外悲傷。文學史上屈宋並稱，辛棄疾將宋玉和屈原的詞句組合一起，讀起來分外有味，可讚為集得巧。

「不用登臨怨落暉」是杜牧〈九日齊山登高〉中的句子，這一聯為「但將酩酊酬佳節，不用登臨怨落暉」。「登臨」二字與「登山臨水」呼應。落日斜暉，暮靄沉沉，到了分手時刻；登臨送別，黯然銷魂，此後天各一方。為此，人們常常怨恨落暉無情。可是，日出日落，青山綠水，豈不是大自然的本來面貌，何用怨恨？意似排遣，實為深沉的離別之恨，不是因為秋天，也不是因為落暉才有這樣的離愁啊！

「昔人非」來自蘇軾〈陌上花三首〉其一「江山猶是昔人非」的詩句。限於格律，用「昔人非」三字包含全句意思。「江山猶是」與不用怨落暉緊緊相承。「昔人非」意思非止一層，自然長存，人事迅變；世事紛紜，何能究悉；物是人非，感慨萬千。結句「唯有年年秋雁飛」，補出「江山猶是」之意。這是唐李嶠〈汾陰行〉中的句子。〈汾陰行〉以漢武帝汾陰祭后土祠的盛況反襯眼前所見的淒涼。「昔時青樓對歌舞，今日黃埃聚荊棘。山川滿目淚沾衣，富貴榮華能幾時。不見祇今汾水上，唯有年年秋雁飛。」可見，辛棄疾由送別寫起，逐步擴大到人生感慨和「風景不殊，正自有山河之異」（《世說新語．言語》）的憤懣。南宋偏安一隅，不思恢復北方淪陷的領土，故堅決抗金的辛棄疾，借此表示痛心之情。這首詞大致作於辛棄疾被彈劾落職，退居江西上饒期間，由離別之悲引起人生感嘆和「山川滿目淚沾衣」的心情，也是十分自然的。

集古句而成的送別詞，寫得如此深沉，轉接自如，表現出辛棄疾詞的創作的深厚功力。（吳錦）

木蘭花慢

辛棄疾

中秋飲酒將旦，客謂前人詩詞有賦待月，無送月者，因用〈天問〉體賦。

可憐今夕月，向何處、去悠悠？是別有人間，那邊纔見，光影東頭？是天外空汗漫，但長風浩浩送中秋？飛鏡無根誰繫？姮娥不嫁誰留？

謂經海底問無由，恍惚使人愁。怕萬里長鯨，縱橫觸破，玉殿瓊樓。蝦蟆故堪浴水，問云何玉兔解沉浮？若道都齊無恙，云何漸漸如鉤？

詞到稼軒，風格和意境兩方面，都大為解放。對於他來說，無句不可入詞，無事不可為詞，表現了極高的文學天才。有一個中秋夜，宴飲將旦，座中有客見月輪西沉，說起前人詩詞中有寫待月的，而沒有寫送月的。稼軒有感而發，寫下這首〈木蘭花慢〉詞。

中國歷史上第一位大詩人屈原曾寫過一篇〈天問〉，全篇是對天質問，一連問了一百七十多個問題。辛棄疾使用〈天問〉體，從「月落」著筆，馳騁想像的翅翼，連珠炮似的對月發出一個個疑問。看他妙趣橫生的發問吧：

今晚的月亮多麼可愛呀，悠悠忽忽向西走，究竟要到什麼地方去呢？接著又問：是另外還有一個人間，那邊剛好看到你升起在東頭呢？還是在那天外廣闊的宇宙，空無所有，只有浩浩長風把你——這美好的中秋月送走呢？你像一面飛入天空的寶鏡，卻不會掉下來，難道有誰用一根無形的長繩把你繫住？月宮裡的嫦娥直到如今沒有出嫁，不知又是誰把她留住了呢？聽說月亮游過海底，可又無從查問根由，這事真是不可捉摸，而叫人發愁。我怕大海中萬里長鯨橫衝直撞，會觸破月宮的玉殿瓊樓。月從海底經過，會水的蝦蟆不用擔心，可是那玉兔何曾學會游泳呢？如果這一切都安然無恙，明月呵，我問你，為何逐漸變成彎鉤模樣？

詞人想像的翅翼，一會兒飛向廣闊的太空，一會兒沉入深幽的海底，對月亮問出一連串的問題，問得奇，問得妙，問得異想天開，問得饒有風趣，問得耐人尋味。詞人把有關月亮的種種神話傳說，巧妙地加以編織，使之成一整體，創造出更富有浪漫主義色彩的神話形象。月裡的玉兔、蝦蟆被寫得活靈活現。大概因為她「獨處無郎」吧，歷來詩人們都愛和嫦娥開玩笑，大詩人李白就曾把酒問月：「嫦娥孤棲與誰鄰？」（〈把酒問月〉）北宋張孝祥在一個中秋夜沒有見到月亮，就想入非非，說「姮娥貪共，暮雨朝雲，忘了中秋」（〈訴衷情〉）。現在稼軒又風趣地發問：「姮娥不嫁誰留？」與前賢有異曲同工之妙。

當然，稼軒寫這首詞不只是馳騁藝術才思而已，詞中發出一系列疑問，或許多少反映了一些他對現實政治的困惑莫解吧。

在詩詞中，向月亮發問，前已有之，不算什麼發明創造。如李白的「青天有月幾時來，我今停杯一問之」，蘇東坡〈水調歌頭〉的「明月幾時有，把酒問青天」等等，然而，稼軒問月，所顯示的聰明睿智的思想光輝，卻是前人所不及的。月亮繞地球旋轉這個科學現象的發現，曾引起天文學界的革命。而在哥白尼前三四百年，辛棄疾在觀察月升月落的天象時，已經隱約猜測到這種自然現象了。無怪乎大學者王國維拍案驚奇。他在《人間詞話》中說：「稼軒中秋飲酒達旦，用〈天問〉體作〈木蘭花慢〉以送月，曰：『可憐今夕月，向何處，去悠悠？是別有人間，那邊纔見，光影東頭？』詞人想像，直悟月輪繞地之理，與科學家密合，可謂神悟！」

稼軒用〈天問〉體寫詞，通篇設問，一問到底，這在宋詞中是一創格，表現出作者大膽創新、不拘一格的藝術氣魄。在這首詞的作法上，辛棄疾打破了詞的上下片的界限，一口氣對月發出一連串的疑問。詞的用韻也完全適應豪縱激盪的感情，讀起來一氣貫注，勢如破竹。並且多用散文化句式入詞，使詞這種形式更能揮灑自如地表現思想感情，給作品帶來不可羈勒的磅礴氣勢。後世評論家嘗謂辛詞隨所變態，不主故常，雄放恣肆，橫絕古今，於這首〈木蘭花慢〉可見一斑了。（高原）

八聲甘州　辛棄疾

夜讀〈李廣傳〉，不能寐。因念晁楚老、楊民瞻約同居山間，戲用李廣事，賦以寄之。

故將軍飲罷夜歸來，長亭解雕鞍。恨灞陵醉尉，匆匆未識，桃李無言①。射虎山橫一騎，裂石響驚弦。落魄封侯事，歲晚田園。

誰向桑麻杜曲，要短衣匹馬，移住南山②？看風流慷慨，談笑過殘年。漢開邊、功名萬里，甚當時、健者也曾閒？紗窗外、斜風細雨，一陣輕寒。

〔註〕①桃李無言：司馬遷在《史記．李將軍列傳》中引用民間諺語「桃李不言，下自成蹊」稱讚李廣，意謂李廣雖不善於言辭，但為人忠實，為天下人所共仰。②南山：即終南山，在陝西藍田縣南，為李廣罷官時住處。

辛棄疾是一個「慷慨有大略」（《宋史．辛棄疾傳》）的英雄，二十二歲即起兵抗金，南歸以後亦所至多有建樹。但因為人剛正不阿，敢於抨擊邪惡勢力，遭到朝中群小的忌恨，一直未能實現恢復中原的理想，且被誣以種種罪名，在壯盛之年削除了官職。此種肝膽和遭遇，極似漢時名將李廣。因此，他特別同情和思慕這位不幸的「飛將軍」，多次在詞中寫到李廣的事跡。此詞即借李廣功高反黜的不平遭遇，抒發自己遭讒被廢的悲憤心情。題語說「夜讀〈李廣傳〉，不能寐」，可見作者當時的情緒是非常激動的。後邊說「戲用李廣事」，則不過是寓莊於諧的說法罷了。詞的作年尚無確考，但題語中有寄晁楚老、楊民瞻語，當是第一次罷官閒居上饒時作。因作者此時多有贈晁、楊詞，爾後所作則無之。

上片略敘李廣的事跡。《史記．李將軍列傳》載李廣罷官閒居時「嘗夜從一騎出，從人田間飲。還至霸陵亭。霸陵尉醉，呵止廣。廣騎曰：『故李將軍。』尉曰：『今將軍尚不得夜行，何乃故也！』止廣宿亭下」。開篇至「無言」數句即寫此事。特別凸出「故將軍」一語，以居篇首，表示對灞陵尉的憤慨。又直接把司馬遷對李廣的贊辭「桃李不言，下自成蹊」當作李廣的代稱，表示對李廣樸實性格的讚賞。一褒一貶，愛憎分明。一代名將竟遭如此奚落，可見世風何等澆薄。傳文又載：「廣出獵，見草中石，以為虎而射之。中石，沒鏃。視之，石也。」「射虎」二句即寫此事。單人獨騎橫山射虎，可見膽氣之豪；弓弦驚響而矢發裂石，可見筋力之健。如此健者而被廢棄，又可見君相何等昏庸。傳文又載李廣語云：「自漢擊匈奴而廣未嘗不在其中，而諸部校尉以下，才能不及中人，然以擊胡軍功取侯者數十人，而廣不為後人，然無尺寸之功以得封邑者何也？」「落魄」二句乃言此事。勞苦而不得功勛，英勇而反遭罷黜，可見朝政何等黑暗。以上三事有美有刺，蘊意很深，但敘述平淡，含而不露，可謂深得《春秋》筆法。一篇李廣傳長達數千字，但作者只用數十字便勾畫出了人物的性格特徵和生平梗概，而且寫得有聲有色，生動傳神，真有超凡入聖的本領。

下片發抒自己的感慨。換頭至「殘年」數語化用杜甫〈曲江三章章五句〉第三首「自斷此生休問天，杜曲幸有桑麻田，故將移住南山邊，短衣匹馬隨李廣，看射猛虎終殘年」詩句。題語云「晁楚老、楊民瞻約同居山間」，此處即以杜甫思慕李廣之心，隱喻晁、楊親愛自己之意，盛贊晁、楊不以窮達異交的高風，與開頭所寫灞陵呵夜事形成鮮明的對照。其中「看風流慷慨，談笑過殘年」一語，又上應「落魄封侯事，歲晚田園」句，表現出寵辱不驚、進退不疑、正道直行、無所悔恨的堅強自信。「漢開邊」一問借漢言宋，感慨極深沉，諷刺極強烈。細繹之有多層意：其一蓋謂漢時開邊拓境，號召立功絕域，健如李廣者本不當投閒，然竟亦投閒，可見邪曲之害公、方正之不容，乃古今一轍之通病，正不必為之悵恨；其二乃謂漢時征戰不休，健如李廣者尚且棄而不用，今日求和諱戰，固當斥退一切勇夫，更無須為之嗟嘆。以上皆反面意，其正面意則是痛恨朝政腐敗，進奸佞而逐賢良，深恐國勢更趨衰弱。作者遭到罷黜，乃因群小讒毀所致，故用「紗窗外、斜風細雨，一陣輕寒」之景作結，隱喻此輩之陰險和卑劣，並以點明題語所云「夜讀」情事。

檃括前人詩文入詞，極易流於空泛淺薄。雖是大家手筆，亦難盡善盡美。其才短氣弱者，則不過縮寫文辭、改換句式、調整聲韻而已，更無情采可言。此詞亦檃括前人詩文，卻寫得異常完美。不但「連綴古語，渾然天成」（清馮煦《蒿庵論詞》語），而且蘊藉含蓄，悲壯深沉。其所以如此，是因為作者在檃括前人辭句時加進了生動的想像，融入了深厚的情感。如上片寫灞陵呵夜事，加進「長亭解雕鞍」的想像，便覺情景逼真；寫出獵射虎事，加進「裂石響驚弦」的想像，更覺形神飛動。下片「漢開邊、功名萬里，甚當時、健者也曾閒」一問，聲長情激，氣勁辭婉，幾經頓挫才把意思說完，寄寓無窮感慨，包含無限悲憤。近人趙尊岳《填詞叢話》云：「詞之品質，在文字謂之實，謂之泛。在內心謂之真，謂之偽。情真則自深，偽則本無所蓄，求其不泛，不可得也。」（見《詞學》第三輯）情真辭實，蓄積深厚，「胸有萬卷，筆無點塵」（清彭孫遹《金粟詞話》），乃是此詞卓絕的根本原因。（羅忠族）

水調歌頭　辛棄疾

王子三山被召，陳端仁給事飲餞席上作。

長恨復長恨，裁作短歌行。何人為我楚舞，聽我楚狂聲？余既滋蘭九畹，又樹蕙之百畝，秋菊更餐英。門外滄浪水，可以濯吾纓。一杯酒，問何似，身後名？人間萬事，毫髮常重泰山輕。悲莫悲生離別，樂莫樂新相識，兒女古今情。富貴非吾事，歸與白鷗盟。

這是一首感時撫事的答別之作。宋光宗紹熙三年（一一九二）初，辛棄疾出任福建提點刑獄，是年年底（一一九三年二月），由三山（今福建福州）奉召赴臨安，當時正免官家居的陳峴（字端仁）為他設宴餞行，遂慨然而賦是詞。

「飲餞席上」的送別或答別之作，一忌拘泥，二忌空泛，三忌應景，四忌因襲。緣事抒感，送之以情，答之以情，推陳出新，把自己內心深處的真實感情掬示出來，才能搖動人心，臻於上乘。辛稼軒此作，好就好在抒寫了自己的真情實感，寫出了他的人格和志節，表達了他憂國憂時而又無人理解的悲憤。

上片分兩層，前兩韻是第一層，直接抒寫詩人的「長恨」和「有恨無人省」（蘇軾〈卜算子·黃州定惠院寓居作〉）的感慨。發端直接切入自己的感慨：「長恨復長恨，裁作短歌行。」這樣發端，乍看似覺突兀，其實稍加品索，就會明白其深刻的感情背景。神州陸沉，金甌半缺，「南共北，正分裂」（〈賀新郎〉），被占區人民處在金人統治之下，而偏安一隅的南宋小朝廷非但不圖恢復，還壓制主張抗金北伐的人士，詞人自己就屢屢受到打擊。他那「把吳鉤看了，欄杆拍遍」（〈水龍吟·登建康賞心亭〉），隨時準備奔赴抗金前線的豪情壯志，竟「無人會」——無人理解。所有這些，對一個志在恢復的愛國者來說，焉得不恨！這裡重複言之，正見詞人恨之深，恨之巨，恨之綿長不盡。如此「長恨」，在「飲餞席上」豈能盡言？所以詞人只能用高度濃縮的語言，把它「裁作短歌行」。「短歌行」，原是古樂府〈平調曲〉名，多用作飲宴席上的歌詞。詞人信手拈來，而又不使人疑為用事，自然而巧妙地點明了題面。「長恨」而「短歌」，不僅造成形式上的對應，更顯示出那種恨不得盡言而又不能不言的情致。接下來「何人」一韻緊承首韻中的「裁作」句而來，合用了兩個典故。《史記·留侯世家》載，漢高祖劉邦「欲廢太子，立戚夫人子趙王如意」，由於留侯張良設謀維護太子，事不得諧，戚夫人因向劉邦哭泣，劉邦便對她說：「為我楚舞，吾為若楚歌。」歌中表達了劉邦事不從心的苦衷。又《論語·微子篇》載，楚國隱士接輿曾唱歌當面諷刺孔子迷於從政，疲於奔走，《論語》因稱接輿為「楚狂」。詞人巧妙地把這兩個典故鎔鑄在一起，進一步抒發了他雖有滿腔「長恨」而又無人理解的悲憤，一個「狂」字，更凸出了詞人不肯苟合的磊落情懷。宋亡入元不仕的大詞人劉辰翁評及這一韻時說：「英雄感愴，有在常情之外，其難言者，未必區區婦人孺子間也。」（〈辛稼軒詞序〉）正見此韻寓意高遠。從遣詞造句看，這一韻還妙在用「何人」呼起，以反詰語氣出之，大大增強了詞句的力量；而「為我楚舞」，「聽我楚狂聲」，反覆詠言，又造成一唱三嘆、迴腸蕩氣的效果。後兩韻為上片第二層，轉寫詞人的志節和操守。詞人在直抒胸臆以後，緊接著就以舒緩的語氣寫道：「余既滋蘭九畹，又樹蕙之百畝，秋菊更餐英。」一韻三句，均用屈原〈離騷〉詩句。前兩句徑用屈原原句，只略改「余既滋蘭之九畹兮」。「餐英」句則從原句「飲木蘭之墜露兮，夕餐秋菊之落英」概括而來。蘭、蕙都是香草，「滋蘭」、「樹蕙」，是以培植香草比喻培養自己美好的品德和志節。而「飲露」、「餐英」，則是以飲食的芳潔比喻品節的純潔和高尚。屈原在忠而被謗、賢而見逐的情況下，仍然堅定地持其「內美」和「修能」，執著地追求自己的理想，絕不肯因為奸佞得逞、黨人橫行而改變其愛國憂民的志節和情操。詞人引用屈原詩句，正是以屈原的高尚情操和志節自況，表明自己絕不肯隨波逐流與投降派同流合汙，沆瀣一氣。下面歇拍一韻看似宕開，實際仍承前韻詞意，從另一個角度表明自己的志節和操守。這裡又用一典。《楚辭．漁父》中說，屈原被放逐，「遊於江潭」，「形容枯槁」，漁父問他為什麼到了這種地步，屈原說：「舉世皆濁我獨清，眾人皆醉我獨醒，是以見放。」漁父勸他「與世推移」，不要「深思高舉」，自討其苦。屈原說：「寧赴湘流，葬於江魚之腹」，也不肯「以皓皓之白，而蒙世俗之塵埃」。漁父聽後，一邊搖船而去，一邊唱道：「滄浪之水清兮，可以濯吾纓；滄浪之水濁兮，可以濯吾足。」意思是勸屈原要善於審時度勢，採取從時隨俗的處世態度。詞人化用此典，意在表明自己的志節情操。這裡所強調的是「清斯濯纓」，亦即屈原那種寧死也不肯改其志節的光明磊落精神。

詞的下片在批判輕重顛倒、是非不分的社會現實的同時，進一步表明了自己絕不隨世浮沉的處世態度。也分兩層，換頭兩韻為第一層，再以沉鬱之筆抒寫志業難偶的悲憤。換頭三句遙應篇首，意在抒發自己理想無從實現的感慨，情緒又轉入激昂。據南朝宋劉義慶《世說新語．任誕》載，西晉張翰（字季鷹），為人「縱任不拘」，有人問他：「卿乃可縱適一時，獨不為身後名邪？」他說：「使我有身後名，不如即時一杯酒。」詞人用張翰的典故，明明是在發牢騷。他的抗金復國理想無從實現，志業難遂，還要那「身後」的虛名幹什麼！此韻頓挫中饒有餘韻，正是稼軒手筆。至於詞人為什麼會發此牢騷，直到過片後第二韻才憤然道出：「人間萬事，毫髮常重泰山輕。」這一韻是全詞的關鍵所在，道出「長恨復長恨」的根本原因，就是因為當政者輕重倒置，是非不分，置危亡於不顧，而一味地苟且偷安。這是詞人對南宋小朝廷的嚴厲指斥和批判，也是詞人面對蠅營狗苟的腐敗政局所發出的憤怒呼喊。最後兩韻是下片第二層，透過寫惜別再一次表明自己的心志，詞人的情緒這時又漸漸平靜下來。前三句寫惜別，用屈原《九歌·少司命》「悲莫悲兮生別離，樂莫樂兮新相知」，並點明恨別樂交乃古往今來人之常情，表明詞人和餞行者陳端仁的情誼深厚，彼此都不忍遽然別離。結拍一韻與上片歇拍一韻相綰合，與下片換頭一韻相呼應，又一次表明自己的志節和操守，並隱然流露出還希望重返三山的意願。陶淵明〈歸去來兮辭〉云：「富貴非吾願，帝鄉不可期。」陶淵明生當東晉末葉，社會動亂，政治黑暗，而他本人又「質性自然」（〈歸去來兮辭序〉），「不慕榮利」（〈五柳先生傳〉），因有是辭。這裡，詞人採取了歇後語式，只用上句，表明自己此次奉召赴臨安並不是追求個人榮利，並且也不想在那裡久留，因為「富貴非吾事」啊！這是先從反面表明自己的心跡。結拍「歸與白鷗盟」，則從正面表明自己的心跡。據《列子·黃帝篇》載，相傳海上有位喜好鷗鳥的人，每天早晨必在海上與鷗鳥相遊處，後遂以與鷗鳥為友比喻浮家泛宅、出沒雲水間的隱居生活，如李白〈贈王判官時余歸隱廬山屏風疊〉詩：「明朝拂衣去，永與海鷗群。」詞人自己也曾以「盟鷗」為題作〈水調歌頭〉詞：「凡我同盟鷗鷺，今日既盟之後，來往莫相猜。」在這裡，詞人說歸來與鷗鳥為友，一方面表明自己寧可退歸林下也不屑與投降派為伍的高潔志節，另一方面也有慰勉陳端仁的意味，從而照應了題面。

南朝梁江淹在〈別賦〉中曾道：「是以別方不定，別理千名；有別必怨，有怨必盈。」似乎「怨」是離別者共同的心理狀態。其實，這話未可視為恆言。如王勃〈送杜少府之任蜀川〉，王維〈送元二使安西〉，高適〈別董大二首〉，李白〈贈汪倫〉及〈魯郡東石門送杜二甫〉等詩，情貌雖殊，卻都沒有「怨」字。辛棄疾這闋〈水調歌頭〉，也是如此，答別而不怨別，溢滿全詞的是他感時撫事的悲恨和憂憤，卻一無淒楚或哀怨。詞中的聲情，時而激越，時而平靜，時而急促，時而沉穩，形成一種豪放中見沉鬱的情致。詞以賦為主，兼有比興，正宜於表現詞人複雜的思想感情。好用書卷，原是辛詞的一大特點，但有時失於晦澀，遂有「掉書袋」之譏。而這首詞雖然也多用典故和前人詩句（主要是屈原的詩句），卻並無隱晦質實之嫌，有時還能跟比興手法合而用之，如上片「余既滋蘭」數句，就不辨是書卷還是比興。這不僅豐富了詞的含蘊，更能展示詞人的襟懷志節、精神風貌。（楊鍾賢）

賀新郎

辛棄疾

別茂嘉十二弟

綠樹聽鵜鴂，更那堪、鷓鴣聲住，杜鵑聲切。啼到春歸無尋處，苦恨芳菲都歇。算未抵、人間離別。馬上琵琶關塞黑，更長門翠輦辭金闕。看燕燕，送歸妾。將軍百戰身名裂。向河梁、回頭萬里，故人長絕。易水蕭蕭西風冷，滿座衣冠似雪。正壯士、悲歌未澈。啼鳥還知如許恨，料不啼清淚長啼血。誰共我，醉明月？

鄧廣銘《稼軒詞編年箋注》繫這首詞於辛棄疾居鉛山期間。茂嘉是辛棄疾堂弟，事跡未詳。

這首詞的內容和作法都比較特別：內容方面幾乎完全拋開對茂嘉的送行，而專門羅列古代的「別恨」事例，好像一篇〈別賦〉；形式方面，打破上下片分層的常規，事例連貫上下片，不在分片處分層。所以劉永濟〈讀辛稼軒送茂嘉十二弟之賀新郎詞書後〉說它像唐人寫「賦得詩」一樣，即像韋應物詠「暮雨」、高適詠「征馬嘶」、李商隱詠「淚」一樣，都是鋪陳有關的典實而成篇的。劉說從形式上看來有點像，而作者的實際寫作過程應該不是這樣。「賦得詩」是先有題而後有詩，「為文而造情」（南朝梁劉勰《文心雕龍·情采》語）的；辛氏此作，則是因平日胸中鬱積事多，有觸而發，非特定題目所能限制，向廣泛範圍盡情生發，故同類事件紛至湧集，是「為情而造文」的。把它看成「賦得」體，無疑會背離它的精神，降低它的真誠的藝術價值。

詞的開頭幾句：「綠樹聽鵜鴂，更那堪、鷓鴣聲住，杜鵑聲切。啼到春歸無尋處，苦恨芳菲都歇。」是「賦而興也」。說它是「賦」，因為它寫送別茂嘉，是在春去夏來的時候，可以同時聽到三種鳥聲，是寫實。鵜鴂，一說是杜鵑，一說是伯勞，辛棄疾取伯勞之說，故在此詞題下自註：「鵜鴂、杜鵑實兩種，見《離騷補注》。」說它是「興」，因為它借聞鳥聲以興起良時喪失、美人（對作者來說即是「英雄」）遲暮之感。伯勞在夏至前後出鳴，故暗用《離騷》「恐鵜鴂之先鳴兮，使夫百草為之不芳」意，以興下文「苦恨」句。鷓鴣鳴聲像「行不得也哥哥」；杜鵑傳說為蜀王望帝失國後魂魄所化，常悲鳴出血，聲像「不如歸去」。詞同時用這三種悲鳴的鳥聲起興，一起就形成濃烈的悲慼氣氛，並寄託了上述作者的悲痛心情。

「算未抵、人間離別」一句，獨立地作為上下文轉接的關鍵。它把「離別」和啼鳥的悲鳴作一比較，以抑揚的手法束上開下，梁令嫻《藝蘅館詞選》載梁啟超評這句為「全首筋節」，道理在此。有了這一句，就為下文滾滾流出的「別恨」打開閘門。「馬上琵琶關塞黑，更長門翠輦辭金闕」，這兩句，有認為寫兩事的：其一指漢元帝宮女王昭君出嫁匈奴呼韓邪單于離開漢宮的事，晉石崇〈樂府王明君辭序〉：「昔公主嫁烏孫，令琵琶馬上作樂，以慰其道路之思。其送明君（即昭君），亦必爾也。」其二指漢武帝的陳皇后失寵時，辭別「漢闕」，幽閉長門宮。也有認為只寫一事的，如《稼軒詞編年箋注》說第二句「蓋仍承上句意，謂王昭君自冷宮出而辭別漢闕也」。今從多數注釋本作兩件事看。「看燕燕，送歸妾」，寫第三件事。春秋時，衛莊公之妻莊姜，「美而無子」，莊公妾戴嬀生子完，莊公死後，完繼立為君。州吁作亂，完被殺，戴嬀離開衛國。《詩經·邶風》的〈燕燕〉詩，相傳為莊姜送別戴嬀而作，詩有「之子于歸，遠送于野。瞻望弗及，泣涕如雨」等語。「將軍百戰身名裂。向河梁、回頭萬里，故人長絕」，寫第四件事。漢李陵抗擊匈奴，力戰援絕，勢窮投降，敗其家聲；他的友人蘇武出使匈奴，被留十九年，守節不屈。後來蘇武得到歸漢機會，李陵送他，有「異域之人，一別長絕」（《漢書．蘇武傳》）之語；又世傳李陵〈與蘇武詩〉，有「攜手上河梁」、「長當從此別」等句。「易水蕭蕭西風冷，滿座衣冠似雪。正壯士、悲歌未徹」，寫第五件事。戰國時燕太子丹在易水邊送荊軻入秦行刺秦王政，送行者都穿戴白衣冠，荊軻臨行歌唱：「風蕭蕭兮易水寒，壯士一去兮不復還。」這五件事都和遠適異國，不得生還，以及身受幽禁或國破家亡之事有關，都是極悲痛的「別恨」。經過馬上琵琶、河梁萬里、易水風寒、邊關塞黑、衣冠似雪等事物、環境的渲染，氣氛比前面寫啼鳥強烈；加上將軍百戰、壯士悲歌等事，更是慷慨激昂，悲中帶壯。

「啼鳥還知如許恨，料不啼清淚長啼血。」這兩句說啼鳥只解春歸之恨，如果也能瞭解人間的這些恨事，它的悲痛一定更深，隨啼聲眼中滴出的不是淚而是血了。它也起承轉開合的重要作用，呼應啼鳥，綰合「別恨」，把二者同時透進一層寫。「誰共我，醉明月？」承上面兩句轉接機勢，迅速地歸結到送別茂嘉的事，點破題目，結束全詞，把上面大片淩空馳騁的想像和描寫，一下子收攏到題中來，騰挪擒縱，何等神力！有此兩句，詞便沒有脫離本題，只是顯得善於大處落墨、別開生面而已。

辛棄疾南歸後無法回到北方的家鄉，仕途蹭蹬，坐負英雄身手，與所寫啼鳥之悲及「別恨」都有關涉。北宋亡國，不但皇帝喪身北地，有大批后妃、宮女，也離闕北去，受盡淩辱和折磨；南、北宋時，也有大批豪傑之士，或身處異邦，或在南方小朝廷中無可作為，齎志以歿。這些事件，在作者寫這首詞時，直接間接，有動於中。清周濟《宋四家詞選》評此詞說：「（前半闋）北都舊恨，（後半闋）南渡新恨。」前闋寫三件婦女之事，遭遇接近北宋后妃；後闋寫兩件男性之事，遭遇接近南宋豪傑。周濟之說，縱不宜死板比附，也可以從「作者不必然，讀者何必不然」的角度去理解。這首詞的感人力量，除感情、氣氛的強烈外，還得力於音節。它押入聲的曷、黠、屑、葉等韻，在「切響」與「促節」中有很強的摩擦力量，聲如裂帛。總之，詞借送別一事，感古傷今，感物傷己，抒積年的悲憤，身世雙關，聲情並至。清陳廷焯《白雨齋詞話》卷一評為「沉鬱蒼涼，跳躍動盪，古今無此筆力」，是不錯的；至於說「稼軒詞自以〈賀新郎〉一篇為冠」，則只是他個人見解，不能看作定論。（陳祥耀）

賀新郎　辛棄疾

邑中園亭，僕皆為賦此詞。一日，獨坐停雲，水聲山色競來相娛。意溪山欲援例者，遂作數語，庶幾彷彿淵明思親友之意云。

甚矣吾衰矣。悵平生、交遊零落，只今餘幾！白髮空垂三千丈，一笑人間萬事。問何物、能令公喜？我見青山多嫵媚，料青山見我應如是。情與貌，略相似。

一尊搔首東窗裡。想淵明〈停雲〉詩就，此時風味。江左沉酣求名者，豈識濁醪妙理？回首叫、雲飛風起。不恨古人吾不見，恨古人不見吾狂耳。知我者，二三子。

此詞作年，依鄧廣銘《稼軒詞編年箋注》考證，約略定為宋寧宗慶元四年（一一九八）左右。此時辛棄疾被投閒置散又已四年。他在信州鉛山（今屬江西）東期思渡瓢泉旁築了新居，建了園、亭等。其中有「停雲堂」，取陶淵明〈停雲〉詩意命名。辛棄疾〈臨江仙．停雲偶作〉云：「偶向停雲堂上坐，曉猿夜鶴驚猜。」即詠此間風物。

此詞仿陶淵明〈停雲〉「思親友」之意，抒寫了作者落職後的寂寞心情和對時局的深刻怨憤。

「甚矣吾衰矣。悵平生、交遊零落，只今餘幾！」一開篇就引用典故。《論語．述而篇》記孔子說：「甚矣吾衰也，久矣吾不復夢見周公。」如果說，孔子慨嘆的是其道不行；那麼辛棄疾引用它，也就含有慨嘆政治理想無法實現的意思。辛棄疾寫此詞時已五十九歲，又謫居多年，故交零落，因此發出這樣的慨嘆是很自然的。「只今餘幾」與結句「知我者，二三子」首尾銜接，同用來強調「零落」二字。這恰似中國武術師表演武術，往往開始從何處起手，末尾也在何處收步，給人以結構亭勻和渾然一體的感覺。

「白髮空垂三千丈，一笑人間萬事。問何物能令公喜？」又連用李白〈秋浦歌十七首〉其十五「白髮三千丈」和南朝宋劉義慶《世說新語．寵禮》記郗超、王恂「能令公（指晉大司馬桓溫）喜」等典故，敘自己徒傷老大而一事無成，又找不到稱心朋友；以渲染詞人此時心情的孤單和對炎涼世態的喟嘆。為下文移情於物作張本。

「我見青山多嫵媚，料青山見我應如是」兩句，是全篇警策。詞人因無物（實指無人）可喜，只好將深情傾注在自然物之上，不僅覺得青山「嫵媚」，而且覺得似乎青山也以詞人為「嫵媚」了。這跟李白〈獨坐敬亭山〉「相看兩不厭」是一樣的手法。這種手法，先把審美主體的感情楔入客體，然後借染有主體感情色彩的客體形象來揭示審美主體的內在感情。這樣，便大大加強了作品裡的主體意識。「情與貌，略相似。」情，指詞人之情；貌，指青山之貌。二者有許多相似之處，如崇高、安寧和富有青春活力等。

詞的上片，敘詞人面對青山時產生的種種思緒；詞的下片，則從「尚友古人」的角度，寫詞人由此引發的無窮憤慨。

「一尊搔首東窗裡，想淵明〈停雲〉詩就，此時風味。」陶淵明〈停雲〉中有「良朋悠邈，搔首延佇」和「有酒有酒，閒飲東窗」等詩句，辛棄疾把它濃縮在一個句子裡，用以想像陶淵明當年詩成時的風味。這表明在陶淵明與辛棄疾兩位詩人之間，也有許多相似之處。如「曠而且真」和「安道苦節」（南朝梁蕭統〈陶淵明集序〉語）等。這樣，又大大開拓了讀者們聯想的天地。

「江左沉酣求名者，豈識濁醪妙理？回首叫、雲飛風起。」前兩句，表面似申斥南朝那些「醉中亦求名」（蘇軾〈和陶飲酒二十首〉其三）的名士派人物；細想想，方懂得它是有為而發，目的在諷刺南宋已無陶淵明式的飲酒高士，而只有一些醉生夢死的統治者。寫到這裡，詞人的怨憤已無法遏抑，詞句便隨著也大幅度地跌宕起伏了。

「不恨古人吾不見，恨古人不見吾狂耳」兩句，遙應上片「我見青山」一聯，表現出另一種豪視今古的氣魄。「古人」，即指像陶淵明一類的人。據南宋岳珂《桯史．卷三》記：辛棄疾每逢宴客，「必命侍姬歌其所作。特好歌〈賀新郎〉一詞，自誦其警句曰：『我見青山多嫵媚，料青山見我應如是。』又曰：『不恨古人吾不見，恨古人不見吾狂耳。』每至此，輒拊髀自笑，顧問坐客何如」。足見辛棄疾是以此二語自負的。岳珂批評他「豪視一世，獨首尾兩腔，警語差相似」，從句式結構看，有一定道理。但仔細加以品味，則兩語的意境畢竟不同。上一語是寫「物」和「我」的關係，下一語是寫「古」和「今」的關係；前者為物、我交融，後者為古、今一體。前者是橫向的空間聯繫，後者是縱向的時間聯繫。加上作者這樣反覆吟唱，讀者的印象就更深刻了。難怪辛棄疾虛心聽取岳珂的意見後想作改動，而終究改動不了。

「知我者，二三子。」這「二三子」為誰雖然已不可確知（也許陳亮算一個），但有一點是明晰的：即辛棄疾慨嘆當時志同道合的朋友不多；這跟屈原慨嘆「眾人皆醉我獨醒」的心情有著某種程度的類似，同出於為各自國家和民族的危亡憂慮。因此，清周濟《介存齋論詞雜著》謂辛詞「鬱勃」、「情深」，王國維謂辛詞「有性情」（《人間詞話》卷上），都是很有見地的。

通觀全詞，典故的確用得不少，好在這些典故都用得很活，不使人生堆砌之感。前人多已指出：辛棄疾引經、史語入詞，擴大了詞語選擇範圍，對詞的發展、創新是有功的。但流傳到他的仿效者們的手裡，卻漸漸失掉了生氣，變成為食古不化地炫示才學，這自然是辛棄疾始料不及的。（蔡厚示）

沁園春 辛棄疾

將止酒，戒酒杯使勿近。

杯汝來前！老子今朝，點檢形骸。甚長年抱渴，咽如焦釜；於今喜睡，氣似奔雷。汝說「劉伶，古今達者，醉後何妨死便埋」。渾如此，嘆汝於知己，真少恩哉！

更憑歌舞為媒，算合作人間鴆毒猜。況怨無大小，生於所愛；物無美惡，過則為災。與汝成言，勿留亟退，吾力猶能肆汝杯。杯再拜，道「麾之即去，招則須來」。

辛詞風格極為多樣，既不乏本色當行之作，亦多新變奇創之什。這一首滑稽突梯的戒酒詞就是凸出的一例。詞作於宋寧宗慶元二年（一一九六）閒居瓢泉時。題目「將止酒，戒酒杯使勿近」就頗新穎，似乎病酒不怪自己貪杯，倒怪酒杯緊跟自己。這就將酒杯人格化，為詞安排了一主（即詞中的「我」）一僕（杯）兩個角色。

全詞就是這兩個角色搬演的一齣喜劇，令人解頤。

「杯汝來前！」詞就從主人怒氣沖沖的吆喝開始，以「汝」呼杯，而自稱「老子」（猶「老夫」），接著就鄭重告知：今朝檢查身體，發覺長年口渴，喉嚨口乾得似焦炙的鐵釜；近來又嗜睡，睡中鼻息似雷鳴。「甚」，這是為什麼。言外之意，是因酒致病，故酒杯之罪責難逃。「咽如焦釜」、「氣似奔雷」以誇張的比喻極寫病酒反應的嚴重，同時也見得主人一向酗酒到何等程度。「汝說」三句是酒杯的答辯，它說：酒徒就該像劉伶那樣只管有酒即醉，死後不妨埋掉了事，才算古今之達者。這是一種難任其咎的說法。不稱「杯說」而稱「汝說」，是主人複述杯的答話，於中流露出意外和驚訝的神情。他既驚訝於杯言的冷酷無情，又似不得不承認其中有幾分道理。於是無可奈何地嘆息道：汝竟然為說如此，「汝於知己，真少恩哉！」口氣不但軟了許多，甚而還承認了自己曾是酒杯的「知己」。

但他「將止酒」的主意已拿定，不容輕易取消，故仍堅持對杯的譴責。過片以一「更」字領起，似乎還有所升級，使已軟的語氣又強硬起來，便有一弛一張之致。古人設宴飲酒大多以歌舞助興，而這種場合也最易過量傷身。古人又認為鴆鳥的羽毛置酒中可成毒酒。換頭二句所以說酒杯憑歌舞等媒介使人沉醉，正該以人間鴆毒視之。這等於說酒杯慣於媚附取容，軟刀子殺人。如此罪名，豈不死有餘辜？然而只說「算合作人間鴆毒猜」，到底並未確認。以下「況」字領四句係退一步說：何況怨意不論大小，常由愛極而生；事物不論何等好（「美惡」偏義於「美」），過了頭就會成為災害。表面仍是振振有詞，反覆數落，實際上等於承認自己於酒是愛極生怨，酒於自己是美過成災。這就為酒杯開脫不少罪責，故爾從輕發落，也就是只遣之「使勿近」。處死而陳屍示眾叫「肆」，「吾力猶能肆汝杯」，話很嚇人，然而「勿留亟（急）退」的處分並不重。言實相去何遠！主人戒酒的決心可知矣——雖是「與汝成言」，卻早留後路，焉知其不回心轉意，朝戒夕犯！杯似乎慧黠地瞭解這一點，亦不更為辯解，只是再拜道：「麾之即去，招則須來。」「麾之即去」沒什麼，「招則須來」則大可玩味。這話表面上是服從，骨子裡全是自信，所以使人感到俏皮、幽默。

全詞設為主人與杯的對話。透過擬人化的手法，成功地塑造了「杯」這樣一個喜劇形象。它善於揣摩主人心理，能應對，知進退。在主人盛怒的情況下，它能透過辭令，化嚴重為輕鬆。當其被斥退時，還說「麾之即去，招則須來」，等於說主人還是離不開自己，自己準備隨時聽候召喚。其機智幽默大類古代的俳優。而主人的形象與「杯」相映成趣，他性情不免褊躁，前後態度不免矛盾；雖然氣勢甚盛，卻不免被「杯」小小地捉弄了一番。這格局頗類唐時的「參軍戲」（由一主一僕兩個角色演出的小喜劇），在宋詞中實屬創舉。作者透過這種生動活潑的方式，風趣地表現出自己戒酒之出於不得已。作者長期壯志不展，積憤難平，故常借酒發洩。「吾力猶能肆汝杯」云者，即隱含「不向此（酒）中何處消」意，是牢騷語，反映了作者政治失意的苦悶。所以此詞不得簡單地視為遊戲筆墨。

詞中大量採取散文句法，此即以文為詞。〈沁園春〉的四字句多作二二節奏，而「杯汝來前」，卻作上一下三；「汝說劉伶」三句則合作一氣讀下。凡此，都與原有調式不同。又大量鎔鑄經史子集的用語，如「點檢形骸」出自韓愈〈贈劉師服〉詩「誰能檢點形骸外」，「醉後何妨死便埋」出自《晉書．劉伶傳》「死便埋我」，「真少恩哉！」出自韓愈〈毛穎傳〉「秦真少恩哉」，「吾力猶能肆汝杯」出自《論語．憲問》「吾力猶能肆諸市朝」，「麾之即去，招則須來」出自《史記．汲黯傳》「招之不來，麾之不去」，等等散文句法和用語，豐富了詞意的表現，又形成嶄新的風味。詞中還反覆說理，具有以論為詞傾向。「況怨無大小，生於所愛；物無美惡，過則為災」，就頗有辯證的理趣，為此詞增添了一分特色。正因為全詞既饒諧趣，又有散文化、議論化色彩，所以清劉體仁《七頌堂詞繹》說它是宋詞中之〈毛穎傳〉。（周嘯天）

感皇恩 辛棄疾

讀《莊子》，聞朱晦庵即世。

案上數編書，非莊即老。會說忘言始知道；萬言千句，不自能忘堪笑。今朝梅雨霽，青天好。

一壑一丘，輕衫短帽。白髮多時故人少。子雲何在，應有玄經遺草。江河流日夜，何時了。

詞題曰：「讀《莊子》，聞朱晦庵即世。」初讀這首詞，有點摸不著頭腦，一個明顯的感覺：上下片語意似乎了不相涉。作者把讀《莊子》與聽到朱熹去世這兩件事扯在一起，有什麼用意呢？

近人夏敬觀在《跋毛鈔本稼軒詞》中說：「〈感皇恩〉題『讀《莊子》有所思』，三本皆作『讀《莊子》，聞朱晦庵即世』，詳此詞未有追挽朱子之意，且朱子不言老莊，稼軒奈何於讀《莊子》時追念朱子耶？此六字不知從何而來，亦必後人妄增。」他認為這首詞純是抒寫作者讀《莊子》的感想，並無追悼朱熹之意，因而認定題目中「聞朱晦庵即世」六個字是「後人妄增」的。鄧廣銘先生在《書諸家跋四卷本稼軒詞後》批駁夏敬觀的說法，認為：「前片云云，自是讀《莊子》之所感，後片之白髮句，則明是聞故人噩耗而發者，而子雲以下諸語，更為最適合於朱晦庵身分之悼語。」這就是說，前片是讀《莊子》之所感，後片則是悼念朱熹；把一首詞分作兩截來理解。那麼讀《莊子》與悼念朱熹這兩件事之間有什麼關係呢？鄧廣銘認為：「必是適在稼軒披讀《莊子》之頃，遽得朱氏之死訊也。」那就是說僅僅出於某種偶然的巧合而已。

我以為夏敬觀的說法固然顯得有點武斷，鄧廣銘的說法似乎也還沒有從整體上把握到這首詞的底蘊。其缺點在於僅僅著眼於上下片之間的外在聯繫，而沒有發現其內在意脈的連貫。從題目看，作者是在讀《莊子》時，聽到朱熹去世的消息的；但他把這兩件事寫在一起，並非隨手牽合，而是別有命意，巧妙地顯示了兩件事情所引起的主觀感受之間的內在聯繫。「案上數編書」五句，是說自己熟讀老莊之書，口頭上也會說「忘言始知道」那一套玄理，但實際上卻不能做到「忘言」。「萬言千句，不自能忘堪笑」，作者是一位詞人，平時不廢吟詠，這不是與「忘言知道」產生明顯的矛盾了嗎？這幾句表面上似乎自嘲，實際上是對老莊哲學的否定，說明作者讀老莊之書乃意有所寄，而並非真的信仰老莊那一套。這是一層意思。其次就老莊本身來說，他們一面提倡什麼「忘言知道」，一面卻又著書立說，可見他們自己也不能做到「忘言」。這又是一個深刻的諷刺。從這兩層意思中，不難體會到作者的言外微旨：老莊的「忘言知道」是虛偽的，而著書立說，卻可以垂之後世而不朽。這樣就跟下片追悼朱熹的正面意思掛上鉤了，但話說得非常深曲。「今朝梅雨霽，青天好」兩句，表面是說天氣，實際上是暗示作者對老莊哲學有了真正的體會，不受其惑，彷彿雨過天晴，豁然開朗一樣。這兩句以景喻情，不著痕跡。

過片「一壑一丘」三句，寫自己放浪山林的隱退生涯，顯得語淡情深，似曠達而實哀傷；尤其是「白髮多時故人少」一句，感情真摯，寄慨遙深。「白髮多」，是自傷歲月蹉跎，年華老大，言外有壯志消磨的隱痛；「故人少」，則見故舊凋零，健在者已經寥寥無幾了。這一「多」一「少」，充分表達了作者嗟己悼人的情懷。而從「故人少」，也就很自然地過渡到對朱熹這位故人的悼念。「子雲何在」四句，是以繼承儒家道統的揚雄（字子雲，著《太玄》）相比，稱道朱熹的文章著述將傳之後世，有如「不廢江河萬古流」（杜甫〈戲為六絕句〉）。按：朱熹去世時，他的學說正被朝廷宣佈為「偽學」，禁止傳佈，他的門生故舊因避忌而不敢去送葬。辛棄疾卻毅然寫了悼文去哭祭，文中有云：「所不朽者，垂萬世名。孰謂公死，凜凜猶生！」（見《宋史·辛棄疾傳》）這幾句話正可與這首詞的結語對看。

由此可見，這首詞上下片貌離神合，藕斷絲連，命意深曲而仍有蹤跡可尋。從表面上看，正面悼念的話沒有幾句，反覆玩味，卻使人感到渾然一體，通篇都滲透著追悼之意。不論正說、反說、曲說、直說，其主旨都歸結到「立言不朽」。姑不論作者對朱熹的評價是否允當，卻不能不承認：這首短小的悼人詞，既富有哲理意味，又顯得情致深長，而且很貼合被悼者朱熹的哲學家身分，在藝術上是相當成功的。然而，由於命意措辭的深曲，不易一眼看穿，而必須細加體味，著眼於全篇的意脈，善於追索語意曲折處的內在聯繫，並從聯繫中去把握其中心趨向之所在。

九曲黃河，東流入海。只有仔細考察每段河身迂迴曲折的流程之後，才能對「九萬里河東入海」的全程有一個完整的印象。文藝鑑賞也是如此，南朝梁劉勰就曾把它比作「沿波討源」（《文心雕龍·知音》）。（吳戰壘）

粉蝶兒

辛棄疾

和趙晉臣敷文賦落梅

昨日春如十三女兒學繡，一枝枝不教花瘦。甚無情便下得雨僝風僽，向園林鋪作地衣紅縐。

而今春似輕薄蕩子難久。記前時送春歸後。把春波都釀作一江醇酎，約清愁楊柳岸邊相候。

辛棄疾這首〈粉蝶兒〉，不論是意境或語言風格，都能打破陳套舊框，在落花詞裡，可以算是一闋別開生面的絕妙好詞。句逗以不依詞譜，作長句讀為佳，更可以傳達出詞語的情致。

本詞的構思頗為巧妙，前後闋作了對比的描寫，而在前半闋中，前二句與後二句又作了一個轉折。主題是落花，卻先寫它未落前的穠麗。用十三歲小女兒學繡作明喻，禮讚神妙的春工，繡出像蜀錦一樣絢爛的芳菲圖案，「一枝枝不教花瘦」，詞心真是玲瓏剔透極了；突然急轉直下，遞入落花正面。好花的培養者是春，而摧殘它的偏又是無情的春風春雨。「僝僽」（音同纏咒），原意指惡言罵詈，這裡把聯綿詞拆開來用，形容風雨作惡。於是，用嗔怨的口氣，向春神詰問。就在詰問的話中，烘染了一幅「殘紅作地衣」的著色畫，用筆非常經濟。下半闋「而今」一句跟上半闋「昨日」作對照，把臨去的春光比之於輕薄蕩子，緊跟著上句的「無情」一意而來，作者「怨春不語」的心情，也於言外傳出。「記前時」三句又突作一轉，轉到過去送春的舊恨。這裡，不僅春水綠波都成有情之物，釀成了醉人的春醪，連不可捕捉的清愁也形象化了，在換了首夏新妝的楊柳岸邊等候著。正因為年年落花，年年送春，清愁也就會年年應約而來。就此煞住，不須再著悼紅惜香一字，而不盡的餘味，已曲包在內。

這是首白話詞。用白話寫詞，看來容易，倒也很難。如果語言過於率直平凡，就缺乏魅人的力量；而自然的語言要配合音律謹嚴的詞調，也是要煞費苦心的。這首〈粉蝶兒〉寓穠麗於自然，散句（上下闋的前二句）與整齊句（上下闋的後二句）組成「如笛聲宛轉」（近代詞人夏敬觀評語）的音節，所以不是一般的白話詩，而是白話詞，通首寫自然景物，用擬人化的表現手法，十分新鮮。遣詞措語，更能不落庸俗。與清詩人袁枚〈春風〉所寫「春風如貴客，一到便繁華」相較，高下立顯。詞筆於柔韌中見清勁，不是藝術修養達到昇華火候，是不能辨到的。（錢仲聯）

醜奴兒

辛棄疾

書博山道中壁

少年不識愁滋味，愛上層樓。愛上層樓，為賦新詞強說愁。
而今識盡愁滋味，欲說還休。欲說還休，卻道天涼好個秋。

這一首詞，是辛棄疾被劾去職，閒居帶湖時所作（一一八一～一一九二），他常閒遊於博山道中，風景如畫，卻無心賞玩。眼看國事日非，自己無能為力，一腔愁緒無法排遣，遂在博山道中一壁上題了這首詞。在這首詞中作者運用對比手法，凸出地渲染了一個「愁」字，以此作為貫串全篇的線索，感情真率而又委婉，把一首短短的詞，寫得曲折多變，娓娓動人，高度概括了詞人大半生的經歷感受。

詞的上片，著重描寫自己的少年時代：那時風華正茂而涉世不深，樂觀自信但想法單純，對於人們常說的「愁」，還缺乏真切的體驗。首句「少年不識愁滋味」之後，連用兩個「愛上層樓」，這一疊句的運用，避開了一般的泛泛描述，而是有力地帶起了下文。前一個「愛上層樓」，同首句構成因果複句，意謂作者年輕時思想單純，根本不懂什麼是憂愁，所以喜歡登樓賞玩。後一個「愛上層樓」，又同下面「為賦新詞強說愁」結成因果關係，意思是說，因為愛上高樓而觸發詩興，在當時「不識愁滋味」的情況下，也要勉強說些「愁悶」之類的話。這一疊句的運用，起到了「中間樞紐」的作用，由此把兩個不同的層次聯繫起來，使只有四句話的上片，表達了一個很完整的意思。

古人登臨多悲慨，如王粲〈登樓賦〉云：「悲舊鄉之壅隔兮，涕橫墜而弗禁。」杜甫〈登樓〉云：「花近高樓傷客心，萬方多難此登臨。」這些名篇都將登臨與「愁」字聯在一起。中年以後的辛棄疾就有「怕上層樓」之句（〈祝英臺近・晚春〉）。而他在少年時代「愛上層樓」，是想效仿前代作家，抒發一點所謂的「愁情」。無愁而登樓覓愁，勉強訴說一通愁情，連自己也感到有點彆扭。作者描述自己思想上這一矛盾現象，揭示了內心深處微妙的感情活動，非常真實地寫出了他少年時代的精神面貌。

詞的下片，作者處處注意同上片進行對比，表現自己隨著年歲的增長，處世閱歷漸深，對於這個「愁」字有了真切的體驗。他一生力主抗戰，恢復失土，一直為投降派所排擠，儘管「負管、樂之才」，卻「不能盡展其用」，「一腔忠憤，無處發洩」（清徐釚《詞苑叢談》引周在浚語），其心中的愁悶痛楚可以想見。「而今識盡愁滋味」，這裡的「盡」字，是極有概括力的，它包含著作者許多複雜的感受，從而完成了整篇詞作在思想感情上的一大轉折。

再看下面「欲說」兩句，仍然採用疊句形式，在結構用法上也與上片互為呼應。「欲說還休」，也見於李清照〈鳳凰臺上憶吹簫〉：「生怕離懷別苦，多少事、欲說還休。」李詞中的「欲說還休」已經是對「愁」字的一種概括，辛棄疾用它來表示自己愁悶已極，隱含著作者從「多少事」中激發起來的無限感慨，就很能反映出他飽經憂患的心理特徵。同上片的疊句一樣，這兩句「欲說還休」也包含有兩層不同的意思。前句緊承上句的「盡」字而來，人們在實際生活中，喜怒哀樂等各種情感往往相反相成，所謂憂喜相尋，樂極生悲，處在十分複雜的矛盾轉化狀態中。極度的高興轉而潛生悲涼，深沉的憂愁翻作自我調侃，作者過去無愁而硬要說愁，如今卻愁到極點而無話可說。後一個「欲說還休」則是緊連下文。我們知道，他胸中的憂愁絕不是個人的離愁別緒，而是憂國傷時，報國無門之愁。但在當時投降派把持朝政的情況下，抒發這種憂愁是犯大忌的，因此作者在此不便直說，只得轉而言天氣。表面上看，愁與秋似不相關，實際上卻有著內在聯繫。吳文英〈唐多令〉：「何處合成愁，離人心上秋。」秋色入心即為愁。同時，與登樓說愁一樣，古人甚多悲秋之作。「悲哉，秋之為氣也。」（《楚辭．九辯》）因此，「天涼好個秋」，表面形似輕脫，實則十分深沉含蓄，細細體味，真是愁絕！辛棄疾之善於抒情達意，於此亦可見出一斑。（陳允吉、胡中行）

踏莎行 辛棄疾

賦稼軒，集經句。

進退存亡，行藏用舍。小人請學樊須稼。衡門之下可棲遲，日之夕矣牛羊下。

去衛靈公，遭桓司馬。東西南北之人也。長沮桀溺耦而耕，丘何為是栖栖者①？

〔註〕①丘何為是栖栖者：丘，孔子名。是：此處為副詞，義為「像這樣」。栖栖，同「恓恓」，忙亂不安貌。者：語氣詞，無實義。

宋楊冠卿有一首〈卜算子．秋晚集杜句弔賈傅〉，全篇集用杜詩。辛棄疾此詞則專集經書語句，與楊詞集杜詩者不同。所謂「經」，即儒家所崇奉的經典著作。漢武帝時罷黜百家，獨尊儒術，立於學官者有「五經」。至唐代先後擴大為「九經」、「十二經」。宋時又增一部，定型為「十三經」，曰《易》《書》《詩》《周禮》《儀禮》《禮記》《左傳》《公羊傳》《穀梁傳》《論語》《孝經》《爾雅》《孟子》。在時人心目中，「經」是至高無上的聖賢之教，「詞」則是不登大雅之堂的「小道」、「末藝」，斂經書文字為「胡夷里巷之曲」（宋李上交《近事會元》），不啻是強挽周公、孔子入贅小戶人家作「倒插門女婿」，這如何使得？然而，性格豪放不羈、富於創新精神的辛棄疾，又豈是世俗的清規戒律所能牢籠的！在他的筆下，經、史、子、集，詩、文、辭賦，無不可以入詞，信手拈來，即臻絕詣，嬉笑怒罵，皆成文章。本篇就是一個典型例證。

題曰「賦稼軒」，「稼軒」乃詞人鄉村別墅之名。宋洪邁〈稼軒記〉云，信州郡治（即今江西上饒）之北一里餘，有空曠之地，三面附城，前枕澄湖如寶帶。辛棄疾第二次出任江南西路安撫使時，在此築室百間，置菜圃、稻田，以為日後退隱躬耕之所，故憑高作屋下臨其田，名為「稼軒」。又《宋史》本傳載辛棄疾嘗謂「人生在勤，當以力田（努力種田）為先……故以『稼』名軒」。「稼」，義為種植穀物。據鄧廣銘先生考證，辛棄疾於孝宗淳熙八年（一一八一）冬十一月自江西安撫使改官浙西提點刑獄公事，旋為諫官攻罷，其後隱居上饒帶湖達十年之久，此詞或作於賦閒之初。（參見鄧著《辛稼軒年譜》及《稼軒詞編年箋注》）

就字面義而言，上闋寫自己的歸隱躬耕合乎聖賢之道，田園生活雖然淡泊，卻恬靜可喜；下闋則以畢生游說諸侯而一事無成的孔子為反面典型，申說歸耕之是、從政之非。

「進退存亡」，語出《易．乾文言》：「知進退存亡而不失其正者，其唯聖人乎！」是說只有聖人才能懂得並做到該進則進，該退則退，該存則存，該亡則亡，無論是進是退、是存是亡，都合於正道。「行藏用舍」，則是對《論語．述而》載孔子語「用之則行，舍之則藏」云云的概括，意謂：倘若受到統治者的信用，就出仕；倘若為統治者所捨棄，就隱居。「小人請學樊須稼」，亦用《論語》。〈子路〉篇載孔門弟子樊須請學稼，孔子曰：「吾不如老農。」請學為圃（種菜），孔子曰：「吾不如老圃（菜農）。」樊須出，孔子曰：「小人哉，樊須也！」以上三句為一層次，詞人自謂現在既不為朝廷所用，那麼不妨退居田園，權且做他一回「小人」，效法樊須，學稼學圃。

「衡門」二句，改用《詩經》。上句出〈陳風．衡門〉：「衡門之下，可以棲遲。」「衡門」，謂橫木為門，極其簡陋，喻貧者所居。「棲遲」，猶言棲息、安身。此係隱居者安貧樂道之辭，詞人不僅用其語，且襲其意。下句則出〈王風．君子于役〉：「日之夕矣，羊牛下來。」謂太陽落山，牛羊歸圈。原文是思婦之辭，以日暮羊牛之歸反襯征夫之未歸，詞人卻借用來表現田園生活的牧歌情味。以上為另一層次，緊承上文，進而抒寫歸耕後的自適其樂。

上闋已將題面歸耕之意繳足，無以復加，下闋乃轉寫其對立面。因前文言及「請學稼」之樊須，此處即順手牽出那反對「學稼」的孔老夫子。

「去衛靈公」，又用《論語》。〈衛靈公〉篇載靈公問陣（軍隊列陣之法）於孔子，孔子答曰：「俎豆（禮儀）之事，則嘗聞之矣；軍旅之事，未嘗學也。」明日遂離衛而去。按《史記．孔子世家》，靈公問陣、孔子去衛，事在「遭桓司馬」之後。唯是書記「遭桓」前三年，孔子亦曾居衛。靈公與夫人南子同車而出，招搖過市，使孔子乘副車。孔子以為醜，曰「吾未見好德如好色者也」，遂「去衛」。本篇所指，應係此事。但《史記》不屬於「經」，用此與題例不合。大約詞人臨文時未暇深考，同是「去衛靈公」，遂牽合為一時之事。我們似不必以文害意。「遭桓司馬」，見《孟子．萬章上》。「桓司馬」即桓魋，時為宋國的司馬，掌管軍事。孔子不悅於魯、衛，過宋時「遭宋桓司馬將要（攔截）而殺之」，不得不改換服裝，悄悄出境。「東西南北之人也」則為《禮記．檀弓上》所載孔子語，蓋謂己周遊列國，干謁諸侯，行蹤不定。以上三句極力渲染孔子一意從政但卻四處碰壁的狼狽境況，從而逗出結穴一問：「長沮桀溺耦而耕，丘何為是栖栖者？」——像長沮、桀溺二位隱士那樣並耜（古代一種耕地翻土的農具）而耕不是很自在麼？孔先生您為什麼竟如此忙忙碌碌地東奔西走呢？這兩句亦全用《論語》。上句見〈微子〉篇：「長沮、桀溺耦而耕（兩人各持一耜，並肩而耕）」，孔子路過其旁，命弟子子路向他們詢問渡口何在。桀溺對子路說：天下已亂，無人能夠改變這種狀況。你與其跟從「避人之士」（遠離壞人的人，指孔子），不如跟從「避世之士」（遠離社會的人，指自己和長沮）。下句則出〈憲問〉篇：微生畝謂孔子曰：「丘何為是栖栖者與？」合兩句而觀之，孔子與長沮、桀溺適成鮮明的對照。

合兩闋而觀之，孔子與詞人亦適成鮮明的對照。得孔子「纍纍若喪家之狗」（《史記．孔子世家》）的形象為反襯，上闋所敘詞人自己陶陶然、欣欣然的歸耕之樂即倍加凸出了。

粗粗一讀，此詞於號稱「大成至聖先師」的孔老夫子頗為不敬，在當世腐儒看來，宜以「狎侮六經，褻瀆聖人」論罪；倘若我們果真按照字面義去作這樣的理解，不免「皮相」。其實，本篇好比一張「彩照」的底片，上面全是「負像」和「反色」，必待翻印成正片然後可觀。具體來說，那執著於自己的政治信念、一生為之奔走呼號而其道不行的孔子，實是詞人歸耕前之自我形象的寫照。訕笑孔子，正所以自嘲也。其中不知有多少對於世路艱難的嘆慨，對於君心叵測的憤懣！而詞中所津津樂道的歸耕之娛，也統統不過是「苦惱人的笑」而已。儘管詞人並不輕視稼穡，但無論如何其平生之志蓋在於經綸天下，恢復神州；以「萬字平戎策」換取「東家種樹書」（〈鷓鴣天．有客慨然談功名……〉），乃出於被迫，非所心甘。洪邁云：「使遭事會之來，挈中原還職方氏，彼周公瑾、謝安石事業，侯（稱辛棄疾）固饒為之。此志未償，顧自詭放浪林泉，從老農學稼，無亦大不可歎？」（〈稼軒記〉）可謂深知稼軒者。以「自詭」說讀此詞，個中三昧，豈不一目了然！

昔人曾以「掉書袋」譏稼軒詞，殊不知其「書袋」之中，有赤子心在，非專事「獺祭魚」②者可比。晚清著名詞論家況周頤曰：「吾心為主，而書卷其輔也。書卷多，吾言尤易出耳。」（《蕙風詞話》）本篇的極致，當於此處求之。

集句詞本即難作，而「稼軒俱集經語，尤為不易」（清沈雄《古今詞話．集句》）。從集句的角度來分析，此詞「東西」、「長沮」二句天生七字，不勞斧削；「衡門」、「日之」二句原為四言八字，各刪一字，拼為七言，「丘何」句原為八字，刪一語尾助辭即成七言，亦自然湊泊：一佳也。「衡門」、「日之」二句，一用原作之本意，一賦原作以新意，雖皆出《詩經》而有因有變，手法並不雷同：二佳也。「東西」句尾為「也」字，「丘何」

句尾為「者」字，虛字叶韻，且俱為語氣助詞，物稀而貴：三佳也。通篇敘事、議論，而「日之」一句景語點綴其間，萬綠叢中紅一點，動人春色不須多：四佳也。通篇為陳述句式，而「丘何」句以問作結，鐘聲已斷，餘韻裊裊：五佳也。至於全詞雜用五經，如五金鎔鑄而成器，五色織錦而成文，五音揚抑而成曲，渾然不鐫，佳之佳也，更不待言了。（鍾振振）

〔註〕②宋吳坰《五總志》：「唐李商隱為文，多檢閱書史，鱗次堆積左右，時謂為獺祭魚。」

漢宮春　辛棄疾

立春

春已歸來，看美人頭上，裊裊春幡。無端風雨，未肯收盡餘寒。年時燕子，料今宵、夢到西園。渾未辦、黃柑薦酒，更傳青韭堆盤？

卻笑東風從此，便熏梅染柳，更沒些閒。閒時又來鏡裡，轉變朱顏。清愁不斷，問何人、會解連環？生怕見、花開花落，朝來塞雁先還。

辛稼軒是在宋高宗紹興三十二年（一一六二）從金國歸於南宋的，根據這首詞中「年時燕子」一句，知其為南歸後不久所作。南歸之初，他寓居京口（鎮江），可能此詞即作於該地，因而此詞也可能是他歸於南宋後的第一首詞。

此詞上闋，透過立春時節景物的描繪，隱喻當時南宋不安定的政局。開頭「春已歸來」三句，點明立春節候。按當時風俗，立春日，婦女們多剪彩為燕形小幡，戴之頭鬢。故歐陽脩〈春日詞五首〉其二有「共喜釵頭燕已來」之句。「無端風雨」兩句，既指自然界的氣候多變，也暗指南宋朝廷，在金兵剛從淮南撤退之後，還驚魂未安，舉棋不定，宛如為餘寒所籠罩。「年時燕子」三句，作者由春幡聯想到這時正在北飛的燕子，可能已經把他的山東家園作為歸宿了。「年時」即去年，這說明作者作此詞時，離別他的家鄉才只一年光景。「渾未辦」三句是說作者自身新來異鄉，生活尚未安定，連旨酒也備辦不起，更談不到肴饌了，意即枉自過了這一佳節。

下闋仍以情景交融之筆，進一步抒發了作者的憂國懷鄉之情。「卻笑東風從此」三句，作者想到立春之後，東風就會忙於吹送出柳綠花紅的一派春光。此下一轉，說東風還會忙裡偷閒：「閒時又來鏡裡，轉變朱顏。」語雖虛擬，實含苦心，反映出作者亟願乘時報國，深恐年華虛度。「清愁」，實際是作者的憂國憂民的情懷。「解連環」，是用《戰國策》秦昭王送玉連環給齊國王后，讓她解開的故事。當時的齊王后果斷機智地把玉連環椎破，使秦的狡計歸於失敗。但環顧當前，南宋最高統治集團中人，誰是能作出抗金的正確決策的智勇人物呢？「生怕」，即「甚怕」。「生怕見、花開花落，朝來塞雁先還」表明了他對於恢復事業的擔憂，深恐這一年的花由盛開又復敗落，而失地卻未能收復，有家仍難歸去，徒然仰望著晨間飛過的大雁先我回到北方。

這首詞雖不能確斷為辛稼軒平生所寫的第一首詞，其必為初期之作，則可斷言。在這首詞中，他對於恢復大業的深切關注，他的激昂奮發的情懷，都已真切地表達出來，而他在創作方面的一些藝術特點，也可在這裡窺見一斑。明末清初顧炎武《日知錄》卷十三「辛幼安」條引用稼軒的〈瑞鷓鴣〉中「小草舊曾呼遠志，故人今有寄當歸」，以為這是「幼安久宦南朝，未得大用，晚年多有淪落之感，亦廉頗思用趙人之意爾」，這就是說辛稼軒因在南宋一直「未得大用」，到晚年就想不如乾脆回到金國。我認為：此說出之於富有民族氣節的大思想家顧炎武之口，是很難理解的。因為稼軒一生忠義奮發，而〈瑞鷓鴣〉詞的標題明為〈京口病中起登連滄觀偶成〉，時為宋寧宗開禧元年（一二〇五），稼軒其時已六十六歲，正在鎮江知府任上，招兵買馬，派遣間諜去偵察金國兵騎之數，屯戍之地，將帥之姓名，帑廩之位置等（見宋程珌《洺水集》），防亂備戰，忙個不停，雖也間有失望灰心之時，不免發些「遠志」、「當歸」之類的牢騷，也完全可以理解，但這「當歸」只是指應當謝事返回瓢泉居第，而絕不是要回到金人統治下的山東。他畢生矢忠矢勇，絕不會於垂暮之年竟爾發生這種變節之想的，說他有北方故里之思，確實是有的，但那是在他初歸南宋、還有可能打回老家去之時，如上面的釋文各段所說。因顧炎武的文章傳播既久且廣，故特在此加以糾正。（鄧廣銘、王汝瀾）

鷓鴣天

辛棄疾

尋菊花無有，戲作。

掩鼻人間臭腐場，古今唯有酒偏香。自從來住雲煙畔，直到而今歌舞忙。
呼老伴，共秋光，黃花何處避重陽？要知爛熳開時節，直待秋風一夜霜。

辛棄疾在被排擠出政治舞臺，恢復中原的理想無法實現時，滿腹憤懣。他雖然竭力用樂天知命、隨遇而安的思想來控制自己，試圖不使憤懣之情外露，但仍不免時有所發洩。如在帶湖時，他曾浩嘆、指斥道：「渡江天馬南來，幾人真是經綸手？……夷甫諸人，神州沉陸，幾曾回首！」（〈水龍吟・甲辰歲壽韓南澗尚書〉）在瓢泉時，發牢騷說：「卻將萬字平戎策，換得東家種樹書！」（〈鷓鴣天・有客慨然談功名……〉）即便是那些寄情山水、留連風月的作品，往往也在不經意間流露出一股憤憤不平之氣。這闋〈鷓鴣天〉，便是一例。

此詞題為「尋菊花無有，戲作」。范成大有一首詩，題目與之相近，曰〈重陽不見菊二絕〉，其一詩中說：「節物今年事事遲，小春全未到東籬。可憐短髮空欹帽，欠了黃花一兩枝。」句句不離題目，符合常規。這闋詞卻大不一樣，整個上片都未直接接觸題目，只是憤世嫉俗之情的抒發；就是下片，對題目說來，也只是點到即止。為什麼會如此呢？是由於憤懣之情的激盪，不吐不快，無法用「萬事皆空」之類的思想來控制，於是不能不突破常規。

劈頭兩句：「掩鼻人間臭腐場，古今唯有酒偏香。」筆落天外，精警震人，發自心靈深處，是到過了廟堂官場、都會邊疆，經過了暗礁絕壁、急流險灘，親歷了許多是非顛倒、黑白混淆的怪事，目睹了無數專橫奸佞、巴結鑽營的嘴臉之後十分痛苦的總結和極端厭惡的心態。稼軒歷仕高、孝、光、寧四朝，當時投降派掌權，正人君子遭受打擊，狗苟蠅營的小人氣焰囂張，詞人斥官場為「臭腐場」，實在是再恰當不過了。「掩鼻」二字，本於《孟子．離婁下》的「西子蒙不潔，則人皆掩鼻而過之」，充分展示了詞人自己品格的高潔和對醜惡的厭惡。正因為面對的是「臭腐場」，所以「唯有酒偏香」。「酒」之「偏香」，當不在於它的味，而在於它能「解憂」。「唯有酒偏香」，自然可以理解為言外之意是說除酒以外，一切都不香，但結合上句來理解，說言外之意是除酒以外，一切都是「臭腐」的，似亦無不可。前云「人間」，是就空間而言，概括的是廣闊的地面；後云「古今」，是就時間而言，概括的是漫長的歷史。空間與時間結合，橫與縱交織，意謂不僅眼前的「人間」是「臭腐場」，「唯有酒偏香」，而且從古到今，莫不如此。這與魯迅在《狂人日記》中，借狂人之口所指出的，「我翻開歷史一查，這歷史沒有年代……仔細看了半夜，纔從字縫裡看出字來，滿本都寫著兩個字是『吃人』！」其時限、指向和覆蓋面，都是一致的。我們不能不佩服稼軒這一感慨之深和這一認識的穿透力之強。

「自從來住雲煙畔，直到而今歌舞忙。」情調一轉，由對「人間」深深的厭惡，變為對山林隱居生活的由衷的喜悅，前後形成了鮮明的對照。「雲煙畔」，指詞人閒居的鉛山縣期思市瓜山下別墅。這兒依山臨水，雲煙縹緲，遠離塵囂，儼然如世外桃源。「歌舞忙」，寫詞人閒適瀟灑的生活和志得意滿的情愫。他在閒居鉛山時所作諸詞，或曰「前歌後舞」（〈沁園春．期思卜築〉），或曰「舞裙歌扇」（〈杏花天〉），不只一次，可知這兒的「歌舞忙」，當是寫實。

上片雖未直接接觸題目，但並非同題目毫無關涉。如果未離「臭腐場」而「來住雲煙畔」，那得閒心「尋菊花」呢？因此，上片的描寫，無疑有為下片作鋪墊的意義。

下片「呼老伴，共秋光。黃花何處避重陽」轉入正題。前兩句點「尋菊花」，後一句明「不見」。「老伴」，據另一闋〈鷓鴣天〉（翰墨諸公久擅場）的題目可知，當為「吳子似諸友」。「共秋光」，共享秋光。「秋光」主要體現在菊花上，如杜甫〈課伐木〉詩說：「秋光近青岑，季月當泛菊。」張孝祥〈鷓鴣天〉詞說：「一種濃華別樣妝，留連春色到秋光。解將天上千年豔，翻作人間九月黃。」因而「共秋光」，就包含著「尋菊花」而賞之的意思。

「黃花」，即菊花。「重陽」，夏曆九月初九日，這一天，古有登高和賞菊的習俗。這裡不直說重陽不見菊花，而將菊花擬人化，說不知它到什麼地方去躲避重陽節了，比范成大詩的「欠了黃花一兩枝」婉曲有味，而且增添了不少幽默感。

末兩句：「要知爛熳開時節，直待秋風一夜霜。」推想、預言菊花的開放，還得等待颳一陣秋風，落一夜嚴霜。這是實說，卻又有力地凸出了菊花不趨炎附勢而傲霜凌寒的品格，與首句在意義上相照應。讚美菊花的這一品格，正可見稼軒相類的人格。

就題目而言，這闋詞的寫法頗不符合常規，但稼軒意不在按題作文，而在借題發揮，表現他憤世的情懷和高潔的志趣。清陳廷焯《白雨齋詞話》中說：「情有所感，不能無所寄，意有所鬱，不能無所洩。古之為詞者，自抒其性情，所以悅己也。」稼軒正是如此，如以題目繩墨其詞，是不免「鄭人買履」之譏的。（何均地）

太常引　辛棄疾

建康中秋夜，為呂叔潛賦。

一輪秋影轉金波，飛鏡又重磨。把酒問姮娥：被白髮欺人奈何？

乘風好去，長空萬里，直下看山河。斫去桂婆娑，人道是清光更多。

根據詞意推斷，這首詞可能是宋孝宗淳熙元年（一一七四），辛棄疾在建康（今江蘇南京）任江東安撫司參議官任上所作。這時作者南歸已整整十二年了。為了收復中原，作者曾先後上〈美芹十論〉、〈阻江為險須借兩淮疏〉、〈議練民兵守淮疏〉、〈九議〉，希望朝廷消除苟安思想，反對妥協投降，積極做好準備，收復中原。但彌漫著屈辱苟安空氣的南宋朝廷，根本不理睬作者這些積極可行的建議。在陰暗的政治環境中，詞人的一腔忠憤，只能傾瀉在詞裡。從這首詞中，我們可以清楚地聽到詞人的心聲。

濃厚的浪漫主義色彩，是這首詞最主要的特點。詞人巧妙地運用神話傳說構成一種超現實的境界，以寄託自己的理想與情懷。作者在中秋之夜，對月抒懷，很自然地想到與月有關的神話傳說：吃了不死之藥飛入月宮的嫦娥，以及月中高五百丈的桂樹。這兩則有關月亮的神話傳說，與詞人高尚的理想和陰暗的政治現實所構成的矛盾有著密切的聯繫。辛棄疾一生以恢復中原為己任，但南歸之後卻遇到種種挫折，自己這種「未嘗一日忘」的理想不能實現，在痛苦與憤懣之中蹉跎歲月，虛擲青春。想到功業無成、白髮已多，作者滿懷無法排遣的悲憤，對著皎潔的月光，想到月宮中長生不死的嫦娥，迸發出摧心裂肝的一問：「被白髮欺人奈何？」東漢王逸說屈原寫〈天〉是「以渫憤懣，舒瀉愁思」（〈天問．序〉）。辛棄疾對月發問，也同樣表現了內心的憤懣、愁思，展示了一個有抱負、有才幹而不被重用的英雄的內心矛盾。

如果說上闋還只是詞人感到年復一年，時光虛度，無可奈何而發出的人、仙對語，那麼，在詞的下闋，詞人就鼓動自己想像的翅膀，飛馳天外，直入月宮，並幻想砍去遮住月光的桂樹。這一神話傳說的運用，雖然更加離奇，更加遠離塵世，但卻更直接、強烈地表現了詞人的現實理想與為實現理想的堅強意志，更鮮明地揭示了詞的主旨。有趣的是，作者在另外兩首中秋賦月的〈滿江紅〉（「快上西樓」、「美景良辰」）中，也表現了同樣的思想，希望吹散、吹開遮月的浮雲、帷幕。很顯然，這遮住月光的桂樹、浮雲、帷幕，有著深刻的象徵意義。清周濟《宋四家詞選》謂：「桂婆娑」「所指甚多，不止秦檜一人」。周濟指出「桂婆娑」有象徵意義，是頗有見地的，但僅指反對收復中原的投降勢力，卻是不夠的。要知道詞中的婆娑桂樹，是在作者翱翔長空，「直下看山河」之後而產生斫去之想的。作者在長空俯視的山河，不僅是南宋王朝的地區，還應當包括在金人統治下的北方大片土地。作者是盼望整個大地清光照耀的。因此，這帶給人民黑暗的婆娑桂影，既指南宋朝廷內外的投降勢力，也包括了金人的勢力。文藝作品的形象所展示的客觀意義，往往超出作家的主觀創作意圖。從這一角度來說，這首詞的藝術形象所展現的意義，就是掃蕩黑暗，把光明帶給人間。這一巨大的意義，是詞人利用神話材料，借助於想像和邏輯推斷所塑造的形象來實現的。在藝術效果上，它加強了「人的生活的意志，喚起他心中對於現實、對於現實的一切壓迫的反抗心」（俄國作家高爾基〈我怎樣學習寫作〉），激起人們改變現實世界的勇氣。

在結構上，詞的上闋以一問緊緊收住，過片卻忽發奇想，出人意表。看起來，跳躍較大，但「白髮欺人奈何」

之問，緊接著金波轉動，時光不斷流逝之後；而先有凌空下視山河，才產生斫桂之想，又層次清晰地表現了思緒的脈絡。這種結構上的大開大合與思緒的貫聯相結合，恰好反映了詞人以超現實的藝術境界，來解決現實苦悶與實現理想的浪漫主義手法的特點。

不僅如此，詞的氣象、風格，都和運用神話傳說的浪漫主義手法有著密切的關係。飛鏡明麗，金波瀉影，長空萬里，構成了一幅瑰麗而宏大的藝術境界。把酒問姮娥，乘風凌太虛，直下看山河，斫去桂婆娑，其氣象是何等磅礴，形象是何等飛動。

總之，這是一首富於濃厚浪漫主義色彩的優秀詞章。（邱俊鵬）

清平樂 辛棄疾

憶吳江賞木樨

少年痛飲，憶向吳江醒。明月團團高樹影，十里水沉煙冷。

大都一點宮黃，人間直恁芬芳。怕是秋天風露，染教世界都香。

這首詞四卷本《稼軒詞》丙集題下作「謝叔良惠木樨」。叔良，即余叔良，其人情況不詳。辛棄疾家居上饒，有和他唱和的詞，所以這首詞也當作於居上饒時。木樨，亦作木犀，桂花別名。辛棄疾〈太常引．建康中秋夜，為呂叔潛賦〉一詞，結兩句涉到桂樹，是比興體；而他專門詠木樨的，有一首〈西江月〉（金粟如來出世），兩首〈清平樂〉（月明秋曉）、（東園向曉），都是一般詠物，沒有寄託，這首詞看來也是以賦體詠物，無寄託之意。

這首詞寫得比其他三首詠木樨的詞更有情韻，因為它不專門扣住桂花題材，能離開桂花本身，把自己的經歷結合來寫，意境比較開拓，感情比較親切。上片四句：「少年痛飲，憶向吳江醒。明月團團高樹影，十里水沉煙冷。」從自己的遊蹤引入桂花。少年時有個秋夜，在吳江痛飲醒來，看見一輪朗月，中間映著團團的桂樹影子；江邊桂樹，十里花香，飄散在煙波江上，倍添清冷之氣：天上人間，都籠罩在桂香桂影之中。吳江即吳淞江，在今蘇州南部，西接太湖，十里江波，切合瀕湖之地。辛棄疾年輕時遊過吳江，〈水調歌頭．和王正之右司吳江觀雪見寄〉說：「老子舊遊處，回首夢耶非。」對此地頗為懷念，大概吳江兩岸，當時桂花頗盛，所以他詠桂花便想起吳江之遊。用「團團」來寫桂樹，如南朝梁江淹詩〈劉文學楨感懷〉：「蒼蒼山中桂，團團霜露色。」李白詩〈古朗月行〉：「仙人垂兩足，桂樹何團團。」陸游詩〈《楚辭》所謂桂，數見於唐人詩句及圖畫間，今不復見矣，作二絕句，屬山僧野人試求之〉其二：「丹葩綠葉鬱團團，消得嫦娥種廣寒。」水沉，香名，杜牧詩〈為人題贈二首〉其一：「桂席塵瑤佩，瓊爐燼水沉。」這裡用指桂花馨香。詞是隨手揮灑，用字都有根據。這四句借自己一次客中酒醒後看桂影、聞桂香的經歷來寫桂花，情調豪放，景象優美，十分動人。

下片，轉到圍繞桂花本身來寫。「大都一點宮黃，人間直恁芬芳。怕是秋天風露，染教世界都香。」宮黃指古代宮女以黃粉塗額，是一種淡妝。此喻指桂花。四句說桂花體積小，宛如淡施宮黃，可是開在人間，竟然這樣芳香。恐怕是秋天風露滋潤得好，所以桂花盛開，便把整個世界都染香了。花小、色黃、香濃，正是桂花特徵。這幾句把桂花特徵都寫到，但著重寫它的香味，抓住重點，和上片歇拍呼應。傳說月宮中有桂樹，故桂樹有「天香」之稱，初唐宋之問〈靈隱寺〉詩：「桂子月中落，天香雲外飄。」與此詞同樣能寫出桂花之神理。

這首詞，詠物不粘不脫。上片展示優美意境，脫而能粘；下片刻畫桂花特徵，貼切而有韻味，粘而能脫。全詞非寄託之作，但結句並不排斥似為作者濟世懷抱的自然流露。（陳祥耀）

水龍吟 辛棄疾

老來曾識淵明，夢中一見參差是。覺來幽恨，停觴不御，欲歌還止。白髮西風，折腰五斗，不應堪此。問北窗高臥，東籬自醉，應別有，歸來意。

須信此翁未死，到如今凜然生氣。吾儕心事，古今長在，高山流水。富貴他年，直饒未免，也應無味。甚東山何事，當時也道，為蒼生起。

辛棄疾的這闋詞到底作於何年，目前尚無確鑿的資料，不過，從作品所表現的思想情緒來看，斷為光宗紹熙五年（一一九四）大致是可信的。那年辛棄疾已經五十五歲，秋天又被罷官，於是，滿腹心事、一腔幽怨，一發而不可遏止。

陶淵明是不為五斗米折腰而歸隱田園的晉代高士，在士大夫的傳統觀念裡，他是一位達觀自適的隱逸。他同慷慨豪放、為恢復中原、統一祖國而奮鬥一生的辛棄疾，似乎怎麼也聯繫不起來。可詞作的一開始作者就說：「老來曾識淵明，夢中一見參差是。」他們已有了神交，並在夢中見過面了。這對一般讀者來說，不能不感到突兀、驚詫，從而也就有可能構成一個強烈的印象，用心思去細細地體味一下作者的心境。「老來」二字是特指，說明作者驅馳戰馬、奔波疆場或是籌劃抗金、收復故土的青年時代，與脫離塵囂、回歸自然的陶隱士大概是無緣的，而只有在他受到壓抑與排斥，壯志難酬、恢復無望、心灰意懶的老年時代，才有機會「相識淵明」，而且這個淵明竟與他原來想像中的模樣那樣的近似。這個開頭，對讀者來說雖然會造成突兀、驚詫的效果，但在作者來說，卻並沒有故作驚人之筆，而是輕描淡寫，平靜地敘述，把深沉的感情隱匿到了敘述文字的背後。接下去的「覺來」三句，方才是對心情的直接抒寫。心頭是「幽恨」，而且是那樣地強烈和深重，竟使得作者酒也不飲，歌也不唱。那麼，指什麼？又為什麼？對前一個問題，作者立即作了回答：一個白髮老翁怎能在西風蕭瑟中為五斗米折腰！對後一個問題，作者也只是擺了出來，而不作答覆：陶淵明的「北窗高臥，東籬自醉」的隱居生活，應該別有原因，不單是不為五斗米折腰。

上片提出的問題，只有留待下片解決了。辛棄疾在下片中反覆說明的只有一個意思：悔恨東山再起！先講淵明的精神、人格和事業都是永在的，而且仍凜然有生氣，和現實是相通的。這裡暗用南朝宋劉義慶《世說新語．品藻》「廉頗、藺相如雖千載上死人，懍懍恆如有生氣」的語言以贊淵明。正是因為如此，所以作者緊跟著又用了一個古典「高山流水」，來說明他同淵明之間的靈犀相通、心心相印，是千古知音！這知音就在於對「富貴他年」所持的態度。據《世說新語．排調》記載：「謝安在東山居布衣時，兄弟已有富貴者，翕集家門，傾動人物。劉夫人戲謂安曰：『大丈夫不當如此乎？』謝乃捉鼻曰：『但恐不免耳。』」說明即使他年不免於富貴顯達，也是沒有意思的。結語「甚東山何事」三句用的仍然是謝安的事，同上書又記載：「謝公在東山，朝命屢降而不動。後出為桓宣武司馬，將發新亭，朝士咸出瞻送。高靈時為中丞，亦往相祖。先時多少飲酒，因倚如醉，戲曰：『卿屢違朝旨，高臥東山，諸人每相與言：安石不肯出，將如蒼生何？今亦蒼生將如卿何？』謝笑而不答。」很顯然，由作者到陶淵明，又由陶淵明到謝安，用一根遭際、情懷、感慨的鏈條，完全串在一起了：富貴顯達、為了蒼生……一切的一切，都是沒有意思的，也就沒有留戀的必要！

應該說，這是一曲悲歌！是一位曾經有過崇高的理想、執著的追求、艱苦的奮鬥而又招致徹底失敗、破滅經歷的志士才能唱出的悲歌！是一曲大英雄的悲歌！在這裡，不但「要挽銀河仙浪，西北洗胡沙」（〈水調歌頭〉），「道『男兒到死心如鐵』，看試手，補天裂」（〈賀新郎〉），「馬作的盧飛快，弓如霹靂弦驚。了卻君王天下事，贏得生前身後名」（〈破陣子〉）等所表現的壯志凌雲、激越慷慨的感情已經喪失了，甚至連「青山遮不住，畢竟東流去」（〈菩薩蠻〉）的信心，和「醉裡重揩西望眼，唯有孤鴻明滅。萬事重教，浮雲來去，枉了衝冠髮」（〈念奴嬌〉）的失望，以及「雕弓掛壁無用，照影落清杯」（〈水調歌頭〉）的感慨，也全部消磨盡了，剩下來的，便只是這冷得徹骨的對過去一切都是應該追悔而不想追悔的幽恨悲歌。作者把一切都看得也寫得如此的閒淡無謂，如此的不屑一顧，可它給予讀者的感染卻是意外的悲憤激越，因為我們理解作者當時當地的情懷，我們也應該「高山流水」，做作者的知音，懂得這闋詞同他的其他詞作一樣，是發自一個心弦的、頻率不同的奏鳴曲！（魏同賢）

水調歌頭　辛棄疾

趙昌父七月望日用東坡韻敘太白、東坡事見寄，過相褒借，且有秋水之約。八月十四日余臥病博山寺中，因用韻為謝，兼寄吳子似。

我志在寥闊，疇昔夢登天。摩挲素月，人世俛仰已千年。有客驂鸞並鳳，云遇青山赤壁，相約上高寒。酌酒援北斗，我亦蝨其間。少歌曰：「神甚放，形則眠。鴻鵠一再高舉，天地睹方圓。」欲重歌兮夢覺，推枕惘然獨念：人事底虧全？有美人可語，秋水隔嬋娟。

這首詞寫於閒居瓢泉期間。由詞前小序可知，寫這首詞是為了答謝趙昌父（蕃）並兼寄吳子似（紹古）的。吳子似於寧宗慶元四年（一一九八）至六年任鉛山縣尉，這首詞即這期間所作。

光宗紹熙五年（一一九四），辛棄疾從福州知州兼福建安撫使任上被彈劾免官，回到江西鉛山他的瓢泉新居，開始了長達八年的再度閒居生活。他忠君報國卻為投降派所不容，屢遭冷落排擠，五十五歲再度削職閒退，自不免有「驚弦雁避，駭浪船回」（〈沁園春·湖新居將成〉）的隱退思想，常常寄情山水，託興詩酒。但是，這些都不過是他內心憤懣的曲折反映，積極用世的思想仍占主導地位。他身處江湖之遠，仍不忘憂國憂民，希望能重新得到重用，得以施展自己的才智，實現收復失地統一國家的理想。這首詞正是抒發詞人的這種理想以及由理想與現實的矛盾引起的惆悵情緒，表現其壯志難酬的憂憤。

詞的上下兩片一意相連，從夢境到夢覺，依次描述，構成一個完整的過程。上片以描述夢境為主。起句採用「頓入」手法。「我志在寥闊」一句，開門見山，直抒胸懷，一語破的，表現了詞人高遠的志向和寬宏的氣度，概括全詞要旨。為有寥闊之志，自然有「夢登天」之舉。「疇昔夢登天」句化用屈原〈九章·惜誦〉中「昔余夢登天兮，魂中道而無航」。他感到現實中空間狹窄，不足以施展他的才幹；現實生活短暫，來不及實現他的理想。他要到廣漠宇宙去尋找他的理想境界。「我志在寥闊，疇昔夢登天」兩句在內容上照管全闋，結構上領起下文，下面便緊承「夢登天」一語，記敘夢遊太空的經過，描繪出一幅幅夢境的瑰麗圖畫。

「摩挲素月，人世俛仰已千年。」詞人在夢幻中飛上青天，盡情地賞玩明月。月亮是光明皎潔的，那傳說中的廣寒宮令人嚮往。他在這裡撫摸著潔白的月亮，陶醉在神奇迷離的幻境之中，只覺得似乎僅有抬頭低頭的工夫，人間已歷千年之久。

「有客驂鸞並鳳，云遇青山赤壁，相約上高寒。」「有客」指作者的好友趙昌父。由詞序可知，趙昌父曾用蘇軾〈水調歌頭〉（明月幾時有）韻作詞「敘太白、東坡事」寄作者，並在詞中對作者大加讚美。這首詞是為答謝趙昌父而作，自然應有回敬之詞。回敬之意主要體現在這句上。趙昌父是江西玉山人，距鉛山不遠，是詞人閒居瓢泉時的好友。他奉祠家居，不求仕進，飲酒作詩，氣度不凡。作詩則援筆而成，平淡有趣；飲酒則浩歌長吟，心融意適。世人以為有陶靖節之風。青山、赤壁係指李白、蘇軾，因為李白墓在當塗之青山西北，蘇軾曾遊赤壁，寫過〈赤壁賦〉。趙昌父駕著鸞鳳霞舉飛昇，自稱與先賢李太白、蘇東坡相遇，共約到天上去遨遊。作者在寫這首詞之前曾寫過一首和趙昌父的詞〈鷓鴣天〉，詞中把趙昌父與蘇軾、陶淵明並提，有「三賢高會古來同」的句子。這裡則是把趙昌父、李白、蘇軾譽為「三賢」，所描繪的景象也是「三賢高會」。趙詞既敘太白、東坡事，並對辛「過相褒借」，很可能是將他與李、蘇並提，所以辛以「驂鸞並鳳」云云來回敬是情理中事。作者這樣寫，不僅是對友人的讚譽，也有自謙的意思，下一句「我亦蝨其間」就是把這層意思直接表達了出來，意思是：在您和先賢們高會的時候，我不過是濫竽充數地置身其間罷了。在高天遇賢的夢境裡，流露出詞人鄙棄官僚市儈、仰慕古賢先哲的清正高潔。詞人在現實生活中很難找到志同道合的朋友，又不願與那些投降派的官僚同流合汙，所以只好到夢境中去會見他理想中的人物。「酌酒援北斗」源出屈原賦《九歌．東君》的「援北斗兮酌桂漿」，是對太陽神的禮讚，這裡藉以描寫他與高賢們痛飲的夢境。四位詩人在高寒廣漠的天宇，用北斗當酒杯痛飲著美酒，這是多麼宏大的氣勢，多麼豪放的氣派！

下闋前半繼續描寫夢境，後半抒發「夢覺」後的感慨。詞人在夢幻中無憂無慮地暢遊太空，內心充滿激情，不禁小聲歌唱起來。「神甚放，形則眠」的字面意思是：身體雖然清靜無為，好像在睡眠，但精神還是奔放曠達的。這是作者在閒居生活中積極用世的自白。他被迫再次閒居後，表面看來安靜閒適，像一個隱士，但他心中燃燒著一團火，他心存報國之志，希望有一天能「了卻君王天下事，贏得生前身後名」（〈破陣子〉）。「鴻鵠一再高舉，天地睹方圓」化用漢賈誼〈惜誓〉中「黃鵠之一舉兮，知山川之紆曲，再舉兮睹天地之圜方」。把自己比作搏擊長空、一再高舉的鴻鵠，抒發其居高臨下、雄視天地的豪情壯志。

詞人在夢境裡可以縱橫馳騁，縱情遊樂，可是一旦夢覺，回到現實中來，情形就完全兩樣了。這不能不使他感到悵惘，並產生疑問：為什麼人世間有那麼多不能盡如人意的事情呢？這裡的「虧全」是以月亮的圓缺比喻人事的悲歡離合，主要是說「虧」。詞人在這裡以夢境與「夢覺」相對照，揭示了自己的遠大理想同社會現實的矛盾。在這發問中表現出對現實的不滿，抒發人事難全的感慨，這發問也是一個有著雄才大略、滿腹經綸的老將因請纓無門、報國無路而發出的憤怒抗議。

詞的結句「有美人可語，秋水隔嬋娟」似乎來得有些突兀。前面說的全是夢境以及夢覺後的惆悵，可是結句卻一語宕開，表現出「美人娟娟隔秋水」（杜甫〈寄韓諫議〉）的惋惜之情。但是經過思索，讀者也不難明白，這是在前面幾層意思的基礎上生發出來的思想。這裡的「美人」指他的好友吳子似。這一句表面看來只是對吳子似的思念，實際上主要還是抒發「誰識稼軒心事」（〈水龍吟·用瓢泉韻戲陳仁和兼簡諸葛元亮且督和詞〉）的苦悶心情。這樣看來，這一句所表達的也是夢覺後「悃然獨念」的感情之一。

詞人在閒居瓢泉期間有一種深深的孤獨感。他在〈沁園春·和吳子似縣尉〉中寫道：「悵平生肝膽，都成楚越；只今膠漆，誰是陳雷？」他覺得當時的人不像古代的陳重、雷義那樣重友誼①，連舊日那些披肝瀝膽的知心好友現在也都疏遠了。這使他非常苦惱。這期間吳子似是他的知音。吳是江西鄱陽人，從慶元四年（一一九八）即辛棄疾閒居瓢泉之後的第四年起，曾任鉛山縣尉三年，與辛棄疾過從甚密，辛棄疾把他比作「娟娟美人」，在〈沁園春·和吳子似縣尉〉中寫道：「我見君來，頓覺吾廬，溪山美哉。」從這些語句中可以看出他們友誼的深厚。可是他們又不能經常在一起暢敘情懷，作者常為見不到吳子似而煩躁苦悶，故在詞的結尾處生發出這樣一層意思。

這首詞具有明顯的浪漫主義特色。理想主義是浪漫主義在思想內容上的重要特徵，而以夢幻的形式表現其理想則是浪漫主義傳統的創作方法。辛棄疾成功地運用這一傳統手法，使其崇高理想在這首詞中得到完美的體現。它大開大合，大起大落，天上人間，馳騁奔逸，狂放不羈，洋溢著豪邁的激情。它充滿瑰麗豐富的想像，大膽驚人的誇張，「摩挲素月」、「驂鸞並鳳」、「酌酒援北斗」、「天地睹方圓」等，都放射出奪目的光彩。

（王延梯、聶在富）

〔註〕①《後漢書·獨行列傳》載陳重與雷義，當時鄉里語曰：「膠漆自謂堅，不如雷與陳。」

沁園春　辛棄疾

靈山齊庵賦，時築偃湖未成。①

疊嶂西馳，萬馬迴旋，眾山欲東。正驚湍直下，跳珠倒濺；小橋橫截，缺月初弓。老合投閒，天教多事，檢校長身十萬松。吾廬小，在龍蛇影外，風雨聲中。

爭先見面重重，看爽氣朝來三數峰。似謝家子弟②，衣冠磊落；相如庭戶，車騎雍容③。我覺其間，雄深雅健，如對文章太史公④。新堤路，問偃湖何日，煙水濛濛？

〔註〕①作者打算在齊庵開鑿一湖，名偃湖。寫此詞時，尚未開成。②謝家子弟：東晉著名士族謝家子弟講究舉止風度，其服飾端莊，落落大方。南朝宋劉義慶《世說新語．言語》記載謝安問話：「子弟亦何預人事，而正欲使其佳？」謝玄答說：「譬如芝蘭玉樹，欲使其生於階庭耳。」③「相如」二句：《史記．司馬相如列傳》記載：「相如之臨邛，從車騎，雍容閒雅甚都。」④「我覺」三句：太史公，即司馬遷，字子長，任太史令。韓愈曾評論柳宗元的文章：「雄深雅健，似司馬子長。」見《新唐書．柳宗元傳》。

稼軒在一首〈賀新郎〉詞中說：「我見青山多嫵媚，料青山見我應如是。情與貌，略相似。」的確，讀這位大詞人的山水詞，就會發現他多麼熱愛山山水水，有時似乎已經進入一種「神與物遊」的境界，他筆下的山水似乎和人一樣，有思想，有個性，有情感，留連其間，神交默契，會心言外，別有新的天地。上面這首〈沁園春〉便有這種特色。

這首詞大約作於宋寧宗慶元二年（一一九六）落職閒居之時，寫的是上饒西部的靈山風景。靈山「高千有餘丈，綿亙數百里」（《江西通誌》），有七十二峰。「疊嶂西馳，萬馬迴旋，眾山欲東」，就是寫這裡千峰萬壑的宏偉氣象。這裡的山巒或「西馳」，或東向，好像萬匹駿馬連續不斷地迴旋奔馳。在詞人筆下，靜止的山活起來了，動起來了！

頭三句寫靈山群峰，是遠景。再寫近景：「正驚湍直下，跳珠倒濺；小橋橫截，缺月初弓。」這裡有飛瀑直瀉而下，倒濺起晶瑩的水珠，如萬斛明珠彈跳反射。還有一彎新月般的小橋，橫跨在那清澈湍急的溪流上。詞人猶如一位高明的畫師，在莽莽蒼蒼叢山疊嶂的壯闊畫面上，增添了幾筆韶秀溫馨的情韻。

連綿不斷的長松茂林，是這裡的又一景色。稼軒在一首〈歸朝歡〉詞序中說：「靈山齊庵菖蒲港，皆長松茂林。」所以詞人接著寫道：「老合投閒，天教多事，檢校長身十萬松。」稼軒面對這一望無際的高大、蔥鬱的松樹林，不由浮想聯翩：這些長得高峻的松樹，多麼像魁梧勇猛的戰士。想自己「壯歲旌旗擁萬夫」（〈鷓鴣天〉），何等英雄，如今人老了，合當過閒散的生活，可是老天爺不放我閒著，又要我來統率這支十萬長松大軍呢！詼諧的笑語是樂？是苦？是自我解嘲？有一種說不出的滋味兒。內心裡實隱隱有一份報國無門的孤憤在。

在這種地方，詞人輕輕點到即止，順勢落到自己山中結廬的事上來。齊庵，是稼軒在靈山修建的一所茅廬。他說，我這房子選的地點還是不錯的，「在龍蛇影外，風雨聲中」。每當月夜，可以看到狀如龍蛇般盤屈的松影，又可以聽到聲如風雨的萬壑松濤，別有天地在人間啊！

上片寫靈山總體環境之美，下片則是詞人抒寫自己處於大自然中的感受了。稼軒處於這占盡風光的齊庵中，舉目青山，儀態萬方。拂曉，在清新的空氣中迎接曙光，東方的幾座山峰，像天真活潑的孩子，一個接著一個從曉霧中探出頭來，爭相同我見面，向我問好。紅日升起了，山色清明，更是氣象萬千。你看，那邊一座山峰拔地而起，峻拔而瀟灑，充滿靈秀之氣。它那美少年的翩翩風度，不就像芝蘭玉樹般的東晉謝家子弟嗎？再看那座巍峨壯觀的大山，蒼松掩映，奇石崢嶸，它那富貴高雅的意態，不就像司馬相如赴臨邛時那種車騎相隨、華貴雍容的氣派麼！詞人驚嘆：大自然的美是掬之不盡的，置身於這千峰競秀的大地，仿佛覺得此中給人的是雄渾、深厚、高雅、剛健等諸種美的感受，恍如在讀一篇篇太史公的好文章，此中樂，樂無窮啊！靈山結廬既然如此之好，於是詞人殷切問詢開築偃湖的計劃，決定在這裡作長久居留了。

這首詞通篇都是描寫靈山的雄奇景色，在寫景上頗有值得注意之處，它不同於一般模山範水之作，它極少實寫山水的具體形態，而是用虛筆傳神寫意。如寫山似奔馬，松似戰士，寫得龍騰虎躍，生氣勃勃，實是詞人永不衰息的性格的寫照，即他〈賀新郎〉所說青山與我「情與貌，略相似」也。要傳山水之神，光用一般寫實的方法不行，於是稼軒借助於用典，出人意表地以古代人物倜儻儒雅的風采來比擬山峰健拔秀潤的意態，又用太史公文章雄深雅健的風格，來刻畫靈山深邃宏偉的氣度。表面上看來，這兩兩相比的東西，似乎風馬牛不相及，而它們在精神上卻有某些相似之點，可以使人生發聯想。這種奇特的比譬，真可謂超出形貌而入於神髓了！當然，為山水傳神寫照，是純粹寫觀賞風景之人的主觀感受，這種感受實際上與作者的胸襟、與作者的思想境界是分不開的。這種你中有我，我中有你的精神境界，正像稼軒〈賀新郎〉說的：「我見青山多嫵媚，料青山見我應如是。」這種傳山水之神的寫意筆法，在山水文學上開創了新格。（高原）

喜遷鶯

辛棄疾

謝趙晉臣敷文賦芙蓉詞見壽，用韻為謝。

暑風涼月。愛亭亭無數，綠衣持節。掩冉如羞，參差似妒，擁出芙蓉①花發。步襯潘娘堪恨，貌比六郎誰潔？添白鷺，晚晴時，公子佳人並列。

休說，搴木末：當日靈均，恨與君王別。心阻媒勞，交疏怨極，恩不甚兮輕絕。千古〈離騷〉文字，芳至今猶未歇。都休問，但千杯快飲，露荷翻葉。

〔註〕①一作「芙蕖」。

詞約作於宋寧宗慶元六年（一二〇〇），時作者六十一歲，二次罷官家居。趙晉臣，名不迂，宋宗室，因曾任敷文閣直學士，故稱敷文。慶元四年任江南西路轉運使兼南昌府事，慶元六年罷職歸舍後，與稼軒交遊，多有唱和。是年夏，晉臣以芙蓉詞為稼軒壽，稼軒作此詞和韻以答。「芙蓉」，即荷花。

這是一首詠物詞，構思很清晰：上片以詠荷為主，下片以抒情為主；抒情不離荷花，詠荷為抒情鋪墊，和那種純以狀物工巧見長的詠物詞有所不同。

上片讚賞荷花。首句點明時令，「暑風涼月」，正是荷花盛開的大好時光。以下用一「愛」字帶出「亭亭」五句，正面描繪水上蓮荷的美姿嬌態。滿池蓮葉，聳出水面，中通外直，不蔓不枝，亭亭淨植，似無數綠衣侍者持節而立。在這一群綠衣持者的簇擁下，千朵荷花，競相怒放。她們或時隱時現，如含羞少女，猶抱綠葉半遮面；或參差錯落，姿態萬千，似各懷妒意而爭美賽妍。這是一幅多麼令人心醉的水上綠葉紅花圖啊！「步襯潘娘堪恨，貌比六郎誰潔？」這兩句用事。據《南史·齊東昏侯紀》：「鑿金為蓮花以帖地，令潘妃行其上，曰：『此步步生蓮花也。』」「六郎」，係指唐張昌宗。張昌宗、張易之都以姿容見幸於武后，貴震天下，時人號張易之為「五郎」，張昌宗為「六郎」。「貌比六郎」，則用楊再思語。史稱楊再思「為人佞而智……昌宗以姿貌倖，再思每曰：『人言六郎似蓮花，非也；正謂蓮花似六郎耳。』其巧諛無恥類如此」（《新唐書·楊再思傳》）。以清水芙蓉之質，竟為一寵妃作襯步之具，豈不叫人痛心？以張昌宗輩無恥之尤，豈能與芙蓉相比潔白？所以，詞人用「堪恨」、「誰潔」兩組詞語，一方面表示對潘、張之流的鄙棄，一方面也就凸出了荷花的質潔品高。前五句寫荷花的姿態美，這兩句是寫荷花的品格美。潘、張之流既不足道，那麼，誰有資格能和芙蓉相並共語呢？唯有白鷺。白鷺渾身皆白，象徵著純潔無邪；一生往來水上，意味著超塵忘機。南朝宋謝惠連有〈白鷺賦〉贊曰：「表弗緇之素質，挺樂水之奇心。」又因它風度翩翩，杜牧〈晚晴賦〉曰：「白鷺潛來兮，邈風標之公子；窺此美人兮，如慕悅其容媚。」詞中「白鷺」兩句兼含二義而以後義為主。傍晚雨晴，有白鷺飛來與芙蓉為侶，猶如公子佳人雙雙並肩而立。白鷺入圖，平添出不少生機與美趣，真是妙筆天成。

下片抒情，多半化用《楚辭》詩句，而又一意貫之。「休說」七句本自屈原《九歌·湘君》「採薜荔兮水中，搴芙蓉兮木末。心不同兮媒勞，恩不甚兮輕絕」和「交不忠兮怨長」等句。原意為到水中去採緣木而生的薜荔，到樹梢去摘水上開花的芙蓉，豈能成功。男女心思各異，媒人奔波也徒勞；雙方愛之不深，必然容易決裂。這是隱喻楚王聽信讒言，親佞遠賢，使屈原（別字靈均）有志難酬。「千古」兩句化用〈離騷〉：「芳菲菲而難虧兮，芬至今猶未沬。」意謂屈原之世雖已去遠，但其〈離騷〉卻流傳千古，至今猶自發出沁人的芳香。詞人讚美屈原有荷花那種「出淤泥而不染」（北宋周敦頤〈愛蓮說〉）的崇高品質，讚美他精神不朽，流芳百世。同情他君臣異心的不幸遭遇，和齎志以歿的悲劇結局。尤其令人憤慨不已的是，這一切居然自古而然！所以詞人在下片一開頭就用「休說」一詞表現感情上的激憤，結拍又用「都休問」一句承轉跌宕：一切都休再提說了吧，「但千杯快飲，露荷翻葉」，唯求對花痛飲，一醉忘憂。北齊殷英童〈採蓮曲〉詩云：「藕絲牽作縷，蓮葉捧成杯。」這裡的「露荷翻葉」，是借喻傾杯式的豪飲。詞的煞尾很是乾淨利索，既巧妙地緊扣詠荷題目，又將自身滿腹牢騷不平之氣一吐而盡。

好用事，是辛詞的一大特色，人或譏其「掉書袋」，或褒其「驅使莊、騷、經、史，無一點斧鑿痕，筆力甚峭」（樓敬思語，清張宗橚《詞林紀事》引），「任古書中理語、廋語，一經運用，便得風流」（清劉熙載《藝概》）。就這首詞的用事來說，頗見特色。不僅多而奇，而且一意貫串，寄託遙深。上片用「步襯潘娘」、「貌比六郎」兩個典故；下片大量運用《楚辭》入詞，都是用得貼切而意深。潘張以貌美而得寵於君主，屈原則以質潔而見逐於楚王，人世間竟然不公如此，叫正人君子復待何言！是以細讀「堪恨」、「誰潔」、「休說」、「休問」諸句，但覺其中激盪著一股憤鬱不平之氣。稼軒生平以復國自許，文才武略，集於一身，不想兩次被劾落職，賦閒田園，正所謂報國有志，請纓無門。因此，當他握筆為詞時，常常借古人之酒，澆自己胸中之塊壘，這也正是辛詞好用事的原因吧。（朱德才）

永遇樂　辛棄疾

戲賦辛字，送茂嘉十二弟赴調。

烈日秋霜，忠肝義膽，千載家譜。得姓何年，細參辛字，一笑君聽取。艱辛做就，悲辛滋味，總是辛酸辛苦。更十分、向人辛辣，椒桂擣殘堪吐。

世間應有，芳甘濃美，不到吾家門戶。比著兒曹，纍纍卻有，金印光垂組。付君此事，從今直上，休憶對床風雨。但贏得、靴紋縐面，記余戲語。

東坡以詩為詞，到了稼軒，進一步以文為詞，這首〈永遇樂〉，可說是這方面的代表作。茂嘉，辛棄疾的族弟，因他在家中排行第十二。稼軒詞中有兩首送別茂嘉之作，一首〈賀新郎〉（綠樹聽鵜鴃），作於茂嘉遠謫廣西之時。這首〈永遇樂〉是送茂嘉赴調。按宋制，地方官員任滿後，赴京另予差遣，一般正常赴調，官階將會有所升轉。所以這是一件喜事，是一次愉快的分別。因為這是送同族兄弟出去做官，稼軒頗有感觸，便說起他們辛家門的「千載家譜」。「戲賦辛字」，從自己姓辛這一點大發感慨與議論，以妙趣橫生的戲語出之，而又意味深長。

「烈日秋霜，忠肝義膽，千載家譜」，詞的一開頭就揭出家譜，說辛家門先輩們都是具有忠肝義膽的人物，而且他們都稟性剛直嚴肅，如「烈日秋霜」，令人可畏而又可敬。「烈日秋霜」，比喻風節剛直，如《新唐書・段秀實傳贊》：「雖千五百歲，其英烈言言，如嚴霜烈日，可畏而仰哉。」詞的開頭三句「自報家門」，倒不是虛誇，而是有史為證的。辛氏是一個古老家族，傳說夏啟封支子於莘，莘、辛聲相近，後為辛氏。商有辛甲，一代名臣，屢諫紂王，直言無畏。漢有辛慶忌，一代名將，威震匈奴。成帝時，朱雲以丞相張禹阿附外戚，上書請誅之，帝怒，欲殺雲，辛慶忌冒死以救。後慶忌子孫亦忠耿，不附王莽，被誅。當然，寫詞不能像修家譜那樣紀實，況且這些都是人所共知的史實，所以詞人不多花筆墨，而是別出心裁地與族弟「細參辛字」來了：我們祖上從何年獲得這個姓氏？又是怎樣才得到這樣的姓呢？我姑妄言之，你姑妄聽之，以博取一笑吧。於是咬文嚼字起來，仔細體會辛字的含義，有辛苦、辛酸、辛辣等多種內涵，他發表高論了：「艱辛做就，悲辛滋味，總是辛酸辛苦。」我們辛家門這個「辛」字，是由「艱辛」做成，含著「悲辛」滋味，而且總是與「辛酸、辛苦」的命運結成不解之緣啊！三句話句句不離「辛」字：「艱辛」、「悲辛」、「辛酸」、「辛苦」。寫詩填詞向以「同字相犯」為戒，而這裡三句「辛」字四見。用得自然，增加了音調的美聽，並使詞情得到充分渲染。更妙的是，形式上是「細參辛字」，內容上又語意雙關，含著歷史的教訓和現實的牢騷。不是麼，上面談到那位辛慶忌，「艱辛做就」不世的戰功。可是，到了他的子孫，就嘗到慘遭殺戮的「悲辛滋味」了。聯繫到稼軒本人，從「壯歲旌旗擁萬夫」（〈鷓鴣天〉），到「卻將萬字平戎策，換得東家種樹書」（〈鷓鴣天・有客慨然談功名，因追念少年時事，戲作〉），也是夠「辛酸、辛苦」的了！

總而言之，我們辛家人的命運總離不開一個「辛」字，怎麼會這樣呢？原來根源還在這個「辛」字上。辛者，辣也，這是辛字的本來含意，也是我們辛家人的傳統性格啊！我們辛家人生成耿介正直的性格，做人行事，剛直潑辣，就如同我們的姓氏一樣，火辣辣地不招人喜愛。「更十分、向人辛辣，椒桂擣殘堪吐。」這兩句更就辛字「辛辣」這層含義加以發揮，借字說人。北宋曾布有〈從駕〉詩，押「辛」字韻，蘇軾一和再和，有「最後數篇君莫厭，擣殘椒桂有餘辛」之句，稼軒信手拈來，用得很好。

下片接「向人辛辣」的話頭繼續發感慨。正因為我們這個姓，世間應有盡有的「芳甘濃美」的東西，都輪不到「吾家門戶」了。眼看人家子弟腰間掛著一串串金光燦爛的金印，何等神氣，我們哪兒比得上人家呢！正話反說，無限感慨，嬉笑戲語，隱含牢騷。比不上人家怎麼辦？爭口氣唄！於是話兒轉到送茂嘉赴調的題目上來：「付君此事，從今直上，休憶對床風雨。但贏得、靴紋縐面，記余戲語。」謀取高官顯爵、光宗耀祖之事，就交給你了。從今往後，你青雲直上的時候，不必回想今天咱們兄弟之間的這場對床夜語；到了你落得個臉皮縐如靴紋的時候，一定會記起今天我說的這些玩笑話的。「對床風雨」，語出唐韋應物詩：「寧知風雨夜，復此對床眠。」這兩句詩頗為蘇軾、蘇轍兄弟所欣賞，十分嚮往風雨之夜、兄弟兩人對床共語的境界，並為此相約早日退隱，後遂成為故事。「靴紋縐面」，典出歐陽脩《歸田錄》：北宋田元均任三司使，請託人情者不絕於門，他深為厭惡，卻又只好強裝笑臉，虛與應酬。曾對人說：「作三司使數年，強笑多矣，直笑得面似靴皮。」茂嘉赴調，稼軒祝賀他高升，自是送別詞中應有之意。而用「靴紋縐面」之事，於祝辭裡卻有諷勸。實際上是說，官場有官場的一套，做大官就得扭曲辛家的剛直性格，那種逢人賠笑的日子也並不好過呢。到頭來你也會後悔的。

這首詞寫得如哥兒倆閒話家常，氣氛親切，語言詼諧，自始至終，圍繞著自家的姓「談山海經」，明顯地表現出以文為詞和以議論為詞的傾向，這對於傳統詞風來說，當然是十分「出格」的作品。然而它通篇議論「帶情韻以行」，且富有理趣，無論從思想內容或藝術表現手法來說，都堪稱是頗有特色的佳作。（高原）

破陣子　辛棄疾

為陳同甫賦壯詞以寄之

醉裡挑燈看劍，夢回吹角連營。八百里分麾下炙，五十絃翻塞外聲，沙場秋點兵。

馬作的盧飛快，弓如霹靂弦驚。了卻君王天下事，贏得生前身後名。可憐白髮生！

詞以兩個二、二、二的對句開頭，透過具體描述，表現了七八層情意。第一句，只六個字，卻用三個連續的、富有特徵性的動作，塑造了一個壯士的形象，讓讀者從那些動作中去體會人物的「潛臺詞」，去想像人物所處的環境。為什麼要吃酒，而且吃「醉」？既「醉」之後，為什麼不去睡覺，而要「挑燈」？「挑」亮了「燈」，為什麼不幹別的，偏偏抽出寶劍，映著燈光看了又看？……這一連串問題，只要細讀全詞，就可能作出應有的回答，因而不必說明。「此時無聲勝有聲。」用什麼樣的「說明」還能比這無言的動作更有力地展現人物的內心世界呢？

「挑燈」的動作又點出了夜景。那位壯士在更深人靜、萬籟俱寂之時，思潮洶湧，無法入睡，只好獨自吃酒。吃「醉」之後，仍然不能平靜，便繼之以「挑燈」，又繼之以「看劍」。看來看去，總算睡著了。而剛一入睡，方才所想的一切，又幻為夢境。「夢」了些什麼，也沒有明說，卻迅速地換上新的鏡頭：「夢回吹角連營。」壯士好夢初醒，天已破曉，一個軍營連著一個軍營，響起一片號角聲。這號角聲，多富有鼓舞人們投入戰鬥的魅力。而那位壯士，也正好是統領這些軍營的將軍。於是，他一躍而起，全副披掛，要把他「醉裡」、「夢裡」所想的一切統統變為現實。

三、四兩句，可以不講對仗，詞人也用了偶句。偶句太多，容易顯得呆板；可是在這裡恰恰相反。兩個對仗極工、而又極其雄健的句子，凸出地表現了雄壯的軍容，表現了將軍及士兵們高昂的戰鬥情緒。「八百里分麾下炙，五十絃翻塞外聲」：兵士們歡欣鼓舞，飽餐將軍分給的烤牛肉；軍中奏起振奮人心的戰鬥樂曲。牛肉一吃完，就排成整齊的隊伍。將軍神采奕奕，意氣昂揚，「沙場秋點兵」。這個「秋」字下得多好！正當「秋高馬壯」的時候，「點兵」出征，預示了戰無不勝的前景。

按譜式，〈破陣子〉是由句法、平仄、韻腳完全相同的兩「片」構成的。後片的起頭，叫做「過片」，一般的寫法是：既要和前片有聯繫，又要「換意」，從而顯示出這是另一段落，形成「嶺斷雲連」的境界。辛棄疾卻往往突破這種限制，〈賀新郎．別茂嘉十二弟〉如此，這首〈破陣子〉也是如此。「沙場秋點兵」之後，大氣磅礡，直貫後片。「馬作的盧飛快，弓如霹靂弦驚」：將軍率領鐵騎，風馳電掣般奔赴前線，弓弦雷鳴，萬箭齊發。雖沒作更多的描寫，但從「的盧馬」的飛馳和「霹靂弦」的巨響中，彷彿看到若干連續出現的畫面：敵人紛紛落馬；殘兵敗將，狼狽潰退；將軍身先士卒，乘勝追殺，霎時結束了戰鬥；凱歌入雲，歡聲動地，旌旗招展。

這是一場反擊戰。那將軍是愛國的，但也是好「名」的。一戰獲勝，恢復功成，既「了卻君王天下事」，又「贏得生前身後名」，豈不壯哉！

如果到此為止，那真夠得上「壯詞」。然而在那個被投降派把持朝政的時代，並沒有產生真正「壯詞」的土壤，以上所寫，不過是詞人的理想而已。詞人馳騁想像，化身為詞裡的將軍，剛攀上理想的高峰，忽然一落千丈，跌回冷酷的現實，沉痛地慨嘆道：「可憐白髮生！」白髮已生，而收復失地的理想始終無法實現。想到自己空有凌雲壯志，而「報國欲死無戰場」（借用陸游〈隴頭水〉詩句），便只能在不眠之夜吃酒，只能在「醉裡挑燈看劍」，只能在「夢」中馳逐沙場，快意一時……這處境，的確是「可憐」的。然而又有誰「可憐」他呢？於是，他寫了這首「壯詞」，寄給處境同樣「可憐」的陳同甫。

同甫是陳亮的字。學者稱為龍川先生。為人才氣超邁，議論縱橫。自稱能夠「推倒一世之智勇，開拓萬古之心胸」（陳亮寄朱熹〈甲辰答書〉語）。他先後寫了〈中興五論〉和〈上孝宗皇帝書〉，積極主張抗戰，因而遭到投降派的打擊。宋孝宗淳熙十五年（一一八八）冬天，他到上饒訪辛棄疾，留十日。別後辛棄疾寫〈賀新郎〉詞寄他，他和了一首；以後又用同一詞牌往復唱和。這首〈破陣子〉大約也是這一時期寫的。

全詞從意義上看，前九句是一段，十分生動地描繪出一位忠勇的將軍的形象，從而表現了詞人的宏大抱負。末一句是一段，以沉痛的慨嘆，抒發了「壯志難酬」的悲憤。壯和悲，理想和現實，形成強烈的對照。從這對照中，可以想到當時南宋朝廷的腐朽，想到人民的苦難，想到所有愛國志士報國無門的苦悶。由此可見，極其豪放的詞，同時也可以寫得極其含蓄，只不過和婉約派的含蓄不同罷了。

這首詞在聲調方面有一點值得注意。〈破陣子〉上下兩片各有兩個六字句，都是平仄互對的，即上句為「仄仄平平仄仄」，下句為「平平仄仄平平」，這就構成了和諧的、舒徐的音節。上下片各有兩個七字句，卻不是平仄互對，而是仄仄平平平仄仄，仄仄平平仄仄平，這就構成了拗怒的、激越的音節。和諧與拗怒，舒徐與激越，形成了矛盾統一。作者很好地運用了這種矛盾統一的聲調，恰切地表現了抒情主人公複雜的心理變化和夢想中的戰鬥準備、戰鬥進行、戰鬥勝利等許多場面的轉換，收到了繪聲繪色、聲情並茂的效果。

這首詞在布局方面也有一點值得注意。「醉裡挑燈看劍」一句，突然發端，接踵而來的是聞角夢回、連營分炙、沙場點兵、克敵制勝，有如鷹隼突起，凌空直上。而當翱翔天際之時，陡然下跌，發出了「可憐白髮生」的喟嘆，使讀者不能不為作者的壯志難酬一灑同情之淚。

這種陡然下落，同時也戛然而止的寫法，如果運用得好，往往因其出人意外而扣人心弦。

李白有一首〈越中覽古〉：「越王句踐破吳歸，義士還鄉盡錦衣。宮女如花滿春殿，只今唯有鷓鴣飛！」清沈德潛《唐詩別裁集》指出：「三句說盛，一句說衰，其格獨創。」其命意與辛詞迥異，但布局卻有相通之處，可以參看。（霍松林）

鷓鴣天 辛棄疾

有客慨然談功名，因追念少年時事，戲作。

壯歲旌旗擁萬夫，錦襜突騎渡江初。燕兵夜娖銀胡簶，漢箭朝飛金僕姑。

追往事，嘆今吾，春風不染白髭鬚。卻將萬字平戎策，換得東家種樹書。

宋高宗紹興三十一年（一一六一），金主完顏亮率大軍南下，其後方比較空虛，北方被占區的人民乘機起義。山東濟南的農民耿京，領導一支起義軍，人數達二十餘萬，聲勢浩大。當時年才二十二歲的辛棄疾，也組織了二千多人的起義隊伍，歸附耿京，為耿京部掌書記。辛棄疾建議起義軍和南宋取得聯繫，以便配合戰鬥。第二年正月，耿京派他們一行十餘人到建康（今江蘇南京）謁見宋高宗。高宗得訊，授耿京為天平軍節度使，授辛棄疾承務郎。辛棄疾等回到海州，聽到叛徒張安國殺了耿京，投降金人，義軍潰散。他立即在海州組織五十名勇敢義兵，直趨濟州（治今山東鉅野）張安國駐地，要求和張會面，出其不意，把張縛置馬上，再向張部宣揚民族大義，帶領上萬軍隊，馬不停蹄地星夜南奔，渡過淮水才敢休息。到臨安把張安國獻給南宋朝廷正法。辛棄疾這種忠心為國、智勇過人的傳奇般的英雄行為，在古代社會的文人中是絕無僅有、極堪驚嘆的。這首詞的上片寫的就是上述這段出色的經歷。「壯歲旌旗擁萬夫，錦襜突騎渡江初。」上句寫作者青年時領導抗金義軍；下句寫擒獲張安國帶義軍南下。「錦襜突騎」，即穿錦繡短衣的快速騎兵。「燕兵夜娖銀胡簶，漢箭朝飛金僕姑。」寫南奔時突破金兵防線，和金兵戰鬥。燕兵，指金兵。「夜娖銀胡䩮」，夜裡提著兵器追趕。娖，通「捉」；胡䩮，箭袋。一說，枕著銀胡䩮而細聽之意。娖，謹慎貌；胡䩮是一種用皮製成的測聽器，軍士枕著它，可以測聽三十里內外的人馬聲響，見唐杜佑《通典》。兩說皆可通，今取前說。「漢箭」句，指義軍用箭回射金人。金僕姑，箭名，見《左傳．莊公十一年》。四句寫義軍軍容之盛和南奔時的緊急戰鬥情況，用「擁」字「飛」字表動作，從旌旗、軍裝、兵器上加以烘托，寫得如火如荼，有聲有色，極為飽滿有力。

宋高宗沒有抗金的決心，又畏懼起義軍。辛棄疾南歸之後，義軍被解散，安置在淮南各州縣的流民中生活；他本人被任為江陰僉判，一個地方助理小官，給他們劈頭一個嚴重的打擊，使他們大為失望。後來辛棄疾在各地做了二十多年的文武官吏，因進行練兵籌餉的活動，常被彈劾，罷官家居江西的上饒、鉛山，也接近二十年。他處處受到投降派的掣肘，報效國家的壯志難酬。這首詞是他晚年家居時，碰到客人和他談起建立功名的事，引起他回想從青年到晚年的經歷而作的。

下片，「追往事，嘆今吾，春風不染白髭鬚」。上二句今昔對照，一「追」一「嘆」，包含多少歲月，多少挫折；又靈活地從上片的憶舊引出下片的敘今。第三句申明「嘆今吾」的主要內容。草木經春風的吹拂能重新變綠，人的鬚髮在春風中卻不能由白變黑。感嘆年老不能回到青春，歲月虛度的可惜，這是一層；白髭鬚和上片的壯歲對照，和句中的春風對照，又各為一層；不甘心年老，言外有壯志未能拋卻之意，又自為一層。一句中有多層含意，感慨極為深沉。「卻將萬字平戎策，換得東家種樹書」，以最鮮明、最典型的形象，凸出作者理想與現實的尖銳矛盾，凸出他一生的政治悲劇，把上一句的感慨引向更為深化、極端沉痛的地步。平戎策，指作者南歸後向朝廷提出的〈美芹十論〉、〈九議〉等在政治上、軍事上都很有價值的抗金意見書。上萬字的平戎策毫無用處，倒不如向人換來種樹書，還有一些實用價值，這是一種什麼樣的政治現實？對於作者將是一種什麼樣的生活感受?可想而知。陸游〈小園四首〉其四:「駿馬寶刀俱一夢,夕陽閒和飯牛歌。」劉克莊〈滿江紅〉詞:「生怕客談榆塞事,且教兒誦《花間集》。」和這兩句意境相近,也寫得很悲;但聯繫作者生平的文才武略、英雄事跡來看,這兩句的悲慨程度還更使人扼腕不已。

這首詞以短短的五十五個字,深刻地概括了一個抗金名將的悲劇遭遇。上片雄壯,氣蓋萬夫;下片悲涼,心傷透骨。悲壯對照,悲壯結合,真如清彭孫遹《金粟詞話》評辛詞所說的「激昂排宕,不可一世」,是作者最出色、最有分量的小令詞。(陳祥耀)

千年調　辛棄疾

開山徑得石壁，因名曰蒼壁。事出望外，意天之所賜邪，喜而賦。

左手把青霓，右手挾明月。吾使豐隆前導，叫開閶闔。周遊上下，徑入寥天一。覽玄圃，萬斛泉，千丈石。

鈞天廣樂，燕我瑤之席。帝飲予觴甚樂，賜汝蒼壁。嶙峋突兀，正在一丘壑。余馬懷，僕夫悲，下恍惚。

由小序「開山徑得石壁」等語可知這首詞創作於閒居瓢泉期間，大約在宋寧宗慶元六年（一二〇〇）之後。這時作者已閒居六年，年齡已過六十歲，在此之前的幾首詞中明顯地流露著隱居避世的思想。他曾嘆息：「功名妙手，壯也不如人；今老矣，尚何堪？堪釣前溪月。」（〈驀山溪‧趙昌父賦一丘一壑，格律高古，因效其體〉）他羨慕那「終全至樂」的「醉眠陶令」（〈沁園春〉），對於「無窮身外事」要來個「一醉都休」（〈滿庭芳‧和章泉趙昌父〉）。可是這首〈千年調〉卻充滿積極浪漫主義精神，這在那個時期的詞中是很特別的。

小序「意天之所賜邪，喜而賦」，表明了寫作的原因和心情。作者自以為得了天賜石壁，精神為之一振，又看到所得的蒼壁「勢欲摩空」、「有心雄泰華」（辛詞〈臨江仙〉詠蒼壁語），他似乎由此得了「天啟」，積極用世的思想又在胸中激盪，追求理想的精神鼓舞他在幻想的世界裡騰飛奔馳。在這樣的心境下，這首詞應運而生。

全詞抒發詞人超逸不凡的胸懷，反映他愛國懷鄉的思想，表現他懷才不遇的苦悶心情。上闋寫登天與周遊。詞人展開想像的翅膀，乘著神馬飛入太空。「左手把青霓，右手挾明月」，起句很有氣勢，一開始就把讀者帶入了天馬行空、縱橫馳騁的神奇壯麗景象之中。接下去，化用屈原〈離騷〉中的詩句描繪進入天宮的情景。「叫開閶闔」一句由〈離騷〉「吾令帝閽開關兮，倚閶闔而望予」凝縮而來。屈原為了上下求索，曾想像飛上天空，到達天門，但當他命令守門的帝閽打開天門時卻吃了閉門羹。辛棄疾在這一點上似乎比屈原幸運得多，他是承著天恩登天的，天神自然不會擋駕，他的開路先鋒豐隆（雷師，或曰雲師）很順利地叫開了天門，讓他進入天國。「吾使豐隆前導」脫胎於〈離騷〉「吾令豐隆乘雲兮」。原句是描寫屈原上天碰壁後準備到下界「求女」，出發時的情景，事在「令帝閽開關」而見拒之後，詞人在這裡重新組合，把兩件事融為一體了。「周遊上下，徑入寥天一。覽玄圃，萬斛泉，千丈石。」「入於寥天一」是《莊子・大宗師》篇中語。這四句描寫遨遊天宇的情景。詞人在天國裡上下周遊，直到太虛之境，在那裡飽覽了天上的奇景珍物，遊歷了神奇迷離的仙山玄圃，觀賞了水源滔滔的湧泉和直立千丈的仙石。

下闋寫受賜與懷鄉。「鈞天廣樂，燕（宴）我瑤之席。帝飲予觴甚樂，賜汝蒼壁。」這四句寫天帝對詞人的恩澤。這裡化用《史記・趙世家》中趙簡子夢遊天國的典故。趙簡子曾有疾，五日不省人事，扁鵲對趙的家臣說，昔日秦穆公也曾這樣過，三天後一定會醒過來。又過了兩天半果然醒來，醒後對家臣說：我到了天帝那裡，玩得很快樂，「與百神遊於鈞天，廣樂九奏萬舞」，我和眾神在中天遊玩，欣賞了天上的仙樂和仙舞，天帝很高興，還賜我兩個竹籃子。辛棄疾把這個典故借用過來，描寫自己想像中受天帝款待、賞賜的情景：天帝以隆重的儀式迎接他，在瑤池設下宴席，眾多樂工奏起仙樂，天帝親自斟酒，還高興地說：「我要將蒼壁賜予你。」這是至高無上的恩遇，只有當年將成霸業的秦穆公和將要拜為正卿的趙簡子才得到過。辛用此典，可見胸襟之博大與清高。天帝賜趙簡子兩個籃子，日後得到了應驗，趙簡子連克二國，擴大了奉邑，成為晉國的實權派。辛棄疾把蒼壁看作「天之所賜」，與當年趙簡子的受天幸相比，表現出他立功報國的勃勃雄心和暮年壯志。

「嶙峋突兀，正在一丘壑。」這兩句描寫蒼壁的形象和位置。這蒼壁形體雖小，但氣勢雄偉。作者在上引〈臨江仙〉中說：「莫笑吾家蒼壁小，稜層勢欲摩空。」「一丘一壑」本指隱者的住處，這裡指作者瓢泉宅第亭園的一部分，也代指他的居所。這樣一塊蒼壁坐落在一丘一壑之間是很有象徵意義的。作者這樣寫，大概是在表明他雖然身在一丘一壑之間，卻志在千里之外，也許作者正是這樣來領會天賜蒼壁的用意的。

詞的最後三句借用〈離騷〉中的「忽臨睨夫舊鄉；僕夫悲余馬懷兮，蜷局顧而不行」，抒發懷念故土的感情。詞人雖然在天宮受到盛情接待，但他仍然深情地眷戀著祖國和家鄉，致使他的隨從和馬都悲傷起來，於是辭別天宮，恍恍惚惚地回返塵寰。這裡也反映出詞人當時思想的矛盾，他雖然羨慕那醉眠的陶令，卻又不甘心去過那種完全超然世外的桃源生活。蒼壁的出現觸動了他的積極用世思想，賦蒼壁寄託著遠大的抱負。

豐富的想像和奇特的幻想是這首詞顯著的特點。古代浪漫主義詩人屈原在主客觀矛盾得不到解決時，常常在詩歌中以幻想的方式求得精神的寄託和解脫。辛棄疾繼承了屈原的浪漫主義傳統，在這首詞中，透過想像，創造出神奇瑰麗的形象和理想的神仙世界。他在那裡得到無限廣闊的自由天地，受到禮遇和賞賜，與現實生活中的英雄無用武之地形成鮮明對照。

這首詞不僅表現手法像屈原的〈離騷〉，而且多處融進了〈離騷〉的句意，因此它在思想和藝術方面都與〈離騷〉有許多共同點。

但是，作者並沒有機械地模仿〈離騷〉。所用〈離騷〉的詩句都經過了加工改造和融會創新。借用的詩句涉及〈離騷〉的許多情節，屈原求見天帝被拒之門外，下界求女又遭到拒絕，後來終於聽了巫咸、靈氛的勸告去「周流觀乎上下」，但終因「僕夫悲，余馬懷」而告終。這些情節到了辛棄疾筆下，在次序上被重新組合，內容上被賦予新義，並與趙簡子受天幸的典故自然地融合為一，構成另一番神遊天外的意境，正適合表達他的思想感情。（王延梯、聶在富）

玉樓春　辛棄疾

戲賦雲山

何人半夜推山去？四面浮雲猜是汝。常時相對兩三峰，走遍溪頭無覓處。

西風瞥起雲橫度，忽見東南天一柱。老僧拍手笑相誇，且喜青山依舊住。

宋寧宗慶元二年（一一九六），辛棄疾因為上饒（今屬江西）帶湖寓所毀於火，遂徙居位於鉛山（今屬江西）東北境的期思渡別墅。那裡有一泓清泉，其形如瓢，詞人因名之為「瓢泉」。這首詞即寫於詞人閒居瓢泉期間。內容如題，乃吟詠雲山之作。不過，詞人對他吟詠的對象並不作工細的描繪，而是抓住客觀景物的瞬息變化，以輕鬆活潑的筆觸抒寫自己的主觀感受，寓意深刻，非泛泛之詠。

開首兩句點題。上句設問，下句作答，這比直說青山被浮雲所遮覆，更耐人尋味。而且，由於用了擬人手法，還大大密切了物我關係，使我們彷彿看到了詞人那種翹首凝望、喃喃自語的情態。起句用典，《莊子．大宗師》云：「夫藏舟於壑，藏山於澤，謂之固矣，然而夜半有力者負之而走，昧者不知也。」莊子這段話是為闡發他有藏必亡的虛無觀點立論的。後來黃庭堅〈次韻東坡壺中九華〉詩曾用其字面，句云：「有人夜半持山去，頓覺浮嵐暖翠空。」以作者的詞句同黃氏的詩句相比較，黃氏的「持」字徑從《莊子》語中「負之而走」的「負」

字而來，稍顯得拘泥質實；而詞人的「推」字，則顯得空靈巧妙，更切合青山被浮雲所籠罩的景象。可見，用典的巧拙，不在於能否師其字面，而在於能否即景會心，緣事而變化。而「四面浮雲猜是汝」句，何以用「猜」而不用「知」？蓋「知」字判斷的意味太濃，和起句的詰問語氣不相搭配，且使本句也顯得板滯；而著一「猜」字，不僅和起句的詰問語氣相吻合，而且還使全韻靈動活潑，聲情若掬。歇拍一韻緊承前韻，透過描述自己尋覓「常時相對兩三峰」的行動和「走遍溪頭無覓處」的結果，進一步坐實青山被浮雲所籠罩，並隱然透露出詞人的遺憾心情。詞人為什麼如此執著地尋覓「常時相對」的青山？因為青山是他閒居瓢泉期間的知音，也是他光明磊落的人格的化身。「新葺茆簷次第成，青山恰對小窗橫。」（〈浣溪沙．瓢泉偶作〉）「青山意氣崢嶸，似為我歸來嫵媚生。」（〈沁園春．期思卜築〉）「我見青山多嫵媚，料青山見我應如是。情與貌，略相似。」（〈賀新郎．邑中園亭……〉）你看，詞人對青山的感情是多麼的深厚啊！難怪他要殷勤尋覓呢。

詞的上片寫青山被浮雲遮覆的憂慮，下片則寫重睹青山的喜悅。過片兩句筆鋒一轉，景象突然一變：西風乍起，浮雲飄散，忽然看見平時與之相親相愛的青山像擎天巨柱一樣，巋然聳立在東南天際。說寫詞人重睹青山的喜悅，可又沒有直接描寫，而是透過上句的「瞥起」和下句的「忽見」，來表現作者在剎那間的感情變化。如果說過片一韻著重寫浮雲散而青山見的自然景觀須臾間的變化的話，那麼結拍一韻還不該直接抒寫重睹青山的喜悅心情嗎？作者偏不這樣，而是宕開筆墨，描寫了一個老僧看到青山依然挺立東南天際時的歡快舉止和情態，透過老僧之喜來暗寫詞人之喜。這樣寫不僅多一層曲折，而且還豐富了詞境，說明熱愛青山、關心青山是否依舊的，正大有人在，那老僧即其一例也。

這首詞雖然題為「戲賦雲山」，描寫的不過是一種自然現象的瞬息變化，但字裡行間似乎寄寓著詞人這樣一個信念：儘管堅持抗金北伐的力量屢屢遭到投降派的排擠和打擊，但是，就像浮雲畢竟遮不住青山一樣，這股力量不僅不會消失，而且依然是國家的擎天柱。這首小詞的格調明快疏朗，清新活潑，反映了詞人罷官閒居期間積極樂觀的一面。（楊鍾賢）

西江月 辛棄疾

遺興

醉裡且貪歡笑，要愁那得工夫。近來始覺古人書，信著全無是處。

昨夜松邊醉倒，問松「我醉何如」。只疑松動要來扶，以手推松曰：「去！」

這首小詞，從表面看，只如標題所示，是一時遺興之作。稍深一層看，則可發現詞人是用詼諧之筆發洩內心的憤懣。更深一層看，我們還能察知詞人因現實之昏暗而憂心如焚，一肚皮不合時宜，不便明言而又不吐不快。

「醉裡且貪歡笑，要愁那得工夫。」通篇「醉」字凡三見。難道詞人真成了沉湎醉鄉的「高陽酒徒」麼？否。蓋因其力主抗金而不為南宋統治者所用，只好醉裡貪歡，免得老是犯愁。說沒工夫發愁，是反話，骨子裡是說愁太多了，要愁也愁不完。

「近來始覺古人書，信著全無是處。」才敘飲酒，又說讀書，也非醉後說話無條理。這兩句是「醉話」。「醉話」不等於胡話。它是詞人的憤激之言。《孟子．盡心下》：「盡信書，則不如無書。」本意是說古書上的話難免有與事實不符的地方，未可全信。辛棄疾翻用此語，話中含有另一層意思：古書上儘管有許多「至理名言」，現在卻行不通，因此信它不如不信。

以上種種，如直說出來，則不過慨嘆「世道日非」而已。但詞人曲筆達意，正話反說，便有咀嚼不盡之味。下片寫出了一個戲劇性的場面。詞人「昨夜松邊醉倒」，居然跟松樹說起話來。他問松樹：「我醉得怎樣了？」看見松枝搖動，只當是松樹要扶他起來，便用手推開松樹，並厲聲喝道：「去！」醉憨神態，活靈活現。詞人性格之倔強，亦表露無遺。在當時的現實生活裡，醉昏了頭的不是詞人，而是南宋小朝廷中那些紙醉金迷的昏君佞臣。哪怕詞人真醉倒了，也仍然掙扎著自己站起來，相形之下，小朝廷的那些軟骨病患者們是多麼可鄙！

蘇軾曾說過：「味摩詰（王維）之詩，詩中有畫；味摩詰之畫，畫中有詩。」（〈書摩詰藍田煙雨圖〉）讀此詞，似乎可以說：「味稼軒之詞，詞中有戲。」雖然引戲劇性場面入詞不始於辛棄疾，但是在辛詞中較常見。這和辛棄疾引散文句式入詞，如本篇末仿《漢書．龔勝傳》記勝「以手推（夏侯）常曰：『去！』」，同屬於創造性的探索，應該予以肯定。（蔡厚示）

生查子 辛棄疾

獨遊西巖

青山招不來，偃蹇誰憐汝？歲晚太寒生，喚我溪邊住。

山頭明月來，本在天高處。夜夜入清溪，聽讀〈離騷〉去。

古代紀游記遊詞中，標明「獨遊」的為數不多。獨遊者，意味著寂寞無伴，且又往往鬱悶在胸。辛棄疾就是這樣。宋孝宗淳熙八年（一一八一）冬，他被誣陷罷官，長期閒居於上饒城北的帶湖之畔。西巖就在上饒城南，風景優美。這首詞是他閒居期間之作。

開頭「青山」兩句，寫出了詞人對青山的一片痴情。他似乎想把巍然獨立的青山招到近旁，可青山卻無動於衷，於是便發出善意的埋怨：青山啊，你那麼高傲，有誰會喜歡你呢？「偃蹇」（音同掩檢），有高聳、傲慢之意。青山屹立不移，不隨人俯仰，這或許就是詞人想像中的高人逸士的性格吧！蘇軾詩云：「青山偃蹇如高人，常時不肯入官府。」（〈越州張中舍壽樂堂〉）看來，巍巍青山絕不同於熱衷功名利祿之輩。在辛棄疾的筆下，青山也總是寫得氣象不凡、知曉人情的。比如他寫：「我見青山多嫵媚，料青山見我應如是」（〈賀新郎．邑中園亭……〉），「青山欲共高人語，聯翩萬馬來無數」（〈菩薩蠻．金陵賞心亭為葉丞相賦〉），「青山意氣崢嶸，似為我歸來嫵媚生」（〈沁園春．期思卜築〉）。作者同青山之間，「情與貌，略相似」，真可謂彼此仰慕，心心相印了。

「歲晚」兩句寫貌似傲岸的青山對詞人充滿了情意。歲暮寒冬，青山勸詞人到山中溪邊來住，相互為伴，以禦寒風。可見，作者「獨遊西巖」是在冬天。但更深一層揣摩，似乎應該把自然界的寒，理解為政治上的寒。作者正是在惡劣的政治氣候逼迫下，閒居山野，得到青山深切關懷的。

下片著重寫山中明月，既承接上片「喚我溪邊住」，又另闢新的境界，展示明月與詞人的情誼。「山頭明月來，本在天高處」，人在山中，見不到地平線上升起的明月；當月露山頭，已是高懸中天了。這兩句寫出了山中望月的特點。那一輪素月，是悄悄爬上山頭，關切地探望可敬的詞人呢，還是高高地亮起一盞天燈，遍灑銀輝，和青山、溪水一起形成一種令人沉醉的意境，給詞人帶來不盡的遐想？

結尾兩句，由抬頭望空中明月到低頭見溪中月影，好似明月由「天高處」進入溪水中來了。詞人身隻影單，住在山中溪畔，唯有流水中浮動著的月影相陪，這是多麼難得的伴侶，多麼難得的友情！「夜夜」句還表明，這次遊山逗留了不止一日。明月不僅有形有影，而且有意有情，你看它默默地聽著詞人讀〈離騷〉呢。從明月由「來」到「去」，說明詞人深夜未眠，可見其憂憤之至。

這首詞語言簡潔，內容深曲含蓄。初讀全詞，似乎作者寄情山水，與青山明月相交遊，心情輕鬆愉快。細加品味則不然。詞中描寫的是：歲暮天寒，素月清輝與澄澈的溪水相映，詞人孑然一身居於山中溪畔，長夜無眠，獨詠〈離騷〉。這是一幅多麼淒清、幽獨而又含有晶瑩色澤的圖畫！這圖畫中的主人公，不正是有志難申、憂國憂民的作者本人嗎？

詞中的青山和明月，是作者理想人格的化身，沒有世俗的偏見，高尚、正直而又純潔。當作者罷官之際，被「嚴寒」所逼之時，與他相伴的，只有它們——青山和明月。在章法上，上片不說自己遊山，而說青山「喚我溪邊住」；下片不說自己月夜讀〈離騷〉，而說明月聽〈離騷〉。以客寫主，不僅含蓄蘊藉，情趣橫生，而且有力地襯托出作者的高潔品格。儘管他為世所棄，無從施展自己的政治抱負，卻仍然保持著「一片冰心在玉壺」（唐王昌齡〈芙蓉樓送辛漸二首〉其二）的美好情操。

聽讀〈離騷〉，從「讀」這個行動來說，是寫實，但其中另有寓意。〈離騷〉抒發了屈原「信而見疑，忠而被謗」的鬱憤不平之情。辛棄疾一生渴望收復中原，卻屢遭投降派打擊，不為朝廷所用，不得已閒居鄉里，「卻將萬字平戎策，換得東家種樹書」（〈鷓鴣天·有客慨然談功名……〉），這滿腔憂憤之氣，很難用一、二句話表達出來，借用屈原的〈離騷〉，恰好充分地表現了作者的心情。看似信手拈來，不著痕跡，卻顯出作者的非凡功力。輕輕一筆，就開拓和深化了主題。（董扶其）

卜算子 辛棄疾

漫興

千古李將軍，奪得胡兒馬。李蔡為人在下中，卻是封侯者。

芸草去陳根，筧竹添新瓦。萬一朝家舉力田，舍我其誰也？

鄧廣銘《稼軒詞編年箋注》編此詞於光宗紹熙五年（一一九四）至寧宗嘉泰二年（一二〇二）間，其時辛棄疾因遭諫官攻擊，被罷去知福州兼福建安撫使的差遣，隱居在江西鉛山縣期思渡附近的瓢泉別墅。題曰「漫興」，是罷官歸田園居後的自我解嘲之作，看似漫不經心，肆口而成，實則胸中有鬱積，腹中有學養，一觸即發，一發便妙，不可以尋常率筆目之。

此詞通篇都是在發政治牢騷，但上下兩闋的表現形式互不相同。

上闋用典，全從《史記·李將軍列傳》化出，借古人之酒杯，澆自己之塊壘。

「千古李將軍，奪得胡兒馬。」西漢名將李廣四十餘年中與匈奴大小七十餘戰，英名遠播，被匈奴人稱為「飛將軍」。小令篇制有限，不可能悉數羅列這位英雄的傳奇故事，因此詞人只剪取了史傳中最精彩的一個斷片：漢武帝元光六年（前一二九），李廣以衛尉為將軍，出雁門擊匈奴。匈奴兵多，廣軍敗被擒。匈奴人見廣傷病，遂於兩馬間設繩網，使廣臥網中。行十餘里，廣佯死，窺見其旁有一胡兒（匈奴少年）騎的是快馬，乃騰躍而上，推墮胡兒，取其弓，鞭馬南馳數十里歸漢。匈奴數百騎追之，廣引弓射殺追騎若干，終於脫險。斯人於敗軍之際尚且神勇如此，當其大捷之時，英武又該如何？司馬遷將此事寫入史傳，可謂善傳英雄之神。詞人獨取此事入詞，亦稱得上會搶特寫鏡頭。

「李蔡為人在下中，卻是封侯者。」《史記》敘李廣事，曾以其堂弟李蔡作為反襯。詞人即不假外求，一併拈來。蔡起初與廣俱事漢文帝。景帝時，蔡積功勞官至二千石（郡守）。武帝時，官至代國相。元朔五年（前一二四）為輕車將軍，從大將軍衛青擊匈奴右賢王，有功封樂安侯。元狩二年（前一二一）為丞相。他人材平庸，屬於下等裡的中等，名聲遠在廣之下，但卻封列侯，位至三公。詞人這裡特別強調李蔡的「為人在下中」、「卻是封侯者」，一「卻」字尤值得玩味，上文略去了的重要內容——李廣為人在上上，卻終生不得封侯，全由此反跌出來，筆墨十分經濟。

四句只推出李廣、李蔡兩個人物形象，無須辭費，「蟬翼為重，千鈞為輕；黃鐘毀棄，瓦釜雷鳴」（《楚辭·卜居》）的慨嘆已然溢出言表了。按詞人年輕時投身於耿京所領導的北方抗金義軍，在耿京遇害、義軍瓦解的危難之際，他親率數十騎突入駐紮著五萬金兵的大營，生擒叛徒張安國，渡淮南歸，獻俘行在，其勇武本不在李廣之下；南歸後又獻〈十論〉、〈九議〉，屢陳北伐中原的方針大計，表現出管仲、樂毅、諸葛武侯之才，其韜略又非李廣所能及。然而，「古來材大難為用」（杜甫〈古柏行〉），如此文武雙全的將相之具，竟備受嫌猜，迭遭貶謫，時被投閒置散。這怎不令人寒心！因此，詞中的李廣，實際上是詞人的自我寫照；為李廣鳴不平只是表面文章，真正的矛頭是衝著那妍媸不分的南宋統治集團來的。

下闋寫實，就目前的田園生活抒發感慨，一肚皮不合時宜，都託之於詼諧。

「芸草去陳根，筧竹添新瓦。」二句對仗，工整清新。上下文皆散句，於此安排一雙儷句，其精彩如寶帶在腰。「芸」，通「耘」。「筧」（音同剪），本為屋簷上承接雨水的竹管，此處用作動詞，謂截斷竹管，剖作屋瓦。既根除園中雜草，又修葺鄉間住宅，詞人似乎準備長期在此經營農莊了。於是乃逗出結二句：「萬一朝家舉力田，舍我其誰也？」「朝家」，一作「朝廷」。「力田」，鄉官名，掌管農事。兩漢時行推薦制，凡努力耕作、成績顯著者，可由地方官推舉擔任「力田」之職。二句言：有朝一日恢復漢代官制，選舉「力田」，看來是非我莫屬了！話說得極風趣，不愧幽默大師，然而明眼人一望即知，這是含著淚的微笑，其骨子裡正不知有多少辛酸苦辣。「舍我」句本出《孟子．公孫丑下》。孟子曰：「如欲平治天下，當今之世，舍我其誰也？」雖大言不慚，卻充滿著高度的政治自信心和歷史責任感，何其壯也！到得詞人手中，一經抽換前提，自負也就變成了自嘲。儘管詞人曾說過「人生在勤，當以力田為先」（見《宋史．辛棄疾傳》）的話，並不以稼穡為恥，但他平生之志，畢竟還在做一番轟轟烈烈的大事業，旌旗萬夫，揮師北伐，「了卻君王天下事，贏得生前身後名」（〈破陣子．為陳同甫賦壯詞以寄之〉）呵！讀到這最後兩句，我們真不禁要替詞人發出「驥垂兩耳，服鹽車兮」（漢賈誼《弔屈原賦》）的嘆息了。南宋萎靡不振，始困於金，終亡於元，非時無英雄能挽狂瀾於既倒，實皆埋沒蒿萊之中，不能盡騁其長才。千載下每思及此，輒令人扼腕。唯一切封建王朝，莫不如此，盛衰異時，程度不同而已。

本篇的寫作特色是，上闋使事，就技法而言為曲筆，但從語意上來看則是正面文章；下闋直尋，就技法而言為正筆，但從語意上來看卻是在說反話。一為「曲中直」，一為「直中曲」，對映成趣，相得益彰。又上闋「李蔡為人在下中」、下闋「舍我其誰也」，皆整用古文成句（前句，《史記》原文為「蔡為人在下中」，詞人僅增一「李」字），一出於史，一出於經，都恰到好處，後句與「萬一朝家舉力田」這樣的荒誕語相搭配，尤詭而妙不可言。格律派詞人視「經、史中生硬字面」為詞中大忌（見宋沈義父《樂府指迷．清真詞所以冠絕》），殊不知藝術中自有辯證法在，臭腐可化神奇，只要用得其所，經、史中文句不但可以入詞，甚且可以做到全詞即賴此生輝。本篇就是一個雄辯的例證。

此前詞人隱居江西上饒帶湖之時，也曾作過一篇與此內容大致相同的〈八聲甘州·夜讀李廣傳……〉。該詞為長調，末云：「漢開邊、功名萬里，甚當時健者也曾閒？紗窗外，斜風細雨，一陣輕寒。」風格頗見蒼涼。本篇則為小令，心境之悲慨不殊，卻呈現出曠達乃至玩世不恭的外觀。這充分說明，藝術大匠在構思和創作同題材作品時，非特恥於蹈襲前人，並且不屑重複自己，無怪乎他們的筆下總是充滿著五光十色。（鍾振振）

滿江紅　辛棄疾

點火櫻桃，照一架、荼蘼如雪。春正好，見龍孫①穿破，紫苔蒼壁。乳燕引
雛飛力弱，流鶯喚友嬌聲怯。問春歸、不肯帶愁歸，腸千結。
層樓望，春山疊；家何在？煙波隔。把古今遺恨，向他誰說？蝴蝶不傳千里
夢，子規叫斷三更月。聽聲聲、枕上勸人歸，歸難得。

〔註〕①龍孫：竹筍的俗稱，鄧廣銘《稼軒詞編年箋注》引《筍譜雜說篇》：「俗間呼筍為龍孫。」

辛棄疾的政治抒情詞，就表達方式而論，可分為直抒與曲達二類。直抒者，矢口直陳，議論滔滔，悲壯之懷，慷慨之志，和盤托出，絕無隱蓄，並不假借外物，無關乎比興寄託。曲達者，心有難言之隱，鑑於作者自己的險惡處境和當時的社會條件，不願將心事直接剖露，而借山水花鳥以發騷人墨客之怨，託戀情閨思以寓孤臣逐子之感。本闋即屬後一類。全篇的中心，是寫詞人因春歸而思家的哀怨情緒。詞的寫作年代已不可考，也無其他背景材料可參，但細玩其語意，似是稼軒中年政治失意、厭倦宦遊生涯後的思歸之作。

上片即景傷春。詞人的藝術觸覺是十分敏銳的：他既欣賞江南之春的美好，又痛惜江南之春的不久長。在他的筆下，暮春的景致是何等地迷人眼目！「點火櫻桃，照一架、荼蘼如雪」二句，猶如彩色影片的特寫鏡頭，

園林之中燦爛的春色被推到讀者的眼前。一株株櫻桃，果實纍纍，紅得像著了火；一架荼蘼正盛開著白雪般的花朵，與火焰般的櫻桃相映襯，整個園林紅裝素裹，分外嬌豔。「春正好」是一句簡潔深情的贊語。春天好，好就好在生機勃勃。春筍穿破了長滿青苔的土階，蓬勃地向上生長；春燕引領著幼雛，緩緩地飛翔；流鶯呼朋喚友，嬌音恰恰，就像奏響了一首首春之抒情曲……可是好景不長，恰如前人的名句「開到荼蘼花事了」（宋王琪〈春暮遊小園〉）所標示的，高潮一過，春姑娘就要歸去了，留也沒法留住。也許正是因為預感到春之短暫，乳燕才飛得沒有興致，其翱翔之力「弱」了下來；那些自在的流鶯，也因此而歌聲不暢，它們的啼音竟然使人有「怯」的感覺。燕之「弱」，鶯之「怯」，其實都是詞人傷春心理的外化。讀者切莫責怪這位曾經叱吒風雲的英雄人物怎麼會沾染上小兒女的傷春感懷，辛稼軒這裡別有滿腹心事。對於一個政治理想落空、在現實生活中屢受挫折的人來說，春歸豈不是象徵著希望破滅！自然景觀的變化和季節的無情推移，牽動了詞人滿懷的愁恨，於是他向春天發出了怨憤之語：「問春歸、不肯帶愁歸，腸千結。」這三句與作者的名篇〈祝英臺近．晚春〉的結拍「是他春帶愁來，春歸何處？卻不解帶將愁去」，用語和含義都很相似，只是這裡語調更為急促，意思更為直截一些。作者似在對空呼喊道：千愁萬恨，都是你春天給引出來的；如今你自個兒走得利索，卻把愁留給人不管了，你可知我已經愁腸千結，無法開解！這一串怨春之語，無理之極，然而有情之極，「腸千結」三字，尤能誇張地表達出詞人抑鬱不堪的繁亂心緒。

詞的下片，具體而細緻地抒寫這被春天觸動的愁和恨。換頭的四個三字句：「層樓望，春山疊；家何在？煙波隔。」承「腸千結」一句而來，點明詞人內心所鬱積的，並不是春花秋月的閒愁，而是懷念家山的深沉悲痛。詞人登高樓而遠望家鄉，無奈千重萬疊的春山遮斷了望眼，茫茫無邊的煙波阻隔了歸路。這春山、這煙波，象徵祖國的分裂，象徵政局的險惡，象徵詞人執著追求的抗金恢復大業所遇到的重重困難！接下來「把古今遺恨，向他誰說」二句，愁懷浩渺，語意悲愴，英雄的孤獨感拂拂生於紙面。所謂「古今遺恨」，按字面之義自然是指從古至今的恨事，但懷古是為了傷今，因而這裡的「古今」，偏重於指「今」。今之恨，莫過於中原失陷、祖國分裂之恨。由此可見，這兩句是向人們說明：詞人之「恨」的內容，絕非一般文人士大夫風花雪月的小恨，而是深沉悲痛的家國大恨；而詞人為雪此大恨而奮鬥，知音稀少，此恨幾乎無處可以傾訴，這又是自己滿腔愁恨之更深一層者！緊接「蝴蝶」二句，化用唐人崔塗〈春夕〉的「蝴蝶夢中家萬里，子規枝上月三更」一聯而變其意。《莊子》上說，莊周夢見自己化為蝴蝶。後來文人就將做夢稱為「蝴蝶夢」。千里夢，指自己的思鄉夢。子規的叫聲像是在說「不如歸去」。這兩句，是就情造境的哀婉之筆，以深夜不寐的痛苦情景，來將上文所抒寫的內容進一步向廣闊的時空延伸。一個「不傳」，一個「叫斷」，是點鐵成金之語，使得這兩句比崔塗原詩更為淒切地傳達出思家念遠之悲。從作者的生平、思想及上文的「古今遺恨」等來綜合判斷，這裡的思家，不是思念其江南地區的寓所，而是思念遠在北方金人統治之下的山東濟南老家。全闋的結拍云：「聽聲聲、枕上勸人歸，歸難得。」「聲聲」，承「子規叫斷」而來，可謂善於呼應，構鎖嚴密。「勸人歸，歸難得」為「頂真格」，其用在於文氣貫通地傾瀉自己的苦痛之懷。這裡以情語結束，但由於與前面的形象描寫相聯繫，並且語意真摯感人，所以這個結尾仍然富有韻味，令人對這位愛國志士有家難歸的痛楚油然而生共鳴之感。

此詞以春景為觸媒，充分融進了身世家國之悲，是一首有政治內容的抒情佳作。它之所以能打動人，不僅在於飽含真情，還在於作者避免了乾巴巴、直通通的訴說，而在生動鮮明的意象描寫中創造了幽遠深邃的抒情境界。作者尤善選取富有象徵意義的事物和畫面來進行渲染描繪，使自己的深曲細膩之情從這種渲染描繪中自然地流露出來。在成功地抒發政治情懷這一點上，稼軒詞中這一類以清麗幽婉見長的篇什，和他那些以雄豪壯闊取勝的代表作，頗有異曲同工之妙。（劉揚忠）

滿江紅　辛棄疾

遊清風峽，和趙晉臣敷文韻。

兩峽嶄巖，問誰占、清風舊築？更滿眼、雲來鳥去，澗紅山綠。世上無人供笑傲，門前有客休迎肅。怕淒涼、無物伴君時，多栽竹。

風采妙，凝冰玉。詩句好，餘膏馥。嘆只今人物，一夔應足。人似秋鴻無定住，事如飛彈須圓熟。笑君侯，陪酒又陪歌，〈陽春曲〉。

據《鉛山縣志・選舉志》記載：趙晉臣，名不迂，宋高宗紹興二十四年（一一五四）進士，官中奉大夫，直敷文閣學士。清風峽在鉛山（今屬江西），峽東清風洞，是歐陽脩錄取的狀元劉煇早年讀書的地方。辛棄疾的這首〈滿江紅〉，以「遊清風峽，和趙晉臣敷文韻」為題，主要寫趙晉臣，說清風峽的詞句，也是從屬於人物描寫的。

起句寫清風峽形勢，接著即將筆鋒轉向趙晉臣。「清風舊築」，指劉煇曾經讀書其中的清風洞；如今歸誰占領呢？不用說是和他同遊的趙晉臣占領的。住在清風洞，既可眺望「兩峽嶄巖」，又可欣賞「雲來鳥去，澗紅山綠」。但這裡人跡罕至，豈不孤寂？以下數句，即回答這個問題。「世上無人供笑傲」，還不如住在這裡領略自然風光，這是第一層。即使「門前有客」來訪，也大抵是些俗物，還是「休迎肅」為好，這是第二層。如果因無人做伴而感到淒涼，也不必「怕」，多栽些竹子就是了。這是第三層。層層逼進，把趙晉臣超塵拔俗、不肯同流合汙的高潔品格，表現得淋漓盡致。

下片的「風采妙，凝冰玉」，頌揚趙晉臣冰清玉潔，乃是對上片的總括。「詩句好，餘膏馥」，則由頌揚人格進而讚美文采。《新唐書．杜甫傳贊》云：「他人不足，甫乃厭餘，殘膏剩馥，沾丐後人。」趙晉臣的詩「餘膏馥」，那也是可以「沾丐後人」的。進而用《韓非子．外儲說》「夔一而足矣」的典故，把趙晉臣推崇到無以復加的地步，不須再說什麼了。於是換筆換意，由感慨人、事歸到留連詩、酒。人，像秋天的鴻雁，今天落到這裡，明天飛向那裡，哪有固定的住處？我和你都是一樣。事，像飛出的彈丸，應該圓熟些，處事何必那麼固執。這次同遊，你既陪酒，又陪歌，真是難得的會合啊！以「陽春曲」收尾，緊承「陪歌」，指趙晉臣的原唱，自然也帶出自己的和章。戰國楚宋玉〈對楚王問〉云：「客有歌於郢中者，其始曰〈下里巴人〉，國中屬而和者數千人……其為〈陽春白雪〉，國中屬而和者不過數十人……是其曲彌高，其和彌寡。」唐岑參〈奉和中書舍人賈至早朝大明宮〉結尾云：「獨有鳳凰池上客，陽春一曲和皆難。」辛棄疾的這首〈滿江紅〉，是和趙晉臣的原唱的，贊原唱為〈陽春曲〉，則對自己的和詞已含自謙之意，可謂「一石二鳥」。恰當地運用典故，收到極佳的藝術效果。

這首詞用「只今人物，一夔應足」評價趙晉臣，未免過分誇張，但從全篇的構思看，這卻是完全必要的。其人既如此傑出，就應該得到重用，卻為什麼閒居深峽古洞，徒然消磨壯志呢？按辛棄疾於光宗紹熙五年（一一九四）自福建安撫使任罷官，退隱鉛山瓢泉，達十年之久。趙晉臣自江西漕使任罷官歸鉛山，約當寧宗慶元六年（一二〇〇）。辛棄疾此時尚在鉛山，遭遇相似，心有靈犀，因而他筆下的趙晉臣，在很大程度上是他自己的投影。結合時代背景和辛棄疾的抱負、經歷來讀，就會感知詞中蘊含的憂憤十分深廣；如果看作一般的應酬之作，就未免辜負作者的苦心了。（霍松林）

永遇樂 辛棄疾

京口北固亭懷古

千古江山，英雄無覓，孫仲謀處。舞榭歌臺，風流總被，雨打風吹去。斜陽草樹，尋常巷陌，人道寄奴①曾住。想當年，金戈鐵馬，氣吞萬里如虎。

元嘉草草，封狼居胥，贏得倉皇北顧。四十三年，望中猶記，烽火揚州路。可堪回首，佛狸祠下，一片神鴉社鼓。憑誰問：廉頗老矣，尚能飯否？

〔註〕①寄奴：即南朝宋武帝劉裕，《宋史．武帝紀》：「高祖武皇帝諱裕，字德輿，小名寄奴，彭城縣綏輿里人，漢高帝弟楚元王交之後也。」

此詞作於寧宗開禧元年（一二〇五）。當時，韓侂胄正準備北伐。閒廢已久的辛棄疾於前一年被起用為浙東安撫使，這年春初，又受命知鎮江府，出鎮江防要地京口（今江蘇鎮江）。從表面看來，朝廷對他似乎很重視，然而實際上只不過是利用他那主戰派元老的招牌作為號召而已。辛棄疾到任後，一方面積極布置軍事進攻的準備工作；但另一方面，他又清楚地意識到政治鬥爭的險惡，自身處境的孤危，深感很難有所作為。一片緊鑼密鼓的北伐聲，當然能喚起他恢復中原的豪情壯志，但是他對獨攬朝政的韓侂胄輕敵冒進，又感到憂心忡忡。這種老成謀國，憂深思遠的矛盾交織的心理狀態，在這首篇幅不大的作品裡充分地表現出來，使之成為傳誦千古的名篇，而被後人推為壓卷之作。這當然首先決定於作品深厚的思想內容，但同時也因為它代表辛詞在語言藝術上特殊的成就，特別是典故運用得非常成功。

詞以「京口北固亭懷古」為題。京口是三國時吳大帝孫權設置的重鎮，並一度為都城，也是南朝宋武帝劉裕生長的地方。面對雄偉江山，緬懷歷史上的英雄人物，正是像辛棄疾這樣的英雄志士應有之情，題中應有之意，詞正是從這裡著筆的。

孫權以區區江東之地，抗衡曹魏，拓宇開疆，造成了三國鼎峙的局面。儘管物換星移，滄桑屢變，歌臺舞榭，遺跡淪湮，然而他的英雄業績則是和千古江山相輝映的。劉裕崛起孤寒，以京口為基地，削平了內亂，取代了東晉政權。他曾兩度揮戈北伐，收復了黃河以南大片故土。這些振奮人心的歷史事實，被形象地概括在「想當年，金戈鐵馬，氣吞萬里如虎」三句話裡。英雄人物留給後人的印象是深刻的，因而「斜陽草樹，尋常巷陌」，傳說中他的故居遺跡，還能引起人們的瞻慕追懷。在這裡，作者發的是思古之幽情，寫的是現實的感慨。無論是孫權或劉裕，都是從百戰中開創基業，建國東南的。這和南宋統治者偷安江左、忍恥忘仇的懦怯表現，是多麼鮮明的對照！

如果說，詞的上片借古意以抒今情，還比較軒豁呈露，那麼，在下片裡，作者透過典故所揭示的歷史意義和現實感慨，卻意深而味隱了。

下片共十二句，有三層意思。層層轉折，愈轉愈深。詞中的歷史人物和事件，血脈動蕩，和詞人的思想感情融成一片，賦予作品沉鬱頓挫的風格，深宏博大的意境。

「元嘉草草」三句，用古事影射現實，尖銳地提出一個歷史教訓。這是第一層。

史稱南朝宋文帝劉義隆「自踐位以來，有恢復河南之志」（見《資治通鑑．宋紀》）。他曾三次北伐，都沒有成功，特別是元嘉二十七年（四五〇）那最後一次，失敗得更慘。用兵之前，他聽取彭城太守王玄謨陳北伐之策，非常激動，說：「聞玄謨陳說，使人有封狼居胥意。」（見《宋書．王玄謨傳》）《史記．衛將軍驃騎列傳》載，衛青、霍去病各統大軍分道出塞與匈奴戰，皆大勝，霍去病於是「封狼居胥山，禪於姑衍」。封、禪，謂積土為壇於山上，祭天曰封，祭地曰禪，報天地之功，為戰勝也。「有封狼居胥意」謂有北伐必勝的信心。當時的北魏並非無隙可乘；南北軍事實力的對比，北方也並不占優勢。倘能妥為籌畫，謀而後動，雖未必能成混一之功，然而收復一部分河南舊地，則是完全可能的。無如宋文帝急於事功，頭腦發熱，聽不進老臣宿將的意見，輕啟兵端。結果不僅沒有得到預期的勝利，反而招致北魏拓跋燾大舉南侵，弄得兩淮殘破，胡馬飲江，國勢一蹶而不振了②。這一事件，對當時現實所提供的歷史鑑戒，是發人深省的。稼軒是在語重心長地告誡南宋朝廷：要慎重啊！你看，元嘉北伐，由於草草從事，「封狼居胥」的壯舉，只落得「倉皇北顧」的哀愁。

想到這裡，稼軒不禁撫今追昔，感慨係之。隨著作者思緒的劇烈波動，詞意不斷深化，而轉入了第二層。

稼軒是四十三年前，即高宗紹興三十二年（一一六二）率眾南歸。正如他在〈鷓鴣天．有客慨然談功名……〉一詞中所說：「壯歲旌旗擁萬夫，錦襜突騎渡江初，燕兵夜娖銀胡䩮，漢箭朝飛金僕姑。」那沸騰的戰鬥歲月，是他英雄事業的發軔之始。當時，宋軍在采石磯擊破南犯的金兵，完顏亮為部下所殺，人心振奮，北方義軍紛起，動搖了女真人在中原的統治，形勢是大有可為的。剛即位的宋孝宗也頗有恢復之志，起用主戰派首領張浚，積極北伐。可是符離潰退後，他就堅持不下去了，於是主和派重新得勢，再一次與金國通使議和。從此，南北分裂就進入了一個相對穩定的狀態，而稼軒的生平抱負也就無從施展，「卻將萬字平戎策，換得東家種樹書」（同上〈鷓鴣天〉）了。時機是難得而易失的。四十三年後，重新經營恢復中原的事業，民心士氣，都和四十三年前有所不同，當然要困難得多。「烽火揚州」和「佛貍祠下」的今昔對照，正唱出了稼軒四顧蒼茫，百端交集，不堪回首憶當年的感慨心聲。

佛貍祠在長江北岸今江蘇南京市六合區東南的瓜步山上。南朝宋文帝元嘉二十七年（四五〇），北魏太武帝拓跋燾南侵時，曾在瓜步山上建行宮，後來成為一座廟宇。拓跋燾小字佛貍，當時流傳有「虜馬飲江水，佛貍明年死」的童謠，所以民間把它叫做佛貍祠。這所廟宇，南宋時猶存。這裡的「神鴉社鼓」，也就是東坡〈浣溪沙．徐門石潭謝雨，道上作五首〉其二所描繪的「老幼扶攜收麥社，烏鳶翔舞賽神村」的情景，是一幅迎神賽會的生活畫面。在古代，迎神賽會，是普遍流行的民間風俗，和農村是緊密聯繫著的。農民祈晴祈雨，以及種種生活願望的祈禱，都離不開神。利用社日的迎神賽會，一方面酬神娛神，一方面大家歡聚一番。在農民看來，只要是神，就會給他們以福佑。有廟宇的地方，就會有「神鴉社鼓」的祭祀活動。至於這一座廟宇供奉的是什麼神，對農民說來，是無關宏旨的。因而，「神鴉社鼓」只是農村生活的一種環境氣氛，不必鑿之使深。然而稼軒在詞裡攝取佛貍祠，則和上文的「烽火揚州」有著內在的聯繫，都是從「可堪回首」這句話裡生發出來的。四十三年前，完顏亮發動南侵，曾以揚州作為渡江基地，而且也曾駐紮在佛貍祠所在的瓜步山上，嚴督金兵搶渡長江。以古喻今，佛貍很自然地就成了完顏亮的影子。稼軒曾不止一次地以佛貍影射完顏亮。例如在〈水調歌頭．舟次揚州……〉詞中說：「落日塞塵起，胡騎獵清秋。漢家組練十萬，列艦聳層樓。誰道投鞭飛渡，憶昔鳴髇血汙，風雨佛貍愁。」詞中的佛貍，就是指完顏亮，正好作為此詞的註腳。佛貍祠在這裡是象徵南侵者所留下的痕跡。四十三年過去了，當年揚州一帶烽火漫天，瓜步山也留下了南侵者的足跡，這一切記憶猶新，而今佛貍祠下卻是神鴉社鼓，一片和平景象，全無戰鬥氣氛。稼軒感到不堪回首的是，隆興和議以來，朝廷苟且偷安，放棄了多少北伐抗金的好時機，使得自己南歸四十多年，而恢復中原的壯志無從實現。在這裡，深沉的時代悲哀和個人身世的感慨交織在一起。

那麼，稼軒是不是認為時機已失，事情就不可為呢？當然不是這樣。對於這次北伐，他是贊成的，但認為必須做好準備；而準備是否充分，關鍵在於舉措是否得宜，在於任用什麼樣的人主持其事。他曾向朝廷建議，應當把用兵大計委託給元老重臣，隱然以此自任，準備以垂暮之年，挑起這副重擔；然而事情並不是他所想像的那樣，於是他就發出「憑誰問：廉頗老矣，尚能飯否」的慨嘆，詞意轉入了最後一層。

只要讀過《史記·廉頗藺相如列傳》的人，都會很自然地把「一飯斗米，肉十斤，披甲上馬」的老將廉頗，和「精神此老健於虎，紅頰白鬚雙眼青」（劉過〈呈辛稼軒五首〉其二）的辛稼軒聯繫起來，感到他借古人為自己寫照，形象是多麼飽滿、鮮明，比擬是多麼貼切、逼真！不僅如此，稼軒選用這一典故還有更深刻的用意。首先，廉頗在趙國，不僅是一位「以勇氣聞於諸侯」的猛將，而且在秦趙長期相持中，是一位能攻能守，勇猛而不孟浪，持重而非畏縮，為秦國所懼服的老臣宿將。趙王之所以「思復得廉頗」，也是因為「數困於秦兵」。因而廉頗的用舍行藏，關係到趙秦的局勢、趙國國運的興衰，而不僅僅是廉頗個人升沉得失的問題。其次，廉頗之所以終於沒有被趙王起用，則是由於他的仇人郭開搞陰謀詭計，蒙蔽了趙王。廉頗個人的遭遇，正反映了當時趙國內部的矛盾。從這一故事，結合稼軒四十三年來的身世遭遇，特別是從不久後他又被韓侂胄一腳踢開，罷官南歸時所發出的「鄭賈正應求死鼠，葉公豈是好真龍」（〈瑞鷓鴣·乙丑奉祠舟次餘干作〉）的慨嘆，再回過頭來體會他作此詞時的處境和心情，我們就能更深刻地理解他的憂憤之深廣，也會驚嘆於他用典的出神入化了。

岳珂在《桯史·稼軒論詞》條說：他提出〈永遇樂〉一詞「微覺用事多」之後，稼軒大喜，「酌酒而謂坐中曰：『夫君實中余痼。』乃味改其語，日數十易，累月猶未竟」。人們往往從這一段記載引出這樣一條結論：

稼軒詞用典多，是個缺點，但他能虛心聽取別人意見，創作態度可謂嚴肅認真。而這件事所透露的另一條重要訊息卻為人們所忽視：以稼軒這樣一位大師，為什麼會「味改其語，日數十易，累月猶未竟」，想改而終於改動不了呢？這不恰恰說明，這首詞用典雖多，然而卻用得天造地設，它們所起的作用，在語言藝術上的能量，不是直接敘述和描寫所能代替的，正體現了他的特殊成就。（馬群）

〔註〕②史稱當時拓跋燾在瓜步「壞民廬舍，及伐葦為筏，聲言欲渡江。建康（宋的首都，今南京市）震懼，民皆荷擔而立。壬午，內外戒嚴。」沿江數百里倉卒布防，「王公以下子弟皆從役」。宋文帝登石頭城北望，告訴江湛說：「檀道濟若在，豈使胡馬至此！」（見《資治通鑑．宋紀》元嘉二十七年）「倉皇北顧」，就是上述歷史事實的形象概括。歷來註家往往因「北顧」的字面，遂援引宋文帝元嘉八年所作「北顧涕交流」詩句來註此詞，其實這裡說的有其特定的具體歷史內容。

漢宮春　辛棄疾

會稽蓬萊閣觀雨

秦望山頭，看亂雲急雨，倒立江湖。不知雲者為雨，雨者雲乎。長空萬里，被西風、變滅須臾。回首聽、月明天籟，人間萬竅號呼。

誰向若耶溪上，倩美人西去，麋鹿姑蘇？至今故國人望，一舸歸歟。歲云暮矣，問何不鼓瑟吹竽。君不見、王亭謝館，冷煙寒樹啼烏。

這首詞的題目，原作「會稽蓬萊閣懷古」。同調另有「亭上秋風」一首，題作「會稽秋風亭觀雨」。唐圭璋先生謂，「秋風亭觀雨」詞中無雨中景象，而「蓬萊閣懷古」一首上片正寫雨中景象，詞題「觀雨」與「懷古」前後顛倒，當係錯簡。說見《詞學論叢·讀詞續記》。今據以訂正詞題。

宋寧宗嘉泰三年（一二〇三），辛棄疾被重新起用，任命為知紹興府兼浙東安撫使。據宋張淏《寶慶會稽續志》，為六月十一日到任，同年十二月二十八日即奉召赴臨安，次年春改知鎮江府，故知登蓬萊閣之舉，必在嘉泰三年的下半年，另據詞中「西風」、「冷煙寒樹」等語，可斷定是作於晚秋。

清人沈祥龍《論詞隨筆》云：「詞貴意藏於內，而迷離其言以出之。」為此，詞家多刻意求其含蓄，而以詞意太淺太露為大忌。這首詞以自然喻人世，以歷史比現實，託物言志，寄慨遙深。

詞的上片，看似純係寫景，實則借景抒情。它不是為寫景而寫景，而是景中有情，寓情於景。詞人所登的蓬萊閣在浙江紹興（即會稽），秦望山，一名會稽山，在會稽東南四十里處。他為何望此山？因為這裡曾是秦始皇南巡時望大海、祭大禹之處。登此閣望此山，不禁會想起統一六國的秦始皇和治水除患的大禹。這片詞先以「看」領起，盡寫秦望山頭雲雨蒼茫的景象和乍雨還晴的自然變化。以「倒立江湖」喻風狂雨急之貌，鮮明形象，蓋從蘇軾〈有美堂暴雨〉詩「天外黑風吹海立」脫胎。「不知雲者為雨，雨者雲乎」，語出於《莊子·天運》：「雲者為雨乎？雨者為雲乎？」「為」字讀去聲。雲層是為了降雨嗎？降雨是為了雲層嗎？莊子設此一問，下文自作回答，說這是自然之理，雲、雨兩者，誰也不為了誰，各自這樣運動著罷了，也沒有別的意志力量施加影響要這樣做。作者說「不知」，也的確是不知，不必多追究。「長空萬里，被西風、變滅須臾。」天色急轉，詞筆也急轉，這是說雲。蘇軾〈念奴嬌·中秋〉詞：「憑高眺遠，見長空萬里，雲無留跡。」《維摩詰所說經》：「是身如浮雲，須臾變滅。」雲散了，雨當然也就收了。「回首聽、月明天籟，人間萬竅號呼。」這裡又用《莊子》語。〈齊物論〉：「夫大塊噫氣，其名為風。是唯無作，作則萬竅怒呺。」這就是「天籟」，自然界的音響。從亂雲急雨到雲散雨收，月明風起，詞人在大自然急遽的變化中似乎悟出一個哲理：事物都處在不斷變化中，陰晦可以轉為晴明，晴明又含著風起雲湧的因素；失敗可以轉為勝利，勝利了又會起風波。上片對自然景象的描寫，為下片追懷以弱勝強、轉敗為勝、又功成身退的范蠡作了有力的烘托、鋪墊。語言運用上，熔裁諸家，如自己出，這是辛詞的長技。

下片懷古抒情，說古以道今，影射現實，借古人之酒杯澆自己胸中之塊壘。作者首先以反問的語氣講述了一段富有傳奇色彩的歷史故事：當年是誰到若耶溪上請西施西去吳國而導致吳國滅亡呢？越地的人們至今還盼望著他能乘船歸來呢！這當然是說范蠡，可是作者並不直說，而是說「誰倩」。這樣寫更含蓄而且具有啟發性。據史書記載，春秋末年越王句踐曾被吳國打敗，蒙受奇恥大辱。謀臣范蠡苦身戮力，協助句踐復興越國，「十年生聚，十年教訓」，並將西施進獻吳王，行美人計。吳王果貪於女色，荒廢朝政。吳國謀臣伍子胥曾勸諫說：「臣今見麋鹿遊姑蘇之臺。」（《史記．淮南衡山列傳》）後來越國終於滅了吳國。越國勝利後，范蠡認為「句踐為人，可與共患難，不可與共樂」（《史記．越王句踐世家》），於是泛舟五湖而去。發人深思的是，詞人面對秦望山、大禹陵和會稽古城懷念古人，占據他心靈的不是秦皇、大禹，也不是越王句踐，而竟是范蠡。這是因為范蠡忠心耿耿，具有文韜武略，曾提出許多報仇雪恥之策，同詞人的思想感情息息相通。宋李心傳《建炎以來朝野雜記乙集》卷十八記載：辛棄疾至臨安見宋寧宗，「言夷狄（金國）必亂必亡，願付之元老大臣，務為倉猝可以應變之計，（韓）侂冑大喜」。宋滄洲樵叟《慶元黨禁》亦言「嘉泰四年春正月，辛棄疾入見，陳用兵之利，乞付之元老大臣」，另據宋程珌〈丙子輪對劄子〉記辛棄疾這幾年來屢次派遣諜報人員到金境偵察金兵虛實並欲在沿邊界地區招募軍士（見《洛水集》），可見作者這時正躍躍欲試，力圖恢復中原以雪靖康之恥，范蠡正是他仰慕和效法的榜樣。表面看來，「故國人望」的是范蠡，其實，何嘗不可以說也指他辛棄疾。在他晚年，經常懷念「壯歲旌旗擁萬夫」（〈鷓鴣天．有客慨然談功名……〉）的戰鬥生涯，北方抗金義軍也時時盼望他的歸來。宋謝枋得在〈祭辛稼軒先生墓記〉中記載：「公沒，西北忠義始絕望。」（見《疊山集》）這一部分用典，不是僅僅說出某事，而是鋪衍為數句，敘述出主要的情節，以表達思想感情，這是其用典的一個顯著特點。

「歲云暮矣，問何不鼓瑟吹竽？」在詞的收尾部分，作者首先以設問的語氣提出問題：一年將盡了，為什麼不鼓瑟吹竽歡樂一番呢？《詩經．小雅．鹿鳴》：「我有嘉賓，鼓瑟吹笙。」又《唐風．山有樞》：「子有酒食，何不日鼓瑟？且以喜樂，且以永日。」作者引《詩》說出了歲晚當及時行樂的意思，接著又以反問的語氣作了回答：「君不見、王亭謝館，冷煙寒樹啼烏。」舊時王、謝的亭館已經荒蕪，已無可行樂之處了。東晉時的王、謝與會稽的關係也很密切，「王亭」，指王羲之修禊所在的會稽山陰之蘭亭；謝安曾隱居會稽東山，有別墅。這些舊跡，現在是只有「冷煙寒樹啼烏」點綴其間了。

從懷念范蠡到懷念王、謝，感情上是一個很大的轉折。懷念范蠡抒發了報國雪恥的積極思想；懷念王、謝不僅流露出對現實的不滿，而且明顯地表現出消極悲觀的情緒。作者面對自然的晴雨變化和歷史的巨變，所激起的不僅是要效法古人、及時立功的慷慨壯懷，同時也有人世匆匆的暮年傷感。辛棄疾此時已經是六十四歲了。當作者想到那些曾經稱雄一方、顯赫一時的風流人物無不成為歷史陳跡的時候，內心充滿了人生須臾、功名如浮雲流水的悲嘆。這末一韻就意境來說不是僅對王亭謝館而發，而是關涉全篇，點明全詞要旨。詞人在這些歷史人物事跡中寄託的不同感情，同他當時思想的矛盾是完全吻合的。（王延梯、聶在富）

千年調 辛棄疾

蔗庵小閣名曰「巵言」，作此詞以嘲之。

巵酒向人時，和氣先傾倒。最要然然可可，萬事稱好。滑稽坐上，更對鴟夷笑。寒與熱，總隨人，甘國老。

少年使酒，出口人嫌拗。此箇和合道理，近日方曉。學人言語，未會十分巧。看他們，得人憐，秦吉了。

據鄧廣銘《稼軒詞編年箋注》考證，這首詞是南宋孝宗淳熙十二年（一一八五），辛棄疾第一次落職在江西上饒鄉居時，因其友人鄭汝諧（字舜舉）居第蔗庵有閣名「巵言」，有感而作。

在詞史上，這首詞無論從內容還是藝術上來看，都是一首值得稱道的佳作。在此之前，詞這種文學體裁大都不出抒情言志的範圍，很少有作者用幽默、諷刺的筆調，來揭露、抨擊醜惡的社會現象。辛棄疾的這首詞，用三種盛酒的器具、一種藥材與鳥，形象、幽默而又辛辣地揭露、諷刺了當時朝廷中那些隨人俯仰、趨炎附勢、不以國事為重的官僚們的醜態。在南宋朝廷苟且偷安的空氣下，辛棄疾從自己親身經歷中，深深感受到，在當時的官場與社會上，正直與阿諛、真誠與虛偽、有為與無能的鬥爭中，往往是那些唯上命是從，唯潮流是順之徒，極盡阿諛逢迎、虛與委蛇之能事，反而攫取得一己之私利，欣然自得，了無愧色；正直、真誠、有為之士，卻往往因堅持理想、節操，而受到排擠、打擊。因此，他見友人第宅中有閣名「卮言」，便借題發揮，寫成這篇絕妙文字。

「卮言」，出自《莊子·寓言》：「卮言日出，和以天倪。」卮是古時盛酒的器皿。陸德明《經典釋文》引王叔之：「卮器滿即傾，空則仰，隨物而變，非執一守故者也。施之於言，而隨人從變，己無常主者也。」詞即借卮這一形象，來比喻那些沒有固定信仰和主見，而俯仰隨人、應聲附和的人。接著以「然然可可，萬事稱好」補明前面的描寫，活畫出一個笑容可掬，隨著權勢者的話語，點頭哈腰，連稱「是、是，對、對，好、好」的可笑可憎的形象。「滑稽坐上，更對鴟夷笑。」「滑稽」和「鴟夷」是兩種酒器。「滑稽」，為流酒器，能轉注吐酒，終日不已。「鴟夷」，一種皮制的酒袋，容量大，可隨意伸縮、捲折。它們成天在酒席上忙乎不停，倒完酒又灌滿，灌滿又倒完，圓轉靈活。這使人自然地聯想起那些善於應酬，花言巧語之徒。「滑稽坐上」，即「坐（同座）上滑稽」，「更對鴟夷笑」，一個「笑」字，將物寫活了，把那些如「滑稽」一般圓通自如而得意洋洋的小人的醜態，勾畫了出來。「寒與熱，總隨人，甘國老。」仍然是以物喻人。「甘國老」，即中藥甘草，其味甘平，能夠調和眾藥，醫治寒、熱引起的多種疾病，故有「國老」之名。詞人正是以此諷刺那些不講是非原則，專和稀泥，欺世盜名的鄉愿。

換頭忽插入詞人自己，與上闋描述的醜類形成鮮明的對比。「少年使酒」，乃是一種憤激之語，無非是說自己年少氣盛，借酒罵坐，不會察言觀色，總是直來直去，不懂逢迎拍馬，所以不討人喜歡。「此箇和合道理，近日方曉。」這是詞人在說反話，意思說，如今我才懂這個做人要隨和合俗的道理，也想來學習這一套了，但畢竟又不是此中人，故而「未會十分巧」，始終學不到家。什麼人才學得會呢？只有那些像學舌鳥一樣專在附和權要上下工夫的人，才能精通此道呢。「看他們，得人憐，秦吉了！」「秦吉了」，一種能學人言語的鳥，又名鷯哥、八哥。此正是詞人用以痛罵鸚鵡學舌小人的又一比喻。

這首詞最大的特點，就是選取某些特徵相似的事物，來盡情描繪，多方比喻，冷嘲熱諷，鞭撻世俗，達到了淋漓盡致的境地。詞人於諷刺中又表現自己的節操和態度，故它不僅僅止於諷刺，自己的形象也站了進去，起到了對比作用。這首詞由於比喻貼切，不僅增加了詞的含蓄性，給人更多的聯想，而且也增強了詞的形象性與幽默性，於幽默、嘲諷之中，透露出作者的憤激之情與鄙夷之色。（邱俊鵬）

踏莎行 辛棄疾

庚戌中秋後二夕帶湖篆岡小酌

夜月樓臺，秋香院宇。笑吟吟地人來去。是誰秋到便淒涼？當年宋玉悲如許。

隨分杯盤，等閒歌舞。問他有甚堪悲處？思量卻也有悲時，重陽節近多風雨。

這首詞和前兩年所寫的〈蝶戀花．戊申元日立春席間作〉，都是借詠節序來寄寓對現實生活的深沉感慨，但二作的風格、章法與寫作技巧迥然而異。前一篇悲愴淒婉，這一篇氣度從容；前一篇傷春，這一篇悲秋；前一篇入手擒題，直言傷感之意，一氣貫注，不作層折；這一篇卻欲擒故縱，章法曲折，採用了反跌之法；前一篇羌無故實，語言明白；這一篇則巧妙融化前人詩句，辭意更為含蓄。但它們同為以比興之體寄託政治情懷的佳作，在稼軒詠節序的短章中堪稱同工異曲的雙璧。

詞作於光宗紹熙元年庚戌（一一九〇）八月十七日夜。篆岡，是稼軒在上饒的帶湖別墅中的一個地名。小酌，便宴。詞就是在這次吟賞秋月的便宴上即興寫成的。上片寫帶湖秋夜的幽美景色，見出秋色之可愛，說明古人悲秋沒有多少理由。「夜月樓臺，秋香院宇」二句對起，以工整清麗的句式描繪出迷人的夜景：在清涼幽靜的篆岡，秋月映照著樹木蔭蔽的樓臺，秋花在庭院裡散發著撲鼻的幽香。第三句「笑吟吟地人來去」，轉寫景中之人，十分自然圓到。這七字除了一個名詞「人」之外，全用動詞與副詞，襯以一個結構助詞「地」，使得人物動態畢現，歡樂之狀栩栩如生。秋景是如此令詞人和他的賓客們賞心悅目，他不禁要想，為什麼自古以來總有些人，一到秋天就悲悲戚戚呢？當年宋玉大發悲秋之情，究竟為的什麼？上片末二句「是誰秋到便淒涼？當年宋玉悲如許」，用設問的方式否定了一般文人見秋即悲的脆弱之情。宋玉的名作〈九辯〉中頗多悲秋的句子，如「悲哉秋之為氣也，蕭瑟兮草木搖落而變衰」等等。稼軒這兩句，對此加以否定。應該說，當年宋玉之悲秋，是有一定緣由的，稼軒這裡不過是聊將宋玉代指歷來悲秋的文人，以助自己抒情的筆勢，這是對古事的活用。由這兩句的語意看來，悲秋似是「大可不必」的，只有放開胸懷，縱情吟賞秋色才是通達的囉！每個讀者初讀到此，自然都會產生這樣的聯想，而順著作者這個表面的語調和邏輯繼續閱讀下去，思考下去。

然而作者的本意竟不在此！讀了詞的下片我們才知，稼軒最終是要肯定悲秋之有理。只不過，他之所謂悲「秋」，已不同於傳統文人的純粹感嘆時序之變遷與個人身世之沒落，而暗含了政治寄託的深意。上片那些欲擒故縱的抒寫，乃是一種高明的蓄勢反跌之法。換頭三句「隨分杯盤，等閒歌舞，問他有甚堪悲處？」仍故意延伸上片否定悲秋的意脈，把秋天寫得更使人留戀。你看：秋夜不但有優美的自然景色，而且還有賞心樂事，可以隨意小酌，可以隨意地欣賞歌舞，還有什麼值得悲傷的事呢？就這樣，在上片「是誰秋到便淒涼」一個問句之後，作者又在下片著力地加上了一個意思更明顯的反問，把自己本欲肯定的東西故意推到了否定的邊緣。末二句突然作了一個筆力千鈞的反跌：「思量卻也有悲時，重陽節近多風雨。」

這一反跌，跌出了本詞悲秋的主題思想，把上面大部分篇幅所極力渲染的「不必悲」、「有甚悲」等意思全盤推翻了。到此人們方知，一代豪傑辛稼軒也是在暗中悲秋的。他悲秋的緣由是，重陽節快來了，那淒冷的風風雨雨將會破壞人們的幸福和安寧。「重陽節近多風雨」一句，化用北宋詩人潘大臨詠重陽的名句「滿城風雨近重陽」，這正是王國維《人間詞話》所說的「借古人之境界為我之境界」。稼軒之所謂「風雨」，一語雙關，既指自然氣候，也暗喻政治形勢之險惡。稼軒作此詞時，國勢極弱，而向來北兵也習慣於在秋高馬肥時對南朝用兵，遠的不說，高宗紹興三十一年（一一六一）金主完顏亮率三十二路軍攻宋之役，就是在九月份發動的。稼軒〈水調歌頭〉（落日塞塵起）一闋就有「胡騎獵清秋」的警句。鑑於歷史的教訓，閒居帶湖的辛棄疾在密切注視政壇「風雨」時，不會不想到邊塞的「風雨」。此詞實際上表達了作者對當時政局的憂慮之情。（劉揚忠）

南鄉子 辛棄疾

登京口北固亭有懷

何處望神州？滿眼風光北固樓。千古興亡多少事？悠悠，不盡長江滾滾流！年少萬兜鍪①，坐斷東南戰未休。天下英雄誰敵手？曹劉。生子當如孫仲謀！

〔註〕①兜鍪（音同謀）：俗語叫頭盔，詞中借指兵士。

稼軒在宋寧宗嘉泰三年（一二〇三）六月被起用為知紹興府兼浙東安撫使。嘉泰四年三月，改派到鎮江去做知府。鎮江，在歷史上曾是英雄用武和建功立業之地，此時成了與金人對壘的第二道防線。每當他登臨京口（即鎮江）北固亭時，觸景生情，不勝感慨係之。

「何處望神州？滿眼風光北固樓。」舉目遠望，我們的中原故土在哪裡呢？哪裡能夠看到，收入眼底的只有北固樓周遭一片美好的風光了！此時南宋與金以淮河分界，稼軒站在長江之濱的北固樓上，翹首遙望江北金兵占領區，大有風景不殊、山河改異之感。望神州何處？弦外之音是中原已非我有了！開篇這突如其來的呵天一問，聲可裂雲。

收回遙望的視線，看這北固樓近處的風物：「千古江山，英雄無覓，孫仲謀處。舞榭歌臺，風流總被，雨打風吹去。」（〈永遇樂．京口北固亭懷古〉）想當年，這裡金戈鐵馬，曾演出多少轟轟烈烈的歷史戲劇啊！北固樓的「滿眼風光」，那壯麗的自然山水裡似乎隱隱彌漫著歷史的煙雲，這不禁引起了詞人千古興亡之感。

因此，詞人接下來再問一句：「千古興亡多少事？」世人們可知道，千年來在這塊土地上經歷了多少朝代的興亡事變？這句問語縱觀千古成敗，意味深長。然而，往事悠悠，英雄往矣，只有這無盡的江水依舊滾滾東流。「悠悠，不盡長江滾滾流！」「悠悠」者，兼指時間之漫長久遠，和詞人思緒之無窮也。「不盡長江滾滾流」，借用杜甫〈登高〉詩句：「無邊落木蕭蕭下，不盡長江滾滾來。」千古興亡多少事，逝者如斯乎？而詞人胸中翻滾的不盡愁思和感慨，又何嘗不似這長流不息的江水呢！

「大江東去，浪淘盡、千古風流人物」（蘇軾〈念奴嬌赤壁懷古〉），想當年，在這江防戰略要地，多少英雄「金戈鐵馬，氣吞萬里如虎」（同上〈永遇樂〉）。三國時代的孫權就是其中最傑出的一位。「年少萬兜鍪，坐斷東南戰未休。」他年紀輕輕就統率千軍萬馬，雄據東南一方，奮發自強，戰鬥不息，何等英雄氣概！據歷史記載：孫權十九歲繼父兄之業統治江東，西征黃祖，北拒曹操，獨據一方。赤壁之戰大破曹兵，年方二十七歲。因此可以說，上面這兩句是實寫史事，因為它是千真萬確的歷史，因而更具有說服力。作者在這裡一是凸出了孫權的年少有為，「年少」而敢於與雄才大略、兵多將廣的強敵曹操較量，這就需要非凡的膽識。二是凸出了孫權的蓋世武功，他不斷征戰，不斷壯大。而他之「坐斷東南」，形勢與南宋政權相似。顯然，稼軒熱情歌頌孫權的不畏強敵，堅決抵抗，並戰而勝之，正是反襯當朝文武的庸碌無能、懦怯苟安。

下面，稼軒為了把這層意思進一步發揮，不惜以誇張之筆極力渲染孫權不可一世的英姿。他異乎尋常地第三次發問，以提請人們注意：「天下英雄誰敵手？」若問天下英雄誰配稱他的敵手呢？作者自問又自答曰：「曹劉」，唯曹操與劉備耳！據《三國志．蜀書．先主傳》記載：曹操曾對劉備說：「今天下英雄，唯使君（劉備）

與操耳。」稼軒便借用這段故事，把曹操和劉備請來給孫權當配角，說天下英雄只有曹操、劉備才堪與孫權爭勝。我們知道，曹、劉、孫三人，論智勇才略，孫權未必在曹劉之上。稼軒在〈美芹十論〉中對孫權的評價也並不太高，然而，在這首詞裡，詞人卻把孫權作為三國時代第一流叱咤風雲的英雄來頌揚，其所以如此用筆，實借憑弔千古英雄之名，慨嘆當今南宋無大智大勇之人執掌乾坤也！這種用心，更於篇末見意。

《三國志．吳書．吳主傳》注引《吳歷》說：曹操有一次與孫權對壘，見吳軍乘著戰船，軍容整肅，孫權儀表堂堂，威風凜凜，乃喟然嘆曰：「生子當如孫仲謀，劉景升（劉表）兒子若豚犬耳！」一世之雄如曹操，對敢於與自己抗衡的強者，投以敬佩的目光，而對於那種不戰而請降的懦夫，若劉景升兒子劉琮則鄙夷之至，斥為任人宰割的豬狗。把大好江山拱手奉獻敵人，還要為敵人恥笑辱罵，這不就是歷史上所有屈膝乞和、靦顏事仇的軟骨頭們共同的可悲命運嗎！

曹操所一褒一貶的兩種人，形成了極其鮮明、強烈的對照，在南宋風雨飄搖的政局中，不也有著主戰與主和兩種人嗎？這當然不便明言，只好由讀者自己去聯想了。聰明的詞人只做正面文章，對劉景升兒子這個反面角色，便不指名道姓以示眾了。然而妙就妙在上述曹操這段話眾所周知，雖然稼軒只說了前一句贊語，人們馬上就會聯想起後面那句罵人的話，從而使人意識到稼軒的潛臺詞：可笑當朝主和議的袞袞諸公，不都是劉景升兒子之類的豬狗嗎！詞人此種別開生面的表現手法，頗類似歇後語的作用，十分巧妙。而且在寫法上這一句與上兩句意脈不斷，銜接得很自然。上兩句說，天下英雄中只有曹操、劉備配稱孫權的對手。你不信麼？連曹操都這樣說，生兒子要像孫權這個樣呢！真是曲盡其妙，而又意在言外，令人叫絕！

再從「生子當如孫仲謀」這句話的蘊含和思想深度來說，南宋時代人，如此豔羨孫權，實是那個時代特有的社會心理的反映。因為南宋朝廷實在太萎靡庸碌了，在歷史上，孫權能稱雄江東於一時，而南宋經過了好幾代皇帝，竟沒有出一個像孫權一樣的人！所以，「生子當如孫仲謀」這句話，本是曹操的語言，現在由辛棄疾口中說出，卻是代表了南宋人民要求奮發圖強的時代的呼聲。

這首詞通篇三問三答，互相呼應，感愴雄壯，意境高遠。它與稼軒同時期所作另一首登北固亭詞〈永遇樂〉相比，一風格明快，一沉鬱頓挫，同是懷古傷今，寫法大異其趣，而都不失為千古絕唱，亦可見稼軒五光十色之大手筆也。（高原）

章良能

【作者小傳】（？～一二一四）字達之，麗水（今屬浙江）人。宋孝宗淳熙五年（一一七八）進士。累官至同知樞密院事、參知政事。有《嘉林集》百卷，不傳。詞存一首。

小重山 章良能

柳暗花明春事深。小闌紅芍藥，已抽簪。雨餘風軟碎鳴禽。遲遲日，猶帶一分陰。

往事莫沉吟。身閒時序好，且登臨。舊遊無處不堪尋。無尋處，唯有少年心。

這首詞所寫的，可能並非詞人日常家居的情景，似乎是多年為官在外，久遊歸來，或者少年時曾在某地生活過，而今又親至其地，重尋舊跡。

季節正當春深，又值雨後。柳暗花明，花欄裡的紅芍藥抽出了尖尖的花苞（其狀如簪）。這，不光由於季節的原因，也由於雨水的滋潤。「雨餘」二字，雖然到第四句才點出，但這一因素，實際上貫串著整個景物描寫。

由於春雨之後，天氣穩定，風是和暢的，鳥雀喚晴，鳴聲也格外歡快。一個「碎」字，見出鳥雀聲紛繁，乃至多樣。春日遲遲，由春入夏，白天越來越長。而濕潤的春天，總愛播陰弄晴，「猶帶一分陰」，正顯出春天雨後景色的嫵媚。總之，詞人抓住春深和雨後的特點，寫出眼前風物的令人留連。

換頭「往事莫沉吟」，起得很陡，從心理過程看，它是經過一番盤旋周折才吐出的。「莫沉吟」，正見作者面臨舊遊之地對往事有過一番沉吟，但又努力加以排遣，用「身閒時序好」勸自己登臨遊賞。「時序好」，並非寬慰自己的泛泛之詞，從上片寫景中，已顯示了這一點。而「舊遊無處不堪尋」，登臨之際，往日的蹤跡，又能一一尋訪得見，這照說是令人欣慰的，但遺憾的是，往昔在此地遊賞所懷有的那一顆少年心，再也無處可覓了。

詞所表現的情緒是複雜的。年光流逝，故地重遊之時，在一切都可以復尋、都依稀如往日的情況下，凸出地感到失去了少年時那種心境，詞人自不能免於沉吟乃至惆悵。但少年時代是人生最富有朝氣、心境最為歡樂的時代，那種或是拿雲般的少年之志，或是充滿著幸福憧憬的少年式的幻想，在人一生中只需稍一回首，總要使自己受到某種激發鼓舞。人生老大，深情地回首往昔，想重尋那一顆少年心，這裡又不能說不帶有某種少年情緒的餘波和迴漩，乃至對於老大之後，失去少年心境的不甘，不滿。「回來吧，少年心！」詞人沉吟恍惚之際，在潛意識裡似乎有這種呼喚。可以說，詞人的情緒應該是既有感恨，又不無追求，儘管他知道這種追求是不會有著落的。

詞的上片寫春深雨後的環境氣氛，切合人到中年後複雜的心境意緒，它令人娛目賞心，也容易惹起人感恨。換頭「往事莫沉吟」，對於上片寫景來說，宕出很遠。而次句「身閒時序好」，又轉過來承接了上片關於景物時序的描寫，把對於往事的沉吟排遣開了。「舊遊無處不堪尋」，見出登臨尋訪，客觀環境並沒有惹人不愉快之處，但語中卻帶出「舊遊」二字，再次落到「往事」上。「無尋處，唯有少年心」，「無尋處」，三字重疊，以承為轉，並且大大加強了轉折的力量。過去的蹤跡雖然可尋，少年心卻不可尋，可尋者反而加重了不可尋的悵惘之情，使讀者也不免為之感慨。詞就這樣一次次宕開，又一次次地撥轉回來，既顯得文勢有變化，又把詞人那種複雜的情緒，一層深一層地表達了出來。（余恕誠）

張鎡

【作者小傳】（一一五三～一二三五）字功甫，一字時可，號約齋，先世成紀（今甘肅天水）人，徙居臨安（今浙江杭州）。宋將張俊之曾孫。歷官大理司直、直祕閣、婺州通判、司農少卿等。宋寧宗嘉定四年（一二一一）坐罪除名，象州編管。曾卜築南湖，有園林之勝，與姜夔交往。有《南湖集》、《南湖詩餘》。存詞八十六首。

昭君怨　張鎡

園池夜泛

月在碧虛中住，人向亂荷中去。花氣雜風涼，滿船香。
雲被歌聲搖動，酒被詩情掇送。醉裡臥花心，擁紅衾。

張鎡是宋代名將張俊的後代，臨安城裡的豪富。南宋小朝廷雖蝸居在「一勺西湖水」（宋文及翁〈賀新涼．遊西湖有感〉）邊，但大官僚家庭依舊是起高樓，宴賓客，修池苑，蓄聲妓。據宋周密《齊東野語》記載，張鎡家中，「園池、聲妓、服玩之麗甲天下」，「姬侍無慮百數十人，列行送客，燭光香霧，歌吹雜作，客皆恍然如遊仙也」。

這首詞寫的也是歡娛不足，夜泛園池、依紅偎翠的生活。就思想內容來說，除了作為當時上層社會生活的詩化記錄外，並沒有多少積極意義，但這首詞和一般的豔體詞又有一些區別，作者將「香霧」、「歌吹」移到碧池月下，豔麗中透出秀潔，富貴化成了清雅，主人公因過分的享受而遲鈍了的感覺也在大自然中變得細膩而敏感了，「夜泛」帶上了更多的藝術情調。

我們先看上片。開頭一句「月在碧虛中住」，採用了化實為虛，虛實交映的描寫手法。「碧虛」一般指碧空，但又可指碧水，如唐張九齡〈送宛句趙少府〉：「修竹含清景，華池澹碧虛。」這一句將天空之碧虛融入池水之碧虛中，虛實不分，一個「住」字寫出了夜池映月，含虛映碧的清奇空靈的景色。「人向亂荷中去」，由景而人，「亂」字寫出了荷葉疏密、濃淡、高低、參差之態，「去」字將畫面中的人物推入亂荷深處。「花氣雜風涼，滿船香。」這兩句重點寫「夜泛」，作者又將舟行的過程化為風涼花香的感受來寫。夜晚泛舟，一片朦朧，視覺為之止，而其他感官則靈敏起來了，些微涼風和幽幽清香都能感受到，作者透過觸覺和嗅覺的描寫，不僅暗示了舟的移動，也寫出了夜池泛舟的愉悅感受：舟行而涼風習習，花香陣陣，月光如水，亂荷如墨，略加點染，使人恍入其境，神清氣爽。

下片開頭寫「雲被歌聲搖動」，再取雕鏤無形法：一路清歌，舟移水動，水底雲天也隨之搖動，作者將這種虛幻的倒影照「實」寫來，再現了池中波搖雲動的景觀，又暗用《列子．湯問》中秦青歌遏行雲的典故，含蓄地誇示了歌伎聲色之美，這一句，寫池光與天光合一，空相與色相重疊，融化之妙，如鹽在水。在這種清雅的環境中，「酒被詩情掇送」，冷香飛上筆端，酒釀詩情，詩助酒意，「掇送」者，催迫也。於是，下面寫醉臥粉陣紅圍中。詞作又一次化實為虛，一語雙關，避免了墮入惡趣。「醉裡臥花心，擁紅衾」，詞寫的是醉酒舟中，美人相伴，擁紅扶翠，但因舟在池中，蓮花倒映水底，「醉後不知天在水」（元末唐珙〈題龍陽縣青草湖〉），似乎身臥花心，覆蓋著紛披紅荷。結束能化鄭為雅，保持清麗的格調。

據宋吳處厚《青箱雜記》卷五載：太平宰相晏殊選詩，凡格調猥俗而脂膩者皆不載；他每吟詠富貴，不言金玉錦繡，而唯說其氣象，如所寫「樓臺側畔楊花過，簾幕中間燕子飛」、「梨花院落溶溶月，柳絮池塘淡淡風」等句子，曾自言：「窮兒家有這景致也無？」晏殊的詩論對於我們理解這首詞有一定的幫助，這首詞也是表現園池勝景、富貴生活的，但詞作不是堆金砌玉，而是「唯說其氣象」。如以寫景而論，這首詞是聲色俱美，其色有碧虛、紅衾、白雲、翠荷，其聲有歌聲、水聲、風聲，其嗅有花香、酒香，但這一切被安置在明月之下，碧虛之上，濃豔就變成了清麗，富貴的景致就淡化成為一種氤氳的氣象。

另外，在這一首詞中，詞人力求將對聲色逸樂的追求化入對自然美的發現中，這樣，月下泛舟，攜姬清遊竟充滿了一種詩情畫意，純粹的物質享樂生活就更多地帶上了文化生活的因素。當然，這只是一種符合特定時代、特定階層審美趣味的文化生活，然而，它畢竟比一味描寫感官享受的同類內容的作品提供了更多的東西，因此，也就顯得更為高明。（史雙元）

菩薩蠻 張鎡

芭蕉

風流不把花為主，多情管定煙和雨。瀟灑綠衣長，滿身無限涼。

文箋舒卷處，似索題詩句。莫憑小欄杆，月明生夜寒。

詠物詞多有寄託。好的詠物詞能夠將作者內心的情思同外化的意象融合一致，使讀者若有所悟又難以名狀。張鎡此詞就達到了這種境界。詞的上片集中刻畫了芭蕉獨特的風姿和品性。起句從芭蕉跟別的花卉草木的對比中寫出它同中有異的特點。在人們眼光中，「風流」、「多情」、「瀟灑」是許多花卉草木所共有的，然而詞人之所以特別欣賞和讚美芭蕉，卻是由於它那與眾不同的清逸風姿。芭蕉並不以色彩斑斕、絢麗多姿的花朵來顯示它的「風流」，它那下垂的穗狀花序毫不起眼；它也不在麗日和風中與群芳爭妍，它的「多情」表現得與眾不同。到了煙雨空濛和雨滴拍打的時刻，那些以嬌豔的花朵展露風流和多情的花木都黯然失色了，芭蕉，這才以一身瀟灑的綠衣，顯示出它那特有的風韻和情致，吸引人們觀賞，撩撥人們的情思。一切繁喧熾熱跟芭蕉無緣，它渾身上下透出的是無限清涼。詞人是讚賞芭蕉的，從芭蕉，觀照出了一個風流多情而又瀟灑雅潔的文人形象。

下片順著「綠衣長」、「滿身涼」的擬人化描寫發展，從外形深入到心靈。詞人觀賞芭蕉，情為之動；芭蕉得遇知音，也動起感情來了。看，那一片片開張伸展的碩大綠葉，就像是在我面前鋪開的文箋，要請我在上面題寫詩句呢！但我又能寫什麼呢？這時，明月已升到中天，清輝瀉在芭蕉那略被白粉的綠葉上，好像生出了一層薄霜似的，襲來一陣又一陣寒氣。唉，別再倚著欄杆痴看了，還是回屋去吧！「莫憑小欄杆，月明生夜寒」兩句，淡淡地透露出詞人在此情此景下若有所思、若有所悟的感觸。詞人究竟在想些什麼呢？是芭蕉的清高與索句的催迫使他感到自愧弗如、無辭以對？是眼前的清冷促使他想到了趨炎附勢的塵俗世風？還是「以其境過清，不可久居」（柳宗元〈小石潭記〉），「凜乎其不可留也」（蘇軾〈後赤壁賦〉），而只得悄然離去呢？詞人沒有明白說出，讀來更覺低迴不盡，餘韻無窮。

在詩詞中，芭蕉常常同孤獨憂愁特別是離情別緒相聯繫。李清照曾寫過：「窗前誰種芭蕉樹？陰滿中庭。陰滿中庭，葉葉心心舒卷有餘情。傷心枕上三更雨，點滴霖霪。點滴霖霪，愁損北人不慣起來聽。」（〈添字采桑子〉）把傷心、愁悶一股腦兒傾吐出來，對芭蕉甚至還頗為怨悱。

張鎡這首詞的感情抒發卻相當蘊藉含蓄。他的哀愁和悲涼並沒有直接傾吐，而是在雨絲煙霧裡，在寒夜月色中，朦朧地流露出來。一縷淡淡的哀愁迴腸九曲，大有欲吐又吞、含而難露的況味。所詠事物形、神、意兼備，具有豐富的象徵意蘊，也增強了那一縷淡淡哀愁的力度。（程中原）

滿庭芳 張鎡

促織兒

月洗高梧，露溥幽草，寶釵樓外秋深。土花沿翠，螢火墜牆陰。靜聽寒聲斷續，微韻轉、淒咽悲沉。爭求侶，殷勤勸織，促破曉機心。

兒時曾記得，呼燈灌穴，斂步隨音。任滿身花影，猶自追尋。攜向華堂戲鬥，亭臺小、籠巧妝金。今休說，從渠床下，涼夜伴孤吟。

據姜夔〈齊天樂〉詠蟋蟀詞小序，張鎡這首詞是宋寧宗慶元二年（一一九六）在張達可家會飲時，聞屋壁間蟋蟀聲，與姜夔同時寫來授歌者的。兩人詞各有特色。清鄭文焯校《白石道人歌曲》提到：「功父〈滿庭芳〉詞詠蟋蟀兒，清雋幽美，實擅詞家能事有觀止之嘆。白石別構一格，下闋寄託遙深，亦足千古矣。」張鎡詞無寄託，姜夔詞有寄託，各擅勝場，未易軒輊。

上片寫聽到蟋蟀聲的感受。

「月洗」五句，蟋蟀聲發出的地方。詞人首先刻畫庭院秋夜的幽美環境。夜空澄明，挺拔的梧桐沐浴在月光之中。「洗」字傳出秋月明淨之美。空庭露滋，僻處的小草含潤在露水之下。《詩經．鄭風．野有蔓草》：「野有蔓草，零露漙兮。」毛《傳》：「漙漙然盛多也。」「漙」（音同團）字傳出露水凝聚之美。寶釵樓，本是咸陽古跡，宋邵博曾餞客於樓上，歌李白〈憶秦娥〉詞（邵博《邵氏聞見後錄》卷十九），這裡借指杭州張達可家的樓臺。張鎡字功甫、功父，舊字時可，祖籍西秦，張達可當是他的兄弟輩，故信手拈來，寄寓懷念故鄉的感情。「秋深」，點出時令，這是一個多麼美好的月皎露漙的秋夜啊！「土花」，指苔蘚。牆下的苔蘚順著牆腳鋪去。「沿」字化靜態為動態，用字極生動工巧。突然一點螢火，飄墜牆根，把詞人注意力引向這裡，蟋蟀的聲音，便由此傳出。清許昂霄《詞綜偶評》云：「（螢火句）陪襯。」所謂陪襯，指視覺裡的螢火襯托出聽覺裡的蟋蟀鳴聲，用螢火墜落的無關情節，襯托出蟋蟀鳴聲的中心題材。看螢火，聽蟋蟀，是詞人的生活情趣，而這種生活情趣是從閒適的生活領略到的。宋周密《武林舊事》卷十錄載了張鎡自己記敘的一年十二月燕遊次序，題名〈張約齋賞心樂事〉，自序云：「余掃軌林扃，不知衰老，節物遷變，花鳥泉石，領會無餘。每適意時，相羊小園，殆覺風景與人為一。」長期過著優游生活的王孫，對此自有甚深的體會。

「靜聽」五句寫蟋蟀的鳴聲和聽者的感受。「斷續」、「微吟」是蟋蟀鳴聲的特點，「轉」則有音調突然轉變之意。「寒」與「淒咽悲沉」是詞人聽來的主觀感受。杜甫〈促織〉詩曾以「悲絲與急管」形容蟋蟀鳴聲，與此相同。「爭求侶」與「殷勤勸織」，是詞人對蟋蟀鳴聲的體會：蟋蟀鳴，一是為了求侶，二是為了促織。《太平御覽》卷九百四十九引陸機《毛詩疏義》謂蟋蟀：「幽州人謂之促織，督促之言也。里語曰：趣織（即促織）鳴，懶婦驚。」破，盡也，煞也，與楊萬里〈題劉朝英進齋〉詩「用破半生心」的「破」字用法相同，猶言促盡、促煞。蟋蟀的鳴聲推動著織女紡織到曉。這三句似乎是閒筆，卻與下片結拍「涼夜伴孤吟」相照應。詞人的「孤吟」和織女的「曉機」，兩兩相形，一對生活感到閒淡，一對生活充滿熱忱，閒筆不閒，別饒韻致。

下片追憶兒時捕蟋蟀、鬥蟋蟀的情趣，反襯今日的孤獨情懷，抒寫今昔之感。

「兒時」五句，寫捕蟋蟀，是全詞最為警策之筆，為後代詞人所激賞。「呼燈」二句，刻畫入微。「任滿身」二句，尤為工細。清賀裳《皺水軒詞筌》評論說：「形容處，心細如絲髮。」它將兒童的天真活潑以及帶著稚氣的小心和淘氣，純用白描語言，曲曲寫出，給人以耳目一新之感。這一捕蟋蟀的形象，就是王國維《人間詞話》所說，「能寫真景物、真感情者，謂之有境界。」這一境界，把兒時的樂趣，中年的追思，一起融入，無怪周密稱之為「詠物之入神者」（《御選歷代詩餘．詞話》引）。「攜向」二句，寫鬥蟋蟀。五代王仁裕《開元天寶遺事》：「每至秋時，宮中妃妾輩皆以小金籠捉蟋蟀，閉於籠中，置之枕函畔，夜聽其聲。庶民之家，皆效之也。」「亭臺」，指貯蟋蟀的籠子，即姜夔〈齊天樂〉小序裡說的鏤象齒做成的樓觀。從捕蟋蟀寫到鬥蟋蟀，補足當時情事，筆酣墨飽，為下面的感慨蓄勢。

「今休說」三句，今昔相較，感慨遙深。《詩經．豳風．七月》：「十月蟋蟀入我床下。」杜甫〈促織〉詩：「促織甚微細，哀音何動人。草根吟不穩，床下夜相親。」秋涼之夜，聽床下蟋蟀的哀音，這種空虛寂寞的悽苦與兒時的歡樂對比，只好不說為佳。宛轉含蓄，給人以完整而又多變的美感。張鎡於孝宗淳熙十四年（一一八七）自直祕閣、臨安通判稱疾去職，領祠祿閒居，「暢懷林泉」，「安恬嗜靜」（見《武林舊事》卷十所載〈約齋桂隱百課自序〉），雖生活優裕，總不免有孤寂之嘆，所以末句也非浮泛之語。

詠物詞和詠物詩一樣，要求把抒發的感情寄寓在所詠的具體的有形之物之中，透過對所詠之物栩栩如生的描繪，使抽象的感情變成可感的形象。這首詞既精細準確刻畫了蟋蟀、捕蟋蟀、鬥蟋蟀的形象和場面，又有詞人的主觀感喟，是主客觀的統一體。

張鎡的詩，當時有很大的名聲。宋末方回〈讀張功父南湖集〉詩云：「端能活法參誠叟，更覺豪才類放翁。」但成功的詩作不多。詞亦然。像這樣完美的詞作，在《南湖詩餘》裡是不多的。（雷履平）

念奴嬌 張鎡

宜雨亭詠千葉海棠

綠雲影裡，把明霞織就，千重文繡。紫膩紅嬌扶不起，好是未開時候。半怯春寒，半便晴色，養得胭脂透。小亭人靜，嫩鶯啼破清晝。

猶記攜手芳陰，一枝斜戴，豔嬌波雙秀。小語輕憐花總見，爭得似花長久。醉淺休歸，夜深同睡，明日還相守。免教春去，斷腸空嘆詩瘦。

春天，是花的季節，花的世界，姹紫嫣紅，群芳爭豔。在這百花之中，梅花占於春前，牡丹殿於春後，而海棠花卻當春而開。它清而不瘦，豔而不穠，別有一種風姿麗質。論花品，不在梅花、牡丹之下。是以詩人賞愛，吟詠不絕。張鎡這首詞，作於南湖別墅的宜雨亭上。在宋人海棠詞中雖非冠冕之作，卻也寫得清麗秀逸，婉而有致，饒有情趣。

上片，首起三句「綠雲影裡，把明霞織就，千重文繡」，總寫海棠花葉之美。從宜雨亭上望去，但見海棠枝葉繁茂，如綠雲鋪地，一片清影。而在這綠雲影裡，紅花盛開，明麗如霞，有如綠線紅絲織成的千重文繡。

在這三句中，詞人連用三個比喻，濡染出紅花綠葉交相輝映的秀美景色。「綠雲」喻寫其枝葉之密，綠陰之濃，點出千葉海棠枝葉茂盛的特徵。「明霞」二字，極喻海棠花紅豔之色。「文繡」則形容花葉色彩之美。前面加上「千重」二字，又描繪出綠葉紅花重重疊疊，色彩斑斕的畫面。同時，綠雲與明霞，又是明暗的對比，立意構思，著實下了一番功夫。接下去的兩句，「紫膩紅嬌扶不起，好是未開時候」，寫海棠花嬌嫩之態。因花開有遲早之分，故色澤有深淺之別。深者紫而含光，淺者紅而嬌豔。後面以「扶不起」三字承接，便生動地描繪出海棠花嬌而無力的情態。「好是未開時候」，是由唐鄭谷〈海棠〉詩的「嬌嬈全在欲開時」變化而來。詩人賞花，全在情趣二字，張鎡和鄭谷都愛欲開未開的海棠花，是因為那深紅的蓓蕾，在青枝綠葉的映襯中顯得格外嬌美。它蘊藉含蓄，內孕生機，有一種蓬蓬勃勃的青春活力，最易引發人們美好的情思。宜雨亭上，海棠叢裡，面對著那含苞欲放的嬌花新蕾，愈看愈美，於是再就「好是未開時候」的「好」字刻意描繪，寫出了「半怯春寒，半便晴色，養得胭脂透」，具體而細膩地形容出海棠花欲開未開時的特殊美感。那點點蓓蕾，一半因春寒而不肯芳心輕吐，一半因映晴色而展露秀容，羞怯嬌嫩，直養得蕾尖紅透，豔麗動人。當此際，詞人完全沉浸在美的追索中，為花的幽姿秀色而陶醉。「小亭人靜，嫩鶯啼破清晝」兩句，筆波一折，轉得好也收得好，而且一轉即收，恰到好處。一聲早鶯的啼鳴，打破了清晝的寂靜，也喚醒了詞人的沉思，極富搖蕩靈動之感。上片亭中觀花的詞情至此辭盡意盡，歇拍自然，從而為下片另闢詞境做好了過渡。

下片由寫花轉而寫人。換頭以「猶記」逆入，連寫五句，記昔日與情人賞花情景。前三句「猶記攜手芳陰，一枝斜戴，豔嬌波雙秀」，回憶芳陰下攜手同遊，她鬢邊斜插著一枝紅豔的海棠花，雙眸明秀，秋波含情。後兩句「小語輕憐花總見，爭得似花長久」，寫兩人在花前小語，輕憐密愛，此情當日，花總也得為見證吧。如今花開依舊，而情人不見，深覺情緣之事，「爭（怎）得似花長久」！這是詞人的感傷，一句又轉回現在。詞人獨自賞花，小亭淺酌，觀眼前景，想心頭事，留連徘徊，不願歸去。因此吟唱出「醉淺休歸，夜深同睡，明日還相守」。在酒意微醺的矇矓醉境中，思人戀花，情意綿綿，暗中叮嚀自己休要歸去，今夜與花同睡，明日與花相守，日日夜夜與花做伴。蘇軾〈海棠〉詩：「只恐夜深花睡去，故燒高燭照紅妝。」「夜深」句，字面用蘇詩，而又自立主意。「同睡」，連下句言相伴守而睡。這幾句寫得纏綿悱惻，婉曲細膩，對花無限眷戀的深情盡皆傾吐出來。末兩句，「免教春去，斷腸空嘆詩瘦」，緊承上三句寫出。訴說他所以與花相守，形影不離，乃在於深恐韶光倏逝，花與春同去。這樣就在愛花情中又加上惜春之情，感情分量更重，詞意也隨之打進了一層。意謂若教春去，就要為之斷腸，就要作詩遣懷，就要因詩而瘦。「詩瘦」本於李白戲贈杜甫詩：「借問別來太瘦生，總為從前作詩苦。」（見唐孟棨《本事詩．高逸》）這兩句機杼自出，翻出新意，技巧亦高，深刻地揭示了一位詞人不負韶光的心理活動。讀來真摯懇切，直語感人。（臧維熙）

劉過

【作者小傳】（一一五四～一二〇六）字改之，號龍洲道人，吉州太和（今江西泰和）人。生平以功業自許，然屢試不第，數次上書，陳述政見。流落江湖間，與陸游、辛棄疾、陳亮交往。詞效稼軒，抒發抗金救國之志，風格豪放，然欠沉著。有《龍洲集》、《龍洲詞》。存詞七十七首。

沁園春　劉過

盧蒲江席上，時有新第宗室。

一劍橫空，飛過洞庭，又為此來。有汝陽璡者①，唱名殿陛②；玉川公子③，開宴尊罍。四舉無成，十年不調，大宋神仙劉秀才。如何好？將百千萬事，付兩三杯。

未嘗戚戚於懷。問自古英雄安在哉？任錢塘江上④，潮生潮落；姑蘇臺畔⑤，花謝花開。盜號書生，強名舉子，未老雪從頭上催。誰羨汝、擁三千珠履⑥，十二金釵⑦！

〔註〕①汝陽璡：唐玄宗李隆基之侄李璡封汝陽郡王，借指新第宗室。②唱名殿陛：指殿試錄取後宣佈名次。宋趙升《朝野類要》卷二：「唱名，謂之傳臚。聖上御殿宣唱，第一人、第二人、第三人為一班，其餘逐甲各為一班。」③玉川公子：唐詩人盧仝號玉川子，借指宴會主人盧蒲江。④錢塘江：浙江下游稱錢塘江。⑤姑蘇臺：相傳為春秋時吳王闔閭或夫差所築，故址在今江蘇吳縣西南。此句一作「姑蘇城裡」⑥三千珠履：指門多賓客。語出《史記．春申君列傳》：「春申君客三千餘人，其上客皆躡珠履。」⑦十二金釵：指婢妾成行。語出白居易〈酬思黯戲贈用狂字〉（思黯為唐宰相牛僧孺字）詩：「鍾乳三千兩，金釵十二行。」

劉過此詞是抒寫落第後的悲憤心情。從題語可知，詞作於曾任蒲江（今屬四川）縣令的盧姓友人宴會上。（一本題作「盧菊澗座上。時座中有新第宗室」。「菊澗」是主人之號。）當時座中還有一位新及第的皇室宗親。其人必甚驕侈，故但書其事而不錄其名，且於篇末見鄙薄之意。詞的基本結構是上片發洩懷才抱器而屢遭黜落的牢騷，下片抒寫憂國傷時而獻身無路的悲慨。但上下都把此二者聯繫起來，因而前後貫融，渾然一氣。

開篇三句化用舊題唐人呂巖〈絕句〉「朝遊南海暮蒼梧，袖裡青蛇膽氣粗。三上岳陽人不識，朗吟飛過洞庭湖」一詩，以飛劍橫空的壯采象徵匡濟天下的奇志，極寫來時意氣之豪邁，落筆便有非凡氣象。

「有汝陽」四句收斂前情，點明題事。上言座中宗室殿試及第，下言盧蒲江舉行酒宴招待賓朋。其中亦隱含牢落之意。蓋及第者與落第者同一宴席，咫尺榮枯，悲歡異趣，心情自難平靜。

「四舉」三句復敘己身遭遇，造語奇警而含憤深沉。幾番應試皆被黜落，多年奔走不得一官，此本極難堪事，但作者卻翻出一筆，謂朝廷既棄我不用，則亦樂得身無拘檢，可以自封「大宋神仙」了。悲憤之情而以狂放之語出之，愈見心中悲憤之甚。

歇拍三句繼續抒憤而情辭更苦。「如何好」一問畫出五心無主之情，「將百千萬事，付兩三杯」則畫出萬感橫集之狀。應舉下第不過一事而已，卻說「百千萬事」，可見非徒念己身之得失，乃深憂國勢之興衰。然而既失進身之路，則雖懷濟世之志亦無從施展，唯有借酒澆愁而已。

換頭語意暗承上片歇拍而又有進展。「未嘗戚戚於懷」六字先作一頓，下語鎮紙，極見平生光明磊落，不因窮達而異其憂樂。接下「問自古英雄安在哉」則又一提，揭響入雲，感愴亦出常情之外。謂古來英雄，終歸烏有，辭雖曠達，意實哀傷，乃由報國無門而興起包含政治與人生雙重意義的悲慨。

「任錢塘」四句繼續深化此種悲慨。潮的漲落和花的開謝象徵朝政的得失和國勢的興衰，而所謂「任」之者，亦非真能忘懷時事，而是痛心於朝政腐敗與國勢衰危的憤激之辭。

國事既不可為，朱顏又不可駐，思念及此，情更不堪，因而轉出「盜號書生，強名舉子，未老雪從頭上催」這樣傷心欲絕之語。曰「盜號」，曰「強名」，極見枉讀詩書而無益時世的痛苦，「未老」一句則深含歲月無情而功名未立的憂懼。

作者身為匹夫而心憂天下，然而當世之居高位、食厚祿者則只管自己窮奢極欲，不復顧念國計民生。兩相對比，更增痛憤，故斷章乃宕開一筆，轉向此輩投以極端輕蔑之冷眼：「誰羨汝、擁三千珠履，十二金釵！」居高臨下，正氣凜然，令人想見作者當時奮筆疾書、目光如炬的形象。

如前所述，這首詞是在屢遭挫折的情況下寫成的。此時作者心情極其痛苦，但詞的格調卻異常高昂，沒有消沉頹廢之語，不見窮愁潦倒之態，意氣崢嶸，情辭慷慨，表現出哀而壯的特色。其所以如此，是因為作者不但是一個傑出的詞人，而且是一個愛國的志士，「平生以氣義撼當世」（明毛晉〈龍洲詞跋〉引宋子虛語，見《宋名家詞》），不望「封侯萬里，印金如斗」（〈沁園春·張路分秋閱作〉），但願「整頓乾坤終有時」（〈沁園春·寄辛稼軒〉），襟抱高遠，故詞筆雄豪，雖處逆境而無衰變。

這首詞的語言也極富情采。全篇都是直抒胸臆，語語皆從性靈深處噴射出來，顯得真率自然，激昂奔放。其中復多變化：或豪壯，如開篇三句；或典雅，如「有汝陽」四句；或狂放，如「四舉」三句；或愁鬱，如過拍二句；或慷慨，如換頭二句；或憤激，如「任錢塘」四句；或哀傷，如「盜號」三句；或冷峻，如斷章三句。且常兼數者於一拍之中，如「四舉」一拍既見狂放之態，亦見悲憤之心；斷章一拍既見冷峻之情，亦見豪壯之氣。因此又顯得情感豐富，意象奇橫。在行文上則對偶錯綜，駢散兼進。或借比興增華，如「潮生潮落」；或因誇飾發慍，如「大宋神仙」。並間以問句交會上下情辭，使全篇更加神采飛揚，氣勢流宕。元陶宗儀說劉過「造詞贍逸有思致」（《南村輟耕錄》），清劉熙載說「劉改之詞，狂逸之中自饒俊致」（《藝概》卷四），觀此益知其言之不虛。（羅忠族）

沁園春 劉過

寄辛承旨①。時承旨招，不赴。

斗酒彘肩，風雨渡江，豈不快哉！被香山居士，約林和靖，與坡仙老，駕勒吾回②。坡謂西湖，正如西子，濃抹淡妝臨鏡臺。二公者，皆掉頭不顧，只管銜杯。白雲天竺飛來，圖畫裡、崢嶸樓觀開。愛東西雙澗，縱橫水繞；兩峰南北，高下雲堆。逋曰不然，暗香浮動，爭似孤山先探梅。須晴去，訪稼軒未晚，且此徘徊③。

〔註〕①辛承旨：辛棄疾進樞密院都承旨在寧宗開禧三年（一二〇七）秋間。劉過已卒。此為後人追改無疑。②駕勒吾回：即「勒吾駕回」之倒裝。拉回我的車馬之意。③「濃妝」以下數句一作「濃抹淡妝臨照臺。二公者，皆掉頭不顧，只管傳杯。白雲天竺去來，圖畫裡、崢嶸樓閣開。愛縱橫二澗，東西水遶；兩峰南北，高下雲堆。逋曰不然，暗香浮動，不若孤山先訪梅。」

這是一首文情詼詭、妙趣橫生的好詞。據宋岳珂《桯史》載：「嘉泰癸亥歲，改之在中都時，辛稼軒（棄疾）帥越。聞其名，遣介招之。適以事不及行。作書歸輅者，因效辛體〈沁園春〉一詞，併緘往，下筆便逼真。」

則此詞乃為推遲行期而作。而招朋結侶，驅遣鬼仙，真是一篇遊戲三昧的奇文。它的特點，可用豪放清奇四字加以概括。劈頭三句，就是豪放之極的文字。「斗酒彘肩」，用樊噲事。樊噲在鴻門宴上一口氣喝了一斗酒，吃了一整隻豬腿。憑仗著他的神力與膽氣，保護劉邦平安脫險。作者用這個典故，以喻想稼軒招待自己之飲饌。他與稼軒皆天下豪士，則宴上所食自與項羽、樊噲相若也。這段文字突兀而起，寫得極有性格和氣勢，真是神來之筆。然而就在這文意奔注直下的時候，卻突然來了一個大轉彎。這次浙東快遊忽然被取消。被幾位古代的文豪勒轉了他的車駕，只得回頭。筆勢陡變，奇而又奇，是想落天外的構思。如果說前三句以赴會浙東為一個內容的話，那麼第四句以下直至終篇，則以遊杭為另一內容。從章法上講，它打破了兩片的限制，是一種跨片之格。香山居士為白居易的別號，坡仙就是蘇東坡，他們都當過杭州長官，留下了許多名章雋句。林和靖是宋初高士，梅妻鶴子隱於孤山，詩也作得很好。劉過把這些古代的賢哲扯到詞裡，與湖山勝景打成一片，又跟自己喝酒聊天，不是太離奇了麼？因為這些古人曾深情地歌詠過這裡的山水，實際上與湖山勝概已連在一起。東坡有「若把西湖比西子，淡妝濃抹總相宜」（〈飲湖上初晴後雨二首〉其二）的妙句。白居易也有「一山門作兩山門，兩寺原從一寺分。東澗水流西澗水，南山雲起北山雲」（〈寄韜光禪師〉）等謳歌天竺的名篇。而林和靖呢，他結廬孤山，並曾吟唱過「疏影橫斜水清淺，暗香浮動月黃昏」（〈山園小梅二首〉其一）的梅花佳句。劉過將不同時代的文人放在一起，體現了詞人想像的獨創性。南朝梁劉勰《文心雕龍．辨騷》主張「酌奇而不失其真，翫華而不墜其實」，蘇軾也說詩「以奇趣為宗，反常合道為趣」（蘇軾評柳宗元〈漁翁〉語，宋惠洪《冷齋夜話》卷五引）。劉過的這些誇飾也沒有違背生活，並沒有超出合理的限度。它是恢奇的，但並不荒誕。他掇拾珠玉，出以清裁，給我們帶來一陣清新的空氣，帶來一種審美的愉悅。

劉過的行輩比辛棄疾晚，地位也相差懸殊。但是劉過並不因此而縮手縮腳。他照樣不拘禮數地同這位元老重臣、詞壇泰斗呼名道姓，開些玩笑。這種器識胸襟不是那些鏤紅刻翠的詞客所能企及的。洋溢於詞中的豪情逸氣、雅韻騷心是同他的「天下奇男子」（明毛晉〈龍洲詞跋〉引宋子虛語）的氣質分不開的。宋俞文豹《吹劍錄》云：「此詞雖粗而局段高與三賢遊，固可睨視稼軒。視林、白之清致，則東坡所謂淡妝濃抹已不足道。稼軒富貴，焉能浼我哉。」（宋周密《絕妙好詞箋》引）推許詞人的襟抱是對的。至於「粗」字問題，固然此詞大起大落，不拘常格，顯得有些粗獷。但是，詞中承接呼應，卻井井有條，並不草率。就以其結尾三句「須晴去，訪稼軒未晚，且此徘徊」而言，它與發端幾句扣合多麼嚴密，真有滴水不漏的工夫。「須」是等待之意。等到天晴了再去相訪，先在這裡玩玩再說吧。首尾相扣，有如常山蛇陣，恐不得概以「粗」字目之。當然，像這樣調侃古人、縱心玩世的作品，在當時的詞壇上的確是罕見的。難怪岳珂要以「白日見鬼」（《桯史》）相譏誚。這樣的作品怕真也是不可無一，不可有二，未容他人學步的吧。（周篤文）

沁園春 劉過

張路分秋閱作

萬馬不嘶，一聲寒角，令行柳營①。見秋原如掌，槍刀突出，星馳鐵馬，陣勢縱橫。人在油幢，戎韜總制，羽扇從容裘帶輕。君知否，是山西將種②，曾繫詩名。

龍蛇紙上飛騰，看落筆、四筵風雨驚③。便塵沙出塞，封侯萬里，印金如斗，未愜生平。拂拭腰間，吹毛劍在，不斬樓蘭④心不平。歸來晚，聽隨軍鼓吹，已帶邊聲。

〔註〕①柳營：西漢周亞夫治軍嚴明，曾營於細柳（今陝西咸陽西南），後人因稱軍營為柳營。②山西將種：古人認為華山以西是出將才之處。《漢書．趙充國辛慶忌傳贊》：「秦漢以來，山東出相，山西出將。」③杜甫〈寄李十二白二十韻〉：「筆落驚風雨，詩成泣鬼神。」又〈飲中八仙歌〉：「高談雄辯驚四筵。」④樓蘭：漢時西域城國，在今新疆羅布泊西。昭帝時，樓蘭王勾結匈奴，屢殺漢使。元鳳四年（前七七），傅介子出使樓蘭，計殺其王。此指金國統治者。

詞題中「張路分」，姓張，擔任路分都監的官職，生平不詳。路分都監為宋代路一級的軍事長官。古代軍隊常於秋天演習，由長官檢閱，故稱「秋閱」。這首詞記錄了張路分舉行「秋閱」的壯觀場景，描繪了一個擅武善文的抗戰派儒將形象，抒發了作者北伐抗金的愛國激情和金甌一統的強烈願望。

首三句從聽覺上寫演習開始前和開始時的景況。「萬馬」，說明演習規模之大。「萬馬」而「不嘶」，那麼人如銜枚當不言而喻。讓人想見軍容之整肅，軍紀之嚴明。在如此寂靜之中，突然響起了「一聲寒角」，顯得格外清晰嘹亮。「寒」字，不僅暗應詞題之「秋」，也烘托了肅殺氣氛。而「寒角」只「一聲」，就「令行柳營」，全軍立即聞「聲」而動，可見這支軍隊具有一種雷厲風行的戰鬥作風。

下面從視覺上寫演習開始後的情景。「見秋原如掌」四句，從整體上寫雄壯陣勢。「秋」，明應題面，交代演習的節令。「原」，應「萬馬」，交代演習地點。「如掌」，應「見」；「秋原」其平「如掌」，故能直視無礙，一目了然。「槍刀突出，星馳鐵馬，陣勢縱橫」，從不同側面描繪演兵場上的壯觀景象：平原上槍林刀叢突現；鐵騎奔馳，疾如流星；隊形縱橫，變化莫測。「人在油幢」三句，由兵而將。「人」，指張路分。這時，他正在油幕軍帳之中，「戎韜總制」，按兵法統御萬馬千軍。然而其儀態卻是「羽扇從容裘帶輕」，表現出一派儒雅之風：手執羽毛大扇，身著輕裘緩帶，舉止從容不迫。這與演兵場上那種驚心動魄景象和殺聲陣陣的氣氛恰成反照，既形成了文勢上的跌宕，也為下文描寫張路分的文才詩情作了過渡。

「君知否」三句開始寫張路分的文才詩情。詞人用設問逗入，攝人眼目，但又不立即道出，先用「是山西將種」收束上文，指出作答，意謂此乃天生將種，然後才說這位善於治軍用兵的統帥「曾繫詩名」，曾參加過詩人的社集。行文頓挫有致，上下映襯，使人物形象愈益豐盈，給人以立體感。

下片換頭兩句，直承「曾繫詩名」而來。「龍蛇紙上飛騰」，寫其詩情之飽滿，文思之敏捷，草書時筆勢如龍蛇飛舞。這是正面刻畫。「看落筆、四筵風雨驚」，寫其詩章絕妙，風雨為驚，四座無不傾倒。這是側面烘托。行文至此，一個文武雙全的儒將形象已躍然紙上，然而作者並未收筆，而是直書其人心志。「便塵沙出塞，封侯萬里，印金如斗，未愜生平。」這是寫其不屑於一己之榮昇：冒塵沙出塞征戰，縱能異域封侯，贏得如斗大的金印，尚未遂其平生之志。「拂拭腰間，吹毛劍在，不斬樓蘭心不平。」腰間利劍，他經常拂拭，要用此劍殺卻那佔據中原的金國統治者，才能平息心頭之恨。這幾句前後又恰成反照：前四句從反面著筆，否認了張路分志在封侯晉爵；後三句從正面落墨，肯定了他志在殺敵報國。否認堅決有力，肯定斬釘截鐵，將一個在「金甌半缺」、「神州陸沉」時代的抗戰派儒將的磊落胸襟昭示無遺，令人肅然起敬。

最後三句寫「秋閱」結束和作者的感受。「歸來晚」，說明演習時間之長，亦見詞人觀看演習興致之高。「聽隨軍鼓吹，已帶邊聲」，隨軍樂隊演奏之聲，在作者聽來，似乎已帶有邊地戰場上的那種肅殺之聲。這裡，「隨軍鼓吹」之所以幻化為「邊聲」，正說明詞人北伐抗金心情之切，希望及早舉兵。

這首詞是以塑造一個抗戰派儒將形象來表達作者的愛國之情的。其中「不斬樓蘭心不平」，既是通篇之巨眼，又是主人公之壯志，同時也正是詞人之心聲。在藝術上，作者精心提煉具有典型意義的細節入詞。如「龍蛇紙上飛騰，看落筆、四筵風雨驚」，「羽扇從容裘帶輕」，反映出人物的儒雅風度情趣。「戎韜總制」，「拂拭腰間，吹毛劍在」則凸出了人物的將帥豪氣。宋詞中集中描繪軍事場面與刻畫軍事將領形象的成功之作，並不多見。這首詞可謂佼佼者。（劉刈）

水調歌頭　劉過

刀劍出榆塞，鉛槧①上蓬山。得之渾不費力，失亦止如閒。未必古人皆是，未必今人俱錯，世事沐猴冠。老子不分別，內外與中間。

酒須飲，詩可作，鋏休彈。人生行樂，何事催彼鬢毛斑？達則牙旗金甲，窮則蹇驢破帽，莫作兩般看。世事只如此，自有識鴟鸞。

〔註〕①鉛槧：鉛，鉛筆。槧（音同欠），書寫用的木板。二者指書寫工具。

這首詞當是劉過晚年的作品。當時和戰兩派鬥爭激烈，由於主和派大都在朝廷中掌握實權，因此堅持抗金禦侮的劉過深受主和派的壓抑，心中鬱悶越發難以排遣。這首詞就是在這種時勢情境中寫下的。

「刀劍出榆塞，鉛槧上蓬山。得之渾不費力，失亦止如閒。」詞的開頭陡起壁立，直抒胸臆。作者認為出塞殺敵和著書立說，其武功文名並不難取，失之也不必計較。這幾句筆調輕快，節奏舒緩，使人覺得作者頗有幾分達觀。然而這哪是他的真實思想呢？劉過受儒家思想影響很深，雖終身布衣，但志向高遠，建功立業、留名青史的願望極為強烈。雖屢遭挫折，仍健舉自振，壯心不已。他曾極熱情地歌頌抗金英雄岳飛的豐功偉績，並藉以抒發自己火熱的愛國情懷。也曾寫詞支持韓侂胄出師北伐，並滿懷信心地期待著北伐的勝利。所作〈盱眙行〉中充滿激情地唱道：「何不夜投將軍扉，勸上征鞍鞭四夷。滄海可填山可移，男兒志氣當如斯。」

他不是對「榆塞」生活心嚮往之嗎？他自幼好學，曾遍讀經史及諸子百家之書，以詩著名江西。作為一個文人，又何嘗沒有留名「蓬山」之心呢？而且他確實有了《龍洲集》傳世。由此可知，這「得之渾不費力」固然鮮明地體現了作者恃才傲物的狂放精神，然而「失亦止如閒」一句則為貌似曠達實則激憤不平之語。開頭四句，作者對文名武功視若等閒，接下來則轉入了對是非曲直的評說，詞境向深處推進了一層。「未必古人皆是，未必今人俱錯」兩句，看似否定古人，替今人說話，其實是否定是非，這由「世事沐猴冠」一句可以看出來。「沐猴而冠」的生動比喻，為作品增添了幾分幽默的情趣。在那個時代，作者能衝破過分迷信古人的傳統思想的藩籬，已顯得頗為狂放了，而接下來的「老子不分別，內外與中間」兩句，用「內外」與「中間」囊括含納一切，用「不分」加以統攝，又冠以「老子」一詞，作者憤世嫉俗、睥睨千古的狂放精神則更鮮明地體現出來。表面看來，這兩句是由對個別的否定轉入否定一切，實則仍是激憤至極之語，其怨忿之情猶如火山爆發一樣噴薄而出，強烈地衝擊著人們的心扉，震撼著人們的靈魂。整個上片在構思上，由否定文名武功繼而轉到否定是非，進而轉到否定一切，可謂「一轉一深，一深一妙」，頗得「騷人三昧」（清劉熙載《藝概．詞概》語）。

既然作者否定了一切，那麼還能做些什麼呢？過片做了明確回答。詞人認為酒可以解憂，詩可以言志，因而「酒須飲，詩可作」，但唯獨不能「彈鋏」。因為戰國時代的馮諼為求得孟嘗君提高對他的待遇而三次彈鋏，禮賢下士的孟嘗君都滿足了他的要求，而當今的統治者昏憒無能，根本不重用人才，「彈鋏」又有何用！一個「休」字，飽含著詞人難以言說的萬千感慨。我們分明看到了作者一顆業已破碎的心。「人生行樂，何事催彼鬢毛斑？達則牙旗金甲，窮則蹇驢破帽，莫作兩般看。」這幾句就過片所抒寫的思想感情作了進一步渲染。人生就是行樂，何必自尋煩惱，枉自催得鬢髮染霜呢？況且「牙旗金甲」的顯達與「蹇驢破帽」的窮困並無二致，根本不必恪守儒家「窮則獨善其身，達則兼善天下」（《孟子》）的信條。其實這仍非作者的肺腑之言。作者曾伏闕上書，請光宗過宮；又上書宰相，陳恢復方略，他是那樣迫切地希望報效國家，以取得「牙旗金甲」的通顯地位，又哪會視窮通無二致呢？由此可知，他並非真像莊子那樣齊萬物、等是非，只不過是借詩歌抒寫自己懷才不遇的深廣憂憤罷了。

「世事只如此」一句是對以上所表現的思想的總結。作者之所以那樣看，那樣做，都是因為世間萬事單純得很，只不過如此。如果作者寫到這裡就收結全詞，我們真應該把他視為典型的虛無主義者了。然而作品最後一句卻詞意遽轉，正面將全詞主旨一語道破。作者用鴟比喻惡，以鸞作為美的象徵，堅信「自有識鴟鸞」。一個「自」字，把作者無比自信的口吻維妙維肖地傳達出來。這一層轉折，在人意料之中而又出人意料之外，合乎情理而又不合情理。因為在抗戰有罪、報國無門的時代，作者理想與現實的矛盾難以調和，心情鬱悶至極，以貌似牢騷實則激憤、看似達觀實則沉鬱的語言抒情言志，原是在人意料之中而又合乎情理的。但這反面文章雖然占據絕大篇幅，然並非全詞主旨，直接抒寫胸臆雖只一句，卻是全詞的主旨，是正面文章。這樣的藝術構思，乍看好似出乎人的意料之外而又於情理不合，然而這正表現了作者獨特的藝術匠心。黑暗的現實不允許作者秉筆直書，只好以曲折的形式表現自己的真實感情，以反襯火熱的感情與冷酷的現實的尖銳矛盾。這樣，其語言愈顯牢騷，愈見其感情激憤之不可抑止，愈故作達觀，愈見其內心煩憂之難以排遣，就愈能深刻地表現在現實中難以明言又難以自抑的複雜心緒，也愈能有力地抨擊當政者不思恢復、壓制抗戰志士的罪惡行徑。因而這一層遽轉，筆力之遒勁，氣魄之雄豪，如勒奔馬於懸崖，挽狂瀾於既倒，大有拔山蓋世之勢。又由於前十八句在內容上一氣流注，密不可分，應是一段，最後一句自為一段，因而突破了通常的分片定格。這種內容上分段與形式上分片的不統一，是作者感情上鬱怒不平的藝術折光；應斷而不斷，是由於作者鬱怒的感情洪流奔騰直瀉，一發則不可止；不該斷卻要斷，是由於作者在反面文章做足了以後，便要點明主旨，道出真意。這種奇變的結構，在作者以前的詞作中很少見到，故能超出常境，獨標雋旨。

劉過的這首詞，主要是抒發自己晚年歷經滄桑後憤世嫉俗的思想感情，抒寫「報國欲死無戰場」（陸游〈隴頭水〉）的憤慨，表達自己「自有識鴞鸞」的堅定信念，體現了作者積極進取的思想和狂放不羈的精神。然而作者並沒有正筆直言，而是通篇以貌似牢騷實則激憤、看似達觀實則沉鬱的語言出之，直到煞拍才把真實思想一語道破。全詞愈轉愈深，愈深愈妙，結構奇變，議論精警而富於情韻，達到了似直而紆、似達而鬱的高妙境界。

（薛祥生、王少華）

念奴嬌 劉過

留別辛稼軒①

知音者少，算乾坤許大，著身何處？直待功成方肯退，何日可尋歸路。多景樓前，垂虹亭下，一枕眠秋雨。虛名相誤，十年枉費辛苦。

不是奏賦明光，獻書北闕，無驚人之語。我自匆忙天未許，贏得衣裾塵土。白璧追歡，黃金買笑②，付與君為主。蓴鱸江上，浩然明日歸去。

〔註〕①詞題一作「自述」。②二句一作「白璧堆前，黃金酬笑」。

這首詞大約寫於宋寧宗嘉泰三年（一二〇三）。據元郭霄鳳《江湖紀聞》說：劉過性疏豪好施，辛稼軒客之。劉過因母病告歸，囊橐蕭然。稼軒為其籌資萬緡，買船送歸。劉過感其知遇之恩，因自敘其生平抱負，賦詞留別，以抒發自己懷才不遇的苦悶。作者沒有使用比興象徵一類的藝術手法，而是直抒胸臆，慷慨陳詞，氣勢雄偉，風格粗獷，但粗中有細，淺中有深，直中有曲，確如清劉熙載所說：「劉改之詞，狂逸之中自饒俊致。」（《藝概》卷四）

劉過是位有血性的愛國詞人，被譽為「天下奇男子」（明毛晉〈龍洲詞跋〉引宋子虛語）。他東上會稽，南窺衡湘，西登岷峨，北遊荊揚，上皇帝之書，客諸侯之門，但始終沒有得到朝廷的重視和任用。因此，他在詞的開頭，便以大氣包舉之勢，深沉而直率的筆調，明確提出「乾坤許大，著身何處」的問題，說明在偏安的東南，像他這樣的志士根本沒有立身之地，更不要說能有施展抱負的機會，譜寫出了振起全篇的主旋律。接著，他便圍繞「著身何處」，潑墨似的敘寫了自己對「功成」與「歸路」的看法。他無官無職，如果要等「功成」才肯「身退」，則何時才能歸隱！此語甚為苦澀，亦痛快，亦悲咽。接著在寫自己的歸隱理想時，卻是另一副筆墨，他不再直接傾訴，而是透過想像加以描寫，從表面上看是歌詠多景樓的壯麗，讚美垂虹亭的英姿，懸想醉眠秋雨的樂趣，實際上是抒發自己歸隱江湖的感情，寄託自己的理想。把虛景同實情融為一體，寄實於虛，以虛襯實，收到虛實相映、深婉清麗的效果。接著結束上片，仍歸感慨。他十年辛苦求名，終成枉費，深嘆虛名誤我。南宋志士所謂「名」或「功名」，是與抗金恢復中原的事業聯繫起來說的，而以入仕做官為其階梯。劉過多年努力，始終未如所願，而歲月蹉跎，年華老大，故有「虛名相誤」之嘆。此兩句仍承上「直待功成」兩句表達求官不得的憤懣，而更為直率，怨意亦深。

劉過為什麼沒有立身之處呢？是劉過缺乏文學和政治才華嗎？這是每個讀者讀了詞的上片之後都要提出的問題，故作者於換頭之後，不是另闢境界，而是過變不變，直截了當地回答了上述問題。「不是奏賦明光」（明光，漢代宮名，武帝時建）三句，從反面落筆，說明他之所以不遇，既不在於他沒有文才，不能向皇帝奉獻辭賦，也不在於他不能北闕上書，陳述治國安邦的良策，以輔佐明主；「我自匆忙」二句，正面說明他之所以不遇，主要在於「天未許」，在於皇帝不賞識他，不重用他。這段議論，節奏明快，語言犀利，對比強烈，句句斬釘截鐵，字字有扛鼎之力。接下去「贏得衣裾塵土」六字，用晉陸機〈為顧彥先贈婦二首〉其一「京洛多風塵，素衣化為緇」句意，描寫了自己都門失意的窘迫狀態，傾訴出自己「知音者少」的苦衷，語言形象具體，筆墨深婉濃麗，前後五句，一濃一淡，一疏一密，曲折多變，詞曲意深，極妥溜疏宕之致。

詩貴渾成，對於詞來說，也是這樣。作者在說出自己落拓不遇的原因和不待功成即退的歸隱意願之後，便一氣呵成，向稼軒告別。這裡的「臨別贈言」很是別致，不提大事，不說友情，而說「白璧追歡，黃金買笑，付與君為主」。蓋劉過並無一官半職，與稼軒為文酒之交，分屬賓客，相聚時頗有追歡買笑之事，這在宋朝的達官貴人，例多風流韻事，稼軒也莫能外，有此亦不妨其為愛國主戰派。劉過既去，此事即付與稼軒為主，如此說，亦可見二人相與之間，脫略形跡。然後又運用晉張翰的典故（見《晉書．張翰傳》），表示自己決意歸隱，怡養心性。而「浩然歸去」一語，既有「留別」之意，又道出了自己別後的歸宿；既回應了詞的開頭，又點出了詞的本旨。這樣結束，水到渠成，辭意俱盡，卒章顯志，響亮有力。

總之，本詞用通俗的語言，明快的旋律，把滿腔的悲憤向朋友傾吐出來，絲毫不加掩飾，生動活潑，情致婉轉，自然成文。（薛祥生）

糖多令 劉過

安遠樓小集，侑觴歌板之姬黃其姓者，乞詞於龍洲道人，為賦此〈糖多令〉。同柳阜之、劉去非、石民瞻、周嘉仲、陳孟參、孟容。時八月五日也。

蘆葉滿汀洲，寒沙帶淺流。二十年重過南樓。柳下繫船猶未穩，能幾日，又中秋。

黃鶴斷磯頭，故人曾到不？舊江山渾是新愁。欲買桂花同載酒，終不似，少年遊。

這是一首憂國傷時、沉哀入骨的名作。安遠樓，在武昌黃鵠山上，一名南樓。建於孝宗淳熙十三年（一一八六）。姜夔曾自度〈翠樓吟〉詞紀之。其小序云「淳熙丙午冬，武昌安遠樓成，與劉去非諸友落之，度曲見志」，具載其事。序裡提到的劉去非，這次又陪劉過遊覽，列名於兩位詞家的篇籍，可謂詞壇佳話。

劉過重訪南樓，距上次登覽幾二十年。時值韓侂冑當國，誇誕輕躁，欲啟伐金之釁。這是一個國變日亟、危機四伏的時刻，當時有識之士，皆以慮其不終為憂。詞人劉過以垂暮之身，逢此亂局，雖風景不殊，卻觸目有哀時之慟。這種心境深深地反映到他的詞中。詞一起用了兩個偶句，略點景物，寫登樓之所見。但既無金碧樓臺，也沒寫清嘉的山水。呈現在人們面前的只是一泓寒水，滿眼荒蘆而已。這裡的「滿」字和「寒」字下得好，把蕭疏的外景同低迴的心境交融在一起，勾出一幅依黯的畫面，為全詞著上了一層「底色」。細味這殘蘆滿目、淺流如帶的詞境，不止氣象蕭瑟，而且寫出了居高臨下的眺望之感來，是統攝全章的傳神之筆。接下去，作者以時空交錯的技法把詞筆從空間的憑眺折入時間的溯洄，以虛間實，別起波瀾。「二十年重過南樓」，一句裡包含了幾多感慨！二十年前，也就是安遠樓落成不久，劉過離家赴試，曾在這裡過了一段豪縱不羈的生活。所謂「醉搥黃鶴樓，一擲賭百萬」（〈湖學別蘇召叟〉）以及「黃鶴樓前識楚卿，彩雲重疊擁娉婷」（〈浣溪沙．贈妓徐楚楚〉），這就是他當年遊蹤的剪影。歲月不居，時節如流，二十年過去了，可是以身許國的劉過卻「四舉無成，十年不調」（〈沁園春．盧蒲江席上，時有新第宗室〉），仍厄於韋帶布衣的寒士地位。如今故地重經，而且是在這個禍亂日亟的時候，怎不令人凄然以悲呢？句中的「過」字點明此行不過是「解鞍少駐初程」（姜夔〈揚州慢〉）的暫歇而已，並為下文伏線，不可挪易他字。「柳下」三句，一波三折，文隨意轉，極見工力。「未穩」上承「過」字，說明客邊行腳的匆遽，鉤鎖緊密，見出文心之細。「能幾日，又中秋」，意謂不消幾天，中秋又來到了。一種時序催人的憂心、烈士暮年的悲感和無可奈何的嘆喟都從這一個「又」字裡洩露出來。三句迭用「猶」、「能」、「又」等虛字呼吸開合，騰挪旋折，真能將詞人靈魂的皺褶淋漓盡致地揭示無餘。

過片以後純乎寫情，皆從「重過」一義生發。曰「故人」，曰「舊江山」，曰「新愁」，曰「不似」，莫不如此。章法之精嚴，風格之渾成，堪稱《龍洲詞》中最上之作。「黃鶴」二句一問而起，虛際轉身之筆也。「磯頭」上綴一「斷」字，便有殘山剩水的淒涼意味，不是泛下之筆。故人為誰？是痛飲狂歌的愛國志士？還是紅巾翠袖的盈盈麗質？作者沒有點出，只虛寫一筆，就把舊歡難拾、人去樓空的悵悒情緒濃郁地表現出來了。「舊江山渾是新愁」，是深化題旨之重筆。前此種種依黯的心緒，所為伊何？難道僅僅是懷人、病酒、嘆老、悲秋麼？被宋子虛譽為「天下奇男子，平生以氣義撼當世」（明毛晉〈龍洲詞跋〉引）的劉過是不會自溺於此的。他此刻所感受的巨大的愁苦，就是對韓侂胄引火自焚的冒險政策的擔憂，就是對江河日下的南宋政局的悲痛。舊日的壯麗江山籠罩著戰爭的陰影，而他對於這場可怕的災難竟然無能為力，這怎麼不教人悲從中來呢？「渾是新愁」，四字三層。本有舊愁，是一層；添了新愁，是第二層。愁到了「渾是」的程度，極言分量之重，是第三層。舊愁為何？殆即其〈憶鄂渚〉詩所云「書生豈無一策奇，叩閽擊鼓天不知」之報國無門的苦悶是也。舊愁新恨，紛至沓來，此番登覽，贏得的不過是無邊棖觸和一腔悵惘罷了。卒章三句買花載酒，本想苦中求樂，來驅散一下心頭的愁緒。可是這家國恨、身世愁又豈是些許花酒所沖淡得了！先用「欲」字一頓，提出遊樂的意願，旋用「不似」一轉，則縱去也無復當年樂趣，表示了否定的態度。「少年」，是一個比較寬泛的概念，相對於已老之今日而言。劉過初到南樓，年方三十，故得以少年目之。且可與上片之「二十年重過南樓」相綰合，論其章法，確有蛇灰蚓線之妙。如此結尾，既沉鬱又渾成，讀之有無窮哀感。

此詞作年，說法不一。然據岳珂《程史》卷二稱：寧宗開禧乙丑（一二〇五）與劉過相識於京口。劉過〈題潤州多景樓〉詩有「我今四海行將遍，東歷蘇杭西漢沔」諸語，則其西遊漢沔（今武漢市，南樓所在地）當在蘇杭之後而京口之前也。該書又稱「（寧宗）嘉泰癸亥歲改之在中都（杭州），時辛稼軒（棄疾）帥越，聞其名，遣介招之……賙之千緡，曰：『以是為求田資。』改之歸，竟蕩於酒」云云。則劉過杭越之遊當在是時甚明。於以推之劉過西遊漢沔重過南樓時當屬之嘉泰四年甲子（一二〇四）為近是。韓侂胄定議伐金正在此年正月。一時遠識之士，深以其輕率銳進為憂。如監察御史婁機言：恢復之名非不美，今士卒驕逸，遽驅於鋒鏑之下，人才難得，財用未裕，萬一兵連禍結，久而不解，奈何！正是這種局面強烈地震撼著詞人，寫下了這樣搖蕩心魂的名篇。清先著在《詞潔》中譽為「數百年來絕作」，誠為有見。〈糖多令〉即〈唐多令〉，原為僻調，罕有填者。自劉詞出而和者如林，其調乃顯。劉辰翁即追和七闋，周密則因其有「重過南樓」之語，為更名曰〈南樓令〉。影響之大，於此可見了。（周篤文）

賀新郎

劉過

老去相如倦。向文君、說似而今，怎生消遣？衣袂京塵曾染處，空有香紅尚軟①。料彼此、魂銷腸斷。一枕新涼眠客舍，聽梧桐疏雨秋風顫。燈暈冷，記初見。樓低不放珠簾捲。晚妝殘，翠蛾狼籍，淚痕凝臉②。人道愁來須殢酒③，無奈愁深酒淺。但託意焦琴紈扇。莫鼓琵琶江上曲，怕荻花楓葉俱淒怨。雲萬疊，寸心遠。

〔註〕①香紅尚軟：蘇軾〈次韻蔣穎叔錢穆父從駕景靈宮〉詩自註：「前輩戲語，有『西湖風月，不如東華軟紅香土』。」為其所本。②一作「淚痕流臉」。③殢（音同替）酒：沉溺酒中。

這首詞寫貧士失職之悲，卻巧妙地把一個歌樓商女的飄零身世闌入其中，加以映襯烘托，筆極曲折，意極淒怨，纏綿悱惻，哀感無端。百鍊鋼化為繞指柔，在《龍洲詞》中，洵為別調。

此詞的寫作背景，據宋張世南《遊宦紀聞》稱：「嘗於友人張正子處，見改之（劉過字）親筆詞一卷，云：『壬子秋，予求牒四明，嘗賦〈賀新郎〉與一老娼。至今天下與禁中皆歌之。江西人來，以為鄧南秀詞，非也。』」

王子為光宗紹熙三年（一一九二），當時劉過已三十九歲。這年秋天，他去寧波（四明）參加選拔舉人的牒試，又遭黜落。失意中邂逅了一位半老徐娘式的商女。一種類似的淪落之感，使他們的心接近了。於是寫下了這首著名的〈賀新郎〉相贈。

「老去」三句，起得斬絕，將一種依黯的心境，劈頭點出，直貫篇末。卓文君慧眼憐才，與司馬相如結成美眷，本是文壇的佳話。現在卻用來形容他們的窮途邂逅，除了某種惺惺相惜的傾心而外，恐怕更多的還是自嘲和悲涼吧。一個「倦」字包含了多少挫折與酸辛呵。「說似」猶「說與」，即「與說」。同她說到今天的落魄，怎樣才能排遣掉胸中的鬱悶呢？文士失職，其情也哀！「衣袂」二句逆插之筆，以虛間實，引入一段帝京往事的回憶。劉過自孝宗淳熙十三年（一一八六）離家赴試已快七年，這期間他曾應試求仕，也曾伏闕上書，幾年奔走，一事無成。臨安都城，留在他記憶裡的不過是一身塵垢和在衣袂上的殘紅而已。「香紅尚軟」，字面妍麗，借指當年倚紅偎翠、花月留連的冶遊生活。可是一經「京塵」的鋪墊，就變得悽豔入骨。句中連用「曾」、「空」、「尚」三個虛字轉折提頓，筆勢益加峭折而意有餘悲了。劉過是一個以匡復天下為己任的志士，他同那種「名士無家多好色」的浪漫文人是不同的。他混跡青樓，是為了排解和麻痺那種「報國有心，請纓無路」的痛苦。其實，他何曾有過真正的歡悅呢？「彼此」句小作縮結，繳足「相如倦」之意。如今一個是應舉無成的青衫士子，一個是孑然一身的半老徐娘，都是生活的失敗者。此時相對，怎能不令人為之淒斷？「一枕」四句折到目前，寫實情實境：窗外是愁人的梧桐秋雨，室內是搖曳的如豆青燈。兩個苦命人就這樣在一起相濡以沫！

過片四句緊承前結的詞意，將「初見」時的居處情態用瑣筆描出。「樓低不放珠簾捲」（不放，不讓之意），珠簾不捲，恐人窺視也。一個「低」字見出樓居之寒磣來。「晚妝」，本是展示女性美的重要手段，對於以色事人的商女來說，更要以此邀寵市愛。可是詞裡的女主人竟是黛眉狼籍，淚痕滿面，銷金的歡場變成了愁城恨窟。這不是賣笑，而是傾訴破碎的心聲。

「人道」三句，層層脫換，筆力旋折。人們說飲酒可以澆愁，可是酒力太小，奈何不得這深重的愁苦。那麼，怎麼辦呢？「但託意焦琴紈扇」，就是作者為自己所開列的解脫之方。他試圖從歷史和哲理的角度去尋取慰藉。「焦琴」，即「焦尾琴」，指良材之被毀棄。《後漢書・蔡邕傳》：「吳人有燒桐以爨者。邕聞火烈之聲，知其良木，因請而裁為琴，果有美音，而其尾猶焦。」「紈扇」，指恩愛之易斷絕。班婕妤被譖，退處長信宮，賦詩以自訴哀衷，中有「新裂齊紈素」、「裁成合歡扇」、「棄捐篋笥中，恩情中道絕」之語。作者用這兩個典故自比，生動貼切，深化了詞意。「莫鼓」二句從白居易〈琵琶行〉中化出：莫要彈奏潯陽江上的琵琶怨曲吧，只怕楓葉荻花都要染上淒怨的顏色呵。這是透過一層的筆法，讀來並無蹈襲之感。謫宦九江的青衫司馬與淪為商婦的長安故倡，在一個偶然的機會裡遇合了。他們同是天涯淪落人，自然容易引起共鳴，喚起溫柔的憐憫來。劉過此時的處境與白相似，這樣用典真如天造地設，再恰當不過了。歇拍兩句「雲萬疊，寸心遠」，於淒咽中翻出激昂的異響。這是借萬疊之雲山，抒寸心之積悃，一種將身許國的壯懷遠抱都於此六字中汩汩流出，情景融會，意象深遠，是非常精彩的結筆。

劉過，這個被宋子虛譽為「天下奇男子」（明毛晉〈龍洲詞跋〉引）的人，與一般吟風弄月的騷人墨客不同，他有澄清四海的壯志，驅遣風雷之豪情。歌圍酒陣、北瓦南樓的勾留，只是他不得已時的一種自遣。但是這顆為山河統一、民族復興大業而跳動的心，在這裡並不能得到真正的慰藉與共鳴。所以，他這次狹邪之遊所招來的，只不過是一種英雄失路的悲涼而已。（周篤文）

賀新郎　劉過

彈鋏西來路。記匆匆、經行數日，幾番風雨。夢裡尋秋秋不見，秋在平蕪遠渚。想雁信、家山何處？萬里西風吹客鬢，把菱花、自笑人憔悴。留不住，少年去。

男兒事業無憑據。記當年、擊筑悲歌，酒酣箕踞。腰下光芒三尺劍，時解挑燈夜語。更忍對、燈花彈淚？喚起杜陵風雨手，寫江東、渭北相思句。歌此恨，慰羈旅。

劉過是一位愛國詞人，曾上書宰相，痛陳恢復中原方略，但被摒棄不用，自己也屢試不第。因此他浪跡江湖，先是南下東陽、天台、明州，北上無錫、姑蘇、金陵，後又從金陵溯江西上，經采石、池州、九江、武昌，直至當時南宋前線重鎮襄陽。他登峴山，遙望中原，常常慷慨悲歌，泣下沾襟。這首〈賀新郎〉大約寫於此次西行途中。

開頭三句徑寫數日「西來」途中的情景。而這三句以至全篇的重心就在「彈鋏」二字。這裡用《戰國策·

齊策》馮諼的故事：說自己的愁苦「西來」，是由於沒有受到重用，因此四處漂泊。「大抵起句便見所詠之意，不可泛入閒事，方入主意」（宋沈義父《樂府指迷》）。此詞的開頭正是如此。他把自己壯志難酬、懷才不遇的「意」，借馮諼彈鋏的故事，明白表示出來，而且直貫全篇。

「夢裡尋秋」的「秋」，不只是指季節，還別有所指。人們常用春象徵某種美好的事物，以傷春來嘆息歲月如逝水，華年不再；或傷國勢陵夷，山河破碎。這裡，詞人不說「春」而說「秋」，而且要「夢裡尋秋」，隱含著兩層意思，一是「國脈微如縷」（劉克莊〈賀新郎·實之三和有憂邊之語，走筆答之〉），已到奼紫嫣紅凋落的時候；二是尋而不得，以致成夢。那麼夢裡呢，也仍是「秋不見」。接著卻是一句自相矛盾的話：「秋在平蕪遠渚。」「平蕪」，芳草連天，一望無邊；「遠渚」，沙洲遠水，更是不可見。陳亮〈水龍吟·春恨〉曾用「芳菲世界」比喻淪陷了的北方大好山河，「平蕪遠渚」正與之相彷彿。這兩句暗示詞人對國事的關懷，雖日裡、夜裡、夢裡都在追求，結果卻是可望而不可得。

「想雁信、家山何處」，希望鴻雁作使傳遞書信，可是家鄉遙遠，音信全無。念國思家，在這首詞中是緊密聯繫在一起的。這句也正如「雁不到、書成誰與」（張元幹〈賀新郎·送胡邦衡待制赴新州〉），表明家鄉遙遠。國事既不可問，家鄉又音信杳然，於是引起下面的無限感慨：「萬里西風吹客鬢，把菱花、自笑人憔悴。留不住，少年去」。異鄉作客，本已堪悲，何況又值萬木蕭疏、萬里金風的秋天，它和「萬里悲秋常作客」（杜甫〈登高〉）一樣，映現出作者無法排解的憂傷。對鏡自照，兩鬢生斑，人已垂垂老矣，美好的時光已經匆匆地過去了。「自笑人憔悴」，感慨極深。「放浪荊楚，客食諸侯間」（宋岳珂《桯史》）的劉過，本來是較達觀的。這次西遊，他不僅登臨了名山勝跡，而且還特別憑弔了虞允文大敗金兵的采石，周瑜破曹的赤壁，邊防重鎮的襄陽和峴山的墮淚碑。許多年以後，他還一直懷念著「楚王城裡，知幾度經過，摩挲故宮柳癭」、「乾坤誰望，六百里路中原，空老盡英雄，腸斷劍鋒冷」（〈西吳曲·懷襄陽〉）。由此，可見他雖在落魄漫遊中，也是懷著豪情壯志的。這幾句是詞人懷才不遇的感慨，蕭瑟中暗含著悲憤，從「自笑」兩字中隱隱地透露了出來。

「男兒事業無憑據」，從結構說和上闋的首句一樣，是自我抒懷的一個關鍵句。男兒志在四方，但平生事業卻尚無著落。「記當年、擊筑悲歌，酒酣箕踞」，用《史記·刺客列傳》「高漸離擊筑，荊軻和而歌」事，以堅決抗秦的英雄荊軻、高漸離比況自己和朋友，情投意合，豪放不羈。並用阮籍在大將軍司馬昭的宴會上「箕踞嘯歌，酣放自若」（見《世說新語·簡傲》），表示自己的不拘禮法、不可一世之概。「記當年」，說明這是過去的事情了。劉過是一個好飲酒、喜談兵、睥睨今古、傲視一世、具有詩情將略和才氣超然的人。他不僅「奏賦明光，獻書北闕」（〈念奴嬌·留別辛稼軒〉），而且曾想棄文就武，投筆從戎，但卻始終沒有得到統治者的重用，而「不斷樓蘭心不平」（〈沁園春·張路分秋閱作〉）的壯志，也不過是一場幻夢而已。回顧當年，這感慨是十分沉痛的。

「腰下光芒三尺劍，時解挑燈夜語；更忍對燈花彈淚？」儘管一事無成，功名事業盡付東流，可是自己仍是壯志未衰，時時與朋友夜裡挑燈看劍，連床夜語，又豈忍對燈花彈淚？

最後四句呼應開頭的「彈鋏西來路」，由對國事的感慨轉入個人身世的飄零。「喚起」兩句指杜甫懷念李白的詩句。杜甫在長安城（今陝西西安市）東南的杜陵附近地區住過，自稱杜陵野客、杜陵布衣。他有〈寄李十二白二十韻〉詩：「筆落驚風雨，詩成泣鬼神。」又〈春日憶李白〉詩：「渭北春天樹，江東日暮雲。何時一樽酒，重與細論文。」結句點出寫此詞以洩心中愁苦，聊作羈旅中的安慰。

這首詞由首至尾，徑直抒情，傾吐出詞人「西來」路上的感受。「詞之言情，貴得其真」（清沈祥龍《論詞隨筆》語），可說正是此詞的主要特色。從煞尾看，詞很像是寫給一位朋友，傾吐自己鬱鬱衷懷的。對於像杜甫和李白那樣「醉眠秋共被，攜手日同行」（杜甫〈與李十二白同尋范十隱居〉）的真摯朋友，不必隱瞞自己的感情，所以寫來如水銀瀉地，揮灑無餘。其次，此詞數用典故，但都能恰到好處：「彈鋏西來路」，像隨手拾取，卻包容了那麼豐厚的內容，非復敘事，直是抒情了；用「擊筑悲歌」、「酒酣箕踞」寫豪情與友誼，風貌畢現；用杜甫詩句抒發羈旅況味，也情思雋永，妥帖自然，切合此刻自身的情懷。清劉熙載稱劉過的詞「狂逸之中自饒俊致」（《藝概》），元陶宗儀稱他的詞「贍逸有思致」（《南村輟耕錄》）。從這首詞中，也是可以看出來的。（艾治平）

水龍吟 劉過

寄陸放翁

謫仙狂客何如？看來畢竟歸田好。玉堂無此，三山海上，虛無縹緲。讀罷〈離騷〉，酒香猶在，覺人間小。任菜花葵麥，劉郎去後，桃開處、春多少。

一夜雪迷蘭棹。傍寒溪、欲尋安道。而今縱有，劉郎〈冰柱〉，有知音否？想見鸞飛，如椽健筆，檄書親草。算平生白傅風流，未肯向、香山老。

這是一首贈答詞。它具體地鋪敘了放翁歸隱山陰的狂放生活，明確地表達了作者對放翁的思慕與期望。筆調疏宕粗獷，語言深沉明快，構思新奇，寓意深微，確如清劉熙載《藝概》所說：「劉改之詞，狂逸之中自饒俊致。」

運用藝術的辯證法，把「歸田好」與「未肯向、香山老」兩種看似矛盾的生活理想成功地融為一體，表達作者對放翁歸隱山陰似肯定而又未肯定的複雜感情，是本詞的凸出特點之一。

放翁一生接觸生活面比較廣，對當時的政治形勢極為關心，喜縱論天下大事，且不拘禮法，故被「臺評劾其恃酒頹放」（宋羅大經《鶴林玉露》）而罷職。作者或許有感於此而賦詞「寄陸放翁」的。詞從歸田之樂寫起。首句以李白（謫仙人）與賀知章（四明狂客）作比，說明放翁是位天才的詩人，現已罷職退居山陰，故次句接著寫他「歸田」，著一「好」字，便把歸田之樂寫出來了。這是總寫。「玉堂」以下至上片結束，從快樂程度、生活情趣與處世態度三個方面，分寫歸田之樂。「玉堂」三句，寫歸田之樂高於人間天上一切樂趣。玉堂（翰林院的別稱，此處泛指高級文學侍從供職之所），就官府而言，「玉堂無此」，說明「居官之樂」根本無法和歸田之樂同日而語；三山，就仙境而言，仙山虛無縹緲，微茫難求，又說明神仙之樂也不如歸田之樂現實、具體。「讀罷《離騷》」三句，具體描述歸田生活。「讀罷《離騷》」，寫閒居讀書；「酒香猶在」，寫長夜痛飲。南朝宋劉義慶《世說新語．任誕》王恭言：「痛飲酒，熟讀《離騷》，便可稱名士。」放翁把個人榮辱得失置之度外，自然「覺人間小」，而自樂其樂了。放翁既不以個人榮辱得失為懷，對世事當然也就不必放在心上，故接下去運用劉禹錫詩意，以「菜花葵麥」四句，從處世態度寫放翁的歸田之樂。劉禹錫〈再遊玄都觀〉詩與序說，從他貶官連州到這次還朝，玄都觀發生了很大變化：百畝庭中半是青苔，當年盛極一時的桃花已蕩然無存，只剩下兔葵燕麥動搖於春風之中了。劉禹錫用桃花比喻新貴，比喻弄權的小人，而又以玄都觀的變化暗示了朝廷的人事變動。作者反其意而用之，說明放翁自歸隱以後，既已不以朝廷小人得勢為懷，就任「菜花葵麥」之地又新開多少桃花、增添多少所謂「春色」去吧。這幾句詞，既是看破世事的解脫語，又是對朝政無可奈何的反話。它既揭示了放翁內心世界的矛盾，又巧妙地引出了下片作者勸放翁入世的記敘。

過片以後，寫切勿在歸隱中了此一生的勸勉。南朝宋劉義慶《世說新語．任誕》說：「王子猷（徽之）居山陰，夜大雪，眠覺，開室命酌酒。四望皎然，因起徬徨，詠左思〈招隱〉詩。忽憶戴安道，時戴在剡，即便夜乘小船就之。」「一夜」三句，以戴安道喻放翁，以王子猷自擬，既表現了作者對放翁的思慕，欲至山陰拜訪；

又暗示他也擬「招隱」，約請放翁出山之意。「而今」三句，又運用韓愈獎掖作〈冰柱〉詩的後進劉叉的典故（見《新唐書．韓愈傳》），說明自己詩才雖高，但知音者少，只有領袖詩壇的放翁刮目相看，將自己比作李廣，並說「李廣不生楚漢間，封侯萬戶宜其難」（陸游〈贈劉改之秀才〉），可以說是知己。放翁以劉過不能封萬戶侯為可惜，而劉過自然也希望放翁能立功異域，平戎萬里。故「想見」以下五句盛讚放翁既有文才，又有武略，當親草檄書，報國殺敵，萬萬不可在歸田之中了此一生。語意深長，感人至極。在這裡，作者使用層層深入的寫法，從主觀與客觀兩個方面，展現了放翁的生活與內心世界，反映了他看似狂放而實俊逸的思想品格，從內容方面形成了本詞「狂逸之中自饒俊致」的藝術風格。

此藝術風格，還表現在作品的構思與結構上。這首詞與一般詞不同，它不是採用上片寫景下片抒情這種詞人慣用的方式，而是大膽地打破習慣體式的束縛，用全詞來敘事，並把抒情寓於敘事之中。而在敘事時，它不完全根據形式安排內容，而是根據內容的需要結構作品。因此，從詞的開頭到「有知音否」的十八句，主要是從各個方面鋪敘放翁的隱居生活以及他們之間的友誼，大筆振迅，具有一氣呵成之勢；然後出人意外地把筆鋒一轉，明確指出放翁同白居易一樣，一生才華橫溢，風流倜儻，而今胡馬窺江，國步維艱，應當有所作為，「未肯向、香山老」，隱居以終。這樣寫，似乎前後矛盾，其實是矛盾的統一體，是以棄官歸田之樂反襯棄隱從戎之需，而且前邊把「歸田之樂」渲染得越充分，也就把後邊棄隱從戎、殺敵報國的思想襯托得越光輝，越能表現作者以及放翁至老弗渝的愛國品質。在這裡，作者以前十八句反襯後六句，以後六句壓倒前十八句，非有「如椽健筆」，確實難以做到。這又顯示了作者筆力之雄健，構思之新奇，詞風之瀟灑有致。

「狂逸之中自饒俊致」，還表現在語言的運用方面。這首詞和辛詞一樣，用典也是較多的。宋張炎《詞源》說：「詞用事最難，要體認著題，融化不澀。」這首詞或明或暗地用了王恭、王徽之、李白、賀知章、柳宗元、劉叉、劉禹錫和白居易等人的典故，用事不可謂不多。但它所運用的典故，不僅大都切合人物的身分——詩人，人物的活動地點——山陰，而且用得妥帖自然，毫無斧鑿痕跡和晦澀的毛病。這是因為他把典故融化在詞境中，使人讀之流轉如珠，用如不用。比如「狂客」二字，用的就是賀知章的典故。賀知章號四明狂客，年老辭歸山陰，放翁亦隱山陰，故劉過以賀知章擬放翁，這樣用典就很貼切。用王子猷夜訪戴安道的典故比擬自己欲訪放翁，也貼切之極。再如「讀罷〈離騷〉，酒香猶在」二句，就是從南朝宋劉義慶《世說新語》和柳宗元的詩句脫化出來的。〈離騷〉是屈原的代表作品，它反覆傾訴了屈原對楚國命運的關懷，表達了他要求革新政治、與腐朽貴族集團鬥爭的強烈意志和準備以身殉國的精神。由於它影響巨大，六朝人便把「痛飲酒，熟讀〈離騷〉」看作名士的標誌。柳宗元參與永貞革新失敗後，貶官永州，也以「投跡山水地，放情詠〈離騷〉」（〈遊南亭夜還敘志七十韻〉），抒發胸中的鬱悶。劉過使用上述典故寫放翁歸隱，就不單單是敘述他的讀書飲酒的生活，還表現了他欽慕屈原的愛國人品，如六朝高士的鄙薄世俗，以及對政治失意的憤慨，這就大大增加了詞的容量，擴大了詞的內涵，提高了詞的表現力。（薛祥生、王少華）

柳梢青　劉過

送盧梅坡

泛菊杯深，吹梅角遠，同在京城。聚散匆匆，雲邊孤雁，水上浮萍。

教人怎不傷情？覺幾度、魂飛夢驚。後夜相思，塵隨馬去，月逐舟行。

盧梅坡，南宋詩人，這首詞是劉過為他送別時寫的。它描寫了送別時，尤其是送別後劉過對友人魂牽夢縈的思念之情，寫得情真意深，句中有餘味，篇中有餘意。

上片寫離別之苦。前三句寫聚，寫餞別時對舊日交遊的回憶。寫聚，作者並沒有對他們過去在京的交往逐一加以鋪敘，而是從中選取了兩件具有典型意義的活動加以敘寫。魏晉陶潛在〈飲酒二十首〉其七中說：「秋菊有佳色，裛露掇其英。泛此忘憂物，遠我遺世情。」「泛菊杯深」化用陶詩，寫在重陽佳節，他們共飲菊花酒，以排遣思鄉之苦。深，言酌酒之滿。一個「深」字，把他們舉杯暢飲的情形描寫出來了。漢樂府《橫吹曲》有〈梅花落〉曲，是唐宋文人很喜歡聽的笛曲。李清照〈永遇樂〉詞有「染柳煙濃，吹梅笛怨」之句。「吹梅角遠」化用李詞，寫在春天的時候他們攜手郊遊，欣賞那玉姿冰骨的梅花，聆聽那清脆悅耳的笛聲。遠，寫笛聲悠長。一個「遠」字，展現了他們勝日尋芳的愉快心情。這兩句詞，不僅形象地再現了他們聚會的歡快場面，還巧妙地點出了他們聚會時間的短暫，不過是從秋到春，為下文「匆匆」二字設下了伏線。「泛菊」二句暗示了他們聚會的時間，「同在京城」則明確地交代了他們聚會的地點。短短十二個字，就把他們聚會的節令、地點和情景交代清楚了，運思可謂縝密，用筆可謂簡省。後三句寫「散」，寫餞行時惜別心情。

「聚散匆匆」是關鍵句，它具有承上啟下的作用。「聚」字結上，「散」字啟下，「匆匆」二字，表示他們不論是對「聚」還是「散」，都感到時間短暫，難以暢敘友情，因而非常遺憾。「雲邊」二句具體寫「散」。在這裡，作者使用了兩個比喻，說明他們此別之後，如雲邊的孤雁，深以失侶為苦；又如水上浮萍，到處漂泊不定。這兩句詞即景生情，融情入景，可謂情景雙繪，妙趣橫生。

下片寫別後之思。開頭三句先用設問句式加以提調，說明盧梅坡走後，不能不使人「傷情」，然後用「魂飛夢驚」四字，說明他是如何「傷情」。「魂飛」，寫他因友人離去而喪魂失魄；「夢驚」，寫他為不能再見到友人而睡不安寧。前邊用「幾度」二句加以總括，就把作者「良宵誰與共，賴有窗間夢。可奈夢回時，一番新別離」（秦觀〈菩薩蠻〉），希望夢見友人但又怕夢見友人的複雜感情描寫出來了，真可謂情深之至。寫到這裡，作者感到還沒把他的相思之情寫足，於是又用「後夜相思」三句，寫他想像中追隨友人旅程遠去的情形。這三句詞，化用初唐蘇味道「暗塵隨馬去，明月逐人來」（〈正月十五日夜〉）和賀鑄「明月多情隨柁尾」（〈惜雙雙〉）句意，說明此別之後，他的心像飛塵一樣時時緊跟在盧梅坡的馬後，又像明月一樣處處追隨在盧梅坡的舟旁，不論盧梅坡走到哪裡，他都將和他生活在一起。這樣寫，不僅進一步深化了作者的相思之情，還收到了情至文生，情文並茂的藝術效果。

柳永的〈雨霖鈴〉也是寫「傷離別」的。柳詞寫了送別時難分難捨的場面，也寫了別後相思，而且把別後相思之苦寫得淋漓盡致，成為千古名詞。而這首詞對送別場面沒有作直接描繪，只是寫了舊日的聚和今日的散，寫了「散」後的相思之苦，同樣可以使人想像出他們分別時該是多麼難分難捨，給人留下了廣闊的思索餘地。

這是虛筆，是不寫之寫。這樣結構作品，文字簡潔，詞意含蓄，雖不能和柳詞相提並論，但也不失為一首較好的送別詞。（薛祥生）

醉太平 劉過

情高意真，眉長鬢青。小樓明月調箏，寫春風數聲。

思君憶君，魂牽夢縈。翠銷香減雲屏，更那堪酒醒！

在劉過的《龍洲詞》中，那些長調頗受稼軒詞的影響，「狂逸之中自饒俊致」（清劉熙載《藝概》），應該稱為豪放的作品。而大部分小令卻寫得清新宛轉，深邃沉摯，仍舊保持了婉約詞的基本特徵。這首〈醉太平〉便是一例。詞的上闋寫女子彈箏，下闋寫女子對所歡的縈念。題材雖不離豔情，但卻能一洗綺羅香澤之態，以白描的手法刻畫人物、描寫環境、抒發情悰。這一點既不同於《花間詞》，也有異於南宋詞壇上姜夔、吳文英那種裁雲縫月刻意求工的作品，表現出自己特有的風格。

詞的著眼點在於相思憶別。上闋為下闋作了鋪墊，下闋是上闋的發展和深化。起首二句從內心和外形兩個方面刻畫女子的形象：她的感情非常深摯，她的思想非常真誠。不但品德好，儀態也很美。僅僅「眉長鬢青」四字，便把她清秀的容顏凸現出來。古代女子以長眉為美。晉崔豹《古今註》云：「魏宮人好畫長眉。」漢司馬相如〈上林賦〉也說：「長眉連娟，微睇綿藐。」這裡僅以寥寥四字，便如電影中的特寫鏡頭，把人物的主要特徵——兩道修眉，一頭黑髮，非常凸出地展現在讀者面前。「小樓」二句，寫環境，寫動作。在唐宋詞中，凡稱小樓，或指佳人獨處的妝樓，或指男子孤棲的寓所。如南唐李璟〈山花子〉「小樓吹徹玉笙寒」，南唐李煜〈虞美人〉「小樓昨夜又東風」，秦觀〈浣溪沙〉「漠漠輕寒上小樓」，陸游的〈臨安春雨初霽〉詩也說「小樓一夜聽春雨」。因此長期以來小樓在讀者的心目中形成一種詩意的概念。這裡的小樓，是指女子的妝樓。此刻一輪明月，照進小樓，色調既很明朗，氣氛亦甚靜穆。如此良夜，這位女子彈起秦箏，清音繚繞，令人陶醉。詞人不可能在小詞中像韓愈〈聽穎師彈琴〉、白居易〈琵琶行〉那樣，以眾多的比喻形容音樂的美妙動聽，而只是用「春風」二字概括箏聲的神韻。這聲音好似春風吹拂人間：它蕩漾於小樓，使樓內充滿溫馨；它縈迴於女子的心房，使她情思飛越。而寫出這般春風的，正是女子的一雙巧手。女子的靈心慧性和文化素養，從而也透露出來。可見這一個「寫」字，極富有表現力，比吹字、奏字、演字更好。再沒有任何一個字能像它這樣出神入妙地表現此刻箏聲的意境了。若非精心錘鍊，斷斷不能至此。

可是悠揚的箏聲帶來的甜蜜歡愉，倏忽消逝，代之而起的是無窮的索寞，不盡的相思。「思君憶君，魂牽夢縈」，也和前面所用的白描手法一樣，純係口語白話，然又歸於醇雅，直截地展示女主人翁內心深處的離情別緒。詞人曾在〈柳梢青．送盧梅坡〉中說「覺幾度、魂飛夢驚」，〈蝶戀花．贈張守寵姬〉中說：「後夜短篷霜月曉，夢魂依約雲山繞。」措辭都較雅馴、工麗，但其藝術效果卻不如這裡來得好。原因何在？就在簡練明確，因而入人最易，感人也深。倘加以狀語、定語，再間以典實，麗則麗矣，雅則雅矣，但讀後須費一番思索。此則白描一大好處也。「翠銷」句謂由於分別已久，室內畫屏彩色已漸漸銷退，暖香已漸漸減少。簡單六個字，把眼前與往日、環境與內心高度地濃縮在一起，可謂凝練極矣！柳永〈八聲甘州〉云：「是處紅衰翠減，苒苒物華休。」秦觀〈八六子〉云：「素絃聲斷，翠綃香減。」語意似較相近，前者指節序推移，後者謂信物漸變，但以色香的銷退寄託離情則是大同小異。「更那堪酒醒」，寓意深刻，從側面反映出這位女子曾經以酒澆愁，想在醉鄉中解脫相思的困擾。可是正如詞人所說：「嚴風催酒醒，微雨替梅愁」（〈臨江仙〉）；「酒醒不禁寒力，紗窗外，月華薄」（〈霜天曉角〉），酒醒以後，曉月朦朧，離愁重新襲來，尤為教人難耐。「更那堪」三字，道盡個中況味，亦白描之特點也。

詞是依附於宴樂的一種歌詞，因其句度有長短之數，聲調有平上之差，即使今天樂譜已經失傳，然而念起來猶覺利於脣吻，富於聲情之美。我們讀這首小詞，感到它的音樂性特別強。詞牌名〈醉太平〉，又名〈四字令〉，可見是以四字一句為主的。在中國文學史上，四言詩最早見於《詩經》，漢魏以降，仍有人運用此種形式，但其情味與此詞迥異。這首詞前後闋各四平韻，一、二句均為四言，句中第三字一律用仄聲，念起來兩字一頓，抑揚起伏，饒有韻味。第三句雖為六言，第四句雖為五言，但其基本結構仍不失四言的格局。六言句和緩平穩，在聲情上起了過渡作用。五言句因係上一下四句式，先以一個去聲（或上聲）字提挈，使聲調揚起，逐漸低沉轉折，留有不盡意味。細審它的情韻、語言結構和風格，確有些像明高濂崑劇《玉簪記》中〈朝元歌〉一曲，我們若是在賞音之際拿來對照，體會當更深入一層。（徐培均）

六州歌頭 劉過

題岳鄂王廟

中興諸將，誰是萬人英？身草莽，人雖死，氣填膺，尚如生。年少起河朔，弓兩石，劍三尺，定襄漢，開虢洛，洗洞庭。北望帝京，狡兔依然在，良犬先烹。過舊時營壘，荊鄂有遺民。憶故將軍，淚如傾。

說當年事，知恨苦：不奉詔，偽耶真？臣有罪，陛下聖，可鑑臨，一片心。萬古分茅土①，終不到，舊奸臣。人世夜，白日照，忽開明。袞佩冕圭百拜，九泉下、榮感君恩。看年年三月，滿地野花春，鹵簿②迎神。

〔註〕①分茅土：古代君主分封王侯的儀式。用茅草包社壇某方之土授受封者，以示其為某方王侯。②鹵簿：本為帝王駕出時儀仗。漢以後，后妃、太子和大臣出行時皆有。

這是一首憑弔南宋抗金名將岳飛的詞。岳飛二十歲投軍衛國，立過赫赫戰功。高宗時為秦檜所害。孝宗時昭雪，為其建廟於鄂（今武昌）。寧宗嘉泰四年（一二〇四），追封鄂王。題中「岳鄂王廟」，即岳飛廟。

開篇兩句，作者避直就曲，以問代贊，顯得語氣肯定，感情深厚。意謂：高宗中興時代，只有岳飛堪當諸將之傑，萬人之英。以下四句寫緬懷之思。「身草莽，人雖死」，是說岳飛已處冥世。「雖」字關涉兩句，並預示了下面語意的轉折。岳飛雖離開人間已六十多年，但「氣填膺，尚如生」，一腔忠憤之氣不滅，還像在世一樣肝膽照人。他的精神永在，浩氣長存。接著寫英雄的一生經歷。「年少起河朔」，指岳飛年輕時就在中原黃河以北從軍抗金，報效國家。「弓兩石」，指其膂力過人，能開兩石之弓。憑著這忠義肝膽，一身神力，他手提三尺寶劍（「劍三尺」），縱橫疆場，所向披靡：「定襄漢，開虢洛，洗洞庭。」這三句為了押韻，順序有所顛倒。實際上，紹興四年（一一三四），岳飛收復了襄陽府等六處州郡，於第二年就洗劫了聚集在洞庭湖的楊么農民起義軍（「洗洞庭」屬岳飛的歷史過錯）。此後四年，才先後收復虢州（今河南靈寶）、洛京（今河南洛陽）、東虢（今河南滎陽）一帶大片國土。岳飛乘勝進軍朱仙鎮，離汴京（今開封）只有四十五里，故說「北望帝京」。復國在即，可朝廷卻令岳飛班師回朝，不僅使英雄「十年之力，廢於一旦」（《宋史·岳飛傳》），而且慘遭殺身之禍。「狡兔」兩句便是對英雄壯志未酬身先死的無限痛惜，更是對權奸加害無辜忠良將的強烈控訴。古人曾以「狡兔死，良狗烹」（《史記·淮陰侯傳》）比喻國君的寡恩少情，然而現在「狡兔依然在」，就「良犬先烹」，豈不更加可憤可恨！這是「加一倍」的寫法，進一步表現了詞人對英雄遇害的不平之心和對權奸誤國的憤慨之情。「過舊時營壘」四句，寫人民對岳飛的懷念。「過」，指詞人自身的過訪；「舊時營壘」，指岳飛當年駐紮過的地方。「荊鄂有遺民。憶故將軍，淚如傾」，是講荊鄂地區存活下來的百姓，每當憶及岳將軍，無不淚流如注。

下闋承「良犬先烹」而來。過片兩句，像是正對著英雄的塑像絮語，撫慰他那悲痛的心靈：說起當年將軍大業被毀、蒙受奇冤之事，我知道您一定怨恨到了極點。這裡，作者流露了對英雄不幸的無限同情。緊接著兩句「偽耶真」的反詰，有力地駁斥了秦檜陷害岳飛所謂「不奉詔」的強加之罪。「臣有罪」四句，是對高宗的微辭，言外之意：由於您陛下「不聖」，未能辨明真偽，而釀成了這千古冤案。顯然，在詞人看來，最令人痛恨的還是權奸巨佞，所以他寫出了「萬古」三句：千年萬代，分封王侯，再也不會輪到昔日奸臣的分上。秦檜死於岳飛被害後十三年，後贈申王，謚忠獻；在岳飛封鄂王之後一年多，追奪王爵，改謚謬醜。因此這幾句顯然是對「骨朽人間罵未銷」（宋劉子翬〈汴京紀事〉）的秦檜的有力鞭撻，但更主要的恐怕是對活著的投降派的嚴厲警告：奸佞之徒，即使得逞於一時，也終將逃脫不了歷史的審判，他們絕不會有好下場！「人世夜」三句，寫冤獄到底得到了昭雪：人世間的沉沉黑夜，終因有了白日高照，一下子變得明朗起來。這幾句不單頌揚了昔日孝宗的平反之舉，同時也頌揚了當世寧宗的追封之行。一個「忽」字，似可讓人想見詞人按捺不住的喜悅之情。「袞佩冕圭」三句，是想像冥世有知的英雄得知謚封鄂王的喜訊之後的情狀：穿著袞服，繫著珮玉，戴著冠冕，持著圭璧，在九泉之下叩拜，盛感君王的齊天之恩。結尾三句寫百姓的歡欣：每年三月，春光明媚之際，遍地花香之時，人們以隆重的儀仗，在鄂王廟前祭奠英雄的神靈。通篇圍繞憑弔之旨，收尾又遙扣詞題之廟，雖為長調，一氣貫注，渾然而緊湊。

這首題廟之作，前籠悲憤之氣，後露明朗之色，說明詞人不光為英雄一哭，更是為了寄希望於寧宗皇帝，激勵和鼓舞長期受到壓抑的主戰派將領抗敵禦侮的決心，實現社稷一統的宿願。此詞當是他在嘉泰四年西遊漢沔（今武漢）時所作。（劉刈）

西江月　劉過

堂上謀臣尊俎①，邊頭將士干戈。天時地利與人和，「燕可伐歟？」曰：「可。」

今日樓臺鼎鼐②，明年帶礪山河。大家齊唱〈大風歌〉，不日四方來賀。

〔註〕①尊俎：分別為裝酒、肉的兩種用具，常用於宴席。西漢劉向《新序》：「夫不出於尊俎之間，而知千里之外。」②鼎鼐：古代烹調器，舊日常用鼎鼐調味來比喻宰相的職責。

寧宗嘉泰四年（一二〇四）韓侂冑定議伐金，其用心雖有建功固寵之意，但確實起到了振奮民心的作用，因此，受到朝中抗戰派人士和全國軍民的響應。劉過的這首詞即是當年為祝賀韓侂冑生日而寫的，詞中表達了愛國者們的共同心聲。

讀這首詞，最叫人久久不能平靜的，是其中那抗戰求勝的決心。上半闋說堂上有善謀的賢臣，邊疆有能戰的將士，天時、地利與人和都對宋室有利，因而伐金是可行的。對自己力量的自豪和肯定，是向當時朝野普遍存在的自卑、畏敵情緒的挑戰，具有強烈的現實意義。進入下半闋，由全國形勢說到韓侂冑本人：先寫今日治國，次寫明年勝利。句中那勝利在握的豪情，不要說在當時存在巨大的鼓舞力量，即使現在去讀，也給人增添信心和勇氣。

劉過詞學辛棄疾。以本篇而論，就有以下兩點頗得辛詞精神：第一，大量使用前人成句和典故。在這方面，辛詞雖被人譏笑為「掉書袋」，但用典用得好，卻也可以增強詞篇的表現力。比如，此詞上片「天時地利與人和」化用《孟子．公孫丑下》：「孟子曰：『天時不如地利，地利不如人和。』」因而該句在說明天時、地利、人和都有利的同時，還有著強調人和的作用，這樣，一方面使得它與前兩句掛鉤，另一方面也符合壽韓侂冑的主題。其次，「『燕可伐歟？』曰：『可。』」用《孟子．公孫丑下》：「沈同以其私問曰：『燕可伐歟？』孟子曰：『可。』」由於用了「聖人」之言，並把侂冑伐金和歷史上的伐燕聯繫起來，既使語氣更加肯定、有力，又巧妙地完成了向下片的過渡。下片中的「帶礪山河」用《史記．高祖功臣侯者年表序》中「使河如帶，泰山若厲（厲，通礪，磨刀石），國以永寧，爰及苗裔」。原典的意思是：黃河何時變得像帶子那麼窄了，泰山何時變得像磨刀石那麼小了（意即永遠不可能），諸侯的封國也將無恙，勛臣之富貴將永遠傳給子孫後代。使用這個典故，把韓侂冑暗中比作漢高祖的開國重臣，預祝明年建立不世之功，不露不諛，深得壽詞之三昧。「大家齊唱〈大風歌〉」用《史記．高祖本紀》：「高祖還歸，過沛，留。置酒沛宮，悉召故人父老子弟縱飲。發沛中兒，得百二十人，教之歌。酒酣，高祖擊筑，自為歌詩曰：『大風起兮雲飛揚，威加海內兮歸故鄉，安得猛士兮守四方！』令兒皆和習之。」知道了這個故事，我們再讀劉過的「大家齊唱〈大風歌〉」，就很易想起「威加海內兮歸故鄉」的歌詞，而這類歌詞，對於殘破的國家，對於大批有家難歸的人民，對於求功心切的韓侂冑，無疑都是一種鼓舞。

第二，語言流利、灑脫，具有辛詞奔放酣暢的情味。這種風格的形成，是和以下幾種語言材料的使用分不開的：一、口語和熟語，如「大家齊唱」、「四方來賀」、「謀臣尊俎」、「將士干戈」；二、散文成句，如

「天時地利與人和」、「『燕可伐歟？』曰：『可。』」；三、常用典故，如所用《孟子》兩則與《史記》兩則。這些詞語由於為人們所熟知，因而讀來親切明快，可以一氣貫下。

最後還需一提的是，此詞又傳為「辛幼安壽韓侂胄詞」（元吳師道《吳禮部詩話》），但一般認為當為劉過所作。《稼軒詞》中所收文字與此也頗有出入。（李濟阻）

姜夔

【作者小傳】（一一五五?~一二〇九）字堯章，號白石道人，鄱陽（今屬江西）人。少隨父宦遊漢陽。父死，流寓湘、鄂間。詩人蕭德藻以兄女妻之，移居湖州，往來於蘇、杭一帶，與張鎡、范成大等過往甚密。終生不第，卒於杭州。工詩，尤以詞稱。精通音律，曾著《琴瑟考古圖》。詞集中多自度曲，並存有工尺旁譜十七首。詞風清空峻拔，宋張炎《詞源》評為「如野雲孤飛，去留無跡」。代表作有〈暗香〉、〈疏影〉、〈揚州慢〉等。有《白石道人詩集》、《白石詩說》、《白石道人歌曲》等。詞存八十七首。

小重山令

姜夔

賦潭州紅梅

人繞湘臯月墜時。斜橫花樹小，浸愁漪。一春幽事有誰知?東風冷，香遠茜裙歸。

鷗去昔遊非。遙憐花可可，夢依依。九疑雲杳斷魂啼。相思血，都沁綠筠枝。

這是一首詠物詞。宋張炎說：「詩難於詠物，詞為尤難。體認稍真，則拘而不暢；模寫差遠，則晦而不明。要須收縱聯密，用事合題，一段意思全在結句，斯為絕妙。」（《詞源》卷下）這裡標舉了詠物詞的幾條原則：第一，求神似而不求形似；第二，結構上要能放能收，渾成統一；第三，所用典故必須符合題旨；第四，結句必須點明「一段意思」。若用以上原則衡量此詞，可謂處處吻合。這首詞在調下標明「賦潭州紅梅」，在「用事」方面作了限制。潭州（今湖南省長沙市）盛產紅梅，以「潭州紅」著稱於世。詞中從詠紅梅入手，但又不粘著於梅，寫梅寫人，即梅即人，人梅夾寫，梅竹交映，蘊含深遠，渾然天成，而且放得開去，收得回來，達到「野雲孤飛，去留無跡」（張炎《詞源》卷下評姜夔詞）的妙境。

起句「人繞湘皋月墜時」，點明地點、時間。湘皋，湘江岸邊。屈原〈離騷〉：「步余馬於蘭皋兮。」註：「澤曲曰皋。」水濱江岸往往是情人約會的理想場所，加之紅梅掩映，更富詩情畫意。然而此刻詞人不寫相聚時的歡樂，而是寫離別後的悲哀。一個「繞」字，寫出百般無奈，萬種離愁。繞者，盤桓也，徘徊也。「月墜」二字說明其「人」（抒情詩中的主人翁常常是作者自己）已在此徘徊良久，也許月到中天就來到江邊，也許月兒初上就盤桓花下。古人寫相思或離愁，大多是寫室內，不是孤枕寒衾，就是燭殘漏盡，這裡詞人換了一個場所，遂覺意境一新。月墜湘皋，環境淒清，以此烘托心境，其愁苦可以想見。第二、第三兩句由人及梅，正面點題，從字面看，似有所憑藉。林逋〈山園小梅二首〉其一詩云：「疏影橫斜水清淺，暗香浮動月黃昏。」然詞人不是寫梅影映照於水面，而是寫梅影浸透在水中，著一「浸」字，感情已很強烈，再以「愁」字狀漣漪，則是以愁人之眼觀物，物物皆著愁之色彩，這在美學上叫做移情作用。詩人寫梅多寫其橫，寫其斜。如蘇東坡〈和秦太虛梅花〉詩云：「江頭千樹春欲暗，竹外一枝斜更好。」詞人這裡不僅寫其疏影橫斜，而且凸出一個「小」字。「花樹小」，一作「花自小」。小字有嬌小纖弱意。唯其嬌弱，更見可愛可憐。試想那橫斜的枝條，綴著點點紅玉，在朦朧淡月的映照下，嬌弱的倩影好似浸透在寒冽的漣漪裡，其神情多麼感人。以上三句用寫意的筆法，描繪出潭州紅梅獨特的品格風貌，定下全篇寫離別相思的基調。

「一春」三句是寫人，也是寫梅。它既承上句，進一步寫梅之愁，又從「幽事」漸漸逗引起無限前情，暗暗點出心目中那個「人」來。梅的「一春幽事」是什麼？是東風無情，轉眼間「又片片吹盡也，幾時見得」（姜夔〈暗香〉）？春殘花落，惆悵自憐，除梅之外，亦復誰知？「誰知」二字，用得極好，無窮哀怨，盡在其中。「香遠茜裙歸」，是以茜裙女子的歸去，象徵梅花之飄零。茜裙，即紅裙。香氣被寒冷的東風吹遠了，而落花仍依戀殘枝，在樹下盤旋。此句充滿了想像，「香」猶花魂，縹緲而去；茜裙則是由花瓣幻化出來的形象，似在眼前。這個幻化出來的形象，跟詞人的「幽事」攸關。詞人因紅梅觸發起「一春幽事」，既無人知，也不便人知，鬱結心頭，輾轉不能自已，因而人繞湘皋，徘徊不定。白石少年時在合肥嘗有所戀，後屢形之吟詠。據夏承燾先生考證：「白石客合肥，嘗屢屢來往……兩次離別皆在梅花時候，一為初春，其一疑在冬間。故集中詠梅之詞亦如其詠柳，多與此情事有關。」（見《姜白石詞編年箋校・行實考》）如〈江梅引〉：「人間離別易多時，見梅枝，忽相思。幾度小窗幽夢手同攜。今夜夢中無覓處，漫徘徊，寒侵被，尚未知。」此刻詞人來到湘皋，見紅梅猶引動相思。那時節春寒料峭，紅梅盛開，他與穿著紅裙的女子在江邊分袂。詞人漸行漸遠，回首岸邊，只見那紅裙漸遠漸小，以至成為一個紅點，就像江邊的一朵紅梅……此時此刻，詞人又深情地望著江皋的紅梅，雙眼漸漸模糊，疊化出當年江邊的「茜裙」來。人耶？梅耶？撲朔迷離，一時難辨。這樣的描寫，是寫物而不凝滯於物，符合張炎所標舉的第一個標準。

過片一筆宕開，以「鷗去」結束對往事的回憶。詞中本詠紅梅，為何一下子又扯到江鷗？此法即張炎所云「收縱聯密」中的一個縱字，也就是說放開去寫。鷗是眼前的景物，符合湘皋這一特定地點。詞人在江皋徘徊，驚起一灘鷗鳥；而鷗鳥的驚叫聲、撲翅聲又驚醒詞人，使他從迷惘的回憶中清醒過來。啊，這一切原來都是幻覺，往昔的情事就像鷗鳥一樣飛去了。詞寫到此處，似乎難以為繼，然而「遙憐」二字又收回本題，並與上闋的「香遠」相互綰合，得「聯密」之致。「花可可」，與前面的「花樹小」遙相呼應。可可，小也，形容梅朵小如紅點。由於「可可」和下句的「依依」俱為疊字，聲韻極美，感情亦甚細膩，細細涵詠，便覺有無窮意味蘊含其間。

清張宗橚《詞林紀事》引樓敬思語，說姜白石與張炎詞皆「能以翻筆、側筆取勝」。這首詞上闋由梅及人，寫己之相思，下闋始則宕開，繼則翻轉，寫對方之相思。從對面寫來，將兩地相思繫於一樹紅梅，故其相思之情，愈翻愈濃，益轉益深。細按「遙憐」以下諸句，即可探知個中消息。這種手法，固然借鑑於杜甫的〈月夜〉詩「今夜鄜州月，閨中只獨看」，但卻寫得迷離惝怳，無跡可求。「九疑」三句，看似寫竹，實為寫梅。在詞人看來，這紅梅之紅，分明是娥皇、女英的相思血淚染成的，也即自己戀人的相思血淚染成的。這裡用湘妃的典故，既關合潭州湖南之地，又借斑竹暗喻紅梅，以娥皇、女英對舜帝之相思，比作合肥戀人對己之相思，雖從對面寫來，並以側筆刻畫，然卻「用事合題」，於理無礙。因為其中「相思血」三字，是牽合梅與竹的媒介。這不是一般的相思淚，而是淚盡繼之以血，其色紅，其情殷，符合紅梅與斑竹的主要特徵。賈島有詩曰「莫嫌滴瀝紅斑少，恰是湘妃淚盡時」（〈贈梁浦秀才斑竹拄杖〉），亦此意也。

這首詞寫出了一種含蓄的美，朦朧的美。清人陳廷焯在《白雨齋詞話》卷一中說：「所謂沉鬱者，意在筆先，神餘言外……凡交情之冷淡，身世之飄零，皆可於一草一木發之。而發之又必若隱若現，欲露不露，反覆纏綿，終不許一語道破。」此詞沒有像一般的詠物詞那樣，斤斤於一枝一葉的刻畫，而是著重於傳神寫意。它透過「月墜」、「鷗去」、「東風」、「愁漪」以及「綠筠」的渲染烘托，透過「茜裙歸」、「斷魂啼」、「相思血」

的比擬隱喻，塑造出一種具有獨特風采的、充滿愁苦、浸透相思情味的紅梅形象，借以表達對心上人的深深眷戀。然而未從正面點破，只是讓讀者去吟味，去想像。這種側面用筆、虛處傳神的表現方法，是值得稱道的。（唐葆祥）

江梅引

姜夔

人間離別易多時。見梅枝，忽相思。幾度小窗幽夢手同攜。今夜夢中無覓處，漫徘徊，寒侵被，尚未知。

濕紅恨墨淺封題。寶箏空，無雁飛。俊遊巷陌，算空有、古木斜暉。舊約扁舟，心事已成非。歌罷淮南春草賦，又萋萋。漂零客，淚滿衣。

宋寧宗慶元二年（一一九六）丙辰之冬，姜白石住在無錫梁溪張鑑的莊園裡，正值園中臘梅競放，「花裡春風未覺時，美人呵蕊綴橫枝。」（〈浣溪沙．丙辰臘……〉）他見梅而懷念遠在安徽合肥的戀人，因作此詞，小序指出：「予留梁溪，將詣淮南，不得，因夢思以述志。」說明這是借記夢而抒懷之作。

上片以兩種不同夢境反映相思之情。「人間」三句，憶及五年前兩人依依難捨的惜別場面，這曾在另幾首詞中描繪及之：「擬將裙帶繫郎船」（〈浣溪沙．辛亥正月……〉），「玉鞭重倚，卻沉吟未上，又縈離思」（〈解連環〉）。時光容易，匆匆五年過去，相會仍是無期。看到「剪剪寒花小更垂」（〈浣溪沙〉）的臘梅，想起古人折梅寄贈的雅意，相思之情，悄然而生；然思而不見，就只能求之於夢寐之間了。

「幾度」句，寫愉悅的夢境。小窗之下，伊人數度入夢，夢裡彷彿當年兩人攜手出遊，蕩舟賞燈，移箏撥絃，其樂也何如。「今夜」四句，寫另一種夢境，今夜伊人未曾入夢，徘徊尋覓，一無所見，自己形單影隻，不禁悲從中來，以致寒氣侵入衾被，也感覺不到。兩種夢境相比，前者能給予暫時的慰安，後者卻帶來無限的傷感。夢境，本來是虛無縹緲的，詞人正是借此進一步訴述別後難以言宣的內心感受。

下片「濕紅」三句，用晏幾道〈思遠人〉詞意：「淚彈不盡當窗滴，就硯旋研墨。漸寫到別來，此情深處，紅箋為無色。」寥寥數箋，和淚寫成，而無限心事，盡在其中；所恨的是書已成而信難通。緬想伊人當年彈箏情狀：「纖指十三絃，細將幽恨傳。當筵秋水慢，玉柱斜飛雁。」（晏幾道〈菩薩蠻〉）如今人面不見，那玉柱斜列如飛雁的寶箏也蹤影全無。「無雁飛」，有二層含意，一是指無人彈箏，另一是無雁傳書，音問難通。亦即秦觀〈阮郎歸〉所云：「衡陽猶有雁傳書，郴陽和雁無。」失望之情，溢於言表。

「俊遊」四句，透過回憶透露內心的惆悵和遺憾。先憶舊日同遊之地，恐怕巷陌依稀而人事已非，那斜陽枯樹，徒然增人悲思。再念別時曾指花相約：「問後約、空指薔薇，算如此溪山，甚時重至。」（〈解連環〉）在送人往合肥詩中，也曾表示後會有期：「未老劉郎定重到，煩君說與故人知。」（〈送范仲訥往合肥三首〉其三）但如今看來是泛舟同遊的舊約難踐，心事也就難消了。

「歌罷」兩句，用《楚辭》淮南小山賦春草之句，「王孫遊兮不歸，春草生兮萋萋」。眼下冬將盡而草轉青，待到春草萋萋之時，賦歸恐猶無期。結尾兩句，總收全詞，夢已醒，人不歸；淚下而不能自禁，是既恨相見之難，兼以自嘆羈泊，自傷身世。白石戀情詞以蘊藉深摯見長，本詞也不例外，可說是落落而多低迴不盡的風致。（潘君昭）

鬲溪梅令　姜夔

丙辰冬，自無錫歸，作此寓意。

好花不與殢香人。浪粼粼。又恐春風歸去綠成陰。玉鈿何處尋。

木蘭雙槳夢中雲。小橫陳。謾向孤山山下覓盈盈。翠禽啼一春。

人間真正之愛情，乃與生命共長久，雖生離死別而不可磨滅。張孝祥《于湖詞》中懷念李氏之作，白石詞中懷念合肥女子之作，皆寫此種美好感情。這首〈鬲溪梅令〉，亦是懷人之詞。序云：「丙辰冬，自無錫歸，作此寓意。」丙辰即宋寧宗慶元二年（一一九六），詞人同時作〈江梅引〉，序云：「丙辰之冬，予留梁溪（無錫），將詣淮南（指合肥），不得，因夢思以述志。」此詞所寓之意，不應遠求，當即〈江梅引〉所述之志。白石懷人詞多涉及梅花，〈江梅引〉云：「見梅枝，忽相思。」此詞亦以梅花寓託相思。二詞皆以梅名調，亦不可忽。尤其白石懷人諸詞多有恐怕歸去遲暮之憂思，可以印證此詞。如〈一萼紅〉：「待得歸鞍到時，只怕春深。」〈淡黃柳〉：「怕梨花落盡成秋色。」〈長亭怨慢〉：「韋郎去也，怎忘得玉環分付。第一是早早歸來，怕紅萼無人為主。」〈點絳脣〉：「淮南好，甚時重到？陌上生青草。」此詞所寫：「又恐春風歸去綠成陰。玉鈿何處尋。」正是同一心情。故此詞實為懷念合肥女子之作。詞中之境界，乃詞人精誠所至，用想像營造出一如夢如幻之意境。靈心獨運，生面別開，與懷人諸詞之多用追念結體者頗有不同。

「好花不與殢香人。」起筆空中傳恨。好花即梅花，象喻所念女子。以好狀花，純然口語而一往深情，乃詞人衷心之禮讚。「殢香人」是詞人自道。好花不共惜花人，傳盡天地間一大恨事。然而詞人至老其猶未悔之意，亦可體味於言外。起筆實為詞人平生心態之寫照，極空靈之致。「浪粼粼。」詞人寤寐求之，求之不得，想像之中，遂覺此梅花所傍之溪水，碧浪粼粼，將好花與惜花人遙相隔絕。此即調名「鬲溪梅」之意。《詩經．周南．漢廣》云：「漢有遊女，不可求思。漢之廣矣，不可泳思。江之永矣，不可方思。」《秦風．蒹葭》云：「所謂伊人，在水一方。溯洄從之，道阻且長。溯游從之，宛在水中央。」千古詩人，精誠所至，想像竟同一神理。「又恐春風歸去綠成陰。玉鈿何處尋。」想望好花，在水一方。煙波粼粼，不可求之。只怕重歸花前，已是春風吹遍，綠葉成陰，好花已無跡可尋。杜牧〈嘆花〉詩云：「自恨尋芳到已遲，往年曾見未開時。如今風擺花狼藉，綠葉成陰子滿枝。」此詞化用其語意，渾融無跡。又恐二字，更道出年年傷春傷別之沉恨。玉鈿本為女子之首飾，此轉喻梅花之姿媚。此詞本以好花象徵美人，此則用首飾象喻好花，喻中有喻，而出入無間，真如羚羊掛角，無跡可求。尤妙者，由玉鈿之一女性意象，遂幻出過片之美人形象，的是奇筆。

「木蘭雙槳夢中雲。小橫陳。」全幅詞境本出以想像，過片二句，則是想像中之想像，可謂夢中之夢，幻中之幻。精誠所至，此臻極致。夢寐中，詞人忽與縈念已久之美人重逢，共蕩扁舟於波心，恍若遨遊於雲表。木蘭雙槳，芳舟之美稱，語出《楚辭．九歌．湘君》：「桂櫂兮蘭枻。」芳舟之美，襯托美人之美。採用《楚辭》字面，愈增夢境情韻之馨逸。「小橫陳」三字，為連綿句，帶出美人斜倚舟中之嬌態。橫陳初看刺目，字面甚似豔冶。然而白石詞從無冶辭（清朱彝尊《詞綜．發凡》云：「填詞最雅，無過石帚。」），細體味之，始知此是詞人精心運出之險筆。蓋非此二字，不足以寫出美人之奇絕，不足以盡傳心中之美感也。狀以小字，愈見化豔冶為美好。碧浪粼粼，木蘭雙槳，與美人兮泝流光，此一超軼塵外之境界，實為詞人平生魂夢追求所幻出的具備理想神采之意境。〈江梅引〉云：「舊約扁舟，心事已成非。」正可與此參玩。然而，夢有夢後人醒，雲有風流雲散。結筆二句，已從夢幻跌回想像中之現境。「謾向孤山山下覓盈盈。翠禽啼一春。」夢醒雲散，如花美人已不可見，即好花亦仍不可得。依然是一片綠浪粼粼，惜花之人，在水一方，孤身一人而已。從過片至結筆，詞境情節呈大幅度跳躍，裁雲縫月之妙，在盈盈二字。〈古詩十九首．青青河畔草〉云：「盈盈樓上女，皎皎當窗牖。」盈盈本為美人之形容，此又借美人轉喻好花之姿媚，一語雙關，美人之形象遂復幻化為想像中之好花。句首下一謾字，寫盡好花亦不可求之失落感。惜花人空向孤山山下尋覓好花，而好花終不可得，一春之中，唯聞翠禽對鳴而已。孤山，本指杭州西湖之孤山。此詞寫想像之境，何來孤山？其實正是詞人弄筆故作狡獪之處。詞序明謂「寓意」，何能指實？孤山本多梅花，昔為梅妻鶴子之林逋隱居之處。詞中之孤山，不過為好花之地之代語而已。空向好花之地尋覓好花，意味著惜花人縱然重歸故地，也已是綠葉成陰，玉鈿難尋矣。一春二字結穴，用淒美之字面，象徵時間之綿延，實寫照出詞人愛情悲劇之一生。結句暗用一則神異傳說。舊題唐柳宗元《龍城錄》云：趙師雄，（隋）開皇中過羅浮山，天寒日暮，見林間有酒肆，旁有茅舍，一美人淡妝靚逸，素服出迎，相與叩酒家門共飲，不覺醉臥。即覺，乃在大梅樹下，有翠羽嘈唧其上，月落參橫，惆悵而已。結筆暗用這一故事，愈增全幅詞境如夢如幻之感。

此詞藝術造詣確為獨至。論意境乃如夢如幻，夢中有夢，幻中有幻。好花象徵美人，煙波象徵離絕，此是詞中第一境界。木蘭雙槳，夢中美人，乃夢中之夢，幻中之幻，是第二境界。第一境界實為詞人平生遭際之寫照，第二境界則為其平生理想之象徵。營造出如此奇異之意境，真是匪夷所思。楊萬里曾激賞白石之詩「有裁雲縫月之妙思，敲金戛玉之奇聲」（見宋陳振孫《直齋書錄解題》引），可以移評此詞。論意脈則如「裁雲縫月」，無跡可求。上片以玉鈿喻好花，遂幻出如花之美人，下片用盈盈喻好花，又由美人幻為好花。故過片夢境之呈現，真如空中之音，水中之月，妙在瑩澈玲瓏，不可湊泊，又如「野雲孤飛，去留無跡」（宋張炎《詞源》評姜夔詞）。靈心慧思，精湛無倫。論聲韻則如「敲金戛玉」，極為美聽。全詞八拍，句句叶韻，用平聲真文等韻，誦之如聞笙簧。句中兼採雙聲、疊韻、疊字，如好花、浪粼為雙聲，雙槳、夢中為疊韻，粼粼、山山、盈盈為疊字，尤增音節之美。過片為意境之昇華，詞情之高潮，聲情亦最為精妙。「木蘭雙槳夢中雲」七字，聲調為：入、陽平、陰平、上、去、陰平、陽平，五聲遞用，疊韻兩出，字韻則集中韻母之最美聽者：蘭、槳、夢、雲。真可謂五音繁會，響遏行雲。詞情聲情，令人神迷。此詞藝術造詣之精湛，實為詞人美好情感之昇華。（鄧小軍）

點絳脣　姜夔

丁未冬過吳松作

燕雁無心，太湖西畔隨雲去。數峰清苦，商略黃昏雨。

第四橋邊，擬共天隨住。今何許？憑欄懷古，殘柳參差舞。

不讀此詞，不足以知白石詞堂廡之大、氣象之大。此一尺幅短章之意境，包容了自然、人生、歷史與時代，亦體現出詞人之整個心靈。此詞之意境，呈為一宇宙。

南宋孝宗淳熙十四年丁未（一一八七）之冬，白石往返於湖州、蘇州之間，經過吳松（今江蘇蘇州市吳江區）時，乃作此詞。為何過吳松而作此詞？白石平生最心儀於晚唐隱逸詩人陸龜蒙，龜蒙生前隱居之地，正是吳松。詞序吳松作三字，寓意至深。

上片之境，乃詞人俯仰天地之境。「燕雁無心」。燕念平聲（音同煙），北地也。燕雁即北來之雁。時值冬天，正見燕雁南飛。應知龜蒙詠北雁之詩甚多，如〈孤雁〉：「我生天地間，獨作南賓雁。」〈歸雁〉：「北走南征象我曹，天涯迢遞翼應勞。」〈京口與友生話別〉：「雁頻辭薊北。」〈金陵道〉：「北雁行行直。」〈雁〉：「南北路何長。」白石平生浪跡江湖，又心儀龜蒙，詩詞亦頗詠雁，詩如〈雁圖〉、〈除夜自石湖歸苕溪十首〉其七，詞如〈浣溪沙・丙辰歲不盡五日，吳松作〉及本詞。劈頭寫入空中之燕雁，正是象喻飄泊之人生。無心即無機

姜夔〈點絳脣〉（燕雁無心）

心，猶言純任天然。點出燕雁隨節候而飛之無心，則又喻示自己性情之純任天然。此亦暗用龜蒙詩意。龜蒙〈秋賦有期因寄襲美（皮日休）〉：「雲似無心水似閒。」〈和襲美新秋即事次韻三首〉其一：「心似孤雲任所之，世塵中更有誰知。」可以參證。下句緊接無心寫出：「太湖西畔隨雲去。」燕雁隨了流雲，沿著太湖西畔悠悠飛去。隨雲點染無心，去字狀其飛遠。燕雁之遠去，申發自己飄泊江湖之感。隨雲而無心，則申發自己純任天然之意。宋陳郁《藏一話腴》云：「（白石）襟期灑落，如晉宋間人。語到意工，不期於高遠而自高遠。」可以印證。唯其身世淒涼襟期灑落如此，下文寫出憂國傷時之念，就更深刻。太湖西畔一語，意境無限拓遠。太湖包孕吳越，「天水合為一」（陸龜蒙〈奉和襲美太湖詩二十首：初入太湖〉）。本詞意境實與天地同大也。「數峰清苦，商略黃昏雨。」商略一語，本有商量之義，又有醞釀義，宋人詩詞中習見。商量、醞釀，意亦接近。湖上數峰清寂愁苦，黃昏時分，正醞釀著一番雨意。數峰本自清苦，更兼日暮欲雨，此二句既寫出雨意酣濃垂垂欲下之江南煙雨風景，亦寫出數峰清苦無可奈何而又有所不甘之種種難堪情態。從來擬人寫山，鮮此奇絕之筆。明卓人月《古今詞統》評云：「商略二字，誕妙。」真會心之言。此是眼前之景，但又含心中之意。欲諦知其意蘊，待證諸下文。

下片之境，乃詞人俯仰今古之境。「第四橋邊，擬共天隨住。」第四橋即「吳江城外之甘泉橋」（清鄭文焯《絕妙好詞校錄》），「以泉品居第四」故名（清乾隆《蘇州府志》）。此是龜蒙之故地。宋《吳郡圖經續志》云：「陸龜蒙宅在松江上甫里。」松江即吳江。天隨者，「天隨子」也，龜蒙之自號。天隨語出《莊子·在宥》「神動而天隨」，意即精神每動皆隨順天然。龜蒙又自稱江湖散人，其〈江湖散人傳〉云：「散人者，散誕之人也。心散，意散，形散，神散，既無羈限，為時之怪民。」此一散字，亦可訓解為純任天然。但在世俗眼中，便是怪誕了。龜蒙學有本原，胸懷濟世之志，其〈村夜二篇〉其二云：「豈無致君術，堯舜不上下。豈無活國方，頗牧齊教化。」可是他身當晚唐末世，舉進士又不第，只好隱逸江湖。白石平生亦非無壯志，〈昔遊十五首〉其十二云：「徘徊望神州，沉嘆英雄寡。」〈永遇樂·北固樓次稼軒韻〉：「中原生聚，神京耆老，南望長淮金鼓。」但他亦試進士而不第，飄泊江湖一生。此陸、姜二人相似之一也。龜蒙精於《春秋》，其〈甫里先生傳〉自述：「性野逸無羈檢，好讀古聖人書，探六籍識大義，就中樂《春秋》」，「貞元中，韓晉公嘗著《春秋通例》，刻之於石」，「而顛倒漫漶翳塞，無一通者，殆將百年，人不敢指斥疵纇，先生恐疑誤後學，乃著書摭而辨之」。龜蒙與皮日休唱和諸五古，動輒數百千言，皆對歷史文化心誦默念，作全幅體認，乃晚唐詩中皇皇巨製。白石則精於禮樂，曾於寧宗慶元三年（一一九七）「進《大樂議》於朝」，時南渡已六七十載，樂典久亡，白石對當時樂制包括樂器樂曲歌詞，提出全面批評與建樹之構想，「書奏，詔付太常。」（《宋史·樂志六》）以布衣而對傳統文化負有高度責任感，此二人又一相同也。白石對龜蒙認同既深，神理相接，致有「沉思只羨天隨子，蓑笠寒江過一生」（〈三高祠〉詩），及「三生定是陸天隨」（〈除夜自石湖歸苕溪十首〉其五）之語。第四橋邊，擬共天隨住，亦此意也。第四橋邊，其地仍在，天隨子，其人往矣。中間下擬共二字，便將仍在之故地與已往之古人與自己粘連起來，泯沒了古今時間之界限。真是深情所至，古今相通。《孟子·萬章下》：「天下之善士，斯友天下之善士。以友天下之善士為未足，又尚論古之人……是尚友也。」正是白石之謂也。住之一字亦可玩味，尚友古人數百年，安身立命天地間，意內而言外矣。此句收筆極重。

以上寫了自然、人生、歷史，結筆更寫出時代，筆力無限。「今何許。憑欄懷古，殘柳參差舞。」何許二字，語意極活，涵蓋極大。何許有「何時」義，魏晉阮籍〈詠懷〉：「良辰在何許，凝霜沾衣襟。」可證。又有「何處」義，杜甫〈宿青溪驛奉懷張員外十五兄之緒〉：「我生本飄飄，今復在何許。」可證。還有「為何」義，唐萬楚〈題情人藥欄〉：「斂眉語芳草，何許太無情。」可證。更有「如何」義，陸游〈桃源憶故人〉：「試問歲華何許？芳草連天暮。」可證。「今何許」，筆勢無限提昇，意蘊無限廣大。總而言之，是今世如何之意。析而言之，則兼含今是何世、世運至於何處、為何至此之意。此是囊括宇宙、人生、歷史、時代之一大反詰，是充滿哲學反思意味及積極入世精神之一大反詰。而其中重點，端在今之一字。憑欄懷古，氣象闊大。古與今上下映照成文，補足此當頭一大反詰之歷史意蘊。應知此地古屬吳越，吳越興亡之殷鑑，曾引起晚唐龜蒙之悲懷：「香徑長洲盡棘叢，奢雲豔雨祇悲風。吳王事事須亡國，未必西施勝六宮。」（〈吳宮懷古〉）亦不能不引起南宋白石之悲懷：「美人臺上昔歡娛，今日空臺望五湖。殘雪未融青草死，苦無麋鹿過姑蘇。」（〈除夜自石湖歸苕溪十首〉其三）懷古正是傷今。「今何許？殘柳參差舞。」柳本纖弱，哪堪又殘，故其舞也參差不齊，然而仍舞。舞之一字執著有力，蒼涼之中，無限悲壯。此一自然意象，實為南宋衰世之象徵，隱然並有不甘衰滅之意味。而其作為自然意象之本身，則又補足結筆當頭一大反詰之自然意蘊。在大詩人之筆下，大自然乃常與祖國分擔憂患。結筆之意境，實為南宋國運之寫照。返觀「數峰清苦」二句，其意蘊正同於結筆，實為結尾之伏筆。在此九年之前，辛稼軒作〈摸魚兒．淳熙己亥……〉，結云：「休去倚危欄，斜陽正在、煙柳斷腸處。」乃是同一意境。白石本詞用「舞」字結穴，蒼涼之中，無限悲壯。

清陳廷焯《白雨齋詞話》云：「白石長調之妙，冠絕南宋。短章亦有不可及者，如〈點絳脣．丁未冬過吳松作〉一闋，通首只寫眼前景物，至結處云『今何許？憑欄懷古，殘柳參差舞』，感時傷事，只用『今何許』三字提唱，『憑欄懷古』下僅以『殘柳』五字詠嘆了之，無窮哀感，都在虛處，令讀者弔古傷今，不能自止，洵推絕調。」此評可謂卓見。此詞將身世之感、家國之悲融為一片，乃南宋愛國詞中無價瑰寶。而身世家國皆以自然意象出之，自然意象在詞中占優勢，又將自然、人生、歷史（尚友天隨與懷古）、時代打成一片。賦家之心，包括宇宙，此之謂也。尤其「今何許」之一大反詰，其意義雖著重於今，但其意味實遠遠超越之，乃是詞人面對自然、人生、歷史、時代所提出之一哲學反思。全詞意境遂亦提昇至於哲理高度。「今何許」，真可媲美晉陶淵明〈桃花源記〉「問今是何世」，唐陳子昂〈登幽州臺歌〉「前不見古人，後不見來者」。全詞種種寄託，皆在虛處，若非瞭解其中歷史文化及詞學傳統之意蘊，則無從諦知其真諦。此詞藝術造詣，高度體現出白石詞「清氣盤空，如野雲孤飛，去留無跡」（清戈載《七家詞選》）之特色。而聲情之配合亦極精妙。上片首句首二字「燕雁」為疊韻，末句三四字「黃昏」為雙聲，下片同位句同位字「第四」又為疊韻，「參差」又為雙聲。分毫不爽，天然合度。雙聲疊韻之複沓，妙用在於為此一尺幅短章增添了聲情綿綿無盡之致。（鄧小軍）

點絳脣　姜夔

金谷人歸，綠楊低掃吹笙道。數聲啼鳥，也學相思調。

月落潮生，掇送劉郎老。淮南好，甚時重到？陌上生春草。

這是寫離情的詞。上片說聚首的歡愉，下片寫分攜的痛苦。上下片內容不是同時。歡聚或在春晚、夏初。離散似是冬季。

據有些詞論家的意見，白石苦戀合肥一個琵琶伎。詞人以宋光宗紹熙元年庚戌（一一九〇）到合肥，見〈淡黃柳〉詞序，第二年辛亥正月二十四日離開，見〈浣溪沙〉詞序。又據一些詞看，辛亥年他似乎再到過合肥，經秋再次離去。這首〈點絳脣〉就是再到合肥又離去時的作品。請參看夏承燾《姜白石詞編年箋校》所載〈行實考〉第七〈合肥詞事〉。知道這件事至少對欣賞這首〈點絳脣〉是有益的。

首句「金谷人歸」，金谷是什麼意思？除普通以代指園中多美人以外，還有三種可能：（一）或暗示琵琶女姓梁。舊題唐劉恂《嶺表錄異》上云：「昔梁氏之女，有容貌，石季倫為交趾採訪使，以真珠三斛買之。」（二）或美其人妙解音律。東晉干寶《晉紀》云：「石崇有妓人曰綠珠，美如玉，善舞而工笛。」與本詞下句「吹笙」疑有聯繫。（三）或意在引起一極美好的宜於美人的環境的想像。南北朝庾信〈春賦〉云：「河陽一縣並是花，金谷從來滿園樹。」白石〈淒涼犯〉詞序云：「合肥巷陌皆種柳。」此金谷一喻之根據。夫合肥當日不過一荒涼邊城。「出城四顧，則荒野煙草，不勝淒黯。」（〈淒涼犯〉詞序）「巷陌淒涼，與江左異。」（〈淡黃柳〉詞序）似此城郭，豈宜為美人居止？幸其多柳，故不惜重筆渲襯，比於金谷，差足為伊人居處增色，不是隨意用典。

這還不是本詞妙筆。其妙在起句即頓，對於愛侶的容妝，兩情的契合，不著一字。以下三句，都只寫景。本來，世間情人相對，一舉手一投足，一顰一笑，都直見深心，更不容一語表白，何況文字？這就是寫情常寓於景，寫景就是寫情的心理根據。清吳衡照《蓮子居詞話》卷二說：「言情之詞，必藉景色映托，乃具深宛流美之致。」實際上，久別重逢、患難遭遇的兩心，是言語道斷，不容擬議的。一定要表示，只有借外物來表示倒容易些。再說，所謂寫景，不過是詞人把自己的感情噴射向外物，與物「一化」，就是莊子所謂「物化」。這裡的綠楊啼鳥，實際是詞人對吹笙人的整個靈魂的擁抱。還不僅此，不僅是詞人化身為自然來「莊嚴」自己的情人，而且，尤其是，在詞人眼中，她儼然就是宇宙的中心，是君臨自然的。一切都是為了她而奉獻的。傳統文學中此例頗多，我想只舉曹植的〈洛神賦〉。當寫到人神心通的時候，洛神感動了。於是「屏翳（雨師）收風，川后靜波，馮夷（河神）鳴鼓，女媧（這裡用為音樂女神）清歌」。看吧，洛神就是人間天上的中心，因為她就是美和愛。但創造的魔杖還是握在詩人（或詞人）的手中。詩人是可以驅遣鬼神，再創造世界的。韓愈說李白、杜甫「陵暴萬類」（〈薦士〉語），當作如是理解。

本詞雖分兩片，卻非平列。上片是追憶，追憶似水的柔情，如夢的深永。下片是詞的現實世界。下片寫訣別。「月落潮生」，語出元稹〈重贈〉：「明朝又向江頭別，月落潮平是去時。」「掇送」猶斷送。「劉郎」，用入天台山遇仙女的劉晨自比。「天若有情天亦老」（李賀〈金銅仙人辭漢歌〉），何況自知無分再見神仙的劉郎呢。「淮南好」，好，難道不在有那人麼？一語即轉，如聞哽咽。淮南二字連末句看。用淮南小山〈招隱士〉賦：「王孫遊兮不歸，春草生兮萋萋。」這和〈江梅引〉結韻同意。彼詞說「歌罷淮南春草賦，又萋萋。漂零客，淚滿衣」。本詞「陌上生春草」五字截斷眾流。頓時使上片的「少得團圓」（李商隱〈昨日〉：「少得團圓足怨嗟」），盡成愁緒。杜牧詩「恨如春草多，事與孤鴻去」（〈題安州浮雲寺樓寄湖州張郎中〉），可以題此詞。（曹慕樊）

憶王孫　姜夔

冷紅葉葉下塘秋，長與行雲共一舟。零落江南不自由。兩綢繆，料得吟鸞夜夜愁。

題下有序云：「鄱陽彭氏小樓作。」鄱陽，即今江西波陽縣，是詞人的故鄉。彭氏為宋代鄱陽世族，神宗時彭汝礪官至寶文閣直學士，家聲頗為顯赫。此詞寫秋日登彭氏小樓，感喟身世，並對遠離的情侶寄予深沉的思念。

起句以寫景漸引，並點明節序。冷紅，蓋指楓葉。霜後的楓葉一片緋紅，在肅殺的秋風中，正一葉一葉飄落到秋塘中去。用「冷紅」形容飄散的楓葉，景中含情，以淒冷的氣氛籠罩全詞。古代文人傷時悲秋，見秋風落葉，或懷念故土，或慨嘆飄零，並不稀見。不過，次句「長與行雲共一舟」，遣詞措意頗為新穎。行雲，常用來比喻蹤跡不定的遊子。如曹植〈王仲宣誄〉：「行雲徘徊，游魚失浪。」晉張協〈雜詩〉：「流波戀舊浦，行雲思故山。」姜夔一生未仕，四處飄泊，用「行雲」來象徵其身世，很為恰切。這裡他不直說身如行雲，而偏說「長與行雲共一舟」，這就不落俗套。詞人浪跡江湖，遊蹤無定，乘舟走到哪裡，天上的行雲也彷彿跟到哪裡，這難道不是與行雲「共一舟」麼？以上兩句，泛寫登樓所見所感，不僅切合當時所處的環境，其創意出奇之處，也透露出姜詞「氣體超妙」（清陳廷焯《白雨齋詞話》卷二）的特色。下一句承上意，具體點明所處之地。

不自由，即不由自主。個中原因可想而知，窮愁潦倒的知識分子為生計所迫，或寄人籬下，或因人遠遊，輾轉風塵，哪有安身立命之地？「不自由」，看似淺淡，卻道出了無窮的酸辛。遊子在孤獨落寞之際，總要想起知心體貼自己的故舊或親人，結尾兩句即由抒寫身世轉到懷人。「兩綢繆」，一筆兩用，兼寫男女雙方。綢繆，纏綿之意。《詩經．唐風．綢繆》：「綢繆束薪。」李陵〈與蘇武三首．嘉會難再遇〉：「獨有盈觴酒，與子結綢繆。」此句寫雙方情意綿綿，相互思念。「料得吟鸞夜夜愁」則專寫對方。古人常以鸞鳳喻夫婦，此處「吟鸞」而加上「料得」，當指夜不成寐的伊人。由自己思念對方而想到對方會無限思念自己，透過一層，感情更為深至。「夜夜愁」，寫出對方無夜不思，無夜不愁。詞人相信對方對自己如此真摯思念，也正反映了詞人對於對方的一往深情。

這首小詞以景語起，以情語結，將身世之感與懷人之思自然地結合起來，於清新明快中饒有含蓄蘊藉的風致。（劉乃昌、崔海正）

鷓鴣天

姜夔

己酉之秋，苕溪記所見。

京洛風流絕代人，因何風絮落溪津？籠鞋淺出鴉頭襪，知是淩波縹緲身。

紅乍笑，綠長顰。與誰同度可憐春？鴛鴦獨宿何曾慣，化作西樓一縷雲。

宋孝宗淳熙十年（一一八三），姜夔在苕溪（今浙江湖州）為一位不幸婦女的身世所感動，寫下了這首詞。

京洛，河南洛陽。周平王開始建都於此，後來東漢的首都也在這裡，所以又稱京洛。後人往往用它來代指京城。風流，指品格超逸。開篇即寫這個婦女出處不凡，她來自南宋的都城臨安；她既有高超的品格，又有舉世無雙的美貌。首句「京洛風流絕代人」七個字，包括這樣三層意思。

正是這樣一個可羨、可敬、可親的人，「因何風絮落溪津」？為何妳像風中飛絮似的，飄落到苕溪的渡口來呢？說她來到苕溪是如柳絮隨風飄落，含意深厚。「顛狂柳絮隨風去」（杜甫〈絕句漫興九首〉其五），這風中之絮是不由自主，又是無人憐惜的。「春色三分，二分塵土，一分流水」（蘇軾〈水龍吟．次韻章質夫楊花詞〉），這委身於塵土和流水的柳絮，命運就更悲慘了。用風中之絮來比喻人，暗示人的悽苦不幸，一個「落」字雙關出人與柳絮的同等命運。這句前面用「因何」這一似問非問的句式，後面用荒僻的「溪津」與繁華的「京落」作對比，入木三分地寫出了這個「風流絕代人」的不幸遭遇。

「籠鞋淺出鴉頭襪」。籠鞋，鞋面較寬的鞋子。鴉頭襪，古代婦女穿的分出足趾的襪子。這句是說從籠鞋中微微地露出了鴉頭襪，還須與下句「知是凌波縹緲身」聯繫起來看。曹植〈洛神賦〉形容洛水女神是「體迅飛鳧，飄忽若神；凌波微步，羅襪生塵」。這詞裡的女子穿了這樣款式的鞋襪，腳步輕盈，如宓妃洛神一般。從溪邊渡口看到絕代佳人，並從她的鞋襪，聯想到以洛神來比擬她，雖似誇張，卻極自然。這仍是對「風流絕代人」的讚美：她高潔，飄逸，和一般風塵女子迥然不同。

過片，徑直敘說她的酸辛生活，並明白表示對她不幸遭遇的同情。「紅乍笑，綠長顰。」「紅」，指她朱紅的嘴唇，說輕啟朱唇，露出淺淺的笑；或說紅指她笑時蓮臉生春；總之是說她笑時很美。「綠」，指青黛色的眉毛，說雙眉緊蹙，胸懷憂傷。「乍」，表示時間短暫，與「長」相對。說明她笑時短，顰時長。僅用六個字，不僅寫出了人的神情表現，而且寫出了人的內心隱祕。這笑，看來是勉為歡笑，而顰才是真情的流露。相似的寫法在詞裡頗常見，如「修眉斂黛，遙山橫翠，相對結春愁」（柳永〈少年遊〉），十三個字只寫出了人的「春愁」；「嬌香淡染胭脂雪，愁春細畫彎彎月」（晏幾道〈菩薩蠻〉），十四個字只寫了人在梳妝打扮時而「愁春」。它們都沒有姜詞這樣言簡意豐，韻味悠遠。

「與誰同度可憐春。」春天無限美好，可是面對這樣的良辰美景，有誰與她共同度過呢？有誰，即沒有誰。賀鑄有「錦瑟華年誰與度」（〈青玉案〉）句，與此很相似。這深情的一問，不僅表現出詞人對她的同情，而且寫出了她的孤苦寂寞。從整首詞看，所寫是一個歌妓之類的人物。她在繁華的京城也許曾經有過「一曲紅綃不知數」（白居易〈琵琶行〉）的美好時光，如今卻被冷落，無人與度芳春。對於她的坎坷情事，詞人一個字也沒有寫，女主人公也始終未發一語，全從我之「所見」方面著筆。這樣詞人的同情之感，表達得酣暢淋漓，人物形象也栩栩可見，特別最後兩句更是神來之筆：「鴛鴦獨宿何曾慣，化作西樓一縷雲。」

古人傳說鴛鴦是雙宿雙飛，形影不離的水鳥，常用來作為夫妻間愛情的象徵。「鴛鴦獨宿」，深一層表明無人與之「同度」，只剩下孤零零一個人了。「何曾慣」，也深一層地流露出她的憶舊念往，直至今天仍懷著感情上的苦悶。因此接著說：「化作西樓一縷雲。」宋玉〈高唐賦〉載巫山神女與楚王的故事：「妾在巫山之陽，高丘之阻，旦為朝雲，暮為行雨，朝朝暮暮，陽臺之下。」說她化作西樓上空一縷飛雲，如巫山神女，對過去那「朝朝暮暮，陽臺之下」的歡愉情景，不能忘懷，表現出她對愛情生活的追求。

從整首詞來看，無論思想性、藝術性都臻上乘。對如「風絮落溪津」的「風流絕代人」，表示出深切的同情。本來開頭似是直敘其事，但仍保持了姜詞的「清虛騷雅，每於伊鬱中饒蘊藉」（清陳廷焯《白雨齋詞話》）的風格。本來這樣一位風靡帝京的絕代佳人，不應該「五陵年少爭纏頭，一曲紅綃不知數」麼？可是她的命運卻完全相反。「因何」二字，含著詞人深情的感喟。同時，對於她的「風流絕代」，看似著筆很輕，只寫她穿的是極普通的鞋襪，但接以「知是凌波縹緲身」，把她與「榮曜秋菊，華茂春松」（〈洛神賦〉）的洛神聯繫起來，說她有著秋菊春松一樣的品格，就不只是說她的穿著打扮了。這兩句正是語直而脈不露。過片兩個三字短句，極其精鍊，從「乍」和「長」兩個似鍊而不鍊的字中，詞人的同情已隱含其中，接以「與誰同度可憐春」的一問，從隱到顯，對不幸絕代佳人的感喟之情，至此才明白地表示出來。最後把她比作一隻孤零零的鴛鴦，卻仍堅貞自守，完成了對「風流絕代人」的塑造，而詞人「哀其不幸」的仁者之心，貫穿始終，渾然深厚。本詞用筆，有時從實處落墨，有時虛處著筆（如「籠鞋」以下四句），但它「無窮哀感，都在虛處」（陳廷焯《白雨齋詞話》評姜夔〈點絳唇〉結句語），清空中含有意趣，與實處落墨取到虛實相生別有意味的效果。清李調元謂此詞末二句「不但韻高，亦由筆妙」（《雨村詞話》），可以移來作為全詞的評語。（艾治平）

鷓鴣天　姜夔

正月十一日觀燈

巷陌風光縱賞時，籠紗未出馬先嘶。白頭居士無呵殿，只有乘肩小女隨。

花滿市，月侵衣，少年情事老來悲。沙河塘上春寒淺，看了遊人緩緩歸。

元宵為傳統節日。據宋周密《武林舊事》卷二記載，南宋時，「禁中自去歲九月賞菊燈之後，迤邐試燈，謂之『預賞』。一入新正，燈火日盛。」此詞題作「正月十一日觀燈」，乃寫燈節前的預賞。然詞人著眼點不在寫節日之歡樂，而在抒身世之感慨。所謂「以樂景寫哀」（清王夫之《薑齋詩話》語），便是此詞的特色所在。

起首二句先描述臨安元宵節前預賞花燈的盛況。這一天大街小巷張滿各色燈彩，士庶熙熙攘攘，縱情遊賞。「籠紗未出馬先嘶」一句，寫當時賞燈情景，非常符合歷史真實。據宋吳自牧《夢粱錄》卷一「元宵」云：「公子王孫，五陵年少，更以紗籠（即燈籠）喝道，將帶佳人美女，遍地遊賞。」籠紗即紗籠。詞人僅以七字概括了這些貴族公子外出觀燈的氣派，正如清況周頤所說：「七字寫出華貴氣象，卻淡雋不涉俗。」（《蕙風詞話》卷二）華貴而不俗，淡雋而有味，意境可謂高遠。其所以達到如此藝術效果，主要是因為詞人從側面著筆，故能先聲奪人，使讀者產生優美的想像。若從正面落墨，不知要費多少氣力，然終不如此句的含蓄有味。

「白頭」二句，筆鋒一轉，寫自身之寥落。詞人一生未入仕途，除了鬻字之外，大都因人存活。此詞作於宋寧宗慶元三年（一一九七），詞人年已四十三歲，猶「移家行都（臨安），依張鑑居，近東青門」（見夏承燾《姜白石繫年》引宋陳思《白石道人年譜》），擬進《大樂議》。因慨嘆年老而功名未立，故自稱「白頭居士」。所謂「呵殿」，即前呵後殿，指身邊隨從。這兩句正為「籠紗」句反襯：貴家子弟出遊，前呼後擁；詞人觀燈，唯有小女乘肩。「乘肩小女」，舊有二說。《武林舊事》卷二「元夕」云：「都城自舊歲孟冬駕回，則已有乘肩小女鼓吹舞綰者數十隊，以供貴邸豪家幕次之翫。」係指歌舞藝人。黃庭堅《山谷集·內集卷六》〈陳留市隱〉詩序云：陳留市上有刀鑷工，唯一女年七歲，日以刀鑷所得錢與女醉飽，則簪花吹長笛，肩女而歸。詩有「乘肩嬌小女」之句。白石此處當用後一事，藉以抒寫困窮自樂之意，而筆鋒也關顧到燈節舞隊中的「乘肩小女」。吳文英〈玉樓春·京市舞女〉有「乘肩爭看小腰身」之句，與《武林舊事》所記的「乘肩小女」舞隊，同敘南宋臨安燈節風光。詞人這個「小女」是樸素無華的，不是如「南陌東城」的「舞兒」，穿得「畫金刺繡滿羅衣」（《武林舊事·元夕》引白石詩），但加以「乘肩」二字，便儼然也有舞隊中人的樣子，再以「隨」字暗射「呵殿」，這與晉代阮咸，當七月七日循俗曬衣，同族富家皆紗羅錦綺，阮咸獨以竹竿掛大布犢鼻褌，云「未能免俗，聊復爾耳」（南朝宋劉義慶《世說新語·任誕》），同一機杼，藉以解嘲，亦含激憤。

過片三句轉入悲慨。「花滿市，月侵衣」，謂燈月交映，景色宜人，此即上闋「巷陌風光」的具體化；「少年情事老來悲」，則是說見此滿市花燈，當空皓月，回憶少年時燈夕同遊之樂事，而今風光依舊，而人隔天涯，翻成老來之悲。其中蓋有所寄寓。詞人三天之後又有同調作品云：「肥水東流無盡期，當初不合種相思。……春未綠，鬢先絲，人間別久不成悲。」題作「元夕有所夢」。此云「少年情事老來悲」，彼云「人間別久不成悲」，所悲者何？合肥舊侶不可得見也。這一推測，大概是符合詞人的實際情況的。以手法言之，「花滿市，月侵衣」，乃是樂景；「少年」句則是哀情。以樂景寫哀，則一倍增其哀。細細涵泳，這幾句確實是動人的。

結尾二句寫夜深燈散，春寒襲人，遊人逐漸歸去。沙河塘，在錢塘縣（今浙江杭州）南五里，蘇軾〈虞美人·有美堂贈述古〉詞云：「沙河塘裡燈初上，水調誰家唱？」王庭珪〈初至行在〉詩云：「行盡沙河塘上路，夜深燈火識昇平。」南宋定都臨安後，那裡已成繁華地區。這裡的沙河塘，即首句「巷陌」的具體化；兩個結句，也是與起首二句呼應的。來時巷陌馬嘶，何其熱鬧；去時遊人緩歸，又何其冷清。「遊人緩緩歸」句似是用吳越王遺妃書中「陌上花開，可緩緩歸矣」語，「錢塘人好唱〈陌上花緩緩曲〉」，見蘇軾〈江城子〉詞小序。前面的「縱賞」，與後面的「看了」，也照應得很周密。詞中不僅以樂景襯哀情，而且處處注意到對比與反襯。正是在這種對比、反襯之中，詞的主旨得到了很好的體現。（徐培均）

鷓鴣天

姜夔

元夕有所夢

肥水東流無盡期，當初不合種相思。夢中未比丹青見，暗裡忽驚山鳥啼。
春未綠，鬢先絲，人間別久不成悲。誰教歲歲紅蓮夜，兩處沉吟各自知。

這是一首懷念舊日戀人的情詞。姜夔青年時代在合肥曾經有過一段情遇，所戀對象大約是姊妹二人。在長期浪跡江湖中，他寫了一系列深切懷念對方的詞篇。宋寧宗慶元三年（一一九七）元夕之夜，他做了一個重見往日情人的夢，夢醒後寫了這首詞。這一年，上距合肥初遇時已經二十多年了。

首句以想像中的肥水起興，興中含比。肥水分東、西兩支，這裡指東流經合肥入巢湖的一支。明點「肥水」，不但為交代這段情緣的發生地，兼有表現此時詞人沉思遙想之狀的作用。映現在詞人腦海中的，固不僅有肥水悠悠向東流的形象，且有與合肥情遇有關的一系列或溫馨或痛苦的往事。「東流無盡期」的肥水，在這裡既像是悠悠流逝的歲月的象徵，又像是在漫長歲月中無窮無盡的相思和別恨的象徵，起興自然而意蘊豐富。正因為這段情緣帶來的是無窮無盡的痛苦思念，所以次句翻怨當初不該種下這段相思情緣。「種相思」的「種」字用得精妙。相思子是相思樹的果實，故由相思而聯想到相思樹，又由樹引出「種」字。它不但賦予抽象的相思以形象感，而且暗透出它的與時俱增、堅牢不消、在心田中種下刻骨鏤心的長恨。「不合」二字，出語峭勁拗折，貌似悔種前緣，實為更有力地表現這種相思的深摯和它對心靈的長期痛苦折磨。

「夢中未比丹青見，暗裡忽驚山鳥啼。」三、四兩句切題內「有所夢」，分寫夢中與夢醒。刻骨相思，遂致入夢，但年深歲久，夢中所見伊人的形象也恍惚難辨，覺得還不如丹青圖畫所顯現的更為真切。細味此句，似是作者藏有所愛女子的畫像，平日相思時每常展玩，但總嫌不如面對伊人之真切，及至夢見伊人，卻又覺得夢中形象不如丹青的鮮明。或覺丹青不如真容，或覺夢中未比丹青，總因未能重見對方所致。下句在語言上與上句對仗，意思則翻進一層，說夢境迷濛中，忽然聽到山鳥的啼鳴聲，驚醒幻夢，遂使這「未比丹青見」的形象也消失無蹤。如果說，上句是夢中的遺憾，下句便是夢醒後的惆悵。與所思者睽隔時間之長，地域之遠，相見只期於夢中，但連這樣不甚真切的夢也做不長，其懊喪更可知。上片至此煞住，而「相思」、「夢見」，意脈不斷，下片從另一角度再深入來寫。

換頭「春未綠」切元夕，開春換歲，又過一年，而春郊綠遍之時猶有所待；「鬢先絲」說自己羈旅漂泊，歲月蹉跎，鬢髮已如絲般白了，即使芳春可賞，其奈老何！兩句為流水對，語取對照，情抱奇悲，富於象外之致。

接下來「人間別久不成悲」一句，是全詞感情的凝聚點，飽含著深刻的人生體驗和深沉的悲慨。真正深摯的愛情，總是隨著歲月的增積而將記憶的年輪刻得更多更深，但在表面上，這種入骨的相思卻並不常表現為熱烈的爆發和強烈的外在悲痛，而是像深藏地底的熔岩，在平靜甚至是冷漠的外表下潛行著熾熱的激流。特別是由於離別年深，年年重複的相思和傷痛已經逐漸使感覺的神經末梢變得有些遲鈍和麻木，心田中的悲哀也積累沉澱得太多太重，裹上了一層不易觸動的外膜，在這種情況下，就連自己也彷彿意識不到內心深處潛藏的悲哀了。「多情卻似總無情」（杜牧〈贈別二首〉其二），這「不成悲」的表象正更深刻地反映了內心的深哀劇痛。而當作者清楚地意識到這一點時，悲痛的感情不免更進一層。這是久經感情磨難的中年人更加深沉內含、也更富於悲劇色彩的感情狀態。在這種以近乎麻木的形式表現出來的刻骨銘心的傷痛面前，青年男女的纏綿悱惻、傷離惜別便不免顯得浮淺了。

「誰教歲歲紅蓮夜，兩處沉吟各自知。」紅蓮夜，指元宵燈節，紅蓮指燈節的花燈。歐陽脩〈驀山溪．元夕〉「剪紅蓮滿城開遍」，周邦彥〈解語花．元宵〉「露浥紅蓮，花市光相射」，均可證。歇拍以兩地相思、心心相知作結。「歲歲」回應首句「無盡」。這裡特提「紅蓮夜」，似不僅為切題，也不僅由於元宵佳節容易觸動團圓的聯想，恐怕和往日的情緣有關。古代元宵燈節，士女縱賞，正是青年男女結交定情的良宵，歐陽脩的〈生查子〉（去年元夜時）、辛棄疾的〈青玉案．元夕〉可以幫助理解這一點。因此歲歲此夕，遂倍加思念，以至「有所夢」了。說「沉吟」而不說「相思」，不僅為避複，更因「沉吟」一詞帶有低頭沉思默想的感性形象。「各自知」，既是說彼此都知道雙方在互相懷念，又是說這種兩地相思的況味（無論是溫馨甜美的回憶還是長期別離的痛苦）只有彼此心知。兩句用「誰教」提起，似問似慨，像是怨恨某種不可知的力量使雙方永隔相思，又像是自怨情痴不能泯滅相思。在深沉刻至的「人間別久不成悲」句之後，用語勢較緩而涵意特豐的這兩句作結，詞的韻味顯得悠長深厚。

情詞的傳統風格偏於穠麗軟媚，這首詞卻以清剛拗健之筆來寫刻骨銘心的深情，別具一種清峭雋永的情韻。全篇除「紅蓮」一詞由於關合愛情而較豔麗外，都是用經過錘鍊而自然清勁的語言，可謂洗淨鉛華。詞的內容意境也特別空靈蘊藉，純粹抒情，絲毫不及這段情緣的具體情事。用筆也多拗折之致，像「當初」句、「夢中」句、「人間」句都是顯例。特別是「人間」句，寓深悲於平淡的語氣口吻、拗折峭勁的句式句格，更顯得含意深永，耐人咀嚼。（劉學鍇）

踏莎行 姜夔

自沔東來，丁未元日至金陵，江上感夢而作。

燕燕輕盈，鶯鶯嬌軟。分明又向華胥見。夜長爭得薄情知？春初早被相思染。

別後書辭，別時針線。離魂暗逐郎行遠。淮南皓月冷千山，冥冥歸去無人管。

「肥水東流無盡期，當初不合種相思。」（姜夔〈鷓鴣天．元夕有所夢〉）作者二十多歲時在合肥（宋時屬淮南路）結識了某位女郎，後來分手了，但對她一直眷念不已。淳熙十四年丁未（一一八七）元旦，姜夔從第二故鄉漢陽（宋時沔州）東去湖州途中抵金陵時，夢見了遠別的戀人，寫下此詞。

北宋時蘇軾聽說張先老人買妾，作詩〈張子野年八十五，尚聞買妾，述古令作詩〉調侃道：「詩人老去鶯鶯在，公子歸來燕燕忙。」這首詞一開始即借「鶯鶯燕燕」字面稱意中人，從稱呼中流露出一種卿卿我我的纏綿情意。這裡還有第二重含義，即比喻其人體態「輕盈」如燕，聲音「嬌軟」如鶯。可謂善於化用。這「燕燕輕盈，鶯鶯嬌軟」乃是詞人夢中所見的情境。《列子》載黃帝曾夢遊華胥氏之國，故詞寫好夢云「分明又向華胥見」。夜有所夢，乃是日有所思的緣故。以下又透過夢中情人的自述，體貼對方的相思之情。她含情脈脈道：在這迢迢春夜中，「薄情」人（此為昵稱）啊，你又怎能盡知我相思的深重呢？言下大有「換我心，為你心，始知相憶深」（五代顧敻〈訴衷情〉）的意味。

過片寫別後睹物思人，舊情難忘。「別後書辭」，是指情人寄來的書信，檢閱猶新；「別時針線」，是指情人為自己所做衣服，尚著在體。二句雖僅寫出物件，而不直接言情，然讀來皆情至之語。緊接著承上片夢見事，進一層寫伊人之情。「離魂暗逐郎行遠」，「郎行」即「郎邊」，當時熟語，說她甚至連魂魄也脫離軀體，追逐我來到遠方。末二句寫作者夢醒後深情想像情人魂魄歸去的情景：在一片明月光下，淮南千山是如此清冷，她就這樣獨自歸去無人照管。一種惜玉憐香之情，一種深切的負疚之感，洋溢於字裡行間，感人至深。

這首詞緊扣感夢之主題，以夢見情人開端，又以情人夢魂歸去收尾，意境極渾成。詞的後半部分，尤見幽絕奇絕。在構思上借鑑了唐陳玄祐傳奇〈離魂記〉，記中倩娘居然能以出竅之靈魂追逐所愛者遠遊，著想奇妙。在意境與措語上，則又融合了杜甫〈夢李白二首〉其一「魂來楓林青，魂返關塞黑」、〈詠懷古跡五首〉其三「畫圖省識春風面，環佩空歸月夜魂」句意。妙在自然渾融，不著痕跡。王國維說：「白石之詞，余所最愛者，亦僅二語，曰『淮南皓月冷千山，冥冥歸去無人管』。」（《人間詞話》刪稿）可見評價之高。（周嘯天）

杏花天影　姜夔

丙午之冬，發沔口。丁未正月二日，道金陵。北望淮楚，風日清淑，小舟掛席，容與波上。

綠絲低拂鴛鴦浦。想桃葉、當時喚渡。又將愁眼與春風，待去；倚蘭橈，更少駐。

金陵路、鶯吟燕舞。算潮水、知人最苦。滿汀芳草不成歸，日暮；更移舟，向甚處？

此詞句律，比〈杏花天〉多出「待去」、「日暮」兩個短句，其上三字平仄亦小異，係依舊調作新腔，故名曰〈杏花天影〉。詞序中所說丁未，為孝宗淳熙十四年（一一八七）。據夏承燾《姜白石詞編年箋校》附考其「合肥詞事」，白石作此詞時年約三十三、四歲。他在合肥嘗有所遇，「以詞語揣之，似是勾欄中姊妹二人」。白石於上年冬自漢陽隨蕭德藻乘船東下赴湖州，此年正月初一抵金陵，泊舟江上。當夜有所夢，感而作〈踏莎行〉（燕燕輕盈）詞，次日又寫了這首〈杏花天影〉。起首三句寫當地實有之物，詠當地曾有之事。然所云「綠絲」，卻非眼中之柳，而是心中之柳。江南雖屬春早，但正月初頭絕不能柳垂綠絲，唯青青柳眼，或已可見。故首句因柳眼而想到綠絲，而念及巷陌多種柳的合肥。此因柳託興，而非摹寫實景，但也不是憑空落筆；金陵多柳，自古而然，南朝樂府〈楊叛兒〉云「暫出白門前，楊柳可藏烏」，是其證。「鴛鴦浦」，形容江水之別浦，亦即泊船的所在地。以鴛鴦名浦，不僅使詞藻華美，亦藉以興起懷人之思。「想桃葉、當時喚渡」，明點所思之人。桃葉是東晉王獻之的妾。獻之曾作歌送桃葉渡江云：「桃葉復桃葉，渡江不用楫。但渡無所苦，我自迎接汝。」此借指合肥女子。古桃葉渡在金陵秦淮河畔，也是本地風光。見渡口楊柳，想前朝桃葉，再「北望淮楚」，益動合肥之思，這是非常符合生活邏輯的。「又將愁眼與春風」一句，折回所見的柳眼，與起句「綠絲」相呼應。這一句有兩重含意：愁人所見的柳眼，自然也成為「愁眼」；春風乍到，柳眼欲綻未綻，恍似含愁。按照常理，春風送暖，柳芽發舒，正是得意之時，詞人何以云愁？此蓋寓柳可再見而人難重覓之恨也，故著一「愁」字，可見含蓄得妙。「待去；倚蘭橈，更少駐」，先是一縱，繼而一收，波折頓生，感情極其婉曲。白石此番到金陵本是路過，暫泊即行；但此行一路所經，以金陵距合肥為最近，一經解纜，即將愈駛愈遠，故而情勢上是「待去」，而行動上則是「少駐」。其心之痴，不待明言，刻畫得極其工細。

過片「金陵路」句一揚。自然界的「鶯吟燕舞」，於此尚非其時，所指的當然是秦淮佳麗的妙舞清歌。但在白石看來，「曾經滄海難為水」（元稹〈離思五首〉其四），對之已如不見不聞。他目注淮楚，心繫彼人，前緣不再，舊侶難逢。「算潮水、知人最苦」，著力一跌，與上句若不相承，但由彼之歡樂到我之痛苦的過程雖已略去，仍可按察而知，故轉折雖驟，卻不突兀。「最苦」二字，用語最明白，最平淡，寫其此際心情亦最深刻。「此恨誰知」？有「潮水」知。蓋此時詞人「小舟掛席，容與波上」，唯與潮水為最近。此「潮」，是劉禹錫〈金陵五題：石頭城〉「潮打空城寂寞回」之潮。它閱歷千百年人事變遷，睿智淵深，無情不察。詞人認為唯潮水能知其「最苦」處，亦兼以潮聲嗚咽，若與己交流心聲者。一「算」字亦非虛下，其意即「算唯有」，包含了除此以外別無知我心者之意。但「潮水」是詞人給予人格化的自然物，然則當前真無知我心之人矣！託喻微妙，感慨亦深。「滿汀」一句推想將來。此行千里依人，去漢陽其姊家（白石幼依姊居，中去復來幾二十年，視為第二故鄉）已遠；而今小泊金陵，即行東邁，去所曾遊而繫心之合肥亦將日遠，歸計難成，故日「不成歸」。「汀」指江中小洲，寫舟中所見；「芳草不成歸」，用《楚辭．招隱士》「王孫遊兮不歸，春草生兮萋萋」語意。含思悽惻，離散之愁，漂泊之感，溢於言外。結尾三句，襯足「苦」字。「日暮」二字，依律為短句叶韻，連上讀；然依文意當屬下。天色已暮，即移舟就港而宿。詞人此時心中惘惘然，更不知它將移泊何處。「向甚處」，此問非問，乃表現茫然不解的神態。蓋雖小駐，為時亦已無多，勢成欲不去而不能，欲去又不忍，徘徊瞻顧，有不知身在何所之慨。無限痛楚，均注於詞意轉折之中，神情刻畫之內。

宋張炎稱姜白石等數家之詞「格調不侔，句法挺異，俱能特立清新之意，刪削靡曼之詞」（《詞源》卷下）。這首詞懷念合肥舊歡，以健筆寫柔情，託意隱微，情深調苦，和一般豔詞不同，讀後但覺清空騷雅，無一點塵俗氣。此詞為小令，然布局與慢詞相似，在有限的五十八個字中，逞足筆力，盡量鋪敘，繁音促節，迴環往復，曲折多變，令人一唱三嘆。（徐培均）

浣溪沙

姜夔

予女須家沔之山陽，左白湖，右雲夢，春水方生，浸數千里，冬寒沙露，衰草入雲。丙午之秋，予與安甥或蕩舟採菱，或舉火罝兔，或觀魚簺下；山行野吟，自適其適；憑虛悵望，因賦是闋。

著酒行行滿袂風，草枯霜鶻落晴空。銷魂都在夕陽中。

恨入四絃人欲老，夢尋千驛意難通。當時何似莫匆匆。

白石此詞作於三十二歲，是懷念合肥女子最早的作品之一。白石與合肥女子最後之別在三十七歲那年。然而，似乎在最後一別之前許久，白石就已預感到愛情的悲劇性質，以致其懷人之作從一開始就充滿了沉痛異常的離別之恨。

詞前有序。序前半篇寫山陽之大觀。女須同女嬃，指姊姊，姊姊家住漢陽之山陽村，太白湖、雲夢澤（代指湖泊群）環抱左右。春水生時，連幾千里。冬寒水退，荒草接天。後半篇寫遊賞之適意。丙午即淳熙十三年（一一八六），這年秋天，詞人小住姊姊家，與外甥（名安）晝則蕩舟採菱，夜則舉火捕兔（罝，音同拘，捕兔網），有時則觀看捕魚（簺，音同賽，竹木製的柵欄，用來斷水取魚）。山行野吟，真似自得其樂。然而，末尾突謂：「憑虛悵望，因賦是闋。」詞人對天悵望，因作此詞。原來，遊賞之樂竟絲毫無補詞人悲傷的心靈。序末正是詞篇的引子。

「著酒行行滿袂風。」起句寫自己帶了酒意在原野上走，行行無已，秋風滿懷，便覺天地之寥廓。於是縱筆寫出下句：「草枯霜鶻落晴空。」舉目清秋，但見一隻蒼鷹從晴空中直飛落在枯草無際的原野上。此二句極寫天地之高曠，便見出詞人之憑虛悵望。於是由景及情，寫出下句：「銷魂都在夕陽中。」歇拍極精警，將情與景、人與宇宙融為一境。境界隨夕陽之無極而無限展開，憂傷亦隨夕陽之無極而生生無已。有夕陽處有憂傷。憂傷冉冉彌漫遍佈於此夕陽無極之境界中。原來上二句所寫高曠之天地，竟似容不下詞人無限之惆悵。「銷魂都在夕陽中」，可媲美於周邦彥〈蘭陵王·柳〉名句「斜陽冉冉春無極」。詞人究竟為何銷魂如此？「黯然銷魂者，唯別而已矣。」（南朝梁江淹〈別賦〉）歇拍意脈已引發下片。

「恨入四絃人欲老，夢尋千驛意難通。」過片二句對偶，寫想像中之戀人，即合肥女子。上句想像伊人憂傷欲老。四絃指琵琶，周邦彥〈浣溪沙〉云：「琵琶撥盡四絃悲。」合肥女子妙擅音樂，白石〈解連環〉云：「為大喬能撥春風，小喬妙移箏。」伊人滿懷幽怨沉恨，傾注進琵琶之聲，琵琶之聲可以怨，但又何能真個解恨？在聲聲怨恨中，伊人亦憔悴將老矣。白石本年三十二歲，合肥女子年齡諒在三十以下，何至言老？老之一字，下得沉重。不僅寫出合肥女子對自己相思成疾，亦寫出自己對合肥女子相知之深。不僅如此。白石合肥情遇之深蘊亦於此句見出。琵琶是燕樂主要樂器之一，燕樂正是詞樂。合肥女子與白石皆妙擅音樂，乃是知音。可見其愛情之內蘊原是極高雅亦極深厚。下句寫伊人夢中相覓之苦。想像及於夢境，愈空靈，愈刻摯。山長水闊，天遙地遠，伊人縱然夢飛千驛，也難尋到自己傾訴衷情啊。詞情彷彿晏小山〈蝶戀花〉「夢入江南煙水路。行盡江南，不與離人遇」，但沉痛過之。實則如此慘淡之句，竟為此一愛情悲劇之讖。白石與合肥女子終身含恨，當非偶然。夢中亦意難平，人生必多恨事。重逢難，夢中相逢亦難。詞人不禁從肺腑中發出恨聲：「當時何似莫匆匆。」痛恨當時不如不要匆匆分別。實則當日之別，必有不獲已之緣故。今日之追悔，便屬無可奈何，此一愛情終當成一大恨事矣。結句與晏殊〈踏莎行〉「當時輕別意中人，山長水遠知何處」相若，但細味之，便覺晏詞猶出以輕靈淡宕之筆調，姜詞卻是刻骨鏤心之恨語。

全詞整體營構頗見白石特色。序與詞，上、下片，皆筆無虛設，一脈關聯，而又層層翻進，實為渾然一體。序中極寫遊賞之適意，既引起詞中無可排遣的憂傷，又反襯憂傷之沉重。上片極寫天地之高曠、夕陽之無極，實為包蘊下片所寫相思之遙深、傷心之無限造境。意與境一等相稱。縱觀全幅，序作引發之勢，上片呈外向張勢，下片呈內向斂勢，雖是小令之作，亦極變化開闔之能事。

此詞是白石懷人系列詞之序曲。白石懷人詞始於此年，終於四十三歲時所作之兩首〈鷓鴣天〉，中間經歷之十餘年，乃人生最可寶貴之一段時光，而其所留下諸詞，沉痛之情始終如一。在宋代文學史上，白石懷念合肥女子之系列詞，與張孝祥懷念李氏之系列詞、陸游懷念唐琬之系列詩，先後輝映。這些作品感動人心陶冶性情的價值，是不會過時的。（鄧小軍）

浣溪沙 姜夔

辛亥正月二十四日，發合肥。

釵燕籠雲晚不忺，擬將裙帶繫郎船。別離滋味又今年。

楊柳夜寒猶自舞，鴛鴦風急不成眠。些兒閒事莫縈牽。

白石此詞，作於光宗紹熙二年辛亥（一一九一）正月二十四日離別合肥之際。此一別，很可能就是白石與合肥女子最後之別，至少本年之後，即成生離死別。此一愛情於是演為白石一生中之腸斷史，生出南宋詞中之一段奇情異彩——白石懷人系列詞。但這在白石與合肥女子，皆為始料所不及。

上片從女子一方寫惜別。「釵燕籠雲晚不忺。」釵燕者，帶有燕子形狀裝飾之釵。籠雲即挽結雲鬟。忺（音同先），高興、適意。晚來梳妝，釵燕籠雲，足見臨別前夕，惜別情意，何等隆重。「女為悅己者容」（《史記·刺客列傳》），此之謂也。然而，雖說打扮起來，卻掩飾不住愁雲慘淡。起句寫女子之盛為容妝，次句寫其言為心聲。「擬將裙帶繫郎船。」裙帶如何繫得住郎船？此真無理而妙。痴語最見痴情，故妙。用女子之物，道女子之情，又妙。「別離滋味又今年。」只有深味過別離滋味的人，才能在臨別之前，體會到即將來臨的那種別離滋味。足見相愛多年，已非初別。這尋常的愛情，早含蘊了多少艱難不易。喃喃一語，辛酸何限。淒涼的情味，與美麗的容妝，自成傷心的對照。

下片從自己一面寫。「楊柳夜寒猶自舞，鴛鴦風急不成眠」，宛然是詞人的聲口。你看那寒夜之楊柳，「樹欲靜而風不止」（漢韓嬰《韓詩外傳》），柳枝飛舞，哪得安寧？你看那水上之鴛鴦，風急鴛鴦不成雙，鴛鴦也不得安眠。天下事不如意的多，又何止你與我？「此兒閒事莫縈牽。」離別不會久，是尋常小事，你可莫要縈心牽懷、放不下呵！珍重之意，殷勤之情，不盡於言外。不過，話裡卻暗透出很深的憂傷。鴛鴦風急不成眠，實為不祥之語，實為不幸之讖，白石合肥情遇，後來終成一生悲劇。

此詞不用典實，不假藻繪，純似口語，而具見性情。上片由女子之容妝寫出女子之心聲，筆筆都寫出足不出戶的古代女子之特徵——用情專執。下片由風中之楊柳說到風中之鴛鴦，語語都見得飽讀詩書的古代讀書人特徵——爾雅溫文。女子只是直說，讀書人則言必用比興。但他比興用得好，以眼前景，喻心中情，又純似口語。若將此詞搬上舞臺，演為一齣惜別的摺子戲，上片由旦角唱，下片由生角唱，可隻字不改，便是一曲本色當行的絕妙好詞。不過，話要說回來，這純似口語的藝術語言，源於詞人「純似友情」（夏承燾《姜白石詞編年箋校》「合肥詞事」）的真誠愛心，是從詞人性靈肺腑之中自然流出。白石愛情詞的本原在於此，其價值亦在於此。（鄧小軍）

浣溪沙　姜夔

丙辰歲不盡五日，吳松作。

雁怯重雲不肯啼，畫船愁過石塘西。打頭風浪惡禁持。
春浦漸生迎棹綠，小梅應長亞門枝。一年燈火要人歸。

宋寧宗慶元二年丙辰（一一九六），白石「移家臨安（今杭州）寓平甫（張鑑，南宋大將張俊之後裔）別宅，地近東青門」（南宋陳思《白石道人年譜》）。本年除夕前五日，白石從無錫乘船歸杭州，途中過蘇州，經吳松（今江蘇蘇州市吳江區），遂作此詞。白石平生清客生涯，飄泊江湖，除夕不能回家團圓，已是常事。光宗紹熙二年（一一九一）除夕之夜，白石自蘇州歸湖州（時家住湖州），船上作〈除夜自石湖歸苕溪十首〉其六有云：「沙尾風迴一棹寒，椒花今夕不登盤。百年草草都如此，自琢春詞剪燭看。」可證。今年除夕，則可到家，詞人心情如之何？請讀此詞。

詞前小序甚短，若序若題。「丙辰歲不盡五日」，點明時間，離除夕五日。「吳松作」，點明地點，離家已不遠。序簡練、含蓄，然而氣氛可感矣。

「雁怯重雲不肯啼。」起筆寫向空中。大雁無聲，穿過重雲，飛向南方。南方溫暖，雁兒回歸之家也。長空彤雲重重密佈，雁兒之心情緊張，見於「怯」字。雁兒之歸心似箭，一個勁往南飛，故不肯啼。此一畫面，恰成詞人載馳載歸之寫照。妙。「畫船愁過石塘西」，次句寫出自己。石塘，蘇州之小長橋所在。詞人乘著畫船，迢迢歸家，已過石塘，又至吳松，好不急切也。句中著一愁字，便似乎此一畫船，是載了滿船清愁而行。又妙。既歸家，又何愁？原來是：「打頭風浪惡禁持。」歇拍展開水面。頭指船頭。惡者，甚辭，猛也、厲害也。禁持，擺布也，禁，念陰平。此皆宋人口語。滿河打頭風浪，把船猛烈擺佈。人間，有風浪猛打船頭。天上，有重雲遮攔鳥道。天地間事，多不如意呵。又怎得令人不愁！然而，南飛之雁，豈是重雲所可遮攔？歸家之人，又豈是風浪所能阻擋？此時此地，詞人之心，就果真是滿載清愁嗎？

「春浦漸生迎棹綠」。過片仍寫水面，意境卻已煥然一新。浦者水濱，此指河水。河水漲綠，漸生春意，拍拍迎槳。雖云漸生，可是春之一字，冠了句首，便覺已是春波駘蕩，春意盎然。歇拍與過片，對照極鮮明。從狂風惡浪過變而為春波容與，從風浪打頭緊接便是春波迎槳，畫境轉變之大，筆力幾於回天。詞情急劇硬轉，筆致卻極輕靈。情盡融於景，又隱秀之至。時猶臘月，詞人眼中之河水已儼然是一片春色，則此時詞人之心中，自是一片溫暖，此可不言而喻。「小梅應長亞門枝。」下句更翻出懸想。離家已久之詞人，揣想此時之吾家，門前小梅，新枝生長，幾乎高齊門矣。此一意境，何其馨逸，又何其溫柔。小梅之初茁，頗似有一番喻意。此時，白石之兒女正當幼年。白石五年前之〈除夜自石湖歸苕溪十首〉其四云：「千門列炬散林鴉，兒女相思未到家。應是不眠非守歲，小窗春意入燈花。」次年丁巳（慶元三年，一一九七年）元日〈鷓鴣天〉詞云：「嬌兒學作人間字。」正可印證喻意。經年飄泊在外之人，每一還家，乍見兒女又長高如許，其心情之喜慰，可以想見。小梅應長亞門枝，當是此種人生體驗之一呈現。「一年燈火要人歸。」結筆化濃情為淡語。除夕守歲之燈火，一年一度而已矣。燈火催人快回家，歡歡喜喜過個年。一筆寫出家人盼歸之殷切，亦寫出自己歸意之深切，歸興之濃郁。此是全幅詞情發展之必然結穴，又是富於包孕、餘韻無窮之尾聲。

此詞顯著藝術特色，是兼以哀景、樂景寫歡樂，倍增其歡樂之手法，營造意境。上片極寫雁怯重雲，畫船載愁，風浪打頭，境象慘淡，筆觸沉重，心情亦沉重之至。下片則極寫春浦漸綠，小梅長枝，燈火催歸，儼然而為一片新天新地，筆致優美空靈，心情則歡愉無已。上片愈是寫得愁苦哀感，便愈反襯出下片之歡欣鼓舞。上片是襯托，下片才是重點。此種意境之營造，實反映出詞人之身世心態。白石〈湖上寓居雜詠〉詩云：「平生最識江湖味。」平生飄泊江湖，心境常是愁苦。一旦得以還家，其心上之歡愉，生生而無已，自必升居優勢而壓倒平常之愁苦。更何況此行途中，時近除夕，地近其家，由平常之愁苦轉為還家之歡愉，此時此際，最為典型。此種變化微妙之心態，既經詞人銳敏善感之表現，遂成為此詞獨具一格之意境。

此詞寫還家過年之情。過年，乃中國家庭天倫之樂之一高潮。家之意念，隱然而為此詞詞情之本體。在文化傳統中，家，實為中國人心理之一本位觀念。家，是人生理想之一出發點。有家之一觀念，推擴開去，乃有天下一家、四海之內皆兄弟之理想。家，又往往是人生中之一小小桃花源。人生在外，多艱難不易，回到家裡，心靈便可獲致安頓、溫存、慰藉、鼓舞。故在文學作品之中，描寫此種感受之俊章佳作，紛如瓔珞，何可勝數。其冠冕，《詩經》之〈東山〉，杜甫之〈羌村三首〉也。白石此首〈浣溪沙〉詞，亦可謂其中雖小卻好之一佳作。

（鄧小軍）

霓裳中序第一

姜夔

丙午歲，留長沙，登祝融，因得其祠神之曲，曰〈黃帝鹽〉、〈蘇合香〉①。又於樂工故書中得商調〈霓裳曲〉十八闋②，皆虛譜無辭。按沈氏《樂律》：〈霓裳〉道調③。此乃商調④。樂天詩云：「散序六闋。」此特二闋⑤。未知孰是。然音節閒雅，不類今曲。予不暇盡作，作中序一闋傳於世⑥。予方羈遊，感此古音，不自知其辭之怨抑也。

亭皋正望極。亂落江蓮歸未得。多病卻無氣力。況紈扇漸疏，羅衣初索。流光過隙。嘆杏梁、雙燕如客。人何在，一簾淡月，彷彿照顏色。

幽寂。亂蛩吟壁。動庾信、清愁似織。沉思年少浪跡。笛裡關山，柳下坊陌。墜紅無信息。漫暗水、涓涓溜碧。飄零久，而今何意，醉臥酒壚側。

〔註〕①〈黃帝鹽〉、〈蘇合香〉：南宋時獻神樂曲。前者原為唐代杖鼓曲，後者原為唐代軟舞曲。②商調：夷則商俗名商調，商七調之一。白石本詞工尺譜亦為夷則商。〈霓裳曲〉：即〈霓裳羽衣曲〉。原為盛唐宮廷樂曲。全曲分散序、中序、曲破三部分。其樂、舞、服飾皆著力描繪仙境與仙女形象。十八闋：白居易〈霓裳羽衣歌〉自註：「散序六遍。」「破凡十二遍。」蓋一闋為二遍，散序六遍合三闋，破十二遍合六闋，則中序當為十八遍合九闋，全曲共三十六遍合十八闋。遍者，片也，段也。姜夔本詞係取〈霓裳羽衣曲〉中序之一闋填寫，正是二遍。此是本證。姜夔所說之闋，實不同於白居易所說之遍。③宋沈括《夢溪筆談》卷五《樂律》，謂〈霓裳羽衣曲〉為道調，誤。

道調又名林鐘宮，俗名南呂宮，宮七調之一。唐代〈霓裳羽衣曲〉屬黃鐘商，商七調之一。④ 商調即夷則商，本詞工尺譜正是夷則商。可見南宋所存之〈霓裳羽衣曲〉，與唐代原曲之樂調已有所不同。⑤ 白居易〈霓裳羽衣歌〉原註：「散序六遍。」當合三闋。姜夔云「此特二闋」，又可見此曲之各部組成，唐宋有所不同。但總體構成則當同為十八闋三十六遍。宋周密《齊東野語》卷十謂：修內司所刊《混成集》，載〈霓裳〉一曲，凡三十六段。⑥ 本詞調名〈霓裳中序第一〉，可知是取此曲中序之第一闋曲子填詞。

宋孝宗淳熙十三年丙午（一一八六），姜白石客遊於湖南長沙，登南嶽衡山七十二峰之最高峰祝融峰，發現了獻神曲〈黃帝鹽〉、〈蘇合香〉樂譜。兩曲原來都是唐代樂曲。繼而又從樂師舊書之中，發現了商調〈霓裳羽衣曲〉樂譜。〈霓裳羽衣曲〉，原為盛唐著名宮廷音樂，描繪仙境與仙女，調屬黃鐘商，乃唐樂之代表作。姜白石所發現之譜，調屬夷則商（俗名商調），雖與唐樂原貌不盡相同，但畢竟是煌煌唐樂之遺響。白石，南宋之大音樂家也。一年之中而兩度發現稀世樂譜，豈非貨遇識家！白石，南宋之大詞人也。人文須通古今之變，白石心知其意。於是，他採用了〈霓裳羽衣曲〉中序部分之第一闋樂曲，填入此詞。本詞之主題，是懷念合肥情侶。序中先言發現獻神樂譜，繼而用此描繪仙女之〈霓裳羽衣曲〉填詞，然則姜白石此詞之意蘊，實為其心靈之中所奉獻出對愛情對合肥女子之一片馨香禱祝之至誠也。

「亭皋正望極。」起筆便展開一高遠之境界。亭，平也。皋，水邊地也。亭皋指水邊平地。正望極，極寫望盡天涯。其情之深，意之切，其所懷之遙，盡收入「極」之一字。印合序言「登祝融」，則詞人獨立南嶽最高峰，望斷天涯之情境，亦可以想見。望極何所見，何所思？「亂落江蓮歸未得。」江蓮指水鄉之紅蓮，下片所寫「墜紅」即此。詞人所望杳不可見，但見得滿目紅蓮，一片凋零。此暗喻所懷之人，韶光憔悴，美人遲暮矣。而自己卻當歸不得歸。難以言喻之隱痛，慘怛悽惻之情感，全融於「歸未得」三字。上四字景，下三字情，情景交鍊，渾然一體。「多病卻無氣力。」此句一筆雙關。既是暗示無力歸去，亦是實寫憂思成疾。「況紈扇漸疏，羅衣初索。」紈扇是細絹製成之團扇。前人習用夏去秋來紈扇收藏，喻說恩愛斷絕。相傳漢成帝時，班婕妤失寵，作〈怨歌行〉：「新裂齊紈素，鮮潔如霜雪。裁為合歡扇，團團似明月。出入君懷袖，動搖微風發。常恐秋節至，涼飆奪炎熱。棄捐篋笥中，恩情中道絕。」（《文選》卷二七）羅衣指細絹縫製之夏衣。索與疏互文見義，亦疏遠義。詞人在此只以紈扇羅衣之疏遠，取譬於眼前夏去秋來，詞境則暗轉為室內矣。「流光過隙。」四字一韻，響如鼓點。點光陰飛逝，離別苦久。此句語出《莊子．知北遊》：「人生天地之間，若白駒之過隙，忽然而已。」白駒，駿馬也，喻指日光。隙，孔也。流光過隙，一瞬而已。「嘆杏梁、雙燕如客。」杏梁，屋梁之美稱。語本司馬相如〈長門賦〉：「刻木蘭以為榱兮，飾文杏以為梁。」清秋燕子又將南飛，杏梁雙燕正如客子，何能久棲。不言客如雙燕，反言雙燕如客，語極新奇，更見出詞人心靈之富於同情及敏銳善感。周邦彥〈滿庭芳〉「年年，如社燕，飄流瀚海，來寄修椽」，是正言之，白石則反言之。再比較陶淵明〈讀山海經〉「眾鳥欣有托，吾亦愛吾廬」，是寫人與鳥各得其所之樂，白石則寫出人與燕同悲飄零如寄。並且以雙燕反襯自己孤獨，由此直逼出歇拍。「人何在，一簾淡月，彷彿照顏色。」上文欲吐還咽，層層蓄勢，至此終於明明白白傾訴出懷人之主意，詞情湧起高潮。伊人何在？夢寐中，一窗淡月，彷彿照見了她的容顏。此是上片之眼，神光聚照之筆。詞句從杜甫〈夢李白二首〉其一「落月滿屋梁，猶疑照顏色」化出。杜詩姜詞，皆一片精誠凝聚。此三句，不但寫出「寤寐求之，求之不得」（《詩經．周南．關雎》），神思恍惚之幻境，境界逼真而慘淡，而且啟示著所懷之人，乃是人生之知音，深情中有高致矣。此是用杜甫夢李白故實之深蘊也。

幻境恍惚，一霎而已。換頭跌回真實現境。「幽寂」二字挽盡離散孤獨羈旅漂流之悲感。「亂蛩吟壁。動庾信、清愁似織。」蛩即蟋蟀。南北朝庾信曾作〈愁賦〉，有「誰知一寸心，乃有萬斛愁」之句（見宋葉庭珪《海錄碎事》卷九。今本庾集不載）。白石〈齊天樂〉詠蟋蟀云：「庾郎先自吟愁賦，淒淒更聞私語。」可參讀。庾信由梁朝出使西魏，流寓而不得歸，又曾作〈哀江南賦〉，抒發故國之思。此言壁下蟋蟀亂吟，使我愁緒如織。「沉思年少浪跡。笛裡關山，柳下坊陌。」此三句直寫出當年愛情本事，乃反為「人何在」一節張本。白石本年三十二歲，年少浪跡正指二、三十歲時漫遊江淮一帶。「笛裡關山」，語出杜甫〈洗兵馬〉：「三年笛裡關山月。」古橫吹曲有〈關山月〉，關山一語雙關，既指笛聲、音樂，又指跋涉關山。「柳下坊陌」暗指合肥情遇。白石〈淒涼犯〉序云「合肥巷陌皆種柳」，可以印證。杜詩原是寫戰亂流浪，此則以柳下坊陌對笛裡關山，極為刺目。也許，白石合肥情遇本來就與那一亂離時代有關係。應知合肥當時乃是邊城，正當淮河前線也。

「墜紅無信息。漫暗水、涓涓溜碧。」此三句與「亂落江蓮」前後映發。上句從杜甫〈秋興八首〉其七「露冷蓮房墜粉紅」化出。漫，空也。暗水，語出杜甫〈夜宴左氏莊〉「暗水流花徑」。涓涓，水緩緩流動貌。紅蓮墜落無聲無息，空見得一片碧水暗暗流淌而去。此喻說年光流逝，不知伊人而今著落如何，但料想人已憔悴，仍無依無著。離散茫茫兩不知，慘怛悽惻，此至於極。由此遂直推出結筆：「漂零久，而今何意，醉臥酒壚側。」酒壚是安置酒甕之土臺子。結筆用典，寄意遙深。南朝宋劉義慶《世說新語·任誕》：「阮公（籍）鄰家婦有美色，當壚沽酒。阮……常從婦飲酒，阮醉，便眠臥其婦側。夫始殊疑之，伺察，終無他意。」詞人實融攝此故事之精髓以托出自己之情意。語意是：飄零離散久矣，當年醉臥酒壚側之豪情逸興，從今已無。喻說少年情遇之純潔美好，亦表明今後更絕無他念矣。全幅詞情至此掀起最高潮，愛情境界亦提昇至超越世俗之聖境。深情高致，一結餘韻無窮。

王國維《人間詞話》嘗極強調「詞人之忠實」。白石一生愛情之悲劇性，正在於其愛情之始終無法如願以償與詞人對愛情之始終忠實不渝之衝突。此是詞人平生之一高峰式情感經驗，即對個人生活及藝術創造有重大影響之情感經驗。採用最名貴之傳世唐樂譜寫其高峰式情感經驗，採用描繪仙女仙境之〈霓裳羽衣曲〉，譜寫對愛人愛情馨香禱祝之誠，是本詞特色之一。詞分兩片，兩度情感高潮，一是上片歇拍，二在下片結句，第一高潮用杜甫〈夢李白〉詩歌之境界加以表現，第二高潮用《世說新語》故事之精髓加以表現，取法乎上矣。文學境界高度配合情感高潮，是本詞又一特色。兩處高潮，聲情亦最吃緊。「一簾淡月，彷彿照顏色」，九字連下七仄（除簾、顏二字）。「而今何意，醉臥酒壚側。」九字連下五仄（除前三字及壚字）。尤其兩結下句皆五字四仄聲間一平聲，聲情極其拗峭。字聲聲情高度配合詞情高潮，是本詞再一特色。總覽全幅詞體，則詞韻用激越淒楚之入聲字，樂調屬「悽愴怨慕」之商調（明朱權《太和正音譜》），對於詞情亦無不高度配合。姜白石詞多兼具情感、文采、聲情、音樂全幅之美，本詞是一典範。（鄧小軍）

慶宮春

姜夔

紹熙辛亥除夕，予別石湖歸吳興，雪後夜過垂虹，嘗賦詩云：「笠澤茫茫雁影微，玉峰重疊護雲衣。長橋寂寞春寒夜，只有詩人一舸歸。」後五年冬，復與俞商卿、張平甫、銛朴翁自封禺同載詣梁溪，道經吳松。山寒天迴，雲浪四合。中夕相呼步垂虹，星斗下垂，錯雜漁火，朔吹凜凜，卮酒不能支。朴翁以衾自纏，猶相與行吟。因賦此闋，蓋過旬塗稿乃定。朴翁咎予無益，然意所耽，不能自已也。平甫、商卿、朴翁皆工於詩，所出奇詭，予亦強追逐之。此行既歸，各得五十餘解。

雙槳蓴波，一蓑松雨，暮愁漸滿空闊。呼我盟鷗，翩翩欲下，背人還過木末。

那回歸去，蕩雲雪，孤舟夜發。傷心重見，依約眉山，黛痕低壓。

採香涇裡春寒，老子婆娑，自歌誰答。垂虹西望，飄然引去，此興平生難遏。

酒醒波遠，政凝想、明璫素襪。如今安在，唯有欄杆，伴人一霎。

詞有小序述寫作緣起。它追敘了光宗紹熙二年辛亥（一一九一）除夕，作者從范成大蘇州石湖別墅乘船回湖州家中，雪夜過垂虹橋即興賦詩的情景。詩即〈除夜自石湖歸苕溪十首〉，「笠澤茫茫雁影微」是其中的一首。

當時伴隨詩人的還有范成大所贈侍女小紅，故又有〈過垂虹〉一首云：「自作新詞韻最嬌，小紅低唱我吹簫。曲終過盡松陵路，回首煙波十四橋。」五年過去，寧宗慶元二年（一一九六）冬，作者自封禺（二山名，在今浙江德清縣西南）東詣梁溪（今無錫）張鑑別墅，行程是由苕溪入太湖經吳松江，循運河至無錫，方向正與前次相反，同往者有張鑑（平甫）、俞灝（商卿）、葛天民（朴翁，為僧名義銛），這次又是夜過吳松江，到垂虹橋，且頂風漫步橋上，因賦此詞，後經十多天反覆修改定稿。這次再遊垂虹，小紅未同行，范成大作古已三載，作者追懷昔遊，感慨無端，這種心情都反映在這首寫景紀遊的詞中。

上片從環境描繪起：日暮天寒，一葉孤舟，蕩漾在水天空闊之處。飄浮著蓴菜的水面，浪頭不大；松風時送雨點，疏而有聲；暮靄漸漸籠罩湖上，令人生愁。起三句「蓴波」、「松雨」、「暮愁」，或語新意工，或情景交融，「漸」字寫出時間的推移，「空闊」則展示出景的深廣，為全詞定下了一個清曠高遠的基調。以下三句繼寫湖面景象：沙鷗在盤旋飛翔，仿佛要為「我」落下，卻又背人轉向，遠遠掠過樹梢。這裡，作者不僅饒有情致地寫出鷗飛的特點，而且融進了自己特定的感受。因為故地重遊，所以稱這些水鳥為「盟鷗」（和「我」有舊交的鷗鳥）。「我」殷勤地呼喚牠們，然而牠們卻終於疏遠「我」，「背人還過木末」。一種今昔之慨見於言外。這就自然而然回想到「那回歸去，蕩雲雪、孤舟夜發」的情景，正是：「笠澤茫茫雁影微，玉峰重疊護雲衣……」眼前出現的不又是那重疊蜿蜒的遠山？這是舊夢重溫麼？然而當年的人又到何處去了？結句「傷心重見」三句，挽合昔今，感慨深沉。「依約眉山，黛痕低壓」，將太湖遠處的青山，比作女子的黛眉，不是無緣無故作形似之語，而顯然有傷逝懷人的情緒。

下片過拍寫船過採香逕。這是香山旁的小溪，據范成大《吳郡志》：「吳王種香於香山，使美人泛舟於溪以採香。今自靈巖山望之，一水直如矢，故俗又名箭逕。」面對這歷史陳跡，最易引起懷古的幽情，「嗟嘆之不足，故永歌之」（《詩經．大序》）。「老子婆娑（猶徘徊），自歌誰答。」既寫出作者乘興放歌的情態，又暗自對照「那回歸去」的情景——「自作新詞韻最嬌，小紅低唱我吹簫」，仍與上片結句傷逝情緒一脈潛通。西望是垂虹橋，它建於北宋仁宗慶曆年間，東西長千餘尺，前臨太湖，橫截吳江，河光海氣，蕩漾一色，稱三吳絕景，以其上有垂虹亭，故名。船過垂虹，也就成為這一路興致的高潮所在。從「此興平生難遏」一句看，這裡的「飄然引去」之樂，實兼今昔言之。這一夜船抵垂虹時，作者曾以「卮酒」祛寒助興，在他「飄然引去」時，未嘗不回想那回「曲終過盡松陵路，回首煙波十四橋」的難以忘懷的情景。從而，當其「酒醒波遠」後，不免黯然神傷。「政（正）凝想、明璫（耳墜）素襪。」這裡「明璫素襪」所代的美人，聯繫「採香逕裡春寒」句，似指吳宮西子，而聯繫「那回歸去」，又似指小紅。其妙正在於懷古與思今之情合一，不說明，反令人神遠。末三句即以「如今安在」四字提唱，「唯有欄杆，伴人一霎」一嘆作答，指出千古興衰、今昔哀樂，猶如一夢，只餘空濛雲水，令人長嘆。由懷想跌到眼前，收束有力。

此詞雖然有濃厚的傷逝懷昔之情和具體的人事背景，但作者一概不直抒，不明說，只於一路景物描寫之中自然帶出，並將它與懷古之情合併寫來，既覺空靈蘊藉，又覺深厚雋永。宋張炎《詞源》所謂「野雲孤飛，去留無跡」的評語，於此詞最為切合。從小序看，這一夜同遊共四人，且相呼步於垂虹橋，觀看星斗漁火，而詞中卻絕少徵實描寫。唯致力刻畫在這雲壓青山、暮愁漸滿的太湖之上、垂虹亭畔，飄然不群、放歌抒懷的詞人自我形象，頗有遺世獨立之感。（周嘯天）

齊天樂 姜夔

庾郎先自吟〈愁賦〉，淒淒更聞私語。露濕銅鋪，苔侵石井，都是曾聽伊處。哀音似訴。正思婦無眠，起尋機杼。曲曲屏山，夜涼獨自甚情緒？

西窗又吹暗雨。為誰頻斷續，相和砧杵？候館迎秋，離宮弔月，別有傷心無數。豳詩①漫與。笑籬落呼燈，世間兒女。寫入琴絲，一聲聲更苦。

〔註〕①豳詩：《詩經．豳（音同彬）風．七月》：「七月在野，八月在宇，九月在戶，十月蟋蟀入我床下。」

姜夔此詞，前有小序云：「丙辰歲與張功父會飲張達可之堂，聞屋壁間蟋蟀有聲，功父約予同賦，以授歌者。功父先成，辭甚美。予徘徊茉莉花間，仰見秋月，頓起幽思，尋亦得此。蟋蟀，中都呼為促織，善鬥。好事者或以三二十萬錢致一枚，鏤象齒為樓觀以貯之。」丙辰是宋寧宗慶元二年（一一九六），張功父（同「功甫」）即張鎡。他先賦〈滿庭芳．促織兒〉，寫景狀物「心細如絲髮」（（清賀裳《皺水軒詞筌》評）），曲盡形容之妙；姜夔則另闢蹊徑，別創新意，不賦蟋蟀之形，卻詠蟋蟀之聲。而且用空間的不斷轉移和人事的廣泛觸發，層層夾寫，步步烘托，寫出一種哀怨淒涼的境界。

詞先從聽蟋蟀者寫入。「庾郎先自吟〈愁賦〉。」庾郎，即南北朝庾信，曾作〈愁賦〉。杜甫詩云：「庾信平生最蕭瑟，暮年詩賦動江關。」（〈詠懷古跡五首〉其一）此處以他為不得志的騷人代表，並無作者自況之意。次句寫蟋蟀聲，淒切細碎而以「私語」比擬，生動貼切，並帶有感情色彩，因而和上句的吟賦聲自然融合。「更聞」與「先自」相呼應，將詞意推進一層。騷人夜吟，已自不堪其愁，更那堪又聽到如竊竊「私語」的蟋蟀悲吟呢！

這蟋蟀聲不僅發自書窗下，而且在大門外、井欄邊都可以聽到。「露濕」三句是空間的展開，目的是藉以觸發更廣泛的人事。「哀音似訴」，承上「私語」而來，這如泣似訴的聲聲哀鳴，使一位本來就無眠的思婦更加無法入夢了，只有起床以織布來遣愁（蟋蟀一名促織，正與詞意符合）。於是蟋蟀聲又和機杼聲融成一片。「曲曲屏山，夜涼獨自甚情緒？」寫思婦念遠的心情。面對屏風上的遠水遙山，不由神馳萬里。秋色已深，什麼時候才能將親手織就的冬衣送到遠方征人的手中？秋夜露寒，什麼時候征人才能回到自己的身邊？上句思緒從屏山引出，下句抒情以問嘆語出之，兩句文筆疏俊，含蓄蘊藉，委婉盡情。

下片首句嶺斷雲連，最得換頭妙諦，被後人奉為楷模。嶺斷，言其空間和人事的更換——由室內而窗外，由織婦而擣衣女。雲連，指其著一「又」字承上而做到曲意不斷，潛脈暗通。寒夜孤燈，秋風吹雨，那蟋蟀究竟為誰時斷時續地淒淒悲吟呢？伴隨著它的是遠處時隱時顯的陣陣擣衣聲。

以下「候館」三句，繼續寫蟋蟀鳴聲的轉移，將空間和人事推得更遠更廣。客館，可以包舉謫臣遷客、士人遊子各色人等；離宮，可以涵括不幸的帝王后妃、宮娥彩女。這些不同類型的飄泊者、失意者，每當悲秋對月，聽到蟋蟀之聲，思前想後，能不「別有傷心」無限嗎？

以上極寫蟋蟀的聲音處處可聞，使人有欲避不能之感。它那悽惻之聲像一縷剪不斷的愁緒，牽動著無數愁人的心。它似私語，似悲訴，頻頻斷續；它與孤吟聲、機杼聲、砧杵聲交織成一片。彷彿讓人聽到一組交響樂的鳴奏聲。在這樣的秋夜裡，在作者心中，這就是當時大地上最悲涼的音樂啊！「豳詩謾與」，詞人說自己受到蟋蟀聲的感染而率意為詩了。可是，下面陡接「笑籬落呼燈，世間兒女」兩句，寫小兒女呼燈捕捉蟋蟀的樂趣，聲情驟變，似與整首樂章的主旋律不相協調。然細加品味，正如清陳廷焯所說：「以無知兒女之樂，反襯出有心人之苦，最為入妙。」（《白雨齋詞話》）的確，這是這闋大型交響樂中的一支小小插曲，寫得十分簡潔，而自有其妙用。作者的藝術匠心在於以樂寫苦，所以當這種天真兒女所特具的樂趣被譜入樂章之後，並不與主旋律相悖逆，反倒使原本就無限幽怨淒楚的琴音，變得「一聲聲更苦」了。

一般詠物詞都是對所詠對象模形繪神，而姜夔別開生面，從蟋蟀的哀鳴聲中獲得靈感，並且從音響和音樂這一角度進行構思，因此，獲得了藝術上極大的成功。（朱德才）

滿江紅

姜夔

仙姥來時，正一望、千頃翠瀾。旌旗共、亂雲俱下，依約前山。命駕群龍金作軛，相從諸娣玉為冠。向夜深、風定悄無人，聞珮環。

神奇處，君試看。奠淮右，阻江南。遣六丁雷電，別守東關。卻笑英雄無好手，一篙春水走曹瞞。又怎知、人在小紅樓，簾影間。

〈滿江紅〉，宋以來作者多以柳永格為準，大都用仄韻。像岳飛「怒髮衝冠」一闋，更是膾炙人口的名篇。可是這首〈滿江紅〉卻改作平韻，聲情遂發生較大的變化。詞乃作於宋光宗紹熙二年（一一九一）春初，前有小序，詳細地敘述了改作的原委：

〈滿江紅〉舊調用仄韻，多不協律。如末句云「無心撲」三字，歌者將「心」字融入去聲，方諧音律。予欲以平韻為之，久不能成。因泛巢湖，聞遠岸簫鼓聲，問之舟師，云：「居人為此湖神姥壽也。」予因祝曰：「得一席風徑至居巢，當以平韻〈滿江紅〉為迎送神曲。」言訖，風與筆俱駛，頃刻而成。末句云「聞珮環」，則協律矣。書以綠箋，沉於白浪。辛亥正月晦也。是歲六月，復過祠下，因刻之柱間。有客來自居巢云：「土人祠姥，輒能歌此詞。」按曹操至濡須口，孫權遺操書曰：「春水方生，公宜速去。」操曰：「孫權不欺孤」，乃撤軍還。濡須口與東關相近，江湖水之所出入。予意春水方生，必有司之者，故歸其功於姥云。

小序中所舉「無心撲」一例，見於周邦彥〈滿江紅〉（晝日移陰）一闋，原作「最苦是、蝴蝶滿園飛，無心撲」。歌者將「心」字融入去聲，用的是「融字法」，即如宋沈括《夢溪筆談》卷五所云：「古之善歌者有語，謂當使『聲中無字，字中有聲』……如宮聲字而曲合用商聲，則能轉宮為商歌之。此『字中有聲』也。」夏承燾以為「宋詞『融字』，正謂此耳」（見《姜白石詞編年箋校》卷三）。為了免去融字的麻煩，以求協律，所以詞人改仄為平。其實改仄為平，非僅白石一例。賀鑄曾改〈憶秦娥〉為平韻，葉夢得、張元幹、陳允平亦改〈念奴嬌〉為平韻。可見這是宋詞中重要一格。仄韻〈滿江紅〉多押入聲字，即使音譜失傳，至今讀起來猶覺聲情激越豪壯；然而此詞改為平韻，頓感從容和緩，婉約清疏，宜其被巢湖一帶的善男信女用作迎送神曲而刻之楹柱了。

詞中塑造了一位巢湖仙姥的形象，使人感到可敬可親。她沒有男性神仙常有的那種凜凜威嚴，而是帶有雍容華貴的姿態，瀟灑出塵的風範。她也沒有一般神仙那樣具有呼風喚雨的本領，卻能鎮守一方，保境安民。這是詞人理想中的英雄人物，但也遵守了中國的神話傳統。因為在傳統神話中常常記載著名山大川由女神來主宰。從崑崙山的西王母到巫山瑤姬，從江妃到洛神，這些形形色色的山川女神，大抵是母系社會的遺留。巢湖仙姥當是山川女神群像中的一位。

詞的上片是詞人從巢湖上的自然風光幻想出仙姥來時的神奇境界。它分三層寫：先是湖面風來，綠波千頃，前山亂雲滾滾，從雲中似乎隱約出現無數旌旗，這就把仙姥出行的氣勢作了盡情的渲染。特別是「旌旗共、亂雲俱下」一句更為精彩：一面是亂雲翻滾，一面是旌旗亂舞，景象何其壯麗！從句法來講，頗似唐王勃〈滕王閣序〉中的「落霞與孤鶩齊飛」而各極其妙。這是一層。接著寫仙姥前有群龍駕車，後有諸娣簇擁，甚至連群龍的金軛、諸娣的玉冠也發出熠熠的光彩。至於仙姥本身的形象，詞人雖未著一字，然而從華貴的侍御的烘托中，已令人想見她的儀態和風範。這些當然是出於詞人的想像，但也有一定程度的現實根據。原詞在「相從諸娣玉為冠」句下有自註云：「廟中列坐如夫人者十三人。」這十三位仙姥廟中的塑像，便是詞人據以創作的素材。此為第二層。最後是寫夜深風定，湖面波平如鏡，偶爾畫外傳來清脆的叮噹聲，彷彿是仙姥乘風歸去時的環珮餘音。在〈疏影〉一詞中，詞人曾寫王昭君云：「想珮環、月夜歸來……」把讀者帶入悠遠的意境。此云湖上悄然無人，唯聞珮環，境亦杳渺，啟人遐想。此為第三層。透過這三層描寫，巢湖仙姥的形象幾乎呼之欲出了。

下片進一步從威力與功勛方面描寫仙姥的神奇。過片處先以兩個短語提挈，引起讀者的充分注意。然後以實筆敘寫仙姥指揮若定的事跡：她不僅奠定了淮右，保障了江南，還派遣雷公、電母、六丁玉女（按北宋張君房《雲笈七籤》云：「六丁者，謂六丁陰神玉女也。」），去鎮守濡須口及其附近的東關。這就把仙姥的神奇誇張到極度，儼然就是一位坐鎮邊關的統帥。緊接著詞人又聯想起歷史上曹操與孫權在濡須口對壘的故事，發出了深沉的感慨：「卻笑英雄無好手，一篙春水走曹瞞！」為什麼現實中的英雄人物竟沒有一個好手，結果卻只能憑仗一篙春水把北來的曹瞞逼走？這曹瞞當然不是歷史上的曹操，英雄好手也不會是指歷史上的孫權。詞人一方面是出於想像，把歷史故事牽合到仙姥的身上，以歌頌其神奇，如同小序結尾所云：「予意春水方生，必有司之者，故歸其功於姥云。」另一方面也是借歷史人物表現他對現實的憤慨，因為當時距宋金的隆興和議將近三十年，偏安江左的南宋王朝也正是依靠江淮的水域來阻止金兵的南下的。歷史摻和著現實，便使全詞呈現出浪漫主義的色彩。

結句最為耐人吟味。生活中的英雄人物沒有一個頂用的，真正能夠以「一篙春水」迫使敵人不敢南犯的卻是「小紅樓、簾影間」的仙姥。古代社會的衛道士總是把婦女看得一錢不值，甚至提出「女子無才便是德」的荒謬口號。而具有民主思想的詩人則往往有意誇大婦女的才能，抬高婦女的地位，藉以貶低那些峨冠博帶、戎衣長劍、實際是酒囊飯袋的男人。姜夔此詞之所以被之管絃，刻之廟柱，說明他的思想傾向是符合當時人民願望的。

「小紅樓、簾影間」的幽靜氣氛，跟上片「旌旗共、亂雲俱下」的壯闊場景，以及下片的「奠淮右，阻江南」的雄奇氣象，構成了不同境界。然正因為一個「小紅樓、簾影間」的人物，卻能指揮若定，驅走強敵，這就更顯出她的神奇。這種突然變換筆調的方法，特別能夠加深讀者的印象，強化作品的主題。姜夔曾在《白石道人詩說》中總結自己的創作經驗說：「篇終出人意表，或反終篇之意，皆妙。」此詞結句，正是反終篇之意而又能出人意表的一個顯例，因此能令人回味無窮。（王季思）

一萼紅

姜夔

丙午人日，予客長沙別駕之觀政堂。堂下曲沼，沼西負古垣，有盧橘①幽篁，一徑深曲。穿徑而南，官梅數十株，如椒、如菽，或紅破白露，枝影扶疏。著屐蒼苔細石間，野興橫生，亟命駕②登定王臺，亂③湘流、入麓山。湘雲低昂，湘波容與④。興盡悲來，醉吟成調。

古城陰。有官梅幾許，紅萼未宜簪。池面冰膠，牆腰雪老，雲意還又沉沉。翠藤共、閒穿徑竹，漸笑語、驚起臥沙禽。野老林泉，故王臺榭，呼喚登臨。南去北來何事，蕩湘雲楚水，目極傷心。朱戶黏雞，金盤簇燕，空嘆時序侵尋。記曾共、西樓雅集，想垂柳、還裊萬絲金。待得歸鞍到時，只怕春深。

〔註〕①盧橘：即枇杷。詳宋陳景沂《全芳備祖集》後集卷六果部「枇杷」條。②命駕：本義為命人駕車，後用為動身前往之意。③亂：橫渡。《詩經．大雅．公劉》：「涉渭為亂。」唐孔穎達《正義》：「水以流為順，橫渡則絕其流，故為亂。」④容與：遲緩不前貌。《楚辭．九章．涉江》：「船容與而不進兮，淹回水而凝滯。」這裡是形容登高所見湘水緩緩流動的樣子。

白石此詞作於三十二歲，時客居長沙。詞中抒寫懷人之思及飄泊之苦。據夏承燾《姜白石詞編年箋校》，這是白石詞中最早的懷念合肥女子之作。

小序記作詞緣起，筆致幽美馨逸。丙午即宋孝宗淳熙十三年（一一八六），人日是正月初七。長沙別駕指湖南潭州通判蕭德藻，時白石客居其觀政堂。堂下有曲池，池西背靠古城牆，池畔植有枇杷竹林，曲徑通幽。穿徑南行，忽見梅花成林，滿枝花蕾，小的如花椒，大的如豆子，少許花蕾初綻，有紅梅，也有白梅。頭上枝影扶疏，腳下蒼苔細石，詞人與朋友們漫步其間，不覺動了遊興，於是立即動身，出遊城東的定王臺，又渡過城西的湘江，登上嶽麓山。俯瞰湘雲起伏，湘水粼粼，終於遊興已盡，悲從中來，遂醉吟（唫）成詞。

上片與詞序相表裡，主寫遊賞心情。「古城陰。有官梅幾許，紅萼未宜簪。」古城牆下，一片官梅，紅萼尚小，還不到摘之以插鬢的時候呢。官梅即官府種的梅花，杜甫〈和裴迪登蜀州東亭送客逢早梅相憶見寄〉詩，有「東閣官梅動詩興」之句，何況梅花與柳樹一樣，最能鉤起白石的心事呢。（白石懷人詞，多詠及柳、梅。）句中「幾許」、「未宜簪」等語，唱嘆有致，流露出一片愛憐護惜之情。序中既描寫出梅萼如椒、如豆之姿，故詞中便著意於抒寫情意，詞較序翻進一層。「池面冰膠，牆腰雪老」，二句對仗極工。以膠狀冰，以老狀雪，寫出凝冰難化、積雪不融，字面生新斗硬，的是白石詞筆。元陸輔之《詞旨》曾舉出此聯為屬對之工者。寒意猶深，解凍何時。「雲意還又沉沉。」彤雲沉沉，欲雪天時，加倍寫出寒意。詞境之幽沉，正暗示著詞人心境之沉鬱。詞人有意無意，也想散散心呵。「翠藤共、閒穿徑竹，漸笑語、驚起臥沙禽。」於是偕了友人，漫步穿過翠藤、竹徑，來到林園深處。一路行來，興致漸高，不覺談笑風生，驚起水邊棲鳥。這兩句很好地表達了此時詞人活潑的心情。下一漸字，尤能傳出心境之由鬱悶而趨開朗。此大自然於人心之功也。於是乘興出遊。「野老林泉，故王臺榭，呼喚登臨。」歇拍以簡練生動之筆，寫出偕友登定王臺、渡湘江、登嶽麓之一段遊賞。

上二句對偶甚工。「故王臺榭」，指漢長沙定王劉發所築之臺。「野老林泉」，雖然泛指，但或者也不無懷昔感今之意。在昔先賢流寓長沙者不少，如唐末韓偓便曾避地於此，其〈小隱〉詩云：「借得茅齋嶽麓西，擬將身世老鋤犁。」投入大自然懷抱，興林泉之逸趣，發思古之幽情，詞人一時樂以忘憂。「呼喚登臨」四字，寫出一片歡鬧，試比較「雲意又還沉沉」，前後心情迥然不同矣。

下片從序言「興盡悲來」四字翻出，寫出深深之悲懷。「南去北來何事，蕩湘雲楚水，目極傷心。」嶽麓山上，詞人極目天際，看湘雲起伏，湘水粼粼，頓時傷心：自己年年南去北來，飄泊江湖，竟為何事？白石〈玲瓏四犯〉云：「文章信美知何用，謾贏得、天涯羈旅。」可作此詞換頭之詮解。清陳銳《褒碧齋詞話》云：「換頭處六字句有挺接者，如『南去北來何事』。」所言甚是。上片以「呼喚登臨」之樂歇拍，換頭挺接「南去北來」之悲，突兀勁峭，最能凸出悲懷之沉深積久。「蕩湘雲楚水」一句亦妙，寫盡詞人平生浪跡江湖之感，筆下如有靈氣。「朱戶黏雞，金盤簇燕，空嘆時序侵尋。」朱門貼上畫雞，寫人日風俗。南朝梁宗懍《荊楚歲時記》云：「有掛雞於戶，懸葦索於其上，插桃符於旁，百鬼畏之。」金盤即春盤，金盤所盛之燕，乃生菜所製，此寫立春風俗。宋周密《武林舊事》云：「（立春）後苑辦造春盤供進，及分賜貴邸宰臣巨璫，翠縷紅絲，金雞玉燕，備極精巧。」此三句，慨嘆客中轉眼又是新年，時光徒然流逝。「空嘆」二字，呼應換頭何事二字，流露出光陰虛擲而又無可奈何的愁苦。然而，這還不是詞人心靈中最深層的恨事。「記曾共、西樓雅集，想垂柳、還裊萬絲金。」全詞主意，至此才轉折出來。忘不了，曾與伊人在西樓的美好集會，窗外，萬縷嫩黃的柳絲，在駘蕩春風中裊裊起舞。又當早春，想垂柳依然，人事已非矣。「想垂柳、還裊萬絲金」，堪稱佳句。析而言之，用一「想」字、一「還」字，便將回憶中昔日之景與想像中今日之景粘連疊合，靈思妙筆，渾融無跡。賞其意味，便覺「金」之一字，豈止是狀出其心目中對柳色的感覺而已，實亦寫出其心靈中對往事的美好感受。詞人把金色賦予那一段美好而寶貴的往事，這真是凝攝心魂寫下的一筆。美好的回憶不過一霎而已。「待得歸鞍到時，只怕春深。」等到回到舊地，只怕已是春暮。結筆語極含婉，而情極悲傷。從字面上看，是應合此時紅萼未宜簪的早春時節而言，而其意蘊實為無計可歸，歸時人事已非的隱痛。白石懷念合肥女子諸詞，如〈淡黃柳〉「怕梨花落盡成秋色」，〈點絳脣〉「淮南好。甚時重到？陌上生春草」，〈鬲溪梅令〉「又恐春風歸去綠成陰。玉鈿何處尋」，與此詞結筆同一語意。其心傷悲，無可奈何之情，可以體會於言外。

此詞與序是一整體。序主寫景物、遊賞，上片與之相映照。但序以寫景為主，詞上片則融情入景，如「雲意還又沉沉」。下片擺脫序文蹊徑，托出傷心懷抱，另闢一境。但亦融景入情，如「記曾共、西樓雅集，想垂柳、還裊萬絲金」。下片既是核心層次，上片及序文所寫景物、遊賞，便成為下片所寫悲懷難遣之反襯。此詞結構安排可謂緻密。詞中意境，先由狹而廣，即由城陰竹徑而故王臺榭，再由廣而狹，而深，即由湘雲楚水而寫出種種悲懷。詞境的迤邐展開，也反映出詞人心靈由鬱悶而冀求解脫但終歸於悲沉的一段變化歷程。此詞營造意境亦可謂精心。白石長調，多苦心孤詣之作，此詞正是其中之一。（鄧小軍）

念奴嬌

姜夔

予客武陵，湖北憲治在焉。古城野水，喬木參天。予與二三友日蕩舟其間，薄荷花而飲，意象幽閒，不類人境。秋水且涸，荷葉出地尋丈，因列坐其下，上不見日，清風徐來，綠雲自動。間於疏處窺見遊人畫船，亦一樂也。朅來吳興，數得相羊荷花中。又夜泛西湖，光景奇絕。故以此句寫之。

鬧紅一舸，記來時嘗與鴛鴦為侶。三十六陂人未到，水佩風裳無數。翠葉吹涼，玉容銷酒，更灑菰蒲雨。嫣然搖動，冷香飛上詩句。

日暮青蓋亭亭，情人不見，爭忍凌波去。只恐舞衣寒易落，愁入西風南浦。高柳垂陰，老魚吹浪，留我花間住。田田多少，幾回沙際歸路。

江南荷塘景色是迷人的，它在人們心裡留下了美好的記憶。宋代詞人周邦彥是錢塘人，當他羈留汴京、見荷花開時，引起故鄉情思，寫下〈蘇幕遮〉「葉上初陽乾宿雨。水面清圓，一一風荷舉」的名句。姜夔的這首詠荷詞，也同樣把讀者帶到一個光景奇絕的世界，那裡有冰清玉潔的美人，有您尋找的清香幽韻的夢……從這首〈念奴嬌〉詞的小序知道，姜夔曾多次與友人徜徉於江南荷塘景色之中，因感其「意象幽閒，不類人境」，

姜夔〈念奴嬌〉（鬧紅一舸）

而有是作。其實，這是許多人都同有的感受，故而讀來特別親切。詞一開頭就把讀者帶向那美好的境界：正是荷花盛開的時候，船兒駛向陂塘深處，一路上一對對鴛鴦伴著船兒戲水。真是到了荷花世界了，這裡人跡罕到，只見那望不見邊的荷塘，水波蕩漾，綠葉翻飛。從那碧綠的荷葉間，吹來陣陣涼爽的風，那鮮豔的荷花，好像美人玉臉帶著酒意消退時的微紅。一陣密雨從菰蒲叢中飄灑過來，荷花倩影輕搖，嫣然含笑，吐出清冷的幽香。於是詩人詩興大發，寫出了優美的詩句。

這美好的情景多麼使人留戀，然而時間悄悄過去，已是日暮時分，只見那車蓋般的綠荷，亭亭玉立，就像那等候情人的凌波仙子，情人未見，欲去還留，徘徊猶豫，只怕西風起時，舞衣般的葉子經不住肅殺的秋寒而容易凋殘，更為那無情的秋風將把南浦變成一片蕭條而憂愁。還有那高高柳樹垂下綠陰，肥大的老魚吹起波浪，這一切，都要挽留我住在荷花中間呢。田田的荷葉呵，您多得難以計算，可曾記得我多少回在沙堤旁邊的歸路上依戀徘徊？

姜夔以俊麗清逸的詞筆，把荷塘景色描繪得十分真切生動。畫船野水，物態人情，充滿詩情畫意，和濃郁的生活情趣。可是，這樣的好詞，王國維卻看不中意，他在稱讚周邦彥詠荷名句後，接著就批評姜夔詠荷詞「猶有隔霧看花之恨」（《人間詞話》）。其實，姜夔詠荷在「得荷之神理」（同上，王國維評周詞）方面，並不比周詞遜色。周詞主要是寫客子思鄉之情，詠荷就是「葉上初陽乾宿雨，水面清圓，一一風荷舉」數句，它使人看到的還僅僅是荷葉上水珠晶瑩和因風翻飛的物態，而姜夔詠荷，不僅具有荷花之物態，還使人同時隱隱看到一位荷花化身的美人，她「玉容銷酒」，像荷花般的紅暈，她「嫣然」微笑，像花朵盛開。荷花生長水中，她便似凌波仙子；荷香清幽，她又是「冷香」美人。花如美人，美人如花，摹形傳神，使讀者從荷花的外形到精神氣質都有清晰而深刻的賞識，怎能說是「霧裡看花」呢？

更可貴的是，姜夔這首詞寫出了賞愛荷花的最真切的感受，這是其他詠荷之作所不及的。姜夔一生嘯傲湖山，襟懷清曠，詩詞亦如其人。他寫「意象幽閒，不類人境」的荷塘，實是要體現他所追求的一種理想境界，在這個高潔的境界中，有美人兮，在水一方。你看，「翠葉吹涼，玉容銷酒，更灑菰蒲雨。嫣然搖動，冷香飛上詩句」，這不簡直是一場富有詩意的人花之戀麼？「日暮青蓋亭亭，情人不見，爭忍凌波去。」荷花對詞人深情眷戀如此，詞人對荷花呢，「只恐舞衣寒易落，愁入西風南浦」，也是無限依戀。因此不妨這樣說，姜夔這首〈念奴嬌〉實是一支荷花的戀歌。由於荷花在古典文學中是象徵著「出淤泥而不染」（宋周敦頤〈愛蓮說〉）的高潔品格，姜夔對荷花的愛戀不正寄託著他對自己的生活理想的追求嗎？清代詞學家況周頤在《蕙風詞話》說：「吾聽風雨，吾覽江山，常覺風雨江山外，有萬不得已者在。」姜夔詠荷詞之超絕凡品，也就在這裡。正因為如此，姜夔寫荷花，不是停留在實際描摹其形態，而是攝取其神理，將自己的感受融合進去，把自己的個性融合進去，寫花實是寫人也。姜夔這種空際傳神的詞筆，往往意在言外，充滿美妙的想像，而富有啟發性。這種寫法與一般實際摹寫景物者大異其趣。如「嫣然搖動，冷香飛上詩句」之類，讀者須發揮想像才能理解，否則，便有如王國維所說「霧裡看花」之感了。（高原）

月下笛 姜夔

與客攜壺，梅花過了，夜來風雨。幽禽自語。啄香心，度牆去。春衣都是柔荑剪，尚沾惹、殘茸半縷。悵玉鈿似掃，朱門深閉，再見無路。凝佇，曾遊處。但繫馬垂楊，認郎鸚鵡。揚州夢覺，彩雲飛過何許？多情須倩梁間燕，問吟袖弓腰在否？怎知道、誤了人，年少自恁虛度！

姜白石終生布衣作客，詩酒留連，「小紅低唱」之類的事跡當是不少的。這首詞，就是追懷昔日冶遊，思念當時所遇到的一位青樓中人的作品。隨著年光流逝，事情早已過去，正像詞裡所說的「夜來風雨」摧落梅花一樣，但對那人的思念卻仍是沾沾惹惹地割捨不斷，故而不免悵惘憂傷，只好「與客攜壺」，借酒澆愁。〈月下笛〉一詞就是在這樣的心情下寫出來的。

姜白石作詞，多從細處著筆，而且善於表現情景交融的特定境界，這首詞就很能顯示姜詞的這種特點。「梅花過了」，已點出仲春的時令，接下來，描寫「幽禽」。以「幽」飾禽，兼有表示作者心情的孤寂、幽獨的意思。「幽禽自語。啄香心，度牆去」十個字，寫鳥的鳴叫、啄食、飛翔，都是從細微之處著筆的，而尤其值得注意的是，在精細的描寫之中，似乎還包含著更深一層的含義。比如「啄香心」，就不止是以「香」代花，給字面增添一點氣味，略作深究，可知這三個字同時也是比喻心情之似有被啄齧的痛苦。鑑賞者透過自己的體會和聯想，是可以從表層到深層，比較透澈地瞭解詞句的含義的。下面寫到春衣，更可看出作者用筆之細。「春衣都是柔荑剪，尚沾惹、殘茸半縷」。「柔荑」，用細白柔嫩的初生茅草比喻美女的手，語出《詩經．衛風．碩人》「手如柔荑」。茸，即繡茸，刺繡用的絲線。身上穿的春衣，是伊人親手繡製，這與傳為蘇東坡作的〈青玉案〉詞所寫的「春衫猶是，小蠻針線」思路相同，但姜白石的筆觸更為細膩，他也是睹物思人，卻把情緒凝聚在春衣的細微局部上，凝聚在香澤猶存的一點點線茸兒上，而這「殘茸半縷」恰恰成為感情的焦點，所以更見深度。接下來，用「玉鈿」指代意中人，同時點明「朱門深閉，再見無路」的事實，而其用語則顯然是從唐人崔郊〈贈婢〉詩中那「侯門一入深如海，從此蕭郎是路人」的名句化出的。

過片用「凝佇」作引領，從凝神靜思之中描寫了回憶與追尋的心理活動。用「繫馬垂楊，認郎鸚鵡」八個字描寫往日的冶遊，寫得既生動又巧妙。說它生動，是能把當日出入青樓的氣派神情描摹得活龍活現，繫馬足見風采，認郎以示熟稔；說它巧妙，是在前面加上一個「但」字，就由過去寫到了現在，如今只剩下垂楊和鸚鵡，從而把人去樓空、時過境遷的感慨傳達了出來。再下幾句，可以說是針對杜牧〈遣懷〉那「十年一覺揚州夢，贏得青樓薄倖名」的著名詩句所作的發揮。大夢既覺，知道「彩雲」已經「飛過」——彩雲，是用北宋詞人晏幾道〈臨江仙〉「當時明月在，曾照彩雲歸」句意——那就不必再痴痴地回憶了。可是，對能歌善舞的「吟袖弓腰」還是難以忘懷，只得讓多情的「梁間燕子」去代為問訊——這是用李商隱〈無題〉「蓬山此去無多路，青鳥殷勤為探看」句意。可是，問訊的結果卻是仍然不知下落，故而只得以自傷昔日為多情所誤，虛度少年時光結束全詞。這「誤了人」的自傷自嘆，也許有著更為複雜的含義，那是可以由鑑賞者根據各自的體認去進行一番「再創造」的。（王雙啟）

琵琶仙

姜夔

〈吳都賦〉云：「戶藏煙浦，家具畫船。」①唯吳興為然。春遊之盛，西湖未能過也。己酉歲，予與蕭時父②載酒南郭，感遇成歌。

雙槳來時，有人似、舊曲桃根桃葉。歌扇輕約飛花，蛾眉正奇絕。春漸遠，汀洲自綠，更添了、幾聲啼鴃。十里揚州，三生杜牧，前事休說。又還是、宮燭分煙，奈愁裡、匆匆換時節。都把一襟芳思，與空階榆莢。千萬縷、藏鴉細柳，為玉尊、起舞回雪。想見西出陽關，故人初別。

〔註〕①清顧廣圻《思適齋集》卷十五云：「今校姚鼎臣《文粹》（按：即宋姚鉉《唐文粹》）至李庾〈西都賦〉，有曰：『其近也，方塘含春，曲沼澄秋。戶閉煙浦，家藏畫舟。』則正其所引矣，『藏』『具』，兩字皆誤。又誤『舟』為『船』，致失原韻。且移唐之西都於吳都，地理尤錯。」②蕭時父：蕭德藻子侄輩，白石妻黨。

宋詞獨詣之美，在於發舒靈心秀懷之思，極盡要眇馨逸之致。在文化心靈發育史上，宋詞意味著一種新境界。姜白石詞，「天籟人力，兩臻絕頂」（清馮煦《宋六十一家詞選例言》），幾乎篇篇都是宋詞中的珍品。

孝宗淳熙十六年己酉（一一八九），白石在吳興（今浙江湖州）載酒遊春時，有所感遇，遂寫下這首〈琵琶仙〉。吳興北瀕太湖，山水清絕。東西苕溪諸水流至城內，匯為霅溪，流入太湖。詞序讚美吳興「戶藏煙浦，家具畫船」，「春遊之盛，西湖未能過也」。到過西湖、太湖的人都知道，西湖以韻致勝，太湖以氣象勝。白石之言並非溢美。吳興春遊之盛，北宋著名詞人張先有〈木蘭花．乙卯吳興寒食〉留下寫照。白石此詞，主旨卻並不在春遊，而在感遇。

「雙槳來時，有人似、舊曲桃根桃葉。」發端便「從所遇說起，破空而來，筆勢陡健，與他詞徐徐引入者不同」（近人陳匪石《宋詞舉》）。舊曲，舊指舊遊，曲指坊曲。「倡家謂之曲，其選入教坊者，居處則曰坊」（清鄭文焯《清真集校》）。桃葉，晉代王獻之妾，桃根是其妹。獻之篤愛桃葉，曾作〈桃葉歌〉（《隋書．五行志》）。宋代詞人常用桃葉桃根指稱歌女姊妹。發端謂，水面上打來雙槳，那畫船由遠而近，船上之女子，乍一睹之，其容貌竟酷似我舊時相知的坊曲女子。仔細諦視，畢竟不是。這番驀然一驚、一喜、復又釋然，而又不勝悵惘之感受，盡見於「似」之一字。這發端一幕，好有人間生活情味。「歌扇輕約飛花，蛾眉正奇絕。」歌扇是歌女手持之團扇，可以遮面障羞，上寫歌曲之名以備忘，故名。此語點明畫船女子之身分。約，掠也，攔也，宋人口語。此處輕約可解為輕接。空中飛花點點，那歌女輕舉歌扇，輕接飛花，這下可看清了她的眉目容貌，真是美豔絕倫。上句筆致旖旎，下句則是重筆。奇絕二字映照發端，暗示出了「舊曲桃葉」之絕色，亦寫出了自己之情深意重。接著詞筆輕輕宕開，宕遠。「春漸遠，汀洲自綠，更添了、幾聲啼鴂。」此三句一韻，愈添境界悠遠、煙水迷離之致。春意漸遠，汀洲綠遍，更聽得幾聲淒切的鶗鴂聲。鶗鴂，鳴於暮春。〈離騷〉：「恐鶗鴂之先鳴兮，使夫百草為之不芳。」此三句以自然喻人事，一筆雙關。「春漸遠」，象徵美好往事之漸遙。啼聲，更是隱喻美人遲暮之深悲。懷人之情，全融於景。有此一層意蘊，故直逼出歇拍三句：「十里揚州，三生杜牧，前事休說。」上一韻筆致紆徐，至此換為斗硬之筆，寸幅之間筆調迥異矣。杜牧〈贈別二首〉其一：「娉娉裊裊十三餘，荳蔻梢頭二月初。春風十里揚州路，卷上珠簾總不如。」黃庭堅〈過廣陵值早春〉：「春風十里珠簾卷，彷彿三生杜牧之。」三生謂過去、現在、未來人生三世。歇拍化用杜、黃詩句。「十里揚州」，喻說舊遊之美好綺麗。「三生杜牧」，喻說舊遊之恍如隔世，亦暗示著情根之不可斷滅。唯其如此，前事休說，言外真是痛苦已極。直至九年後，白石作〈鷓鴣天·十六夜出〉，仍有「東風歷歷紅樓下，誰識三生杜牧之」之句，亦猶此意也。

換頭又漾開筆鋒寫景。「又還是、宮燭分煙，奈愁裡、匆匆換時節。」此化用唐韓翃〈寒食〉：「春城無處不飛花，寒食東風御柳斜。日暮漢宮傳蠟燭，輕煙散入五侯家。」唐宋有清明日皇宮取新火以賜近臣之習俗。此借喻又當清明時節，風景依稀似舊，年華卻已暗換。「奈愁裡、匆匆換時節」，語意蘊藉圓融，既是嘆惋現境之春暮，又是悲慨今昔之變遷。於是，筆脈又繞回欲休說而不能之舊事。「都把一襟芳思，與空階榆莢。」此二句化用韓愈〈晚春〉：「楊花榆莢無才思，惟解漫天作雪飛。」又當春歸，人不得歸，滿襟芳思，化為寸灰，又何異於榆莢之盡委空階。極可注意的是，上二韻所化用的二韓之詩，皆含有楊柳之描寫。由此而引出下一韻，實為天然湊泊。「千萬縷、藏鴉細柳，為玉尊起舞回雪。」前句語近周邦彥〈渡江雲〉：「千萬絲、陌頭楊柳，漸漸可藏鴉。」玉尊，指酒筵。此一韻之精妙，妙在從現境之楊柳，幻化出別時之情境。眼前千萬縷楊柳深矣，漸可藏鴉，不由人想起當年別筵，細柳飛舞，飛絮漫天，替人依依惜別。從楊柳寫出憶別，情景交鍊，天然湊泊之妙，可分兩層說。楊柳象徵離別之情，此唐詩宋詞之通義也。劉禹錫〈楊柳枝詞〉：「長安陌上無窮樹，唯有垂楊管別離。」此其一。白石「合肥情遇與柳有關」（夏承燾《姜白石詞編年箋校》）。其〈淡黃柳〉序云：「客居合肥南城赤闌橋之西……柳色夾道，依依可憐。」〈淒涼犯〉序云：「合肥巷陌皆種柳，秋風夕起騷騷然。」

楊柳隱喻合肥情遇，為白石詞中所常見。此其二。於是縱筆寫出結末：「想見西出陽關，故人初別。」此化用王維〈送元二使安西〉：「渭城朝雨浥輕塵，客舍青青柳色新。勸君更進一杯酒，西出陽關無故人。」亦含兩層意蘊。王詩原寫出柳色，正與合肥風光暗合，一妙也。合肥在南宋已是邊城，譬之陽關，尤為精切，二妙也。白石〈淒涼犯〉：「綠楊巷陌秋風起，邊城一片離索。」正可印證。連上一韻，結筆是謂：眼前柳色不禁令人想見離開合肥時，楊柳依依，我與故人惜別那一刻的難忘情景。此是詞情之高潮，戛然而曲終於此，大有「掃處即生」的意味，餘韻深永無極。

夏承燾云：「此湖州冶遊，棖觸合肥舊事之作。桃根桃葉比其人姊妹。合肥人善彈琵琶，〈解連環〉有『大喬能撥春風』句，〈浣溪沙〉有『恨入四絃』句，可知此調名〈琵琶仙〉之故（此調始見於白石集，《詞律》十六、《詞譜》廿八皆謂是其自創）。」考論極精當。詞人因見湖州畫船上之歌女，蛾眉奇絕，酷似合肥女子，遂感發起懷人之情，一襟芳思。正如沈祖棻云：「蛾眉雖自奇絕，而屬意終在故人，所謂『任他弱水三千，我只取一瓢飲也』。」（《姜夔詞小札》）分析至為精湛。顯然，詞中這種擇善固執忠實不渝之愛情，實為全詞藝術之命脈。

此詞藝術造詣精深華妙。清陳銳《褏碧齋詞話》稱白石詞「結體於虛」，正可移評此詞之造境。這是首懷人詞。懷人之詞，結構造境神明變化之能事，無過於周邦彥，但周詞筆法主要是追思實寫，造成一種恍如現實之境，便別具一種引人入勝之效果。白石則另闢蹊徑，所寫回憶，皆一筆帶過（但亦極認真），全詞之主體構成是寫景及唱嘆，結體於虛。詞人所著力的是寫出其悱惻纏綿之情味、要眇馨逸之韻致。其效果正「如瘦石孤花，清笙幽磬，入其境者疑有仙靈，聞其聲者人人自遠」（清郭麐《靈芬館詞話》）。追思實寫，故渾厚。結體於虛，故空靈。周邦彥以境勝，白石則以韻勝也。此詞之情景交鍊，妙在天然湊泊。情景交鍊本是詩詞之一基本手法。

但在一切優秀的詩人筆下，情景交鍊又有各自不同的特質與奧妙。本詞之此中奧妙，上文已指出在於兩個層面。一是寫景含有傳統比興之意蘊。如傷春即傷愛情，寫柳即寫別情。二是寫景含有特定背景之指向。如合肥巷陌皆種柳，寫柳即是懷合肥情遇。故此詞情景交鍊，實為天然湊泊。全詞頗以健筆寫柔情。發端筆勢峭拔，歌扇句筆致旖旎，蛾眉句復為重筆。春漸遠一節及下片大半幅皆運筆輕靈紆徐，但兩片歇拍又皆復出斗硬勁健之筆。全詞又頗以虛字傳神。詞中虛字如似、正、漸、自、更、了、休、又還是、奈、都、為、初，層出疊見。詞中虛字，有如畫中虛白，皆靈氣韻味往來之處，教人隨時停下涵泳，領會其要眇之情，含蓄之致。用健筆寫柔情，及用虛字傳神，遂形成清剛疏宕之風格。迴翔雒誦全詞，確實使人意遠。（鄧小軍）

側犯　姜夔

詠芍藥

恨春易去，甚春卻向揚州住？微雨，正繭栗①梢頭弄詩句。紅橋二十四，總是行雲處。無語，漸半脫宮衣笑相顧。金壺細葉，千朵圍歌舞。誰念我、鬢成絲，來此共尊俎。後日西園，綠陰無數。寂寞劉郎，自修花譜。

〔註〕①繭栗：本言牛犢之角初生，如繭如栗。宋任淵註黃庭堅〈過廣陵值早春〉詩「紅藥梢頭初繭栗」句，「謂揚州芍藥。《禮記．王制》曰：『祭天地之牛，角繭栗。』此借以言花苞之小。」白石此句即本於黃詩。

這首詞描述的是揚州的景物風情。姜夔遊歷揚州，反映在作品中可以查考的有兩次，一次是孝宗淳熙三年（一一七六），他二十來歲，因事路過這座古城，目睹經過戰火洗劫的蕭條景象，感慨萬端，於是創作了名篇〈揚州慢〉，以寄託自己的「黍離之悲」；一次是寧宗嘉泰二年（一二〇二），他重遊揚州，已年近半百，時值暮春，芍藥盛開，歌舞滿城，詞人置身於名花傾國之中，頓生遲暮之感。本詞描述的就是這樣的情境。

開頭「恨春易去」四字籠罩全篇，是命意所在。「甚春卻向揚州住」，用疑問的語氣表現出對比之意和頌贊之情。暮春時節，花漸殘落，別的地方已是春色無多，而在揚州，到處都可見到春的蹤跡，春天好像對這座美麗繁華的城市有著特殊的感情，故而遲遲不願離去。此刻，細雨如煙，芍藥枝頭的蓓蕾，吮吸甘霖，生機勃發，孕育著醉人的詩意。「紅橋二十四」，指揚州的風流名勝二十四橋，橋邊芍藥彌望。杜牧〈寄揚州韓綽判官〉「二十四橋明月夜，玉人何處教吹簫？」唐人所謂「二十四橋」，至北宋已不全（宋沈括《夢溪筆談》卷三註），此言其多而已。紅橋、碧水、明月、美人，加上那仙樂一般的簫聲，多麼令人神往！「總是行雲處」似借戰國宋玉〈高唐賦〉中楚王夢與巫山神女相會的故事來描寫仕女如雲，從而給紅橋一帶塗上一層玫瑰色的光彩。以下由寫人轉而寫花，但為了和上文相承接，相融合，詞人採用比擬的手法，化物為人：「無語，漸半脫宮衣笑相顧。」芍藥的蓓蕾在雨露的滋潤和遊人的矚目下，悄無聲息地開放了。她們半裹紅妝，微露笑靨，深情地顧盼著來來往往的觀賞者（包括詞人自己）。句意隱含著我已無福消受的意思，為下片寫自己感傷遲暮張本。

「金壺細葉」展示的是盛開的芍藥。碩大的金紅色花朵，襯以細密柔潤的綠葉，顯得分外明麗動人。美貌的女郎在花叢中盡情地唱著、跳著，應和春的旋律。這聲色交融、春情激盪的場面，頓時勾起詞人的遲暮之感。「紅藥梢頭初繭栗，揚州風物鬢成絲。」（黃庭堅〈過廣陵值早春〉），揚州風物雖好，無奈自己已兩鬢皤然，置身於粉紅黛綠之間，顯得多麼的不相稱。「誰念我，鬢成絲」，句意似即本於黃詩。結末以劉攽自況。據《宋史·藝文志》記載，劉的著述除《彭城集》、《公非先生集》等，還有一卷《芍藥譜》，可惜已經失傳。「後日西園，綠陰無數。寂寞劉郎，自修花譜」，意思是說，待到春盡夏來，名園綠肥紅瘦之時，我願寂寞無聞地為芍藥編修花譜。人雖老，春雖盡，自己愛花惜花之情卻不會消滅。「寂寞」二字，與「自」字相映合，充滿苦澀滋味，映現出類似「無可奈何花落去」（晏殊〈浣溪沙〉）的淒涼心境，讀來倍覺柔婉深沉。

昔人評論姜詞，認為清空高遠是其基本特色。宋張炎說：「詞要清空，不要質實。清空則古雅峭拔；質實則凝澀晦昧。姜白石詞如野雲孤飛，去留無跡。」（《詞源》卷下）姜詞之所以給人留下這樣的印象，原因在於作者有著豐富的美感經驗，能夠在感受、記憶、思考、想像等心理活動的基礎上進行聯想，然後選用清麗委婉的言辭，把它化作動人的意象。只是這類意象或意境總有些迷離恍惚，叫人難於把握。唯其如此，言外之意，畫外之境才更加繁富，更加耐人尋味。這首詞就大量採用比擬、雙關的修辭手法，以物擬人，寫物兼寫人。物與人猶形與影，若合若離，顯得明明麗麗而又影影綽綽。像「無語，漸半脫宮衣笑相顧」，以多情的人來比擬無情的花，以人的情態來表現花的容貌，十分生動。聯繫上文「微雨，正藹栗梢頭弄詩句」，是寫花無疑，前者描述欲放未放的花苞，這裡展示已開但未全開的花朵。而聯繫下文「金壺細葉，千朵圍歌舞。誰念我、鬢成絲，來此共尊俎」，寫花之外，又分明是在寫人，由揚州風物寫到揚州風情，從而勾出「鬢成絲」的慨嘆。這樣，就大大豐富了作品「恨春易去」的命意。融情於景而又使之逸於景外，這大概就是構成清空高遠境界的一種有效手段。

張炎所說的詞「不要質實」，乃是從對面總結了姜夔的創作經驗。姜夔慣於採用避實就虛、提空寫景的方法。例如芍藥枝頭的蓓蕾，在春雨的催發下迅速膨大，不斷發生變化。那過程，那狀態，極其微妙，無法目睹。如要質實，結果仍不免流於「凝澀晦昧」。在姜夔的筆下，它表現得非常簡潔，也非常生動：「微雨，正藹栗梢頭弄詩句。」「弄詩句」是醞釀詩情的意思，它確乎比較抽象，沒能把花苞受雨後飛快發育成長的狀況具體地顯示出來，但卻深刻地揭示出變化的微妙以及含蘊其間、難以言說的詩意美。這種執簡馭繁，不圖肖形、但求傳神的表現手法，無疑有助於清空高遠之藝術境界和風格的形成。（朱世英）

水龍吟

姜夔

黃慶長夜泛鑑湖，有懷歸之曲，課予和之。

夜深客子移舟處，兩兩沙禽驚起。紅衣入槳，青燈搖浪，微涼意思。把酒臨風，不思歸去，有如此水。況茂陵遊倦，長干望久，芳心事、簫聲裡。屈指歸期尚未。鵲南飛、有人應喜。畫闌桂子，留香小待，提攜影底。我已情多，十年幽夢，略曾如此。甚謝郎、也恨飄零，解道月明千里？

白石平生懷人情深，大自然之一草一木，人世間之尋常小事，往往牽發其情而不能自已。如〈江梅引〉：「見梅枝，忽相思。」如〈琵琶仙〉：「雙槳來時，有人似、舊曲桃根桃葉。」這首〈水龍吟〉，則是借和友人懷歸之詞，而發抒自己相思之意。光宗紹熙四年（一一九三）之秋，白石客遊紹興，與友人黃慶長清夜泛舟城南之鑑湖，慶長作懷歸之詞，囑白石和之，白石遂有此作。

「夜深客子泛舟處，兩兩沙禽驚起。」發端便寫出要眇清逸之境。夜已深，移舟更向鑑湖深處，不覺驚起雙雙水鳥，詞人寫境，筆筆增添幽致。「紅衣入槳，青燈搖浪，微涼意思。」次韻更至佳境。紅衣指荷花，青燈指船燈，「思」，念去聲。不言槳入紅衣，浪搖青燈，而言「紅衣入槳，青燈搖浪」，詞情愈發搖曳生姿，頗有全身心與大自然相擁抱之意味。紅衣青燈，相映成趣，槳聲浪音，一片天籟，不禁引人有超然塵外之思。「微涼意思」，一語雙關，一意化兩，由景入情，此是轉圜之關節。湖上涼意固可感矣，心上意思如何？「把酒臨風，不思歸去，有如此水。」上猶景語，此竟出誓辭，奇筆。把酒臨風，語出范仲淹〈岳陽樓記〉：「登斯樓也，則有心曠神怡，寵辱偕忘，把酒臨風，其喜洋洋者矣。」但在詞人用來，卻不但不能忘情於世，而且更引出愛情之誓辭。詞人指水為誓：「不思歸去，有如此水。」猶言我心懷歸，有此水為證。蘇東坡〈遊金山寺〉詩云：「有田不歸如江水！」其言又本於《左傳．僖公二十四年》：「公子（重耳）曰：所不與舅氏同心者，有如白水！」晉杜預註：「言與舅氏同心之明，如此白水。猶《詩》（〈大車〉）言『謂予不信，有如皦日』。」唐孔穎達疏：「諸言『有如』，皆是誓辭。有如日，有如河，有如皦日，有如白水，皆取明白之義，言心之明白，如日如水也。」清姚際恆《詩經通論》指出，〈大車〉為男女「誓辭之始」。詞人借用古人設誓之語，明其必歸相見之情，足見情非尋常，意實莊嚴。「況茂陵遊倦，長干望久，芳心事、簫聲裡。」歇拍四句緊承誓語，句句申說思歸。茂陵是漢武帝陵墓，在長安之西，漢代為豪富聚居之地。《史記．司馬相如傳》載：「相如既病免，家居茂陵。」《西京雜記》還記有「相如將聘茂陵人女為妾」之傳聞。長干是古代南京城南之里巷。李白有〈長干行〉，寫女子望夫之情。詞人借用「茂陵」自指，「長干」則指所懷之人。歇拍謂，我本有歸去之志，更何況遠遊已倦，伊人望久——「怎忘得玉環分付，第一是早早歸來」（〈長亭怨慢〉）。如聞伊人把美好之心願，訴諸清越之簫聲。

換頭二韻六句皆展衍「芳心事」。「屈指歸期尚未。鵲南飛、有人應喜。」上句寫自己一方，婉言歸未有期。下句寫對方，想像伊人聞鵲而喜。曹操〈短歌行〉：「月明星稀，烏鵲南飛。」此用其語。《西京雜記》：「乾鵲噪而行人至。」此用其意。於是詞境翻進懸想之妙境。「畫闌桂子，留香小待，提攜影底。」底，裡也。詞人進一步想像，畫闌之前，桂樹含情，留得花香，等待人歸，待得人歸，好與伊人攜手遊賞於月光之下，桂花影裡。此一意境，幻想層出，溫柔旖旎而又幽約窈眇，不但刻畫出伊人精神，而且寫出樹亦含情。真是精誠所至，夢筆生花。然而上言歸期尚未，則此種種幻境，如鵲南飛有人喜、桂子留香、攜手影裡，又不免化為無著之幻影而已。白石〈江梅引〉云：「幾度小窗幽夢手同攜。」與此同一意境。「我已情多，十年幽夢，略曾如此。」詞人感喟，我已是自傷多情，十年以來，悲歡離合，總如夢如幻，悲多歡少，大抵如此。可是，「甚謝郎、也恨飄零，解道月明千里？」為何友人你也是自恨飄零，詠出「月明千里」一類之詞章呢？「謝郎」即南朝宋之謝莊，此借指友人黃慶長。「解道」猶言「會詠」。「月明千里」，指謝莊〈月賦〉「美人邁兮音塵闕，隔千里兮共明月，臨風嘆兮將焉歇，川路長兮不可越」之句，此借指友人原作。結筆挽合友人與自己一樣懷歸，正是和作應有之義。但寫人亦是寫己，結穴於「月明千里」，窈眇之致有餘，遠意何限。

此詞是和人之作，主體則是自述相思。此詞之佳處，不僅在於從忘情之遊樂翻出執著之相思，尤在於從相思之中，又翻出對方之情，對方之境，而且精妙無比。鵲南飛、有人應喜，是想像對方之現境。「畫闌桂子，留香小待，提攜影底」，則想像團圓之未來，而且樹亦含情。幻中生幻，奇之又奇，乃全詞神光聚照之處。詞人抒情寫境，絕非一往孤詣，而是迴環婉轉，充我情之量，為伊人一方作設身處地之想。於是彼我之情，有如水乳交融，融融泄泄。雙方之境，亦如雙鏡互照，交相輝映。說對方之情以說自己之情，寫相思之境而成圓融之境，縱然是生離死別，亦體現至善盡美，此中國愛情文學之能事也，此尤白石愛情詞之所以為白石愛情詞也。試看白石〈浣溪沙〉：「恨入四絃人欲老，夢尋千驛意難通。」〈踏莎行〉：「別後書辭，別時針線。離魂暗逐郎行遠。淮南皓月冷千山，冥冥歸去無人管。」〈鷓鴣天〉：「春未綠，鬢先絲。人間別久不成悲。誰教歲

歲紅蓮夜，兩處沉吟各自知。」何一而非此種境界？然而，若無指水誓歸之至誠，又安得有此夢筆生花之奇境耶？（鄧小軍）

探春慢

姜夔

予自孩幼從先人宦於古沔，女須因嫁焉。中去復來幾二十年，豈唯姊弟之愛，沔之父老兒女子亦莫不予愛也。丙午冬，千巖老人約予過苕霅，歲晚乘濤載雪而下，顧念依依，殆不能去。作此曲別鄭次皋、辛克清、姚剛中諸君。

衰草愁煙，亂鴉送日，風沙迴旋平野。拂雪金鞭，欺寒茸帽，還記章臺走馬。誰念漂零久，謾贏得、幽懷難寫。故人清沔相逢，小窗閒共情話。

長恨離多會少，重訪問竹西，珠淚盈把。雁磧波平，漁汀人散，老去不堪遊冶。無奈苕溪月，又照我、扁舟東下。甚日歸來？梅花零亂春夜。

孝宗淳熙十三年丙午（一一八六），姜夔回到了他幼年生活過的湖北漢陽，去探望嫁在漢陽的姊姊和鄭次皋等朋友。據〈白石道人詩說序〉：「淳熙丙午立夏，余遊南嶽」之後，在秋天來到漢陽。他這次在漢陽停留的時間不很長，而感情上卻眷戀很深。他因應千巖老人也就是他的叔岳父蕭德藻之約，在年底就冒雪乘舟順江而下轉浙江湖州了。這首詞是臨別前與朋友們敘別之作，時約三十二歲。

詞的開頭，是對臨別時漢陽自然景物的描寫。「衰草愁煙，亂鴉送日，風沙迴旋平野。」在詞人的筆下，首先展開了一幅漢陽冬景的畫卷，給野草、暮煙、烏鴉都賦予了感情。憂愁的暮煙，衰老的野草，烏鴉向夕陽送別，風沙在迴旋飛舞。這幅淒楚的畫卷，是透過這些帶有感情的自然景物表現出來的，而這正是作者自己當時思想感情的寫照。這時的姜夔已是人到中年，儘管他有著多方面的才能，仍然是功不成，名不就，長期過著飄泊江湖的生活。從這首詞可以看出，他對江湖遊士、豪門清客的生活，已有些厭倦了，然而他又不能不這樣生活下去，因而在詞中對自己的生活與現實，流露了不滿之情。

接著是對往事的回憶：「拂雪金鞭，欺寒茸帽，還記章臺走馬。」姜夔以自己的詩才，結識了著名詩人蕭德藻，蕭並把侄女嫁給了他。蕭德藻與尤袤、范成大、陸游齊名，有「尤蕭范陸四詩翁」（宋楊萬里〈進退格寄張功甫、姜堯章〉）之稱。透過蕭德藻，他又結識了范成大、楊萬里、陸游、辛棄疾、葉適、朱熹等社會名流。作為權門清客，他有過壯遊的生活，遊蕩過繁華的娛樂場所。

詞中追憶了這段漫遊生活之後，他認為最值得珍惜的還是昔日的友情：「誰念飄零久，謾贏得幽懷難寫。故人清沔相逢，小窗閒共情話。」這位有才華的詩人、詞家，他的詩曾受到楊萬里的高度評價：「尤蕭范陸四詩翁，此後誰當第一功？新拜南湖（按：張鎡）為上將，更推白石作先鋒。」憑著他的社會關係與在詩壇的盛名，他絕不至於晚年家貧如洗，死後靠別人的資助來埋葬，原因就在於他不同於一般的權門清客。他是一個擺脫了世俗觀念的純粹的詩人。張平甫要為他「輸資以拜爵」，被他謝絕了（見宋周密《齊東野語》卷十二〈姜堯章自敘〉）。他一生最珍視的不是錢財，不是官位，他是一個忠於文學藝術事業，忠於友情的人。所以在懷念往日壯遊生活之後，不禁深深地感嘆：有誰憐念我湖海飄零，只落得滿腔傷感！他感到同漢陽朋友的促膝談心，是多麼難得和多麼珍貴！

下片的開頭，是對舊遊之地的追憶與深沉的感嘆：「長恨離多會少，重訪問竹西，珠淚盈把。雁磧波平，漁汀人散，老去不堪遊冶。」首先他慨嘆的，是在人生的旅程裡，同朋友們「離多會少」。對於一個最珍視友情的人，離別當然是最痛苦的。眼前的現實又逼迫他在漢陽只能有短暫的停留，又要東下湖州了。

接著是追憶他的揚州、衡嶽、洞庭等地之遊。竹西亭在揚州。「雁磧」、「漁汀」都不是泛指大雁棲息的沙灘，和漁舟往來的洲渚，是指他曾經「遊冶」過的名山勝地。他曾遊衡嶽、洞庭，回雁峰是南嶽七十二峰之一，瀕臨湘水，水邊灘磧相連；洞庭湖，漁舟往來不歇，因此應指他曾經遊歷過的衡嶽、洞庭。（〈昔遊詩〉組詩中說：「昔遊衡山下，看水入朱陵。」又說：「蘆洲雨中淡，漁網煙外歸。」）他重訪揚州為什麼會使他「珠淚盈把」呢？因為金人在高宗建炎三年（一一二九）和紹興三十一年（一一六一）大舉南下之後，繁華的揚州遭到了慘重的破壞。他在初訪揚州時寫的〈揚州慢〉一詞中說：「過春風十里，盡薺麥青青。」詩人懷著愛國的黍離之悲，重訪揚州，怎能不令人傷痛！對於衡嶽、洞庭的壯麗風光，他在〈昔遊詩〉這一組詩中，曾盡情地描繪。他歌頌洞庭說：「洞庭八百里，玉盤盛水銀。長虹忽照影，大哉五色輪。」他描寫南嶽說：「飛雲身畔遇，攬之不盈掬。」描寫南嶽湘濱的風光說：「昔遊衡山下，看水入朱陵。半空掃積雪，萬萬玉花凝。」現在由於情懷寥落，沒有那種遊樂之情了。白石論詩，主張「意中有景，景中有意」，主張「句中有餘味，篇中有餘意」（《白石道人詩說》）。這首用白描手法描寫的詞，所以令人讀來餘味無窮，正是由於「景中有意」的緣故。比如竹西亭吧，這是揚州勝景，然而白石重訪時，卻是「珠淚盈把」。衡陽的「雁磧」，洞庭的「漁汀」是多麼幽雅的畫面，然而詩人已覺得「老去不堪遊冶」了。他在寫景時，賦予自己的深意，因而使人讀來餘味無窮。

詞的結尾也是很奇特的：「無奈苕溪月，又照我、扁舟東下。甚日歸來？梅花零亂春夜。」苕溪，指湖州，千巖老人蕭德藻的住所。這裡，他從往日的遊歷，突兀地又說到將來，而且聯想到將是載月乘舟東下，而異日重返漢陽時，又將是梅花盛開的春夜。白石曾說：「波瀾開闔，如在江湖中，一波未平，一波已作。如兵家之陣，方以為正，又復是奇；方以為奇，忽復是正。出入變化，不可紀極，而法度不可亂。」（《白石道人詩說》）在整個下片中，他透過幽寂淒清的景物描寫和奇特的聯想，對所吟詠的事物，賦予了動人心扉的魔力。

這首詞的藝術特色，是它的語言的美。這種美的總和，是構成了一種高遠峭拔的詞境。比如在寫景方面，他用「衰草愁煙」、「亂鴉送日」、「雁磧波平」、「漁汀人散」、「梅花零亂」等等語言，烘托了一個幽寂淒涼的意境。抒情上，他運用了「誰念飄零久」、「幽懷難寫」、「無奈苕溪月，又照我扁舟東下」等語言，以抒發他落寞的胸懷，使人有如泣如訴之感。（何林天）

八歸　姜夔

湘中送胡德華

芳蓮墜粉，疏桐吹綠，庭院暗雨乍歇。無端抱影銷魂處，還見筱牆螢暗，蘚階蛩切。送客重尋西去路，問水面琵琶誰撥？最可惜、一片江山，總付與啼鴃。長恨相從未款，而今何事，又對西風離別？渚寒煙淡，棹移人遠，縹緲行舟如葉。想文君望久，倚竹愁生步羅襪。歸來後，翠尊雙飲，下了珠簾，玲瓏閒看月。

這首詞據夏承燾《姜白石詞編年箋校》考證，大約寫於宋孝宗淳熙十三年（一一八六）以前，詞人客遊長沙時。胡德華，生平不詳。全詞描述了離別前的憂傷、臨別時的依戀難捨，以及懸想別後所送之人歸家與親屬團聚的情景。前面實寫，後面虛寫，多次轉移場景，逐層抒發離情別緒，在章法和布局方面頗具匠心。

上闋分兩層。前六句為一層，以雨後寂寞蕭條的庭院為背景，寫別前。蓮花脫落粉色的花瓣，桐樹吹下帶綠的葉子，是初秋院中之景。竹籬邊發光暗淡的螢蟲，苔階下鳴聲淒切的蟋蟀，是秋夜庭前之物。這四樣景物，有晝景，有夜景；有植物，有動物；植物又有花、有葉，動物又有光、有聲，配置勻整，然而情狀都帶慘含愁，總的構成一片冷清的環境，淒涼的氣氛。中間「暗雨乍歇」寫天時，「抱影銷魂」寫人事。詞人在雨後增寒之時，落花墜葉之候，獨處神傷之際，更添上所見的暗淡螢火，所聞的淒切蟲聲，情懷自更不堪，「還見」二字，便透出這個分量。何以如此，是因為即將送別友人。南朝梁江淹〈別賦〉說：「黯然銷魂者，唯別而已矣！」這話是不假的。這種將別的愁情，由於用了許多惹愁的景物層層烘染，便見得加倍的濃重。這六句詞，儼然便是〈九辯〉首章的縮寫①。

「送客」以下開始轉入離別，是第二層。場景由庭院逐漸移至送別的水邊。西去，表客行方向。重尋，表明在此送行已非一回，因而倍增傷感。「問水面琵琶誰撥」，化用白居易〈琵琶行〉中「忽聞水上琵琶聲」的詩句，而改為以「問」字領起的設問句，語氣顯得委婉含蓄，頓挫有節。接著，「最可惜、一片江山，總付與啼鴂」，則聲情激越，寄慨遙深。啼鴂，或作鵜鴂、鶗鴂，又名子規、杜鵑，此鳥「春分鳴則眾芳生，秋分鳴則眾芳歇」（《廣韻》）。屈原〈離騷〉中有「恐鵜鴂之先鳴兮，使夫百草為之不芳」之句。這裡也是借啼鴂的鳴聲來表現眾芳蕪穢、山河改容的衰颯景象，襯托離情，極為沉痛感人，有人認為其中還寄託了作者的家國之恨。

下闋也有兩層意思。前六句承上，著重寫惜別。「長恨」三句與柳永〈雨霖鈴〉過片處「多情自古傷離別，更那堪、冷落清秋節」出於同一機杼。柳詞以「更那堪」三字遞進一層，本詞則以「而今何事」的設問追進一步，以傾吐惜別的深情。然後再以「渚寒」三句景語來代替情語，這裡又與李白〈送孟浩然之廣陵〉詩的「孤帆遠影碧空盡，唯見長江天際流」的手法相似，借淡煙寒水之中一葉行舟縹緲遠去的景象，來表達送別者佇立江頭，凝望著棹移人漸遠的那種依依不捨的感情。

最後六句寫別後，用美好的設想來排遣雙方的離愁別恨。文君即卓文君，借指胡的妻室。「倚竹」句借用杜甫〈佳人〉詩「天寒翠袖薄，日暮倚修竹」和李白〈玉階怨〉詩「玉階生白露，夜久侵羅襪」中的婦女形象，以表現想像中胡妻等待丈夫歸來的情景。「翠尊」三句亦化用李白同詩的後兩句：「卻下水晶簾，玲瓏望秋月」，描繪胡氏夫婦團聚的情景。點化前人詩句的藝術形象為自己抒情言志所用，不著痕跡，盡得風流，這也是姜夔詞的特色之一。

這首詞感情真切而不流於頹喪。清陳廷焯《雲韶集》評論說：「聲情激越，筆力精健，而意味仍是和婉，哀而不傷，真詞聖也。」細膩而有層次的抒情筆法，配合以移步換形的結構形式，也有助於形成那種激切而又哀婉的藝術風味。（蔣哲倫）

〔註〕①《楚辭．九辯》首章有：「悲哉，秋之為氣也！蕭瑟兮，草木搖落而變衰」、「登山臨水兮，送將歸」、「憯悽增欷兮，薄寒之中人」、「廓落兮，羈旅而無友生；惆悵兮，而私自憐」、「蟬寂漠而無聲……鵾雞啁哳而悲鳴」等句。

解連環 姜夔

玉鞍重倚。卻沉吟未上，又縈離思①。為大喬能撥春風，小喬妙移箏，雁啼秋水。柳怯雲鬆，更何必、十分梳洗。道郎攜羽扇，那日隔簾，半面②曾記。西窗夜涼雨霽。嘆幽歡未足，何事輕棄。問後約、空指薔薇，算如此溪山，甚時重至。水驛燈昏，又見在、曲屏近底。念唯有夜來皓月，照伊自睡。

〔註〕①離思：思念去聲，此用作名詞。②半面：初次見面。典出《後漢書．應奉傳》李賢註引謝承語：「奉年二十時，嘗詣彭城相袁賀。賀時出行閉門，造車匠於內開扇出半面視奉，奉即委去。後數十年於路見車匠，識而呼之。」

白石製詞，一絲不苟。即選擇現成調名，也往往有所用意。此詞是白石離開合肥後，在驛舍追念分手情境所作惜別之詞。調名〈解連環〉，正喻示著主題。

「玉鞍重倚。卻沉吟未上，又縈離思。」起筆三句，點出事因。驛舍清晨，又將上馬啟程，詞人卻沉吟徘徊，離情別緒，又縈繞心頭，牽絆得他難以遽去。「卻」字轉折有力，刻畫出將漸行漸遠而又不忍遠去的內心衝突。「又」字亦可玩味。雖說「又縈離思」，實則驛舍一宿，何曾片時忘懷。離思為何？「為大喬能撥春風，小喬妙移箏，雁啼秋水。」三國時東吳「橋公兩女，皆國色」（《三國志．吳志．周瑜傳》），人稱大橋、小橋。橋或寫作喬。

此指合肥戀人姊妹。臨別前，姊妹倆為行人作最後一次演奏，姊姊撥動琵琶，妹妹彈起箏，訴說衷曲。句中「春風」二字代指琵琶及其演奏技藝。王安石〈明妃曲二首〉其二：「含情欲說獨無處，傳與琵琶心自知。黃金捍撥春風手，彈看飛鴻勸胡酒。」黃庭堅〈次韻答曹子方雜言〉：「侍兒琵琶春風手。」雁字切箏，以箏承絃之柱斜列如雁行。由春風與雁，又化出琵琶聲如春風流拂、箏聲如雁唳秋江的音樂意境，使此詞有象外之象之妙。「柳怯雲鬆，更何必、十分梳洗。」柳怯，喻體態柔弱，雲鬆，喻髮髻蓬鬆，四字狀女子憔悴傷心之神貌，亦暗示出女子之美。粗服亂頭，不掩國色，又何必梳妝整齊呢。接下來三句，用道字領起女子的話語。「道郎攜羽扇，那日隔簾，半面曾記。」半面指初次見面。女子道：還記得初次見面那天，隔著簾兒看見您攜了羽扇而來的樣子。語短情深，聲吻宛然。女子緬懷初次見面，實嘆惋輕易離別。初次見面印象之難以忘懷，又可見其愛情之深摯纏綿。

「西窗夜涼雨霽。」換頭寫臨別前夕情境，以收束追憶。當雨住時，天將拂曉，人將啟程矣。追憶及此，詞人不禁嘆息：「嘆幽歡未足，何事輕棄。」嘆歡好未足，何苦輕別，詞筆已收回現在，遙遙應合起筆之「沉吟未上，又縈離思」。清許昂霄《詞綜偶評》於此云：「與起處遙接。從合至離，他人必用鋪排，當看其省筆處。」評得極是。緊接著，詞人又陷入追憶。「問後約、空指薔薇，算如此溪山，甚時重至。」溪山映照伊人。白石〈點絳唇〉云：「淮南好。甚時重到。」與此可以相互印證。溪山、淮南，皆指合肥，實即指合肥女子。女子詢問後會何時，詞人指薔薇花謝為期，詞語用杜牧〈留贈〉詩：「不用鏡前空有淚，薔薇花謝即歸來。」周邦彥〈氐州第一〉：「也知人、懸望久，薔薇謝，歸來一笑」，並同。實則自己亦心中茫然，溪山如此美好，不知何日才能重到。這正是：「此情可待成追憶，只是當時已惘然。」（李商隱〈錦瑟〉）此三句是臨別情境之一重要補筆，刻畫出合肥女子的一片痴情，也寫出詞人內心的失落感。論筆致可謂曲折盡致。正如許昂霄《詞綜偶評》所說：

「深情無限。覺少游『此去何時見也』淺率寡味矣。」追憶至此已盡，接下來寫的是幻覺之境。「水驛燈昏，又見在、曲屏近底。」見，想像之辭，在，語助詞。近，白石自註：「平聲。」按詞律此字須用平聲，白石製詞心細如髮，此亦可見。底，裡也。近底即旁邊。以上皆宋人口語。水邊驛舍，一燈昏黃，朦朧中，詞人好像又回到伊人居處，曲曲屏風旁邊。此一霎幻覺之描寫，亦寫出此時詞人相思入骨以致神志恍惚。尤妙者，將水驛燈昏之現境與曲屏近底之幻境疊印為一境，真耶，幻耶，恍不可辨。白石〈霓裳中序第一〉云：「一簾淡月，彷彿照顏色」，與此同一意境。幻覺一霎即逝。結筆，詞人又陷入痴情之懸想：「念唯有夜來皓月，照伊自睡。」想得伊人夜來最苦，只有淮南皓月，冷照伊人孤眠。一結淒涼無盡。

此詞顯著特色是寓敘事於抒情。詞人用追憶及想像之抒情形式，寫出分別前後之種種情境。起筆三句寫現境，「為大喬」以下直至換頭，全是追憶惜別情境。「嘆幽歡」二句才收回現在，「問後約」四句又跌入追憶。「水驛」三句則是幻覺，結筆變為懸想。縱觀全幅，上片主寫追憶，層次較為單純，下片則遠為繁複，把追憶與現境、幻覺與懸想打成一片。由單純而趨繁複之抒情結構，亦反映出詞人由深沉而趨激烈之心態變化過程。寓敘事於抒情之筆法，實遠紹周邦彥。清陳廷焯《白雨齋詞話》卷三云：「白石、梅溪皆祖清真，白石化矣。」白石懷人諸詞，多不以回憶為主，而是另闢蹊徑，化渾厚為清空，有別於周邦彥，此詞卻逼近周之筆法。至其描寫逼真，惜別情景，宛然在目，可無煩辭費。〈解連環〉詞律規定要用一系列仄聲單字領起下文。領字兼有聲情並至之妙，是此詞又一特色。詞中每下一領字，如：卻、為、更、道、嘆、問、算、又、念，便領起一層詞情詞境。領字遞用，則情境層層翻進。諸領字又多為感嘆詞，表達懷想嘆惋，最是虛處傳神。尤其字聲頗為精心，除卻字外，其餘領字皆用去聲，去聲振奮，恰好振起聲情。清萬樹《詞律》云：「名詞轉折跌蕩處多用去聲。」此詞正是好例。（鄧小軍）

揚州慢

姜夔

淳熙丙申至日，予過維揚，夜雪初霽，薺麥彌望。入其城，則四顧蕭條，寒水自碧。暮色漸起，戍角悲吟。予懷愴然，感慨今昔，因自度此曲，千巖老人以為有黍離之悲也。

淮左名都，竹西佳處，解鞍少駐初程。過春風十里①，盡薺麥青青。自胡馬窺江去後，廢池喬木，猶厭言兵。漸黃昏，清角吹寒，都在空城。

杜郎俊賞，算而今、重到須驚。縱荳蔻詞工，青樓夢好，難賦深情。二十四橋仍在②，波心蕩、冷月無聲。念橋邊紅藥，年年知為誰生！

〔註〕①杜牧〈贈別二首〉其一：「娉娉裊裊十三餘，荳蔻梢頭二月初。春風十里揚州路，卷上珠簾總不如。」②杜牧〈寄揚州韓綽判官〉：「二十四橋明月夜，玉人何處教吹簫？」

這首詞寫於宋孝宗淳熙三年（一一七六）冬至日，詞前的小序對寫作時間、地點及寫作動因均作了交代。姜夔因路過揚州，目睹了戰爭洗劫後揚州的蕭條景象，撫今追昔，悲嘆今日的荒涼，追憶昔日的繁華，發為吟詠，以寄託對揚州昔日繁華的懷念和對今日山河殘破的哀思。

這首詞在藝術表現上的一個顯著特點是寫景物帶有濃厚的感情色彩，景中含情，化景物為情思。它的寫景，不俗不濫，緊緊圍繞著一個統一的主題，即為抒發「黍離之悲」。詞人到達揚州之時，是在金主完顏亮南犯後的十五年。他「解鞍少駐」的揚州，位於淮水之南，是歷史上令人神往的「名都」，「竹西佳處」是從杜牧〈題揚州禪智寺〉「誰知竹西路，歌吹是揚州」化出。竹西，亭名，在揚州東蜀崗上禪智寺前，風光優美。但經過金兵鐵蹄蹂躪之後，如今是滿目瘡痍了。戰爭的殘痕，到處可見，詞人用「以少總多」的手法，只攝取了兩個鏡頭：「過春風十里，盡薺麥青青」和滿城的「廢池喬木」。這種景物所引起的意緒，就是「猶厭言兵」。清人陳廷焯特別欣賞這段描寫，他說：「寫兵燹後情景逼真。『猶厭言兵』四字，包括無限傷亂語，他人累千百言，亦無此韻味。」（《白雨齋詞話》卷二）這裡，作者使用了擬人化的手法，連「廢池喬木」都痛恨金人發動的戰爭，物猶如此，何況於人！

上片的結尾三句「漸黃昏，清角吹寒，都在空城」，卻又轉換了一個畫面，由所見轉寫所聞，氣氛的渲染也更加濃烈。當日落黃昏之時，悠然而起的清角之聲，打破了黃昏的沉寂，這是用音響來襯托寂靜。「清角吹寒」四字，「寒」字下得很妙，寒意本來是天氣給人的觸覺感受，但作者不言天寒，而說「吹寒」，把角聲的淒清與天氣聯繫在一起，把產生寒的自然方面的原因抽去，凸出人為的感情色彩，似乎是角聲把寒意散布在這座空城裡。聽覺所聞是清角悲吟，觸覺所感是寒氣逼人，再聯繫視覺所見的「薺麥青青」與「廢池喬木」，這一切交織在一起，一切景物在空間上來說都統一在這座「空城」裡，「都在」二字，使一切景物聯繫在一起，同時化景物為情思，將景中情與情中景融為一體，來凸出「黍離之悲」。

用今昔對比的反襯手法來寫景抒情，在這闋詞中是比較凸出的。上片用昔日的「名都」來反襯今日的「空城」；以昔日的「春風十里揚州路」來反襯今日的一片荒蕪景象——「盡薺麥青青」。下片以昔日的「杜郎俊賞」、「荳蔻詞工」、「青樓夢好」等風月繁華，來反襯今日的風流雲散、對景難排和深情難賦。以昔時「二十四橋明月夜」的樂景，反襯今日「波心蕩、冷月無聲」的哀景。「波心蕩、冷月無聲」，是非常精細的特寫鏡頭。「二十四橋仍在」，明月夜也仍有，但「玉人吹簫」的風月繁華已蕩然無存了。詞人用橋下「波心蕩」的動，來映襯「冷月無聲」的靜。「波心蕩」是俯視之景，「冷月無聲」本來是仰觀之景，但映入水中，又成為俯視之景，與橋下蕩漾的水波合成一個畫面，從這個畫境中，似乎可以看到詞人低首沉吟的形象。總之，寫昔日的繁華，正是為了表現今日之蕭條。

善於化用前人的詩境入詞，用虛擬的手法，使其波瀾起伏，餘味不盡，也是這首詞的特色之一。〈揚州慢〉大量化用杜牧的詩句與詩境（有四處之多），又點出杜郎的風流俊賞，把杜牧的詩境，融入自己的詞境；但他的追昔，主要懷念的是揚州的風月繁華與風流俊賞，這多少削弱了嚴肅的愛國主義的主題。

詞的下片，較多地使用了虛擬的手法。詞人設想：杜牧如果重遊揚州，面對今日的蕭條，也會感到驚心，即使像杜牧那樣才華橫溢的詩人，怕也「難賦深情」了。「算而今、重到須驚」的「算」字，「縱荳蔻詞工」的「縱」字，「念橋邊紅藥」的「念」字，都是虛擬和加強語氣的字眼。特別是結束處的虛擬，更耐人尋味。冬至之日，本來不是紅芍藥花開的季節，但縱使冬去春回，來日紅藥花開，又有誰來欣賞它呢？花開依舊，人事已非，花開也不過徒增空城的感傷而已。詞情跌宕濃烈，增強了藝術感染力。（劉文忠）

長亭怨慢 姜夔

予頗喜自製曲，初率意為長短句，然後協以律，故前後闋多不同。桓大司馬云：「昔年種柳，依依漢南；今看搖落，悽愴江潭；樹猶如此，人何以堪！」此語予深愛之。

漸吹盡、枝頭香絮，是處人家，綠深門戶。遠浦縈迴，暮帆零亂向何許？閱人多矣，誰得似長亭樹。樹若有情時，不會得青青如此！

日暮，望高城不見，只見亂山無數。韋郎去也，怎忘得玉環分付。第一是早早歸來，怕紅萼無人為主。算只有并刀，難剪離愁千縷。

據夏承燾《姜白石詞編年箋校》中〈行實考·合肥詞事〉的考證，姜夔二、三十歲時曾遊合肥，與歌女姊妹二人相識，情好甚篤，其後屢次來往合肥，數見於詞作。光宗紹熙二年（一一九一），姜夔曾往合肥，旋即離去。〈長亭怨慢〉詞，大約即是時所作，乃離合肥後憶別情侶者也。

題序中所謂「桓大司馬」指晉桓溫，所引「昔年種柳」以下六句，均出南北朝庾信〈枯樹賦〉所引桓溫之言。按此詞是惜別言情之作，而題序中只言柳樹，一則以「合肥巷陌皆種柳」（姜夔〈淒涼犯〉序），故姜氏合肥情詞多借柳起興，二則是故意「亂以他辭」，以掩其孤往之懷（說本夏承燾〈合肥詞事〉）。

上半闋是詠柳。開頭說，春事已深，柳絮吹盡，到處人家門前柳陰濃綠。這正是合肥巷陌情況。「遠浦」二句點出行人乘船離去。「閱人」數句又回到說柳。長亭（古人送別之地）邊的柳樹經常看到人們送別的情況，離人黯然銷魂，而柳則無動於衷，否則它也不會「青青如此」了。暗用唐李賀〈金銅仙人辭漢歌〉「天若有情天亦老」句意，以柳之無情反襯自己惜別的深情。這半闋詞用筆不即不離，寫合肥，寫離去，寫惜別，而表面上卻都是以柳貫串，借做襯托。

下半闋是寫自己與情侶離別後的戀慕之情。「日暮」三句寫離開合肥後依戀不捨。唐歐陽詹在太原與一妓女相戀，別時贈詩〈初發太原，途中寄太原所思〉有「高城已不見，況復城中人」之句。「望高城不見」即用此事，正切合臨行懷念情侶之意。「韋郎」二句用唐韋皋事。韋皋遊江夏，與女子玉簫有情，別時留玉指環，約以少則五載，多則七載來娶。後八載不至，玉簫絕食而死（唐范攄《雲溪友議》卷中〈玉簫記〉）。這兩句是說，當臨別時，自己向情侶表示，怎能像韋皋那樣「忘得玉環分付」，即是說，自己必將重來的。下邊「第一」兩句是情侶叮囑之辭。她還是不放心，要姜夔早早歸來（「第一」是加重之意），否則「怕紅萼無人為主」。因為歌女社會地位低下，是不能掌握自己命運的，其情甚篤，其辭甚哀。「算只有」二句以離愁難剪作結。古代并州（今山西一帶）出產好剪刀，故云。這半闋詞寫自己惜別之情，情侶屬望之意，非常淒愴纏綿。

清陳廷焯評此詞云：「哀怨無端，無中生有，海枯石爛之情。」（《詞則．大雅集》卷三）可謂知言。

姜夔少時學詩取法黃庭堅，後來棄去，自成一家，但是他將江西詩派作詩之藝術手法運用於詞中，生新峭折，別創一格。男女相悅，傷離怨別，本是唐宋詞中常見的內容，但是姜夔所作的情詞則與眾不同。他屏除穠麗，著筆淡雅，不多寫正面，而借物寄興（如梅、柳），旁敲側擊，有迴環宕折之妙，無粘滯淺露之弊。它不同於溫、韋，不同於晏、歐，也不同於小山、淮海，這是極值得玩味的。（繆鉞）

淡黃柳　姜夔

客居合肥南城赤欄橋之西，巷陌淒涼，與江左異，唯柳色夾道，依依可憐。因度此闋，以紓客懷。

空城曉角，吹入垂楊陌。馬上單衣寒惻惻。看盡鵝黃嫩綠，都是江南舊相識。

正岑寂。明朝又寒食。強攜酒，小橋宅。怕梨花落盡成秋色。燕燕飛來，問春何在，唯有池塘自碧。

根據作者自序，此詞是寫客居合肥的情懷。夏承燾《姜白石詞編年箋校》編在光宗紹熙元年（一一九〇）。由於金人南侵，南宋偏安，文恬武嬉，不思恢復，江淮一帶在當時已是邊區。符離之戰後，更是民生凋敝，風物荒涼。「合肥巷陌皆種柳」（〈淒涼犯〉序），作者客居南城赤欄橋西，雖時近寒食清明，春光正好，卻「巷陌淒涼，與江左異，唯柳色夾道，依依可憐」。作者饒有感慨，便自度了這支曲子，即名之曰〈淡黃柳〉。

上片寫清曉在垂楊巷陌的淒涼感受，主要是寫景。首二句寫所聞，「空城」二字先給人荒涼寂靜之感，這樣的環境中，「曉角」的聲音便異常凸出，如空谷猿鳴，哀轉不絕。其聲隨風吹入垂楊巷陌，像在訴說此地的悲涼。聽的人偏偏是異鄉作客，更覺難以為情，此二句與〈揚州慢〉「清角吹寒，都在空城」意境相近。那詞前面還說：「自胡馬窺江去後，廢池喬木，猶厭言兵。」此詞雖未明說如此，但其首二句傳達的「巷陌淒涼」

之感，亦有傷時意味，不唯是客中淒涼而已。緊接一句是倒捲之筆，點出人物，原來他是騎在馬上踽踽獨行的，同時寫其體膚所感。將「寒惻惻」的感覺繫於衣單不耐春寒，表面上是記實，其實也有推宕，這種生理反應當更多地來自「清角吹寒」的心理感受。城市的繁榮已成過去，但春天還是照舊來臨。下二句寫所見，即夾道新綠的楊柳。「鵝黃嫩綠」四字形象地再現出柳色之可愛。「看盡」二字既表明除柳色外更無悅目之景，又是從神情上表現遊子內心活動——「都是江南舊相識」。「舊相識」唯楊柳（江南多柳，所以這樣說），這是抒寫客懷。而「柳色依依」與江左同，又是反襯著「巷陌淒涼，與江左異」，語意十分深沉。於是，作者就從聽覺、觸覺、視覺三層寫出了「岑寂」之感。

過片以「正岑寂」三字收束上片，包籠下片。當此環境冷清、心情寂寞之際，又逢「寒食」這個偕侶伴踏青邀遊的日子，雖是荒涼的「空城」，沒有士女郊遊的盛況，但客子「未能免俗」，於是想到本地的相好。白石詞中提到合肥相好實有姊妹二人，如〈解連環〉云：「為大喬能撥春風，小喬妙移箏，雁啼秋水。」「喬」姓，字本作「橋」。此詞「小橋」即指「小喬」。清鄭文焯謂「小橋宅」即赤欄橋西客居處，然「攜酒」己宅，意實扞格，應指所歡居處無疑。說「強攜酒，小橋宅」，是本無意緒而勉強邀遊，「攜酒」上著「強」字，則醉不成歡可以預知。上數句以「正岑寂」為基調，「又寒食」的「又」字一轉，說按節令自該應景為歡；「強」字又一轉，說載酒尋歡不過是在淒涼寂寞中強遣客懷而已。

再下面「怕梨花落盡成秋色」的「怕」字又一轉，說勉強尋春遣懷，仍恐春亦成秋，轉添愁緒。合肥之秋如何？作者〈淒涼犯〉有云：「綠楊巷陌秋風起，邊城一片離索。」這裡是春天，卻如何成秋？作者只將李賀「梨花落盡成秋苑」（〈河南府試十二月樂詞：三月〉）易一字叶韻，又添一「怕」字，意恐無花即是秋，語便委婉。以下三句更將花落春盡的意念化作一幅具體圖景，以「燕燕歸來，問春何在」二句提唱，以「唯有池塘自碧」景語代答，上呼下應，韻味自足。「自碧」云者，是說池水無情，則反見人之多感。這最後一層將詞中空寂之感更寫得入木三分。

全詞從聽角看柳寫起，漸入虛擬的情景，從今朝到明朝，從眼中之春到心中之秋，用淡筆渲染「空」、「寒」、「岑寂」等等感受，其惆悵情懷似不涉具體實事，然而，前人曾道「自古逢秋悲寂寥」（劉禹錫〈秋詞二首〉其一），作者卻寫出江淮之間春亦寂寥，並暗示這與江南似相同而又相異，又深憂如此春天恐亦難久。這就使讀者感到詞情絕非「客懷」二字可以概盡。白石的傷春，實反映出同時代人一種相當普遍的憂懼。故南宋張炎把此詞與〈揚州慢〉等並提，云：「不唯清空，且又騷雅，讀之使人神觀飛越。」（《詞源》）而在體現「清空」這一點上，它較〈揚州慢〉、〈淒涼犯〉等詞更為凸出。（周嘯天）

暗香　疏影

姜夔

辛亥之冬，予載雪詣石湖。止既月，授簡索句，且徵新聲，作此兩曲。石湖把玩不已，做工妓肄習之，音節諧婉，乃名之曰〈暗香〉、〈疏影〉。

暗香

舊時月色，算幾番照我，梅邊吹笛？喚起玉人，不管清寒與攀摘。何遜而今漸老，都忘卻、春風詞筆。但怪得、竹外疏花，香冷入瑤席。

江國，正寂寂。嘆寄與路遙，夜雪初積。翠尊易泣，紅萼無言耿相憶。長記曾攜手處，千樹壓、西湖寒碧。又片片吹盡也，幾時見得？

疏影

苔枝綴玉，有翠禽小小，枝上同宿。客裡相逢，籬角黃昏，無言自倚修竹。昭君不慣胡沙遠，但暗憶、江南江北。想佩環、月夜歸來，化作此花幽獨。

猶記深宮舊事，那人正睡裡，飛近蛾綠。莫似春風，不管盈盈，早與安排金屋。還教一片隨波去，又卻怨、玉龍哀曲。等恁時、重覓幽香，已入小窗橫幅。

梅花姿質幽雅，清香可人，不畏殘冬的風雪，俏然一枝，把春色帶給人間。梅花之美，不僅在於它的形貌，更在於它的精神，它一直被看作是高潔人品的象徵。所以，梅花一向是古代詩人、畫家所樂於歌詠、描繪的題材，而在古代的詩詞當中，寫梅花的作品更是多得不遑統計。那麼，出乎其類、拔乎其萃的又該是哪些篇章？南宋末年的詞人張炎在所著《詞源》中回答了這個問題，他說：「詩之賦梅，唯和靖一聯而已，世非無詩，不能與之齊驅耳。詞之賦梅，唯姜白石〈暗香〉、〈疏影〉二曲，前無古人，後無來者，自立新意，真為絕唱。」所謂「和靖一聯」，即宋初詩人林逋〈山園小梅二首〉其一中的「疏影橫斜水清淺，暗香浮動月黃昏」兩句。林逋隱居在西湖的孤山，以梅為妻，以鶴為子，愛梅至深，故能描摹其意態神情，寫出精妙絕倫的詩句。姜夔愛賞其句，遂摘取句首二字，以之為「自度曲」詠梅詞的調名。

姜夔亦愛梅至深，所作詠梅詞共有十七首，在《白石道人歌曲》所存一百零八首之中占了六分之一。其中尤以〈暗香〉、〈疏影〉最為精絕，歷來被視為姜詞的代表作品。宋詞之費人索解而又引人索解者，無過此二篇。歷代讀者在欣賞它的美妙的詞句的同時，不免要追尋它的言外寄託，於是，勸阻范成大歸隱、哀嘆徽欽二帝北狩、感慨今昔盛衰、懷念合肥舊遊等等說法就都出現了。除了明顯的誤解（如清人張惠言《詞選》所云：「石湖蓋有隱遁之志，故作此二詞以沮之……已嘗有用世之志，今老無能，但望之石湖也。」）以外，這些說法的是非頗難截然判斷，因為作者是不明言他的寄託的，讀者的理解各有不同也是完全允許的，不論見仁見智，只要持之有故、言之成理，就可以自主一說。求其平穩公允，我們不妨理解得籠統一些，指出這兩首詠梅詞含有感慨今昔、追懷舊遊的意思，但感慨不一定要落實在徽欽北狩、宋室南渡上，舊遊也不必局限在合肥女子身上，倘若說得太實，反易陷於穿鑿。

〈暗香〉、〈疏影〉在體制上也頗具特點。作者自述「作此兩曲」，從音樂上講是兩隻曲子；「授簡索句」，從詞篇上說卻是一個題目，兩首詞，也可以說是一首。這種特殊體制為姜夔所獨創，我們不妨稱之為「連環體」，兩環相連，似合似分，以其合者觀之為一，以其分者觀之為二，〈暗香〉、〈疏影〉的情況正是這樣。

姜夔詞多有題序，既是題目，也是序文，記述有關寫作背景，對瞭解原詞極有幫助。據題序，知道這兩首連環體的詞作於南宋光宗紹熙二年辛亥（一一九一）冬季，當時作者應邀在范成大退休隱居的蘇州附近石湖別墅作客。范成大曾官四川制置使、參知政事，仕途極為通達，在詩壇上，聲名也甚顯赫，晚年因病退居石湖，邀姜夔作客時，年已六十五歲，自是前輩人物，而姜夔，當時年僅三十五、六歲，不過是後生才俊，他們主客之間，絕不會有張惠言所揣度的那種姜夔自以為老而寄希望於石湖的關係。范成大亦喜愛梅花，買園種梅，並著《梅譜》。姜夔客石湖時，正是以自己的專擅，投主人的雅好，馳騁才華，瀝血嘔心，創作了這兩篇詠梅絕唱的。

姜夔寫梅花，首先著筆於烘托環境氣氛，創造藝術境界。以「舊時月色」開頭，已經勾勒出了時空範圍，渲染出了感情基調。回憶舊時，拉開了時間距離；月色在天，撐起了空間境地；眼前的景象勾連著過去的經歷，令人搖曳生情。首句有此筆力，故前人評論說，落筆得此四字，「便欲使千古作者皆出其下」（清先著、程洪《詞潔》）。以下幾句層層蕩開，環環相生：由月色寫到「算幾番照我」，畫出回憶往事時的屈指凝神之態；再寫「梅邊吹笛」，在月下笛聲中點出「梅」字，詠物而不避題面，亦見大手筆，直將「藏題」的技法視為細末，不屑遵循，氣度已自不凡；再由笛聲「喚起玉人」，以美人映襯梅花，直欲喧賓奪主，卻急以「不管清寒與攀摘」收住，化險為夷，仍不離詠梅的本題。至此，一幅立體的，活動的，有人有物，有情有景，有聲音有顏色的生活圖景、藝術境界，乃展現在讀者的面前，且將讀者吸引了進去。月色下、笛聲中，一位玉人在採摘梅花，此等景象，何其動人！賀鑄的一首〈浣溪沙〉中有「玉人和月摘梅花」之句，意境已自高雅幽美，但與姜白石詞相比，仍顯單薄。姜詞「不管清寒與攀摘」一句內涵相當豐富，至少還蘊藏著兩層沒有明說的意思：一是「與」人攀摘，既有與人同摘之義，也有摘花給予別人之義，這就暗中用上了「驛寄梅花」的典故，透露了南北朝陸凱的詩句「聊贈一枝春」的一層意思；另一層含義是，玉人之所以「不管清寒」，因為她滿懷著熾熱的感情，且與外界的「清寒」恰相反襯。玉人的一片深情密意全都傾注在梅花上，梅花的感情負載就格外厚重了。

開頭幾句寫的是回憶中的情景，到「何遜而今漸老」，就回到了現實中來。作者以南朝梁何遜自比，主要是說自己才力不逮，已經忘卻了「春風詞筆」，賦不得眼前的梅花。這當是自謙之詞。何遜寫的那首〈揚州法曹梅花盛開〉詩，「兔園標物序，驚時最是梅」云云，實在算不得什麼好詩，跟他喜愛梅花，一直罣念著揚州廨舍那株梅樹的心情並不相稱，可是後來，他從洛陽特意趕回揚州，再訪那一樹梅花時，卻徬徨終日，不能成章，連原先那平庸的詩也寫不出來了。何遜雖有愛梅之心，而其才不足以相副，沒有做出好詩來。（「春風詞筆」是指他的〈詠春風〉詩「可聞不可見，能重復能輕。鏡前飄落粉，琴上響餘聲」，詠物頗稱工細。）姜夔以之自比而表示謙遜不是相當貼切的嗎？

「但怪得」以下，又把筆鋒轉回來，意謂儘管才不副情，見到石湖梅花的清麗幽雅，亦不免引動詩興，發為詞章，以答謝主人的盛情美意。「竹外疏花，香冷入瑤席」，亦蘇東坡〈和秦太虛梅花〉詩「竹外一枝斜更好」之意，是對石湖梅花的具體描繪。以竹枝映襯疏花，寫其形貌姿色；以瑤席映襯冷香，寫其高潔的品性，著墨不多而形神俱現。

下片再蕩開來，接續上文的回憶，把玉人攀摘梅花的描寫加以補足。「寄與路遙，夜雪初積」，則言重重阻隔，縱然折得梅花也無從寄達，相思之情，難以為懷，只有耿耿相憶而已。「翠尊易泣，紅萼無言」，詞采甚美。「翠」與「紅」是作者特意選用的豔色，用以與上文的「月」、「玉」、「清」、「瑤」等素潔的字面相「破」（按：《詞潔》「詠梅嫌純是素色，故用紅萼字，此謂之破色筆」），透過對比，取得相得益彰的色彩效果。把翠尊而對紅萼，由杯中之酒想到離人之淚，故曰「易泣」；將眼前的梅花看作遠方的所思，悄然相對，雖曰「無言」，而思緒之翻騰、默默之訴說又何止萬語千言。抒發追憶思念之情，深婉如此。

由「相憶」很自然地接續到「長記」，於是又打開了另一扇回憶的窗子，寫到當年攜手同遊梅林的情景。千樹梅花，無盡繁英，映照在寒碧的西湖水面之上。這一片繁梅，亦如江蘇鄧尉山的「香雪海」，在作者的筆下顯得十分壯觀，比起上文的「竹外疏花」來，完全是另一番景象，梅枝與梅林，繁簡疏密之間的變化都被作者生動地勾畫出來了。

最後兩句寫到梅花的凋落飄零，則是由盛而衰的急劇變化。「又片片吹盡也」，語似平淡而感嘆惋惜之情卻溢於言表。「幾時見得」，應是一語雙關之詞，梅花落了何時再開？相憶之人分別已久何時再逢？正因為巧妙綰合兩重意思，所以顯得韻味十分深長。

《疏影》一篇，筆法極為奇特，連續鋪排五個典故，用五位女性人物來比喻映襯梅花，從而把梅花人格化、性格化，比起一般的「遺貌取神」的筆法來又高出了一層。前三句是第一個典故，講的是趙師雄羅浮山遇仙女的神話故事，見於宋曾慥《類說》所引《異人錄》，略謂：隋開皇年間，趙師雄行經羅浮山，日暮時分，在梅林中遇一美人，與之對酌，又有一綠衣童子笑歌戲舞，「師雄醉寢，但覺相襲，久之東方已白，起視乃在大梅花樹下，上有翠羽啾嘈相顧，月落參橫，但惆悵而已」。趙師雄所遇到的美人就是梅花女神，她的侍童，天亮以後就化為梅樹枝頭的「翠禽」了。作者用這個典故，入筆很俏，只用「翠禽」略略點出。讀者知其所用典故，方知「苔枝綴玉」是描摹羅浮女神的風致情態，「枝上同宿」是敘趙師雄的神仙奇遇。姜夔愛用此典，其〈鬲溪梅令〉句「謾向孤山山下覓盈盈，翠禽啼一春」即是。這個典故，使得梅花也如羅浮女神一般，在典雅清秀之外又增添了一層迷離惝怳的神祕色彩。

由「同宿」，轉向孤獨，於是引出第二個典故——詩人杜甫筆下的佳人。杜甫的〈佳人〉一詩，顯然是歌頌高潔人品的，其首尾云：「絕代有佳人，幽居在空谷……摘花不插髮，採柏動盈掬。天寒翠袖薄，日暮倚修竹。」這位佳人，是詩人理想中的藝術形象，姜夔用來比喻梅花，以顯示它的孤傲高潔的品性，是再貼切不過了。北宋詞人曹組〈驀山溪〉詠梅詞中，有「竹外一枝斜，想佳人，天寒日暮」的句子，也用了蘇詩和杜詩的典故。詩詞用典，都要經過作者的重新組合與安排，姜夔在引出佳人這個藝術形象之前，先寫了「客裡相逢」一句，使作品帶上了一種漂泊知遇的風塵情調，又寫了「籬角黃昏」一句，雖說這是與梅花非常相稱的環境背景，但也透露了一點冷落與遲暮的感嘆，這樣，佳人的形象就更加豐滿了。

王昭君的典故用的筆墨最多，作者的構思，主要是參照杜甫的〈詠懷古跡〉五首其三，杜詩云：「群山萬壑赴荊門，生長明妃尚有村。一去紫臺連朔漠，獨留青冢向黃昏。畫圖省識春風面，環佩空歸月夜魂。千載琵琶作胡語，分明怨恨曲中論。」「一去紫臺」句，被姜夔加以發揮，強調昭君「但暗憶、江南江北」，用思國懷鄉把她的怨恨具體化了；「環佩空歸」一句也得到了伸延，說昭君的月夜歸魂「化作此花幽獨」，化為了幽獨的梅花。為昭君的魂靈找到了歸宿，這對同情她的遭遇的人們是一種慰藉；同時，把她的哀怨身世賦予梅花，又給梅花的形象增添了血肉。

第四個典故用壽陽公主事。宋《太平御覽》引《雜五行書》云：「宋武帝女壽陽公主，人日臥於含章殿檐下，梅花落公主額上，成五出花，拂之不去。皇后留之，看得幾時，經三日，洗之乃落。宮女奇其異，競效之，今『梅花妝』是也。」「猶記深宮舊事」一句綰合兩個典故，王昭君入宮久不見幸，積悲怨，乃請行，遠嫁匈奴，也是「深宮舊事」，「猶記」二字一轉，就引出「梅花妝」的故事來了。「那人正睡裡，飛近蛾綠」，寫出了公主的嬌憨之態，也寫出了梅花隨風飄落時的輕盈的樣子。這個典故帶來了一股活潑鬆快的情調，使全詞的氣氛得到了一點調劑。

最後一個典故是漢武帝「金屋藏嬌」事，這是由梅花的飄落引起了惜花的心情，進而聯想到護花的措施。「莫似春風，不管盈盈」，直是殷切的呼喚，「早與安排金屋」，更是熱切的希望。可是到頭來，「還教一片隨波去」，花落水流，徒有惜花之心而無護花之力，梅花終於又一次凋謝飄零了。

五個典故，五位女性，包括了歷史人物、傳奇神怪、文學形象；她們的身分地位各有不同，有神靈、有鬼魂，有富貴、有寒素，有得寵、有失意；在敘述描寫上也有繁有簡、有側重有映帶，而其間的銜接與轉換更是緊密而自然：可見作者駕馭題材的本領是非常高超的。

「卻又怨、玉龍哀曲」，可以看作是為梅花吹奏的招魂之曲。東漢馬融〈長笛賦〉：「龍鳴水中不見已，截竹吹之聲相似。」故玉龍即玉笛。李白〈與史郎中欽聽黃鶴樓上吹笛〉云：「黃鶴樓中吹玉笛，江城五月落梅花。」這兒所說的「哀曲」亦當是〈梅花落〉那支曲子。再有，這兒的「玉龍」是與前篇的「梅邊吹笛」相呼應的，臨近收拍，作者著力使〈疏影〉的結尾與〈暗香〉的開頭相呼應，顯然是為了形成一種迴旋之勢，以便讓他所獨創的這種「連環體」在結構上完整起來。

「等恁時，重覓幽香，已入小窗橫幅。」〈疏影〉最後一句的「小窗橫幅」應該是與〈暗香〉的開頭一句「舊時月色」相呼應的，那麼，「小窗橫幅」就不該解釋為圖畫而應該解釋為梅影了。意思是說，梅花已落，它的枝影映在窗上，仍然留存著人們的回憶。月色日光映照在紙窗上的竹影梅影，是一種「天然圖畫」，非常好看。清人鄭燮在他的畫竹題記裡曾對竹影作過十分精彩的描繪，在他以前，還可以找到好多類似的詩句，如南北朝庾信〈至仁山銘〉裡的「壁繞藤苗，窗銜竹影」，梅堯臣〈直宿廣文舍下〉裡的「昨夜宿廣文，窗影竹照月」都是。描寫梅影的詩詞也不少，如陳與義有〈和張矩臣水墨梅五絕〉其五：「自讀西湖處士詩，年年臨水看幽姿。晴窗畫出橫斜影，絕勝前村夜雪時。」周密有〈疏影〉詞，題作「梅影」，有句云：「甚美人、忽到窗前，鏡裡好春難折。」周密這首詞，從調名到題材都是追步姜夔的，如果用他的「美人忽到窗前」來解釋「小窗橫幅」，恐怕是再合適不過了。

姜夔作〈暗香〉、〈疏影〉詞，的確是「自立新意」，新在什麼地方？在於他完全打破了前人的傳統寫法，不再是單線的、平面的描摹刻畫，而是創造出了多線條、多層次、富有立體感的藝術境界和性靈化、人格化的藝術形象。作者調動眾多素材，大量採用典故，有實有虛、有比喻有象徵，進行縱橫交錯的描寫；支撐起時間、空間的廣闊範圍，使過去和現在、此處和彼地能夠靈活地、跳躍地穿插；以詠物為線索，以抒情為核心，把寫景、敘事、說理交織在一起，並且用顏色、聲音、動態作渲染描摹；這樣，姜夔就為梅花作出了最精彩的傳神寫照。（王雙啟）

惜紅衣

姜夔

吳興號水晶宮，荷花盛麗。陳簡齋云：「今年何以報君恩，一路荷花相送到青墩。」亦可見矣。丁未之夏，予遊千巖，數往來紅香中，自度此曲，以無射宮歌之。

簟枕邀涼，琴書換日，睡餘無力。細灑冰泉，并刀破甘碧。牆頭喚酒，誰問訊、城南詩客。岑寂。高柳晚蟬，說西風消息。

虹梁水陌。魚浪吹香，紅衣半狼籍。維舟試望故國。眇天北。可惜渚邊①沙外，不共美人遊歷。問甚時同賦，三十六陂秋色？

〔註〕①一作「柳邊」。

姜白石詞，以深至之情為體，清勁之筆為用。這首〈惜紅衣〉詞，頗能見其特色。

小序述作詞緣起。淳熙十四年丁未（一一八七），白石依蕭德藻寓居吳興（今浙江湖州）。吳興水鄉，北濱太湖，境內有苕、霅二溪，水清可鑑，屋宇的影子照入，有如水中宮殿，故號水晶宮。但白石感觸最深的，還是吳興荷花之盛麗。故序中特稱引陳與義居吳興青墩鎮時寫的〈虞美人〉詞句。接著，記述丁未夏天，自己游吳興之弁山千巖。「數往來紅香中」一語，正印證著陳詞「一路荷花相送」之句，文情雋美。荷花給予白石之感觸極深，白石遂作此詞。調名〈惜紅衣〉，取惜荷花凋零之意。樂譜為白石自製，屬無射宮調。但此詞所寄之深意，序中並未道出。

「簟枕邀涼，琴書換日，睡餘無力。」起筆用對偶句打頭，開篇便覺筆力精健，氣勢動人。簟枕指涼席涼枕，下一邀字，盡傳暑天取涼之切。琴書指撫琴讀書，下一換字，翻出永晝難挨之意。鍊字鍊句之間，已覺意脈伸展。元陸輔之《詞旨》，曾舉此聯為屬對之範例。第三句「睡餘無力」，寫夏日渴睡，無力二字已暗逗主意，但微而未顯。下邊二句，筆鋒卻又宕開。「細灑冰泉，并刀破甘碧。」冰，用以狀泉水之清冷。并刀，指快刀，古時并州（治今太原）產快刀。甘碧，指香甜鮮碧的瓜果。曹丕〈與朝歌令吳質書〉：「浮甘瓜於清泉。」此二句寫夏日瓜果解暑之趣，趣在弄清水洗之，用快刀破之。句法略同周邦彥〈少年遊〉「并刀如水」，「纖手破新橙」。但寫出細灑冰泉之趣，及以甘碧之感覺代瓜果之名稱，則又見出白石詞生新斗硬的特色。體味上下文，言外亦不無一種聊遣寂寞的意味。接著「牆頭喚酒，誰問訊、城南詩客」，反用杜甫詩事，直寫出自己客居的無限寂寞來。杜甫〈夏日李公見訪〉詩云：「遠林暑氣薄，公子過我游。貧居類村塢，僻近城南樓。旁舍頗淳樸，所須亦易求。隔屋喚西家，借問有酒不？牆頭過濁醪，展席俯長流。清風左右至，客意已驚秋。巢多眾鳥鬥，葉密鳴蟬稠。苦道此物聒，孰謂吾廬幽。……」「城南詩客」，即借所居「僻近城南樓」的詩人杜甫以自指。縱是如杜甫那樣，佳客來訪時，鄰家有酒可借，一喚即從牆頭遞來，但自己索居無人過訪，也是徒然。言「誰問訊」，可見沒有人問訊。下即緊接「岑寂」二字，謂冷清、寂寞。這一短韻，總挽以上所寫種種生活細節，點明無一而非孤寂無聊的表現，同時引起以下所寫層層哀愁。「高柳晚蟬，說西風消息」，意境也是順手借自杜詩後面幾句，但以情景恰合，故不覺其有所本。高柳晚蟬，聲聲訴說著時序將變、秋風將至的消息，高邁蒼茫的意象，透露著淒然以悲的心事。

「虹梁水陌。魚浪吹香，紅衣半狼籍。」換頭以實語寫景，便覺筆力不懈。「虹梁」，狀水鄉拱橋之美。「水陌」，繪湖心之堤如畫。「魚浪吹香」，傳「魚戲蓮葉間」（漢樂府〈江南〉）之神。二句景象極清美，似可忘憂。第三句「紅衣半狼籍」，卻將筆鋒硬轉，轉寫荷花半已凋零之淒涼景象，遂接起歇拍「西風消息」之意脈。清鄒祗謨《遠志齋詞衷》稱道白石詞「有蛇灰蚓線之妙」，此正其例。以上極寫寂寥之感，時序之悲，下邊，終於轉出此詞本意——懷人。「維舟試望故國。眇天北。」「維舟」即繫舟。原來，「紅衣半狼籍」，乃水上所見，故感觸親切如此。捨舟登岸，遙望天北故國，唯渺邈而已。「可惜渚邊沙外，不共美人遊歷。」渚邊沙外指水岸。吳興水鄉之美，正如東坡〈將之湖州戲贈莘老〉詩云：「餘杭自是山水窟，仄聞吳興更清絕。」可惜，此水鄉清絕之地，竟不得與故國之美人共同遊歷。美人在天一涯，渺不可及呵。白石懷人情感深至，於此可見。這正是詞之內蘊所在。「問甚時同賦，三十六陂秋色？」「維舟」二句，「可惜」二句，皆挽合人我雙方語，具見深情。唯前二句是眇望，中二句是感喟，此二句卻是期待。曰「秋色」，似乎可期，但冠以「問甚時」三字，便覺無期，流露出心頭的失落感。別易會難，思之傷心無極。結穴「三十六陂秋色」，極美，亦應細玩。「三十六陂」，言水鄉湖塘之多，也是荷花生長的環境。白石在吳興另有賦荷花的〈念奴嬌〉詞云「三十六陂人未到，水佩風裳無數」，同此運用。王安石〈題西太一宮壁〉詩：「柳葉鳴蜩綠暗，荷花落日紅酣。三十六陂春水，白頭想見江南。」亦聯結荷花而言。「秋色」二字連上「三十六陂」，即非泛指，乃是暗點秋荷。南朝梁昭明太子〈芙蓉賦〉云：「初榮夏芬，晚花秋曜。興澤陂之徽章，結江南之流調。」可見江南陂塘的秋荷，也是很可愛的。「同賦」即是同賞，賞而有所詠，故云「賦」。結句拈出賞荷，直扣詞序，而期於不可捉摸之「甚時」，亦可哀矣！詞已畢而情未了，正如清劉熙載所謂：「幽韻冷香，令人挹之無盡。」（《藝概·詞概》）

此詞所懷之人指誰？已難確考。可能是指一位摯友，但更可能是指合肥女子。詞中，「維舟試望故國。眇天北」，可證。按白石為饒州鄱陽（今屬江西）人，幼隨父宦久居漢陽（今屬湖北武漢市）。鄱陽、漢陽，俱在吳興之西方，不得曰「望故國。眇天北」。從吳興遙望天北，實矚目於江淮之地。當白石二三十歲時，客遊江淮間，曾與合肥女子結下終身不解的深情。此情無法如願以償，成為白石一生之悲劇。白石詞集中懷念合肥女子之作，極多，極好（詳夏承燾〈合肥詞事〉）。白石若以合肥為故國，應在情理之中，猶今言第二故鄉。無論所懷之人為誰，此詞至深之情，都是能感動人心的。

此詞藝術造詣頗能見出白石特色。首先，是結構意脈之曲折精微。上片前三韻共七句，刻繪種種生活細節，似乎與懷人無關，但層層暗透寂寞之感，卻正是懷人之苦的鋪墊與襯托。歇拍與換頭三韻共六句，描寫時序變遷消息，則是暗示離別已久之感，別易會難之悲，意脈已更為逼近懷人之本意。但仍未點明此意。直至最後四韻六句，才一氣傾注出望遠懷人相思期盼之苦。末句嘆何時能同賞荷花，與詞序所述自己「數往來紅香中」遙遙映射，有照應，有發展。縱觀全幅，結構曲折而意脈精微，層次井然而潛氣內轉。尤其千迴百折於現境之內，顯然有異於周邦彥詞時空錯綜之結構，確實表現出白石自己的特色。其次，是風格之清新剛勁。這要從兩個角度分論。論其筆法，有清疏空靈之美，如宕開筆墨去寫生活細節、時序景物；「牆頭喚酒」以下五句，運用杜詩，有正有反，不粘不脫，稱意愜心，語同己出。又有剛勁峭拔之美，如從暑日夏景硬轉至西風消息，從虹梁、水陌、魚浪之美景硬轉至荷花紅衣狼籍之淒景。論其字面句構，亦有生新精健之美。如邀涼、換日、吹香、眇天北等，無不精健有力。而且全篇辭無虛設，筆無稍懈。（白石詞幾乎篇篇無敗筆，這只有周邦彥可與抗手。）這樣獨特的筆法與字句整合，遂產生清剛之風格。第三，是聲情與詞情妙合一體。宋代精於音律的詞人，前有周邦彥，後有白石。此詞是白石創調，其聲律極具匠心。全詞用入聲韻，其聲激越。不協韻的句腳字，又異乎尋常的多安排仄聲而少用平聲。仄聲高亢，與入聲韻相連綴，遂構成一部激越的樂章。這對於表現深至高邁的懷人之情，不僅適得其宜，而且增添效果。尤其下片後六句為懷人重點段，前二句疊下韻腳，聲情愈急密。後四句連用兩個去聲字作句腳，聲情愈高亢。聲情與詞情，同時推向高潮。於此亦足見白石詞藝之精。（鄧小軍）

角招

姜夔

為春瘦，何堪更、繞西湖盡是垂柳。自看煙外岫，記得與君，湖上攜手。君歸未久，早亂落香紅千畝。一葉淩波縹緲，過三十六離宮，遣遊人回首。

猶有，畫船障袖，青樓倚扇，相映人爭秀。翠翘光欲溜，愛著宮黃，而今時候。傷春似舊，蕩一點、春心如酒。寫入吳絲自奏。問誰識、曲中心，花前友①。

〔註〕①一作「花前後」。

此詞前有小序云：「甲寅春，予與俞商卿燕遊西湖，觀梅於孤山之西村，玉雪照映，吹香薄人。已而商卿歸吳興，予獨來，則山橫春煙，新柳被水，遊人容與飛花中，悵然有懷，作此寄之。商卿善歌聲，稍以儒雅緣飾；予每自度曲，吟洞簫，商卿輒歌而和之，極有山林縹緲之思。今予離憂，商卿一行作吏，殆無復此樂矣。」甲寅是宋光宗紹熙五年（一一九四）。俞灝（字商卿），姜夔的朋友，世居杭州。紹熙五年春天，作者至杭州，曾與俞灝共賞孤山西村（又名西泠橋）的梅花，不久俞灝歸吳興（今浙江湖州），作者獨遊孤山，對景懷人，寫了這首詞，表達對友人的深情憶念。

開端點明時地，在敘事中借景抒情。古代有折柳贈別的習俗，看到垂柳，極易觸發離愁。開端擒題，「何堪」一詞，用在「春瘦」與「垂柳」之間，使意思遞進一層。為什麼西湖垂柳能這樣撩撥人的愁思？因為那是與友人「湖上攜手」之處。煙外峰巒，雖別具風姿，然而如今「自看」獨遊，就不能不緬懷昔日的「湖上攜手」。由「湖上攜手」接著想到對方「歸後」的蕭瑟風情，於是集中筆力來加以烘染刻畫。「早亂落香紅千畝」，是寫花兼點時序。香紅，指紅梅。商卿離去，獨來西湖，時已暮春，那「玉雪照映，吹香薄人」的千畝紅梅，如今早已凋敗零落，怎能不令人低迴傷神呢？既然紅梅已不復存在，那舊遊的蹤跡又在何處？「一葉凌波縹緲，過三十六離宮，遣遊人回首。」是寫遊船兼寫情思。乘上輕舟，蕩漾於煙波之中，那鱗次櫛比的離宮別殿又怎能不讓人頻頻地回首眺望不止呢？離宮，皇帝臨時住的行宮，此指南宋都城臨安（今杭州）的宮殿。南宋偏安江左，故稱臨安為行都，臨安之宮殿為離宮。三十六離宮，言宮殿之多。以上敘事，寫作者獨遊西湖，即景生情，引起對友人的深切思念。

下片拓展思路，仍緊扣西湖景物，以婉媚密麗之筆，寫他人之樂，進行反襯。「猶有」緊承上片，詞意斷而仍續。青樓，歌妓的住處。古代顯貴之家亦稱青樓，南朝梁劉邈〈萬山見采桑人〉詩：「倡女不勝愁，結束下青樓。」後專指妓院。翠翹，翡翠鳥尾上的長毛曰「翹」，美人首飾似之，故曰翠翹。宮黃，古代宮女用來塗額的黃粉，民間婦女亦多效之，又稱額黃，是唐宋時一種很時髦的妝容。詞人駕一葉扁舟，於落花繽紛中從水上縹緲而過，閃現在眼前的，是那精美的畫船上，美女舉袖障面；兩岸的歌館裡，佳人持扇佇立。她們面容上塗著時興的宮黃，名貴的頭飾閃爍著光彩。這些美女歌娃爭豔比美，嬉遊如故。而自己呢？友人已經遠去，無人可與共賞良辰佳景，彷彿歡樂只是屬於他人！如今，充溢著詞人整個心靈的，只有如同往常一樣的無限的春愁，而這傷春的意緒猶如酒一般的濃烈，在詞人心懷中蕩漾起伏。要把它譜入絲絃自己聆賞吧，可又有誰能夠理解這傷春懷友的情思呢？據詞序中所言，俞灝風度儒雅，善音樂，每有山林隱居之想，堪稱江湖文人白石的知音。「今予離憂，商卿一行作吏，殆無復此樂矣。」語極沉痛。「一行作吏」，即「一經作吏」，指俞灝出仕做了小官。西晉嵇康〈與山巨源絕交書〉：「遊山澤，觀魚鳥，心甚樂之。一行作吏，此事便廢。」姜夔語意本此。因而，此詞煞拍幾句所表達的感情，就不僅是一般的懷友之情，它實在是說，知音已入仕途，相伴共享山林、琴曲之樂恐不可復得，難怪他「傷春似舊」，縱「寫入吳絲自奏」，也怕無人理解他此時的心境了！宋陳郁《藏一話腴》謂白石「襟期灑落，如晉、宋間人。意到語工，不期於高遠而自高遠」，於此可見。

本篇詞緊緊扣住西湖景物，即地興感，借落花烘染，用青樓反襯，然後歸結到「吳絲自奏」，同上文「湖上攜手」在照應中進行對比，尾句以「問誰識」提醒全篇，餘韻悠然。在思路上，上片由眼前追懷往昔，再折轉到當今；下片由旁寫轉入正寫，由外景收束到內在心靈。全詞幾經轉折，逐步遞進地寫出了對友人的真摯懷念，也於抑鬱中隱隱透露出詞人那清超蕭散的情懷。（劉乃昌、崔海正）

淒涼犯

姜夔

綠楊巷陌秋風起，邊城一片離索。馬嘶漸遠，人歸甚處，戍樓吹角。情懷正惡，更衰草寒煙淡薄。似當時、將軍部曲，迤邐度沙漠。

追念西湖上，小舫攜歌，晚花行樂。舊遊在否？想如今、翠凋紅落。漫寫羊裙，等新雁來時繫著。怕匆匆、不肯寄與誤後約。

此詞大約是光宗紹熙元年（一一九〇）作者客居合肥（今屬安徽）時的作品。原題下有序云：「合肥巷陌皆種柳，秋風夕起騷騷然；予客居闔戶，時聞馬嘶，出城四顧，則荒煙野草，不勝淒黯，乃著此解；琴有〈淒涼調〉，假以為名。凡曲言犯者，謂以宮犯商、商犯宮之類，如道調宮『上』字住，雙調亦『上』字住，所住字同，故道調曲中犯雙調，或於雙調曲中犯道調，其他準此。唐人樂書云：『犯有正、旁、偏、側；宮犯宮為正，宮犯商為旁，宮犯角為偏，宮犯羽為側。』此說非也。十二宮所住字各不同，不容相犯；十二宮特可犯商、角、羽耳。予歸行都，以此曲示國工田正德，使以啞觱栗（篳篥）吹之，其韻極美。亦曰〈瑞鶴仙影〉。」這篇長達二百餘字的詞序，交代了寫作緣起，並論述了關於「犯調」的問題，從詞序中可以看出，作者當時確實感觸很深，「情動於中而形於言」（〈詩大序〉）。

上片描寫邊城合肥的荒涼景象和自己觸景而生的悽苦情懷。南宋時，淮南已是極邊，作為該地重鎮的合肥，迭經兵燹，失去了昔日的繁華。發端兩句，概括寫出合肥城的蕭條冷落。「合肥巷陌皆種柳」，詞人將「綠楊巷陌」置於「秋風」、「邊城」的廣闊背景中，就更容易突現那「一片離索」。宋王之道〈出合肥北門二首〉描繪南宋初年合肥附近的殘破景象是「斷垣甃石新修壘，折戟埋沙舊戰場。闤闠凋零煨燼裡，春風生草沒牛羊」。南宋百餘年間淮南一帶的殘破荒涼景狀於此可見。「一片離索」全屬寫實。然而，這兩句還只是粗線條的勾勒，向讀者展示的意象畢竟並不具體。猶如一幅大型油畫，人們首先看到的是畫面的總體輪廓：蕭索的邊城街巷中，一片楊柳在秋風中顫抖；及至逼近觀察，讀者彷彿進入了畫境，見到軍馬嘶鳴，行人匆匆，戍樓孤聳。「馬嘶」、「吹角」訴諸聽覺，旅人、「戍樓」訴諸視覺；這些意象，或處於運動之中，或呈現為靜態，在肅殺的秋風中交織成一幅畫面，調動起讀者各種不同的感官，使之充分感受到邊城兵後那種特有的淒涼氣氛。接著，作者拋開對客觀景物的描繪，將自己此時的心情用「情懷正惡」四字略略一點，溝通了與讀者的聯繫，隨即又在上述這幅畫面上抹上「衰草寒煙」的濃重一筆，再著一「更」字，寓情思於景語中，於是，畫面便在景情交鍊的高度上融為一體了。至此意猶未足，歇拍二句再反實入虛，借助比喻，傳寫自己身臨此境時的印象：行經這座曾經繁華一時的名城，就好像當年隨將軍出塞的部卒，在荒無人跡的沙漠上曲折地行進。部曲，此泛指軍隊。迤邐，曲折連綿貌。這個複雜而奇特的比喻，為暗淡的畫面注入了時代特色，啟發讀者不期然而然地回憶起靖康之變以來的種種往事，不禁為家國身世而傷懷痛心。因而，這句比喻性聯想所觸發的滄桑之感，也就進一步深化了畫面的意境。

換頭由「追念」二字引入回憶，思緒折轉到往昔，帶起整個下片。西湖，指杭州西湖。攜歌，帶著歌女出遊。碧水紅荷，畫船笙歌，往日西湖遊樂的美好生活，令作者難以忘懷。孝宗淳熙十四、五年

（一一八七、一一八八）間，姜夔曾客居杭州，他在當時所寫的一首〈念奴嬌〉詞中，曾以俊麗的筆調，傾吐過對於西湖荷花的深情：「日暮青蓋亭亭，情人不見，爭忍凌波去。只恐舞衣寒易落，愁入西風南浦。」如今，無情的秋風已把南浦變成一片蕭索，西湖荷花那迷人的冷香可能也隨著「水佩風裳」的零落凋敗而消逝了吧？「舊遊在否」一問，將詞意稍稍振起，調節一下敘述的節奏。「想如今」句以揣度的語氣寫西湖荷花的凋落。前一句寫人，後一句詠荷，而於詠荷中也暗寓著撫今追昔、人事已非的感慨。這兩句與換頭三句所描繪的畫面形成一個對比，在時間上則是一個過渡，即由追念折回到眼前。如果說換頭三句是透過對西湖的優美風光及遊樂生活的刻繪，反襯了淮南的冷落，或者說是由於邊城的蕭索破敗及作者處境之淒涼才引起了對往昔美好生活的回憶，則此二句對於西湖衰颯秋景的描寫，乃是由於作者置身於淮南的現實環境，受到周圍物象的觸發，因「情懷正惡」而對西湖景物進行聯想的結果，時空的交叉在這裡得到了和諧的統一。作者愈是感到眼前環境的淒黯，對西湖舊遊的懷念之情就愈加強烈。於是，以下幾句，作者索性放筆直抒這種不能自已的感情。「漫寫羊裙」，據《南史．羊欣傳》載，南朝宋人羊欣，年少時即工於書法，很受王獻之的鍾愛，羊欣夏天穿新絹裙（古代男子也著裙）晝寢，王獻之在他的新裙上揮筆題字，羊欣看到王獻之的墨跡，把裙子珍藏起來。這裡「羊裙」代指準備贈與伊人的字幅墨跡。作者想像著：要把表達他此刻心情的字幅信箋繫到雁足上，讓牠捎給心中人。一般的作者，也許覺得到此已把意思寫盡，沒有必要再寫下去了。但是，姜夔卻把鴻雁傳書這個人們熟知的故事再翻進一層：只怕大雁行色匆匆，不肯替我帶信，因而耽誤了日後相見的期約。所以，「羊裙」只是空寫，懷友之情也就始終無法開解。

此詞上片描寫淮南邊城的一派荒涼，下片在對昔日遊冶生活的懷念中隱隱透露出麥秀黍離之悲。前後片相互映照，在意念上密切聯繫。

這也是姜夔的一首自度曲。序中所說的「犯」調，就是使宮調相犯以增加樂曲的變化，類似西樂的轉調。所謂「住字」，即「殺聲」，指一曲中結尾之音。〈淒涼犯〉這個詞調，是仙呂調犯商調，兩調住字相同，故可相犯。關於它的聲情，正像龍榆生所說：「在整個上片中沒有一個平收的句子，把噴薄的語氣，運用逼側短促的入聲韻盡情發洩。後片雖然用了兩個平收的句子，把緊促的情感調節一下；到結尾再用一連七仄的拗句，顯示生硬峭拔的情調」（《詞曲概論》）。姜夔在行都（杭州）令國工吹奏此曲，謂「其韻極美」，這不是偶然的。曲調與詞情契合，具有一種獨特的音樂美，體現了姜夔高度的音樂修養。（劉乃昌、崔海正）

翠樓吟　姜夔

淳熙丙午冬，武昌安遠樓成，與劉去非諸友落之，度曲見志。予去武昌十年，故人有泊舟鸚鵡洲者，聞小姬歌此詞，問之，頗能道其事，還吳為予言之；興懷昔遊，且傷今之離索也。

月冷龍沙，塵清虎落，今年漢酺初賜。新翻胡部曲，聽氈幕元戎歌吹。層樓高峙。看檻曲縈紅，簷牙飛翠。人姝麗，粉香吹下，夜寒風細。

此地，宜有詞仙，擁素雲黃鶴，與君遊戲。玉梯凝望久，嘆芳草萋萋千里。天涯情味。仗酒祓清愁，花銷英氣。西山外，晚來還捲，一簾秋霽。

孝宗淳熙十三年丙午（一一八六）秋天，姜夔在漢陽府漢川縣其姊家居住。入冬，武昌黃鶴山上新建成安遠樓一座，詞人偕友人劉去非（事跡不詳）等前往參加落成典禮，自度此曲以紀其事。十年後，姜夔的朋友在漢陽江邊還聽到年輕歌女演唱這首詞，並能道出作詞的本事。姜夔從朋友處得知這種情況，很有感觸，便補寫了詞序。

此詞為新樓落成而作，前五句就「安遠」字面著想，虛構了一番境界，也客觀地顯示了起樓的時代背景。「龍沙」語出《後漢書．班超傳贊》：「坦步葱雪，咫尺龍沙。」後世用來泛指塞外，這裡則指金邦。「虎落」為護城笆籬。宋當南渡時，武昌係對金人戰守要地，和議達成，形勢安定下來，遂出現了「月冷龍沙，塵清虎落」的和平局面，這便是「安遠」的意指了。漢制禁民聚飲，有慶典時則例外，稱為「賜酺（音同僕，聚飲）」。「今年漢酺初賜」是借古典以言近事。據《宋史．孝宗紀》，這年正月為高宗八十大壽，犒賜內外諸軍共一百六十萬緡，軍中載歌載舞，一片歡樂景象。故接云：「新翻胡部曲，聽氈幕元戎歌吹。」胡部本是唐代西涼地方樂曲。《新唐書．禮樂志》：「開元二十四年，升胡部於堂上……後又詔道調、法曲與胡部新聲合作。」由此邊地胡曲進入殿堂。又據《新唐書．南蠻．驃國傳》：「胡部，有箏、大小箜篌、五絃、琵琶、笙、橫笛、短笛、拍板，皆八；大小觱篥，皆四。工七十二人，分四列，屬舞筵之隅，以導歌詠。」它在盛唐時本是「新聲」，今又「新翻」之，用此盛大樂隊以為帥府中歌舞伴奏，頗具氣象。以邊地之曲歸為我用，亦寓「安遠」之意。

以下正面寫樓的景觀。「層樓高峙」是總詠樓的整體形勢，然後以兩句作細部刻畫，從局部反映建築的壯麗：紅漆欄杆曲折環繞，琉璃簷牙向外伸張。「檻曲縈紅，簷牙飛翠」二句，鑄詞極工，狀物準確生動，特別是「縈紅飛翠」的造語，能使人產生形色相亂、目迷心醉的感覺。緊接「人姝麗」三句，又照應前文「歌吹」，寫樓中宴會之盛。「粉香吹下，夜寒風細。」夜寒點出冬令，風細則粉香可傳，歌吹可聞。全是一派溫馨承平的氣象。

「此地」便是黃鶴山，其西北磯頭為著名的黃鶴樓所在，傳說仙人子安曾乘鶴路過。所以過片就說：這樣的形勝之地，應有秉五彩筆而咳唾珠璣的「詞仙」乘白雲黃鶴來題詞慶賀，與人同樂。仙人乘鶴是本地故事，而「詞仙」之說則是就樓成盛典而加以創用。「擁」字較「乘」為虛，「君」乃泛指，均見筆致靈活。說「宜有」並非真有，不免有些遺憾。其實通觀詞的下片，多化用唐崔顥〈黃鶴樓〉詩意，進而寫登樓有感。大抵詞人感情很複雜，「安遠樓」的落成並不能引起一種生逢盛世之歡，反而使他產生了空虛與寂寞的感受。「玉梯凝望久」，他在想什麼？「嘆芳草萋萋千里」翻用崔詩「芳草萋萋鸚鵡洲」。「天涯情味」，正是崔詩「日暮鄉關何處是，煙波江上使人愁」的況味。這是客愁。「仗酒祓（音同伏，消除）清愁，花銷英氣。」靠留連杯酒與光景消磨志氣，排遣閒愁。這是歲月虛擲之恨。這和「安遠」有什麼關係呢？關係似乎若有若無。或許「安遠」的字面能使人產生返還家鄉、施展抱負等等想法，而實際情況卻相去很遠吧。於是詞人乾脆來個不了了之，以景結情：「西山外，晚來還捲，一簾秋霽。」仍歸到和平的景象，那一片雨後晴朗的暮色，似乎暗寓著一個好的希望。但應指出，這三句乃從唐王勃〈滕王閣詩〉「珠簾暮捲西山雨」化出，仍然流露出一種冷清索寞之感。

總之，這首詞雖為慶賀安遠樓落成而作，力圖在「安遠」二字上做出一篇喜慶的「文章」，但自覺不自覺地打入作者身世飄零之感，流露出表面承平而實趨衰颯的時代氣氛。這就使詞的意味顯得特別深厚。（周嘯天）

湘月

姜夔

長溪①楊聲伯典長沙檝櫂②，居瀕湘江，窗間所見，如燕公③、郭熙④畫圖，臥起幽適。丙午七月既望，聲伯約予與趙景魯、景望，蕭和父、裕父、時父、恭父，大舟浮湘，放乎中流，山水空寒，煙月交映，淒然其為秋也。坐客皆小冠練服，或彈琴，或浩歌，或自酌，或援筆搜句。予度此曲，即念奴嬌之鬲指聲也，於雙調中吹之。鬲指亦謂之「過腔」，見晁無咎集⑤。凡能吹竹者，便能過腔也。

五湖舊約，問經年底事，長負清景？暝入西山，漸喚我，一葉夷猶⑥乘興。

倦網都收，歸禽時度，月上汀洲冷。中流容與⑦，畫橈不點清鏡。

誰解喚起湘靈，煙鬟霧鬢，理哀絃鴻陣。玉麈談玄⑧，嘆坐客、多少風流名勝。

暗柳蕭蕭，飛星冉冉，夜久知秋信。鱸魚應好，舊家樂事誰省⑨？

〔註〕①長溪：古縣名，在今福建霞浦縣南。②指主管長沙地區水面船舶的官職。③燕公：似指燕肅。肅為益都（今山東壽光）人，北宋著名畫家，以畫山水寒林見長。④郭熙：五代北宋間人，工畫山水，氣勢雄健。⑤晁補之《琴趣外篇·消息》調名下註云：「自過腔，即越調〈永遇樂〉。」⑥夷猶：此處作「從容」解。⑦容與：悠閒自得貌。⑧麈（音同主）尾即拂麈。據南朝宋劉義慶《世說新語·容止》載，晉大臣王衍「妙於談玄，恆捉白玉柄麈尾，與手都無分別」。⑨晉人張翰在洛任職，一日「見秋風起，乃思吳中菰菜、蓴羹、鱸魚膾……遂命駕而歸」。事見《晉書·張翰傳》。

〈湘月〉寫月夜泛舟湘江的所見所感，詞題即詞牌，這是自度曲的一個表徵。詞序說：「予度此曲，即念奴嬌鬲指聲也，於雙調中吹之。」鬲指又叫過腔，即今之所謂「轉調」。詞作於丙午年，即宋孝宗淳熙十三年（一一八六），當時姜夔約三十二、三歲，寄居妻族蕭家。這年的七月十六日，溽暑方消，月色正好，在長沙任職的長溪人楊聲伯邀請他與趙氏、蕭氏弟兄一同乘舟遊覽湘江。興之所至，筆墨隨之，於是，月夜湘江的迷人景色就生動地展示出來。

上片用一問句開頭。到太湖覽勝，早有所約，卻一直未能實踐，是給什麼耽誤了呢？詞人為自己長年奔波勞碌，無暇親近山川勝景而感到悔恨，反襯出這次出遊的難能可貴，因而興致勃勃。接著融情入景，寫出遊經過和江上風物。夕陽西下，暮色蒼茫，遊伴們相互招呼著坐上一艘大船，乘興打槳，從從容容向江心駛去。此時，勞碌了一天的漁民都收網回家歇息去了，只有歸鳥不時掠過水面。待到月亮升起來，便什麼動靜也沒有了。岸邊的沙汀和江心的小洲在煙月輝映下靜靜地躺著，顯得格外幽冷。船到中流，但見四周水平如鏡，一片空明，真是美極靜極。大家情不自禁地停止划槳，讓船兒慢悠悠地隨水漂行，唯恐損壞這美的畫面和靜的氛圍。「畫橈不點清鏡」一句，以虛寫實，情景相生，成功地勾畫出那種特有的環境和心境。

下片從想像入手。換頭三句應詞序中的「或彈琴」。從湘江上響起的琴音聯想到湘靈鼓瑟的古老傳說，於是馳騁想像：是誰喚起那「煙鬟霧鬢」的湘靈，在這裡理絃奏曲？「鴻陣」即雁行。箏絃下有承絃之柱，斜列如雁字，可左右移動以調節音高，這就是「理哀絃鴻陣」。作者〈解連環〉詞「小喬妙移箏，雁啼秋水」，即此。琴、瑟、箏，同是絃樂器，湘靈亦出於想像，故無妨活用，令其彈箏了。下邊收回現境，說座中遊客都是當今的風流名士，也是大可令人讚嘆的賞心樂事，坐客們揮動著玉柄的麈尾拂塵或清談妙論，「或彈琴，或浩歌，或自酌，或援筆搜句」，這是多麼美好的一場雅集呵！下邊由近而遠，把筆觸再伸向自然界。夜已漸深，岸邊的柳樹叢被涼風吹得瑟瑟作響，遙掛在藍天上的星星曳著長長的尾巴向下墜落。這秋的信息最易引發人懷念故土的情思。結尾說自己也像晉代的張翰那樣見秋風起而思吳中鱸魚之美一樣，深深地懷念著「舊家樂事」，隱隱約約透露出懷舊情思。

這首詞通篇記遊寫景，像是一幅長長的圖畫。圖畫上的景物，不論是山是水，是鳥是樹，是月是星，是遊船還是漁網，都搖曳著融成一片，籠罩在清冷的輝光裡，顯得淡雅而又有些朦朧，結尾處的懷舊情思尤為朦朧。王國維說姜夔寫景的作品「雖格韻高絕，然如霧裡看花，終隔一層」（《人間詞話》）。其實，霧裡看花，別有風致，未必就比「不隔」遜色。就構造意境的功能來說，它似乎高明得多。因為詩詞作品純然為寫景而寫景的極為罕見，它們大都緣情而發，或觸物起興，或借景抒懷。這樣，出現在作品中的「景」就不再是純粹的自然，而帶有濃厚的主觀因素，被情的「煙雲」所繚繞。借用清趙執信《談龍錄》裡的話來說，它已由首尾爪角鱗鬣畢具的常龍化作屈伸變化無窮的「神龍」。神龍穿行雲中，忽隱忽現，故而顯得興象玲瓏。寫景的詩詞只有達到了這般境界，纔可能有超然於畦封之外的高情遠志。這首詞含蘊深厚，讀後有悠悠不盡之感，原因蓋在於此。詞中所描摹的清幽景色，和詞人幽遠的情懷相表裡，相契合，恰如覆蓋其上的朦朧月色，使之搖曳變幻，風姿別具，從而構成迷離渾化、耐人尋味、使人留連的美妙境界。（朱世英）

永遇樂　姜夔

次韻辛克清先生

我與先生，夙期已久。人間無此。不學楊郎，南山種豆，十一徵微利。雲霄直上，諸公袞袞，乃作道邊苦李。五千言、老來受用，肯教造物兒戲？

東岡記得，同來胥宇，歲月幾何難計。柳老悲桓，松高對阮，未辦為鄰地。長干白下，青樓朱閣，往往夢中槐蟻。卻不如、窪尊放滿，老夫未醉。

白石詩〈奉別沔鄂親友〉云：「詩人辛國士，句法似阿駒。別墅滄浪曲，綠陰禽鳥呼。頗參金粟眼，漸造文字無。……」自註：「辛泌，克清。」可知這是一位品德高潔的文人。詞首三句敘友誼。以下入辛先生的志行。「楊郎」句用西漢楊惲〈報孫會宗書〉語：「田彼南山，蕪穢不治，種一頃豆，落而為萁。」又云：「幸有餘祿，方糴賤販貴，逐什一之利。」這三句說辛克清不逐（徵，有求的意思）利。下三句說辛也不邀名。「諸公袞袞」是主語，「雲霄直上」是謂句。杜甫〈醉時歌〉贈鄭廣文云：「諸公袞袞登臺省，廣文先生官獨冷。」正用其語。「乃作道邊苦李」，用晉王戎幼與群兒嬉，不折道邊李，以為必苦李事。見南朝宋劉義慶《世說新語．雅量》。

蘇軾〈次韻王定國南遷回見寄〉：「我願得全如苦李。」詞意正是這樣。「五千言」二句是說辛克清有得於道家的哲學。不肯讓「造物」（客觀的辯證法）戲弄自己。就是說，不求名利，也就無所損辱。

下片說平生志欲結鄰，多少年前曾同到東岡去相宅（「胥宇」字出《詩經．大雅．綿》），準備他年結鄰。哪知相宅之處，柳已老哪，松已高哪。卜鄰的地還是無力到手！這六句一氣貫下。第三句插入一頓，便不傷直致。柳老松高，接上「歲月」無跡。「悲桓」：《世說新語．言語》說桓溫見昔年種柳，皆已十圍。嘆曰：「木猶如此，人何以堪！」「對阮」：用杜甫〈絕句四首〉其一：「梅熟許同朱老吃，松高擬對阮生論。」連用可謂悲而雅。那麼，兩人對十丈軟紅塵中的生活呢？長干白下，俱在金陵，青樓朱閣，美人所居。這種豪華適意的生活，在兩人看來，不過像南柯一夢（槐蟻，用唐李公佐《南柯太守傳》）。結尾說，不如聽任窊尊中的酒斟得滿滿的吧，因為老夫還沒喝醉哩。窪（窊）尊，唐人元結為道州刺史時，發見東湖小山上石多窪下，可作無數酒樽。於是建亭其上，作〈窊尊銘〉。又有〈窊尊詩〉。結句說：「此尊可常滿，誰是陶淵明！」

這首詞的風味在白石詞中是獨特的。可以說它樸老，也可以說是樸老放逸。樸老是基調。這可以看做是白石的功底。詞論家公認白石是先專學黃庭堅，後來由江西詩派引入晚唐，主要是學陸龜蒙。於是轉以這支妙筆寫詞，詞遂獨具一格，影響詞壇近一千年。他的底子只是個樸老。能樸老便可以棄絕纖巧輕奇，便可以寫人之所不能寫，不寫人之所能寫。元好問論江西詩派說：「古雅難將子美親？精純全失義山真。論詩寧下涪翁（按：黃庭堅）拜，不作江西社裡人。」（〈論詩絕句三十首〉其二十八）白石之所以可上接杜陵，只看他的樸老的風致，自是少陵親血脈。清宋翔鳳便說過：「詞家之有姜石帚，猶詩家之有杜少陵。繼往開來，文中關鍵。其流落江湖不忘君國，皆借託比興，於長短句寄之。」（《樂府餘論》）但白石的性情讓他自己的詞變為清空超妙一路。他是在樸老放逸的基礎上深思積學，自證妙境的。我看這和楊萬里、范成大的影響有關係。有人說白石從辛棄疾來，細看似較遠。

這首詞雖不是白石的絕唱，但幸而有這首詞，讓我們知道，唯性情深厚的人才可以寫出樸老的詞。由此積學深思，纔可以證入聖境。從浮華新巧入手只能成就小家小派。我不贊成把白石道人說成江湖遊士。遊士或清客，是絕無這樣深厚的性情的。（曹慕樊）

永遇樂　姜夔

北固樓次稼軒韻

雲隔迷樓①，苔封很石②，人向何處？數騎秋煙，一篙寒汐，千古空來去。使君心在，蒼厓綠嶂，苦被北門留住。有尊中酒差可飲，大旗盡繡熊虎。前身諸葛，來遊此地，數語便酬三顧。樓外冥冥，江皋隱隱，認得征西路。中原生聚，神京耆老，南望長淮金鼓。問當時依依種柳，至今在否？

〔註〕①迷樓：在揚州，與鎮江之北固山隔江遙遙相對，是隋煬帝幸江都時所建。②很石：在北固山甘露寺，狀如伏羊，相傳孫權曾據其上與劉備共商抗曹大計。

清人周濟論宋詞，標舉周邦彥、辛棄疾、王沂孫、吳文英為四大家，纂輯成《宋四家詞選》一書。其中，以姜夔為辛棄疾的附庸，並申說這樣做的理由是：「白石脫胎稼軒（辛棄疾），變雄健為清剛，變馳驟為疏宕。」如此片面地、簡單化地把姜夔歸入辛派，顯然是不合實際的。姜詞對前代與同時諸大家轉益多師，並吸取江西詩法，形成獨特的藝術風格，自樹一個流派。對這樣一個卓然自立的大家，任何流派都是併吞不了他的。不過，如果我們把話說得實事求是一些，說姜夔雖不是稼軒的附庸，但他的詞中有稼軒詞的風格因素，少數作品還是有意學辛之作，那就恰如其分了。這首〈永遇樂〉，正是效法辛詞而又不失自己特色的一篇佳作。宋寧宗嘉泰四年（一二〇四），抗金老將辛棄疾由浙東安撫使被派知鎮江府。其秋，寫下了「氣吞萬里如虎」的名篇〈永遇樂．京口北固亭懷古〉。姜夔此闋，即步稼軒原詞之韻以和。二詞同是就登北固樓事而生感之作，但主題思想與抒寫方式有異。辛詞懷古傷今，自抒其滿懷忠憤。姜詞則借古人古事以頌稼軒，透過讚揚稼軒來寄寓自己心繫天下興亡、擁護北伐大業的政治熱情。此詞最可貴之處，在於反映了北方人民盼望統一的迫切心情，並激勵老年的辛棄疾努力完成收復中原的重任。詞的上片，由樓前風景起興，引出抗金英雄辛棄疾獨當一面、統率千軍萬馬的偉岸形象。起三句，言江山猶昔，而往古英雄已不可見。言外之意是，今日國家急需英雄以禦外侮、以圖中興。這個意思與辛詞開頭略同，但寫法與意境各異其趣。辛詞起三句出語豪壯，不重寫景，直呼古人，以見本懷。姜詞這裡卻用整飭的對偶句寫出此間的情境。「雲隔迷樓」，寫望不見江北雲霧遮隔的揚州；「苔封很石」，點北望所在之地的北固山。很石為劉備孫權共商抗曹大計之處。點此英雄遺跡，自有深意。白石有意不同辛詞犯複，在情景交融的含蓄境界中別饒雄渾雋永的韻味。接下來三句：「數騎秋煙，一篙寒汐，千古空來去。」承上而來，寫古代英雄往矣，只有秋煙中的征騎、寒潮中的船隻，仍然年復一年空自來去。這裡的意思與辛詞同位句「舞榭」三句也略同，都是寓江山寂寞、時勢消沉之慨，但在具體寫法和風格特徵上卻各極其能事。辛詞此處正面弔古，寫已經消失的事物，筆力雄大，感慨從語氣中直接流露，顯得悲壯而沉鬱；姜詞之此處卻出以側筆，寫樓前景致，借千古長有之物反襯已逝的人事，暗寓感慨於言外，顯得淒婉而空靈。姜詞之學稼軒而善於變化，於此可見一斑。透過這一番不勝今昔之感的慨嘆，呼喚當今英雄的主題就可水到渠成地展現了。

如果說，辛、姜二詞的前六句懷古之意相近，而表現手段不同，那麼，它們的下文就只是保留風格上的某種一致，而在內容上和抒情意象的塑造上卻各趨一途，各具審美意義了。辛詞的下文，繼續懷古，以南朝劉宋之初兩代皇帝北伐的成敗，來鑑誡當今，表達自己的政見，並於篇末透露自己空具北伐壯志的悲憤。辛詞的基本點，是利用典故含義來寄寓本懷。而姜夔此闋的下文，雖也迭用典實，其用途卻在於塑造自己所崇敬的當代英雄——辛棄疾的形象，並在這個眾望所歸的英雄豪傑的形象裡寄寓自己的政治理想。從「使君心在」以下至篇末，中間雖有上下片的界限，但在內容上卻只是一個大段落，一個大層次，全是歌頌辛棄疾其人。「使君」三句是說：辛棄疾長期罷官閒居，本已熱愛上了青崖綠嶂的田園生活，但政局的變化，國家的需要，使得他被委派到京口這個北疆門戶來坐鎮，無法遂其隱居之志了。這裡既讚頌了辛棄疾的高雅風度，又含蓄地表示了對他長期被投降派頑固勢力排斥打擊的不平。上片末二句，承「北門留住」而來，描寫辛棄疾在鎮江練兵備戰的赫赫軍威。上句用東晉桓溫「京口酒可飲，箕可用，兵可使」的話（見南朝宋劉義慶《世說新語．捷悟》劉註引《南徐州記》），切地切人又切事，可謂「體認著題，融化不澀」（宋張炎《詞源》語）；下句以軍旗之圖案暗示辛棄疾部下將士的勇武，和這位主帥本人的治軍有方。

過片三句，進一步熱烈地推崇、讚頌辛棄疾，把他比為致力北伐大業、為國事鞠躬盡瘁的偉大政治家、軍事家諸葛亮，認為南宋要收復中原，非辛棄疾莫屬。這三句贊語，並非溢美之辭，而是南宋有識之士對辛棄疾的公論。當時的人們普遍認為辛棄疾的才德堪與古代最傑出的將相比肩，如陸游〈送辛幼安殿撰造朝〉云：「大材小用古所嘆，管仲蕭何實流亞」；劉宰〈賀辛待制知鎮江〉云：「某官卷懷蓋世之氣，如圯下子房；劑量濟時之策，若隆中諸葛。」姜夔這種堅信辛棄疾有非凡膽略才幹、能使北伐成功的讚揚之辭，與稼軒原詞下片借古諷今、反對無準備的北伐的那三句遙相呼應，深得唱和之旨。接下來，「樓外冥冥，江皋隱隱，認得征西路」

三句，又把筆墨移到京口的遠景上來。東晉桓溫拜征西大將軍，北討苻秦，以及後來劉裕北伐中原之時，京口地區都是兵員和戰略物資的重要集中地。這裡透過對這個古今戰略要地的形勝進行描繪，凸出了辛棄疾對北伐的方略與路線胸有成竹。這與辛詞同位句「望中猶記，烽火揚州路」再次呼應，互相輝映。作者因辛棄疾所登樓眺望的，是失陷已久的中原大地，故下文「中原生聚，神京耆老，南望長淮金鼓」三句，直言達意，把筆觸轉入北伐這個時代的最大課題上來。白石在一般人心目中是脫離現實的清客，但這裡他卻絲毫沒有超然塵外，而是沉痛地為北方淪陷區人民道出了迫切盼望北伐的心聲。詞的結尾兩句，引出桓溫的故事來比擬描寫辛棄疾此時的激動感慨的心理，尤覺韻味深長。東晉大將桓溫從江陵出發北征前秦時，看到他早年在路上種的柳樹已長得很粗，不禁感嘆說：「昔年種柳，依依漢南；今看搖落，悽愴江潭；樹猶如此，人何以堪！」（南北朝庾信〈枯樹賦〉引桓溫語）因而攀援枝條，至於下淚。這裡是想像稼軒的心理活動道：稼軒啊，當此北伐的前夕，你在想什麼？你可能在想：「我南渡之前在北方親手栽種的依依細柳，今天一定還在吧？」這一虛擬之筆，以代稼軒傾訴揮師北伐的要求來寄託白石自己心中同樣迫切的願望，顯得非常含蓄婉轉，給人留下想像的餘地。白石詞的結尾大多含蘊豐富，搖曳生姿，意境悠遠，有幽雋秀雅之致。從這篇刻意學辛的作品中，仍可看出他自己的這些優長。（劉揚忠）

汪莘

【作者小傳】（一一五五～一二二七）字叔耕，休寧（今屬安徽）人。屏居黃山，研究《周易》，旁及釋、老。築室柳溪，自號方壺居士。有《方壺存稿》、《方壺詞》。存詞六十八首。

沁園春　汪莘

憶黃山

三十六峰，三十六溪，長鎖清秋。對孤峰絕頂，雲煙競秀；懸崖峭壁，瀑布爭流。洞裡桃花，仙家芝草，雪後春正取次遊。親曾見，是龍潭白晝，海湧潮頭。

當年黃帝浮丘①，有玉枕玉床還在不？向天都月夜，遙聞鳳管；翠微霜曉，仰盼龍樓。砂穴長紅，丹爐已冷，安得靈方聞早修②？誰知此，問源頭白鹿，水畔青牛。

〔註〕①《欽定古今圖書集成‧山川典‧黃山部彙考》云：「（黃帝）獲靈丹于浮丘公，遂思超溟渤遊蓬萊，乃告浮丘公曰：願躬侍修煉。浮丘公曰：凡擇賢而師，學必精奧……水正則藥乃靈，惟江南黟山據得……黃帝遂命駕與容成子浮丘公同遊此山。山有三十六峰，三十六源，二十四溪，十二洞，八巖……煉丹峰鼎竈杵臼，具存。水曰煉丹源，洗藥溪。青鸞峰為天都之輔，倒懸如舞，水曰採藥源。」②聞早：聞，趁也。聞早，趁早或趕早。見張相《詩詞曲語辭匯釋》。

黃山，是馳名中外的風景區。本名黟山，因傳為黃帝棲真飛昇之地，故唐代改名黃山。黃山有奇松、怪石、雲海、溫泉之勝，被稱為「黃山四絕」。

在宋詞中，寫黃山的作品很少，而寫得好的也只有汪莘這首詞。鳳毛麟角，不可多得。詞的上片，描寫黃山千峰競秀、萬壑爭流的壯麗風光。下片則以動人的神話傳說寫黃山的奇情異彩。從起句開篇，詞人即縱筆揮灑，連刷三句，整體上繪出黃山清雄奇麗的畫面：「三十六峰，三十六溪，長鎖清秋。」所謂三十六峰，乃概略之數。黃山有天都、蓮花等三十六大峰，玉屏、始信等三十二小峰。或巍峨雄偉，橫絕天表；或清秀雋美，流丹映彩。層巒疊嶂，屏張錦繡，爭巧鬥奇，千姿百態。黃山地處皖南山區，百千峭峰，摩天戛日，老樹古木，鬱鬱蒼蒼，雖在赤日炎炎的盛夏，猶然涼爽如秋，所以說「長鎖清秋」。清字，不僅說氣候清涼，也是說景色清幽。而「鎖」字則點出清秋常在，獨存山中之意。接下去的四句，採取分鏡頭寫法，捕捉典型的景觀，細緻刻畫黃山山水勝境：「對孤峰絕頂，雲煙競秀；懸崖峭壁，瀑布爭流。」「對」字為領格字，直領四句。一二、三四句各為一組，分寫孤峰雲煙、懸崖瀑布。而一三、二四則是隔句對仗，謂之扇面對。其中一三句又是句中對仗，謂之當句對。包容交錯，如夜珠走盤，有往復迴環之美。這四句的寫景妙處，在於競秀、爭流的動態美。那孤峙飛聳的山巔絕頂，彩雲繚繞，輕煙縹緲，或細如絲縷，柔如薄紗；或迷茫如海，橫際無涯。忽聚忽散，離合變化，各逞奇姿，互競秀色，氣象萬千。而懸崖之上峭壁之前的瀑布，飛流直下，素練遙掛，噴珠濺雪，爭瀉深潭，令人魂魄搖蕩。總起來說，這四句筆落情至，語出景現，無刻意雕鑿之痕而有渾然天成之美。言簡意豐，情韻雋永。

詞人多年屏居黃山，耽於自然的山水情懷、雲林雅趣，使他不知疲倦地遍遊山中勝境，甚至不顧寒冷，踏雪覓勝，所以詞中寫了「洞裡桃花，仙家芝草，雪後春正取次遊」。頭兩句根據傳說寫成。相傳黃山煉丹峰的煉丹洞裡，有二桃，毛白異色，為仙家之物，「洞裡桃花」即據此生發。「仙家芝草」，則指服之可以成仙的靈芝草。相傳黃山軒轅峰為黃帝採芝處，今峰下有採芝源。寫仙桃與仙草，既點出黃山異景，也點出它的不尋常的經歷。深山靈祕，正是尋幽探奇的最好去處，雖在初春正月，詞人遊興仍很高，雪過天晴之後便進山了。這三句中，「雪後」一句乃倒提之筆，點明入山尋訪仙物時的天氣、季節和急切心情。當他在進山路上，經過白龍潭時，忽然想起曾見過的奇景，於是再追述一筆，寫了「親曾見，是龍潭白晝，海湧潮頭」。這裡用「親曾見」三字先作交代，表明所寫奇景乃是親眼目睹的實在之景。所說「龍潭」，即白龍潭，在桃花溪上游、白雲溪白龍橋下。在那裡，白雲溪受眾壑之水，瀉入白龍潭。每逢大雨滂沱之時，激流怒注，潭中之水有如雷輥霆擊，虎嘯龍吟，其勢洶湧騰躍，如海潮翻滾，白浪蹴空，令人神駭心驚，不敢逼視。詞人用「海湧潮頭」四字加以形容，確實恰到好處。

過片兩句：「當年黃帝浮丘，有玉枕玉床還在不？」用「當年」二字提引，點明回敘之意，也見出黃帝、浮丘彷彿確曾棲隱於黃山。據說，浮丘公曾來黃山煉丹峰煉得仙丹八粒，黃帝服其七粒，於是與浮丘公一起飛昇而去。至今，煉丹峰上，浮丘公煉丹所用的鼎爐、灶穴、藥杵、藥臼仍然依稀可辨。峰下還有煉丹源、洗藥溪呢。靈山仙跡，神奇動人。可是，詞人撇開這些不問，而獨獨問到玉枕玉床，說明別的靈跡都已見到，而枕臥之具卻未曾尋得。想像之中，這本是應該有的，如今不見了，卻不肯直說，而故意搖曳筆姿，問出「還在不」

三字，親切自然，妙有靈動之感。接下去，詞人冥思遐想，進入幽渺的神話境界，以「向」字切入，領起四個四言秀句：「向天都月夜，遙聞鳳管；翠微霜曉，仰盼龍樓。」所說的天都，即黃山主峰之一的天都峰。其高度雖略低於蓮花峰和光明頂，但它風姿峻偉，氣勢磅礡，拔地聳天，雄冠群山，因尊稱之為天帝神都，故名曰「天都」。「鳳管」，即鳳簫。相傳春秋時有蕭史善吹簫，秦穆公以女弄玉妻之。蕭史教弄玉吹簫作鳳鳴，引鳳來歸，穆公為之築鳳臺。後蕭史、弄玉俱乘鳳而去。鳳簫之名即由此而得。這裡說「遙聞鳳管」，則由望仙峰傳說推想而來。相傳黃帝、浮丘從黃山望仙峰飛昇時，彩雲中遙聞有絃歌之聲，黃帝在仙樂接引下乘雲而去，後來就有了望仙峰的名稱，而峰下之溪則因此得名為絃歌溪。詞人想，天都峰是黃帝聚會眾神之所，當其降臨之時也該是仙樂齊奏的，故而糅合望仙、天都兩峰傳說，寫了「向天都月夜，遙聞鳳管」。這兩句不僅描繪出夜宿黃山的奇情仙趣和靈異境界，而且點帶出天都峰下月灑清輝、山幽峰秀的清美景色。

黃山之夜是美的，黃山之晨也是美的，所以後面兩句「翠微霜曉，仰盼龍樓」，轉而描繪黃山翠微峰的清麗風光。翠微峰位於黃山後海，為三十六大峰之一。山上古木參天，修竹遍地，鬱鬱蔥蔥，蒼翠可愛，故名之曰「翠微」。山下有翠微寺，為唐代麻衣禪師道場。他曾飛錫穿穴而得神泉。龍樓，是由大氣折射作用所生成的一種空中幻影，俗稱之為蜃樓。古人以蜃屬蛟龍一類的神異動物，能吁氣作樓臺城郭之狀，故以蜃樓、龍樓稱之。這種自然奇觀，在黃山難得見到。故而當翠微霜天拂曉，晨光熹微之際，詞人翹首仰盼，渴望幸得一見山中蜃樓奇景。他那舉首凝目的神態、執意追求奇趣的情懷，活潑潑地表露出一顆熱愛自然的純真童心。

神奇的黃山給予詞人的實在太豐厚了。可是那些神奇的故事畢竟都是遙遠的過去的事情。詞人來黃山時，雖然靈宅仙窟遺跡猶存，但已非昔日風貌。想到這裡，不免有渺茫悵惘之感，於是寫出了：「砂穴長紅，丹爐已冷，安得靈方聞早修？」這三句的大意說：浮丘公提煉丹砂的石穴之色，雖依然長紅，可是丹爐火盡，早已冷卻了，又怎能得到仙方靈丹，趕早修煉成仙呢？問到這謎一樣的事情，自然無人能答，似乎難以寫下去。然而詞人卻繞旋回折，點借仙物，寫出結末三句：「誰知此，問源頭白鹿，水畔青牛。」「誰知此」三字，是就上句所問再作騰挪，而不即刻作答，像是「千呼萬喚始出來」（白居易〈琵琶行〉語），饒有韻味。究竟有誰知道這些服丹成仙的事呢？詞人說只有去問源頭的白鹿和水畔的青牛了。顯然這白鹿青牛定非尋常之物。原來，相傳浮丘公曾在黃山石人峰下駕鶴馴鹿，留下了駕鶴洞、白鹿源的遺跡。白鹿既是浮丘公當年馴化的，想來定然應該知曉仙人的靈祕。而那水畔青牛也有一段非凡的經歷。相傳翠微寺左的溪邊有一牛，形質迥異，通體青色，一樵夫欲牽回家中，忽然青牛入水，杳無蹤影。從此，那溪便稱為青牛溪，至今仍在。看來，那青牛也該多少知道些仙人的故事。詞人用擬問語氣點出白鹿、青牛，作為詞的收結，辭盡而意不盡，含有無窮的韻味，使奇美的黃山又增添了一層神祕的色彩。同時，也進一步抒發了詞人飽覽黃山風光，領略河山之美的詩情遊興。

在這首詞中，詞人彷彿在讀者面前敞開了一座神界仙山，想像豐富，情思卓異，點染生發，筆端萬象，作清奇之語，現萬千之景，令人目不暇接，耳不勝聽。所寫山水之景是實，神話傳說是虛，虛實緊密糅合，使山水充滿神奇色彩，使傳說宛然實有其事，令人神往。而全詞又是融情於景，以景寫情，達到了情景交融為一的妙境，確為黃山詞難得的神品。明人程敏政〈遊黃山卷引〉說：「黃山之為景也，非太白之句不能當其勝，非摩詰之圖不能盡其變。」汪莘這首辭采橫溢、情韻深厚的黃山詞，可以說足以當其勝、盡其變而與名家抗手。（臧維熙）

杏花天　汪莘

有感

美人家在江南住，每惆悵、江南日暮。白蘋洲畔花無數，還憶瀟湘風度。

幸自是、斷腸無處，怎強作、鶯聲燕語？東風占斷秦箏柱，也逐落花歸去。

汪莘是一位嚴肅的學者。少年時讀書黃山，研究《易經》、《老子》諸書；中年後築室柳溪，自號方壺居士。他的《方壺存稿》中有詞二卷，多豪宕放曠之語，而這首〈杏花天〉卻如此明倩清新，不類餘作，曾為《方壺存稿》作序的程珌，特引錄此詞，說它「憂深思遠」，當有所據。詞題「有感」，所感何事，已難考究了。

「美人家在江南住，每惆悵、江南日暮。」詞中特別標出「美人」二字，也許要說明這首感懷之作，託諸美人香草。她家住江南，卻為江南的日暮而惆悵。「日暮」，在古典詩詞中往往帶有象徵意義。〈離騷〉：「日忽忽其將暮。」東漢王逸註：「言己誠欲少留於君之省閣，以須政教，日又忽去，時將欲暮，年歲且盡，言己衰老也。」又〈離騷〉：「恐美人之遲暮。」王註：「年老耄晚暮，而功不成，事不遂也。」宋寧宗嘉定年間，下詔求直言，汪莘以布衣三上封事，不用。詞云惆悵日暮，當含深慨。南宋政權偏安江南，詞中重複「江南」一語，亦有用意。三、四句，由江南日暮所見的景色而懷想起故人。「白蘋洲」，長著花的洲渚。南朝梁柳惲〈江南曲〉：「汀洲採白蘋，日落江南春。」又，蘇軾〈漁家傲·七夕〉詞：「汀洲蘋老香風度。」見到那洲畔開遍了素潔的花，便憶起晚風吹過瀟湘水面時縹緲的景色。「還憶瀟湘風度」，點題「有感」本意，亦本柳惲〈江南曲〉「洞庭有歸客，瀟湘逢故人」意。憶瀟湘，即憶遠人。作者尚有〈乳燕飛．汪子感秋採楚詞賦此〉詞云：「念往日、佳人為偶。獨向芳洲相思處，採蘋花杜若空盈手……木葉紛紛秋風晚，縹緲瀟湘左右。見帝子、冰魂廝守。」詞人之感亦大矣！詞中的「美人」、「佳人」恐怕也是有所託意的吧。

換頭二句，具見風骨。本來已沒有可讓自己悲痛斷腸之處，又何必勉強去作那宛轉的燕語鶯聲呢！「幸自」句，實是怨憤之語。本是「何處春陽不斷腸」（唐無名氏〈春陽曲〉），觸目生悲，詞人才故意說斷腸無處，亦猶東坡〈臨江仙．送王緘〉「歸來欲斷無腸」之意。宋寧宗開禧年間下詔伐金，後因軍事受挫，向金人求和。楊皇后與史彌遠等相勾結，殺害主張伐金的韓侂胄。寧宗嘉定元年（一二〇八）與金達成屈辱的「嘉定和議」。自此史彌遠專政，粉飾太平，朝野上下，一片鶯歌燕舞。汪氏詣闕上書，亦在此時。詞云不願「強作鶯聲燕語」，自有品格。《四庫全書總目提要》謂汪莘「其言剴切耿直，相規以善，非依草附木、苟邀獎借者比」，可以參證。「東風」二句，以景語作結，含思無限。東風吹送著落花，「美人」也無心去彈弄秦箏，便隨著飛花緩緩歸去。「占斷」，猶言占盡。「秦箏」，補足「鶯聲燕語」。不說罷理秦箏，而說「東風占斷」，用意婉曲之至。

這首小詞，義兼比興，寄託遙深，真所謂根觸無端，傷心人別有懷抱。也許，其中有許多難於言說的情事，在今天，恐怕已不能一一辨證了，還是由各人用自己豐富的聯想去更深刻地理解它吧。（陳永正）

鄭域

【作者小傳】（一一五五～？）字中卿，號松窗，三山（今福建福州）人。宋孝宗淳熙十一年（一一八四）進士。曾倅池陽，宋寧宗慶元二年（一一九六）隨張貴謨使金。著有《燕谷剽聞》，不傳。詞有今輯本《松窗詞》，存十一首。

昭君怨　鄭域

梅花

道是花來春未，道是雪來香異。竹外一枝斜，野人家。

冷落竹籬茅舍，富貴玉堂瓊榭。兩地不同栽，一般開。

鄭域，字中卿。明代楊慎《詞品》云：「〈昭君怨〉云云，興比甚佳。」這首詠梅小詞，運用比興手法，表現清醒可喜的情趣，頗有發人深思的地方。

自從《詩經．摽有梅》以來，古典詩歌中就經常出現詠梅之作，但有兩種不同的傾向：一種是精粹雅逸，託意高遠，如林逋的〈梅花〉詩，姜夔的詠梅詞〈暗香〉、〈疏影〉；一種是巧喻譎譬，思致刻露，如晁補之的〈鹽角兒．亳社觀梅〉，以及鄭域這首〈昭君怨〉。這後一種實際上受到宋詩議論化的影響，在詩歌的韻味上似遜前者一籌。

楊慎說此詞「興比甚佳」，主要是指善用比喻。但它所用的不是明喻，而是隱喻，如同《文心雕龍．諧讔》所說：「遯詞以隱意，譎譬以指事。」在宋人詠物詞中，這是一種常用的手法。像林逋的詠草詞〈點絳唇〉、史達祖的詠春雨詞〈綺羅香〉和詠燕詞〈雙雙燕〉，他們儘管寫得細膩傳神，但從頭到尾，都未提到「草」字、「雨」字和「燕」字。這類詞讀起來頗似猜謎語，但謎底藏得很深，而所描寫的景物卻富有暗示性或形象性，既具體可感，又含蓄有味。此詞起首二句也是採用同樣的手法，它不正面點破「梅」字，而是從開花的時間和花的色香等方面加以比較：說它是花麼，春天還未到；說它是雪呢，卻又香得出奇。前者暗示它在臘月裡開花，後者表明它顏色潔白，不言臘梅而臘梅自在。從語言結構來看，則是每句之內，自問自答，音節上自然舒展而略帶頓挫，如「道是花來——春未；道是雪來——香異」，涵泳之中，別饒佳趣。

以「雪」「香」二字詠梅，始於南朝蘇子卿的〈梅花落〉：「祇言花是雪，不悟有香來。」後人詠梅，不離此二字。王安石〈梅花〉詩云：「牆角數枝梅，凌寒獨自開。遙知不是雪，為有暗香來。」似與蘇詩辯論。陸游〈梅花絕句〉云：「聞道梅花坼曉風，雪堆遍滿四山中。」丟了香字，只談雪字。晁補之詞〈鹽角兒〉則抓住香雪二字，盡量發揮：「開時似雪，謝時似雪，花中奇絕。香非在蕊，香非在萼，骨中香徹。」至盧梅坡〈雪梅〉詩則認為各有所長：「梅雪爭春未肯降，騷人閣筆費平章。梅須遜雪三分白，雪卻輸梅一段香。」此詞好似也參加這一辯論，但它又在香雪二字之前附加了一個條件，即開花時間，似乎是作者的獨創。

上片三、四兩句，寫出山野中梅花的姿態，較富有詩意。「竹外一枝斜」，語本蘇軾〈和秦太虛梅花〉詩：

「竹外一枝斜更好。」宋人范正敏《遁齋閒覽》評東坡此句云：「語雖平易，然頗得梅之幽獨閒靜之趣。」曹組〈驀山溪．梅〉詞中也寫過：「竹外一枝斜，想佳人、天寒日暮。」但卻把思路引到杜甫〈佳人〉「天寒翠袖薄，日暮倚修竹」上來，離開了梅花。此詞沒有遇竹而忘梅，用典而不為典所囿，自然渾成，構成了一個完整的意境。它以疏竹為襯托，以梅花為主體，在猗猗綠竹的掩映之中，一樹寒梅，疏影橫斜，閒靜幽獨，勝境超然。而且以竹節的挺拔烘托梅花的品格，更能凸出梅花凌霜傲雪的形象。句末加上「野人家」一個短語，非但在音節上倩靈活脫，和諧雅逸，而且使整個畫面有了支點，流露出不食人間煙火的生活氣息。詞也就這樣自然而然地過渡到下片。

下片具體描寫野人家的環境。原來山野之中這戶人家居處十分簡樸，數間茅舍，圍以疏籬。這境界與前面所寫的一樹寒梅掩以疏竹，正好相互映發：前者偏於虛，後者趨向實。它構成了一種優美的恬靜的境界，引人入勝，容易令人產生「雪滿山中高士臥，月明林下美人來」（明高啟〈梅花九首〉其二）的聯想。而「冷落竹籬茅舍」之後，接著寫「富貴玉堂瓊榭」，意在說明栽於竹籬茅舍之梅，與栽於玉堂瓊榭之梅，地雖不同，開則無異。詞人由山中之梅想到玉堂之梅，思路又拓開一層，然亦有所本。晁沖之〈漢宮春〉詠梅詞云：「問玉堂何似，茅舍疏籬？傷心故人去後，冷落新詩。」相比起來，晁詞以情韻勝，此詞則以哲理勝。它以對比的方式，寫出了梅花純潔而又傲岸的品質，體現了「貧賤不能移，富貴不能淫」（《孟子．滕文公下》）的高尚情操。同一般的詠梅詩詞相比，思想性又高出一層。

宋人張炎說：「詩難於詠物，詞為尤難。體認稍真，則拘而不暢；模寫差遠，則晦而不明。」「一段意思，全在結句。」（《詞源》）此詞貴在神似與形似之間，它只抓住臘梅的特點，稍加點染，重在傳神寫意，與張炎所提出的要求，大致相近。風格質樸無華，落筆似不經意，小中見大，弦外有音，堪稱佳作。（徐培均）

崔與之

【作者小傳】（一一五八～一二三九）字正之，號菊坡，廣州（今屬廣東）人。宋光宗紹熙四年（一一九三）進士。累官祕書監、權工部侍郎，出知成都府兼本路安撫使。又為廣東路經略安撫使，兼知廣州，拜參知政事、右丞相，皆力辭。有詩文集。詞存二首。

水調歌頭　崔與之

題劍閣①

萬里雲間戍，立馬劍門關。亂山極目無際，直北是長安。人苦百年塗炭，鬼哭三邊鋒鏑，天道久應還。手寫留屯奏，炯炯寸心丹。

對青燈，搔白髮，漏聲殘。老來勛業未就，妨卻一身閒。梅嶺②綠陰青子，蒲澗③清泉白石，怪我舊盟寒。烽火平安夜，歸夢到家山。

〔註〕① 題劍閣：一作「帥蜀作」。② 梅嶺：即大庾嶺，在江西、廣東交界處。古時嶺上多梅，故稱。③ 蒲澗：在廣州白雲山上，澗中有九節菖蒲草生長，其水清甜。崔與之曾隱居於此。「蒲澗濂泉」為宋代羊城八景之一。

南宋名臣崔與之，寧宗嘉定十二年至十五年間（一二一九～一二二二）出任成都知府兼成都府路安撫使時，曾登臨劍閣，寫下這首詞。這時淮河、秦嶺以北的大片土地，早已淪於金人之手。詞人立馬劍門，北望中原，不勝浩嘆。這首詞上闋寫決心抗敵守邊、報效國家的一片丹心，下闋抒發老來功業未就的感慨。全詞豪放勁健，充滿家國之思，風格屬辛棄疾一派。

「萬里雲間戍，立馬劍門關。」起句居高臨下，氣勢雄偉，形成全詞的豪邁基調。「萬里」，寫地域之遠；「雲間」，寫地勢之高；「戍」，正點出崔與之的安撫使身分。劍門關為川陝間重要關隘，是兵家必爭之地。詞人於此「一夫當關，萬夫莫開」的軍事要地立馬，極目騁懷，自多感慨。以下筆觸一宕，由豪邁轉為蒼涼。「亂山」二句，語本杜甫「雲白山青萬餘里，愁看直北是長安」（〈小寒食舟中作〉）。長安是漢唐舊都，古代詩詞中常用以指代京城，此即指北宋京城汴京（今河南開封）。長安在劍閣北面，亦早入金手，故「直北是長安」句，既是實指，又是借指，語帶雙關。句中雖無「愁看」二字，而愁緒自在其中。亂山無際，故都何在？「直北」五字，似是淡淡道來，實則包含著無窮的悲憤，無窮的血淚。接下去，詞人便承此發揮，描寫金兵入犯給人民帶來的巨大苦難。

「人苦百年塗炭，鬼哭三邊鋒鏑（音同敵，箭鏃）」，二句概括了宋朝自南渡以來中原人民的悲慘遭遇。中原人民陷於水深火熱之中，邊境地方更因戰亂頻仍，死者不計其數。「鬼哭」句，正是寫邊境一帶「新鬼煩冤舊鬼哭，天陰雨濕聲啾啾」（杜甫〈兵車行〉）的悲慘情況。這兩句把戰亂之苦描寫得淋漓盡致。接著作者筆鋒一轉，明確表示：天道好還，否極泰來，胡運是不會長久的，苦難的日子應該結束了！「天道久應還」五字鏗鏘有力，充滿必勝信心，流露出作者對收復失地的強烈願望；與陸游「逆虜運盡行當平」，「如見萬里煙塵清」（〈題醉中所作草書卷後〉），懷有同樣迫切的期望。

緊接著，作者由對北方人民的思念和關注，進而聯想到自己的職責，表示要親寫奏章，留在四川屯守禦金，使他轄管下的一方百姓，不受金人的侵害。「手寫」二句豪氣干雲，壯懷激烈，字字作金石聲，具見作者憂國憂民的一片赤誠。真是熱血沸騰，丹心炯炯！

下闋以「對青燈，搔白髮，漏聲殘」三個短句作過片，寫出作者賦詞時的環境氣氛：青燈熒熒，夜漏將盡。三句中，重點放在「搔白髮」三字上；由此而引出「老來勛業未就，妨卻一身閒」的慨嘆。這裡的「勛業」，並非指一般的功名，而是指收復失地的大業。這與陸游「華髮蒼顏羞自照」，「逆胡未滅心未平」（〈三月十七日夜醉中作〉）的意思一樣。由於「老來勛業未就」，因此作者原來打算功成身退，歸老林泉的願望便落空了。北宋名臣范仲淹戍邊時，曾有感於自己未能像後漢的竇憲一樣，北逐匈奴，登燕然山，勒石記功而還，而慨嘆「濁酒一杯家萬里，燕然未勒歸無計」（〈漁家傲〉）。崔與之亦有此感慨。雖然他對家鄉十分思念，但抗金守土的責任感，又使他不得不繼續留在異鄉。他感到有負故鄉的山水，彷彿粵北梅嶺上青青的梅子，廣州白雲山上蒲澗的流泉，都在責備他忘了歸隱田園的舊約了。句中的「舊盟寒」，指的是負約之意。「怪我舊盟寒」五字，是對「妨卻一身閒」句的照應。「怪」、「妨」二字甚佳，能把作者「老來勛業未就」，思家而不得歸的矛盾複雜心境，委婉地表達出來。這兩句貌似閒適，內裡卻是跳動著作者的報國丹心的。

末二句「烽火平安夜，歸夢到家山」，對上述意思再加深一層：請不要責備我負約吧，在「逆胡未滅」、烽煙未息之時，我又怎能歸去？其實我無時無刻不在想念故鄉，每當戰事暫息的「烽火平安夜」，我的夢魂就回到故鄉去了！這兩句思家情深，報國意切，十字融為一體。以此收束全詞，使人回味不盡。

崔與之是廣州人，向被稱為「粵詞之祖」。他開創了以「雅健」為宗的嶺南詞風，對後世嶺南詞人影響頗大。南宋後期的李昴英、趙必、陳紀等人，便是這種「雅健」詞風的直接繼承者。此詞蒼涼沉鬱，寄慨遙深，感情和風格都與陸游、辛棄疾、陳亮、劉過、劉克莊的詞作相近。由於崔與之僻處嶺南，存詞甚少，故鮮為人知。近人梁令嫻《藝蘅館詞選》中收有此詞，麥孺博贊云：「此詞豪邁，何減稼軒！」這是很高的評價。（梁守中）

吳琚

【作者小傳】字居父，號去壑，汴（今河南開封）人。宋高宗吳皇后之侄。特授添差臨安府通判，歷尚書郎、知明州。宋寧宗嘉泰二年（一二〇二）遷少保。有《雲壑集》。存詞六首。

酹江月　吳琚

觀潮應制

玉虹遙掛，望青山隱隱，一眉如抹。忽覺天風吹海立，好似春霆初發。白馬凌空，瓊鰲駕水，日夜朝天闕。飛龍舞鳳，鬱蔥環拱吳越。

此景天下應無，東南形勝，偉觀真奇絕。好是吳兒飛彩幟，蹴起一江秋雪。黃屋天臨，水犀雲擁，看擊中流楫。晚來波靜，海門飛上明月。

這是一首應制詞。如同試帖詩「賦得體」那樣，「應制體」也頗有些不好的名聲，因為它皆為應皇帝之命而作，內容多半是歌功頌德，蹈襲陳言。古來應制詩詞盈千累萬，能流傳下來並為人們所傳誦的實是寥寥無幾。吳琚這首「觀潮應制」可以算是個特例。

據宋周密《武林舊事》卷七載：淳熙十年（一一八三）八月十八日，宋孝宗與太上皇（高宗）往浙江亭觀潮。太上喜見顏色，曰：「錢塘形勝，東南所無。」孝宗起奏曰：「錢塘江潮，亦天下所無有也。」太上宣諭侍宴官，令各賦〈酹江月〉一曲，至晚進呈。太上以吳琚為第一。吳氏此作，在結構和內容上雖仍有應制體的習套，但不至於庸腐。上片描寫錢塘湧潮到來時的偉觀，真是奇肆壯麗；下片描述弄潮和觀潮的情景，亦有聲有色，其中還隱寓恢復中原之志，不愧作手。

一起三句，先寫環境氣氛。湧潮到來之前，江面開闊平靜，遠望對岸隱隱的青山，如同一抹眉黛。「玉虹」，即白虹，天上的白氣。「青山」，當指臨安府對岸西興、蕭山一帶的丘陵。三句寫寧靜的氣氛，以作烘托。「忽覺」二句，寫海潮初起的聲勢。「天風吹海立」，語本蘇軾〈有美堂暴雨〉詩：「天外黑風吹海立。」「春霆」，春雷。古人常以雷霆之聲比喻潮聲。漢枚乘〈七發〉描寫廣陵潮來的情景：「橫奔似雷行……聲如雷鼓。」吳詞好在「初發」二字，寫潮聲自遠而近，如春雷隱隱。「白馬凌空，瓊鰲駕水」，兩句形容潮頭波濤洶湧之狀。〈七發〉：「其少進也，浩浩溰溰，如素車白馬帷蓋之張。」「瓊鰲」，玉鰲。鰲是傳說中海上的大龜。《列子．湯問》載，天帝使巨鰲舉首承戴海上神山，後世因用「鰲戴」、「鰲抃」為感恩戴德、歡欣踴躍之詞。本詞謂潮水如白馬瓊鰲，「日夜朝天闕」，當有歌頌天恩聖德之意。雖然如此，亦寫出錢塘江潮雄闊的氣象，不失為佳句。《武林舊事》卷三「觀潮」描寫：「方其遠出海門，僅如銀線，既而漸近，則玉城雪嶺，際天而來，大聲如雷霆，震撼激射，吞天沃日，勢極雄豪。」可作註解。「飛龍舞鳳，鬱蔥環拱吳越。」上片收句，筆勢一轉，不再描寫江潮，用意更深一層，可見章法之妙。「飛龍」，「舞鳳」，喻錢塘山勢。杭州形勝，左江右湖，四山環拱，素有東南第一州之譽。天龍山、鳳凰山盤踞東南，鳳凰山在五代吳越時為國治，南宋時是皇帝的大內禁苑所在，皇城北起鳳山門，西迄萬松嶺，鬱鬱蔥蔥，氣象萬千。「飛龍」二語，承上啟下，引出後段感想，筆法氣勢，連成一貫。

「此景」三句，大筆概括。「此景」，既是江潮之景，也是整個錢塘形勝。把太上皇和孝宗的對話用入詞中，有如己出。「應制」如此，可算是得體了。「好是吳兒飛彩幟，蹴起一江秋雪」，由單純寫景轉入描寫人物活動。《武林舊事》載：「吳兒善泅者數百，皆披髮文身，手持十幅大綵旗，爭先鼓勇，泝迎而上，出沒於鯨波萬仞中，騰身百變，而旗尾略不沾濕，以此誇能。」唐宋時錢塘觀潮，每有善泅少年，以綵旗繫於竹竿上，執之舞於潮頭，稱為「弄潮」，以博取觀潮者的賞賜。「蹴起」句，形象生動。與辛棄疾〈摸魚兒．觀潮上葉丞相〉詞「蹙（通蹴）踏浪花舞」意同而用語更勝。以「秋雪」喻浪花，亦新警。「黃屋天臨，水犀雲擁」，寫皇帝出行觀潮的盛況。「黃屋」，帝王車蓋，以黃繒為蓋裡，故名。「水犀」，指水軍。《國語》載吳王夫差有「衣水犀之甲」的水軍，故稱。《武林舊事》對這次觀潮也有詳細的描述：「進早膳訖，御輦擔兒及內人車馬，並出候潮門……先是澉浦金山都統司水軍五千人抵江下……管軍官於江面分布五陣，乘騎弄旗，標槍舞刀，如履平地，點放五色煙炮滿江。」宋孝宗在即位之初，任用主戰派將領張浚，發動抗金戰爭，隆興元年（一一六三）敗於符離，即與金重訂和約。儘管如此，比起一意乞和的高宗來，孝宗還是不忘恢復、希望有所作為的。「看擊中流楫」，暗用祖逖之典。《晉書．祖逖傳》載，祖逖率部渡江，中流擊楫而誓曰：「祖逖不能清中原而復濟者，有如大江！」本詞用此，也表示恢復中原的志節。末二語以景語作結，甚有餘味。怒潮過後，海晏無波，飛上一輪明月。意境宏闊靜美，與上文描寫恰成對照。首尾呼應，寫景中寓有歌頌昇平之意，亦可見作者的匠心。（陳永正）

杜旟

【作者小傳】字伯高，號橋齋，金華（今屬浙江）人。曾登呂祖謙之門。宋孝宗淳熙、寧宗開禧間，兩以制科薦。有《橋齋集》，不傳。詞存三首。

酹江月 杜旟

石頭城

江山如此，是天開萬古，東南王氣。一自髯孫橫短策，坐使英雄鵲起。玉樹聲銷，金蓮影散，多少傷心事！千年遼鶴，並疑城郭非是。

當日萬駟雲屯，潮生潮落處，石頭孤峙。人笑褚淵今齒冷，只有袁公不死。斜日荒煙，神州何在？欲墮新亭淚。元龍老矣，世間何限餘子！

石頭城舊址在今南京市清涼山上，為建康四城之一。由於三國吳、東晉、宋、齊、梁、陳、南唐均在建康建都，所以當生活在南宋的杜旟登臨其地的時候，就難免有一番關於興廢的感慨。

這闋詞最顯著的特點是用典多，作者的今昔之嘆幾乎全是透過這些典故傳達出來的。「王氣」，古人有「望氣」之術，據說，金陵之地有「天子氣」。開頭三句點明石頭城歷來就是王氣所鍾，這給數說王朝興衰打下了基礎，也與南宋皇室不圖統一大業形成鮮明對照。古人論詞，極重起句。宋沈義父《樂府指迷》說：「大抵起句便見所詠之意，不可泛入閒事。」清況周頤《蕙風詞話》也說：「起處不宜泛寫景，宜實不宜虛，便當籠罩全闋，它題便挪移不得。」本篇起句直入主題，可見作者縛虎全力。「髯孫橫短策」，指孫權割據江東。權紫髯，故稱「髯孫」。「策」，馬鞭。詞中說「一自」，說「坐使英雄鵲起」（鵲起，在此是乘勢奮飛的意思），引出了眾多英雄，也凸出了孫權的地位。「玉樹」，即〈玉樹後庭花〉，是陳後主時代創作的曲子，其詞綺豔，其音甚哀，為歷來公認的亡國之音。「金蓮」，據說齊東昏侯命工匠用金子鑿成蓮花貼在地上，供潘妃在上面行走，曰「步步生蓮花」。建康乃千古舊都，自然就成了各種人物粉墨表演的大舞臺。作者把這些人物分成創業者與亡國者兩類，實質上是給南宋統治者擺出了兩條截然不同的道路。「千年」二句收住英雄、昏君兩面，感嘆世事變幻之急劇。舊題晉陶潛《搜神後記》載：遼東人丁令威求仙成功，化一白鶴飛回來道：「有鳥有鳥丁令威，去家千年今來歸。城郭如故人民非。何不學仙離塚壘？」作者把原典中的「城郭如故」化為「城郭非是」，在強調滄桑變化上自然更深了一層。張砥中說：「凡詞前後兩結最為緊要。前結如奔馬收韁，須勒得住，尚存後面地步，有住而不住之勢。」（清王又華《古今詞論》引）「千年」兩句以世事幻化收束懷古，以眼前城郭引出撫今，是一個極好的前結。

過片三句以虛擬中的往日此地大軍屯駐的盛況與今日寂寞潮打石頭城的冷落對比。「潮生潮落處，石頭孤峙」既正面呼照「江山如此」，又反面輝映「神州何在」，可見承接轉折之精巧周密。「人笑」兩句的本事是：

褚淵、袁粲同為南朝宋的顧命大臣，後蕭道成篡立南齊，褚失節，袁死節於石頭城。《南齊書‧樂頤傳》有「人笑褚公，至今齒冷」的話；《南史‧褚彥回傳》（淵字彥回）記當時百姓語曰：「可憐石頭城，寧為袁粲死，不作彥回生。」這裡，作者把故實、史傳、民謠糅合用之，表達了他的鮮明愛憎。「新亭淚」，據《晉書‧王導傳》記載：「過江人士，每至暇日，相要（邀）出新亭飲宴。周顗中坐而嘆曰：『風景不殊，舉目有江山之異。』皆相視流涕。唯（王）導愀然變色曰：『當共戮力王室，克復神州，何至作楚囚對泣耶！』」作者在句中下一「欲」字，意思是明知應當戮力王室，只是目前的現實不能讓人這樣樂觀，於是不得已才「欲」下新亭之淚的。典故活用，既更切合南宋現實，又表達了作者深沉的感情。綜觀後半闋，如果說「人笑」兩句還主要是對褚、袁二人的褒貶，那麼「斜日」三句則蘊蓄著更深的時事之嘆，到了最後兩句，便直接指出英雄已老，恢復無人的現實。詞篇透過層遞的手法，一步步深化了它的主題。元龍，三國時人陳登的字。他少有扶世濟民之志，曹操以為廣陵太守。聞許都人士對他有所批評，遂托郡功曹陳矯去許都時打聽人們批評他什麼。陳矯回報說：「聞遠近之論，頗謂明府驕而自矜。」陳登說：「夫閨門雍穆，有德有行，吾敬陳元方兄弟；淵清玉潔，有禮有法，吾敬華子魚；清修疾惡，有識有義，吾敬趙元達；博聞強記，奇逸卓犖，吾敬孔文舉；雄姿傑出，有王霸之略，吾敬劉玄德：所敬如此，何驕之有！餘子瑣瑣，亦焉足錄哉？」（見《三國志‧魏書‧陳矯傳》）陳元龍所敬諸人，在道德、文章、操守、志略等方面，各有足以稱道的地方；而他不屑掛齒的所謂「餘子」，正是在這些方面無所表現，無怪元龍對之驕慢。作者自比陳元龍，而放眼當世，值得尊敬之人甚少，像這些「餘子」者卻多至無限，至堪憤疾。指的是古，引古所以喻今；說的是人，實質上還是在說世道。詞至此結束，辭盡而意不盡。填詞結尾，例用景語或情語，本篇結以議論，雖為別格，但對傾吐作者胸中憤懣，卻極為恰當。

典故是歷代相傳已經定了型的事件或語句，所含內容較為豐富，用得好，便能夠收到「以少總多，情貌無遺」（南朝梁劉勰《文心雕龍·物色》）的效果。概括起來，本篇所用的典故有以下三個特點：一是熟典多，讀來不覺艱澀；二是多與石頭城有關，貼切自然；三是正反兩種典故交錯使用，愛憎極為分明。

杜旟生活在外患日盛的南宋，懷有報國之志，所以填詞效法辛棄疾。但稼軒之詞，「其秀在骨，其厚在神。初學看之，但得其粗率而已」，因此言者普遍認為「性情少，勿學稼軒」（《蕙風詞話》）。杜旟本人「奔風送足，而鳴以和鸞」（宋陳亮《龍川集》語），且「杜子五兄弟，詞林俱上頭」（宋葉適〈贈杜幼高〉），所以獨能接受辛詞的積極影響。這首詞大量使用典故，馳騁議論，襲用散文語言，形成慷慨縱橫而又含蘊深厚的風格，在南宋詞壇小家中，算得上一首難得的佳作。（李濟阻）

劉仙倫

【作者小傳】一名儗，字叔擬，號招山。廬陵（今江西吉安）人。有《招山小集》、《招山樂章》。存詞三十一首。

賀新郎 劉仙倫

題吳江

重喚松江渡。嘆垂虹亭下，銷磨幾番今古！依舊四橋風景在，為問坡仙甚處。但遺愛、沙邊鷗鷺。天水相連蒼茫外，更碧雲去盡山無數。潮正落，日還暮。

十年到此長凝佇①。恨無人、與共秋風，膾絲蓴縷。小轉朱絃彈九奏②，擬致湘妃伴侶③。俄皓月、飛來煙渚。恍若乘槎河漢上，怕客星犯斗蛟龍怒。歌欸乃④，過江去。

〔註〕①凝佇：有所思慮和期待而站立不動。②九奏：即九成。指虞舜的簫韶之樂，與「九招」義同。③致湘妃伴侶：引湘妃來做伴。④欸乃：舟人之歌。

這是以聯想見長的佳作。詞人「思接千載」、「視通萬里」（南朝梁劉勰《文心雕龍．神思》語），遨遊於古今天地之間，寫出多姿多彩的篇章。吳江，即吳淞江。亦名松江。它源於太湖，往東流經今江蘇吳江、吳縣和上海青浦、松江、嘉定等地，最後合黃浦江入海。浩浩吳江，鱸肥蓴美，風景如畫。作者到此臨流喚渡，思緒悠悠，感而賦此。詞作透過日暮江天景色的描寫和對古今人物的懷念，宛曲地表現了隱居山林、無與為伍的孤寂和悵惘。

起句說作者佇立江邊，像當年蘇軾臨流喚渡那樣，又在這裡呼船渡江。蘇軾任職杭州期間，曾到吳江，後來寫過一首〈青玉案〉詞，當中有「若到松江呼小渡，莫驚鷗鷺，四橋盡是，老子經行處」之句（此詞或謂非東坡作）。江流依舊，人事不永，這個北宋的大文學家早已作古。「重喚」二字，表明時間的流逝，人事的變遷，隱含作者對景懷人的寂寞悵惘之感。這句用事自然，筆重意深，推出下面兩句的感嘆：「嘆垂虹亭下，銷磨幾番今古！」垂虹亭，在江蘇吳江市垂虹橋上，因橋得名。蘇軾曾偕詞人張先等在亭上置酒吟詠。「今古」，指今古人物。垂虹亭下，江流不息，而在這裡吟唱過、盤桓過的今古人物，亦隨著逝水而消失。兩句境界蒼莽，上與「重喚」呼應，下引所懷念的人物，結構上起統攝全篇的作用。「依舊四橋風景在，為問坡仙甚處。但遺愛、沙邊鷗鷺。」蘇東坡不是說過「四橋盡是，老子經行處」麼?第四橋邊，風景依然，而這個曾在江邊呼渡，曾在垂虹亭上吟唱過的「坡仙」，如今又在哪裡呢?他只把仁愛留給在沙灘嬉戲覓食的鷗鷺罷了!

以上皆由蘇軾〈青玉案〉詞生發，既切合眼前環境，亦正好抒寫對蘇軾的懷念。一「喚」、一「嘆」、一

「問」，筆勢幾番跌宕，詞意步步推進。下面筆勢陡轉，以舒徐的詞筆，描繪日暮江天的景色：天水相接，茫然無際；碧雲散盡，群峰遠立；暮色蒼茫，江潮漸落。這日暮江天之景，美麗而清冷，曠遠而迷濛，作者佇立其中，在思索，在感嘆，在發問。幾句字字寫景，亦字字言情——江天、群山、潮聲、落日，無一不融進作者懷人的情思，處處透露出他的落寞悵惘的心境。

下片過拍之後，即轉入對另一人物的懷念：「恨無人、與共秋風，膾絲蓴縷。」三句用張翰歸田之典。張翰，字季鷹，西晉吳郡吳（今江蘇蘇州）人，仕齊王冏，官大司馬東曹掾。秋風吹起，他想到家鄉的菰菜、蓴羹、鱸魚膾，便辭官歸去（見《晉書．張翰傳》）。膾絲蓴縷，鱸魚膾和蓴菜絲。十年到此，無與為伍，像張翰那樣淡泊功名、熱愛山林的人再也找不到了。「恨」字，憾也，表現他懷人之深切，寫出隱居山林、無人做伴的孤寂，隱含世無同調的感慨。三句承上片「銷磨」句而來，詞意又推進一步，主題至此而明朗。

以下筆勢騰飛，墨彩淋漓，終於唱出了詞章的最高潮：「小轉朱絃彈九奏，擬致湘妃伴侶。」今古人物既然杳不可尋，現實中又無人可與為伍，於是他想起了化作湘水之神的虞舜二妃：他輕輕地轉動著朱紅色的琴絃，彈奏出虞舜的簫韶之樂，想把湘妃引來做伴。簫韶奏罷，湘妃未降，江天還是那樣曠遠而寂寥。這時明月當空，薄霧橫江，水中的沙洲罩在淡淡的煙霧之中，顯得朦朧而縹緲。雲煙飄過，皓月如飛，照臨江渚。在薄霧、月色、波光之中，在這個半透明而神祕的夜裡，他彷彿也在升騰，飛馳：「恍若乘槎河漢上，怕客星犯斗蛟龍怒。」晉張華《博物志》：近世有人居海渚者，年年八月，有浮槎去來不失期。人有奇志，乘槎而去。十餘日至一處，有城郭狀，宮中有織婦，見一丈夫牽牛渚次飲之。因問：「此是何處？」答曰：「君還至蜀郡，訪嚴君平則知之。」因還至蜀，問君平，曰：「某年月日，有客星犯牽牛宿。」計其年月，正是此人到天河時也。劉仙倫覺得自己好像傳說中那個住在海島上的人那樣，乘著木筏，到達天河。——他怕是真的順流而上，侵入斗牛之宿，把天河中的蛟龍惹怒了。七句筆飛墨舞，尤為精彩，把作者孤寂的心境表現得淋漓盡致。雲煙在月邊飄流，故覺月「飛」。「飛」字，既從對面寫雲煙，也從正面寫月亮，它將雲煙、皓月、洲渚組織成一幅靈氣飛動的畫面。最後以高歌過江作結，將江流、碧空、群山、皓月、煙渚，連同作者的琴音、浩嘆和奇思異想留給讀者去細細回味。

綜上所述，這首詞以喚渡起，以過江結，「銷磨」一句，引出對今古人物的懷念，結構嚴整，脈絡清楚。由「喚」而「嘆」而「問」而「恨」，進而奏簫韶而致湘妃，若乘槎而犯斗牛，層層挪展。又上片一懷人、一寫景，下片一懷人、一想像，筆勢頓挫，波瀾起伏。仙倫雖是小家，這首詞堪與大家的上乘之作媲美。（梁鑒江）

念奴嬌　劉仙倫

送張明之赴京西幕

艅艎東下，望西江千里，蒼茫煙水。試問襄州何處是？雉堞連雲天際。叔子殘碑，臥龍陳跡，遺恨斜陽裡。後來人物，如君瑰偉能幾？

其肯為我來耶？河陽下士，差足①強人意。勿謂時平無事也，便以言兵為諱。眼底山河，樓頭鼓角，都是英雄淚。功名機會，要須閒暇先備。

〔註〕①「差足」一作「正自」。

張明之，生平不詳。京西，路名。宋神宗熙寧間分京西路為南、北兩路，詞中提到的襄州，即襄陽，就是京西南路治所。在南宋，這裡是宋金對峙的前沿。從「勿謂時平無事也」等句來看，當時宋金正處於相持狀態，所以連前沿地區也保持著平靜。這種形勢往往助長人們的麻痺情緒，甚至放鬆收復失地的努力。但是，劉仙倫於此時送朋友到京西幕府，卻能以十分清醒的頭腦勉勵張明之作好戰備，為抵抗侵略、恢復中原立功。宋室南渡以後，統治集團苟安偷生，一部分人甚至幻想與金人互不侵犯、長治久安。所以每當雙方暫時脫離軍事接觸的時候，便是投降派、主和派囂張的時候。明白了這一點，也許有助於我們認識劉仙倫此詞所具有的積極意義。

上片「艅艎」三句從送客之地落筆。「艅艎（音同余皇）」，大艦；「試問」兩句展開對襄陽的描寫，作者的眼裡甚至清楚地出現了那裡連雲的「雉堞」——遙遠的兩地，因為抒情的需要而縮短了距離。「叔子」是西晉人羊祜的字，他鎮守襄陽十年，曾積極策劃滅吳，後人因此為他在峴山樹碑。臥龍，即諸葛亮，他出仕前隱居於襄陽附近的隆中。瑰偉，在這裡用來盛讚張明之才能卓絕。以上五句中，不同時代的三個人也因主題的需要碰了頭。下片「其肯為我來耶」用韓愈〈送石處士序〉一文成句。韓愈原文說有人向烏重胤推薦石洪，烏重胤說：「先生（指石洪）有以自老，無求於人，其肯為某來耶？」烏重胤當時任河陽軍節度使、御史大夫，所以詞中接著說「河陽下士」（下士，即禮賢下士意）。「其肯為我來耶」三句是詞人對京西南路安撫使辟張明之一事的評論，讚揚其禮賢下士的作風。「勿謂時平無事也」兩句則勉勵張明之入幕後，加強戰備，不要「以言兵為諱」。「眼底山河」三句，轉入抒情，蒼涼悲壯，表現了作者對國事的關心，極富鼓舞力量。結句「功名機會，要須閒暇先備」，再次勉勵張明之為國家做一番事業。送別之際，一再以國事和建功立業相勉勵，主客之間愈顯親切，作者送人的情意也就愈顯誠摯了。

宋岳珂《桯史》說「廬陵在淳熙間先後有二士」，一個是劉過，一個就是劉仙倫。

仙倫不但與劉過在地方上地位相當，即詞風也有相似之處。比如這首詞所表達的對祖國命運的關注，就是劉過詞中常見的主題。此外，仙倫詞中的散文化句法，也顯然和劉過一樣，是受了辛棄疾的影響。這首詞中「其肯為我來耶」、「勿謂時平無事也」等句純用散文入詞，讀來親切、自然，很符合摯友送別時的口吻。同時，句式的變化，也使詞篇活潑，風格遒峭。（李濟阻）

趙昂

【作者小傳】生平和字里不詳。宋孝宗時御前應對。存詞一首。

婆羅門引　趙昂

暮霞照水，水邊無數木芙蓉。曉來露濕輕紅。十里錦絲步障，日轉影重重。向楚天空迥，人立西風。

夕陽道中。嘆秋色、與愁濃。寂寞三千粉黛，臨鑑妝慵。施朱太赤，空惆悵、教妾若為容。花易老、煙水無窮。

宋陳郁《藏一話腴》：「趙昂總管始肄業臨安府學，困躓無聊賴，遂脫儒冠從禁弁，升御前應對。一日，侍阜陵蹕之德壽宮。高廟宴席間問今應制之臣，張掄之後為誰。阜陵以昂對。高廟俯睞久之，知其嘗為諸生，命賦拒霜詞。昂奏所用腔，令綴〈婆羅門引〉。又奏所用意，詔自述其梗概。即賦就進呈云……」進呈的就是以上這首詞。「阜陵」即宋孝宗趙眘，眘陵名「永阜陵」，所以南宋人以「阜陵」稱孝宗；高廟即宋高宗趙構，構廟號「高宗」，後人因以「高廟」稱之。趙構退位後居住在「德壽宮」，因而宋人或以「德壽」代稱宋高宗。趙昂的這首詞，是應宋高宗之命而作的，是一首「應制詞」；以詠「拒霜」（即「木芙蓉」，或稱「地芙蓉」、「木蓮」等）為內容，因而它又是一首詠物詞。《藏一話腴》又載：高宗看了這首詞，很高興，不但賞賜給趙昂不少銀絹，還叫孝宗給升了官。

按照過去的傳統，「應制」的作品，往往是歌功頌德、拍馬奉承的。這首詞卻不然。那麼，宋高宗為什麼還很喜歡它呢？

這首詞處處緊扣住拒霜的特點，多方面著筆，務求盡善盡美。從拒霜的生長習性上看，它多叢生在水邊潮濕之地，所以詞的起句便說：「暮霞照水，水邊無數木芙蓉。」用「木芙蓉」應「拒霜」，點題；用「水邊」交代其生長習性；用「無數」交代其叢生的特點；用「暮霞照水」作背景烘托，而且這個背景天光水色，色彩斑斕，美不勝收。拒霜在秋冬間開花，所以詞中先用「楚天空迥，人立西風」透露出一派秋意，然後在下片中緊接著用「秋色」再次點明秋的季節。著墨更多的是寫拒霜花。詞的上片，寫了三段時間中的拒霜花形象：「暮霞」兩句，是暗寫晚霞映襯下的拒霜花。「暮霞」在這裡既是寫霞，其中也包括花，只是花的形象沒有明寫，而是讓讀者從「暮霞」的色彩中去聯想。當然，「暮霞」也可以理解為就是寫花，「暮霞」只是個比喻，而以「木芙蓉」揭示這個比喻的實體。這裡取前者。「曉來」一句是寫早晨帶露的拒霜花，用「輕紅」略點花的實質形象。拒霜花有粉紅、白、黃等顏色品種，作者這裡只取粉紅一種。粉紅而經「露濕」，更加嬌嫩，故曰「輕紅」。「十里」兩句，是用濃墨重彩正面寫日轉中天時拒霜花的形象。「十里」極寫其多，承「無數」而來；「錦絲步障」，寫豔陽之下，繁花燦似錦繡、簇如屏幕（「步障」即屏幕）。這使我們想起了王愷與石崇爭鬥豪華的場面：王愷「作紫絲布步障碧綾裹四十里」，石崇則「作錦步障五十里以敵之」（南朝宋劉義慶《世說新語．汰侈》）。這裡則是拒霜花組成的「步障」，而且隨著太陽的轉移，花影也隨之變化，作者用花影的「重重」，再次寫花之多。看來，作者善於選擇描繪的角度。這三層寫花，筆墨由簡入繁，由側面烘托而至正面描繪，然後再加以側面烘托。但用筆都比較質實，而且越來越實。作者為了挽救這個危險的趨勢（質實為詞家一忌），把筆鋒一轉，寫出了「向楚天空迥，人立西風」兩句，亦花亦人，筆調一變而為沉著瀟灑而又不乏空靈之氣，遂使全詞風致大變，從而逼近了上乘作品的行列。

詞的下片，繼續寫拒霜花，但筆法與上片的正面下筆完全不同。下片乍看好像寫美人，實際上是通過寫美人而達到進一步寫花的目的，把花寫得盡善盡美。過片承「西風」句立意，寫秋色濃於愁，貌似借秋興嘆，實際上是引出再次寫花。白居易詩云：「莫怕秋無伴醉物，水蓮花盡木蓮開。」（〈木芙蓉花下招客飲〉）所以寫秋愁正是為了引出這個「伴醉物」來。這個「愁」字來得貼切巧妙，也很重要，其意一直貫串到「教妾若為容」。「寂寞」以下四句，皆寫「粉黛」（即美人）之愁。「寂寞」、「妝慵」以至「惆悵」，皆是其「愁」的情態表現；「施朱太赤」、「教妾若為容」，則是「愁」的原因所在。美人總是要與花爭豔的。這裡，美女們看了拒霜花，自己感到不好打扮了，不施「朱」（紅色）固然不可，而施朱則「太赤」，不管怎樣，總是打扮不出拒霜花的那種粉紅來。「教妾若為容」，是屢經打扮而總不能與花比美的愁嘆，所以只有「妝慵」與「惆悵」了。這幾句雖從杜荀鶴〈春宮怨〉詩「早被嬋娟誤，欲妝臨鏡慵。承恩不在貌，教妾若為容？」化出，甚至還借用了戰國宋玉〈登徒子好色賦〉「施朱則太赤」的成句，但寫得卻自有新意。古典詩詞中總喜歡以花寫美人，如「梨花一枝春帶雨」（白居易〈長恨歌〉）、「此度見花枝，白頭誓不歸」（韋莊〈菩薩蠻〉）、「一枝嬌臥醉芙蓉」（閻選〈虞美人〉）等等；美女在花面前，總想比並一番，而且總有一種穩操左券的驕傲，如無名氏〈菩薩蠻〉：「含笑問檀郎，花強妾貌強？」黃簡〈玉樓春〉：「妝成挼鏡問春風，比似庭花誰解語？」這裡則以美人寫花，並比之下，美人卻甘拜下風，臨鏡不知所措。拒霜花之美，由此可以想見了。這是個很成功的比擬。詞的結句「花易老、煙水無窮」，陡轉一筆，一反愁怨可掬的嬌態，別開新意，花光盡而煙水來，以煙水之無窮彌補花的易老，把人引入一個高渺闊大的境界。這種結句，大有雲水迭生、柳暗花明、餘味無盡的優點，正是深得詞家三昧之處。宋高宗也是長於詞的人。這首詞既然有如許好處，他看了能不高興嗎？

從詠物詞的發展史上看，這首詞也是值得稱道的。兩宋都有詠物詞，但卻有不同。就總的傾向說，北宋少而南宋多，宋末尤多；北宋詠物詞往往有濃重而明顯的抒情成分，南宋則漸趨冷靜以至隱晦，這當然與其時代氣質有關係，也與詠物詞自身的發展過程有關係。這首詞的作者趙昂，處在南宋初期，這首詞也處於詠物詞由北而南的過渡時期中，就詠物與抒情的比重上看，其詠物成分顯然增多，而北宋的借物抒情的特色則顯然減少。應該說，它預示了南宋詠物詞的發展趨向。（丘鳴皋）

韓淲

【作者小傳】（一一五九～一二二四）字仲止，號澗泉，許昌人（今屬河南）。韓元吉之子。從仕不久，即隱居上饒。有《澗泉集》、《澗泉詩餘》。存詞一百九十七首。

賀新郎

韓淲

坐上有舉昔人〈賀新郎〉一詞，極壯，酒半用其韻。

萬事佯休去。漫棲遲、靈山起霧，玉溪流渚。擊楫淒涼千古意，悵怏衣冠南渡。淚暗灑、神州沉處。多少胸中經濟略，氣□□、鬱鬱愁金鼓。空自笑，聽雞舞。

天關九虎尋無路。嘆都把、生民膏血，尚交胡虜。吳蜀江山元自好，形勢何能盡語。但目盡、東南風土。赤壁樓船應似舊，問子瑜公瑾今安否。割捨了，對君舉。

愛國主義之精神，實為南宋一代文化之命脈，亦為南宋詞之命脈。在南宋詞史上，前輩愛國詞作感動了後輩詞人，因而和之，前後詞作，遙相輝映的佳話，不絕於書。劉辰翁和李清照〈永遇樂〉，韓淲（音同瓢）和張元幹〈賀新郎〉，皆是其例。此詞序中所謂昔人，即張元幹，所謂〈賀新郎〉一詞，即元幹〈賀新郎·寄李伯紀（綱）丞相〉。無論詞調詞情，韻字韻次，韓淲此詞與元幹原詞，皆合若符契。高宗紹興八年（一一三八），宋金議和已成定局，高宗向金拜表稱臣，李綱時已罷職，上書堅決反對，元幹乃賦〈賀新郎〉「曳杖危樓去」一詞寄之，表示極力支持。其詞慷慨悲壯，乃《蘆川詞》壓卷之作。數十年後，韓淲於酒席上因有人舉其詞，感其壯，遂步其原韻，揮筆寫成此詞。據南宋方回《瀛奎律髓》卷十二云：淲於「（寧宗）嘉定初，即休官不仕」。審詞情，詞作於休官退居上饒（今屬江西）之時。距元幹作詞那年，已相隔半個多世紀了。

「萬事佯休去。」起筆感慨極深沉。佯作拋卻萬事，其實何能拋卻？這人間萬事，南宋積弱局面未改，實為第一大事也。「漫棲遲、靈山起霧，玉溪流渚。」棲遲，止息也。渚，水中之小洲。靈山、玉溪，皆在詞人所居之上饒。靈山乃道教之福地。北宋張君房《雲笈七籤》卷二七「洞天福地」第三十三：「靈山，在信州上饒縣北。」玉溪以源出懷玉山故名，即信江，一稱上饒溪。詞人自道，我聊且棲遲於靈山玉溪之間，空對著雲起水流而已。一位藏身山林而繫心天下的愛國志士之形象，隱然已凸現於此靈山玉溪之間。靈山起霧，多麼像他心頭的悵惘。玉溪流渚，流不盡他心中的愁恨。「擊楫淒涼千古意，悵怏衣冠南渡。」擊楫，典出《晉書·祖逖傳》：「中流擊楫而誓曰：『祖逖不能清中原而復濟者，有如大江！』」詞人用筆，無往不復。緬懷靖康南渡，先輩北伐遺願，至今未能實現，此恨千古難滅。韓淲對南渡之初的元老重臣李綱，推崇備至。其《澗泉日記》云：「渡江以來，李伯紀第一流。」又云：「李伯紀、趙元鎮（鼎）渡江之初，整頓國家，至今蒙福無窮。」此韻正是緬懷李綱等先輩之遺烈。「淚暗灑、神州沉處。」神州沉處，指中原陷落，語出《晉書．桓溫傳》「神州陸沉，百年丘墟」。張元幹原詞云「悵望關河空弔影」，又云「愁生故國」。此正化用其意。詩詞和作，貴在自抒懷抱，又與原作不即不離。韓淲此詞正是如此。淚灑神州陸沉，一筆雙挽，既是寫李綱、張元幹，也是寫自己。接上來一韻也是如此寫法。「多少胸中經濟略，氣□□、鬱鬱愁金鼓。」此韻第二句次二字原缺，連上下句看，大意仍很明白。多少愛國志士，滿懷救國韜略，「待從頭收拾舊山河」（岳飛〈滿江紅〉），卻不為朝廷所用，北伐之金鼓久不得聞，志士之豪氣鬱鬱難伸，只落得「空自笑，聽雞舞」。此用祖逖與劉琨聞雞起舞的故事。慨嘆縱然有聞雞起舞之志，終究是英雄無用武之地。此實為整個南宋志士仁人報國無門的歷史悲劇之寫照。

「天關九虎尋無路。」換頭化用《楚辭．招魂》「君無上天些，虎豹九關，啄害下人些」，言君門凶險，無路可通，胸中志略不能得達，此諷刺朝廷無用兵禦敵之意也。詞情較上片已更其沉痛，更其激憤。鋒芒所向，直指妥協偷安的小朝廷。下一韻，鋒芒更加犀利痛快。「嘆都把、生民膏血，尚交胡虜！」此揭露朝廷有賣國殃民之心也。孝宗隆興和議（一一六四）以來，宋每年向金上交歲幣銀二十萬兩、絹二十萬匹。至寧宗嘉定和議（一二〇八），歲幣增至銀絹各三十萬兩、匹，犒軍錢三百萬貫。小朝廷吮吸人民之膏血，以換取苟安，此南宋之一大國恥，被詞人一筆揭穿，痛快淋漓！南宋詞人之極言時事，無所避諱，又何讓於唐代詩人？詞人在此所顯示之人格精神，有如壁立千仞。此真宋人之所以為宋人也。小朝廷，你奈何他不得也。「吳蜀江山元自好，形勢何能盡語。」詞情至此軒昂奮發，豪情萬丈。東起於吳，西至於蜀，祖國還有一大片大好河山，人力、物力、地利，形勢何可盡道？可以有為也。吳指江南，南宋之政治中心。蜀指四川，四川不但富有經濟實力，而且實為戰略要地。此二句，實見出詞人之卓識。南宋若決策北伐，東自江淮出兵，西自川陝出兵，便可形成對金的鉗形攻勢，打他個首尾不相救。「但目盡、東南風土。」此韻筆鋒一轉，慨嘆朝廷放棄經略吳蜀兩翼之計劃，目光短淺，只見東南，不外乎一味偷安苟樂而已。「赤壁樓船應似舊，問子瑜公瑾今安否？」這是意味深長的一問。赤壁樓船，指三國曹魏南進之軍隊，此借指敵人。子瑜，諸葛瑾之字。公瑾，周瑜之字。子瑜為東吳之長史，公瑾乃東吳之大將。赤壁之戰，周瑜大破曹軍，「談笑間、檣櫓灰飛煙滅」（蘇軾〈念奴嬌·赤壁懷古〉）。詞人用子瑜指張元幹，用周瑜指李綱，因為元幹曾任李綱之行營屬官。此二句之意蘊，實為雙層，既謂李綱、元幹，又謂並世如李綱、元幹之英雄人物。不知如今公瑾、子瑜一流人物無恙否？然而，縱然是世有英雄，終究也報國無門呵！「割捨了，對君舉！」還是拋開這一切，對君舉杯，大醉一場吧！結得沉痛，正與起筆遙相呼應。

此詞從發端直至「尚交胡虜」句，寫盡南渡以來之屈辱局面；下片後半幅，直抒恢復河山之宏圖壯志，有萬丈豪情，亦有深謀遠慮，筆力後勁無比。詞情此一全幅歷程，深刻地展現出詞人「處江湖之遠，則憂其君」（范仲淹〈岳陽樓記〉）的襟抱。讀其詞，當知其人。韓淲乃北宋參政韓億之裔，吏部尚書韓元吉之子，出身名臣世家，實有家學淵源。南宋戴復古〈挽韓仲止〉詩稱其：「雅志不同俗，休官二十年。隱居溪上宅，清酌澗中泉。慷慨傷時事，淒涼絕筆篇。三篇遺稿在，當並史書傳。」自註：「聞時事驚心，得疾而死。作『所以桃源人』、『所以商山人』、『所以鹿門人』三詩（按即〈懷古〉詩），此絕筆之詩也。」可知韓淲是一位憤世嫉俗而隱逸山水、雖然隱逸而不忘憂國的高人。隱逸而憂國，道並行而不悖，此文化傳統之一精神也。韓淲有此傑作，良非偶然。詞中鋒芒直指南宋小朝廷，尤其揭露其把生民膏血尚交胡虜，無所避諱，真難能可貴。詞是有感於張元幹原作而作，題序雖未點明元幹，但對元幹心嚮往之，情見乎詞。此詞之作，以及後來劉辰翁〈永遇樂〉之作，皆證明在南宋一代，愛國精神世世相傳，生生無已。唯其如此，南宋一代之歷史文化，才能在那漫漫黑夜之中，放出不滅的光輝。（鄧小軍）

鷓鴣天　韓淲

蘭溪舟中

雨濕西風水面煙，一巾華髮上溪船。帆迎山色來還去，櫓破灘痕散復圓。尋濁酒，試吟篇。避人鷗鷺更翩翩。五更猶作錢塘夢，睡覺方知過眼前。

此詞題「蘭溪舟中」。蘭溪今稱蘭江，是錢塘江上游一段幹流之名。再往下，依次稱桐江、富春江、錢塘江，流經杭州入海。這條江流山水清絕，自古名聞天下。此詞純寫舟行江上之感受，是首清新俊逸的山水詞。讀之只覺江風煙雨撲面而來，真似不食人間煙火者語。

「雨濕西風水面煙。」開篇便引人入於勝境。細雨濕秋風，溪面一片煙。好一幅潑墨空江煙雨圖。「一巾華髮上溪船。」次句寫出自己登舟情景。一巾華髮，可知詞人此時已屆老年。證以戴復古〈挽韓仲止〉詩句「雅志不同俗，休官二十年」，又可知詞人此時已歸隱，其襟抱灑然塵外，對大自然之體會，自格外親切。上溪船三字，下得興致盎然。於是，讀者彷彿也隨了詞人登舟溪行。「帆迎山色來還去，櫓破灘痕散復圓。」此一聯，極寫乘舟風行水上飽看山色水容的美感逸趣。上句寫山色。帆迎，船迎往前去，是動態。山色來——還去，山一一迎面而來，又一一掉臂而去，又是動態。動態寫山，動中有動，別具理趣。此句與敦煌詞〈浣溪沙〉「看山恰似走來迎」，有異曲同工之妙。下句寫水容。櫓破灘痕散——復圓。灘痕即灘上水紋。溪則有灘，灘則有紋，紋呈圓形。船夫過灘施櫓，擊散了圓圓的灘痕，船過處，灘痕又一一復為圓形。此句寫灘痕亦趣。自其破散以觀之，則灘痕為動態。自其復圓以觀之，則灘痕呈靜態。靜態寫水，靜中有動，又具理趣。與韓偓詩「江中春雨波浪肥」（〈三月二十七日自撫州往南城縣舟行見拂水薔薇，因有是作〉），同一逸趣。親切的觀察，在在體現出詞人與大自然的契合。

「尋濁酒，試吟篇。」舟中，詞人要來家常之酒，乘興吟起詩篇。「避人鷗鷺更翩翩。」江上，鷗鷺翩翩飛翔，亦自由自在。此三句，寫出人自得其樂，鳥亦自得其樂，真有物我兩忘之古意。「五更猶作錢塘夢，睡覺方知過眼前。」結筆二句，一氣貫注。五更舟中，夢見到了錢塘（杭州）。一覺睡醒，才知道錢塘果然到了眼前。結筆寫順流而下舟行之速，風趣得很。夢境與現境打成一片。此二句不禁令人聯想起李白〈早發白帝城〉：「兩岸猿聲啼不住，輕舟已過萬重山。」玩味起來，又覺韓詞婉而李詩豪，似乎又可見到唐詩宋詞之諸多異同。讀此詞，趣味甚多。船到錢塘，詞也戛然收尾，留下了滿幅的溪行餘韻。

這是首山水詞。誦讀此詞，不覺其將人攝入了空江煙雨境界。空濛的江面，空濛的煙雨，還有空濛的山色。詞人之心，融合於鴻蒙自然。讀者之心，又何必不然。山水在詞中，全然不是羈旅行役的背景，而是自具自足的境界。視野不妨再放開些。詞的境界，從傳統的深院繡闈，歌樓舞榭，推向好江山大自然，便煥發出人與自然融合的神理。山水詞不多有。這確乎是韓淲詞的獨到處。話說回來，若無詞人清逸絕俗的懷抱，也不會有這樣絕妙的好詞。（鄧小軍）

俞國寶

【作者小傳】臨川（今江西撫州）人。宋孝宗淳熙時太學生。有《醒庵遺珠集》，不傳。存詞十三首。

風入松　俞國寶

一春長費買花錢，日日醉湖邊。玉驄慣識西湖路，驕嘶過、沽酒樓前。紅杏香中簫鼓，綠楊影裡秋千。

暖風十里麗人天，花壓鬢雲偏。畫船載取春歸去，餘情付、湖水湖煙。明日重扶殘醉，來尋陌上花鈿。

據宋周密《武林舊事》卷三，這首詞是太學生俞國寶題寫在西湖一家酒肆屏風上的。已做太上皇的宋高宗偶見此詞，「稱賞久之」，認為「甚好」，還將其中「明日再攜殘酒」句改為「明日重扶殘醉」，俞國寶也因而得到即日解褐授官的優待。宋孝宗隆興二年（一一六四），宋金簽訂「隆興和議」，此後的三十年內雙方再無大的戰事發生。暫時的和平麻痺了人們的意志，也為上流社會提供了醉生夢死的可能性。這首詞寫於孝宗淳熙年間（一一七四～一一八九），正是這種社會現實和心理狀態的反映。

詞篇由描寫詞人的自我形象開頭。這裡雖然沒有直接描摹西湖的美景，可是「一春」、「長費」、「日日」、「醉」等詞語卻傳達了作者對西湖的不盡留連；「玉驄」兩句寫馬，然而馬的「慣識」是由於人的常來，馬的「驕嘶」是由於人的愜意，所以三、四句是借馬寫人，再因人寫湖，最後達到了人與境、情與景的高度融合。總之，開頭四句是用作者濃烈的情緒感染讀者，使人對西湖產生「未睹心先醉」式的嚮往，因此下文描寫的遊湖盛況，也就預先被蒙上了一層美的面紗。再說，詞人、玉驄、酒樓都是西湖遊樂圖的組成部分，因之這四句所表現的詞人情致有以小見大的作用，並使詞篇起處「自成馨逸」（明沈際飛《草堂詩餘正集》評）。

「紅杏」以下四句是遊樂圖的主體。這裡僅僅二十餘字，可是所含的資訊是極豐富的：有繁盛的紅杏，濃密的綠柳，如雲的麗人；有抑揚的簫鼓，晃蕩的秋千（鞦韆），漂亮的簪花；有氤氳的香氣，和暖的春風。作者抓住了西湖遊春的熱點，濃墨渲染，為讀者提供了想像的最佳契機，詞人旺盛的遊興，也借此得到了充分的表現。

「畫船」兩句為暮歸圖，是遊樂的尾聲。在這裡，作者把「春」寫成有形有質、可取可載的物事，不僅使詞句形象生動，也寫出了西湖春天的特色：春在遊舟中。「餘情付、湖水湖煙」，在熱鬧濃烈之後補充幽悄淡遠，在載春歸去的滿足之後補充餘情，表現的是西湖的另一面目和作者遊興中高雅的一面。人去湖空，論理詞篇也該收尾了。不料作者別出心裁，反以明日之事相期，收得別致而又耐人尋味，也更加凸出了今日之忘情歡樂。清陳廷焯說：「結二語餘波綺麗，可謂『回頭一笑百媚生』。」（《雲韶集》）「重扶殘醉」是說前一日醉得很深，隔日餘醉尚不解。不過到底是酒醉呢，還是情醉呢，還是二者兼而有之，讀者可以自己判斷。這一句的原文作「明日再攜殘酒」，是一個尚未解褐的太學生清寒瀟灑、忘情山水的性格的反映，未必不工，只是沒有高宗那種富貴派頭就是了。

這首詞受前人喜愛，還有一個原因是詞風香豔綺麗，情致濃而近雅。在文學史上，詞，很長一個階段是作為歌館酒筵間的佐料而存在的。因此舊日的詞人們，對於香麗流美型的詞風就有著特殊的偏愛。

這首詞的結構也頗別致，歸納言之，大約有三個特點：一、完整。從概說醉心西湖敘起，次寫玉驄近湖，繼寫全天遊況，再寫畫船歸去，終以來日預期，可謂嚴密得滴水不漏。二、分片。根據填詞的通常規矩，前後兩片總應有個分工。清王又華《古今詞論》引毛先舒的話說：「前半泛寫，後半專敘，蓋宋詞人多此法。」但是這首詞上下兩片的意思是連貫的，過片的地方不僅沒有大的轉折，反而同前半闋的後兩句結合得更緊。三、照應。比如：「日日醉湖邊」之與「明日重扶殘醉」，「玉驄」之與「畫船」，「西湖路」之與「陌上」，「花壓鬢雲偏」之與「花鈿」等等。這種結構形式的選用，使得詞中所描繪的西湖遊樂圖更加渾然一體。（李濟阻）

史達祖

【作者小傳】（一一六三～一二二〇？）字邦卿，號梅溪，汴（今河南開封）人。嘗為韓侂冑堂吏，韓敗，坐受黥刑。其詞多抒寫閒情逸致，用筆尖巧，追求細膩工緻，以詠物逼真著稱，亦有少數感慨國事的篇什，有《梅溪詞》傳世，存一百一十二首。

綺羅香 史達祖

詠春雨

做冷欺花，將煙困柳，千里偷催春暮。盡日冥迷，愁裡欲飛還住。驚粉重、蝶宿西園，喜泥潤、燕歸南浦。最妨它、佳約風流，鈿車不到杜陵路。

沉沉江上望極，還被春潮晚急，難尋官渡。隱約遙峰，和淚謝娘眉嫵。臨斷岸、新綠生時，是落紅、帶愁流處。記當日、門掩梨花，剪燈深夜語。

在詠物詞中，這一首屬於著意雕繪的一類，不僅窮形盡相，而且為事物傳神。故是以工麗見長，從中見出作者的才思。

這一類詠物作品，既重體物，又重神采，所謂即人即物，即物即人，體物與寄託，混然不可分辨。但這種「寄託」，僅為作者一種情思，而這種情思乃作者所處之時代、社會所形成的個人思想總和，若實指某人某事，必不免穿鑿附會。

詞中之濛濛細雨為適當其時，而暗暗情懷則鬱積已久，以此適時之雨，遇此淒迷之情，乃作成此滿紙春愁。春雨欺花困柳，所謂風流罪過，明是怨春，實是惜春情懷。體物而不在形態上落筆，而確認無生物有其思想感情，為南宋詠物詞中大量採用的表現手法，這就是所謂傳神，這是詠物詞最見工力的地方之一。說「冷」，說「煙」，說「偷催」，都使人感到這是春天特有的那種毛毛細雨，也即「沾衣欲濕」的「杏花春雨」。

這種細雨，似暖似冷，如煙如夢，做出許多情思，正如秦觀〈浣溪沙〉：「自在飛花輕似夢，無邊絲雨細如愁。」雖各說各的春雨，各具各的神態，卻同借春雨，表現出同樣的惜春情懷。對仗工而精，用字穩而切。

細雨、春愁，已不知何者為主，何者為次，但即使人的神思遠沒遙空，而究其實卻「句句不離所詠之物」。春雨之冥迷，實同於人之惆悵，輕到欲飛之細雨，竟至欲飛不能而如此依戀纏綿者，都因為這是一片春愁。體物傳神，可謂細緻入微，窮形盡相了。

彩蝶因春雨而停憩西園，春燕因春雨而得泥歸來，也屬一般，而蝶驚粉重，燕喜泥潤，卻把春雨這一「細微」的特徵，從側面表現出來了。

上片的最後一韻，仍是圍繞春雨來寫。佳約成空，鈿車不出，是說春雨對人事的影響，並非作者真有個約會，因雨受阻。這種手法，正如姚鉉所說：「賦水不當僅言水，而言水之前後左右也。」（清賀裳《皺水軒詞筌》引）

杜陵在長安城南，是唐代郊遊勝地之一，這裡是借用。

上片寫作者在庭院中所見。下片第一韻三句，轉為寫春雨中的郊野景色。寫郊原春雨，唐人韋應物的〈滁州西澗〉最能追魂攝魄，這裡翻用了他的詩意。詠物詩詞的用典，除了為自己詩情詞情敷彩之外，還要標示這一事物曾經為前人所重，在文學史上早有很高的聲價。詠物詩詞如果忽略了這一點，那就是美中不足。韋詩：「獨憐幽草澗邊生，上有黃鸝深樹鳴。春潮帶雨晚來急，野渡無人舟自橫。」江頭野渡，暮色淒清，微雨欲垂未垂，遠水似盡不盡。一片蒼茫寂寥，雖非行人，亦難免魂銷。看似描寫江天景色，實際上卻是為春雨傳恨。「眉嫵」兩句，寫雨中春山，煙雨迷濛，遠望處，隱約如佳人眉黛。這裡是用卓文君事。《西京雜記》「文君姣好，眉色如望遠山」，是以山比眉，這裡卻又反過來用佳人愁眉比喻遠山，且又加「和淚」兩字，以關合雨中遠山。「嫵」字韻腳極佳，押韻即當如此押去方好。所謂「我見青山多嫵媚」（辛棄疾〈賀新郎〉），不僅新穎，亦使青山含情。「謝娘」一辭，唐宋詩詞家常用語，是對婦女的泛稱，這是南朝留下來的習慣。這裡的謝娘，不應理解為實指某人。只是因為把雨中遠山比作婦女愁眉，為使文理連貫才引出「和淚謝娘」一語，詞意只在用雨中春山表現春雨的多種風神，重點仍在春雨。所謂句句刻畫，不離所詠之事物。這兩句寫青山似謝娘之含帶愁而愈覺嫵媚，都是春雨「做將」出來的。春雨能夠做到「山也含情，蝶也悽怨」。

詠物詩詞之用典，貴在融化無跡，這就需要作者的刻意錘鍊，但用典即使渾化無跡，因是被動，難免死板，不如自鑄新詞，使之淋漓盡致。下面兩句即作者自己鎔鑄的新語，既流暢，又活潑：「臨斷岸、新綠生時，是落紅、帶愁流處。」這是兩句極新穎的對偶句，構成極美的意境，極為當時人及後世讀者激賞。寒雨淒迷，斷岸幽寂，綠水新漲，花落水流紅。是春雨景色，亦是春雨情懷、作者情懷。詞人使用的方法是在文字上句句不離春雨，在結構上以春愁作為情感主線。寫春雨則窮形盡相，寫情感則隨處點染。下片的「沉沉」、「和淚」、

「落紅」、「帶愁」，以及下句的「門掩梨花」，都是織成這一片淒清景色和暗暗春愁的因素。

下句「門掩梨花」，語出李重元（一說秦觀）作〈憶王孫〉：「萋萋芳草憶王孫，柳外樓高空斷魂，杜宇聲聲不忍聞。欲黃昏，雨打梨花深閉門。」以遙想之辭，緬懷前代風流，遙想詩人於「當日」門掩黃昏，聽梨花夜雨時之惆悵況味。至於剪燈事，則出李商隱〈夜雨寄北〉：「何當共剪西窗燭，卻話巴山夜雨時。」李詩雖是寫秋雨，但只剪取其「夜雨剪燭」一層意思，以闔合故人之思，使結句漸入渾茫，所以言已盡而意正長。清許昂霄《詞綜偶評》評這兩句說：「如此運用，實處皆虛。」（孫藝秋）

雙雙燕 史達祖

詠燕

過春社了，度簾幕中間，去年塵冷。差池欲住，試入舊巢相並。還相雕梁藻井，又軟語商量不定。飄然快拂花梢，翠尾分開紅影。

芳徑，芹泥雨潤。愛貼地爭飛，競誇輕俊。紅樓歸晚，看足柳昏花暝。應自棲香正穩，便忘了、天涯芳信。愁損翠黛雙蛾，日日畫欄獨憑。

燕子是人們最喜愛的鳥之一，冬遷南方，春天來了，又從南方北歸。如晏殊〈浣溪沙〉名句：「無可奈何花落去，似曾相識燕歸來。」然古典詩詞中全篇詠燕的絕唱，則要首推史達祖的〈雙雙燕〉了。

這首詞對燕子的描寫是極為精彩的。通篇不出「燕」字，而句句寫燕，極妍盡態，神形畢肖。「過春社了」，「春社」在春分前後，正是春暖花開的季節，相傳燕子這時候由南方北歸，詞人只點明節候，讓讀者自然聯想到燕子歸來了。「度簾幕中間」，進一步暗示燕子的回歸。「去年塵冷」暗示出是舊燕重歸及年來變化。在大自然一派美好春光裡，北歸的燕子飛入舊家簾幕，紅樓華屋、雕梁藻井依舊，所不同的，空屋無人，滿目塵封，不免使燕子感到有些冷落淒清。這裡發生了什麼變化呢？

「差池欲住」四句，寫雙燕欲住而又猶豫的情景。由於燕子離開舊巢有些日子了，「去年塵冷」，彷彿有些變化，所以要先在簾幕之間「穿」來「度」去，仔細看一看似曾相識的環境。燕子畢竟戀舊巢，於是「差池欲住，試入舊巢相並」。因「欲住」而「試入」，還未最後打定主意，所以還把「雕梁藻井」仔細相視一番，又「軟語商量不定」。小小情事，寫得細膩而曲折，頗有情趣。明沈際飛評這幾句詞說：「『欲』字、『試』字、『還』字、『又』字入妙。」（《草堂詩餘正集》）妙就妙在這四個虛字一層又一層地把雙燕的心理感情變化，維妙維肖地傳達出來。

「軟語商量不定」，形容燕語呢喃，傳神入妙。「商量不定」，寫出了雙燕你一句、我一句，親昵商量的情狀。「軟語」，其聲音之輕細柔和、溫情脈脈可知，把雙燕描繪得就像一對充滿柔情密意的情侶。人們常用燕子雙棲，比喻夫妻，這種描寫是很切合燕侶的特點的。

果然，「商量」的結果，這對燕侶決定在這裡定居下來了。於是，它們「飄然快拂花梢，翠尾分開紅影」，在美好的春光中開始了繁忙緊張的新生活。「芳徑，芹泥雨潤」，紫燕常用芹泥來築巢，正因為這裡風調雨順，芹泥也特別潤濕，真是安家立業的好地方啊，燕子得其所哉，快活極了，雙雙從天空中直衝下來，貼近地面飛著，你追我趕，好像比賽著誰飛得更輕盈漂亮。廣闊豐饒的北方又何止芹泥好呢，這裡花啊柳啊，樣樣都好，風景是看不盡的。燕子陶醉了，到處飛遊觀光，一直玩到天黑了才飛回來。

「紅樓歸晚，看足柳昏花暝」，春光多美，生活又多麼快樂、自由、美滿。傍晚歸來，雙棲雙息，其樂無窮。可是，這一高興啊，「便忘了、天涯芳信」。在雙燕回歸前，一位天涯遊子曾託牠倆給家人捎一封書信回來，牠們全給忘記了！這天外飛來的一筆，完全出人意料。隨著這一轉折，便出現了紅樓思婦倚欄眺望的畫面：「愁損翠黛雙蛾，日日畫欄獨憑。」由於雙燕的玩忽，害得幽閨獨處的佳人日日高樓念遠，望穿了秋水！

這結尾兩句，似乎離開了通篇所詠的燕子，轉而去寫紅樓思婦了。看似離題，其實不然，這正是詞人匠心獨到之處。試想詞人為什麼花了那麼多的筆墨，描寫燕子徘徊舊巢，欲住還休？對燕子來說，是有感於「去年塵冷」的新變化，實際上這是暗示人去境清，深閨寂寥的人事變化，只是一直沒有道破。到了最後，才透過紅樓思婦因雙燕「忘了天涯芳信」而「日日畫欄獨憑」，把謎底揭開，給人以無窮回味。

原來詞人描寫這雙雙燕，是有意識地放在紅樓清冷、思婦傷春的環境中來寫的，他是用雙雙燕子形影不離的美滿生活，暗暗與思婦「畫欄獨憑」的寂寞生活相對照；他又極寫雙雙燕子盡情遊賞大自然的美好風光，暗暗與思婦「愁損翠黛雙蛾」的命運相對照。顯然，作者對燕子那種自由、愉快、美滿的生活的描寫，是隱含著某種人生的感慨與寄託的。這種寫法，一反以寫人為主體的常規，而以寫燕為主，寫人為賓；寫紅樓思婦的愁苦，只是為了反襯雙燕的美滿生活。當然，讀者自會從燕的幸福想到人的悲劇，不過作者有意留給讀者自己去體會罷了。這種寫法，因多一層曲折而饒有韻味，因而能更含蓄更深沉地反映人生，煞是別出心裁。

作為一首詠物詞，〈雙雙燕〉獲得了前人最高的評價。清王士禛說：「詠物至此，人巧極天工矣！」（《花草蒙拾》）這首詞成功地刻畫了燕子的優美形象，把燕子擬人化的同時，描寫牠們的動態與神情，又處處力求符合燕子的特徵，以至於形神俱似的地步，真的把燕子寫活了。例如同是寫燕子飛翔，就有幾種不同姿態。「飄然快拂花梢，翠尾分開紅影」，是寫燕子在飛行中捕捉昆蟲、從花木枝頭一掠而過的情狀。「飄然」，寫出燕子的輕，但又不是在空中自由自在地悠然飛翔，而是在捕食，所以又說「快拂花梢」。正因為燕子飛行輕捷，體型又小，飛起來那翠尾像一把張開的剪刀掠過「花梢」，就好似「分開紅影」了。「愛貼地爭飛」，是燕子又一種特有的飛翔姿態，天陰欲雨時，燕子飛得很低。由此可見詞人對燕子觀察何等細緻，描寫何等精確。詞中寫燕子銜泥築巢的習性，寫軟語呢喃的聲音，也無一不肖。「簾幕」、「雕梁藻井」、「芳徑」、「芹泥雨潤」等等，也都是燕子特有的生活環境。詞中用典也都切合燕子。「差池欲住」，「差池」二字本出《詩經·邶風·燕燕》：「燕燕于飛，差池其羽。」「芹泥雨潤」，「芹泥」出杜甫〈徐步〉詩：「芹泥隨燕嘴。」「便忘了天涯芳信」，則是化用南朝梁江淹〈雜體詩·擬李都尉從軍〉「而我在萬里，結髮不相見；袖中有短書，願寄雙飛燕」詩意，反從雙燕忘了寄書一面來寫。

當然，取形不如取神，為燕子傳神寫照更是高難度的描寫藝術，這也是其他詠物詞遠不可及的地方。如最出色的兩句「還相雕梁藻井，又軟語商量不定」，酷似雙燕向雕梁張望的神態和燕子柔聲細語呢喃不休的情調，而又把燕子寫得那麼富有感情，那麼富有人情味，真可說是千古絕筆了！（高原）

夜行船　史達祖

正月十八日聞賣杏花有感

不剪春衫愁意態。過收燈、有些寒在。小雨空簾，無人深巷，已早杏花先賣。

白髮潘郎寬沈帶。怕看山、憶他眉黛。草色拖裙，煙光惹鬢，常記故園挑菜。

本詞寫的是中年以後思鄉懷人的落寞情懷。杏花時節，細雨霏微，孤獨的詞人，想起了當年在故園踏青挑菜的情景。如今，春色依舊是那麼美好，而那鬟影衣香的情人，已不知流轉何方，自己也白髮蕭疏，天涯憔悴，於是詞人不由得發出深長的嘆息了。

首句極寫春日無聊況味。「不剪春衫」，有兩重意：一是無人為剪春衫，一是無意出外春遊。作者在〈壽樓春．尋春服感念〉詞中寫道：「裁春衫尋芳。記金刀素手，同在晴窗。」如今心事闌珊，唯有閉門不出。「愁意態」三字，補足句意。次句接得極妙。彷彿是由於春寒料峭才不剪春衫，用意便覺深婉。「收燈」，宋代習俗，正月十五日元宵節前後數日燃燈縱賞，收燈畢，市人爭先出城探春。可是，詞中並沒有提探春之事，只輕點一筆「有些寒在」，便把詞人難以為懷的境況托出，並為下片追憶往事作了鋪墊。接以「小雨」三句，寫聞賣杏花的情景。儘管詞人意緒牢落，不願出門探春，可是，春天的信息還是傳到這無人的深巷中。寫杏花之詩，宋人多有佳句，陳與義〈懷天經智老因訪之〉云「杏花消息雨聲中」，陸游〈臨安春雨初霽〉云「小樓一夜聽春雨，深巷明朝賣杏花」，皆膾炙人口，而本詞云「小雨空簾，無人深巷，已早杏花先賣」，幽倩而有餘韻，卻是典型的詞語。在惱人的春寒中，簾外，飄灑著絲絲細雨，深巷裡闃寂無人，忽然，傳來了叫賣杏花的聲音，勾起了詞人無名的悵惘。情與景遇，一拍即合，下文便轉入感慨與追憶。

「白髮潘郎寬沈帶」，雖不是精彩之句，卻是關鍵之筆。晉潘岳〈秋興賦〉中說自己三十二歲時便鬢髮斑白，南朝梁沈約在寫給徐勉的信中說自己因病消瘦，腰帶也覺得寬了。潘鬢沈腰，是詩詞中常用的典實。梅溪曾為韓侂胄門下吏，很受倚信，韓伐金失敗遇害，梅溪亦被貶出京，故其詞中頗多哀怨之語。芳節重臨，年華荏苒，索居憔悴，往事淒迷——「怕看山、憶他眉黛」，至此方轉入正題，點出佳節不出的真正原因，與上文「不剪春衫」云云相呼應。《西京雜記》描寫卓文君「眉色如望遠山」，故詩詞中常將佳人之眉與青山相互比喻。作者〈綺羅香〉詞云「隱約遙峰，和淚謝娘眉嫵」，而本詞說怕看山而想起伊人的眉黛，當有同樣的感受。末三句，盡態極妍，辭情俱到，誠為妙筆。永遠留在腦海中的是伊人當年在故園中踏青挑菜的情景：她那綠如芳草的羅裙，拖曳在如茵的芳草地上；春日的初陽，透過煙靄，斜照著她如雲的鬟髮。結句為全詞著意所在。二月二日，為「挑菜節」，城中士女相率到郊外或園林中遊觀戲樂，這也是男女約會幽歡的好時機。題中「聞賣杏花有感」之意，至此全出。正月十八日收燈之後，再過十多天便是挑菜節，賣花聲聲，觸起心中的隱痛，老去情懷，就更是難堪了。上下片今昔對比，均以清麗之筆出之，寫芳春景物情事，風致嫣然，唯於兩片首句略點愁意，正見梅溪詞筆高處。姜夔評梅溪詞「奇秀清逸」，「融情景於一家，會句意於兩得」（明毛晉〈梅溪詞跋〉引），洵為知言。（陳永正）

東風第一枝 史達祖

詠春雪

巧沁蘭心，偷黏草甲，東風欲障新暖。謾凝碧瓦難留，信知暮寒較淺。行天入鏡，做弄出、輕鬆纖軟。料故園、不捲重簾，誤了乍來雙燕。青未了、柳回白眼，紅欲斷、杏開素面。舊遊憶著山陰，後盟遂妨上苑。熏爐重熨①，便放慢、春衫針線。恐鳳鞋挑菜歸來，萬一灞橋相見。

〔註〕①一作「寒爐重暖」。

這首詠物詞以細膩的筆觸，繪形繪神，寫出春雪的特點，以及雪中草木萬物的千姿百態。大概作於詞人獨處異鄉時的某年初春。

詞的開頭便緊扣節令，寫春雪沁入蘭心，沾上草葉，用蘭吐花、草萌芽來照應「新暖」。春風拂拂，花香草綠，但不期而至的春雪卻伴來春寒，「東風」、「新暖」一齊被擋住了。「巧沁」、「偷黏」，寫的是在無風狀況下靜態的雪景。「謾凝」二句引申前意。春雪落在碧瓦之上，不像冬天那樣留下厚厚一層，「難留」二字更進而寫出薄薄的積雪也頃刻消融，由此透出了春意。唐代祖詠〈終南望餘雪〉詩曾云：「林表明霽色，城中增暮寒。」日暮時分，又值下雪，理當寒冷，而暮寒「較淺」，更可見出確乎是春天了。「行天入鏡」二句，是全詞中唯獨正面描寫春雪的。韓愈〈春雪〉詩云：「入鏡鸞窺沼，行天馬渡橋。」意謂雪後，鸞窺沼則如入鏡，馬度橋則如行天。以鏡與天，喻池面、橋面積雪之明淨，這裡即藉以寫雪。「輕鬆纖軟」四字，寫出了春雪之纖細。天氣並不嚴寒，又無風，雪花不易凝為大朵。也正因為如此，它才能沁入蘭心，黏上草甲。前結兩句，宕開一筆，以「料」字領起，展開想像。史達祖生於高宗紹興末年，其祖籍是汴京，無緣得去。此處「故園」當指他在臨安西湖邊的家。其〈賀新郎·六月十五日夜西湖月下〉詞有「同住西山下」之句，西山即靈隱山。這裡用雙燕傳書之典，抒發念故園、思親人之意。重簾不捲乃「春雪」、「暮寒」所致，春社已過，已是春燕來歸的季節，而重簾將阻住傳書之燕。睹物傷情，異鄉淪落之感溢於言表。

過片續寫春雪中的景物。柳眼方青，蒙雪而白，杏花本紅，以雪見素，狀物擬人，筆意精細。接著筆意一轉，連用兩典寫人。「舊遊憶著山陰」，用王徽之雪夜訪戴逵，至門而返的故事；「後盟遂妨上苑」，用司馬相如雪天赴梁王兔園之宴遲到的故事。梅溪頗具浪漫氣質，面對一派雪景，不由想起古之文人雅士踏雪清遊的情景，而心馳神往。「熏爐」二句，上承「障新暖」及「暮寒較淺」之意。春天本已來臨，春雪卻意外降臨，使閒置不用的「熏爐」重又點起；春雪推遲了季節，冬裝還得穿些時候，做春衫的針線且可放慢。後結二句補足前兩句。「鳳鞋」係婦人飾以鳳紋之鞋。「挑菜」指挑菜節。唐代風俗，二月初二日曲江拾菜，士民遊觀其間，謂之挑菜節。宋沿其習。「灞橋」句又用一雪典。據宋孫光憲《北夢瑣言》卷七載：唐相國鄭綮曰：吾「詩思在灞橋風雪中驢子上」。這裡拓開說去，暗示即使到了挑菜節，仍不排斥有下雪的可能。江浙一帶有民諺謂：「清明斷雪，穀雨斷霜。」挑菜節下雪不足為怪。

這首詠雪詞立意上雖無特別令人稱道之處，卻給人以美感，而成為梅溪詠物詞中又一名篇，全在於其藝術成就。此詞題為「詠春雪」，卻無一字道著「雪」字，但又無一字不在寫雪。且全詞始終緊扣春雪的特點來寫，「巧沁蘭心，偷黏草甲」之春雪，絕不同於宋張元〈雪詩〉「戰罷玉龍三百萬，敗鱗殘甲滿天飛」之冬雪，「碧瓦難留」、「輕鬆纖軟」均緊緊把握了春雪的特徵。這首詞詠物又不滯於物，前結及下片「舊遊」以下六句，均不乏設想與議論。虛筆傳神，極有韻味。梅溪精於鍛句鍊字，如「青未了、柳回白眼，紅欲斷、杏開素面」這一聯，以柳芽被雪掩而泛白稱之「白眼」，以杏花沾雪若女子塗上鉛粉，而謂之「素面」。在不經意中用了擬人手法。況且「青未了」、「紅欲斷」，準確地把握了分寸，筆致細膩，空靈而不質實。後結二句，宋黃昇《花菴詞選》謂其「尤為姜堯章拈出」，元陸輔之《詞旨》也將其錄為警句，其長處也在於含蓄蘊藉。「鳳鞋」借指紅妝仕女，「挑菜」點明節令，「灞橋」隱含風雪。用一「恐」字領起，顯得情致婉約，清空脫俗。（王步高）

萬年歡 史達祖

春思

兩袖梅風，謝橋邊、岸痕猶帶殘雪。過了匆匆燈市，草根青發。燕子春愁未醒，誤幾處、芳音遼絕。煙溪上、採綠人歸，定應愁沁花骨。

非干厚情易歇。奈燕臺句老①，難道離別。小徑吹衣，曾記故里風物。多少驚心舊事，第一是、侵階羅襪。如今但、柳髮晞春，夜來和露梳月。

〔註〕① 參考李商隱〈柳枝五首〉序：柳枝，洛中里娘也……余從昆讓山比柳枝居為近。他日春，曾陰，讓山下馬柳枝南柳下，詠余〈燕臺〉詩。柳枝驚問：「誰人有此？誰人為是？」讓山謂曰：「此吾里中少年叔耳。」柳枝手斷長帶，結讓山為贈叔乞詩。明日，余比馬出其巷。柳枝丫鬟畢妝，抱立扇下，風障一袖，指曰：「若叔是句？」……讓山至，且曰：「東諸侯取去矣。」

史達祖的長調，著意布局，環環緊扣，字鍛句鍊，筆筆妥帖，具見工力。但前人也批評他「用筆多涉尖巧」（清周濟《介存齋論詞雜著》），雖然用足心思，未免失之纖薄。本詞亦刻意描畫，工麗動目，然細琢精雕，好處在此，不足處亦在此，怎樣評價它，也要視乎讀者的欣賞目的和愛好了。

首兩句描寫初春的景物：漫步在謝橋邊，吹拂著落梅的輕風，也吹滿詞人的雙袖。沿岸春寒未褪，還留下一痕殘雪。「謝橋」，指謝娘家的橋，唐時有名妓謝秋娘，因常以指女子所居之地。兩句從馮延巳〈鵲踏枝〉（一作歐陽脩〈蝶戀花〉）「獨立小橋風滿袖」化出。四、五句點明時節。燈市，指正月十五日的元宵燈市，上冠以「匆匆」二字，略露作者的心情，可與姜夔〈琵琶仙〉詞「奈愁裡、匆匆換時節」參看。元宵過後，芳草抽芽，春天已是到來了，可是，詞人卻說「燕子春愁未醒」，燕子在春分前後才由南方飛回，而今春社未到，燕子未歸，故發出「誤幾處、芳音遼絕」的怨望之語。南朝梁江淹〈擬李都尉從軍〉詩有「袖中有短書，願寄雙飛燕」之句，《開元天寶遺事》也載有燕子傳書之事，詩詞家沿為故實。「燕子」二語，與作者〈雙雙燕〉詞「應自棲香正穩，便忘了、天涯芳信」自有同工之妙。山川間阻，音信難通，詞人把一襟幽怨，寄諸燕子，正見其用筆輕倩處。題中「春思」之意，至此方出。「煙溪」二句，把筆觸一轉，從對面著想：那遠方的情人啊，這時也許在輕煙迷漫的溪水邊採摘綠草歸來，她一定滿懷心事，連花心深處都沁透著她的春愁。「採綠」，出《詩經．小雅．採綠》：「終朝採綠，不盈一匊。」舊註認為這是婦人思念遠行的丈夫之作。綠，是一種芻草的名。「採綠」，暗與上文「草根青發」照應。「愁沁花骨」四字甚鍊，寫出女子懷人的深情，句意並美。

換頭句，「非干厚情易歇」，筆意俱換，置一質直之語，更表現作者無可奈何的心情。這一切，並不關兩人深厚的感情有所改變，而是由於命運的安排：離別，使有情人再也不能相見了。「奈燕臺句老，難道離別」，這真是痛心之語。「燕臺」，用唐詩人李商隱事。李曾作〈燕臺〉詩四首，哀感頑豔，被一位叫做柳枝的姑娘所深賞，並相約幽會。由於機緣的錯失，兩人未能歡好便離別了。本詞意說，自己縱使有李商隱那樣的風流文筆，但在此情此境，一切的語句都顯得是那麼陳舊和多餘，難以說出離別的痛苦之情。「小徑」四句，回首前塵，深情如揭。記得當年在故鄉多少美好的情事，那幽深的小徑，微風吹衣——那是與她舊遊之地。在紛來沓至的追憶中，第一難忘的是：她，久久地悄立玉階之下，夜色漸深，清涼的露水侵進她的羅襪，她還在等待著我的到來。詞中特標出「驚心」二字，表現了情人相會時激盪的心情。「小徑吹衣」，又與首句「兩袖梅風」相應，今昔對比，更是難以為懷了。

結二句「如今但、柳髮晞春，夜來和露梳月」，是所謂「巧奪天工」之筆。由回憶跌回現實中。一切都過去了，如今剩下的只是：那柳樹疏疏的長條，紛披在春日和煦的陽光中；晚上，又沾上清涼的露水，在月下來回拂動。兩句表面上是寫景，實際上是喻人。「柳髮」，亦指自己稀疏的頭髮；「晞」，晞髮，披髮使乾。《楚辭．九歌．少司命》有「晞女（汝）髮兮陽之阿，望美人兮未來」之語。「夜來」句，寫自己在涼露冷月之下獨立懷人，淒然撫鬢的情景。結二句鍊字極工，或未免著跡。

史達祖在婉約詞的作法上，繼承了周邦彥那種「縝密典麗」、「富豔精工」的創作風格，而又有所發展，鍊字鍛句，競秀爭高，並給後世重視寫作技巧的詞人以較大的影響，這一點是值得肯定的。（陳永正）

三姝媚

史達祖

煙光搖縹瓦。望晴簷多風①，柳花如灑。錦瑟橫床，想淚痕塵影，鳳絃常下。倦出犀帷，頻夢見、王孫驕馬。諱道相思，偷理綃裙，自驚腰衩。

惆悵南樓遙夜，記翠箔張燈，枕肩歌罷。又入銅駝，遍舊家門巷，首詢聲價。可惜東風，將恨與、閒花俱謝。記取崔徽模樣，歸來暗寫。

〔註〕①「多風」一作「風裊」。

柳永、秦觀、周邦彥在詞作中都曾真實而多彩地表達了對生活在社會底層的被侮辱、被損害的歌妓的同情。史達祖這首悼念亡妓的詞，凸出地表現了雙方對愛情的忠貞，沉痛悲涼。

一起三句寫春晴時節柳花風中的來訪。縹瓦晴簷，春滿小巷。一個「搖」字刻畫出煙光微照、縹瓦閃爍的景象。襯以望中的風急絮飛，使明媚的春色融進了詞人悽惻的情緒，勾起黯然銷魂的別情。這三句詞語渾融，情含景中。對此景色，亟欲一見伊人之情，躍然紙上。及入妝樓，卻不見伊人，但見「錦瑟橫床」。「想」字直貫下文。詞人從對方著筆，推想對方別後不理樂器，不出帷幕，因入骨相思，而思極成夢。「倦出犀帷，頻夢見、王孫驕馬」，「倦」字，「頻」字，巧妙地寫出了分別以後，無法排解的相思之苦，不僅表現了伊人感情的執著，更寫出她獨居小樓的顧影自憐。「諱道相思」三句，進一步委婉曲折地刻畫了這位多情女子的形象。連魂夢都縈繞在情人身上，在別人面前卻諱莫如深地掩飾自己的感情，可當她暗中整理舊著羅裙，比擬身上，突然因發現腰圍瘦損而驚心。這裡有故作矜持的嬌痴，有突然驚訝的動作，有難於掩蓋的起伏感情，有由鎮靜到驚訝的跳動畫面。這樣的複雜感情，凝聚在短短的十二字裡，神味極為雋永。

過片「惆悵南樓遙夜」三句，轉入初次相遇的回憶，用對比手法深化了詞人思念之情。「南樓」即詞人此時所在的妝樓。「遙」字點明初見與此次相訪相距時間之長。翠箔燈下，枕肩曼歌。昔日的樂器，就是此時橫床的錦瑟。這二句，驚采絕豔，烘托出面對「錦瑟橫床」時的悲痛心情。以「記」字喚起當時的甜蜜回憶來相形此時心情的痛苦。這樣的映襯，使初見和最後訪問的兩個畫面構成了有機的整體。

下面遞入遍訪舊家門巷打探消息，與篇首取嶺斷雲連之勢。渾灝流轉，一氣直下，轉折處十分空靈。「又入銅駝，遍舊家門巷，首詢聲價。」洛陽有銅駝街，繁華遊樂之地，這裡借指京師臨安。舊家，從前。這是詞人重到臨安，訪問伊人情景的再現。與周邦彥〈瑞龍吟〉「前度劉郎重到，訪鄰尋里，同時歌舞。唯有舊家秋娘，聲價如故」比較，更顯出詞人最後訪問時的焦急與期待。然而得到的消息，卻是伊人隨閒花的凋謝而消逝了。「可惜東風」二句，分三疊寫情：閒花無主，同情伊人的淪落；東風無情，惋惜環境的摧殘；將恨離去，但搵相思的淚水。既是曲筆，將沉痛感情，曲曲傳出；又是大筆，既小結前文，又包掃前文，截住感情的波濤，使未了之情，暫時煞住。一結，用元稹〈崔徽歌序〉裡裴敬中與妓女崔徽相愛，崔徽臨死留下肖像送給裴敬中的故事。這是詞人感情的餘波。伊人並未留下肖像，只好「記取」遺容，歸後「暗寫」，長期繫念。這是崔徽典故的活用，筆法夭矯變化，寫出了極細微的感情，用此收束全詞，既空靈，又沉厚。

清馮煦《蒿庵論詞》引毛先舒論詞：「言欲層深，語欲渾成。」這首詞正體現了這個特點。上片寫最後訪問時所見和聯想中伊人對自己的相思，已經逆攝下片初次相見的傾心和對伊人殂謝的悼念。詞人為了抒相思之情略去了中間無限情事：只寫初遇和最後訪問，把兩人往還中的繾綣深情略去了；只寫死別的痛苦，把生前分離時的難堪略去了。為了凸出最後訪問這一痛心場面，詞人在下片以「又入銅駝」領起，用勾勒筆法，使上下片融為一體，用筆開闔動盪，這是章法上的層深。「諱道相思」三句層層深入傳相思之神，「可惜東風」二句層層深入寄悼念之意，這是句法上的層深。情與景，人與物，初見和死別，當時的歡娛和此時的悲哀，死者的多情和生者的遺恨，渾然融為一體，此詞氣格之渾成，完全可以繼武周邦彥。（雷履平）

壽樓春　史達祖

尋春服感念

裁春衫尋芳。記金刀素手，同在晴窗。幾度因風殘絮，照花斜陽。誰念我，今無裳？自少年、消磨疏狂。但聽雨挑燈，攲床病酒，多夢睡時妝。飛花去，良宵長。有絲闌①舊曲，金譜新腔。最恨湘雲人散，楚蘭魂傷。身是客、愁為鄉。算玉簫、猶逢韋郎。近寒食人家，相思未忘蘋藻香。

〔註〕①絲闌：即絲欄。於縑帛上下以烏絲織成欄，其間用朱墨界行，稱為烏絲。後人也稱有墨線格子的卷冊之類為烏絲。此謂鈔寫曲譜所用紙。

史達祖與亡妻「十年未始輕分」（史詞〈憶瑤姬．騎省之悼也〉），感情甚篤。這首詞把悼念亡妻的痛切之情與獨處異鄉的孤寂之感糅合在一起，感人至深。

上片為憶舊。詞寫於時近「寒食」之際，正當鶯啼燕語，百花爭妍的時節，換上春衣到郊外踏青賞花，是古代文人的賞心樂事。如今「尋春服」，自然不難聯想起妻子在日，每值清明寒食，總要為自己裁幾件衣裳。

「裁春衫尋芳」便由此落筆。「記金刀素手，同在晴窗」。這兩句用以一「記」字領起兩個四字句。「金刀」，剪刀的美稱。「素手」，潔白的手，〈古詩十九首〉謂「娥娥紅粉妝，纖纖出素手。」「素手」二字已暗示出其妻的美貌與柔情。旭日臨窗，作者看著妻子為自己外出賞花準備衣裳。這是一幅極平常的家庭生活剪影，靜謐、和諧、美滿。「十年未始輕分」的夫妻終於拆散了。「幾度因風殘絮，照花斜陽」，前句化用謝道韞詠雪句：「未若柳絮因風起。」這裡將「柳絮」改作「殘絮」並繼之以「斜陽」，透露出一種蕭瑟氣象。殘絮被風吹去，難以尋覓，暗示妻子的亡故。以「殘絮」比其妻，也抒發了詞人對人生短促的感慨。妻子死後，已幾度春風；柳照樣綠，花照樣開，而伊人一去不復返了。「誰念我，今無裳」二句，照應詞題。此情本是因尋春服而起，「今無裳」勾起愁腸，使作者陷入深深的回憶之中。「自少年、消磨疏狂」一句，出自白居易〈代書詩一百韻寄微之〉詩的「疏狂屬年少，閒散為官卑」。青年時期無憂無慮，狂放不羈，而如今中年喪妻，鬱鬱寡歡，少年豪氣消磨殆盡。上結三句，又用領字格，以一「但」字領起三句，刻畫夢境。試比較「聽雨挑燈，攲床病酒」，與賀鑄著名的悼亡詞〈半死桐〉中「空床臥聽南窗雨，誰復挑燈夜補衣」，點化的痕跡十分明顯。「多夢睡時妝」乃是寫實情。他在〈憶瑤姬〉中也寫道：「袖止說道淩虛，一夜相思玉樣人。但起來，梅發窗前，哽咽疑是君。」上片透過對亡妻瑣碎往事的回憶，道出了作者對她的一往深情。

下片更是直抒胸臆，重在表達自己對死者念念不忘的深摯感情。換頭是一個折腰六字句，「飛花」照應「殘絮」，「良宵」照應「多夢」，使上下片意脈緊緊相連。「有絲闌舊曲，金譜新腔」，以「有」字領起兩個四字句。「絲闌」、「金譜」都是對樂譜的美稱。「新腔」：指新曲，新調。這兩句互文見義，說明死者精於音樂。如今物依舊，人已非。睹物思人，自然引入下句：「最恨湘雲人散，楚蘭魂傷。」詞人青年時期曾在江漢一帶生活過很長一段時期，他寫及愛情的許多作品也常常帶上「楚」、「湘」等字眼。這大概有兩種可能：一是其結婚是在楚地，二是其妻名「湘雲」之類。「楚蘭」：楚地香草，代指美人。在這裡，「湘雲人散，楚蘭魂傷」二句為對文，寫妻子之死，自己之悲。冠以「最恨」二字，是極寫詞人的痛惜之情。「身是客，愁為鄉」二句更推進了一層，融入了自己孤獨悽苦的身世之感。「算玉簫、猶逢韋郎」句，用韋皐典。據唐范攄《雲溪友議》載：韋皐遊江夏，與青衣玉簫有情，約七年再會，留玉指環。八年，不至，玉簫絕食而歿。後得一歌妓，真如玉簫，中指肉隱如玉環。玉簫生不能與韋皐再會，死後猶能化為歌妓與韋皐團圓。言外感喟自己妻子亡故以後，再也無緣與她重會了。後結「近寒食人家，相思未忘蘋藻香」二句，既點出此時節令，又暗舉出與亡妻的美好往事。《詩經．召南．采蘋》：「于以採蘋？南澗之濱。于以采藻？于彼行潦……于以奠之？宗室牖下。誰其尸之？有齊季女。」古時貴族少女出嫁前，要到宗廟受教為婦之道，教成之日就在宗廟裡主持祭祖之禮，祭時陳設之物中有採來的蘋、藻。詞所云「蘋藻香」，引申指新婚的溫馨日子。今寒食祭墳，見人家出遊踏青，婦女採集芳草，不由想起往日新婚之樂來。以樂景寫哀，愈見其哀思之深切。

這首詞可能作於詞人任中書省堂吏，受韓侂冑重用以後。「壽樓」可能是其居所名。〈壽樓春〉乃梅溪自度曲。其藝術特點主要表現在韻律方面：其一，本詞衝破了一句之中「一聲不許四用」的戒律，詞中常出現四平聲句和五平聲句。如「消磨疏狂」，「猶逢韋郎」均為四平聲，而起句「裁春衫尋芳」則是一個五平聲句。這是對詞律的大膽突破，這在婉約詞人中更是極罕見的。其二，本詞多用平聲和拗句。全詞一百零一字，平聲字便占了六十四個。拗調平聲使聲音舒徐平緩，也直接影響到詞的語言風格。正如清焦循所說：「詞調愈平熟則其音急，愈生拗則其音緩。急則繁，其聲易淫，緩則庶乎雅耳……吳夢窗、史梅溪等詞，往往用長句……而其音以緩為頓挫。」（《雕菰樓詞話》）其三：運用雙聲疊韻。清況周頤《蕙風詞話》云：「前段『因風飛絮，照花斜陽』，後段『湘雲人散，楚蘭魂傷』，風、飛，花、斜，雲、人，蘭、魂，並用雙聲疊韻字，是聲律極細處。」這使詞的節奏更為舒緩，聲情更為低抑，充滿淒音，適於抒發纏綿哀怨的悼亡之情。唯其如此，〈壽樓春〉便成了後世詞人用於悼亡的常用詞調。（王步高）

解佩令　史達祖

人行花塢，衣沾香霧。有新詞、逢春分付。屢欲傳情，奈燕子、不曾飛去。倚珠簾、詠郎秀句。

相思一度，穠愁一度。最難忘、遮燈私語。淡月梨花，借夢來、花邊廊廡。指春衫、淚曾濺處。

這首情詞在結構上頗有新意。一般作手寫這類詞時，往往先寫自己相思之情，然後從對面著筆，推想所思念者的心理動態。本詞卻一變熟套，上片寫情人獨處時的情景，下片才寫到自己的相憶難忘。這樣，情味便更覺雋永。

「人行」二句，是極清美的情境。她，悄悄地在花叢中穿行，衣衫上沾惹了花上的香氣。「花塢」，指可以四面擋風的花圃，當是昔日兩人常遊之地。作者尚有詞云：「春衫瘦、東風剪剪。過花塢、香吹醉面。」（〈杏花天·清明〉）落筆處先設下充滿詩意的氛圍，然後才點出：「有新詞、逢春分付。」每逢春天到來，他都寫下新詞，好讓自己吟詠歌唱。可是，今年的春天呢？情人遠別，更不用說分付新詞了。這裡仍從女子方面著筆，設想細密。「屢欲」二句，再轉一層。多少次啊，想要託燕子為傳情愫，無奈牠又不曾飛去。這已是百無聊賴，唯有「倚珠簾、詠郎秀句」，重吟舊日的詩詞，以慰眼前的相思吧。詞人的想像，由花塢轉入居處，句句寫對方的動靜，似從空處落想，其實句句均有作者的自身形象在。「花塢」，是當日兩人經行之處，「新詞」、「秀句」，也是箇郎所為。「傳情」句，亦寫出情侶間的柔情蜜意。寫女子對自己的思念，也就是從側面寫出自己對她的眷戀之情。梅溪詞中，頗多此等筆法。

換頭二句，回轉筆觸，由人而及己。「相思一度，穠愁一度」，每一次的相思，都增添一分的愁緒。語雖質直，實是起到提綱挈領的作用，由此而生發出下邊一段宛曲纏綿的描寫：「最難忘、遮燈私語。」在戀愛過程中，總有一些使人永久無法忘懷的情事。在梅溪詞中也屢屢提到「一燈初見影窗紗」（〈西江月〉）、「人靜燭籠稀，泥私語、香櫻乍破」（〈步月〉）。重簾燈影，私語昵人，詞中著一「遮」字，便曲盡幽會情態。「淡月」三句，是全詞精絕之筆。俞陛雲曰：「此三語情辭俱到。張功甫稱其『織綃泉底……奪苕豔於春景』（按：見張鎡〈梅溪詞序〉）者也。」（《宋詞選釋》）春月溶溶，照著梨花如雪的小庭深院，那是當日與她相會幽歡的地方。如今天涯間阻，唯有借宵來魂夢，重繞花畔的迴廊，找到所思念的她，把自己春衫上濺著相思淚痕的地方，指給她看。梅溪詞鍊字鍊句工絕。「借」字「指」字，皆極生新之致。

清鄒祇謨謂梅溪詞「要其追琢處，無不有蛇灰蚓線之妙」（《遠志齋詞衷》）。此詞兩片分寫兩人情事，然脈絡相通，融為一氣。「花邊廊廡」，扣首句「花塢」，當是女子所居之處。四面樓榭，迴廊圍繞著花塢，是江南園林的特色。「遮燈私語」之地，亦即女子倚簾詠句所在。「秀句」扣「新詞」，「燕子」接「珠簾」，皆有跡可尋，法度井然。清況周頤云此詞「以標韻勝」（《歷代詞人考略》），可謂的評。（陳永正）

留春令　史達祖

詠梅花

故人溪上，掛愁無奈，煙梢月樹。一涓春月點黃昏，便沒頓、相思處。
曾把芳心深相許。故夢勞詩苦。聞說東風亦多情，被竹外、香留住。

史達祖向以善寫詠物詞著稱，作有二十首之多，很受姜夔等詞人推重。他的詠物詞，「不寫形而寫神，不取事而取意」，對所詠之物往往不露一字。這首詠梅詞便是通篇不見梅字而處處都有梅在。

上片寫溪上月下賞梅情景。詞人自號梅溪，作詞一卷也以梅溪二字命名，愛梅之情自來很深。他曾往張鎡（功甫）南湖園中賞梅，〈醉公子．詠梅寄南湖先生〉云：「秀骨依依，誤向山中，得與相識。溪岸側。……今後夢魂隔。相思暗驚清吟客。想玉照堂前、樹三百。」訴說與梅花溪畔相識，鍾愛情深，別後夢魂相隔，相思暗驚，落得多情鬢白，剪愁不斷，沾恨淚新。這首〈留春令〉在詞意和感情上與此極為相似，由詞意可知詞人是在春天的一個傍晚來到梅花溪的。此時烏落兔升，但見那梅樹在明月清光的映照下，銀光素輝，清奇幽絕，分外動人。可是，那梅樹梢頭卻暮煙繚繞，朦朦朧朧，看不清梅花的冰姿雪容。這情景對一心賞梅，愛之情深的詞人來說，自然是很掃興的，心中不覺浮起淡淡的怨愁，顯出百般無奈的神情，因而以清空騷雅之筆寫出奇妙的詞句：「掛愁無奈，煙梢月樹。」前句寫情，後句寫景，情由景生，妙合交融。其中「掛愁」二字很是形象，也是詞人愛用的字眼。他曾在〈八歸〉中說：「只匆匆眺遠，早覺閒愁掛喬木。應難奈，故人天際，望徹淮山，相思無雁足。」此時此刻，梅花溪上，月光底下，亮也不好，暗也不是，多半是因為太多情了，愁也忒多，這暫且不去論它。只是這「掛愁無奈，煙梢月樹」八個字，清辭奇思，深得詞家三昧。姜夔說：「邦卿詞奇秀清逸，有李長吉之韻，蓋能融情景於一家，會句意於兩得。」（明毛晉〈梅溪詞跋〉引）就此而論，不為過譽。過拍兩句「一涓春月點黃昏，便沒頓、相思處」，寫詞人月下徘徊，愁思難釋的情景。暮色已濃，明月倒映，把一涓春水照得上下透明，彷彿一切都無所隱匿，連詞人欲見梅花而不得的滿懷相思也沒有可安頓的地方，真個是「寸心外，安愁無地」（史詞〈祝英臺近〉），閒婉深曲的細膩感情在低低的訴語中盡吐無遺。「春月」，一作「春水」。水字不如月字。用月字，既寫出月光月色，又映帶出水光水色，水月相融的清美意境宛然可見。句中的「點」字形象地寫出月光映澈溪水，點破黃昏，消去暮色的明秀清幽景象。而且春月點破黃昏又富有一種動態感，化靜為動，饒有情趣。

下片寫月下的回憶和遐想。第一句「曾把芳心深許」，上承「相思」二字，用擬人化手法敘說梅花相愛情深，曾以芳心相許，至今猶沉浸在昔日歡愛的回憶中。梅花本來無情，而詞人以情觀花，故而花亦有情。但「相思一度，穠愁一度」（史詞《解佩令》）吧，美好的時光已經逝去了，往事猶記，舊情依然，魂牽夢隨，柔情似水，滿腹衷腸，急切欲訴，卻又思緒紛亂，難覓佳句，於是悲戚戚地吐出一句「故夢勞詩苦」。這個「苦」字，是相思之苦、想說而說不出的苦，感情分量很重，著力表達了詞人對梅花相愛之深、相思之切的感情。當他自料無計訴相思的時候，驀然想起多情的東風，是它最先把春的信息帶給梅花。所以殷切地盼望這多情的使者能把刻骨的相思帶給梅花。可是，聽說多情的東風早被那竹外的梅花留住，迷戀著梅花沁人的幽香，竟自不來了。因而詞人無限哀怨地說出末結兩句：「聞說東風亦多情，被竹外、香留住。」寫到這裡，詞人的心頭更加沉重，怨恨、痛苦、失望、悲傷的複雜感情一齊湧了出來。從這結尾兩句來看，詞人詠梅花，似別有懷抱，但詞人沒有明說也不必明說，大概是留給有心的讀者探尋其心曲的奧祕吧。這首小令，詞意深曲含蓄，詞情跌宕低迴，奇思巧語，妥帖輕圓，確為詞中俊品。（臧維熙）

蝶戀花　史達祖

二月東風吹客袂①。蘇小②門前，楊柳如腰細。蝴蝶識人遊冶地③，舊曾來處花開未？

幾夜湖山生夢寐。評泊④尋芳，只怕春寒裡。今歲清明逢上巳⑤，相思先到濺裙水⑥。

〔註〕①袂：衣袖。②蘇小：南齊錢塘名妓蘇小小。此處借指所戀之歌妓。③遊冶：野遊，多指狎妓遊賞。④評泊：評論或量度之義。⑤上巳：舊曆三月上旬之巳日，自古有修禊之風俗。⑥濺裙：古俗元日至月底，士女酹酒洗衣於水邊，以祓除不祥。宋代往往於清明、上巳「湔衫」（即洗衣、濺裙之意）。宋穆修〈清明連上巳〉詩：「改火清明度，湔衫上巳連。」但在實際上，它已成了一種遊戲、娛樂活動。

李商隱詩云：「颯颯東風細雨來，芙蓉塘外有輕雷。金蟾齧鎖燒香入，玉虎牽絲汲井回。賈氏窺簾韓掾少，宓妃留枕魏王才。春心莫共花爭發，一寸相思一寸灰。」（〈無題四首〉其二）這是寫他早春時的一段豔情：時令適至驚蟄，簾外東風細雨，耳畔陣陣輕雷，詩人心頭的「春情」（豔情）隨著大好春光的即將重返而油然萌生；但是他又馬上警告自己：「春心莫共花爭發，一寸相思一寸灰」，今日之相思越是如花一樣爭發，則他日的痛苦與懺悔就越像香灰那樣積得深厚。這後兩句詩實是一種「反說」，從中不難見其熱戀之情的熾烈，以及同時交織著的萬般痛楚。

史達祖的這首〈蝶戀花〉詞，同上面這首詩一樣，是寫他「提前來到」的「春思」。不過，比之李詩來，它相對地減少了那種悲劇性的氣氛，而格外增入了旖旎香豔的情味。全詞從作者重返杭城時的心情寫起，蜿蜒地展開詞情。

「二月東風吹客袂」，是寫時值二月而身從客地歸來。其中「吹客袂」三字，就生動地描繪了他回轉杭城時「舟遙遙以輕颺，風飄飄而吹衣」（晉陶潛〈歸去來兮辭〉）的形象，也暗點了他「近鄉情更怯」（唐宋之問〈渡漢江〉）的興奮和迷惘的心情。「蘇小門前，楊柳如腰細」，迎接他的，正是「蘇小門前柳萬條，毵毵金線拂平橋。黃鶯不語東風起，深閉朱門伴細腰。」（溫庭筠〈楊柳枝〉）的初春景象。而在「蘇小」兩字後面，便又悄悄地潛藏著作者內心的一段「豔事」。果然，「柳如腰細」句就像白居易〈楊柳枝〉「葉含濃露如啼眼，枝裊輕風似舞腰」所寫的那樣，「呼之欲出」地隱嵌著一個「倩影」——當然她並沒有真正出現而只是存在於作者想像之中，因而這裡用了一個「如」字。但詞人此來，卻又實是「奔」她而來，所以他就循著舊日的路徑繼續向前走去，企圖早早尋覓到她的影蹤。你看，雖然時隔好久，但那多情的蝴蝶卻還認得昔日我與她一起遊冶的地方，牠們正翩翩飛入柳陌深處去呢。不過，寫到此處，作者的詞筆忽來一個頓挫：「舊曾來處花開未？」此句表面是說自己此行來得太早，或許當年共遊處的叢花至今未開，因而她尚未踐約在此相候；其實也是寫他害怕「不見伊人」的擔憂心理，不過用一問句更顯得婉約綿邈。而事實上，聯繫下文看，則他此行確實是「撲」了一個「空」，所以又馬上折入下闋。

「幾夜湖山生夢寐。」這從行文用筆上言，是一種「逆提反接」。它首先把時針「反撥」到以前的歲月中去：

在沒有回來之前，自己的夢境中就曾多少次出現過與她一起作湖山冶遊的「鏡頭」！這裡尤堪提出的是其中的「生」字。這個「生」字不光是單純的「產生」、「生成」之意，而且還包含有「創造」、「想像」之意在內。也就是說，多少個夜晚，我都在努力把這次重逢於西子湖畔的歡會，想像得更纏綿、更熱烈一些，因而所生的夢境也就越發美好、越發溫馨。但以上這些又僅僅是「夢寐」而已，因此下文就反接以「評泊尋芳，只怕春寒裡」。眼前所遇，既然只是花未開、人不見的春寒景象，那又何能來「評泊尋芳」（意即謂：在萬花叢中評論哪朵花最美，在遊女如雲的人群中評論哪位倩女最美），又何能來重踐「花前月下」的舊約？這裡用了一個「只怕」，雖屬心理估測之辭，然卻又是「實寫」，同上文「花開未」的問句一樣，它就使感情的表達更顯得委婉有致。詞情至此，就暫告一個「束結」，即由開頭歸來時的亢奮迫切而結之於撲空後的惆悵，由開頭蝶嬉楊柳的欣慰高興而結之於情人不見的落寞。前幾夜的好夢，歸來時風吹衣袂的歡快，蝴蝶領路時的盼企，所有這些就全部都被眼前的「春寒」景象所「沖掉」！

但是且慢，就在作者只能「死心」的當口，詞筆卻又陡轉，推出了「絕處逢生」的新境界來：在這無可奈何的現實環境中，詞人卻還有自己的「法寶」，於是他那無法抑止的熱情，立刻就駕著「想像」的翅膀，更加高漲地飛騰起來：「今歲清明逢上巳，相思先到濺裙水」，這真是妙不可言的佳句！我們知道，清明節本是一個踏青遊春的佳日，其時杭城市民「尋芳討勝，極意縱遊……無日不在春風鼓舞中」（宋周密《武林舊事》卷三）；而上巳日又「傾都禊飲踏青」（宋吳自牧《夢粱錄》卷二）。今年，則清明恰逢上巳，其遊冶禊飲之盛況更將空前。所以作者遙想，今日暫未得見的伊人，到時必將出現在「長安水邊多麗人」（杜甫〈麗人行〉）的行列中間（到時就必能重踐舊日的盟約）。故而儘管現只二月，然而自己的相思之情，卻早已先自飛到了她那被水濺濕的石榴裙旁去了！這一種想像真有點兒「匪夷所思」，它的奇特表現在下列兩方面：第一，它不直接去寫「三月三日天氣新」的西湖春景，也不直接描繪「繡羅衣裳照暮春」的麗人倩影（兩句同上杜甫詩句），而是用了一個「濺裙水」的意象把這兩者概括在一起寫，這就顯得既「經濟」，又「香豔」（請想像一下：一群麗人佳娘正在湖濱掬水嬉戲，濺得繡裙上水痕點點，這是一幅多麼優美豔麗的「仕女嬉水圖」），確是作者的一個「創造」。第二，它說自己此刻的相思情意「先到」了濺裙的水邊（也即濺上了水痕的石榴裙下），這就既寫出了自己感情之真摯深長，又顯得十分的纏綿和旖旎。讀著這一句，人們一下子從眼前的料峭春寒中跳到了那個春光駘蕩的季節裡去，同作者一樣獲得了心理上溫暖而美好的快感。這種寫法，利用了「時間差」，利用了「想像力」，使讀者墜入了一種無限溫馨而又迷離的境界中去；從詞的結構來看，也大有「峰迴路轉」、「餘味無窮」的妙處。所以從其「情」來講，全詞確是一往情深；從其「文」來講，又顯得相當的「瑰奇」、「警邁」（張鎡〈梅溪詞序〉）。比較而言，李商隱還只說到「春心莫共花爭發」為止，而史達祖卻進一步說到了「春心先於花爭發」（即「相思先到濺裙水」），於此足見他的「有心思」和用筆之「巧」（清周濟《介存齋論詞雜著》評語）。（楊海明）

臨江仙

史達祖

倦客如今老矣，舊時可奈春何！幾曾湖上不經過。看花南陌醉，駐馬翠樓歌。

遠眼愁隨芳草，湘裙憶著春羅。枉教裝得舊時多。向來蕭鼓地，猶見柳婆娑。

南宋詞人史達祖，身無科名，史無傳記，關於他的生平事跡，只能找到一些零星的記載。他是寧宗朝權臣韓侂胄頗為倚重的一個堂吏，一時文牘多出其手。寧宗開禧二年（一二〇六），韓侂胄北伐失敗，次年被殺，史達祖亦被彈劾，至受黥面發配。這首〈臨江仙〉詞，很像是他失勢以後追懷往日的歌舞遊宴生活的作品。

史達祖生卒年無考。張鎡於寧宗嘉泰元年辛酉（一二〇一）四十九歲時所作〈梅溪詞序〉，稱「史生邦卿」，又云「余老矣，生鬢髮未白」，則史當時最多四十歲。依此推之，被刑以後，他年近五十，所以這首詞的第一句就說「倦客如今老矣」。他自稱「倦客」，是由於經歷了生活的波折，對人世產生了厭倦情緒的緣故。「舊時可奈春何！」感嘆的意味很重。每年的春天，還像舊時一樣如期來到人間，可是作者的心情已與過去大不相同，他只能發出無可奈何的感嘆了。下文轉入回憶，說往年經常在西湖一帶遊賞光景，幾無虛日。「看花南陌醉，駐馬翠樓歌」是全詞中最精彩的句子。它用華麗的字面勾畫出了一幅由色彩、聲音和動態所組成的形象鮮明的生活圖景，概括了作者過去那段看花賞景、飲酒聽歌的繁華熱鬧的生活經歷。史詞善於描寫，清人王士禛《花草蒙拾》以「極妍盡態」稱之，由這兩句可見一斑。

寫到下片，又把回憶的內容集中在歌妓之類的人物身上。「遠眼愁隨芳草，湘裙憶著春羅」兩句，顯然是從五代詞人牛希濟〈生查子〉的名句「記得綠羅裙，處處憐芳草」脫化而來，史達祖著意增添了「愁」、「憶」兩字，從而使抒情色彩更加強烈，抒情作用也更加直接。「枉教裝得舊時多」一句，起著由回憶過去轉到述說當前的過渡和連接的作用，意思是說，儘管現在仍可看到一些裝飾得比舊時模樣更好的歌妓舞女，但卻引不起作者舊日的歡快情緒了。結尾的「向來蕭鼓地，猶見柳婆娑」要與上片的「看花」、「駐馬」兩句合看，因為它們之間有連接，也有對比，而從中展示的則是一種由於今昔變化而引發出來的感嘆與悲傷。西湖邊上的裊裊柳枝臨風婆娑而舞，徒令人追憶當年之歌喉舞腰而已。

史達祖雖然算得南宋詞人中的一家，但畢竟開創不多，建樹不大。他承襲婉約詞的傳統而以詠物見長，在摹寫春雨春燕以及花柳神態上刻意追求，寫出過一些比較新穎別致的詞句。這首〈臨江仙〉，由於有一定的生活感受，寫來還算有些深度，放在他的《梅溪詞》中，也就稱得上是一首佳作了。（王雙啟）

臨江仙　史達祖

愁與西風應有約，年年同赴清秋。舊遊簾幕記揚州。一燈人著夢，雙燕月當樓。
羅帶鴛鴦塵暗淡，更須整頓風流。天涯萬一見溫柔。瘦應緣此瘦，羞亦為郎羞。

《御選歷代詩餘》卷三十八錄此詞，調下無題，是正確的。這是一首秋夜懷人的詞。上片寫秋士善懷，因秋懷人；下片緊承雙燕，從對方著筆，是男方想像中的情景。從對方對自己的相思，寫出自己對對方的深情。有些刻本《梅溪詞》題作〈閨思〉，不能包括上片內容。

頭兩句造語極為雋永巧妙。不說因秋生愁，而說西風約愁赴秋。唐皇甫冉「暝色赴春愁」（〈歸渡洛水〉），杜甫「群山萬壑赴荊門」（〈詠懷古跡五首〉其三）皆善用「赴」字。這兩句說：愁與西風就像有了默契一樣，一年一度如約趕到秋天去。這樣來表現「秋士悲」這一傳統主題，不僅標新立異，給人以奇特的感受，而且語言渾成，不流於纖巧，達到了格高意新的境界。

第三句至上片末，用逆筆追寫愁的由來。舊遊揚州，牽人魂夢。揚州，風月之地。杜牧〈贈別二首〉其一云：「春風十里揚州路，卷上珠簾總不如。」蘇軾〈和趙郎中見戲〉詩：「燕子人亡三百秋，卷簾那復似揚州？」簾幕，成了揚州的象徵。著夢，猶言入夢。燈光引人入夢。一覺醒來，皓月當樓，看到的是乳燕雙棲，想到的是燕雙人獨。「一燈」二句，傳達出秋夜獨處、醒夢無時、對月懷人的愁苦神情。晏幾道〈臨江仙〉：「夢後樓臺高鎖，酒醒簾幕低垂。去年春恨卻來時。落花人獨立，微雨燕雙飛。」同是夢後醒來乍見雙燕最難為懷的愁苦之情，彼言春恨，此寫秋愁，共以境界傳意，可稱雙璧。

下片就上片迷離的夢境和夢覺所見的月中雙燕，展開聯想的羽翼，轉入閨思。羅帶鴛鴦，即鴛鴦繡帶，一種繡有鴛鴦圖案的合歡帶。南朝江總〈雜曲三首〉其三：「合歡錦帶鴛鴦鳥，同心綺袖連理枝。」看見繡帶上的鴛鴦，自然會引起閨思，從而發出「更須整頓風流」這句心靈深處的獨白。「整頓」，猶言重新修飾，是承上句「塵暗淡」說的。羅帶生塵，可見久不整頓了，這裡有「豈無膏沐，誰適為容」（《詩經．衛風．伯兮》）的感慨。「更須」是就下句「萬一見」說的。萬一重見，引起了更須整頓的心理活動，這裡有「女為悅己者容」（《史記．刺客列傳》）的意思。由羅帶引起的內心活動是複雜的：無法重見，卻又希冀重見，直到萬一重見的各種想法，一齊奔上心來。這就非常細膩地刻畫出了閨情。結尾二句，尤為纏綿。元稹〈鶯鶯傳〉載鶯鶯詩云：「不為旁人羞不起，為郎憔悴卻羞郎。」「瘦」是由羅帶感到的，「瘦應緣此瘦」，寫出了相愛之深，不惜為郎憔悴，表現了對愛情的執著追求。「羞」是由萬一相見想起的，「羞亦為郎羞」，這裡既有對青衫憔悴的同情，也有對紅袖飄零的自責，表現了對不幸身世的感慨。下片結構巧妙，脈絡細密，句句關聯，字字映帶，使言情達到入微的境地。

清陳廷焯論白石（姜夔）、梅溪、碧山（王沂孫）、玉田（張炎）四家詞，曾以「如飲醇醪，清而不薄，厚而不滯」評說他們的共同造詣（《白雨齋詞話》卷八）。這首小令，「節短韻長，其情乃深」（同前）的特色，尤為凸出。寫自己，則顛倒夢魂，寄情雙燕；寫對方，則綿綿情思，化為痴想。或借外物寫懷抱，或直探心靈的奧祕，感情真摯強烈，蘊藉含蓄，發展了五代、北宋以來婉約詞風，很有深度。而深情又是透過「節短韻長」、千錘百鍊的語言來完成的，這正是張鎡在〈梅溪詞序〉裡說的「辭情俱到」。（雷履平）

湘江靜　史達祖

暮草堆青雲浸浦，記匆匆倦篙曾駐。漁榔四起，沙鷗未落，怕愁沾詩句。碧袖一聲歌，石城怨、西風隨去。滄波蕩晚，菰蒲弄秋，還重到、斷魂處。
酒易醒，思正苦。想空山、桂香懸樹。三年夢冷，孤吟意短，屢煙鐘津鼓。屐齒厭登臨，移橙後、幾番涼雨。潘郎漸老，風流頓減，〈閒居〉未賦。

這是一首舊地重遊、撫今追昔純寫旅懷的詞。

「暮草」五句，既是舊地重遊的追憶，又是舊地重遊的感慨。「暮草堆青雲浸浦」，是前遊時看到的水國荒涼的晚景。在這草暗雲沉的景色裡，聽到的是驅魚的聲音，看到的是沙鷗的留影，「倦」字指對旅途奔波的厭倦，這就是從前駐篙的地方。「榔」當作「桹」。晉潘岳〈西征賦〉李善註引《說文解字》曰：「桹，高木也。」並對賦中「纖經連白，鳴桹厲響」解釋說：「以長木叩舷為聲。言曳纖經於前，鳴長桹於後，所以驚魚，令入網也。」陸龜蒙〈漁具詩序〉「扣而駭之曰桹」，註云：「以薄板置瓦器上，擊之以驅魚。」他的〈漁具詩：鳴桹〉說得更具體：「鏗如木鐸音，勢若金鉦急。敺之就深處，用以資俯拾。」以上透過詞人的追憶，描繪了一幅愁境，構成了一種詩境，二者糾結一起，所以怕愁沾詩句。「怕」字既寫不是滋味的心理狀態，也是詩句未成匆匆離去的原因。

「碧袖」二句，掉轉筆鋒，深入寫愁。詩句沒有寫成，怨歌又突然傳來，聲聲哀怨，融入秋風，把愁境的描寫推進了一層。「碧袖歌」即羅袖歌，指婦女的歌聲。北宋張先〈轉聲虞美人〉詞：「一聲歌掩雙羅袖。」「石城怨」，即〈石城樂〉，劉宋時臧質所作，見《新唐書・樂志》。唐張祜〈莫愁樂〉詩：「儂居石城下，郎到石城遊。自郎石城出，長在石城頭。」所以稱為怨歌。從首句至此純用追敘，回憶前遊，令人魂斷。這樣的地方，詞人是不想重來的。

「滄波」三句，寫作客孤身，重來舊地。時間仍然是秋天的傍晚，景色仍然是滄波茫茫，菰蒲無際。這草暗雲沉的水國，本來是不想來的，結果卻來了。在「重到斷魂處」上用了一個「還」字，說明了並非自作多情，來尋舊蹤，而是浪跡西東，無意重到。欲忘過去，卻被迫忘過去不得。這種悵惘不甘的心情，和蘇軾〈夜泛西湖〉詩說的「菰蒲無邊水茫茫，荷花夜開風露香」的愉快心情相比，是截然不同的。

下片寫重來時的所感。用酒解愁，酒易醒，愁卻不可解；不願奔波，卻奔波不已，所以愁思正苦。「想空山」句，正面抒寫懷抱。當悵惘之際，想到淮南小山的招隱，詞意一轉。《楚辭・招隱士》云：「桂樹重生兮山之幽。」又云：「攀援桂枝兮聊淹留。」幽山留隱，令人嚮往。「懸」字從唐李賀〈金銅仙人辭漢歌〉「畫欄桂樹懸秋香」來，凸出了對隱居生活的熱愛。「想」字上承「思正苦」，下貫〈閒居〉未賦。愁不可解，是第一層；旅途多懷，是第二層；歸隱之想，是第三層。層層關連，詞人把翻騰著的千思萬想揭示得淋漓盡致。

「三年」三句，總結近年生活，艱難備嘗，十分悽苦。三年之間，屢聞「煙鐘津鼓」，把終日奔波之苦，寫得具體、形象，這樣的生活，居然隻身屢經，怎不令人夢冷意短？這三句與上片詩句未成、斷魂處重到相映照，說明酒所以易醒、思所以正苦的原因。這種與上片欲斷還連的手法，把今昔奔波生活，表現得委婉曲折。

「屐齒」二句，緊承上文。「屐齒厭登臨」，直連煙津鐘鼓，厭奔波的痛苦，「移橙」句，遙接空山桂香，想歸隱的生活。杜甫〈遣意二首〉其二云：「衰年催釀黍，細雨更移橙。漸喜交遊絕，幽居不用名。」移橙以後，涼雨幾番。詞人想到的是，隨著時光的遷流，交遊的漸絕，可以享受空山桂香的快樂。詞人不直接抒寫對仕途奔波的不安，卻用移橙涼雨的景色抒情，形象飽滿，情景交融。結拍三句，用潘岳〈閒居賦序〉：「自弱冠涉乎知命之年，八徙官而一進階，再免，一除名，一不拜職，遷者三而已矣。雖通塞有遇，抑亦拙者之效也。」潘岳是自嘆「拙宦」的。詞人對自己的遭遇深為不滿，但又不願直說，故借奔波跋涉的厭倦，寫拙宦的悲哀。由於年歲漸老，風流頓減，但〈閒居賦〉卻沒有寫出來。不正面說歸隱不得是環境造成的，卻從反面說未賦閒居，責任在於自己。這三句看來心平氣和，語言十分平淡，實際上充滿了對現實的不滿和牢騷，平淡的語言裡流露出激憤，意味雋永。以歸隱不得之人，面對斷魂之地，怎能不激起感情的波濤呢？

全篇藝術構思很有特點。它以曾經駐舟的斷魂處為主脈，綜合今昔，一往一復。「暮草」句寫荒野景色，乃今昔所同見。「漁榔」五句，過去見聞，是斷魂處的具體描寫。「滄波」三句，轉寫今日。下片從斷魂入手，深寫今日的感受。「酒易醒」三句，上承斷魂，「孤吟」三句，一轉，下貫閒居。「三年」三句，寫今日天涯倦客，想過去關津生活，也是綜合今昔而言的。「屐齒」二句轉寫未來，遙想今後生活的打算，「潘郎」三句，又轉到今日，與「酒易醒」三句遙接。鷓鴣的一枝未安，拙宦的怨懷是託，極宛轉，極沉鬱，筆筆轉換，愈轉愈深，開合動蕩，如常山之蛇的首尾相應，是《梅溪詞》中的成功之作。（雷履平）

齊天樂 史達祖

白髮

秋風早入潘郎鬢，斑斑遽驚如許。暖雪侵梳，晴絲拂領，栽滿愁城深處。瑤簪謾妒。便羞插宮花，自憐衰暮。尚想春情，舊吟淒斷茂陵女。

人間公道唯此，嘆朱顏也恁，容易墮去。涅不重緇，搔來更短，方悔風流相誤。郎潛幾縷。漸疏了銅駝，俊遊儔侶。縱有黟黟，奈何詩思苦。

這首詠物詞用典貼切，構思巧妙，借白髮寄寓身世的不幸，內心的痛苦。它所造成的氛圍是哀怨的，實際上成了詠懷詞。

上片寫驚見白髮的感慨。

「秋風」二句，一個「驚」字，把突然看到白髮時內心的震動直接抒發了出來。晉潘岳〈秋興賦序〉云：「余春秋三十有二，始見二毛。」賦云：「斑鬢髟以承弁兮。」《文選》李善註引《說文解字》：「白黑髮雜而（曰）髟（音同飆）。」斑斑潘鬢，激起了詞人的思想波瀾，無怪他慨嘆秋風的早入了。「如許」二字，觸目驚心，徒喚奈何，隱藏無限感慨。「暖雪」三句，是白髮的具體描寫：侵梳的是暖雪，寫出梳理時感覺到的髮際的體溫；拂領的是晴絲，又寫出在領上輕輕擦過的白髮的光澤。愁城，比喻憂愁境界。「栽滿」句，謂滿頭白髮遍種在愁苦的心靈深處，語極沉痛。

為什麼斑斑星鬢會突然出現呢？詞人從個人身世作了形象的解答。主要是宦海浮沉，功名上的坎坷。蘇軾〈吉祥寺賞牡丹〉詩云：「人老簪花不自羞，花應羞上老人頭。」〈答陳述古二首〉其一詩云：「城西亦有紅千葉，人老簪花卻自羞。」詞人不直接說事業無成，老大傷悲，「瑤簪」三句，巧妙地運用蘇詩，一波三折，委婉寄意。簪花自羞，一層；自憐老大，二層；瑤簪空妒，三層。這樣，就曲折說明政治上的坎坷。「尚想」二句，春情，喻少年情事。舊吟，用司馬相如和卓文君事。《西京雜記》卷三：「相如將聘茂陵人女為妾，卓文君作〈白頭吟〉以自絕，相如乃止。」詞人概寫愛情生活的一段不幸，也不無用以喻指政治上的不幸之意。這兩句和上三句一樣，詞人運用典故巧妙地說明白髮早生的悲哀。這樣，就將個人身世和詠白髮融為一體，深化了「斑斑遽驚如許」一句的內涵。

下片追悔年華的消逝，是上片驚見白髮詞意的引申。

「人間」三句，意存激憤，語含嘲諷。杜牧〈送隱者一絕〉云：「公道世間唯白髮，貴人頭上不曾饒。」詞人化用這一詩句，意謂朱顏那樣快地消失令人慨嘆，但這是任何人都避免不了的，人世間最公道的只有這件事。「涅不重緇」以下轉到自己方面。《論語．陽貨》：「不曰白乎，涅而不緇。」緇，黑；涅，礦物名，古代用作黑色染料。意思是說白髮再也染不黑。「搔來更短」，用杜甫〈春望〉詩「白頭搔更短，渾欲不勝簪」。這兩句和上片「暖雪侵梳」二句不同。前寫初見白髮之情，以敘述出之，此抒既見白髮所感，以感嘆出之。「方悔風流相誤」，「風流」二字多義。這一韻上承「公道世間唯白髮，貴人頭上不曾饒」意，下接「郎潛幾縷」，似是指政治上一時的得意而言。詞人初依主戰派韓侂冑為掾吏，「權炙縉紳」（宋葉紹翁《四朝聞見錄》戊集）；韓被殺後，身亦牽連遭貶，故有「風流相誤」之語。

「郎潛」三句，深慨老年朋輩凋零，往年的銅駝巷陌，載酒尋芳，已經不可復得了。東漢張衡〈思玄賦〉：「尉尨（音同龐）眉而郎潛兮，逮三葉而遘武。」《文選》李善註引《漢武故事》：一日，漢武帝輦過郎署，見顏駟尨眉皓髮。問道：「叟何時為郎，何其老也？」顏駟答道：「臣文帝時為郎，文帝好文而臣好武，至景帝好美而臣貌醜，陛下即位，好少，而臣已老。」詞人巧妙運用「顏駟三世不遇，老於郎署」的典故，說明拙於作宦，催人髮白，個人的遭遇與時代的好尚息息相關。聯繫「文帝好文而臣好武」，能說沒有舉世言和，我獨策戰的含意嗎？「銅駝俊遊舊侶」，指舊日在臨安相與遊冶的朋友。宋《太平寰宇記》引晉陸機〈洛陽記〉：「漢鑄銅駝二枚，在宮南四會道，夾路相對。俗語曰：『金馬門外聚群賢，銅駝陌上集少年。』」秦觀〈望海潮〉詞「金谷俊遊，銅駝巷陌」，互文見意。韓侂冑失敗後，詞人被貶出京，疏遊侶即是疏遊事，有不堪回首之感了。

「縱有」二句，以詠嘆作結。歐陽脩〈秋聲賦〉云：「黟（音同依）然黑者為星星。」頭白作吏，老於郎署，縱有滿頭黑髮，又怎經得住詩心的悽苦呢？意謂由於朝廷的不重視人才，即令年華正茂，也不能改變處境。這種用黑髮反襯白髮的結尾，既照應了上文，發洩了胸中的不平，又補足了上文，加深了意境的悲涼。

通篇用典使事，借詠物來抒情，尤見匠心。典故之間的內在聯繫，構成了嘆老嗟卑、生不逢時的脈絡。使難於表述的複雜情懷，似顯還藏地流露出來，布局是很嚴謹的。

據張鎡在寧宗嘉泰元年辛酉（一二〇一）為史達祖《梅溪詞》所作的序文中說：「余老矣，生鬚髮未白。」韓侂冑被殺在寧宗開禧三年（一二〇七），「韓敗，達祖亦貶死」（宋周密《浩然齋雅談》卷上）。那麼他白髮之生當在張鎡作序後，白髮之詠自在遭貶逐期間。他遭貶後另有〈滿江紅．書懷〉詞云：「好領青衫，全不向、詩書中得。還也費、區區造物，許多心力。」他由於舉進士不第，不能依正途入仕，只能廁身胥吏，沉淪下僚，所以在此詞裡概述生平，採用句句詠白髮，句句抒懷抱的手法，讓思緒如剝繭抽絲，細繹慢理，使胸中鬱懣，曲曲達出，造成深邃的詞境。（雷履平）

秋霽　史達祖

江水蒼蒼，望倦柳愁荷，共感秋色。廢閣先涼，古簾空暮，雁程最嫌風力。故園信息，愛渠入眼南山碧。念上國，誰是、膾鱸江漢未歸客。還又歲晚，瘦骨臨風，夜聞秋聲，吹動岑寂。露蛩悲、清燈冷屋，翻書愁上鬢毛白。年少俊遊渾斷得。但可憐處，無奈苒苒魂驚，採香南浦，剪梅煙驛。

這是史達祖被貶江漢時期的作品，大約作於寧宗嘉定五年（一二一二）前某深秋時節。詞以傷秋懷歸為題材，展示了他貶謫時期的孤寂生活，抒發了落泊志士的淒涼詠嘆。

詞人是寧宗開禧三年（一二〇七）被黥面流放到這裡的。當時開禧北伐失敗，史彌遠政變，太師韓侂胄遇害身死，他被牽連下獄，家產也被抄沒。寫作此詞時他被貶已有幾年時間，懷歸思鄉之情與日俱增，適值深秋，又逢送別友人，故孤獨惆悵之情一寄於詞。

詞以景語導入。「江水蒼蒼」三句是愁人眼中的秋色。江水浩渺而蒼茫，秋天江潮常是最為壯觀的，但在流放異鄉的詞人看來，江水彷彿離人之淚，「便做春江都是淚」，也「流不盡，許多愁」（秦觀〈江城子〉）。「倦柳愁荷」更是情景交錬。秋霜以後，柳葉行將黃落，已不是春夏時節的青翠欲滴，荷葉幾個月來辛勤扶持著嬌豔的荷花，這時花落葉老，不復往昔青蓋亭亭，以至只留下聽秋雨的「殘荷」（別本「愁」即作「殘」）。而這江、這柳、這荷，都感受到秋天的到來。「廢閣」、「古簾」與下文「清燈冷屋」都是寫詞人居所的。閣已「廢」，卻還住人；簾已「古」，卻還掛著，可見詞人生活的清寒。「雁程最嫌風力」句，「雁程」，指雁之行程。「嫌」，即怕。雁飛最怕風大，逆風飛翔，吃力而難停歇，自然也就不能捎來故園信息。史達祖原籍是北宋故都汴梁，但他生於高宗紹興末年，一生大部分時間是在南宋都城臨安度過的，其親友也大都在那裡。這裡的「故園」，應指其西湖邊葛嶺一帶的家園。「愛渠入眼南山碧」一句是憶舊。「渠」，即它。「南山」在臨安是實有的，大旗山北有一座高四十餘丈的山即名南山，山上有杜牧墓。西湖周圍尚有南屏山、南高峰，皆可謂之「南山」，但這裡當是泛指居所南面的群山。詞人身處貶所，故格外留戀過去臨安的家居生活。一「愛」字，一「碧」字，與上文貶所景象之感情色彩成了鮮明對照。「念上國」一句，明白道出所念乃是京都。詞人儘管身遭不幸，而忠君愛國之心並未改變。「誰是膾鱸江漢未歸客」一句，乃反躬自問，這江漢未歸之客實係詞人自己。「江漢」指長江、漢水間的地域。如杜甫在江陵（今湖北荊州）作詩〈江漢〉自稱「江漢思歸客」，即指旅居在江、漢之間。此詞的「江漢未歸客」字面亦當本於杜詩。「膾鱸」用晉人張翰的典故。張翰任齊王冏之東曹掾，因秋風起，思吳中菰菜、蓴羹、鱸魚膾，遂辭官，命駕歸。作者以張翰自比，但卻不能如張翰全身遠禍。宋代官員得罪流放遠州，輕者送某州居住，稍重曰安置，又重曰編管，皆指定居住地，受地方官約束，不得自由行動。況且他是鯨面流放，身不由己，有家難歸，並非留戀爵祿。詞寫至此，詞情更為抑鬱，便由傷秋懷鄉轉而感傷身世。

過片句以「還又」二字作過渡，更進一層。蒼蒼江水，倦柳愁荷，已使江漢未歸之客黯然神傷，又值「歲晚」，況是「瘦骨臨風，夜聞秋聲」，故倍增岑寂之感。「歲晚」，猶歲暮。俗話說「年怕中秋月怕半」，中秋以後，一年過去大半，彷彿日之黃昏，無怪乎杜甫〈秋興八首〉其五中「一臥滄江驚歲晚」即謂深秋為「歲晚」。「瘦骨」二字道出詞人貶中體貌枯槁，精神憔悴。「夜聞」二句寫客中的所聞所感。秋時西風作，草木凋零，多肅殺之聲，而稱「秋聲」。南北朝庾信〈周譙國公夫人步陸孤氏墓誌銘〉謂「樹樹秋聲，山山寒色」。秋聲乃西風吹動樹木所發。「岑寂」，為冷清、寂寞之意。詞人孤身羈旅，對蕭瑟之秋風，萌動寂寥之情。此情既是觸景而生，也是貶謫中的愛國志士無往而不在的身世之感的流露。詞人一心報效祖國。他曾「每為神州未復」（〈龍吟曲．陪節欲行，留別社友〉）而憂心忡忡。他也曾幻想「趁建瓴一舉，並收鰲極」（〈滿江紅．九月二十一日出京懷古〉），更希望有一天能「辨一襟風月看昇平，吟春色」（同前）。但他寄予厚望的開禧北伐失敗了，主戰者的頭顱成了向敵人討好的禮物，當時的形勢誠如清王夫之《宋論》指出的：「侂胄誅，兵已罷，宋日以坐敝而訖於亡。」國事日非，有著報國之心的詞人不能無感。但眼前的現實卻如此冷酷：「露蛩悲、清燈冷屋，翻書愁上鬢毛白。」蛩即蟋蟀，秋露降下，蟋蟀悲鳴，僅有冷屋中的一盞孤燈與詞人相伴，只能以「翻書」來打發這漫漫長夜。屋是冷的，閣是破的，詞人的心是碎的。他憂國傷時，故愁得鬢毛都白了。曾幾何時，寧宗嘉泰元年（一二〇一）張鎡為他的詞集作序時還稱他「郁然而秀整」，且「鬒髮未白」，時間過去不多幾年，他竟然已「瘦骨臨風」、「鬢毛白」。其實他這時還不到五十歲，卻已早衰。他早年也曾到過江漢一帶，當時正青春年少，與好友們相約嬉遊的情景還歷歷在目。可是今天貶謫故地，卻是萬般無奈，驚魂不定之時。史彌遠政變的刀光劍影彷彿還在詞人眼前晃動。繼韓侂胄遇害後，丞相陳自強也被貶死雷州，北伐主帥蘇師旦被處斬於韶州。史彌遠雖對外只會靦顏事敵，但對政敵的迫害卻從不手軟。這時，史達祖在貶所會不會受到新的迫害尚不得而知，但這種威脅是時時存在的。他既無辛棄疾那樣的雄才大略，性格上也缺少辛的英雄氣概，在這首詞中也不難看出。「苒苒」二字乃柔弱之意，「苒苒魂驚」，正透出他性格上軟弱的一面。故當其客中送客之際，只能一灑志士之淚，卻無一壯語贈別，連牢騷也不敢發。後結二句，為送別寄遠之辭。「南浦」指南面的水邊。屈原〈九歌．河伯〉

有「送美人兮南浦」之句，又南朝江淹〈別賦〉云：「春草碧色，春水淥波，送君南浦，傷如之何！」這裡借「南浦」而點出送別之意。「煙驛」，指詞人之居所，與前文之「廢閣」、「冷屋」同義。「剪梅」乃寄遠常用之典。宋《太平御覽》引《荊州記》載，「陸凱與范曄相善，自江南寄梅花一枝詣長安與曄，並贈花詩曰：『折梅逢驛使，寄與隴頭人。江南無所有，聊贈一枝春。』」因無所有而折梅寄遠已屬可嘆，何況詞人身處貶所，寄遠之際更多一番不足為外人道的苦情。詞即在這哀怨之中結束了，更顯得一往情深。

從這首詞的藝術表現手法看，也是頗具特色的。詞人身遭不幸，家國之恨、身世之感鬱積於胸，不可不言而又不可明言，故形成了一種沉鬱蒼涼的風格和迴環往復、虛實相間的抒情結構。詞人深沉哀怨之情是歷歷可感的。「雁程最嫌風力」、「無奈苒苒魂驚」等語，都寫得沉鬱深摯，頗為感人。梅溪詞受清真影響，在章法結構上常常透過種種回憶、想像、聯想等手法，前後左右，迴環吞吐地描摹出他所要表達的東西，看到的和想到的融於一篇。這一特點，在他被貶流放後的作品中表現得尤為凸出。這首詞正是如此。詞中之江水、柳、荷、廢閣、古簾、清燈冷屋，都是實景，而「愛渠入眼南山碧」、「年少俊遊渾斷得」則是回憶與想像，全詞以傷秋懷歸為貫穿全篇的主題，虛虛實實，欲言又止，搖曳生姿，朦朧而不晦澀，這就比直抒胸臆更感人肺腑、耐人尋味。

含蓄蘊藉是沉鬱風格的又一表現。陳匪石《宋詞舉》評「露蛩悲」三句說：「寥寥十四字，可抵一篇〈秋聲賦〉讀。」俞陛雲《宋詞選釋》謂：「廢閣古簾，寫景極蒼涼之思。」結尾數句，既點明是送別友人，又將未了之情牽起讀者遐想，不盡之意見於言外，顯得含意雋永，餘音不絕。（王步高）

滿江紅　史達祖

中秋夜潮

萬水歸陰，故潮信盈虛因月。偏只到、涼秋半破，鬥成雙絕。有物揩磨金鏡淨，何人挈攫銀河決？想子胥今夜見嫦娥，沉冤①雪。

光直下，蛟龍穴；聲直上，蟾蜍窟②。對望中天地，洞然如刷。激氣已能驅粉黛，舉杯便可吞吳越。待明朝說似與兒曹，心應折③！

〔註〕①沉冤：伍子胥輔佐吳王夫差有大功，然而夫差信讒言，竟令子胥自刎，將其屍沉於江中。子胥死後，傳說有人見他乘素車白馬在潮頭之中，見宋《太平廣記》卷二九一〈伍子胥〉。②蟾蜍窟：即月宮。古代傳說月中有蟾蜍。③心折：南朝梁江淹〈別賦〉：「使人意奪神駭，心折骨驚。」折，碎裂。

中秋海潮，是天地壯觀之一。早在北宋，蘇軾就寫過〈八月十五看潮五絕〉，其首絕曰：「定知玉兔十分圓，已作霜風九月寒。寄語重門休上鑰，夜潮留向月中看。」南宋辛棄疾也寫過〈摸魚兒．觀潮上葉丞相〉等佳作。

史達祖這首題為「中秋夜潮」的〈滿江紅〉，在某種程度上看，就正是繼軌蘇、辛「豪放」詞風之作，它寫出了夜潮的浩蕩氣勢，寫出了皓潔的中秋月色，更借此而抒發了自己胸中的一股激情，讀後如聞錢塘潮聲鼓蕩於耳。

因為是寫「中秋夜潮」，所以全詞就緊扣海潮和明月來寫。開頭兩句「萬水歸陰，故潮信盈虛因月」，即分別交代了潮與月，意謂：水歸屬於「陰」，而月為「太陰之精」，因此潮信的盈虛——潮漲潮落，皆與月亮的圓缺有關。這裡所用的「歸」和「盈虛」兩組動詞，就為下文的描寫江潮夜漲，蓄貯了巨大的「勢能」。試想：滔滔江河歸大海，這其中本就蓄積了多少的「力量」。現今，在月球的引力下，它又要返身過來，提起它全身的氣力向錢塘江中撲湧而去，這更該有何等壯觀驚險！故而在分頭交代過潮與月之後，接著就把它們合起來寫：「偏只到，涼秋半破，鬥成雙絕。」意為只有逢到每年的中秋（即「涼秋半破」時），那十分的滿月與「連山噴雪」而來的「八月潮」（李白〈橫江詞六首〉其四：「浙江八月何如此？濤似連山噴雪來。」），才拼合（「鬥成」：拼成）成了堪稱天地壯觀的「雙絕」奇景。它們「壯」在何處、「奇」在何處呢？以下兩句即分寫之：「有物揩磨金鏡淨」是寫月亮，它似經過什麼人把它重加揩磨以後那樣，越發顯得明亮澄圓；「何人拏攫銀河決」是寫江潮，它就像銀河被人挖開了一個決口那樣，奔騰而下。對於後者，我們不妨引一節南宋人周密描繪浙江（即錢塘江）觀潮的文字來與之參讀。《武林舊事》卷三「觀潮」條裡寫道：「浙江之潮，天下之偉觀也。自既望以至十八日為最盛。方其遠出海門，僅如銀線；既而漸近，則玉城雪嶺，際天而來。大聲如雷霆，震撼激射，吞天沃日，勢極雄豪。」至於前者（中秋之月），則前人描寫多矣，不煩贅引。總之，眼觀明月，耳聽江潮，此時此地，怎能不引起驚嘆亢奮之情？但由於觀潮者的身世際遇和具體心境不同，所以同是面對這天下「雙絕」，其聯想和感觸亦自不同。比如宋初的潘閬，他寫自己觀潮後的心情是「別來幾向夢中看，夢覺尚心寒」（〈酒泉子〉），主要言其驚心動魄之感；蘇軾則在觀潮之後，「寓身化世一塵沙。笑看潮來潮去，了生涯」

（〈南歌子〉），似乎悟得了人生如「潮中之沙」的哲理；而辛棄疾則說：「滔天力倦知何事？白馬素車東去。堪恨處，人道是、子胥冤憤終千古」（〈摸魚兒〉），在他看來，那滔天而來的白浪，正是伍子胥的冤魂駕著素車白馬而來！但是史達祖此詞，卻表達了另一種想像與心情：「想子胥今夜見嫦娥，沉冤雪。」這裡的一個著眼點在於「雪」字：月光是雪白晶瑩的，白浪也是雪山似地噴湧而來，這豈不象徵著伍子胥的「沉冤」已經洗雪乾淨！——張孝祥〈念奴嬌．過洞庭〉寫他時近中秋、月夜泛湖的情景道：「素月分輝，明河共影，表裡俱澄澈。」又云：「孤光自照，肝膽皆冰雪。」這是寫他「通體透明」、「肝膽冰雪」的高潔人品。史詞的「子胥見嫦娥」則意在借白浪皓月的景象來表出伍子胥那一片純潔無垢的心跡，也借此而為伍子胥一類忠君愛國而蒙受冤枉的豪傑昭雪冤憤。按嘉泰四年五月，韓侂胄在定議伐金之後上書寧宗，追封岳飛為「鄂王」；次年四月，又追論秦檜主和誤國之罪，改謚「謬醜」。韓氏之所為，其主觀目的姑且不論，但在客觀上卻無疑大長了抗戰派的威風，大滅了投降派的志氣，為岳飛伸張了正義。史達祖身為韓侂胄的得力幕僚，他在詞裡寫伍子胥的沉冤得以洗雪，恐即與此事有關。史氏雖身為「堂吏」，胸中亦自有其政治上的是非愛憎，以及對於國事的關注之情。

下闋繼續緊扣江潮與明月來寫。「光直下，蛟龍穴」是寫月，兼顧海：月光普瀉，直照海底的蛟龍窟穴；「聲直上，蟾蜍窟」是寫潮，兼及月：潮聲直震蟾蜍藏身的月宮。兩個「直」字極有氣勢，極有力度，充分顯示了中秋夜月與中秋夜潮的偉觀奇景。「對望中天地，洞然如刷」，則合二者寫之：天是潔淨的天，月光皓潔，「地」是潔淨的「地」，白浪噴雪；上下之間，一派「洞然如刷」，即張孝祥所謂「表裡俱澄澈」的晶瑩世界。對此，詞人的心又一次為之而亢奮、高昂起來：「激氣已能驅粉黛，舉杯便可吞吳越。待明朝說似與兒曹，心應折！」這前兩句，正好符合了現今所謂的「移情」之說。按照這種「移情論」，在創作過程中，物我雙方是可以互相影響、互相滲透的。比如，把「我」的情感移注到「物」中，就會出現像杜甫〈春望〉「感時花濺淚，恨別鳥驚心」之類的詩句；而「物」的形相、精神也同樣會影響到詩人的心態、心緒，如人見松而生高風亮節之感，見梅而生超塵拔俗之思，見菊而生傲霜鬥寒之情。史詞明謂「激氣已能」、「舉杯便可」，這後兩個詞組就清楚地表達了他的這種激氣豪情，正是在「光直下」、「聲直上」的偉奇景色下誘發和激增起來的。當然，這也與他本身含有這種激氣豪情的內在條件有關。在外物的感召之下，一腔激氣直衝雲霄，似乎能驅走月中的粉黛（美人）；這股激氣又使他舉杯酌酒，似乎一口能吞下吳越兩國。這兩句自是「壯詞」。一則表現了此時此地作者心胸的開闊和心情的激昂；另一則——如果細加玩味的話，也不無包含有對於吳王夫差、越王句踐這些或者昏庸、或者狡獪的君王，以及那當作「美人計」誘餌的西施的憎惡與譴責，因為正是他們共同謀殺了伍子胥！所以這兩句雖是寫自己的激氣與豪情，但仍是暗扣「月」（粉黛即月中仙女）、「潮」（吳越之爭釀出子胥作濤的故事）兩方面來展開詞情的，故而未為離題。末兩句則「總結」上文：若是明朝把我今夜觀潮所見之奇景與所生之豪情說與你輩（「兒曹」含有輕視之意）去聽，那不使你們為之心膽驚裂才怪呢！詞情至此，達到高潮，也同時戛然中止，令人如覺有激盪難遏的宏響嗡嗡迴旋於耳畔。

史達祖本屬一位「婉約派」的詞人。前人所盛讚他的，主要是其婉麗細密的詞風。其實，他的詞風本不限於「婉約」一路。像這首〈滿江紅〉觀潮之作，抒發了他胸中不常被人窺見的豪情激氣（其中借古諷今地宣洩了自己對於現實政治生活的某種憤懣和感慨），在風格上也顯得沉鬱頓挫、激昂慷慨，這就很可從另一方面加深我們對其人、其詞的瞭解。（楊海明）

滿江紅 史達祖

書懷

好領青衫①，全不向、詩書中得。還也費、區區造物，許多心力。未暇買田清潁尾②，尚須索米長安陌③。有當時黃卷④滿前頭，多慚德。

思往事，嗟兒劇⑤；憐牛後⑥，懷雞肋⑦。奈稜稜⑧虎豹，九重九隔。三徑就荒秋自好，一錢不值貧相逼。對黃花常待不吟詩，詩成癖。

〔註〕①青衫：唐宋九品文官的服色。此言官小職微。②買田清潁尾：於潁川附近買田歸隱。清潁尾，指潁川一帶（在今河南省）。該地舊多高士隱者，如巢父、許由及漢代「潁川四長」等。③索米長安陌：索米，謀生。長安，借指臨安（杭州）。④黃卷：指書籍。古時用黃蘗染紙以防蠹，故名。⑤兒劇：同「兒戲」，兒童之遊戲。凡處理事情輕率玩忽，也稱「兒戲」或「兒劇」。⑥牛後：牛後，語出《史記．蘇秦傳》：「寧為雞口，無為牛後」，以喻地位之低微。⑦雞肋：喻乏味而又不忍捨棄之物。《三國志》載：曹操攻漢中，不能勝，意欲還軍，即以「雞肋」為軍中口令。楊修即曰：「夫雞肋，棄之如可惜，食之無所得，以比漢中，知王欲還也。」詞中以比喻作者欲捨而又不能的低微職位。⑧稜稜：威嚴貌。

在常人心目中，史達祖往往以兩種身分和面目出現著。一方面，他以堂吏的身分侍奉權相韓侂胄，似乎是個忠心耿耿地委身於權貴的幕僚文人。另一方面，他以婉約詞人的面目活躍在當日的詞壇上，看來又是位但知吟風弄月的文人雅士。但事實卻非盡如此。史達祖的內心也鬱藏著深刻的苦悶，因而其詞中另有婉媚輕柔之外的別一種風格存在。此詞就是明證。清樓敬思說：「史達祖，南渡名士，不得進士出身。以彼文采，豈無論薦，乃甘作權相堂吏，至被彈章，不亦屈志辱身之至耶？讀其『書懷』〈滿江紅〉詞『好領青衫，全不向、詩書中得』，『三徑就荒秋自好，一錢不值貧相逼』，亦自怨自艾者矣。」（清張宗橚《詞林紀事》引）這就說明，它是一首「怨艾詞」，一首「牢騷詞」。這首詞中所表露出來的思想狀態，是一種由多層心理所組合成的矛盾、複雜的心態。

「學而優則仕」，古代的讀書人一般都把中進士視為光宗耀祖的幸事和進入仕途的「正道」。然而，史達祖儘管熟讀詩書卻竟與功名無緣，只能屈志辱身地去擔任堂吏的微職，這就不能不引起他對自身「命運」的嗟嘆和對科舉制度埋沒人才的憤慨。所以此詞劈空而來就是兩句激烈的「牢騷語」：「好領青衫，全不向、詩書中得。」此兩句意含兩層。一云自己空有滿腹才華，到頭來卻只換得了一領「青衫」可穿，這個「好」字（實為不好）就含有辛辣的自嘲自諷和憤世嫉俗之意在內；二云：就是這領可憐的青衫，卻竟也非由「詩書」（即科舉考試）中獲得，「全不向」三字就清楚地表明了他對科舉制度和社會現實的憤懣不滿。兩句中，既含「自怨」（怨命運之不濟），又含「憤世」（憤世道之不公），怨憤交集。但光此兩句猶不足盡泄其牢騷與不平，故又延伸出下兩句：「還也費、區區造物，許多心力。」這一個低微的賤職，卻也得來非易，它是「造物者」為我花了許多心力才獲取的！「造物」本是神通廣大的，而作者偏冠以「區區」（小而微也）二字，意亦在於自嘲並兼憤世。諺曰：「各人頭上一方天。」在別人頭上的這方「天」，或許是魔法無邊的；而唯獨自己所賴以庇身的命運之神，卻微不足道——故而它要花費偌大氣力，才為我爭得了這樣一個職微而責重的地位。言外之意，更有一腔牢騷與憤懣在。

以上是上闋中的第一層意思：抒發身世潦倒坎坷的辛酸與憤慨命運之不公。接著就轉入第二層：既然不滿於這領非由科舉而得的「青衫」，那麼何不棄官歸隱呢？於是，作者又展示了他內心的苦衷：「未暇買田青潁尾，尚須索米長安陌。」這就更深一層地交代了自己的矛盾和苦悶的心理。這裡，「未暇」二字只是表面文章，而「買田」二字才是實質性問題。須知在現實環境中，要想學習古代巢父、許由之類的「高士」，談何容易！若無「求田問舍」的錢，那是無法辦到的；而自己只是一介寒士，還得靠向權貴「索米」過活，則又何「暇」來「買田」隱居呢？讀到這兩句，不禁使讀者聯想起杜甫旅食長安十載時「朝扣富兒門，暮隨肥馬塵。殘杯與冷炙，到處潛悲辛」（杜甫〈奉贈韋左丞丈二十二韻〉）的遭遇，以及顧況對白居易所說的「米價方貴，居亦弗易」（見唐張固《幽閒鼓吹》）的話語。在這第二層的兩句中，詞人那種因貧而仕、無可奈何的心理，便表露得十分清楚了。

但是，雖然詞人因為生計所迫，不得不屈身為吏，其實他的內心卻始終是無法真正平靜的；一旦被外物所激，它就會掀起陣陣感情的漣漪。正如李商隱〈無題〉詩「莫近彈棋局，中心最不平」（彈棋，古代遊戲名。棋局以石為之，中間高而四周平，故能引起詩人「中心最不平」的聯想）所說的那樣，詞人舊日曾熟讀詩書，一當瞥見往昔讀過的舊書時，心中就難免會油然生起一縷辛酸痛楚的愧疚之情，故接言道：「有當時黃卷滿前頭，多慚德。」「慚德」者，因以前之行事有缺點、疏忽而內愧於心也。詞人在這裡所言的「慚德」，表面上是講愧對「黃卷」，因為讀了這麼多年書，卻竟未能得中功名；故實際還是憤慨於世道不公的反語，不過比之前面所說的「好領青衫」等話來，更多地帶有懊喪悔恨的情味。總觀上闋八句，其感情的脈絡依著先是怨憤、後是窘迫、再是懊惱的次序展開，而詞筆也由「開」而「合」、由「昂」而「抑」；詞筆的蜿蜒起伏、頓挫推進，表達了作者那矛盾複雜和激盪難平的思想感情。

上闋以「多慚德」的「合句」告結，換頭則重以「思往事」三字拓開詞情，振起下文。不過作者對於「往事」

並不作正面和詳盡的回顧，而只一語帶過，簡括以「嗟兒劇」（表面是悔恨往日作事有如兒戲，輕率投身於公門之內，實際還是諷刺「造物」無眼、埋沒良材）三字，立即把「鏡頭」拉回現實；「憐牛後，懷雞肋。奈稜稜虎豹，九重九隔」。此四句意分三小層，活畫出詞人進退兩難的矛盾心態。「憐牛後」是第一小層。《史記．蘇秦傳》引諺語曰：「寧為雞口，無為牛後。」唐張守節《正義》釋曰：「雞口雖小，猶進食。牛後雖大，乃出糞也。」作者自憐身為堂吏，須視權貴的顏色行事，喪失了自己的獨立人格，故用「牛後」的典故，實含寄人籬下的痛楚之情在內。「懷雞肋」則是第二小層。「雞肋」，以喻食之無味、棄之可惜之物。這裡指自己的這領「青衫」：丟掉它吧，無奈生計所需；穿上它吧，又要摧眉折腰地去侍奉人家。真是矛盾重重，苦衷難言！但是，在沒有足夠勇氣跳出豪門羈縻之前，自己仍只能戰戰兢兢地為「主人」小心做好「奉行文字」的工作。因此「奈稜稜虎豹，九重九隔」便寫足了他「身在矮簷下，不能不低頭」的畏懼心理。「九重」，借指君門；「九隔」，汲古閣本一作「先隔」。意謂：君門遙遠，欲叩而先被威嚴可怖的虎豹所阻斷。這裡所言的「虎豹」究竟指誰，現已很難判定。若說就指韓侂胄，則從史載韓氏對史的「倚重」情況來看，似又不太像；若說另指其他權貴，則又缺乏足夠的證據。所以我們不妨把它理解為泛指。屈原〈離騷〉云：「吾令帝閽開關兮，倚閶闔而望予。」宋玉〈九辯〉云：「豈不鬱陶而思君兮？君之門以九重！猛犬狺狺而迎吠兮，關梁閉而不通。」又宋玉〈招魂〉云：「君無上天些，虎豹九關，啄害下人些。」……這些作品中所表達的「虎豹當道、君門阻隔」之嘆，就正是史詞之所本。故而在這兩句詞中，又深藏著詞人對於朝政昏暗、賢材不得重用的感慨，也曲折地反映了他的政治懷抱：思欲掃清奸佞，有所作為。以上是下闋中的第一層次。

然而，理想是理想，現實卻又是現實。作者畢竟只是一位處人籬下、身不由己的小小幕僚，因此他很快就跌入到現實環境中來。「三徑就荒秋自好，一錢不值貧相逼」，兩句用典。「三徑就荒」用陶淵明〈歸去來兮辭〉

「三徑就荒，松菊猶存」的成句，卻續之以「秋自好」三字，意謂田園正待我歸去隱居，秋光正待我前去欣賞，然卻不能歸也（一個「自」字即表明此意）；「一錢不值」用《史記．魏其武安侯傳》成句（「生平毀程不識不值一錢」），用以補足「不能歸」的原因在於自身所處地位之卑微和貧困之所迫。這就重又回復到上闋所言過的老矛盾上來了：「未暇買田青潁尾，尚須索米長安陌。」不過這裡並非僅僅在作「同義反覆」，而又在「反覆」的基礎上萌生了新意：第一，它描摹出了眼前秋光正好的真實情景，使人更起歸隱的欲望，而「秋自好」三句的「自」（空自）字又加劇了欲歸不能的矛盾；第二，它以「一錢不值」和「貧相逼」形象真切地寫出了無錢「買田」的窘迫相，使其寒磣貧困的模樣如在目前；第三，更為重要的是，它又為下文的第三層作了鋪墊。

第三層次的「對黃花常待不吟詩，詩成癖」即明顯承上而來：因為「貧相逼」，所以無心去吟詩附庸風雅；但秋光正好，卻又不能不激起自己的創作欲望。這兩句更是在一種矛盾的心理中展開其詞情的。它意味著小層意思：第一，作者因生計窘迫、心情不佳，故而無甚興致去吟詩作詞，這實在是加言其「貧相逼」也；第二，作者面對秋光黃花，卻又無法抑勒自己的創作衝動，甚至進而說愛詩已成了自己的終身「癖好」，在這個「詩成癖」中我們便越加深刻地感受到了他深心的勃鬱苦悶。文學本是「苦悶的象徵」（廚川白村語），史達祖之所以本不欲吟詩（詞）而卻又吟詩（詞）成癖，這豈不表明他在現實生活中有一腔無法解脫的苦悶情緒要透過文學創作得到宣洩嗎？詞人在韓侂胄的相府中，只是一個走卒堂吏，現今在孤高瘦傲的「黃花」詩（詞）中，才一度重現了自己的「自由之身」，才曲折而暢快地舒展了自己的平生懷抱，這又豈非快事一樁！

總觀全詞，它盡情地抒發了自己複雜而矛盾的思想感情：有懷才不遇的憤懣，有寄人籬下的辛酸，有「欲歸不能」的苦悶，有「誤入歧途」的懊恨，還有身不由己的難言之痛……總之，它在一定程度上，反映出舊時代知識分子的悲劇性命運，也從一個側面透露了作者內心的懷抱：痛恨朝政昏暗、奸人當道，思欲「採菊東籬」、「買田清潁」，卻又無法實現，他就只能借藝術（文學）去暫時地擺脫和宣洩自己的苦惱！

從詞的風格言，此詞在《梅溪詞》中堪稱「別調」。第一，它所選用的詞彙與平昔所用，可謂經過了一番「換班」：再不見「鈿車」、「梨花」、「紅樓」、「畫欄」之類詞藻，而代之以「雞肋」、「牛後」、「三徑就荒」、「一錢不值」的「生硬」字面；第二，它的筆調也一改往日「妥帖輕圓」、「清新閒婉」（張鎡〈梅溪詞序〉語））之風，而變得老氣橫秋、激昂排宕。簡言之，由於「中心最不平」的複雜意緒，便生發出了這種用典使事、拉雜斑駁的詞風。不過，又由於作者巧妙地嵌入了某些色彩鮮明的形象性字句（如「青衫」愧對「黃卷」，「清潁」之志暫時寄寓於「黃花」之詩等），因此就多少沖淡了「掉書袋」的沉悶氣息，增加了詞的可讀性。（楊海明）

滿江紅　史達祖

九月二十一日出京懷古

緩轡西風，嘆三宿、遲遲行客。桑梓外，鋤耰漸入，柳坊花陌。雙闕遠騰龍鳳影，九門空鎖鴛鸞翼。更無人擫笛傍宮牆，苔花碧。天相漢，民懷國。天厭虜，臣離德。趁建瓴①一舉，並收鰲極②。老子豈無經世術，詩人不預平戎策。辨一襟風月看昇平，吟春色。

〔註〕① 建瓴：《史記．高祖紀》：「秦，形勝之國……地勢便利，其以下兵於諸侯，譬猶居高屋之上建瓴水也。」瓴是盛水的瓶，建是傾倒，喻居高臨下不可遏止之勢。② 鰲極：《淮南子．覽冥訓》：「往古之時，四極廢，九州裂，天不兼覆，地不周載……於是女媧煉五色石以補蒼天，斷鰲足以立四極。」此謂四極範圍之內，即指天下。

史達祖曾為韓侂胄堂吏。侂胄當政時，起草文字，多出其手，得到重用。寧宗嘉泰四年（一二〇四），韓侂胄欲謀伐金，先遣張嗣古為賀金主生辰正使，入金觀察虛實，返報不得要領，次年（開禧元年，一二〇五）再遣李壁（見宋葉紹翁《四朝聞見錄》），命史達祖隨行。金章宗完顏璟生辰在九月一日，南宋於六月遣使，七月啟行，閏八月抵金中都（今北京市）。事畢返程，於九月中經過汴京（今河南開封）。汴京是北宋故都，南宋人仍稱為「京」，它又是史達祖的故鄉。九月二十一日離汴時，作此詞寫懷。

起筆「緩轡西風，嘆三宿、遲遲行客」，就用了兩處《孟子》的典故。《孟子．公孫丑下》說孟子離開齊國，在齊國都城臨淄西南的晝縣留宿了三晚才離去（「三宿而後出晝」）。有人背後議論他為什麼走得這樣不爽快，孟子知道了就說：我從千里外來見齊王，談不攏所以走，是不得已才走的。我在晝縣歇宿了三晚才離開，在我心裡還以為太快了哩，我豈是捨得離開齊王啊！這就是「三宿」兩字所概括的內容。又《孟子．萬章下》說：「（孔子）去魯，曰：『遲遲吾行也，去父母國之道也。』」這兩句用典，很能表達詞人留戀舊京、故鄉，至此不得不去而又不忍離去的心情。再加以「緩轡」二字表行動帶難捨之意，「西風」二字表時令帶悲涼之情，充分襯托出詞人此際的心緒。不想行而終須行了。「桑梓外，鋤耰（音同憂）漸入，柳坊花陌。」昔日汴京繁盛時，「都城左近，皆是園圃。……次第春容滿野，暖律暄晴，萬花爭出粉牆，細柳斜籠綺陌。香輪暖輾，芳草如茵；駿騎驕嘶，杏花如繡」（宋孟元老《東京夢華錄》卷六）。如今詞人行到故鄉郊外，只見舊日園林，盡成禾黍之地（鋤耰是種田的農具），感慨之情，已含景中。詞寫到郊外農村景色，說明離京已有一段路了，然後接寫「雙闕遠騰龍鳳影，九門空鎖鴛鸞翼」，回過頭來再說城內。詞題為「出京」，按行路順序是由城內出至郊外，這裡倒過來寫並非無故，蓋所寫城內景觀乃是在郊外回望所見，一個「遠」字足以說明，條理還是順的。「桑梓」三句除寓有黍離之悲，更重要的是為回頭望闕作必要的過渡。「雙闕」句寫回望眼中所見宮殿影像。《東京夢華錄》卷一「大內」條說：「大內正門宣德樓列五門，門皆金釘朱漆，壁皆磚石間甃，鐫鏤龍鳳飛雲之狀，莫非雕甍畫棟，峻桷層榱，覆以琉璃瓦，曲尺朵樓，朱欄彩檻，下列兩闕亭相對，悉用朱紅杈子。」詞人出郊回望所見龍鳳雙闕之影。「雙闕」代指大內皇宮，其中曾經有過朝廷、君王，統包在「雙闕」之內，然而它「遠」矣!「遠」字體現了此時眼中空間的距離,更體現了心上時間的距離。故國淪亡,心事如潮。「九門」句更作進一步的嗟嘆。「九門」泛指皇宮,「鴛鸞」本為西漢後宮諸殿之一,見班固〈西都賦〉和張衡〈西京賦〉。這裡特拈出「鴛鸞」一處以概其餘,則是為了與上句的「龍鳳」構成的對。由「鴛鸞」又生出一「翼」字,與上句的「影」字為對。句言後宮「空鎖」,語極沉痛,其中包含著汴京被金攻破後「六宮有位號者皆北遷」(《宋史·后妃·哲宗孟皇后傳》)這一段沉痛史。「更無人擫(音同夜)笛傍宮牆,苔花碧」,用元稹〈連昌宮詞〉「李謨擫笛傍宮牆」句而反說之。天寶初年唐室盛時歌舞昇平,宮中新製樂曲,聲流於外,長安少年善笛者李謨聽到速記其譜,次夕即於酒樓吹奏。詞語反用此事,以「無人擫笛」映照宮苑空虛、繁華消歇景況;苔花自碧,亦寫荒涼。其陪同使節北行詞中也有「神州未復」、「獨憐遺老」(〈龍吟曲·陪節欲行,留別社友〉)的感情抒發。至此回經舊都,遠望宮闕,宜有許多傷嘆之情;而圖謀克敵恢復中原的激切心事,亦於此時迸吐,於下片見之。

上片多寫景,情寓景中,氣氛壓抑淒愴。下片轉入議論,仍是承接上片關切國事的意脈,而用語則轉為顯直,大聲疾呼:「天相漢,民懷國。天厭虜,臣離德。趁建瓴一舉,並收鰲極。」「漢」、「虜」分別代指宋與金,「天」謂「天意」。古人相信有「天意」,將事勢的順逆變化都歸之於「天」。「天相」意為上天幫助,語出於《左傳·昭公四年》「晉、楚唯天所相」。「天厭」出《左傳·隱公十一年》「天而既厭周德矣」,「厭」謂厭棄。事勢不利於金即有利於宋。明《永樂大典》卷一二九六六引陳桱《通鑑續編》載:「金主自即位,即為北鄙阻轐等部所擾,無歲不興師討伐,兵連禍結,士卒塗炭,府藏空匱,國勢日弱,群盜蜂起,賦斂日繁,民不堪命……韓侂胄遂有北伐之謀。」就在李壁等出使的這一年春,鄧友龍充賀金正旦使歸告韓侂胄,謂在金時「有賂驛吏夜半求見者,具言虜為韃(蒙古)之所困,饑饉連年,民不聊生,王師若來,勢如拉朽」,侂胄「北伐之議遂決」(見宋羅大經《鶴林玉露》卷四)。羅大經是肯定這些密告者的,說是「此必中原義士,不忘國家涵濡之澤,幸虜之亂，潛告我使」。這也是「民懷國」之一證。《通鑑續編》所謂的「群盜蜂起」，即是說金境內的農民起義軍，也是「民懷國（宋）」的又一證。以上這些情況，對金國內部必有影響，李壁、史達祖一行當有更新的情況瞭解。如此年六月，金制定「鎮防軍逃亡致邊事失錯陷敗戶口者罪」，七月，定「姦細罪賞法」（均見《金史·章宗紀》），反映了他內部的不穩。總的是民心懷宋厭金，大可乘機恢復，統一疆土。話雖如此說，但一想到自己並非無才，只因未能考取進士不得以正途入仕，只屈身作吏，便覺英雄氣短，於是接著有「老子豈無經世術，詩人不預平戎策」的大聲慨嘆。最後「辦一襟風月看昇平，吟春色」，「辦」是準備之義，「昇平」即上文「建瓴一舉，並收鰲極」，國家恢復一統的太平景象，也就是下句的「春色」。這裡一個「看」字意味深長。「平戎策」既因自己無位無權而「不預」，「收鰲極」又望其成，則只有等著「看」而已，其中也頗含自嘲之意。「吟」字應上「詩人」。風月滿襟，暢吟春色，把政治上的理想寫得詩意十足，也補救了下片純乎議論的偏向，以此結束，情韻悠悠。

順便說一下詞題中的「懷古」。按之全詞，實無多少「懷古」的內容。孔、孟之事是用典，擫笛宮牆是借慨，皆一點即止，不就古人故事深入抒發以拍合本意。其餘則純是寫自己，說當世，謂之曰「傷今」，更為切實。蓋在此時，「傷今」不可言，「懷古」則庶幾無害，故藉以障眼也歟？（陳長明）

龍吟曲　史達祖

陪節欲行，留別社友。

道人越布單衣①，興高愛學蘇門嘯②。有時也伴，四佳公子③，五陵年少④。歌裡眠香，酒酣喝月，壯懷無撓。楚江南，每為神州未復，闌干靜，慵登眺。今日征夫在道，敢辭勞，風沙短帽？休吟稷穗，休尋喬木⑤，獨憐遺老。同社詩囊，小窗針線，斷腸秋早。看歸來，幾許吳霜染鬢，驗愁多少！

〔註〕① 越布單衣：用越地之布所製單衣。《後漢書．獨行列傳．陸續傳》載其祖父陸閎「喜著越布單衣，光武見而好之，自是常敕會稽郡獻越布。」南朝梁劉孝綽《謝越布啟》稱此布「既輕且麗」。② 蘇門嘯：《晉書．阮籍傳》載：「籍嘗於蘇門山遇孫登，與商略終古及棲神道氣之術，登皆不應。籍因長嘯而退。至半嶺，聞有聲若鸞鳳之音，響乎巖谷，乃登之嘯也。」③ 四佳公子：《史記．平原君列傳贊》：「平原君，翩翩濁世之佳公子也。」戰國時，齊有孟嘗君、魏有信陵君、趙有平原君、楚有春申君，後世合稱四公子。此處指貴族子弟。④ 五陵年少：亦指貴家子弟。五陵，長安附近西漢五朝皇帝陵墓所在地，多聚居貴族。⑤ 喬木：《孟子．梁惠王下》：「所謂故國者，非謂有喬木之謂也，有世臣之謂也。」後因以喬木（高大的樹木）代稱故國的遺跡。

詞題有「陪節欲行」之語，宋周密《絕妙好詞箋》云：「按梅溪曾陪使臣至金，故有此詞。」詞中有「斷腸秋早」句，是行期在初秋。查《金史·章宗紀》，每年九月朔日為金章宗完顏璟生辰，稱為天壽節，南宋例於六月遣使往賀；《金史·交聘表》記在八月，則為宋使抵達燕京之期。蓋六月派遣，七月初啟程。史達祖得以陪行，應在他為韓侂冑堂吏時。韓侂冑於寧宗慶元元年（一一九五）執政，至開禧二年（一二〇六）北伐（此年宋金交兵，不遣使），這十一年中間，派遣史達祖隨行使金都有可能。《四庫全書總目·梅溪詞提要》謂「必李壁使金之時（按為開禧元年事），侂冑遣之隨行覘國（偵察金人動靜）」，此說可備參考。

詞為將離臨安時留別詩社社友之作。內容主要有兩方面：一是寫他平昔的生活和思想感情，二是寫他出發時的心情，從中多少反映了他感嘆中原未復的憂憤。

詞的上闋寫其第一方面的內容，共分三層意思。「道人越布單衣，興高愛學蘇門嘯」是第一層，寫他平日仰慕高人逸士的隱逸和狂放情趣。他把自己稱為修道、學道的「道人」，身穿越布單衣而愛作孫登、阮籍一類高士隱者的狂嘯長吟。這正是南宋一般文人常可見到的形象。「有時」以下六句則寫他的另一種生活情致：自己經常陪伴著貴族子弟，過著「歌裡眠香，酒酣喝月」（喝住明月不令落）的豪奢生活。但是以上兩層還只是「表面文章」；就其內心深處而言，則還有更深一層的思想感情，那就是對於「神州未復」的深沉遺憾和感嘆。此處用了「慵登眺」，其實是反說；其「正說」即是不敢登眺。詞人之深心於此可窺。

承著上闋的末句，詞情展開了新的曲折：「今日征夫在道，敢辭勞，風沙短帽？」自己平時連登樓北望都懶，這次卻要甘冒風沙去作萬里之行！這裡，他插以「敢辭勞」一個短語，表達了公務在身、不得不行的無可奈何意緒，其內心深處則是「休吟稷穗，休尋喬木，獨憐遺老」：此去金邦，將見到故國喬木，中原遺老，將勾引起自己滿懷的「黍離」之悲。悲傷故國淪於榛蕪，忍著不去吟出「彼黍離離，彼稷之穗」（《詩經·王風·黍離》）的詩句吧；故國的遺蹤廢址，忍著不去尋訪憑弔，免得引起悲感吧，但總不免要碰見那些中原遺老，他們「忍淚失聲詢使者：幾時真有六軍來」（范成大使金紀行組詩中〈州橋〉句）的久盼恢復而不得的神態，怎能不引動我相憐之情？「休」字兩句是正話反說，「獨憐」句則是正意拍合，預想此行必將引起的故國之悲。以上是下闋中的第一層意思。緊接著上文「征夫」之情，以下又設身處地地寫「留者」之情。「同社詩囊」是寫朋友之情，他們平昔結社吟詩，每有佳句即分置詩囊；「小窗針線」是寫家室之情，她每於小窗拈線縫衣，伴他讀書；而這兩種深情厚愛，卻都要在這早秋天氣的離別中一下子被「扯斷」！所以作者在此用了「斷腸秋早」一語，意即斷腸於此早秋季節。下三句則更加拓開詞境，言此去異邦尚不知要幾多時日，但待我重歸杭城，只要看一看我頭上新添了多少如霜白髮，就完全可以驗證我在外面經受了多少離愁的折磨！以上便是下闋中的第二層意思。至此，「陪節欲行」與「留別社友」兩方面的情意便都寫出，相當切題。

這首詞從思想內容和藝術手法方面來看，算不上是一首凸出的佳作。但卻有兩點值得注意：一是他突破了史氏本人所常寫的題材內容，於中表現了自己一定程度的憂國之情。二是在用筆方面，也顯得比較清淡，不像其他一些作品那樣濃麗。清人樓敬思評曰：「史達祖南渡名士，不得進士出身；以彼文采，豈無論薦，乃甘作權相（指韓侂冑）堂吏，至被彈章，不亦降志辱身之至耶？……然集中又有留別社友〈龍吟曲〉『楚江南，每為神州未復，闌干靜，慵登眺』，新亭之泣，未必不勝於蘭亭之集也。」（清張宗橚《詞林紀事》卷十二引）此話實為「知人」之論。（楊海明）

齊天樂 史達祖

中秋宿真定驛

西風來勸涼雲去，天東放開金鏡。照野霜凝，入河桂濕①，一一冰壺②相映。殊方路永。更分破秋光，盡成悲境。有客躊躇，古庭空自弔孤影。

江南朋舊在許，也能憐天際，詩思誰領？夢斷刀頭，書開蠆尾③，別有相思隨定。憂心耿耿。對風鵲殘枝，露蛩荒井。斟酌姮娥，九秋宮殿冷。

〔註〕①桂濕：桂指月，因傳說月中有桂樹，故稱。月影倒映入水中，故云「濕」。②冰壺：盛冰的玉壺，比喻清潔明淨。南朝宋鮑照〈代白頭吟〉：「清如玉壺冰。」③蠆（音同釵，去聲）尾：蠍尾，本形容女子頭髮捲曲，此處形容筆法勁銳。南朝王僧虔〈論書〉稱晉索靖字勢曰「銀鉤蠆尾」。

史達祖伴隨宋朝派赴金國賀金主生辰的使節北行，六月離臨安，八月中秋到達真定（今河北正定），夜宿館驛中，作此詞。以一個南宋士人而身入原是北宋故土的「異邦」，又恰逢中秋月圓之夜，這兩重背景就決定了這首詞的悲慨風格。

上闋先從「中秋」寫起。頭兩句即是佳句：「西風來勸涼雲去，天東放開金鏡。」其中共有四個意象：西風、涼雲、天東、金鏡，它們共同組成了一幅「中秋之夜」的圖像。而其妙處尤在於「來勸」、「放開」這兩組動詞的運用，它們就把這幅靜態的「圖像」變換成了動態的「電影鏡頭」。原來，入夜時分，天氣並不十分晴朗。此時，一陣清風吹來，拂開和驅散了殘存的涼雲——作者在此用了一個「來勸」，就使這個風吹殘雲的動作賦有了「人情味」：時值佳節，就讓普天下團圓和不團圓的人都能看到這一年一度圓亮如金鏡的中秋明月吧。果然，老天不負人望，它終於同意「放行」，於是一輪金光澄亮的圓月馬上就在東邊地平線上冉冉升起。所以這兩句句子既寫出了景，又包含了自己的情愫，為下文的繼續寫景和含情伏了線。「照野霜凝，入河桂濕，一一冰壺相映」三句，就承接上文，寫出了月光普灑大地、慘白一片的夜色，以及大河中的月影與天上的圓月兩相輝映的清景，於中流露了自己的鄉思客愁。李白詩「床前明月光，疑是地上霜。舉頭望明月，低頭思故鄉」（〈靜夜思〉），蘇軾詞「明月如霜」（〈永遇樂〉），史詞的「照野霜凝」即由此化出，並體現了自己的思鄉愁緒。「殊方路永」一句，語似突然而起，實是從題中「真定驛」生出。從臨安出發，過淮河，入金境，便是殊方異國，故云「殊方」；到真定這裡，已走過一段漫長的途程，但再到目的地燕京還有相當長的路要走，故云「路永」。這個四字押韻句自成一意，起了轉折和開啟下文的作用：上面交待了中秋月色，至此就轉入抒情。「殊方路永」四字讀來，已感到傷感之情的深切，而令人難堪的更在今夜偏又是中秋節！故而「獨在異鄉為異客」與「每逢佳節倍思親」（王維〈九月九日憶山東兄弟〉）的兩重悲緒就交織在一起，終於凝成了下面這兩句詞語：「更分破秋光，盡成悲境。」中秋為秋季之中，故曰「分破秋光」，而「分破」的字面又分明寓有分離之意，因此在已成「殊方」的故土，見中秋月色，便再無一點歡意，「盡成悲境」而已矣！下兩句即順著此意把自己與「真定驛」與「中秋」合在一起寫：「有客躊躇，古庭空自弔孤影。」月於「影」字見出。驛站古庭的枯寂氣氛，與中秋冷月的淒寒色調，就使作者中夜不眠、躊躇徘徊的形象襯托得更加孤單憂鬱，也使他此時此地的心情顯得更其淒涼悲切。王國維《人間詞話》十分強調詞要寫「真景物」和「真感情」，謂之「有境界」。此情此景，就使本詞出現了景真情深的「境界」，也使它具有了「憂從中來」的強烈藝術效果。

不過，在上闋中，詞人還僅言其「悲」而未具體交代其所「悲」為何，雖然在「殊方路永」四字中已經約略透露其為思鄉客愁。我們只知道，詞人躊躇，詞人徘徊，詞人在月下獨弔其孤影；然而尚未直探其內心世界的堂奧。這個任務，便在下闋中漸次完成。它共分兩層：一層寫其對於江南朋舊的相思之情，這是明說的；另一層則抒其對於北宋故國的亡國之悲，這又是「暗說」的。先看第一層：「江南朋舊在許，也能憐天際，詩思誰領？」起句與上闋末句暗有「勾連」，因上闋的「孤影」就自然引出下闋的「朋舊」，換頭有自然之妙。「在許」者，在何許也，不在身邊也。「也能憐天際」是說他們此刻面對中秋圓月，也肯定會思念起遠在「天際」的我。「詩思誰領」則更加進了一步，意謂：儘管他們遙憐故人，但因他們身在故鄉，因而對於我在異鄉絕域思念他們的鄉愁客思終乏切身體驗和領受，故只好自嘆一聲「詩思誰領」（客愁化為「詩思」）。從這無可奈何的自言自語的反問句中，我們深深地感知：詞人此時此刻的愁緒是其他人都無法代為體會、代為領受的。其感情之深濃，於此可知。接下「夢斷刀頭，書開蠆尾，別有相思隨定」，就續寫他好夢難成和寫信寄情的舉動，以繼續抒發自己的相思之愁。這裡，他使用了兩個典故：「刀頭」和「蠆尾」，其主要用心則放在前一典故上面。《漢書．李陵傳》載李陵降匈奴後，故人任立政出使匈奴，意欲暗地勸說李陵還漢。他見到李後，一面說話，一面屢次手摸自己的刀環。環、還音同，暗示要李歸漢。又刀環在刀頭，後人便以「刀頭」作為「還」的隱語。唐吳兢《樂府古題要解》說〈古絕句〉中「何當大刀頭」一句「刀頭有環，問夫何時當還也」，即此意。此處說「夢斷刀頭」即言思鄉之好夢難成，還鄉之暫時無法，所以便開筆作書（「書開蠆尾」），「別有相思隨定」，讓自己的相思之情隨書而傳達到朋舊那裡去吧。以上是第一層。

第二層則把思鄉之情進而擴展。先點以「憂心耿耿」四字。這耿耿憂心是為何？作者似乎不便明言。以下便接以景語：「對風鵲殘枝，露蛩荒井。」這兩句既是實寫真定驛中的所見所聞，又含蓄地融化了前人的詩意，以這些詞語中所貯蓄的「歷史積澱」來調動讀者對於「國土淪亡」的聯想。曹操詩云：「月明星稀，烏鵲南飛。繞樹三匝，何枝可依？」（〈短歌行〉）史詞的「風鵲殘枝」基本由此而來，不過它又在鵲上加一「風」，在枝上加一「殘」，這就使得原先就很悲涼的意境中更添入了一種淒冷殘破的感情成分。至於「露蛩荒井」的意象，則我們更可在前人寄寓家國之感的詩詞中常見。比如較史達祖稍前一些的姜夔，他就有一首詠蟋蟀（蛩即蟋蟀之別名）的名篇〈齊天樂〉，其「露濕銅鋪，苔侵石井，都是曾聽伊處」，即與史詞意象相似。因而讀著這「風鵲殘枝，露蛩荒井」八字，讀者很快便會浮現出姜詞下文「候館迎秋，離宮弔月，別有傷心無數」的悠悠聯想。作者巧以「景語」來抒情的功力既於此可見，而作者暗傷北宋淪亡的情感也於此隱隱欲出。但作者此詞既是寫中秋夜宿真定驛，故而在寫足了驛庭中淒清的景象之後，又當再還到「中秋」上來。於是他又舉頭望明月，舉杯酹姮娥（即與姮娥對飲之意），其時只見月中宮殿正被包圍在一片淒冷的風露之中。這兩句詩從杜甫〈月〉詩「斟酌姮娥寡，天寒耐九秋」中化出，既寫出了夜已轉深、寒意漸濃，又進一步暗寫了北宋宮殿正如月中宮殿那樣，早就「冷」不堪言了。前文中暗伏而欲出的亡國之痛，就透過「宮殿」二字既豁然醒目、卻又表面僅言月中宮殿，「王顧左右而言他」（《孟子．梁惠王下》）地「飽滿」寫出！

全詞以中秋之月而興起，又以中秋之月而結束，透過在驛庭中的所見所聞、所思所感，展現了作者思鄉懷舊、憂思百端的複雜心態，具有一定的思想深度和藝術感染力。從詞風來看，此詞也一改作者平昔「妥帖輕圓」（張鎡〈梅溪詞序〉語）的作風，而顯出深沉悲慨的風格，帶有了辛派詞人的剛勁蒼涼氣格（比如開頭五句的寫景，結尾兩句的寫人月對斟和中秋冷月）。這肯定是與他的「身之所歷，目之所見」，是有密切關係的。清人王昶說過：「南宋詞多〈黍離〉、〈麥秀〉之悲。」（清謝章鋌《賭棋山莊詞話》卷一引）從史達祖這首出使金邦而作的〈齊天樂〉中，就很可見出此點。（楊海明）

程珌

【作者小傳】（一一六四～一二四二）字懷古，號洺水遺民，休寧（今屬安徽）人。宋光宗紹熙四年（一一九三）進士。歷官翰林學士、知制誥、知福州兼福建安撫使。有《洺水集》、《洺水詞》。存詞四十三首。

水調歌頭　程珌

登甘露寺多景樓望淮有感

天地本無際，南北竟誰分？樓前多景，中原一恨杳難論。卻似長江萬里，忽有孤山兩點，點破水晶盆。為借鞭霆力，驅去附崑崙。

望淮陰，兵冶處，儼然存。看來天意，止欠士雅與劉琨。三拊當時頑石，喚醒隆中一老，細與酌芳尊。孟夏正須雨，一洗北塵昏。

多景樓在京口（今江蘇鎮江）北固山甘露寺內。這裡面臨長江，地勢突兀，登臨縱目，萬里山川可收眼底。

孝宗乾道六年（一一七〇）知潤州軍州事陳天麟重建，並作〈多景樓記〉云：「至天清日明，一目萬里，神州赤縣，未歸輿地，使人慨然有恢復意。」因此，身處半壁的南宋文人遂多登樓感懷之作。另外，這首詞抒發興廢之感，也還同「望淮」有關。淮河，本來是中國南方的一條內河，但在南宋，卻成了宋金以和約方式議定的疆界。現在，程珌登多景樓而望淮河，當然感觸就更多了。

寫法上，作者一方面緊扣多景樓、淮河展開主題，另一方面則把重點放在「有感」二字上，以抒發懷抱為創作的最終目的。上半闋中，一、二句用淮河起興，三、四句以多景樓承接，一上來就自然地點破了題目。不過，即使是這四句，作者的感慨也是隨處可見的：「天地本無際」，再現了望中所見的廣袤山河，但一個「本」字，則顯示著作者對人為邊際的不滿。至於「南北竟誰分」，就完全是作者的議論，其中「誰分」二字，問得尖銳、強烈，是全篇的關鍵所在。「樓前多景」由多景樓樓名演化而成，是全篇唯一寫到美好風光的地方，只是作者並沒有把目光停留在這裡，而是由眼前的多景引出了瘡痍的中原，以及內心的家國之恨。「卻似」以下五句寫江上孤山，愈加顯示了以情馭景的力量。京口有金、焦二山，南宋時還屹立在長江之中。詞人把長江（水晶盆）同「本無際」的祖國大地聯繫在一起，並由「點破水晶盆」的孤山想到分開南北的淮河，於是本為江中奇景的金山、焦山自然成了作者詛咒的對象，以至發誓要借雷霆的力量，把它們趕回到崑崙老家去（崑崙山周圍萬山攢聚，因而作者想像那裡才是山的世界）。

下半闋仍以望淮開始，但淮河數千里，獨獨「望見了」淮陰的兵冶處，這無疑是抒情的需要。兵冶處，指冶鑄兵器的地方。《晉書．祖逖傳》說，祖逖北伐，渡江，「屯於江陰，起冶鑄兵器，得二千餘人而後進」。正因為這一陳跡的存在，使作者想起了山河未改，天意向宋，恢復大業，「止欠士雅與劉琨」。士雅是祖逖的字。史載，祖逖與劉琨友善，素以恢復之事互相鼓勵，為練好殺敵本領，他們常常中夜聞荒雞而起舞。後來祖逖破敵，劉琨在給友人的信中說：「吾枕戈待旦，志梟叛逆，常恐祖生先吾著鞭。」同樣，出於憑弔古跡的目的，作者在偌大一座甘露寺內偏偏發現了「頑石」，想起了誓師北伐的諸葛亮。甘露寺內有一被稱作「很石」的石頭，形狀如羊，據傳，諸葛亮曾坐其上，與孫權商議破曹大計。詞中，作者說他「三拊」（拊是拍的意思）頑石，可見他對頑石而感慨再四；說必須「喚醒」隆中一老，是由於當時「止欠士雅與劉琨」，無人可與共商大事；說要同諸葛亮「細」酌「芳尊」，則表示對統一大計的關切。「孟夏正須雨，一洗北塵昏」兩句既點時令，又以景結全篇。「洗北塵」所指，不說自明。

總之，在眾多的多景樓詩詞中，程珌此篇把鋒芒直指宋、金統治者，感情飽滿，饒有氣勢，是獨具特色的篇章。詞篇一上來即以「誰分」二字把讀者的注意力引向強行劃分南北的罪魁身上。到下半片，更有「看來天意，止欠士雅與劉琨」，「止欠」二字不僅在說物是人非，更重要的是指斥統治集團，說他們中沒有一個為國家、為民族著想的英雄。至於兩片的結尾，前者說要借鞭霆力趕走江中孤山，後者說須要一場大雨淨洗北塵，則明顯是指擊退金人一事。這些句子的字裡行間，處處都燃燒著作者的激情。

詞人抒情，或肆意以言志，或借物以寓意，走出了兩條不同的路子。程珌與辛棄疾交遊，詞風也屬明白暢曉一流。這首〈水調歌頭〉的主要部分是內心情緒的直接抒發，但另外一些地方，卻同時借助了比興寄託。如「點破水晶盆」暗指金甌有缺，「鞭霆」、「雨」借喻抗金力量，「北塵」指金兵的氣焰等。兩種方法的交替使用，既避免了純用比興寄託可能造成的晦澀，也避免了一味直抒胸臆可能帶來的質直，因此形成別具一格的詞風。此外，本篇包含寓意的句子都比較淺顯，這又使得全篇更加協調。（李濟阻）

沁園春

程珌

讀《史記》有感

試課①陽坡，春後添栽，多少杉松。正桃塢晝濃，雲溪風軟，從容延叩②，太史丞公③：底事④越人，見垣一壁⑤，比過秦關遽失瞳⑥？江神吏⑦，靈能脫罟⑧，不發衛平蒙⑨？

休言唐舉無功，更休笑丘軻自阨窮⑩。算汨羅醒處⑪，元來⑫醉裡；真敖假孟，畢竟誰封⑬？太史亡言⑭，床頭釀熟⑮，人在晴嵐⑯煙靄中。新堤路，喜樛枝⑰鱗角，夭矯蒼龍⑱。

〔註〕①課：核檢。②延叩：延請、叩問。③太史丞公：按《漢書．百官公卿表》，史官有太史令、太史丞。司馬遷曾任太史令，而非丞。此處當係詞人誤記，或為調聲律而故改。④底事：為何。⑤見垣一壁：垣，牆。一壁：另一方，另一面。⑥比過秦關遽失瞳：比，及至。秦關，指函谷關，是自東方入秦的必由之路。遽，立即。失瞳，眼目失靈。⑦江神吏：據《史記》文義，「吏」當是「使」字形訛。⑧罟：漁網。⑨發蒙：啟發蒙昧。⑩按《史記》此事非司馬遷所紀，實為漢褚少孫補述。詞人未必不知，之所以叩問司馬遷，或是為了行文的需要，讀者似不必以文害意。阨窮：困厄不逢於時。⑪算汨羅醒處：算，盤算來。汨羅，汨羅江，為湘江支流，在今湖南東北部，屈原自沉

於此。這裡用以指代屈原。處，時。⑫元來：原來。⑬誰封：封誰。⑭亡：無。⑮床頭釀熟：床，糟床，榨酒器具。釀：釀造中的酒。辛棄疾〈清平樂·檢校山園書所見〉：「白酒床頭初熟。」⑯嵐：山林中的霧氣。⑰樛（音同揪）枝：彎曲絞結的樹枝。⑱夭矯蒼龍：陸游〈雙松〉詩：「東岡夭矯兩蒼龍。」

讀《史記》有感——這標題真是大得嚇人！蝦蟆吃天，且看他如何下口：「試課陽坡，春後添栽，多少杉松。」誰也想不到，本篇竟會是這樣一個開頭：詞人優哉游哉，踱到自家莊園的南山坡上來核檢開春後新栽樹木的棵數了。此情此景，實即辛棄疾同調詞〈靈山齊庵賦〉中之「老合投閒，天教多事，檢校長身十萬松」，見出作者此時也已告老還鄉。但這和讀《史記》有什麼關係？讓我們耐著性子再往下看：「正桃塢晝濃，雲溪風軟，從容延叩，太史丞公。」啊，原來在這之前詞人確曾研讀《史記》，不但讀了，而且還有許多感想，這不，他乘著春光明媚，東風和軟，悠到桃花塢前、白雲溪畔，找司馬遷「請教」來了。且慢！找司馬遷？司馬遷早死了八百輩子了，挨得著嗎？當然挨得著。君不見劉過有一首〈沁園春〉（斗酒彘肩）詞，把唐代白居易、北宋林和靖、蘇東坡都找來，與自己（南宋人）在西湖聚會嗎？文學就有這種思接千載、打破時間、空間的法道。在這首詞中，實則詞人只不過把眼前的深邃山林看作司馬遷罷了。同上引辛棄疾詞就有「爭先見面重重，看爽氣朝來三數峰。……我覺其間，雄深雅健，如對文章太史公」的形象比喻，程詞仍由此生發而出。

詞人究竟向司馬遷叩問了些什麼呢？

其一：「底事越人，見垣一壁，比過秦關遽失瞳？」《史記·扁鵲倉公列傳》載春秋時名醫秦越人服了神人長桑君給的靈丹妙藥，從此能「視見垣一方人」，即隔牆見人。靠著這雙神眼，為人看病，盡見五臟癥結之所在。後入秦都咸陽，秦太醫令李醯自知醫術不如，遂使人刺殺之。對此，詞人質疑道：越人既能洞察他人肺腑，為什麼看不出李醯有謀殺他的用心？難道說他的X光透視眼一入秦國便不靈了麼？

其二：「江神吏，靈能脫罟，不發衛平蒙？」《史記．龜策列傳》載長江神龜出使黃河，中途被宋國的漁人以網捕獲。龜乃托夢給宋元王，向他求救。王遣使者自漁人處求得此龜，正要放生，宋博士衛平卻說此龜乃天下之寶，不可輕易放過。於是元王便剝龜甲為占卜之具。這個故事，詞人認為也難以置信：龜為江神使者，其神異乃能托夢給宋王，從而逃脫漁人之網，卻為何不能令衛平開竅，使自己免遭殺身之禍？

如此叩問，真是聞所未聞！這哪是什麼「請教」？套用一句大白話，誠所謂「一根筷子吃藕——專挑眼兒」了。《史記》能夠這樣去讀麼？其實，以上二問，不過是詞人抖出的兩段「包袱」，無非「近來始覺古人書，信著全無是處」（辛棄疾〈西江月．遣興〉）之意，實質性問題還在下闋：「休言唐舉無功，更休笑丘軻自阨窮。」戰國時，燕國人蔡澤四處干謁諸侯，皆不見用，遂請唐舉相面。唐舉見其形象奇醜而戲笑之。但蔡澤自信必能富貴，並不因此而沮喪，乃繼續游說不已，後終得秦昭王賞識，拜為丞相。事見《史記．范雎蔡澤列傳》。與蔡澤相比，孔丘、孟軻的運氣要糟得多，是地地道道的「倒楣大叔」。他們周遊列國，竭力宣傳自己的政治主張，但卻一事無成，只好退而著書。見《史記》的《孔子世家》及《孟子荀卿列傳》。讀了上述幾篇人物傳記，詞人的感想是：不要因為蔡澤的富貴而去評說唐舉的相面術沒有功效，更不要由於孔、孟的困窮而去笑話他們缺乏能耐。一言以蔽之，政治上的顯達也罷，沉淪也罷，都不值得關注。此話怎講？待我們讀了下面幾句再說。

「算汨羅醒處，元來醉裡；真敖假孟，畢竟誰封？」《史記．屈原賈生列傳》載屈原忠於楚國，直言極諫，先後遭到懷王、頃襄王的放逐。他披髮行吟於洞庭湖畔，顏色憔悴，形容枯槁，有漁父問其何故至此，他答道：「舉世混濁而我獨清，眾人皆醉而我獨醒，是以見放。」又《滑稽列傳》載春秋時楚國賢相孫叔敖為官廉潔，死後家無餘財，其子只好靠背柴度日。於是滑稽演員優孟便裝扮成孫叔敖模樣，往見楚莊王。王大驚，以為孫叔敖復生，欲以為相。優孟詐言回家與妻子商議，三日後答覆莊王說：婦言楚相不足為。孫叔敖為楚相，盡忠為廉以治楚國，使楚王得以稱霸諸侯，但他死後，兒子卻沒有立錐之地。與其作孫叔敖，還不如自殺呢。莊王聞言大慚，遂賜孫叔敖之子封地四百戶。四句語意緊承上文，略謂：細細想來，屈原自以為清醒，其實這正說明他的沉醉，因為他還沒有看破紅塵，還執著於政治啊！從政有什麼意思？君王們向來妍媸不分。請看，真孫叔敖和假孫叔敖，楚王到底封的是誰吧！讀到這裡，我們總算恍然大悟了：詞人並非真的在和司馬遷抬槓，正相反，他是把司馬遷看作同調，在向那牢騷滿腹的太史公傾吐自己的滿腹牢騷呢。讀其《洺水詞》中〈水調歌頭．登甘露寺多景樓望淮有感〉諸篇，可知詞人是抗金主戰的愛國之士；《洺水集》裡，「論備邊、蠲稅諸疏，則拳拳於國計民瘼」，是「立朝以經濟自任」（清《四庫全書總目提要．洺水集》）的名臣；及覽《宋史》本傳，更可知其晚年因受奸相史彌遠的猜忌，無法施展自己的政治才幹，因此屢請退休養老。知人論世，我們不難理解詞人讀《史記》時何以會有這樣的感慨。

作者的問題業已提盡，牢騷也都發完，現在該輪到司馬遷作答了。可是「太史亡言，床頭釀熟，人在晴嵐煙靄中。」司馬遷竟然不贊一辭！是被詞人問得啞口無言，還是對詞人的「高論」表示默許？或者，兩方面兼而有之？這些都不必深究，反正詞人想說的話俱已說出，可以從精神苦悶中自我解脫了。家釀新成，正堪痛飲；山林晴好，不妨優游。於是作者勒回野馬般的思緒，依舊去檢閱自家的杉松：「新堤路，喜樛枝鱗角，夭矯蒼龍。」看，那新堤路上枝幹彎曲絞結的松木，樹皮如魚鱗，丫杈似虬角，形狀像夭矯的蒼龍，多麼可愛！詞人終於在人與大自然的和諧中暫時平息了對於世事的不平之鳴。

這首詞，以記敘文的筆法寫議論文的題材，把易流於呆板的內容寫得極其活潑；以曠達的筆調寫憤懣的心胸，把易失之淺露的情懷寫得十分深斂。筆力遒勁，筆勢飛舞，筆鋒犀利，筆墨停勻。以敘事起，以繪景結，緩緩步入，徐徐引去，而中間說理，過片不變，反覆論難，縱橫捭闔，結構奇特，章法別致，波瀾迭起，妙趣橫生，確能使人耳目一新。《四庫全書總目提要》謂程珌「詩詞皆不甚擅長」，就總體而論是公允的，但三流作家有時也能寫出一兩篇質量較高的作品來，操選政者宜披沙簡金，勿使有遺珠之憾可也。（鍾振振）

戴復古

【作者小傳】（一一六七～一二三七後）字式之，號石屏，台州黃岩（今屬浙江）人。以詩鳴江湖間，為江湖詩人之重要作家。有《石屏詩集》、《石屏詞》，存詞四十六首。

滿江紅　戴復古

赤壁懷古

赤壁磯頭，一番過、一番懷古。想當時，周郎年少，氣吞區宇。萬騎臨江貔虎噪，千艘列炬魚龍怒。捲長波、一鼓困曹瞞，今如許。

江上渡，江邊路。形勝地，興亡處。覽遺蹤，勝讀史書言語。幾度東風吹世換，千年往事隨潮去。問道旁、楊柳為誰春，搖金縷。

宋寧宗嘉定十二年（一二一九）左右，戴復古曾在鄂州吞雲樓譜寫一闋〈水調歌頭〉的詞作，〈滿江紅·

赤壁懷古〉詞，約寫於此前後，詞人正在鄂州、黃州一帶漫遊。黃州城外有赤壁磯（又叫赤鼻磯），雖有人考證這裡不是赤壁之戰的戰場，但時人可能有此傳說，前此又有蘇軾的「大江東去」一詞，詞人過此，也難免發思古之幽情，繼蘇軾之後，再寫一篇赤壁懷古詞。

蘇軾是詞壇巨擘，後人再寫「赤壁懷古」，要獲得讀者的讚許，的確有些困難。戴復古寫這闋詞，也難免有望洋興嘆的感覺。

上片開頭說「赤壁磯頭，一番過、一番懷古」，與蘇軾的「大江東去，浪淘盡、千古風流人物」相比，顯得起勢平平，遠不如蘇詞的氣勢雄偉；但戴詞以樸素的敘述入題，倒也顯得自然輕快。蘇詞中的周瑜形象，著墨較多，形象較鮮明；復古詞寫周郎，僅寫他「氣吞區宇」的英雄氣概，別是一種寫法。對赤壁大戰場面的描繪，蘇軾僅有「談笑間、檣櫓灰飛煙滅」一句；復古詞則用濃墨重彩，極力渲染氣氛，藝術地再現這一驚心動魄的大戰。「萬騎臨江貔虎噪，千艘列炬魚龍怒」兩句，用精工的對偶句，把戰爭的場面表現得真實而又生動，繪聲繪色地描繪出吳蜀聯軍的高昂士氣，寫出了火攻曹軍時的翻江倒海之勢。「貔（音同皮）虎」本指猛獸，比喻勇猛的軍隊。「魚龍」指潛蟄江中的水族動物，杜甫〈秋興八首〉其四有「魚龍寂寞秋江冷」之句，在千艘列炬的大拚搏中，那些潛居江中的魚龍，再也不會感到寂寞，牠們因為受到戰火的威脅而怒不可遏了。「捲長波、一鼓困曹瞞」句，刻畫出波瀾壯闊的中流水戰，氣勢磅礡，與「談笑間、檣櫓灰飛煙滅」有異曲同工之妙，傳神地描繪出曹軍崩潰之快，周瑜取勝之速。詞寫到這裡用「今如許」三字陡然轉折，感慨蒼茫，意味深厚。南渡之後，國勢日非，復古將大半生目擊心傷的國事，全含在這一句中。

下片「江上渡，江邊路。形勝地，興亡處」數句，寫赤壁磯附近的山川形勝，追懷赤壁之戰的遺跡。詞人認為漢獻帝建安十三年（二〇八）發生在這裡的那次戰役，是兩軍決定存亡的一次戰役。如今看到這些遺跡，自己的深切感受，真勝過讀歷史書籍。下面又將話題一轉，抒寫憂國傷時的感慨：「幾度東風吹世換，千年往事隨潮去。」東風吹，光景移，由三國至今，改朝換代的事已經發生多次了，歷史的往事已經隨江潮而逝去，這是歷史的規律。千古風流人物，也隨著滾滾東流的長江而流逝了，現在又有誰能收拾祖國殘破的山河啊！下片的結穴處，詞人向道旁楊柳發問，問它們為誰生春，為誰搖動金色的柳條。言下之意是，由於自己感時傷世，面對春風楊柳萬千條的美景，再也無心觀賞了。這與杜甫的〈哀江頭〉「江頭宮殿鎖千門，細柳新蒲為誰綠」以及姜夔〈揚州慢〉結穴處的「念橋邊紅藥，年年知為誰生」是同一種手法，都是以無心觀賞美景來抒寫作者的時代感傷。

這首詞，風格豪放、勁健，在自然樸素的描寫中，時見濃染之筆與用力之處，平中見奇。清人紀昀很欣賞這首詞，認為其「豪情壯采，實不減於（蘇）軾」（《四庫全書總目提要》）。（劉文忠）

水調歌頭　戴復古

題李季允侍郎鄂州吞雲樓

輪奐半天上，勝概壓南樓。籌邊獨坐，豈欲登覽快雙眸。浪說胸吞雲夢，直把氣吞殘虜，西北望神州。百載好機會，人事恨悠悠。

騎黃鶴，賦鸚鵡，謾風流。岳王祠畔，楊柳煙鎖古今愁。整頓乾坤手段，指授英雄方略，雅志若為酬。杯酒不在手，雙鬢恐驚秋。

宋寧宗嘉定十四年（一二二一），金兵擾黃州、蘄州一帶，南宋軍隊一再擊敗來犯之敵，民心振奮，一度造成了「百載好機會」的有利形勢。在這一年，李季允（名埴）出任沿江制置副使兼知鄂州（今武昌），修建了吞雲樓。此時戴復古正逗留武昌，登高樓而覽勝，寫下了這首詞。

「輪奐半天上，勝概壓南樓。」開篇突兀而起。巍巍高樓，直聳半天，何等華美、壯觀！「輪奐」，借用《禮記．檀弓》中稱美宮室落成的話：「美哉輪焉，美哉奐焉。」第一句是作者站在遠處仰望雲端，直抒讚賞之情，是正面描寫樓之高聳入雲。第二句用對比手法，說吞雲樓的雄姿勝概足以壓倒武昌黃鶴山上的南樓。這個對比很巧妙，「南樓」是詩詞中常提及的名勝，其中有一個著名典故。南朝宋劉義慶《世說新語．容止》記載：「庾太尉（亮）在武昌，秋夜氣佳景清，使吏殷浩、王胡之之徒登南樓理詠。音調始遒，聞函道中有屐聲甚厲，定是庾公。俄而率左右十許人步來，諸賢欲起避之，公徐云：『諸君少住，老子於此處興復不淺。』因便據胡床與諸人詠謔，竟坐甚得任樂。」庾亮是東晉顯赫一時的人物，握重兵鎮武昌，號征西將軍。李季允身分、職務與庾亮有某些相近，作者暗暗比譬，並言吞雲樓勝壓南樓，自是對李侍郎的恭維，這是應酬之作常見的手法。然而詞人卻不停留於一般的恭維，筆勢出人意外地來了一個逆轉：「籌邊獨坐，豈欲登覽快雙眸。」如此巍峨華美的樓，登臨縱目，固然是賞心樂事；然而對李侍郎來說，重任在身，哪有觀賞風景的閒情呢。李侍郎即使登樓，也是為了籌劃邊防大計獨坐思量，這又暗與當年庾亮登南樓的風流雅事對比，襯托出今日李侍郎的一片憂國丹心。

下面接著這層意思，進一步借樓寫人。在司馬相如〈子虛賦〉中，有位齊國烏有先生對楚國使者子虛誇說齊地廣大，並形容道：「吞若雲夢（楚地廣闊的大澤）者八九，於其胸中曾不蒂芥。」在這首詞中，戴復古更翻進一層說：「浪說胸吞雲夢，直把氣吞殘虜，西北望神州。」登上這樣的高樓，豈止使人感到「胸吞雲夢」，從這裡北望中原，簡直有氣吞殘虜（指金兵）的氣概。這裡，作者化用〈子虛賦〉語，點出「吞雲」樓名的來源，同時也就寫出它高峻的雄姿，更進一步傳樓之神，寫出李侍郎及詞人自己誓志抗金的凌雲壯志。

詞寫到這裡，已將「氣吞殘虜」的豪情高唱入雲，突然文勢作了一個大幅度的跌宕：「百載好機會，人事恨悠悠！」前面提到，最近宋兵接連獲勝，本應乘勝一舉北進，收復中原，可惜朝廷懦怯，坐失時機，英雄壯志成空。「人事恨悠悠」，令人不勝感嘆！

上片寫了樓本身和樓的主人，下片換個角度寫吞雲樓周圍的風光，仍繼續抒發「人事恨悠悠」的感慨。從吞雲樓上放眼望去，江山勝跡，歷歷在目：那裡不是黃鶴樓麼？它不由使人想起唐詩人崔顥的詩句「昔人已乘黃鶴去，此地空餘黃鶴樓。黃鶴一去不復返，白雲千載空悠悠」，而歸結到「日暮鄉關何處是，煙波江上使人愁」的悲感。再看那白浪接天的江中有一片綠地，那不是「芳草萋萋鸚鵡洲」麼？這個風景如畫的地方，漢代文學家禰衡在此作出文采驚人的〈鸚鵡賦〉，而有「顧六翮之殘毀，雖奮迅其焉如」之嘆息。古人的流風遺韻，也不要再去追尋了。再向那黃鵠山下看，那裡添了新景。你看那旌忠坊岳王祠畔的楊柳，多麼鬱鬱蔥蔥！但在那煙籠霧罩之中，深鎖著他「十年之力，廢於一旦」（《宋史．岳飛傳》）及忠而見殺的遺恨，古今同慨。寫到這裡，仁人志士之心是很悲愴的，當年抗金名將岳飛為了「收拾舊山河」（岳飛〈滿江紅〉），竟至飲恨慘死於投降派的屠刀之下。直至今日，中原仍然陷落，活著的人何以有慰忠魂？因此詞人又掉轉筆來，寄厚望於李侍郎「整頓乾坤手段，指授英雄方略」了。然而，「人事」又是如此復雜，「雅志」怎樣才能實現？還是讓我們來乾一杯吧，如果沒有酒來解憂，秋風起時，真要愁得雙鬢都變白了。

古人寫亭臺樓閣的詩詞很多，如何能寫得不落常套而有新意，是不容易的。成功之作大都不是停留在描摹亭臺樓閣的外形而已，而是透過寫物來寫人，它更清楚地體現出文學即是人學的真諦。試將戴復古這首吞雲樓詞與蘇東坡黃州快哉亭詞（同是〈水調歌頭〉）比較，不難看出它們都是透過寫亭臺樓閣抒發人的情志的範例。東坡寫快哉亭上所見江上風起雲湧的情景：「忽然浪起，掀舞一葉白頭翁。」一位白髮老人駕一葉扁舟，出沒在風雲變幻的洶湧波濤中。但東坡看此情景，並不膽戰心驚，而是豪情滿懷地稱讚：「一點浩然氣，千里快哉風。」顯然，這是抒發他自己作為一個正直的士大夫的情懷，雖是身處逆境，卻胸中自有一股浩然正氣。戴復古吞雲樓詞和東坡詞一樣，也是緊扣住亭臺樓閣的名字做文章，他寫樓的「吞雲」雄姿，卻是為了表現人的「氣吞殘虜」的英雄氣概；他寫登樓所見之景——「騎黃鶴，賦鸚鵡」、「岳王祠畔楊柳」，也都是為了表現人的報國丹心和壯懷激烈。樓與人，情與景，結合得很自然。這樣的詞，不僅寫樓之形，而且傳人之神，因而有血有肉，充滿豪情壯采，並使人感到其時代脈搏的劇烈跳動。（高原）

柳梢青 戴復古

岳陽樓

袖劍飛吟。洞庭青草，秋水深深。萬頃波光，岳陽樓上，一快披襟。
不須攜酒登臨。問有酒、何人共斟？變盡人間，君山一點，自古如今。

這是一首登臨遣懷之作。

「袖劍飛吟」，據元辛文房《唐才子傳》記載，呂洞賓嘗飲岳陽樓，醉後留詩曰：「朝遊南浦暮蒼梧，袖裡青蛇（指劍）膽氣粗。三入岳陽人不識，朗吟飛過洞庭湖。」戴復古浪跡南北，與呂洞賓詩中所表現的氣質有共通之處。這裡借用來抒發自己壯遊洞庭的情懷，一開始就樹立了一個飄泊江湖的詞人形象，並使詞篇籠罩在豪邁飄逸的仙氣中。「洞庭青草，秋水深深」，青草，湖名，是洞庭湖的一部分。八百里洞庭以浩瀚汪洋著稱，這裡作者只用「深深」二字，便輕輕撮出了它的特徵。詞篇至此，氣象也更為開闊。此外，句中的「秋」字不單點明登樓時令，還以秋日多風和入秋百卉漸衰為下文「一快披襟」、「變盡人間」作鋪墊，同時又與作者的蒼涼胸懷相表裡。「萬頃波光」仍寫洞庭：「秋水深深」專述其涵納深邃，此句特表其醉人景色，兩相配合，極見情致。「岳陽樓上，一快披襟」，用獨立樓頭、任風吹開衣襟的形象襯托自己的登樓豪情。宋玉〈風賦〉：「楚襄王遊於蘭臺之宮，宋玉、景差侍。有風颯然而至，王乃披襟而當之，曰：『快哉此風！』」自然，「一快披襟」的原因不僅是因為有風，更重要的還由於深深秋水和萬頃波光的感染。總起來看，上片詞風豪中帶逸，作者登樓的快意在這裡得到了有力發揮。

下片開始，詞人筆鋒陡轉，「快」意頓生波瀾：「不須攜酒登臨。問有酒、何人共斟？」用不須攜酒引出無人與共，感情凝滯曲折，章法也開始搖曳迴蕩。宋張炎《詞源》說：「過片不可斷了曲意，須要承上接下。」宋沈義父《樂府指迷》也說：「過片處多是自敘。若才高者方能發起別意，然不可太野，走了原意。」這首詞上片寫無邊美景、愜然遊情，下片嘆人間多變、國事衰微，過片處直說此番登臨不能盡興——這有異於上片，可謂「能發起別意」。但作者寫樓、寫湖只是為了抒發興廢之嘆，因而無人共飲幾句正好把普通的登山臨水引入創作「原意」——這種過變法應當算得上「才高者」的傑作。「變盡人間，君山一點，自古如今」，點明「不須攜酒」的原因，揭破主題。戴復古生活在南宋後期，其時不但收復北方領土已經無望，就是南方的偏安局面也在風雨飄搖之中。所以詞人面對「自古如今」巋然不動的「一點」君山，難免要想起備受欺凌的「偌大」中國。可是當時的上層人士或留連光景，或苟且度日，有誰能共飲作者之酒呢？由此可見上文的「不須攜酒」幾字包含著無限感慨，而這裡的「變盡人間」實為振起全篇的關鍵：因為只有「人間」才是作者屬意的所在，而正因為這個「變」字，作者也才由湖光山色聯想到國家民族，進而感物傷懷的。

戴復古受業於陸游，作詩推尊「飄零憂國」的杜甫和「感寓傷時」的陳子昂（〈論詩十絕〉其六），政治上懷有「擊楫長江……為國洗河湟」（〈滿庭芳〉）的遠大抱負，藝術上提倡「須教自我胸中出，切忌隨人腳後行」（〈論詩十絕〉其四）的創作原則，因而在宋末詞壇上獨具一番面目。以這首詞為例，首先，它抒寫登樓臨水不忘國家興亡的思想感情，這與當時詞人寄情山水以逃避現實的作品迥然有別。其次，這首詞一開始情調昂揚，頗有為眼前景所陶醉的意思，進入下片以後，先用無人共斟道出自己的孤獨和苦悶，後以人間變盡點破憂國主題，有如千斛濃愁凝聚筆端，這種一波三折的謀篇方法也極新穎別致。最後，題旨雖在表現作者的深廣憂慮，但篇中不僅毫無局促窘迫的影子，相反，還能把執著的愛國熱情同超脫的仙風逸氣結合成一個整體；同時詞中的情緒雖然一再變化，但意脈始終不斷，再加上流暢奔放的語句，天真自然的措詞，形成了豪健輕快的特殊風格，這也是使戴復古詞自名一家的重要因素。（李濟阻）

洞仙歌

戴復古

賣花擔上，菊蕊金初破。說著重陽怎虛過。看畫城，簇簇①酒肆歌樓，奈沒個、巧處安排著我。

家鄉煞遠②哩，抵死③思量，枉把眉頭萬千鎖。一笑且開懷，小閣團欒④，旋簇著⑤、幾般蔬果。把三杯兩盞記時光，問有甚曲兒，好唱一個⑥？

〔註〕①畫城、簇簇：畫城，形容城市繁華，美麗如畫。簇簇，密集的樣子。②煞遠：很遠。當時口語。③抵死：極度，盡量。當時口語。④小閣團欒：小閣，酒店中的雅座或閣樓。也指設有圍幔的單間。團欒，本意為圓，此處指圓桌。⑤旋簇著：很快地鋪陳著，當時口語。⑥這句寫呼妓唱曲，是宋代酒肆光景之一。宋吳自牧《夢粱錄》卷十六載：「諸店肆俱有廳院廊廡，排列小小穩便閣兒，吊窗之外，花竹掩映，垂簾下幕，隨意命妓歌唱，雖飲宴至達旦，亦無厭怠也。」

這首詞的作者戴復古，一生沒有進入仕途，平時生活，非常清苦。他的詞作不多，風格接近他的老師陸游。其主要內容之一，是歌唱自己的「一片憂國丹心」（〈大江西上曲〉）。明代毛晉〈石屏詞跋〉稱戴復古：「性好遊，南適甌閩，北窺吳越，上會稽，絕重江，浮彭蠡，泛洞庭，望匡廬、五老、九嶷諸峰，然後放於淮泗，歸老委羽之下。」可見他浪遊江湖的時間很長。《四庫全書總目提要》盛稱他的〈滿江紅．赤壁懷古〉詞，以為「豪情壯采」不減蘇軾。可見他是屬於豪放派的詞人。

這首〈洞仙歌〉寫得很別致，運用清新俚俗的語言，以素描手法對酒肆風光加以繪寫。詞中的主人公，也恰恰是作者自己，所以使人讀了之後，如臨其境，如見其景，如聞其聲，和作者一道分享市樓呼酒聽歌、驅遣旅途勞累的快樂。作者浪跡他鄉，為了消除客居中的清寂，自然會想到尋找一個暫且開懷的所在，這個場所，自然便是酒肆了。時節已近重陽，金黃的菊蕊都已綻開了。作者漫步在鬧市裡，忽然聽到賣花人的叫賣聲，詞就從這裡寫起。

「賣花擔上，菊蕊金初破。說著重陽怎虛過。」這三句寫賣花人擔著初開的黃菊走來，邊走邊叫賣：「重陽快到了，不要虛過呀！一年一度，怎好不買點菊花賞賞呢？」其人其聲，就在眼前，寫得非常逼真。作者在賣花聲中點明季節，落筆非常自然。接著以「看畫城」三句，表明此刻並沒有買花，他縱目街頭，只見繁華的大街上，高樓擁簇，整齊壯觀，到處有酒店歌樓。作者思忖著取笑自己說：「在這樣紅塵世界，寶馬香車，來來往往，怎奈沒有個好處所安排我啊！」

下片「家鄉煞遠哩」三句，緊接上片。作者徘徊良久，隨意觀賞了一會兒，繼續叮囑自己說：「家鄉可隔得遠哩，盡著思量，真是枉自把眉頭鎖得緊緊呵！」思量到此，這才爽然一笑，趕緊找個合意的所在。下面「一笑且開懷」三句，是說自己進了個酒店，選上個小閣兒，定了個雅座，坐在圓桌的席位上。很快地酒保擺上了幾盤時果和菜蔬，篩上了酒。為了喝上個三杯兩盞度過這重陽時光，作者不但開懷暢飲，還想聽支曲兒，助助酒興。結句：「問有甚曲兒，好唱一個？」把酒肆飲酒的心情，寫得極為歡暢。這在當時，是非常符合作者的身分和環境的。唱曲佐酒，在唐、五代、北宋時期的酒店裡，早有這種風氣，唐代的旗亭，北宋的樊樓，都是「徵歌侑酒」的場所。南宋也不例外。歌唱者不少是民間藝人，或寄身樂隊的妙齡女郎，她們備個摺子，任人點曲，名為清唱。作者用點唱兩句，作詞的結語，使得酒市風光，歷歷在目，更加使人有親臨此境之感。

全詞的特點是：寫得活、想得活，通俗語言用得活。在語言操縱方面，不落常規，吸收了大量的群眾口語，繪聲繪影，富有濃郁的生活氣息。在語言的本色化和格調上群眾化方面，已略似後來元代的散曲。在藝術造詣上，打破南宋一般詞人鍊字鑄調，追求形式上的醇雅的習氣。所謂俚言俗語，一經點化，便成妙諦，正是這首詞的長處。（馬祖熙）

望江南

戴復古

石屏老，家住海東雲。本是尋常田舍子，如何呼喚作詩人？無益費精神。千首富，不救一生貧。賈島形模元自瘦，杜陵言語不妨村。誰解學西崑？

作者在這首〈望江南〉序中說：「僕既為宋壺山說其自說未盡處，壺山必有答語，僕自嘲三解。」原來他曾收到宋自謙（字謙父，號壺山）寄的三十闋〈壺山好〉，因感「猶有說未盡處」，而「為續四曲」。過後，戴復古又寫了三首〈望江南〉，為自己解嘲，這首〈望江南〉是其中的第一首。這是一首非常少見的、以詞論詩的作品。詞中肯定了賈島、杜甫的詩歌，批判了西崑體的詩風，又流露了對自己詩詞的自負感。詞的語言樸實，但詞意卻曲折婉轉，「詩猶文也，忌直貴曲」（清施補華《峴傭說詩》），詞也如此。這首詞乍一看，非常淺顯，其含意卻很深刻。表面上是自我解嘲，實際上表達了自己的深刻見地。這種婉轉的風格，主要是透過反說對比手法表現出來的。

上片，「田舍子」與「詩人」對比。詞的起首「石屏老，家住海東雲」，以樸素的語言，點明自己的住處和出身，對自己隱居故里、生活貧寒感到安然自得。但是竟被稱為詩人，而作詩是「可憐無補費精神」（王安石〈韓子〉）的事。這是自我解嘲，一則表現了自己的一種懊惱心境，二則流露了對自己作詩人的自負。運用對比反說，似直而實曲。

其次，「富」「貧」對比。「千首富，不救一生貧」，是上片的註腳，是下文的起始，承上啟下，順理順情。既「貧」且「富」，是自己處境的自白，又是賈島、杜甫的寫照。表達了對賈島、杜甫的深切同情，對自身境況的感嘆，「不救」透露了一種憤慨之情。「富」又包含著對自己詩詞的自負感。「富」「貧」並用，互相映照，似淺顯，含意卻深遠。再次，賈島、杜甫的「瘦」「村」與「西崑」並提，形成對比。賈島一生過著悽苦寂寞的生活，他的詩以善於鑄鍊字句取勝，以苦吟著稱，蘇軾〈祭柳子玉文〉有「郊寒島瘦」之說；杜甫也一生貧窮困頓，漂泊轉徙，詩以沉鬱頓挫的風格受人讚賞，被稱為「詩聖」，而西崑體詩人楊億卻貶他是「村夫子」（見北宋劉攽《貢父詩話》）。作者巧妙地抓住了一「瘦」一「村」，組織成句，其間包含著極豐富的內容，一是以「形模」「瘦」、「言語」「村」暗示兩位詩人的貧窮，浸透著同情之心；二是「瘦」「村」其實是一種反說，是對賈島、杜甫的肯定：賈島以「瘦」著名，杜甫以「村」取勝。「誰解學西崑」，為什麼不去學呢？原來西崑體詩歌，內容空虛，形式上追求對仗與華美，不過摭拾典故、堆積詞藻而已。似乎是不「瘦」不「村」，其實是華而不實。雖然作者沒有明說，而是巧妙地運用了這個反問句，構成了對比，對西崑體的否定，就包含了對賈島、杜甫的肯定。造語平直，但又婉轉曲折，內容豐富。

總之，這首詞以自我解嘲的筆觸抒寫自己的情懷、見解，詞中暗含著對自己詩作的自負，又對賈島、杜甫詩和西崑體表明了態度。因運用對比反說的寫法，使詞情趣橫生，旨意深刻而耐人尋味。（倪木興）

木蘭花慢　戴復古

鶯啼啼不盡，任燕語、語難通。這一點閒愁，十年不斷，惱亂春風。重來故人不見，但依然、楊柳小樓東。記得同題粉壁，而今壁破無蹤。蘭皋新漲綠溶溶，流恨落花紅。念著破春衫，當時送別，燈下裁縫。相思謾然自苦，算雲煙、過眼總成空。落日楚天無際，憑欄目送飛鴻。

戴復古〈木蘭花慢〉，與其妻所作〈祝英臺近〉之背景，應為同一婚姻悲劇。元陶宗儀《南村輟耕錄》卷四載：「戴石屏先生（復古）未遇時，流寓江右武寧，有富家翁愛其才，以女妻之。居二三年，忽欲作歸計，妻問其故，告以曾娶。妻白之父，父怒，妻宛曲解釋。盡以奩具贈夫，仍餞以詞云（略）。夫既別，遂赴水死。可謂賢烈也矣！」《四庫全書總目提要》卷一九九指出：「〈木蘭花慢〉懷舊詞，前闋有『重來故人不見』云云，與江右女子詞『君若重來，不相忘處』，語意若相酬答，疑即為其妻而作，然不可考矣。」按細參兩詞，〈木蘭花慢〉「但依然、楊柳小樓東」之句，又與〈祝英臺近〉「道旁楊柳依依，千絲萬縷」相切合。且戴詞有「十年」之語，亦與其妻訣別詞事相吻合。則〈木蘭花慢〉此詞，實為復古與妻子訣別十年之後，重來舊地之作。所謂「懷舊」，實為悼亡。

「鶯啼啼不盡，任燕語、語難通。」起筆淒美而哀感。又是一年春天，處處鶯啼燕語。詞人之傷心懷抱，便是讓鶯鶯燕燕來訴說，也訴說不盡，何況鳥語難通？傷心懷抱之無可告語，意在言外。「這一點閒愁，十年不斷，惱亂春風。」十年不斷之隱痛，卻道為一點閒愁，這是故用輕描淡寫之筆，見出無可奈何之意。惱亂即撩亂，宋人口語。十年以來，每逢春天，這種心情就格外為春風所撩亂。詞情遂指向十年前的那個春天。當時妻子作訣別之詞，有「後回君若重來」之句，故下邊寫出「重來故人不見，但依然、楊柳小樓東」。十年後的今天，詞人終於重來舊地，小樓東畔，楊柳依依，彷彿當日「道旁楊柳依依，千絲萬縷」的情景，可是物是人非，故人杳不可見矣。「記得同題粉壁，而今壁破無蹤。」猶記得，當日夫妻雙雙粉壁題詩，到如今，只剩下這破壁頹垣，題的詩已無影無蹤。「壁破」二字觸目驚心。從物是人非寫至人、物兩非，尤見出人天永訣之沉痛。復古之師陸游，亦有恨事略同，陸游晚年重遊沈園，有「玉骨久成泉下土，墨痕猶鎖壁間塵」（〈十二月二日夜夢遊沈氏園亭二首〉其二）之句，可與此詞參讀。

「蘭皋新漲綠溶溶。流恨落花紅。」蘭皋語出〈離騷〉「步余馬兮蘭皋」，指生長芳草的水灣。眼前春水新漲，綠波溶溶，流不盡的落花殘紅，也流不盡詞人胸中湧起的舊恨新愁。換頭融情入景，情景交鍊，尤為蘊藉。「念著破春衫，當時送別，燈下裁縫。」戴復古與武寧妻子是重婚，這事情中間可能有些曲折，從《輟耕錄》所載「父怒，妻宛曲解釋」約略看得出來。從臨別前夕，妻子在燈下連夜為丈夫縫製春衣這一細節，也看得出她對丈夫的原諒，她仍然愛著丈夫。那燈光下，她一針一線，一針一淚，她把自己莫大的委屈，無邊的痛苦，纏綿的愛情，都凝聚在自己手中線，縫進了丈夫身上衣。如今，這春衣已穿破了。春衣穿破猶存，舊事記憶猶新，也看得出詞人對妻子的感激與內疚。但是，重婚畢竟是不能容忍的。

而戴復古妻子的愛情，又是可一不可再的。她所選擇的路，竟是一死。「相思謾然自苦，算雲煙、過眼總成空。」謾通漫，漫然即徒然。妻子一死，人天永隔。縱然相思已十年，妻子也不可知，徒然自苦而已。自苦，實為內疚。想起那兩三年的幸福生活，好似過眼煙雲，終是一場空。除了天長地久之恨，詞人心中也只能剩下寂寞空虛。「落日楚天無際，憑欄目送飛鴻。」詞人憑欄極目，落日之蒼茫，楚天之無際，何異心情之蒼涼落寞。長空中飛鴻遠逝，又何異愁苦之彌漫無極。結句語意略近〈古詩十九首．西北有高樓〉：「願為雙鴻鵠，奮翅起高飛。」原詩並云：「上有絃歌聲，音響一何悲，誰能為此曲，無乃杞梁妻。」杞梁妻，古之烈婦也。若結句有取於此，悼亡之意深矣。

無論古今，重婚之事，即使個中確有曲折，究竟也難以為世所容。就此詞而論，則其用綿麗之筆，寫哀惋之思，可以稱為佳作。清況周頤《蕙風詞話》續編卷一評石屏詞曰：「綿麗是其本色。」誠為的論。（鄧小軍）

戴復古妻

【作者小傳】武寧（今屬江西）人，姓名不詳。有絕命詞一首。

祝英臺近

戴復古妻

惜多才，憐薄命，無計可留汝。揉碎花箋，忍寫斷腸句。道旁楊柳依依，千絲萬縷，抵不住、一分愁緒。如何訴。便教緣盡今生，此身已輕許。指月①盟言，不是夢中語。後回君若重來，不相忘處，把杯酒、澆奴墳土。

〔註〕①「指月」一作「捉月」。

此詞是戴復古妻訣別丈夫之際所作。以詞情與本事相印證，則此詞實為其生命與愛情之絕筆，顯然比戴詞更為感動人心。

「惜多才，憐薄命，無計可留汝。」起筆三句，道盡全部悲劇。這裡的「多才」不僅有富於才華（的人）的字面意義，它也是宋元俗語，男女用以稱所愛的對方。如宋鄭僅〈調笑轉踏〉「多才一去芳音絕，更對珠簾新月」，為女稱男；元王實甫《西廂記》四本一折張生唱詞「寄語多才：恁的般惡搶白，並不曾記心懷」，此「多才」指鶯鶯，為男稱女。這裡是戴復古妻用以稱其夫。父親愛復古之才，才以女兒嫁之。但更重要的是，婚後女兒自己深深愛著丈夫。誰料到丈夫竟然已結過婚！事到如今，自己仍然愛你，只能自傷命薄，儘管千方百計要挽留你，卻無法挽留下你。悲劇性的結局無可挽回，已甚明白。「揉碎花箋，忍寫斷腸句。」在這訣別之際，展開花箋，又揉碎花箋，怎能忍心寫下痛斷肝腸的訣別辭句？花箋綿薄，揉而成團，緊握似欲碎之。揉碎二字，極能凸顯女詞人此時痛苦的心情。所揉碎者，非花箋，乃心也。「道旁楊柳依依，千絲萬縷，抵不住、一分愁緒。」此四句寫至眼前分手之情景。道旁楊柳依依，彷彿惜別之情，依依不捨。此句用《詩經．小雅．采薇》「昔我往矣，楊柳依依」成句，而天然如自己出。「千絲萬縷，抵不住、一分愁緒」，愁緒卻比柳絲多上千萬倍呵！此三句一氣流貫，比興高妙，委婉而深沉地表現了繾綣柔情與無限悲傷，確是詞中不可多得的佳句。

「如何訴。便教緣盡今生，此身已輕許。」事至今日，從何說起？又有何可說？今生今世，夫妻緣分，就讓它從此結束吧。是自己當初輕率地許配給你呵。末句哀而不怨，甚可玩味。女詞人對丈夫仍然是愛的。如果有怨，恐怕主要也不是怨丈夫之不誠，不是怨父親之作主，而是自怨命薄，如起筆之所言。這正是性情柔厚的女詞人當時應有之心態。實際上，事到如今，怨又有何用？換頭此三句各本原缺，《全宋詞》據清沈時棟《古今詞選》補足，註云：「此十四字各本皆脫，唯《古今詞選》卷四有，未必可信。」案《四庫全書總目提要》卷一九九「石屏詞」條云：「此本卷後載陶宗儀所記一則，見《輟耕錄》。其江右女子一詞，不著調名，以各調證之，當為〈祝英臺近〉。但前闋三十七字俱完，後闋則逸去起處三句十四字，當係流傳殘缺。宗儀既未經辨及，後之作《圖譜》者，因詞中第四語有『揉碎花箋』四字，遂別造一調名，殊為杜撰。」話說回來，此三句縱非原文，但也切合詞情。「指月盟言，不是夢中語。」回憶當初月下盟誓，不是夢中事，也不是說夢話。言外之意是，你我結婚一場，畢竟是事實呵。盟言之一事，當在結婚之初。盟言之內容，必為生死不渝。事至今日，女詞人自己已決志以死殉情。緊接著，結曰：「後回君若重來，不相忘處，把杯酒、澆奴墳土。」今日一別，便是永訣。留給你的，唯有一語：你若重來此地，如未忘情，請把一杯酒澆在我的墳土上。意謂無忘我，則我九泉之下，也就可以瞑目了。結筆所提出的唯一要求，凝聚著女詞人固執不捨的愛，高於生命的愛。情之所鍾，可以震撼人心。

戴復古妻無疑具有高尚的德性：善良、寬容、堅貞。她對於愛情生死不渝的態度，顯然不僅是由於從一而終的道德觀念，更重要的是基於自己真摯的愛情本身。在她的心靈中，愛情之可一不可再，不僅是於理不可，更主要的是於情不願。這，正是愛情的悲劇性之所在。原其愛情之根，乃是始於對丈夫才華的愛。這一文化因素，也加深了愛情的悲劇性。此詞感情極真，其藝術亦極美。上片比興自然高妙，下片語言明白如話，全篇意極凝重而辭氣婉厚，迴環誦讀，令人不忍釋卷，不愧為詞中之一傑作。（鄧小軍）

黃簡

【作者小傳】一名居簡，字元易，號東浦，建安（今福建建甌）人。隱居吳郡光福山。宋理宗嘉熙中卒。存詞三首。

柳梢青

黃簡

病酒心情，喚愁無限，可奈流鶯。又是一年，花驚寒食，柳認清明。天涯翠巘層層，是多少、長亭短亭。倦倚東風，只憑好夢，飛到銀屏。

這首詞所寫的時間，是寒食、清明前後，這種節候的景物特徵是有花，有柳，有流鶯，有東風，放眼天涯，「翠巘（音同演，山峰）層層」。在古代，生活在這種特定環境中的人，一般說來，往往會有一種傷春遲暮之感。這首詞中的主人公就是這樣。他喝了悶酒，醉得有些近乎病態（「病酒」即醉酒，俗謂「醉酒如病」）；黃鶯鳥的叫聲，本來是和諧圓潤的，所以博得了「流鶯」的雅號，杜甫也有「自在嬌鶯恰恰啼」（〈江畔獨步尋花七絕句〉其六）的詩句。可是對這首詞中的主人公來說，卻只能「喚愁無限」，聽得心煩，卻又無法封住那流鶯的嘴巴，真是無可奈何（「可奈」即「怎奈」、「無可奈」）！主人公的愁從何而來？是「病酒」，還是「流鶯」？如是「病酒」，那麼，他何以要「病酒」呢？如是「流鶯」，那麼，為什麼老杜聽起來竟那麼悅耳？看來都不是。傷春？倒有些相似。你看，「又是一年，花驚寒食，柳認清明」，光陰如流，逝者如斯，轉眼「又是一年」！一年一度的「花驚寒食，柳認清明」，主人公究竟有了幾番相似的閱歷？難說，從「又」字上看，這絕不是開頭。春光如許，年復一年，時不我待，觸景生情，感到時序驚心，慨嘆流年暗換，從而「愁」上心頭，「春愁過卻病」（南唐李璟〈應天長〉），美其名曰「傷春」，有何不可？其實，春本無可傷，可傷者往往是與春本來並無關係的其他內容。春天本身雖無可「傷」，但卻往往是人們感慨傷懷的誘發物。王昌齡〈閨怨〉詩說：「閨中少婦不曾愁，春日凝妝上翠樓。忽見陌頭楊柳色，悔教夫婿覓封侯！」凝妝的少婦，本來沒什麼「愁」和悔恨的，否則她就不「凝妝」了。但她一旦登上了層樓，看到了那一派迎風飄舞的柳絲，於是愁從中來——她想到了遠在他鄉「覓封侯」的「夫婿」。最好的春光，應該與最親近的人共賞，一旦「共賞」不可得，便觸景生情，對景懷人，這就是所謂「傷春」了。看來，春天是一個懷人的季節，古人從這裡選取題材，抒發感情，不知寫下了多少詩詞！黃簡的這首詞，也是這樣。當他望盡天涯的層層翠巘，心中暗數著那數不清的「長亭短亭」，懷人之情油然而生，以至希望能在夢中與親人團聚。「天涯翠巘層層。是多少、長亭短亭」，是這首詞中最關鍵的句子，也是我們理解和鑑賞這首詞的鎖鑰，清況周頤評說：「此等語非深於詞不能道，所謂詞心也。」（《蕙風詞話》）「天涯」一句，是觸景生情的誘發點。上片的流鶯、花柳，皆眼前身邊之景，對於詞境皆止於描述而無甚開拓意義，「天涯」一句卻既融入了上片諸景，又高瞻遠矚，意象博大，更重要的是它開拓出了「長亭短亭」一境，遂使全詞柳暗花明，轉出了一片新天地，這是一個極好的過片。「長亭短亭」句接踵「天涯」句而來，是詞中主人公望盡天涯的直接所得，是揭示全詞思想的關鍵處。「長亭」、「短亭」皆係行人休止之所。在南北朝庾信〈哀江南賦序〉中，「十里五里，長亭短亭」是說路程之長和行程之艱苦；在李白詞〈菩薩蠻〉中，「何處是歸程，長亭更短亭」是說路程之長和歸心之急，後來它就成了天涯羈旅、遊子思歸的象徵。顯然，這一句揭示了全詞的抒情實質：鄉關之思，思歸。讀到這裡，我們才豁然省悟到，上片所寫的「病酒心情」以及流鶯喚愁等等，都是主人公內心的鄉關之思的外部流露，並不能用含糊的「傷春」來概括；「花驚寒食，柳認清明」，與「翠巘一樣，既是這種鄉關之思的誘發物，同時也是這種鄉關之思的寄附品，而並非一般的感嘆時光流逝。結拍的「倦倚東風」三句，都是在思歸而未能歸的情況下的思想活動。實際上的「歸」既不可能，只得寄希望於夢，在夢中「飛到」故鄉的「銀屏」，與親人團聚，這自然是「好夢」了。這三句把思歸的心情作了更深一層的抒發。至此，全詞所曲曲折折表達的思想感情，就可以「渙然冰釋，怡然理順」（晉杜預《春秋左氏傳》序）了。作者黃簡本是建安（今屬福建）人，長期隱居於吳郡光福山，鄉關之思，自不可免，至於能把這種感情抒寫得如此婉曲纏綿，確實是「非深於詞不能道」的。

黃簡的詞流傳至今的，只有三首，皆以精於修辭見稱，如〈眼兒媚〉：「打窗風雨，逼簾煙月，種種關心。」〈玉樓春〉：「妝成挼鏡問春風，比似庭花誰解語？」皆不啻神工鬼斧之妙。這首詞中，則有「花驚寒食，柳認清明」。這兩句的妙處，首先是如況周頤所說：「屬對絕工。」這兩句都是同樣的「主謂賓」句式結構，相互為對，分明而嚴整。富有感情色彩和動作表現力的「驚」字「認」字，把一春鬱悶，見花柳而驚知寒食清明已至的情態活脫脫地表現了出來。這兩個極見精神的動詞，不經幾番爐火，是無論如何得不到的，確實是這首詞的「詞眼」。乍見而「驚」，由「驚」而「認」，細細辨認之後，於是乎確認寒食清明已到，從而想到祖塋在焉的故鄉，鄉關之思油然而生，「淚眼問花花不語」（歐陽脩〈蝶戀花〉）的情態就出現了。作者選定寒食清明這種時節，也是不無考慮的。如上所說，這是一個祭掃祖塋的時節，最容易勾起異鄉人的鄉關之思；同時，這也是一個「斷魂」的時刻，往往是零雨其濛，雨痕，淚痕，冷冷清清。這種大家約定的、公認的氣氛，對全詞所要表達的那種比較低沉的鄉關之思，自然起到一種烘托、浸染的作用，這不能不說是作者的匠意所在。當然，這首詞的藝術精華，並不止於這兩句（其整體結構上的匠心獨妙之處，已略如上述），但這兩句乃「詞眼」所在，確實為此詞生色不少，因此也就獲得了後人的格外垂青。（丘鳴皋）

高觀國

【作者小傳】字賓王，山陰（今浙江紹興）人。與史達祖同時，常相唱和。張炎將他和姜夔、吳文英、史達祖並稱。《古今詞話》稱其詞「工而入逸，婉而多風」。有《竹屋痴語》傳世，存一百零八首。

玉蝴蝶

高觀國

喚起一襟涼思，未成晚雨，先做秋陰。楚客悲殘，誰解此意登臨。古臺荒、斷霞斜照，新夢黯、微月疏砧。總難禁。盡將幽恨，分付孤斟。

從今，倦看青鏡，既遲勛業，可負煙林。斷梗無憑，歲華搖落又驚心。想蓴汀、水雲愁凝，閒蕙帳、猿鶴悲吟。信沉沉。故園歸計，休更侵尋。

此詞別本題作〈秋思〉，寫因秋陰降臨而興起的羈旅情懷，表現了作者強烈的思歸情緒。上片起三句，用情景交鍊之筆，總提秋景秋情，為全詞的總冒，一篇情景，皆由此生發而成。「秋陰」，從「未成晚雨」看，是指秋雲，雨雖未成，而陰雲先至。其實這裡是兼寫秋天來臨，由《管子》「西方曰辰，其時曰秋，其氣曰陰」

的話濃縮而成。三句之中，已透露了一派秋意。以下諸句，沿此意脈，寫秋景秋情。「楚客」二句，與柳永〈卜算子慢〉詞的「楚客登臨，正是暮秋天氣」一樣，暗用戰國宋玉〈九辯〉「悲哉，秋之為氣也……登山臨水兮，送將歸」意。這裡作者是以楚客自喻。「悲殘」，承起句而來，情景兼寫，既寫作者悲秋景的殘敗凋零，又抒寫了由此而引起的悲愴之情。但詞人孤客異地，舉目無親，此時心境，無人可訴，故著「誰解此意登臨」一句。且「登臨」一句，與下邊的「古臺」等句，又是個很好的過渡句。「古臺荒、斷霞斜照」，是「登臨」所見之景：「臺」既古且荒，既因古而荒，更因秋而荒；霞是「斷霞」，再配以夕陽斜照，一片肅殺悲涼氣氛，便憑空而至。詞人在孤獨登臨之中，躊躇徘徊，回想「新夢」（近時的夢），黯然銷魂；夜色襲來，天邊「微月」，耳中「疏砧」（斷斷續續的擣衣聲，古時秋天特定之景，最能喚起遊子之鄉思），「總難禁」——此景難禁，此情亦難禁。因而上片結句總述此時此刻之情：「盡將幽恨，分付孤斟。」「分付」，猶言「交給」；「斟」，此處指飲酒，幽恨難禁，只好以獨飲悶酒來排遣了！上片由秋景引出秋情，寫情逐漸顯露，但直至上片結束，不揭此情底裡，全讓給下片去條分縷析。

下片意思雖表現曲折，但其大端，約為兩層：一是感慨功業無就。「青鏡」二句，是反用杜甫〈江上〉「勛業頻看鏡」句意。杜甫急於報國，渴望勛業早就，故頻頻看鏡，為年華漸老而焦急。這裡作者則是「倦看」，懶於照鏡子，正是失意心態的反映。年華漸老，而勛業不就，愁容滿面，甚至鬢染秋霜，窺鏡只能使自己倍增惆悵，所以「倦看」，前加「從今」，意在加強表現「倦看」這種情緒，隱隱流露了作者的憤懣，似乎作者發誓不再臨鏡即不再考慮建立勛業的事了！「煙林」，本指隱逸出世；「可負煙林」，即「豈可負煙林」，詞人覺得勛業無望，因作歸隱之想。這就是下片的第二層意思：浩然思歸。詞人用「想蓴汀、水雲愁凝，閒蕙帳、猿鶴悲吟」一組對句表達這種思歸情緒。「蓴汀」，用《晉書》張翰因秋風起而想念家鄉的蓴羹鱸膾，於是浩然歸去的故事，以喻自己的思歸。「蕙帳」、「猿鶴」，本來都是與隱居有關的事物，南朝齊孔稚珪〈北山移文〉有「蕙帳空兮夜鶴怨，山人去兮曉猿驚」之語，謂主人不歸，引起山齋中猿驚鶴怨。詞人用這些具體事物以喻歸隱之志。「水雲愁凝」與「猿鶴悲吟」相對，用以渲染思鄉歸隱的情緒。詞人為了加強表現這層意思，在「想蓴汀」之前加了「斷梗無憑，歲華搖落又驚心」兩句，以「斷梗」自比；「無憑」，無著落，無依靠，這是寫客中飄零。搖落、凋零，出自宋玉〈九辯〉「悲哉，秋之為氣也，蕭瑟兮，草木搖落而變衰」。歲華既晚，草木凋零，孤客驚心，這樣，思歸情緒便油然而生，「蓴汀」云云，便縱筆而出，從而顯示了下阪走丸、駿馬注坡的筆勢，而結句決然歸去的意思，也就隨之而出了。結處「信沉沉」三句，是說儘管「故園」消息渺茫，但是歸計已決，不能再遲疑猶豫了。

這首詞的題材內容，也只是古典詩詞中常見的「秋思」之類，其凸出之處在於用筆。筆下諸景，有眼前景，有天邊景，但又總歸為心頭景，無一景不緊扣心頭的「歸志」；且寫情寫志，逐層進逼，使其情志由隱而顯，最後逼出浩然歸志；其風格，清俊之中有雄渾，「古臺荒、斷霞斜照」，極得關河冷落、西風殘照的意境，的是秋思妙筆。宋張炎《詞源》曾對高觀國等人的詞作過很高評價：「秦少游、高竹屋、姜白石、史邦卿、吳夢窗，此數家格調不侔，句法挺異，俱能特立清新之意，刪削靡曼之詞，自成一家，各名於世。」以本詞來說，可當之無愧。（丘鳴皋）

金人捧露盤　高觀國

水仙花

夢湘雲，吟湘月，弔湘靈。有誰見、羅襪塵生？凌波步弱，背人羞整六銖輕。娉娉裊裊，暈嬌黃、玉色輕明。

香心靜，波心冷，琴心怨，客心驚。怕佩解、卻返瑤京。杯擎清露，醉春蘭友與梅兄。蒼煙萬頃，斷腸是、雪冷江清。

這是一首優美的詠物詞，所詠之物是水仙花。所以全詞立意命筆，無不緊扣「水仙花」。作者用擬人筆法，把水仙花作為水仙神女，加以形容描繪，故上片起三句連用三個「湘」字，借湘水女神比擬水仙。「湘靈」即湘水女神，傳說舜的二妃娥皇女英死後為湘水之神。這裡用以比擬水仙花，既增加了神話的色彩，又能喚起讀者美的聯想，扣題「水仙」。「雲」、「月」，是藝術烘托之筆，為水仙的出現造成一種雲月朦朧的靜美境界。「夢」、「吟」、「弔」，則表現了作者面對水仙所升起的那種嚮往愛慕的醇美感情。這三句雖然只有九個字，卻把讀者帶進了一個具有特定神話氛圍的藝術境界。「有誰見」三句，寫水仙的形象美，站在讀者面前的，是一位輕盈嬌羞的神女。「羅襪」、「凌波步」，出曹植〈洛神賦〉「凌波微步，羅襪生塵」，後來黃庭堅借入詠水仙詩，有「凌波仙子生塵襪，水上輕盈步微月」（〈王充道送水仙花五十枝欣然會心為之作詠〉）；而作者卻寫道：「有誰見、羅襪塵生？」意思是說羅襪無塵。用「有誰見」提出質問，遂翻出新意，輕輕為羅襪祛塵，寫出了一個纖塵不染的美女形象。「凌波」、「步弱」，皆形容女性步履輕盈，這裡借指水仙植根水中，亭亭立於水面，宛如凌波仙子。「背人」句，由形及神，寫神女的嬌羞情態。「六銖」指六銖衣，佛經中稱忉利天衣重六銖，是一種極薄極輕的衣服，由此可見其體態的綽約，這裡用來表現水仙體態之美。「娉娉」兩句，從姿態、顏色、質地等方面寫水仙花的美，仍然是以美女比擬。先用一「暈」字染出水仙花色澤（「嬌黃」）的模糊浸潤，再以「玉色」加以形容，而以「輕明」狀其質地薄如鮫綃，瑩如潤玉。這幾句，極見作者觀察的真切和用筆的工細。

上片巧借神女形象為水仙花傳神寫照，側重於外表形態。下片則深入一層，探其精神世界。「香心」四句，「香心靜」，寫花，香而靜；「波心冷」，寫水仙所居之水，水仙冬生，黃庭堅稱為「寒花」，故寫水用「冷」字，此句得姜白石〈揚州慢〉「波心蕩、冷月無聲」意境；「琴心怨」，上片既有「湘靈」，此處「琴心」云云，似與司馬相如的「琴心」無干，蓋由屈原〈遠遊〉「使湘靈鼓瑟兮」句變化而來，並化用唐李益〈古瑟怨〉「破瑟悲秋已減絃，湘靈沉怨不知年」句意，古典詩歌中往往琴瑟連用，此處換瑟為琴，似無不可，作者既以湘靈比水仙，故有寄怨心於琴聲的想像，以與「靜」、「冷」相協調；「客心驚」，則寫作者的情懷。「客心」，即旅居異鄉的心情，蓋亦羈旅之人，且這幾句中的「靜」、「冷」、「怨」等，皆係作者的心理感受，此處又著一「驚」字，自是客中見花的特有感情。「怕佩解、卻返瑤京」，佩解，出於舊題西漢劉向《列仙傳》，說鄭交甫遇見江妃二神女，鄭欲請其佩（珮玉），二女遂手解其佩與交甫，交甫懷之，旋即亡失，回顧二女，亦不知所在。歐陽脩以「解佩」喻花落春歸，其〈玉樓春〉有「聞琴解佩（通珮）神仙侶，挽斷羅衣留不住」句。

「瑤京」，此指神仙所居的宮室。這句是說擔心水仙花衰敗零落，像江妃二女那樣在人間打個照面就又返回仙宮去了。「客心」之所以「驚」，蓋與這種擔心不無關係。「杯擎清露」兩句，仍然寫花。水仙花狀如高腳酒杯，故明彭大翼《山堂肆考》說世以水仙為「金盞銀臺」①。作者從花的形狀展開想像：這「杯」中盛滿了醇酒般的清露，高高擎起，使那摯友春蘭和梅兄也要為之酣醉了。「梅兄」，出自前引黃庭堅詩「山礬是弟梅是兄」句。梅、水仙、春蘭，次第而開，故有「友」「兄」之說。結兩句用「蒼煙萬頃」、「雪冷江清」，再次點染水仙所處的環境。蒼煙、江雪，構成一片迷茫冷清的境界，無怪乎嬌弱的水仙要「斷腸」於此了。

這首詞本旨是寫水仙花，但自始至終卻無一語道破。看其用筆，筆筆在寫湘水神女，卻又是筆筆在寫水仙花，水神水仙，融為一體，直把水仙寫得有血有肉有感情，娉娉裊裊，飄然如仙，極見作者比擬之巧。全詞在創造藝術境界方面，亦頗見工力。作者用「湘雲」、「湘月」、「湘靈」、「香心靜」、「波心冷」、「琴心怨」以至於「蒼煙萬頃」、「雪冷江清」等等，構成了一幅冷而靜、幽而美的境界；且其所寫之物，如雲、月、羅襪、六銖衣、瑤京、清露、蘭、梅等等，皆無比輕柔高潔，又給這靜美的境界增添了許多靈秀之氣；最後再用萬頃蒼煙加以籠罩，與夢雲吟月相應，又給全詞憑空增加了朦朧美，於是「六銖」愈見其輕，「娉娉裊裊」，愈見飄逸。凡此用筆，皆為描繪神女（水仙）形象而設，而這形象，也就隨著這種用筆栩栩如生了。（丘鳴皋）

〔註〕①金盞銀臺：可參楊萬里詩〈三花斛・水仙〉：「生來體弱不禁風，匹似蘋花較小豐。腦子醲薰衆香國，江妃寒損水精宮。銀臺金盞談何俗，礬弟梅兄品未公。寄語金華老仙伯，凌波仙子更凌空。」

菩薩蠻 高觀國

春風吹綠湖邊草，春光依舊湖邊道。玉勒錦障泥，少年遊冶時。

煙明花似繡，且醉旗亭酒。斜日照花西，歸鴉花外啼。

這是一首到湖邊尋覓舊夢的小詞，寫得很是清麗蘊藉。

「春風吹綠湖邊草」，也吹醒了詞人的舊情，喚起了他的記憶。人的美好感情特別是戀情顯得格外有生命力，有時似乎「忘記」了，但不經意間受外界觸發又會突然復蘇。當春風吹綠湖邊草，自然界這勃勃生機、草色的青綠可愛，最易於激發人的美好情感，而用芳草喻離情、喻相思、喻情人又是積澱在人們意識中的特定聯想，這樣舊情就自然會復活了。「春光依舊湖邊道」，湖邊道上，滿目春光。「依舊」二字，將眼前之春光轉換為昔日之春光，引出下二句的回憶中情景。回憶是那麼清晰，美好，他一往情深了。「玉勒錦障泥，少年遊冶時。」「玉勒」，白玉裝飾的馬籠頭。「錦障泥」，用織錦做成的馬鞍墊子。「遊冶」，此指男女交遊。這是他回想起的少年時節「湖邊道」上的情景。玉勒錦鞍勾勒出馬的驕貴、人的精神。少年的他跨上這樣的寶馬徜徉在春風駘蕩的湖邊，那是多麼的風流，多麼的引人注目！自然，那次遊冶定有難忘的情遇。

下片繼續寫對那次遊冶的追憶與回味。「煙明花似繡，且醉旗亭酒。」早春湖畔煙水明媚，岸上的紅花像是繡在輕綃上似的，多麼豔麗！「煙明花似繡」，寫景真切。這個「花似繡」也許還關聯著那穿著繡羅裳的意中人。「且醉旗亭酒」，「旗亭」，酒店。聊且到這酒店中以求一醉。此時詞人當有悵然若失之感，有意借酒驅遣那撩人的思緒。「斜日照花西，歸鴉花外啼。」他在旗亭裡沉入了久長的回憶，直到歸鴉啼鳴才將他從沉思中喚醒，此時已是夕陽西下了。「煙明」句明為晨景，到「斜日」時間跨度相當大。他「醉」前看到的是「花似繡」，醒來又是「花西」、「花外」，滿眼是花，人在花叢之中。這麼多「花」，顯然是他潛意識的昇華，朵朵花都會聯想起「她」。這裡邊，也許還融入了相遇後的情事。日暮烏鴉歸來在前人詩中有不少象徵男女歡會的意思，如梁蕭綱〈烏棲曲〉：「倡家高樹烏欲棲，羅幃翠帳向君低。」李白〈楊叛兒〉：「烏啼隱楊花，君醉留妾家。」這種聯想若有若無，寫得很含蓄。

近人吳梅說：「大抵南宋以來，如放翁（陸游）、如于湖（張孝祥）則學東坡（蘇軾），如龍川（陳亮）、如龍洲（劉過）則學稼軒（辛棄疾）。至蒲江（盧祖皋）、賓王（高觀國）輩，以江湖叫囂之習，非倚聲家所宜，遂辦香周、秦（周邦彥、秦觀），而詞境亦閒適矣。」（《詞學通論》）高觀國《竹屋痴語》一些小令善於寫景抒情，文字簡潔，意味深長，正是周、秦的路數。（湯華泉）

菩薩蠻　高觀國

何須急管吹雲暝，高寒灩灩開金餅。今夕不登樓，一年空過秋。

桂花香霧冷，梧葉西風影。客醉倚河橋，清光愁玉簫。

這是首寫中秋月的詞作。

上片的四句寫待月的心情，依換韻分兩層。「何須急管吹雲暝，高寒灩灩開金餅」寫人們等待月亮冉冉升起時的情景。起句作者透過描寫「急管吹雲暝」的幼稚舉動，表現出人們盼月的急切心情。妙在作者並非僅僅依賴「急管」這具體的東西來表達抽象的心情，卻在「急管吹雲暝」之前冠上「何須」兩字。這樣一來就使句意更深一層。不單表現了人們的急切心情，又表現出月出人間的積極主動。下句「高寒灩灩開金餅」具體細緻地描寫了月如何穿出雲叢出現在高空。此句化用宋蘇舜欽〈中秋新橋對月〉詩：「雲頭灩灩開金餅。」「灩灩」，光搖動貌，寫月的動人姿態。「金餅」既以金色形容了月光之明亮耀眼，又以餅的圓形點明是中秋滿月。從而很自然地引出「今夕不登樓，一年空過秋」，這是自勸與勸人勿辜負良辰美景的警語。這句既高度讚美了中秋夜月，又為下片賞月鋪墊。

下片寫賞月，作者扣緊中秋月的特色，一句一個動人的月夜場景，從各個角度來刻畫這令人難以忘懷的中秋月夜。換頭「桂花香霧冷」是半虛半實的雙關語。實者，桂花被月光籠罩著，加上秋夜濕露，看上去濛濛似霧，桂花透過這「霧氣」散發著陣陣幽香。虛者，寫月中桂。聯繫上片的「高寒」很自然地會想到廣寒宮的桂樹、嫦娥、吳剛、桂子飄香等美麗的傳說故事，彷彿感到月中之「桂花香霧冷」，令人神往無已。下句「梧葉西風影」，則實寫月光下明亮的夜景。這句與上句同樣沒有出現「月光」字樣，但卻透過秋風中梧桐樹枝葉的清影反襯月光的明亮。沒有月，哪有影，不言月光而言樹影便將月光的亮度具體可感地寫出來了。「西風」二字不只是再點秋季，更重要的是使這個景色變活了，因為有「西風」，能使「梧葉」發出響聲，能使「影」動，還能使人彷彿感覺到涼意。這一韻中的「桂花」、「冷」、「梧葉」、「西風」都是節候性強的詞，這就構成了秋月的特徵性意境。

最後「客醉倚河橋，清光愁玉簫」又換一個鏡頭，進一層寫人在中秋之月的心境。上片「今夕不登樓，一年空過秋」只不過從月明當賞而言；這裡卻是既賞情景。「客醉」二字最耐人深思。若只言「醉」，有可能是中秋團圓歡聚，一醉方休，但加上一個「客」字就要突破這個可能性了。中秋為「客」，一醉之後，對著團圓的月，就更會因離別而傷心了。「倚河橋」，對著天上、水中的明月，更會浮想聯翩，很自然地借用「二十四橋明月夜，玉人何處教吹簫」（唐杜牧〈寄揚州韓綽判官〉）的意境。「玉簫」與首句的「急管」遙相呼應，然而二者的情調迥異。一個是待月之初，一時忘卻客中之感的急切希冀的歡快之音，一個是既見秋月反勾起客愁的冷漠淒涼的愁苦之聲。常見的月圓人不圓的主題，作者卻並不貿然道破，先從情理中應有的歡快說起，繼用「冷」、「影」稍稍透露氣氛，一直憋到最後才吐出一個「愁」字來，不僅在寫法上有剝繭抽絲之妙，而且在效果上收到扣人心弦之妙。這樣寫出的愁，讀者之心能格外掂量出它的沉重。這是一種別致的藝術手法。（宛新彬）

霜天曉角 高觀國

春雲粉色，春水和雲濕。試問西湖楊柳，東風外、幾絲碧。

望極，連翠陌，蘭橈雙槳急。欲訪莫愁何處，旗亭在、畫橋側。

這是一幅素淡雅潔的風景畫。它表現的是作者與友人一起春遊西湖的情景：潔白的雲朵，明淨的湖水，寬闊的西湖，水天相連，天光雲影。一片白茫茫中，點綴著幾絲青翠的柳葉，一道宛如綠帶的長堤，一葉小舟，遙遙指向畫橋、旗亭。

作者畫春景而沒有奼紫嫣紅，鶯飛蝶舞；寫春遊也不用大筆鋪敘，工筆細描；只是輕抹淡繪雲、水、柳、舟、亭、橋，但給人的感覺卻非常秀美。這種藝術的魅力來自作者融情入景的高超技巧。

上片，詞人選取早春季節最常見的景物：雲、水、柳，捉住它們的各自特徵加以想像、挖掘。雲，是水中之雲，故捉住其色彩，寫其潔白、純淨。水，是西湖之水，故捉住其形態，凸出其深遠、浩渺。一個「和」字很自然地把「水」與「雲」連接在一起，巧妙地表現了水天一色，雲映水中的景象。值得一提的是「濕」字。用「濕」字狀雲，使水倒映著雲，雲浴水而出的景象生動地再現於眼前，而人的視覺、觸覺也在這剎那間溝通。「幾一字千金，令人拍案叫絕！柳，是初春之柳，故捉住其新芽輕漾的風情，以「幾絲碧」設問，更見搖曳多姿。「幾絲碧」串以「東風」，看似不經意寫出，實則別具匠心。它使人聯想到柳枝絲絲弄碧的景象，同時也點出了初春這一時令。初春，正是萬物復蘇，大地充滿生機、充滿活力，人們心情舒暢歡愉之時。「氣之動物，物之感人，故搖蕩性情，形諸舞詠」（南朝梁鍾嶸《詩品・序》）。詞人在感物動情，「形諸舞詠」之際，不露痕跡地將愛春讚春的感情融入春景。

美景是由詞人目之所見，心之所動寫出來的，因此春景愈顯得秀麗素淡，情懷也就愈見得坦蕩高雅。秀美的春色與舒暢的人意，水乳交融，渾然一體。

下片轉入另外一個場景。過片意脈不斷，「望極」二字，既綰結上片，承「幾絲碧」；又帶起下意，啟「連翠陌」，同時在空間上作了延伸。詞人順著湖面望去，湖的盡頭有一條翠綠的長堤。他和友人的心情急切了，讓雙槳快划，向堤岸駛去。「莫愁在何處？莫愁石城西。艇子打兩槳，催送莫愁來。」（《樂府詩集・莫愁樂》）呵，原來詞人們急著要去尋找那位善於歌謠的莫愁女子。「雙槳急」正是詞人心裡急的外部表現。「莫愁」，這裡泛指歌女。

「莫愁」在哪裡呢？「旗亭在、畫橋側」，就在那漂亮的小橋邊的酒樓中。結末兩句，暗用唐代詩人王之渙和詩友「旗亭畫壁」的故事，抒寫詞人賞春遊春時的雅情清趣。淡言淺語，有味有致。以景結情，意深味永，令人浮想聯翩。字裡行間，沒有一點市井氣，酸儒氣。

這首小令描寫景物形象鮮明，抒發感情豐富真實，用詞選語清新明白。全詞委婉入妙，物我諧和，辭情相稱，格調高雅。雖然著墨不多，但情趣盎然，反映出高觀國小令輕倩婉麗、平正典雅的風格。（何林輝）

少年遊　高觀國

草

春風吹碧，春雲映綠，曉夢入芳裀。軟襯飛花，遠隨流水，一望隔香塵。

萋萋多少江南恨，翻憶翠羅裙。冷落閒門，淒迷古道，煙雨正愁人。

吟詠春草是一個熱門的題目，名章佳構，指不勝屈。王國維在《人間詞話》中就曾盛稱林逋、梅堯臣、歐陽脩以及馮延巳諸詞為「能攝春草之魂」。後起的高觀國，在這個強手如林的領域裡，並沒有望而卻步。他以其巧妙的構思和流美深婉的風格占得勝場，而別樹一幟於諸名公之外。這首詞的上半闋繪出了一幅純淨明麗的陽春煙景：春風吹綠了芊芊的芳草，在飄動的白雲映襯下顯得那樣蔥翠可愛。蒙茸的草地伴隨著流水伸向天際，花瓣輕輕地灑落在草上。這是多麼迷人的芳景！可是，讀者是否注意到「曉夢入芳裀」這句的含意呢？「芳裀」，芳草有如厚厚的裀褥。關鍵是「曉夢」二字，原來這令人神往的如屏芳景，只是一場春夢中的幻境而已。大地山河，一經點破，並化煙雲。用筆之虛幻，莫測端倪。「香塵」一句，補足夢境。「香塵」者，女子的芳蹤也。唐劉長卿〈陪辛大夫西亭宴觀妓〉「任他行雨去，歸路裛香塵」，與此詞意境相似。可是美人的蹤跡被無邊的芳草隔斷了。即使追尋到夢裡也並不圓滿，也只是一個淒迷的短夢而已。

下片轉寫實境，寫醒後的情懷。用「萋萋」一句換頭，仍是從草字生發。「萋萋」，芳草美盛之貌。「芳草萋萋鸚鵡洲」（唐崔顥〈黃鶴樓〉）即是此意。那麼鮮美的芳草與江南的恨思有什麼關係呢？這裡似有事而無典，就是說寫自己經歷過的事，以抒發他對遠隔香塵的伊人的思念。「翻憶」句重筆渲染。用「羅裙」形容芳草，始於白居易的「誰開湖寺西南路，草綠裙腰一道斜」（〈杭州春望〉）；牛希濟的「記得綠羅裙，處處憐芳草」（〈生查子〉），則以芳草擬羅裙。此詞在「翠羅裙」上綴以「翻憶」二字，感情上又多了一個曲折。翻者，反也。本想眺望一下，略舒鬱悒，沒想到反而勾起了對綠色羅裙——這最具有女性特徵的服飾的思念來。這一縷痴情真是不好安頓。「冷落」三句，以排體出之。句句切草、切情，化工之筆。「冷落閒門」，見出庭院之孤寂，而「庭草無人隨意綠」（隋王胄殘句）之神理，即隱含其中。「淒迷古道」，流露出望遠之悲心。「遠芳侵古道，晴翠接荒城。又送王孫去，萋萋滿別情」（白居易〈賦得古原草送別〉）為其所本。「淒迷」二字，將心緒之淒黯與望眼之迷濛兩重意象融會一起，並與前片之「望隔香塵」暗相挽合。以惺忪之睡眼，逐古道之輕塵，真令人難以為懷。然而作者述情之筆愈出愈精，最後又推出了「煙雨正愁人」之句，把這種悵惘的心境渲染到了十分。「煙雨」，在詞人的筆下與草色結緣甚深，林逋詠草詞〈點絳脣〉「金谷年年，亂生春色誰為主？餘花落處，滿地和煙雨」，賀鑄〈青玉案〉「若問閒情都幾許？一川煙草，滿城風絮，梅子黃時雨」，便是顯例。此詞以「煙雨」結筆，將草色、離情與迷濛的雨色化為一片，情景相生，淒然無盡。清況周頤《蕙風詞話》所謂「取神題外，設境意中」者，約略近之。

南宋詞壇，詠物風盛。而纖瑣皮相之作，比比皆是，不足為貴。高觀國這首詠草詞，卻不沾不滯，以意貫串。借草色以寫離情，一種悃懷幽恨，盤寓其中，允為詠物高手。（周篤文）

雨中花 高觀國

旆拂西風，客應星漢，行參玉節征鞍。緩帶輕裘，爭看盛世衣冠。吟倦西湖風月，去看北塞關山。過離宮禾黍，故壘煙塵，有淚應彈。

文章俊偉，穎露囊錐，名動萬里呼韓。知素有、平戎手段，小試何難。情寄吳梅香冷，夢隨隴雁霜寒。立勛未晚，歸來依舊，酒社詩壇。

此詞無題序。據詞中「行參玉節征鞍」、「吟倦西湖風月，去看北塞關山」及「歸來依舊，酒社詩壇」等語來看，詞是在杭州為送別詩社友人使金而寫的。而史達祖有「陪節欲行，留別社友」的〈龍吟曲〉，宋周密《絕妙好詞箋》註云：「按梅溪（史達祖）曾陪使臣至金，故有此詞。」兩詞合參，知其間必有關係。高詞中尚有〈齊天樂．中秋夜懷梅溪〉和〈八歸．重陽前一日懷梅溪〉兩篇，正作於史達祖出使期間。（史詞題〈齊天樂．中秋宿真定驛〉、〈惜黃花．九月七日定興道中〉等。）則史達祖出行前有詞留別包括高觀國在內的詩社朋友，高亦作詞相送，正是在情理之中。

關於史達祖此行背景，《四庫全書總目提要》卷一九九謂「必李壁使金之時，（韓）侂胄遣之隨行覘國」，那就是寧宗開禧元年（一二〇五）六月「遣李壁賀金主生辰」（《宋史．寧宗紀》）那一次。金章宗完顏璟生辰名「天壽節」，在九月一日。南宋六月遣使，七月出發。詞首云「旆拂西風」，正是此時。次句「客應星漢」，「星漢」即天河、銀河。客到天河有一段傳說。晉張華《博物志》說：有個居住海邊的人，年年八月見海上有浮槎（木筏）去來，從不失期，他便乘槎而去，到達天河，與河邊牽牛人問答，又如期而歸。後嚴君平以為這是「客星犯牽牛宿」。又南朝梁宗懍《荊楚歲時記》說此事，亦引《博物志》，作張騫奉漢武帝命出使西域，尋找黃河源頭，乘槎經月，至天河。兩說在人到天河之後的細節大同小異，而開頭的人物與事由不同，卻稱同出於一書，「蓋古書傳本多異」（近人余嘉錫《四庫提要辨證》「荊楚歲時記」條說）。杜甫〈秋興八首〉其二「奉使虛隨八月槎」詩句把兩者統一起來了，既採一說的「八月槎」，又採另一說的張騫「奉使」（杜甫〈秋日夔府詠懷奉寄鄭監李賓客一百韻〉「查（通「槎」）上似張騫」句同此典故）。高觀國詞此句也是巧妙地利用這一傳說，既點明史達祖的「奉使」，也暗以「八月槎」切合宋金每年定期互派使節作經月之行，向對方祝賀皇帝生辰，按時去、按時歸的事，寫得典雅有情致。「行參玉節征鞍」。「玉節」，信物之一種，見《周禮．地官．掌節》。古代使臣持節以行。這句是說行將參加使節團啟行。一「參」字體現史達祖的「陪節」身分。「行」字副詞，表將發未發之時。開頭三句把友人參加出使即將出發的時間、事由點出，與史詞題中「陪節欲行」四字相合。

以下就進一步展開關於友人此行的鋪敘。「緩帶輕裘，爭看盛世衣冠」，先寫儀表服飾。「緩帶輕裘」，見得風度儒雅，也暗示其未著官服，不是有官職的正式使者身分。「盛世衣冠」，顯示上國威儀；南宋雖屬偏安之局，立國也近百年，維持東南的繁榮，在作者看來，宜可稱為「盛世」。「爭看」二字，說的不僅是出發時路上行人，連進入金境以後漢族百姓思宋的心情也包攝在內了。「吟倦西湖風月，去看北國關山」，再體會友人此行心理。上句切此前同社觴詠事，下句切當下陪節使金事。所謂「吟倦」，是暫時放下在西湖吟風弄月的詞筆，去看北國關山。下句承上「吟」字的餘波，在「看」之中當包括有所見、有所感而亦有所詠；字面上省略掉了，這意思還是可以摸得著的。

「過離宮禾黍，故壘煙塵，有淚應彈」三句，也約略透露了有「吟」字的一脈貫通。此行所歷關山中，有北宋舊日的大片領土，包括故都汴京（也是友人史達祖的故鄉），還有早割於契丹而為金所承襲的燕雲故地，出使所經，知當有感而出涕。《詩經．王風．黍離》序云：「周大夫行役至於宗周，過故宗廟宮室，盡為禾黍，閔周室之顛覆，徬徨不忍去，而作是詩也。」〈黍離〉之詩表達了南宋人的共同心聲，也是這三句詞的出典。其中「彼黍離離，彼稷之穗，行邁靡靡，中心如醉」，又是史達祖〈龍吟曲．陪節欲行，留別社友〉詞中「休吟稷穗」句所本。高、史兩詞說到一塊兒去了，這也是兩詞唱和關係之一證。上片由友人之出使，預計其一路上的見聞感慨，場景過渡自然，筆調跌宕頓挫，感情反差甚大，南方與北國的鮮明對比，產生強烈的藝術感染力。一結又似住未住，有力地綰結了上片，又巧妙地引發了下片。

下片繼續設想友人出使金國後的種種情景，凸出其才略的表現。「文章俊偉，穎露囊錐，名動萬里呼韓」，這是外露的。史達祖有才幹，能文章，只因未中進士，不能由正途入仕，屈身僚吏，這是作者所深知的。此番陪節使金，也算是囊錐出頭（用《史記．平原君列傳》所記毛遂語）。西漢時匈奴有呼韓邪單于，此借指金主。中朝特出人物其聲名為異國所知的，如《新唐書．李揆傳》所載，揆為入蕃會盟使，至蕃，酋長曰：「聞唐有第一人李揆，公是否？」這是以政事見知的。蘇轍〈奉使契丹二十八首．神水館寄子瞻兄四絕〉其三云：「誰將家集過幽都，逢見胡人問大蘇。莫把文章動蠻貊，恐妨談笑臥江湖。」這是以文章見知的。高觀國詞中亦寓此意，因為是酬贈之作，故不免有很大的誇飾成分，這樣的恭維舊時是不以為怪的。

「知素有、平戎手段，小試何難」，這是內藏的。李壁一行，名為「賀金主生辰」，實則是去深入金國摸底。宋葉紹翁《四朝聞見錄》載：開禧初，韓侂胄欲興兵伐金，遣張嗣古覘敵（張出使在嘉泰四年即公元一二〇四年，亦賀天壽節）；張還報，大不合韓的要求，再於此年遣李壁。派他的親信史達祖同行，用意是很明顯的。韓侂冑的北伐意圖，在南宋都城內部都不是祕密，其遣李壁，和史之陪節同行，高觀國恐怕也是知底細的，所以用到了「平戎手段，小試何難」的語言。瞭解了出使的背景，對於這兩句詞的真切含義就更有所體會。這也是作者對於友人此行的鼓勵。

上面這五句是駿馬飛馳，激情迸發，下面的「情寄」兩句則是按轡徐行，深情脈脈。分別後人雖兩地，情結一心，願借書信往還，以互訴相思。寄梅用南北朝陸凱自江南寄梅花詣長安與范曄事，夢雁本梁簡文帝蕭綱〈賦得隴坻雁初飛〉詩末韻「相思不得返，且寄別書歸」。梅與雁，既刻畫南北物態特點，又形容兩地路途遙隔，音信難通。這裡作者以慢節奏抒情對應前面的急旋律言志，形成抑揚頓挫之妙筆，結構上顯得張弛疾徐，跌宕多姿，並與開頭的送行呼應。最後三句，針對史達祖詞末韻「看歸來，幾許吳霜染鬢，驗愁多少」，而殷勤寄語，祝願友人出使成功，歸來後與從前一樣，詩酒共聚，將上片之「吟倦西湖風月」意思再作兜轉，用筆不懈。

全詞透過送友人史達祖出使和想像出使後的情景，表現作者對國事的關心，對友人的期許。詞中流露的感情傾向性是積極向上的。寫作手法上虛實結合，上片以實為主，下片以虛為主。其敘事抒情，寫景議論，基本上用直筆，以真情實感領貫首尾，家國之情，摯友之誼融注其中，所以讀起來亦覺動人。（何林輝、陳長明）

周文璞

【作者小傳】字晉仙，號方泉，又號野齋、山楹，陽谷（今屬山東）人。曾官溧陽縣丞。有《方泉先生詩集》。詞存二首。

浪淘沙　周文璞

題酒家壁

還了酒家錢，便好安眠。大槐宮裡著貂蟬。行到江南知是夢，雪壓漁船。

盤礴古梅邊，也是前緣。鵝黃雪白又醒然。一事最奇君記取①：明日新年。

〔註〕①「記取」一作「聽取」。

這是一首即事抒懷的小詞，事顯而意深。詞中所寫到的事，是作者「還了酒家錢」之後的一些活動，有酒後的安眠，有美夢的歡欣與破滅，伴隨著江南路上的行程以及在古梅邊的「盤礴」。作者是嗜酒的。他在〈清明日書事〉詩中說：「野夫不知時節換，但要熟醉如春泥。」（詩見《方泉先生詩集》，下同）「野夫」是其自稱，他的別號就叫「野齋」。他的嗜酒貪醉，與他所處的時代及個人的遭遇有關。他生活在南宋的光宗、寧宗時期②，這正是國家多災多難的時期。他個人的遭遇也頗不幸。他「家本汶陽縣，累世事耕蠶」，在金兵南下、宋室南渡之際，「室廬既焚蕩，飄零住江潭」（均見〈呈鞏睡翁豊〉），他的祖、父輩是隨著宋室的南渡而流落江南的。他曾任過溧陽縣丞，又曾隱於方泉，窮愁潦倒，坎坷不遇。他不願意與當時的汙濁社會同流合汙，因而「自抱於潔清」（〈方泉賦〉）。他的這種行動，又往往受到別人的嘲弄，如他在〈遊栖霞〉詩中所說：「窮愁著文字，屢被同行嗔。」〈病後〉又說：「此生身世揶揄裡。」他對自己的不幸是悲憤的，但又不直接多發憤慨激烈之音，反而婉轉其辭：「噫吾命濡滯於此丘（按指方泉）兮，又何敢怨懟而舛差。」（〈方泉賦〉）他往往是在醉中討生活，求解脫，如他在〈閒居日有幽事戲作〉詩中所說：「自知痴得計，常用醉為醒。」我們瞭解了這些情況，對他這首詞所包含的深意就很容易理解了。

他的嗜酒、醉眠，他的美夢及其破滅等等，都是當時社會現實的產物。詞中「大槐宮裡著貂蟬」，典出大家所熟知的唐代李公佐《南柯太守傳》，作者借用這個古典文學領域中具有特定寓意的典故的目的，恐不僅僅在於說明自己酒後做了一個什麼樣的夢，也不一定是寫他某種追求的破滅，而是用來批判當時富貴無常、得失不定的社會現實。作者曾任過溧陽縣丞，也算在「大槐宮」裡戴了一陣紗帽兒，對官場浮沉、人生冷暖，深有體察。在這首詞中，作者借酒以入夢，由夢而借典，用典以刺世，乍看似隨手寫來，出於無心，細玩乃知有弦外之音，含不盡之意，這正是作者對當時社會在不敢公然「怨懟」的情況下，所作的一種曲折巧妙的批判。「雪壓漁船」，自然是作者在夢醒之後所看到的真實景物，但也未嘗不是當時社會現實的形象表現，寫其嚴酷，寓有作者的指斥之意。

至於「盤礴古梅邊」云云，則是作者性格另一側面的表現。「盤礴」，即箕踞而坐。一般說來，傍梅而踞，以為歲寒友，挹其清芬，抗以高致，以葆其粹質，自然是一種絕好的境界。但這裡卻不僅如此，還別有用意。「箕踞」這種坐法，是以屁股坐地，兩腿斜前伸出，狀如簸箕，是一種傲慢不敬的姿態。古人坐則跪，是不好這樣大大咧咧地「箕坐」的，故《禮記．曲禮》有「立毋跛，坐毋箕」的訓誡，即使在宋代，文士也不能這樣坐。這裡顯然是作者以自己的放浪形骸去嘲弄禮法以至憤世的一種行動表現，是對當時社會的一種反抗形式。作者的這種個性特徵，在其詩賦中也時有反映。他也直言不諱，說自己有些「無賴」、「狂」（見〈過葛天民新居〉等詩）；而這種性格特徵，又往往是透過他的「詼諧」來表現的。這在他的這首詞中，也看得很清楚。

這首詞的一個顯著特徵，便是詼諧幽默。前人說，詩莊詞媚。而這首詞卻在莊媚之外，別具一格：幽默詼諧，酸而不腐，謔而不虐。前人認為這首詞「奇怪」，原因也就在這裡。初讀起句，便覺異於常格。吃酒還錢，事極平常，但以之入詞，表現了一個不賒不賴的醉漢形象，涉筆成趣，卻令人耳目一新。詞的下片，尤其詼諧。作者把他在「古梅邊」那種放浪形骸的「盤礴」，說成「也是前緣」，是前世定下的緣分，顯然是小題大做，故弄玄虛，把本來不相連屬的事情（鬼才相信他那一陣梅邊箕坐是前世注定的）硬是拉在一起，意在構成幽默，這是說「俏皮話」的一種常用手法。這種表達，儘管作者寓有嘲弄禮法的用意，但在文字表達效果上，首先征服讀者的，還是它的幽默詼諧。「鵝黃雪白」，在這裡，「雪白」指雪；「鵝黃」是指早春楊柳枝條上所泛出的那種淡黃色，作者有「歲歲鵝黃上柳條」（〈跋鍾山賦〉）的詩句，這種初春的消息，與白雪相映，醒然在目，這預示著作為新春佳節的新年很快就要到了。結句的詼諧與奇特，是超出常人想像之外的：「一事最奇」，猛提一筆，突如其來，形成懸念；「君記取」，再提醒一句，言之鑿鑿，不容稍怠；但在形成了一種緊張的氣氛，人們屏息而待的時候，詞人卻出人意料地說出了一件人盡皆知、無「奇」可言，更無加「最」之理的答案：「明日新年」，把嚴肅的懸念立刻化為輕煙，隨之而來的是讀者的莞爾甚至捧腹。這仍是一種虛張聲勢、大起大落的筆法，從而構成幽默，逼讀者捧腹。但是，在這裡，作者也並非為詼諧而詼諧，詼諧之中也流露了他的傷感。「鵝黃雪白又醒然」以至「明日新年」，誦讀之下，在一陣捧腹之後，細味深參，便覺一種逝者如斯、流年暗換的傷感情緒隱然可見，與蔣捷的「紅了櫻桃，綠了芭蕉」（〈行香子．舟宿蘭灣〉）有異曲同工之妙。詞中的「又」字，下得似輕而實重，作者的這種傷感，就是透過這個「又」字傳達出來的。原來作者並不那麼天真，詼諧只是其表象，腹中卻有其塊壘。

這首詞的好處便是這樣：在一片詼諧幽默之中，作者把要奚落的，奚落了；把自己倜儻不羈、飄逸不群的形象性格以及他的傷感情緒，都相當生動地表現了出來。嚴肅的內容，發之以詼諧幽默的形式，這就是它的「奇怪」。元代張雨《貞居詞．浪淘沙》序說，周文璞的這首詞，「鮮于困學（按：即鮮于樞）每愛書之。百年後，方外士張雨追和一章，以為笑樂」。不過，和詞難作，張雨的和詞，就缺乏周文璞這種「奇怪」的光彩了。（丘鳴皋）

〔註〕② 周文璞與姜白石為友，稱白石為「白石生」，見其詩〈姜堯章金銅佛塔歌〉等；又有〈弔堯章〉詩。白石約卒於寧宗嘉定十四年（一二二一，一說卒於一二〇九年），文璞當為後死者。但他在〈戊辰感事二首〉詩中，已有「謾勞雙鬢白」句，「戊辰」為嘉定元年（一二〇八），蓋其卒年似不會太後於白石。其所處時代，由此可知。

韓瞟

【作者小傳】字子耕，號蕭閒。有《蕭閒詞》一卷，不傳。今有輯本僅六首。

高陽臺　韓瞟

除夜

頻聽銀籤，重燃絳蠟，年華袞袞驚心。餞舊迎新，能消幾刻光陰。老來可慣通宵飲？待不眠、還怕寒侵。掩清尊，多謝梅花，伴我微吟。

鄰娃已試春妝了，更蜂腰簇翠，燕股橫金。勾引東風，也知芳思難禁。朱顏那有年年好，逞豔遊、贏取如今。恣登臨：殘雪樓臺，遲日園林。

守歲不眠，是舊時「年下」（今日春節）除夕的風俗，生活中的重要節奏，這一點時光過得好不好，竟成為人生諸般活動中的一樁大事。每逢此夕，種種獨特的節序裝點，煥然一新，極富於情趣，所以孩童年少之人，最是快活無比。但老大之人，卻悲歡相結，常常是萬感中來，百端交集，那情懷異常地複雜。本篇所寫，正是這後者的心境。

〈高陽臺〉一調，音節整齊諧悅，而開端是四字對句的定式。首句銀籤，指銅壺滴漏，每過一刻時光，則有籤鏗然自落（這彷彿後世才有的計時鐘的以擊響鳴鈴以報時）。著一「頻」字，便見守歲已久，聽那銀籤自落者已經多次——夜已深矣。聽，去聲，如讀為「廳」，則全乖音律。蓋此調無拗句，不能一句四字皆為平聲。

下句重燃絳蠟，加一倍勾勒。那除夜通明，使滿堂增添吉慶歡樂之氣的紅燭，又已燒殘，一枝趕緊接著點上。只此一聯兩句，久坐更深的意味，已經寫盡。這樣，乃感到時光的無情，袞袞向前，略不肯為人留駐！餞送舊年，迎來新歲，只是數刻的時間的事，豈不令人慨嘆。「袞袞」二字，繼以「驚心」，筆力警勁動人，不禁聯想到大晏〈破陣子〉的詞句：「可奈光陰似水聲，迢迢去未停！」皆使人如聞時光之流逝，滔滔有似江聲！使人真個驚心而動魄矣。抒懷至此，筆致似停，而實為逼進一層，再加烘染：通宵守歲已覺勉強，睡乎坐乎，飲乎止乎？兩費商量，蓋強坐則難支，早臥則不甘；連飲則不勝，停杯則寒甚——都無所可。詞人最後的主意是：酒是罷了，睡卻不可，決心與梅花做伴，共作吟哦度歲的清苦詩侶。本是詞人有意，去伴梅花，偏說梅花多情，來相伴我。必如此，方見語妙，而守歲者孤獨寂寞之情，總在言外。

過片筆勢一宕，忽然轉向鄰娃寫去。姜白石的上元詞〈鷓鴣天．元夕不出〉，寫元宵佳節的情景，有句云：「芙蓉（蓮花燈也）影暗三更後，臥聽鄰娃笑語歸」，神理正爾相似。此詞筆之似緩而實緊，加一倍襯托自家孤寂之法。鄰家少女，當此節日良宵，不但通夜不眠，而且為迎新歲，已然換上了新裝，為明日春遊作好準備。看她們不但衣裳濟楚，而且，翠疊蜂腰（鈿翠首飾也），金橫燕股（金釵也），一派新鮮華麗氣象。寫除夕守歲迎新，先寫女兒妝扮，正如辛稼軒寫〈漢宮春．立春〉先寫「看美人頭上，裊裊春幡」，是同一機杼。

寫除夜至此，已入勝境，不料詞筆跌宕，又復推開一層，想像東風也被少女新妝之美而勾起滿懷興致，故而釀花蘊柳，暗地安排豔陽光景了。三句為奇思妙想，意趣無窮。於此，詞人這才歸結一篇主旨：他以自己的經驗感慨，現身說法，似乎是同意鄰娃，又似乎是喃喃自語，說：青春美景豈能長駐，亟須趁此良辰，「把握現在」，從此「明日」新年起，即去盡情遊賞春光，從殘雪未消的樓臺院落一直遊到春日遲遲的園林勝境！

綜覽全篇，前片幾令人擔心只是傷感衰颯之常品，而一入過片，筆墨一換，以鄰娃為引，物境心懷，歸於重拾青春，一片生機活力，方知寄希望於前程，理情腸於共勉，傳為名篇，自非無故。（周汝昌）

盧祖皋

【作者小傳】（約一一七四～一二二四）字申之，又字次夔，號蒲江，永嘉（今浙江溫州）人。宋寧宗慶元五年（一一九九）進士。累官至將作少監、權直學士院。詞風婉秀淡雅，頗似秦觀。有《蒲江詞稿》，詞存九十六首。

木蘭花慢

盧祖皋

別西湖兩詩僧

嫩寒催客棹，載酒去，載詩歸。正紅葉漫山，清泉漱石，多少心期。三生溪橋話別，悵薜蘿猶惹翠雲衣。不似今番醉夢，帝城幾度斜暉。鴻飛，煙水瀰瀰。回首處，只君知。念吳江鷺憶，孤山鶴怨，依舊東西。高峰夢醒雲起，是瘦吟窗底憶君時。何日還尋後約，為余先寄梅枝。

這是一首精心結撰的慢詞，作者以空靈錯綜的詞筆，寫出了自己倦於宦途、嚮往山林的心境，高情遠韻，馥馥襲人。

詞的上半闋寫主客晤對的清歡。一起三句入手擒題，將詩酒清遊的勝概兜出，便有一種籠罩全篇的力量。「嫩寒催客棹」，不說自己起了遊興，而說是好天氣催動了我的作客之舟。這種被動表示法，凸出了風日之美，有一種難以抗拒的吸引力。「嫩寒」，已被人格化，「嫩」字絕新，給瑟瑟的輕寒賦予一種令人愛賞的色彩，是通感技法的又一佳例。「紅葉」兩句，複筆寫景，繳足時令。山上是滿林紅葉，石間有汩汩清泉，繪聲繪色，天然圖畫，怎不令人心曠神怡？「漱石」一句，語帶雙關。不只是寫出了水漱石根的清幽景色，同時也傳出了他嚮往山林的歸隱心曲。「漱石枕流」典出南朝宋劉義慶《世說新語．排調》：「孫子荊年少時欲隱，語王武子『當枕石漱流』，誤曰『漱石枕流』。」盧祖皐如此用典，就將一種脫落簪紱，息影山林的心願隱隱流出了。「多少心期」，即多麼快慰的意思。「心期」，指投合素心的愉悅之情。李商隱「豈到白頭長只爾，嵩陽松雪有心期」（〈七月二十九日崇讓宅讌作〉），就是以歸隱嵩陽作為內心之夙願的。兩相參照，則詞中的命意更為顯豁。當讀者正隨著詞人的妙筆漫遊於林泉清美、詩酒雍容的意境中時，作者筆勢一縱，把我們推到了一個虛幻的神話境界，這就是「三生」二句所反映的內容。天竺寺後有三生石，與冷泉亭、合澗橋相距不遠，是有名的景觀。然而詞中所述，不限於刻畫風景，而是一種兩面關合的用典。唐袁郊《甘澤謠》載：李源與圓觀（一作圓澤）為忘年交。同自荊江上三峽，泊舟山下，見婦女數人錦襠負甕而汲。圓觀曰：其中孕婦，是某託身之所。更後十二年中秋月下，杭州天竺寺外與君相見。是夕圓觀亡而孕婦產。後十二年，李源詣餘杭赴其所約，至天竺寺尋訪，有牧童歌竹枝詞，乃圓觀也。歌曰：「三生石上舊精魂，賞月吟風不要論。慚愧情人遠相訪，此身雖異性長存。」作者拈出這個帶有佛家輪迴色彩的傳說，除了切合杭州實景而外，還關合對方的和尚身分，好像這眼前的景物和兩位詩僧，都是前生所熟知的，都是具有宿緣的。朱熹〈奉陪彥集充父同遊瑞巖謹次莆田使君留題〉詩「一壑祇今藏勝概，三生疇昔記曾來」，表達的也是類似的心境。盧祖皋詞則是為了強調他對這種山林清致的嚮往和依戀。「悵薜蘿猶惹翠雲衣」，一個「惹」字尤能將無情草木化為有情。作者用逆筆插入，不唯文氣跌宕，富有變化，而且還能喚起人們綿綿無盡的離情別緒來。歇拍兩句，再將筆勢收攏，折到目前，點出今番之帝城醉夢，不如溪山之雲水徜徉。「不似」者，「不如」之委婉說法也。從這裡我們不是可以看到一顆高尚心靈的追求麼，茫茫塵海，齷齪官場無法使這顆心得到安靜，於是他轉向山林，轉向自然，去尋求人性的復歸。這也就是許多詩人轉向田園的原因吧。

下片設想別後的思念，筆姿活潑，妙喻聯翩。過片四句說：鴻鳥已飛向煙水茫茫的遠方，只有你們才知道牠留下的痕跡。這是以鴻鳥自比。蘇軾〈和子由澠池懷舊〉詩：「人生到處知何似？應似飛鴻踏雪泥。」這裡略用詩意比喻自己漂泊無定的行蹤。接下去，作者以錯綜之筆就自己與詩僧兩面關鎖寫來，脈絡井井，一筆不懈。「吳江鷺憶」，指作者的去處。其〈賀新郎〉序云：「彭傳師於吳江三高堂之前作釣雪亭，蓋擅漁人之窟宅以供詩境也。」有句云：「猛拍欄杆呼鷗鷺，道他年、我亦垂綸手。」可為此語作註。「孤山鶴怨」，指二僧掛搭之地。北宋林和靖梅妻鶴子隱於孤山，居處與二僧相近，故移以指僧。這樣寫來便覺清超，且多了一層思致，勾勒健峭，極見工力。「高峰」句妙於想像。高峰雲起，並不稀奇，一經「夢醒」二字點染，便成了化工手段。把朝雲出岫比作高峰睡醒，詞人是以自己的感情去擁抱山河大地，並賦予它以活潑潑的生命的。「瘦吟」句寫對詩僧的憶念，暗用李白〈戲贈杜甫〉「借問別來太瘦生，總為從前作詩苦」。「瘦」字又形象地表達了相思的苦懷。歇拍二句，自相問答，筆有餘妍。什麼時候再相聚會呢？那就請你寄來報春的梅花吧。「梅枝」句出《荊州記》：「陸凱與范曄相善，自江南寄梅花一枝，詣長安與曄。並贈詩曰：『折梅逢驛使，寄與隴頭人。江南無所有，聊贈一枝春。』」（《太平御覽》引）詞裡把它用在結尾，越發覺得輕靈騷雅、弄姿無限了。（周篤文）

賀新郎　盧祖皋

彭傳師於吳江三高堂之前作釣雪亭，蓋擅漁人之窟宅以供詩境也，趙子野約余賦之。

挽住風前柳。問鴟夷、當日扁舟，近曾來否？月落潮生無限事，零落①茶煙未久。謾留得、蓴鱸依舊。可是功名從來誤②，撫荒祠、誰繼風流後？今古恨，一搔首。

江涵雁影梅花瘦，四無塵、雪飛雲凍③，夜窗如畫。萬里乾坤清絕處，付與漁翁釣叟。又恰是、題詩時候。猛拍欄杆呼鷗鷺，道他年、我亦垂綸手。飛過我，共樽酒。

〔註〕①一作「零亂」。②一作「從來功名誤」。③「雲凍」一作「風起」。

這首詞賦三高祠前的釣雪亭。三高祠堂在吳江，建於宋初，祀奉春秋越國范蠡、西晉張翰、唐陸龜蒙三位高士。釣雪亭為作者同時人彭傳師所作。宋周密《絕妙好詞箋》引《嘉靖吳江縣志》：「釣雪亭在雪灘，宋嘉泰二年縣尉彭法（字傳師）建。」作者任吳江主簿時，應友人趙子野的邀請，來遊此處，在冬天下雪的當兒，面對清景，賦了這首〈賀新郎〉詞。

詞的上半闋著重歌詠「三高」，抒發懷思古哲的幽情。起三句：「挽住風前柳，問鴟夷、當日扁舟，近曾來否？」示追懷范蠡之情。筆姿瀟灑，落響不凡。一下子便把人們帶入了懷思往昔的藝術境界。范蠡佐越王句踐滅吳之後，飄然遠引，自號鴟夷子皮，以扁舟浮家於太湖之上。作者以「風前挽柳」致問，構思已屬奇特；而所問之事，則為當年鴟夷的扁舟。作者懸想范蠡曾來往於笠澤煙波之間，定然在柳蔭下維繫過他的扁舟，這當年的扁舟，不知道近時曾經來過沒有？所問尤奇。接著以「月落潮生無限事，零落茶煙未久」懷思另一位高士陸龜蒙。陸龜蒙的事跡，比起范蠡來，時代是要近得多了。他自號天隨子，隱居在松江上的村墟甫里，平時以筆床茶灶自隨，不染塵氛。時隔三百多年，松江和太湖上，依然月落潮生，煙波浩渺，循環往復，年復一年。這位江湖散人當年的茶煙，似乎還零落未久呢。但天隨子如今又在何處？第六句「謾留得、蓴鱸依舊」，用張翰因秋風起思念故鄉蓴羹鱸膾的故事，懷想當年棄官歸隱的高士張翰。「謾」，徒也，但也。張翰的高情逸思，已成往跡，如今只有蓴菜鱸魚，依然留味人間。以下作者緊扣三高的事跡，再次感慨發問：「可是功名從來誤，撫荒祠、誰繼風流後？」為什麼范蠡等人置功名於不顧，是否因為這功名事兒從來就是誤人的呢？面對這荒涼的祠宇，撫古思今，又會想到，這三高的風流餘韻，而今又有誰來繼承呢？

古人已往，今人又有風流難繼之憾，這樣的恨事，怎不令人搔首浩嘆！

下半闋緊承前文，著重寫釣雪亭邊夜雪的清景。進而表白自己也有隱居垂釣的心願。「江涵雁影梅花瘦」從杜牧〈九日齊山登高〉「江涵秋影雁初飛」化出，這幾句寫時分已是夜晚了，江面上寒雁貼著凍雲在低飛，江水裡浸沉著雁兒的清影。亭子邊上開放著清瘦的梅花。四野之間，沒有一點纖塵，雪花在飄舞著，層雲在滾動著，一派江天夜雪的景致，映照得夜窗簡直如同白晝一樣。這三句先點季節，次寫雪飛，再寫雪景，筆調秀麗，思澈神清，寫景如畫。接著以「萬里乾坤」三句，引起讚嘆之情。江山夜雪，這萬里乾坤，霎時成為瓊瑤世界。可是，清絕人寰的勝景，又有誰來欣賞呢？看來只能「付與漁翁釣叟」了。他們可以釣雪寒江，披蓑野渡，是此刻天地間真正的主人。除此以外，對於詩人來說，也是最好不過的題詩時刻。柳宗元就曾經寫下過「寒江獨釣」的詩篇〈江雪〉哩。作者思量至此，不覺逸興頓生，寫成煞拍幾句：「猛拍欄杆呼鷗鷺，道他年、我亦垂綸手。飛過我，共樽酒。」「猛拍」兩句，是神來之筆。「綸」即釣絲，既與「漁翁釣叟」句相接應，又和上半闋的「撫荒祠」句遙相呼應，運筆極為空靈。表明作者此時內心全為清景所陶醉，也表達了對「三高」的高度崇敬的心情。作者情不自禁地猛拍欄杆，招呼江上的鷗鷺說：「他年有幸，我也將垂釣於此啊！請飛過我這兒來，共進杯酒吧。」作者這兒所呼喚的鷗鷺，是虛指也是實指：說是虛指，是此刻夜雪之際，江岸邊上縱使有被雪光驚醒而飛起的野鷗白鷺，牠們也未必懂得人的心意。說是實指，古時誓志高隱的人，都慣於和鷗鷺結盟為友，因此志同道合有意隱居於江湖的人士，可以稱為鷗盟。作者是和友人趙子野等同來的，稱他們為同盟的鷗鷺，也是非常切合的，又何況「鷗鷺共忘機」（陸游〈烏夜啼〉），原是詩人們所樂於稱道的呢！

全詞思致深遠，語言雋麗，韻律優美，足以表現作者清俊瀟灑的風格，在作者的《蒲江詞》中，堪稱高唱。主題是賦釣雪亭，而釣雪亭建於三高祠前，因此在詞的上半闋，縱情歌讚三高的高風亮節，以空靈的筆墨，因情鑄景，先拓開境界。而以「撫荒祠、誰繼風流後」一句，為下半闋即景抒懷歌詠釣雪亭這一主題，留有充分的餘地。上半闋所詠，只是「夜雪欲來」之前的襯筆。下半闋寫釣雪亭上所見的江天夜雪的清景，以及作者和友人在觀賞此景之後，對漁翁釣叟的豔羨，對水邊鷗鷺的深情召喚，對自己他年有志垂綸的衷心誓願，才是本詞的主體。此亭之作，本為繼承前賢的風流餘韻，作者和同來的友人，雖自愧不如前賢，但能在夜雪高寒的當兒，登亭清賞，而且還點明「又恰是、題詩時候」，正是為上闋「撫荒祠」這一問句，作了恰到好處的回答。而此刻亭邊的梅花，江上的雁影，纖塵不著的江天四野，無不為作者及其友人供景助興，景是絕勝之景，興是清逸之興，因而很自然地傾吐出「道他年、我亦垂綸手」這一全詞的核心語句，可見此詞意在筆先、一唱三嘆、情景交融、神餘言外之妙。（馬祖熙）

洪咨夔

【作者小傳】（一一七六～一二三六）字舜俞，號平齋，於潛（今浙江臨安）人。宋寧宗嘉泰二年（一二〇二）進士。累官刑部尚書、翰林學士、知制誥，加端明殿學士。詞學蘇、辛，以淡雅見長。有《平齋文集》、《平齋詞》。存詞四十四首。

眼兒媚

洪咨夔

平沙芳草渡頭村，綠遍去年痕。遊絲下上，流鶯來往，無限銷魂。

綺窗深靜人歸晚，金鴨水沉溫。海棠影下，子規聲裡，立盡黃昏。

洪咨夔早年佐丘壽雋守揚州，對付準備來犯的金人，表現有相當膽略；知龍州（治所在今四川江油），也有政績。史彌遠擁立理宗，逼死改封濟王的廢太子竑，操縱朝政。他上疏理宗，揭發「濟王之死，非陛下本心」（見《宋史》本傳）。彌遠大怒，擲其疏於地。咨夔的抗直敢言，於此可見。彌遠死，理宗親政，他頗受知遇，時進藎言，累官至刑部尚書，拜翰林學士，知制誥，為一朝名臣。

咨夔的詞，慷慨疏暢，頗見其人性格。但可惜應酬和答的作品占多數，不能盡窺其能事。他有兩首抒情小詞：一是這首〈眼兒媚〉，一是〈卜算子〉（簸弄柳梢春），寫的是「閨情」，較別致。這首〈眼兒媚〉，入選於宋周密所編的《絕妙好詞》中，流傳較廣。

詞寫一個閨中婦女期待歸人的感情。她所期待的人，似乎已離別經年；歸期已定，但天晚了，人還沒有回來。上片起二句：「平沙芳草渡頭村，綠遍去年痕。」借寫景，透露這個閨人的住地，靠近沙邊渡口的村莊；又從芳草重綠，透露她和意中人的離別，也已是「去年」之事了。景寫得美，而對事的「點破」卻很不著跡，真是草色有「痕」而人事無「痕」。接下去三句：「遊絲下上，流鶯來往，無限銷魂」，又凸出春天的兩種景象，藉以寫情。這二句與唐韋應物〈春中憶元二〉詩「遊絲正高下，啼鳥還斷續」，景物有點相近，但內容與風調絕不相同。這裡的「流鶯」句寫的是顯眼之景，「遊絲」句則寫到細處。兩句對偶勻稱，又從「顯」、「微」的不同角度，代表了、包舉了整個春光。春光如此美好，人見之卻有「無限銷魂」。這「銷魂」是被春光陶醉呢？還是別有懷抱呢？詞中沒有明白說出，頗見手法的含蓄。

下片起二句：「綺窗深靜人歸晚，金鴨水沉溫。」才露出這個閨人的身分。她住在「綺窗」佳屋之中，能用「金鴨」爐燒「水沉」香，生活華貴，顯然不是村婦；居近水村，心境安靜單純，也不似青樓妓女。看來頗像作者自己家中的「閨人」。作者故鄉於潛，正是江南水鄉之地；他和「閨人」離別，替她設想並描寫她思念、期待自己的心情，那也是很可能的。同時，又暗暗點出上片的「銷魂」的內容：不是陶醉於春光，而是抱著懷人的幽思。詞的暗脈逶迤，到了這裡，才開始顯露，使人瞭解它的事旨所在。這種顯露，仍然力求沖淡痕跡。結尾三句，又借寫景，烘托人物形象，濃化人物心情，是事旨明顯後的加意渲染，也是回攬詞的整體的傳神筆墨，寫得高妙而又自然。試想配得上在「海棠影下」，影影綽綽，並立而互添其美的，當然是美麗的佳人了；在花下，在「子規聲裡」而「立盡黃昏」的佳人，又當然是情深可愛的了。寫花影、寫鳥聲，都巧妙地烘托了人物的美好、可愛的內外形象。

〈眼兒媚〉詞結尾三句，有不用對偶的，但以用對偶的為常。阮閱的「也應似舊，盈盈秋水，淡淡春山」，是末二句對；曾覿的「十分得意，一場輕夢，淡淡欄杆」，是起二句對；朱淑真的「綠楊影裡，海棠亭畔，紅杏梢頭」，是三句都對。咨夔這首詞，是起二句對，它不像朱詞三句對那樣豐滿生動，那樣接近賀鑄〈青玉案〉詞的精彩筆法；但從全詞比較，洪詞寫得比朱詞更為含蓄，不因結尾三句不及而失色。

這首詞的格調婉約秀麗，在洪詞中是比較別致的，它正好表現作者這個被宋理宗許為「鯁亮忠慤」的名臣的感情世界也有悱惻纏綿的一面，表現剛強之性與深摯之情往往是統一於同一人物身上的。（陳祥耀）

王埜

【作者小傳】字子文，號潛齋，金華（今屬浙江）人。歷任兩浙轉運判官、權鎮江知府、沿江制置使、江東安撫使等。宋理宗寶祐二年（一二五四），拜端明殿學士，簽書樞密院事，封吳郡侯。不久，罷，提舉洞霄宮。存詞三首。

西河　王埜

天下事，問天怎忍如此！陵圖誰把獻君王，結愁未已。少豪氣概總成塵，空餘白骨黃葦。

千古恨，吾老矣。東遊曾弔淮水。繡春臺上一回登，一回搵淚。醉歸撫劍倚西風，江濤猶壯人意。

只今袖手野色裡，望長淮、猶二千里。縱有英心誰寄！近新來又報胡塵起。絕域張騫歸來未？

王埜（「野」的古字）早年曾任兩浙轉運判官，以察訪使名義巡視江防，增修兵船。以後任知鎮江府、沿江制置使、江東安撫使等，設置水師水艦，致力於長江防務。以後拜端明殿學士，簽書樞密院事，封吳郡侯。不久被劾，主管洞霄宮。存詞三首。這首詞是王埜晚年與宰相不合，遭閒置時所作。這是一支愛國志士的慷慨悲歌，其中響徹著南宋的時代風雷之聲。

〈西河〉詞調是三疊，仄韻。第一段一開端，詞人便滿懷憂憤向天發問：老天爺怎麼忍心讓天下事弄到如此不堪的地步！「問天」當然不止是問天，潛臺詞是問人，問代行天意的朝廷當權者。「天下事」指當時南宋的政治局面。積貧積弱的統治集團為了苟且偷安，對金稱臣割地，步步妥協退讓，已經瀕臨「國脈微如縷」（劉克莊〈賀新郎·實之三和有憂邊之語，走筆答之〉）的悲慘境地。宋理宗端平元年（一二三四）蒙古滅金後，連年兵擾南宋，宋室面臨覆亡的危險。「陵圖誰把獻君王，結愁未已。」獻陵圖事，據《宋史·禮志》二十六及〈理宗本紀〉載：端平元年（一二三四）正月，金亡後，宋軍一度收復開封、洛陽等地，時京西湖北安撫制置使史嵩之曾遣使朝謁河南鞏縣北宋皇帝諸陵，並繪八陵圖呈獻君王，理宗見圖後親筆詔書：「國家南渡以後，八陵迥隔，常切痛心。今京湖帥臣以圖來上，恭覽再三，悲喜交集，凡在臣子，諒同此情。」三月，經朝中大臣議決，詔遣太常寺主簿朱揚祖、閤門祗候林拓省謁八陵。四月，又詔遣朱復之詣八陵，相度脩奉。八月，「朱揚祖、林拓朝謁八陵回，以圖進，上問諸陵相去幾何及陵前澗水新復，揚祖悉以對。上忍涕太息。」獻陵圖事在當時堪稱是一件盛舉，它表達了當時人們對恢復中原的強烈願望。王埜即事生情，渴望現實中能出現力挽狂瀾的志士賢才，一舉收復中原（以獻陵圖事代指故土的恢復）。可是如今國事日非，中原地區早已失守，蒙古大軍正不斷南犯，威脅著宋室的安全，而當權者卻苟且偷安，排斥抗戰派，沉溺於聲色享樂之中，不思振作，這使他抱恨結愁不能自已。更令人痛心的是，現實中有抱負的志士仁人往往因報國無門，齎志而歿，只剩下一堆堆荒草野塋，作者預感到自己也將會遭到他們一樣的厄運，不禁發出了深沉的哀嘆。

第二段，開頭兩句感嘆自己如今懷抱憾恨，垂垂老矣，接著追念起自己當年巡視江防前線時的情景。據詞作者同時代人周應合所撰《景定建康志》卷三十九記載，「制使王埜自淳祐十二年四月開閫，在任三年四個月」。那時他曾到六朝古都金陵憑弔過秦淮水。詞中「淮水」指秦淮河，源出江蘇溧水縣北，橫貫南京城，流入長江。劉禹錫〈金陵五題．石頭城〉詩：「淮水東邊舊時月，夜深還過女牆來。」周邦彥〈西河．金陵〉詞通篇化用劉詩意境詞語，其中有「傷心東望淮水」句，顯然為王詞所本。王埜生當國運衰微之世，東弔秦淮，感念六朝興亡更迭的歷史教訓，弔古傷今，悲恨之情油然而生。當年詞人還曾登臨池州貴池（今屬安徽）的齊山繡春臺，每當眺望東去的江水，悲憤交集的淚水就奪眶而出。詞人借酒澆愁，身佩利劍而無處可施。含恨在西風中撫劍醉歸，心潮激浪恰與大江波濤撞擊、交匯，滔滔江水好像特地為他這位徒喚奈何的志士砥礪鬥志，呼嘯翻卷，奔騰不已。

第三段寫他如今「袖手野色」，身處閒職，遠離淮河前線千里之遙，但他仍懷著一顆收復中原的勃勃英心。「縱有英心誰寄」，這顆英心在現實中竟無人可以託付，只好空自嗟嘆，一吐內心的鬱結與悲憤。南宋統治集團腐敗無能，蒙古滅金後連連攻宋，近來「胡塵」處處迭起，局勢日趨險惡，南宋政權危在旦夕。在詞的結韻中，詞人發出焦灼的呼喚：「絕域張騫歸來未？」他急切盼望現實中能出現像西漢張騫那樣的名將，出使西域，聯合各方力量以擊匈奴。從這痛苦的呼喚聲中，彷彿聆聽到作者的心聲：壯志難酬，自己縱有張騫那樣的才能，誰又是可以託付的英主！

這首詞自始至終激盪著愛國志士報國無門的悲憤之情。全詞以三疊詞調這一容量較大的特定表現形式，將昔往與今來、撫時與感事、國家命運與個人遭際巧妙地交織起來，一唱三嘆，起伏跌宕，反覆抒發詞人內心的激憤愁恨，感情波瀾層層迭出，縈迴不盡。詞人為了加強抒情感人的藝術效果，多次運用反詰問語，使詞篇揭響有力，不斷激起陣陣漣漪，頻頻扣動讀者心弦。特別是起首與結尾兩處的詰問句，起處突兀，結處不盡，一起一結責問蒼天，呼喚英雄，既振聾發聵，令人感奮不已，又使詞的主旨表達得含蘊深曲，耐人尋繹。(吳翠芬)

曹豳

【作者小傳】（一一七〇～一二四九）字西士，號東畝，一作東猷，瑞安（今屬浙江）人。宋寧宗嘉泰二年（一二〇二）進士，歷官至浙東提點刑獄，召為左司諫，以寶章閣待制致仕。存詞二首。

西河　曹豳

和王潛齋韻

今日事，何人弄得如此！漫漫白骨蔽川原，恨何日已！關河萬里寂無煙，月明空照蘆葦。

謾哀痛，無及矣。無情莫問江水。西風落日慘新亭，幾人墮淚！戰和何者是良籌，扶危但看天意。

只今寂寞藪澤裡，豈無人、高臥閭里，試問安危誰寄？定相將有詔催公起。

須信前書言猶未？

曹豳與同時代的王萬、郭磊卿、徐清叟以能在皇帝面前直言敢諫而聞名，當時被稱為「嘉熙四諫」。存詞二首。據《宋史》本傳等有關史料所載，曹豳與王埜（號潛齋）同為浙江人，同在寧宗朝先後中進士第，在政治上兩人有著共同的愛國進步主張。因此，曹豳寫作這首「和王潛齋韻」的〈西河〉詞就絕非偶然了。

王埜的〈西河〉，一開篇就託詞責問蒼天，曹詞則直率歸結到人，責問：「今日事，何人弄得如此！」何人？所指的對象，詞中不言自明。王詞引理宗端平元年獻陵圖一事表達內心的憂國結愁，曹詞則化用曹操〈蒿里行〉詩句「白骨露於野，千里無雞鳴」入詞，對人民橫遭屠戮的慘況滿懷同情，深感悲憤，對南宋當權者昏庸腐敗、喪權辱國的行徑含恨不已，語帶譏刺。王詞嘆老抱恨，感慨：「千古恨，吾老矣。」曹詞寬慰他不必空自悲傷：「謾哀痛，無及矣！」王詞弔淮水、望江水，扼腕搵淚，悲憤難已。曹詞用新亭對泣事，感嘆並譏刺南宋當權者無意恢復中原，優柔寡斷，尸位誤國，隱含王導語：「當共戮力王室，克復神州，何至作楚囚對泣耶？」（《晉書·王導傳》）激勵友人共同尋求抗戰救國的良策，來扶危圖存。王埜當時被劾下臺，不在其位，詞中慨嘆縱有雄心，無所寄託。曹豳語重心長地感嘆如今有才能的人埋沒於草野之間，指望誰來扶危安邦！其實，曹詞有著弦外之音：「高臥閭里」隱居不仕的王埜，正是可以負起國家安危之責的人才。因此，兩首詞的結韻表現出作者的不同情懷：王埜在沉痛中虛幻地呼喚著歷史人物張翥，曹豳卻冷靜地著眼於客觀現實，將真誠信賴的目光投向自己的老友：「定相將有詔催公起，須信前書言猶未？」積極喚起絕望中的王埜，堅信不久他將東山再起，承擔張翥似的重任，扶危安邦，收復中原。

將曹鏴和詞與王埜原詞兩相比照，可以看出，曹、王兩人不僅在政治大業上是志同道合的戰友，在文學事業上也是切磋琢磨的詞友。兩人詞作在格調上同聲相應，在旨意上同氣相求，思想與藝術彼此呼應契合。王埜原作在前，填詞時不必受韻字次序的限制，曹鏴和詞在後，填詞時須嚴格依照王埜原韻原字的次序。面對難題，他的和詞運轉自如，熨帖無間，在詞的格律上與王詞既環環相扣，又自然流麗，在詞的情致上與王詞既息息相應，又新意疊出。曹詞的整個基調比王詞顯得高亢，激越，明快，其中充滿對戰友與詞友一片拳拳之忱。當然，這也是對國家、對人民的拳拳之忱。（吳翠芬）

魏了翁

【作者小傳】（一一七八～一二三七）字華父，蒲江（今屬四川）人。宋寧宗慶元五年（一一九九）進士。開禧初，以武學博士對策，諫開邊事，被劾狂妄。改祕書省正字，遷校書郎。奉親還里，辭朝廷召命，築室白鶴山下，授徒講學。嘉定末，除起居郎，歷任州郡。入朝權工部侍郎，不久，貶靖州。理宗親政，召還，命直學士院，累擢端明殿學士，同簽書樞密院事，督視江淮軍馬。以資政殿學士致仕。有《鶴山先生大全文集》、《鶴山詞》。存一百八十九首，大多為壽詞。

醉落魄　魏了翁

人日南山約應提刑懋之

無邊春色，人情苦向南山覓。村村簫鼓家家笛，祈麥祈蠶，來趁元正七。翁前子後孫扶掖，商行賈坐農耕織。須知此意無今昔，會得為人，日日是人日。

詞題中的「人日」，和詞中的「元正七」，都是指農曆的正月初七。舊時稱正月一日為雞，二日為狗，三日為豬，四日為羊，五日為牛，六日為馬，七日為人等等。到了「人日」，民間舊俗，以七種菜為羹，用彩色的布或金箔剪成人形，貼在屏風上，戴在頭上，取「形容改新」和「一歲吉祥」之意，並且飲酒遊樂，吹奏樂器，以祈農桑。總之，這是一個快樂吉祥的節日，「人」在這一天顯得特別尊貴，故李充〈登安仁峰銘〉有「正月七日，厥日惟人」之說。這首詞，就真實地反映了當時農村「人日」景況，抒發了作者的感受。

農曆的正月，時在孟春，初陽發動，故詞以「無邊春色」起句。但是，就人的常情來說，儘管處處是春色，還是要去尋春，覓春。次句的「苦」字，表現了人們的這種尋覓春色的執著。詞中的「南山」，大約是春光尤美之處，也是作者約提刑官應懋之遊春的目的地。在寫作上，屬點題之筆。「村村」三句，直至下片「翁前」兩句，都是寫農村人日的熱鬧景象，是作者「覓」春所見，也正是本詞寫作的一個重點。在用筆上，先大筆揮灑，用「簫鼓」、「笛」寫節日歌舞之盛，用「村村」、「家家」極寫範圍包容之大，僅此一句，就把農村「人日」的風俗景象以及人們的歡樂情緒有聲有色地渲染出來。「祈麥祈蠶」，點出「村村簫鼓家家笛」這種活動的目的。祈求農事豐收，這裡雖舉「麥」、「蠶」為諸多農事的代表，但在「人日」來說，農民馬上可以接觸到的，或者說一年之中最先盼望的豐收，一般說來，倒也是麥與蠶了。這時，麥在返青，蠶在孵化，對豐收的盼望與擔憂，都同時在農民心頭慢慢升起，他們怎麼能不用這盡情的簫鼓和笛聲表達他們的祈求呢？「來趁元正七」，是上片的結句，點明這特定的時間和人們種種活動的特定含義。「趁」，有「趕」的意思，是說人們都來趕這「人日」的熱鬧。

下片「翁前」兩句，轉入「特寫」鏡頭的描繪。「翁前子後孫扶掖」，這正是「來趁元正七」的老老少少，子子孫孫。魏了翁是南宋著名理學家，在他的筆下，這幾輩人的出現，長幼之序，極為分明。「翁」、「子」、「孫」的排列順序，在理學家看來，是萬不可錯亂的。「商行賈坐農耕織」，這一組鏡頭，由商、賈、農三種行當的人物活動組成，三個動詞「行」、「坐」、「耕織」，用得與這三種人物的身分、工作特點極為貼切。

商賈本來都是做生意的，在古代，他們的分界就在於「行」與「坐」，行賣為商，坐賣為賈，「耕織」則是「農」的本業。當然，這裡不一定實寫「人日」所見，而是作者由「人日」人們的祈求而聯想到的各色自食其力的人所從事的爭取豐收、幸福的實踐活動。但這三個動詞，卻畫出了一片繁忙景象。從「簫鼓」至「耕織」，這五句從不同的角度表現「人日」景象，組成了一幅農村「人日」歡樂圖，充滿一派昇平氣象。作者把種種苦悶、煩憂，都排斥在畫面之外了。這裡簡直是一塊桃源樂土。這種農村景象，在魏了翁的一百八十餘首詞中是不多見的，這裡可能是寫實，在偏安的半壁河山之中畢竟還有這樣一片樂土！但其中也不能排斥寓有作者的理想，這正是他所苦苦尋覓的「春色」，上片次句下「苦」與「覓」兩個字眼，用意或在於此。

詞的末三句，是作者就此情此境而引發的感想，是本詞的哲理所在，也正是作者的希望。「須知」，是告誡語，作者要告訴人們：「人日」中的「人」的種種活動與期望，古往今來，都是如此，「人」是向上的，都在追求著幸福美好；但是，人們如果都懂得（「會得」即「領會到」、「懂得」之意）了做人的道理，都像在「人日」裡那樣意識到「人」的作用與追求，那麼，就「日日是人日」了，而就不會只有在「人日」這一天才去追求祈禱了。顯然，作者是在勉勵人們追求不息，生生不止。這正是作者哲學思想核心問題之一。魏了翁「人」的觀念很強，認為「人與天地一本，必與天地相似」，而人心之外，別無所謂天地神明，故為政主張「內修」、「立本」、「厚倫」，正人心，化風俗；他所歷州縣，皆「以化善俗為治」；使「君臣上下同心一德，而後平居有所補益，緩急有所倚仗」（均見《宋史》本傳），這便是他在本詞中發揮議論的思想基礎。

《四庫全書總目提要》稱魏了翁的寫作「醇正有法，而紆徐宕折，出乎自然，絕不染江湖游士叫囂狂誕之風，亦不染講學諸儒空疏拘腐之病，在南宋中葉，可謂翛然於流俗外矣」。這種特點，在本詞中亦有表現。這首詞寫得古樸自然，平易真切，既不叫囂狂誕，又不空疏拘腐，這種筆調，與寫農村風物極相貼合。再就是以議論入詞。這雖是南宋詞的常見現象，但卻能不流於空泛，而是情由景出，論隨情至，一路寫來，頗得自然之理。這從另一個側面反映了魏了翁詞作的特色。（丘鳴皋）

朝中措

魏了翁

次韻同官約瞻叔兄及楊仲博（約）賞郡圃牡丹併遣酒代勸。

玳筵綺席繡芙蓉，客意樂融融。吟罷風頭擺翠，醉餘日腳沉紅。

簡書絆我，賞心無託，笑口難逢。夢草閒眠暮雨，落花獨倚春風。

這是魏了翁在一次賞牡丹的筵席上的「次韻」（即「和韻」）之作，用以勸酒。上片首句寫筵席的豐盛而精美，「玳」、「綺」、「繡芙蓉」皆席面裝飾，高妙華貴，用以形容筵席的至盛至精。設此筵席，意在賞郡圃中的牡丹（稱「郡圃」，當是任知州時事）。對華筵而賞名花，在座諸公——詞題交代，在座者有魏了翁及其「同官」、瞻叔兄、楊約字仲博等，自然是其樂融融，故詞次句云「客意樂融融」。「吟罷」兩句，緣「樂融融」意脈，進一步寫賓客筵宴之樂。「擺翠」、「沉紅」，前寫牡丹葉在清風中搖擺，翠綠欲滴，後寫牡丹花在斜陽映照下甜潤腓紅。「沉紅」，既是寫花，又是寫「日腳」西沉，落霞夕照，從而表現筵宴時間較長，與「醉餘」、「吟罷」相應。這兩句在表達感情方面，也能給人以由明快而至深沉的層次感。「沉紅」一句，為下片的抒情奠定了感情基調。這種對花設筵，陶情怡性，本是舊時士大夫的常事，詩詞中多有表現，在魏了翁的詞中也多有其例，所以這題材無特別凸出之處。這首詞比較凸出、饒有個性之處，在於下片的抒懷。

下片一反上片華筵美景其樂融融的情調，以特出之筆，抒寫作者自己身沉宦海、欲歸不能的厭倦心情。魏了翁先後多次出知州府，曾連續十七年不在朝；知漢州（州治在雒縣，今四川廣漢）「號為繁劇」，知眉州（今四川眉山）又「號難治」，知瀘州（今屬四川）則原本「武備不修，城郭不治」；晚年又出知紹興府、福州，皆兼本路安撫使。公事繁劇，極費心力。故下片開頭就說「簡書絆我」。「簡書」即公牘。「絆我」二字，已表現了作者對「簡書」的厭倦和欲脫不能的煩悶。在這種心情的重壓下，作者即使在這種對華筵賞名花「客意樂融融」的場合下，仍然是「賞心無託，笑口難逢」。那麼，作者追求的是什麼呢？詞的結句，卒章見志，回答了這個問題：「萱草閒眠暮雨，落花獨倚春風。」像「萱草」那樣閒眠於暮雨裡，像落花那樣獨倚於春風之中。「萱草」，是神話中的一種草，舊題漢郭憲《洞冥記》說這種草似蒲，紅色，晝縮入於地，一名「懷夢」。這裡作者取用「萱草」「落花」，物象衰颯，取意消沉，詞境蒼涼，寓有自己的身世之感。魏了翁的仕途是坎坷的。在他出仕期間，前有韓侂冑擅權，繼有史彌遠專政，「國家權臣相繼，內擅國柄，外變風俗，綱常淪斁，法度墮弛，貪濁在位，舉事弊蠹不可滌濯」（見《宋史》本傳）；而他又是一個敢於揭露時弊，欲以理學治國的人。所以屢受排斥，以致積憂成疾，數次上疏要求引退，可又偏偏得不到批准。這就造成了他的苦悶。這種苦悶，在這首詞中得到了真實的表現。

魏了翁的詞，數量不少，可惜大多數是壽詞，歌功捧場，言不由衷，像這樣真實地表達自己的思想感情之作，在魏詞中雖也有一些，但不是太多，因而它就顯得可貴。且這首詞的風格也比較清曠。上下片的結句，都是很美的對句，不僅屬對工整，而且意境頗佳，色調錯雜，寫景如畫，清疏之中不乏渾厚蒼涼之氣；作者的思想感情雖寓於景中，卻又掬之可出，讀之無晦澀之感。魏了翁是頗能借景抒情的，除本詞外，他如「望秦雲蒼憺，蜀山渺漭，楚澤平漪。……獨立蒼茫外，數遍群飛」（〈八聲甘州〉），「吟鬢撚斷，寒爐撥盡，雁自天邊」（〈朝中措〉）等，都是典型例句。（丘鳴皋）

李從周

【作者小傳】字肩吾，一字子我，號蟦洲，眉州（今四川眉山）人。精通六書之學，著《字通》。魏了翁的門客。詞有今趙萬里輯《蟦洲詞》，存十首。

清平樂 李從周

美人嬌小，鏡裡容顏好。秀色侵人春帳曉，郎去幾時重到？

叮嚀記取兒家：碧雲隱映紅霞；直下小橋流水，門前一樹桃花。

詞是伴隨歌筵誕生的詩體，所以寫青樓妓情的作品也特別多。李從周這首詞寫的也是妓女別情，但他寫得與眾不同，寫出了「這一個」。詞中人的音容宛然如在，令人耳目一新。

這位美麗的女主人公值得注意的是她的「嬌小」。「憶昔嬌小姿，春心亦自持」（李白〈江夏行〉），唯其嬌小，雖然情竇初開，卻絕不給人以狂蕩之感。又因其嬌小，故不甚識得愁的滋味。（年紀稍長，則不免有不勝風塵之感。）所以，她一方面是很自愛的，一方面又是惹人愛的。「鏡裡容顏好」的「鏡裡」二字之妙，就妙在它寫出了一種風流自賞的情態。而「秀色侵人」四字則寫出旁觀者（她的情郎）為之陶醉，不能自持的情態。這就從人我兩個角度，具體烘托出這個蓓蕾初放的小女子的嬌美。為以下寫兒女臨歧的依戀之情作了鋪墊。

情郎的痴迷，在第三句已有簡略交代。詞中著重要寫的卻是這位嬌小美人的痴情。「郎去幾時重到？」一句，見得對情人的依依難捨：尚未分手，已問後期。根據常情，那男子的回答未必能告訴準確日期，彼此很可能從此勞燕分飛。但女主人公的態度卻是很認真的。下片寫其臨別叮嚀，頗富情味。她要求對方牢記自己的住址，同時把這裡描繪得那麼美好，那麼富於吸引力，「碧雲」、「紅霞」、「流水」、「桃花」，儼然仙境，言外卻是一片留客的痴情。真使人欲發「千樹桃花萬年藥，不知何事憶人間」（元稹〈劉阮妻二首〉其二）之問了。「門前一樹桃花」，則能使人聯想到唐詩崔護〈題都城南莊〉人面桃花的著名愛情故事。凡此都加深加厚了詞意。還有一層可玩味處：所謂碧雲紅霞，皆瞬息可變之景；莫說此郎一去不必重到，即便果然再至，怕也會有「春來遍是桃花水，不辨仙源何處尋」（王維〈桃源行〉）的迷惘呢。由此，讀者又感到那女子的天真。

全詞就透過幾句描述，幾句對話，栩栩如生地刻畫出一個嬌小、痴情、天真可愛的女性形象。詞的前三句敘寫為一層；第四句與下片均為致詞，是第二層。這種結構，也顯得活潑，不脫俗套。在這點上，作者顯然吸取了民間詞的優長。（周嘯天）

孫惟信

【作者小傳】（一一七九～一二四三）字季蕃，號花翁，開封人。不仕，聞名於江湖，多聞舊事，善雅談。有《花翁集》一卷。今有趙萬里輯《花翁詞》一卷，存十一首。

燭影搖紅

孫惟信

一朵鞓紅，寶釵壓髻東風溜。年時也是牡丹時，相見花邊酒。初試夾紗半袖。與花枝、盈盈鬥秀。對花臨景，為景牽情，因花感舊。

題葉無憑，曲溝流水空回首。夢雲不入小山屏，真個歡難偶。別後知他安否。軟紅街、清明還又。絮飛春盡，天遠書沉，日長人瘦。

這是一首寫女子懷舊傷別的詞。上下兩片分寫對往事的回憶、別後的相思。詞中的女主人公與情人初次相見是在牡丹花盛開的季節，而她又正當青春年華，盈盈娟秀，溫柔多情。那時刻，花好人秀，景美情深，故上片首起連寫六句，工筆細描。「一朵鞓紅，寶釵壓髻東風溜」，寫髮飾之美。鞓（音同廳）紅，是牡丹花的一種，色如鞓紅犀帶。她髮髻高綰，寶釵對插，再戴上一朵紅豔豔的牡丹，在和煦的東風吹拂中，流光溢彩，溫馨竟體，顯得格外窈窕多姿。髮飾如此之美，人的容貌自然可以想見。這種以物見人的手法，含蓄而又生動，一位嫵媚娟秀的女子形象已隱約可見。「年時也是牡丹時，相見花邊酒」，寫年華和幽會情景。女主人公如花似玉，貌美而又年輕，正如豔麗的牡丹，國色天香，又恰值牡丹花開時節，與情人花邊相會，對酌佳釀，良辰美景，情歡意洽，有說不盡的柔情蜜意。那時候，晴天麗日，暖意融融。作為佳冶窈窕的女主人公，自然衣著入時，故而接著寫了「初試夾紗半袖」。從這句可知她沒有豔裝，而只是身著輕柔細軟的短袖夾紗，淡雅樸素，更顯得體態輕盈，容姿清秀。透過以上五句，栩栩如生地勾勒出一位亭亭玉立的妙齡女子形象，但詞人意猶未足，又添上「與花枝、盈盈鬥秀」一句。這一句如妙筆生花，秀出意表。「盈盈」二字，極言其體態之美、風韻之美。而「鬥秀」二字，則不僅描寫出一位女子正當芳年的閉月羞花之貌，而且點帶出俊俏活潑的情采。花美人更美，花秀人更秀的意蘊全在「鬥秀」二字中吐露出來。寫到這裡，美好的回憶已說盡說透，接下去轉回眼前情景的描述。情人遠別了，幾度東風，幾度花節，只留下她「對花臨景，為景牽情，因花感舊」。這三個四字句都是尋常言語，不假雕琢，但一路寫來，圓轉如珠，然而在詞情上卻是一步一跌，懷舊傷別之情愈轉愈深。通觀上片，以牡丹花起、結，一次用鞓紅，一次用牡丹，而花字則反覆出現四次，由於布置得體，非但不嫌重複，反而有非重言不足以生色之感。花雖是陪襯映照，但景以花成，姿借花顯，情為花牽，又頭戴以花、相見以花，妙用如此，足見其構思運筆確有獨到之處。

下片順接上片。「題葉無憑，曲溝流水空回首」，反用紅葉題詩典故。相傳唐士子盧渥赴京應舉，偶臨御溝，拾得紅葉一片，上有題詩云：「流水何太急，深宮盡日閒。殷勤謝紅葉，好去到人間。」後宣宗放出宮女，許從百官司吏。渥得一人，即題詩紅葉者（事見唐范攄《雲溪友議．題紅怨》）。紅葉題詩，流水傳情，表達了人們對愛情幸福的渴望和追求。可是，詞中的女主人公卻說「題葉無憑，曲溝流水空回首」，既無由以題紅葉，也無緣借流水以傳情，只能作無憑由之嘆，生空回首之悲。這兩句緊承上片歇拍「感舊」二字，而詞情益見淒涼。「夢雲不入小山屏，真個歡難偶」，將淒涼的詞情再打進一層，訴說出女主人公相思的苦楚。她非但得不到紅葉題詩的機緣，連在枕邊的山水畫屏前做一個甜蜜的夢也不成，故而無限傷感地說「真個歡難偶」。她忍受著離恨別苦的折磨，但沒有只想著自己，而是惦念著遠別的情人，於是寫出「別後知他安否」一句。雖只短短一句，卻是牽腸掛肚，情絲千縷，相愛之深，思念之切，一語說透。

詞的最後四句「軟紅街、清明還又。絮飛春盡，天遠書沉，日長人瘦」，照應上片最後三句的臨景、牽情、感舊。「軟紅街」，指南宋都城臨安繁華街市。蘇軾〈次韻蔣穎叔錢穆父從駕景靈宮〉自註：「前輩戲語，有西湖風月，不如東華軟紅香土。」繁華的臨安，又到了清明時候，柳絮飄飛，春已歸去，而遠在天外的情人，音訊杳然，朝思暮想，永晝難度，真是「天與多情，不與長相守」（晏幾道〈點絳唇〉），刻骨的相思使她形容憔悴，日見消瘦。寫到這裡，詞雖收結，但辭盡而情未絕，離愁鬱結，幽思渺渺，不知何時了結！

這首詞，上片多歡意，下片多哀情。「人瘦」緣於「感舊」，多哀情緣於多歡意。相聚時得到的歡娛愈多，離別後留下的相思愈深。古代詩詞中寫懷舊傷別的作品，車載斗量，不可勝計，而這首詞卻能不落窠臼，以樸素洗練的語言寫出悲歡離合的真實情感。從上片到下片，愈寫愈深，讀罷全詞，但覺哀婉曲折，低迴不盡。（臧維熙）

岳珂

【作者小傳】（一一八三～一二四三）字肅之，號亦齋、倦翁、東幾。相州湯陰（今屬河南）人。岳飛之孫。官至戶部侍郎、淮東總領兼制置使。著有《棠湖詩稿》、《愧郯錄》、《桯史》、《金陀粹編》、《寶真齋法書贊》等。詞存八首。

滿江紅　岳珂

小院深深，悄鎮日、陰晴無據。春未足，閨愁難寄，琴心誰與？曲徑穿花尋蛺蝶，虛闌傍日教鸚鵡。笑十三楊柳女兒腰，東風舞。

雲外月，風前絮。情與恨，長如許。想綺窗今夜，為誰凝佇？洛浦夢回留珮客，秦樓聲斷吹簫侶。正黃昏時候杏花寒，廉纖雨。

岳珂詞流傳至今者，據《全宋詞》所輯，只有八首。但這寥寥八首詞卻呈現兩種截然相反的風格情調：一種悲壯慷慨，豪氣干雲，儼然是稼軒詞的嗣響；一種則情意綿綿，風格柔婉，頗有秦觀、周邦彥的遺風。本篇寫男女相思怨抑的私情，大概是受周邦彥的影響。周邦彥《清真集》中唯一的一首〈滿江紅〉（晝日移陰），就是寫戀情的。不過，周詞那一首是代言體，其中的主人公就是那個相思女子本身，全篇所渲染描繪的，都是那個女子的無聊情態和思念意中人的心理。岳珂此作雖也以大量篇幅寫了一女子，但是全篇的主題卻是表現愛戀這個女子的一位男子的相思之情；女子的形象，僅是在這位男子的想像中出現的。這是岳珂在學習前人的詞法時善於變化之處。詞的上片，全是虛擬之筆，想像女子在春日思念男主人公的情狀。雖是虛寫，卻逼真細緻，情景歷歷，使人如見其人其事。一上來二句，描寫那個女子所獨自居住的環境。那是一個幽深靜謐的小小院落。由於情人的遠離，這深閨之中沒有了歡聲笑語，因而鎮日間靜悄悄地，氣氛空寂得令人難耐。更可惱的是，時當春日，天氣冷暖陰晴沒個定準，使人覺得很不好受，心緒也愈發煩亂了。天氣之陰晴不定，暗喻女子思念情人時心情的不斷變化，意思極為含蓄。「春未足，閨愁難寄，琴心誰與？」接下來三句，由景入情，正面點出女子的怨情。琴心，典出《史記・司馬相如列傳》：「是時卓王孫有女文君新寡，好音，故相如……以琴心挑之。」這裡是代女方設想：閨中寂悶，無可交通心事之人，當此春晝，她如何排遣滿腹愁怨呢？

以下由寫情折入寫事。「曲徑」、「虛闌」二句，是一組工麗而流暢的對仗，意在進一步狀寫女子此刻之無聊。抒情男主人公設想，她此時萬般無聊，於是找些遊戲來打發光陰。她時而在幽曲的花徑裡穿進穿出地撲捉蝴蝶，時而斜倚欄杆在陽光下教鸚鵡說話……可是這些做法都沒能幫她驅走憂愁。她偶一抬頭，院中楊柳枝條飛舞之態又使她思緒萬千了。上片末「笑十三楊柳女兒腰，東風舞」二句，從杜甫〈絕句漫興九首〉其九「隔戶楊柳弱嫋嫋，恰似十五女兒腰」化出，意思是說：女子看到婀娜的楊柳在春風之中自在搖動，恰如十三歲小女孩兒無憂無慮地扭腰作舞，她感到這種不知憂愁的張狂輕浮之態十分好笑。訕笑無知的植物，看似無理，卻極有情致。一「笑」字將女子因物興感、情緒更加混亂的心態點化出來了。

詞的下片，換了一個寫法，將彼此兩面進行合寫，顯得相思之情更加淒婉動人。過片的四個三字句，接寫女子黃昏之後的孤苦愁悶。這裡用了兩個比喻：雲外月，喻心期阻隔，情人不得相見；風前絮，喻愁恨之綿綿不斷。這四句，比喻生動，句促情切，使人似見女子春夜枯坐空閨、如泣如訴之狀。「想綺窗今夜，為誰凝佇」二句，想像今夜女子悄然佇立，相思之情更深更苦。這裡出以問句，更顯出多情的男主人公對女方的無限關切。這二句，是全篇的轉捩點，也是抒情的「詞眼」所在。一「想」字籠罩前後文，關合男女雙方。有此二句，才使人明白前面一大篇描寫皆非實景，而是「今夜」所「想」。有此二句，才由虛擬與懸想巧妙地過渡到實寫，從而正面寫出男主人公一往情深的相思心理。「洛浦」與「秦樓」二句，即承「想」字而來，利用典故抒寫自己空自懷想情人，卻無緣相會的痛苦。前一句之「洛浦」，指洛水之濱，傳說中洛水女神宓妃所居之地；這是化用曹植〈洛神賦〉夢見神女的情節及其中「願誠素之先達，解玉珮而要之」二句之意。後一句，典出舊題西漢劉向《列仙傳》：春秋時蕭史善吹簫，作鳳鳴，秦穆公以女弄玉妻之，為作鳳臺以居，一夕蕭史吹簫引鳳，與弄玉昇天仙去。前一個典故是正用，寫自己夢見情人，醒後一切成空；後一個典故是反用，嘆息成雙成對的情侶無端被拆散。篇末「正黃昏時候杏花寒，廉纖雨（細雨）」，以景語束住全闋，以示抒情主人公滿目所見，無非令人斷腸之物而已。無限的哀感頑豔之情，融入迷迷茫茫的春日黃昏景色之中，愈發顯得愁緒無邊，韻味深長。這個結尾暗用周邦彥〈瑞龍吟〉結尾「歸騎晚，纖纖池塘飛雨，斷腸院落，一簾風絮」而略加變化，是寫景以抒情、語盡而情不盡的妙筆。全詞虛實相間，情景交融，章法穿插變化，風格沉鬱頓挫，用語典雅精麗，不失為一篇佳構。（劉揚忠）

祝英臺近　岳珂

北固亭

淡煙橫，層霧斂。勝概分雄占。月下鳴榔，風急怒濤颭。關河無限清愁，不堪臨鑑。正霜鬢、秋風塵染。

漫登覽。極目萬里沙場，事業頻看劍。古往今來，南北限天塹。倚樓誰弄新聲，重城正掩。歷歷數、西州更點。

岳珂這首〈祝英臺近〉感慨忠憤，明楊慎《詞品》說它「此詞感慨忠憤，與辛幼安『千古江山』（按：〈永遇樂．京口北固亭懷古〉）一詞相伯仲」。詞人夜登北固山，正值層霧漸次斂盡的時候，天邊淡煙一抹，論理這該是一番令人神清氣爽的景象，可是作者首先想到的，卻是這裡乃英雄豪傑爭雄之地。此時適有漁人鳴榔（用木條敲船，使魚驚而入網），這是多少文人吟詠過的悠閒、超脫的聲音，然而岳珂在聽到鳴榔的同時，卻更深切地感到了急風掀起的怒濤。清吳喬《圍爐詩話》說：「夫詩以情為主，景為賓。景物無自生，唯情所化。情哀則景哀，情樂則景樂。」孤忠之士，登臨所見並非有異於人，胸懷不同故耳。「關河」以下三句先說國家蒙恥，再說個人困頓，正是萬般不得意的境況。這種描寫，使「不堪臨鑑」的含義變得極為深廣。

「漫登覽」過片，有已經登覽和不堪登覽的雙重含義，正好承上轉下。「極目萬里沙場」承「關河無限清愁」，說極目所見，已成戰場。「事業頻看劍」自杜甫詩〈江上〉「勛業頻看鏡」化出，承「正霜鬢、秋風塵染」，既表示功業未成空老霜鬢，又含有「烈士暮年，壯心不已」（曹操〈步出夏門行．龜雖壽〉）的意思。辛棄疾〈水龍吟．登建康賞心亭〉有「江南遊子，把吳鉤看了」的話，句意與此彷佛。「古往今來，南北限天塹」兩句回到眼前，感嘆至今長江仍是阻隔南北的天塹。最後四句說一重重的城門都關閉了，除了遠處樓上渺茫的歌聲之外，到處是一片死寂，唯有西州更點，歷歷可聞。這裡作者用清幽、寂寞的環境襯托孤獨、壓抑的感情，情與景做到了高度融合，為詞篇安排了一個成功的收場。末句用賀鑄〈天門謠〉：「風滿檻，歷歷數、西州更點。」胡三省註《資治通鑑》說：「揚州治所在建康臺城西，故謂之西州。」因而用在岳珂登覽北固山的詞中，尤覺自然。

〈祝英臺近〉只有七十餘字，可是岳珂夜登北固山，既要寫所見、所聞，又要寫自己的所為和感想。而感慨，又包括國家興亡、個人功業、昔日河山、而今霜鬢等。在這種情況下，再像常見的詩文那樣，依據事物的一般邏輯，說清楚了一項內容再說另一項內容，就有很大的困難。於是岳珂另闢蹊徑，不管是情景、事件，還是感觸，出現在作者筆下時，都只剩下了最關鍵的一些片斷，詞中雖沒有交代這些片斷的前因後果，但讀者可以憑自己的體驗去補足。比如「月下鳴榔」與「風急怒濤颭」的意思，在通常情況下是不甚連貫的，但這兩個鏡頭一個緊接一個地閃現，我們就能夠從中體會到作者憂國憂民的情緒來。再比如，按照內容，下半闋可以分成這麼四段：「漫登覽。極目萬里沙場，事業頻看劍」；「古往今來，南北限天塹」；「倚樓誰弄新聲，重城正掩」；「歷歷數、西州更點」。這四組詞句是相對獨立的，每一組都能激發讀者的想像。舉例來說，從第一組詞句中你可以想到報效沙場的願望，也可以想到英雄無用武之地的憤慨或空老霜鬢的悲哀，甚至還可以通過英雄埋沒和天塹廢棄，把第一、第二兩組詞句溝通起來。讀者想像力的調動，以及各句詞之間關聯詞句的剔除，都保證了有限的篇幅發揮最大的表達作用。（李濟阻）

黃機

【作者小傳】字幾仲，一云字幾叔，東陽（今屬浙江）人。曾仕宦州郡。常與岳珂酬唱。詞學辛棄疾。有《竹齋詩餘》，存九十六首。

霜天曉角 黃機

儀真江上夜泊

寒江夜宿，長嘯江之曲。水底魚龍驚動，風捲地，浪翻屋。

詩情吟未足，酒興斷還續。草草興亡休問，功名淚，欲盈掬。

〈霜天曉角〉詞調，有仄韻平韻二體，仄韻體用入聲韻。二體都是上片下片各三韻。這首是仄韻體。

儀真，即今江蘇省儀徵縣，位於長江北岸，這一帶地區是南宋的前方，曾多次受到金兵騷擾。愛國而且素有大志的作者夜泊於此，面對寒江，北望中原，自然感懷百端，借眼前江景抒發了他報國無路、壯志難酬的抑鬱和悲憤。

此詞開卷起讀，便覺境界闊大，氣勢不凡：「寒江夜宿，長嘯江之曲。」夜泊長江，江景淒寒，作者獨自佇立江邊，撫今追昔，思潮翻滾，不禁仰天長嘯。「寒江」淒迷闊大之景與「長嘯」壯懷激烈之情交織在一起，奠定了此詞蒼涼雄渾的基調。接著，作者描繪了江上風高浪急、莽莽滔滔的景象：「水底魚龍驚動，風捲地，浪翻屋。」只見狂風捲地，巨浪翻騰，以至驚動了水底魚龍。一「捲」一「翻」，只覺得氣勢飛動。這一幅有聲有色、令人驚心動魄的圖畫，不只是眼前實景的客觀描繪，其中顯然寄託了作者的憂思和不平。

換頭「詩情吟未足，酒興斷還續」，緊承上片寫景，轉入下片抒情。作者的情緒由激昂慷慨漸趨低沉，想借吟詩飲酒強自寬解，然而鬱結於心的如此深廣的憂憤豈是輕易能夠排遣掉的，其結果只能是「吟未足」，「斷還續」。是什麼事無時無刻不在困擾著作者，使他憂心如焚，難以平靜呢？那就是國家的「草草興亡」，是中原的匆匆淪喪。「休問」，即不要問，問不得，兩個字內涵十分豐富。從中不僅可以看出國勢衰微已到了不堪收拾的地步，而且表明作者因事之可悲，欲說還休，語氣極為沉痛。一想到朝廷對外妥協投降，想到主戰派備受壓制、排斥、打擊，想到自己和許多愛國志士雖滿懷壯心卻請纓無路、報國無門，作者不禁悲從中來，心潮難平。「功名淚，欲盈掬」，既激憤又傷心，詞人感嘆功業不就，報國無路、淚濕衣裳。讀來沉鬱蒼涼，使人黯然神傷，並與開篇的「長嘯」相呼應。在另一首〈霜天曉角．金山吞海亭〉中，作者曾說：「卻笑英雄自苦，興亡事，類如此。」寓意與此詞相同，不過是一從正面說，表示痛惜；一從反面說，故作豁達而已。在表達作者深沉感人的憂國傷時之念上有異曲同工之妙。作者的這種情緒，在當時是十分普遍的。辛棄疾〈鷓鴣天．有客慨然談功名……〉「卻將萬字平戎策，換得東家種樹書」，陸游〈訴衷情〉「此生誰料，心在天山，身老滄洲」，都是這種壯志難酬、無可奈何的心情的寫照。

這是一首即景抒懷之作。作者將眼前蒼涼雄渾之景與心中悲憤沉鬱之情自然地交融在一起，形成全詞蒼涼沉鬱的風格。《四庫全書簡明目錄》稱黃機「才氣磊落……極激楚蒼涼之致」，於此詞可見一斑。（張明非）

憶秦娥

黃機

秋蕭索，梧桐落盡西風惡。西風惡，數聲新雁，數聲殘角。

離愁不管人飄泊，年年孤負黃花約。黃花約，幾重庭院，幾重簾幕。

這首詞寫遊子的傷秋懷人之情。首句點明節令，並以「蕭索」二字為上片的寫景定下了黯淡的基調。接著便展開對「秋蕭索」的具體描繪。「梧桐一葉落，天下盡知秋」（清劉灝《御定佩文齋廣羣芳譜》），秋天，本來就容易引起離人的愁緒，更何況此時此刻已不是黃葉方飄的初秋，而是「梧桐落盡」的深秋呢？「梧桐」之「落」是西風使然，故詞人於「西風」下著一「惡」字，深致不滿，感情色彩十分強烈。然而「西風」之「惡」還不止於落盡梧桐而已，作者巧借本調疊句之格，在重複強調「西風惡」三字後，又引出西風送來的「數聲新雁，數聲殘角」，幽咽淒厲，聲聲叩擊著遊子的心扉。這樣，整個上片即以秋風為樞紐，前敘秋色，後引秋聲，寫出了一派濃重的秋意，為下文寫遊子的秋思渲染了氛圍。

下片由外界景物的描繪轉入內心感情的抒發。首句言「離愁不管人飄泊」。離愁，本是遊子心中所生，這裡卻將它擬人化，似乎它可以離開人而獨立存在，且有主觀意志，完全不顧及遊子四處漂泊的痛苦處境，久久不去，折磨著人的心靈。「不管」二字，無理而妙，細細品味，其中包含著多少無可奈何之情！接下去說「年年孤負黃花約」。遊子的離愁如此深重難遣，個中原來更有著期約難踐的歉疚。想當初，臨別之際，自己與戀人相約在菊花開放的秋天重逢。可是，花開幾度，人別數載，事與願違，年年負約。每念及此，怎不令人肝腸寸斷！緊接著，作者又利用疊句的機會，大幅度地將筆觸伸向天邊，轉就「黃花約」的另一方——自己的戀人那一面去作文章。有味的是，作者沒有花費筆墨去寫伊人，而只是描寫了她的居處：「幾重庭院，幾重簾幕。」這兩句從歐陽脩〈蝶戀花〉「庭院深深深幾許？楊柳堆煙，簾幕無重數」化出。詞到此處，戛然而止，這就給讀者留下了馳騁想像的餘地。那深深庭院裡、重重簾幕中的人兒是怎樣忍受著相思的煎熬和獨處的孤寂，年復一年地翹首盼望遊子歸來，不言而已盡言了。這與柳永〈八聲甘州〉中「想佳人妝樓顒望，誤幾回、天際識歸舟」出自同一機杼，但柳詞之妙在淋漓盡致，而此詞之妙在含蓄空靈。

總之，本篇以直筆寫遊子之離愁，以暗墨寫閨人之幽怨，兩地相思，一種情愫，在蕭索秋景的襯托下，更顯得深摯動人。（張明非）

嚴羽

【作者小傳】字丹邱，一字儀卿，號滄浪逋客，邵武（今屬福建）人。主要活動於理宗時。終生未仕，曾避地江楚，漫遊吳越，與戴復古遊，屬江湖詩人。論詩推崇盛唐，主「妙悟」，倡「興趣」說。著有《滄浪詩話》。存詞二首。

滿江紅 嚴羽

送廖叔仁赴闕

日近觚稜，秋漸滿、蓬萊雙闕。正錢塘江上，潮頭如雪。把酒送君天上去，瓊琚玉珮鵷鴻列。丈夫兒①、富貴等浮雲，看名節。

天下事，吾能說；今老矣，空凝絕。對西風慷慨，唾壺歌缺。不灑世間兒女淚，難堪親友中年別。問相思、他日鏡中看，蕭蕭髮。

〔註〕①一作「丈夫身」。

嚴羽詞作今只存兩首，這是其中較好的一首。

本詞是作者送友人廖叔仁去京城朝廷中擔任官職時所作。廖叔仁，生平不詳。闕，宮闕，這裡指南宋朝廷。南宋京城在臨安（今浙江杭州）。觚（音同孤）稜，宮殿的屋角瓦脊。蓬萊，傳說中的海上神山，闕，宮殿前高聳的門觀。這裡蓬萊雙闕借指京城宮殿。「日近」兩句是說臨安的宮殿巍峨，高高的觚稜彷彿接近紅日，宮廷一帶秋色也頗濃了。臨安附近，錢塘江每年農曆八月漲潮，極為壯觀。「正錢塘江上，潮頭如雪」點明時間地點，說廖叔仁於秋天去京城臨安。天上，指朝廷。瓊琚玉珮，佩帶的玉飾。古代上層階級人士身上常佩帶玉製的裝飾品。《詩經．鄭風．有女同車》：「將翱將翔，珮玉瓊琚。」鵷，即鵷雛，古代傳說中鳳凰一類的鳥。鴻，大雁。古人因這兩種鳥飛行時排列得很有次序，故用以比喻排列在殿廷上朝見皇帝的大臣。這句是說廖叔仁在京城做官，將要參加百官行列朝見皇帝。丈夫兒，就是大丈夫，這裡因聲調關係（第二字須用平聲）改用丈夫兒。「富貴等浮雲」，不慕富貴，視若浮雲。《論語．述而》：「不義而富且貴，於我如浮雲。」此處化用其語。這兩句勉勵廖叔仁，說大丈夫應當不貪求富貴，而要看重名譽節操。

「天下事，吾能說」，是說自己也能談論國家大事，表明作者關心國家大事，有見識，有主張。「今老矣，空凝絕」，是說自己政治抱負和才能不能施展，如今垂垂老去，留下的只是滿懷愁緒了。凝絕，非常憂傷的意思。唾壺，承受唾液的壺。缺，破損不完整。「唾壺歌缺」，用東晉王敦的典故。南朝宋劉義慶《世說新語．豪爽》載：王敦每逢酒後，誦讀曹操的〈步出夏門行．龜雖壽〉詩句：「老驥伏櫪，志在千里；烈士暮年，壯心不已。」一邊歌詠，一邊用如意打擊唾壺作節拍，壺口因而全部破損。這裡說自己面對淒涼的西風，也像王敦那樣，酒後歌唱曹操詩句，表示他雖已到垂暮之年，仍有報國的雄心壯志。「不灑世間兒女淚」，不願像世間小兒女那樣在分別時哭泣灑淚。唐王勃〈送杜少府之任蜀州〉詩：「無為在歧路，兒女共霑巾。」此處化用其語。可是，「難堪親友中年別」，人到中年以後，與至親好友分別，情緒畢竟是難堪的。《世說新語．言語》載：「謝太傅（安）語王右軍（羲之）曰：中年傷於哀樂，與親友別，輒作數日惡。」此處用其典。結句說：與廖叔仁分手後，若問相思之情何如，只要今後在鏡中看到滿頭蕭蕭白髮，便可說明愁緒之深了。

本詞上片著重敘事，寫廖叔仁於秋天去臨安朝廷任職，並勉勵他要重名節而輕富貴；下片著重抒情，慨嘆自己關心國事，有政治抱負，雖年老不變，但仕途失意，最後抒發與廖叔仁分手的傷感。嚴羽一生主要活動在南宋理宗時代（一二二五～一二六四）。理宗端平元年（一二三四），宋人與蒙古聯合攻金，金亡。宋師乘機收復東京汴梁（今河南開封）、西京洛陽。不久蒙古兵南下，宋人又放棄汴梁、洛陽。端平三年，北方軍事重鎮襄陽，因守將王旻、李伯淵叛降蒙古，也失守了。這幾年南宋在蒙古軍事壓力下節節失利，是南宋後期的大事，也是南宋即將滅亡的前奏。嚴羽對此非常憂憤，在他的〈北伐行〉、〈四方行〉、〈有感六首〉等詩作中均有反映。〈有感〉其一有云：「巴蜀連年哭，江淮幾郡瘡。襄陽根本地，回首一悲傷。」寫得是很沉痛的。這首〈滿江紅〉詞中「天下事、吾能說」以及「對西風慷慨、唾壺歌缺」等句，則是用比較概括的語言來表示他對國家大事的關心、擔憂和悲憤。南宋時代，朝廷內部黨派鬥爭複雜，士人為了追求官位，往往趨炎附勢。詞中「丈夫兒」句勉勵友人注意名節，也表現了作者鮮明的政治態度。

全詞寫得氣勢豪邁，風格雄壯。上片描繪臨安宮殿巍峨，並以錢塘怒潮作陪襯，朝班整齊肅穆，顯得形象雄偉，境界開闊。殿以「丈夫兒」兩句，勸友人砥礪名節，情懷慷慨，語言峭勁有力。下片先訴說自己有政治見識和才能，志雖不伸，但雄心未已。詞中連用的四個簡短勁直的三字句，形成了短促頓挫的語氣，從而更有效地表達了作者的這種矛盾、焦急的心情。「對西風」兩句，借典抒情，慷慨悲歌，壯懷激烈，是這首詞豪邁雄健格調的最高點。末尾仍回到送別的本題上來，表現了送別的傷感，但仍然氣豪筆健。「不灑」兩句，化用成語典故，又是對偶句，文字流暢生動，不露斧鑿痕跡，顯示出鍛鍊語言的功力。（王運熙）

嚴仁

【作者小傳】字次山，號樵溪，邵武（今屬福建）人。與嚴羽、嚴參同稱「邵武三嚴」。有《清江欸乃集》，不傳。《花菴詞選》錄存其詞三十首。

鷓鴣天　嚴仁

惜別

一曲危絃斷客腸，津橋捩柂①轉牙檣。江心雲帶蒲帆重，樓上風吹粉淚香。
瑤草碧，柳芽黃。載將離恨過瀟湘。請君看取東流水，方識人間別意長。

〔註〕①津橋：渡口橋樑。捩柂（音同列舵）：轉動船舵。柂同「舵」。

嚴仁的這首〈鷓鴣天．惜別〉，很像鄭文寶（按：一作張耒）的〈柳枝詞〉：「亭亭畫舸繫春潭，直到行人酒半酣。不管煙波與風雨，載將離恨過江南。」而鄭詩又脫胎自韋莊的〈古離別〉：「晴煙漠漠柳毿毿，不那離情酒半酣。更把玉鞭雲外指，斷腸春色是江南。」細味三篇作品，我們會發現鄭詩較韋詩更富於情味；「載將」一語，更是構思巧妙，用字奇警，歷來為人們所稱道。至於嚴仁的這首詞，與鄭詩、韋詩比較，則筆更重而情味更濃，更富於藝術感染力。

上片借眼前景物，寄託惜別之情。

「一曲危絃斷客腸。」危絃，與「危柱」、「哀絃」同。意即為琴。作者客中作別，故自稱「客」。這一句寫樓上別筵情景：宴席將散，一曲哀絃，愁腸欲斷。萬種愁懷，借琴曲傳出，令人魄蕩魂銷。首句給通篇罩上淒婉愁怨的氣氛，為全詞定下了基調。接著，詞筆挪到河橋附近的帆船上：人已進船，船舵和桅杆開始轉動，離別就在眼前！「津橋」一語，沉著有力，一「捩」、一「轉」，包含幾許離愁別恨！這一句由將別而即別，詞意推進一層，惜別的氣氛更為濃厚。「江心」句由即別轉到方別。蒲帆，蒲織的帆，泛指船帆。帆隨雲動，似為雲所「帶」，一「帶」字，寫出方行欲止、臨歧依依的心理。帆輕帆重，純屬詩人、詞人的主觀感覺。「以我觀物，故物皆著我之色彩。」（王國維《人間詞話》）李白〈秋下荊門〉：「霜落荊門江樹空，布帆無恙掛秋風。此行不為鱸魚膾，自愛名山入剡中。」詩人出川東下吳越，心無罣礙，他筆下的帆，乘風而下，輕盈如翼。詞人正在離別之際，何況所愛之人正樓頭佇立，淚眼凝望！此時此刻，他心情沉鬱，故覺船帆亦重。「樓上」一句，從對方著筆，終於拈出一個「淚」字來，把抒情氣氛推上了高峰。以上兩句互為對偶，各寫一方，惜別之情，至為感人。

下片直接抒寫離情別意。

頭兩句仍是寫景。瑤草，仙草。泛指芳草。碧草芳美，岸柳才芽，青春作別，倍覺魂銷。正是「綠楊芳草幾時休，淚眼愁腸先已斷」（錢惟演〈木蘭花〉）！兩句以美好的春景，反襯惜別之情。「載將」一句，從鄭文寶〈柳枝詞〉借來，僅易二字。「載」字將看不見、摸不著的「離恨」寫得具體而有分量。結拍二句從李白「請君試問東流水，別意與之誰短長」（〈金陵酒肆留別〉）化出。改設問為肯定語氣，是全詞一氣寫分別至此必然的感情蘊積。以悠悠不盡的東流江水，喻綿綿不斷的離別愁情，使主題進一步深化。兩句如「一曲危絃」，搖曳江天，令人回味不絕。

綜上所述，上片借景抒情，層次分明，步步推進，雖不以「惜別」點破，卻蘊蓄著濃厚的惜別之情，是融情於景的典範。下片惜別之情滔滔而出，具體可感，表現出作者相當高的藝術水平。（梁鑒江）

玉樓春　嚴仁

春思

春風只在園西畔，薺菜花繁蝴蝶亂。冰池晴綠照還空，香徑落紅吹已斷。
意長翻恨遊絲短，盡日相思羅帶緩。寶奩明月不欺人，明日歸來君試看。

南宋福建的邵武三嚴，是指嚴仁、嚴參和《滄浪詩話》的作者嚴羽。嚴仁有詞三十首，其中一半以上寫閨情。「閨情」是唐宋詞的主要內容，其表現手法多種多樣，各不相同，有的精心雕鏤，造語綺靡，深隱含蓄；有的自然流利，運用白描，遺貌取神；貴在創出新語，自成意境，別具一格。在為數眾多的閨情詞中，能於含意和手法上都有所創新者還是不多見的。清陳廷焯《雲韶集》稱賞本詞「深情委婉，讀之不厭百回」，可見自有其獨到的藝術成就。

本詞採用一般習見的上景下情的寫法。但其寫景有動景、也有靜景，在動與靜對比的同時，用暗示襯托出思婦的情懷。小園內春光爛漫，雜花競放，但思婦的視線卻只注意到小園西畔的一片薺菜花。春風送暖，遍地薺菜開出繁密的白色小花，引來上下紛飛的許多蝴蝶。「繁」和「亂」是以薺菜花和蝴蝶的形態和活動反映春事已深。「只在」兩字暗示春風僅僅在這兒吹起一片生機，而深閨之中卻是「黛蛾長斂，任是春風吹不展」（秦觀〈減字木蘭花〉）。薺菜本是可食之野菜，古時以二月二日為「挑菜節」，賀鑄詞有云：「自過了燒燈後，都不見踏青挑菜。」（〈薄倖〉）「薺菜花繁」是由於她無心踏青挑菜，以致聽任薺菜長得遍地都是；「花繁」，不僅形容薺菜長得茂密，又從另一角度暗示了思婦因懷人而無意遊賞的心情。

思婦的目光又從園西的薺菜花移到池塘和花徑。「冰池」指水面光潔如冰，瑩澈清碧。「照還空」，形容冰池在陽光之下顯得透明無比。柳宗元〈至小丘西小石潭記〉云「潭中魚可百許頭，皆若空游無所依」，也是用「空」字襯托水之清。「香徑」寫落花堆滿小路，送來陣陣芳馨。「吹已斷」，是說枝頭花瓣都已被風吹落在地，亦即張先〈天仙子〉所云：「風不定，人初靜，明日落紅應滿徑。」這一泓碧水、一條花徑的靜景場面，襯托出思婦幽閨寂寞、盡日凝望的神態。這種以寫景為主而景中有情的寫法，過渡到下片抒情，使得上下片的關係顯得更為密切。

下片所敘的相思之情，主要是以間接而曲折的手法來反映的。遊絲，是飄蕩於空中的昆蟲之絲，人都覺其長，如李之儀〈南鄉子〉詞云：「臥看遊絲到地長。」所以，恨遊絲短是反襯自己情意之長。由於相思而日益消瘦，亦不直接說出，只用「羅帶緩」來暗示。這種寫法出自《古樂府歌》：「離家日趨遠，衣帶日趨緩。」《古詩十九首．行行重行行》亦有「相去日已遠，衣帶日已緩」之句，不過前者是遊子口吻，後者是思婦之辭。這裡間接地刻畫出由於離別日久相思不已而漸趨消瘦的思婦形象。

結尾兩句設想新奇，以構思別出心裁而引人入勝，是承上面「羅帶緩」而進一步懸擬他日夫婿歸來相見時的情景。詞人並未使用直接訴陳因懷人而憔悴瘦損之語，而是曲折地說：今我攬鏡自照，梳妝匣裡皎如明月的圓鏡不會欺人，待你歸來之日可以看到我消瘦的容顏。這種間接的寫法看似痴語，其實是至情的流露。柳永〈蝶戀花〉詞有「衣帶漸寬終不悔，為伊消得人憔悴」之語，是直說自己為相思而不惜衣帶寬、人憔悴，兩者意思接近，但本詞運用反襯、暗示、間接等手法，使詞意婉轉層深，獨具韻致。由此看來，《雲韶集》「深情委婉」的評語，下得還是很恰當的。（潘君昭）

醉桃源　嚴仁

春景

拍堤春水蘸垂楊，水流花片香。弄花噆柳小鴛鴦，一雙隨一雙。

簾半捲，露新妝，春衫是柳黃。倚闌看處背斜陽，風流暗斷腸。

嚴仁與嚴羽、嚴參並稱「邵武三嚴」，以善作小詞著稱，這首〈醉桃源〉（即〈阮郎歸〉）以如畫之筆寫春天景色和倚闌遠眺的佳人，鮮潔雅麗，在文藝思想上可能受到嚴羽《滄浪詩話》的影響。

詞的上片所寫的境界，在唐宋詞中並未少見，像溫庭筠〈楊柳八首〉其一中的「一渠春水赤欄橋」；韋莊〈菩薩蠻〉中的「春水碧於天，畫船聽雨眠」；歐陽脩〈采桑子〉中的「綠水逶迤，芳草長堤」……總有某種相似之處。然而細細品味，卻有所不同，它寫得有聲有色，有情有味，將畫境、詩意、音響感融為一體，在美學上達到一個很高的境界。首句「拍堤春水」，讓人感到風吹浪起，湖水輕輕地拍打堤岸的聲音；而堤上的楊柳倒掛湖面，輕輕拂水（蘸，音同站），像是有聲，然而卻非常細微。再看看水中，瓣瓣落花，隨波蕩漾，種種色彩，陣陣幽香，都作用於我們的感官。然而詞人並未到此為止，他要把這垂楊、流水、落花寫足，於是又添上一對對鴛鴦。它們在湖上自由自在遊戲，一會兒嬉弄花瓣，一會兒又用小嘴去咬下垂的柳梢。這一「噆」字看上去有點冷僻，然卻用得極工，非常準確地表現了鴛鴦動作的迅速與細巧。添上鴛鴦，整個畫面就活了，完整了，並且充滿了生意和動態美。《織餘瑣述》評這首詞的上片云：「描寫芳春景物，極娟妍鮮翠之致，微特如畫而已。政恐刺繡妙手，未必能到。」（見清況周頤《蕙風詞話》卷二引）這段話說得非常恰切。你說它「如畫」，但畫不能繪其聲；你說它像「刺繡」，但刺繡不能傳其情，真可謂極妍盡態，美不勝收。

詞的下片轉入抒情。詞人把鏡頭對著小樓，只見珠簾捲處，一位佳人露出淡雅的新妝，在這新妝中最凸出的一點是她那件柳黃色的春衫。「春衫是柳黃」，同上片的「垂楊」是一樣的顏色，人的裝束與周圍的環境取得了和諧一致。下面接著攝下佳人的一幅剪影：她背著斜陽，憑欄凝望。至於她的容顏和表情究竟如何，詞人並未從正面予以描畫，而僅僅從側面著筆，寫她的風神，寫她的情韻；只是最後「風流暗斷腸」一句，才用作者的主觀評價給她的情緒淡淡地點上一筆哀愁的色調。整個下片的立意，似從唐人王昌齡〈閨怨〉詩來。王詩云：「閨中少婦不曾愁，春日凝妝上翠樓。忽見陌頭楊柳色，悔教夫婿覓封侯。」嚴羽強調「博取盛唐名家，醞釀胸中，久之自然悟入」（《滄浪詩話》）。嚴仁此處，似得其妙悟。

這詞的下片同王詩頗為神似，前面幾句同樣自然輕快，後面同樣一個轉折，表現了輕微的哀怨，而熔裁衍化，已如「羚羊掛角，無跡可求」（《滄浪詩話》）。

這首詞的基調是輕快靈妙的。上片寫落花流水，剔除了古典詩詞中那種習見的傷感；下片寫少婦登樓，也不著重表現傷懷念遠。全詞筆致輕靈，意境新穎，能給人以精神上的愉悅。另外詞的下片還注意藝術上的藏和露的關係，露出的是人物最富特徵的春衫和倚闌的身影，隱藏的是人物的思想感情。好比畫家筆下的斷山雲霧，在幾座峰巒之間留下空白，讓幽深的意境隱藏在白雲籠罩之下。這就留下足夠的空間，讓讀者去想像，去回味。嚴羽所謂「語忌直，意忌淺，脈忌露，味忌短」（《滄浪詩話》），詞人且得之矣。（徐培均）

張輯

【作者小傳】字宗瑞，號東澤，履信之子，鄱陽（今屬江西）人。受詩法於姜夔，詩詞均衣缽白石，或效仿蘇辛。詞有《東澤綺語債》，存四十四首。

疏簾淡月 張輯

秋思

梧桐雨細，漸滴作秋聲，被風驚碎。潤逼衣篝，線裊蕙爐沉水。悠悠歲月天涯醉。一分秋、一分憔悴。紫簫吹斷，素箋恨切，夜寒鴻起。

又何苦、淒涼客裡。負草堂春綠，竹溪空翠。落葉西風，吹老幾番塵世。從前諳盡江湖味。聽商歌、歸興千里。露侵宿酒，疏簾淡月，照人無寐。

張輯《東澤綺語債》詞一卷，其詞牌多以篇末之語另立新名，論者謂其「好奇之過」（明楊慎《詞品》）。這首〈疏簾淡月〉詞，即〈桂枝香〉，屢為選家所錄，當是張詞的代表作。張輯嘗學詩法於姜夔，其詞亦「具姜夔之一體」（清朱彝尊《靜志居詞話》）。此詞幽遠清疏，自然風雅，似與北宋秦、周諸家更為接近。寫秋夜的客愁，真切深摯，唱嘆有情，末數語更是低迴往復，無怪作者取以名調也。

起始三句，先寫秋夕的風雨。細雨飄灑在梧桐葉上，匯聚到葉邊，一點一滴，滴向空階，滴向愁人的心上——啊，惱人的秋聲。這是詩詞中不止百十次地描述過的情景。可是，本詞中卻加了「被風驚碎」四字，語意便覺新警。被驚碎的是細雨？是秋聲？也許是風過雨停了？模糊的語義喚起了讀者的想像。獨宿孤館的倦客，在這寒夜聽雨無眠，恐怕也嘗盡淒涼況味吧。「潤逼衣篝，線裊蕙爐沉水」，緊接描寫室內的環境：熏籠上烘著潮潤的衣服，細細的煙氣從燒著沉水香的爐子中裊裊升起。兩句表面是景，實質是情，詞人孤寂的形象已在爐煙中隱現出來了。二語工細，恐不讓「地卑山近，衣潤費爐煙」（周邦彥〈滿庭芳〉）專美於前。用「線」字狀煙之細，頗覺新巧。「悠悠」二句，發抒感慨。流轉天涯，華年空度，秋節到來，更觸起了歲月的深悲。一「醉」字，意味著借酒銷愁，而愁又是無法消除的，所以秋深一分，人的憔悴也加添一分了。兩句與上文一虛一實，交互寫來，尤其「一分秋、一分憔悴」，造語亦覺新穎，用意尤為沉厚。「紫簫」三句，補足文意。紫簫，即紫玉簫。簫聲已斷，歡事難追，客子更感孤獨；只好提起筆來寫封家信，心中充滿著深切的愁恨。「夜寒鴻起」，四字警鍊，在寫景中有無限的怨意。我們聯想到蘇軾筆下的孤鴻：「驚起卻回頭，有恨無人省。」（〈卜算子・黃州定惠院寓居作〉）思與境諧，給讀者留下很寬闊的尋思餘地。

換頭總束上文。「又何苦、淒涼客裡。負草堂春綠，竹溪空翠」，自怨自艾，悔恨不已。杜甫曾在成都浣花溪畔築草堂，李白也曾與孔巢父等在泰安徂徠山下的竹溪隱居，號「竹溪六逸」。作者嚮往這種閒適生活，也用「草堂」、「竹溪」借指他故鄉舊日遊居之地；究竟為了什麼，竟辜負了這草堂春綠、竹溪空翠的宜人環境、隱逸情趣，而終日在客途中僕僕風塵？下文隨即把筆一轉，「落葉西風，吹老幾番塵世？」與上片頭三句呼應。無情的西風，年年如是到來，彷彿在催人老去！「吹老」句頗為新警峭拔，有兩重含義，一是代異時移之悲，一是個人身世之感。西風幾度，人世間又發生了多少變遷？在這裡，詞人也許懷著更深刻的家國的痛思吧。宋末詞人鄧剡〈唐多令〉詞「堪恨西風吹世換，更吹我、落天涯」，可為註腳。「從前」二句，意說多年來已嘗盡了流落天涯的滋味，如今聽到蕭瑟悲涼的商歌，便勾起懷歸之興。「商歌」，悲涼低音的歌。又，五音的商，按陰陽五行說屬金，配合四時為秋。商音淒厲，與秋天肅殺之氣相應。詞中的商歌，亦有感秋之意。可是故里迢遙，欲歸不得，這怎能不令人「憔悴」、「恨切」呢？「千里」二字，中含多少難言的隱痛。「露侵宿酒，疏簾淡月，照人無寐」，這是全詞中最經意之筆。宿酒未消，清晨時風露侵衣。淡月透進疏簾，照著一宵無寐的愁人。三句意境甚佳，言有窮而情不盡，頗有煙水迷離之致。

本詞在結構上頗具匠心。景與情交互寫來，虛實對照，前後呼應，有一波三折之妙。在句與句之間，針線細密，融合無間。上下片首尾銜聯，迴環往復，全詞成為完整的統一體。特別是造語遣字別開生面，如「秋聲」「被風驚碎」，「線裊蕙爐」，「一分秋、一分憔悴」，「落葉西風，吹老幾番塵世」，看似平淡，實經熔煉，讀來耐人回味，實為不易，在藝術手法上可謂深得周邦彥的三昧了。故清王闓運《湘綺樓評詞》說是：「輕重得宜，再莽不得。」（陳永正）

月上瓜洲 張輯

南徐多景樓作

江頭又見新秋，幾多愁？塞草連天何處是神州？
英雄恨，古今淚，水東流。唯有漁竿明月上瓜洲。

南徐，古州名，治所在京口城（今江蘇鎮江）。東晉僑置徐州於京口，南朝宋武帝永初二年（四二一）改名南徐州。多景樓為南徐勝跡，在鎮江北固山甘露寺內。樓坐山臨江，風景佳絕，米芾稱之為「天下江山第一樓」（〈題多景樓〉）。古來的文人墨客，登北固山，臨多景樓，每有題詠。張輯此詞，感時傷事，短短三十六字，寄寓著詞人深沉的愛國精神，悲慨蒼涼，可與陸游及楊炎正、辛棄疾的〈水調歌頭〉詠多景樓詞同讀。

「江頭又見新秋，幾多愁？」一起二句，已是感慨無限。京口地區，「一水橫陳，連崗三面」（陳亮〈念奴嬌·登多景樓〉），可惜的是，妥協苟安的南宋政權，只把這個形勢險要之地作為「限南北」的自然屏障，不再圖謀北進了。詞人登上多景樓，面對北面滾滾流去的長江，心中充滿了愁緒。在古人的詩詞中，江水經常是和愁連在一起的。「又見新秋」，點出時間。他已不止一次在這裡見到新秋了，年復一年，春去秋來，時光流逝，詞人報國的壯志未酬，怎能不引起無窮的感喟——「塞草連天何處是神州？」想不到長江流域已近邊塞，北望只見到連天的衰草！山河破碎，何處是故國神州？「神州」，這裡指已淪陷在金人手裡的中原地區。句意與楊炎正〈水調歌頭．登多景樓〉詞「忽醒然，成感慨，望神州」略同。

過片三句，悲憤已極。壯麗的河山，古往今來有過多少英雄人物。三國時的孫權和劉備曾在這裡聯合抗曹，兩晉、隋唐時期，這裡也發生過許多值得追懷之事。可是，如今只留下英雄們綿綿的遺恨，徒令登臨的人們灑一掬弔古傷今的悲淚。一切，一切，都隨著江水東流而逝去了，包括朝廷恢復中原的大計和個人施展抱負的雄心，都逝去了——「唯有漁竿明月上瓜洲！」扁舟一葉，持竿垂釣，又見新秋的明月，冉冉從瓜洲升起。詞意謂縱使有英雄人物，也是報國無門，只好逍遙於江海之上了。末句表現了詞人抑鬱孤獨和無可奈何的悲慨。瓜洲，在長江北岸，為運河入長江處，本為長江中的沙洲，其狀如瓜。有渡口與鎮江相通。本詞原調名為〈烏夜啼〉，作者取末句意改為〈月上瓜洲〉，自然也寓有對國事的憂憤和失望之意。結處餘音嫋嫋，味之無盡。（陳永正）

劉克莊

【作者小傳】（一一八七～一二六九）字潛夫，號後村居士，莆田（今屬福建）人。以蔭入仕，宋理宗淳祐六年（一二四六）賜進士出身。官至工部尚書兼侍讀。任建陽令時，曾因詠落梅詩遭讒病廢十載。詩詞多感慨時事之作，渴望收復中原，振興國力，反對妥協苟安。是南宋江湖詩人和辛派詞人的重要作家。詞風粗豪肆放，慷慨激越，有明顯的散文化、議論化傾向。代表作有〈賀新郎．送陳真州子華〉、〈沁園春．夢方孚若〉、〈玉樓春．戲呈林節推鄉兄〉等。著有《後村先生大全集》、《後村別調》。存詞二百六十四首。

沁園春 劉克莊

夢方孚若

何處相逢？登寶釵樓，訪銅雀臺。喚廚人斫就，東溟鯨膾；圉人①呈罷，西極龍媒。天下英雄，使君與操，餘子誰堪共酒杯？車千乘，載燕南趙北，劍客奇才。

飲酣畫鼓②如雷，誰信被晨雞輕喚回。嘆年光過盡，功名未立；書生老去，機會方來。使李將軍，遇高皇帝，萬戶侯何足道哉！披衣起，但淒涼感舊，慷慨生哀。

〔註〕①圉（音同宇）人：養馬人。②「畫鼓」一作「鼻息」。

這首詞借寫夢境以懷念朋友，抒發懷才不遇、報國無門的憤懣之情。作者在這裡採用虛實結合的表現手法，以「夢境」前後思想感情的變化，撥動著讀者的心弦。

方孚若名信孺，是作者的同鄉，又是志同道合的朋友。他在韓侂胄伐金失敗之後，曾奉命使金，談判媾和條件，駁回金人的苛刻要求，「自春至秋，使金三往返，以口舌折強敵」（《宋史》本傳）。金帥以囚或殺相威脅，始終不屈，置生死於度外。仕途中屢遭降免，年僅四十六而卒。這首詞寫作時間尚難確定。作者另有〈夢方孚若〉詩二首，作於理宗淳祐三年（一二四三），可能與此詞作於同時，那就是寫於方孚若身後二十一年，係悼念之作。

詞的上片寫的是夢境。這是一場意氣飛揚的美夢。作者夢見和方孚若相逢之後，一同登臨遊賞「寶釵樓」和「銅雀臺」，吃的是用東海的大魚切成細片的「鯨膾」，乘的是產自西北地區最好的駿馬「龍媒」。他們就像是劉備、曹操一樣的英雄豪傑，在搜羅天下四方的「劍客奇才」，數量之多可用千輛車子裝載。作者筆下展現的圖景，正是古志士仁人所追求的理想生活，身居要職，政治上大展宏圖，可謂志得意滿。

這是作者有意虛構的情景。寶釵樓、銅雀臺皆在北土，此時早已淪陷，自然無法登臨賞景；長鯨天馬代表美食佳騎，並非實物；作者和方孚若在政治上的作為，自然無法同劉備、曹操相提並論。但是，作者的這類描寫還是有一定的生活依據。據《宋史》及作者所為墓誌銘記載，方孚若為人豪爽，視金帛如糞土，尤好士，所至從者如雲。閉戶累年，家無擔石，而食客常滿門。這段描寫在虛構之中還可看出一點真實的影子。作者結合實際生活，融化歷史題材，虛實相間，而以虛為主，表現出豪邁爽朗的氣魄。

詞的下片寫夢醒之後展示的現實的景象。晨雞無情地喚醒美夢，使作者不能不面對迷茫惆悵的現實。夢境值得留戀，但實際的境遇卻是這樣的殘酷無情：「年光過盡，功名未立；書生老去，機會方來。」這是作者與方孚若共有的無可奈何的嘆息，但絕不是絕望的悲鳴。作者還懷有強烈的希望，幻想能像李廣那樣在國家多事之秋建功立業。劉克莊所處的時代，南宋王朝已瀕於日薄西山、奄奄一息的境地。他一生經歷了孝宗、光宗、寧宗、理宗、度宗五朝，仕途歷盡波折，四次被罷官，因此，懷才不遇之感，黍離哀痛之情，在他的詩詞中常有流露。這首詞的下片抒發作者的這種真情實感。摯友已作故人，恢復國家統一的事業更難以實現，感舊生哀，一腔淒涼悲憤的感情發洩無遺，傷時憂國的思想就是這樣充分地表現出來。下片描寫以實為主，跟上片恰成強烈的對比。

作者在表現思想上的矛盾，表達自己一以貫之的愛國感情時，用的不是秉筆直書的手法，卻更加巧妙地引用歷史故事，做到虛實相彰，使主題思想表達得更加充分，更為深刻。詞中寫道：「使李將軍，遇高皇帝，萬戶侯何足道哉！」基本上引用《史記．李將軍列傳》的原文，漢文帝對李廣說的話：「惜乎，子不遇時，如令子當高帝時，萬戶侯豈足道哉！」字句相差不多，只是把《史記》原文稍加點改，用在詞中，顯得自然妥帖，並賦予這個典故以更新的含意。時局是這樣危急，國家正處在多事之秋，正該用李廣這樣的名將，而現實情況卻恰恰相反，根本就沒有這種機會，怎能不叫人「淒涼感舊，慷慨生哀」呢？清馮煦在《宋六十一家詞選例言》中說：「後村詞與放翁、稼軒猶鼎三足，其生丁南渡，拳拳君國，似放翁；志在有為，不欲以詞人自域，似稼軒。」這首詞較好地體現了作者「拳拳君國」和「志在有為」的思想。（李國章）

沁園春 劉克莊

答九華葉賢良

一卷《陰符》，二石硬弓，百斤寶刀。更玉花驄噴，鳴鞭電抹；烏絲欄展，醉墨龍跳。牛角書生，虯鬚豪客，談笑皆堪折簡招。依稀記，曾請纓繫粵，草檄征遼。

當年目視雲霄，誰信道、淒涼今折腰。悵燕然未勒，南歸草草；長安不見，北望迢迢。老去胸中，有些磊塊，歌罷猶須著酒澆。休休也，但帽邊鬢改，鏡裡顏凋。

劉克莊是南宋著名詞人，但他不以詞人自域。在他的詞中，每每把自己寫成忠肝烈膽的英雄、慷慨悲歌的壯士。讀其詞，常有英風拂拂、攝人魂魄之感。近人俞陛雲就曾評價這首詞說：「筆鋒犀利，若并刀剪水；音節高亢，若霜夜鳴笳。臨風高詠，千載下如聞嘆息聲也。」（《宋詞選釋》）確是說出了絕大多數讀者的感受。

此詞未審作於何時。九華，山名，據《乾隆興化府莆田縣志》卷一記載，山在莆田城北五里，當是葉賢良居處，則與作者為同里人。安徽青陽亦有九華山，似非此詞所指。葉賢良，名字、事跡均不詳。賢良，制科名，全稱為「賢良方正能直言極諫科」，葉氏當中此科，故稱之。此處以詞作答，係自抒懷抱，內容與〈滿江紅·夜雨涼甚，忽動從戎之興〉、〈沁園春·夢方孚若〉諸篇大致相似。上片寫少年意氣，下片寫老年悲慨，是豪放詞中的佳作。

起首三句，描寫自己年少時精通韜略，武藝高強。《陰符》，兵書名，相傳為姜太公所著。戰國時蘇秦說秦惠王不用，退而誦太公《陰符》，期年揣摩成，遂以合縱說六國，大破秦國。「二石硬弓」，語本《舊唐書·張弘靖傳》。二石，相當於現在二百四十斤，這是極言弓之硬，從而極寫少年武藝高強。值得注意的是這一組三個偶句，第一個字連用了「一」、「二」、「百」三個數詞，因此讀起來如泉噴湧，咄咄逼人。接著以去聲「更」字領格，統領四個偶句，對仗工整，節奏明快，也表現了一股激壯的聲情。從文字所表達的內容來看，主人公身騎玉花驄（又名菊花青，是一種良馬），馬嘴裡不住噴著粗氣；手揮馬鞭，鞭梢上發出響聲。一個英武豪邁的形象，呼之欲出。可是此人不僅能武，亦且善文，在「烏絲」二句中可以看出。唐李肇《國史補》卷下曰：「又宋、亳間，有織成界道絹素，謂之烏絲欄。」這裡說「烏絲欄展，醉墨龍跳」，是形容主人公展開絹素，任意揮毫。「龍跳」二字，極言其書法夭矯有力，有如蛟龍跳躍。那種氣勢同他在〈滿江紅〉（金甲雕戈）中所寫的「磨盾鼻，一揮千紙，龍蛇猶濕」，不相上下。「牛角」三句同前面四句一樣，也是兼文武而言之。《舊唐書·李密傳》謂李密少時，曾「將《漢書》一帙掛於角上，一手捉牛靷，一手翻卷書讀之」。「虯鬚豪客」是唐人小說《虯髯客傳》中的人物，性格豪爽而有才略。這裡借喻所與交遊者若非飽讀詩書之士，便是行俠仗義之人。「談笑皆堪折簡招」，把他們的從遊關係，寫得那麼隨便，那麼熱烈而又親切。在九個四言偶句之後，突然出現這一平仄協調的七言句，便顯得音律和諧，語調從容，從而反映了主人公的氣度不是一個慣於弄槍使棒的武夫，而是一個帶有儒將風采的英雄。歇拍三句略一轉折，歌頌他懷有建功立業的豪情壯志。「請纓」，語本《漢書‧終軍傳》：「（終）軍自請，願受長纓，必羈南越王而致之闕下。」「請纓繫粵，草檄征遼」，言其矢志報國，立功塞外。在南宋備受北方民族壓迫之際，這樣雄壯的口號，真有一股振聾發聵、警動人心的力量。從語言上看，又恢復了四言格局，益以用典，於莊重之中饒有豪邁的氣概。

整個上片，從尚文習武、談笑交遊和建功立業等方面，塑造了作者理想中的人物，實際上正是詞人的自我形象。這樣的形象，我們在辛棄疾詞和陸游詞中也可看到，氣魄之豪邁，感情之壯烈，或相彷彿；然就其側面之多、形象之完整而言，此詞容或過之。詞的過片，先以一語掃卻過去，隨即描寫現在。對上片而言，是緊承「依稀記」的脈絡；對下片而言，有「掃處還生」之妙。「當年目視雲霄」一句，表現了傲岸不羈的性格。「誰信道、淒涼今折腰」，慷慨悲愴，如聞嘆息。「折腰」，反用陶淵明為彭澤令不肯為五斗米折腰事，指今日之不得志。上句回憶當年，下句慨嘆今日，對比強烈。後一句的前面冠以「誰信道」三字，更加強了憤懣不平的感情色彩。如果說前面格調基本上是高亢激昂的話，那麼詞情至此，便以蒼涼深沉的筆調抒寫老去無成、英雄末路的悲慨。前後對照，形象何其鮮明！

「悵燕然未勒」四句，在語言結構、音韻平仄方面，和上片「更玉花驄噴」四句完全一樣。其中用了兩個典故：一是《後漢書‧竇憲傳》所寫的竇憲登燕然山（即今蒙古人民共和國境內杭愛山），刻石紀功而還；二是李白〈登金陵鳳凰臺〉詩所寫的「總為浮雲能蔽日，長安不見使人愁」，表達了詞人功名未就、報國無門的悵恨。「老去」三句，也用了一典。《世說新語‧任誕篇》云：「阮籍胸中壘塊，故須酒澆之。」壘塊，一作磊塊，俱謂胸中鬱結不平之氣。按詞人為建陽令時，嘗有詩〈落梅〉云：「東君謬掌花權柄，卻忌孤高不主張。」

讒者箋其詩以示柄臣，由此病廢十載。詞人不滿，又有〈病後訪梅九絕〉其一云：「夢得因桃數左遷，長源為柳忤當權；幸然不識桃並柳，卻被梅花累十年。」他還有一首〈滿江紅．夜雨涼甚……〉云：「生怕客談榆塞事，且教兒誦《花間集》。」可見其胸中積有多少壘塊，多少不平與憤懣。這一切無處發洩，便對酒狂歌，以酒澆愁。結尾三句全從上面的「老」字生發，用的卻是形象化的語言。「休休也」，語本唐司空圖〈耐辱居士歌〉（一作〈題休休亭〉）：「休休休，莫莫莫。」辛棄疾失意退居鉛山之鵝湖時，曾賦〈鷓鴣天〉云：「書咄咄，且休休，一丘一壑也風流。」劉克莊在〈沁園春．三和〉中也寫過：「休休也，免王良友笑，屑往來忙。」這兩首〈沁園春〉寫的是一樣情緒，而這裡卻格外感人，因為「帽邊鬢改，鏡裡顏凋」兩句，更富於形象性，圖貌寫情，昭然如見。這是一個華髮蒼顏的形象，一個胸中有無限壘塊的形象，一個老去未忘報國的形象。

總之，詞之上片，出之以壯語，慷慨而多氣；詞之下片，蒼涼鬱勃，深邃而含悲。貫串其中的是豪邁的情操，高亢的格調。唯用典較多，對一般讀者，似難理解。宋人張炎云：「詞用事最難，要體認著題，融化不澀。」（《詞源》卷下）以之衡量此詞，則完全符合標準。詞中用了十多個典故，不僅切合題旨，而且融會貫通，不沾滯，不板澀，使有限的篇幅容納了更多的內容。若熟悉這些典故，可以更廣闊地馳騁想像的翅膀。（徐培均）

木蘭花慢 劉克莊

漁父詞

海濱蓑笠叟，駝背曲，鶴形臞。定不是凡人，古來賢哲，多隱於漁。任公子，龍伯氏，思量來島大上鉤魚；又說巨鰲吞餌，牽翻員嶠方壺。磻溪老子雪眉鬚，肘後有丹書。被西伯載歸，營丘茅土①，牧野檀車②。世間久無是事，問苔磯痴坐待誰歟？只怕先生渴睡，釣竿拂著珊瑚。

〔註〕①茅土：古帝王社祭（祭土地神）之壇以五色土築成，東方青，南方赤，西方白，北方黑，中央黃。分封諸侯時，即以茅草包裹與所分之地方位相對應的色土而授之。②牧野檀車：《詩經．大雅．大明》敘武王伐紂事有「牧野洋洋，檀車煌煌」句。檀車，檀木之車，謂周軍之戰車。檀，堅木也。按時間順序，此句當在「營丘茅土」句前，為叶韻故倒置。

「漁父」之詠，篇什多矣，古往今來，何可勝數。其中最著名、最有代表性的作品，筆者私意以為當推唐人張志和的〈漁父〉（西塞山前白鷺飛）與柳宗元的〈江雪〉（千山鳥飛絕）。「青箬笠，綠蓑衣，斜風細雨不須歸」，此道家之詞也。其聲情舒緩平和，如行雲流水，表現了作者的超塵絕俗，與世無爭。「孤舟蓑笠翁，獨釣寒江雪」，此儒家之詞也。其聲情拗怒激越，如敲金擊石，表現了作者的憤世嫉俗，與時抗爭。然而「出世」

也罷，「入世」也罷，他們筆下的「漁父」都是自我形象與人格的寫照，這一點並無二致。

劉克莊此詞也詠「漁父」，但卻不是給自己畫像。他只是借題發揮，以漫畫式的筆法，小品文式的筆調，對社會現實進行政治諷刺。與張詞、柳詩相較，別是一番風趣。無以名之，姑稱其為滑稽家之詞罷。

起句「海濱蓑笠叟」五字，出地出人，有熟有新。歷來詩詞所詠「漁父」，或釣於溪，或釣於潭，或釣於湖澤，或釣於江河，釣於海者實不多覯：此其新處。（因釣於海，後面乃生出許多熱鬧文字來。）蓑衣笠帽，「漁父」最基本之「工作服」，此其熟處。「駝背曲，鶴形臞」二句承上，以三字短聯具體刻畫「漁父」形象：其背既曲如駝，其軀又瘦似鶴。借助一禽一獸，活現出一乾癟老兒，頗有調侃的意味。不待擠眉弄眼，只這一副尊容，觀眾先就要忍俊不禁。然笑未落音，忽聽詞人又鄭重其詞地宣佈道：「定不是凡人——古來賢哲，多隱於漁！」事後追想，那「定不是」云云，煞有介事，「此地無銀」，似仍是謔浪口吻；而當時乍讀，猶不免叫一聲「慚愧」：啊呀，卻原來「聖人不可以貌相，海水不可以斗量」，失敬，失敬！但不知這公公端的有何神通，怎見得他「定不是凡人」也？且看下文：「任公子，龍伯氏，思量來島大上鉤魚；又說巨鰲吞餌，牽翻員嶠方壺。」任公子何許人也？先秦寓言中之釣於海者也。據說他特製一竿大鉤長繩，以五十頭牛為餌，踞坐會稽山頂，投竿東海水中，釣得大魚，切片曬乾，令那浙江以東、蒼梧（山名，即九疑山，在今湖南寧遠縣境）以北廣大地區的居民吃了個夠。見《莊子·外物》。龍伯氏又何許人也？亦古代神話中之釣於海者也。相傳渤海之東不知其幾億萬里處有五座神山，曰岱輿、員嶠、方壺、瀛洲、蓬萊，浮於海面，隨潮水動蕩不已。天帝恐其漂往西極，使島上群仙流離失所，乃命十五頭巨鰲輪番負載之。不料龍伯國有巨人一鉤連釣六鰲而去，以致岱輿、員嶠二山竟沉入海底。見《列子·湯問》。常言道：「沒有金剛鑽，敢攬瓷器活？」這老兒若非任公子、龍伯氏一流人物，又豈敢到海邊來看上了如海島大的魚要牠上鉤？以此知其「定不是凡人」也。好個既黠且慧的詞人，讀者須又吃他耍了！雖則吃他耍了，卻不得不佩服他那一支神筆，忽控忽縱，似莊似諧，能令公肅然，能令公莞爾，一段遊戲文字，竟寫得如此波詭雲譎！

換頭以後，詞人才開始規規矩矩作正面文章。上闋已揭出「古之賢哲，多隱於漁」的命題，而歷史上第一個以漁隱名世的賢哲，非西周那位「直鉤釣國」（唐羅隱〈題磻溪垂釣圖〉詩中語）的姜太公莫屬，故拈出他來作為典型。「磻溪老子雪眉鬚，肘後有丹書。」磻溪，在今陝西寶雞市東南，源出南山茲谷，北流入渭水，相傳太公當年即垂釣於此。肘後，猶言隨身。古人隨身攜帶書籍，每懸於肘後，故云。丹書，即古史傳說中之「天書」，字色赤紅，故名。《大戴禮記．武王踐阼》載周武王問太公曰：「黃帝、顓頊（皆古史所謂上古聖君）之道存乎？」太公答：「在丹書。」三日後，奉書而入。二句言太公垂釣磻溪之時，年雖老邁，鬚眉皆白，卻熟諳上古帝王之道，有王佐之術。「被西伯載歸，營丘茅土，牧野檀車。」西伯，即周文王。文王出獵，偶遇太公垂釣於渭北，交談之下，大為敬服，遂「載與俱歸」（請他上車一同回京），立為國師。文王死後，太公輔佐武王，誓師牧野（在今河南淇縣西南），討伐紂王，滅商建周，以開國之功封於營丘（在今山東淄博市北）。見《史記．齊太公世家》。三句一句一意，高度概括了太公一生之出處大節：遭遇文王、伐紂、受封。按太公負不世之才，立非常之勛，位極人臣，名垂青史，其事跡代表著舊時代知識分子個人價值最完滿的實現；這實現固有賴於個人的努力，但也離不開文王對他的賞識與重用。「若使當時身不遇，老了英雄！」（王安石〈浪淘沙令〉）即此之謂也。因而，作為一個歷史人物的典型形象，在姜太公的身上，積澱了千百年來絕大多數士子們主客觀雙向之夢想與追求。有鑑於此，我們不難領悟到，詞人所虛構的這一海濱釣叟，無非是當代乃至前世不知多少代以來一切渴望與期待見用於帝王之寒士們的化身。這班人個個幻想有朝一日風雲際會，鯤化為鵬，摶扶搖而上者九萬里，可是哪有許多周文王去讓他們遇著？故詞人於稱述文王、太公君臣遇合之佳話後，一筆拍轉，當頭棒喝道：

「世間久無是事，問苔磯痴坐待誰歟？只怕先生渴睡，釣竿拂著珊瑚！」似這等好事，世上已很久不曾有過了，請問先生還呆坐在長滿苔蘚之石磯上等候誰哩？只怕等到瞌睡蟲上來，連手中漁竿也拿不穩了，看掃著海裡的珊瑚礁罷！寫著寫著，上闋之幽默又捲土重來了。尤其末句，用杜甫〈送孔巢父謝病歸遊江東兼呈李白〉詩：「詩卷長留天地間，釣竿欲拂珊瑚樹。」杜詩原句本以讚美孔氏之神仙風致，詞人卻挪作調笑之資，死蛇活弄，與上闋「任公子、龍伯氏」云云之戲用《莊子》、《列子》，真有異曲同工之妙。然而，上闋之幽默尚止於插科打諢，博讀者一粲；此處卻蘊含著深刻的思想內容，使人反省，這就在更高的層次上顯示出了詞人精湛的諷刺藝術。

本篇的命意，由於作者以「漁父詞」題篇，詞中又從頭到尾都是在嘲弄一位妄想做姜太公第二的海濱釣叟，粗讀之下，很容易使人得出其諷刺對象即為此漁翁所代表之某一類人（亦即上文所言之渴望與期待見用於帝王之寒士）的結論。這，不能不說是一種錯覺。《史記．滑稽列傳》中有如下一則故事：漢武帝之乳母因受牽連而得罪，將流放邊疆。武帝所寵之倡優郭舍人教她於辭別武帝之際頻頻回首，作有所企盼之態。及至乳母如言照辦，郭舍人乃在旁厲聲罵道：「咄！老婆子！還不快走？陛下已長大了，難道離了奶媽便不能活麼？還回頭看什麼！」你道郭舍人之罵，罵乳母耶？罵武帝耶？後村此詞，正當如此讀之。全篇之中，只「世間久無是事」一句為要害所在。以上「磻溪老子」云云，蓋為此句蓄勢；以下「問苔磯」云云，蓋為此句分洪：都是圍繞著它來組織詞句的。或者竟可以說，倘若不是為了寫出這六個字，便不會有這樣一首絕妙好詞了。它的矛頭，分明是衝著當代乃至前世不知多少代以來一切高高在上、不思求賢的統治者們來的呵！

以積極的浪漫主義的形式表現一定批判性的現實主義的內容，滑稽家之詞不同於尋常打油之詞，於是乎知。

（鍾振振）

摸魚兒

劉克莊

海棠

甚春來、冷煙淒雨，朝朝遲了芳信。驀然作暖晴三日，又覺萬姝嬌困。霜點鬢。潘令老，年年不帶看花分①。才情減盡。悵玉局飛仙，石湖絕筆，孤負這風韻。

傾城色，懊惱佳人薄命。牆頭岑寂誰問？東風日暮無聊賴，吹得胭脂成粉。君細認。花共酒，古來二事天尤吝。年光去迅。漫綠葉成陰，青苔滿地，做得異時恨。

〔註〕①別本作「不成也沒看花分」。分：緣分。

老天爺像是有意和愛花的詞人作對，入春以來氣候反常，低溫陰雨，連綿不斷，已經過了花期，海棠還遲遲未開。好不容易天放晴了，蓓蕾初吐，偏又暴暖三日，嬌嫩的花兒被曬得搭拉下腦袋，彷彿慵懶欲睡的小美人。詞人兩鬢已開始萌生出星星白髮，猶如霜華點綴。他疑惑該不是由於自己日漸衰老，因而不再與花兒有緣了吧？人當老去，才思銳減，情懷也不復如昔年之健，恨無五色彩筆以歌詠海棠的丰神標格，愧對名花呵！

更使詞人感到懊惱的是，海棠花也和那些命如紙薄的紅顏麗姝一樣，空有傾國傾城的容貌，卻遇不著愛賞、衛護她們的人。你看，她們寂寞地從院牆背後探出頭來，秀靨半露，可是又見誰來關懷和照拂她們呢？只有那東風於夕陽西下之時，百無聊賴之際，一味以摧花為事，吹去了她們臉上的胭脂，使她們的臉色一天天變得憔悴泛白。詞人感慨萬端地提請讀者細心體認：名葩易萎，佳釀難熟，古往今來，這兩樣物事是天公最為吝嗇、斷不肯輕付與人的！光陰的腳步匆匆遽遽，眼看著夏天就要來臨。到那時，樹上固然是綠葉繁茂，再見不著海棠花的倩影；就連地下也將鋪滿蒼苔，繽紛的落英亦且無跡可尋。綿綿此恨，還不知怎樣消遣哩！

綜觀全詞，真正扣合海棠特徵的筆墨實僅有「胭脂成粉」一句：蓋海棠含苞待放之時為深紅色，等到花瓣舒展開來，便漸漸褪淡而至於粉紅了。然而這正是此詞的長處。正因為詞人詠物而不黏著於斯物，所以才能夠騰挪出筆來，淋漓盡致地抒發自己那一腔熾熱的愛花、惜花之情，以情動人。具體地說，起首「甚春來、冷煙淒雨」，一問，就有對於那「做冷欺花」（史達祖〈綺羅香．詠春雨〉句）的造物主無限嗔怪之意。次句「朝朝遲了芳信」，下「朝朝」二字，更活畫出花期既誤之後，詞人天天翹首跂足，不勝其掐指計日之焦慮的心情。以上二句，是詞人愛花惜花於海棠未花之前也。繼云「驀然作暖晴三日，又覺萬姝嬌困」，對於初坼之花的疼惜，一如對於扶床弱步之小囡。繼云「傾城色，懊惱佳人薄命，牆頭岑寂誰問」，對於盛開之花的愛憐，儼然像是在為及笄未嫁的鄰娃而嘆息。繼云「東風日暮無聊賴，吹得胭脂成粉」，對於行將凋零之花的傷感，則不啻是向蕣華轉逝的空閨少婦一掬同情之淚了：分三階段寫來，總是愛花惜花於海棠已花之時也。最後以「漫綠葉成陰，青苔滿地，做得異時恨」作結，懸想未來，情深一往，是仍將愛花惜花於海棠無花之後也。全篇凡三層五步，循序漸進，脈絡井井，一筆不懈，立體地、豐滿地寫盡了作者對於海棠花的鍾愛深惜。吟味再三，我們這才省悟過來，前之所謂「才情減盡」云云，不過是詞人的謙辭而已，他實在不曾「孤負」海棠仙子的「風韻」呢！

劉克莊是南宋後期的愛國志士，他遺世獨立，耿介不群，因而頗不為當政者所喜，數遭彈劾，屢官屢罷。政治生涯中的陰晴冷暖，身所一一親歷，而於風雨如晦之時、岑寂落拓之境，經受尤多。由此，對於其筆下的海棠何以不逢天幸、不遇真賞，便不難索解了。「似花還似非花」（蘇軾〈水龍吟·次韻章質夫楊花詞〉），她是海棠，又不純然是海棠，嫣紅膩粉中，隱隱有詞人之精魂在焉。說她是作者人格化的海棠，也許更確切吧？

詞中用了好幾個典故。「潘令」即晉代的文學家潘岳，曾任河陽縣、懷縣的縣令，故稱。其〈秋興賦·序〉中嘗謂「余春秋三十有二，始見二毛」，〈賦〉的正文裡也有「斑鬢髟以承弁兮，素髮颯以垂領」的句子，於是後世的騷人墨客屢用此事自嘆衰老，至成為熟套。熟套往往使讀者生厭，本來是很難討好的，然而潘岳其人不僅以「嘆老」著稱，還有「愛花」的令譽，其為河陽令時，廣植桃李，人稱「河陽一縣花」（見白居易《白氏六帖》），此詞既屬詠花，故作者自比潘令，便有「一客不煩二主」之妙。「玉局」謂蘇軾，其晚年曾提舉玉局觀（掛名為該道教宮觀的主管官，領乾薪也）。「石湖」則是范成大的自號。這兩位本朝的文豪都酷愛海棠並為她題寫過膾炙人口的詩篇，如蘇氏之「東風嫋嫋泛崇光，香霧空濛月轉廊。只恐夜深花睡去，故燒高燭照紅妝」（〈海棠〉）和謫居黃州時賦〈寓居定惠院之東，雜花滿山，有海棠一株，土人不知貴也〉，范氏之「低花妨帽小攜笻，深淺胭脂一萬重。不用高燒銀燭照，暖雲烘日正春濃」（〈聞石湖海棠盛開亟攜家過之三絕〉其三）等等。詠海棠而拈出蘇、范二公，較前泛用潘岳事，更為親切、貼題。「飛仙」、「絕筆」云云，互文見義，總是悵恨二公仙逝，不能再奮筆為海棠傳神之意。然而詞人既自認才情不逮前賢，卻終不肯擱筆自已，其於海棠之拳拳眷戀不在東坡、石湖之下，豈不盡見乎？合觀之，一闋之中，雖三見古人，但各派各的用場，「潘令」是自況，「玉局」、「石湖」是反襯，用事命筆，錯落有致，讀者只覺其淵雅，絲毫也不感到餖飣。這亦是本篇的成功之處。至於「霜點鬢」

句係由李賀〈還自會稽歌〉「吳霜點歸鬢」句濃縮而成，「東風……吹得胭脂成粉」及「綠葉成陰」云云係從杜牧〈悵詩〉「狂風落盡深紅色，綠樹成陰子滿枝」句意化出，又見出作者鎔鑄前人詩尤其是唐詩入詞的藝術功力。（鍾振振）

長相思 劉克莊

惜梅

寒相催，暖相催，催了開時催謝時。丁寧花放遲。

角聲吹，笛聲吹，吹了南枝吹北枝。明朝成雪飛。

本詞題為「惜梅」，上片著重在一個「惜」字。首兩句寫梅的開放和謝落。梅花衝寒而放，「雪裡已知春信至，寒梅點綴瓊枝膩」（李清照〈漁家傲〉）。馮延巳亦有句云「北枝梅蕊犯寒開」（〈玉樓春〉）。所以說是「寒相催」。「暖相催」是指氣候轉暖，促使梅花萎謝。以下兩句嘆息寒催梅開，暖催梅落，早開便得早落，因此就叮囑花兒，還是遲一點開吧。惜花之心，人皆有之，「試把花期數，便早有、感春情緒。看即梅花吐。願花更不謝，春且長住，只恐花飛又春去。」（晏幾道〈歸田樂〉）到花飛春去，就感傷不已，真是惜花兼又傷春。對此，作者自有不同的看法，俞陛雲評曰：「花開便落，莫如不開，佛氏所謂無得亦無失也。詞為惜花，而殊有悟境。」作者認為，花兒開得遲些，甚而至於不開，那就沒有謝落之事，當然人也不會生惜花之心。此即所謂「無得亦無失」，也是妙參佛理的「了達」之語，推而廣之，亦可以此胸懷對待人生其他問題，所以說是「殊有悟境」。

下片從惜梅引申到傷時，先寫聞曲有感。本來樂聲與梅花開落並無關係，但因漢代軍樂橫吹曲中有〈梅花落〉是笛曲名。角亦是軍中吹器，唐大角曲就有〈大梅花〉、〈小梅花〉等曲。「鳴角」又有「收兵」之義，見《北史·齊安德王延宗傳》：「帝乃駐馬，鳴角收兵。」所以，聽到角聲、笛聲中傳出落梅之曲，就免不了要與當前時局聯繫起來：「新來邊報猶飛羽。問諸公、可無長策，少寬明主」（劉克莊〈賀新郎·跋唐伯玉奏稿〉），「賴有越臺堪眺望，那中原、莫已平安否。風色惡，海天暮」（同上）。邊境告急，城危如卵，誰又能承擔起恢復中原的重任呢？詞意至此，已從惜花轉到憂時。

「吹了南枝吹北枝」，此句承上兩句而來：南枝，據宋朱翌《猗覺寮雜記》卷上云：「梅用南枝事，共知〈青瑣〉、〈紅梅〉詩云：『南枝向暖北枝寒。』李嶠云：『大庾天寒少，南枝獨早芳。』張方註云：『大庾嶺上梅，南枝落，北枝開。』南唐馮延巳詞云：『北枝梅蕊犯寒開。』則南北枝事，其來遠矣。」南方氣候暖和，寒流罕至，嶺梅往往南枝花落，北枝花開，所以說角聲、笛聲吹落了南枝梅花，又吹落了北枝。這裡暗與上文照應，隱指危機存在於偏安江南之小朝廷。

末句詞意又是一轉，仍然歸結到惜梅。梅花開時韻勝香清，受人愛賞，謝時落花千萬片，漫天隨風旋舞如飛雪，使人不勝嘆惋，難以挽留，此處再一次凸出「惜」字，並為上片「丁寧花放遲」之句作出了形象的詮釋。

（潘君昭）

昭君怨 劉克莊

牡丹

曾看洛陽舊譜，只許姚黃獨步。若比廣陵花，太虧他。

舊日王侯園圃，今日荊榛狐兔。君莫說中州，怕花愁。

詞人歌詠牡丹者，多寫其豐容豔態，讚其國色天香。而此詞別具一格，專寫牡丹的不幸命運，以寄憂國傷時之情，託喻甚深。

調取〈昭君怨〉，調名本身就有一種悽怨的情調。北宋末季，徽欽二帝被擄北行，諸后妃相隨，淪落金邦。南宋愛國詩人念及此辱，無不憤慨感傷，姜夔曾有「昭君不慣胡沙遠」（〈疏影〉）之句，託喻靖康之禍，尤為有名。生活在南宋末年的劉克莊，痛感朝廷腐敗，國勢日頹，報國無門，故追蹤姜夔，託牡丹以發憤，抒其離黍之哀。

首二句從牡丹的身世寫起。所謂「洛陽舊譜」，是指歐陽脩的《洛陽牡丹記》。其中云：「姚黃者，千葉黃花，出於民姚氏家。」又云：「魏家花者，千葉肉紅花，出於魏相仁溥家。」姚黃魏紫是當時牡丹中的名貴品種。這裡單舉姚黃，是以偏賅全的寫法。詞人用「獨步」二字，十分準確而又簡潔地表明這些牡丹的美麗和名貴。劉克莊另一首〈六州歌頭．客贈牡丹〉曾讚她「奪盡群花色」，「奇絕甚，歐陽記，蔡公書，古來無」，可為「獨步」作註。詞人遙想當年中州繁華，士庶競賞牡丹，姚黃魏紫獨占魁首，何等盛事。這不僅是深情的讚美，而且飽含著對北方故土的思戀之情。

三、四句轉寫目前。「廣陵花」，指芍藥和瓊花。「揚州芍藥，名著天下。」（宋范正敏《遁齋閒覽》）瓊花潔白而香，有「無雙」之譽（見明胡仔《苕溪漁隱叢話後集》卷三十）。「太虧他」，含意是：芍藥、瓊花和牡丹都是天下名花，前二者雖經戰火摧殘，但仍近朝廷，常為詞人詠歌。而牡丹命運獨苦，淪落於敵人的鐵蹄下，猶如昭君，作了朝廷孱弱的犧牲品。這是對牡丹的同情，也是對朝廷當權者的怨憤。

下片先用「舊日王侯園圃，今日荊榛狐兔」，描繪了國破家亡後中州的慘象，同時，也形象地表明了牡丹的處境。在北宋盛世，姚黃魏紫長養於王侯園圃，傾國傾城，也標誌著中原的繁榮。而今已是「彩雲散，劫灰餘」（〈六州歌頭・客贈牡丹〉），牡丹埋沒於荒煙蔓草，與荊榛狐兔為侶，其憂愁幽恨之情，可以想見。詞人的憂國之心，離黍之哀，也透過這些形象的描寫，得到充分的表現。文字極為精鍊，含義極為豐富。

結句「君莫說中州，怕花愁」，飽含著詞人極複雜而深沉的感情。怕人說中州的慘境，並非怯懦，而是更翻進一層，說明愛中州之深，說明光復中州之心的迫切，也說明未能渡江北伐的慚恨心情。劉克莊在〈賀新郎・瓊花〉詞中曾有表白：「白髮愧無渡江曲，與君家、子敬相酬酢。新舊恨，兩交錯。」在堂堂男兒空懷壯志，報國無門的南宋末年，詞人那種不平靜的心潮是不言而喻的。結句說「怕花愁」，實則是自己愁不堪忍。詞人採用曲折寫法，不僅能表現出惜花的深厚情意，而且從對方設想，也引讀者進入境界，彷彿與牡丹相對，見其愁態，而不能無動於衷。（周滿江）

滿江紅 劉克莊

夜雨涼甚，忽動從戎之興。

金甲雕戈，記當日轅門初立。磨盾鼻，一揮千紙，龍蛇猶濕。鐵馬曉嘶營壁冷，樓船夜渡風濤急。有誰憐、猿臂故將軍，無功級？平戎策，從軍什；零落盡，慵收拾。把《茶經》《香傳》①，時時溫習。生怕客談榆塞事，且教兒誦《花間集》。嘆臣之壯也不如人，今何及②！

〔註〕①唐人陸羽著有《茶經》，宋初丁謂著有《天香傳》，《宋史·藝文志》載有許多類似著作，都是有關品茶和焚香的。②《左傳·僖公三十年》：「使燭之武見秦君……辭曰：『臣之壯也，猶不如人，今老矣，無能為也已。』」

本詞透過對自己壯年從軍經歷的回憶，與當前被壓抑而閒居無聊的生活作強烈對比，表現出詞人壯懷難伸的憤慨。「老驥伏櫪，志在千里」（曹操〈步出夏門行·龜雖壽〉）的鬱勃之氣躍然紙上。

宋寧宗嘉定十一年（一二一八），作者出參江淮制置使李珏幕府，參加了防禦金兵入侵的戰爭，但金兵退去後卻遭到忌害，被迫調離。

本詞上片用龍騰虎躍之筆追敘了這段生活，塑造了文武全才的英雄形象。「金甲雕戈，記當日轅門初立。」兩句是倒裝句，按一般語序，應為「記當日金甲雕戈，初立轅門」。作者採用倒裝的語句，為的是凸出「金甲雕戈」的雄姿。這樣，詞一開頭就鮮明突兀地展現出自己初參軍幕時的興奮神情，種種激動人心的場面。轅門初開，將士身披鐵甲戰衣，手執雕戈，軍容整肅。他這時是多麼精神抖擻，氣宇軒昂！「磨盾鼻，一揮千紙，龍蛇猶濕」，在盾牌鼻紐上磨墨，則進一步顯示出當時軍情的緊急和他的才氣縱橫，起草軍事文書運筆如飛，揮灑之間，千紙立就，而如龍蛇走勢的字跡還沒有乾呢？《資治通鑑．梁武帝太清元年》載：荀濟早就對蕭衍不服，常對人說：「會於盾鼻上磨墨檄之。」南朝宋劉義慶《世說新語．文學》載袁宏於軍前倚馬作露布（軍事文書），非常迅速，「手不輟筆，俄得七紙」。李白〈草書歌行〉：「時時只見龍蛇走。」形容筆勢的蜿蜒飛動。「鐵馬曉嘶營壁冷，樓船夜渡風濤急。」天剛黎明，寒氣侵透營壁，披著鐵甲的戰馬已嘶叫起來，開始奔赴戰場；黑夜之間，狂風呼嘯，怒濤奔騰，高大戰船正在進行搶渡。這二句生動地描繪出金兵南犯和宋軍抗禦的驚心動魄場景。戰鬥結束後，理該因功受賞，讓他施展才能，在保衛國家中發揮更大作用。事情恰恰相反，由於腐敗勢力的壓制，竟然落得去職的下場。詞筆由此急轉直下：「有誰憐、猿臂故將軍，無功級？」《史記．李將軍列傳》載漢代李廣猿臂善射，即臂長如猿，可以運轉自如。他參加過七十多次抗擊匈奴的戰鬥，被匈奴人稱為「漢之飛將軍」，然而始終不得論功封侯。立功不賞，英雄受抑，千古同慨。作者以李廣自況，悲憤地問道：有誰對此不平之事同情呢？激憤之氣，溢於言表。

下片用一系列反筆傾吐了報國無門、英雄坐老的抑塞情懷。「平戎策」指平定敵人的策略、計劃。「從軍什」指描寫從軍生活的詩歌作品。現在既然人已被棄，留著這些東西又有何用，只好任它散失殆盡，而懶得收拾了，如今國難方殷，自己卻無事可做，只得把《茶經》、《天香傳》之類的讀物，拿來「時時溫習」，意即品茶焚香，藉以消磨歲月。詞人為什麼「生怕客談榆塞事」呢？因為當時南宋邊防形勢越來越嚴重，而統治者醉生夢死，愛國之士請纓無路，談論及此，徒然令人憂憤。榆塞，指邊防要地。《花間集》是後蜀人趙崇祚編選的一部詞集，其中所收大多是留連光景、剪紅刻翠的作品。作為愛國詞人，他「粗識〈國風·關雎〉亂，羞學流鶯百囀。總不涉、閨情春怨」（〈賀新郎·席上聞歌有感〉），現在卻拿自己素所鄙夷不屑的《花間集》詞來教下一代，意即只好吟弄風月。這說明他面對理想與現實的矛盾衝突如此尖銳，也似乎悲觀到了極點。最後兩句：「嘆臣之壯也不如人，今何及！」借古人之言以說己心，更是滿腹牢騷，一腔激憤。

這首詞的上下兩片對比極為鮮明。上片從「金甲雕戈」到「樓船夜渡風濤急」，回憶往日軍營生活，寫得壯懷激烈，快意累累。從「有誰憐猿臂故將軍」開始，突然一個大轉折，寫壯士淒涼，投閒置散的抑鬱。下片純是牢騷語，以嬉笑寫憤激，色貌如花而肝腸如火，雖故作曠達語，而不平之氣，充溢字裡行間。詞人寫自己拋開「武略」，課讀《茶經》，與客不談邊事，教兒但誦《花間》，似乎甘願將生命的熱力消磨殆盡，其實，從詞序即可知道，風風雨雨，皆觸動心事，可見其內心灼熱之情。由此可知，下片所用口吻雖閒淡委婉，其實是更深刻地揭示了那一時代英雄無路請纓的一腔悲憤。

劉克莊的詞繼承了辛派詞風，愛國精神與豪放風格相表裡，而在使事用典、散文化、議論化方面更有所發展。從這首詞來看，這類手法運用得相當成功。全詞抑揚迴旋，相反相成，用典多而含義豐富貼切，以散文句型發表議論而形象豐滿，內涵深沉。上片從正面極力描寫自己文才武略來抒發遭遇壓抑的悲慨，下片從反面極力刻畫自己的無聊消沉，最後兩句忽然振起。全詞跌宕起伏，波瀾橫生，是很值得體味的。清馮煦《宋六十一家詞選·例言》說劉克莊「志在有為，不欲以詞人自域」，是很有識見的評語。（顧易生、汪耀明）

滿江紅

劉克莊

題范尉梅谷

赤日黃埃，夢不到清溪翠麓。空健羨、君家別墅，幾株幽獨。骨冷肌清偏要月，天寒日暮尤宜竹。想主人杖屨繞千回，山南北。寧委澗，嫌金屋；寧映水，羞銀燭。嘆出群風韻，背時裝束。競愛東鄰姬傅粉，誰憐空谷人如玉？笑林逋何遜謾為詩，無人讀。

梅，歲暮冰雪而不枯，眾芳搖落而獨放，清香幽雅，風韻超脫，舊時文人常用以象徵一種高雅的精神境界，寫下數不清的佳作雋製。比如本篇詞末提到的林逋，其〈山園小梅二首〉其一中「疏影橫斜水清淺，暗香浮動月黃昏」被譽為能「曲盡梅之體態」（見司馬光《續詩話》）。南朝梁何遜作〈早梅〉詩為世人稱道，杜甫〈和裴迪登蜀州東亭送客逢早梅相憶見寄〉也說：「東閣官梅動詩興，還如何遜在揚州。」

劉克莊作建陽令時，經別人介紹，知道有一位姓范的建安人十分愛梅，不但在自己別墅周圍種上梅樹稱之為梅谷，並且索性以梅谷自號。有感於此，劉克莊便為他寫了這首梅谷詞。

清沈祥龍《論詞隨筆》云：「詠物之作，在借物以寓性情。」劉克莊此詞，沒有把注意力局限在梅上，也不光是寫范氏，其終極目的，乃是借他人梅谷抒自己的懷抱。

結構上，這首詞前半闋純用襯托，其中「骨冷」以下四句寫月、寫寒、寫暮、寫竹、寫主人，係用梅谷的環境烘托梅的姿質；而在此之前的開頭四句，卻先用作者的「赤日黃埃」的環境來反襯梅谷的清幽，到「想主人」兩句再用范尉對梅谷的鍾情來襯托梅的可愛。總之，上片充分運用了襯托法寫梅，為下片的抒情作了最好的鋪墊。

上半闋中還需要說明一下的，是使用了前人的兩個成句。「幾株幽獨」化用姜夔〈疏影〉中：「想佩環、月夜歸來，化作此花幽獨。」姜夔此詞詠梅，是歷來公認的最佳篇章，劉克莊雖只用了「幾株幽獨」四字，但可以啟發人們聯想到姜詞的精彩描寫。「想主人杖履繞千回」，用辛棄疾〈水調歌頭〉：「先生杖屨無事，一日走千回。」也是暗用辛棄疾對帶湖的感情來襯托范尉同梅谷的關係。這兩個成句的使用，既顯而易讀，又切當，且渾成脫化，如出諸己，是十分成功的。

有了上半闋的襯托，下半闋便開始了對梅花的直接描寫。其中，「金屋」用漢武帝金屋藏嬌的故事。「銀燭」用晉王嘉《拾遺記》中的資料：「元封元年，浮忻國貢蘭金之泥……金狀混混若泥，如紫磨之色，百鑄其色變白，有光如銀，即銀燭是也。」後多指明亮的燈光。「東鄰姬傅粉」化用戰國宋玉〈登徒子好色賦〉：「天下之佳人，莫若楚國；楚國之麗者，莫若臣里；臣里之美者，莫若臣東家之子。東家之子，增之一分則太長，減之一分則太短，著粉則太白，施朱則太赤。」寫法上，下半闋主要使用了對比：金屋、銀燭是人間最豪華而又不免糜爛的享受，委澗、映水則是清寒而高潔的志趣。「出群風韻」寫精神，實際上包含著「寧委澗」、「寧映水」的孤高；「背時裝束」寫外形，也象徵不合時宜的品質。這兩句凸出了高格與違俗的合一。以上六句在取捨中形成對比，盛讚了梅的神韻標格，也暗示了人的精神境界。最後四句描寫世俗趨向，「競愛」「誰憐」「笑」「謾」「無人」等詞語極力渲染世人的庸俗心理，對比之下，以梅谷自號的范尉及深情賦梅的作者的人格，也就表現得分外顯豁。

詞家詠物，講究「詠物固不可不似，尤忌刻意太似」（清鄒祗謨《遠志齋詞衷》）。像這首詞，處處可見梅的奇神秀骨，但想從中找出對梅的形、色、味等特徵的具體刻畫來，則完全是徒勞的。從這裡，我們似乎可以品味出繪「神」與繪「形」的關係來。（李濟阻）

滿江紅　劉克莊

和王實之韻送鄭伯昌

怪雨盲風，留不住江邊行色。煩問訊、冥鴻高士，釣鼇詞客。千百年傳吾輩語，二三子繫斯文脈。聽王郎一曲玉簫聲，淒金石。晞髮處，怡山碧；垂釣處，滄溟白。笑而今拙宦，他年遺直。只願常留相見面，未宜輕屈平生膝。有狂談欲吐且休休，驚鄰壁。

有怎樣的胸襟，就有怎樣的詞章。這是一首送別詞，可是在劉克莊筆下卻一掃「徬徨歧路，兒女霑巾」的俗態，既洋溢著個人情誼，更歌頌了高尚的志向，寄託了宏大的抱負，在以訴說離情別緒擅場的宋詞中別具一格。

王實之、鄭伯昌，均是作者的好友。三人是福建同鄉，都有救國匡時的志向，因堅持正直操守而罷職閒居家鄉。這時鄭伯昌被徵召至朝廷為官，他堅辭不起，改派為「近畿」（京城附近）地方官。此詞乃作者於送行時和王實之韻之作。

詞的開端即很不平凡，氣魄甚大，好像用一架廣角鏡頭的照相機，攝下了在空濛江邊知音話別的特定場面。縱然江水橫闊，風狂雨驟，卻還是留不住行人。「怪雨盲風」四字，起句突兀，氣格悲壯。作者與鄭伯昌之間依依惜別的情感，已鮮明地烘托出來了。這種特定的情景，也表現出了鄭伯昌此去的艱難，和他豪邁的氣魄。

以鄭伯昌一貫敢於鬥爭、不迎合權貴的節操，此行當然不是奔走名利之場、結交顯宦俗吏，因此託他帶口訊問候那些不受網羅的高士和才氣豪放的詩壇奇傑。作者以高飛的鴻雁來形容才士的高絕塵俗、一無拘牽，十分貼切生動。《列子·湯問》記載，古代龍伯國大人曾經一下釣起六隻頭頂仙山的大鰲。後世因此常用釣鼇客比喻志士仁人的豪放胸襟、遠大抱負和偉岸的舉止。李白在開元年間謁見宰相時，自稱為「以天下無義氣丈夫為餌」的「海上釣鼇客」（宋趙令畤《侯鯖錄》）。同聲相應，同氣相求，作者與鄭伯昌、王實之等人，當然都屬於這樣的高士豪客了。借用這樣的典故，含蓄道出作者及其友人的高遠的行止，氣宇恢宏，又避免了淺露。他們的放言高論，雖然不諧於世，甚至抵觸忌諱，但他們深信可以流傳千載而不朽，因為，他們維繫著這個優秀文化的命脈。詞中用孔子困於匡時說的「天之未喪斯文也，匡人其如予何」（《論語·子罕》）的話，有力地印證上述看法。孔子是「大聖人」，他的言行，在社會裡被奉為金科玉律，作者用這個典故來與朋友們相互期許，確實顯得十分抱負不凡。這時，作者筆鋒一轉，又回到了江邊送別的特定場景：「聽王郎一曲玉簫聲，淒金石。」極寫王實之吹起玉簫，樂聲激越，如唐人錢起〈省試湘靈鼓瑟〉詩所謂的「苦調淒金石」。離別畢竟是痛苦的。簫聲送客，悲涼激越，聲裂金石，豪邁志士的送別，情深意濃，意氣慷慨，同「兒女霑巾」的俗態迥然不同，寫來別具一格，正與作者博大的胸襟相表裡。

下片峰迴路轉，上承「冥鴻高士」、「釣鼇詞客」的線索，再現出一幅高人逸士的逍遙圖來。洗淨頭髮，吹曬於家鄉的青山之陽，垂釣於白茫茫的海邊。這裡富蘊著自然界的青的、綠的、白的諸多色彩，更有瀟灑閒暇的情調。在作者筆下，這一切似乎把人的心靈都給淘淨了。幾句描寫作者與友人閒居時期灑脫放浪的情趣，更襯托出他們高潔的志向和行止。晞髮，語出屈原《九歌．少司命》：「晞女髮兮陽之阿。」作者接著道：我們在當前來說確是不善逢迎鑽營，不會做官，而且得罪權貴，遭到排斥，可是在歷史上，將被肯定為能直道而行，留直節於後世。唐朝宋之問〈酬李丹徒見贈之作〉有「以予慚拙宦，期子遇良媒」之句。宋之問慚為「拙宦」，是自謙，而且看重功名；劉克莊將「慚」改為「笑」，一個「笑」字，盡數顯示了對仕途得失一笑置之、不屑追求的兀傲風度，表現了對青史垂譽的充分信心，也流露了作者對時政昏亂、賢良毀棄而讒諂高張的抗議。一個「笑」字，真是畫龍點睛的妙筆！

然而鄭伯昌現在又要出山起用了，臨別珍重贈言，心情的矛盾和起伏達到了高潮。世間萬事，別無他求，只願知己常聚首，字裡行間，滲透著朋友的深情厚誼。功名富貴，又怎能屈膝相求！兩句情懇意切，筆調凝重，讀來令人感動。「狂談欲吐」句，表達了作者及其友人「壯圖雄心」，不吐不快的意願。但是，這只能被人視作狂談，驚動世俗，橫遭飛禍。還是不再談論吧！英雄好漢，竟然只能如此欲言還罷，作者的心情鬱勃，對黑暗政治的批判，都力透紙背噴薄而出。詞章中現實與理想尖銳衝突的結尾和冒著怪雨盲風出發的開頭，前後照映，正是「江頭未是風波惡，別有人間行路難」（辛棄疾〈鷓鴣天．送人〉）。一曲激昂慷慨的壯歌，以眾多的典故和平白如話、議論風發的詠嘆，奔騰激湧，至此戛然而止，餘響繚繞，令人起舞，也令人低迴不已。（顧易生、陳來生）

賀新郎 劉克莊

送陳真州子華

北望神州路，試平章、這場公事，怎生分付？記得太行山百萬，曾入宗爺駕馭。今把作握蛇騎虎。君去京東豪傑喜，想投戈下拜真吾父。談笑裡，定齊魯。兩淮蕭瑟唯狐兔。問當年、祖生去後，有人來否？多少新亭揮淚客，誰夢中原塊土？算事業須由人做。應笑書生心膽怯，向車中、閉置如新婦。空目送，塞鴻去。

劉克莊反對過史彌遠、史嵩之等投降派；崇拜辛棄疾，自言對辛棄疾的詞「幼皆成誦」（〈辛稼軒集序〉），受辛的影響深，成為南宋後期的重要愛國詞人。

這首送陳子華的詞，和一般送別詞不同，寫法特別。上片開頭三句：「北望神州路，試平章、這場公事，怎生分付？」突如其來地提出一個因北望中原而產生的問題，要陳子華共同研究、評論，看應該怎樣處理才好。使人感到意外，不知所指何事。起勢突兀，引人注目。「記得太行山百萬，曾入宗爺駕馭。今把作握蛇騎虎。」

接著三句才指出問題的具體內容：就是該怎樣對待淪陷區的義軍。問題從南、北宋之交說起。宋熊克《中興小紀》：「自靖康以來，中原之民不從金者，於太行山相結保聚。」《宋史·宗澤傳》說當時的愛國將領宗澤，招撫了義軍首領王善、楊進、王再興、李貴、王大郎等人，「連結河東、河北（按即太行山地區）山水寨忠義民兵，於是陝西、京東西諸路人馬，咸願聽澤節制」。他敢於招撫被人視為「寇盜」的義軍，有能力「駕馭」他們，依靠他們壯大抗金的力量，所以「威聲日著，北方聞其名，常尊憚之，對南人言，必曰宗爺爺」。陸游《老學庵筆記》也說：「建炎初，宗汝霖（澤）留守東京，群盜降附者百餘萬，皆謂汝霖曰宗爺爺。」宗澤在政治上、軍事上採取正確的立場和措施，在抗敵方面收到了巨大的效果。作者寫這首詞時，距宗澤的逝世已久，但北方金人統治地區，仍有紅襖軍、黑旗軍等起義。紅襖軍人馬最多，力量最大，首領楊安兒被殺後，李全率領餘眾歸附南宋，接受官號。可惜朝廷當權的是賣國的投降派史彌遠等人。他們對義軍，不敢依靠，抱的是畏懼、敵視的態度。

作者送行的友人陳子華，名韡，侯官人，是作者的福建同鄉，曾受學於葉適，富有智謀，在防禦金人入犯淮西時立下功勛。他後來鎮壓過福建的農民起義軍；在此之前，他主張積極招撫中原地區的義軍。他出知真州（治今江蘇儀徵），在宋理宗寶慶三年（一二二七）四月，時李全還未叛降蒙古。宋朝如果能夠正確團結、運用義軍的力量，抗金是大有可為的。所以作者送陳子華赴江北前線的真州時，要他認真地考慮這個關係國家安危成敗的重大問題。這裡前二句歌頌宗澤正確對待義軍，聲威極大；後一句用《魏書·彭城王勰傳》的典故，批判把義軍看成長蛇難握、猛虎難騎而不敢親近的昏聵無能的投降派。兩種不同的形象，形成鮮明、強烈的對照，筆力遒壯。「君去京東豪傑喜，想投戈下拜真吾父。談笑裡，定齊魯。」希望陳子華到真州要效法宗澤，效法使義軍領袖張用「投戈下拜」、稱為「果吾父也」（《宋史·岳飛傳》）的岳飛，使京東路（指今山東一帶）

的豪傑歡欣鼓舞，做到談笑之間，能夠收復、安定齊魯等北方失地。這本來未必是陳子華能夠做到的事，但作者卻藉以抒發自己招納豪傑、收復河山的熱切願望，並對陳進行勉勵，寫得酣暢樂觀，場景活現，富於豪情壯志。

下片「兩淮蕭瑟唯狐兔。問當年、祖生去後，有人來否？」面對當時現實：大河南北，國土淪喪，人煙稀少，好像只有狐兔在出入；那裡的父老，長久盼望，然而看不到像晉代祖逖那樣的志士。筆調轉入跌宕，感情變為悲憤。「多少新亭揮淚客，誰夢中原塊土？」說當時不但喪心麻木、公然賣國的投降派不想念中原，連以流淚新亭的東晉名流自命的士大夫們也沒有堅定意志去收復失地。筆調和前三句相同，用南宋統治區域的現實去補充前三句，進一步強化前三句的感情。「算事業須由人做。」指出事在人為，不須頹喪，又轉為充滿信心的樂觀，和上片的思想感情相呼應。單句迴斡，陡然而來，戛然而止，如奇峰突起，四無依傍，而夭矯峭拔，特見雄偉，這是詞中表現豪邁之氣的頂點。下面二句：「應笑書生心膽怯，向車中、閉置如新婦。」用《梁書．曹景宗傳》的典故，嘲笑書生氣短，言外之意，也是希望陳子華要振作豪氣，勇於作為，不過用的是提供反面事例作鑑戒的婉轉寫法，似自嘲而實勉陳。「空目送，塞鴻去。」以寫送別作結。全詞正面寫送別，只有這兩句話；又不直接寫送人，而寫目送塞鴻北去，仍與北國河山聯繫在一起。既點題，又圍繞全詞的中心內容，結得有餘味，有力量。

歷史上的反動統治者，都是敵視人民的起義力量，勇於對內，怯於對外。劉克莊在〈滿江紅．送宋惠父入江西幕〉中，向宋惠父（普）提出，對待江西起義的峒民，要認識到：「便獻俘非勇，納降非怯。帳下健兒休盡銳，草間赤子俱求活。」在這首詞中，要陳子華正確對待義軍，招撫義軍，思想是進步的。他的詞，發展了辛棄疾詞的散文化、議論化方面的傾向，雄放暢達，極排奡之致，繼承辛派的愛國主義詞風，又別有自己的風格；但盤鬱沉深不如辛。所以揚之者如明毛晉〈後村別調跋〉說：「楊升庵謂其壯語足以立懦，余竊謂其雄力足以排奡云。」抑之者，如宋張炎說：「直致近俗，效稼軒而不及。」（清《四庫全書總目提要》引）這首詞氣勢磅礡，一氣傾注，是劉詞的當行本色；它立意高遠，大處落墨，兼有曲折跌宕之致，又非一味為直率者可比。（陳祥耀）

賀新郎 劉克莊

九日

湛湛長空黑，更那堪、斜風細雨，亂愁如織。老眼平生空四海，賴有高樓百尺。看浩蕩、千崖秋色。白髮書生神州淚，盡淒涼、不向牛山滴。追往事，去無跡。

少年自負淩雲筆。到而今、春華落盡，滿懷蕭瑟。常恨世人新意少，愛說南朝狂客。把破帽、年年拈出。若對黃花孤負酒，怕黃花、也笑人岑寂。鴻北去，日西匿。

〈賀新郎〉這個詞牌，適於抒寫豪放的感情，辛棄疾經常採用，劉克莊也愛採用，《後村長短句》中竟有四十三首之多，在他的今存全部詞作中占了百分之十六七，這也可以看作是劉克莊學辛棄疾的一個標誌。此詞題作「九日」，是重陽節登高抒懷之作。九月九日，古代向有登高飲酒的傳統風習。故以「九日」為題的作品非常多。但逢節應景之作容易流於一般化，難得寫出新意來，所以其中的佳作並不多。劉克莊這首重陽詞頗有特色：「白髮書生神州淚」，概嘆自己的老大和中原的淪陷，內容充實，感情深厚；「常恨世人新意少」一句，則恰恰從這種恨世人少新意的本身顯示出了一點難得的新意。所以說，這首詞是劉克莊具有代表性的一篇佳作。

首句如奇峰突起，很有分量。「湛湛長空」是登上高樓放眼天際，展現開闊的空間，而用「黑」字描繪黃昏時的陰暗，顯然是用誇張的筆法表述心情的沉重。緊接著，以「更那堪」為樞紐，轉出「斜風細雨」，筆調忽然變得細膩起來。「亂愁如織」，是說雨絲風片織成了煩亂的愁緒，連接得緊，比喻得切，充滿了低沉的情調。而接下來的幾句又以磅礴的氣勢掃蕩了這種低沉。「老眼平生空四海，賴有高樓百尺。看浩蕩、千崖秋色。」「浩蕩」二字，既寫千崖秋色，也抒開闊胸襟，妙在一語雙關。接下來，由「浩蕩」轉為「淒涼」的同時，立即用齊景公牛山滴淚的典故，透過反襯，說明自己由於感慨神州陸沉而滴下的憂國之淚，其性質與程度是難以比況的，於是這「淒涼」又立即轉成了悲壯。牛山，在山東臨淄，春秋時，其地屬齊國。《晏子春秋．內篇諫上》：「景公遊於牛山，北臨其國城而流涕曰：『若何滂滂去此而死乎？』」原來齊景公的牛山滴淚不過是貪生懼死而已，果然難以與憂國之淚相提並論。文章貴有波瀾，如此跌宕頓挫，才能把胸中的感慨抒發透澈。

過片承「白髮書生」進行發揮，從今昔對比中發出了深沉的嘆息：「少年自負凌雲筆。到而今、春華落盡，滿懷蕭瑟。」杜甫〈戲為六絕句〉曾以「庾信文章老更成，凌雲健筆意縱橫」的詩句讚美庾信，劉克莊藉以抒寫自己少年時的豪情才氣，並進而凸出如今的滿懷家國之恨。下邊更引出「常恨世人新意少」的名句。何以見得世人少有新意？「愛說南朝狂客，把破帽、年年拈出。」這裡用的是「孟嘉落帽」的典故。《晉書．孟嘉傳》記載：「九月九日，（桓）溫宴龍山，僚佐畢集。時佐吏並著戎服。有風至，吹嘉帽墮落，嘉不之覺。」這件事成了後人津津樂道的典故。用典故貴有新意，大作家往往能夠化腐朽為神奇，以「孟嘉落帽」為例，杜甫〈九日蘭田崔氏莊〉云「羞將短髮還吹帽，笑倩旁人為正冠」，蘇軾〈南鄉子・重九涵輝樓呈徐君猷〉云「破帽多情卻戀頭」，前者擔心落帽而露出稀疏的短髮，後者卻說帽子戀頭不肯落下，都是頗有新意的。劉克莊嘲笑世人缺少新意，這本身，也未嘗不是一點新意。下邊寫飲酒，語頗癲狂，好像詞句本身也浸透著幾分醉態：「若對黃花孤負酒，怕黃花、也笑人岑寂。」作者以「白髮書生」自稱，已經「滿懷蕭瑟」了，那麼，如何破除岑寂呢？只有賞花飲酒，聊自寬解。其實，蕭瑟岑寂之感是破除不了的，仔細體味，這放達的詞句之中仍然隱含著悲涼的情調。「鴻北去，日西匿」的結尾，寫天際廣漠之景物，與首句相呼應。南朝梁江淹〈恨賦〉有「白日西匿，隴雁少飛」之句，為此六字之本。「鴻北去」即鴻雁飛往遠方，用「北」字，是取其仄聲，且與「西」字屬對，並非確指方位。

劉克莊為辛棄疾詞集作序，有「大聲鞺鞳，小聲鏗鍧，橫絕六合，掃空萬古」的讚譽評論。他自己填詞，也正是以此為目標，向辛棄疾學習的。眼界力求開闊，胸襟力求高曠，以達到雄健豪壯的格調，他的這一追求，在這首〈賀新郎〉裡得到了體現。學辛詞，如僅求其皮毛，則往往失之於「粗」，劉克莊有所警惕，很注意用「細」筆作穿插，這首詞裡的「斜風細雨，亂愁如織」，「怕黃花、也笑人岑寂」等句就是把「大聲」和「小聲」結合起來，「欲托朱絃寫悲壯」（〈賀新郎〉）的成功之例。（王雙啟）

賀新郎　劉克莊

席上聞歌有感

妾出於微賤。少年時、朱絃彈絕，玉笙吹遍。粗識〈國風・關雎〉亂①，羞學流鶯百囀。總不涉、閨情春怨。誰向西鄰公子說，要珠鞍、迎入梨花院。身未動，意先懶。

主家十二樓連苑。那人人、靚妝按曲，繡簾初捲。道是華堂簫管唱，笑殺街坊拍袞②。回首望、侯門天遠。我有平生〈離鸞操〉，頗哀而不慍③微而婉。聊一奏，更三嘆④。

〔註〕①〈國風・關雎〉亂：〈國風・關雎〉是《詩經》的首章，這裡代表溫柔敦厚的傳統詩教。亂，樂章的尾聲。這裡泛指樂曲。②街坊拍袞：指流行時曲小調。「拍」、「袞」都是慢曲大遍中的樂曲專名，宋張炎《詞源》下「拍眼」條云：「慢曲有大頭曲、疊頭曲，有打前拍、打後拍。拍有前九後十一，內有四豔拍。引、近則用六均拍。」宋沈括《夢溪筆談》卷五：「所謂大遍者，有序、引、歌、歙、嗺、哨、催、攧、袞、破、行、中腔、踏歌之類，凡數十解。」③哀而不慍：《論語・學而》：「人不知而不慍，不亦君子乎？」又《論語・八佾》：「《關雎》，樂而不淫，哀而不傷。」這裡指溫柔敦厚、美刺比興的傳統詩教。④三嘆：《禮記・樂記》：「《清廟》之瑟，朱絃而疏越，

一倡而三嘆，有遺音者矣。」《荀子．禮論》：「《清廟》之歌，一倡而三嘆也。」唐楊倞註：「一人倡，三人嘆，言和之者寡也。」

這首詞大約寫於宋理宗淳祐二年至四年（一二四二～一二四四），時作者正奉祠歸居莆田（今屬福建）鄉里。明毛晉汲古閣《宋名家詞》題作「郡會聞妓歌有感」，郡會，可能指當時興化知軍陳汶所設的宴會。莆田在南宋時屬興化軍。

本詞通篇採用「哀而不慍微而婉」的比興手法，借歌女之口，抒發懷才不遇的感嘆。上闋自陳從小諳熟絃管，慕〈國風〉之正聲，無意於競逐浮華淫麗之曲；下闋嘆世無知音，平生所持〈離鸞〉之操，曲高和寡，無人賞識。劉克莊生活在奸佞當道、黨爭激烈的時代，一生四次遭受迫害，被罷去官職。但始終堅持愛國愛民的理想，堅持正義，與奸佞作鬥爭。詞中以正聲比喻正義，以歌女的潔身自好，比喻自己堅守節操、不肯同流合汙的精神。

全詞以第一人稱的口吻進行敘述，可分三個層次：

自開頭至「總不涉閨情春怨」是第一個層次，主人公自述身分、技藝和識見。詞中歌女的形象不是一般以色藝自矜或淪落天涯的歌伎。她雖然出身微賤，卻不慕榮利，不同流俗。自幼勤奮習藝，不僅彈遍各種絃管，而且能領略〈國風〉雅正之聲。「粗識」二句是說：自己大致能領略傳統的正聲雅樂，絕不學輕滑流轉的淫麗之音，說「粗識」有自謙之意，卻是很占身分的。

自「誰向西鄰公子說」至「回首望、侯門天遠」是第二個層次，自敘被邀至西鄰公子家演唱而遭斥逐的經過。這一段又從三方面凸出了人物性格：首先，以西鄰公子的盛情邀請和自身的冷漠態度作對比，表現她高潔自重的性格。一邊是「要珠鞍、迎入梨花院」，一邊卻「身未動，意先懶」，不因榮利而動心。珠鞍指華麗的車馬。

梨花院指富貴人家的深院大宅。

其次，作者採用鋪張的筆法描繪了貴族家豪華的排場，從對面凸出歌女不屑於此的性格。「主家十二樓連苑」形容樓苑相連的豪華氣派，「繡簾」「華堂」都點明環境布局的華貴。

其三，選擇靚妝歌女作陪襯，進一步凸出她的不同流俗的個性。「那人人」（人人，愛昵之稱，這裡指靚妝歌女）以下四句是說：透過高捲的繡簾，可以看到，公子家蓄養的寵伎，正濃妝盛服地在華堂上彈奏演唱。本料她們唱的一定是高雅之音，誰知竟是俗不可耐的街頭俗曲。至於她唱了沒有，唱得怎樣，詞中沒有具體描述，但從「回首望、侯門天遠」一句，可以推想她由於〈國風．關雎〉之亂一類的正聲不受公子賞識，終於被遣出華堂。所謂「侯門天遠」與韋莊〈浣溪沙〉「咫尺畫堂深似海」的意思相近，表現欲進無門的阻隔。聯繫詞人一生的政治際遇，不難理解，這裡吐露的正是他對朝廷既眷戀又怨恨的複雜心理。

自「我有平生〈離鸞操〉」至歇拍為第三個層次，概括全詞並進一步表白主人公的平生操守。〈離鸞操〉，樂曲名。據《西京雜記》載：「慶安世，年十五為成帝侍郎，善鼓琴，能為〈雙鳳〉、〈離鸞〉之曲。」這裡〈離鸞操〉代表高雅的樂曲，繼承著〈國風〉「哀而不慍，微而婉」的美刺比興傳統，與街坊俗曲恰成對照。「聊一奏，更三嘆」凸出表現了主人公以曲高和寡，自傷懷抱而又自信高潔的心理狀態，作為全詞的結束語，確有餘音繞梁，久而不絕之妙。

這首詞與晏殊〈山亭柳．贈歌者〉題材相同，寫的都是歌女，但主題思想和形象刻畫的側重點卻有所不同。〈山亭柳〉中的歌者原是蜀錦纏頭、紅極一時的京都名妓，淪落之後，來往於咸京道上，過著「殘杯冷炙」的悽苦生活，因而渴望能遇知音，重溫榮華富貴的舊夢。從兩首詞的基調看，〈山亭柳〉較為悲怨淒涼，〈賀新郎〉則慷慨激越，這顯然與兩首詞的作者所寄寓的不同思想懷抱有關。（蔣哲倫）

賀新郎 劉克莊

實之三和有憂邊之語，走筆答之。

國脈微如縷。問長纓何時入手，縛將戎主？未必人間無好漢，誰與寬些尺度？試看取當年韓五。豈有穀城公付授，也不干曾遇驪山母。談笑起，兩河路。

少時棋柝曾聯句。嘆而今登樓攬鏡，事機頻誤。聞說北風吹面急，邊上衝梯屢舞。君莫道投鞭虛語。自古一賢能制難，有金湯便可無張許？快投筆，莫題柱。

這首詞作於理宗淳祐四年（一二四四），是作者與朋友王實之六首唱和詞中的第四首。字裡行間，洋溢著劉克莊匡國救時的激情和遠大抱負。

詞一開頭就尖銳地指出國家的安危存亡已經到了緊要關頭。一個「縷」字，能讓人想起飄忽不定、一觸即斷的遊絲，想起「千鈞一髮」的危急。作者用這麼一個極形象的比喻，說明國家的命脈，真已經衰微不堪，再不拯救，則後悔不及了。於是發一聲問：不知何時才能請得長纓，將敵方首領擒縛！當時，蒙古屢屢攻宋，南宋王朝危在旦夕，但統治者卻不思自振，摒棄賢能。這頭三句的劈空而下，將形勢的緊迫，統治者的麻木不仁，請纓報國之志士的熱忱，盡情宣唱出來，紙上錚錚有聲。

接著，作者抒發出不拘一格、任人唯賢的議論。識見卓越，而出諸形象化的語言，這在歌詞中是極難得的境界。以「未必」二字起句，道出了作者的自信，他深信人間自有降龍伏虎的好漢，只是無人不拘一格任用人才。細玩詞意，其中蘊含強烈的懷才不遇的抑鬱和感嘆。而這種人才遭受束縛沉埋的不合理現象，不僅是個人的際遇問題，它直接與國脈的存亡續絕連繫著。只要破除條條框框的限制，人間盡有英雄豪傑。君如不信，試看南宋初年的抗金名將韓世忠吧。他在兄弟中排行第五，年輕時有「潑韓五」的諢號，出身行伍，既沒有名師傳授，也未遇神仙指點，但是卻能在談笑之間大戰兩河，成為抗金名將。這裡連用西漢張良遇穀城公（即黃石公）傳授《太公兵法》和唐將李筌得驪山老母講解《陰符經》而俱立大功的兩個典故，來說明即使沒有承授與憑藉，照樣也可以保家衛國建立功勛。「談笑」二字，栩栩如生地寫出了他從容鎮定、運籌帷幄的大將風範，生動而形象地再現了劍拔弩張的戰陣中的別一番景象。作者頻頻使用「問」、「未必」、「試看取」、「豈……也……」等詞，既增加了詞章的感染力，而且一氣讀來，似乎在念誦一篇環環緊扣的論說文，邏輯嚴密，虎虎有生氣。這種宏論高議，以詩的語言和情感發出，更具一種動人的力量。劉詞議論化、散文化和好用典故的特點，於此可見一斑。

下片，作者進而聯繫到自己的遭遇。「棋柝聯句」，語出李正封、韓愈〈晚秋郾城夜會聯句〉李正封句：「從軍古云樂，談笑青油幕，燈明夜觀棋，月暗秋城柝。」這幾句詩，極能表達作者報國從軍的夙願。詞人「拳拳君國」，「志在有為」（清馮煦《宋六十一家詞選例言》），但這都成了過去的夢了。登樓遠望，攬鏡自照，傷感容顏日老，一事無成，痛心金甌殘缺，國勢日非，怎能不愁腸百轉、感慨萬千！一聲長嘆，將那長期以來懷才不遇、屢屢喪失殺敵報國之機的心情，盡數迸發了出來。

壯志未酬，壯士坐老，可是烈士暮年，依然壯心不已。作者是憂國憂民的志士，時時罣念著邊境的局勢。

下邊兩句，把當時邊境上疾風撲面、黑雲壓城的情景生動地描繪了出來。北風，寓指北來的蒙古兵，它既點出了入犯的方向，也渲染了入犯者帶來的殺伐之氣。敵方進攻用的衝梯，屢次狂舞於邊城，蒙古軍隊攻勢的凶猛和情勢的危急，於此可見。地理形勢是不足依恃的。前秦苻堅攻東晉時曾說，東晉雖有長江天險，但「以吾之眾旅，投鞭於江，足斷其流」（見《晉書》）。他的進攻，在謝安等人的堅決抵抗下失敗了，「投鞭斷流」的大話未能實現。但是，今天蒙古的力量確實是很強大的，吞併的威脅嚴重存在，絕不是虛語恫嚇。借用這個典故，既與全詞開頭的「國脈微如縷」相呼應，具體寫出了時局的危險，而且擴充了詞章的意蘊，增強了說服力。金湯，指堅固的防禦工事，張許指張巡、許遠，安史之亂時，他們堅守睢陽，堅貞不屈。大敵當前，假如沒有像張巡、許遠這樣的良將，即使有堅固的城池，也不能久守。「漢拜郅都，匈奴避境；趙命李牧，林胡遠竄。則朔方之安危，邊域之勝負，地方千里，制在一賢。」（《舊唐書·突厥傳》載盧俌上唐中宗疏中語）這裡再次提到了任人唯賢的重要性。作者以反問格寫出上面兩句，有理有據，足以服人。接著，作者大聲疾呼「快投筆，莫題柱」：好漢們，勿再計較個人得失，勿發無聊之呻吟，趕快投筆從戎，共赴國難吧！這是作者對愛國志士的期望，也是他和王實之共勉。這兩句，句短氣促，噴湧而出，極富鼓舞力量。班超曾經投筆長嘆：「大丈夫無它志略，猶當效傅介子、張騫立功異域，以取封侯，安能久事筆研間乎？」（《後漢書》）作者借用這個典故，一抒自己的抱負，含蓄而深沉。司馬相如初入長安時，曾在成都昇仙橋送客觀門題詞：「不乘赤車駟馬，不過汝下也。」（東晉常璩《華陽國志》）這種只考慮個人富貴地位的「題柱」，顯然為作者所不取。這裡更顯出他志向的遠大和情操的高尚。

本詞慷慨陳詞，是時事策，是人才論，是志願書，議論風發，線索連貫，筆力雄壯，又極抑揚頓挫之致；用了大量典故，而又自然貼切，蘊義豐富。詞中多設問、反問之句，既發人警省，作者憂時喪亂、請纓報國的心志也躍然紙上。這是宋末詞壇上議論化、散文化與形象性、情韻美相結合的代表作。（顧易生、陳來生）

風入松 劉克莊

歸鞍尚欲小徘徊，逆境難排。人言酒是銷憂物，奈病餘孤負金罍。蕭瑟擣衣時候，淒涼鼓缶情懷。

遠林搖落晚風哀，野店猶開。多情唯是燈前影，伴此翁同去同來。逆旅主人相問，今回老似前回。

劉克莊是一位豪放派的詞人，清人馮煦說他的詞與辛棄疾、陸游「猶鼎三足」（《宋六十一家詞選例言》）。然而這首〈風入松〉卻寫得深情綿邈，於蒼涼鬱勃之中饒有悽惋之致，不妨稱之為《後村別調》中的別調。

這是一首悼亡詞。同調同題詞有兩首，都是為了悼念亡妻林氏夫人而作。據《後村大全集》卷一四八〈亡室墓誌銘〉記載，夫人名叫節，朝請大夫、直祕閣林瑑之女。為人堅貞儉慧，夫妻間伉儷情篤。他們共同生活十九年，無論是遊宦萬里，或是覆舟險灘，他們都「遠近必俱」，死生相從。夫人歿於戊子，即宋理宗紹定元年（一二二八）之七月六日。此詞蓋作於次年自建陽縣令任上罷職歸莆田，道經福清之際。較之同調「橐泉夢斷夜初長」一首，似更為深摯，更為空靈，更能搖蕩人心。

按照唐宋詞的一般結構，通常是上片寫景，下片抒情。此詞則不然，它一開頭即寫詞人騎馬歸來、徬徨歧路的痛苦。曰「歸鞍」，曰「徘徊」，曰「逆境難排」，初非出於悼亡，其中當寓有政治上失意的悲憤。如係單純出於悼亡，詞人應恨不得快馬加鞭，趕回故里，到夫人墳上一灑傷心之淚。蘇軾悼念夫人王弗的〈江城子〉不是說「夜來幽夢忽還鄉」嗎？蘇軾在夢中都要回去，現實中的劉克莊怎會中道徘徊呢？「逆境難排」一句正透露出個中消息。說明他因削職歸來，政治上陷於逆境，使他困擾，使他徬徨，這一切的一切，好似無形的繩索縛住他的身心，使他難排難解。清人論詞有「有寄託入，無寄託出」（見清譚獻《複堂詞話》）之說，乃是從詞史上總結出來的一條寶貴經驗。這裡詞人把對亡妻的悼念之情與政治上的失落感糅合在一起，以無厚入有間，自然渾成，不露痕跡，可謂深得「寄託」說的妙諦。

「人言」二句，用事而能渾化。曹操〈短歌行〉云：「何以解憂，唯有杜康。」《文選》李善註：「《漢書》東方朔曰：『臣聞銷憂者，莫若酒也。』」酒是銷憂之物，然而病餘之身不宜酒，縱憂愁深重，也難借酒銷愁。病餘，一可悲也；病而有憂，二可悲也；有憂而不能飲酒，三可悲也。病深愁重，無酒可消，語曲而婉，情深且摯，此非豪放詞所常用者。「孤負金罍」，金罍，酒器也。著以「孤負」二字，便顯得感慨沉鬱，而又婉曲深摯，這也是接近婉約風格的一個特點。

如果說以上純係抒情，那麼至歇拍二句，則將情與景融合為一，逐漸點出悼亡的主題，並為下片張本。「蕭瑟擣衣時候」，是運典寫景，兼點時令。古樂府有〈擣衣篇〉，皆託諸從軍者之妻口吻。杜甫〈擣衣〉詩云：「亦知戍不返，秋至拭清砧。」亦寫思婦情懷。如今到了秋天，擣衣無人，砧聲不聞。唯有蕭瑟秋風，吹拂著福清道中的瘦馬。詞人當此，能不淒然傷懷？賀鑄悼亡詞〈半死桐〉云：「空床臥聽南窗雨，誰復挑燈夜補衣？」一個寫擣衣，一個寫補衣，都是抓住富有特徵的細節，勾起作者對昔日生活的回憶，抒發深沉的悼念。如果僅用抽象的語言，就不會如此真切感人。「淒涼鼓缶情懷」，是蟬聯前句，運典抒情。鼓缶，即鼓盆。《莊子·

至樂》云：「莊子妻死，惠子弔之。莊子則方箕踞鼓盆而歌。」唐成玄英《註疏》：「盆，瓦缶也。」鼓缶情懷，即哀悼妻子的情懷。秋風蕭瑟，詞人罷官歸去，那位「遠近必俱」的夫人卻不能跟隨他回來，他怎能抑制內心的悲痛呢？從歸鞍徘徊寫到此處，詞旨漸趨顯豁。這種手法有如剝繭抽絲，析籜見筍，把讀者漸漸引入詞的意境。而蘇軾與賀鑄的悼亡之作，則是一開頭便揭示所詠之意，把讀者緊緊抓住。二者手法不同，藝術效果亦自有異。

過片緊承上片歇拍，繼續寫景。暮色蒼茫，遠林蕭疏；陣陣西風，發出淒厲的哀鳴。這樣的氣氛，正好烘托出詞人悲涼的心境。近人王國維云：「有我之境，以我觀物，故物皆著我之色彩。」（《人間詞話》）此時的詞人滿懷喪妻之痛，因此在他看來，周圍的景物也似蒙上悲哀的陰影。如果說上片是寫他在福清道中踽踽行進的情景，那麼下片則寫詞人投宿前後的況味。「野店猶開」四字，似乎帶有某種有節制的欣喜，使詞情稍稍揚起，把前面所表現的悲哀稍稍沖淡了一些。但是這種揚正是為了抑。在一揚一抑之中，感情便造成螺旋形的深化，好似螺釘楔入木頭，愈轉愈深。這從後面的描寫可以看出：「多情唯是燈前影，伴此翁同去同來。」二句透過孤館寒燈，暗喻對亡妻的思念。從語言上看，也似帶有幾分欣喜，然而骨子裡卻是更深沉的悲哀。詞人身處孤館，唯有一盞寒燈作為伴侶，也就是說那位「遠近必俱」的夫人已從身邊失落了。一種孤寂之感，悼念之情，淒然流於言外。不直接寫人亡，而以客觀景物作為烘托，這也是一種婉曲的手法。和唐人馬戴〈灞上秋居〉中所寫的「落葉他鄉樹，寒燈獨夜人」，意境相彷彿，但卻寓有一層悼亡的意蘊。

清況周頤《蕙風詞話》卷二引了此詞的下半闋，最後評曰：「語真質可喜。」有人以為是評整個下半闋，但我以為其用意在於品騭結尾二句。下半闋前四句真則真矣，然較婉曲，不能算是「質」；結二句直率樸實，如出逆旅主人之口，才真正稱得上「真質可喜」。「今回老似前回」，重在一個「老」字。前回投宿，詞人已經老了；今回投宿，比前回更老。何以更老？當然是因為死了妻子，過分的悲哀促使他衰老。這一形貌上的變化，都是透過逆旅主人的口中，不，更恰切地說是透過他的眼光反映出來的。一句質樸的語言，含有深摯的情感，可謂似直而紆，似質而婉，同整個詞的風格仍是十分協調的。

在《後村詞》中，與其他豪放之作相比，這首詞可算帶有較濃的婉約情味，但與婉約派詞人相比，卻又不夠纏綿淒婉。看來這樣的風格是與詞人的創作思想分不開的。他在〈賀新郎·席上聞歌有感〉詞中說：「我有平生〈離鸞操〉，頗哀而不慍微而婉。」因此這首詞在婉約與豪放之間，適得其中和。（徐培均）

一剪梅 劉克莊

袁州解印

陌上行人怪府公，還是詩窮，還是文窮？下車上馬太匆匆，來是春風，去是秋風。

階衙免得帶兵農，嬉到昏鐘，睡到齋鐘。不消提獄與知宮，喚作山翁，喚作溪翁。

劉克莊是一個關心民族命運、渴望為國立功的人。但在南宋末年那個腐朽的時代裡，他的仕途卻充滿了曲折。理宗嘉熙元年（一二三七）春，克莊出守袁州（治今江西宜春），數月後即因火災被劾罷官。這首詞就寫在解印的時候。對於袁州革職，劉克莊是很不服氣的。於是寫下這首詞作為申說。

詞一開始即透過陌上行人對詞人「下車上馬太匆匆」的驚怪，使我們看出他這次被解職是毫無道理的。「下車」指到任，「上馬」則是離任而去了，其間相距不過數月，故云「太匆匆」。「詩窮」、「文窮」是詩使人窮、文使人窮的意思。行人們這樣發問正說明城中父老對他被革職的不解與不平，這實際上是從側面說自己在袁州並無劣跡，失火不是他的過錯。

既然人們對他這次解官只當是因為詩窮，因為文窮之故，換言之即非為政有失，則作者被排擠的真相不是昭然若揭了嗎？在這裡，作者借行人之口，巧妙地為自己的罷官作了申訴。「春風」、「秋風」兩句一方面點出時間，補足「太匆匆」句意，另一方面也以清風來去表明自己的清白，更用春秋更替暗指仕途沉浮無常。

下半闋從自己方面立言，是對「行人」關切的回答，意思是說：不要有什麼奇怪，我自己倒落得個清閒。宋代知州例兼本州兵馬鈐轄和勸農使。不說知州的實職被奪，而說是得以免帶兵、農的虛銜了，這是一種幽默的說法。又宋代對某些罷職的官員予以「宮觀」，只有空銜，不到職不視事，實際上是領乾薪養老。據宋林希逸所撰〈後村先生劉公行狀〉，劉克莊既罷袁州，回家後與同里人又是同時罷官返里的方大琮、王邁「相與賦詠無虛日」，「俄主雲臺觀」。是解印時，祠官之命還未下來，故有「不消提嶽與知宮」之語。宮觀的範圍包括京師與州府的道教宮、觀與五嶽廟，「提」與「知」義近，都是掌管、主持的意思。這幾句說既然當權者不給事幹，那就只好從早玩到黑，從天黑睡到吃飯，作一個名副其實的「山翁」、「溪翁」。不能躋身仕途就作浪跡山林的打算，這在古代的文人中，是帶有普遍性的現象。不過，儘管如此，我們仍然不要忘了作者其實是用反語發洩牢騷。只要讀讀他「男兒西北有神州，莫滴水西橋畔淚」（〈玉樓春〉），「自古一賢能制難，有金湯便可無張許？快投筆，莫題柱」（〈賀新郎〉），「問當年、祖生去後，有人來否？多少新亭揮淚客，誰夢中原塊土？算事業須由人做」（〈賀新郎〉）等詞句，就知道劉克莊絕不是一個甘心作山翁、溪翁的人。清陳衍《石遺室詩話》卷一六說：「宋詩人工於七言絕句而能不襲用唐人舊調者，以放翁、誠齋、後村為最。大略淺意深一層說，直意曲一層說，正意反一層、側一層說。」劉克莊把這種方法用之於詞，寓憤懣不平之氣於諧謔閒適之中，一問一答，輕鬆而不流於淺露，亦客亦主，活潑而不失含蓄，可以說在豪放粗獷的詞風中另闢一種境界。（李濟阻）

一剪梅

劉克莊

余赴廣東，實之夜餞於風亭。

束縕宵行十里強，挑得詩囊，拋了衣囊。天寒路滑馬蹄僵，元是王郎，來送劉郎。

酒酣耳熱說文章，驚倒鄰牆，推倒胡床。旁觀拍手笑疏狂，疏又何妨，狂又何妨！

宋理宗嘉熙三年（一二三九）冬，劉克莊赴廣州任廣南東路提舉常平官。實之，姓王名邁，劉克莊摯友，二人唱和甚多。風亭，驛名，在今福建莆田市。

這是一首別具一格的告別詞，完全拋開了臨岐淚眼相看的兒女情長，繪聲繪色地描寫了兩位飽受壓抑而又不甘屈服的狂士的離別。憂憤深沉、豪情激越，表現了辛派詞人的特色。

上片寫連夜起程，王邁送行。起句「束縕宵行十里強」，開門見山地描寫連夜而行的情狀。一支火把引路，來到十里長亭，點出餞別之意。「束縕」，是把亂麻捆起來，做成照明的火把。「宵行」，由《詩經．召南．小星》

「肅肅宵征，夙夜在公」化出，暗示遠行辛苦之意。

「挑得詩囊，拋了衣囊」二句承上而來。束縕夜行，天寒路滑，行李繁重，不堪其苦。寧拋衣囊而挑詩囊，表現了作者的書生本色，詩囊裡都是他的心血結晶，哪肯輕易拋掉呢！詩囊裡裝著他的詩篇，也裝著他的痛苦、歡樂和豪情壯志。

「天寒路滑馬蹄僵」，形容道路泥濘難行，一「僵」字寫盡艱苦之狀。雖是說馬，但行人顛簸於馬背，冒著寒風，艱難趕路的情景，已歷歷在目。此句對前三句來說，是補敘，也可以說是倒裝，有凸出「束縕宵行」的作用。下句的「王郎」即王實之。劉克莊稱讚他：「天壤王郎，數人物，方今第一。」（〈滿江紅·送王實之〉）反映出對他的敬重、賞識。在劉克莊奔赴廣東之際，他夜半相送，情誼之真摯，不言可知。

劉克莊自稱「劉郎」，是以他的同姓、銳意改革而屢受打擊的劉禹錫自比。劉禹錫曾因「玄都觀裡桃千樹，盡是劉郎去後栽」（〈元和十年自朗州至京，戲贈看花諸君子〉）詩句，諷刺朝中新貴被貶。劉克莊則因〈落梅〉詩有「東風謬掌花權柄，卻忌孤高不主張」之句，被言官指為「訕謗當國」，而遭罷官。在寫這首詞之前，他已三次被削職。他在〈病後訪梅九絕〉其一說：「夢得因桃數左遷，長源為柳忤當權。幸然不識桃並柳，卻被梅花累十年！」其悵然憤慨之情，及其清品傲骨，表現得非常明白，與唐代的詩豪劉郎相比，亦覺無愧。此時李宗勉任左丞相，薦昇他到廣東做路一級的官，他「不以入嶺為難」（宋林希逸〈後村先生劉公行狀〉），然內心如劉禹錫式的不平之氣，是不會遽然消失的。

過片「酒酣耳熱說文章」，從結構上說，是上片情節的結局。一個是「天壤王郎」，一個是「詩豪」劉郎，二豪相別，自無兒女情態。作為下片的開端，又順勢翻出新的情節，安排十分妥帖，可見詞人的匠心。「酒酣耳熱」表現了酒逢知己的歡樂，同時又是詞人熱情奮發，興會正濃的時刻。詞人避開朋友間碰杯換盞的次要情節，而徑直寫出「說文章」的一幕，可謂善於剪裁。「說文章」不應理解為咬文嚼字地評詩論文，而是極含蓄地暗示他們對時事的評論、理想的抒發，以及憂憤的傾瀉。

王實之秉性剛直，具英豪氣質，人稱子昂、太白（見〈後村先生大全集〉卷一五二）。劉克莊也是言談雄豪，剛直無畏。「驚倒鄰牆，推倒胡床」兩句，正是他們這種英豪氣質的形象表現。前句寫客觀反響，後句寫人物舉動。兩個狂士乘酒酣耳熱，高談闊論，言辭激烈，手舞足蹈，豎目揮臂，大有不可一世之概，所以能「驚倒鄰牆」。這是形象的誇飾，不誇飾便不足以表現他們的豪情。詞的情節至此也進入高潮。

「旁觀拍手笑疏狂」，作者設想，若有旁觀者在此，必定拍手笑我二人疏狂。「疏狂」二字，意為不受拘束，縱情任性。「拍手笑」是一種不理解的表現，對狂者來說不足懼，倒起著反襯作用。劉克莊與王實之在志士受壓、報國無門的時代，把心頭的積鬱，化為激烈的言辭、不平常的行動，自然會被稱為「疏狂」。詞人反以「疏狂」自傲，所以響亮地回答：「疏又何妨，狂又何妨！」態度明朗堅定，可謂狂上加狂，雄放恣肆，豪情動人。有此一結，通篇振起。

這首詞把一次友人的餞別，寫得形象生動，有人物的活動，有情節的發展，很像一齣動人的獨幕劇。在形象描寫中，著重寫人物的動態，從中表現感情的發展變化，始而愁苦，繼而激憤，最後是慷慨奔放，以「風霆驚座」（〈滿江紅．送王實之〉）、沖決鄰牆之勢，把劇情推向高潮。在劉克莊詞中，這是很有特色的一篇。（周滿江）

玉樓春　劉克莊

戲呈林節推鄉兄

年年躍馬長安市，客舍似家家似寄。青錢換酒日無何，紅燭呼盧宵不寐。
易挑錦婦機中字，難得玉人心下事。男兒西北有神州，莫滴水西橋畔淚！

此詞是劉克莊為規勸林姓友人而寫的一篇佳作。據題語，林是作者同鄉，當時任節度推官（安撫司幕職），但名字失載，錢仲聯先生《後村詞箋注》說可能是林元質的長子林宗煥，因宗煥亦莆田人，又曾在浙西安撫司供職，與題稱「鄉兄」、詞云「躍馬長安」者俱合。「戲呈」二字有諧謔之意，用在朋友之間，表現情好親密。詞中所寫的林兄意氣飛揚而行為放蕩，故作者對他進行規諷。

上片極力描寫林的浪漫和豪邁。「年年躍馬長安市，客舍似家家似寄」概言其久客輕家。「長安」借指南宋都城臨安（今杭州）。年年躍馬於繁華的都市，視客舍（借指酒樓妓館）如家而家反若寄居之所，可見其情性之放縱。「青錢換酒日無何，紅燭呼盧宵不寐」則具言其縱情遊樂。二句蓋從杜甫〈偪側行贈畢四曜〉「速宜相就飲一斗，恰有三百青銅錢」及晏幾道〈浣溪沙〉「戶外綠楊春繫馬，床前紅燭夜呼盧」等語化出，「無何」即無事，「呼盧」指賭博。日夜不休地縱酒浪博，又可見其生活之空虛。作者另有〈菩薩蠻．戲林推〉詞云：「小鬟解事高燒燭，群花圍繞摴蒱局。道是五陵兒，風騷滿肚皮。玉鞭鞭玉馬，戲走章臺下。笑殺灞橋翁，騎驢風雪中。」也寫林節推的狎妓縱博生活，可以互參。如此描寫，表面上是對林的豪邁性格的讚賞，實際上則是對林的放蕩行為的惋惜。

下片乃和盤托出對林的規箴。「易挑錦婦機中字，難得玉人心下事」二句對舉成文，含蓄地批評他迷戀青樓、疏遠家室的錯誤。妻子的情義真實可靠，妓女的心意則虛假難憑。今乃捨妻子易知之真情而取妓女難憑之假意，可見是何等的荒唐了。「錦婦」原指蘇蕙，此處借指林妻。《晉書．竇滔妻蘇氏傳》載：「滔，苻堅時為秦州刺史，被徙流沙。蘇氏思之，織錦為迴文旋圖詩以贈滔，宛轉循環以讀之，詞甚悽惋。」「玉人」即容色如玉的美人，指林所迷戀的妓女。結末「男兒西北有神州，莫滴水西橋畔淚」二句熔裁辛棄疾〈水調歌頭．送施樞密聖與帥江西信之讖云〉「賤子祝再拜：西北有神州」語意，熱情而嚴肅地呼喚林某從偎紅倚翠的庸俗趣味中解脫出來，立志為收復中原建立功業。「水西橋」是當時妓女聚居之地，「莫滴水西橋畔淚」即不要同妓女們混在一起，灑拋那種無聊的傷離恨別之淚。如此規箴，辭諧而意甚莊，「旨正而語有致」（清劉熙載《藝概》評後村詞語），「足以使懦夫有立志」（清陳廷焯《白雨齋詞話》評此詞語）。

這首詞的情感格調非常高。詞中表現出一種高翔遠翥的氣概和愛國憂時的精神，而對於醉生夢死的腐朽生活則極其鄙薄，因而具有驚頑起懦的價值。（羅忠族）

卜算子 劉克莊

片片蝶衣輕，點點猩紅小。道是天公不惜花，百種千般巧。
朝見樹頭繁，暮見枝頭少。道是天公果惜花，雨洗風吹了。

劉克莊是詩、詞兼擅的作家。就詞來說，他雖屬辛派豪放詞人，但也有婉約之作。這首詞，周密編選的《絕妙好詞》題作「海棠為風雨所損」，詞人另一首〈卜算子〉題為「惜海棠」，兩首當是姊妹篇。詞中明寫惜花，實際是用比興手法，委婉含蓄地表達了詞人才不見用、遭受壓抑的淒楚情懷。

上片先寫花的可愛。起首一韻為花描態繪色：片片花瓣兒宛如蝴蝶的翅膀，那麼輕盈有致；點點花朵兒猩紅如染，那麼鮮豔嬌美。上句寫花之態，從花瓣兒著墨，因花瓣兒薄，故云「輕」；下句寫花之色從整個花朵兒落筆，海棠花朵兒固小，所以在寫花之色的同時再著一「小」字，並補足上文「輕」字。兩句同一寫花，而角度各異，為歇拍句的「百種千般巧」伏脈。而「片片」又見花瓣兒之多，「點點」又見花朵兒之密，為下片換頭句「朝見樹頭繁」埋下伏筆。歇拍一韻旨在寫花的可愛，可詞人偏不徑情直說，而是以揣度的口吻插入一句議論，用「道是天公不惜花」襯起，然後再說出花的「百種千般巧」。這樣寫，不僅沉著有力，使行文不板；而且，由於引進了「天公」即自然界的主宰「天老爺」，還豐富了全詞的含蘊，凸出了詞人寫這首小詞的寓意，很耐人尋味。歇拍句的「百種千般巧」，當然包括上文所說的姿致輕盈、體態嬌小、色彩鮮豔，但細味「巧」字，又分明包含著花的氣韻美和內在美。只有形貌和氣韻、外在的表現和內在的含蘊配合相宜、諧和一致，方可謂之「巧」，謂之美。

下片寫花事被「雨洗風吹了」的惋惜之情。上片極寫花的可愛，全為嘆惋花事被風雨吹洗一空的惋惜之情張本，所以過片一韻便說：「朝見樹頭繁，暮見枝頭少。」這裡，「繁」、「少」對寫，足見花事變化之大；「朝」、「暮」對提，則不僅見花事變化之遽，亦且見詞人對花事的關心，他隨時都在留心著花事的變化呢。前言「樹頭繁」，則「枝頭」亦「繁」自復可知；而後言「枝頭少」，則不僅見「樹頭」亦「少」，而且還可以想見「愛花成癖」的詞人秉燭逐枝察看的憂懼情態。這一韻不似上片起首一韻，似對非對，卻極有韻致，一段惜花情思宛然若揭。詞人有〈滿江紅．二月廿四夜海棠花下作〉一闋，堪可作為此韻的註腳：

老子年來，頗自許、心腸鐵石。尚一點、消磨未盡，愛花成癖。懊惱每嫌寒勒住，丁寧莫被晴烘坼。奈暄風烈日太無情，如何得！

張畫燭，頻頻惜。憑素手，輕輕摘。更幾番雨過，彩雲無跡。今夕不來花下飲，明朝空向枝頭覓。對殘紅滿院杜鵑啼，添愁寂。

這首〈滿江紅〉把詞人的惜花之情鋪陳得淋漓盡致，而此韻僅僅以寥寥兩句十個字寫出，真所謂「一以當十」了。最後一韻乃全詞的結穴所在，但詞人也不徑情直說，而是一如上片，先用「道是天公果惜花」句襯起，然後再說出花事被「雨洗風吹了」的可悲現實。這話說得也很發人深思，同樣具有一種哲理性味道，因為同上片歇拍一韻所說，本來就是一個問題的兩個方面。而且，迴環通首源流，上片的「道是」句是揚，這裡的「道是」

句是抑，欲抑先揚，抑揚之間，流露出詞人對天老爺縱令風雨摧殘花事的不滿。詞人在同調詞「惜海棠」一闋中云：「風雨於花有底仇？著意相凌借」，「做暖逼教開，做冷催教謝」，直接怨及風雨。而這裡雖無一怨語，而憤怨之情自在其中。兩詞相較，同一題材，同一內容，甚至同一詞旨，而此闋更含蓄，更深婉。

這首小詞寫惜花而又不止於惜花，具有味外之旨。劉克莊在政治上也是辛稼軒一派人物，有才情，有志節，有抱負，渴望在抗金復國的事業中作出自己的貢獻，然而卻屢屢受到當國者的排擠、壓制和迫害。他早在入仕之初，就因所作〈落梅〉詩中有「東風謬掌花權柄，卻忌孤高不主張」的詩句，被言官指為謗訕，當權者亦以為譏己，遂遭到免官押歸的處分，由此累廢達十年之久。以後在他的仕宦生涯中又屢用屢廢，歷盡坎坷和挫折，使他那旨在報國的「平戎策，從軍什」（〈滿江紅·夜雨涼甚，忽動從戎之興〉）終於零落為塵。所以，他在自己的詞作中不止一次地發出過「年光過盡，功名未立」（〈沁園春·夢方孚若〉）之類的強烈喟嘆，痛快淋漓地抒發了他報國無門、「功名難偶」（〈沁園春·答九華葉賢良〉「我夢見君」一首）的憤懣情懷，但多屬豪放之作。而這首小詞卻一變他粗獷奔放的詞風，以婉約之筆隱晦而曲折地表達了自己遭受壓抑的愁苦情懷，流露出對當權者壓制、迫害和摧殘人才的不滿。

這首小詞一不用書卷，二不假藻飾，全以尋常語入詞，卻含蓄深婉，自然有致。又詞中語句本忌重出疊見，而這首小詞卻略無避忌，甚至有意若是，反形成一種迴環往復的藝術情韻，很耐人詠誦回味。（楊鍾賢）

清平樂 劉克莊

五月十五夜玩月

纖雲掃跡，萬頃玻璃色。醉跨玉龍遊八極，歷歷天青海碧。

水晶宮殿飄香，群仙方按〈霓裳〉。消得幾多風露，變教人世清涼。

古人詠月的詩詞很多，有對月、賞月、待月、送月等等。這首詞題為玩月，內容描述的是漫遊太空和月宮的奇特幻想，又能關注人間的疾苦，植根於現實生活的土壤，讀來既感真切，又覺奇妙。

首二句描寫十五月夜的天光月色：皓月當空，青天沒有一絲雲彩，月輪射出的萬頃光波，掃射整個宇宙，照得天空上下，一片澄明透澈。這境界多麼美麗而又神奇！三、四句想像醉後跨上玉龍遨遊太空的幻景。「醉跨玉龍遊八極」這句化用了李白「身騎飛龍耳生風」（〈元丹丘歌〉）和李賀「秦王騎虎遊八極」（〈秦王飲酒〉）的詩句，氣概豪邁，感情奔放。而劉克莊這句較之二李原詩又有兩點新意：一是「醉跨」二字較為生動形象，將酒後狂放不羈的神態活畫了出來；二是「玉龍」較之「飛龍」色彩更為鮮明。玉色潔白潤澤，用來修飾「龍」字，與本詞前二句所描繪的光明世界配合起來，不僅色調諧和，而且給全詞增添了神話色彩。「八極」指宇宙間最邈遠的地方。《淮南子．墜形訓》：九州之外有八殥，八殥之外有八紘，八紘之外有八極。可見是人跡所不到，唯想像得以馳騁的領域。「歷歷天青海碧」寫遨遊八極所見景象。這時作者精神上已超越塵世，來到廣漠無垠的天極，俯仰茫茫寰宇，只見湛湛青天，沉沉碧海，歷歷如在目前。

過片由太空進入月宮：「水晶宮殿飄香，群仙方按〈霓裳〉。」月宮由璀璨炫目的水晶砌成，來到這裡，只覺得香風陣陣，四散飄溢。原來，宮殿裡正在演奏〈霓裳羽衣〉的仙樂，仙女們正隨著樂曲，翩翩起舞。〈霓裳〉，即〈霓裳羽衣曲〉，唐代法曲名。相傳唐玄宗遊月宮時，「見仙女數百，皆素練霓衣，舞於廣庭。上問其曲名，曰〈霓裳羽衣〉也」（北宋郭茂倩《樂府詩集》）。

最後二句由天上想到人間，對比之中似寓感慨。消得，即須得。「變教」是「教（使）變」的倒文。農曆五月中旬，即將進入盛暑。當仙女們在涼爽的水晶宮殿裡輕歌曼舞的時候，人世間卻正忍受著炙熱酷暑之苦，所以作者設問說：還需花費多少風露，才能驅散炎暑，換得人間的清涼呢？聯繫南宋後期的社會現實，統治者偏安江左，沉湎聲色，置人民於水深火熱而不顧。劉克莊素有拯世濟民之志，其寄希望於人間的，當不只是自然界季節的代序，而應該是一個理想的清平世界的出現。

這首詞正文沒有一個「月」字，但滿紙月情月意，並幻想月光遍照下的九州大地能與天宮同此涼熱，它所展示的意境，已遠遠超出所要歌詠的十五月色了。（蔣哲倫）

清平樂 劉克莊

五月十五夜玩月

風高浪快，萬里騎蟾背。曾識嫦娥真體態，素面元無粉黛。

身遊銀闕珠宮，俯看積氣濛濛。醉裡偶搖桂樹，人間喚作涼風。

劉克莊這首〈清平樂〉，是充滿浪漫主義色彩的作品。他運用豐富的想像，描寫遨遊月宮的情景。開頭「風高浪快，萬里騎蟾背」二句，是寫萬里飛行，前往月宮。「風高浪快」，形容飛行之速。「蟾背」點出月宮。《後漢書．天文志》劉昭註引張衡《靈憲渾儀》：「羿請無死之藥於西王母，姮（嫦）娥竊之以奔月……是為蟾蜍。」後人就以蟾蜍為月的代稱。

「曾識嫦娥真體態」，「曾」字好。意思是說，我原是從天上來的，與嫦娥本來相識。這與蘇軾〈水調歌頭〉「我欲乘風歸去」的「歸」字同妙。

「素面元無粉黛」，暗用唐人「卻嫌脂粉汙顏色」（張祜〈集靈臺二首〉其二，一作杜甫詩）詩意。這句是寫月光皎潔，用美人的素面比月，形象性特強。

下片寫身到月宮。「俯看積氣濛濛」句，用《列子．天瑞篇》故事：杞國有人擔心天會掉下來，有人告訴他說：「天，積氣耳。」從「俯看積氣濛濛」句，表示他離開人間已很遙遠。

末了「醉裡偶搖桂樹，人間喚作涼風」二句，是全首詞的命意所在。用「醉」字、「偶」字好。這裡所描寫的只是醉中偶然搖動月中的桂樹，便對人間產生意外的好影響。這意思是說，一個人到了天上，一舉一動都對人間產生或好或壞的影響，既可造福人間，也能貽害人間。

北宋王令有一首〈暑旱苦熱〉詩，末二句說：「不能手提天下往，何忍身去遊其間。」全詩都是費氣力寫的。劉克莊這首〈清平樂〉則寫得輕鬆明快，與王令的〈暑旱苦熱〉詩比較，用意相近而表現風格不同。

劉克莊有不少作品表現憂國憂民思想，如〈運糧行〉、〈苦寒行〉、〈築城行〉等。他寫租稅、寫征役，為民請命，都很沉痛。這首詞「人間喚作涼風」，該也是流露作者對清平世界的嚮往。全首詞雖然有濃厚的浪漫主義色彩，但是作者的思想感情卻不是超塵出世的。他寫身到月宮遠離人間的時候，還是忘不了下界人民的炎熱，希望為他們起一陣涼風。聯繫作者其他關心民生疾苦的作品，可以說這首詞也可能是寄託這種思想的，並不只是描寫遨遊月宮的幻想而已。（夏承燾）

清平樂　劉克莊

頃在維揚，陳師文參議家舞姬絕妙，賦此。

宮腰束素，只怕能輕舉。好築避風臺護取，莫遣驚鴻飛去。

一團香玉溫柔，笑顰俱有風流。貪與蕭郎眉語，不知舞錯〈伊州〉。

這首詞作於寧宗嘉定十年（一二一七）或十一年，因為劉克莊一生中，只有這兩年到過維揚。陳師文，生平不詳。

南宋上流社會有蓄家姬的風氣。這首詞所描寫的就是一個以歌舞侑酒的家姬。一開始以一束素絹比喻舞姬的纖腰，抓住了作為一個舞姬的最重要的因素。由此開始，上半闋四句，句句使用誇張。南朝梁劉勰《文心雕龍·誇飾》說誇張「可以發蘊而飛滯，披瞽而駭聾」。在凸出事物的特點方面，它比任何詳盡的刻畫更有力。此外，這四句中有三處用典：「宮腰束素」用戰國宋玉〈登徒子好色賦〉中「腰如束素」，原句描寫一個據宋玉自己說是天底下最美麗的女子，宮腰指細腰，出「楚王好細腰，宮中多餓死」（《後漢書·馬廖傳》）之典。「好築避風臺護取」用趙飛燕的故事。據說趙飛燕體質輕盈，漢成帝恐其飄翥，為製七寶避風臺（見南唐樂史《楊太真外傳》）。「驚鴻飛去」用曹植〈洛神賦〉裡寫洛神的句子「翩若驚鴻」——這三個典故全是寫最美的女子，用上它們，自然上半闋的真正含義，就不只是舞姬的體態輕盈了。

過片的「一團香玉溫柔，笑顰俱有風流」兩句在繼續描繪形態的同時，開始著力烘托舞姬的精神風韻，上下兩片在這裡得到了自然的過渡。此外，這兩句對舞女風韻正面、概括的描寫，也給結尾兩句作了最好的鋪墊。「貪與蕭郎眉語，不知舞錯〈伊州〉」（蕭郎，泛指女子所愛戀的男子。〈伊州〉，舞曲名）兩句，元陸輔之《詞旨》推為「警句」，清沈雄《古今詞話》又譽為「悟語」，足見前人的欣賞和重視。這兩句好在哪裡？第一，詩詞中寫歌舞、詠女樂者甚多，劉克莊此詞的前六句沒有也極難超越前人。但這兩句卻能抓住最為傳神的細節，因此格外引人注目。第二，句中出現了舞姬與「蕭郎」（其實就是作者本人）眉目傳情的微妙鏡頭，以及因之而「舞錯〈伊州〉」的既尷尬又深情的場面，詞中的人物、氣氛以及詞篇本身都隨著生動、活潑起來了。第三，前六句基本上是客觀描寫，只有到了這兩句，作者才把自己擺了進去，因而詞句所包含的感情也變得更為深厚。

劉克莊詞多寫人民疾苦和對祖國命運的關注，並善於用「壯語」議論、說理，很少作剪紅刻翠之辭。因此，不少評論家以為克莊詞雄偉粗豪，直致近俗，缺少含蓄微婉。不過一位大家的風格絕不是單一的，像這闋詞寫粉黛，敘歌舞，讀來雖不乏明快之感，但情緒纏綿，措詞輕豔，結尾處尤有無窮餘意，當可代表後村詞風的另一個側面。（李濟阻）

憶秦娥

劉克莊

梅謝了，塞垣凍解鴻歸早。鴻歸早，憑伊問訊，大梁遺老。
浙河西面邊聲悄，淮河北去炊煙少。炊煙少，宣和宮殿，冷煙衰草。

這首詞借鴻雁北歸以抒發感慨，表達了對中原殘破的悲悼和人民痛苦生活的關懷，反映他恢復祖國統一的願望。「梅謝了，塞垣凍解鴻歸早。」江南梅花凋謝了，大地已經春回。北方邊塞地區也應該冰融凍解。南來過冬的鴻雁正及早地歸去。塞垣，泛指北方邊境地區。鴻雁，生長在北邊之地，故又稱塞鴻。牠是一種候鳥，秋季自北方飛向南方避寒，春季自南方飛回北方。這樣，鴻雁就成為南北聯繫的一種象徵。《漢書．蘇武傳》有「雁足繫書」之說，常為後人用以比喻異地間書信的來往。劉克莊此詞，則別開生面，委託北去的鴻雁，帶口信向長期處於金人統治下的宋遺民進行慰問。「鴻歸早，憑伊問訊，大梁遺老。」大梁，戰國時魏國都城，即北宋首都汴京。遺老，年老的遺民。詞人託鴻雁向他們問候，含意非常豐富，是對他們處境的關心，是對他們抗爭的聲援，同時也表達了南方愛國志士對北方骨肉同胞的思念之情。然而，南宋政權何時才能完成統一大業呢？這卻是無言可說了。

詞的下片，作者的想像翅膀隨著鴻雁的北去而飛翔，展現出祖國大好山河如今殘破冷落，人民流散，田園宮室荒蕪的景象，真是尺幅有千里之勢。「浙河西面邊聲悄，淮河北去炊煙少。」浙河西面，指浙江西路，包括鎮江一帶即當時接近宋、金分界（淮河）的前線之地。邊聲，邊疆的軍號、馬嘶等聲音。地處邊防，卻邊聲悄寂，反映南宋當局的苟且偷安，防務廢弛，當然更談不上恢復的準備。淮河以北，是金人佔領的地區。炊煙少，指在戰爭破壞和奴役掠奪之下，人煙稀少，一片荒涼。這裡真實地揭示了廣大民眾的苦難生活。最後兩句，感慨尤其強烈而深沉：「宣和宮殿，冷煙衰草。」宣和，北宋徽宗年號。北宋的汴京，到徽宗時期，城市的繁榮、宮廷的奢華到了極點。宋孟元老《東京夢華錄．序》所謂「輦轂之下，太平日久，人物繁阜……舉目則青樓畫閣，繡戶珠簾」。北宋末年統治者「竭府庫之積聚，萃天下之伎藝」，大興宮殿，廣植花木，窮奢極欲，激起人民的反抗，招致金人的入犯而無力抵禦，結局是身為俘虜，生靈塗炭，畫棟雕梁也成了廢墟；而逃到南方的趙宋統治集團，則又在西子湖畔營造起安樂窩，在那裡醉生夢死，把祖宗故國丟在腦後。劉克莊借鴻雁的眼光展示了北宋宮殿淒涼景色，抒發出故宮黍離、國家衰亡的悲憤，也是對南宋當局的指責。這兩句不用動詞和虛字而把時間、地點、景象和人物感情非常自然地組合起來，構成一幅雄渾蒼茫的廣闊圖畫，鮮明突兀，而含意卻十分深遠，耐人體味，與李白〈憶秦娥〉的「西風殘照，漢家陵闕」，可謂同曲同工。（顧易生、汪耀明）

趙以夫

【作者小傳】（一一八九～一二五六）字用父，號虛齋，長樂（今屬福建）人。宋室後裔，彥括之子。宋寧宗嘉定十年（一二一七）進士。累官同知樞密院事、吏部尚書。與劉克莊同修國史。善慢詞，有《虛齋樂府》。存詞六十八首。

揚州慢

趙以夫

瓊花①，唯揚州后土殿②前一本。比聚八仙③大率相類，而不同者有三：瓊花大而瓣厚，其色淡黃，聚八仙花小而瓣薄，其色微青，不同者一也。瓊花葉柔而瑩澤，聚八仙葉粗而有芒，不同者二也。瓊花蕊與花平，不結子而香，聚八仙蕊低於花，結子而不香，不同者三也。友人折贈數枝，云移根自鄱陽之洪氏④。感而賦之。其調曰〈揚州慢〉。

十里春風，二分明月，蕊仙⑤飛下瓊樓。看冰花翦翦⑥，擁碎玉成毬。想長日、雲階⑦佇立，太真肌骨，飛燕風流。斂群芳、清麗精神，都付揚州。

雨窗數朵，夢驚回、天際香浮。似閬苑⑧花神，憐人冷落，騎鶴來遊⑨。為問竹西風景，長空淡、煙水悠悠。又黃昏，羌管孤城，吹起新愁。

〔註〕① 瓊花：古瓊花今已絕跡。據文獻記載推測，當係聚八仙之特異變種。② 后土殿：后土祠之正殿。按祠始建於漢，祀地神后土。今揚州城東瓊花觀是其遺址。③ 聚八仙：一說即今之繡球花。一說花如茉莉，八朵為一簇，故名。④ 鄱陽之洪氏：南宋前期，鄱陽（今屬江西）洪皓及其子洪适、洪遵、洪邁均為名宦。洪适曾總領淮東軍馬錢糧，揚州即淮東首府，故其有分株移植瓊花之可能。此所謂洪氏，或即洪适後人。⑤ 蕊仙：道教傳說天上上清宮有蕊珠宮，為仙人所居。⑥ 翦翦：整齊貌。⑦ 雲階：雲階月地，本謂天上宮闕庭階，此指后土殿前石階。⑧ 閬苑：神話傳說中有閬風之苑，為神仙所居之苑園。⑨ 騎鶴來遊：南朝梁殷芸《小說》：「有客相從，各言所志。或願為揚州刺史，或願多貲財，或願騎鶴上昇。其一人曰：『腰纏十萬貫，騎鶴上揚州。』欲兼三者。」故後人詩詞詠及揚州，每用「騎鶴」字面。此言花神自揚州騎鶴來，是活用，不必以原典拘之。

關於此詞的寫作緣起，作者在小序裡交代得很簡單：「友人折贈（瓊花）數枝……感而賦之。」很明顯，上闋自始至終都是以第三人稱詠瓊花，即所謂「賦」。看，詞人將花兒擬作天上的仙女，寫她告別了瓊樓瑤闕，飄然降臨人間；寫她那潔白的花朵猶如冰花、碎玉，簇擁成球；想像她成天佇立在石階畔，既有楊貴妃那樣豐滿的體態，又有趙飛燕那樣綽約的風姿；讚美她攝取了世間一切草木之花的麗質清氣，集於一身……所有這些藻飾性描繪之中，似以「冰花翦翦，擁碎玉成毬」九字為最佳，筆墨省淨，而形象逼真。其次則「斂群芳、清麗精神」七字，也堪稱新、警。若「蕊仙飛下瓊樓」云云，雖然浪漫，無奈詠花詞裡類似的比喻甚多，不免落套。至於「太真肌骨，飛燕風流」二句，呆作兩譬，本身即不高明，何況這般「美人掛曆」在詞中泛濫成災，一看就令人倒胃口。量長校短，如果就照這個水平寫下去，斷不會有什麼鑑賞的價值。然而換頭後詞人卻頓入佳境，越寫越妙，其契機何在呢？

這就得從所詠之花的特殊性說起了。宋人周密《齊東野語》卷十七云：「揚州后土祠瓊花，天下無二本……仁宗慶曆中，嘗分植禁苑，明年輒枯，遂復載還祠中，敷榮如故。淳熙中，壽皇（孝宗）亦嘗移植南內，逾年，憔悴無花，仍送還之。其後，宦者陳源命園丁取孫枝移接聚八仙根上，遂活，然其香色則大減矣。」百花之中，像瓊花這樣「受命不遷」、「深固難徙」（屈原〈橘頌〉）的，再也找不出第二個來。瓊花的名字，永遠與揚州共其輝光！因此，歷來詠瓊花者，不能不詠及揚州。本篇也不例外。首先所選用的詞調就是〈揚州慢〉；其次則整個上闋的背景亦是揚州。歇拍「斂群芳、清麗精神，都付揚州」云云自不必說了；起處「十里春風，二分明月，蕊仙飛下瓊樓」三句，又何嘗不是緊扣調名題意，一筆雙綰瓊花、揚州？杜牧〈贈別二首〉其一：「春風十里揚州路。」徐凝〈憶揚州〉：「天下三分明月夜，二分無賴是揚州。」本篇起八字即截取其中雋語，拼為一聯，暗點其地。對仗渾成，天然湊泊，極為難得。

揚州自隋煬帝開大運河以來，自唐至宋，成為商業繁盛之都，又是人文薈萃之地。可是，至宋高宗建炎三年（一一二九）、紹興三十一年（一一六一）金兵兩次大舉南攻，揚州都首當其衝，兵燹之酷，竟使積累達數百年之久的富庶與文明蕩然無存！罷兵了，休戰了，在南宋小朝廷用屈辱換來的相對和平時期，揚州是否有條件稍稍恢復往日之經濟、文化名城的旖旎風情呢？否！因為宋金雙方以淮河中流劃界的緣故，它已經成了邊關，只能以軍事要塞的嚴肅面貌出現在人們眼前。這是多麼巨大的變化呵！作為時代的一個縮影，揚州的盛衰怎能不喚起南宋子民們憂國傷時的沉痛之感呢？儘管詞人之所以選用〈揚州慢〉的詞調且興高采烈地寫下「十里春風，二分明月」的佳句，原不過是為了使他這篇「瓊花賦」的題目和詞牌能夠做到珠聯璧合⑩，文辭能夠做到淵雅華贍，但姜夔〈揚州慢〉原作強大的藝術感染力足以把詞人的思緒牽往「蕪城」，「揚州」二字的反覆出現終會使詞人感受到它所負荷的歷史重量。果然，他從歷史之揚州的「盛」中反襯出了現實之揚州的「衰」，不禁慷慨生哀，於是掉轉詞筆，改用第一人稱，楞將半篇未寫完的「瓊花賦」續成了一首「哀揚州賦」。這下闋，便是詞序之所謂「感」了。

然則如此豈不斷了文氣？詞人自有他的辦法。上闋所賦，乃想像中的瓊花，揚州后土祠中的瓊花，昔日的瓊花；眼前現放著友人折贈的數枝瓊花還沒有派用場，何不借她起興？於是乎乃有：「雨窗數朵，夢驚回、天際香浮。」（此二句甚峭，按文義只是「雨窗夢驚回，數朵香浮天際」。）謂碎雨敲窗，將我從午夢中驚醒，只見窗前花瓶裡插著幾枝瓊花，清香四溢，飄浮在天空。（順手找補出上闋漏寫了的花香，妙。）這花是哪兒來的？直說友人所贈，話雖老實，卻無詩意，且下面文章難作，故爾浪漫其辭：「似閬苑花神，憐人冷落，騎鶴來遊。」（「閬苑花神」與上闋「瓊樓」、「蕊仙」犯複，不好。）啊，像是瓊花之神同情我的孤獨，特從揚州騎著仙鶴來鄙地一遊。「花神」既從揚州來，何不向她打聽打聽揚州的近況呢？於是逗出下文之「為問竹西風景」。杜牧〈題揚州禪智寺〉詩：「誰知竹西路，歌吹是揚州。」問「竹西風景」，不啻是問：揚州歌吹，今尚在否？拙手至此，必為花神代設一辭作答。然而果真答了，便呆。好個詞人，驀地一筆宕開，顧左右而言它道：「長空淡、煙水悠悠。」七字雖不著邊際，卻委實下得精彩。大有「多少事、欲說還休」（李清照〈鳳凰臺上憶吹簫〉）之慨，誦之令人迴腸蕩氣，只覺無限落寞惆悵都在言外。以下順勢明點出此種情緒並揭櫫其所從來，放筆為全篇收束：「又黃昏，羌管孤城，吹起新愁。」（此三句亦甚峭，按文義只是「孤城又黃昏，羌管吹起新愁」。）「羌管孤城」四字，很容易使人聯想到范仲淹〈漁家傲〉詞裡的「長煙落日孤城閉」、「羌管悠悠霜滿地」。據此，則作者當時所居，是否也屬邊城呢？粗粗看過，三句只是直書此時此地之環境與心境，似可一覽無餘；及至沉吟久之，入三昧出三昧，方知它熔此時此地、彼時此地、此時彼地、彼時彼地於一爐，味極深厚。試想，「黃昏」而曰「又」，「愁」而曰「新」，則昨日、前天、上月甚至去年……不知有多少個「已是黃昏獨自愁」（陸游〈卜算子・詠梅〉）包含其中，非「此時」與「彼時」相同畫面的多重疊印而何？此蓋就縱向而言，若作橫向觀察，我們又可以看出，它還是「此地」與「彼地」相似圖景的雙影合成。細細體認，那另外的一幅照片豈不就是姜夔〈揚州慢〉詞之「漸黃昏，清角吹寒，都在空城」？不言揚州，而揚州自見。上文懸在半空中的「竹西風景」一問，跳過悠悠煙水之隔，有意無意地在這裡採用融化前人意境、調動讀者聯想的隱蔽方式，作了非答似答之答：昔日揚州歌吹，今已不復可聞。所得聞者，唯羌管戍角薄暮哀吟而已。吁，不亦悲夫！黃河九曲，終注於海。幾經騰挪跌宕，詞人因賦瓊花而哀揚州而蒿目時艱的一腔沉鬱蒼涼之氣，畢竟吐將出來了也。「氣盛，則言之長短與聲之高下者皆宜。」（韓愈〈答李翊書〉）你看他一旦有感而發，即文思泉湧，不擇地而出，與山石曲折，隨物賦形，遂使下闋全幅灝瀚流轉，無往而非佳；較以上闋為文造情、趁題賦花時之思枯筆滯、湊襯敷衍、有句無篇，真不可同日而語了。

詞人愛花成癖，一生寫了許多詠花詞。今存《虛齋樂府》六十八首，詠花之作就有二十四首，竟超過了三分之一。但每每撏扯典故、著意描摹，貼題雖緊，格調卻不甚高。唯獨這首瓊花詞，因後半走題而遂臻絕詣，蚌病成珠，其此之謂歟？（鍾振振）

〔註〕⑩趙以夫詠花詞多追求調名與主題相配合，如〈金盞子〉詠水仙，〈天香〉詠牡丹，〈芙蓉月〉詠木芙蓉，〈秋蕊香〉詠木樨（桂花），〈惜黃花〉詠菊，〈雙瑞蓮〉詠並蒂蓮，等等。

鵲橋仙　趙以夫

富沙七夕為友人賦

翠綃心事，紅樓歡宴，深夜沉沉無暑。竹邊荷外再相逢，又還是、浮雲飛去。
錦箋尚濕，珠香未歇，空惹閒愁千縷。尋思不似鵲橋人，猶自得、一年一度。

這是一首為友人寫的傷離之作。秀不在句而在神，濃在情而不在墨。

先寫初逢情事：「翠綃心事，紅樓歡宴，深夜沉沉無暑。」時在初秋，天涼暑退，夜色沉沉。在她的小樓中，在七夕的宴席上，她偷偷地贈給他一條碧色的絲巾，表達她內心的情意。依內容次序，三句宜當逆讀，詞中這樣安排，既使句子頓挫有味，亦能凸出「翠綃」一語。翠綃是疏而輕軟的碧綠色的絲巾，古代女子多以饋贈情人。秦觀〈八六子〉詞「素絃聲斷，翠綃香減」，也寫由翠綃而憶及愛戀的女子。翠綃傳情，故夜宴亦倍添歡樂，天氣也彷彿格外清爽。總之，那天晚上他沉浸在歡樂與幸福之中，一切都完整地、永久地保留在他心上。「歡宴」二字，寫場面、氣氛，烘托出戀人當時的歡樂與幸福。「歡宴」與「翠綃」句對照，說明：她在「歡宴」的大庭廣眾之中偷偷贈物傳情，她愛得是那樣深，那樣急切，簡直有點忘乎所以。「深夜」一句，既寫出時間、天氣，亦暗點「七夕」。

次寫「再相逢」：「竹邊荷外再相逢」，這是暗通情愫之後的一次幽會，地點在荷塘附近的叢竹旁邊，一個美麗而幽僻的處所。前者席上初逢，雖有靈犀一點，也只能借物傳情，這回則可以盡情地互訴衷曲了。但是，這句畢竟只寫了竹韻荷風的談情說愛的環境，留下許多空白，讓讀者去聯想和補充。以上寫兩次歡會，以「再」字相連，層次清楚，聯繫緊密。「又還是、浮雲飛去」，相會匆匆，逝如浮雲。「又還」句，透出無可奈何之情，令人頓生惘悵。這兩句結束往事的回憶，逗出下片的千縷閒愁、無限情思。

「錦箋」二句，睹物懷人，嘆惋無盡。錦箋，精緻華美的信紙，是她捎來的信箋。珠，珍珠鑲嵌的首飾。當是「再相逢」時的贈物。二句飽含別後相思之情，令人落淚。一「尚」、一「未」，寫記憶猶新，前情在目，上承情事，下啟愁懷。錦箋墨跡未乾，珠飾還散發著她的香氣，而往事浮雲，舊情難續。萬種愁懷，由「空惹」一句道出。為什麼說「空惹」？或許是信物尚存，難成眷屬，或許是舊情未泯，人已杳然吧！總之，這是古代社會常見的愛情的悲劇。悲劇已成，「錦箋」「珠香」，於事無補；「閒愁千縷」，也是自尋煩惱罷了。

但是，惹出「閒愁千縷」的，不僅是她的所贈，還有七夕這個敏感的夜晚以及跟它有關的神話傳說。南朝梁宗懍《荊楚歲時記》：「傅玄〈擬天問〉云：『七月七日，牽牛、織女會天河。』」唐韓鄂《歲華紀麗》卷三引《風俗通》：「織女七夕當渡河，使鵲為橋。」牛郎、織女一年一會，已屬不幸，而他們還不能像牛郎、織女那樣，該是多大的不幸啊！結拍以牛女反襯，既切合題意，亦深化了主題。

要之，上片寫歡情，下片寫離恨，中間用「又還」句過渡，鋪排得體，結構緊密。上下兩片互相映襯，中心十分凸出。全詞筆淡而情濃，是篇較有特色的作品。（梁鑒江）

鄭覺齋

【作者小傳】生平待考。《全芳備祖》和《陽春白雪》錄其詞共三首。

揚州慢 鄭覺齋

瓊花

弄玉輕盈，飛瓊淡濘，襪塵步下迷樓。試新妝纔了，炷沉水香毬。記曉剪、春冰馳送，金瓶露濕，緹騎星流。甚天中月色，被風吹夢南州。

尊前相見，似羞人、蹤跡萍浮。問弄雪飄枝，無雙亭上，何日重遊？我欲纏腰騎鶴，煙霄遠、舊事悠悠。但憑欄無語，煙花三月春愁。

在中國的名花中，瓊花，可算是最珍異和神祕的了。相傳揚州后土祠有瓊花一株，為唐人所植，本大而花繁，香如蓮花，清馥可愛，天下無別株。北宋詩人宋郊建亭花側，名曰「無雙亭」。南宋淳熙以後，花匠以聚八仙花接木移植，流傳遂廣。詞人趙以夫得友人折贈瓊花數枝，召聚諸賢詠賞，並作〈揚州慢〉詞，鄭覺齋是詞即當時和作。鄭氏名籍生平不詳，當為趙以夫的朋友或幕客。

前人論詠物詩詞，每主張要物我有情，以抒情的心理去描繪具體物象，使作者的主觀感覺與客觀事物凝聚成統一體，以求得物之「神」。若僅局限於描形狀物，雖極工巧，終落下乘。如覺齋此詞，在詠花中兼寫情事，句句隱有人在，不即不離，便有著較為深永的情味。

一起數語，就本題發揮，並把人與花合寫。瓊花，像輕盈雅淡的仙女，試罷新妝，滿身香氣，走下樓來。「弄玉」，相傳為春秋秦穆公之女，後與蕭史共昇天仙去。「飛瓊」，許飛瓊，西王母的侍女。「淡濘」，本形容水色明淨，這裡謂飛瓊的衣裝素淡。「襪塵」，本曹植〈洛神賦〉「凌波微步，羅襪生塵」，詞中謂仙女的步履輕盈。「迷樓」，點出揚州。隋煬帝時在揚州建行宮，迴環四合，人誤入者不得出，名曰迷樓。「香毬」，一種熏香用的銅球，中分三層，圓轉不已，可置於被褥中，香煙不滅。前五句以女仙作喻，描繪瓊花的姿態、顏色、氣味，並沒有繪形畫狀，而著力寫瓊花的丰神。「記曉」三句，承上「迷樓」，懸想當日煬帝賞花情景：像春冰般寒潔的瓊花在清晨剪下，插入金瓶中時還沾有晨露，由護衛皇帝出行的「緹騎」以流星快馬送至行宮供煬帝賞玩。「甚天中月色，被風吹夢南州」兩句，轉入當前所見的瓊花。趙以夫原唱〈揚州慢〉詞序云：「瓊花大而瓣厚，其色淡黃。」以「天中月色」擬之，可謂恰到好處。「南州」本泛指南方州郡，此指臨安，相對於瓊花產地揚州而言，臨安在南。詞言瓊花「被風吹夢（到）南州」，下語極迷離恍惚之至。詞開首既屢以仙女比擬瓊花，則此番在臨安出現的、經過移根再植的花，原是她的夢魂被風吹至，構想富有情致。

下片由「吹夢南州」一語發出新意。在酒筵前相見者，是花是人，已融為一體，故加以擬人化的描寫：「似羞人、蹤跡萍浮。」詞人也曾在揚州看到過原本的瓊花，而今也一樣漂泊來到江南，宜乎「蹤跡萍浮」之感彼此同之了。詞人不由得陷入深深的回憶之中。他想起無雙亭畔那「天下無雙」的瓊花，如雪般素潔，在春風中搖動；不知自己何日能重遊揚州，再睹那美妙的姿容？秦觀〈瓊花〉詩云：「無雙亭上傳觴處，最惜人歸月上時。相見異鄉心欲絕，可憐花與月應知。」鄭詞所寫情境，與之相似。「我欲」二句，寫詞人欲往揚州而不得的感慨。「纏腰騎鶴」，語本梁殷芸《小說》：「有客相從，各言所志。或願為揚州刺史，或願多貲財，或願騎鶴上昇。其一人曰：『腰纏十萬貫，騎鶴上揚州。』欲兼三者。」詞中用此，謂自己重遊揚州，已成妄想，唯有悵望雲霄，緬懷舊事而已。「但憑欄無語，煙花三月春愁」，收兩句有無限情韻。李白〈黃鶴樓送孟浩然之廣陵〉詩：「煙花三月下揚州。」在這煙靄迷離、繁花旖旎的穠春三月，懷念揚州的悠悠舊事，更觸起了濃重的春愁，詞人獨倚欄杆，默默無語。兩句與上片末二句呼應，雖然沒有直接去描寫瓊花，而詞的意境卻更加深化了。（陳永正）

張榘

【作者小傳】字方叔，號芸窗，潤州（今江蘇鎮江）人。宋理宗淳祐間，任句容令。寶祐中，為江東制置使參議、機宜文字。有《芸窗詞稿》一卷。詞存五十首。

青玉案　張榘

被檄出郊題陳氏山居

西風亂葉溪橋樹，秋在黃花羞澀處。滿袖塵埃推不去。馬蹄濃露，雞聲淡月，寂歷荒村路。

身名都被儒冠誤，十載重來漫如許。且盡清尊公莫舞。六朝舊事，一江流水，萬感天涯暮。

呈現在我們眼前的是一幅荒村行旅圖：在一個深秋的清晨，冷冷的淡月還掛在天邊，板橋上凝結著一層雪白的濃霜（「露結為霜」。此處須仄聲字，故用「露」），蕭颯的西風將枯葉吹得漫天亂飛，它堆積在山路邊，飄落在小溪裡，而唯有金黃色的菊花猶在橋邊路旁羞答答地開放著，遠處傳來幾聲雞啼，有人匹馬單騎，正走過板橋，繞過小溪，沿著山路，向著僻靜荒涼的山村行去。此行客就是作者張榘。

張榘是南宋詞人。他在宋理宗淳祐年間當過句容縣的縣令，寶祐中又曾任江東制置使參議，掌管機宜文字。前後兩次做官，都沒有多大職權，看來，詞人對自己的仕途際遇甚為不滿。標題中「被檄出郊」四字，已透露了此中消息。「檄」即官府文書。此番他的出郊是受上司的差遣，心裡雖有不願，但亦無可奈何，不得不去。「滿袖塵埃推不去」，塵埃不說拂而說推，用語新奇，然亦通體自然。此句是極寫其風塵僕僕之狀。

「秋在黃花羞澀處」，「羞澀」兩字下得極妙。古代的詩人詞人描寫黃花的很多，有的把它比作傲霜的勇士，有的把它比作受欺的弱女，有的把它當作愁苦的象徵，有的把它當作悠閒的陪襯，唯獨張榘，用「羞澀」兩字來形容，既寫出此黃花經過一夜濃霜摧打，尚未抬起頭來，似乎有些羞答答、苦澀澀的神態，同時又恰好表現出詞人此時此地產生的羞憤苦澀的心情。清張宗橚《詞林紀事》引毛晉語云：「至如『秋在黃花羞澀處』……等語，直可與秦七黃九相雄長。」其高度的藝術性正在於語意新穎，黃花的神情與主人公的心理相一致。毛晉的評語是中肯精當的。

「滿袖塵埃」句是全詞的張本。由此而有「羞澀」，而有匹馬曉行，而有無限感慨。「馬蹄」三句，意境雖由溫庭筠〈商山早行〉詩「雞聲茅店月，人跡板橋霜」化出，而一辭一景，幾個各不相干的景物組合起來，又構成一幅帶有強烈感情色彩的圖畫。這三句在節奏安排上更有巧妙之處：馬蹄——濃露——雞聲——淡月——寂歷——荒村——路。兩字一頓，十三個字構成均衡的、沒有起伏的七個音節，恰好符合詞人獨自騎馬，「的得，的得」行進在荒村小路上的單調呆板的節奏和心緒。

上片主要是寫景，下片主要是言情。上片寫一路所見，下片則是到達陳氏山居之後的感慨。時隔十載，舊地逡巡，風物如故，歲月蹉跎，怎能不引起「身名都被儒冠誤」的強烈感嘆！杜甫〈奉贈韋左丞丈二十二韻〉詩云：「紈袴不餓死，儒冠多誤身。」詞人借杜甫的詩意來表明自己的遭遇心情，並進一步說「身」與「名」都為儒冠所誤。可見憤慨之深。

「且盡清尊」與上片「推不去」相呼應，乃無可奈何，以酒解憂，聊以自慰而已。「公莫舞」之「公」，乃指官場得勢者，其含義與辛棄疾〈摸魚兒〉的「君莫舞，君不見、玉環飛燕皆塵土」相同。只不過詞人不用玉環、飛燕事，而用「六朝舊事」來比喻。江南東路治所在建康（今江蘇南京），正是六朝舊都。六朝共同的特點是統治者奢侈腐化、醉生夢死，因此國運不長，相繼覆亡。南宋的情況與六朝相似，詞人似乎已預感到了它將重蹈六朝覆轍的歷史命運，因而在這裡寄託了深沉的家國之痛。所以「萬感天涯暮」，不僅指從清晨到日暮的時間的流逝，而且包括了全詞豐富的含義：對官場得勢者好景不長的警告，對國家命運的憂慮，對自己被「儒冠誤」的憤慨，以及對自己「歸計恐遲暮」（晁補之〈摸魚兒．東皋寓居〉）的哀嘆。這裡，詞人用「六」、「一」、「萬」幾個數字，反覆盤旋，層層深入，似直而紆，似達而鬱，把這種萬感交集的複雜思想感情生動地表露出來了。

這首詞的用韻也有特色，「樹、處、去、路、誤、許、舞、暮」用上去聲字押韻，有一種促而未舒，往而不返的聲情，再加上〈青玉案〉詞調的句法結構和諧少，拗怒多，更強化了這首詞悲憤慷慨的情緒。（唐葆祥）

華岳

【作者小傳】字子西，號翠微，貴池（今安徽池州）人。宋寧宗時被奸相史彌遠害死。著有《翠微南征錄》、《翠微北征錄》。存詞十八首。

霜天曉角

華岳

情刀無斷，割盡相思肉。說後說應難盡，除非是、寫成軸。

帖兒煩付祝，休對旁人讀。恐怕那漉知後，和它也淚瀑漱。

華岳是寧宗開禧、嘉定間著名的愛國志士，也是一個頗有才名的詩人、詞人。他為人倜儻豪爽，寫作也頗粗豪使氣。錢鍾書先生在《宋詩選注》中指出：「華岳並不沾染當時詩壇上江西派和江湖派的風尚；他發牢騷，開頑笑，談情說愛，都很真率坦白地寫出來，不怕人家嫌他粗獷或笑他俚鄙。」詩如此，詞亦如此，即如他寫的幾首「談情說愛」的詞，便是這種作風。

這首詞走上來就形容得那般刻露，真是見所未見。「情刀無斷，割盡相思肉。」把相思之苦痛比作刀割，「情刀」，好一個新鮮語彙！「無」同「毋」，「斷」（音同竹），意為割削。這兩句是說：情刀啊，你不要再割了，相思肉都被割盡了！「割盡相思肉」，一見其苦痛之深，二見其受折磨的長久。這兩句是作者在這種情況下對相思發出的怨責。害「相思病」的人一面怨恨相思，一面又需求相思的「療救」。下面接著寫：「說後說應難盡，除非是、寫成軸。」意思是說：千言萬語還嫌不夠，除非把這些相思的話寫成長信卷成軸。這可見他對相思又是多麼渴念！上片寫了兩種心情，看似矛盾，卻是真實，為愛情所困擾的人常常如此「患得患失」。

下片寫自己對所愛的人感情的深厚強烈。「帖兒煩付祝，休對旁人讀。」「帖兒」就是書信。「付祝」同「囑咐」（劉克莊〈賀新郎〉有「聽靈山祝付些兒話」，「祝付」即「囑咐」，「付祝」為「祝付」之倒文）。作者向對方寄帖敘說相思，並告誡對方不要對著別人讀。為什麼呢？「恐怕那懣知後，和它也淚瀑漱。」「那懣」即「那們」，那個人。「它」同「他」（男女通用）。「瀑漱」，象聲詞，無定字，多寫作「撲簌」，重言之曰「撲簌簌」、「撲撲簌簌」，用以形容落淚，如金《董解元西廂記》卷六：「淚珠兒滴了萬顆，止約不定，恰才淹了，撲簌簌的又還偷落。」蘇軾〈賀新郎〉（乳燕飛華屋）的「共粉淚、兩簌簌」，亦此義。這兩句說：恐怕那個人聽到以後，那個人自己也要淚流滿面。「那懣」、「它」同指一人，即「旁人」。旁人聽到都要流淚，當事人那就不知道該多痛苦了。可知這封信表達的情感多深多強了。這是側面襯托、誇張形容。晏幾道有一首〈思遠人〉也寫寄書傳深情：「淚彈不盡當窗滴，就硯旋研墨。漸寫到別來，此情深處，紅箋為無色。」同是寫情妙語，卻比較雅，比較精細，分明是閨閣佳人口吻。

這是一首俗詞，用的是口語（有不少當時的俚語），抒情比較直白、粗放，語氣皆為訴說，有點曲的味道。這類俗詞，約略顯示了詞向曲演進的軌跡。（湯華泉）

趙希蓬

【作者小傳】一作希逢。宋宗室。宋理宗淳祐間，以從事郎為汀州司理。與華岳合撰《華趙二先生南征錄》，已佚。存詞十八首。

滿江紅

趙希蓬

勁節剛姿，誰與比、歲寒松柏？幾度欲、排雲呈腹，叩頭流血。杜老愛君□謾苦，賈生流涕衣空濕。為國家、子細計安危，淵然識。

英雄士，非全闕。東南富，尤難匹。卻甘心修好，無心逐北！螳怒空橫林影臂，鷹揚不展秋空翼。但只將、南北限藩籬，長江隔！

這首詞是和華岳韻的，見《全宋詞補輯》，原據《詩淵》輯錄。華岳是宋寧宗時的武學生，有志恢復中原，曾作了一首〈滿江紅〉：

廟社如今，誰復問、夏松殷柏？最苦是、二江塗腦，兩淮流血。壯士氣虹箕斗貫，征夫汗馬兜鍪濕。問孫吳、黃石幾編書，何曾識！

青玉鎖，黃金闕。車萬乘，騅□匹。看長驅萬里，直衝燕北。禹地悉歸龍虎掌，堯天①更展鯤鵬翼。指淩煙、去路復何憂，關山隔。

末韻依詞意當讀作「指淩煙去路，復何憂關山隔」，表示恢復必成，功業必立，無可阻擋之意。當時韓侂胄當政，欲建立蓋世之功，在力量未足、準備不周的情況下，急於出兵伐金。華岳卻以為不可。開禧元年（一二〇五）四月，他上書寧宗，諫阻倉卒用兵。此書載於《宋史．忠義．華岳傳》，大意是說此時百姓未安，士氣未振，且韓侂胄非宜於主此事之人，所信任皆貪懦無用之輩，「雖帶甲百萬，饋餉千里，而師出無功，不戰自敗」。書奏上，侂胄大怒，逮捕華岳，發往建寧（今福建建甌）編管，囚於獄中。開禧二年五月開始的北伐戰爭很快就失敗了，金兵反撲至長江邊，大肆擄殺，並以戰迫和，向南宋提出割兩淮，增歲幣及犒軍金帛，割韓侂胄首級（宋周密《齊東野語》卷三〈誅韓本末〉）。在金人脅迫下，宋廷派出使者議和，接受金人的要求，函送韓侂胄首級以贖淮南地。這場「開禧北伐」的悲劇於此告終，充分證實了華岳預見的正確。

華岳的詞大約作於北伐的前夕，詞中沒有反映戰時戰後一系列情事。趙希蓬和詞當是寫於北伐失敗以後、韓侂胄被殺之前。詞的上片高度讚揚了華岳的憂國赤誠與謀國識見。「歲寒，然後知松柏之後凋也。」（《論語．子罕》）華岳因直言極諫而遭禍，戰爭失敗證明了他是正確的。華岳在上書的結尾寫道：「事之未然，難以取信。臣願以身屬之廷尉（掌刑獄之官），待其軍行用師，勞還奏凱，則梟臣之首，風遞四方，以為天下欺君罔上者之戒；倘或干戈相尋，敗亡相繼，強敵外攻，奸臣內畔，與臣所言盡相符契，然後令臣歸老田里，永為不齒之民。」足見其謀國以忠，不計較死生得失，詞言「勁節剛姿」謂此。「幾度欲、排雲呈腹，叩頭流血」，說華岳不止一次想向皇帝披肝瀝膽，貢獻意見（排雲謂直上雲天，即上朝）。但是卻橫遭迫害，一腔忠忱無人理解。作者將華岳比作憂國憂民的杜甫、賈誼。年輕的賈誼在上皇帝的奏疏中痛切地說：「臣竊唯事勢，可為痛哭者一，可為流涕者二，可為長太息者六。」（〈治安策〉）條分縷析，慷慨激昂。「杜老愛君」，終生流落；「賈生流涕」，反被放逐：為國家仔細計安危、識見淵深的華岳竟身陷縲紲。這是愛國者的悲劇。「□（似可補『心』字）謾苦」、「衣空濕」，作者深深為之痛惜。

下片由華岳的遭際聯想時局，抒發憤慨。「英雄士，非全闕。東南富，尤難匹。卻甘心修好，無心逐北。」像華岳這樣識見淵深的人南宋還有不少，東南財富更是甲於天下，而朝廷卻靦顏媚金。南宋朝廷有一個論調：「吳楚之脆弱不足以爭衡於中原」（辛棄疾〈美芹十論·自治第四〉引）。「英雄士」諸語就是對這種論調的正面駁斥，正好利用了〈滿江紅〉詞過片的短句排偶，聲情顯得異常激烈。「螳怒」出於《莊子·人間世》：「汝不知夫螳螂乎？怒其臂以當車轍，不知其不勝任也。」「鷹揚」謂如鷹之奮揚，本於《詩經·大雅·大明》，辛棄疾曾用以激勵韓侂冑北伐：「維師尚父鷹揚，熊羆百萬堂堂。」（〈清平樂〉，一作劉過）而韓侂冑之輩簡直將戰爭當作兒戲，一觸即潰，再無可賈的餘勇了。就在這種情況下，南北議和，金人竟至要脅割兩淮之地，以長江為界。自古以來南北對峙的政權都沒有把長江作為分界線的，南宋有識之士也都知道淮河不守，江防難保，國家就岌岌可危了。「但只將……」這表示出乎意料、出乎常識的語氣裡，包含了作者多麼深的憂慮和憤慨啊。此詞於讚揚華岳愛國志節的同時，也反映了當時和戰的局勢，現實性很強，值得一讀。（湯華泉）

〔註〕①天：原作夫。

吳淵

【作者小傳】（一一九〇～一二五七）字道夫，號退庵，溧水（今屬江蘇）人，居德清（今屬浙江）。宋寧宗嘉定七年（一二一四）進士。累官兵部尚書，進端明殿學士，拜資政殿大學士，封金陵公，徙知福州、福建安撫使，予祠。起拜參知政事。有《退庵集》、《退庵詞》。存詞六首。

念奴嬌 吳淵

我來牛渚，聊登眺、客裡襟懷如豁。誰著危亭當此處，占斷古今愁絕。江勢鯨奔，山形虎踞，天險非人設。向來舟艦，曾掃百萬胡羯。追念照水然犀，男兒當似此，英雄豪傑。歲月匆匆留不住，鬢已星星堪鑷。雲暗江天，煙昏淮地，是斷魂時節。欄杆捶碎，酒狂忠憤俱發。

這是一首抒發忠憤愛國之情的詞篇。

詞人來到歷代著名的爭戰之地牛渚山，登臨山頂高高的然犀亭，縱覽長江天險，不禁「客裡襟懷如豁」，心胸霍然敞開。一個「豁」字，極形象地展示了作者目遊萬里，神馳今古，內心世界開朗暢快的情狀。「豁」字可謂上片詞眼，直貫以下七句。牛渚山在今安徽當塗縣西北，下臨長江，其山腳突入江中處，名采石磯，為長江最狹之處，形勢險要，自古為南北戰爭必爭之地。據史書記載，後漢孫策渡江攻劉繇，晉王渾取吳，梁侯景渡江入建康，隋濟江破陳，宋曹彬渡江取南唐，都是由牛渚山采石磯處攻進的。詞作者特意在此設問：是誰在此山頂高處蓋了然犀亭，獨自占有這一古往今來使人慷慨愁絕的形勢之地！其實，作者的真正用意並不是要追尋「著危亭」的是誰，而是要用重筆濃墨向人們提問：「占斷」這一古今愁絕之地、主宰祖國山川絕勝的人究竟是誰。是誰？詞中沒有回答，但下面「曾掃百萬胡羯」、「英雄豪傑」卻是巧妙的不答之答。「江勢鯨奔」形容江濤翻捲有如巨鯨奔騰。采石磯一帶江面狹窄，長江從天門、博望而下，水勢洶湧湍急，有「一風微吹萬舟阻」（王安石〈牛渚〉）之說，足見這一帶風浪之險惡，以「鯨奔」比喻，極貼切。「山形虎踞」，晉張勃《吳錄》載，諸葛亮論金陵形勢說：「鍾山龍盤，石頭（即石頭城）虎踞，帝王之宅也。」這裡形容山勢雄偉險要。以上「江勢」三句謂江山形勝乃是天然險峻，非人力所為。「向來舟艦，曾掃百萬胡羯。」向來，從前或近來。胡、羯，古代北方民族，這裡指金人。作者來到牛渚危亭，目睹山川險要形勢，不禁想到幾十年前在這裡發生的一場激烈鏖戰，即著名的「采石磯大捷」。據《宋史》記載，高宗紹興三十一年（一一六一），金主完顏亮率四十萬大軍南下攻宋，自西採石楊林渡渡江，宋虞允文至采石犒師，激勵並指揮將士與金軍進行殊死戰鬥，以海鰍船猛衝金船，金船皆平沉，宋軍大獲全勝。完顏亮轉至瓜洲，被部將完顏元宜等所殺。采石一戰使主戰派大大揚眉吐氣。作者登臨此處，回想起威震天下的這場大捷，頓然平添了幾分英雄豪情，怎能不襟懷如豁！

由登眺危亭——然犀亭，也令人浮想聯翩，憶起歷史上有名的然（通「燃」）犀照水故事。傳說點燃犀牛角可以洞見怪物。據《晉書．溫嶠傳》載：「至牛渚磯，水深不可測，世云其下多怪物，嶠遂毀犀角而照之。」

須臾，見水族覆火，奇形異狀，或乘馬車著赤衣者。」燃犀後來往往用以形容洞察姦邪。溫嶠初在北方為劉琨謀主，抵抗劉聰、石勒；南下，又與庾亮等籌劃攻滅王敦，討伐蘇峻、祖約叛亂。所以作者把他看作抵禦外患，平定內亂的英雄豪傑。「追念」三句是說男兒應當效法溫嶠那樣有眼光、有謀略的英雄豪傑。可是歲月無情，壯志未酬，自己已經兩鬢斑白，難以有所作為了。更為可嘆的是，現實中又缺乏溫嶠式的英雄來抗擊外患，革新內政。南宋自宋理宗端平元年（一二三四）蒙古滅金之後，連連遭受蒙古來犯，然而南宋朝廷不思收復失地，尸位誤國，江山已瀕臨搖搖欲墜的境地。「雲暗江天，煙昏淮地，是斷魂時節。」三句是景語更是情語，喻指邊境形勢險惡與國家政局衰敗，兼以表達作者內心對深重國難的隱憂之情。報國無門，滿腔忠憤無處發洩，借酒澆愁不能自已，最後凝鑄成一個將欄杆捶碎、忠憤發狂的愛國者形象。結韻具有一股撼人心魄的力量。詞作者是南宋一位頗有才略的人，《宋史》本傳說他「才具優長，而嚴酷累之」。他曾官至兵部尚書、參知政事，在任鎮江知府、江西安撫使等地方官時，周濟流民，重視戰備，他在詞中抒發的忠憤之情，乃是南宋壯志難伸的有識之士蓄之良久的愛國激情。

這首詞壯聲英概，激昂悲憤。上片寫登眺牛渚危亭，覽景動情，因景抒懷，撫念昔日抗金的英雄業績，客心如豁，壯懷激烈。下片換頭仍從登眺著筆，由然犀亭觸景生情，激發英雄豪志，繼而嘆惜流年，英雄失志，一腔忠憤化為詩酒怒狂，痛快淋漓地表達了南宋一代愛國志士共有的「報國欲死無戰場」（陸游〈隴頭水〉）的英雄憾恨。

全詞緊緊關合著古戰場牛渚山特有的江山天險勝景，即景抒情，融情於景，將詞人的主觀情思附託在客觀的自然景物上，使筆下的牛渚危亭、江勢山形一一跳蕩著詞人的脈搏與生命。同時，作者在登眺中巧妙地運用了牛渚山特有的歷史典故——「掃百萬胡羯」、「照水然犀」，將昔與今融合為一體，撫今追昔，弔昔傷今，使昔與今時空交錯，轉接無痕。作者借古人酒杯澆自家塊壘，在昔與今的對比聯繫中流露出深沉的歷史感與現實感，將愛國的悲憤之情表達得跌宕起伏，含蓄深邃。吳淵詞既繼承了前一輩偉大詞人辛棄疾愛國詞派的傳統，也具有自己的豪邁雄渾、悲壯蒼涼的風格特色。（吳翠芬）

李好古

【作者小傳】高安（今屬江西）人。自署鄉貢免解進士。詞多呼籲北伐，言情激切。有《碎錦詞》。存詞十四首。

江城子 李好古

平沙淺草接天長。路茫茫，幾興亡。昨夜波聲，洗岸骨如霜。千古英雄成底事，徒感慨，漫悲涼。

少年有意伏中行，馘名王，掃沙場。擊楫中流，曾記淚沾裳。欲上治安雙闕遠，空悵望，過維揚。

維揚，即揚州。宋室南渡後金人多次攻入揚州，破壞之慘重，令人目不忍睹。所以，南宋詞人過其地時多有感懷之作。但這些詞作往往只是深深的嘆惜，因而缺乏鼓舞力量。和這類詞不同，李好古這首〈江城子〉，不著力渲染敵人去後名城的殘破，而把重心放在自己保衛家國的責任上，所以光是立意，就先高出眾人一籌。此外，詞人把自己不能「馘名王，掃沙場」（馘，音同國，殺敵後割取左耳以計功）的原因，歸結為「欲上治安雙闕遠」（治安，漢賈誼曾作〈治安策〉評議時政。雙闕，指代朝廷），等於說興亡的關鍵、維揚屢遭兵火的根源，都在於統治者不納忠言。這種尖銳態度和批判精神，在同代詞人中也是少見的。

在寫法上這首詞注意了兩個結合。首先是寫景與抒情結合。詞中寫景的地方只有四句：「平沙淺草接天長，路茫茫」、「昨夜波聲，洗岸骨如霜」。出現在這裡的，僅僅是沙、草、天、路。透過這些單調的景物，展現了維揚劫後的荒涼。再說，作者又逐次為它們加上「平」、「淺」、「長」、「茫茫」等修飾語，從而共同組成一幅遼遠、淒迷的圖畫，正好象徵作者惆悵的心情。至於「昨夜波聲」雖寫波濤，但字句的背後有一個徹夜不眠、聽波聲而動情的人在。把這一句同「洗岸骨如霜」放在一起，夏承燾說：「兩句寫夜間聽到波聲拍岸，使人激奮而氣節凛然。」（《唐宋詞選注》）則景中之情就更顯著了。

此外，還有一個傷今與懷舊的結合。這首詞目睹維揚破敗，痛悼國家不幸，這是「今」；可是詞篇中又有「幾興亡」一句，接下去還有「千古英雄成底事」，這是「舊」。有了歷史舊事的陪襯，眼前的感慨變得越發深沉；反過來說，由於當前維揚的變故，千年的興亡也變得越發真切。不僅如此，下半闋開頭五句寫自己年輕時就有降服中行說（漢文帝時宦者，後投匈奴，成為漢朝的大患）和「馘名王，掃沙場」的雄心壯志，甚至效法祖逖，在中流擊楫，立下報國誓言。《晉書．祖逖傳》記載，祖逖北伐，於中流擊楫而誓曰：「祖逖不能清中原而復濟者，有如大江。」總之，有千古、少年時、目前三個時間層次的結合，詞篇抒情的背景就特別開闊，作者因國事而生的憂慮也就特別深廣。

這首詞直接寫到維揚的是前面五句和最末兩句。前五句寫見聞，結尾處點維揚，七句詞自然構成一個整體，感慨部分則包孕在中間。這種謀篇法能使結構緊湊，抒情集中，當是作者的精心安排。（李濟阻）

哀長吉

【作者小傳】字叔巽，又字壽之，晚號委順翁。崇安（今福建武夷山市）人。宋寧宗嘉定十三年（一二二〇）進士，授邵武簿，調靖江書記，歸隱武夷。有《雞肋集》。存詞六首。

水調歌頭　哀長吉

賀人新娶，集曲名。

紫陌風光好，繡閣綺羅香。相將人月圓夜，早慶賀新郎。先自少年心意，為惜殢①人嬌態，久俟②願成雙。此夕于飛樂，共學燕歸梁。

索酒子③，迎仙客，醉紅妝。訴衷情處，些兒④好語意難忘。但願千秋歲裡，結取萬年歡會，恩愛應天長。行⑤喜長春宅，蘭玉滿庭芳。

〔註〕①殢：音同替。糾纏。②俟：等待。③索酒子：唐杜甫〈少年行〉：「指點銀瓶索酒嘗。」宋曹勛《松隱樂府》有〈索酒〉一調，疑亦名〈索酒子〉，「子」為常見曲名後綴，詞中此類甚多，如〈漁歌子〉、〈南柯子〉、〈擣練子〉等。在本篇中，「子」字不為義。

④些兒：本義為「不多一點」。⑤行：行將。表示不久的將來時態。

此詞見於元劉應李輯《新編事文類聚翰墨大全》乙集卷十七，是祝賀他人娶媳婦的應酬之作，格雖不高，但喜氣洋溢，自有一股濃郁的生活情味。想來新人合巹之夕，當其親朋雲集、賓客滿堂、舉盞浮白、語笑喧譁之際，絲竹並起，歌者執檀板引吭唱此一闋，定然平添出許多的熱鬧。

「紫陌」二句，以「迎親」開場。妙在並不說破，只是平列兩幅場景，讓讀者自己去玩味。京城的大道上，風光正好；姑娘的閨閣中，羅衣飄香。至於男家前往迎親的一干人等如何吹吹打打，招搖而市過之；新嫁娘如何羞怯而興奮地換上精美的嫁衣，等待著香車或花轎（南宋時謂之「迎花簷子」，見吳自牧《夢粱錄》卷二十〈嫁娶〉條）的到來，種種細節，都在言外。

「相將」二句，拍到自身，繳出詞人以賓客身分「賀人新娶」的題意。「相將」猶言「相共」。「人月圓夜」，點明這是正月十五元宵節夜。北宋王詵有〈人月圓·元夜〉詞（宋吳曾《能改齋漫錄》卷十六謂李持正作），曰：「年年此夜，華燈盛照，人月圓時。」此夕天邊月圓，地上人雙，真是「吉日兮辰良」（《楚辭·九歌·東皇太一》），愈加可慶可賀。

「先自少年心意，為惜殢人嬌態，久俟願成雙」三句，承上「新郎」二字，轉入所賀對象之正面。由「新娘」而「賓客」而「新郎」，移步換形，三方兼顧，用意十分周至。然逐層筆法又各不相同，敘新娘時於空際傳神，述賓客則就實處敷色，至此言新郎，又取逆挽之勢，著意找補出他早就存有青年男子對於愛情的憧憬與渴望，因為愛憐少女那親昵纏人的嬌姿媚態，對於這「樹上的鳥兒成雙對」的好日子企盼得很久了。佳節而結良緣，已是喜上加喜；偏此良緣又屬當事人不勝跂足翹首而待者，那就更美更甜。於是水到渠成，跌出「此夕于飛樂，共學燕歸梁」二句來，折回目前，綰合男女雙方。《詩經・邶風・燕燕》云：「燕燕于飛，差池其羽。」此處借用其語，以雙燕比翼齊飛，同歸畫梁，入巢相並，喻新婚之幸福美滿。詞中詠及雙燕，每用以反襯戀人之孤獨，如五代蜀歐陽炯〈獻衷心〉：「恨不如雙燕，飛舞簾櫳。」南唐馮延巳〈采桑子〉：「林間戲蝶簾間燕，各自雙雙。」（與「花前失卻遊春侶，獨自尋芳」對比。）宋晏殊〈蝶戀花〉：「羅幕輕寒，燕子雙飛去。」（與「獨上高樓，望盡天涯路」對比。）本篇可謂反其道而行之了。哀樂相形，其哀尤甚；樂樂同比，則其樂倍增——兩種寫法，各有各的妙用。

換頭後五句，仍然扣緊新郎、新娘，但隨韻腳又分為兩層。「索酒子」三句寫新人行交拜禮畢飲「交杯酒」。合宋孟元老《東京夢華錄》及吳自牧《夢粱錄》二著中有關記載而觀之，其儀式蓋由主持婚禮者命妓女執雙杯，以彩緞同心結綰住盞底，而後男女雙方互飲一盞，飲罷擲盞於床下，如兩杯一仰一合，則為大吉大利。（或以盞一仰一覆，安放在床下，人為地造取大吉利之意。）故三句分屬三方。「索酒」者，主持婚禮之人也。「迎仙客」之所謂「仙客」，指新郎。南朝宋劉義慶《幽明錄》載漢代劉晨、阮肇入天台山，遇二仙女留為夫婿。此或用其事。又唐人傳奇薛調《無雙傳》載王仙客與表妹（母舅之女）劉無雙自小青梅竹馬，後遭兵亂，無雙被籍沒，將入掖庭為宮嬪，而仙客之志，死而不奪，終得俠士古押衙之助，設巧計將無雙救出，為夫婦五十年，白頭偕老。如以為「仙客」云云係用此事，亦可通。「醉紅妝」之應屬新娘，一目了然。「訴衷情處，些兒好語意難忘」二句，則按婚禮的順序，敘小兩口入洞房後，卿卿我我，傾訴心中互相愛慕之情，那些個海誓山盟，甜言蜜語，銘記於心，終生難忘。如果說新人交巹是在眾目睽睽之下進行的，以之入詞，可謂實錄的話，那麼枕邊絮語就非第三者所得而聞的了，因此後兩句純屬懸揣之辭。但由於詞人所寫的是人之常情，故顯得溫馨、親切，恰到好處。

行文至此，新人那一方面已無可再敘，遂及時將詞筆拖轉回來，代表眾親朋諸賓客表達衷心的祝福。祝辭亦分兩層：

「但願」三句，祝新郎、新娘夫妻恩愛，地久天長。這是主意。附帶言及「千秋歲」、「萬年歡會」，兼祝小兩口壽比南山，且形影相隨，無離別之苦。三句中一句一意，並非疊床架屋，簡單地堆砌吉祥休美的辭藻而已。

「行喜長春宅，蘭玉滿庭芳」二句，則是預言此人家春風長駐，將早生、多生貴子了。「蘭玉」句用典，南朝宋劉義慶《世說新語．言語》載東晉名臣謝安問子侄們道：「為什麼人們都希望自家的子弟們好？」其侄謝玄答曰：「譬如芝蘭玉樹，欲使其生於階庭耳。」（大意謂：這就好比人人都希望芝蘭玉樹那樣的香花名木生長在自家的院子裡、臺階邊。）古代社會重男輕女，且不講計劃生育，賀人娶婦而以祝願其「多子多福」作結，在當時是應有之義，極為得體。逢著這般識趣討喜、善於迎合人意的賓客，主人必然心花怒放，眼笑眉開，「喜糖」雙份發給。

這首詞，對婚禮的正面描寫與側面烘托互相穿插；對此良緣的前因有追述，後果有展望；對新郎、新娘的情態或分寫，或合敘：寫得既花團錦簇又有條而不紊。更貫串著自己暨賓客們的歡快情緒和良好祝願，雖然談不上什麼深刻的社會內容和思想意義，但至少它是以平等的人格去讚美生活中的美，而不同於那些為達官貴人乃至其老太爺、老太太或夫人們祝壽之類的應酬之作——那些作品多半充滿著阿諛奉承甚至溜鬚拍馬之辭，因而庸俗不堪。

尤其值得一提的是，本篇標明體例為「集曲名」，這在詞中獨備一格。詞之全稱為「曲子詞」，「曲名」即其所配合的燕樂曲調之名，亦即今之所謂「詞牌」。「集曲名」也者，蓋謂通篇由許多「詞牌」拼集而成。

具體說來，此詞每句之中，都暗藏著一個「詞牌」，它們依次是〈風光好〉〈綺羅香〉〈人月圓〉〈賀新郎〉〈少年心〉〈殢人嬌〉〈願成雙〉〈于飛樂〉〈燕歸梁〉〈索酒〉〈迎仙客〉〈醉紅妝〉〈訴衷情〉〈意難忘〉〈千秋歲〉〈萬年歡〉〈應天長〉〈長春〉〈滿庭芳〉，凡十九支。其中十八支曲今均有宋人作品流傳，僅〈願成雙〉一調未見作者，當是散佚了（在元散曲中還有作品，屬黃鐘宮），幸虧有此詞在，尚可補充有關詞樂文獻之不足。同類作品還有元刊本無名氏輯《新編通用啟劄截江網》卷六所載宋陳夢協〈渡江雲．壽婦人集曲名〉一首，嵌「詞牌」多達二十三個，論技巧與本篇有異曲同工之妙，但格調遜之。「夔一足」矣，陳詞我們就不再介紹了。（鍾振振）

馮去非

【作者小傳】（一一九二～一二七二後）字可遷，號深居，南康都昌（今屬江西）人。宋理宗淳祐元年（一二四一）進士。曾任淮南東路轉運使司幹辦公事，召為宗學諭，以忤丁大全罷歸廬山。存詞三首。

喜遷鶯　馮去非

涼生遙渚。正綠芰擎霜，黃花招雨。雁外漁燈，蛩邊蟹舍，絳葉滿秋來路。世事不離雙鬢，遠夢偏欺孤旅。送望眼，但憑舷微笑，書空無語。

慵覷。清鏡裡，十載征塵，長把朱顏汙。借箸青油，揮毫紫塞，舊事不堪重舉。間闊故山猿鶴，冷落同盟鷗鷺。倦遊也，便檣雲舵月，浩歌歸去。

這首詞可能寫在南宋理宗寶祐四年（一二五六）十一月。當時作者因受專橫恣肆的丁大全的排擠而被罷官，於是，一葉扁舟，準備歸返故里南康軍（今江西星子）。在歸途中，作者觸景生情，百感交集，寫下了這首〈喜遷鶯〉，回顧了他往日的宦海生涯，表達了他堅決離棄官場、隱居以終的思想情緒。

上片起句「涼生遙渚」至「絳葉滿秋來路」六句，是寫眼前景。「遙渚」、「綠芰」、「漁燈」、「蛩邊蟹舍」（蟋蟀叫聲中的漁家），皆是舟行所見景；「涼」、「霜」、「黃花」、「絳葉」，皆是具有季候特徵的感受與景物。十一月，如果在北國，恐怕已冬景蕭蕭，但在江南，卻是黃花絳葉，宛若深秋。說「來路」，正是說「歸路」。作者於寶祐四年的上半年被召為宗學諭（宗室子弟學校的教官），而以十一月罷官返里，「來路」尚記憶猶新，應詔而來時，一路青翠，至此則紅葉滿路了。「來路」一句，讀來平平，不動聲色，實際上感慨係之，宦海浮沉，仕途坎坷，種種感慨，暗寓其中。「世事不離雙鬢」，正是作者這種種感慨的正面表述。雙鬢是世事的反映。世事艱難，催人衰老，使雙鬢朝如青絲暮成雪！作者的歸途也不是一帆風順的。據《宋史》本傳記載，馮去非「舟泊金焦山，有僧上謁。去非不虞其為大全之人也，周旋甚款。僧乘間致大全意，願勿遽歸，少候收召，誠得尺書以往，成命即下」。顯然，丁大全用了先打後拉的手段，逼迫馮去非就範。「遠夢偏欺孤旅」，實指可能就是這件事。去非對丁大全的伎倆，既表示憤怒，又覺得好笑，所以詞中接下去寫道：「但憑舷微笑，書空無語。」「微笑」，既是對丁大全之流嗤之以鼻，也是作者在訣別官場之後心境坦然的表露。「書空無語」，是用東晉殷浩的典故。南朝宋劉義慶《世說新語．黜免》載，殷浩被廢，終日書空作「咄咄怪事」四字。「書空」，用手指在虛空中寫字。這個典故用得很貼切，作者位雖不及殷浩，但懷抱相似，遭遇（被廢）相同。作者對這種不公平的遭遇，無話可說，只有（「但」）書空無語而已。顯然，幽憤之情，溢於言表。

下片換頭由映入「清鏡」裡滿面征塵的自我形象，轉入對仕途往事的回憶。「慵覷」，懶得看，實際上是不忍看。「十載」句，據《宋史》本傳，去非從淳祐元年（一二四一）中進士之後，踏上仕途，其間有一段時間棄官離職；寶祐四年，被召為宗學諭，不久罷官，前後算來，他的仕途「征塵」生活，也不過十年左右。「長把朱顏汙」，沉痛之中，雜有憤恨，對當時官場的批判，深刻犀利。《世說新語．輕詆》云：「庾公（亮，字元規）

權重，足傾王公（導）。庾在石頭，王在治城坐，大風揚塵，王以扇拂塵曰：『元規塵汙人！』」「塵汙」一詞，主要用它政治上的寓意，矛頭直指權奸丁大全之流。「借箸」、「揮毫」兩句，是具體回憶自己仕途生活中可以紀念的內容。「借箸」即出謀劃策，出於《史記·留侯世家》。「青油」即青油幕，以青綢為之，此指軍中帳幕。唐韓愈、李正封從征蔡州時駐於郾城，夜會聯句，有「從軍古云樂，談笑青油幕」句。「紫塞」本指長城，晉崔豹《古今註》說，秦築長城，土色皆紫，故稱紫塞。在馮去非生活的南宋後期，無「揮毫」於長城的可能。這裡的「紫塞」，是泛指北方邊塞，馮去非「嘗幹辦淮東轉運司，治儀真」（《宋史》本傳），儀真地處南宋的北邊境，比作「紫塞」，亦無不可。從「借箸」、「揮毫」兩句看，馮去非智謀超常，辭翰華贍，所以能在公卿間出謀運策，在邊塞之上倚馬揮毫。可是啊，眼前已被罷官，「借箸」云云，已成陳跡，作者用「舊事不堪重舉」一筆結束過去，同樣寓有不堪回首的沉痛。「間闊」以下，轉寫隱逸志趣。「間闊」、「冷落」云云，承「十載征塵」而來，對久違的「故山猿鶴」、「同盟鷗鷺」有抱歉之意，同時又開啟結句的「倦遊」一層，關聯開合，脈絡井然。結句則形象而明快地寫出了歸隱的行動。「檣雲舵月，浩歌歸去」，瀟灑而決絕，其意境、形象似可與陶淵明〈歸去來兮辭〉中的名句「舟遙遙以輕颺，風飄飄而吹衣」媲美。

這首詞不僅思想內容較好，在藝術技巧上也比較成功。清況周頤《蕙風詞話》卷二曾全首引錄，並說「此詞多矜鍊之句，尤合疏密相間之法，可為初學楷模」。矜鍊之句確實不少，如「擎霜」、「招雨」，一「擎」一「招」，把「綠芰」、「黃花」傲霜鬥雨的精神狀態寫活了；「檣雲舵月」句的「檣」、「舵」，皆名詞用作「意動詞」，即以雲為檣，以月為舵，形象豐富，造語空靈而秀美，給人以高逸騷雅、飄飄欲仙之感，與寫歸隱的內容極相貼合。詞中對句較多，有逐句對，如「綠芰擎霜，黃花招雨」，「雁外漁燈，蛩邊蟹舍」，「借箸青油，揮毫紫塞」等；而「檣雲舵月」則是句中對。工穩的對句，不僅矜鍊優美，而且易於鋪排，展示的生活內容、形象畫面都比較大，以較少的文字表現較多的內容，這就是常說的「密」。但就全詞來說，我們讀起來卻不覺其「密」，更沒有因對句較多而造成的板滯感。原因就在於作者恰當地穿插使用了散體句。對句密麗，散體清疏，對句與散體參差成文，這就是況周頤所說的「尤合疏密相間之法」。僅這一點，我們就可以說，馮去非的填詞工力，非等閒手筆可比；這首詞被譽為「初學楷模」，也是當之無愧的。（丘鳴皋）

葛長庚

【作者小傳】（一一九四～？）又名白玉蟾，字白叟，號蠙庵、海蟾、海瓊子，閩清（今屬福建）人。入武夷山修道。宋寧宗嘉定中，征赴闕，館太一宮，封紫清明道真人。有《玉蟾詩餘》，詞存一百三十五首。

水龍吟 葛長庚

採藥徑

雲屏漫鎖空山，寒猿啼斷松枝翠。芝英安在，術苗已老，徒勞屐齒。應記洞中，鳳簫錦瑟，鎮常歌吹。悵蒼苔路杳，石門信斷，無人問、溪頭事。回首暝煙無際，但紛紛、落花如淚。多情易老，青鸞何處，書成難寄。欲問雙娥，翠蟬金鳳，向誰嬌媚。想分香舊恨，劉郎去後，一溪流水。

得道成仙，羽化昇天，本是道教徒心造的幻影，如蓬萊「海市」，雖然誘人，畢竟歸於空無，因此，即使最虔誠的信徒，從如痴如醉的夢想中醒來，也免不了懷疑成仙的可能。葛長庚所處的時代更不是一個適於夢求仙境的時代，動亂和災難太多了，詩人和道士的想像力都帶上了憂鬱的色彩。或許，一定的時間內，他們由於後天的鍛鍊，藥石的刺激，還能進入「精緻的麻木」之境界，墜入五里雲中，陶醉於幻想的樂土，見到仙女飄飄，素手相接，「眾吹靈歌，鳳鳴玄泰，神妃合唱，麟舞鸞邁」（《太平經囊》），然而，夢幻消散，心頭沉重的壓力卻始終不能消散。因此，他們心中的熱情開始衰退，筆下充滿傷感。他們越是夢囈似的傾訴著前身的美好，認真地推算飛昇的日期，就越是說明了心頭的失望和懷疑。這首詞表現的就是這種求仙不成，「夢中作夢知麼，憶往事落花流水呵」（葛長庚〈沁園春〉）的苦悶。在寫作方法上，多線頭交織，現實和幻想打成一片，表現出一種如煙如夢的迷惘境界。這裡面有「前世」美景幻覺式的展現，有舊地重遊、人事皆非的傷感，有求仙不成的嘆喟，全詞又隱約化用劉阮入天台遇仙女的典故，表現的卻是再入神山不見仙女的失望之情。

葛長庚，又名白玉蟾，他一生大部分時間在遊覽名山、隱居學道中度過，他曾到過羅浮、武夷、天台等名山，這「採藥徑」應是他在山中採藥煉丹時常常經過的一條小路。「雲屏漫鎖空山，寒猿啼斷松枝翠。芝英安在，術苗已老，徒勞屐齒。」重來採藥徑，只見屏峰矗立，空山雲繞，深洞霧鎖，還是舊家景致，寒猿斷續啼，松枝長短翠，但青山不老，人顏已改，年齒徒增，求仙無成。靈芝花已找不到了，赤術苗也已老而不堪摘了。翻山越嶺，無所收穫，所以說「徒勞屐齒」。「空山」、「寒猿」，一派淒清色彩。舊地重遊，恍如隔世，緬懷往事，夢想前身，在一種極度的專注、狂熱的幻想中，似乎又見到了往日嬉戲於洞天福地的美好生活：「應記洞中，鳳簫錦瑟，鎮常歌吹。」白玉蟾詞中常常描寫「記憶」中的前身之事，如「手折琪花今似夢，十二樓臺何處，猶記得、當時伴侶」（〈賀新郎〉「極目神霄路」），「遙想十二樓前，琪花開已遍，鸞歌鶴舞」（〈酹江月〉「當初誤觸」）。白日做夢，夢無非是心靈深處強烈欲望的曲折反映，而夢醒以後仙路杳杳，一無所有，就會產生更沉重的失落感：「悵蒼苔路杳，石門信斷，無人問、溪頭事。」再沒有仙女候於溪頭，引入仙山。桃源一別，舊徑苔封，仙境難尋。「我何緣、清都絳闕，遽成千古。白鶴青鳥消息斷，夢想鸞歌鳳舞。」（〈賀新郎〉「極目神霄路」）雖然，白玉蟾一直自信「吾家舊在瑤京」，駝鳥式埋頭沉思，堅持自己是宿植仙胎，謫下塵世，但他終不能理解，為何一離清都，難回玉京，成仙之路終是遙遙無期。寫到這裡，失望已超過希望。

「回首暝煙無際，但紛紛，落花如淚。」這幾句既是寫眼前暮春景色，又是暗寓懷抱；「春來遍是桃花水，不辨仙源何處尋」（王維〈桃源行〉），重覓仙蹤，不見伊人，無可理解的迷惘像落花暝煙，無邊無際。「念如今，紅塵滿面，漫灑晚風淚」（〈菊花新〉「渺渺煙霄風露冷」），由此而引出下面「多情易老，青鸞何處，書成難寄」的感嘆。青鸞本是仙家信使，不見青鸞，也就是不得成仙的消息。類似的感嘆在他的詞裡一再出現：「長念青春易老，尚區區、枯蓬斷梗」（〈水龍吟〉「層巒疊巘浮空」）；「青鳥無憑，丹霄有約，獨倚東風無限情」（〈沁園春〉「嫩雨如塵」）；「嘆未有紫雲梯，絳闕消息子，也無一二，枉垂涕」（〈菊花新〉「十二樓臺」）。不見青鸞，書札枉成，音訊難通，唯沉思暗想：「欲問雙娥，翠蟬金鳳，向誰嬌媚。」這幾句寫的是男女情事，表明的是求仙心願。仙家美景本只是放大了的人間樂事。在道教徒的心目中，神仙世界無非是：「於中青鸞唱美，丹鶴舞奇。有粉娥瓊女，齊捧芳巵，天真皇人陳玳席。」（〈菊花新〉「渺渺煙霄風露冷」）長生加美女就等於成仙，因此，劉晨阮肇入天台得豔遇獲長生也就成了道家美談，這首詞也一直隱隱串用此典，至此更為顯明。「雙娥」以劉、阮所遇二仙女比喻自己追求的目標，因自己成仙無路，難歸洞府，所以不知「雙娥」又「向誰嬌媚」，不知何人逍遙於洞天仙境。「想分香舊恨，劉郎去後，一溪流水。」「分香」用曹操臨死分香與諸夫人典，以寫幽明殊途，仙凡阻隔。而自劉阮返棹，離開仙境後，雲遮霧繞，難覓歸路，唯有一溪流水，依然帶出桃花片片。結尾，眼前之景與夢幻之景打成一片，顯得十分空靈。

這首詞寫得迷離恍惚，虛實結合。其情感冷熱交作，時而陷入熱狂的幻想，神仙世界繽紛繚亂，時而跌入冷落的現實，落花空山杳無人跡。詞作將過去、現實、幻想、回憶融為一體，創造出一種淒豔而神奇的境界，雖不出婉約詞格調而別有一種滋味。（史雙元）

水調歌頭

葛長庚

江上春山遠，山下暮雲長。相留相送，時見雙燕語風檣。滿目飛花萬點，回首故人千里，把酒沃愁腸。回雁峰前路，煙樹正蒼蒼。

漏聲殘，燈焰短，馬蹄香。浮雲飛絮，一身將影向瀟湘。多少風前月下，迤邐天涯海角，魂夢亦淒涼。又是春將暮，無語對斜陽。

葛長庚，自名白玉蟾，南宋道士。清陳廷焯《白雨齋詞話》說他的詞「風流淒楚，一片熱腸，無方外習氣」。這首〈水調歌頭〉把別情寫得那麼濃烈，就是長庚詞執著於世情的明證。

這首詞最顯著的特點，是選詞造語功夫極深，差不多字字句句都經得起反覆咀嚼。開頭「江上春山遠，山下暮雲長」二句，選用江、山、雲這些巨幅背景入詞，同時用「遠」字、「長」字預示行人遼遠的去向，用「春」字、「暮」字勾勒最叫人傷神的時令。因此，在點明「相留相送」之前，就已蓄涵了惜別的全部情緒。清況周頤主張填詞起處「便當籠罩全闋」，他在《蕙風詞話》中說：「近人作詞，起處多用景語虛引，往往第二韻方約略到題。此非法也。」像這首詞的開頭雖純用景語，但容得全篇主意，可算寫景、籠罩兼擅。由於一二句發興高遠，所以詞篇剛一開始，作者的感情便很快推向高峰，於是緊接著就有「相留相送」一句。寫到這裡，看來留、送時梗塞在胸中的激情要奔湧而出了。誰知剛說完了這四個字，作者卻突然打住，來了個「時見雙燕語風檣」。「相留相送」的心情怎麼樣？反而隻字不提。這種欲說還休的情態，既告訴我們別情凝重，難以言語摹寫，同時又使文勢跌宕，於一張一弛之中顯出了鍊句謀篇的功夫。「雙燕語風檣」語出杜甫〈發潭州〉詩「檣燕語留人」，借物寫人，從側面補敘「相留相送」的情意。「滿目」以下三句，「滿目飛花萬點」仍是別時所見，「回首故人千里」已是分手遠去，「把酒沃愁腸」則是別後獨處了。寫別離，於離別情緒卻沒有一個字的正面點染，只用當時所見的江、山、雲、雙燕、飛花烘托離人的辛酸，這在古人詩詞中已屬少見；至於把別去的速度寫得那麼迅疾，近乎疊印了由言別到分手到孤單的一個個鏡頭，則無疑又是抒寫離人淒苦最有效的手段。「飛花萬點」隱含了杜甫〈曲江二首〉其一「一片花飛減卻春，風飄萬點正愁人」的「愁」字；「千里」明提兩地遙遠的距離，「沃」反襯愁腸迴繞的痛楚，都極有分量。「回雁峰前路」是設想中的來日前程。回雁峰為衡山七十二峰之首，相傳秋雁南飛，至此而返。但是作者到了那裡，返得了返不了呢？「煙樹正蒼蒼」便告訴你：那裡渺茫難測，何從預料歸期！由此可知，前途中山、水正多，詞中獨寫「回雁峰」是有講究的。

下半闋，例由三個三字句起頭。作者利用這一形式，選取漏、燈、馬三種事物表現行人單調的旅途生涯。其中，寫漏聲用「殘」，寫燈焰用「短」，字面上是說一夜將盡，骨子裡卻在暗示作者經歷著一個不眠之夜。「馬蹄香」是用馬蹄尚有踏花餘香，來說明主人公駐足不久。然而漏殘焰短，天亮在即，新的跋涉又將開始。「馬蹄香」三字在前兩句的配合下產生這麼深沉的含義，是「踏花歸去馬蹄香」（佚名）那個名句也比不上的。「浮雲飛絮，一身將影向瀟湘」接寫未來的旅程。用「浮雲飛絮」比旅人，尚是古人詩文中的常見手法；而「一身將影」用「將」字把「形隻影單」的意思翻新，就開始露出逋峭之勢；至「向瀟湘」三字雖只引入地名，但瀟湘為湘江的別稱，位置在衡山之南，聯繫上半闋中「回雁峰前路」一句，則作者心中那雁已回頭人仍南下的痛楚，是連木石也要為之感動的。「多少」以下三句寫「一身將影向瀟湘」時的情緒，其中「多少風前月下」既說自己的孤獨，又回憶往日風前月下的幸福與團聚，在對比中寫盡思念，寫透淒切。「迤邐天涯海角」從回雁峰、瀟湘再往極遠推開，並由「多少風前月下」的美好回憶中驚醒，於是自然吐出了「魂夢亦淒涼」這一撕裂肝肺的呼聲。結尾處的「又是春將暮」既呼應「江上春山遠」，又挽住不盡的跋涉；「無語對斜陽」既呼應「山下暮雲長」，又挽住無窮的淒涼。有了這兩句，不但可以總攬全篇大旨，形成「眾流歸海」之勢，而且也使詞作首尾連貫，渾然一體。此外，結處出現「無語對斜陽」的詞人形象，把所有的情思全凝聚在他那深沉的眼神裡，也極耐尋味。劉永濟《詞論》說：「結句，大約不出景結、情結兩種。情結以動蕩見奇，景結以迷離稱雋。」如這首詞以形象結尾，情中有景，則可收動蕩、迷離之雙重效果。

葛長庚博學多識，曾自言世間有字之書無不過目。加上他有漫遊天下的經歷和道士生活的熏陶，因而詞風清雋飄逸，接近蘇軾。這闋詞賦離愁，從「春山」「暮雲」以下，選用一連串最能叫人愁絕的景物，間用比興與直接抒寫之法，多方面渲染個人情緒，寫來愁腸百轉，深沉鬱結，若不勝情。然而，詞篇從「相留相送」寫起，一氣貫過回雁峰、瀟湘，直至天涯海角，又似江河流注，雖千迴百轉，卻能一往直前。氣脈貫通，精魄飛動，沉鬱中不見板滯，反見疏快，實為詞中佳品。（李濟阻）

行香子 葛長庚

題羅浮

滿洞苔錢。買斷風煙。笑桃花流落晴川。石樓高處，夜夜啼猿。看二更雲，三更月，四更天。

細草如氈。獨枕空拳。與山麋野鹿同眠。殘霞未散，淡霧沉綿。是晉時人，唐時洞，漢時仙①。

〔註〕①原註：洞府自唐堯時始開，至東晉葛稚川方來。及偽劉稱漢，此時方顯，遂興觀。

葛長庚，自號白玉蟾，嘗封為紫清真人。據《羅浮山志》，白玉蟾常往來於羅浮、武夷諸山修道，這首〈行香子〉寫的就是他在羅浮山中行炁存想，侶麋鹿、眠白雲的瀟灑生活。

羅浮山在廣東境內，據傳說，浮山為蓬萊之一阜，唐堯時浮海而至，與羅山並體，故稱「羅浮」。舊說山高三千丈，有七十二石室，七十二長溪，有玉樹朱草，神湖神獸，道家列為第七洞天，晉郭璞曾在此煉丹求仙。原註中所云「偽劉稱漢」，指五代時在廣州建立的南漢劉氏政權。這首詞將荒古的自然風景與超俗的道家生活合為一體來寫，富有野趣。

「滿洞苔錢。買斷風煙。笑桃花流落晴川。」「苔錢」，因為蒼苔形圓如錢，故名。滿洞蒼苔，可見歷時已久，人跡罕至。「買斷」即買盡。苔雖形如錢，但只能點綴風煙。宋詩人楊萬里〈戲筆〉曾寫道：「野菊荒苔各鑄錢，金黃銅綠兩爭妍。天公支與窮詩客，只買清愁不買田。」雖不能買田，但高人逸士們仍以「苔錢」為貴，因為它是另一種意義上的富有，代表了一種清貧自賞、自然超俗的情趣。「買斷風煙」即占盡風煙，獨得自然景致之勝。古洞蒼苔，高人逸士獨來獨往，片片桃花隨溶溶川水流出，向人間傳送出一絲洞天的消息。但，「桃花盡日隨流水，洞在清谿何處邊」（唐張旭〈桃花磯〉），世外人並不知道此處別有桃源仙境，故「笑」之，笑桃花多情，笑世人無識。「石樓高處，夜夜啼猿。看二更雲，三更月，四更天。」據《嘉靖惠州府志》卷五《地理志》，羅浮山「上山十里，有大小石樓。二樓相去五里，其狀如樓。有石門，俯視滄海，夜半見日出」，可見其高。「石樓峙乎半巔」（宋李南仲〈羅浮賦〉）。夜深人靜，萬籟俱寂，空山唯有聲聲猿啼，使人警省。此時此地，修道之人，靜坐默想，獨觀雲月，擁抱宇宙，與山水風物默契交流，體悟天地奧祕，直觀生命真諦，自得其樂，意靜神旺。這幾句詞，不僅描寫了清寒徹骨的道家山中生活的外在環境，同時，又象徵性地表現了因靜觀而發慧，獨悟至樂的內在生活情態。所謂「二更雲，三更月，四更天」，實際上寫的是行炁存想、消除塵念的修煉過程。開始猶存世念，如行雲蔽月，繼而虛室生白，表裡空一，終而至人無己，湛然空明，如片雲除盡，空中唯皎皎孤輪。另外，道家練習靜坐行炁，一般從半夜「子」時起，此時為「生氣」開始時，即「進陽火候」（漢魏伯陽《參同契》），「天氣正，地氣和，風雲朗暢，日月調順，然後喪其神，亡其身，玉液傍潤，靈泉外灑」，「考擊於寂寞之際」。（唐孫廣《嘯旨》）「二更雲，三更月，四更天」，既是象徵——寫的是內在世界逐漸開廓清明的過程，也是寫實——表現了夜半之時道人入靜止念，行炁坐忘的修煉生活。

「細草如氈。獨枕空拳。與山麋野鹿同眠」，這幾句寫「同與禽獸居，族與萬物並」（《莊子．馬蹄》）的山中生活。空間的間隔造成了時間的留滯，山中人似乎回歸到太古時代，回到洪荒時代，枕拳臥草，幕天席地，遺世獨立，鳥獸相親，沒有榮辱得失，沒有人我差別，甚至沒有人與物的差別，一切機心都放下了。靜觀自然，回歸自然，真正進入了「齊物」的境界。

「殘霞未散，淡霧沉綿。是晉時人，唐時洞，漢時仙」，又是一天開始了，曉霞未收，連山淡霧綿綿不盡，千姿百態，天天如此，年年如此，今天還是如此，山中風光，洞中歲月，自有一種綿綿不盡、長久不變的實在感，顯示出大自然永恆的風貌。結尾三句寫羅浮山的悠悠歲月，顯示出山中人「不知魏晉，無論漢唐」，超越塵世變化的優越感，俯視人世，滄海桑田，山中人在寂寞之中感到了一種精神上的超脫和欣慰。

這首詞寫道家的山中生活，修煉功夫，卻沒有墮入「金公奼女」「離龍坎虎」那一套囈語中，詞作著力描寫的是山中風光的悠長，洞中歲月的灑脫，自然的美好和永恆，以及擺脫人世負擔後的輕鬆，因此，其情調不是荒誕或空寂，而是野放清新。（史雙元）

吳潛

【作者小傳】（一一九六～一二六二）字毅夫，號履齋，溧水（今屬江蘇）人，居德清（今屬浙江）。宋寧宗嘉定十年（一二一七）進士第一。累官參知政事、樞密使、左丞相。曾受蕭泰來和賈似道讒毀，二次罷相，卒於循州貶所。其詞激昂淒勁，感憤時事。有《履齋詩餘》，存二百五十六首。

滿江紅　吳潛

送李御帶珙

紅玉階前，問何事、翩然引去？湖海上、一汀鷗鷺，半帆煙雨。報國無門空自怨，濟時有策從誰吐？過垂虹、亭下繫扁舟，鱸堪煮。

拚一醉，留君住。歌一曲，送君路。遍江南江北，欲歸何處？世事悠悠渾未了，年光冉冉今如許！試舉頭、一笑問青天，天無語。

此詞是送別李珙之作。「御帶」，也稱「帶御器械」，為武臣的榮譽性加官。李珙，難確考，《宋史・楊巨源傳》中有「成忠郎李珙投匭，獻所作《巨源傳》為之訟冤」（巨源，蜀人，平吳曦後，為四川宣撫安丙傾軋，被殺），此李珙或係其人①。細味詞中「過垂虹」諸語，此詞當是理宗嘉熙元年（一二三七）八月吳潛任平江（今江蘇蘇州）知府、李珙辭官途經此地時作。

「紅玉階前，問何事、翩然引去？」「紅玉階」義同丹墀，指宮殿。送友人，開頭即問何以辭官，見出這不是一般的聚散迎送，牽動肚腸的也不是一般的離情別緒。「問何事」，語氣也顯得比較重。可是，下面卻沒有回答。「湖海上、一汀鷗鷺，半帆煙雨」，寫其「翩然」之狀：出朝後漫遊湖海，與鷗鷺為友，出沒於煙波雨浪，顯得多麼自在、輕快。「海客無心隨白鷗」，似乎友人對這種境遇還很滿足。作者這裡有意運用搖曳之筆，引而不發，使人感到飄逸的表象下隱藏著別種意緒。「報國無門空自怨，濟時有策從誰吐？」這裡是回答了，經過上面一番盤旋，顯得有很重的感情分量。李珙似乎主動的「引去」原來是如此不得已，貌似曠達，實是悲哀。他有報國之志、濟時之策，但朝廷並不理解甚至不加理睬，「閶闔九門不可通」，「白日不照吾精誠」（李白〈梁甫吟〉），他只得出走了。「過垂虹、亭下繫扁舟，鱸堪煮。」垂虹亭位於距蘇州不遠的吳江長橋，這裡是南宋連貫東西水路必經之地，李珙離臨安往西自然要經過這裡。這裡還有一處著名的古跡：晉代吳江人張翰在洛陽做官，見秋風起，想起家鄉的鱸魚膾，便辭官返鄉。後人在這裡建有鱸鄉亭。友人經過此地正是鱸肥堪膾時節，作者可盡地主之誼；友人亦是辭官歸去，正與張翰同懷，可謂異代知音，不妨小住。「鱸堪煮」，「堪」字耐人尋味，除了傳達出主人殷勤款留之意外，還替友人說出了心裡的多少不得已！

過片接續上片的煮鱸，寫道：「拚一醉，留君住。歌一曲，送君路。」可以說，寫到這裡才著送別之題，上片全是題前之意。由於題前之意寫得很充分，別意就顯得分外珍重、深厚了。「留君住」須「拚一醉」，這種「認真」的態度表現出了多麼執著、灼熱的感情，「歌一曲」中又有著多少依戀、憐惜！「遍江南江北，欲歸何處？」友人此去，作者悵然若失，彷彿在追步友人足跡。順承上句，這種意思是明顯的。可能還有別的意思。李珙大概是四川人，四川人來下江做官，道里遙遠，一旦罷官就有流離之感。吳潛友人吳泳也是四川人，在寫給吳潛的信中就說：「西州（指四川）士大夫以官為家，罷則無所於歸。」如果是這樣，那麼「遍江南江北，欲歸何處」，就又表現了對友人處境的無比同情、關切，這與下面的情緒表現又是緊相聯貫的。「世事悠悠渾未了，年光冉冉今如許！」前句出《晉書．傅咸傳》：「天下大器非可稍了，而相觀每事欲了……官事未易了也。」此反其意而用之，謂天下大事（如內憂外患）那麼多，全未解決。後句出〈離騷〉：「老冉冉其將至兮，恐脩名之不立。」這兩句是說如今國難當頭，有多少事需要人做，而像李珙這樣的志士卻不得信用，任其漂泊，消磨壯志，虛捐年華，這使人感到多麼痛惜，又感到多麼的不可理解。「試舉頭、一笑問青天，天無語。」不理解，因而發為天問。「一笑」，是被悖謬所激怒的癲狂的笑。讀到這裡，我們可以想見作者昂首青天、一聲狂笑，他在向青天發問：人世間的舉措何以如此荒唐，是非何以如此顛倒？「天無語」。他得不到回答，沉入了深深的悲憤之中。

這首送別詞寫得抑揚頓挫、悲鬱慷慨，表現了作者對友人志行的深切理解，對其遭遇的深厚同情，同時也對朝廷的昏聵表示了強烈憤慨。這些情緒的表達是波浪式的推進，詞中的幾個問句顯示了情緒推進的節奏，煞拍達到了高潮。這是一個愛國志士獻給另一個愛國志士的驪歌，所以顯得這樣的真切深至。明楊慎《詞品》卷五謂「『報國無門空自怨，濟時有策從誰吐』，亦自道也」。這體會是符合作品的，尤其是下片，主客情緒可以說是渾然一體了。「世事悠悠渾未了，年光冉冉今如許！」自況意味亦非常明顯，可以見出他憂國憂民的急切以及對功業的渴望。結拍的憤慨既為友人、亦為自己，所謂借他人之酒以澆自己之塊磊也。（湯華泉）

〔註〕①明楊慎《詞品》作李琪，誤。宋黃昇《花菴詞選》及諸本皆作李珙，未有作李琪者。李琪，嘉定間人，官國子司業，未可加「御帶」這種武官職銜。成忠郎，武臣官階，以後得御帶加官，則是可能的。作李珙為是。

滿江紅　吳潛

豫章滕王閣

萬里西風，吹我上、滕王高閣。正檻外、楚山雲漲，楚江濤作。何處征帆木末去，有時野鳥沙邊落。近簾鉤、暮雨掩空來，今猶昨。

秋漸緊，添離索。天正遠，傷飄泊。嘆十年心事，休休莫莫。歲月無多人易老，乾坤雖大愁難著。向黃昏、斷送客魂銷，城頭角。

理宗淳祐七年（一二四七）春夏，吳潛居朝任同簽書樞密院事兼權參知政事等要職，七月遭受臺臣攻擊被罷免，改任福建安撫使。時其兄吳淵供職於南昌。此詞當為吳潛前往福州道經南昌時作①。

豫章為南昌舊名。滕王閣唐初建於南昌城西，飛閣層臺，下瞰贛江，其臨觀之美，為江南第一（見韓愈〈新修滕王閣記〉）。更有王勃〈滕王閣序〉，益發使其輝光煥發。詞客騷人「臨帝子之長洲，得仙人之舊館」（王勃〈滕王閣序〉），多有吟詠，吳潛此作亦發興於此。

「萬里西風，吹我上、滕王高閣。」起筆著題，發唱豪快，寫出了登臨高閣時的興致。這裡還暗用了王勃的故事。傳說他往南昌途中，水神曾助以神風，使他一夕行四百餘里，民諺謂「時來風送滕王閣」。用了這個故事更顯現了作者的興致，還自然地將目前的登臨與王勃當年聯結了起來。「正檻外、楚山雲漲，楚江濤作。」「檻外」寫出了居高臨下憑欄感覺。楚山，指西山。楚江，指贛江。「雲漲」、「濤作」，景象多麼壯觀，可以想見詞人心潮的激盪。「何處征帆木末去，有時野鳥沙邊落。」視野向遠方伸展，遠去的征帆像行駛在樹梢上，野鳥在沙渚邊時飛時落。「何處」，表示他極目時神情的關注，「有時」，寫出了佇望中的盎然興趣。「近簾鉤、暮雨掩空來，今猶昨。」「暮雨」說明其佇望之久。正當遊目騁懷、沉入遐思時，雨霧蔽空，撲簾而來，真是「珠簾暮捲西山雨」（王勃〈滕王閣詩〉），與王勃當年所見情景如此相像，也不禁臨風嗟嘆了。

以上是滕王閣覽景。景物寫得重點凸出、層次分明，又處處映照著〈滕王閣序〉，溝通了今古，豐富了意象。這段文字寫得洋洋灑灑，但情感似乎不無悵惘。「帆去木末」見出他對前程的瞻望，「暮雨掩空」似乎也帶來了歷史、人生的悲涼意緒。這不僅有「天高地迥，覺宇宙之無窮；興盡悲來，識盈虛之有數」（王勃〈滕王閣序〉）的人之共感，更有作者本人的身世之悲。「今猶昨」，掃處即生，帶住寫景，呈現下片的抒懷。

「秋漸緊，添離索。天正遠，傷飄泊。」「秋漸緊」就是秋意見深。這秋意包括上片所寫西風、暮雨，如果說剛剛還給人以逸興，現在則給人以相反的刺激，叫人更覺淒愴孤單了。「天正遠」，道途茫茫，任所還遠著呢。「正」字不堪。這都是眼前所感。下面由近及遠，回首往事。「嘆十年心事，休休莫莫。」「休休莫莫」，語本於唐司空圖〈題休休亭〉詩：「休休休，莫莫莫！」意謂算了、算了，顯得不堪回首。這十年如果從理宗嘉熙元年（一二三七）算起（正十年），他幾經遷轉，多次落職，最近的六年基本上是罷退鄉居，去年底剛復職，只半年又被謫遷。這十年如果是大約言之，那麼十一年前他曾任職南昌（江西轉運副使兼知隆興府），這次算是舊地重遊了。我想這一句感嘆可能包括這兩方面內容，真是「萬里悲秋常作客，百年多病獨登臺」（杜甫

〈登高〉），他想起這十年情形，怎能不感慨萬千呢。「歲月無多人易老，乾坤雖大愁難著。」這年他五十三歲，已入老境，流年似水，能有作為的歲月不多了。他焦慮，既由於自己有志難伸，也由於社稷顛危、國難深重。去年復職之後他連上奏章，剴切陳詞，歷數內憂外患種種情況，認為當務之急是整頓朝政，進君子退小人（〈奏論君子小人進退〉）。而言剛出，禍即來，他被擠出朝，朝政可知矣。「乾坤雖大愁難著」。「著」，安放。乾坤之大卻安放不住、也安放不下他的「愁」！這見出：一、愁之易發，在在處處無非惹愁添恨；二、愁之深廣，頗似杜甫的「憂端齊終南，澒洞不可掇」（〈自京赴奉先縣詠懷五百字〉）。以固態體積狀愁，既給人以形之大、又給人以質之重的感覺，措語新鮮。上面都是寫對景難排的愁情，由眼前，到「十年」，再到對人生、國事的俯仰興嗟，層層深入，痛切勃鬱，把作者心中的鬱憤不平表現得很強烈。「向黃昏、斷送客魂銷，城頭角。」臨近黃昏，城頭的號角又吹起來了，聲聲入耳，又勾引起遷客無盡的羈旅愁思。這正與上片「暮雨」照應，角聲混合著秋風、雨意，顯得多麼悲涼。這是一個倒裝句。把「城頭角」放在最後，又使人覺得他的無盡愁思似乎像那聲聲號角一樣，在廣闊的秋空中久久迴蕩，久久迴盪。這又變成一個以景結情的好句。「乾坤雖大愁難著」痛憤無比，煞拍哀思綿綿，剛柔相濟，益顯其沉痛悲鬱。

「滕王高閣臨江渚。」自王勃大作問世以來，於此覽景之作多矣，吳潛此作未與時消沒而留存至今、仍堪諷詠，除了其寫景的精要、生動、清暢外，就在它真實地抒寫了一個失意政治家的人生悲感和撫事感時的憂憤。在總的價值上它較王勃之作自是不及，但僅就抒情寫懷一端而言，吳作似乎更沉鬱動人。（湯華泉）

〔註〕①中國社會科學院文學研究所《唐宋詞選》謂此詞「作於景定元年（一二六〇）貶謫建昌軍途中」，恐誤。按此詞見載於《履齋詩餘》。據宋黃昇《花菴詞選》，《履齋詩餘》行於世在淳祐九年（一二四九）前，定為淳祐七年作應較穩妥。

滿江紅 吳潛

金陵烏衣園

柳帶榆錢，又還過、清明寒食。天一笑、滿園羅綺，滿城簫笛。花樹得晴紅欲染，遠山過雨青如滴。問江南池館有誰來？江南客。

烏衣巷，今猶昔。烏衣事，今難覓。但年年燕子，晚煙斜日。抖擻一春塵土債，悲涼萬古英雄跡。且芳尊隨分趁芳時，休虛擲。

這首詞作於理宗端平元年（一二三四），時作者於建康（今南京）任淮西財賦總領。烏衣園，在烏衣巷之東，為晉代王謝等貴族故宅遺址，宋代此地成為遊樂場所。此詞即寫遊園情景。由十六年後吳潛之兄吳淵的和詞「笑當年、君作主人翁，同為客」，知這次為弟兄同遊。

「柳帶榆錢」，謂柳條飄拂，榆莢片片。這已是春末景況，故下句云「又還過、清明寒食」，深有光陰荏苒之感。下面就寫遊園所見。「天一笑」，指天晴，化用杜甫〈能畫〉：「每蒙天一笑，復似物皆春。」「羅綺」，此代指遊女。這幾句寫遊樂盛況：連天公也顯得特別高興（言天晴而用「一笑」擬人筆法，顯有此意）。

遊女如雲，笙歌滿耳，一片歡樂。此時的景物呢，也特別豔麗，在雨後初晴之時，那紅花之紅、青山之青，是十分炫目耀眼的。紅與青又相互映襯，就更分明了。這色彩捕捉得好。上面作者把遊人、景物、所見所聞的一切都寫得那麼美好，他的心情應當是愉快的，可是卻非如此。「問江南池館有誰來？江南客。」他是此地的官員來遊此地的池館即烏衣園，卻感到是作客（「江南客」自指並兼指其兄），感到與此地遊人、景物很不融洽，可見其心情的悒鬱。這裡是反襯寫法，正如他在另一首〈滿江紅〉所寫的：「春能好，客懷偏惡。」他為什麼有這樣的心情呢？大概是由於仕宦的不如意。前一年年底他曾一度以淮西總領兼沿江制置使並知建康府，那是兩個很重要、也很能見才幹的職務，可是為時甚短就停兼了。管理錢糧的總領比起威行一方的軍政長官未免有些冷落，再加上其兄吳淵的投閒置散，自然會產生鬱鬱不得志的感覺。

上片結拍以問句提明「江南客」今日來遊烏衣園，下片順理成章地轉入懷古。「烏衣巷，今猶昔。烏衣事，今難覓。」兩排句以「烏衣」並提，一「猶昔」，一「難覓」，給人沉重的滄桑之感。「烏衣事」是指王、謝當年的嘉言嘉行，這是歷史往事，自然「難覓」。「難覓」深一層的含義應是：今天像王謝那樣的社稷大臣難以找到了，甚至自己報效國家的機會也難遇到了。「但年年燕子，晚煙斜日。」只是春來秋去的燕子年年來此憑弔一番，「晚煙斜日」，景象何其蕭條。燕子當年經歷過烏衣園的繁盛，如今又看到它的冷落，作者的今昔之感借燕子以具象呈現。這裡化用了劉禹錫〈金陵五題・烏衣巷〉「舊時王謝堂前燕，飛入尋常百姓家」詩句，但用意有別。劉詩意在奚落、諷刺，這裡是景仰、懷念。下面作者由歷史沉思回復自身：「抖擻一春塵土債，悲涼萬古英雄跡。」「塵土債」指自己和其兄的官務、宦情。這兩句意思說，本想解脫一下官務宦情，誰知來到此地卻惹起如許悲涼。正如前面所述，他的悲涼既為王謝，也是為他們自己。這裡「塵土債」與「英雄跡」對照，顯示了自己及其兄多少沉淪下僚、塵驅物役的苦悶和憤慨；這裡「英雄」的字眼又把他們的心跡挑明：

他們的悲憤並非僅僅為的是官位升沉、仕途得失，更重要的是想幹一番英雄的事業而不得，這是「有志不獲騁」（晉陶淵明〈雜詩十二首〉其二）的英雄失路之悲。到此，作者遊園所觸發的深層意識才終於顯現出來。煞拍：「且芳尊隨分趁芳時，休虛擲。」隨分，照例應景之意。說是趁著這天氣晴和的清明時節開懷暢飲，莫要辜負這大好時光。本來這賞春宴遊在他看來就是「虛擲」的表現——虛度了光陰，蹉跎了志業，可他卻說這樣才不虛擲，這是憤懣的反語。此結甚為沉鬱。

此詞透過遊園感觸寫心中的鬱悶。上片寫景，美麗的景物引起了客居之感，情景的不協調，正見出心中那片陰影之濃深。這種寫法給人很深的印象。下片懷古，借古人之杯酒澆心中的磊塊，自為通常寫法；好在作者化用前人詩句，別有會心，別有寄託。詞中作者鬱悶之情是首尾一貫的，但非一目了然。起句即見端倪，「江南客」貼近境遇，「難覓」切入內心，至「塵土」「英雄」，悲鬱的底蘊才顯露出來。即景即事，由隱到顯，耐人尋味。（湯華泉）

水調歌頭　吳潛

焦山

鐵甕古形勢，相對立金焦。長江萬里東注，曉吹捲驚濤。天際孤雲來去，水際孤帆上下，天共水相邀。遠岫忽明晦，好景畫難描。混隋陳，分宋魏，戰孫曹。回頭千載陳跡，痴絕倚亭皋。唯有汀邊鷗鷺，不管人間興廢，一抹度青霄。安得身飛去，舉手謝塵囂。

理宗嘉熙二、三年間（一二三八～一二三九）吳潛任鎮江知府，此詞作於是時。鎮江風景壯麗，山川之勝，被譽為「天下第一」（多景樓匾題「天下第一江山」，見《嘉定鎮江志》）。此地處吳頭楚尾、南北要衝，古來即兵家爭雄之所，也是文人墨客會聚之區。這裡古跡和流傳的佳話很多，形成了特殊的歷史文化氛圍，感發著人們的情志，並形之於無數的篇詠。吳潛在鎮江所作詞就有十數首，這是其中之一。

「鐵甕古形勢，相對立金焦。」「鐵甕」，指鎮江古城，三國孫權所建，十分堅固，當時號稱鐵甕城。「金焦」，金山、焦山，俱屹立大江中（金山現已淤連南岸），西東相對，十分雄偉。宋孝宗遊金山寺曾題詩道：「崒然天立鎮中流，雄跨東南二百州。」「鐵甕」「金焦」，是鎮江古來形勢最凸出之處，寫得概括、有力。下面寫江。「長江萬里東注，曉吹捲驚濤。」「曉吹」，即晨風。江流東注，風捲濤驚，寫得聲勢壯烈。「注」「捲」二字力度很大。寫江又加強了砥柱中流的金焦形象。下面放開寫江天遠景。「天際孤雲來去，水際孤帆上下，天共水相邀。」天連水，水連天，這境界多麼廣闊，「孤雲」「孤帆」更襯出了江天的浩渺，而「來去」「上下」又見出詞人在遊目騁懷、頻頻俯仰，可以想見其神思的飛越。「遠岫忽明晦」，又是一境。「忽」寫出了晨光明滅給人剎那間的刺激，又引起了多少興奮，真是「好景畫難描」啊。

上片寫景從形勢寫起，江，天，遠山，由近而遠，層次分明，興會超妙。覽景時，人們的時空意識往往可以貫通。如果說上片是「視通萬里」，那麼下片就是「思接千載」（南朝梁劉勰《文心雕龍·神思》語）了。

「混隋陳，分宋魏，戰孫曹。」此由近到遠歷數鎮江的攻守征戰。隋滅陳，這裡是重要的戰場。隋大將賀若弼最先在這裡突破陳的江防，攻拔京口，繼克金陵。南朝宋曾憑藉長江天塹在這裡抗擊北魏軍隊，「緣江六七百里，舳艫相接」（《南史·宋本紀》），從而保全了半壁河山。孫權曾以京口（吳時稱京城，東晉南朝稱京口）為首都建康（今南京）之門戶，對抗曹魏。鎮江，古代的政治家、軍事家在這裡演出了多少威武雄壯的歷史活劇！鎮江，在南北對峙的歷朝歷代戰略地位何等重要，而今又是抗擊蒙古的江淮重鎮，而自己就任職在這塊古來征戰地！「回頭千載陳跡，痴絕倚亭皋。」亭，平。皋，水邊地。亭皋即水邊的平地。這裡即指江岸。作者從歷史的遐想中清醒過來，倚立江岸上，不禁感慨萬千了。「痴絕」，有兩義：一為想得出神了；一為糊塗透頂，陸游〈舟中戲書〉：「英雄到底是痴絕，富貴但能妨醉眠。」作者對往古無限神往，「天下英雄誰敵手」（辛棄疾〈南鄉子·登京口北固亭有懷〉），能在這裡一展宏願，多好！可是，面對現實，官小權輕，難有用武之地，何必想入非非呢！正如他同時寫的另一首〈水調歌頭·江淮一覽〉所言：「郗兵強，韓艦整，說徐州①。但憐吾衰久矣，此事恐悠悠。欲破諸公磊塊，且倩一杯澆酹，休要問更籌！」這就是他「倚亭皋」時的心情。下面是他的自我解脫。「唯有汀邊鷗鷺，不管人間興廢，一抹度青霄。」鷗鷺無憂無慮、自由自在地飛翔，越飛越遠，越飛越高，把作者的心也帶到了「青霄」之上。「安得身飛去，舉手謝塵囂。」這是他的想像、他的願望：我如何也能像鷗鷺一樣飛上天空、離開這囂囂擾擾的塵世呢！話雖如此說，其實他是非常留戀人世、神往於英雄事業的。

這首詞由寫景、懷古、抒情三者組成，層層生發，一氣舒卷，顯得十分自然渾成。作者用明淨、圓熟的語言，創造了一個高遠、清新的意境，表現了豪邁、開朗的胸襟。讀來爽口愜心，發人意興。這首詞的風格很像蘇軾，可以說吳潛是晚宋一位重要的蘇派詞人。（湯華泉）

〔註〕①徐州：指鎮江，為東晉僑州。東晉郗鑑曾為徐州刺史、都督揚州八郡軍事，平定了蘇峻之亂。南宋名將韓世忠於高宗建炎初曾在鎮江大敗金兀朮。「郗兵強，韓艦整」謂此二事。

南柯子 吳潛

池水凝新碧，欄花駐老紅。有人獨立畫橋東，手把一枝楊柳繫春風。
鵲絆遊絲墜，蜂拈落蕊空。秋千庭院小簾櫳，多少閒情閒緒雨聲中。

此詞寫一女子的惜春之情。起二句寫暮春景色：「池水凝新碧，欄花駐老紅。」新雨之後，池水凝碧，花欄內，殘紅委頓在枝頭。春天已失去了往日的活力。這二句寫得比較用力，不僅寫出闌珊的春意，也傳出了人情的不堪和沉抑。下面帶出了惜春人，筆致輕靈：「有人獨立畫橋東，手把一枝楊柳繫春風。」場景從庭院轉移到「畫橋東」，似乎這女子禁受不了那小天地的沉悶，走到這「大天地」裡來捕捉春光。用楊柳來「繫春風」，有意思。楊柳與春天關係最為密切。在春風中，似乎是它第一個睜開嬌眼；在春天離開時，它又以綿綿不盡的飛絮相送；特別是它那「依依裊裊」的枝條，「勾引春風無限情」（白居易〈楊柳枝詞八首〉其三）。選擇楊柳來留春，可以想見這女子有多少柔情。「手把一枝楊柳繫春風」，這行動是天真可愛的，令人解頤的；這形象又是十分美麗的，春風中「恰似十五女兒腰」（杜甫〈絕句漫興九首〉其九）的柔柳和「獨立畫橋東」的女子相互映襯，令人陶醉。起二句透出的沉重春恨，現在已化解了許多。現在我們所玩味的春愁已注入了不少甜蜜的味道。我們在詞中常見用楊柳「繫行人」、「繫蘭舟」，這裡看到「繫春風」，頓覺耳目一新。雖然類似的佳句還有朱淑真的「樓外垂楊千萬縷，欲繫青春，少住春還去」（〈蝶戀花．送春〉），王沂孫的「便快折湖邊，千條翠柳，為我繫春住」

（〈摸魚兒〉），但是都不及這句形象鮮明。

上片，女主人公的惜春表現在痴情的留春舉動上。但春天畢竟是留不住的。「鵲絆遊絲墜，蜂拈落蕊空。」鵲絆遊絲是無意的，蜂拈落蕊是有意的。春天不管人和物的有意與無意，它走了，留下一片空無走了。「秋千（鞦韆）庭院小簾櫳，多少閒愁閒緒雨聲中。」場景又一次轉換，由「大天地」回到庭院，天氣也由晴和轉入風雨。女主人公此時又退回庭院，退回到她的小窗下，去品嘗雨中春空的滋味了。雨中秋千是個特寫，富於含蘊，那「秋千」裡包含著春光下的幾多歡樂、幾多紅情綠意！許多惜春詞都寫到這情景，如「隔牆送過秋千影」（張先〈青門引〉）、「亂紅飛過秋千去」（歐陽脩〈蝶戀花〉）、「黃昏疏雨濕秋千」（李清照〈浣溪沙〉），正可互相發明。「秋千」正點示了下面「閒情閒緒」主要方面，或者說給讀者的聯想指示了一個方向，到底還有哪些「閒情閒緒」，讀者自可再發揮。「多少閒情閒緒雨聲中」，那淅淅瀝瀝、不絕如縷的雨聲也象徵了她飄忽不定、玩味不盡的輕愁。詞以聽雨結，饒有餘味。（湯華泉）

鵲橋仙

吳潛

扁舟昨泊，危亭孤嘯，目斷閒雲千里。前山急雨過溪來，盡洗卻、人間暑氣。

暮鴉木末，落鳧天際，都是一團秋意。痴兒騃女賀新涼，也不道、西風又起。

吳潛此詞當作於赴任途中或新任之初，以抒寫宦海浮沉的落寞心情。

起筆三句敘事：扁舟昨天剛停泊，今天就來到高亭散心，極目遠望千里閒雲。「孤嘯」，似用東晉郭璞〈遊仙詩〉：「嘯傲遺世羅，縱情在獨往。」這較局促在篷窗下或案牘前來得舒坦，可以放鬆一下精神了。「閒雲」也顯出一些輕鬆之感。但是，他畢竟是來散心的，內心本有鬱結，「孤」字見出他的孤獨感，「目斷閒雲千里」也隱約透出念遠、懷鄉之意。作者的心情並不那麼閒適，而較為複雜，有如夏末秋初的黃昏那和著涼意的熱燥，使人並不好受。「前山急雨過溪來，盡洗卻、人間暑氣。」天知人意，降下一陣好雨！剛剛那熱燥一洗而空，彷佛人世間的一切塵垢連同自己那些莫名的煩悶也一洗而空。蘇軾〈有美堂暴雨〉「浙東飛雨過江來」之句，顯現了詩人極其豪快的心情，此詞的「前山急雨過溪來」又加之「盡洗卻」，這樣的心情表現得更為明顯。此時他的愁悶似乎散去了，他得到了很大的滿足。

過片寫雨後情景。「暮鴉木末，落鳧天際，都是一團秋意。」上二句所寫，容易使人想起「斜陽外，寒鴉萬點」（秦觀〈滿庭芳〉）、「落霞與孤鶩齊飛，秋水共長天一色」（王勃〈滕王閣序〉）等名句。極目秋景一片高遠，可是，暮色寒鴉卻不無一種惆悵的意味，底下作者遂以「一團」來形容這秋意。用「一團」來指稱事物往往帶有點厭煩的意味，可見轉瞬之間，作者心緒又亂了，又不快了。所以下面說：「痴兒騃女賀新涼，也不道、西風又起。」新秋的涼爽是可喜的，可是在不知不覺間，西風起了，節序便又推移了。這句是脫化於蘇軾〈洞仙歌〉：「但屈指西風幾時來，又不道流年暗中偷換。」這又正好作吳潛此時情緒底蘊的註語：他是在感嘆似水的流年。以「痴兒騃女」作反襯，益發顯得悲涼。

唐柳宗元貶謫永州，寫了一首詩叫〈南澗中題〉，蘇軾謂此詩「憂中有樂，樂中有憂」（明胡仔《苕溪漁隱叢話》前集引），終歸還是憂。詩云：「秋氣集南澗，獨遊亭午時。迴風一蕭瑟，林影久參差。」又云：「孤生易為感，失路少所宜。索寞竟何事?徘徊祇自知。」本首〈鵲橋仙〉中所表現的作者情緒雖然沒有那麼沉重，但心理的節奏是相似的：憂中求樂，樂中有憂，樂盡憂來，心情雖一時得以開解，但終歸抵擋不了憂端的襲擾。這是一個欲有作為的士大夫在那不景氣的政治形勢下、在那不安定的調遷頻繁的仕途中所特有的心態。吳潛在不少詞中寫到這情況，感嘆著「歲月盡拋塵土裡」（〈唐多令〉）、「萬事悠悠付寒暑」（〈青玉案〉）、「江湖自古多流落」（〈滿江紅〉）。讀了那些詞，回頭再讀這篇作品，對其較為朦朧的意緒更能有個較切實的把握。（湯華泉）

海棠春

吳潛

己未清明對海棠有賦

海棠亭午沾疏雨，便一餉、胭脂盡吐。老去惜花心，相對花無語。羽書萬里飛來處，報掃蕩、狐嗥兔舞。濯錦古江頭，飛景還如許！

己未為宋理宗開慶元年（一二五九），時作者以沿海制置大使在慶元府（今寧波）任職。這年作者已是六十五歲了，之前曾幾度官居臺輔，又幾度落職，經歷了宦海許多風波，意氣未免有些消沉了。但他在慶元任內仍恪盡職守，憂念國計民生，正如《開慶四明續志．序》所言：「公慨念海道東達青齊，禦侮弭盜之方周防曲至。……若夫切切畎畝，盼盼雨晴，一遊一詠可以觀焉。」慶元期間他寫有詩詞作品三百餘首，佳作亦有多篇，讀此詞可見其心跡之一斑。

「對海棠有賦」，入頭便詠海棠。「海棠亭午沾疏雨，便一餉、胭脂盡吐。」清明時節，天氣和暖，節物風光變化十分迅速。中午下了陣「疏雨」，頃刻間海棠就大放光豔了，正如范成大〈四時田園雜興六十首〉其二所寫：「土膏欲動雨頻催，萬草千花一餉開。」「一餉」「盡」，狀花開之快，也傳出了觀賞者的快感，叫人多麼驚喜。而這海棠沾雨之後更顯得鮮活冶豔，就叫人更加喜愛了。詞人老大風情減。面對如此國色，似乎有點不知所措了。「老去惜花心，相對花無語。」紅顏皓首，兩相對待，在這「無語」中我們不難體會作者自憐衰憊之意。

過片忽生奇想，由眼前的海棠而聯想四川的戰況。為了弄清這聯想的來由，我們須引述蘇軾在黃州寫的一首詩，題為〈寓居定惠院之東，雜花滿山，有海棠一株，土人不知貴也〉。詩述突然發現海棠：「忽逢絕豔照衰朽，嘆息無言揩病目。陋邦何處得此花，無乃好事移西蜀？」據說四川的土壤和氣候最適宜種植海棠，故有「香海棠國」之稱。東坡見此，便想起了家鄉，吳潛見此，也想到了四川。其來由如此。「羽書萬里飛來處，報掃蕩、狐嗥兔舞。」「狐嗥兔舞」指蒙古入犯。吳潛作此詞的前三年，蒙古就開始入擾四川，前一年蒙古可汗蒙哥親率十萬軍隊自六盤山撲向川蜀，連敗宋軍，但到達合州（今合川），遇到守將王堅的頑強抵抗，蒙哥的軍事行動受挫，曾一度考慮退兵。這大約就是捷書所報告的內容。詞人寫來如此筆飛墨舞，可以想見他心情的振奮。「濯錦古江頭，飛景還如許！」「飛景」，寶劍。「如許」，如此。寶劍還如此有鋒芒，以慶賀勝利，也可通，但我總覺得彆扭。意者「飛」係「風」之誤，「風景還如許」，照應了前面的詠海棠，切題。又，過片處即有一「飛」字，此處還是以不犯重為好。這樣這兩句的意思就是：錦江頭（以代蜀）的海棠，還是那般豔麗！這裡又用了「濯錦」的美好字面，海棠花就顯得更美了，真是錦上添花。「江頭」前又著一「古」字，似乎表示：我華夏古來繁華之地，豈容狐兔闖來！

這首詞的構思似乎受到蘇軾海棠詩的啟發，但聯想的指歸不同。東坡以「衰朽」之年在「陋邦」得遇「絕豔」，為之感慨不已，下面又寫道：「天涯流落俱可念，為飲一樽歌此曲。」原來他是以海棠為喻，抒發他的天涯遷謫之恨。吳潛在衰暮之年觀賞海棠，聯想「海棠國」的戰局，表現了烈士暮年體國的忠忱。比較起來，吳潛的聯想更是可貴了。（湯華泉）

淮上女

【作者小傳】淮水邊良家女子。姓名不詳。宋寧宗嘉定間（金興定末），金人南侵，被擄去。題詞一首於逆旅間。事見《續夷堅志》卷四。

減字木蘭花　淮上女

淮山隱隱，千里雲峰千里恨。淮水悠悠，萬頃煙波萬頃愁。

山長水遠，遮斷行人東望眼。恨舊愁新，有淚無言對晚春。

南宋寧宗嘉定末，金遣四都尉南犯，擄大批淮上良家女北歸。有女題此詞於泗州（治所在臨淮，今江蘇泗洪東南，盱眙對岸，原城池已沒入洪澤湖）客舍間（見金元好問《續夷堅志》卷四）。

詞的上片，寫被擄北去，離別故鄉山河時的沉痛心情。淮山，泛指淮河一帶的山峰。淮水，源出河南桐柏山，東流經安徽，入江蘇洪澤湖。遠望淮山高聳，綿延千里；淮水浩渺，煙靄迷茫。「雲峰」「煙波」，既寫山高水闊，又寫春天雨多雲多，再加上作者心傷情苦，淚眼矇矓，故山河呈現出一片迷茫的景象。「隱隱」「悠悠」，十分確切地表現了此情此景。

「雲峰」前冠以「千里」，「煙波」前冠以「萬頃」，極寫祖國河山壯麗，暗含作者的深情。但如今大批人民被擄北去，不能安居故土，這萬千愁恨怎不一齊迸發！「千里恨」「萬頃愁」極好地表現了女詞人國破家亡的深仇大恨。她移情於物，使山河也充滿了愁恨，因為它們是這場災難的最好見證。千里，從縱的角度形容愁恨；萬頃，從橫的方面予以誇張。作者此時沉痛的心情似只有用天地間最有分量的東西才能表達。這與詩詞中以往的某些表現手法有所不同：李煜：「問君能有幾多愁，恰似一江春水向東流。」（〈虞美人〉）歐陽脩：「離愁漸遠漸無窮，迢迢不斷如春水。」（〈踏莎行〉）胡楚：「若將此恨同芳草，卻恐青青有盡時。」（〈寄人〉）他們著重表現的是愁恨之無窮。它也不同於李清照「只恐雙溪舴艋舟，載不動許多愁」（〈武陵春〉）那樣精細小巧的比喻。應該說這些寫愁之作都各有其藝術的獨創性，但都不像淮上良家女的這兩句，在讀者心理上造成一種泰山壓頂、窒息心胸之感。

上片取眼前景，喻胸中情，隨意貼切，不假雕飾。但傾注作者沸騰的感情，使山河為之變色。

下片開頭兩句既是對上片的總結，又是對自己眷戀故國山河的進一步具體描寫：「山長水遠，遮斷行人東望眼。」離開家鄉越來越遠，眷戀的感情也越來越重。她一步一回頭地看著自己的家鄉，直至山水完全遮斷了她的視線。再往前走，過了淮水，即到了金人統治的北方（當時宋、金以淮河為界），天涯淪落，何時能回到故鄉的懷抱？這一切使她感到茫然。這一去，也許是永無歸日，怎不令她回首東望，直至「遮斷」望眼呢？「東望眼」三字，真實地寫出了被擄者朝西北方向行進而不斷回望故鄉的情景；又極形象深刻地表現了她不忍離去的痛苦。

面對著這一切，她無可奈何，只有陷入更深的悲痛之中。「恨舊愁新，有淚無言對晚春。」這恨，是對金人南犯之恨，對南宋統治者屈辱求和、無恥南逃之恨；這愁，是為鄉土遭受蹂躪而愁，為被擄後的屈辱生活和顛沛流離而愁。舊恨加新愁，叫一個弱女子如何經受得了！「恨舊愁新」四字，一般用作「新愁舊恨」，語意顯得平淡。而將「恨」「愁」二字前置，不但使句尾叶韻，加強了音韻美，且構成了兩個節奏緊促、意思完整的短句，使人感到語新氣逼。末句刻畫自己哀怨至極而又沉默無語的形象。「有淚無言」，她的一腔悲憤無處、也無人可以傾訴，只有和著淚水忍聲吞下，這實際上也是對南宋投降派君臣的一種譴責。「晚春」既點出被擄的時間，也含有春光將逝無可奈何的情思。

全詞明白如話，不用典故，看似清淡如水，實則饒有至味。（蘇者聰）

黃孝邁

【作者小傳】字德父，號雪舟。閩清（今屬福建）人。與劉克莊同時。有《雪舟長短句》，今存二首。

湘春夜月

黃孝邁

近清明，翠禽枝上銷魂。可惜一片清歌，都付與黃昏。欲共柳花低訴，怕柳花輕薄，不解傷春。念楚鄉旅宿，柔情別緒，誰與溫存！

空樽夜泣，青山不語，殘月當門。翠玉樓前，唯是有、一波湘水，搖蕩湘雲。天長夢短，問甚時、重見桃根？這次第，算人間沒個并刀，剪斷心上愁痕。

南宋詞人黃孝邁，流傳下來的作品甚少，僅賴宋周密《絕妙好詞》存得二首、劉克莊《後村先生大全集》載有兩闋殘句而已。從傳世的鱗爪來看，確如清萬樹《詞律》所謂「風度婉秀，真佳詞也」。《湘春夜月》這個詞調，以前沒有人填過，當是黃孝邁的自度曲。其內容與調名切合，描繪湘水之濱的春夜月色，抒寫「楚鄉旅宿」時的傷春恨別的情緒。上片著重寫傷春，點出「近清明」的節令之後，先從枝頭的鳥聲寫起。「翠禽」，猶言翠鳥，泛指羽毛美麗的小鳥，「銷魂」，是情為之動、神為之傷的意思，此二字，給鳥聲注入了人的思想感情。下文「可惜一片清歌，都付與黃昏」二句，是對「銷魂」所作的說明。「清歌」與「黃昏」所含的情緒本是相反的，前者引人愉悅，後者使人憂傷，把二者放在一起，相反相成，其結果是益增憂傷之感，故此二句表現為極其沉痛的感嘆口吻。接下來，轉寫柳花。作者進一步採用了擬人手法，把具有感知的品格賦予了柳花，想和它低聲傾訴自己的心事，轉而又「怕柳花輕薄，不解傷春」。如此婉曲的抒寫，足見作者憂思之深重。「傷春」二字，正是點題之筆，點出了作品主旨之所在。再下面，是作者自己感嘆當時旅行在湘水之濱，獨自投宿在旅舍時的孤寂心情。明明要寫冷落，卻偏用「溫存」的字眼，再用「誰與」來作反詰，採用這種寫法，就突現了一種熾烈追求的意願。寫到此處，已近過片，須得由傷春向恨別過渡，故而「柔情別緒」四字的安排也就是相當巧妙而頗具匠心的了。

這首詞的下片更見精彩。前幾句，作者緊緊抓住「湘春夜月」的景色特點，把深沉的離愁別恨鎔鑄進去，造成了動人的藝術境界：「空樽夜泣，青山不語，殘月當門。翠玉樓前，唯是有、一波湘水，搖蕩湘雲。」這個境界是由眾多成分構築起來的一個整體，七寶樓臺固不應拆碎，然而，倘求觀察得細緻，卻無妨從局部著眼。「空樽夜泣」，表示心情的極度憂傷，是一個凝練警策的句子，其含義，與范仲淹〈蘇幕遮〉的名句「酒入愁腸，化作相思淚」近似，而其造語則顯得老辣，與姜夔〈暗香〉詞裡的「翠樽易泣」相同。「青山不語」，和王禹偁〈村行〉的詩句「數峰無語立斜陽」思路一樣。山峰不會說話，而作者卻好像認為它原是會說話的，只是此時此刻無話可說罷了，用這種方式描摹環境的幽靜，其藝術效果是更為強烈的。「殘月當門」，意謂殘月照在目前，門外唯見殘月。殘月之象徵離別，正是由於它的情調悽惻，「殘月出門時，美人和淚辭」（韋莊〈菩薩蠻〉），「今宵酒醒何處？楊柳岸、曉風殘月」（柳永〈雨霖鈴〉）等常見的例子，已經足以說明用殘月抒寫離別之情的表現力了。

「翠玉樓」，即前文「楚鄉旅宿」。「唯是有」，同義重疊，起著強調下文的作用，而它以「平去上」的聲韻作為引出下文的鋪墊，從而使得全詞最富詩意的句子「一波湘水，搖蕩湘雲」，顯得更加凸出。從「翠玉樓」望去，月色下的湘江，一片朦朧迷茫，水面上只看到隱隱的波光，天空裡飄動著朵朵浮雲，陣陣微風吹來，又把水天「搖蕩」在一起了。然而這輕微的搖蕩卻不能打破「青山不語，殘月當門」的靜寂，正像「蟬噪林逾靜」（南北朝王籍〈入若耶溪〉）那樣，反倒更增強了這種靜寂之感；同時，在靜寂之中，「湘春夜月」的景色更顯得空靈深邃，它啟迪著人們對生活的沉思。這就是境界。王國維《人間詞話》第一條就說：「詞以境界為最上。有境界則自成高格，自有名句。」黃孝邁這首詞，正是以境界取勝的。

下片的後幾句，像上片點出「傷春」一樣，又把「恨別」的題旨點明了。「天長夢短，問甚時、重見桃根？」「天」是宇宙，「夢」是人生，「天長夢短」與吳文英的「春寬夢窄」（〈鶯啼序〉）構思全同，也就是蘇東坡曾經說過的「哀吾生之須臾，羨長江之無窮」（〈赤壁賦〉）。這句富有哲理意味的感嘆是從「湘春夜月」的境界中很自然地導引出來的。如夢的人生既然短暫，離別的愁苦就更使人難耐，於是又自然地產生了一種追求「補償」的心理，急切地希望盡快地「重見桃根」。桃根，出於東晉的〈桃葉歌〉：「桃葉復桃葉，桃葉連桃根。相憐兩樂事，獨使我殷勤。」相傳為王獻之所作，桃葉是他的妾名，見《玉臺新詠》。後人經常把桃葉、桃根用作意中人的一般指代詞。結句的「這次第」，猶言此情此景此況，它像一個立體的坐標點，是全詞所包容的多種情感意緒的聚合，雖只是一個「點」，分量卻是相當沉重的。愁緒擾人，自有剪除的意願，這也是人們的共同心理。然而在這首詞裡，合理的意願卻是用否定的方式、喟嘆的口吻表達出來的，因為「算人間沒個并刀，剪斷心上愁痕」，遍尋人間也找不到能夠剪斷這種愁緒的剪刀。這猶如李清照所說「只恐雙溪舴艋舟，載不動許多愁」（〈武陵春〉），她還保有著一種擔心的揣度，而黃孝邁卻已經沉痛地打碎了自己的美好意願，「并刀如水」（周邦彥〈少年遊〉），剪斷的只是他那微茫的一線希冀而已。（王雙啟）

周晉

【作者小傳】字明叔，號嘯齋，祖籍濟南，居湖州。周密之父。宋理宗紹定四年（一二三一）為富陽令。存詞三首。

點絳脣 周晉

訪牟存叟南漪釣隱

午夢初回，捲簾盡放春愁去。晝長無侶，自對黃鸝語。
絮影蘋香，春在無人處。移舟去。未成新句，一硯梨花雨。

周晉是宋末著名詞人周密（草窗）的父親，其詞多寫清逸自然之趣。從調下詞題可以看出，此詞係為訪問一友人而作。據《吳興掌故集》所載，牟子才，字存叟，其先井研（今屬四川省）人，因為愛好吳興山水清遠，遂家居湖州的南門。又據周密《癸辛雜識》記載，「南漪小隱」是牟存叟家花園的名字，「園中有碩果軒（大梨一株）、元祐學堂、芳菲二亭、萬鶴亭（荼蘼）、雙杏亭、桴舫齋、岷峨一畝宮」諸景。

「午夢初回，捲簾盡放春愁去。」融和天氣，催人欲睡，詞人午後醉入夢鄉，直到醒來，又覺室內異常清靜，空氣似乎凝滯了一般。這種環境，使人愁悶。於是詞人打起簾子，明媚的陽光伴隨清新的空氣湧入室內，心情為之一暢。「捲簾盡放春愁去」，妙語也。春愁乃無形之物，簾兒一捲，它竟像鳥兒一樣被放了出去。賦予抽象之物以形象的感覺，非工於詞筆者不能到。「晝長無侶，自對黃鸝語。」寂寞的詞人，只有與黃鸝相對而語，雖寫寂寞，卻寫得趣味悠然。惱人春色日初長，在長長的白天裡，詞人沒有詩朋酒侶，極感無聊。黃鸝而可與語，真奇想也。這不僅烘托出無侶之孤寂，亦進一步反映出閒愁之仍在，前面所謂「盡放春愁去」，其實並未放盡。詞情宛轉，妙在含蓄。

由於春愁難遣，更由於無侶與語，詞人遂移舟訪友。這樣就很自然地過渡到下闋。「絮影蘋香，春在無人處。」詞人已離開室內，投入大自然的懷抱。暮春時節，柳絮紛飛，在陽光映照下，空中蕩漾著輕靈的影子，境界極美。吳文英〈浣溪沙〉云：「落絮無聲春墮淚。」差為近之。湖州水中多蘋，南朝梁柳惲〈江南春〉云：「汀洲採白蘋，日落江南春。」即指此等景物。在那飄著絮影、沁著蘋香的地方，自然充滿了春意。著意尋春春不見，原來春天卻在這裡。詞人一腔喜悅，不禁溢於言外。至此，那無盡春愁，才真正被放了出去。詞心之細，於此可見。黃庭堅有〈清平樂〉詞云：「若有人知春去處，喚取歸來同住。春無蹤跡誰知？除非問取黃鸝。」明胡仔《苕溪漁隱叢話》評曰：「王逐客『若到江南趕上春，千萬和春住』，體山谷語也。」其實周晉此詞比起王觀（號逐客）來，更像「體山谷語」，因為他既談到黃鸝，也談到春的去處，黃山谷所找尋的春天，他找到了。這在詞史上，可謂有繼承，有發展。「移舟去。未成新句，一硯梨花雨。」結筆寫出訪牟氏花園。「移舟去」，寫得閒婉。至於主人如何接待詞人的來訪，詞中完全略去。他只抓住園中一個景物——碩果軒旁的大梨樹一株；只寫一樁雅事——樹下題詩。此刻大梨樹下，安放一張桌子，桌上陳有文房四寶，也許有書童在就硯磨墨。他和園主人正在醞釀構思。可是詩句未成，突然下起雨來。杜甫有〈陪諸貴公子丈八溝攜妓納涼晚際遇雨二首〉其一云：「片雲頭上黑，應是雨催詩。」辛棄疾有〈鷓鴣天．鵝湖歸病起作〉詞云：「詩未成時雨早催。」他們是如此相似，又是如此不同。其相似者，他們都寫以雨催詩；其不同者，杜詩辛詞均已明點此意，而周詞則含而不露，意在言外。特別是此雨是灑在梨花上，又從梨花上滴到硯池內，不言而喻，那墨汁亦帶有花香了，設想多麼新穎而又奇警。墨汁帶有花香，那麼用它寫成的詩句自然也很香很美了。詞人雖云「未成新句」，實際上這裡的新句已躍然紙上。讀詞至此，能不為之嘆賞嗎？（徐培均）

清平樂 周晉

圖書一室，香暖垂簾密。花滿翠壺薰研席①，睡覺滿窗晴日。手寒不了殘棋，篝香細勘唐碑。無酒無詩情緒，欲梅欲雪天時。

〔註〕①「研席」一作「硯席」。

這是首閒適詞。與唐代多寫賞名花飲美酒之樂的閒適詩不同，它寫出的是宋人一種清雅的書齋生活韻味。

「圖書一室」，讀起句便頗有點耳目一新之感。詞境是室內，但並非《花間集》詞中見慣的塗金鋪翠的閨房，而是環堵皆書的書齋。「香暖垂簾密。」兩句連讀，書齋裡圖書几案羅列枕借之狀，垂簾密掩溫馨安謐之感，全出。垂簾密，暗示時值隆冬天寒，那何來香、暖？莫非紅巾翠袖生爐添香？非也。「花滿翠壺薰研席，睡覺滿窗晴日。」原來，翠瓷壺中滿插鮮花，花氣飄逸硯席之間，所以香。冬日陽光滿灑窗戶，一時只覺滿室生春，所以暖。寒天花香，捨梅花莫屬，這又暗以梅花意象為詞境平添了一份幽雅芳潔的意味。兩用滿字，極寫花香之愜意，冬日之可愛，宜乎詞人高臥醒來了。

「手寒不了殘棋。」原來一枕高臥直至滿窗晴日，是因為昨夜弈棋太晚。昨夜弈棋，殘局未收。今朝起來，一仍其殘。意似不了了之，又似留下回味。然而不說此意，只說手寒，語極閒婉。「篝香細勘唐碑。」殘棋未了，生上香爐，鋪開硯席，詞人坐下來勘讀唐碑。下一細字，足見興致盎然，全神貫注，隱然學人風度。詞人周晉之子周密，著《齊東野語》（卷十二）記：晉「冥搜極討，不憚勞費，凡有書四萬二千餘卷，及三代以來金石之刻一千五百餘種，庋置『書種』『志雅』二堂，日事校讎。」可知本句辭非虛設。不過，玩全幅詞情，又可知勘唐碑這雅事之於書齋主人（境中之人），與其說是意在學術，毋寧說是樂得其中一份樂趣。坐擁書巢，溫馨宜人，夜則弈棋，晝則讀碑，真雍容嫻雅之至。詞人心情如之何？「無酒無詩情緒。」從來詩酒不分家，而飲酒賦詩，自須高興佳致。詞人自道無此情緒，語極平淡。其實未必盡然，尚有下邊結筆一句。「欲梅欲雪天時。」結句以景語對上句作了不答之答。上言滿窗晴日，此言欲雪天時，何故？原來冬日放晴，陽光短暫；一天之內，晴而復陰，也是有的。周邦彥〈曝日〉詩云：「冬曦如村釀，奇溫止須臾。行行正須此，戀戀忽已無。」周邦彥詞〈紅林檎近〉（風雪驚初霽）既云「步屐晴正好」，又云「對前山橫素，愁雲變色，放杯同覓高處看」，可證。又，上言花滿翠壺薰研席，既捨梅莫屬，此又言欲梅欲雪天時，又是何故？此則頗耐尋思。南宋陳景沂《全芳備祖集》前集卷一梅花部引范成大《梅譜》云：「早梅冬至前已開，故得『早』名。要非風土之正。杜子美云：『梅蕊臘前破，梅花年後多。』（按：〈江梅〉）唯冬春之交正是花時耳。」可以想見，花滿翠壺之梅，乃「梅蕊臘前破」之早梅，而欲梅欲雪天時，正謂「梅花年後多」之花時將近矣。結句實啟示著梅花怒放盛開於雪天雪地，蔚然而為香雪海之奇觀，境界已從書齋推向大自然。從來梅、雪這兩姊妹，與詩人結下不解之勝緣。當大自然欲梅欲雪之日，正詩人欲詩欲酒之時呵。詞人佳興暗已萌動欲發，卻不說有此情緒，只說欲梅欲雪天時，一結韻味有餘，妙在對偶之外得之。語極隱秀之致。實際上，詞人生活氛圍本充滿詩意，即令他未曾飲酒，也應常若微醺了。體味全詞可知。

此詞以圖書一室之境，發舒淡雅清逸之致，似少經人道。詞的背景，乃是宋代文化在社會生活中廣闊深入的發展。詞中，圖書、翠瓷、硯席、棋局、唐碑等名物（不同於花間詞中鸞鏡、畫屏、繡羅襦、流蘇帳等），及其所構成之境，境中之主人，都反映著宋代文化之背景。聯想李清照〈金石錄後序〉中歸來堂的賭書潑茶，陸放翁〈臨安春雨初霽〉詩中深巷小樓的「矮紙斜行閒作草，晴窗細乳戲分茶」，不難想見宋代文人的日常生活，浸潤在藝術文化氛圍中。此詞雖無關重大主題，但自具自足一種藝術化的生活之美，還是能給人以陶冶性靈之益。

此詞用筆、造境均很講究。論其用筆則疏、密兼濟，清、麗相融。上片筆觸頗感麗密。圖書之滿室，插花之滿壺，花香之滿屋，晴日之滿窗，筆致較密。香、暖、花、薰、翠壺、晴日，筆致較麗。但下片筆觸則極為輕淡。不了殘棋，無詩無酒，欲梅欲雪，皆輕描淡寫，便將上片麗密之感溶化開來。由濃而淡，層層輕染，更見韻致之清雅。論其造境則以小見大，別具神理。詞中造境是在室內，境界本不大。可是上片收以滿窗晴日、虛室生白的意象，下片結以欲梅欲雪天時的描寫，一再把小小書齋與隆冬將春的天地相連通，便覺得書齋、人心同天地自然常相往來，境界又很大，使人為之意遠神怡。營造意境，講究以小見大，人心與大自然相通，這正是中國藝術文化之精神。（鄧小軍）

陳東甫

【作者小傳】撫州（今屬江西）人。與譚宣子、樂雷發交友贈答。見《陽春白雪》卷六譚宣子〈摸魚兒〉題序及樂雷發《雪磯叢稿》。存詞三首。

長相思　陳東甫

花深深，柳陰陰。度柳穿花覓信音。君心負妾心。

怨鳴琴，恨孤衾。鈿誓釵盟何處尋？當初誰料今。

這是首棄婦的怨詞。

「花深深，柳陰陰。」起筆兩韻，用聯綿辭深深、陰陰，極寫春花楊柳之繁盛。初讀上來，可能會以為真是描繪大自然之春光。其實不然。「度柳穿花覓信音。」原來，花柳皆為喻象，喻指狹斜冶遊之世界。此句，寫女主人公向冶遊界尋覓其情人之一番經歷（不必坐實解為她親自度花穿柳去尋）。唐元稹〈鶯鶯傳〉裡「長安行樂之地，觸緒牽情」之語，正可為此詞中女子道出心聲。「覓」字下得愜當，與花深深柳陰陰相呼應，則浮花浪柳之妖冶繁盛可知，與度柳穿花相映照，則縱然尋他千百度終不可得亦可知。女子終於明白：「君心負妾心。」情人已背信棄義。從這悲憤之聲口，可以想見女子肝腸之寸斷。

「怨鳴琴，恨孤衾。」過片兩韻，寫盡女子被棄後淒涼幽怨之況味。無窮永晝，唯有寄孤憤於鳴琴。漫漫長夜，終是輾轉反側於孤衾。琴、衾，皆當日情好歡樂之見證，竟變為一場悲劇之象徵，觸物傷心，如此日月，人何以堪？詞句極短，而酸楚無限。「鈿誓釵盟何處尋。」「尋」字，與上片之「覓」字，皆極有分量，道盡女子的失落感與不甘心，皆見性情語。追懷當日山盟海誓，信誓旦旦，只相信「但教心似金鈿堅」（白居易〈長恨歌〉），如今全已幻滅。幻滅失落猶自追尋，尋尋覓覓惝恍迷離，遂托出女子深層心態之全部痴情。「當初誰料今。」上句是舊情之回瀾，結句則是返轉回來，從痴迷而悔悟。試比較《詩經．衛風．氓》最後的決絕態度：「不思其反。反是不思，亦已焉哉！」（不要回想從前的事了！不要再想從前的事了，拉倒算了吧！）便覺此詞結尾仍含婉有餘。棄婦心瀾洶湧，千迴百折，終難平息，是在意內言外。

棄婦是一種社會現象。詞人抱同情之瞭解，設身處地為作此詞，實屬難能可貴。此詞純為女子聲口，明白如話，如訴如泣，故能感染人。篇幅短小，言辭簡練，卻淋漓盡致地展示出愛情悲劇、女子痴情，故富於含蘊。若比較最早的棄婦詩〈氓〉，則〈氓〉之風格剛決，此詞之風格婉厚，故不失詞之體性。而詩詞之分野，也由此可見。（鄧小軍）

李曾伯

【作者小傳】（一一九八～一二六六？）字長孺，號可齋，覃懷（今河南沁陽）人，寓居嘉興（今屬浙江），曾官濠州通判、淮東、淮西制置使。素知兵，宋理宗寶祐二年（一二五四），川局崩壞，授四川宣撫使，特賜同進士出身。為賈似道所嫉，革職。詞學稼軒，多長調，不作綺豔語。著有《可齋雜稿》、《可齋詞》。存詞二〇二首。

沁園春

李曾伯

餞稅巽甫

唐人以處士辟幕府如石、溫輩甚多。稅君巽甫以命士來淮幕三年矣，略不能挽之以寸。巽甫雖安之，如某歉何！臨別，賦〈沁園春〉以餞。

水北洛南①，未嘗無人，不同者時。賴交情蘭臭②，綢繆相好；宦情雲薄，得失何知？夜觀論兵，春原弔古，慷慨事功千載期。蕭如也，料行囊如水，只有新詩。

歸兮，歸去來兮，我亦辦征帆非晚歸。正姑蘇臺畔，米廉酒好；吳松江上，蓴嫩魚肥。我住孤村，相連一水，載月不妨時過之。長亭路，又何須回首，折柳依依。

〔註〕①水北洛南：水、洛皆指洛水，韓愈〈送溫處士赴河陽軍序〉：「洛之北涯曰石生，其南涯曰溫生。」指唐代洛陽的兩個處士石洪、溫造，韓愈稱之為「水北山人」「水南山人」，見〈寄盧仝〉。唐憲宗元和五年烏重胤任河陽節度使，不數月將他們先後徵辟入幕，一時傳為佳話。②蘭臭：《易經．繫辭上》：「同心之言，其臭如蘭。」唐孔穎達疏曰：「言二人同齊其心，吐發言語，氤氳臭氣，香馥如蘭也。」

李曾伯於理宗淳祐初任淮東制置使兼知揚州，此詞當作於是時，小序所謂「淮幕」當指淮東制置使司幕府。詞乃為友人幕僚稅巽甫餞行而作。作者在小序中寫道：唐代士子由幕府徵召而授官的很多，如唐憲宗元和年間的石洪、溫造即是。而稅君以一個在籍官員的身分，來我這裡三年了，我卻一點也不能使他得到提拔。「不能挽之以寸」，語當本於黃庭堅〈贈秦少儀〉詩「挽士不能寸，推去輒數尺」。他雖然處之泰然，可我多麼歉疚！臨別，寫這首詞為他送行。送行詞一般總要表現惜別、友情，這首詞自是如此。但讀過小序，我們感到此詞的惜別更有深一層的含義：惜別也是惜才。作者為才士的不遇深表遺憾，對不重視人才的世態深感憤慨，詞中含有深深的自責與不平。

詞的起筆便是不平之鳴。「水北洛南，未嘗無人，不同者時。」「水北洛南」原是唐人石洪、溫造的住處，這裡是說：今天未嘗沒有石、溫那樣的人才，只是時代不同了。遇於時，則人才可脫穎而出；不遇於時，則人才終是塵土消磨。「賴交情蘭臭，綢繆相好；宦情雲薄，得失何知？」這裡是說：憑交情，我和巽甫是再好不過了；但我們都是拙於吏道，把做官看得很澹薄，就中的得失怎麼看得清呢？照說，憑我們的交情和我的閫帥地位，巽甫是不難求得一進的，結果竟這樣！其原因除了上面提明的時代昏暗外，就是我的迂拙了。以上的不平之鳴中含有深自責備的意思，正是小序所說：「如某歉何！」這是就作者方面說。如果從巽甫角度看，「宦情雲薄，得失何知」，又是對友人的讚揚了，他不汲汲於仕進，正是小序「安之」之意。這裡意思兼及雙方，起到了上下層次的遞轉作用。下面就著重寫巽甫的高尚志行。「夜觀論兵，春原弔古，慷慨事功千載期。」巽甫常常和自己夜間在樓臺上談論軍事，在春原上憑弔古跡，激昂慷慨，以千秋功業相期許。這裡的「論兵」「弔古」，既有對歷史的緬懷，又有對現實的感慨。揚州本是古戰場，特別是在南北分治時代，更是兵家必守、必爭之地。在南宋，這裡是江淮要塞，淮東制置使司當時就擔負著東線抗禦蒙古的重任。「論兵」「弔古」，有多麼豐富的內容，又會激起多少豪情勝概！這是概括三年間生活。分手之際是：「蕭如也，料行囊如水，只有新詩。」意思是說友人三年來經濟上一無所得，歸去時兩袖清風。這裡還點明巽甫的安貧樂道，雖遭逢不偶，仍不輟吟詠。這又和眼下以詞餞行聯繫起來。以上兩層寫巽甫才高志遠、關切國事、品行峻潔。如此人物，令人敬重；如此遭遇，使人同情。作者這樣寫來，其憤時、自責亦在其中。

上片是回顧寄慨，下片是送行。換頭連用兩「歸」字，表明巽甫態度之堅決，也表明作者對其行動的讚許，「用之則行，舍之則藏」（《論語．述而》）嘛。不僅如此，「我亦辦征帆非晚歸」，也要歸去。送人把自己的心也送走了，正像韓愈〈送李願歸盤谷序〉所寫的：「膏吾車兮秣吾馬，從子於盤兮，終吾生以徜徉。」。「正姑蘇臺畔，米廉酒好；吳松江上，蓴嫩魚肥。」吳中一帶向為士大夫退居的理想所在，蘇軾曾嚮往那裡「月致米三石、酒二斗」（〈答賈耘老〉）的生活，鱸膾蓴羹更是古來為人盛稱的風味（用西晉張翰故事即為退隱之意）。

巽甫家吳中，作者居嘉興（據《宋史·李曾伯傳》。據其《可齋雜稿》，當常居宜興），皆在這一帶。以上所寫為共同嚮往。「我住孤村，相連一水，載月不妨時過之。」這裡說兩家住處一水相連，退歸之後還可以經常見面。「長亭路，又何須回首，折柳依依。」「長亭路」即分別的地方，在這裡折柳相贈以表留戀是古來習俗，也是人情之常，而作者卻說：我們分手時不必這樣。（按這幾句化用蘇軾〈八聲甘州·寄參寥子〉：「西州路，不應回首，為我沾衣。」）為什麼呢？其一，歸去的地方那麼好。其二，「我亦辦征帆非晚歸」，離別是短暫的，很快就會重逢。

下片寫送行，似乎漫不經意，主客雙方似乎都挺輕鬆。究其實，恐非如此。小序雖說巽甫安之，但「慷慨事功千載期」就如此無成而歸，其心情又何能安？而作者的不安在小序及上片已表露甚明。下片如此寫，是委婉的安慰、開解。他把退居吳中的生活寫得那般愜意，並以將歸人口吻送歸人，都是為了減輕友人的心理負荷，這正見出友情的溫厚。同時，下片的惜別與上片的憤時也是意脈相承的。下片把巽甫歸去的態度寫得很堅決，也寫出自己退歸的決心，還寫出二人對鄉居生活的嚮往，這正表露了他們對當局不重視人才的不滿，對官場的厭惡。總的來說，全詞是圍繞惜別也是惜才的中心意思來寫的。

這首詞的語言比較質樸，有的地方行以古文句法（比如上下片起筆幾句），顯得有些散緩，但讀來還很有味，這大概是全篇那類似談話的語調造成的。這首詞用典處也不少，好在出自有意無意間，並沒有造成閱讀障礙，倒給作品增添了許多意蘊。（湯華泉）

沁園春 李曾伯

丙午登多景樓和吳履齋韻

天下奇觀，江浮兩山，地雄一州。對晴煙抹翠，怒濤翻雪；離離塞草，拍拍風舟。春去春來，潮生潮落，幾度斜陽人倚樓。堪憐處，悵英雄白髮，空敝貂裘。

淮頭，虜尚虔劉，誰為把中原一戰收？問只今人物，豈無安石；且容老子，還訪浮丘。鷗鷺眠沙，漁樵唱晚，不管人間半點愁。危欄外，渺滄波無極，去去歸休。

多景樓，鎮江名勝，在北固山甘露寺內，建於北宋。其地三面臨江，「東瞰海門，西望浮玉，江流縈帶，海潮騰迅，而維揚（揚州）城堞浮圖陳於几席之外，斷山零落出沒於煙雲杳靄之間」（南宋孝宗乾道年間鎮江知府陳天麟〈多景樓記〉）。如此形勝，再加上鎮江豐富的歷史文化，因此，北宋以來此處的題詠很多，在曾伯作此詞的七年前，當時的鎮江知府吳潛（號履齋）寫有〈沁園春．多景樓〉，其詞云：

第一江山，無邊境界，壓四百州。正天低雲凍，山寒木落；蕭條楚塞，寂寞吳舟。白鳥孤飛，暮鴉群注，煙靄微茫鎖戍樓。憑欄久，問匈奴未滅，底事菟裘？回頭，祖敬何劉，曾解把功名談笑收。算當時多少，英雄氣概；到今唯有，廢壠荒丘。夢裡光陰，眼前風景，一片今愁共古愁。人間事，盡悠悠且且，莫莫休休。

履齋為晚宋著名的政治家，此詞俯仰今古，感慨國事己身，很是沉痛，自然引起時人的共鳴，除曾伯外，當時程公許亦有和作。丙午，理宗淳祐六年（一二四六），時曾伯任淮東制置使兼淮西制置使。

曾伯詞亦從形勝寫起。多景樓原有吳琚「天下第一江山」的題匾，履齋即由此寫其雄壯，而此詞則寫其神奇。「江浮兩山」，兩山指焦山、金山（又名浮玉山，時在江中），二山東西相望，就像浮在江面上一樣。「浮」，當是由江面看山的幻覺；兩山如此相對，簡直是「鬼設神施」（陳亮〈念奴嬌．登多景樓〉）。下面寫空中、江中、江岸。「晴煙抹翠，怒濤翻雪」，色彩鮮明悅目，又給人一種變幻不居之感。「離離塞草，拍拍風舟」，春草多麼繁茂（塞草此即指岸草，因此地為要塞），江船頂風前進（拍拍，浪擊船頭），給人一種生機，一種力量，同時也會引起歲月如流的感觸。對照起來，履齋詞這裡寫景的幾句著眼在「蕭條」、「寂寞」，以引起個人身世的感慨；曾伯這幾句寫景意在展示「江山如畫」、「逝者如斯」，從而逗起今昔同懷的意緒。「春去春來，潮生潮落，幾度斜陽人倚樓。」這意思作者說出來了。古往今來多少人像我這般眺望江天，古人今人若流水，共看江天皆如此啊。「幾度斜陽人倚樓」寫落寞之情，言許多英雄豪傑正是在這般「倚樓」中壯志消磨。陸游、陳亮也曾在樓頭題詞，陳亮在詞中大呼：「正好長驅，不須反顧，尋取中流誓。」（〈念奴嬌〉）那樣的英風豪氣結果不是落了空嗎？眼前履齋題詞在上頭：「憑欄久，問匈奴未滅，底事菟裘？」當時也不失為豪言，而今安在？已被罷職退居多年了！這些都是曾伯此時自然會聯想到的，特別是吳履齋因有唱和關係，他的遭遇更在作者「憐」、「悵」之中。「英雄白髮，空敝貂裘」，用戰國時蘇秦遊說諸侯，懷才不遇，黃金盡、貂裘敝的典故，就中飽含著作者的自憐、自傷。據《宋史》本傳，本年春作者頗遭物議，「言者相繼」。身為兩淮閫帥而無法進取，坐看年華老大（時四十九歲），怎能不感到悲哀！一個「空」字表現了多麼沉痛的心情。

鎮江這地方，晉宋間有多少英雄馳逐！履齋詞是由對這些英雄的緬懷換頭的，寫得一往情深；曾伯詞換頭處是由對現實的感慨而反思，顯得比較冷峻。「淮頭，虜尚虔劉。」「淮頭」，淮水上游，此指淮西一帶。「虔劉」，劫掠，侵擾。據《宋史．理宗本紀》，這年春蒙古兵攻壽州一帶，「將士陣亡者眾」。「誰為把中原一戰收？」當今英雄何在？誰能像晉宋間英雄那樣一掃胡虜？晉宋間幾次北伐都是從鎮江出發的，如祖逖、劉裕，而以謝安（字安石）最為著名。謝安在指揮淝水之戰獲得大捷後，又命令謝玄率部北進（謝玄的部隊是駐紮在這一帶的「北府兵」），收復了黃河南北大片土地。唐安史亂間李白從永王璘起兵去討伐安祿山，也是準備從這裡北進，李白有詩道：「三川北虜亂如麻，四海南奔似永嘉。但用東山謝安石，為君談笑靜胡沙。」（〈永王東巡歌十一首〉其二）曾伯此時可能聯想到李白此詩，「淮頭」形勢與「三川」彷彿，李白當時自比謝安，今天還有誰能這樣呢？所以下面就是「問」了：「問只今人物，豈無安石；且容老子，還訪浮丘。」「豈無安石」，可能有，也可能沒有；還可能是有安石之才但做不了安石。這句問得很冷。在這種情況下，還是讓我去訪求浮丘道人去吧，反正我是做不成安石。這表示自己要引退。《宋史》本傳記載他在本年正月就「乞早易閫寄，放歸田里」，可知此時他對功業已經失望了。下面又寫到「眼前風景」：「鷗鷺眠沙，漁樵唱晚，不管人間半點愁。」自己這般愁苦，但風景還那般好，風景越好越會激起自己的愁緒。這是一種反襯寫法，履齋詞正面寫「一片今愁共古愁」，不若這種寫法深切。煞拍：「危欄外，渺滄波無極，去去歸休。」「歸休」就是引退，前加「去去」，表示主意已定，無須反顧。雖則如此，從「渺滄波無極」的感觸裡，可以體會到他萬千愁緒、萬千的不得已。就在寫這首詞後的個把月，他真的被罷免了。

鎮江在南宋既是江防重鎮，又是北進的基地，南宋多景樓題詠多是憂時憤世之作。正如陳天麟在前引〈多景樓記〉諸語後寫道：「至天清日明，一目萬里，神州赤縣，未歸輿地，使人慨然有恢復意。」曾伯此詞亦然。不過，此詞雖然表現了他對英雄事業的嚮往，對國事的關切，對時局的不安，但情緒到底還是委靡了些，履齋詞亦是不免。這是時代使然。朱熹曾說過：「紹興渡江之初，亦自有人才，那時士人所做文字極粗，更無委曲柔弱之態，所以亦養得氣宇。只看如今秤斤注兩，作兩句破頭，如此是多少衰氣！」（《朱子語類》卷一〇九）這幾句話是批評當時的文風，也可移用於詞風。南渡以來愛國詞人所激揚起來的大聲鏜鞳、慷慨縱橫的豪放詞風，寧宗開禧後日趨衰憊，至理宗淳祐後更是強弩之末了。試將曾伯此詞與陳亮〈念奴嬌〉對讀，這感受就再深不過了。文風與世推移，確是不刊之論。

一般說唱和之作在意思上、技法上自有因承聯繫之處。曾伯此詞與原唱既有聯繫又有新創，本文將履齋詞表出以作對照，窺其作意作法的異同，亦鑑賞之一道也。（湯華泉）

青玉案 李曾伯

癸未道間

棲鴉啼破煙林暝，把旅夢、俄驚醒。猛拍征鞍登小嶺。峰迴路轉，月明人靜，幻出清涼境。

馬蹄踏碎瓊瑤影，任露壓巾紗未恢整。貪看前山雲隱隱。翠微深處，有人家否，試擊柴扃問。

這是一首夜行詞。唐宋寫夜行情景的詩不少，而詞卻很少，為人所知的僅蘇東坡〈西江月．頃在黃州，春夜行蘄水中……〉、辛稼軒〈西江月．夜行黃沙道中〉等數首而已。蘇辛二首風調清新，自是佳品；此首亦復情趣堪味，值得一讀。

寫夜行，先從傍晚寫起。白天行路昏昏沉沉的，在馬背上睡著了。「棲鴉啼破煙林暝，把旅夢、俄驚醒。」歸鴉叫個不停，劃破了暮靄籠罩下樹林的寂靜，旅夢一下子驚醒了。看到天黑了，詞人一下子緊張起來，於是「猛拍征鞍登小嶺」。「猛拍」當是天晚急於趕路，也可能是大腦清醒後一個興奮動作。「小嶺」，可能是個地名，也可能是指稱一座不高的山，從這種稱說裡見出一種登攀的勁頭，一種超越的力量。「小嶺」不小，「峰迴路轉，月明人靜，幻出清涼境。」「峰迴路轉」，用歐陽脩〈醉翁亭記〉成句。山峰重疊，山路迂迴，這時月亮升起來了，山野寂無人聲，跟傍晚的幽暗、喧鬧形成鮮明對照，使人感到彷彿進入另一個天地。蘇軾〈念奴嬌．中秋〉有這樣的句子：「憑高眺遠，見長空萬里，雲無留跡。桂魄飛來，光射處、冷浸一天秋碧。玉宇瓊樓，乘鸞來去，人在清涼國。」在山嶺上「憑高眺遠」也會產生這樣的幻覺，所以說「幻出清涼境」，「清涼境」即東坡詞的「清涼國」的意思，他開始了這樣美妙的夜行。

下片繼續寫夜行的情趣。「馬蹄踏碎瓊瑤影」。「瓊瑤」，指月色。此句化用東坡那首寫夜行的〈西江月〉：「可惜一溪風月，莫教踏碎瓊瑤。」馬行走在點點碎碎的月光上，妙不可言。「任露壓巾紗未忺整。」「未忺」，不想的意思。夜深了，風露下了，露水打濕了頭巾也不願去整理一下。涼冰冰的露水浸潤了頭巾，浸潤著面頰，多麼叫人愜意。按定格〈青玉案〉此句應為七字，這裡是八字，添了一個襯字「任」。多了這個「任」字，他那種舒適感、滿足感就更凸出了。佳境還有的是，「貪看前山雲隱隱」。月下輕雲繚繞的前山更是一個誘人的所在，他的心又被吸引去了。「白雲生處有人家」（杜牧〈山行〉）、「雲間煙火是人家」（劉禹錫〈竹枝詞九首〉其九），他大概想到那裡有人家了。「翠微深處，有人家否，試擊柴扃問。」「柴扃」，柴門。在林木茂密的地方，他發現了人家，「試擊柴扃問」。「試擊」，想敲敲，想問問，但並不十分有意，說真的，有沒有人家都不會影響他今夜行路的興致。以發現人家結尾，與稼軒夜行黃沙道中的〈西江月〉相似，稼軒詞是：「舊時茅店社林邊，路轉溪橋忽見。」但二者所蘊含的情致不同。稼軒是表現他遇雨忽逢「舊時茅店」的驚喜和親切感，他的夜行到此也結束了；此處漫不經心「試擊柴扃」，只是妙不可言的夜行的一個小插曲，情趣顯得頗為深長。前景還長著呢。

寫夜行，先反墊一下日行，顯出夜行的可意。夜行道間峰迴路轉，佳境迭現，佳趣橫生，真有「山重水複疑無路，柳暗花明又一村」（陸游〈遊山西村〉）的意境。文字靈活輕快，和作者的喜悅心情是相應的。順便提一下，此詞題為「癸未道間」，癸未即宋寧宗嘉定十六年（一二二三），時作者二十六歲。這是他的一首少作，洋溢著青春的氣息，不類其晚年作品的意氣闌珊。（湯華泉）

方岳

【作者小傳】（一一九九～一二六二）字巨山，自號秋崖，祁門（今屬安徽）人。宋理宗紹定五年（一二三二）進士。累官至吏部侍郎，歷知饒、撫、袁三州，加朝散大夫。有《秋崖先生小稿》。詞存七十九首。

水調歌頭　方岳

平山堂用東坡韻

秋雨一何碧，山色倚晴空。江南江北愁思，分付酒螺紅。蘆葉蓬舟千里，菰菜蓴羹一夢，無語寄歸鴻。醉眼渺河洛，遺恨夕陽中。

蘋洲外，山欲暝，斂眉峰。人間俯仰陳跡，嘆息兩仙翁。不見當時楊柳，只是從前煙雨，磨滅幾英雄。天地一孤嘯，匹馬又西風。

揚州西北的蜀崗上，有一座平山堂，是歐陽脩於仁宗慶曆八年（一〇四八）在這裡作知州時建造的。據葉夢得《避暑錄話》記載，此堂「壯麗為淮南第一」。登堂遙望，江南金、焦、北固諸山盡在眼前，視與堂平，故取名「平山」。歐陽脩常在這裡宴客，飲酒賦詩，極一時之盛，他有一首〈朝中措〉詞記其事說：

平山欄檻倚晴空，山色有無中。手種堂前楊柳，別來幾度春風。
文章太守，揮毫萬字，一飲千鍾。行樂直須年少，尊前看取衰翁。

堂前景色，太守豪情，給人留下了深刻的印象。若干年後，他的門生蘇軾在黃州登快哉亭，看到周圍景色，聯想到這首詞中的名句，不禁揮毫寫道：「長記平山堂上，欹枕江南煙雨，杳杳沒孤鴻。認得醉翁語，山色有無中。」（〈水調歌頭．黃州快哉亭〉）從此以後，平山堂的名字，就和這兩位詩翁的名字分割不開了。

時間又過了一百多年，方岳來到了平山堂，俯仰江山，緬懷先賢，不禁詩思如潮，於是就用蘇東坡黃州快哉亭詞的韻腳，寫下了這首〈水調歌頭〉。

詞從寫景入手。「秋雨」二句，寫雨後平山堂遠望所見的景色。這時雨過天晴，遙望長江對岸諸山，愈加顯得青綠可愛。這兩個句子雖短，但表達相當出色，句法也很奇巧。它重點是寫「山色」之「碧」，而以「秋雨」和「晴空」作烘托，使之加一倍又一倍地鮮明起來。雨水洗過的青山，去掉了表層的塵土，增加了滋潤的水分，當然更顯得青綠；而雨後放晴時，天空少了雲翳，更兼秋高氣爽，陽光就會更加充足，照耀著雨後的群山，它的碧綠於是又加深了一層。從句法上來看，這兩句的詞序是倒裝的，「一何碧」的並不是「秋雨」，而是「山色」，是山色在秋雨後、晴空中顯得十分青碧（這與黃庭堅〈水調歌頭〉的「瑤草一何碧」不同）。

「江南江北愁思」兩句，是敘事，也是抒情。意思是說平生行遍江南江北，積累起來的許多愁思，都付之一醉，暫時忘卻吧（「酒螺紅」就是紅螺酒杯，「分付」是交給之意）。借酒消愁本來是人之常情，尤以文人為甚。但作者哪裡來這麼多「愁思」，它的具體內容又是什麼呢？根據下文，我們知道一是自傷飄泊無定，二是慨嘆中原未復。這種先點出感情性質然後展示具體內容的寫法，就是所謂「有點有染」（見清劉熙載《藝概》），在詞中是慣用的。

「蘆葉蓬舟千里」三句，寫長年飄泊在外，不能回鄉。「蘆葉」句展示「蓬舟」（蓋有蓬頂的小舟）在長滿蘆葉的岸邊行駛之狀。劉過的〈糖多令〉有「蘆葉滿汀洲，寒沙帶淺流」之句，寫的就是這種蘆葉岸的情況。「千里」極言行程之長，飄泊地域之廣闊。「菰菜蓴羹」用的是西晉張翰的典故：張翰在外作官，見秋風起，想起了家鄉的菰菜、蓴羹和鱸魚膾，就命駕而歸。「菰菜蓴羹」後面加上「一夢」兩字，就否定了此事的現實性，意思是不能回去了。因而只好「無語寄歸鴻」默默無言地目送征鴻南歸。方岳是南宋後期著名的江湖派詩人之一，他少年飄蕩江湖，中年以後，雖中了進士而宦遊各地，還不免有「遊宦成羈旅」之感。這種思想屢見於詞。〈賀新涼・戊戌生日〉說：「水驛山村還要我，料理松風竹雪。」〈滿江紅・九日冶城樓〉說：「宇宙一舟吾倦矣，山河兩戒天知否？」古人於仕隱之間常有矛盾，想回家吃「菰菜蓴羹」的話不能盡信，但時時思念家鄉，想回去走走，倒是真的。思歸而不得，發為愁思，就是很自然的事了。

「醉眼」兩句，還是對「愁思」的具體展示，但換了一個角度，變得更有深度了。從字面描繪的情景來說，作者此時喝醉了酒，夕陽斜照中，醉眼模糊地遙望渺遠的黃河、洛水一帶，渺不可及，不覺憤恨填膺，情難自遣。作者那種嘆息中原未復的愛國思想，不是力透紙背而出嗎？詞寫到這裡，抒情已進入高潮，上片也就戛然而止。

下片又從眼前景物寫起。「蘋洲外」三句，寫遠山在黃昏中的姿態。「蘋洲」是長滿蘋草的洲渚，泛指荒野之地；蘋洲之外，遠山在暮色中斂下了它的眉峰，這是把愁苦的感情移入於物，寫的是帶情之景。這種寫法，一方面增加了狀物的形象性，一方面也抒發了自己的感情，可謂一舉兩得。「人間俯仰陳跡」至「磨滅幾英雄」五句，轉入懷古。作者憑弔陳跡，想到當年與平山堂有密切關係的歐陽脩和蘇東坡兩位「仙翁」已經逝去，不禁傷心嘆息。「楊柳」和「煙雨」是歐陽脩和蘇東坡詞中描寫的平山堂景色，這在前面已經徵引；作者巧妙地引用這兩個詞，除了表示對歐蘇二公無限景仰，勾起人們對他們的懷念以外，還寄託了滄桑之感。「楊柳」已非，「煙雨」依舊，而幾許英雄，已磨滅於此變化之中。這種感喟幾乎是文人登臨懷古的一個老主題，骨子裡是感到人生虛幻，蒙上了一層虛無的感傷色彩，這是失意牢落者常有的感情。方岳既然滿懷身世與家國的愁思，他具有這種感情，也是很自然的。

最後兩句，從懷古議論回到現實，寫自己又將匹馬登程，在西風淒緊的天地之間，悵然孤嘯。這情景，是夠令人感傷的。這一結尾，又回到了飄泊的愁思，與上片遙相呼應，用作詞的術語來說，就是「繞回」，這是結尾的好方法之一。由於它出以形象的描寫，又正是「以景結尾最好」（宋沈義父《樂府指迷》）的手法。

此詞從登平山堂所見景物寫起，轉入抒情、議論，除了懷念歐蘇兩位「文章太守」以外，還抒發了歸夢難成的愁思和河洛未復的遺恨，思想內容是比較豐富的。詞的寫法大開大合，上片從山色寫到身世、家國之悲，從橫的方向馳騁思想，放得很開。換頭又回到山色，使描寫對象與上片開頭複合；然後再從縱的方向馳騁思想，懷念歐蘇二公，再一次放開。最後以匹馬西風作結，留下了詞人踽踽獨行的形象，久久繞人腦際。藝術感染力是比較強的。（洪柏昭）

瑞鶴仙　方岳

壽丘提刑

一年寒盡也。問秦沙、梅放未也。幽尋者誰也。有何郎佳約，歲云除也。南枝暖也。正同雲、商量雪也。喜東皇，一轉洪鈞，依舊春風中也。

香也。騷情釀就，書味熏成，這些情也。玉堂深也。莫道年華歸也。是循環、三百六旬六日，生意無窮已也。但丁寧，留取微酸，調商鼎也。

翻檢全宋詞，可以看到壽詞占了不小的比重。僅方岳的七十多首存詞中，壽詞就近三分之一。惜宋詞中寫得好的壽詞並不多見。方岳這首〈瑞鶴仙．壽丘提刑〉採用獨木橋體（韻腳全用「也」字），力避庸濫辭語，卻寫得與一般有所不同。

丘提刑，指丘崈。崈字宗卿，江陰人。據《宋史》本傳，曾官浙東提點刑獄，進煥章閣直學士。提刑與漢代的「繡衣直指」（或稱直指繡衣使者）職責近似，故詞前小序稱「繡衣使者煥章公」。詞序除歌頌外，也說明他是如何構思來寫這首詞的，因此有助於理解賞析。序說：

歲十二月二十有九日，實維繡衣使者煥章公紱麟盛旦也，岳敢拜手而言曰：月窮於紀，星回於天，蓋三百有六旬有六日於是焉極、而歲功成矣。唯天之運，循環無窮，一氣推移，不可限量，其殆極而無極歟？分歲而頌椒，守歲而爆竹，人知其為歲之極耳。洪鈞轉而萬象春，瑤歷新而三陽泰，不知自吾極而始也。始而又極，極而又始，元功寧有窮已哉！天之生申於此時，意或然也。岳既不能測識，而又舊為場屋士，不能歌詞，輒以時文體，按譜而腔之，以致其意。

讀完小序，知道作者是抓住丘崈的生辰在一年將盡這個特點來大做文章。但序裡已經暢論，詞就不宜過多地重複，於是從特點出發，聯繫到時與地以至其他有關事物，讓它們奔赴筆端，為抒情致頌服務。試看他是怎樣運用這些素材，寫成意切韻逸的壽詞。

一起就高聲唱出「一年寒盡也」。這個「寒」字簡直移易不得。丘崈生日是十二月二十九日，倘遇小盡月，便是一年的最後一天，即除夕。歲盡年窮，總覺得有些不堪。一經改為「寒盡」，給人的感覺便大大不同，誰不喜悅獻歲發春呢？「問秦沙、梅放未也」這句很有情致地聯繫到代表季節的花和被慶祝者所在地。南宋兩浙東路治所在紹興府，其東南有秦望山，以秦始皇登山望海得名。其地也是秦觀（字少游）舊遊之處，他在這裡寫過〈望海潮〉懷古詞，首稱「秦峰蒼翠」。所以方岳在另一首〈水調歌頭．壽丘提刑〉裡，提到：「自有秦沙以後，試問少游而下，誰捲入毫端？」由地聯想到人，謂其足與秦觀相比。這首〈瑞鶴仙〉卻由尋梅聯繫到以揚州詠早梅著稱的南朝梁何遜。說他們相約去探幽訪勝。這時歲暮天寒，彤雲四布，早梅向暖的南枝初放。粗看這些話僅僅是對上文「梅放未也」的回答。倘更深入體味，便見作者文心之細。他是以烘托手法、平淡語言來表達頌揚之意。尋梅，自昔視為高人雅士的韻事，何郎也可用以指代梅花。是「誰」有這樣豪情逸興在「上天同雲，雨雪雰雰」（《詩經．小雅．信南山》）的天氣去尋梅呢？即此可以想見其人之高尚品格。只說「南枝」，顯得北枝梅尚未開；「同雲」正在「商量」，自是欲雪未雪。此與姜夔名句「數峰清苦，商略黃昏雨」（〈點絳脣．丁未冬過吳松作〉）同樣以物擬人，意境生動。以上一些描述，都圍繞著「歲云除也」，這是為歇拍數語蓄勢。然後筆鋒突然一轉，歡呼春神東君著意推進時序，又由春到人。戛然而止，興會淋漓。

上片主要是稱道丘崈的品質，寫梅即是寫人。下片更進一步表揚其學問和勛業。換頭以「香也」承上啟下。「一香吹動人間世」（方岳〈賀新郎．別吳侍郎，吳時閒居數夕前夢枯梅成林一枝獨秀〉），大自然帶來了春天的氣息，帶來了梅花的芳香；也釀就了騷人的吟情，熏成了書卷的韻味。丘崈是孝宗隆興元年進士，今存《文定公詞》一卷。「騷情」「書味」等語是頌其文采風流，老而好學。緊接著便以「玉堂深也」一語轉入其從政生活。一般庸濫之作，往往在這裡塞些誇耀阿諛的話，此詞作者卻巧妙地只以一「玉堂深」寫其人處於學士之位，值宿宮殿之中，則其地位之清貴自見。更高人一著的是將頌辭改變為期望的口吻，設想丘崈此時亦有年華老大之感，然後大談其「始而又極，極而又始」，「循環無窮」，「極而無極」的道理。有趣的是丘崈在其一首詞裡就說過「梅梢春意動，澤國年華改」（〈千秋歲．用秦少游韻〉）。方岳的設想，可以說是偶然巧合，也可視為揣情度理得之。立德、立功、立言，這是古來有志者的追求。據《宋史．丘崈傳》：「崈儀狀魁傑，機神英悟，嘗慷慨謂人曰：『生無以報國，死願為猛將以滅敵。』其忠義性然也。」可見丘崈是一個有抱負的人。詞人抓住了最能打動人心的理由，指出「三百六旬六日，生意無窮已也」，衷心期待他「留取微酸，調商鼎也」。這兩句恰切而有風趣，又回顧了上片梅花的描寫。借用《尚書．說命下》「若作和羹，爾惟鹽梅」這幾句殷高宗命傳說作相之辭，祝願他有拜相之日，著墨無多，恰到好處，可以說是善頌善禱。

總觀全詞，通篇以氣氛烘染取勝。詞人抓住了生辰在新年即將到來的時刻，選取了代表這一季節的梅花，作為全首結構的骨幹，然後把梅同被祝壽者的品格以及時光流逝和歲歲有新意合一起來去抒寫。指出自然和人的同一。自然界更新，人亦常新。自然界常在，人的生命力亦常在。讓被祝壽者從情理上樂意接受這種祝願。北宋晏殊論詩嘗有「富貴氣象」說。自稱「每吟詠富貴，不言金玉錦繡，而唯說其氣象」（見宋吳處厚《青箱雜記》），詩話多載其言。方岳這首詞，可以說也是採取這種精神去寫的。或疑壽詞而採用獨木橋體是否恰當，按丘崈於方岳為前輩，為長者祝壽，怎能採取不嚴肅的態度？想出奇制勝，容或有之。這倒說明一個問題，即獨木橋體，當時並不視為文字遊戲。（宛敏灝、沈文凡）

許棐

【作者小傳】（？～一二四九）字忱父，號梅屋，海鹽（今屬浙江）人。宋理宗嘉熙中，隱居秦溪。著有《獻王集》、《梅屋詩稿》、《梅屋詩餘》。詞存二十首。

喜遷鶯　許棐

鳩雨細，燕風斜。春悄謝娘家。一重簾外即天涯，何必暮雲遮？

釧金寒，釵玉冷。薄醉欲成還醒。一春梳洗不簪花，辜負幾韶華。

在唐宋詞中，女子的「閨怨」「春思」，可算是寫熟、寫濫了的題目；但也正因如此，便增加了寫作的難度，不易「出新」。特別像本詞的作者許棐，已是晚宋理宗時人；在他之前，詞壇上早已湧現了不知幾多的優秀「閨怨」詞作，因此真要能夠有所自出新意，那確實是頗為不易的。

可是，這些擔心似乎是多餘的。作者在這首短短的小令中，卻用他簡潔而又優雅的筆觸，成功地塑造了一個有些類似於明湯顯祖《牡丹亭》中杜麗娘式的少女形象。她的傷春情緒，她的不甘於深鎖閨房的反抗精神，以及她對愛情和人生的追求與留連，就都給我們留下了深刻難忘的印象。

詞從暮春景色寫起。「鳩雨細，燕風斜」二句，用筆極深細，極優美。本來只是細雨斜風，倒裝成雨細風斜，意思的重點便落在「細」字、「斜」字上；再加以「鳩」字、「燕」字綴成「鳩雨」「燕風」，又巧妙地把風雨加上了季節的特點。鶉鳩將雨時鳴聲急，故有「鳩喚雨」之說，詩詞中常二字連用；鶉鳩，亦稱布穀鳥。布穀催耕，是常與連綿的細雨連在一起的，如元好問詩〈寄趙宜之〉云：「莘川三月春事忙，布穀勸耕鳩喚雨。」燕兒的飛翔，又常與春風「作伴」，如杜甫〈水檻遣心二首〉其一云：「細雨魚兒出，微風燕子斜。」所以上面六個字，就甚為準確、形象地交代出了暮春的季節特點，為後文的點明「春悄」之「春」字，作了伏筆和鋪墊。不僅如此，布穀鳥在細雨中自由地鳴叫，小燕子在斜風中快樂地飛舞，這聲音、這動作，又和下文「春悄謝娘家」的幽靜、寂寥，形成了心理氛圍上的對比。謝娘，原指東晉王凝之妻謝道韞；這裡藉以暗示詞中的女主角是一位貴族人家的才女（至於有些作品中以「謝娘」來指妓女，則本詞不是此意）。試想，窗外早已是一片生機勃勃的春天景象，而窗內卻是一片靜悄悄、悶沉沉的氣氛（更何況，被深鎖於此的又是一位年輕活潑的姑娘），所以兩相對照，女主角那種愛慕於大好春光、不甘囿於深閨的心理，就含蓄而豐滿地隱隱寫出。清人周濟論詞有云：「驅心若遊絲之罥飛英。」（《宋四家詞選目錄序論》）

從這三句中就不難見到作者用心之深，下筆之細。果然，接下兩句，就一反上面那種隱而不露的寫法，而出之以「怨語」：「一重簾外即天涯，何必暮雲遮？」看來時光已抵傍晚，天又老不放晴，一塊濃重的暮雲更遮斷了少女凝望天邊的視線，故而她就發出了這樣的怨恨之語。其意即謂：一重簾子就已把我阻隔在深院內室，使得簾外之近（儘管近在咫尺）竟變成了「天涯」之遙（此亦暗示自己不得隨便跨出深閨），更何況天上還有重重烏雲來遮隔呢？從這兩句來看，則在她內心深處，自藏有一個「心上人」的影子在。她想要與他會面，奈何家規和禮教卻絕不允許這麼做，所以怨恨之極，竟至於從「尤人」發展到了「怨天」——但出於大家閨秀的身分，她卻又不能直言其埋怨父兄之情，而只能把一股怨氣盡發之於簾子和暮雲。這中間的曲折三昧，盡在文字之外。於此亦可見得作者揣摸和刻畫人物內心世界的深湛功夫和高妙技巧。李商隱詩云「劉郎已恨蓬山遠，更隔蓬山一萬重」（〈無題四首〉其一「來是空言去絕蹤」），講的是相愛的男女之間阻隔著重重障礙，但他用的是「一萬重」這樣的「重量級」形容詞；而「一重簾外即天涯，何必暮雲遮」則用的是「一重」（簾）「（一塊）雲」這樣的「最輕量級」形容詞（這似乎更能確切地體現一位閨中少女的居處環境），但二者卻收到了「異曲同工」之妙。這又不能不使人感嘆作者的善於翻化前人語意和勇於創新。

既然充滿了怨恨，那麼她必然就會有所反抗。但是，她可沒有《西廂記》中那位鶯鶯小姐的勇氣和機會，因此她只能採取比較「消極」和宛轉的反抗形式。「釧金寒，釵玉冷，薄醉欲成還醒」以及「一春梳洗不簪花」這幾句就是寫她的這種「消極反抗」。摘下了手臂上的金釧，拔下了頭髮上的玉釵，甚至一整個春天都不願插花打扮，這實際是暗向心上人表示自己「豈無膏沐，誰適為容」（《詩經．衛風．伯兮》）的心意，同時又是向她父兄的一種「示威」行動。這是本片的第一層意思。可是，她的這種舉止行動卻並沒有收到多大的效果——父兄並沒有放她走出深閨，而所懷的戀人也並不能因此而得見，所以她的心又一次墮入了痛苦之中。「釧金寒」的「寒」字，「釵玉冷」的「冷」字，就反襯了她得不到安慰與溫暖的失望心理。而「薄醉不成還醒」更表明她內心的苦悶遠非醉酒所能暫時排遣。最妙的則還在詞尾：儘管她一春不願簪花打扮（看似不對春光和鮮花略感興趣），然而最後卻吐出了一句「真話」：「孤負幾韶華！」也就是說：讓一春的春光白白流駛，讓一春的鮮花白白丟拋，從真心而言，實在又是捨不得的。「韶華」是最美妙的時光：從一年而言在於春天；從一生而言，則在於青春年少。「孤負」，對不住、白白浪費。這兩個詞合在一起，語既極為沉重，內蘊又極為豐富。它所表達的，就正是杜麗娘所唱出的感嘆：「則為你如花美眷，似水流年，是答兒閒尋遍，在幽閨自憐。」因而，從它所包含的對於青春易逝的惋惜和對於寶貴人生的眷戀來看，極能代表古代社會中青年婦女（特別是有才之女）所普遍懷有的悲劇心理，具有相當深刻的典型意義。這是本片的更深一層意思。

總之，這首詞的題材內容雖仍跳不出一般婉約詞描寫「春思」「閨怨」的窠臼，但從它所寫到的反抗心理和悲劇心理來看，卻又不乏某種新意。它從常見的懷人進而寫到了對於命運的怨嗟，又寫到了對於人生（主要是青春和愛情）的執著肯定（這些都從「反面」可以看出），都顯示了它思想內蘊之深厚。而從藝術風格來看，它也成功地繼承了前代小令的傳統，寫得哀怨纏綿，文雅工緻；特別是下片的暗藏曲折，更為細膩微妙地再現了一位閨中才女的心曲，堪稱是善於刻畫女性婉曲心理的佳作。（楊海明）

蕭泰來

【作者小傳】字則陽，一說字陽山，號小山，新喻（今江西新餘）人。宋理宗紹定二年（一二二九）進士。寶祐元年（一二五三），自起居郎出守隆興府。又曾為御史。著有《小山集》。存詞二首。

霜天曉角　蕭泰來

梅

千霜萬雪，受盡寒磨折。賴是生來瘦硬，渾不怕、角吹徹。
清絕。影也別。知心唯有月。原沒春風情性，如何共、海棠說。

本詞大約是蕭泰來自況之作。梅花品格高尚，與松、竹並稱「歲寒三友」，所以騷人墨客競相題詩讚頌。蕭氏這篇梅詞，能脫去「匠氣」，寫出自己的個性，實屬難能可貴。

首句即入韻。「千霜萬雪」四字烘襯出梅花生活的典型環境。「千」「萬」二字極寫霜雪降次之多，範圍之廣，分量之重，來勢之猛，既有時間感、空間感，又有形象感、數量感。「受盡寒磨折」一句以「寒」字承上，說梅受盡了「千霜萬雪」的「磨折」，可見詞人所詠，絕非普通的梅花，而是人格化的梅花，詠物即是寫人，梅與人相契相生。「賴是」三句，另賦新意，極寫梅花不為惡勢力所屈的高尚品格。「賴是」即好在，幸是，得虧是。得虧是這副天生的錚錚鐵骨，經得住霜欺雪壓的百般「磨折」，即便是那「大角曲」中的〈梅花落〉曲子吹到最後一遍（徹），它也全無懼色，堅挺如故，因為它「欲傳春信息，不怕雪埋藏」（陳亮〈梅花〉詩）呵！「渾不怕」即「全不怕」，寫得鏗然價響，力透紙背，以鋒稜語傳出梅花之自恃、自信、自矜的神態，而「瘦硬」之詞，則是從梅花的形象著筆。因為寒梅吐豔時，綠葉未萌，疏枝斜放，故用「瘦」字攝其形；嚴霜鋪地，大雪漫天，而梅獨傲然挺立，生氣蓬勃，故以「硬」字表其質：二字可與林逋〈山園小梅二首〉其一中的「疏影橫斜」相伯仲。「疏影」乃虛寫，美其風致；「瘦硬」則實繪，贊其品格，二者各有千秋：而傳神妙趣實同。

過片「清絕」二字獨立成韻，從總體上把握梅花的特性，意蘊無窮，耐人咀嚼。「清絕」之「清」有清白、清麗、清俏、清奇、清狂、清高種種含義，但都不外是與「濁」相背。「清」而至於「絕」，可見其超脫凡俗的個性。「影也別」，翻進一層，說梅花不僅具有「瘦硬」「清絕」與「眾芳搖落獨暄妍」（林逋〈山園小梅二首〉其二）的品質，就連影兒也與眾不同，意味著不同流俗，超逸出塵，知音難得，自然勾出「知心唯有月」一句。得一知己足矣，有月相伴即可！黃昏月下，萬籟俱寂，唯一輪朦朧素月與衝寒獨放的梅花相互依傍，素月贈梅以疏影，寒梅報月以暗香，詞人雖以淡語出之，但其含蘊之深，畫面之美，境界之高，煞是耐人尋味。最後二句寫梅花孤芳自賞、不同流俗的個性。花之榮枯，各依其時，人之窮達，各適其性。本來不是春榮的梅花，一腔幽素怎能向海棠訴說呢？又何必讓好事者拿去和以姿色取寵的海棠攀親結緣呢！這裡借前人「欲令梅聘海棠」（見唐馮贄《雲仙雜記》引《金城記》）的傳說反其意而用之，不僅表現了梅花不屑與凡卉爭勝的傲氣，詞人借梅自喻的心事也就不語自明了。

元盛如梓《庶齋老學叢談》說本詞與王澡〈霜天曉角．梅〉，「皆佳作也，二公命意措辭略相似。」王詞云：「疏明瘦直，不受東皇識。留與伴春應肯，萬紅裡、怎著得？夜色。何處笛？曉寒無耐力。若在壽陽宮裡，一點點、有人惜。」此詞上片寫梅花「疏明瘦直」，不受「東皇」（即春神）賞識，不與百花爭勝，品格確與蕭詞「略相似」，唯下片則轉寫落梅之何處笛，「曉寒無耐力」，雖不討東皇歡喜，然自有同病相憐之人惜其飛墜。這與蕭詞的「渾不怕、角吹徹」及羞與海棠為伍的命意又自有別，兩者相較，王詞不免要遜一籌了。

總之，這首詠梅詞是詞人有感而發、借物寄興之作。上下片分寫梅的傲骨與傲氣。傲骨能頂住霜雪侵陵，傲氣則羞與凡卉爭勝。

古人總結寫詩方法有賦比興三種，但有時因題材和命意的需要可以在寫法上結合使用，如這首詠梅詞就賦而兼比，以梅喻人。梅的瘦硬清高，實象徵人的骨氣貞剛，品質高潔，梅格與人格融成一片，二者契合若神，無窮意蘊，耐人玩味。觀其出語之侃切健勁（如「受盡」「渾不怕」「唯有」「原沒」「如何共」等），既不同於動蕩流暢之語，也與溫婉輕柔之詞迥異，故其情致既非飄逸，也非婉轉，而是深沉凝重，於是便形成這首詞沉著明快的顯著特點。而霜雪堆積，月華流照，疏影橫斜的詞境，又顯出超凡脫俗、清麗優美的氣韻和格調。因而本詞在沉著明快中，又略帶幾分清新俊逸，但這只如多歷憂患的硬漢眉宇間偶爾透露的天然秀氣，它與風流儒雅的貴公子渾身的瀟灑英俊之氣是絕不相類的。（鄭臨川、丁稚鴻）

李昂英

【作者小傳】（一二〇一～一二五七）字俊明，號文溪，番禺（今廣州）人。宋理宗寶慶二年（一二二六）進士。歷祕書郎、著作郎等，官至吏部侍郎。歸隱文溪。有《文溪集》。存詞三十首。

摸魚兒　李昂英

送王子文知太平州

怪朝來、片紅初瘦，半分春事風雨。丹山碧水含離恨，有腳陽春難駐。芳草渡，似叫住東君，滿樹黃鸝語。無端杜宇，報采石磯頭，驚濤屋大，寒色要春護。陽關唱，畫鷁徘徊東渚。相逢知又何處。摩挲老劍雄心在，對酒細評今古。君此去，幾萬里東南，隻手擎天柱。長生壽母，更穩步安輿，三槐堂上，好看綵衣舞。

這是作者得名之作，據說因這首詞而獲得《花菴詞選》編者黃昇「詞家射雕手」的美譽。（見毛晉《文溪詞跋》，但今本《花菴詞選》無此條。）

王子文，名埜，字子文，號潛齋，金華人，是南宋後期主戰派官員。在理宗淳祐年間，曾先後知隆興、鎮江等府，又任沿江制置使、江東安撫使等職，負責江防要務。他曾上疏反對和議，認為「今日之事宜先定規模，並力攻守」，所以非常注意水軍的建設，在任職期間，大力修造船艦，守險備具，又增設「游兵」巡江，並提倡屯田，使得「江上晏然」，取得了積極成效。難得的是，他還是個文武兼通的「儒將」，他是著名學者真德秀的弟子，尊崇朱熹之學，又擅長詩詞，工書法。《花菴詞選》收錄了他晚年寫的〈西河〉一詞，從中可見他憂國憂民的胸襟氣度。而本詞的作者李昴英也是個不畏強御、直言敢諫的骨鯁之士，曾奏劾權臣賈似道，被理宗稱為「南人無黨」，所以詞中每多以國事為念，有惺惺相惜之意。

王埜即將赴任的太平州在長江南岸，州治當塗（今屬安徽省），居南北交通衝要，是古來兵家必爭之地，當時又臨近前線，所以地位相當重要。王埜之出知太平州，正是被委以國防、江防的重任。

一起首，「怪朝來、片紅初瘦」，以「怪」字領起，表達自己訝異之情，一下子便把讀者的注意力吸引住了。是什麼令他感到意外呢？噢，是春天的繁花開始飄落了。花兒萎悴用「瘦」字去形容，使人彷彿看到一個娟好俏麗的人兒忽然顰眉蹙額，清減了幾分。李清照〈如夢令〉的名句「知否，知否？應是綠肥紅瘦」，應該對他有所啟發吧。接著，作者以「半分春事風雨」倒點原因，解開前面自設的疑團。「夜來風雨聲，花落知多少！」（孟浩然〈春曉〉）原來昨晚一場摧花的風雨把春色大大損毀了。「半分」，說明摧損程度之甚。這就是詞家的所謂「逆筆」，使重點凸出，而句法亦較多變化。三、四句正式點明「離恨」，轉入送別的主題。「有腳陽春」（一本作「有腳豔陽」）是對能行「惠政」的官員的傳統稱頌語，意思是說他所到之處，如陽春之煦物，能令百姓昭蘇。

但現在「陽春難駐」，王埜大人要調走了，於是連山水似乎也充滿離愁別恨。讀到這裡，我們頓悟前面寫春殘景象不光是為了烘染離別的氣氛，而且是對「陽春難駐」作形象的說明。「芳草渡，似叫住東君，滿樹黃鸝語。」寫渡頭景色。在芳草萋萋的渡口，樹上的黃鶯正間關啼囀，彷佛懇請即將離去的春天再多留一會兒。黃鸝即黃鶯，鳴聲婉轉悅耳，這裡「芳草」兩句也是融情於景，借啼鳥之惜春，比喻自己（或許再加上若干下屬與「子民」）對王埜的依依惜別。

不過，王氏的調動，到底是國家的需要、時局的要求，所以儘管感情上難以割捨，也只能分手了。在詞中，這一重轉折是由「無端杜宇」四字開始的。無端，即沒來由，無緣無故；這裡含有無可奈何之意。杜宇的叫聲近似「不如歸去」，所以又名「催歸」。這裡說「報采石磯頭，驚濤屋大，寒色要春護」的是杜鵑鳥，其目的是與上句的「黃鸝」前後照應，扣緊暮春景色，讓景、情、事打成一片，使整個上半闋的意境更顯渾成。采石磯，在當塗牛渚山北部，突入長江中，奇險雄偉，晉代溫嶠「燃犀燭怪」便發生在那裡。「驚濤屋大」是說長江風急浪高，杜詩有「高浪垂翻屋」（〈觀李固請司馬弟山水圖三首〉其三）句。後三句意思是說，當塗江面一帶，風狂浪惡，滿目寒涼，正需要春陽的照臨呵護。比喻那裡位置的重要和形勢的艱危險惡，須由豪傑之士去擔當局面。我們知道，自理宗端平元年（一二三四）金國滅亡後，次年蒙古兵即大舉南下，攻四川、湖北、安徽等地，淳祐十二年（一二五二）又掠成都，一時烽煙四起。詞中的「驚濤」「寒色」，正是對當時艱危局勢的形象寫照；而「春」字，亦與上文「東君」「陽春」一脈相承。

上闋借景傳情，抒寫惜別之意，而情緒一波三折，幾經起伏跌宕：從開頭至「陽春難駐」，是一開；「叫住東君」是一合；至「寒色要春護」又是一開。把戀戀不捨而又不得不捨的心緒刻畫得細膩傳神。

換頭處以送別情景過渡，然後再轉入臨別贈言。「陽關唱，畫鷁徘徊東渚。」人們唱起了驪歌，遠行的船隻即將啟航了。臨行之際，人們自然都希望後會有期，但何時何地才能見面呢？世事茫茫，實在難以預料，不過，既然已經以身許國，個人的事亦無需多慮了。「相逢知又何處」一句，正表達了這種複雜的心情。於是，在餞別的酒筵上，兩人同抒壯懷，細評今古。「摩挲老劍」，如同詩詞中常見的「撫劍」「看劍」一樣，是一種渴望施展抱負的舉動；「劍」而說「老」，則表明他們已久蓄此志，飽歷風波。經過千磨百折而雄心猶在，不是異常可貴嗎？由此推知他們對今古的評論，一定也不離國家興廢、英雄成敗的話題，自然亦涉及此行赴任的前景。「君此去，幾萬里東南，隻手擎天柱。」這是作者對友人的殷殷矚望，希望他肩起拱衛東南的重任，做撐持大局的擎天一柱。正是英雄重英雄！由此亦可見兩人相知之深，相期之切。

全詞寫到這裡，都是遒鍊緊湊，一氣呵成，情鬱而辭暢，有很強的藝術感染力。可惜下面收束處出語涉腐，顯得後勁不繼，令全篇有所減色。

「長生壽母，更穩步安輿，三槐堂上，好看綵衣舞。」這是順帶為王埜之母祝壽，並表王之孝親。安輿，也叫「安車」，是婦女、老人乘坐的小車。三槐堂，出《宋史·王旦傳》，是有關王姓的典故。史載，宋兵部侍郎王祐，手植三槐於庭，說「吾之後世必有為三公者，此其所以志也」。後來次子旦果然成了宰相，天下謂之三槐王氏，子孫因建三槐堂作紀念，蘇軾為作〈三槐堂銘〉。王埜父親王介也是大官，埜初以父蔭補官，現在又漸得重用，故以此典為祝。綵衣舞，用老萊子七十娛親的故事。以上這些都是熟調，正如清李調元《雨村詞話》不滿地指出的，「乃獻壽俗套諛詞」。用在這裡，可算敗筆。

綜觀全詞，除結尾可議之外，大體寫得不錯，而尤以上半闋為佳：跳蕩轉折，情景相生，感喟甚深，境界亦大。下闋上半則富雄直之氣，大有「莫愁前路無知己，天下誰人不識君」（高適〈別董大二首〉其一）之概。作為一首送別詞，它沒有落入單純抒寫「黯然銷魂」的個人情緒的窠臼，也沒有亂頭粗服地故作壯語，譁眾取寵，而是密切結合當前景色與情事，大處著眼，細心落筆，把私人離合之感與整個社稷安危聯繫起來，融「小我」入「大我」，使作品（就前面大半而言）保持旺盛氣勢和較高的格調，應當說是頗為不易的。這正是作者胸襟抱負與藝術手腕不凡之處。（周錫䪖）

水調歌頭　李昴英

題斗南樓和劉朔齋韻

萬頃黃灣口，千仞白雲頭。一亭收拾，便覺炎海豁清秋。潮候朝昏來去，山色雨晴濃淡，天末送雙眸。絕域遠煙外，高浪舞連艘。

風景別，勝滕閣，壓黃樓。胡床老子，醉揮珠玉落南州。穩駕大鵬八極，叱起仙羊五石，飛珮過丹丘。一笑人間世，機動早驚鷗。

登高臨遠，遊目騁懷，古人作品中之所常見。李昴英此詞，視野開闊，想像奇特，有著鮮明的地方色彩，堪稱佳作。劉朔齋名震孫，字長卿，蜀人。曾任禮部侍郎、中書舍人。斗南樓舊在廣州府治後城上，建於宋徽宗建中靖國年間。於此觀山覽海，極饒勝概。

起筆二句，極有氣勢。站在斗南樓上，萬頃海濤，千仞雲山，盡收眼底，使人神思飛越，胸襟大暢。「黃灣」，即韓愈〈南海神廟碑〉所云「扶胥之口，黃木之灣」的黃木灣，在今廣州東郊黃埔，是珠江口呈漏斗狀的深水灣。唐宋時期，這一帶已成為廣州的外港，中外商船來往貿易均在此停泊。「白雲」，指廣州城北的白雲山。「萬頃」「千仞」雖是詩詞中常見之語，這裡置之篇首，氣勢便覺不凡。

「一亭收拾」，即一樓覽盡。覽盡什麼？覽盡「萬頃黃灣」，「千仞白雲」。據《廣東通誌》載：於此可以「東瞰扶胥浴日之景，西望靈洲吞納之雄，南瞻珠海，北倚越臺。森列萬象，四望豁然」①。「一亭」句與首二句扣得極緊。由於一亭覽盡勝景，詞人心神俱爽，頓覺暑熱化為清涼。「豁」字用得極妙，有猛然變化、豁然開朗之意。

「潮候」二句，分承「萬頃」「千仞」句發揮。一寫潮水的早晚漲落，一寫山色的雨晴變化，正是嶺海特有的景色。「天末送雙眸」句，著一「送」字，便把天際的景色，輕輕移來眼底。一種披襟快意之情，溢於詞外。

詞人眺望著早晚來去的海潮，想得很遠很遠：在萬頃煙波之外的遙遠地方，是有別的國度存在的，看，那在波浪中起伏的無數船隻，就是來往於異國他邦的。「絕域」二句，觸景遐思，寫出了中外通商貿易的繁忙景象，為宋詞中所僅見。

上闋主要是寫眼前雄奇壯闊的景色，下闋則揮斥八極，浮想聯翩。「風景別」三句，寫出詞人對故鄉充滿自豪感。他認為，這裡境界闊大，可以覽海觀山，遠勝於南昌的滕王閣和徐州的黃樓。滕王閣與黃樓是古時的兩座名樓，分別因得詩人王勃與蘇轍、秦觀寫序作賦而名聲大著②。作者在題斗南樓時，以「滕閣」「黃樓」相比，隱然有不讓前賢之意。

「胡床」二句由斗南樓而想及南樓。晉朝庾亮曾於秋夜登武昌南樓，坐胡床與諸人談詠，高興地說：「老子於此處興復不淺。」（南朝宋劉義慶《世說新語·容止》）「胡床」，是一種可摺疊的躺椅。「胡床老子」，本指庾亮，這裡借指劉朔齋。「珠玉」，比喻優美的詩文，這裡指劉朔齋的原作。二句稱譽劉朔齋醉中揮筆，在南國留下美好的詞章，對題目作了照應。

詞人寫到這裡，感情奔放，大有飄飄欲仙之概。他放懷吟道：「穩駕大鵬八極，叱起仙羊五石，飛珮過丹丘。」他要駕起大鵬，遨遊八極，叱起已化為石的五隻仙羊，飛到仙境去。「八極」，指八方之極遠處。「珮」，指仙人的玉珮。「丹丘」，指仙境。《楚辭．遠遊》之「仍羽人於丹丘，留不死之舊鄉」，即以「丹丘」指仙鄉。「叱起仙羊五石」一句，用了兩個典故。據《太平寰宇記》引《續南越志》載：傳說周夷王時有五個仙人，騎著口銜六支穀穗的五隻羊降臨楚庭（廣州古名），把穀穗贈給州人，祝州人永無饑荒。仙人言罷隱去，羊化為石。故廣州又名五羊城。晉葛洪《神仙傳》又載：有皇初平者牧羊，隨道士入金華山石室中學道。其兄尋來，只見白石，不見有羊。初平對石頭喝了一聲：「羊起！」周圍的石頭都起而變羊。這兩個典故，一為羊化石，一為石化羊，合用在一起，更覺指揮萬象，變化隨心了！

「一笑人間世，機動早驚鷗」，末二句由天上回轉人間。「機動」句反用「鷗鷺忘機」之典。《列子．黃帝》載：古時海上有好鷗鳥者，每從鷗鳥遊，鷗鳥至者以百數。其父說：「吾聞鷗鳥皆從汝遊，汝取來吾玩之。」次日至海上，鷗鳥舞而不下。「機」即機心，指欲念。人無欲念，則鷗鳥可近。陸游〈登擬峴臺〉之「更喜機心無復在，沙邊鷗鷺亦相親」，便是此意。設若欲念一生，鷗鳥便驚飛遠避了。二句表明了作者的生活態度，頗有警世之意。

李昴英，番禺（今廣州）人，人稱「詞家射雕手」。以此詞觀之，誠非虛譽。（梁守中）

〔註〕①「東甌」六句：「扶胥浴日」，俗稱波羅浴日，為宋代羊城八景之一。扶胥，古鎮名，地近黃木灣，即今黃埔南海神廟（俗名波羅廟）東面之廟頭村。廟前小丘上有一亭，名浴日亭。蘇東坡南來登亭觀日出有詩〈浴日亭〉，描繪了「瑞光明滅到黃灣，坐看暘谷浮金暈」的奇觀。「靈洲」，指昔日南海縣官窯附近的靈洲山，狀如鰲魚，舊在江心，今已與陸地相連。「靈洲鰲負」後為元代羊城八景之一。「珠海」，即珠江。「珠江秋色」亦為宋代羊城八景之一。「越臺」，指越秀山上的越王臺，今已不存。「越臺秋月」後亦為元代羊城八景之一。

②王勃寫有〈滕王閣序〉。蘇轍、秦觀均寫有〈黃樓賦〉。

章謙亨

【作者小傳】字牧之，一字牧叔，吳興（今浙江湖州）人。宋理宗紹定間為鉛山（今屬江西）令，為政寬簡，人稱為「佛家」。嘉熙三年（一二三九），除直祕閣，浙東提刑，兼知衢州。詞存九首，見《湖州詞徵》。

浪淘沙

章謙亨

雲藏鵝湖山

臺上憑欄杆，猶怯春寒。被誰偷了最高山？將謂六丁移取去，不在人間。
卻是曉雲閒，特地遮攔。與天一樣白漫漫。喜得東風收捲盡，依舊追還。

章謙亨於紹定（一二二八～一二三三）初年任鉛山（今屬江西）令，鵝湖山即在縣境。這闋詞大約寫於其時。

讀這闋詞，給人最強烈的印象是它的構思。「雲藏鵝湖山」本來是極平常的自然現象，但出現在作者筆下，劈頭就是「被誰偷了最高山？將謂六丁移取去，不在人間」。山可偷，已是相當新奇，何況又具體懷疑到六丁（道教神名，火神）身上去，這就更加生動。一個普普通通的題材，經這麼一構思，便覺妙趣橫生了。上半闋說山已不在人間，這是故作幻想，新巧一些也許並不足怪。可是下半闋說破山被雲遮的真相後，仍然具有無窮的趣味，這是因為作者同樣採取了「直意曲一層說」（清陳衍《石遺室詩話》）的方法。本來是雲遮山，詞中卻說「曉雲閒」，「特地遮攔」；本來是風吹雲散，山岳現形，詞中卻說「喜得東風收捲盡，依舊追還」。在這裡，東風和曉雲一樣具有生命，東風要是不去「追還」，山被偷去便永遠不會回來了。藝術之不同於說教，原因之一就在於它的趣味性。作者從人們司空見慣的題材中發現情趣，並用幽默生動的語言表現出來，因而使詞篇具有強烈的藝術魅力。

當然，風趣不是藝術的目的。藝術美應當是對生活美質的表現。拿這首詞來說，它的魅力的根本所在，仍然是對「雲藏鵝湖山」這一美景的描繪。只是作者的手法十分巧妙，全篇沒有正面描寫鵝湖山，但經過仔細品味，你不僅能夠看到山美，而且還能看到雲美。

辛稼軒閒居期思村時曾有〈玉樓春〉詞戲賦雲山云：「何人半夜推山去？四面浮雲猜是汝。常時相對兩三峰，走遍溪頭無覓處。西風瞥起雲橫度，忽見東南天一柱。老僧拍手笑相誇，且喜青山依舊住。」章謙亨在鉛山曾訪稼軒期思故居。此詞構思當受稼軒影響，但踵事增華，也有自己新的創造，對照讀之，當各知其妙處。（李濟阻）

李彭老

【作者小傳】約宋理宗寶祐六年（一二五八）前後在世。字商隱，號篔房。德清（今屬浙江）人。淳祐中曾為沿江制置司屬官，與弟萊老同為宋遺民詞社中重要作家，合有《龜溪二隱詞》，存詞二十二首。

祝英臺近

李彭老

杏花初，梅花過，時節又春半。簾影飛梭，輕陰小庭院。舊時月底秋千，吟香醉玉，曾細聽、歌珠一串。忍重見。描金小字題情，生綃合歡扇。老了劉郎，天遠玉簫伴。幾番鶯外斜陽，欄杆倚遍，恨楊柳、遮愁不斷。

回首舊時的一段戀情，如此深微曲折地寫來，詞意往復，聲容兼美，在宋季情詞中，很少這樣工秀婉麗之作。

全詞上下片，分四個層次寫來：第一層寫如今時節，第二層寫舊日初識，第三層寫睹物懷人，第四層寫遠別愁思。人事景物，互融交鍊，表現了作者十分深沉的懷念前歡的感情。

「杏花」三句，點春半時節。紅杏初開，梅花落盡，由此而觸起歲月如流的感慨。「簾影飛梭，輕陰小庭院」，寫索居獨處時無聊的心境。「飛梭」，喻時間迅速流逝。微陽照著低垂的簾幕，小庭院裡，一片漠漠輕陰。清陳洵云：「熔風景入人事，則空處皆實。」（《海綃說詞》）像以上幾句寫景之語，雖用了「杏花」「簾影」等看來是華美的詞語，卻構成了幽悄淒寂的氛圍，詞人那孤獨的形象已隱現於中了。「舊時」三句，轉入追憶。極力刻畫，精豔絕倫。想當時她在春月下打罷秋千（鞦韆），那如花般美好的容顏，已使人為之傾賞不已，何況還細聽她那圓轉清脆的歌聲呢！「秋千」一詞，不可滑眼看過。唐宋時期，女子在春日有玩秋千的習俗，故當庭院春半時節，便憶起舊時月底秋千的情景，上文第三句便有著落。「香」「玉」，喻女子的體貌芳潔，詞人為之宛轉低吟，醉心不已。「吟香醉玉」，真是極痴戀之語。「歌珠一串」，形容歌聲的圓美流轉。白居易〈寄明州于駙馬使君三絕句〉其三：「何郎小妓歌喉好，嚴老呼為一串珠。」這裡輕輕點出女子的身分。

過片三句，緊承上片「歌珠」意，進一層寫別後的刻骨相思。「忍重見」，即「怎忍重見」意。三句作一句讀，意謂不忍重見當日自己曾題上情詩的合歡紈扇。「描金小字」，用泥金（一種用金箔和膠水製成的金色顏料）細心地描上小字，可見其珍重之意。「合歡扇」一語，意更深長。古樂府〈怨歌行〉：「新裂齊紈素，鮮潔如霜雪。裁為合歡扇，團團似明月。」合歡扇，指團扇。詞中用以暗示男女間的歡好。也許這扇是當初女子送給自己的定情之物。

扇上題情，已包含許多難忘的事。如今重憶，舊情猶在，可惜的是舊侶已遠隔天涯了——「老了劉郎，天遠玉簫伴」，這是詞人深悲之所在。「劉郎」，詞人自喻。李商隱〈無題四首〉其一：「劉郎已恨蓬山遠，更隔蓬山一萬重。」用劉晨重入天台尋覓仙侶不遇的故事，嘆息愛情的間阻。本詞更著「老了」二字，益增蒼涼悲慨。「玉簫」，唐人小說中婢女名。唐范攄《雲溪友議》載，韋皋與姜輔家侍婢玉簫有情，韋歸，一別七年，玉簫遂絕食死。後再世，為韋侍妾。詞中以玉簫指代遠別了的歌女。

結處三句，含思綿渺，元陸輔之《詞旨》稱為「警句」。不知多少回了，詞人倚遍欄杆，眺望著天邊落日。他在期待著什麼呢？只恨那疏疏楊柳，遮不斷自己無盡的春愁。「遮愁」一語，雖亦見於前人詞句，如晏幾道〈玉樓春〉「碧樓簾影不遮愁」，然用在本詞中，韻味更厚。楊柳棲鶯，而鶯啼又令人想起她那珠串般的歌聲。楊柳之外是斜陽照著的山川，她已像天般遙遠。古人有折柳贈別的風習，見了楊柳，也就勾起了離情。此詞末三句把這麼多意象渾融在一起，於柔婉中寓幽怨之情，深蘊而有餘味。（陳永正）

四字令　李彭老

蘭湯晚涼，鸞釵半妝，紅巾膩雪吹香。擘蓮房賭雙。

羅紈素璫，冰壺露床，月移花影西廂。數流螢過牆。

李彭老詞屬吳文英一派。比如讀這一闋，首先映入人們眼簾的便是「蘭湯」「鸞釵」「紅巾」「膩雪」「香」「蓮房」「羅紈」「素璫」「冰壺」「露床」「月」「花影」「流螢」等一大批芳香嬌麗的字眼，這時你也許會想起前人對吳文英的評價來：「七寶樓臺，眩人眼目」（宋張炎《詞源》），「天光雲彩，搖蕩綠波」（清周濟《介存齋論詞雜著》）。透過這些琳琅滿目的詞彙，作者著力塑造了一個生活在錦衣玉食之中的貴族少婦的形象。處在這樣的環境裡，她或者飽食終日無所用心，或者琴棋書畫瀟灑風流，總之，應該是家和人旺幸福美滿的。詞中正面寫到女主人公的，除了妝飾之外，便只有兩個動作：「擘蓮房賭雙」和「數流螢過牆」。乍一看這不過是有閒階級的兩種遊戲。但是，讀書百遍，其義自見。越讀，我們越能覺出「賭雙」二字的講究。事實上，如果把全篇比作龍，那麼「賭雙」二字就是眼睛：忽略了它們，全篇只是一片糊塗；讀懂了它們，全篇也就豁然開朗。原來，女主人公「擘（剝開）蓮房」，並非是無意識地玩耍，而是要透過賭雙來占卜自己是否成「雙」——因此，錦繡堆中的貴婦人，其實是被痛苦熬煎著的思婦。明白了這一點，就可以推知「擘」這個動作中混合著無限的擔心，寄託著無限的希望。同樣，讀通了這一句，那麼「數流螢過牆」的含義也就昭然若揭。我們知道，

「擘蓮房賭雙」開始在蘭湯浴罷，當在初夜；而「數流螢過牆」是在「月移花影西廂」以後，可見已經夜深。在這段漫長的時間裡，主人公不知擘了多少蓮房，她也許擘出了雙，但是蓮房欺騙了她；也許擘出的蓮子數目總是單，所以她的失望早都變成了絕望。總之，夜已深沉，人卻毫無睡意，百無聊賴中只能「數流螢過牆」。可見數流螢的行為，正是痛苦、寂寞、淒涼的心緒最叫人難堪時的表現。李彭老詞中的佳製，素以工秀見長。這闋〈四字令〉含蘊極深，出語極淡，而唯有這些淡語、閒語，能起到比正面勾勒更好的作用。清陳廷焯《白雨齋詞話》說：「作詞之法，首貴沉鬱。沉則不浮，鬱則不薄。」又說：「所謂沉鬱者，意在筆先，神餘言外。寫怨夫思婦之懷，寓孽子孤臣之感，凡交情之冷淡，身世之飄零，皆可於一草一木發之。而發之又必若隱若現，欲露不露，反覆纏綿，終不許一語道破。」用這段議論來解釋李彭老的〈四字令〉，是十分合宜的。

李彭老詞之工秀，還可以從這首詞鍊句鍊字的功夫中看出。首先，在句子的安排上，作者既善於用淡筆醞釀，又能夠抓住「好發揮筆力處」（宋張炎《詞源》語），鑄造揭破主題的重點句。這首詞上下兩片各有四句，每片前三句全在醞釀，到了前後兩個結句才用醞釀所得的全部功力，吐出千鈞之語。先看上片。首說「蘭湯晚涼」，是剛剛出浴，次說「鸞釵半妝」，則正在打扮。《詩經．衛風．伯兮》有「豈無膏沐，誰適為容」的話，可是這首詞中的女主人公卻在著意梳妝，大概她有過愛人即將回來的預感或「確信」。「紅巾膩雪吹香」是寫妝成。到這裡為止，人，經過了一番梳洗打扮，只待旅人來歸；詞篇，也經過了一番蘊蓄，已經箭在弦上，於是作者鄭重推出一句：「擘蓮房賭雙。」這一句是作品的主題所在，當然也就是上片力量之所在。再看下片。「羅紈素璫」，「冰壺露床」雖僅寫裝束器具，但跟上片比較，已顯出淒冷的意思。「月移花影西廂」表示時間推移。隨著月移花影，主人公「賭雙」的希望完全落空，在這種情況下出現的「數流螢過牆」一句，對於主人公悲愴情緒的揭示，無疑是最得力的。其次，在詞語的使用上，雖說呈現著光焰耀目的總趨向，可是由於上下兩片側重點不同，詞的風貌也就不會完全一樣。前片的期待是滿懷希望的，所以「蘭湯」「鸞釵」「紅巾」「膩雪」「香」等詞語便特別嬌美；後片由失望轉入絕望，因而「羅紈」「素璫」「冰壺」「露床」「月」「影」等詞語則顯得樸素與淒涼。（李濟阻）

浣溪沙　李彭老

玉雪庭心夜色空，移花小檻鬥春紅。輕衫短帽醉歌重。
彩扇舊題煙雨外，玉簫新譜燕鶯中。闌杆到處是春風。

題草窗詞

此詞乃李彭老「題草窗詞」之作。草窗，周密之號。密交遊甚廣，李彭老，字商隱，是其詞友之一。此詞用人物形象之寫照，為詞作風格之品題，實遠紹魏晉從人物品題文章之遺意。

「玉雪庭心夜色空。」起筆之寫照草窗，是從冬日之景落墨。玉雪一語指白雪，蓋出自南朝梁蕭統〈錦帶書十二月啟．黃鐘十一月〉：「彤雲垂四面之葉，玉雪開六出之花。」雪中天地，如瓊妝玉砌。立於中庭，四望皆白，一片空明，幾無夜色。庭心之心字，下得妙，替庭心之人設身處地著想，便覺庭院直與雪光空明之瓊玉天地為一。由此一感覺，實已寫出此境中之人，自是「表裡俱澄澈，肝膽皆冰雪」（張孝祥〈念怒嬌〉語）。從雪景起筆，為的是先立其大，即象喻草窗之清操。此意不可忽。起筆亦並非泛寫。草窗〈三犯渡江雲〉序謂：「丁卯歲未除三日，乘興棹雪訪李商隱、周隱於餘不之濱，主人喜余至，擁裘曳杖，相從於山顛水涯松雲竹雪之間。」詞中並有「千林未綠，芳信暖、玉照霜華」之句。可以印證此詞起筆。「移花小檻鬥春紅。」次句寫照春日背景之草窗。養花小欄，春來花紅，其中花色之深淺、花容之姿媚又各不相同。下一鬥字，便透過花色花容之爭妍鬥豔，寫出草窗花興之濃、賞花之精。從而草窗生活之雅化、藝術化又可知。「輕衫短帽醉歌重。」上二句從冬景春景為草窗寫照，第三句則從夏日寫照。上二句是寫其清操雅韻，此一句則寫其豪興。輕衫短帽，此指夏日之裝束。東坡〈送顏復兼寄王鞏〉詩云：「胡為一朝捨我去，輕衫觸熱行千里。」放翁〈夏日晚興〉詩云：「含風珍簟閒眠處，疊雪輕衫新浴時。」輕衫皆指夏裝。輕衫短帽，描繪草窗風度之瀟灑。醉歌重，即杜甫〈飲中八仙歌〉「李白一斗詩百篇」之意，描寫其豪興，亦寫出草窗與友人唱和，樂此不疲之高致。草窗〈采綠吟〉序云：「甲子夏，霞翁會吟社諸友逃暑於西湖之環碧。琴尊筆研，短葛練巾，……酒酣，採蓮葉，探題賦詞。」可以印證此句。

上片依四季時序為草窗寫照，下片則從書畫音樂為之寫照。「彩扇舊題煙雨外」。草窗為彩扇題詩，那扇面上，題詩之墨跡乃與空中之煙雨相映成趣。這一意象營造妙極，可謂詞中有畫，畫中有詩。煙雨作春雨解，可以。作秋雨解，尤妙。如此則暗已補足上片所未寫及之一秋景，以虛補實，使上下片機杼更為緊密。此句是寫草窗藝術生活中書畫之一側面。草窗「善畫梅、竹、蘭、石，賦詩其上」（元夏文彥《圖繪寶鑑》卷四），此句是以寫意之筆，作真實寫照。「玉簫新譜燕鶯中」，轉寫草窗嫻於音樂，移宮換羽，每製新詞，輒被諸管絃，付諸女兒歌喉，極為美聽。此句是寫草窗藝術生活中音樂之一側面。如其〈瑞鶴仙〉序云：「寄閒（張樞）結吟臺……霞翁（楊纘）領客落成之。初筵，翁俾余賦詞，主賓皆賞音。酒方行，寄閒出家姬侑尊，所歌則余所賦也。調閒婉而辭甚習，若素能之者。」此句亦是寫真。又，此二句對偶，上句舊字，下句新字，互文見義，更寫出草窗平生於書畫音樂皆樂之有素。其為人清韻雅致如此，宜其妙手所至，觸處生春。故結筆總挽全篇云：「欄杆到處是春風。」此一寫意之筆，真能寫出草窗之精神。清韻雅致的主人公，所到之處，無不使人感到如沐春風。此是人格品題之高度評價，終亦寓於感性之形象描寫，結得餘韻無窮。

此詞品題草窗為詞之風格，是借重於描寫草窗為人之風格。描寫出其人之清韻雅致，則其詞之風格可知。風格即人。從孟子讀其書想見其人，到魏晉從人物品評文章的文論傳統，在此詞獲致一新的美的形式（詞）之體現。這是李彭老此詞特色之一。上片從自然意象之背景來寫照草窗，下片則從書畫音樂之藝術生活來寫照，遂呈為一以四季時序為經，以藝術生活側面為緯的結構，全詞乃是草窗為人風格之一全幅整合之寫照。結構經緯有序，雖然寫意味濃而法度則明，是此詞又一特色。反覆雒誦，確令人意滿。

此詞以人物風格之描寫，來品題詞作風格，貴在切中肯綮。冬雪春花夏日，彩扇玉簫藝事，一觴一詠，動靜語默，皆能體現草窗為人之清韻雅致。清韻雅致，正是草窗詞的風格特徵。清周濟《介存齋論詞雜著》稱草窗詞「敲金戛玉，嚼雪盥花，新妙無與為匹」，清鄧廷楨《雙硯齋詞話》稱其「體素儲潔，含毫邈然」，可證。話還得從草窗其詞說回到其人。此詞起筆「玉雪庭心夜色空」，表現草窗之清操，實為草窗全人寫照立定風骨，故不可忽。傳神的基礎是真實。草窗入元抗節不仕，實為宋末之一完人。李彭老作此詞，不愧草窗知音。清初，朱彝尊提出「詞至南宋始極其工，至宋季而始極其變」（《詞綜．發凡》），宗姜夔、張炎詞，並推重草窗，一時家絃戶誦，蔚為大邦，世稱浙派，於是詞體復興。即從周密其人其詞來看，朱彝尊的主張也實有其未可抹煞的真價值在。（鄧小軍）

李萊老

【作者小傳】字周隱，號秋崖。宋度宗咸淳六年（一二七〇）知嚴州。詞與李彭老合為《龜溪二隱集》，存詞十二首。

浪淘沙

李萊老

寶押繡簾斜，鶯燕誰家。銀箏初試合琵琶。柳色春羅裁袖小，雙戴桃花。

芳草滿天涯，流水韶華。晚風楊柳綠交加。閒倚欄杆無藉在，數盡歸鴉。

溫庭筠有一首〈菩薩蠻〉：「小山重疊金明滅，鬢雲欲度香腮雪。懶起畫蛾眉，弄妝梳洗遲。照花前後鏡，花面交相映。新帖繡羅襦，雙雙金鷓鴣。」由於全篇只在「雙雙」「懶」「遲」等處透露了閨怨的消息，因而被論者推為深婉詞作的代表。李萊老此詞的上半闋顯然受了溫詞的影響，也只有「雙戴桃花」一語微露情思。不過，到了下半闋，又說「流水韶華」，又說「閒倚欄杆無藉在」，又說「數盡歸鴉」，整個看來，其微婉深曲雖不及溫詞，但由於作者既重視含蓄蘊藉，又無險澀之筆，所以它在具有言外之致的同時，倒也避免了晦澀。

與內容表達的含蓄深邃相一致，這闋詞在人物形象的創造上，也盡量不用正面塗抹。詞中人物的特點，主要表現在兩個方面：一是多情，一是善良美麗。集中反映主人公多情的句子，除了「雙戴桃花」和「數盡歸鴉」之外，還可以挑出「銀箏初試合琵琶」「流水韶華」「閒倚欄杆無藉在」等幾句。不過，要從這些詞句中看出主人公的豐富感情來，那是要下一番品味功夫的。比如，說「銀箏初試合琵琶」與感情有關，就是因為在這種情況下弄箏鼓琴，實際上是用樂曲寄託她不盡的思念。至於女主人公的心靈與容貌，詞篇表現得更為深曲。只有在對下列各句的揣摸中，才有可能接近作者的用心。「柳色春羅裁袖小，雙戴桃花」寫打扮，服飾與梳妝這樣入時，自然是同人的嬌美分不開的。「銀箏初試合琵琶」一句透露了對藝術的精通，要是沒有秀美聰慧的心靈，這一點是辦不到的。此外，主人公看見天涯芳草，便有感於「流水韶華」，面對晚風楊柳，又有「閒倚欄杆無藉在」（即無聊賴）的淒楚，都說明她是一個通靈俊秀的女子。

在情調的安排上，這首詞前半闋近於穠豔，後半闋則較為淡遠。在上半闋中，詞用「寶押」（押，鎮簾之物）「繡簾」寫豪華的居處，用「鶯燕誰家」寫優美的環境，用「銀箏初試合琵琶」寫高雅的精神生活，用「柳色春羅裁袖小，雙戴桃花」寫精心的妝梳。越是把主人公的生活描寫得花團錦簇，便越凸出了她的唯一缺憾——愛人久旅不歸。因此，她戴花必「雙」，裁春衫一定要適時，都是她盼歸心理的反映。而求侶覓雙的鶯燕一定叫她空添惆悵，那麼「銀箏」「琵琶」上的曲子，當然在訴說她的心思。到了下半闋，作者有意改變了字面的顏色。在這裡，「芳草天涯」是淒迷的，「晚風楊柳綠交加」是晦暗的，「歸鴉」是寂寞的，而「流水韶華」的感嘆，「閒倚欄杆」的情態，「數盡歸鴉」的行為，又都是十分悲苦的。如果說，上半闋的豔麗是對主人公情緒的反襯的話，那麼下半闋的暗淡，則是主人公心理的象徵了。（李濟阻）

潘牥

【作者小傳】（一二〇五～一二四六）字庭堅，號紫巖，初名公筠，福州富沙（今屬福建）人。宋理宗端平二年（一二三五）進士。歷太學正，通判潭州。著有《紫巖集》。今有輯本《紫巖詞》，存五首。

南鄉子 潘牥

題南劍州妓館

生怕倚欄杆，閣下溪聲閣外山。唯有舊時山共水，依然，暮雨朝雲去不還。
應是躡飛鸞，月下時時整珮環。月又漸低霜又下，更闌，折得梅花獨自看。

重臨舊地，懷舊悼亡，與一般登臨懷人的心情不同。

倚欄望遠懷人，詩詞中最常見。此詞起筆就說「生怕倚欄杆」，這是何故？下句方點明：只因為怕聽那「閣下溪聲」，怕看那「閣外山」。這種發端突兀的倒插筆法，立即抓住了讀者。閣外的山山水水，昔日曾與伊人朝暮共賞，怎不令人黯然傷情！「唯有舊時山共水，依然，暮雨朝雲去不還。」而今這裡只剩下歷劫不變的自然風景，還同往日一樣；那個神女一般的人，卻永遠不再回來了。面對著不變的青山流水，痛感「大都好物不堅牢，彩雲易散琉璃脆」！（白居易〈簡簡吟〉）無奈那纖雨流雲般的纏綿之情，還總是留在心頭啊。明沈際飛評曰：「閣下溪、閣外山句便止，已婉摯，況復足山水一句乎？」（《草堂詩餘正集》）胸中鬱結，不得不一嘆再嘆，一吐再吐。「依然」兩字一頓，恰如含著眼淚的悲愴的嗚咽聲。

《紅樓夢》裡的賈寶玉為晴雯寫了〈芙蓉女兒誄〉，不相信她會死去，希望所愛者死後成為花神，這種善良的願望表現出他的痴情。此詞過片正是這樣，詞人幻想著：「應是躡飛鸞，月下時時整珮環。」這樣美麗、善良的人，怎麼會死去呢？一定是化為女仙，乘鸞飛昇了。詞人多麼希望他所鍾愛的人會在這月色朦朧之夜，乘駕飛鸞冉冉而下，來跟自己共抒離別之苦，思念之情。他徘徊閣臺，久久不肯離去，似乎在等待著那環珮叮冬聲的傳來。當然，這是不可能的，它只能使人聯想起杜甫「環珮空歸月夜魂」（〈詠懷古跡五首〉其三）的淒涼詩句。

待芳魂而不來，月亮西沉，寒霜飛下，餘暉更覺慘淡，飛霜寒氣逼人。「月又漸低霜又下」，連用兩個「又」字，極寫心中淒涼況味，道出了死別的無情現實。夜已深了，他還是無法歸寢，世間唯有情難捨啊。深情難以撇下，哀思也無法排遣。在這百無聊賴之時，只有「折得梅花獨自看」！這一結悲切極了，其寂寞淒涼、哀苦無告之狀如見。折花獨看時的心情如何呢？恐怕總要想起過去他們在一起的時光，往事歷歷，猶在心頭。如今，鳳去樓空，只有獨看手裡的梅花了。梅花姿致韻秀，品格高潔，看到它，似乎看到了所愛者的形象。萬千思緒，皆從這「獨自看」三字中傳出。

上片說怕見舊時山水，這裡又偏偏折花獨看，總之是表現作者擺不脫、撇不下的悲思和深情的重重纏繞，越矛盾越見深情。

小詞，貴以情韻勝。此詞雖是小令，卻有許多轉折委婉之處。山水依舊，而人去不還，一轉；人雖去，應化飛仙，此為可慰，再轉；月沉霜飛，卻終不能見，三轉；縱不得見，仍對花憑弔，四轉。故清況周頤稱道此詞「有尺幅千里之勢」（《蕙風詞話》）。結句中又暗藏許多委婉曲折，哀感無限，真可謂「語盡而意不盡，意盡而情不盡」。

此詞有小題云「題南劍州妓館」，清黃蘇以為可疑，說：「按溪山句、梅花句，似非憶妓所能，當或亦別有寄託，題或誤耳。而詞致俊雅，故自不同凡豔。」（《蓼園詞評》）此說可供參考。（孫映逵）

李演

【作者小傳】字廣翁，號秋堂。有《盟鷗集》。存詞七首。

賀新郎 李演

多景樓落成

笛叫東風起。弄尊前、楊花小扇，燕毛初紫。萬點淮峰孤角外，驚下斜陽似綺。又婉娩、一番春意。歌舞相繆愁自猛，捲長波、一洗空人世。閒熱我，醉時耳。

綠蕪冷葉瓜洲市。最憐予、洞簫聲盡，闌杆獨倚。落落東南牆一角，誰護山河萬里！問人在、玉關歸未？老矣青山燈火客，撫佳期、漫灑新亭淚。歌哽咽，事如水！

多景樓在今江蘇鎮江北固山甘露寺內，北臨長江，為登覽勝地，素有「天下第一江山樓」之稱。宋周密《浩然齋雅談》載，宋理宗淳祐年間，丹陽太守重修多景樓，設宴慶祝落成，一時席上皆湖海名流。酒餘，主人命妓持紅箋遍徵諸客吟詠，李演〈賀新郎〉詞先成，眾人驚賞，為之擱筆。宋末國勢衰落，此時金國已亡，蒙古崛興，對南宋的壓迫，較前更甚。鎮江居形勝之地，守臣不事戰備，而修葺名樓，縱情聲色，粉飾太平，有識之士，當為之扼腕欷歔。李演此詞，微婉深諷，悲慨淋漓，在宋代眾多的詠多景樓詞中，可與陳亮〈念奴嬌〉、程珌〈水調歌頭〉等名作媲美。

上片點題，詠多景樓成。「笛叫東風起」，起句高華瀏亮，提挈全篇。笛聲喚起東風，吹滿江天，人的思想彷彿也被帶到遙遠的地方。二、三句略點眼前宴席上的情景。在尊前飄舞著濛濛的楊花，初換上紫毛的乳燕差池來去。「萬點」三句，筆勢忽轉，寫倚樓北望所見。由「楊花」「紫燕」等微小事物一轉為「萬點淮峰」「孤角」「斜陽」等雄闊之景，對比強烈，表現了詞人感情的激盪變化。南宋原與金國以淮河為界，鎮江西北二百餘里外的泗州，已非宋土，此時亦歸於蒙古。長江以北至淮河南岸，是南宋的淮南東路，都是平原地區，無險可守。所謂「淮峰」，也只不過是些低矮的小土丘罷了。詞中「萬點」的「點」字，頗有深意。「孤角」，指日落時軍中的號角。角聲「驚」下斜陽，著此「驚」字，可窺見作者的心情。「又婉娩、一番春意」，接得極妙。既與「楊花」「紫燕」呼應，又含有諷意。在斜陽號角聲中，娛樂昇平的「春意」顯得多麼不協調——「歌舞相繆愁自猛，捲長波、一洗空人世」兩句筆力豪宕，意味深長。主客名流，徵歌逐舞，無時休歇。「相繆」，即相繚、纏綿之意。當歌對酒，更添了詞人的愁緒。「愁自猛」，一「猛」字生辣。俯看那長江中捲起的浩浩流波，它真要把這汙濁的人世一洗乾淨！「捲長波」，實際也是詞人的願望，與杜甫〈洗兵馬〉的「安得壯士挽天河，淨洗甲兵常不用」、陸游的「要挽天河洗洛嵩」用意相似。可是，一洗人世是無法實現的，那只好「閒熱我，醉時耳」，酒酣耳熱，發抒一下胸中的悲憤而已。

換頭一句，「熱耳」轉為「冷眼」，「綠蕪冷葉瓜洲市」，寫景冷雋。瓜洲，又稱瓜埠洲。本為長江中沙洲，狀如瓜字。在大運河入江處，與鎮江相對。瓜洲是沿江重鎮，可是卻看不到什麼軍事設施，眼前只見一片「綠蕪冷葉」，已不復有「樓船夜雪瓜洲渡」（陸游〈書憤〉）的情景了。「最憐予」二句倒敘。上文所寫，即詞人倚欄所見。本來多景樓重修落成，遍招賓客，歌舞相繆，非常熱鬧，詞人卻「欄杆獨倚」，如有深憂，也許在座的袞袞諸公，都無法理解他登臨時的怫鬱的心情吧。

「落落」以下一段，一氣呵成，層層推進，悲慨嗚咽，真有裂竹之音。鎮江是當時抗禦蒙古的前線，東南的一角邊牆，如今卻防務廢弛，又怎能護得山河萬里呢！北方廣大的領土，仍在蒙古之手，朝廷大臣早已不思恢復，光恃著長江天塹，苟且偷安，恐怕將來連這東南的半壁山河也難以保全了。「落落」二句，感慨深沉。著一「誰」字，故意設問，未能遠謀的肉食者難逃其責。正如清陳廷焯《詞則》評論說：「淋漓悲壯。此何時也，而修名勝、侈聲妓以為樂乎？想太守對之，應有慚色。」醉生夢死的達官貴人們真會為此而感到羞慚嗎？詞人接著再問一句：「問人在、玉關歸未？」遠在西北的玉門關，是漢唐時的邊塞重鎮，「玉關」人未歸，感嘆關塞戍卒，頭白守邊。每念及此，便不由得涕泗縱橫了。「老矣青山燈火客，撫佳期、漫灑新亭淚」，兩句悲憤蒼涼，真有迴腸蕩氣之力。青山是不老的，只有那閒居青山之中、無所作為的人才會感到自己衰老了。「老矣」句，表達了報國無路的痛苦心聲。「佳期」，指恢復中原之期，也是「玉關」人歸的時候。如今佳期迢遞，唯有空灑一掬新亭之淚。南宋詞人登臨之作，每用「新亭對泣」的典故。宋孝宗乾道年間知潤州軍州事陳天麟重建多景樓，作〈多景樓記〉云：「至天清日明，一目萬里，神州赤縣，未歸輿地，使人慨然有恢復意。」也不忘恢復。可是，到李演登樓作詞時，南宋已衰弱至極，不要說北伐中原，甚至連偏安局面也難保了。詞人的淚，已是到家國即將淪喪時無可奈何的悲淚了。「歌哽咽，事如水！」一切的情事，都隨著樓下的長江水滾滾東流，留下的只有無窮的遺憾和痛悔！長歌當哭，這首詞也就是李演此時心境的最好說明吧。

此詞對景抒懷，興盡悲來，念及國事，聲調沉鬱，由笛聲而孤角聲、而洞簫聲、而嗚咽聲，每況愈下，聲聲壓抑，真實地傳唱出特定時代的蕭颯之聲。（陳永正）

黃昇

【作者小傳】字叔暘，號玉林，建安（今福建建甌）人。早棄科舉，吟詠自適。著有《散花菴詞》，編有《絕妙詞選》二十卷，分上、下兩部，上部為《唐宋諸賢絕妙詞選》，十卷；下部為《中興以來絕妙詞選》，十卷；後人統稱《花菴詞選》，昇自著詞亦附於後。存詞三十九首。

南柯子 黃昇

丁酉清明

天上傳新火，人間試裌衣。定巢新燕覓香泥。不為繡簾朱戶說相思。
側帽吹飛絮，憑欄送落暉。粉痕銷淡錦書稀。怕見山南山北子規啼。

黃昇此詞題「丁酉清明」，是一首傷春懷人的詞作。丁酉，是宋理宗嘉熙元年（一二三七）。

「天上傳新火，人間試裌衣。」上句點清明。古代四季用不同的木材鑽木取火，易季時所取之火便叫新火。「唐制，清明日賜百官新火。」（《九家集注杜詩》趙注〈清明二首〉）上句用天上一語，即出此故實。按黃昇「早棄科舉，雅意讀書」（宋胡德方序《散花菴詞》），則此句並非自指在朝，實借喻正當清明日而已。不過，有此一語，詞面便覺淵雅。上句天上，下句人間，造境意趣不凡，實與此詞所寫之懷人高情相表裡。三月清明之日，人間初著衣，正是「暮春者，春服既成」（《論語·先進》）。清明日這一平常而新鮮的生活感受，觸動了詞人別有一番之傷心懷抱。時序移易，漂泊久矣，離恨久矣，意在言外。「定巢新燕覓香泥。」新燕歸來，棲定舊巢，飛銜香泥，經營家室，真是一片歡忙。曰新，曰香，層層點染出春天之美好。此句所描寫之景象，暗反襯人之離別，居者之空守閨閣，行人之有家不得歸，皆不言而喻。「不為繡簾朱戶說相思。」歇拍是緊承上句出來，由此而明此三句皆設想之辭，虛摹居者之情境。燕子闔家呢喃言歡，閨閣中人則默默相思而已。替閨中人設想相思之苦，卻出以燕子不為閨中人說相思，辭意極美。

過片從對方之虛摹收回自己之現境。「側帽吹飛絮，憑欄送落暉。」側帽，語出《周書·獨孤信傳》：「嘗因獵，日暮，馳馬入城，其帽微側。詰旦，而吏民有戴帽者，咸慕信而側帽焉。」宋詞常用此典，如陳師道〈南鄉子〉：「側帽獨行斜照裡。」過片二句是自己傷春懷人之寫照。風吹飛絮，側帽獨行。登臨憑欄，獨送落暉。這況味之淒涼，又何異於獨守閨閣？寫飛絮，則感春將暮矣。寫落暉，則悲日之夕矣。有家歸不得之悲，直透出詞面。憑欄送落暉之意，亦唐宋詩詞中習見，如杜牧〈九日齊山登高〉：「不用登臨恨落暉。」柳永〈蝶戀花〉：「草色煙光殘照裡，無言誰會憑欄意。」用側帽、落暉等字面，不但生動，而且淵雅。「粉痕銷淡錦書稀」，言閨中人昔日寄來之書信，上有粉淚之痕，今已消淡，則得而藏之已久；更言書信亦稀，並此且不能再得。其久別信斷之事，長念不已之情，曲曲傳出。「怕見山南山北子規啼。」結筆承「錦書稀」寫出，仍落墨於現境，全篇便覺收得穩重。子規啼叫之聲，古人以為似曰「不如歸去」，聲調淒切，在行人聽來，尤棖觸難以為懷。曰山南山北，則暮春無處不聞子規，縱然怕聽見，也不得不聽見。無可頓脫的離恨，至曲終仍綿綿無已。

此詞雖小，卻好。天上人間，山南山北，造境不可謂不高遠，用以表現懷人之高情深致，十分相愜。實寫與虛摹，現境與想像，筆法不可謂不豐富，富於層深變化之致，遂愈增渾厚綿邈之意。天上新火，人間衣，側帽、落暉、錦書等字面，則增添了此詞的文采。黃昇是有眼力的詞選家、詞評家，著名的《花菴詞選》即出其手，自作詞也斐然可觀。（鄧小軍）

清平樂　黃昇

宮怨

珠簾寂寂，愁背銀釭泣。記得少年初選入，三十六宮第一。

當年掌上承恩，而今冷落長門。又是羊車過也，月明花落黃昏。

這首詞題為「宮怨」（宋周密《絕妙好詞》、清朱彝尊《詞綜》均題為「宮詞」），是一首反映宮廷女子失寵後寂寞生活的宮怨詞。首句中「珠簾」，指用珍珠綴飾的簾子。《西京雜記》云：「昭陽殿織珠為簾，風至則鳴，如珩佩之聲。」「珠簾寂寂」，是說本來「風至則鳴」的珠簾，而今寂寂地低垂著，靜悄悄，沒有一點聲音。這表明長時間沒有人進來，室內居者也沒有出去走動，甚至連一絲風也沒有。可見何等冷清、沉寂、落寞。第二句「愁背銀釭泣」中銀釭（音同剛），即銀燈。銀燈點亮，表明難熬的一個白天終於又過去了，而更難熬的又一個夜晚又無情地降臨了。如此日復一日，深居冷宮，滿腹愁緒無法排遣，只好背著銀燈啜泣。「背」字頗耐人尋味。人在高興時往往對著燈兒言笑，而愁苦時則往往背對燈兒嘆息垂淚，仿佛怕內心難以言傳的痛苦，被燈兒窺破而更加令人不堪似的。一面無聲地流淚，一面回憶失去了的往昔的寵幸：「記得少年初選入，三十六宮第一。」初選入宮時年輕貌美，楚楚動人，「回眸一笑百媚生，六宮粉黛無顏色」（白居易〈長恨歌〉），豔壓群芳，獨承恩寵。

上片由今日寫到昔日，下片則又從昔日回到今日。首句「當年掌上承恩」上承上片結句，下轉「而今冷落長門」。當年承恩，被君王珍愛如掌上明珠。而這美好的一切已成為一去不復返的過去，如今色衰愛弛，君王另寵新歡，將自己冷落長門。長門宮乃漢代陳皇后失寵於漢武帝後所居之宮，後人多以「長門」來代指失寵宮女的居處。「又是羊車過也。」羊車指帝王所乘之車，典出《晉書．胡貴嬪傳》：「（晉武帝）常乘羊車，恣其所之。」此指帝王御幸其他宮女，經過其居所。與冷落「長門」，恰成鮮明對照。冠以「又是」，則此種難堪，其來已久矣。句意飽含辛酸。最後以景結情：「月明花落黃昏。」天已黃昏，花已零落，月兒依舊那麼明亮；無奈、淒涼之情，悠然不絕。這種結尾，正如宋人沈義父在《樂府指迷》中所稱道的那樣：「結句須要放開，含有餘不盡之意，以景結尾最好。」

這首詞語言明快暢達而又有餘蘊。結構上頗有特色。起筆敘眼下寂寞愁苦，中間回憶往昔承恩時幸福情景，結尾又是一片黯淡、悽苦，並以他人之喜襯自己之悲，寫出了感情上的波瀾曲折，不失為一首宮怨詞佳作。（程郁綴）

鷓鴣天 黃昇

沉水香銷夢半醒，斜陽恰照竹間亭。戲臨小草書團扇，自揀殘花插淨瓶。
鶯宛轉，燕丁寧。晴波不動晚山青。玉人只怨春歸去，不道槐雲綠滿庭。

暮春

花落燕歸時節的青春傷感，自來是婉約詞司空見慣的傳統題材，而這首〈鷓鴣天〉，卻還能給讀者以比較新鮮的印象。它的可讀性，主要在於作品對人物心靈深曲入微的揭示，筆觸的流麗清新倒還在其次。

詞的上片，寫這位女主人公春晝夢醒的無聊之狀。「沉水香銷」（沉水，即沉香，又名水沉，一種香料。辛棄疾〈鷓鴣天．東陽道中〉：「香篝漸覺水沉銷。」），爐香將要燃完，繚亂的煙絲越來越稀淡了，這句點明遲遲春日，白晝方長，午夢初醒，天猶未暮。女主人公情思恍惚之際，正是斜陽映照庭院之時。大概是「夢短易添清晝倦」（清王策〈滿江紅〉）的關係吧，夢半醒，更添倦意；香漸消，永晝難消。她於是團扇臨書，瓶花供養，來打發這漫長的春日。「戲臨小草書團扇，自揀殘花插淨瓶」，這兩句描摹的閨中人的生活片斷，是具有特徵性的。臨，臨摹字帖；戲，戲學草書。這和南宋人詩句的「矮紙斜行閒作草，晴窗細乳戲分茶」（陸游〈臨安春雨初霽〉）不很相同，這是別一樣閒情偶寄，反映了女主人公特有的身分與情韻。娟秀的銀鉤小草，書寫在精緻的生綃白團扇上，是聊以自遣之舉；而自揀殘花，插入淨瓶，就更屬滿腹春愁的寄託了。特意揀取的是快要凋謝的花朵，掩藏的是紅顏將老、芳華易逝的內心哀嘆；對這殘花，她不煩女伴，親自採來，加意憐惜的一段深情，完全凝結在十分鄭重、無比輕柔的動作上。以上是敘事。女主人公的寂寞情懷、惜花心事，婉曲深微地傳給了讀者。

下片接承意脈，進一層寫景抒情。從時令上看，是再次點染春日黃昏、清和景物。「晴波」「晚山」，扣緊「斜陽恰照」。「鶯宛轉，燕丁寧，晴波不動晚山青。」暮春三月，鶯飛草長，裝點湖山，而這鶯歌宛轉、燕語呢喃，到底在呼喚著什麼、尋求著什麼呢？默然無語相對的但有晴波不動、晚山空翠。可惜一片清歌，都付與黃昏！女主人公留春無計、怨春不語，傷春心事無人會，惜花情緒只天知。她的心靈的窗扉悄悄地打開，又輕輕地閉上。只怨春歸，卻不道流年暗中偷換，槐陰覆地，又臨初夏了。

這首詞受有晏殊的影響。晏殊〈踏莎行〉所表現的「春思」，也屬綠遍紅稀的暮春時的惆悵，環境亦為「爐香靜逐遊絲轉」的內院；「一場愁夢酒醒時，斜陽卻照深深院」的結句，更為黃昇詞中夢醒後「斜陽恰照竹間亭」脫胎所自。若加對讀，藝術上，黃昇的作品流麗似《珠玉詞》，而渾成不及；思想境界上，晏殊之作所傳達的無非是淡淡的富貴閒愁，而黃昇〈鷓鴣天〉則深沉得多，它反映出那個時代裡，青春被禁錮的女性的追求和失落、寂寞和同情，更富於社會意義。（顧復生）

南鄉子　黃昇

冬夜

萬籟寂無聲，衾鐵稜稜近五更。香斷燈昏吟未穩，淒清。只有霜華伴月明。
應是夜寒凝，惱得梅花睡不成。我念梅花花念我，關情。起看清冰滿玉瓶。

此詞明吳從先《草堂詩餘雋》卷二誤以為秦觀所作，對其評價極高；然檢《散花菴詞》，實為黃昇作。黃昇是一位著名的詞選家，有《花菴詞選》二十卷行世，其所評論，每多卓見。他的詩，人稱如「晴空冰柱」（宋胡德方序《散花菴詞》引游九功語），今讀此詞，也有此感覺。

上片寫夜寒苦吟之狀。詞人生當南宋中期，早棄科舉，遁跡林泉，吟詠自適，填詞看來也是他精神生活中一個重要組成部分。從這首詞看，即使夜闌更殘，他還在苦吟不已。起二句云：「萬籟寂無聲，衾鐵稜稜近五更。」夜，是靜極了，一點聲音也沒有。這種境界，唯有深夜無寐的人，才能體會得真切。「衾鐵稜稜」，蓋從杜甫〈茅屋為秋風所破歌〉中「布衾多年冷似鐵」來，又宋魏了翁詩〈十二月九日雪融夜起達旦〉：「衾鐵稜稜夢不成。」益以「稜稜」二字，則使人感到布衾硬得如有稜角，難以貼體。如果我們讀過南朝宋鮑照〈蕪城賦〉中「稜稜霜氣，蔌蔌風威」的句子，那就更覺砭人肌骨了。至「香斷燈昏吟未穩，淒清」二句，詞人則把注意力從被窩移向室內：爐中沉香已經燃盡，一燈如豆，昏暗異常，夠淒清的了。至「只有霜華伴月明」，又轉向室外，描寫了素月高懸、霜華遍地的景象。五句三個層次，娓娓寫來，自然而又真切。「吟未穩」者，吟詩尚未覓得韻律妥帖、詞意工穩之句也，三字點出詞人此時之所為，可稱上片之「詞眼」。由於「吟未穩」，故覺夜靜衾寒，香斷燈昏；復由於「吟未穩」，故覺霜華伴月，碧空無際。而「淒清」二字，則是通篇氛圍所在，不但籠罩上片，而且籠罩下片，隨處可以感到。由此可見，詞的結構是井然有序、渾然一體的。

下片詞人從自己的「吟未穩」，想到梅花的「睡不成」。寒凝大地，長夜無眠，詞人竟不說自己感到煩惱，倒為梅花設身處地著想，說它該是煩惱得睡不成了。出語奇警，設想絕妙。接下去二句說：「我念梅花花念我，關情。」不僅他在想著梅花，梅花也憐念起他來了。他們竟成為一對知心好友！林逋以梅為妻，以鶴為子，詞人則以梅花為知己，俱為清高出世之境，大雅不俗。明人沈際飛稱這是「幻思幻調」（見《草堂詩餘》評）。這種構思，確實是奇幻的；這種格調和意境，確實是空幻的。它非常形象地勾勒了一個山中隱士清高飄逸的風采。它的妙處特別表現在將梅花擬人化。明人李攀龍評曰：「托梅寫出相思處，念茲在茲。」又云：「敘冬夜之景，在胸中流出。以梅花為故人，便見不孤。」（《草堂詩餘雋》卷二引）正是指此而言。

結句「起看清冰滿玉瓶」，跟以上兩句不可分割，實是蟬聯而來，詞中句斷乃為韻律所限。由於詞人關切寒夜中梅花，因此不顧自己寒冷，披衣而出，結果一看，玉瓶中的水已結成了冰。至於梅花呢，他不說了，留給讀者去想像。這就非常蘊藉，饒有餘味。如果說盡了，說梅花凍得不成樣子，或說梅花凌霜傲雪，屹立風中，那就一覽無餘，毫無詩意了。可見詞人手法之高明。

從整個詞來說，晶瑩潤潔，猶玉樹臨風；託意高遠，似不食人間煙火。說它的風格如「晴空冰柱」，不是很相宜麼？（徐培均）

陳郁

【作者小傳】（?～一二七五）字仲文，號藏一，臨川（今屬江西）人。宋理宗時，充緝熙殿應制，又充東宮講堂掌書。著有《藏一話腴》。詞存四首。

念奴嬌　陳郁

雪

沒巴沒鼻，霎時間、做出漫天漫地。不論高低並上下，平白都教一例。鼓動滕六，招邀巽二，一任張威勢。識他不破，只今道是祥瑞。

卻恨鵝鴨池邊，三更半夜，誤了吳元濟。東郭先生都不管，關上門兒穩睡。一夜東風，三竿暖日，萬事隨流水。東皇笑道，山河原是我底。

劉一清《錢塘遺事》載：「賈相當國，陳藏一作雪詞譏之。」並且全文記載了這首詞。「藏一」是陳郁的號，「賈相」即賈似道。劉一清是宋元間杭州人，南宋滅亡的目擊者，其《錢塘遺事》記南宋末年軍國大政，《四庫全書總目提要》認為「目擊僨敗，較傳聞者為悉」「多有正史所不及者」，予高度評價，其中陳藏一作雪詞譏賈似道之說，以後諸書轉引，皆無異詞，似較可信。此詞借濫施淫威肆無顧忌的雪譏刺賈似道，可謂妥帖得體。

起兩句，突兀而來，下筆不凡。「沒巴沒鼻」，當時俗語，即今「沒來由」的意思，是說轉瞬之間做出了一場漫天漫地的大雪，真是好沒來由！這個形勢，很像賈似道入相。賈似道本來是個賭徒無賴，以其姊姊突然成了宋理宗的寵妃，而得飛黃騰達：嘉熙二年戊戌（一二三八）被詔廷對（皇帝面試），即擢太常丞、軍器監，以此為起跳點，幾年之間，加官進爵，以至入相，躐拜平章（見《宋史》本傳），位極人臣，權傾內外，皇帝也在其掌握之中，真是既「漫天」又「漫地」。「霎時間」，極言其速。一個無賴，竟能如此這般，真是好沒來由！所以作者劈頭來一句「沒巴沒鼻」，以俗話罵人，無限憤恨，盡在其中。「不論」兩句，緊承「漫天漫地」，字面是寫雪覆蓋一切（不論高低上下，一律使它「平」而且「白」，狀大雪甚趣；「平白」又有平空、無緣無故之義），而實際上是指賈似道獨專國政。賈似道專政，確實有「平白都教一例」的威勢，如賢才悉退，群小悉進；有敢彈劾者，悉黥配邊遠州軍，終身不得錄用；諫官統統換成庸懦易制之輩；他在浙西強「買」民田，不問畝值幾千緡，悉付四十緡；從他倉裡出來的糧食，悉以七斗為石（應是十斗為一石）；誰有寶玩，他一旦知道，悉數奪取，帶進墳墓者，掘墳取之；其母胡氏死，下葬時適逢大雨，群臣百官，不問大小，一例站在大雨中，終日無敢易位者；若是蒙古（後改國號曰元）兵進攻，一例納幣稱臣。凡此「平白都教一例」之事，不勝枚舉。「鼓動」三句，字面是寫雪濫施淫威。滕六，一作滕神，是雪神；巽二是風神。風雪二神攬在一起，自然是大張威勢。這不禁使人想起了范成大〈正月六日風雪大作〉詩中的名句：「滕六無端巽二痴，翻天作惡破春遲」，兩個惡煞攪在一起，還會有春天嗎？用這三句譏賈似道，也算夠深刻的了。賈似道「招邀」了一批無賴，安插在各要害部門，縱（「鼓動」）其作惡；他又慣於鼓動臺諫誣劾忠良，像吳潛、向士璧這樣的名臣，都不能逃脫他的魔掌；對外來說，賈似道亦有「招邀」蒙古兵入室之罪。凡此，皆「鼓動」「招邀」這三句的政治內涵。「識他」兩句，字面是指以暴雪為「祥瑞」，實際上是指斥朝廷昏庸，不識賈似道真面目，縱容庇護，使賈似道更加驕橫。例如賈似道領兵援鄂州，懼蒙古軍強，暗許以稱臣、輸歲幣，使其退兵北歸，卻謊報「肅清」，致理宗以為他有再造社稷之功，加官拜相。這首詞寫於賈似道倒臺之前，所以詞中有「只今」云云。

上片字面是寫雪的淫威，一再鞭斥；下片調轉了一下角度，先由「雪」引出一個有關的歷史故事，借古喻今。「鵝鴨池邊」三句，寫唐憲宗元和十二年（八一七）李愬雪夜襲蔡州，活捉割據大藩吳元濟事。蔡州城邊有鵝鴨池，愬令擊之，以亂軍聲。用鵝鴨叫聲掩飾其兵馬進擊之聲，造成蔡州軍士的錯覺，不作準備，於是襲破城池，活捉吳元濟。所以詞中說鵝鴨池邊一場大雪誤了吳元濟。無獨有偶，四百多年之後，宋理宗端平元年正月（一二三四），宋滅金於蔡州。不過，宋的這次蔡州之戰，卻是聯合了甚至是依靠了蒙古軍的力量。從此，蒙古逞強，宋、蒙兵連禍結，這可就「誤了」南宋一朝。宋的這次蔡州之戰，雖然與賈似道無干，但在以後的宋蒙戰爭中，賈卻扮演了可恥的角色，他的「稱臣納幣」在歷史上是有名的，這也誤了南宋一朝。「東郭先生」兩句，據唐徐堅《初學記》，東郭先生不畏冰雪，家貧寒，衣履不完，履有上無下，雪中行走，足盡踐地。這首詞中的「東郭先生」，可能是用來指摘臺諫官的失職。「東郭先生」蓋由東郭牙而來。東郭牙，周代名臣，能犯顏直諫，不避死亡，不撓富貴，被立為大諫之官。這裡用以代指當時的諫官。

「東風」以下五句，是作者的想像之辭，字面的意思是說：大雪如此作惡，必有盡頭，一旦東風送暖，紅日高照，這漫天漫地的雪，必將化為流水而去，而山河，也就恢復了它的原貌。政治含義則是預示賈似道的必然垮臺。「東皇」是司春之神，「東風」「暖日」云云，皆是春天景象，春回大地，山河皆著春色，即皆屬「東皇」所有，故曰「山河原是我底」。這幾句用筆輕快，活潑，充滿了作者的美好希望。

如上所說，這首詞是寫在賈似道為相期間，作者目睹其邪惡，但又不能直接指斥，所以不得不借「雪」給以譏刺。以雪的嚴酷肆虐比擬賈似道，是很貼切的。而文字亦佳。嬉笑中有怒罵，俗俚中寓嚴峻，特別是上片，語語有據，句句見血，的確是一首好的政治諷刺詞。這裡應當說明的是，這首詞在當時並不是孤立出現的。在賈似道橫行一時的時候，曾出現過不少諷刺、抨擊賈似道的詩詞。如賈似道為了增收田賦，在江南丈量土地，寸地必徵其稅。於是有詞迎頭痛擊：「宰相巍巍坐廟堂，說著經量，便要經量。那個臣僚上一章？頭說經量，尾說經量。輕狂太守在吾邦，聞說經量，星夜經量。山東河北久拋荒，好去經量，胡不經量！」（清徐釚《詞苑叢談》卷十二）語言風格與陳郁本詞相類，而正面指斥的勇氣則為陳詞所不及。這裡僅舉一例，可與此詞共讀。（丘鳴皋）

洪瑹

【作者小傳】字叔璵，號空同詞客。有《空同詞》，存十六首。

菩薩蠻　洪瑹

宿水口

斷虹遠飲橫江水，萬山紫翠斜陽裡。繫馬短亭西，丹楓明酒旗。

浮生常客路，事逐孤鴻去。又是月黃昏，寒燈人閉門。

洪瑹，宋末人，自號空同詞客，有詞一卷。清況周頤云：「《空同詞》如秋卉娟妍，春蘅鮮翠。」（《蕙風詞話》卷二）這首詞寫客中所見，抒發了羈旅幽思，也具有這樣的風格。水口，集鎮名，今名水口鋪，在安徽來安縣南三十里來安水東岸，有大路西通滁州，東連江蘇六合，南距長江不遠，可見地當水陸交通要道，為征人旅客常經之地。詞人途中投宿，即景抒情，寫下了這首小詞。

起首二句寫遠景。雨後新晴，一道斷虹斜插東南方的長江，在夕陽落照之中，千山萬嶺，一片紫翠。三、四兩句轉寫投宿，兼及近景。短亭者，古時修於官道旁，以供行人休息，大凡五里一短亭，十里一長亭。「繫馬短亭西」，說明客舍就在此近旁；「丹楓明酒旗」，說明客舍兼營酒店，古代往往如此。短短四句，恍如一幅畫卷，它給人最深的印象是色彩絢麗，詩意盎然。詞人好像手握一支調色筆，精心點染，於是畫面上紅黃橙綠青藍紫的彩虹出現了，紫中帶翠的山嶺出現了，青旗（酒旗色青，亦稱青旆）、紅楓也出現了。況周頤曰：「《空同詞》喜鍊字。〈菩薩蠻〉云：「繫馬短亭西。丹楓明酒旗。」〈南柯子〉云：「碧天如水印新蟾。」〈阮郎歸〉云：「綠情紅意兩逢迎。扶春來遠林。」又云：「羅衣金縷明。」兩「明」字、「印」字、「扶」字，並從追琢中出。」真是一語破的。其實豈但「明」字而已，「斷虹遠飲橫江水」中的「飲」字，雖本於宋之問詩〈自衡陽至韶州謁能禪師〉「虹飲江皋霽」，也帶有「追琢」的痕跡。但不是一提「追琢」，這詞便不好。況周頤還說：「詞太做，嫌琢；太不做，嫌率。欲求恰如分際，此中消息，正復難言。」（《蕙風詞話》卷一）可見他不是一概反對追琢，而是反對「太做」，即追琢過分。若「恰如分際」，這種追琢還是必要的。有此「明」字，青旗、紅楓，判然可見，色彩明麗。這番功夫，填詞家不可不學。

下闋抒寫客中孤獨之感。換頭二句，謂詞人奔走仕途，一事無成。「浮生」語出《莊子·刻意》「其生若浮，其死若休」。李白〈春夜宴桃李園序〉云：「夫天地者，萬物之逆旅，光陰者，百代之過客，而浮生若夢，為歡幾何？」詞人這裡用「浮生」，表示了對仕途的厭倦。「事逐孤鴻去」，語本杜牧〈題安州浮雲寺樓寄湖州張郎中〉詩之「事與孤鴻去」，蓋言往事不可追尋，已逝之日月亦不能再返，感慨至深，故亦真摯感人。結尾二句饒有韻味。從時間上看，上闋寫夕陽時候，山猶染紫；此云「月黃昏」，則已暮色蒼茫了。其上著以「又是」二字，說明詞人在外不知度過了多少個日日夜夜，受盡了千愁萬苦。時雲暮矣，詞人只有點上寒燈，閉門而已。唐人馬戴〈灞上秋居〉詩有句云「寒燈獨夜人」，詞境似之，然易以「人閉門」三字，則變成有我之境，與李重元〈憶王孫．春景〉的結句「欲黃昏，雨打梨花深閉門」，有異曲同工之妙。明人楊慎評李詞云：「空閉門，望不到也，無聊之極思。」（見《懺花庵本草堂詩餘》卷一）清黃蘇亦評曰：「末句比興深遠，言有盡而意無窮。」（《蓼園詞評》）這些話可以同樣拿來評價這首詞的結句。

這首詞上闋著重寫景，下闋著重抒情，符合一般小令的結構規律。但前後對比，有明顯的映照作用：開始時詞人遠望斷虹飲水、斜日含山，心情比較舒暢；結尾時閉門深坐，一燈熒然，自然產生抑塞無聊之感。因此在整個詞中，詞人的感情是有發展變化的，非平鋪直敘的作品所能比擬。（徐培均）

張樞

【作者小傳】字斗南，號雲窗，又號寄閒，先世成紀（今甘肅天水）人，居臨安。張炎之父。以善詞名世。存詞九首。

瑞鶴仙

張樞

捲簾人睡起。放燕子歸來，商量春事。風光又能幾？減芳菲、都在賣花聲裡。吟邊眼底，被嫩綠、移紅換紫。甚等閒、半委東風，半委小橋流水。

還是，苔痕湔雨，竹影留雲，待晴猶未。蘭舟靜艤，西湖上、多少歌吹。粉蝶兒、守定落花不去，濕重尋香兩翅。怎知人、一點新愁，寸心萬里。

張樞出身於一個世代簪纓之家。五世祖張俊是南宋「中興四將」之一，封循王。祖父張鎡亦身居高位，喜好聲律，著有《玉照堂詞》。由於家學淵源，張樞精於音律，交遊的都是著名詞人。他生當宋末，國勢危殆，但家道未衰，園林極盛，歌姬成群，因而所作亦恰如其集名「寄閒」。這首〈瑞鶴仙〉堪稱代表。

這是一首寫春愁的作品。

起頭三句，從燕歸帶出「春」字。但作者無意鋪寫春色，卻問之以「風光又能幾」。不涉風雨、花信，而以「減芳菲」的賣花聲抹去種種嬌妍，流露了心中的惆悵，這樣從聽覺落筆，造成了虛實相參的意境，使春愁漸出。春，來也遲遲，去也匆匆，吟春、看春都尚未盡興，萬紫千紅的花兒被嫩綠的葉子取代了，轉眼間眾芳凋零，半被東風吹散，半落溪中與水相逐。

下片進一步渲染和表現春愁。春雨綿綿不斷，「苔痕湔（音同兼，沖刷）雨，竹影留雲」，寫雨情極見幽雋，因此又逼出「待晴猶未」一句來。因雨，畫船靜泊岸邊，西湖上沒有多少絲竹和歌聲。因雨，花間蝶兒粉濕翅重，卻仍然守定落花，戀餘香而不去。以複疊之筆，清冷之景，寫足連綿春雨，以寓春歸，而引動春愁。諸景物已帶現愁情，最後「怎知人、一點新愁，寸心萬里」，明點「愁」字，卻從粉蝶兒守定落花、欲留春住轉出。「怎知」字，表明人之痴比物之痴更深，愁更重。以此結情，其情無盡。

張樞這首〈瑞鶴仙〉除春愁之外還寫了什麼呢？「刻意傷春復傷別」（李商隱〈杜司勛〉）是詞的傳統題材，此詞在傷春的基調上又有「怎知人、一點新愁，寸心萬里」之嘆，正是「復傷別」的況味。自溫庭筠以來，唐宋詞頗有男子擬作閨音的，此詞雖未像蘇軾〈水龍吟·次韻章質夫楊花詞〉那樣，明言「夢隨風萬里，尋郎去處」，但又何嘗不是「春恨正關情」（溫庭筠〈菩薩蠻〉）呢？張樞的詞友周密曾被人稱為「少年詩流麗鍾情」（宋末戴表元〈周公謹弁陽詩序〉），張樞此詞又豈非「流麗鍾情」之作？此時元兵即將揮師南下，趙宋政權行將傾覆，但士大夫仍醉心於湖山清賞，登臨酬唱，結社分韻，吟風弄月，甚至擬寫閨情，無病呻吟，時之所尚真令人慨嘆！

傷春傷別是個永恆的主題，倘不能在藝術上自出機杼，當然就不能使這一主題有歷久彌新的生命力。張樞久承家學，廣交文士，為詞既耽於推敲字句，又精研聲律，故此作亦不乏藝術性。

王昌齡《詩格》曾說：「尋味前言，吟諷古制，感而生思。」好語言、好形象多已為前人所用，「尋味前言，吟諷古制」不失為一途。江西詩派倡導「奪胎換骨」，詞人卻頗多檃括和融化前人之作。這首〈瑞鶴仙〉亦可見鎔鑄陶冶之功。如上片「燕子歸來，商量春事」，賅括了史達祖〈雙雙燕〉中數句：「差池欲往，試入舊巢相並。還相雕梁藻井，又軟語商量不定。」雖工巧妍麗不及，然精神猶在。又如上結，分明是從蘇軾〈水龍吟·次韻章質夫楊花詞〉的「春色三分，二分塵土，一分流水」來，但能就落花蹤跡言，非僅貼切，且翻新了意境。下片的「粉蝶兒、守定落花不去」，則可見取意於辛棄疾〈摸魚兒〉「算只有殷勤，畫簷蛛網，盡日惹飛絮」的構思。

南宋風雅派詞人最長於體物賦情，張樞雖非名家，但從此詞看，亦非等閒之輩。姜夔、吳文英的作品有深婉要眇之長，然烹煉過度，藻飾尤甚，反傷真趣，以致入於晦澀。此詞明快、婉麗，得姜、吳之長而棄其短。「吟邊眼底」，雖重修飾，卻不顯雕琢。「移紅換紫」較之「綠肥紅瘦」（李清照〈如夢令〉），在雅致之外，一為動態，一為「定格」；比起「芳蓮墜粉，疏桐吹綠」（姜夔〈八歸〉），則更為直切可感。「苔痕湔雨，竹影留雲」則不似「宮粉雕痕，仙雲墮影」（吳文英〈高陽臺·落梅〉）那樣費解。雖未臻「字字刻畫，字字天然」（清彭孫遹《金粟詞話》）之境，然琢鍊而不失自然，自非小巧之筆。至其賦情之處，也是景以情合，情以景生，有深婉流美之致。

張樞非僅善於琢鍊字句，尤其長於音律。其子張炎曾說：「先人曉暢音律……曾賦〈瑞鶴仙〉一詞云云。此詞按之歌譜，聲字皆協，唯『撲』字稍不協，遂改為『守』字乃協。始知雅詞協音，雖一字亦不放過。」（《詞源》卷下〈音譜〉）這是指「粉蝶兒」一句的審音修改功夫。「守」字較之初稿「撲」字，確是聲、態尤佳。（鄧喬彬）

羅椅

【作者小傳】（一二〇四～一二七六）字子遠，號澗谷。廬陵（今江西吉安）人。家富，壯年捐金結客，後以薦登賈似道門。宋理宗寶祐四年（一二五六）進士。以秉義郎為江陵教官，改漳州教官，復知贛州信豐縣，遷榷貨務提轄。恭帝德祐初，以事論罷。詞存四首。

柳梢青

羅椅

萼綠華身，小桃花扇，安石榴裙。子野聞歌，周郎顧曲，曾惱夫君。

悠悠羈旅愁人，似零落、青天斷雲。何處銷魂？初三夜月，第四橋春。

這是一首與情人別後追懷舊事的詞作。它是那麼旖旎入情，含思無限，像一條清澈的溪流，帶著幾瓣落花，緩緩地流向遠方，勾起你莫名的悵惘。

詞的上片，純用倒敘手法，描述了當時相見的情景。「萼綠華」，仙女名。道書記載，萼綠華年約二十，穿著青色的衣裳，容色非常美麗。在晉穆帝昇平三年夜降羊權家，從此經常往來，後贈羊權仙藥引其成仙。唐宋詩詞中的仙女，往往也是舞娘歌妓的代稱。又，萼綠華也是一種名貴的梅花，萼片枝梗皆作純綠色。「小桃花」，桃花的一種，狀如垂絲海棠。「安石榴」，石榴的別名，夏初開花，花色豔紅。起三句描畫這位歌女：她有著天仙般美麗的容儀，手持繪上小桃花的歌扇，穿著一條鮮豔的紅裙。三句並列寫來，連用了三個花名，女子的丰神氣質已暗透出來了。「子野」，晉桓伊的字。南朝宋劉義慶《世說新語．任誕》載：桓子野每聞清歌，輒喚「奈何」。謝公（安）聞之，曰：「子野可謂一往有深情。」「周郎」，指周瑜。《三國志．吳書．周瑜傳》載，瑜精於音樂，即使酒後，曲有闕誤，瑜必知之，知之必顧。故時人謠曰：「曲有誤，周郎顧。」詞中以桓伊和周瑜自況，寫出對歌女的傾賞和深情。「曾惱夫君」一句小結。「惱」，有引逗、撩撥義。「夫君」，「夫」音扶，語出《楚辭．九歌》，對男子的敬稱。詞中自指。三句謂女子的清歌撩動了自己的情懷。

過片二句，一筆兜轉，寫別後的景況。悠長的道路啊悠長的思念，舊事如煙，怎不令人愁腸百結？「似零落、青天斷雲」，七字有無窮的淒愴。「斷雲」，在詞中有兩重含義：一是喻自己飄零的身世，如同青天上的孤雲那樣無所依歸；一是暗用「行雲」典故，謂別後兩處分睽，無從歡會。由此而逼出末三句：「何處銷魂？初三夜月，第四橋春。」元陸輔之《詞旨》列之為「警句」，實在置於五代北宋小令名作之中，亦毫不遜色。詞人向自己發問：是什麼使自己黯然銷魂呢？——是那初三夜的一彎新月，是那第四橋邊的美好春光！「初三夜月」化自白居易〈暮江吟〉中「可憐九月初三夜，露似真珠月似弓」和〈秋思〉詩中「弓勢月初三」的句意。「初三」以下二語，光是用「情景交融」一類的陳詞濫調去讚美它，那也幾乎可以算是褻瀆，語中所包含的意象，所表現的境界，實在是難以言詮的。初三夜的黃昏，西邊天空中那一痕微月，它喚起了詞人幾許幽思！是那樣的迷惘，那樣的惆悵，如情似夢，何止是憶起她如月般的蛾眉！「第四橋」，在吳江（今屬江蘇）城外，即甘泉橋，因泉品居第四而得名。蘇軾、姜夔、劉仙倫等均有詞言及。「春」，也有兩重意思：一是泛指春景、春意；一是指酒，唐宋人常以「春」名酒，如周密《武林舊事．諸色酒名》就載有「留都春」「十洲春」「錦波春」等酒名。詞人在一個美好的春夜，喝醉了酒，重過第四橋邊，平眺那天邊的眉月。此情此景，何能為懷！還是讓讀者去細細涵詠吧。（陳永正）

家鉉翁

【作者小傳】（一二一三～？）號則堂，眉州（今屬四川）人。以蔭補官，賜進士出身。歷端明殿學士、簽書樞密院事。宋亡，不仕，改館河間。元世祖至元三十一年（一二九四）放還。存詞三首。

念奴嬌 家鉉翁

送陳正言

南來數騎，問征塵、正是江頭風惡。耿耿孤忠磨不盡，唯有老天知得。短棹浮淮，輕氈渡漠，回首觚稜泣。緘書欲上，驚傳天外清蹕。路人指示荒臺，昔漢家使者，曾留行跡。我節君袍雪樣明，俯仰都無愧色。送子先歸，慈顏未老，三徑有餘樂。逢人問我，為說肝腸如昨。

宋恭帝德祐二年（一二七六）正月，南宋國都臨安被元軍攻破，南宋朝廷被迫投降，並派出祈請使、奉表獻璽納土官、掌管禮物官、掌儀官等三百餘人以及扛抬禮物將兵三千餘人，赴元祈請有關事宜。家鉉翁以參知政事的身分，充祈請使，二月初九日，在元兵監督下啟程北上，閏三月初十，至大都（今北京）；四月十二日，轉赴上都（故址在今內蒙古正藍旗東）。從此羈留北方，直到元世祖至元三十一年（一二九四），才以八十二歲的高齡放歸。

這首詞是家鉉翁羈留北方送陳正言（南宋官員，蓋亦赴北者）南歸時所作。起二句寫作者對南方形勢的關心，故遇南來者，即詢問消息。但詢得的結果，卻是「江頭風惡」，即形勢不好。家鉉翁北赴之後，南宋流亡小朝廷還在堅持鬥爭，南方人民的反元鬥爭，仍此起彼伏，後來都被元軍鎮壓下去。這裡，作者關心的，可能就是這種鬥爭形勢。「耿耿」兩句，是寫作者（也可能包括陳正言在內）的孤忠與氣節。「磨不盡」三字，自然是指耿耿孤忠堅如磐石，但也包含了他在北方所受的各種磨難。磨難愈重，其志愈堅，作者的精神品質由此可見。但以其身在北地，遠離故國，其孤忠不為人知，故云「唯有老天知得」。「短棹」五句，則轉入對丙子（一二七六）之難的回憶。這最慘痛的一幕，使作者刻骨鏤心，終生難忘。「短棹浮淮，輕氈渡漢」，是寫元軍南下。王粲、曹丕都有〈浮淮賦〉，都是寫戰爭的。元軍渡淮，揭開了亡宋戰爭的序幕；而元軍（元人戴氈笠，故這裡以「輕氈」稱之）渡漢水，則直接導致了臨安的陷落。元軍在襄樊戰役之後，立即潛兵入漢水，水陸並進，與渡淮元軍相策應，勢如破竹，遂於德祐二年正月，兵至臨安城下。「回首觚稜泣」是寫作者在北赴途中望京城宮闕而痛哭。「觚稜」，本指殿堂屋角上的瓦脊形狀，杜牧〈杜秋娘〉詩有「觚稜拂斗極，回首尚遲遲」句，這裡代指宮闕。家鉉翁作為祈請使之一，登舟北赴時，宋帝后尚未出降。但他剛至大都，還沒來得及向南宋朝廷報告祈請情況，三宮被擄北遷的慘劇就發生了。詞中「緘書欲上，驚傳天外清蹕」，即指這一歷史事件。「清蹕」，指皇帝出行時，清道戒嚴，這裡指宋三宮北遷。事變大而迅速，故加「驚」字。大都、臨安相距三千餘里，故云「天外」。以上這五句，寫事變接踵而至，連用「短棹」「輕氈」「回首」「欲上」「驚傳」等語詞，語急氣促，有倏忽千里之勢，作者在回憶這段歷史事件時心頭的壓抑、悲愴之情，亦如在目前。下片轉寫羈留北方所受的磨難，及其磨而不磷的忠節。「路人」五句，寫作者引蘇武自喻。「昔漢家使者」，指蘇武，由「路人指示荒臺」句看，蘇武「曾留行跡」的「荒臺」，正在作者眼前。所以，「曾留行跡」，既是寫蘇武的經歷，同時也是寫作者自己的行蹤，作者與蘇武的遭遇正是一樣的。這是一個很好的「兼筆」。「我節」兩句，是將自己與蘇武並提。蘇武持節漠北，堅貞不屈，而作者也同樣是「我節君袍雪樣明」。家鉉翁的北赴上都，是奉了南宋王朝的使命的，也是持「節」而行。他始終沒有倒節投降。「君袍」，這裡是指南宋的服裝，他至上都之後，不變服色，而且得到了元朝皇帝的批准（宋末劉一清《錢塘遺事》卷九〈丙子北狩〉記有元皇帝「不要改變服色，只依宋朝甚好」的話，這是宋使「日記官」的當場記錄）。家鉉翁身處絕域，不倒節，不易服，貞如冰雪，故云「雪樣明」，其心跡行事，對得起天，對得起地，對得起國家和人民，正是「仰不愧於天，俯不怍於人」（《孟子．盡心上》），所以說「俯仰都無愧色」。他另有一首〈和歸去來辭〉說「余羈留北方十有一年矣……咽氈雪以自厲，視簞瓢而何憂」，可與本詞參讀。結處「送子」五句，是送別陳正言的話，意思有兩層，一是趁您堂上「慈顏未老」，正可歸去承歡，並享三徑餘樂。「三徑」，即指隱居故園，是用蔣詡故事。西漢末，王莽專權，兗州刺史蔣詡辭官歸里，院中辟有三徑，只與求仲、羊仲往來（見漢趙岐《三輔決錄．逃名》）。二是表示自己不易其節。這層意思是透過如何回答故人詢問的形式來表現的，寓忠肝義膽於婉曲的言辭之中，讀之更覺悲壯動人。從家鉉翁的《則堂集》看，大約凡友朋回南，他送別時總要表達這番心情。如他送朱信叔赴長安省幕時，也這樣說：「我家正住岷峨下，定有鄉人故老諏（詢問）衰蹤。為言仗節瀛海上，齒髮衰謝氣如虹！」故國不存，而鄉人故老仍在，自己的這種節概，就算是對故老鄉親的一種安慰吧！

此詞上片雖從眼前落筆，但主要還是寫對那段驚心動魄的歷史的回憶，多用賦筆。下片則重在抒寫自己的心跡節概。在絕域之中送別具有同樣遭遇的友人回到也同樣為自己所朝思暮想的地方，最容易動感情。而作者卻把這種場合當成了焠勵忠節的爐火，一腔烈火，自勵，勵人，其忠節氣概，直可感天地而泣鬼神。這種詞，自非一般送別詞所可比擬。至今讀之，猶覺內蘊一種堅如磐石的沉穩和不可征服的崛強力量，不禁為之掩泣，為之奮勉。（丘鳴皋）

張紹文

【作者小傳】字庶成，南徐（今江蘇鎮江）人。張榘之子。存詞四首。

酹江月　張紹文

淮城感興

舉杯呼月，問神京何在？淮山隱隱。撫劍頻看勳業事，唯有孤忠挺挺。宮闕腥羶，衣冠淪沒，天地憑誰整？一枰棋壞，救時著數宜緊。

雖是幕府文書，玉關烽火，暫送平安信。滿地干戈猶未戢，畢竟中原誰定？便欲凌空，飄然直上，拂拭山河影。倚風長嘯，夜深霜露凄冷。

宋理宗端平元年（一二三四）蒙古滅金後，矛頭轉向南宋。兩淮是當時的前線。作者在淮水邊的城市，目睹南宋朝廷文恬武嬉，在積弱中坐銷歲月，遙想久未收復的中原，不禁感慨係之，寫下了這首〈酹江月．淮城感興〉。

〈酹江月〉即〈念奴嬌〉，音節高亢激切，適宜抒寫豪壯和惆悵的感情。圍繞重整河山的政治抱負，開篇三個問句，起語不凡。作者舉杯高聲問明月：「神京何在？」問月的舉動本身已充分表現了滿腔受壓抑之情無人傾訴，神京指北宋故都汴京，自徽、欽俘死異域，多年來和戰紛紜，至今仍是故土久違。在高問「神京何在」這種高昂激越的句子之後接上「淮山隱隱」，淒迷之情，一寓於淒迷之景。「撫劍頻看勛業事，唯有孤忠挺挺。」用「頻看」與「唯有」凸出問題的嚴重性及作者的急迫心情。詞的第一小段就表現出了語氣和詞意的跌宕起伏。自汴京失守後中原故土衣冠文物蕩然無存，面對占領者肆意橫行，作者悲憤填膺，發出正氣凜然的一聲高問：「天地憑誰整？」此句一出，詞的意境升高，作者的這個「誰」，是包括自己在內的千千萬萬愛國志士。作者清醒地認識到時局已壞，危機四伏，行將一發而不可收拾。所以，他大聲疾呼：「一枰棋壞，救時著數宜緊。」將岌岌可危的時局比作形勢不妙的棋局。棋局不好，必須出「手筋」，出「勝負手」，絲毫不容緩懈。這一比喻極為鮮明生動，正是對當時苟且偷安的執政者的當頭棒喝。

詞的上片用「問神京何在」、「天地憑誰整」將政治形勢與任務擺出，並以救棋局為例生動地說明應採取緊急措施。下片則針對現狀中存在的問題，發出第三問：「畢竟中原誰定？」同時，表明自己的態度與苦悶。「幕府文書」，指前方軍事長官所發出的公文；「玉關烽火」，代指前線軍中的訊息。（古代邊塞設烽火臺，如邊境無事，每日初夜亦放煙傳信，稱「平安火」。）現在雖都「暫送平安信」，前方暫告平靜無事，但干戈未止，戰事未休，蒙古人正在窺伺江南，這種安寧只是一種假像，是火山爆發前的安寧。然而，當朝權貴不理睬收復失地的主張，不啟用抗戰人才，反而壓制民氣，因此，作者在「滿地干戈猶未戢（音同集，收斂）」之後發出「畢竟中原誰定」之問，其聲頗帶悲悒，流露出一個愛國者為國家生死存亡的憂愁，同時，也暗含自己義不容辭的責任感。表面上，「畢竟中原誰定」一句與上片的「天地憑誰整」文義略同，但這不是簡單的重複，而是在「天地憑誰整」基礎上的詞意遞進。「便欲凌空，飄然直上，拂拭山河影。」山河影，傳說月中陰影原是地上山河之影。作者借拂拭月亮表現澄清中原和重整河山的強烈願望。最末兩句，則另換意境，亦照應首句。儘管作者幻想「飄然直上」，去掃除陰霾，但無法擺脫汙濁可憎的現實的羈束。由於理想與現實的矛盾不可調和，迸發的感情受到壓抑，於是詞人「倚風長嘯」，傾吐悲憤。「夜深霜露淒冷」則透露出嚴酷的時代氛圍。結尾仍是扣人心弦的。

從藝術特點上來看，這首詞像是一篇用詞的形式來寫的政治論文。語言方面，以設問句提出問題，以生動的比喻闡明問題，不施脂粉，但言簡意賅，如壯士彈劍，散逸豪邁倜儻之氣。前人寫詞，大多數是先求有精彩的開頭，承接比較和緩，換片時再求突起，這樣能使詞顯得有波瀾，有起伏，避免平鋪直敘。這首詞，作者卻另闢蹊徑，他不是採用大起大伏的筆勢，而是將懸河瀉水般的感情用一揚一抑、小起小伏、迴旋往復的曲調表達出來。以詞調本身因輕重、長短、高低相間而產生的節奏，配以詞意上的揚抑交替，加強了藝術感染力。（宛新彬）

吳大有

【作者小傳】字有大，號松壑，嵊（今屬浙江）人。宋理宗寶祐間，遊太學，率諸生上書斥賈似道，不報，退處林泉，與林昉、仇遠、白珽等詩酒相娛。存詞一首。

點絳脣　吳大有

送李琴泉

江上旗亭，送君還是逢君處。酒闌呼渡，雲壓沙鷗暮。漠漠蕭蕭，香凍梨花雨。添愁緒。斷腸柔櫓，相逐寒潮去。

作者吳大有，寶祐間太學生，退處林泉，宋亡不仕。周密《絕妙好詞》中收入此詞。其傳世之詞作，亦僅此一首。詞題中李琴泉，生平不詳。

這是一首送別詞，寫得極冷雋淡雅。發端先寫離別的地點在「江上旗亭」。旗亭，即酒樓；在江邊小酒樓裡為朋友餞行。「多情自古傷離別」（柳永〈雨霖鈴〉），更何況「送君還是逢君處」。過去歡樂地相逢在這個地方，而眼下分手又是在這同一個地方；以逢君的樂反襯送君的哀。撫今追昔，觸景生情，更令人不堪其情。「酒闌」

二句寫因為情深故頻頻勸酒；之所以「勸君更盡一杯酒」（王維〈送元二使安西〉），是因為「此地一為別，孤蓬萬里征」（李白〈送友人〉），不知何日再重逢。儘管深情留連，依依不捨，但酒闌日暮，不得不分手，只好呼喚渡船載友而去。蒼茫的暮靄中，只有沙鷗在低暗的雲層下飛翔，離別而去的朋友，真好似眼前這「天地一沙鷗」（杜甫〈旅夜書懷〉），行蹤不定，萍跡天涯。而送行者此時的心情，又好像周圍四合的暮雲一樣黯淡。這裡「酒闌」與「旗亭」照應；「呼渡」、「沙鷗」與「江上」照應。

下片「漠漠蕭蕭，香凍梨花雨」，承接上片結句的句意。漠漠，密佈彌漫的樣子；蕭蕭，風雨聲。香凍，香凝也；元葉顒〈乙巳正月十二日雪中感懷〉詩有句云：「雪梢香凍鶯聲澀，月樹光寒蝶影清。」「香凍」和「梨花雨」，可見時值春天。「瀟瀟暮雨灑江天」（柳永〈八聲甘州〉），天解人意，似為離人灑淚；雲靄彌漫，春寒料峭，此時此地，此景此情，怎能不使人「添愁緒」呢！「添」，給本來已貯滿愁緒的心頭，又增添了許多愁緒。結句十分蘊藉：「斷腸柔櫓，相逐寒潮去。」柔櫓，指船槳，也指船槳划動的擊水聲。宋人道潛〈秋江〉詩云：「數聲柔櫓蒼茫外，何處江村人夜歸。」詩中言人歸，而詞中言人去。隨著那令人聞之腸斷的船槳聲，朋友所乘之船與寒潮相逐，漸去漸遠，船櫓擊水聲則漸遠漸弱，而佇立江岸的詞人的心情，卻久久不能平靜。獨立蒼茫，暮雨蕭蕭，柔櫓遠去，心隨船往……這是一幅多麼使人動情的「暮雨江干送行圖」啊！

清人宋徵璧曰：「情景者，文章之輔車也。故情以景幽，單情則露；景以情妍，獨景則滯。……然善述情者，多寓諸景。梨花、榆火、金井、玉鉤，一經染翰，使人百思，哀樂移神，不在歌慟也。」（清沈雄《古今詞話．詞品》卷下引）吳大有這首送別詞，雖然十分短小，但寫得情景交融，含蓄蘊藉。詞中暮雲、沙鷗、柔櫓、寒潮、梨花雨等景語，皆情語也。尤其是「闌」字、「壓」字、「暮」字、「寒」字等，明顯地帶有黯淡淒冷的主觀感情色彩，與詞人傷離惜別的淒涼之情，十分和諧地交融在一起，使全詞句意深婉，意境融徹。（程郁綴）

陳允平

【作者小傳】（一二〇五？～一二八〇？）字君衡，一字衡仲，號西麓，自稱莆鄮澹室後人，四明（今浙江寧波）人。宋恭帝德祐時，授沿海制置司參議官。宋亡後，曾徵至大都。著有《西麓詩稿》。詞學周邦彥，有《西麓繼周集》、《日湖漁唱》。存二百零九首。

齊天樂　陳允平

澤國樓偶賦

湖光只在欄杆外，憑虛遠迷三楚。舊柳猶青，平蕪自碧，幾度朝昏煙雨。天涯倦旅。愛小卻遊鞭，共揮談麈。頓覺塵清，宦情高下等風絮。

芝山蒼翠縹緲，黯然仙夢杳，吟思飛去。故國樓臺，斜陽巷陌，回首白雲何處？無心訪古。對雙塔棲鴉，半汀歸鷺。立盡荷香，月明人笑語。

這首詞是作者晚年遊歷吳地登澤國樓時所作。從詞中湖光、芝山、雙塔等考之，地似是今江蘇溧水。溧水西南有石臼湖，芝山在縣東南，縣內有古雙塔。澤國樓當是縣中勝景。

起句點樓之位置特點，直揭「澤國」二字。接句寫登樓遠眺，三楚迷漫不辨。「三楚」之說不一，此似以江陵、吳、彭城說較合。全句暗用《詩經．鄘風．定之方中》「升彼虛（虛同墟）矣，以望楚矣」語，以發懷古之幽情。「舊柳」三句將視線收緊。「柳」之言舊，寫故地重遊，也寓故國風景依然之意；「平蕪自碧」，言野草繁生，荒涼一片，不堪寓目；「幾度朝昏煙雨」，則借眼前景，暗喻動蕩的政治形勢。「天涯」三句點出己之不幸身世。因天涯旅倦而遇勝樓，逢知己，得以遣懷銷愁，故用「愛」領起。「頓覺」兩句言己已豁然摒棄了世俗雜塵，把宦情等同於眼前隨風高下飄遊的柳絮。宋亡後允平曾以人才徵至北都，不受官放還，「宦情」疑指此事。歇拍以景狀情，至覺警動。

過片從遠處落筆，由「芝山蒼翠縹緲」引出超脫塵世之夢而終至於此夢黯然破滅。「故國」三句進而抒發亡國之痛，慨嘆此身無托，將國亡之感與身世浮沉緊密糅合，讀來悽惋欲絕。「故國樓臺」，從眼前景物推開去，不必定指一處；喪亂之後，滄桑之感，何處無之！承以「斜陽巷陌」，化用劉禹錫〈金陵五題．烏衣巷〉「烏衣巷口夕陽斜」和辛棄疾〈永遇樂．京口北固亭懷古〉「斜陽草樹，尋常巷陌」句意，概述故國山河變異。「白雲」則出《莊子．天地》：「千歲厭世，去而上仙；乘彼白雲，至於帝鄉。」帝即天帝。以「白雲」代指仙鄉，挽合過片之「仙夢」，而以疑問出之，尤其動人。且《莊子》「乘雲」云云是華封人說堯之語，「白雲何處」，隱然亦有懷念故君之意在其中。故國故君如此，觸處皆恨，故接云「無心訪古」。鴉棲雙塔，鷺歸半汀，則又反襯自己羈旅天涯之愁。結韻照應起筆，「立盡」暗示佇立良久，筆勢稍振便戛然煞住，給人以「多情卻被無情惱」（蘇軾〈蝶戀花〉）的韻外之味。

此詞是西麓集中的代表作。從內容看，反映的是晚年的漂泊生涯，抒寫的是低迴幽咽的身世之感和殘山剩水的亡國之痛，情真意切。全詞最大特色在於遣詞清明疏快，用典貼切易曉。不過，「故國樓臺」數句顯得沉鬱，而過片又略呈超逸。清陳廷焯《白雨齋詞話》卷二云：「西麓詞……沉鬱不及碧山（王沂孫），而時有清超處；超逸不及夢窗（吳文英），而婉雅猶過之。」用「婉雅」來論其風格是最恰當不過了。看他那低迴幽咽的情調，還不時墮入「仙夢」、「白雲」的老莊之道，沒有激盪的言辭和高昂的意緒，因而也相應地用「遠迷」、「青」、「碧」、「蒼翠縹緲」、「斜陽」等晦暗朦朧的色彩來言情。他甚至還用了「共揮談麈」。魏晉人清談最喜執麈尾，後世遂以談麈為名流雅器。這些豈非「婉雅」作風的表現？再就結構而言，上片多描景，下片多抒情，缺少奇思巧變，是與「婉雅」相諧和的「平正」。因它有一定的愛國內容，所以張炎評論西麓詞為「本製平正，亦有佳者」（《詞源》卷下）。但由於詞人一味地追求這種風格，因而狀景無開闊之象，言情無沉摯之思，造境無健舉之筆，布局無奇變之法，顯得氣格柔弱，拘謹守舊，其瑕疵也是相當明顯的。但他在宋末婉約諸大家中畢竟自呈面目，獨具一格。（陳耀東）

清平樂

陳允平

鳳城春淺，寒壓花梢顫。有約不來梁上燕，十二繡簾空捲。

去年共倚秋千，今年獨上欄杆。誤了海棠時候，不成直待花殘。

這是一首描寫閨婦之思的小詞。「鳳城」即南宋京城臨安。蓋此詞作於詞人蟄居錢塘之時。「春淺」言初春，點明時節。「寒壓花梢顫」，因時為初春，故殘寒肆虐，花梢打顫，「壓」字給人以寒氣如磐的沉重之感，這不僅渲染了當時的環境氣氛，而且也暗示著人物怨恨的特有心境。這是融情入景，以景襯情。「有約」一句言燕子不見蹤跡，乃因春淺寒重之故。此寫燕，實用以寄託思婦的重重心事。說「有約」，是囑燕傳遞天涯芳信，但燕竟至於違約不來，故接用「十二繡簾空捲」一句，將閨婦思夫的煩惱無端遷怒到燕子身上。「十二繡簾」，誇張用語，泛指簾幕。燕巢梁上，垂簾妨礙燕子活動，故須捲起。「空捲」一詞，寓有思婦盼燕歸來的急切和對梁燕不來的惆悵與空虛，思婦在峭寒中翹首痴盼的情態，畢現於紙上。

下片之結構，全由上片結句而來，正面抒寫思婦的相思幽怨之情。見秋千（鞦韆）而觸動舊歡，用「去年」輕輕一勾，引出往昔情事，蕩起一層幸福的漣漪。「今年獨上欄杆」一句，忽又跌入眼前「獨上欄杆」的寂寞悽苦之情。去年今日，一歡一恨，對比鮮明。結句轉入幽怨。意由唐詩「有花堪折直須折，莫待無花空折枝」（無名氏〈金縷衣〉）而來。埋怨所愛的人不能及時惜花，似此誤了花期，難道要「直待花殘」不成！相思之重，故埋怨之深。

全詞所寫不過是纏綿悱惻的閨怨之情，但藝術上自有其鮮明的風格和特色。就結構而論，由物及人，由景及情，也沒有奇變，而是「本製平正」（張炎《詞源》），雖然不能反映大起大落的感情變化，卻正好適宜於表現幽怨之思，含蓄之情。就人物而論，無一句涉及女性的體態服飾，寫其輕嗔薄怒之態，人卻隱而不露，這是典型的雅正作風。再就語言而論，也是清而不麗，含蓄婉轉。銘心刻骨的相思一訴諸文字，卻成了「誤了海棠時候，不成直待花殘」。這裡，沒有大膽露骨的急切表示，也沒有強烈指責的語氣，有的只是「十二繡簾空捲」的惆悵痴盼，和平婉曲但含思悽惋，而思婦的情態及思緒的微瀾，卻又描畫得那麼生動傳神。在宋末，西麓詞是以雅正為尚的，清周濟說他「疲軟凡庸，無有是處。書中有館閣書，西麓殆館閣詞也」（《介存齋論詞雜著》），「鄉願之亂德也」（《宋四家詞選目錄序論》），以此詞觀之，未免太過。南海伍崇曜跋《日湖漁唱》，曾標舉此詞下片云：「清轉華妙，宜玉田生秀冠江東，亦相推挹矣。」這「清轉華妙」四字，道出了本詞的藝術特色。（陳耀東）

糖多令 陳允平

秋暮有感

休去採芙蓉，秋江煙水空，帶斜陽、一片征鴻。欲頓閒愁無頓處，都著在兩眉峰。

心事寄題紅，畫橋流水東，斷腸人、無奈秋濃。回首層樓歸去懶，早新月、掛梧桐。

此詞寫女子懷遠之思。節令是深秋，時間是傍晚入夜（即從「斜陽」到「新月」），地點從戶外至室內（即從「秋江」、「畫橋」至「層樓」），多角度、多層次敘寫伊人所見所感。秋感懷人雖然是個古老的主題，但由於此詞寫得疏朗流宕，情致綿邈，讀之仍然很有魅力。

發端以祈使句式領起，就有警醒讀者之意。芙蓉，是荷花的別名。她素為人們喜愛，是古人常常吟詠的物象，並往往賦予多種象徵意義。採蓮，原是民間婦女特有的勞動情趣，樂府民歌和文人樂府中多有佳作，如「涉江採芙蓉，蘭澤多芳草。採之欲遺誰，所思在遠道」（〈古詩十九首〉其六）。此詞開篇即規勸人們別去採擷，就有一種難言苦衷和殊怨之情。次句切題之「秋」，言秋江之蕭條空闊，一無所有，有的只是一片迷茫的煙水。它補充說明「休去」的原因。兩句即如唐趙彥昭「水面芙蓉秋已衰」（〈秋朝木芙蓉〉）之意。三、四句寫夕陽、鴻雁。這是望中所見。「斜陽」點明時間，切「暮」，遞進說明「休去」之原因；「征鴻」為遠飛的大雁，切「秋」，此乃觸發「有感」之基因。南朝梁江淹〈赤亭渚詩〉：「遠心何所類，雲邊有征鴻。」南朝陳江總〈於長安歸還揚州九月九日行薇山亭賦韻詩〉：「心逐南雲逝，形隨北雁來。」候鳥大雁隨著夏去秋來，將從北方飛往南方。思婦也希望遠人隨著秋雁而南歸。故有仰見征鴻，觸發懷人之情。然而「征鴻過盡，萬千心事難寄」（李清照〈念奴嬌〉）。五、六句接寫「閒愁」。這是無端之愁，莫名之愁，故言「閒愁」。「愁著兩眉峰」與唐武元衡「萬恨在蛾眉」（〈春日偶作〉）意同。「欲頓」兩句，貼切形象，饒有情致，使無跡可尋的心理狀態的「愁」有了安置，有了著落。愁鎖雙眉，形跡可見。從遣詞、句式和意象看，陳詞此闋似受辛棄疾〈摸魚兒·淳熙己亥⋯〉「閒愁最苦，休去倚危欄，斜陽正在、煙柳斷腸處」的啟迪。但辛氏愁苦憂慮的是國家命運、民族前途，而陳氏所寫的卻是思婦懷遠，個人憂愁，思想境界自有深淺高下之別。

換頭由敘閒愁轉入抒心事。「題紅」兩句，用唐范攄《雲溪友議》紅葉題詩故事。此詞意為題詩寄情有意，流水東去無情，猶見「心事」之重。由是引出「斷腸人」。「秋濃」即深秋，仍照應「秋暮」題意。自從戰國宋玉在〈九辯〉中寫了句「悲哉秋之為氣也，蕭瑟兮草木搖落而變衰」，於是後世騷人墨客就大做悲秋、嘆秋、感秋的文章，秋天秋景簡直成了「悲」的代名詞。斷腸人心事重重，何況又處在夕陽西下、煙水空濛的「秋濃」環境中，故更催人肝腸寸斷了。「回首」句，從戶外進入室內，一個「懶」字，就把「斷腸人」的情態和精神面貌維妙維肖地刻畫出來。「早新月、掛梧桐」，這是在「層樓」中所望，寫得空靈透剔，意象鮮明。一輪初出之月遙掛在疏疏落落、衰敗凋謝的梧桐樹梢上，更增添了心煩意亂的思緒。煞尾以景結情，戛然而止，有餘不盡之意見於言外。

這首詞在揭示主題思想時採取事事關聯，環環相扣，層層深化的寫法，講究內在邏輯。上片寫「閒愁」，是觸景生情所致：因「征鴻」而引發懷遠。下片寫「心事」。心事是閒愁的具體說明，它又因秋濃而催人斷腸，斷腸是由心事所致，而心事卻又是題紅引起，題紅則是心事吐露的特殊方式。如此迴環往復，步步深入。而產生懷愁的總樞紐正是秋濃。此乃因物牽情，物情交感，物景生情，神味宛然。事事處處切題，是此詞另一特色。如芙蓉、秋江、征鴻、秋濃、梧桐、斜陽、新月以及閒愁、心事、題紅、斷腸人、歸去懶，都緊扣「秋暮有感」這個題意和時令，用詞遣字實乃費一番慘淡經營之功。再從風格看，此詞與婉約詞派細膩綿密有別，它既沒有對思想活動、情緒變化作過細的刻畫，又沒有對描景狀物作濃重的渲染，其獨特處是疏朗中見真情，流快中藏繾綣。誠如清人陳廷焯《詞則·別調集》卷二所稱讚的「疏快中情致綿邈」。（陳耀東）

【每日讀詩詞】
唐宋詞鑑賞辭典（第四卷）：那人卻在，燈火闌珊處
南宋

作　　者　宛敏灝、夏承燾、唐圭璋、繆鉞、施蟄存、周汝昌、葉嘉瑩等
封面設計　陳玟秀
內頁排版　藍天圖物宣字社
業　　務　王綬晨、邱紹溢、郭其彬
編輯企劃　劉文雅
總 編 輯　趙啟麟
發 行 人　蘇拾平

出　　版　啟動文化
台北市 105 松山區復興北路 333 號 11 樓之 4
電話：（02）2718-2001　傳真：（02）2718-1258
Email：onbooks@andbooks.com.tw

發　　行　大雁文化事業股份有限公司
台北市 105 松山區復興北路 333 號 11 樓之 4
24 小時傳真服務（02）2718-1258
Email：andbooks@andbooks.com.tw
劃撥帳號：19983379
戶名：大雁文化事業股份有限公司

初版一刷　2020 年 3 月
定　　價　950 元
I S B N　978-986-493-113-2

國家圖書館出版品預行編目（CIP）資料

每日讀詩詞：唐宋詞鑑賞辭典．第四卷，那人卻在，燈火闌珊處 南宋 / 宛敏灝等著；-- 初版 . -- 臺北市：啟動文化出版：大雁文化發行，2020.03
面；　公分

ISBN 978-986-493-113-2(平裝)

833.5　　109002810

圖書許可發行核准字號：文化部部版臺陸字第 108007 號
出版說明：本書係由簡體版圖書《唐宋詞鑑賞辭典》以正體字在臺灣重製發行，期能藉引進華文好書以饗臺灣讀者。

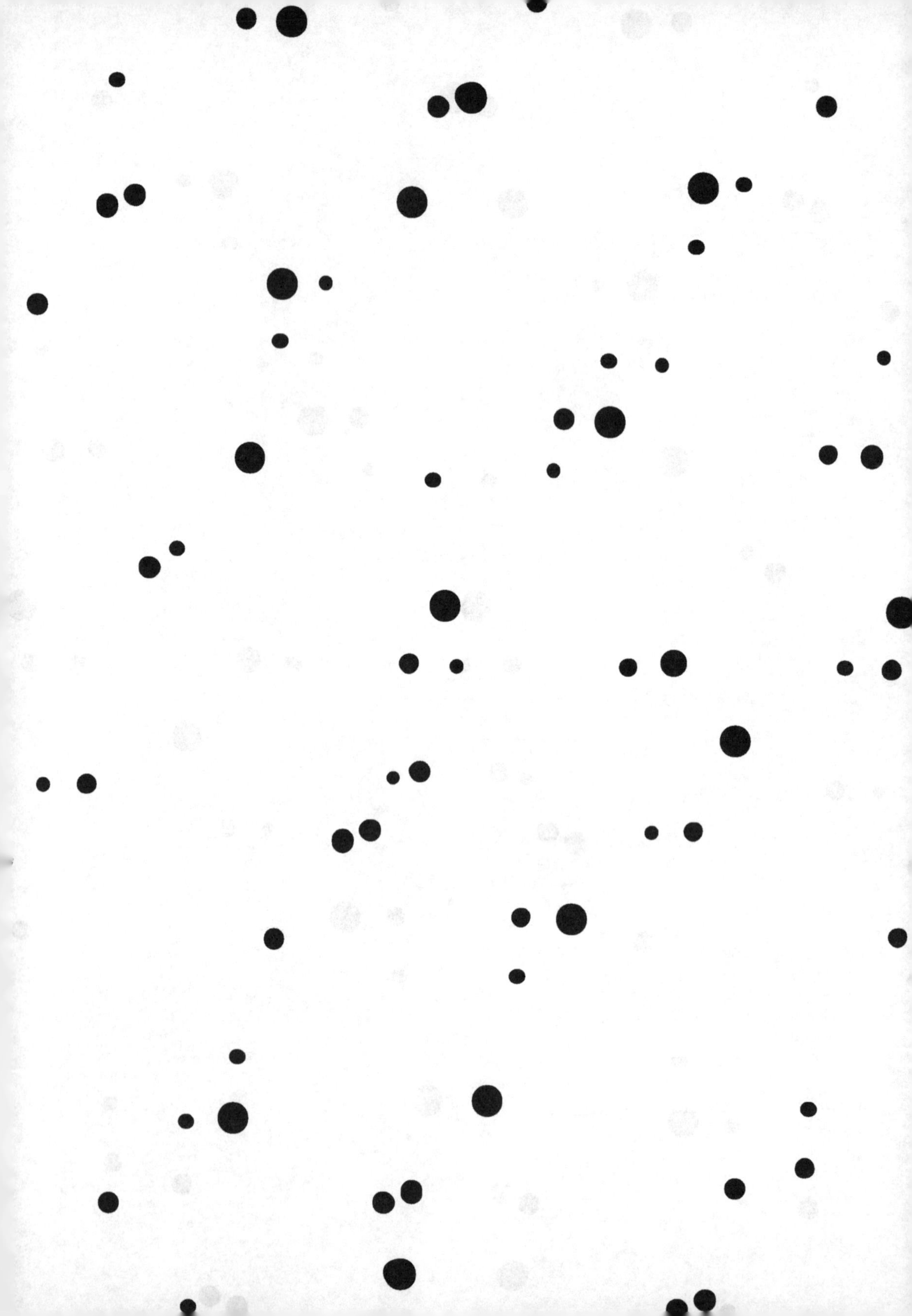

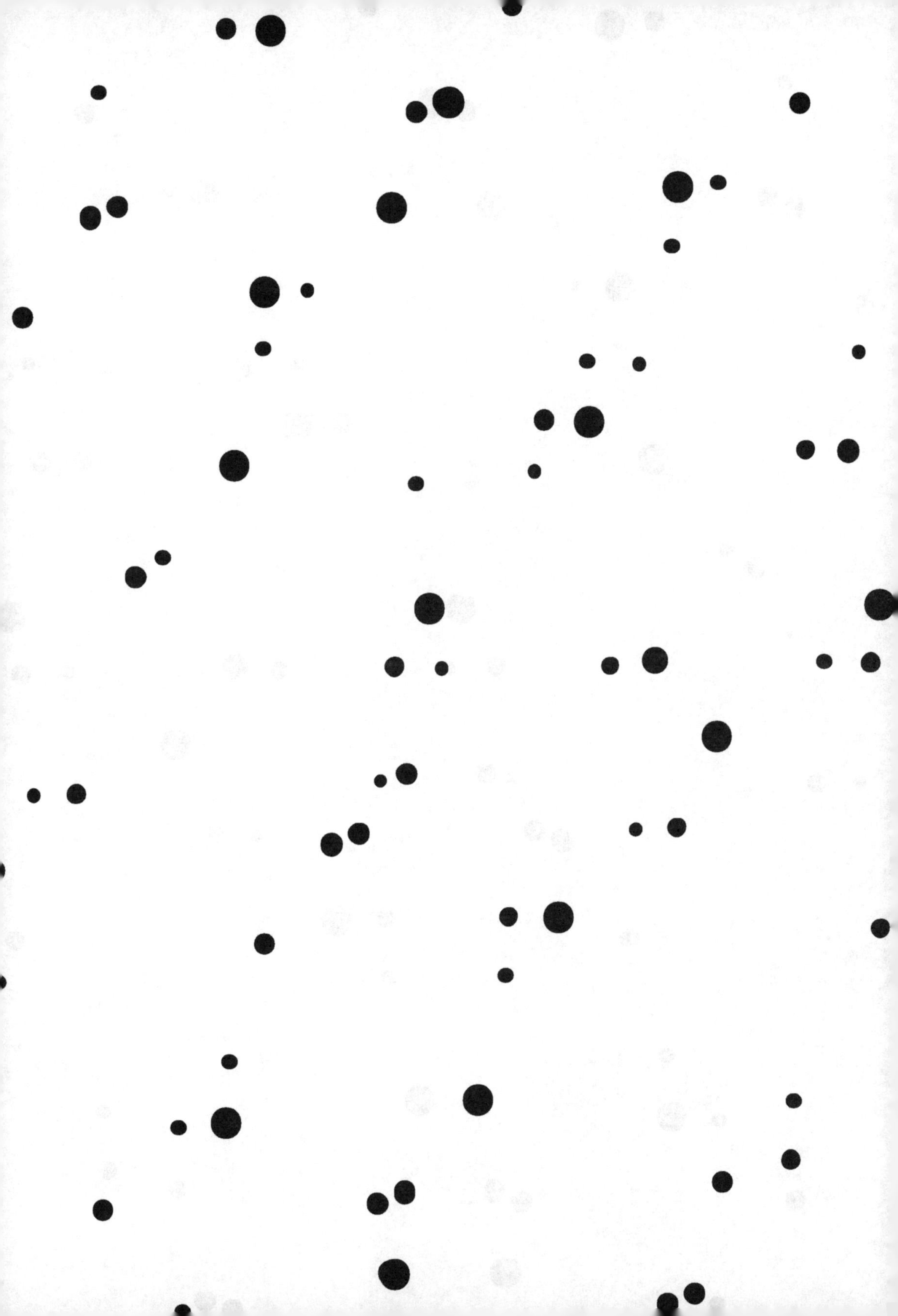

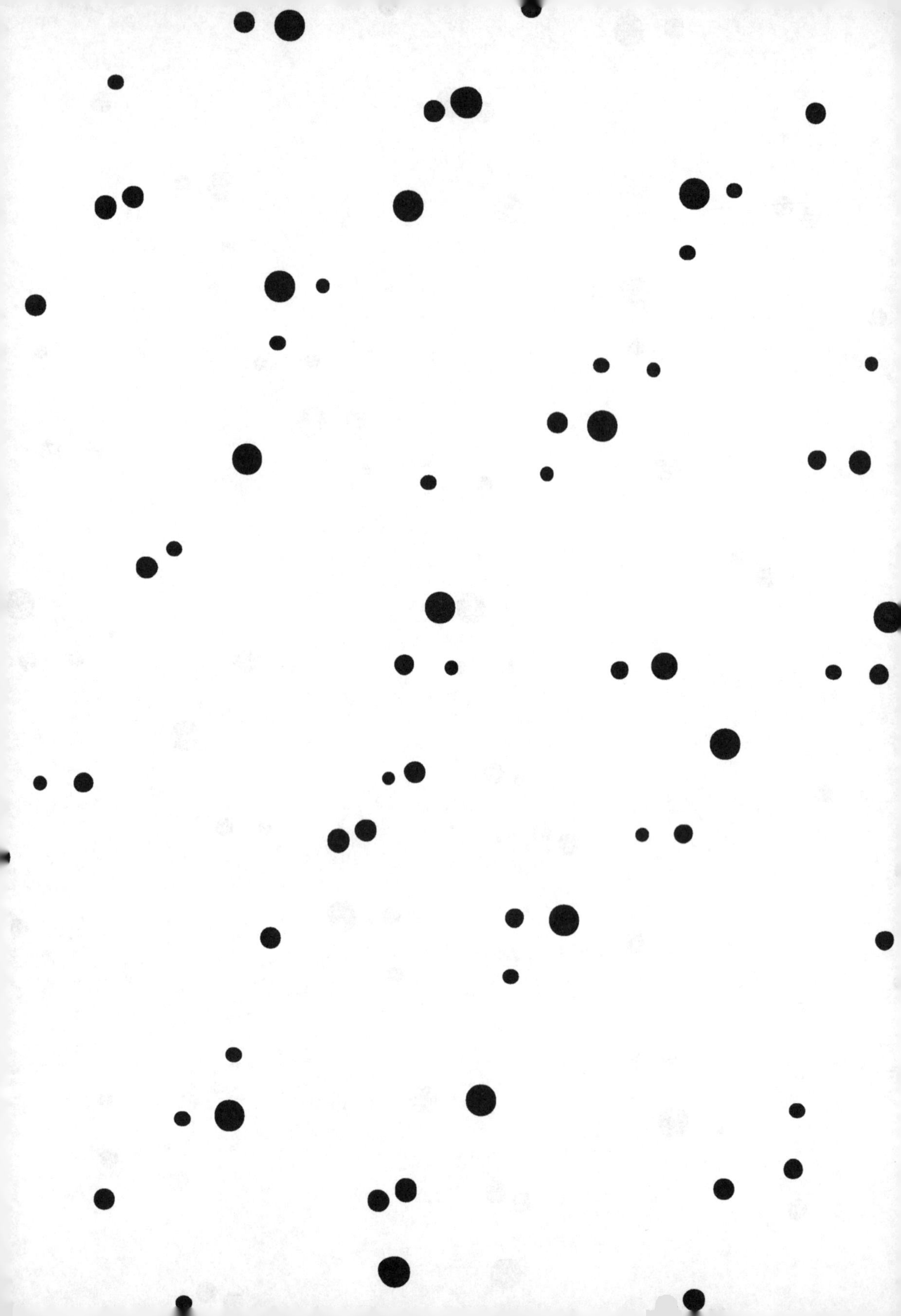